教育部哲學社會科學研究後期資助重點項目（11JHQ012）

江蘇高校哲學社會科學優秀創新團隊建設項目『戲劇綜合研究與文化生態建設』（2017ZSTD013）

国家出版基金项目
NATIONAL PUBLICATION FOUNDATION

許建中 著

宋元戲文訂律

上册

鳳凰出版社

圖書在版編目（CIP）數據

宋元戲文訂律 / 許建中著. -- 南京 : 鳳凰出版社, 2020.8

ISBN 978-7-5506-3210-3

Ⅰ. ①宋… Ⅱ. ①許… Ⅲ. ①古代戲曲－劇本－作品集－中國－宋元時期 Ⅳ. ①I237

中國版本圖書館CIP數據核字(2020)第099809號

書　　名	宋元戲文訂律
著　　者	許建中
責任編輯	樊　昕
裝幀設計	姜　嵩
出版發行	鳳凰出版社(原江蘇古籍出版社) 發行部電話025-83223462
出版社地址	江蘇省南京市中央路165號,郵編:210009
出版社網址	http://www.fhcbs.com
照　　排	南京凱建文化發展有限公司
印　　刷	南京新世紀聯盟印務有限公司 江蘇省南京市建鄴區南湖路27號春曉大厦5樓,郵編:210017
開　　本	880毫米×1230毫米　1/32
印　　張	34.125
字　　數	950千字
版　　次	2020年8月第1版
印　　次	2020年8月第1次印刷
標準書號	ISBN 978-7-5506-3210-3
定　　價	220.00圓(全二册) (本書凡印裝錯誤可向承印廠調换,電話:025-68566588)

序

袁世碩

許建中告知他作了一本《宋元戲文訂律》，近日將赫然巨帙文稿發來，不無禮貌性地讓我看一下。我甚感欣喜，做教師的看到昔日的學生有所成就，總是會感到一種快慰，我没有料想到他在畢業後的二十年間仍然執著於宋元戲文曲律的研究，並作出了這樣一部七十萬字的著作。然轉而想來，這並不意外，可喜的是他仍然没有放棄原來所研習的學術冷門課題。

曲學大師任中敏先生晚年執教本貫揚州師範學院，並理所當然地成爲全國首屆博士學科點的領軍教授，要培養幾位治中國古代曲學的專門人才。據我所知，第一位是王小盾，學位論文題目是《隋唐五代燕樂雜言歌辭研究》；第二位是季國平，學位論文題目是《元雜劇發展史研究》；第三位是李昌集，學位論文題目是《中國古代散曲史研究》，三位現在都已是戲曲學史饒有成就的專家了。許建中和楊棟考爲揚州大學中國古代文學博士學科點的第四屆研究生，其時任中敏先生已駕歸道山，徐沁君教授和我擔任了他們的指導教師。徐沁君教授是國内少有的專治中國古代曲律學的專家，爲他們開設了"曲律研究"課，所以楊棟的學位論文是《中國散曲學史研究》，畢業後也專門研究元明的曲牌、曲律，取得了相當的成就。許建中的學位論文題目是《明清傳奇結構研究》，就由曲體文學轉向了戲劇文學，他畢業後仍然潛心於宋元南曲曲牌的研究，作出了這一部堪稱宏著的書，還是紹繼徐沁君教授的學術衣鉢，也可以説實踐了任中敏先生的一樁學術遺願。

許建中這部書稿的主體是《宋元戲文訂律》，後有三個附録，一是

《元代南曲散曲輯録》，二是《其他宋元戲文輯録》，三是《存疑宋元戲文輯録》，共輯得宋元戲文、散曲 802 個曲牌，870 個曲體，2871 支曲文，可以説匯總了迄今所見宋元南曲的原始文獻，雖然不能妄説一網打盡，以後還可能有所發現，但也不會有許多了。只將這八百多個曲牌名目排列起來，便是宋元南曲曲牌的總目了，也可説是集大成之作。

許建中最費心力的地方是對所録八百多個曲牌的體式、句式、正變、韻位、命名、源流大都作了較爲詳細的解説和辨析，解説和辨析每每採録了明清南曲曲譜作者所作的題注、尾批作爲辨析和立説的根據，就正避誤，也與時俱進地參考了近世曲學專家如吴梅、錢南揚等以及近年學者的研究、考論。所作的解説、辨析不能説全都確當，但也都是有所依據，並非泛泛而言，僅就文獻的角度説，建中的這部書稿實爲一部匯集了古今研究者所見、所知宋元南曲歷史文獻和後世研究者認知、解説的最爲豐實的一部新宋元南曲曲譜。

年届九秩，精力衰退將至臨界點，我還是粗略地翻閲了建中的書稿。我本粗人，曾對研究曲律一道抱有缺知偏見。十多年前，楊棟曾讓我閲讀了他考證元北曲牌【山坡羊】原生成時域的文章，我讚賞他用心甚細，却嫌其瑣碎，勸他要做些文學史方面更有意義的文章。後來，又看到他由【山坡羊】等幾個曲牌的年代問題，推衍到南戲和北雜劇成熟的先後問題，便感覺到“學識疏漏，誤人之深甚矣”(戲用乾隆在曲阜爲“古泮池”作的檢討語)。建中這部書稿基本上還是整理文獻，我稱賞他用了如此長的時間、如此多的精力研討宋元曲牌，雖然宋元曲牌浩繁，曲體曲式非常繁雜、瑣碎，難以一一考實，但畢竟是經過了多年潜心搜求研討，宋元南戲曲牌基本齊全，匯總了古今研究者的認知。曲譜的製作原本是爲作曲者提供規範的格式，梳理其源流正變，輯録出更多的曲文，其功用意義就拓展到了詩體文學、戲曲文學的歷史狀況，超越了曲牌本身的價值。明清編製的南曲曲譜成爲近世錢南揚、趙景深、馮沅君等前輩學者輯出宋元南戲佚文的一大淵藪，爲中國戲曲史的研究和書寫張大了一扇視窗。現在發生的南戲與北雜劇孰先孰後的争議，隨著南曲曲牌的增多徵實，也應該有助於此段公案之定讞。由之而出的是,南曲曲牌源出於宋金詞的數目增多,作爲詩體的詞與曲的錯綜關係逐漸突顯出來,這樣對詞曲史的書寫也就不能決然分離了,對金元間詞人和曲家作品也將會突破思想與藝術的兩分法,做出更爲具體深切的解析和批評。宋元南曲散曲一向被忽略,近聞學者編印的《全元散曲》便没有單列,録曲文較少。建中輯出了更多佚文和若干不見於南戲的曲牌,雖然不會像南戲輯佚那樣意義重大,但也定會由之衍生出一些於宋元詞曲史研究有意義的課題出來。

淺見無多,權爲之序。

2019年4月17日

前　言

許建中

“曲”是中國古代可供歌唱的一種韻文文類。傳統上與詩、詞並稱。它包含廣泛,構成豐富。其代表形態,從功能上分,則爲劇曲和散曲:劇曲主要用於場上演唱,散曲主要用於清唱;從空間上分,則爲南曲與北曲;從時間上分,則爲元曲、明曲和清曲。彼此交錯,可以形成許多具體的領域和專題。它是中國戲曲史和中國散曲史研究的主體内容,是中華傳統優秀文化遺産的重要組成部分。

“曲牌”與歌牌體詩詞、時調小曲等近似,是曲的基本單位。“曲律”即曲的律化,是對曲牌句字、句式、平仄、音韻的文體規範,傳統與“詩律”“詞律”對稱。曲在最初詞樂一體,自然諧美;律化後成爲一種文體,獨立存在;歌詠傳唱,依字聲行腔。這是一個文學與音樂相互影響、持續演進的歷史過程。曲之爲曲在其律,曲律是曲區别於詩詞等其他韻文文類的本質規定。因此,曲律學研究是傳統曲學研究的重要構成,也是當下曲體形態學研究的重要基礎。

“曲譜”是記録律化曲牌的總譜。它主要分爲二種類型。一是記録曲牌格律體式的格律譜,也稱文字譜、平仄譜等,按宫統調,確定具體曲牌的句數、每句的句法和字數、各字的四聲平仄、全曲的用韻及定式等;一是記録曲牌唱腔唱法的宫譜,也稱工尺譜,在文字譜的基礎上標注工尺、板眼。前者立足文學立場,與創作相關,爲填詞作曲提供範例;後者偏重音樂立場,與歌唱相關,爲製譜度曲提供參考。

中國古代曲律學研究歷史悠久,成果豐碩。除了大量雜著、散論、序跋,主要著作,北曲有燕南芝庵《唱論》、李開先《詞謔》、沈寵綏《弦索辨訛》等;南曲有徐渭《南詞叙録》、魏良輔《曲律》、王驥德《曲律》、沈寵綏《度曲須知》、黄周星《製曲枝語》等。此外還有示以規矩、作爲範例的大量曲選。曲譜則是不同階段曲律學研究成果的精粹所聚和集中表達。北曲律譜始見於周德清《中原音韻・定格》,完成於明初朱權《太和正音譜》,後有清初李玉的《北詞廣正譜》。南曲律譜今存最早的是明嘉靖時蔣孝的《舊譜》,此後漸趨大盛,有沈璟《全譜》、沈自晉《新譜》、張大復《寒山堂譜》和《寒山曲譜》、徐于室和鈕少雅的《九宫正始》、吕士雄等《南詞定律》、王奕清等《欽定曲譜》等等。兼具格律譜和宫譜、總匯南北曲者,以清乾隆年間周祥珏等所編《九宫大成》最爲完備。近代曲律研究,則以吴梅先生《南北詞簡譜》成就最高。由於南北曲長期處於發展的歷史過程之中,曲牌的流傳及其詠唱相應發生了種種變化,同時由於歷代曲律學家觀念認識的差異,因此任何一部曲譜都是歷史發展的階段性産物,並非凝固僵化、一成不變的律則。

系統考察傳統曲律學研究成果,由於宋元時期《九宫十三調譜》的佚失,在現存元明清南北曲的曲譜系列之中,惟缺宋元時期南曲曲譜。《宋元戲文訂律》因此而生。鑒於宋元戲文是南方地區民間戲曲的本質屬性,音樂無考,且現存明清宫譜主要依據中晚明崑腔定制,不可以後律前,故採用格律譜形制。"宋元"爲歷史斷代;"戲文"爲南曲專體,與金元北曲、明清傳奇相區别;"訂律"爲研究、校訂其曲牌格律。

《宋元戲文訂律》立足於現有宋元戲文研究的全部成果,在繼承傳統曲律學研究方法的基礎上,採用科學的研究觀念和方法,力圖撰寫出一部完備的宋元南曲曲譜,填補宋元《九宫十三調譜》之歷史缺失,並努力開拓出一條傳統曲律學研究創造性轉化的當代新路,推進曲律學研究的創新性發展。

爲實現這一學術目標,在材料方面,主要採用文獻學的方法。全面搜集宋元戲文原始文獻,特别關注錢南揚、馮沅君和陸侃如、趙景深、王季思、俞爲民、黄仕忠等前輩和時賢的研究成果,力求完備;所有文獻全部標注出處,嚴格考辨,録是、存疑、去非,力求言必有據;精心校勘,力求準確性和科學性。

在訂律方面，主要採用傳統曲律學的研究方法。全面繼承前代曲譜和吴梅、王守泰、徐沁君等前輩和時賢的研究成果，充分考慮戲文的民間特點，按曲牌採録現存全部宋元戲文的曲文，歸納格式，新式標點，區别正襯和定格變格，力求準確把握每個戲文曲牌的基本格式形態。堅持論從史出，保證研究的客觀、真實和可檢驗。

在考辨方面，主要採用歷史比較的方法。沿續徐沁君先生開創的路徑，既説明每一戲文曲牌的特點及變異形態，又將之與前後不同時代的同名歌牌作歷時性比照，考鏡源流，辨析異同，力求揭示其來龍去脈，闡明該戲文曲牌在宋元時期的曲體規定以及在明清時期的曲體演變，揭示出每一曲牌在不同階段的"文化層面"及其歷代累積的歷史軌跡。

全書包含正編與三個附録。

正編爲宋元戲文訂律，是"永樂大典戲文三種"和《九宫正始》《寒山堂譜》等文獻中明確標署爲"元傳奇"的宋元戲文之曲牌訂律。共得曲牌 674 個、曲體 733 個，曲文 1996 支，其中殘曲 140 支，拾補 66 支；按筆劃順序排列，逐支考訂曲式，比較諸譜異同，追溯源流及後世演變。是現存可考爲宋元戲文文字譜的完備總匯與詳密辨析。

後列三個附録。附録一是《元代南曲散曲輯録》，爲《九宫正始》《寒山堂譜》《寒山曲譜》等文獻中標署爲"元散套""元南北散套""元詞"之元代南曲散曲曲牌的訂律。共得曲牌 96 個，其中始見曲牌 21 個、曲體 32 個；得曲 135 支，其中殘曲 9 支，拾補 1 支。附録二是《其他宋元戲文輯録》，爲正編以外南曲諸譜、明代曲選中可以考定爲宋元戲文曲牌之訂律。共得曲牌 250 個，其中始見曲牌 44 個、曲體 35 個；得曲 403 支，其中殘曲 2 支，拾補 1 支。附録三是《存疑宋元戲文輯録》，爲南曲諸譜、明代曲選中可能是元代戲文或與宋元戲文密切相關的曲牌之訂律。共得曲牌 208 個，其中始見曲牌 63 個、曲體 70 個；得曲 337 支，其中殘曲 19 支，拾補 9 支。

正編加上三個附録共輯得宋元戲文和散曲 802 個曲牌、870 個曲體，得曲 2871 支，其中殘曲 170 支，拾補 77 支。

現存宋元南曲材料基本匯備於此。雖不敢妄言"一網打盡"，但心嚮往之。當然,也熱切期盼新材料的發現與充實。

宋元戲文研究是20世紀中國戲曲史研究最爲重要的成果之一。其主要成就是曲文與劇目輯佚、曲本整理與研究、作者與本事研究、年代與真僞考辨等等。本課題在此堅實的文獻基礎上力求進一步發展,以堅實可信的斷代分體專題研究,繼承傳統曲律學研究分牌列式、正音辨格的學脈,填補戲文曲律這個重要的學術空白,"爲往聖繼絶學";詳細考察宋元戲文"是什麽""從哪裏來""到哪裏去",全面揭示戲文格律在宋元時期的歷史面貌及其歷史淵源與歷史發展,"考鏡源流",梳理演進,以"史"的研究方法體現傳統曲律學研究的當代轉型與發展;完善中國古代南曲譜系乃至整個南北曲曲律譜系的建構,拓展宋元戲文研究領域,推進中國戲曲史研究深入。

以宋元戲文曲律研究爲基礎,可以生發出許多有意義的學術議題。如:

關於戲文的來源與發展問題。宋元戲文中的本生曲達曲牌總數的78%强,意味着源自南方地區的民歌曲調是戲文曲牌最主要、最豐富的來源。如此徐渭《南詞叙録》中南戲曲調是"宋人詞而益以里巷歌謡"的觀點,只是隨感式議論,並非嚴謹的學術判斷;他的另一種意見:"永嘉雜劇興,則又即村坊小曲而爲之,本無宫調,亦罕節奏,徒取其畸農、市女順口可歌而已。"較爲符合戲文早期的形態。僅見於此阶段的戲文曲牌也約有17%,則戲文調牌在豐富發展、漸趨整飭的過程中,也經歷了藝術選擇與歷史淘汰,並非簡單的單綫遞進。

關於戲文與唐宋以來歌牌體文學的關係問題。戲文約有近22%的曲牌來源於唐教坊曲、唐宋大曲、唐宋詞調、諸宫調、賺詞、宋雜劇、金院本、北曲等前代和同時期歌牌,表明民間戲文在發展過程中不斷在前代和同時期各種藝術中汲取豐富營養。但是,戲文採用前代調牌時採用了三種基本處理方式:模仿創作,秉承其式;改造轉換,舊跡可尋;翻唱新聲,名同實異。對此不同處理,當是以戲文聲腔的藝術兼容原則爲基礎與方法的。這也提醒我們:既要注意同名溯源,更應重視異同考辨。

關於宋元戲文與明清傳奇的關係問題。戲文有80%强的曲牌進入了後世傳奇，進一步講是進入了以《沈譜》《新譜》等爲代表的崑腔譜。宋元戲文是明清傳奇歷史形成與發展的重要基礎，兩者同體、同源，是處於不同歷史發展階段的同一戲劇種類，並非不同性質、可以割裂的兩個事物。宋元戲文是傳奇的民間草創階段，以高明《琵琶記》爲代表進入到傳奇的文人模仿階段，以明代"四大傳奇"爲代表開始了傳奇的文人化階段。戲文隻曲的數量統計和去向考察，爲南曲傳奇的傳播和演進提供了一個新證。

關於元代南曲散曲問題。除馮沅君和陸侃如兩位先生的《南曲拾遺》，迄今散曲史、文學史都未涉及元代南曲散曲。隋樹森《全元散曲》有所輯録，但不完備，也因求全而多用明代曲選，科學性、權威性受到極大影響。本書《附録一》表明宋元時期戲文與南散曲同時傳播。元南散曲中一些關於京師元宵節的描寫，甚至可與《東京夢華録》相對讀，至少也應是南宋時期的作品。這可以填補中國散曲史久已缺失的一個重要環節，也爲明代南曲散曲研究提供一個新的歷史視角。

對於以上問題，我已發表了一些文章，當然還很不够，基於戲文曲律研究還有許多問題值得深入研討，如戲文的集曲問題、組套與套式問題，等等。我還特別想有人能够對戲文音韻做一專題研究，就像戈載編纂《詞林正韻》、王力編纂《詩經韻讀》《楚辭韻讀》那樣，也撰寫一部《宋元戲文音韻》，從宋元江南民間語音和音韻角度揭示戲文這一重要的本體特徵。

我自 1996 年隨袁師世碩、徐師沁君二位先生學習獲得博士學位後，孜孜於此，潛心研討，青燈黄卷，不避艱辛，反復修訂，歷時二十餘年，現在終於告一段落，敬呈學界。此刻，我既滿懷信心，"漫卷詩書喜欲狂"；又惴惴不安，"畫眉深淺入時無"？徐師沁君先生當年曾教導我説："任何學術成果都是階段性的成果。"因此，這也只是我在現階段所達到的研究水準，以後仍有進一步完善、深入的空間。

衷心期望得到師友、時賢和同仁的指教，匡謬正誤，使我們對宋元戲文曲律的認識更加全面、完備、準確、精審，共同填補中國古代南曲譜系乃至整個南北曲譜系中宋元南曲格律這一空白，推動戲文研究乃至中國戲曲史研究的進一步深入。

凡　　例

一、收録元曲。堅持“言必有據”原則，所録戲文曲牌均有嚴格的文獻依據，爲“永樂大典戲文三種”（以下簡稱“戲文三種”）之曲和《彙纂元譜南曲九宫正始》（以下簡稱《正始》）、《寒山堂新編九宫十三攝南曲譜》（以下簡稱《寒山堂譜》）題署爲“元傳奇”之曲。其他材料，因缺乏確爲宋元戲文的文獻支持，僅作參照，或入《附録》，寧缺勿濫。

二、擇録北曲。“戲文三種”共收録北曲曲牌 25 個，這些北曲已經成爲早期戲文的一個有機組成部分，表明戲文對北曲的採用、仿作或同源等情況，故予收録，可免缺漏。

三、不收詞作。戲文《柳耆卿》多以柳永詞入曲，南曲諸譜也多以唐宋詞爲例曲。凡可考定，均不收録，以免不辨詞曲之譏。

四、剔除明曲。《正始》有極個别誤題爲“元傳奇”但經考辨確爲明曲者，如【五羊裘】，按體例不入此編，輯入《附録三》。

五、匯爲總編。經拾遺鉤沉，歸類比較，分析甄别，共得宋元戲文曲文 1996 支，曲牌 674 個、曲體 733 個。此或爲現存宋元戲文文字譜格之總匯。

六、南曲宫調。南曲宫調，據馮旭《九宫正始序》和鈕少雅《九宫正始自序》，始見於元天曆（1328—1329）間《九宫十三調詞譜》，錢南揚《漢上宧文存》認爲實是宋之《十三調》和元之《九宫》二譜；今則最早見於蔣孝《舊編南九宫譜》（以下簡稱《舊譜》），然不見於“戲文三種”。此一依原文，留存舊貌：出於“戲文三種”者，不署宫調；出於《正始》《寒山堂譜》者，保留原署宫調；諸譜著録，或同或異，作爲比照，均予説明，以見流變。

七、筆劃排序。既然“戲文三種”不署宫調，故不從明清以来南曲諸譜按宫調排列之規,而仿吕薇芬《北曲文字譜舉要》之例,按筆劃排列。同筆劃曲牌,則按見於“戲文三種”和《正始》《寒山堂譜》的先後排列。

八、同調異名。戲文多有同調異名現象,如【秋江送别】於【一封書】,【酷相思】於【哭相思】,【太和佛】於【和佛兒】,【賀新郎衮】於【麻郎】等等。兹設定:若“戲文三種”與《正始》同調異名,以“戲文三種”爲主,以《正始》爲參見,存録舊名,並予説明;若屬於《正始》諸牌間的相同或相似情況,則從《正始》,並列其名,以存原貌,詳考異同。

九、釐訂格式。戲文自由靈動,句式變化較大,僅初呈體格,故格式釐訂,頗難酌定。“古傳奇中,即如《荆》《劉(原作“流”)》《拜》《殺》,其中曲文句頭,襯字多寡,猶可不校,蓋彼時並無曲譜之故也”①。而始調既定,參酌此後其他材料,則可説明此調流變演進軌迹,徐師沁君《中國曲學大辭典·曲牌》已經提供了範例。兹設定:本文於每一曲牌之後,列其格式,歸納説明此一曲牌的句數、字數、協韻等情况;僅見於“戲文三種”者,即以爲式;既見於“戲文三種”又見於《正始》者,以“戲文三種”爲式,以《正始》爲參照;始見於《正始》者,即據其正、變;僅見於《寒山堂譜》者,即以爲式。

十、標注出處。一個曲牌若僅存一支曲文,即注出處;若存有二支或二支以上曲文,依序號標注,並於所引每一曲後標注出處;若同劇同牌存録二支或二支以上曲文,則於末曲之後標注出處。“戲文三種”按錢南揚《永樂大典戲文三種校注》標注齣數,其他均標頁碼,版本見《參考文獻》。如此既可方便查勘文獻出處,又可考察其在傳播過程中的變化。

十一、集曲犯調。戲文集曲犯調的標注多有不同,此據始調題

---

① 王正祥《新定十二律京腔譜·凡例》,王秋桂主編《善本戲曲叢書》第三十五册景印清康熙停雲室原刊本,臺灣學生書局,1984 年,第 54 頁。此語不確:據馮旭《九宫正始序》,元天曆年間即有《九宫》《十三調》刊本。但至明中葉,此二譜已“僅有其目而無其辭”,見王驥德《曲律》卷一引蔣孝《舊譜序》。又《曲律》卷一:“舊譜今既不傳,世將不復能睹《十三調》諸曲名目。”則二譜具有曲律史的重要意義,但已久佚。

署,犯調曲牌以小五號字體與正文相區别,並詳細説明諸譜載録情況,比較異同,以見其演變。

十二、聯章前腔。聯章始於《詩經》,歷史悠久,至詞則稱上下片,北曲名【么篇】,戲文言【前腔】和【前腔换頭】。本文於"戲文三種"聯章,錢南揚《校注》已分列者,如【念佛子】等,均標注【前腔】或【前腔换頭】,並説明諸譜情況,以資比較;於固定組曲而有子目分題者,如【入破】套、【雁漁錦】套、【四季花】套等,以牌名單列,並於首牌説明組套情況;若雖分段而仍爲一曲者,如【四换頭】等,則不勉强拆分,依存原貌,説明情況。

十三、戲文殘曲。在"戲文三種"和《正始》《寒山堂譜》存録的宋元戲文 1996 支曲文中,有殘曲 140 支,其中有可考校於今之存本者,計檢得 66 支,或同或異,均於頁下注引録,以爲瞭解原貌之參考,實亦可見其後世流變。今之存本亦無者則闕如,以待新材料的發現。

十四、文字著録。明清曲譜、曲選多異體字,"戲文三種"、《九宫正始》均爲鈔本,情況更爲複雜。審謹權衡之,兹明確:曲牌、曲文,力從原著、原文;爲方便閲讀,僅個别生僻字,改作規範繁體字,如:帋作紙,埜作野,麽作么,盃作杯,礶作罐,等等,庶幾可免妄改之刺、失範之訊。

十五、異文校勘。各種文獻所録戲文曲辭,多有異文。如《張協狀元》,"戲文三種"與《正始》存録者亦有差異。本文所録,均爲始調曲辭;異文情況,則介紹材料,擇要説明,不作具體的文字校勘,以免累牘爲贅。既已標明文獻出處,需要者自可詳細對讀比勘。

十六、正格變格。戲文中同名曲牌既有不同宫調之分,又有【引子】與【過曲】不同性質之别。凡此情況,即爲兩調,實非變體。所謂正格,爲一曲定格,即基本格式;所謂變格,是相同牌名、相同宫調、相同性質曲牌正格之變體。詞曲諸譜於正格以下,無論【换頭】或句字增減,即别立【又一體】,致體繁格雜。【换頭】自随始調而来,句字略有增減亦是戲文自由特点所决定,且多合曲之句式變化通例,故當注重始調,慎立變体。兹依序條列,對於《正始》與"戲文三種"同名曲牌不同格者、《正始》同名曲牌之不同宫調者和不同性質者等等,用"格式 1、格式 2"相區别,並在考辨中詳細説明情況,不以【换頭】與句字增減即爲变體，以求簡明。《寒山堂譜》題署多有與《正始》不同宫調者，如【大迓鼓】【勝葫蘆】，《正始》均入【仙吕】，《寒山堂譜》則分别入【黄鐘】【小石】；《正始》以【歇拍】入【越調近詞】，《寒山堂譜》則入【仙吕過曲】，等等，然其格式完全相同或近似，故僅視其爲認識不同，仍作一調，略加考辨和説明，亦不另作【又一體】。

十七、分辨正襯。句中可加襯字是曲之通例，但諸譜所録多有差異。本文一依原作，"戲文三種"不標襯字，《正始》及諸譜則分辨正襯；曲文襯字用小五號字體，與正文相區别；格式句字僅計正字，不計襯字；比較諸譜，説明異同。

十八、標注符號。詞曲舊譜句讀均按句韻標注"。"，至吴梅《簡譜》、鄭騫《北曲新譜》等，一仍其舊。本項目在結項評審意見中，也有專家建議採用傳統句讀方式標注。但徐師沁君先生《中國曲學大辭典・曲牌》已採用新式標點，既合乎曲律句韻規則，又方便今人閲讀。此後吕薇芬、趙義山等先生所編諸譜，亦承此例。爲方便今人閲讀與仿作，本文亦採用新式標點。關於句式，五乙句爲上一下四或上三下二句式，六乙句爲上三下三折腰句式，七乙句爲上三下四句式，與普通詩格之五字句、六字句、七字句有别。協韻則用"△"。至於可韻可不韻、增句或其他句格變化，一併在考辨中予以説明，均不另用符號，以求簡明。

十九、句式變化。凡五乙句增字爲六字、六乙或七字、七乙句，六乙句、六字句互變，六字句增字爲七字或七乙句，六乙句減字爲五字句，七字或七乙句減字爲六字或六乙句等等，極爲普遍，據吴梅、鄭騫、徐師沁君諸位先生的觀點，是爲曲之句式變化通例，一般簡略説明，以省繁瑣。對於增字破句者，如七字句或七乙句增一字攤破爲四字兩句，增二字攤破爲三字三句等等，或反之減字併句者，則予以必要説明，以梳理變化。

二十、辨微析異。戲文一些曲牌的差别只在微異之間，需認真分辨，方能闡幽釋微。有關於宫調者。如【風入松】有【雙調引子】與【仙吕入雙調過曲】，【雙調引子・花心動】與【仙吕入雙調過曲・花心動序】，詞格相近，然有宫調之分。有關於功能者。如【長生道引】之

【正宫引子】與【正宫過曲】,【亭前柳】之【越調引子】與【越調過曲】,雖同宫調,格式相近,然有【引子】與【過曲】的功能之别。有關於句數者。如【高陽臺】之【商調引子】與【商調過曲】,只在第六句二字句之有無;【舞霓裳】與【太和佛】,止争第七句之有無;【雁兒舞】第五、第六句爲四字二句,若並作七字一句即爲【哭歧婆】;【黄梅雨】末四句爲若合作七乙兩句,則成【梅子黄時雨】。有關於字數者。如【搗練子】與【玉樓春】,止争首句六字或七字;【挂真兒】與【大聖樂】,區别只在末句六字與四字;【正宫過曲・風淘沙】與【黄鐘過曲・刮地風】,止争第四句六字七字,末句五字四字;【黄鶯兒】以末句六字爲正格,五字爲常格,而五字者又與【簇御林】近似。有關於用字者。如【雙聲子】與【雙聲疊韻】句式全同,差異僅在【雙聲疊韻】於雙聲處疊韻不疊文,【雙聲子】疊句疊文。有關於節讀者。如【解三酲】與【針綫箱】,只争第四句之節讀:【解三酲】第四句爲上三下三六乙句,【針綫箱】第四句乃上二下四或上四下二六字句;【仙吕入雙調過曲・鵝鴨滿渡船】與【道宫調近詞・應明時近】宫調不同 ,章句則止争第七句"1、3"格抑或"2、2"格,餘無不同。對於此類情況,不可簡單以句式變化通例視之,均予具體説明,嚴格分辨。

二十一、文破其格。戲文詞句多有突破基本格式的情况,如《正始》所録《吕蒙正》【商調過曲・山坡羊】首三句:"月照誰家庭院,人在孤村茅店,寒窗紙隙風如箭。"但《定律》卷十作"月照,誰家庭院;人在,孤村茅店。寒窗紙隙風如箭",這既涉及句讀,又關乎第三句的屬上抑或屬下。於此,均遵從始調,比較諸曲,略予説明。這種情况尤以相連兩句字數不變而格式變化爲典型形態。如【番鼓兒】第七、第八兩句例作"4,7 乙$_{\triangle}$",《拜月亭》作"兩頭白,日多隻行三里五里","日"字據格當屬上,據意應屬下,而屬下則變格爲"3,4、4$_{\triangle}$";【鼓板賺】第三、第四兩句例作"4,7$_{\triangle}$",《殺狗記》作"撇下得,賽關張兄弟曾説與","賽"字據格當屬上,據意則應屬下;等等。於此,均據文意斷句,以曉白流暢,同時説明格式變化。有文義語氣可上可下、可斷可連者,則依格式斷句。

二十二、不標平仄。戲文句字,平仄無定。這種情况直到明中葉尚未改觀,《舊譜》即未標平仄。祝允明《猥談》:"今人間用樂,皆苟簡錯亂。……科其律中,又初無定,一時高下,隨工任意移易,蓋視金元製腔之時,又失之矣。……今遍滿四野,轉轉改益,又不如舊。而歌唱愈謬,極厭觀聽,蓋已略無音律腔調。"①沈自晉《南詞新譜》(以下簡稱《新譜》)【降黄龍】眉批:"古人詞曲,只要句法合調,其韻脚多不拘平仄。"②韻脚尚且如此,句中平仄更是如同諸宫調,"每由作者以意紛更,難於歸納"③。吴梅也説:"至平仄異同,則南詞常有,非如兩宋詞之有一定字格也。故校曲比校詞更難。"④是以實事求是,不爲强解,兹從葉慶炳《諸宫調訂律》,予以省略。但戲文一些曲牌的差異僅在平仄,必須仔細辨析。如【步蟾宫】與【杏花天】句格全同,但宫調、平仄不同;【旋風子】與【玉井蓮後】句法相同,止争平仄;【鑾江令】與【月兒高】宫調、詞格相同,僅第五、第六兩句平仄不同;【番卜算】與【卜算子】,止争第三句平仄不同;【船人荷花蓮】與【夜行船】,僅第二句之下截平仄不同;等等。對此,均予具體説明,嚴格分辨。

二十三、不注板點。南曲諸譜,歷史悠久,大體分作兩類:按調舉例,定其格式,"供誦讀之津梁,示撰寫之軌範"⑤,謂之文字譜,又稱作法譜;標注工尺、板眼,以供歌唱,謂之音樂譜,又稱唱法譜,如周

---

① 祝允明《猥談》"隨工任意移易"后自注:"此病歌與絲音爲最。""蓋已略無音律腔調"后自注:"音者,七音。律者,十二律吕。腔者,章句字數,長短高下、疾徐抑揚之節,各有部位。"《四庫全书存目叢書》子部第125册,上海古籍出版社,2007年,第610頁。

② 沈自晉《南詞新譜》卷十四,中國書店1985年景印本,第十九頁下半葉。扉頁原署"據明嘉靖刻本影印",然《重定南詞全譜凡例續紀》題"時丁亥秋七月既望吴江沈自晉重書於越溪小隱",則當是順治四年(1647)。故今人作清初刊本,是;原署誤。周維培認爲:"當是作者不查,把原刻卷首所附蔣孝《南詞舊譜序》之'嘉靖己酉'題署,誤作《南詞新譜》的年代。"《曲譜研究》,江蘇古籍出版社,1997年,第134頁。

③ 葉慶炳《諸宫調正宫道宫南吕宫黄鐘宫訂律·叙例》,臺灣《輔仁大學人文學報》1975年第3期。

④ 吴梅《南北詞簡譜》卷十南【越調·望歌兒换頭】尾批,《吴梅全集》,河北教育出版社,2002年,第756頁。

⑤ 鄭騫《北曲新譜·凡例》,臺灣學生書局,1972年,第1頁。

祥鈺等《九宫大成南北詞宫譜》(以下簡稱《大成》)、葉堂《納書楹曲譜》、王錫純《遏雲閣曲譜》等等。前者又可細分爲兩種:或不注工尺、板眼,如朱權《太和正音譜》、蔣孝《舊譜》、吴梅《南詞簡譜》等等;或僅注板眼而無工尺,如沈璟《南曲全譜》(以下簡稱《沈譜》)、沈自晉《新譜》、徐于室和鈕少雅《正始》、吕士雄等《南詞定律》(以下簡稱《定律》)等等。"戲文三種"無板,即《正始》存録之曲,亦是據崑腔所爲,難説即元人歌唱之板眼。中國古代音樂多言拍,張炎《詞源·拍眼》大多言"拍"而不言"板","真正大量出現以'板'替代'拍'或'拍板'的,大約要到明代了"①。且南曲諸譜於每調所定板拍,也多差異,稍作比勘,每每皆是,故此亦予省略。諸譜中可見一些關於句格板拍的辨析,如【綉帶引】雖後四句犯【太師引】,句字却與【綉帶兒】全合,僅腔板有異,不可相混。對此,則於考辨中予以具體説明,嚴格分辨。

二十四、考镜源流。歌有歌牌,調有調名,這是我國古代音樂文學的一個顯著特點。本文在王國維《宋元戲曲史》基礎上進一步詳細考察戲文曲牌來歷,細緻梳理其與兩漢魏晉樂府、唐曲、唐宋大曲、詞、諸宫調、唱賺、宋官本雜劇、金院本、北曲的關係,比較異同,追根溯源,認識戲文曲牌之由來;分析戲文曲牌去向,詳細梳理其與明清傳奇、散曲的關係,比較異同,探流究變。如此,每一曲牌即具"發展史"的性質與意義。曲牌是戲文和後世傳奇最基本的單位。由此切入,因點及面,辨析宋元傳奇與明清傳奇歷史發展的内在邏輯性和歷時階段性,或可更爲切實地把握宋元戲文在中國戲曲史上的歷史面貌和歷史地位。

二十五、編纂附録。正文後編有三個附録。附録一是《元代南曲散曲輯録》,收録可以考定爲元代南曲散曲的材料,共得曲牌 96 個,其中始見曲牌 21 個、曲體 32 個;得曲 135 支,其中殘曲 9 支,拾補 1 支。這是中國散曲史上缺失的一個重要環節。附録二是《其他宋元戲文輯録》,收録南曲諸譜、明代曲選中可以考辨爲戲文的材料,

---

① 莊永平《論板腔——兼論戲曲音樂創作》,葉長海主編《曲學》第四卷,上海古籍出版社,2016 年,第 1—3 頁。

共得曲牌 250 個，其中始見曲牌 44 個、曲體 35 個；得曲 403 支，其中殘曲 2 支，拾補 1 支。附録三是《存疑宋元戲文輯録》，收録南曲諸譜、明代曲選中可能是元代戲文或與宋元戲文密切相關的材料，共得曲牌 208 個，其中始見曲牌 63 個、曲體 70 個；得曲 337 支，其中殘曲 19 支，拾補 9 支。正編加上三個附録，除去重複，共輯得宋元戲文和散曲 802 個曲牌、870 個曲體，得曲 2871 支，其中殘曲 170 支，拾補 77 支。此即可爲現存宋元戲文和元代南曲散曲的材料匯編。如果加上附録一所附 7 支曲子，其中始見曲牌 5 個，則全書共收録 807 個曲牌、875 個曲體，得曲 2878 支。“一網打盡”，不敢妄言，心嚮往之。乞祈方家、同好指正、糾謬，同時也期待新材料的發現和補充。

目　　録

四筆

五筆

六筆

七筆

八筆

九筆

十筆

十一筆

十二筆

十三筆

十四筆

十五筆

十六筆

十七筆

十八筆

十九筆

二十筆及以上

附録一　元代南曲散曲佚文輯録

一筆

二筆

三筆

四筆

五筆

六筆

七筆

八筆

九筆

十筆

十一筆

十二筆

十三筆

十四筆

十五筆

十六筆

十七筆

十八筆

十九筆

二十筆及以上

附

附録二　其他宋元戲文輯録

一筆

二筆

三筆

四筆

五筆

六筆

七筆

八筆

九筆

十筆

十一筆

十二筆

十三筆

十四筆

十五筆

十六筆

十七筆

十八筆

十九筆

二十筆及以上

附録三　存疑宋元戲文輯録

一筆

二筆

三筆

四筆

五筆

六筆

七筆

八筆

九筆

十筆

十一筆

十二筆

十三筆

十四筆

十五筆

十六筆

十七筆

十八筆

十九筆

二十筆及以上

一　筆

【一枝花】

1. 奴住江陵府，家内多豪富(原作“貴”)。幼年失恃怙，鎮孤苦。因往皇都，特特來尋親故。争奈相辜負，裹足全無，怎生地回歸鄉土(原作“里”)。
《張協狀元》37

2. 孩兒過來，試出幽閨，徐步花街。喜奴今日會開懷，是這花如錦，柳垂帶。(合)穿紅度緑，折朵奇葩帶，奇葩帶。

3. 名園郡圃，是處鞦韆，花板争蹙。鬭些百草唱些曲，戲蜂兒趁，粉蝶兒舞。(合)芳郊綉陌，雅觀金蓮步，金蓮步。

4. 脚下轉身，相公特特，教請夫人。狀元張葉到階庭，是我不接見，也弗請。(合)不記爲它，害了孩兒命，孩兒命?

5. 明日坐廳，狀元來時，教立到天明。你毒得太(原作“大”)驚人，還重相見，也弗請。(合)教它自省，不接絲鞭病，絲鞭病。
《張協狀元》49

6. 山遥江水長，人遠天涯近。驅馳(原作“去駝”)登紫陌，迤逗踐紅塵。自離家鄉，寂寞無人問，朝朝愁悶損。然雖路上堪行，俺則是心中未穩。
《小孫屠》7

7. 【南吕引子】閑庭槐影轉，深院荷香滿。簾垂清晝永，怎消遣。十二欄杆，無事閑憑遍。困來湘簟展，夢到家山，又被翠竹敲風驚斷。
元傳奇《蔡伯喈》，《正始》頁 515

格式1:$5_{\triangle}$,$5_{\triangle}$。$5_{\triangle}$,$3_{\triangle}$。$4_{\triangle}$,$5_{\triangle}$。$5_{\triangle}$,$4_{\triangle}$,$6_{\triangle}$。　9句
2:$4_{\triangle}$,4,$4_{\triangle}$。$7_{\triangle}$,4,$3_{\triangle}$。4,$5_{\triangle}$,$3_{\triangle}$。　9句

3:5,5$_{\triangle}$。5,5$_{\triangle}$。4,5$_{\triangle}$,5$_{\triangle}$。6$_{\triangle}$,7 乙$_{\triangle}$。 9句

第一曲、第七曲作式1,入【南吕引子】;第二至第五曲用式2,不知宫調,因《張協狀元》連用四支,當爲過曲;第六曲用式3,爲北曲。

式1出詞調,與同名詞牌、諸宫調上半闋同。第七曲,《正始》題注:"與【滿路花】詩餘同,但無【换頭】。"詞調【滿路花】即【一枝花】。南曲有【南吕引子・一枝花】,《沈譜》卷十二、《定律》卷八、《大成》卷四十八、《簡譜》卷七均引第七曲爲例曲,句格與此同,《沈譜》題注與《正始》同。《簡譜》尾批:"此引與北詞【一枝花】實無大異,惟'怎消遣'句作三字,'夢到家山'句作四字而已。首二句須對。"其實還有第七句屬上或屬下之不同。吴梅《長生殿傳奇校律》第二齣《定情》:"南曲引子,多用詞牌,雖有工尺字譜,實則皆用散板,無主腔可言。世謂詞尚可歌者,此誤會也。凡唱引子,不用笛和,引吭高奏,動多乖戾,故度曲家有一引、二白、三曲之説,以引爲最難也。"

式2四支疊用,第九句疊用第八句末三字,已成通例。此式不見詞調、諸宫調及其【换頭】,當在流傳過程中産生了變異,或可作異體。第二曲之"合",《張協狀元》作"後、净合",第三至五曲即注"合",當爲合唱,故與"合前"之歌詠復沓、曲詞同前而省略不同。

式3,《小孫屠》第七齣標明北曲,與北曲【南吕・一枝花】僅第八句减一字,餘同。鄭騫《北曲新譜》尾批:"首四句須對,末兩句須對。……【一枝花】……北曲則自南曲變出。《廣正》所收第二格商政叔作即是南體,《廣正》誤分正襯。商作'釵横金鳳偏'套【一枝花】亦用南體。政叔是金末元初作家,其時南北曲尚未全分,故爾。此外即無仿效者;《廣正》列爲第二格,大可不必。"商政叔所作北曲亦源自詞體,戲文則直承詞調和諸宫調,故講北曲承南曲變出,雖可,但不如講北曲與戲文此調均採自詞調、諸宫調,可能更爲準確。

此曲式1出詞調,諸宫調、戲文、南曲一脈承傳;式3亦出詞調、諸宫調,入北曲,稍有變化,《張協》採之;式2僅見於戲文,後已不傳。

【一封書】

參見【秋江送別】。

【一撮棹】

1. 吃黄連,心苦向誰言？無語處,莫得告蒼天。枷收了,明日要歸勘;將就理,實説早周全。怎禁枷和鎖,鐵心腸淚漣漣。情最苦,身落在罪囚間(原作“禁”)。　《小孫屠》11

2.【正宫過曲】寬心等,何須苦牽縈？把音書寫,但頻頻寄郵亭。爹娘老,伊家須好看承;程途裏,只願保安寧。死别全無准,生離又難定。今去也,何日到京城？　元傳奇《蔡伯喈》,《正始》頁228

3.【正宫過曲】……病痊後謝天地。①

元傳奇《王祥》,《正始》頁228

格式:$3_{\triangle}$,$5_{\triangle}$;3,$5_{\triangle}$。3,$5_{\triangle}$;3,$5_{\triangle}$。5,$5_{\triangle}$。3,$5_{\triangle}$。　12句

前八句宜作兩段,各爲兩個隔句對。第一曲末句,錢南揚《校注》云:“禁,失韻,疑是‘間’之誤。戲文用韻,干寒、歡桓、天田等,都可通借。”《正始》列第二曲爲例曲,平煞,第三曲末爲仄煞。

南曲有【正宫過曲·一撮棹】,與此僅第九句作三字,餘同。《正始》對此已作考辨:“本曲之‘死别’句五字,時譜亦襯爲三字,非也。《沈譜》曰:‘此調今皆用於【摧拍】後,而不知用於【三字令】後猶妙。’此論甚當。”《沈譜》卷四、《新譜》卷四、《寒山堂譜》卷二、《定律》卷二、《大成》卷三十一均引第二曲爲例曲,與此同。《雍熙樂府》卷三【正

---

①《舊譜》卷二存録此曲,其辭云:“疾忙起,冰忽自開離;雙鯉魚,躍出被我拿住,便把繩拴繫。兄行孝,陰空賜周庇;天念取,我母免憂慮。提著到家裏,娘見喜,病痊後謝天地。”亦12句,然作:“$3_{\triangle}$,$5_{\triangle}$;$3_{\triangle}$,$5_{\triangle}$,$5_{\triangle}$。3,$5_{\triangle}$;$3_{\triangle}$,$5_{\triangle}$。$5_{\triangle}$,$3_{\triangle}$,$5_{\triangle}$。”與此略有變異。

宮・雁過聲】《納凉》套【一撮棹】與卷十六【陽關三疊】《留戀相席》套之【一撮棹】同，較此均删減第五至第八句，有所變異，當用減句格。

此曲出戲文，南曲承之，略有變化。

【一盆花】

1.【仙吕過曲】此劍分明靈異，看青蛇出匣，恁般雄威。氣沖牛斗接光輝，今日帶行前去，鎮伏妖魅。果然是奇，果然是美，便做劉季當道，斬蛇無比。　　元傳奇《陳巡檢》，《正始》頁 363

2.【羽調過曲】【一盆花全】過却炎炎天氣，正牛星女宿，約會佳期。金風吹敗井梧飛，蛩吟階砌，叫得聲悲。果然是奇，果然是美，驀忽地風傳木樨，異香拂鼻。【錦添花】看天邊征南雁兒，芙蓉花綻開正美。(合前)　　元傳奇《王子高》，《正始》頁 368

格式 1：6$_{\triangle}$，5 乙，4$_{\triangle}$。7$_{\triangle}$，4，4$_{\triangle}$。4$_{\triangle}$，4$_{\triangle}$，6，4$_{\triangle}$。　　10 句

2：6$_{\triangle}$，5 乙，4$_{\triangle}$。7$_{\triangle}$，4，4$_{\triangle}$。4$_{\triangle}$，4$_{\triangle}$，6，4$_{\triangle}$。7 乙，7 乙$_{\triangle}$。4，4$_{\triangle}$。4，5 乙$_{\triangle}$。　　16 句

《正始》以第一曲爲式 1，又頁 339【甘州八犯】尾批、頁 1328 和頁 1330【高平調過曲・五團花】尾批均引此第五、第六四字兩句。列第二曲爲式 2，集曲，前用【仙吕過曲・一盆花】全十句，後用【錦添花】末六句。【羽調過曲・一盆花】與【仙吕過曲】同名異實。《正始》尾批："'芙蓉'，即始調體。"《正始》頁 367【四時花】尾批："此調用四時花名合成一調，故總題曰【四時花】。今俗名【四季花】，亦可。但其束處重複一段【錦添花】，此非撰人失體，蓋因元人先有全調【四時花】套，亦即此四調，亦於每調後復用【錦添花】一段爲束尾。……元譜所收元傳奇《王子高》一全套，置屬於十三調之【羽調】内。此蓋爲始調【錦添花】也。但余今欲藉此套爲本曲引證，故敢借附此【仙吕宫】内，非不知移調亂宫耳。"據頁 367【錦添花】和錢南揚《宋元戲文輯佚》頁 9，"合前"作："歎取人生，光陰能幾？莫把青春虚受，負良辰美時。"

南曲有此調。第一曲，《舊譜》卷一、《沈譜》卷一、《新譜》卷一、

《大成》卷二俱引爲例曲，與此句字、正襯略有出入，或合第五、六兩句作七字一句，作【又一體】。《沈譜》眉批："此調大抵似【皂羅袍】。或無'果然是美'一句。"《寒山堂譜》卷一尾批："或無'果然'一句。"《定律》卷四引第一曲爲正格，與此同。據例曲，此調第七、八兩句用"果然是奇，果然是美"，實不可少。《簡譜》卷六引《牧羊》"仗你一封達聽"爲例曲，尾批："諸譜皆收《梅嶺記》曲，而第四句（應是第五句）遂疑爲八字二語矣。《梅嶺》曲云：'……我今日待行前去鎮伏妖魅（誤在此句。諸譜皆以'伏'字作正，於是成八字兩句矣）……'依我分析與《牧羊》無異也。"是亦合第五、六兩句作七字一句，以爲正格。

第二曲僅見於《王子高》【錦添花】《四時花》組曲中。全組曲子爲【錦添花】【間花袍】【一盆花】【惜黄花】四曲。其構成方式是：以始調一支後連他曲三支；後三支分别用其本調而後綴【錦添花】末六句，已是集曲，但仍用單曲之名；四曲之組曲較爲穩定，除始調本身即是隻曲，後三支未見摘出單用。這種組曲的構成方式，又見於【雁漁錦】【四季望鄉】等組曲，當是宋元戲文在組套時的一種創制嘗試。此之"合前"，吴梅《長生殿傳奇校律》第二齣《定情》："合前者，蓋合唱處用前曲語……省稱合前。明曲通用語。"與【一枝花】之（合）爲合唱異文有所不同。

此曲出戲文，南曲承之，略有變化。第二曲之集曲體僅見於此，當未傳入後世南曲。

【一剪梅】

【南吕引子】浪暖桃香欲化魚，期逼春闈，詔赴春闈。郡中空有辟賢書。心戀親闈，難舍親闈。　　元傳奇《蔡伯喈》，《正始》頁518

格式：$7_{\triangle}$，$4_{\triangle}$，$4_{\triangle}$。$7_{\triangle}$。$4_{\triangle}$，$4_{\triangle}$。　　6句

《正始》題注："與詩餘同。"

詞調有【一剪梅】，雙片，其上闋與此同。南曲有此調，《舊譜》卷四即此爲例曲，與此同。《沈譜》卷十二、《新譜》卷十二以詞作爲例

曲，故有【前腔】。

此調出宋詞，入戲文，南曲承之。

【一江風】

1.【南吕過曲】瑞煙濃，剪剪輕風送，日照香奩永。向高堂，問寢歸來，慢把金針弄。何事不爲容，何事不爲容。留心在女工，綉花枝怕綉出雙飛鳳。

2.【前腔】綉房中，……①　　　　元傳奇《王十朋》，《正始》頁 565

格式：$3_{\triangle}$，$5_{\triangle}$，$5_{\triangle}$。3，4，$5_{\triangle}$。$5_{\triangle}$，$5_{\triangle}$。$5_{\triangle}$，$5_{\triangle}$。　　10 句

《正始》以明傳奇《昇鸞記》爲正格，列第一曲爲第二格，題注："第五句下減四字一句，第七用疊句。"尾批："今時唱'綉房中'是其次曲。"

南曲有此調，亦十句，然與此第五句下增四字一句，減第八句疊句。《大成》卷四十九引此第二曲爲【又一體】，與此格同。《簡譜》卷七引《西樓》"意闌珊"爲例曲，與此僅第五句下增四字一句，餘均同。尾批："此爲正格。後人有分古今二體者，以有'扶病而歌'（即所增第六句）句爲古體，無此四字者爲近體，殊不當也。此四字句萬不可省。"所言"不當"，是；而"不可省"，則未必。趙景深《考略》頁 16 考察《六十種曲》本《荆釵記》第九齣《綉房》僅存【一江風】一支，"以爲並非今本删去此曲，而是今本掉换、偷改古曲"。查《六十種曲》本《荆釵記》第九出存【一江風】二曲，無此例曲之第一曲，趙説當是。吴梅《霜崖曲話》卷一："曲之第二調，北曰【幺】，南曰【前腔】、曰【换頭】。【前腔】者，連用二首或四五首，一字不易者是也。【换頭】者，换去前曲之

① 《原本王狀元荆釵記》第九齣存録【一江風】曲二支，其始調辭云："綉房中，裊裊香煙噴，翦翦輕風送。但晨昏，問寢高堂，須索把奴椿萱奉（原作"春"）。忙梳早整容，忙梳早整容。惟勤針指功，怕窗外花影日移動。"其【前腔】首句辭云："聽鵲鴉，噪得我心驚怕，有甚吉凶話？"《大成》卷四十九與此句字略有差異。

首二句，而稍增減其字也。”

此調或出於民歌，入戲文，南曲承之，略有變化。

【一匹布】

【越調過曲】方才睡，正打眠，甚人只管煎？摩挲兩眼出房前，原來是老虔。 元傳奇《殺狗記》，《正始》頁 771

格式：3，3，$5_{\triangle}$。$7_{\triangle}$，$5_{\triangle}$。 5 句

南曲有此調，《舊譜》卷六、《沈譜》卷十五等末句均作七字，餘與此同。

此調或出於民間歌謠，入戲文，南曲承之，略有變化。

【一機錦】

【仙吕入雙調過曲】雲雨歇，鸞鳳分，别來愁斷魂。暗擲金錢卜問君，吉凶事，尚未聞。眼巴巴絶信音，空教奴對景傷情。冷冷清清也，急煎煎睡不成，好教奴成孤另。 元傳奇《王祥》，《正始》頁 920

格式：3，$3_{\triangle}$，$5_{\triangle}$。$7_{\triangle}$，3，$3_{\triangle}$。6 $乙_{\triangle}$，7 $乙_{\triangle}$。4 也，6 $乙_{\triangle}$，6 $乙_{\triangle}$。 11 句

《正始》尾批：“此係古本原文。但今蔣譜所收者，與此儘有不同處，不識何所本也。”第九句末例用“也”字，前一字韻否不拘。

北曲有【雙調・一機錦】，與此不同。南曲有此調。《舊譜》卷十、《沈譜》卷二十、《新譜》卷二十三、《定律》卷四、《簡譜》卷八均以此爲例曲，然《舊譜》《沈譜》與此句字、句格有所不同，其後四句並作三句：“空教我數歸鴻。不帶書來也，我便撲撲簌簌淚暗傾。”《新譜》《定律》與此句字大同小異。《簡譜》尾批：“昔人有以此曲即【紅衲襖】者，其説亦新”；“《定律》爲南譜之較善者，亦不作【紅衲襖】格也”；“余故從《定律》云。”錢南揚《輯佚》頁 32 引《大成》卷三十九北【小石角・一機

錦】注云："按此體，《雍熙樂府》載【北南吕調】一套四闋，《蔣譜》取第一曲誤作《卧冰記》，入【南雙調】，人幾不知其爲北曲矣。"並詳細考論此説錯誤有三：《雍熙樂府》北套中常夾雜南套，此曲與《北詞廣正譜》【雙調】所收者大不相同，聯套方式又疊用四支，必爲南曲而非北曲；《蔣譜》成書在前，《雍熙樂府》成書在後，説《蔣譜》取材於《雍熙樂府》，前後倒置；《蔣譜》收録此曲於【仙吕入雙調】，而非【雙調】。是。《全元戲曲》卷十二頁 359 之考辨承此。

此曲或出於民間歌謡，出分途而入戲文與北曲，南曲承於戲文而轉换之。

【一絡索】

【不知宫調引子】那日身貧爲饑餒，拾桑椹遇見公卿。憐貧賜我米和銀，這恩德常在心。　　　元傳奇《趙氏孤兒》，《正始》頁 1356

格式：7，7 乙$_{\triangle}$。7$_{\triangle}$，6 乙$_{\triangle}$。　　　4 句

宋詞以此調爲【一落索】别稱。《全宋詞》有【一絡索】兩首，與此第二句作五乙，餘同。

此調於明清諸譜少見。《定律》卷十一、《大成》卷四十二、《簡譜》卷九均引録此曲，署《八義記》，題【金落索】。《趙氏孤兒記》第十九齣《輒負盾逃》則題此曲作【落索環】。《定律》《簡譜》入【般涉調引子】，《大成》入【大石調引子】。《簡譜》作："5$_{\triangle}$，5$_{\triangle}$。7$_{\triangle}$，6$_{\triangle}$。"《牡丹亭》第二十四齣則爲："5$_{\triangle}$，5$_{\triangle}$。7$_{\triangle}$，7 乙$_{\triangle}$。"與此均稍異。

此調出宋詞，入戲文，南曲承之，略有變化，使用較少。

二　筆

【七娘子】

1. 朔風四野雲垂地,向長空六花飛墜。獨上高山,全無力氣,奔名奔利直如是。《張協狀元》9

2. 判斷甚嚴明,受人間陰府幽冥。負屈啣冤,從公决斷,心無私曲明如鏡。《小孫屠》21

3.【正宫引子】生居畫閣蘭堂裏,正青春歲方及笄。家也簪纓,儀容嬌媚,那堪身在歡娱地。元傳奇《拜月亭》,《正始》頁 137

格式:$7_{\triangle}$,7 乙$_{\triangle}$。4,$4_{\triangle}$,$7_{\triangle}$。　5句

第二曲首句改作五字,第四句不叶。

詞調有【七娘子】,雙片,其上闋與此僅第二句作 3、5 八字,餘同。冀南磁窑金元瓷枕有【中吕宫・七娘子】二首[①],較之,與詞調同。南曲有此調。《舊譜》卷二題【七娘兒】,《沈譜》卷四、《新譜》卷四、《定律》卷二均引第三曲爲例曲,與此同。《沈譜》【七娘子】題注:"'子',或作'兒',亦通。"《新譜》承之。

此曲出詞調,戲文、南曲一脈承傳,僅略有變化。

---

① 楊棟《冀南出土磁窑器物上的金元詞曲》,《文藝研究》2004 年第 1 期;其《元曲起源考古研究》又以爲此"三彩枕爲宋金之物",中國社会科學出版社,2014 年,第 68 頁。

【卜算子】

1. 百尺綵樓高，十里人挨鬧。狀元今日欲遊街，一段風光好。

2. 張葉受皇恩，乍着荷衣緑。回首爹娘萬里遥，料已沾天禄。

3. 【同前】嘈雜歡聲沸，捧擁風流婿。果與奴家有宿緣，接取絲鞭去。

《張協狀元》27

4. 【仙吕引子】病弱身着地，氣咽魂離體。折散鴛鴦兩處飛，多少啣冤意。

元傳奇《拜月亭》,《正始》頁 264

格式：5，$5_{\triangle}$。7，$5_{\triangle}$。　　4 句

首句可叶可不叶。第四曲句句叶韻，《正始》題注："與詩餘同。詩餘第一、第三句不用韻。"

詞調有【卜算子】，雙片，其上闋與此同。南曲有【仙吕引子·卜算子】，《舊譜》卷一引第四曲爲例曲，與此同。《大成》卷一、《簡譜》卷六均以《綵樓記》"篤志在詩書"爲例曲，與此同格。《大成》題注："一名【百尺樓】。"《簡譜》尾批："此與詩餘同。舊譜又有【番卜算】一體，句法與此同，不當別立一體。"是；二調僅第三句平仄不同，實可併爲一體。姑从舊譜，仍依例分列。吴梅《霜崖曲話》卷一："詞之與曲，實分兩途，間有以詞采入南北二曲者。……南曲則小令如【卜算子】【生查子】【憶秦娥】【臨江仙】類；長調如【喜迁鶯】【稱人心】【意難忘】類，止用作引子。"

此曲出詞調，戲文、南曲一脈承傳。

【十五郎】

1. 張葉托在洪福，今叨冒身挂緑。念女子生得絶妙，似我樣肌瑩玉。綵樓下已剌絲鞭，狀元又此心不足。敢欺人弗要我孩兒，它無分你無福。

2. 張葉家住在西川，隨爹媽心意轉。看我女如花嬌面，嫁不得

一狀元。這般事兩家情願,又何須定却絲鞭?料貧胎不是我姻緣,不筵宴請逐便。 《張協狀元》27

3.【仙吕過曲】南雄巡檢新除,蒙嚴命怎敢違?未免得飡風宿水,慮只慮年少妻。在這路途裏多少奔馳?捹千山萬水前去。但守清廉勤謹累官職,終須著錦衣歸。 元傳奇《陳巡檢》,《正始》頁 334

4.【南吕調近詞】人生不孝有三般,無後的極可憐。枉有金珠無數身榮顯,奈没個子孫傳。這家私付與誰收管,勸你將心比一般,那孤兒的且饒免。 元傳奇《趙氏孤兒》,《正始》頁 1169

5.【南吕調近詞】晨雞叫月已西沉,茅檐下人尚寢。寒鴉鼓翼霜天凛,我兩個步喬林。聽潺潺流水溪邊響,古寺遥聞鐘磬音。有村醪須共酌,有山花須共簪。 元傳奇《劉盼盼》,《正始》頁 1170

6.【南吕調近詞】曉來時猶帶春寒,揭珠簾整珮環。姚黄魏紫花千萬,倚玉砌傍雕闌。待群葩開盡花初綻,一賞千金非等閑。且休言春意闌,沉香亭畔觀牡丹。 元傳奇《崔懷寶》,《正始》頁 1171

格式 1:$6_{\triangle}$,6 乙$_{\triangle}$。7 乙$_{\triangle}$,6 乙$_{\triangle}$。7 乙,7 乙$_{\triangle}$。7,6 乙$_{\triangle}$。 8 句

2:$6_{\triangle}$,6 乙$_{\triangle}$。$7_{\triangle}$,6 乙$_{\triangle}$。$7_{\triangle}$,$7_{\triangle}$,6 乙$_{\triangle}$。 7 句

前三曲用式 1,爲【仙吕過曲】;後三曲用式 2,爲【南吕近詞】。

《正始》列第三曲爲【仙吕過曲】正格,題注:"與【南吕·十五郎】不同。"

《正始》列第四曲爲【南吕近詞】正格,題注:"與【仙吕宫·十五郎】不同。"尾批:"此調今人添字改句,强合【仙吕宫·十五郎】,且時譜亦不審其源,而亦置屬【仙吕宫】,誤之甚也。"《正始》頁 334【南吕過曲·三十腔】引此第二句,尾批:"【十五郎】,合元傳奇《趙氏孤兒》第二句云云。"列第五曲爲第二格,題注:"首句變七字,末句上外增六字二截一句。"列第六曲爲第三格,題注:"此即上《劉盼盼》同格,但末句變爲七字。"

金院本有《十五郎》,王國維《宋元戲曲史》六入"用詞曲調者"類,應是用戲文之曲。南曲有【仙吕過曲·十五郎】,《舊譜》卷一、《沈譜》卷一、《新譜》卷一、《寒山堂譜》卷一、《定律》卷四、《大成》卷三、《簡

譜》卷六均以第三曲爲例曲，《大成》尾批：此曲“爲正體……用韻夾雜，本不足法，因諸譜皆收，姑存之”。《簡譜》以第七句首二字作實字一句，尾批：“此調本無他異，沈譜將‘但得’二字作襯，於是葛藤牽纏不了矣。今試將《八義》一曲對核，大體完全無異，所異者，合處‘勸你，將人比己一般’句，和六字而已。其它概可息争也。”此説承《新譜》，而《新譜》又實從馮夢龍稿本。較之《正始》，實因所據版本不同，且合併二式。《沈譜》《寒山堂譜》《大成》以第四曲入【又一體】，正是《正始》所批評者。《寒山曲譜》《大成》卷五十一又引第五曲爲例曲，入【南吕過曲】，題【大勝棹】，作集曲：前六句入【大勝樂】，末二句入【川撥棹】，棄簡就繁，别具一格，實不可取。《大成》署“散曲”，誤。

此曲當源出民間歌謡，戲文採録之，分别入【仙吕過曲】和【南吕近詞】；傳入金院本，已不詳用何宫調；南曲承於戲文，多將【南吕近詞】併入【仙吕過曲】。

【七精令】

1. 相公不在家裏，老漢心下歡喜。看官(原作“管”)不認是阿誰？我是一個佗背烏龜。　　《錯立身》2

2. 【越調過曲】子傳聽説因依，咱每和你商議。夜來忽然生一計，説起教你歡喜。　　元傳奇《殺狗記》，《正始》頁 841

格式：6$_{\triangle}$，6$_{\triangle}$。7$_{\triangle}$，6$_{\triangle}$。　　4 句

《正始》題【叱精令】，題注：“或無‘叱’字。”以明传奇《苏武》为正格，與此首句作四字，第二句作七字。列第二曲爲第二格，題注：“第二句變爲六字。”

南曲有此調。《舊譜》卷六、《沈譜》卷十五、《新譜》卷十六、《定律》卷十三、《大成》卷二十五均作【吒精令】，即以第二曲爲例曲，然僅《大成》以首句前兩字作襯字。《沈譜》題注：“或無‘吒’字，未詳孰是。”《大成》尾批：“首曲第二句用六字句，第二曲用七字句，惟此稍異，餘皆同。”錢南揚《戲文概論》頁 37：“‘叱’，疑當作‘七’；七精，道家

語，見《雲笈七籤》。《錯立身》第二齣作【七精令】。”是。

此曲當出於道曲，後演化爲民間曲調，入戲文；南曲承之，略有變化；從《錯立身》到《殺狗記》再到明傳奇，演進之迹清楚。《正始》以元曲爲第二格，反列明曲爲第一格；又與《沈譜》均討論“叱”字之有無，均失。

【八聲甘州】

1. 子規兩三聲，勸道不如歸去，羈旅傷情。花殘鶯老，虚度幾多芳春。家鄉萬里，煙水萬重，奈隔斷鱗(原作“鄰”)鴻無處尋。一身，似雪裏楊花飛輕。

2.【同前換頭】艱辛，登山渡水行(此字原奪)，見夕陽西下，玉兔東升。牧童吹笛，驚動暮鴉投林。殘霞散綺，新月漸明，望隱隱奇峰鎖暮雲。泠泠，見溪水圍繞孤村。 《錯立身》9

3.【仙吕過曲】窮酸魍魎，我眼前，輒敢數黑論黄。裝模作樣，惱得我氣滿胸膛。平生頗讀書幾行，豈可紊亂三綱並五常？荒唐，便謹依來命何妨？

4.【前腔換頭】端相，這搊搜伎倆，做不得，潭潭相府東床。出言挺撞，那些個謙讓温良。微名添登龍虎榜，肯做棄舊憐新薄倖郎？參商，料烏鴉怎配鸞凰？ 元傳奇《王十朋》，《正始》頁 335

5.【仙吕過曲】春深離故家，歎倦客旅邸，遊子天涯。一鞭行色，遥指剩水殘霞。墻頭嫩柳籬上花，望古樹枯藤棲暮鴉。嵯岈，遍長途觸目桑麻。

6.【前腔換頭】呀呀，幽禽聚遠沙，對芳菲禾黍，宛似蒹葭。江山如畫，無限野草閑花。旗亭小橋景最佳，見竹鎖橋邊三二家。漁艖，弄新腔一笛堪誇。 元傳奇《孟月梅》，《正始》頁 336

7.【仙吕過曲】東君漏泄，試問騷人，春在何處？江頭驛畔，野外路旁溪湄……

8.【前腔換頭】方今羡補之，怎描得，孤山一景清奇……

元傳奇《甄文素》，《正始》頁 337—338

9.【仙吕過曲】……此時，人間天上佳期。

元傳奇《朱心心》，《正始》頁 337

10.【仙吕過曲】歸來未晚，……①

元傳奇《陶學士》，《正始》頁 352

11.【仙吕過曲】從别故里，離母親膝下，今喜參侍。家兄不見，教我寸心驚疑。教他後園守柰子，酷暑炎無怨語。我母，又何故滅裂孩兒。　元傳奇《卧冰記》，《寒山堂譜》卷一頁 650 下半葉

格式 1：$5_{\triangle}$，5，$4_{\triangle}$。4，$6_{\triangle}$。4，4，1、$7_{\triangle}$。$2_{\triangle}$，7 乙$_{\triangle}$。　10 句

2：$4_{\triangle}$，3，$6_{\triangle}$。$4_{\triangle}$，7 乙$_{\triangle}$。$7_{\triangle}$，$7_{\triangle}$。$2_{\triangle}$，7 乙$_{\triangle}$。　9 句

首两曲用式 1，不知宫調；以下諸曲用式 2，爲【仙吕過曲】。《錯立身》式 1 與《正始》所録戲文正體式 2 僅首三句有所變化，後則大同小異。

《正始》引第三曲爲正格。列第五曲爲第二格，題注："首句五字，第二、三句節又不同，五句減爲六字。"尾批："此本爲今改本《荆釵記》所竊，况《荆釵記》此折之引子亦竊元傳奇《鄭元和》者也。"查《六十種曲》本《荆釵記》第四十一齣《晤婿》存此二曲，惟改"倦客旅邸"爲"衰年倦體"，餘同；且【小蓬萊】確爲本出引子，錢南揚《輯佚》頁 67《李亞仙》之【小蓬萊】尾注是。《正始》第六曲題注："今人唱此曲，不用'呀呀'二字。"列第七曲爲第四格，題注："第二、第三變爲八字二句。"列第八曲爲【换頭】第三格，題注："首句五字，此格頗多。"尾批："下皆同，不録。"列第九曲爲第五格，題注："末句減爲六字。"前批："全調皆同，不録，止録末二句。"第十曲，《正始》【仙吕過曲・解酲歌】尾批："此'歸來未晚'，今人無不認爲散曲，殊不知乃元傳奇《陶學士》之詞也，且其文意與時唱者大不同。余嘗以其全套録正於《選詞》。"錢南

① 《群音類選》清腔卷一《閑情》録其全曲，其辭云："【仙吕過曲・甘州歌】【八聲甘州】歸來未晚，兩扇門兒，雖設常關。無縈無絆，直睡到曉日三竿。情知廣寒無桂攀，不如向緑野堂前學種蘭。【排歌】從人笑，貧似丹，黄金難買此身閑。村莊學，一味賴，清風明月不須錢。"又見《吴歈萃雅》《南音三籟》。

揚《宋元戲文輯佚》頁 164 注:“未注牌名,今按此四字平仄,正和【八聲甘州】首句合,如《王十朋》之‘窮酸魍魎’,也是平平仄仄。現在姑補上這個牌名。”《全元戲曲》卷十二頁 475 尾注:“鈕氏《選詞》已佚,今從《群音類選》《吴歈萃雅》《南音三籟》等所録清腔或散曲内輯得此套。諸曲選於此套作者或題無名氏,或題王思軒,或題王陽明,均非。蓋此戲久佚,而選録者不知其所出,遂逕視爲散曲。”是。

唐・崔令欽《教坊記》有大曲【甘州】,爲唐代邊塞曲。【八聲甘州】係詞調,又稱【瀟瀟雨】【宴瑶池】【甘州】,爲截取唐大曲一段增減聲腔而成。全曲八韻,故曰“八聲”。柳永《樂章集》入【仙吕調】,與此不同。北曲有【仙吕・八聲甘州】,與式 2 小異:首兩句均作四字句,末兩句改作“5,4$_{\triangle}$”兩句。《北曲新譜》注:“南【仙吕】亦有此章,極相類似。北曲用此章者遠少於【點絳唇】,想因腔板太近南曲之故。作此章者均不多加襯字,亦是南曲規律。”其實,首先是與戲文相近,或即是受戲文影響。南曲有【仙吕過曲・八聲甘州】。《舊譜》卷一録第十一曲爲例曲,題注:“四字起。”僅第七句作七字,餘同。《沈譜》卷一、《新譜》卷一均用第三曲爲正體,題注:“四字起。”以第五曲爲【又一體】,署《錦香亭》,題注:“五字起。今借入《荆釵記》。”《寒山堂譜》卷一以第十一曲爲正格,尾批:“此曲極妙,勝《荆釵》‘窮酸魍魎’一曲。平仄發調,細玩自知。‘侍’字用平聲,‘我母’二字用平聲,‘教他’二句作一聯,更佳。”以第四曲爲【其二】,以第五曲作【又一體】,第六曲爲【其二】,與此僅句字稍異。《定律》卷四以明曲爲正格,以第五、第六兩曲爲【又一體】。《大成》卷二題注:“一名【瀟湘雨】。與本宫【引】不同。”以第五、第六兩曲各爲【又一體】,均署《荆釵記》,與此句字多有差異。《簡譜》卷六引第一曲爲例曲,尾批:“此調與詞絶不相類。”吴梅《霜崖曲話》卷一:“詞之與曲,實分兩途,間有以詞采入南北二曲者。……南曲則……過曲如【八聲甘州】【桂枝香】類,亦止用其名而盡變其調。”

此曲源遠流長,但戲文與詞調同名異實;南曲承戲文,略有變化。

【二紅郎】

【正宫過曲】【福馬郎】一自瑶琴操離鸞,眼底知音少,不與彈。【水紅花】今朝拂拭錦囊看,雪窗寒。【南吕宫·紅芍藥】傷心一曲倚闌干,續關雎一調難。

元傳奇《拜月亭》,《正始》頁 145

格式:$7_{\triangle}$,5,$3_{\triangle}$。$7_{\triangle}$,$3_{\triangle}$。$7_{\triangle}$,$5_{\triangle}$。 7句

集曲。首用【福馬郎】前三句,次用【水紅花】第四、五兩句,末用【紅芍藥】後兩句。

此調僅見戲文,不見其他諸譜。《六十種曲》本《幽閨記》第三十八齣《請偕伉儷》題【懶朝天】,作隻曲,未注犯調。據趙景深《考略》頁42考察,今本《幽閨記》從第三十五齣以後,僅此一曲被《正始》收録。

【二紅郎上小樓】

【正宫過曲】【南福馬郎】花壓闌干春晝遲,唤起嬌娥睡,鶯亂啼。【南水紅花】無言嘿嘿鬬芳菲,减香肌。【南紅衫兒】又早是緑暗紅稀,聽聲聲子規。路傍芳草萋萋,把王孫路迷。【北上小樓】路迷在花叢徑裏,又没個相賙相濟。俺只見來往遊蜂,貪花蝴蝶,上下争飛。恁成雙,俺孤單,心中憔悴,不覺雨過時園林香細。

元傳奇《吴舜英》,《正始》頁 147

格式:$7_{\triangle}$,5,$3_{\triangle}$。$7_{\triangle}$,$3_{\triangle}$。$6_{\triangle}$,$4_{\triangle}$。$6_{\triangle}$,$4_{\triangle}$。$4_{\triangle}$,$4_{\triangle}$。4,4,$4_{\triangle}$。3,3,$4_{\triangle}$,7乙$_{\triangle}$。 18句

集曲。此曲始用【福馬郎】前三句,次用【水紅花】第四、五句,再用【紅衫兒】第六至第九四句,末九句用北曲【上小樓】全部。因以【商調·水紅花】【南吕·紅衫兒】犯【正宫·福馬郎】,又犯北曲【中吕·上小樓】,故名。所用十三韻,全入北曲之"機微"部,見《中原音韻》;分入南曲之"機微""灰回"兩部,見《韻學驪珠》。然在宋代江浙詩韻、詞韻中,

兩部即已通押,均入“支微”部,已經成爲“宋代通語18韻係”之一部①。

此曲極特殊,正是《正始》尾批所論“古人所謂南北合調者”,“今李日華之《西厢記》之‘側耳聽琴’三曲,即仿此體而作者”。又引明傳奇《凍蘇秦》,前九句與此同,後七句用北調【紅衫兒】全闋。這表明戲文中不僅用南北合套,而且有南北曲合調。又:趙景深《考略》頁10以爲“吴舜英”“疑即‘黄舜英’,‘吴’‘黄’形似”。正始所引均署《吴舜英》,當無此誤;馮沅君《南戲拾遺》、錢南揚《輯佚》亦無此疑。

此曲僅見戲文。且這種以集曲組構新集曲的方法,既不合集曲構成規範,戲文及後世南曲也極爲罕見。南曲又有【花郎兒】,截用此調前半南曲九句,末八句用北曲【紅衫兒】全部,與此同構。《正始》題注:“俗謂【二犯朝天子】,謬。”此可見戲文在曲調創新方面嘗試的努力。

【二犯漁家傲】

1.【正宫過曲】【雁過聲换頭】思量,幼讀文章,【漁家傲】論事親爲子也須要成模樣,真情未講。【小桃紅】怎知道吃盡多磨障,被親强來赴選場,被君强官爲議郎。【雁過聲】被婚强,效鸞凰,三被强衷腸説與誰行?埋怨難禁這兩厢,這壁厢道咱是個不撑達害羞的喬相識,那壁厢道咱是個不睹事負心的薄倖郎。 元傳奇《蔡伯喈》,《正始》頁175

2.【正宫過曲】……論早晚……論寒暑……②

元傳奇《王十朋》,《正始》頁176

---

① 參見魯國堯《論宋詞韻及其與金元詞韻的比較》,《魯國堯語言學論文集》,江蘇教育出版社,2003年,第43—46頁;錢毅《宋代江浙詩韻研究》,揚州大學2008年中國古代文學專業博士學位論文,第25—27頁;張正學《試論宋元南戲的韻係、韻部與用韻》,《戲劇藝術》2014年第4期。

② 《六十種曲》本《荆釵記》第二十七齣《憶母》存録此曲,其辭云:“當時,痛别慈幃,論奉親行孝也縈懷不寐,年華有幾。總然是百歲如奔騎,論早晚須問起居,論寒暑須當護持。論供養,要甘肥,因赴举把蘋蘩饋托與我妻。知他看承處怎的,俺這裏對青山望白雲鎮日瞻親舍,他那裏翹白首看紅日終朝憶帝畿。”此曲原題【雁魚錦】第二曲【前腔】,據《舊譜》卷二、《沈譜》卷四、《新譜》卷四,當是【二犯漁家傲】,與《正始》正格大同小異。

格式:$2_{\triangle}$,$4_{\triangle}$,$7_{\triangle}$,$4_{\triangle}$。$7_{\triangle}$,$7_{\triangle}$,$7_{\triangle}$。3,$3_{\triangle}$,7 乙$_{\triangle}$。$5_{\triangle}$,7,$7_{\triangle}$。　14 句

集曲。首用【雁過聲换頭】前二句,次用【漁家傲】第四、五兩句,再用【小桃紅】第三、四、五句,尾用【雁過聲】末六句。

《正始》以第一曲爲例曲,尾批:“此調,按蔣、沈二譜之總題雖亦【二犯漁家傲】,但不分題析調,致今人無識其詳耳。以其第六、七句,皆謂‘被親强’‘被君强’爲讀,致下截有‘來赴選場’‘官爲議郎’之句也。此不惟文義欠通,且句法亦非體耳,因而又有《王十朋》之云云之句也。按此二傳,雖皆元劇,但不識孰先孰後。”《正始》頁 169 引此首二句,爲【雁過聲第二换頭】。所引第二曲爲第六、第七句。

南曲有此調。《舊譜》卷二、《沈譜》卷四録第一曲爲例曲,然爲隻曲,“不分題析調”,句式亦有所不同,如第六、七兩句均作七乙;《新譜》卷四承之,題注:“後四段每段末二句俱犯【雁過聲】。”《正始》尾批對此已作辨析。《寒山曲譜》、《定律》卷二、《大成》卷三十二則均題【雁漁錦】之【二段】。趙景深《考略》頁 22 認爲第二曲“是各種《荆釵記》的現存逸文”,其實可以查考。《簡譜》卷六【三犯月兒高】尾批:“凡集曲明言幾犯,則首尾宜仍以本牌起結。”又同卷【二犯桂枝香】尾批:“凡首尾以原調起結者,應書明幾犯某牌,方合規範。”如此則此調當名【二犯雁過聲】矣。

此曲出戲文,南曲承之,略有變化。

【人月圓】

【大石調過曲】路途裹奔走流民擁,膽喪魂飛心驚恐。風吹雨濕衣襟重,止不住雙雙珠淚湧。行不上,惟聞得,戰鼓聲震蒼穹。

元傳奇《拜月亭》,《正始》頁 248

格式:3、$5_{\triangle}$,$7_{\triangle}$。$7_{\triangle}$,$7_{\triangle}$。3,3,$6_{\triangle}$。　7 句

詞調有【人月圓】,雙片。邯鄲市磁縣文保所收藏金元磁窑瓷枕

上有此調"南朝千古傷心事"一首①,實金代詞人吴激所作,載《全金元詞》;北曲有【黄鐘・人月圓】,與詞調同格,均與此不同。南曲有此調,《舊譜》卷八、《沈譜》卷六、《新譜》卷六、《寒山堂譜》卷三、《寒山曲譜》卷三、《大成》卷十八均以此爲例曲。《沈譜》題注:"與詩餘不同。"眉批:"'途路裏'三字原無板,因今人將後一曲'軍馬來'改作'軍馬又來',且唱兩句,故妄增兩板,而並增'途路裏'二板耳。可恨可恨!"《新譜》承之。《寒山堂譜》《寒山曲譜》與此僅合第六、第七兩句作六乙一句,餘同。《寒山曲譜》失署出處。《大成》題注:"一名【青衫濕】。"以此爲【又一體】,尾批則認定"爲正體"。

此調始出詞調,傳入北曲;戲文與詞調雖同名異實,然轉换之迹可尋;南曲承戲文,略有變化。

【二犯傍粧臺】

1.【仙吕過曲】【傍粧臺】意懸懸,倚門終日望得眼兒穿。更幾度光陰變,杳没紙信音傳。【八聲甘州】多應他在京得中選,因此無暇修書返故園。【掉角兒】(合)既登金榜,怎不錦旋?【傍粧臺】教人心下轉縈牽。

2.【前腔换頭】【傍粧臺】何必恁拳拳,且把雙眉暫展免得淚漣漣。便眼下人不見,終有日再團圓。【八聲甘州】愁他命乖福分淺,又怕客邸淹留疾病纏。(合前) 元傳奇《王十朋》,《正始》頁328

格式:$3_{\triangle}$,$7_{\triangle}$。6乙$_{\triangle}$,6乙$_{\triangle}$。$7_{\triangle}$,$7_{\triangle}$。4,$4_{\triangle}$,$7_{\triangle}$。 9句

集曲。前用【傍粧臺】首四句,次用【八聲甘州】第六、七兩句,後用【掉角兒】第七、八兩句,末句【傍粧臺】尾句。因以【八聲甘州】【掉角兒】兩曲犯【傍粧臺】,故名。

《正始》列第一曲爲正格,尾注:"此所犯之【掉角兒】,時譜誣爲【皂羅袍】。豈不知【皂羅袍】之四字句倒必四句一聯,今止犯二句乎?"第二曲題注:"首句減爲五字。此句法不止【换頭】,然始調有

① 楊棟《冀南出土磁窑器物上的金元詞曲》,《文藝研究》2004年第1期。

之。"【八聲甘州】第六、七兩句作七字句是晚出之體,則此曲雖署"元傳奇",實恐亦較爲晚出。

南曲有此調,《沈譜》卷一、《新譜》卷一、《寒山曲譜》、《定律》卷四、《大成》卷四等均以【掉角兒】作【皂羅袍】,正是《正始》所批評的。《原本王狀元荊釵記》第二十二齣作【傍粧臺】隻曲,與此不同。

此調出戲文,南曲承之,然對於所犯之曲理解不同,故有所變化。

【十破四】

【中吕過曲】念王祥蒙娘語,裝絹子推車前去。海州城作經紀,望將軍乞賜容恕。看這廝乾净身軀,那更没多年紀。早料時,牛馬三牲,同答賽取。 元傳奇《王祥》,《正始》頁 496

格式:6 乙$_{\triangle}$,7 乙$_{\triangle}$。6 乙$_{\triangle}$,7 乙$_{\triangle}$。7 乙$_{\triangle}$,6$_{\triangle}$。3$_{\triangle}$,4,4$_{\triangle}$。 9 句

南曲有【中吕過曲・十破四】,《舊譜》卷三、《沈譜》卷八、《新譜》卷八、《大成》卷十一、《簡譜》卷六等均以此爲例曲,與此同。《簡譜》尾批:"此調諸譜中僅收此曲,無他曲可證。"

此曲出於戲文,南曲承之。

【二犯獅子序】

1.【南吕過曲】【宜春令】夫妻事,宿世緣,盡今生相會在眼前。【獅子序】乍相見綺羅間,四目頻偷頻盼,兩意多留多戀。便圖偕老百年,【奈子花】願得,如月似鏡長圓。 元傳奇《王魁》,《正始》頁 665

2.【南吕過曲】【宜春令】伊説話,太無情,又道是一言爲定。【綉帶兒】寧死後如何教我改嫁别人,况奴腹中有孕。【獅子序】怎教我兒女去從别姓,伊出言忒煞相輕,這恩情如鹽落井。分别去各辦志誠,便做了鐵石心腸,也須教我淚零。 元傳奇《劉智遠》,《正始》頁 665

格式 1:3,3$_{\triangle}$,7 乙$_{\triangle}$。6 乙$_{\triangle}$,6$_{\triangle}$,6$_{\triangle}$。6$_{\triangle}$,2,6$_{\triangle}$。 9 句

2:3,$3_{\triangle}$,7乙$_{\triangle}$。7乙$_{\triangle}$,$6_{\triangle}$。$7_{\triangle}$,$6_{\triangle}$,$6_{\triangle}$。$6_{\triangle}$,4,$4_{\triangle}$。11句

《正始》列第一曲爲式1,集曲,前用【宜春令】首三句,次用【獅子序】第四至七句,後用【奈子花】末兩句。

《正始》列第二曲爲式2,亦爲集曲,前用【宜春令】首三句,次用【綉帶兒】第三、四兩句,後用【獅子序】末六句。尾批:"其次曲因犯調不同,故詳載後【紅衫兒】次。"詳見【紅獅兒】注文。此表明此調清初尚未統一、定型。

式1僅見戲文,不見其他諸譜。《寒山堂譜》卷五、《大成》卷七十一均以第二曲爲例曲,然題【黄鐘過曲·獅子序】,爲隻曲,與此句字亦有所變化。

此曲式2出戲文,南曲承之,然已變調、改題、易格。式1後已失傳。

【二郎神慢】

【商調引子】拜新月,寶鼎中名香滿爇。只願我拋閃下男兒疾較些,得再睹同歡同悦。我這裏悄悄輕將衣袂扯,却不道小鬼頭春心動也。那嬌却,無言俯首,熅熅紅滿腮頰。

元傳奇《拜月亭》,《正始》頁694

格式:$3_{\triangle}$,7乙$_{\triangle}$。7,7乙$_{\triangle}$。7,7乙$_{\triangle}$。3,4,$6_{\triangle}$。 9句

《正始》題注:"與柳耆卿詩餘同。今人皆作過曲唱之,謬。"尾批:"元譜凡調名有一'慢'字者,必引子也。且引子用詩餘體者居多。今本引正與柳耆卿所作【二郎神慢】詩餘同章句,必引子無疑矣。何今人皆以其作過曲唱之?"所引柳永"炎光謝",《全宋詞》頁29題【二郎神】,與此僅第四句破作四字兩句,餘同。

此曲淵源,參見【二郎神】説明。南曲有【二郎神慢】。《舊譜》卷七引此爲例曲,題【二郎神】,《重訂拜月亭記》第三十五齣《瑞蘭拜月》同題,然句字略異。《沈譜》卷十七、《新譜》卷十八、《定律》卷十即引柳永詞【二郎神慢】"炎光謝"爲正格,《沈譜》尾批:"此調或無'慢'字。

然凡詩餘,皆可作引子唱,引子即所謂'慢詞'也。此調與後所引《拜月亭》引子皆同,但多【换頭】耳。"以此曲作【又一體】,題注:"用入聲韻。"尾批:"此調本是引子,故刻本亦多一'慢'字。凡有'慢'字者,皆引子也,况舊譜亦取於引子内矣。今人强謂其非引子,獨不思舊板間《周羽戲文》内,亦有【二郎神慢】是引子乎?"《新譜》承之。《定律》卷十、《大成》卷五十七均引此曲爲【商調過曲】例曲。《定律》尾批:"此曲本慢詞,過曲從無,惟此一曲,不知何人所創。然此曲唱法,非同等閑,後學不可錯過。"《大成》尾批:"此【二郎神慢】較【二郎神】,句法大同小異。凡牌名中有慢、近等字者,雖係詞餘,俱可度曲。《拜月亭》係元曲,允爲正體。"则《沈谱》批评的现象至清初仍然存在。

此調出詞調,入戲文,南曲承之,但時混入過曲。

【十二時】

1.【商調引子】心事無靠托,淚暗滴燈花偷落。我女癡迷,全然不省,更不思量著。佶(原作"信")倬的無數,看伊自尋那個。

元傳奇《王焕》,《正始》頁 701

2.【商調引子】心事無靠托,這幾日番成悲也。父意方回,夫愁稍可,未卜前程裏的如何,教我怎生放下。元傳奇《蔡伯喈》,《正始》頁 702

格式:5△,7 乙△。4,4,5△。5 乙△,6△。　　7 句

《正始》列第一曲爲正格,題注:"比柳耆卿詩餘【换頭】止爭首二句。"然頁 1055【黄鐘調慢詞・秋夜雨】亦録此辭,題注:"亦入十三調【商調】,通用。"句字略有差異。列第二曲爲第二格,題注:"第五、第六並爲一句。"

詞調有【十二時】,一名【憶少年】,有三字起、四字起、七字起三式。柳永【十二時】《秋夜》,三片,其第二闋首兩句作"7 乙,6△",餘與此同。南曲有此調,《舊譜》卷七、《沈譜》卷十七、《新譜》卷十八、《定律》卷十、《大成》卷五十六均以第二曲爲例曲,《沈譜》題注:"或巧名尾聲爲【十二時】,可恨。"《定律》《大成》卷五十七則引第一曲爲例曲,

《定律》題【商調引子·秋夜雨】。《大成》題【商調過曲·秋夜雨】，題注："與本調【引】不同。"與此文字均略有變化。署"散曲"，誤。如此實一調三名，且不同宫調、不同功能。

此調出詞調，戲文轉换承之，入南曲，但多變化。

【二犯集賢賓】

【商調過曲】【集賢賓】朱顔去了不再還，怕雪鬢霜鬟。這個門庭難自揀，陷此身重爲花旦。【二郎神】知道如今遭患難，悔當初行程太晚。漫凝盼，空自對月臨風，短吁長歎。　　元傳奇《李婉》，《正始》746

格式：$7_{\triangle}$，5 乙$_{\triangle}$。$7_{\triangle}$，7 乙$_{\triangle}$。$7_{\triangle}$，7 乙$_{\triangle}$。$3_{\triangle}$，4，$4_{\triangle}$。　　9 句

集曲。首用【集賢賓】前四句，後用【二郎神】末五句。因以【二郎神】犯【集賢賓】，故名。

《正始》題注："此義，即【四犯黄鶯兒】體。末二句皆四字，用《樂昌公主》體。"

南曲有此調，《沈譜》卷十七、《新譜》卷十八均題作【商調過曲·二犯二郎神】，與此同格。錢南揚《宋元戲文輯佚》頁 72 注："《沈譜》《新譜》把'朱顔去了'二句作犯【鶯啼序】，'這個門庭'二句作犯【集賢賓】。不知這個'二犯'的'二'字，是指【二郎神】而言；正如【四犯黄鶯兒】，因它犯【四邊静】，故稱'四犯'。現在把【鶯啼序】【集賢賓】二調以凑合'二'字之數，是不對的。"是。《定律》卷十作【集賢郎换頭】，《大成》卷五十八作【集賢郎】，當是别稱。《大成》署"散曲"，誤。

此曲出戲文，南曲承之，或異其構成，或改異其名。

【二郎神】

1.【商調過曲】容瀟灑，照孤鸞歎菱花剖破。記翠鈿羅襦當日嫁，誰知他去後，荆釵裙布無些。他金雀釵頭雙鳳嚲，羞殺人形孤影寡。説甚么簪花，捻牡丹、教奴怨着嫦娥。

2.【前腔换頭】嗟呀，心憂貌若，真情怎假。你爲著公婆珠淚墮，我公婆自有，不能毂承奉杯茶。你比我没個公婆得承奉呵，不枉了教人做話靶。我且問伊咱，你公婆、爲甚的雙雙命掩黄沙？

元傳奇《蔡伯喈》，《正始》頁 747

3.【商調過曲】炎光謝，漸淅淅金風動也。瑩素練銀河渾似瀉，長空萬里，寂然雲漢瀟灑。爽氣豁凄清絶，點霞珍開懷傳杯弄斝。願天上人間，占得歡娱，年年今夜。　　傳奇《樂昌公主》，《正始》頁 748

格式：$3_{\triangle}$，7 乙$_{\triangle}$。$7_{\triangle}$，4，$6_{\triangle}$。$7_{\triangle}$，7 乙$_{\triangle}$。4，3、$6_{\triangle}$。　　9 句

《正始》列第一曲爲正格，頁 696【商調引子・二郎神慢】引此第四、第五兩句。列第三曲爲第二格，題注："第六句變爲六字二截，末句變爲八字二句。"

此曲源遠流長。唐・崔令欽《教坊記・曲名》有【二郎神】，然《全唐五代詞》無此曲。宋・吴曾《能改齋漫録》卷一"樂府名大郎神"引唐《樂府雜録》，以爲原作【大郎神】，後"乃以大爲二，傳寫之誤"。可備一説。詞調有【二郎神】和【轉調二郎神】：【轉調二郎神】與此僅第五句作五乙，餘同；【二郎神】與此僅前三句同，與【商調引子・二郎神慢】大同，與此異。宋雜劇、金院本均有《二郎神》，當用詞調。北曲有【商調・二郎神】，與詞調【二郎神】三字起句體大同小異，與此不同。南曲有【商調過曲・二郎神】，《舊譜》卷七以第一曲爲例曲，《沈譜》卷十七、《新譜》卷十八、《定律》卷十均以前二曲爲例曲，句字稍異。《新譜》眉批："'簪花'作句，'捻牡丹'屬下，連上即非。"《全元戲曲》卷十二對第三曲第六、第七兩句改動爲："爽氣豁凄清絶點霞，稱開懷傳杯弄斝。"頁 576 尾注："'點霞珍'意不可通，今據《盛世新聲》《詞林摘豔》改。"然意益芬亂，且破律矣。

此曲源於唐，盛行於宋、金，然後分南、北兩途發展：戲文承詞調【轉調二郎神】，南曲承戲文；北曲承詞調【二郎神】。傳承之間，雖有變異，但脈絡是清楚的。

【二犯排歌】

【越調過曲】【越調排歌】文官狀元，武官狀元，【江神子】兩姨處，相回勸，不想這答兒裏重會再見。久别你先夫是誰過衍，早忘了當初囑咐言。【園林杵歌】你言偏，我意堅，方才及第如何便接了絲鞭？有的話兒但只問你，妹子瑞蓮。　　元傳奇《拜月亭》，《正始》頁 834

格式：$4_{\triangle}$，$4_{\triangle}$，3，$3_{\triangle}$，$7_{\triangle}$。$7_{\triangle}$，$7_{\triangle}$。$3_{\triangle}$，$3_{\triangle}$，7 乙$_{\triangle}$。7 乙，$4_{\triangle}$。　　12 句

集曲。前用【越調排歌】首兩句，次用【江神子】第一至第四句，僅將首句破作三字兩句，後用【園林杵歌】末五句。

南曲有此調。《舊譜》卷六、《沈譜》卷十五、《新譜》卷十六、《定律》卷十二、《大成》卷二十六均以此曲爲例曲，然《舊譜》《沈譜》《新譜》作隻曲，不作集曲，則"二犯"无着落；且以襯字用實字，故句字、律式有所變化。《定律》入【羽調過曲】。《大成》題【越調過曲・二集排歌】，以首六句入【排歌】，改【園林杵歌】爲【雁過南樓】，末二句入【憶多嬌】，與此題署、句字、句格均有所不同。趙景深《考略》頁 36 引録此曲，漏【越調排歌】題署，與題無應。

此調出戲文，南曲承之，有所轉換。

【二犯六么令】

【仙吕入雙調過曲】【六么令】娘生父養，逆親言心向情郎。【玉抱肚】我向地獄相救到這天堂，【玉交枝】怎下得將他撇在没人的店房？若是兩分張放着個殘生命亡。　　元傳奇《拜月亭》，《正始》頁 932

格式：$4_{\triangle}$，7 乙$_{\triangle}$。$7_{\triangle}$，7 乙$_{\triangle}$，7 乙$_{\triangle}$。　　5 句

集曲。前用【六么令】首兩句，次用【玉抱肚】第三句，後用【玉交枝】末兩句。

《正始》題注:“亦名【玉枝歌】。”

南曲有此調,諸譜多以此曲爲例曲。《沈譜》卷二十尾批:“第一、第二句,乃【六么令】也。後四句不知犯何二調,姑闕之。”《舊譜》卷十、《新譜》卷二十三、《定律》卷九、《大成》卷三、《簡譜》卷八均未標署集曲名目。《定律》《大成》《簡譜》均題【么令】,然《定律》《簡譜》入【雙調過曲】,《大成》入【仙吕過曲】,句字與此略有變化。《定律》尾批:“此曲應係古曲,《寒山》注有云‘【尹令】【品令】【么令】,原係正調,古本舊曲多有之。因坊本誤刻爲【六么令】,又以句字不協,復題爲【二犯六么令】,竟將【么令】之名廢矣。後之作者未經詳看,以致以訛傳訛,肆行妄作’之論。此論極是。但言【二犯六么令】,殊不知二犯何曲也。故從張譜,録於正體。”《簡譜》尾批承之:“余深服其言,故以此曲爲【么令】,以《琵琶》‘皇恩念臣’曲爲【六么令】,庶眉目清晰。”同卷【六么令】尾批:“舊譜中所云【二犯六么令】者,實爲【么令】正格也。”《大成》尾批:“《蔣譜》《沈譜》俱名【二犯六么令】,不識所集何曲,《曲譜大成》作【六么令】之【又一體】,竟將【么令】之名廢矣。但《拜月亭·離鸞》之【尹令】【品令】【么令】同套,俱係正調,並無集曲,故仍存【么令】之名。”【么令】之説始見《寒山》,然今存《寒山》二譜都未載此調;《定律》《大成》以三令同套,定爲隻曲,乃爲臆斷,不足爲訓,仍從《正始》。《重訂拜月亭記》第二十八齣《隆蘭拆散》,《六十種曲》本《幽閨記》第二十五出《抱恙離鸞》均題此曲爲【二犯么令】,則與其説是【么令】隻曲之誤題,不如説是【二犯六么令】之缺字更爲簡明。

此調出戲文,南曲承之,然多已不識,故多歧説,用之更少。

【十二嬌】

【仙吕入雙調過曲】伊家恁的嬌面,悄如閬苑神仙。終不漾了甜桃去,尋酸棗,再吃添。同往聖祠前,雙雙告神天。

元傳奇《王魁》,《正始》頁1045

格式:$6_{\triangle}$,$6_{\triangle}$。7,3,$3_{\triangle}$。$5_{\triangle}$,$5_{\triangle}$。 7句

南曲有此調,《沈譜》卷二十引此爲例曲,題注:“新入。”意較《蔣譜》新增。與此僅將末二句入(合),餘同。然《新譜》卷二十三以“韻雜無板”,已删去此調。而《定律》卷九入【雙調過曲】;《大成》卷三入【仙吕過曲】,署《焚香記》。

此曲出戲文,南曲承之,已多歧義,使用亦少。

【二梧桐】

【南吕調近詞】【擊梧桐】我爲你受跋涉,我爲你遭磨折。爲你投江,爲你把殘生舍。【梧桐樹】今日怎知先傾逝,這樣凄凉剗地和誰訴説?【擊梧桐】只得除下釵梳,盡把羅衣卸,持喪素服存貞潔。

元傳奇《王十朋》,《正始》頁 1173

格式:$5_{\triangle}$,$5_{\triangle}$。4,$5_{\triangle}$。7,$7_{\triangle}$。4,$5_{\triangle}$,$7_{\triangle}$。　9 句

集曲。前用【擊梧桐】首四句,第三句减一字作四字句;次用【梧桐樹】第三、第四兩句,後用【擊梧桐】末三句。

此調出於戲文,不見南曲諸譜。《原本王狀元荆釵記》第三十六齣題【梧桐樹】,爲隻曲,後僅《牡丹亭》第二十八齣曾用之,可知後世南曲僅偶用之。

【二郎賺】

【商調近詞】特來咨啓:馬鳴王顯聖多靈異。照舊規,今冬社主却是伊家裹。莫躊躇,非干老漢相推避(原作“背”)。爲農事冗,不來報我因失禮,自當留意。早辦下福禮三牲,銀瓶注酒斟緑蟻。花數枝,多多獻上香和紙,小心承示。　元傳奇《劉智遠》,《正始》頁 1198

格式:$4_{\triangle}$,$7_{\triangle}$。$3_{\triangle}$,$7_{\triangle}$。$3_{\triangle}$,$7_{\triangle}$。3,$7_{\triangle}$,$4_{\triangle}$。7 乙,$7_{\triangle}$。$3_{\triangle}$,$7_{\triangle}$,$4_{\triangle}$。　13 句

《正始》以明散套《群芳綻錦鮮》“離緒懨懨”爲正格,列此曲爲第

三格，題注：“六句下大變。”尾批：“按此‘自當留意’句，似始調之束尾；‘早辦’句似【換頭】之首句，但其下截之章句短小，恐無此理，必爲變體無疑也。”

南曲有此調。《定律》卷十、《大成》卷五十七均引此爲例曲，入【商調過曲】，句字與此略有變化。《舊譜》《沈譜》等無此調。《新譜》卷十九有【商調近詞・二郎賺】，題注：“與他賺曲大同。”然有目無辭。《六十種曲》本《白兔記》第三齣《報社》題【入賺】。

此調或出於宋代之賺曲，但始見於戲文；南曲承之，使用極少。

【入破】

1.【越調近詞】議郎臣蔡邕啓，今日蒙恩旨。除臣爲郎官職，重蒙婚賜牛氏。干瀆天威，臣謹誠惶誠恐，稽首頓首，伏念微臣，初來有志。誦詩書，力學躬耕修己。不復貪榮利，事父母，樂田裏，初心願如此而已。不想州司，謬取臣邕充試。到京畿，豈料愚蒙，叨居上第。

元傳奇《蔡伯喈》，《正始》頁 1215

2.【越調近詞】望長安無纖翳，淅淅涼飆至。映碧天清如水，銀河耿耿垂地。皓月當空，桂濕扶蘇清影，照千里，此夕齊排，中秋宴會。可人意，遥望團圓如鏡。皎皎同白日，呈素魂散清輝，烏鵲枝上悄無倚。試問嫦娥，因何常常獨自，受慘凄？夜夜獨眠，廣寒殿裏。

元傳奇《賽金蓮》，《正始》頁 1219

3.【仙吕過曲】兩情濃非容易，都總關前世。你嬌柔咱聰慧，分明天賜佳配。分處念奴身，家本簪纓之裔，告伊知，休覷奴，若風塵潑妓。豈知是，卑末非同别的。頗頗知文理，略舉頭，有神祇，一天恩愛怎忘伊。兩次三回，只管推來推去。爲甚的，粧盡千般，風流樣勢？

元傳奇《東墻記》，《寒山堂譜》卷一頁 661 上半葉

格式：6 乙$_{\triangle}$，5$_{\triangle}$。6 乙$_{\triangle}$，6$_{\triangle}$。4，6，4，4，4$_{\triangle}$。3$_{\triangle}$，6$_{\triangle}$。5$_{\triangle}$，3$_{\triangle}$，3$_{\triangle}$，7 乙$_{\triangle}$。4，6$_{\triangle}$。3$_{\triangle}$，4，4$_{\triangle}$。　20 句

《正始》列第一曲爲正格，題注：“一至九。”列第二曲爲第二格，題

注："第七句變爲三字，十四句節讀不同，今《綵樓記》仿此。"第三曲，《沈譜》卷二十二、《定律》卷三亦引録，然《沈譜》入【不知宫調過曲】，《定律》入【道宫】，與此均誤，當從《正始》入【越調近詞】。錢南揚《輯佚·董秀英花月東墻記》頁198注云："【入破】以下七曲，今據《正始》入【越調】。《沈譜》總題作【薄媚曲破】，《寒山》《定律》作【薄媚破】，總作一曲，不分段落。然《正始》册九【越調】近詞引'怯雨羞雲意'一句，云是【衮第三】；又引'若在地'以下四句，云是【中衮第四】。今按譜析爲七曲，正與《正始》云云合。這一套格式，出於唐宋大曲，來源很古，决非《正始》杜撰；戲文原本往往不注調名，不分段落，牽連而下，看《永樂大典戲文三種》可見。《沈譜》等不加細察，致有此誤。"是。

唐大曲有【入破】，《樂府詩集》爲七言四句，與此不同。宋大曲有【入破】，董穎【道宫·薄媚】《西子詞》【入破第一】作雙片十九句，上十下九，與此上片大同、下片大異；又趙以夫【薄媚摘遍】（王國維以爲即【入破第一】）、史浩【採蓮】《壽鄉詞》【入破】、曹勳【法曲道情】之【入破第一】等，與此亦不同；然各曲與此有一定的内在關聯。南曲有【越調近詞·入破】，《沈譜》卷十六、《新譜》卷十七、《定律》卷十三、《大成》卷二十五、《簡譜》卷十均以第一曲爲例曲，《定律》《大成》《簡譜》入【越調過曲】，與此同。《沈譜》題注："一至九，不拘多寡。"眉批："此調或作北曲唱，謬矣。"以下均連排【破第二】【衮第三】【歇拍】【中衮第五】【煞尾】六曲，《定律》、《簡譜》末尾尚有【出破第七】，"總作一曲"。《簡譜》尾批："此爲宋時大曲遺音，只存【越調】此套。通體七支，無可增減。他如《尋親》《綵樓》諸套，皆從《琵琶》摹脱而來，雖句法平仄，間有同異，實不足作者模楷，故不必多録，按此填詞可矣。"《沈譜》列第三曲入【不知宫調】，題【薄媚破】，題注："似【入破】，又微有不同，姑録於此。"《寒山堂譜》卷一、《定律》卷三列第三曲爲例曲，入【仙吕過曲】，題【薄媚破】，與此同。《寒山曲譜》【仙吕過曲】收録《東墻記》【薄媚破】、《琵琶記》【入破】、《教子記》【又一體】、《綵樓記》【又一體】共四套大曲體套曲，均各成一曲，尾批："三體皆係元詞，故並存之。"可見對此特殊體式十分關注。此採録《東墻記》《琵琶記》【入破】兩套，後兩套按例則入後之《附録》①。

此調出宋大曲，戲文承之，有所轉换，仍用於成套組曲；傳入南曲，所屬宫調已有不同。

【十棒鼓】

【不知宫調過曲】奴奴生得如花貌，言語又波俏。丈夫叫做念一郎，奴奴唤做三七嫂。方纔房中，補衣補襖。聽得老公叫，慌忙走來到。　　元傳奇《劉智遠》，《正始》頁 1357

格式：$7_{\triangle}$，$5_{\triangle}$。7，$7_{\triangle}$。4，$4_{\triangle}$。$5_{\triangle}$，$5_{\triangle}$。　　8 句

北曲有【雙調・十棒鼓】，與此不同。南曲有此調，《沈譜》附録、《新譜》卷二十五入【不知宫調過曲】，《定律》卷二、《大成》卷三十一入【正宫過曲】，均引此曲爲例曲。《六十種曲》本《白兔記》第二齣《訪友》亦題【十棒鼓】，然成化本《白兔記》第二齣却題【麻婆子】，與此句字、句格有所變化，亦與【中吕過曲・麻婆子】不同。

此調當出民間歌謡，戲文與北曲分途傳承之；此曲至明代方入劇曲；南曲承於戲文，然較少使用。

【八仙過海】

【仙吕過曲】喬柯挺干，記當時封號不減。朝班蟠龍棲鶴，矯若勢撑霄漢。千齡古柏堪並侶，五色雲芝和露餐。逢華誕，喜得翠靄庭闈，掩映班闌。　　元傳奇《鶯燕争春》，《寒山堂譜》卷一頁 633 下半葉

① 關於唐宋大曲在宋元戲文和明清傳奇中運用的情況及其特點，可參見胡忌《【菊花新】曲破之發現及其意義》，《菊花新曲破——胡忌學術論文集》，中華書局，2008 年；許建中《宋元戲文與代言體大曲發展的三個歷史階段》，《揚州大學學報》2015 年第 4 期。

格式:$4_{\triangle}$,7乙$_{\triangle}$。6,$6_{\triangle}$。7,$7_{\triangle}$。$3_{\triangle}$,4,$4_{\triangle}$。 9句

《寒山堂譜》以此爲例曲,題注:“九句,四十八字。”尾批:“世以爲此曲起自曹玄齋,非也。《隨園譜》謂乃【八聲甘州】犯【月上海棠】,似是而非,且亦不必也。”《新譜》卷二十三、《寒山曲譜》均存录此曲,署“高玄齋”,以前六句入【八聲甘州】,後三句入【月上海棠】,此正《寒山堂譜》所批評者。《新譜》入【仙吕入雙調過曲】,題“詠庭松爲壽”,考其《古今入譜詞曲傳奇總目》,有《高玄齋散曲》,注:“名湯,字雲公,吴江人。”則當出於高湯散曲,“曹”或“高”之形誤。《隨園譜》,據楊緒《新編南詞定律序》,即胡介祉《隨園曲譜》,成於康熙二十九年(1690)。時張大復已年邁古稀,猶勤奮於曲譜之編定。《隨園曲譜》以此爲集曲,亦承於《新譜》。此譜今惜失傳。第三句“班”字爲藏韻,不能破句,否則與《寒山堂譜》題注不合。錢南揚《宋元戲文輯佚·鶯燕争春詐妮子調風月》輯録八曲,此曲或可補入。謝伯陽師據《新譜》而入《全清散曲》。此從《寒山堂譜》,存録備考。

三　　筆

【小重山】

前時一夢斷人腸，教我暗思量。平日不曾爲宦旅，憂患怎生當？

《張協狀元》1

格式：7△，5△。7，5△。　　4句

錢南揚《校注》以此爲諸宮調散詞。然今存諸宮調中未見此曲，無從考校。詞調有【小重山】，雙片，其上闋與此第二句不叶韻，並在第二、三兩句後各有三字一句，餘同。

此曲出詞調，戲文轉换採之，後已不傳。

【千秋歲】

1. 論詩書，緩視微吟處，真個得趣。黄榜將傳，欲待我兒榮耀（原作"擢"）門閭。兒特啓：今欲去，未得取，爹慈旨。願得身康健，待明年那時，喝道狀元歸。

2. 【同前】我聞伊，夜來得一夢，你便説個詳細。兩山之間，被一非（疑作"蜚"，通"飛"）虎擒捷。人之夢，不足信，且一面，裝行李。願得身榮貴，管桃花浪暖，一躍雲衢。　　《張協狀元》2

3. 【中吕過曲】趁良宵，席上筵排玳瑁，階下樂奏笙簫。翠黛紅粧，翠黛紅粧，效殷勤，滿捧金樽頻道。覩佳致，多奇妙，但只願長相聚，月夕花朝。好景休辜了，向星臺，暢意舒情乞巧。

元傳奇《韓壽》，《正始》頁441

格式:$3_{\triangle}$,$5_{\triangle}$,$4_{\triangle}$。4,$6_{\triangle}$。3,$3_{\triangle}$;3,$3_{\triangle}$。5,5 乙,$4_{\triangle}$。 12 句

第三曲較此小異:第二、三兩句增字作六字句,第四句後增一疊句和三字一句,末兩句句節不同。

詞調有【千秋歲】【千秋引】【千秋歲引】,與此均不同。諸宮調有【千秋節】,與詞調不同,與此不同。南曲有【中吕過曲·千秋歲】,《舊譜》卷三、《沈譜》卷八、《新譜》卷八、《定律》卷六【前腔】均引《子母冤家》爲例曲,前與第三曲同,末二句與此同。《沈譜》題注:"與詞餘不同。"然題署"散曲",《新譜》題署"散曲《東野翠煙消》套"。均誤,錢南揚《輯佚》頁 6 已作細緻考辨,可從。《定律》以"暢意"屬上句,與此更合。《簡譜》卷六以《定律》【前腔】所引《牡丹亭》"小嵯峨"爲例曲,與此略有差異。

此曲始出戲文,與詞調名同實異;南曲承之,有所轉换。

【大聖樂】

1. 村落無人要(或當作"耍")廝笑,這愁悶有誰知道。閑來徐步,桑麻徑裏,獨自煩惱。 《張協狀元》3

2. 綵樓高處有嬌娟,黑(原作"是")王府求女婿。翔鸞儘有梧桐樹,又何必殢高枝。是奴行三世簪纓裔,今望高賢離玉轡。最風流處,似神仙誤入,蓬壺影裏。

3. 【同前】求名我不在求妻,歡諧事心未喜。豪家謾把絲鞭刺,甚嬌娟又入人意。料想君家多是不曾娶,君且接取絲鞭又妨甚底?似相嫌棄,五百年未知道,緣分何如?

4. 【同前】我兒休(原作"又")得要癡迷,夫妻事前定矣。何須苦把絲鞭刺,且説與相公知。是則無妻我身自不由己,須有爹媽在家鄉猶未知。且遊街去,五百年注定,不在一時。 《張協狀元》27

5. 【南吕過曲】婚姻事難論高低,論高低何如休嫁與。假如親賤孩兒貴,終不然便抛棄。奴是他親生兒子親媳婦,難道他是何人我是誰。爹居相位,怎説着傷風敗俗,非理的言語。

元傳奇《蔡伯喈》,《正始》頁 656

6.【南吕過曲】春來日暖融和，園林内蜂蝶多。群花與修竹交加，正緑嫩綻紅羅。况兼西郊車馬人如織，可同去亭臺遊賞呵。且休眉鎖，問朱顔去也，還更來么？　　元傳奇《郭華》，《正始》頁 657

7.【南吕過曲】平生無限歡娱，論俺風流諸事美。尋花訪柳多聰慧，那更二八年紀。見説洛陽富貴花如錦，欲拚千金遊玩戲。（合）相同去也，趁青春玩賞，光陰能幾？

8.【前腔】告東人聽拜啓：見説洛陽花怎比。千紅萬紫争妍麗，真個滿城羅綺。况春融日暖和風細，三月韶光無限美。（合前）

元傳奇《裴少俊》，《正始》頁 658

格式 1：$7_{\triangle}$，7 乙$_{\triangle}$。4，4，$4_{\triangle}$。　　5 句

2：$7_{\triangle}$，6 乙$_{\triangle}$。$7_{\triangle}$，6 乙$_{\triangle}$。7，$7_{\triangle}$。$4_{\triangle}$，4，$4_{\triangle}$。　　9 句

第一曲用式 1，《正始》頁 524 引之，爲【南吕引子】，句字有所不同。後七曲用式 2，爲【南吕過曲】。式 1 當截用式 2 之後半。

《正始》以第五曲爲式 2 正格，頁 648【南吕過曲・瑣窗寒】尾批引此首兩句。以第二曲爲第二格，句字略有不同，題注："首句句節不同。"其實，當以第二曲爲正格，而以第五曲爲第二格，首句作七乙句。列第六曲爲第三格，題注："首句變爲六字，第三句雖七字，句節不同，句律不協，不可爲式。"頁 636【南吕過曲・三十腔】尾批引第五、六句。列第七曲爲第四格，題注："首句亦六字，第二句變七字，似【瑣窗寒】句法，第四句似【針綫箱】句法。"列第八曲爲第五格，題注："首句亦六字，句節不同。"

宋大曲有【大聖樂】。詞調有【大聖樂】，諸宫調有【道宫・大聖樂】，與此均不同。宋雜劇有《大聖樂》三本，王國維《宋元戲曲史》五列入"用大曲者"類。南曲有【大聖樂】兩調，【南吕引子】與式 1 同，僅將末四字三句作六字兩句；【南吕過曲】與式 2 同。《沈譜》卷十二於【南吕引子】【南吕過曲】均題【大勝樂】，均有題注："'勝'，或作'聖'。"引子題注："與詩餘不同。"《新譜》卷十二承之，引子題注："即【滿園春】。"又删【滿園春】一調，【上林春】眉批："此調，原曲與【大勝樂】全同，録此以别之。……原本又【滿園春】亦同，不必録。"對此，《正始》

頁 522 已作考辨,是。《定律》卷八引第五曲爲正格,《大成》卷四十九引末二曲,亦題【大勝樂】之【又一體】,然署“散曲”,誤。

此曲出宋大曲,入詞調、諸宮調、宋雜劇;詞調與諸宮調名同實異;戲文與諸宮調、詞調亦同名異實,或在長期民間流傳中産生變異;戲文式 2 多變體,表明尚未定型;南曲承於戲文二式,已經逐漸規範。

【川鮑老】

1. 君在兩山,兩山成出字,遇一人假虎衣。白虎算來,只在西方旺,西方却是川地。君出去向北儘得,不免有些跌撲,膿血疾。千里外豹變,一時掀焰,歸來賀喜。

2.【同前】從來見説,見説君員夢,果不知似恁底奇。張葉離家,一千里外,無殃(原作“央”)厄免得致疑。先凶後吉,身在青霄外,君休慮。也員男女一夢,續得謝伊。　《張協狀元》4

3.【不知宮調過曲】金勒馬嘶,馬嘶芳草地,睹玉樓人醉迷。和他執手,同去觀佳致。總丹青難畫,洞府怎比? 穿花度柳,滿目堆羅綺。觀未足轉過,百花亭上,雙雙共玩戲。　元傳奇《王煥》,《正始》頁 1368

格式 1:4,5$_{\triangle}$,6 乙$_{\triangle}$。4,4,6 乙$_{\triangle}$。4,5,3$_{\triangle}$。5 乙,4,4$_{\triangle}$。　12 句

2:4,3$_{\triangle}$,5$_{\triangle}$。4,5$_{\triangle}$。4,4$_{\triangle}$。4,5$_{\triangle}$。5 乙,4,4$_{\triangle}$。　12 句

前二曲用式 1,第二曲較此減省第十一句四字句。第三曲爲式 2,入【不知宮調過曲】。

《正始》以第三曲爲例曲。較式 1,第二句作三字句,第三句作五字,中腹分作三個詞段,句字略有不同。如果考慮正襯問題,二式實大同小異,略有轉换。

南曲有此調。《正始》此調第二格引明傳奇《尋親記》爲例曲,題注:“第二及第五句變作七字,減去第六四字一句。”《沈譜》附録【不知宮調過曲】、《新譜》卷二十五【雜調】均有此調,均用《正始》第二格,即以《尋親記》爲例曲,與此稍有不同。

此曲或即出於宋雜劇舞曲。據王國維《古劇腳角考》,鮑老是古

代戲劇中一個帶有喜劇色彩的脚色名稱。宋人楊億《傀儡》詩:“鮑老當筵笑郭郎,笑他舞袖太郎當。若教鮑老當筵舞,轉更郎當舞袖長。”《西湖老人繁勝録》:“全場傀儡……交衮鮑老……福建鮑老一社,有三百餘人,川鮑老亦有一百餘人。”宋雜劇有《川鮑老》,當是宋雜劇中結合四川地方音樂進行表演的一種類型①。《張協狀元》【鬬雙雞】:“風兒又飄,好似傀儡棚前,一個鮑老。”表演地是梓州(今四川綿陽三臺縣),當即川鮑老。戲文採用之,仍較爲靈動;南曲【川鮑老】多承《尋親》體,戲文《王煥》體已極少使用。

【女冠子】

1. 位遷極品,簪纓勢(原作“執”)象板派。家傳詩禮,門排朱紫。更兼親戚,盡皆豪邁。當朝爲宰執,一女笄年,未及婚配(原作“嫁”)。這些兒愁悶,鎮在心頭,無緣可解。　《張協狀元》15

2. 日是淹離古廟,步莎徑柳堤多少。見喬林芳樹上雛鶯叫,酒旗挂杏花梢。風飡水宿,怕暮嫌曉。尋思自覺心焦燥,謾回首家山途路遥。杜鵑,你休得叫過通宵。　《張協狀元》22

3. 【黄鐘引子】鳳城春早,宫桃已早開了。冰消凍沼,餘寒猶峭。帝里三五,元宵來到。鼇山侵漢表,琉璃影裏笙簫,勝如蓬島。綺華筵開宴共樂,只恐壺天易曉。　元傳奇《許盼盼》,《正始》頁36

4. 【黄鐘引子】聽説文龍,總角時百事聰慧。漢朝一日,遍傳科詔,四海書生,齊赴丹墀。匆匆(原作“囪囪”)辭父母,水宿風飡,上國求試。正新婚蕭氏,送别囑付,行行灑淚。

5. 【前腔换頭】二十一載離家去,奈光陰如箭,多少爹娘慮?忽然回至,衣冠容顔,言語舉止,舊時皆異。天教回故里,畢竟是你姻緣,宋忠不是。忙郎都看,小二覷了,疑他是鬼。

元傳奇《劉文龍》,《正始》頁37

6. 【南吕過曲】我相公只慮多嬌女,怕跋涉萬水千山。女生向外

---

① 參見陳多《宋雜劇考略》,《藝術百家》1997年第2期。

從來語，况既已做人妻。夫唱婦隨，不須疑慮。這是藍田種玉結親誤，今日裏到海沉船補漏遲。想起，此事費人區處。

元傳奇《蔡伯喈》，《正始》頁 678

7.【道宫調慢詞】悶懷如醉，懨懨鎮日憔悴。教人無賴處，没情没緒。對景長是，懶捻針指。娘行聽拜啓：何不去玩賞追遊，免教縈繫？想這薄情因個甚？頓覺辜我，誓盟輕棄。

元傳奇《司馬相如》，《正始》頁 1276

格式 1:4,$6_{\triangle}$。4,4。4,$4_{\triangle}$。5,4,$4_{\triangle}$。4,4,$4_{\triangle}$。　12 句
2:$7_{\triangle}$,7 $乙_{\triangle}$。$7_{\triangle}$,6 $乙_{\triangle}$。4,$4_{\triangle}$。$7_{\triangle}$,$7_{\triangle}$。2,$6_{\triangle}$。　10 句
3:4,$6_{\triangle}$。5,4。4,$4_{\triangle}$。5,7 乙,$4_{\triangle}$。7,4,$4_{\triangle}$。　12 句

第一、三、四、五曲用式 1，爲【黄鐘引子】。第二、第六曲用式 2，爲【南吕過曲】，第七曲用式 3，爲【道宫調慢詞】。

《正始》列第三曲爲【黄鐘引子】正格，題注："又名【雙鳳翹】。與李漢老詩餘始調同，但無【换頭】，與【南吕宫】及【道宫調】之【女冠子】不同。"與此第八句增兩字，末三句合作"7,$6_{\triangle}$"兩句，餘同。列第四曲爲第二格，題注："與康伯可詩餘同。"與此第二句增一字，餘同。第五曲題注："此比李漢老詩餘【换頭】（原衍一"子"字）第三句下多四字一句。"與此僅將首兩句改换作三句，餘同。錢南揚《輯佚》頁 218 認爲第四、第五兩曲爲副末開場所念之詞，"戲文開場副末所念，是詞，不是曲，《永樂大典戲文三種》都是如此，不應把它當作曲看待，分成兩支。所以現在併合起來，作爲一首詞"。可備一説。當然，如果不是副末開場所念之詞，便不能將入曲之詞仍視爲詞，這不僅是以詞調作爲戲文【引子】者比比皆是，【引子】連用【前腔换頭】也有相當數量，如【黄鐘引子・點絳唇】【正宫引子・緱山月】【仙吕引子・望遠行】等等，此並非特例。《正始》已經明確標注是轉换詞調之【换頭】，故仍從《正始》，以曲分立兩支。

《正始》列第六曲爲【南吕過曲】正格，題注："或作【古女冠子】，非。"尾批："此調首句句法必應如此。"《正始》頁 637【南吕過曲・三十腔】尾批引此第三、四兩句。第二曲與此首句減一字，末句增一字。

《正始》列第七曲爲【道宫調慢詞】正格，題注：“又名【蓬萊仙】。但與【黄鐘宫・女冠子】不同，亦不與【般涉調・女冠子】同。”

唐・崔令欽《教坊記・曲名》有【女冠子】，據《全唐五代詞》，雙片，與此均不同。《全宋詞》有【女冠子】，分長調、小令兩體，諸宫調有【黄鐘・女冠子】，式 1 即用詞之長調和諸宫調的上半闋，僅第二句可作七乙句。北曲【黄鐘・女冠子】亦用詞調上半闋。南曲【黄鐘引子・女冠子】用式 1，全同。【南吕過曲・女冠子】同式 2，《沈譜》卷十二、《新譜》卷十二、《寒山曲譜》《定律》卷八、《大成》卷五十均引第六曲爲例曲，《沈譜》題注：“《舊譜》多一‘古’字，非也。”《寒山曲譜》尾批：“‘相’‘女’‘況’‘玉’數字用平聲，‘藍田’二句，必尋二成句或舊詩聯方好。”《簡譜》卷七【南吕過曲・女冠子】尾批：“又有【孤雁飛】一曲，與此調實同，諸譜皆作兩曲，不合道理，因並列於此，不再列入云。”較之，是。【道宫慢詞・女冠子】用式 3，《新譜》卷十一、《定律》卷三、《大成》卷十七俱以第七曲爲例曲。然《定律》入【道宫引子】，《大成》卷十七入【大石引子】，俱題【蓬萊仙】。《定律》卷三目録【蓬萊仙】題注：“一名【女冠子】。”《大成》署《緑綺記》，與《定律》題署同。

此曲源於詞調和諸宫調，爲北曲與戲文所採用；戲文更敷演擴展，拓爲三式；南曲傳承於戲文，式 1、式 2 全然不變，式 3 則承此詞格，變换其宫調。

【三疊排歌】

1. 張葉謝，公婆至，感疊疊蒙周庇。從年少得濟惠，到今日成婚契。五百年前，已曾注記，我今日來攛掇你。勸君一盞莫推辭，願你夫妻諧百歲。奴家勸，婆緑蟻，也拚個醺醺醉。葉多謝，蒙賜惠，怎忘得恩和義。

《張協狀元》16

2. 柳耆卿，《樂（原作“鑾”）城驛》，張珙《西厢記》。《殺狗勸夫婿》，《京娘四不知》。張葉斬貧女，《樂昌公主》，墻頭馬上擲青梅。錦香亭上賦新詩，契合皆因手帕兒。洪和尚，錯下書，吕蒙正《風雪破窑記》。楊寔遇，韓瓊兒，冤冤相報《趙氏孤兒》。

《錯立身》5

3. 告恩官，聽拜啓：當日書房裏。一意會佳期，驀忽撞着伊相公。一時見却怒起，令人星夜趕（原作“捍”）分離。怎知道今日做夫妻，謝得恩官做主議。（合同前）　《錯立身》14

4.【仙吕過曲】密還稀，高又低，碎剪鵝毛墜。一片片舞回風，一片片點征衣。或粘在窗紙，或飄在墻隙，或時飛舞到簾幃。輕飄僧舍潤茶煙，密灑歌樓酒力微。（合）休歸去，雪正飛，人生歡笑是便宜。歌《金縷》，舞《柘枝》，賓朋酬酢到醉時歸。

5.【前腔换頭】多疑，瓊姬特故地，把瓊珠都擊碎。撇下人間，六花品作第一，梅花讓他最白。晚來江上，溪邊垂釣，漁翁披得一蓑歸。此時堪可倩王維，寫在丹青圖畫裏。（合前）

元傳奇《柳耆卿》，《正始》頁 342

6.【仙吕過曲】似奇花，肌體温，比玉還滋潤。如月瑩無塵，如柳更精神。據他國色，回頭一笑，嫣然百媚生，天香豈可世間聞？假饒今世有昭君，怎比他髻綰巫山一段雲。人初静，酒半醺，昭陽宫殿閉重門。流蘇帳，鴛被温，今宵誰夢楚臺雲？

元傳奇《甄皇后》，《正始》頁 343

格式：3，3$_{\triangle}$，5$_{\triangle}$。5$_{\triangle}$，5$_{\triangle}$。4，4，7$_{\triangle}$。7，7$_{\triangle}$。3，3$_{\triangle}$，6 乙$_{\triangle}$。3，3$_{\triangle}$，6 乙$_{\triangle}$。　16 句

前三曲，《張協狀元》和《錯立身》均題【排歌】，錢南揚《校注》已指出均爲【三疊排歌】。第一曲後原有一曲，與此不同，錢南揚《校注》補題“【同前】”，誤，實爲【羽調排歌】。第三曲第五句失韻。錢南揚《校注》認爲末尾“原有‘合同前’三字，衍，删”，誤，“合同前”三字不當删：“今日裏，得見你，焚香子父謝神祇。它鄉里，重會遇，夫妻百歲效于飛。”正與此格相合。删去“合同前”，此曲即少末六句。

《正始》列第四曲爲正格，題注：“即【道和排歌】。《拜月亭》此調無【换頭】。凡犯調皆作此體。”與此第十三、十六兩句均作七字。第五曲【前腔换頭】與此首五句作“2$_{\triangle}$，5$_{\triangle}$，6 乙$_{\triangle}$。4，6$_{\triangle}$，6$_{\triangle}$”六句，餘同。第六句“白”字失韻。列第六曲爲第二格，題注：“第七句下增五字一句。”

南曲有【仙吕過曲・三疊排歌】,例曲多用第四曲,與《正始》正格同,與此小異。《定律》卷十二引第四曲爲【羽調過曲・道和排歌】之【又一體】,前用【道和】全曲十句,後用【排歌】末六句,實與此大同小異。較之戲文諸例,不必尋幽探奥作集曲,爲隻曲可也。

此曲出戲文,南曲承之,小有變化。

【大影戲】

1. 今日設個几案,些兒事要相干。靠歇子有個猪頭至,斟些酒食須教滿。怕張協貧女討校杯(原作“柸”),是它夫妻,是它姻(原作“夤”)緣。千萬宛轉,有猪頭,看猪面看狗面。　《張協狀元》16

2. 【中吕過曲】奴家花容嬌媚,風塵裏有聲譽。品竹更兼彈絲,曲遏雲共鼓板皆會。迎新踢舊未遇時,何日從良,嫁個夫婿?(合)姻緣相際,永諧比翼,盡今世效連理。

3. 【前腔换頭】聽啓:一言説與,姻緣事果非容易。待時遇個知音的,同心綰對天説誓。隨緣隨分且度(原作“慶”)時,怕鶯老花殘,迅速如飛。(同前)　元傳奇《吴舜英》,《正始》頁 409

4. 【中吕過曲】嫂嫂行不由徑,應是我不開門。自來嫂叔不通問,休教人説上梁不正。忽聽得一聲唬了我魂,戰戰兢兢,進退無門。心兒裏好悶,我便猛開了門,任兄長打一頓。

元傳奇《殺狗記》,《正始》頁 410

格式:4$_{\triangle}$,6 乙$_{\triangle}$。7,7 乙$_{\triangle}$。7$_{\triangle}$,4,4$_{\triangle}$。4$_{\triangle}$,4,6 乙$_{\triangle}$。　10 句

《正始》列第二曲爲正格,第三曲題注:“第四句增一字。”錢南揚《輯佚》頁 64 認爲:“‘慶時’,‘慶’,疑是‘度’字之形誤。”是。列第四曲爲第二格,題注:“第三句變七字,與上格【换頭】同句法。”尾批:“此係古本原文,比上格《吴舜英》體,止争第三句之六字七字,餘皆纖毫無異者也。何時譜所收此曲,其句法多致增損倒易,反謂原文無有‘心兒裏’四句,直删去之。若然,《吴舜英》二句之合頭皆不必也。”較之《張協狀元》,第三句七字或反更爲古體。

南曲有【中吕過曲·大影戲】,《舊譜》卷三、《沈譜》卷八、《新譜》卷八、《寒山曲譜》《定律》卷六、《大成》卷十一俱以第四曲爲例曲。《舊譜》首句作六乙,餘與此同;《沈譜》較此文字、句律出入較大,全調作:"嫂嫂行不由徑,笑不露形。我應是不開門,自來嫂叔不通問。休又説上梁不正,只此一句,唬得人喪膽亡魂。戰戰兢兢,進退無門。"尾批:"《舊譜》此下有'心兒好悶,猛開了門,任兄長打一頓'三句。查《殺狗記》原本皆無。且'任兄長打一頓'六個字,欠協,今删去。"《新譜》從《沈譜》。《定律》《大成》句文與《沈譜》又稍有變化。此皆《正始》所批評之"訛調"也。《寒山曲譜》尾批:"蔣氏原譜並古本《殺狗記》,皆是如此。詞隱先生截去末後三句,恐不成全曲,予故補上。《蔣譜》無'笑不露眼'一句,非也。"俞爲民《殺狗記校注》第三十一齣《夫婦叩窑》引此第四曲,與此同,僅個别句字變化。

此曲出戲文,南曲承之,有所轉换。

【上馬踢】

1. 眉兒那曾開,花兒不忺帶。尋思淚滿腮,這些緣分乖。才與同諧,驀忽成妨碍。我每等來,它做得官時,我兩口兒也得它拖帶。

2. 【同前】婆婆暗自喜,得你嫁夫婿。圖它此時去,早攀月桂枝。金冠霞帔,有分粧束你。我稱儒人,我底公公,定着呼做保人。

3. 【同前】不是我自誇,它自定及第。着鞭衣錦歸,便是榮貴時。我做婆婆,你做當直底。那時價喜,買炷明(應作"名")香,大家答謝天地。

《張協狀元》23

4. 【仙吕過曲】干戈動地來,車駕遷都汴。兒夫離帝京,路遥人又遠。軍馬臨城,無計將身免。這苦怎言,禍不單行,中路兒不見。

元傳奇《拜月亭》,《正始》頁 310

5. 【小石調過曲】書生未遇時,終日受岑寂。妻兒忍肚饑,破窑中冷如水。特往京畿,探取閑相識。此情慘凄,後巷前街,没個人憐惜。

元傳奇《吕蒙正》,《寒山堂譜》卷四頁 691 下半葉格式:5,$5_{\triangle}$。5,$5_{\triangle}$。4,$5_{\triangle}$。$4_{\triangle}$,4,$6_{\triangle}$。　9句

《正始》以第四曲爲例曲,《寒山堂譜》以第五曲爲例曲,與此均末句減省一字,餘同。

南曲有【仙吕過曲·上馬踢】,均與《正始》正格同,與此末句減一字。《定律》卷四以第五曲爲正格,署《綵樓》;又以第四曲爲例曲,均入【仙吕過曲】。

此曲出戲文,南曲承之。

【山坡裏羊】

1. 知它你是及第? 知它你是不第? 知它在上國? 知它歸來未? 鎮使奴終日淚暗垂。莫非不第了羞歸鄉里? 又恐嫌奴貧窮恁地。別也別來斷消息,斷消息。

2. 阿公也恁歡喜,阿婆也(此字原漏)恁歡喜,我阿兒歸報,與娘行知會。小二出江陵幹事歸。道娘行交倩買登科記,且説張郎做狀元。特也特來拜賀喜,拜賀喜。　《張協狀元》30

格式:$6_{\triangle}$,$6_{\triangle}$,5,$5_{\triangle}$。5、$3_{\triangle}$。5、$4_{\triangle}$,$7_{\triangle}$。$7_{\triangle}$,$3_{\triangle}$。　9句

第八句前四字例作“×也×來”,第九句三字例疊第八句後三字。

北曲有此調,與此不同。南曲有【商調過曲·山坡羊】,《沈譜》卷十七、《新譜》卷十八、《正始》均有題注:“即【山坡裏羊】。”亦與此不同。近年新發現的磁州窑器物上金元詞曲中有此調三首,其中“風波實怕”“晨雞初報”二首爲元初陳草菴(1247—1330)之作。楊棟兄認爲:從出土的陳草菴與無名氏作品看,均題【山坡裏羊】,與《樂府新聲》一致,“可證此名最爲原始”;《張協》此調二支,其“年代不太可能早於陳草菴”;《張協》此二曲重新標點,即與早期北曲十一句格相同或相近:“$4_{\triangle}$,$4_{\triangle}$,$7_{\triangle}$。3,$3_{\triangle}$,$7_{\triangle}$,$7_{\triangle}$。1,$3_{\triangle}$;1,$3_{\triangle}$。”當爲:“知它你是及第? 知它你是不第? 知它在上國,知它歸來未? 鎮使奴終日,淚暗垂,莫非不第了羞歸鄉裹? 又恐嫌奴貧窮恁地。別也,別來斷;消息,斷消息。【前腔】阿公也恁歡喜,阿婆也恁歡喜,我阿兒歸報,與娘行

知會。小二出江陵，幹事歸，道娘行交倩買登科記，且説張郎做狀元。特也，特來拜；賀喜，拜賀喜。”故“《張協狀元》是南戲現存北曲南化的最早樣本”①。可備一説。以七字一句增字攤破作五字兩句，已變化其格；末二句破作隔句對四句，上聯必連下聯方能成立，已失去表達相對完整意思的獨立性，較爲勉强；兩曲第九句“斷”“拜”失韻，亦極少見。

此調或出民間歌謡，戲文採録之，後已併入【山坡羊】。

【上堂水陸】

1. 衣錦歸故鄉，我門得意。倚門望我歸，雙親歡喜。各人爲我快行，領臺旨。目(原作“日”)即便離城，不覺過一里又一里。

2.【同前】回首望帝京，水村隔住。長亭共短亭，休斟緑蟻。恩官叫你快行，領臺旨。目即便離城，不覺過一里又一里。

3.【同前】行得氣喘(此句當奪一字)，肚中饑餒。都不見打火，歇歇了去。不行時我打你！領臺旨。涉溪東渡水，不覺過一里又一里。

4.【同前】江陵在眼前，五雞山至。如投着地脈，不辭迢遞。快行時(此字原奪)我賞你，領臺旨。回馬不用鞭，不覺過一里又一里。

《張協狀元》40

格式：5，4$_{\triangle}$；5，4$_{\triangle}$。6，3$_{\triangle}$。5，7$_{\triangle}$。　8句

一組四曲，末句使用復沓句法。第三、四兩曲第五句均作六乙句，句格略有變化。

錢南揚《校注》：“此調不見曲譜，當出於佛曲。”僅見於戲文，後世不傳。

---

① 楊棟《【山坡羊】曲調源流述考》，《文學遺産》2010年第2期。其所著《元曲起源考古研究》又輯得元代【山坡裏羊】“有金有玉”一首，“這首小令不見於文獻記載，可補《全元散曲》之遺”，與陳草菴同名小令同格。中國社會科學出版社，2014年，第22頁。

【三臺令】

1. 一聲鼓打鼕鼕,一棒鑼聲嘡嘡。騎馬也匆匆,相公馬上意悠揚。　　　　《張協狀元》44

2.【商調引子】晚來雲淡風輕,窗外月兒又明。整頓閣兒新,飲三杯自遣悶情。　　　　元傳奇《王魁》,《正始》頁 705

3.【商調過曲】撫琴韻切能牽惹,聽琴聲,使娘行動情。款曲偷身步月行,遂扣向書齋求訊。與君結取鸞鳳侶,辦志誠同坐同行。願永諧百歲,琴瑟似同心,共綰並根。

元傳奇《司馬相如》,《正始》頁 758

格式 1:6,$6_{\triangle}$。5,$7_{\triangle}$。　　　　4 句

2:7,$3_{\triangle}$,5 $乙_{\triangle}$。$7_{\triangle}$,$6_{\triangle}$。7,7 $乙_{\triangle}$。5 乙,$5_{\triangle}$,$4_{\triangle}$。　　10 句

第一曲原本失題,錢南揚《校注》據曲譜補,是。前兩曲用式 1,爲【商調引子】。第三曲用式 2,爲【商調過曲】。

《正始》列第二曲爲式 1 正格,題注:"即十三調【商調・伊州三臺令】查歸,但與詩餘【三臺】不同。"與此僅末句作七乙句,餘同。《正始》列第三曲爲式 2 正格。

唐・崔令欽《教坊記・曲名》有【三臺】。《全唐五代詞》有【三臺】【三臺令】兩調,分六字四句、六字八句、五字四句、雜言八句諸體,頁 1271 已有考辨;韋應物【三臺】六字四句體與式 1 相近。宋・高承《事物紀原》卷二《樂舞聲歌部十一・三臺》:"三十拍曲名也。"宋詞有【三臺】【三臺令】(一名【三臺春曲】)。【三臺】爲三闋長調,【三臺令】爲小令,四句,每句六字,與式 1 相近。《全宋詞》許棐【三臺春曲】注:"【三臺】乃唐曲,收入《尊前集》。此二首雖見於許棐詩集中,未入詞集,而其調名及字數句法,與唐曲無異。"則詞調出於唐曲。萬樹《詞律》卷一【三臺】(小令):"平仄不拘,所賦不論何事。詠宮闈者,即曰【宮中三臺】,……詠江南者,即曰【江南三臺】;又有【突厥三臺】。"宋雜劇有用其調者。王國維《宋元戲曲史・五・官本雜劇段數》:"如《三十拍

纍》，則李涪《刊誤》云：'艭酒三十拍，促曲名【三臺】。'則實用【三臺】曲也。《三十六拍纍》當亦仿此。"諸宫調以【三臺】爲名者，有【耍三臺】(入歇指調)、【梁州三臺】(入正宫)、【萬花方三臺】(入雙調)、【疊字三臺】(入越調)四曲，與此均不同。北曲【越調】有【鬼三臺】【耍三臺】，後者與諸宫調【耍三臺】近似，與此均不同。南曲有此調，【商調引子・三臺令】同式1，僅末句作七乙句。《沈譜》卷十八、《定律》卷十、《大成》卷五十六俱引第二曲爲例曲，《沈譜》《定律》題【商調慢詞・熙州三臺】，《沈譜》題注："疑即【伊州三臺】。"《大成》題【商調引子・熙州三臺】，題注："'熙'，一作'伊'。"《新譜》卷十九【永遇樂】眉批："原有【熙州三臺】一曲，與引子【三臺令】同，不必録。"《沈譜》有【换頭】，《大成》則合二曲爲一曲。《沈譜》卷十七、《定律》卷十、《十二律京腔譜》卷十五、《簡譜》卷九均用第三曲爲【商調過曲・三臺令】例曲。《簡譜》署《緑綺》，與此併第二、第三兩句作一個七乙句，尾批："此曲止有此格。"

此調當源于唐曲。戲文式1與詞調之【三臺令】近似，與諸宫調不同，當出於詞調。南曲【商調引子】與【商調過曲】均承於戲文。

【川撥棹】

1. 爲孩兒，特特來蜀地。滿目萍蕪見古廟，教人轉悲，我尋思珠淚垂。　　《張協狀元》45

2. 【仙吕入雙調過曲】歸休晚，莫教人凝望眼。但有日回到家園，但有日回到家園，怕回來雙親老年。(合)怎教人心放寬，不由人不淚彈。

3. 【前腔换頭】我的埋怨怎盡言，我的一身難上難。你寧可將我來埋怨，你寧可將我來埋怨，莫將我爹娘來冷看。(合前)

元傳奇《蔡伯喈》，《正始》頁965

4. 【仙吕入雙調過曲】天將晚，更不須心勞意攘。把羅帶暫解輕分，把羅帶暫解輕分，綰同心重交配上。好姻緣不在忙，好姻緣不在忙。　　元傳奇《蔣蘭英》，《正始》頁965

格式:$3_{\triangle}$,$5_{\triangle}$。7,$4_{\triangle}$,6 乙$_{\triangle}$。　5句

《正始》列第二曲爲正格,與此作攤破格,七句:“$3_{\triangle}$,6 乙$_{\triangle}$。7 乙$_{\triangle}$,7 乙$_{\triangle}$,7 乙$_{\triangle}$。6 乙$_{\triangle}$,6 乙$_{\triangle}$。”較此第二、第四句作增字格,第三句後用一疊句,第五句後增同格一句,亦可用疊句,如第四曲。第三曲題注:“今人或認此【换頭】爲【嘉慶子】,可笑。”列第四曲爲第二格,題注:“第二句變七字。”實作七乙句。

金・王喆(1112—1170)有【川撥棹】詞,上闋與此第二句增字作六乙句,第三句破作四字二句,末增一疊句。北曲【雙調・川撥棹】承金詞,略有變化。南曲《沈譜》卷二十、《新譜》卷二十三引第二、第三曲爲例曲,《定律》卷九引《連環記》“將奴獻”爲例曲,與《正始》同。

此曲出金詞,入北曲,戲文或轉换承之;南曲傳於戲文,又有攤破。

【山坡羊】

1. 葉惶恐再拜:常侍眷愛,苦屈大才,少慰下懷。不沐勸介,必成禍胎,專等左右過來。不宣,張葉惶恐再拜。　《張協狀元》50

2. 怨氣沖天盈地,冤(原作“怨”)魂冥冥何處?滴滴底鮮血沾衣袂。李瓊梅,和你假意兒,將人殺了諧連理。萬劫,冤仇難如你;冤家,終須會見你。　《小孫屠》18

3.【商調過曲】月照誰家庭院,人在孤村茅店,寒窗紙隙風如箭。對聖賢,留心在簡編。詩書要遂平生願,一任樵樓更漏傳。留連,更闌人未眠;留連,更闌人未眠。　元傳奇《吕蒙正》,《正始》頁 718

4.【商調過曲】終日因他牽挂,朝夕撇他不下,只爲崎嶇路阻無如之那。因爲他,行裏坐裏想念他。除非是睡也暫時相忘却,争奈合眼朦朧依然又夢見他。傷嗟,撲撲簌簌淚如麻;冤家,多管將人定害殺。

元傳奇《孫元寶》,《正始》頁 718

5.【商調過曲】不念我年華高邁,不念我精神衰敗,不念我供養無兒,不念我寡蕭蕭絶宗派。只恨你這老禍胎,受了孫家婚聘財。逼得他喞冤負屈投江海,閃得我有地無人築墓臺。哀哉,撲簌簌淚滿腮;傷

懷，生擦擦痛怎捱。　　元傳奇《王十朋》，《正始》頁 719

6.【商調過曲】翠巍巍雲山一帶，碧澄澄寒波幾派，深密密煙林數簇，滴溜溜黄葉飄敗。一兩陣風，三五聲過雁哀。傷心對景愁無奈，回首西風，珠淚滿腮。情懷，急煎煎悶似海；形骸，骨崖崖瘦似柴。

元傳奇《拜月亭》，《正始》頁 720

格式 1：$5_{\triangle}$，$4_{\triangle}$，$4_{\triangle}$，$4_{\triangle}$。4，$4_{\triangle}$，$6_{\triangle}$。2，$6_{\triangle}$。　9 句

2：$6_{\triangle}$，$6_{\triangle}$，$7_{\triangle}$。$3_{\triangle}$，$5_{\triangle}$，$7_{\triangle}$。2，$5_{\triangle}$。2，$5_{\triangle}$。　10 句

第一曲用式 1，其餘五曲用式 2，爲【商調過曲】。

式 1 僅此一曲，無可考校。

《正始》列第三曲爲式 2 正格，與第一曲不同，與第二曲僅增第六句七字，餘同。題注："俗名【山坡裏羊】。"但《張協狀元》另有【山坡裏羊】，與此不同。列第四曲爲第二格，題注："第五句及合頭之次句皆變作七字。"列第五曲爲第三格，題注："首二句皆變爲七字，其下又增七字一句，第四句及合頭下二句皆變爲六字二截。"列第六曲爲第四格，題注："第四句變七字，五句增作四字，第六句變六字二截，第八變八字二句。"尾批："此係古本原文。今人多於'黄葉'下增一'多'字，又於'珠淚滿腮'句上減去'珠'字，而就俗格。非不可，但何堪蔑此古體原文也。"

《全宋詞》有葛長庚【山坡羊】四首："$6_{\triangle}$，$6_{\triangle}$。4，$5_{\triangle}$。6 $乙_{\triangle}$，6 $乙_{\triangle}$。4，6 $乙_{\triangle}$。5，6 $乙_{\triangle}$。$2_{\triangle}$，$7_{\triangle}$；$2_{\triangle}$，$7_{\triangle}$。"十四句，十一韻，各曲句字略有增減。册四《存目詞》附注："此乃元人小令，蓋出依託。"長庚爲全真教南五祖之一，卒於寧宗嘉定年間（1208—1224），時值金末衛紹王、宣宗、哀宗時期，亦爲蒙古鐵木真時期；又《全元散曲》存録【山坡羊】九十九首，與此絶不相同。故所謂"乃元人小令"，"依託"于宋人詞之説，顯然不確。北曲有【中吕・山坡羊】，與葛氏詞不同，與式 2 略似。南曲有【商調過曲・山坡羊】，《舊譜》引第六曲爲例曲。《沈譜》卷十七引自作散曲"學取劉伶不戒"爲例曲，尾批："此調乃【山坡羊】本調也，最爲近古，故録之。至《琵琶》《拜月》等記，皆添出字句矣。"又引《琵琶記》"亂荒荒不豐稔的年歲"爲【又一體】，尾批："或又

謂:四字起者是【山坡羊】,三字起者是【山坡裹羊】。皆非也。"《新譜》卷十八承之,題注:"與《綵樓記》曲同。"均與式 2 大同小異。《定律》卷十以第三曲爲例曲,署《綵樓》,尾批:"此曲,舊譜爲【山坡羊】正體,又注爲:'即【山坡裹羊】。'以前曲(《雙紅》"皎團團")爲【又一體】,並未分析(原作"晰")。今以三字起句、十二句者,爲【山坡羊】;以兩字起句、十一句者,爲【山坡裹羊】,庶無重復分體之煩。"《大成》卷五十七引第五、第六兩曲,均入【又一體】。《簡譜》卷九引散曲"學取劉伶不戒"爲例曲,尾批:"此調舊有二説:以十二句者爲【山坡羊】,十一句者爲【山坡裹羊】,實是妄行分析,不必從。此爲十一句格,源出北詞,惟較北詞略繁而已。"證以張小山《雪夜》曲,"豈非與北詞吻合乎?至於十二句格,實昉自《琵琶》,然亦首四句不同耳,……以下與此詞全同也,何必別立【山坡裹羊】之名哉?……余故删去【山坡裹羊】之名。作者從古,則用十一句格,通俗則用十二句格可矣"。楊棟兄考察了近年出土的磁州窑瓷器上的金元詞曲,認爲:沈璟、王國維、吴梅等人所論,各有不足;此調始稱【山坡裹羊】,【山坡羊】爲文人省稱;【山坡羊】源出北曲,"《張協狀元》是南戲現存北曲南化的最早樣本";將第一曲重新標點,可解錢南揚《校注》尾批"句格與曲譜所收全不相同,不知何故"的困惑:"協惶恐再拜,常侍眷愛,苦屈大才,少慰下懷。不沐勸介,必成禍胎。專等,左右過來;不宣,張協惶恐再拜。"①此與【山坡羊】北曲本調:第三句增一字破作四字兩句,第四、第五兩個三字句各增一字,更減省七字二句,以合首二句、尾四句相對。此雖孤例,或即"北曲南化"時所作的變動,可備一説。惟大肆增删以合北曲之格,難免强扭;且葛長庚詞在先,式 2 近似,又不能回避不論也。

此調或始見於宋葛長庚道詞。北曲當出民間歌謡,流傳甚廣,格律穩定。戲文或出詞調,與【山坡裹羊】分屬兩調,且有變格數式,較爲靈動;後入南曲,此調與【山坡裹羊】併爲式 2 一體,式 1 原爲減句格,後已不傳。

---

① 楊棟《【山坡羊】曲調源流述考》,《文學遺産》2010 年第 2 期。

【上小樓】

1. 公吏人排列兩邊,不由我心驚膽戰。怎推這鐵鎖沉枷,麻搥撒子?受盡熬(原作"傲")煎。假若使心似鐵,這官法如爐燒煉(原作"燥")。休悲我枉屈後,死而無怨。

2.【同前换頭】到今日怎知道,番成罪愆?略略望哀憐。常言道公門,可行方便,人易唬,天須見。拷打千般神魂亂,空有日月須明。不照覆盆下面,便招做鬼死也埋怨。　　《小孫屠》11

格式:7乙$_{\triangle}$,7乙$_{\triangle}$。4,4,4$_{\triangle}$。6乙,6$_{\triangle}$。6,4$_{\triangle}$。　　9句

【前腔换頭】只將首兩句改作"6乙,4$_{\triangle}$,5$_{\triangle}$"三句,餘皆同。第一曲第八句作六乙句。第二曲第六句五字破作三字兩句;第九句"明"字失韻。

宋雜劇有《三哮上小樓》,王國維《宋元戲曲史》列入"不見宋詞,而見於金元曲調者"。金院本有《上小樓衮頭子》,王國維《宋元戲曲史》列入"爲詞曲調者"。北曲有【中吕·上小樓】,與此略似:"4$_{\triangle}$,4$_{\triangle}$。4,4,4$_{\triangle}$。3,3,4$_{\triangle}$,7乙$_{\triangle}$。"錢南揚認爲:"後世曲譜南曲雖無【上小樓】,今此調與北曲全異,應是南曲。"或是。或云可用北曲格律標點之,則"大同小異",却是以臆斷正襯、强合北律爲前提的。戲文《吴舜英》【十二嬌上小樓】集曲,末用北曲【上小樓】全調,且相當規範,則此或亦爲"北曲南化"之變異。

此調當出於民間歌謡,入宋雜劇、金院本、元北曲,一脈傳承;戲文採用之,亦可能直承於宋雜劇、金院本,是分途而入元代南北曲,故異中有同;後世僅見於北曲,南曲已不傳。

【山花子】

1. 今朝謝得高明主,賜黄金與作周庇。李瓊梅瞞心昧己,和它暗約共同謀計。(和)感龍圖今朝斷理,生離死别心痛,梅香免得爲怨

鬼。冤報冤家，幸從今脱離。

2.【同前】賤人你自爲娼妓，哥哥把伊提攜。豈知楊花怎拘，作事更不存理。（和同前）

3.【同前】心寒膽碎，悔之作不是。不合共它設計，都是一時情意。（和同前）

4.【同前】不念梅香當初事，你指望共諧今世。誰信蘬生狂意，共奸夫故殺奴身己。（和同前）

5.【同前】李瓊梅感煞忘恩，朱邦傑不仁不義。依公斷並押街頭，受凌遲。（和同前）

6.【同前】是當初不合同謀，告公相周全寬恕。休要狂口胡言，便押去。（和同前）　　　　《小孫屠》21

7.【中吕過曲】玳筵開處遊人擁，争看五百名英雄。喜鼇頭一戰有功，荷君奏捷詞峰。（合）太平時車書已同，干弋盡戢文教崇，人間此時魚化龍。留取瓊林，勝景無窮。

8.【前腔第三换頭】青雲路通，一舉能高中，三千水擊飛冲。又何必扶桑持弓，也强如劍倚在崆峒。（合前）

元傳奇《蔡伯喈》，《正始》頁 467

9.【中吕過曲】晚來雨過斜陽外，郊景漸生凉意。可觀愛山青水緑，瀟灑另般佳致。（合）九十日秋光可喜，今宵又喜逢巧夕，牛星女宿相會時。仕女王孫，盡歡宴粉筵花席。

10.【前腔第三换頭】張翰思蓴，班姬棄箑，景物多風味。蓼岸蘋洲，裝點素秋天氣。（合）九十日秋光可喜，芙蓉對景開數枝，臨堤傍水色更奇。露蕊霜葩，似一片錦屏圍裝綴。

11.【前腔第四换頭】凝眸眺晚，雁字排雲外。兩行三行，似銀鈎鐵畫，整整齊齊。（合）九十日秋光可喜，一簇二簇紅漸稀，千點萬點鴉亂飛。鷺立沙汀，伴鴛鴦並眠沙嘴。

元傳奇《羅惜惜》，《正始》頁 468

格式：7$_{\triangle}$，7乙$_{\triangle}$。7乙$_{\triangle}$，6$_{\triangle}$。7乙$_{\triangle}$，6，7$_{\triangle}$。4，5乙$_{\triangle}$。　　9句

戲文《小孫屠》六支，僅第三曲當是【前腔换頭】，第五、六兩曲第

四句減字作三字句；六字句與七乙句本可相通，故其餘與此大同小異。

《正始》列第七曲爲正格，與此第六句作七字句，末句作四字句，僅略有出入，大同小異。尾批："第二曲與此始調同，不録。"第八曲題注："【第四换頭】與此同，不録。"列第九曲爲第二格，題注："此格不惟（合頭）另詞，且末句變七字。四曲皆然。"列第十曲爲【前腔第三换頭】第三格，題注："第二句變四字，第三句變五字，四句變四字。此格元詞有。"列第十一曲爲【前腔第四换頭】第四格，題注："第三、第四、五句皆變作四字。"

唐曲有【山花子】，見崔令欽《教坊記・曲名》。任半塘《敦煌歌辭總編》卷二《雜曲・隻曲》"戀情類"有【山花子】《難期會》，雙闋，格式爲："7△，7△。7，3△。"上下片同，認爲："調名末之'子'字既已存在，其原有'子'曲之性質及爲'大曲摘遍'之含義即完全存在。"《全唐五代詞》正編卷四《散見各卷曲子詞》亦録此首【山花子】，注："《花間集》載和凝【山花子】二首，乃'七七七三'句式之兩片體，叶平韻，實與雜言體【浣溪沙】同一格調。又《尊前集》載南唐中主李璟所作【浣溪沙】二首，亦'七七七三'兩片之雜言體，叶平韻，而宋以後各選本或題【攤破浣溪沙】，或題【添字浣溪沙】，或注'一名【山花子】'，或作'【山花子】第二體'。敦煌寫卷載【山花子】獨此一首，句式雖與【浣溪沙】雜言體同，而叶韻不同，即前者叶平韻，此叶仄韻。又《教坊記・曲名》表既二調並列，則自當有異，敦煌寫卷所載正與崔記相符。至於二調相混，當爲五代以後之事。"詞調有【山花子】，亦題【攤破浣溪沙】，式同唐曲。南曲有【中吕過曲・山花子】，《沈譜》卷八、《新譜》卷八引第七、八兩曲爲例曲，均有尾批："第二曲與第一曲同，第四曲起處與第三曲同。"《寒山曲譜》《定律》卷六以第七、第八曲爲正格。《寒山曲譜》第七曲尾批："【其二】與此同。'戢'字、'戰'字，俱可用平聲。"第八曲尾批："【其四】與此（原作"曲"）同。'通'字曲（原作"自"）中暗韻，'一舉'二字不可作'誰'字唱。"《定律》以第十曲爲【换頭】之【又一體】。《大成》卷十以第七曲、第十曲均作【又一體】，然尾批：第七曲"爲正格"，第十曲"前半闋較正格有異，後半闋同"。實忽略了【前腔換頭】之變化。

此曲源於唐曲，傳入詞調，發生變異。戲文承之，從《小孫屠》到《蔡伯喈》，體式逐漸定型；南曲傳承，【換頭】略有轉換。

【三段子】

1.【黃鐘過曲】這懷怎剖，望丹墀天高聽高。這苦怎逃，望白雲山遥路遥。你做官與親添榮耀，高堂管取加封號，與你改換門閭偏不好？　　元傳奇《蔡伯喈》，《正始》頁 84

2.【黃鐘過曲】事當自盡，怎如他辜情負恩。若不再婚，只愁伊斷子絶孫。人生百歲如朝蕣，摒螟蛉一子承宗胤，也不若身終，無人上墳。　　元傳奇《王十朋》，《正始》頁 84

3.【黃鐘過曲】夜深静悄，此曲中有才調。指法更好，此琴中果奇妙。伊家怎曉？高山流水知音少，怎訴與相如知道？使文君春心蕩了。　　元傳奇《西厢記》，《正始》頁 85

4.【黃鐘過曲】請出去離，這狂言難信你。你休强嘴，便教你災禍起。忘恩義煞無知，當初效學關張的，倒做了孫龐鬬使計。

元傳奇《殺狗記》，《正始》頁 86

格式：$4_{\triangle}$，7 乙$_{\triangle}$。$4_{\triangle}$，7 乙$_{\triangle}$。$7_{\triangle}$，$7_{\triangle}$，$7_{\triangle}$。　　7 句

《正始》列第一曲爲正格，題注："此係常格。"第二曲題注："末句變八字二句。"尾批："據此末句句法，信知今時本《琵琶記》之'改換門閭，偏不是好'亦可已。"第三曲題注："此係古格。"尾批："據元人詞套，凡遇此二調（【啄木兒】【三段子】），每用此《西厢》格者居多。"第四句後增四字一句。第四曲題注："前四句《西厢》格，末二句《伯喈》體，中二句變。"

詞調有【三段子】，即【寶鼎現】之異名，與此不同。南曲有此調，《舊譜》卷五引第三曲爲例曲，然以變爲正；《沈譜》卷十四、《新譜》卷十四均以首曲爲例曲，題注："《舊譜》所收，及時曲'井梧墜葉'，皆不同。"《寒山堂譜》卷五以第一曲爲正格，以第三曲爲【又一體】，尾批：

“前《琵琶》一曲，第四句名隔句對，末三句名扇面對。第二、第三體與散曲‘井梧墜葉’，同用《琵琶》之體。此體盛行，《沈譜》竟删去，予故補入。”《大成》卷七十引第二、第四兩曲爲【又一體】，第二曲署“古《西厢》”，實誤；第四曲與此句字略有變化。

此調與詞調同名異實。南曲承於戲文，略有轉换。

【下小樓】

【黄鐘過曲】駕車，嬌姿來到，似嫦娥下九霄。卑人無福怎生消？閑把瑶琴一操，異日須要題橋。 元傳奇《西厢記》，《正始》頁 86

格式：2，4$_{\triangle}$，6 乙$_{\triangle}$。7$_{\triangle}$。6$_{\triangle}$，6$_{\triangle}$。 6 句

南曲有【黄鐘過曲・下小樓】，《舊譜》卷五、《沈譜》卷十四、《新譜》卷十四、《寒山堂譜》卷五、《定律》卷一、《大成》卷七十俱以此爲例曲，與此僅句字略有不同。《沈譜》題注：“或作【上小樓】，乃北曲名也，南曲無之。”《大成》署“古《西厢》”。

此曲出戲文，南曲承之，與北曲【中吕・上小樓】不同。

【三字令】

1.【正宫過曲】秋風起，七夕至，天如水。牛女叙佳期，庭梧已飄墜。願天上，人間慶佳會；賞中秋，人月正圓時。笑宋玉，漫風流逞才藝；恁悲秋，怎如我適意？ 元傳奇《劉盼盼》，《正始》頁 225

2.【正宫過曲】覆相公，聽拜禀，專來請。綵樓已粧成，羅綺兩相映。便登樓，便登樓，從伊選才俊；莫遲留，莫遲留，一言永爲定。謝雙親，謝雙親，奴家豈辭命；告天天，告天天，從今願佳聘。喜雀聲，喜雀聲，檐前報佳信。便即日，向前行，趁良辰，算姻親，畢竟是前定。

元傳奇《吕蒙正》，《寒山堂譜》卷二頁 680 上半葉

3.【正宫過曲】論孝情，果無比。請起來，小兄弟，情願替著你。聽説與，伊年未，肌膚怯難當冷濕氣。寧可我當取，教我寸心碎。撲

簌淚雙垂，聽響聲似轟雷。試看時，猶如震天地。

元傳奇《殺狗勸夫》，《寒山堂譜》卷二頁 680 下半葉

格式：$3_{\triangle}$，$3_{\triangle}$，$3_{\triangle}$。$5_{\triangle}$，$5_{\triangle}$。3，$5_{\triangle}$；3，$5_{\triangle}$。3，$5_{\triangle}$；3，$5_{\triangle}$。　13 句

《正始》以第一曲爲例曲。《寒山堂譜》以第二曲爲例曲，題注："連重二十四句，九十一字。"尾批："《新譜》一體，與此曲稍不同，今不録。此曲後當接【四邊静】。或云【一撮棹】更叶。"較之第一曲，中腹用四個疊句，末尾增八句。《正始》頁 227—228 引此第十九、二十兩句。以第三曲爲【又一體】，題注："連重十五句。"尾批："元人慣將重句變實句，此其體也。"比較《正始》【正宫過曲・緑襴踢】《王祥》兩曲，此曲有兩個問題。一是來源，當出於《王祥》，而不是《殺狗》。二是構成，當是以【緑襴踢】第一曲末兩句作爲第二曲開篇，又補"請起來"三句，再綴以其第二曲。《正始》【緑襴踢】尾批對此已有詳細分析與批評，確鑿可信。此姑存録，以備查考。

宋詞有【三字令】，與此不同。南曲有【正宫・三字令】，《舊譜》卷二、《沈譜》卷四、《新譜》卷四均以第三曲爲例曲。據《新譜》眉批，馮夢龍以"請起來"三字作襯字。《定律》卷二以第一曲爲例曲，尾批似對以上現象作出總結："此曲多有【三字令過十二橋】者。潭譜以《卧冰》之'論孝情果無比'一曲，即爲【三字令】正體。鈕譜又以'論孝情果無比'一句，爲'兄因甚脱衣袂'【緑襴衫】曲之末句，又注云：'若此添句改調，何誤後人之甚也。今試觀《劉盼盼》之一曲，儘可别其是非也'之論。張譜則以《綵樓》之'覆公相聽拜稟'爲【三字令】之正體。及細查《卧冰記》與譜，俱各以臆見改削成詞，互相大爲矛盾，不便濫收，以惑人心。細閲此一曲，並對犯調，尤可爲準，故載以爲正體。其改削那移者，俱不收録。"《大成》卷三十一引第一曲、第三曲爲例曲，尾批："首曲爲正體，次曲係變體。諸譜多有將次曲入於集調者，非是。若依此見，凡有句法少異，即爲集曲，竟不復有【又一體】也。"是。然題第一曲爲"散曲"，誤。第二曲，李九我批評《破窑記》第三齣《計議招婿》不用疊句，則前用【三字令】全調，後用【十二嬌】末四句，則當名【三字令過十二嬌】。

此曲與詞調名同實異，南曲亦僅承此曲名，實則有很大轉換。

【三字令過十二嬌】

【正宮過曲】【三字令】心僝僽，情掣肘，身迤逗。衷腸怎分剖？深蒙貴人救。想當時，奴家共私走；路途中，停心漫感舊。到如今，姻緣已輻凑；把恩仇，一一總説透。【十二嬌】開綺羅，進觥籌。叫歌喉，金釵對紅袖。

元傳奇失名氏，《正始》頁 227

格式：$3_{\triangle}$，$3_{\triangle}$，$3_{\triangle}$。$5_{\triangle}$，$5_{\triangle}$。3，$5_{\triangle}$；3，$5_{\triangle}$。3，$5_{\triangle}$；3，$5_{\triangle}$。3，$3_{\triangle}$。3，$5_{\triangle}$。 17 句

集曲。前用【三字令】全調，後用【十二嬌】末四句。

《舊譜》卷二、《沈譜》卷四、《新譜》卷四、《大成》卷三十二有此調，然均以"嬌"作"橋"；曲後復綴九句："清音一派簫韶奏，裊沉煙，噴金獸。覓水似見張生，偷香莫笑韓壽。詩有詩對，花柳人物况風流。功名事，人馳驟。"《舊譜》題注："【四邊静】【錦庭香】同。"《沈譜》尾批解釋《舊譜》注文："今查【錦庭香】無可考，而後一段與【四邊静】同，豈【四邊静】别名曰【十二橋】耶？又考【三字令】，《綵樓記》有之，而亦以【四邊静】接去，此益可信矣。"認爲【錦庭香】無考，而【四邊静】則是【十二橋】之别名；並"依今人唱《綵樓記》腔"，"每三字句重唱"，故多疊句。《新譜》承之。《大成》則重新分章析調：首四句入【三字令】，"深蒙"九句入【一撮棹】，"開綺羅"二句入【三春柳】，"叫歌喉"三句入【一匹布】，"裊沉煙"六句入【四邊静】，末二句入【三學士】。尾批："此曲，蔣、沈二譜將【三字令】【四邊静】兩全闋併作一闋，題曰【三字令過十二橋】。若據彼見，是套曲皆可作集調，則無正曲矣。考《曲譜大成》亦然，惟《南詞定律》將後半段【四邊静】截去，止將前半段【三字令】改曰【三撮令】，首尾仍是【三字令】，中間集【一撮棹】。雖近是，但截去一段，未免文意未完。今仍將二曲併作一闋，中間另列牌名，仍存其舊。"但如此又不改原題，名實全無照應。"嬌""橋"之辨，《正始》考辨已較詳細；且對《沈譜》詮釋的注文，提出了不同看法。戲文有

【十二嬌】，並非【四邊静】别名；後段按之【四邊静】句格，十分勉强，且破壞文意、韻律。至於三字句復沓，既明言爲明中葉之唱法，較元南戲已相去甚遠。

此曲出戲文，南曲承之，已有轉换。

【小蓬萊】

1.【仙吕引子】古道西風瘦馬，瓜期緊行色奔波。青山萬里，白雲萬里，回首天涯。

2.【前腔】……極目瀟灑。　　元傳奇《柳耆卿》，《正始》頁 269

3.【仙吕引子】【换頭】恨此身如萍梗，爲倦旅牢落勢不得已。郊原滿眼，蕭條冷景，嗟歎寒至。　　元傳奇《孟姜女》，《正始》頁 270

格式：6，7 乙$_{\triangle}$。4，4，4$_{\triangle}$。　　5 句

《正始》列第一曲爲正格，尾批："此末句平煞。次曲仄煞云云。"第三曲題注："前二句與上【换頭】同，後三句與上始調同。"與正格僅首句句節不同，餘均同。

南曲有【仙吕引子・小蓬萊】，諸譜多與此同。

此曲出於戲文，傳於南曲。

【大齋郎】

1.【仙吕過曲】試官來，選場開，三年大比用英才。有錢教你爲官宦，無錢依舊守書齋。　　元傳奇《韓壽》，《正始》頁 281

2.【仙吕過曲】狂秀才，命兒乖，身充方正是官差。三隅兩巷民户災，要無違碍，好生只把月錢來。　　元傳奇《拜月亭》，《正始》頁 282

3.【仙吕過曲】今日辨是非，當堂推問詳細。若還不肯招前罪，須教他歸泉世，那時節怨着誰。　　元傳奇《東窗事犯》，《正始》頁 282

格式：3$_{\triangle}$，3$_{\triangle}$，7$_{\triangle}$。7，7$_{\triangle}$。　　5 句

《正始》列第一曲爲正格。列第二曲爲第二格，題注："第四句下多一句，必三字，不可四字。"列第三曲爲第三格，題注："此格除却第三句，餘皆大不相同。"

南曲有【仙吕過曲・大齋郎】，與此同。《舊譜》卷一、《沈譜》卷一、《新譜》卷一、《寒山堂譜》卷一、《定律》卷四均以第一曲爲正格，《寒山堂譜》全録此三體，《定律》《大成》卷三以第二曲爲【又一體】，首句前增"我是"二襯字，《定律》尾批："此曲第五句'要無違碍'，明係話白，若去此四字，恰好與正體同。但行之已久，不便即爲改削，姑存其舊。"《大成》尾批："第二句仍用實字，合頭較首曲（正格）多四字句，乃變體也。"更爲通達。

此曲出於戲文，然多異體；南曲承之，歸於一式。

【小醋大】

【仙吕過曲】人生如夢，何須苦戀京華。見一片釣臺，俯瞰汀沙。想當日披羊裘，坐巉岩下，漁竿三尺輕把。怎倒與雲臺同入畫？今尚誇，漢代功臣孰似他。奈微名使人縈挂，等閑負却煙霞。

元傳奇《王十朋》，《正始》頁 359

格式：4，$6_{\triangle}$。4，$4_{\triangle}$。6 乙，$3_{\triangle}$，$6_{\triangle}$。$7_{\triangle}$，$3_{\triangle}$，$7_{\triangle}$。7 乙$_{\triangle}$，$6_{\triangle}$。

12 句

《正始》用元散曲"浪潮拍岸"爲正格，與此第十句後增三字一句，尾批："【小醋大】一調，自來傳奇、散套用之者實少，止於古本《王十朋》見有此調。全套但與此曲少差，向被改本《荆釵》删去之，致今人無有識者。"列此曲爲第二格，題注："第十句下减去三字一句，亦時本'暗潮拍岸'體。"趙景深《考略》頁 15 認爲在《正始》所録此曲與【念奴嬌】【長拍】，"三曲中可另外鈎稽出能够適應《荆釵記・赴試》情節的曲文"，此曲"像是經過嚴子陵七里灘遺址的"。

南曲有此調，《沈譜・附録》《新譜》卷一均引元散曲"浪潮拍岸"爲例曲，然皆改題【小措大】，較此第十句下多三字一句，與《正始》正格同。《新譜》眉批："此調原在《附録》,注曰:'疑是【仙吕】。'今因其與下二曲係一套,故改入於此。"《定律》卷四引《牡丹亭》"喜的一宵恩愛"爲例曲,與此合第三至第六句作七字二句,餘同。尾批:"此曲因一進至十,故名【小措大】。"【前腔】又因曲文中嵌入十至一的數字,尾批:"此曲自十退至一,即【大措小】矣。然通行者惟【小措大】,故不另録其名,惟附之於後,以備一觀。"因數字遊戲便揣測爲曲名由來,是忽略此調源流,也不知置"通行者"於何地了。

此調出戲文,南曲承之,但用者較少。

【大環著】

1.【中吕過曲】奴家從幼,墮(原作"隨")落煙花。被這博磨,一個禁價。吃了萬千控持,諳了無限磨難,受了多少,忐上忑下。算人間不一似我,向樽前意懶心謝。今日幸逢見伊,似大海拾得一個明珠無價。

2.【前腔换頭】一身在羈旅方流落,謝伊家眷録,十分向我。若是道不謝伊,是我瞞天瞞地,昧心昧己,不識好弱。願和伊同宴樂,辦取堅心整因結果。須是倒戈卸甲,待做闌杆,與伊遮護。

元傳奇《張資》,《正始》頁 417

格式:4,4△。4,4△。6,4,4,4△。7乙△,7乙△。6,3、6△。12句

《正始》引第一曲爲例曲。以第二曲爲【前腔换頭】,題注:"僅此第八句變爲六字二截,第十句變爲六字一句。"又首兩句合併爲七字一句,第九句增字作八字二截,末句破作四字二句。

南曲有【中吕過曲·駄環著】,與此小異:首句疊一句,第七、八兩句合作上四下五九字一句,餘同。《沈譜》卷八【駄環著】題注:"'駄',今作'大',非也。"《新譜》卷八承之。實不知早有【大環著】,【駄環著】正是由【大環著】同音而來。

此曲出戲文,南曲承之,變化其名。

【三花兒】

【中吕過曲】【石榴花】不知爲何事夤夜猛聲張？可憐是漢文章。將那斷腸篇寫作招伏狀，【杏壇三操】此情怎當？【和佛兒】眼睁睁夫與婦，攜手上河梁。　　元傳奇《趙光普》，《正始》頁 435

格式：$7_{\triangle}$，6 乙$_{\triangle}$。$7_{\triangle}$，$4_{\triangle}$。5，$5_{\triangle}$。　　6 句

集曲。前用【石榴花】首三句，次用【杏壇三操】第五句，後用【和佛兒】末兩句。

《正始》題注："【杏壇三操】即【泣顔回】，【和佛兒】即【大和佛】。"

戲文有【石榴花】【泣顔回】【和佛兒】，南曲均入【中吕過曲】。《定律》卷六、《大成》卷十二均引此爲例曲，題【榴花三和】，《大成》署"散曲"，誤。

此曲出戲文，南曲承之，使用較少，變化其名。

【三句兒煞】

1.【中吕過曲】欲憑妙手良工筆，仔細端詳仔細題，做個丹青扇面兒。　　元傳奇《柳耆卿》，《正始》頁 500

2.【中吕過曲】……㧑酩酊從教不記取。

元傳奇《王魁》，《正始》頁 500

格式：$7_{\triangle}$，$7_{\triangle}$，$7_{\triangle}$。　　3 句

《正始》第一曲題注："'疏雨過蓮池'是其過曲。"頁 1303 引此三句。尾批："末句平煞。……元傳奇《王魁》仄煞云云。"

南曲有【黄鐘】尾曲【三句兒煞】。《定律》卷六引第一曲爲例曲，署《玩江樓》，與此同。《沈譜·尾聲格調》引第一曲爲例曲，然題【喜無窮煞】，題注："【中吕】高一格尾。'子規聲裏'尾文是也。"《新譜》卷二十六承之。

此曲出戲文,南曲承之,或轉換調名。

【于飛樂】

【南吕引子】在山間,因玩賞,摄得個似花姝麗,天然態恁般嬌媚。要同歡,他未肯,不知何意?是前生分淺,這情懷不堪訴與。

元傳奇《陳巡檢》,《正始》頁 509

格式:3,3,7 乙$_{\triangle}$,7 乙$_{\triangle}$。3,3,4$_{\triangle}$。4$_{\triangle}$,7 乙$_{\triangle}$。　　9 句

詞調有【于飛樂】,上闋與此小異:第三句作四字,餘同。諸宫調亦有【于飛樂】,入【高平調】,上闋與詞同;北曲有【高平調・于飛樂】,與諸宫調上闋同。南曲有【南吕引子・于飛樂】,《舊譜》卷四、《沈譜》卷十二、《新譜》卷十二均引此曲爲例曲,僅句字略異。《定律》卷十二、《大成》卷七十六、《簡譜》卷十亦以此爲例曲,然入【羽調引子】。《簡譜》尾批:"'他未肯'句,諸譜皆合下句作七字,非。此處如【中吕・粉蝶兒】三三四句法也。"

此調當出於詞調,分途傳播:南曲系統由戲文至南曲,北曲系統由諸宫調至北曲,詞式大同小異。

【小女冠子】

1.【南吕引子】誰家墻角梅初放,又還見,遇春光。遍南陌一景堪遊賞,花間立馬閑凝望。　　元傳奇《唐伯亨》,《正始》頁 517

2.【南吕引子】腰金衣紫身榮貴,喜得名譽,動達丹墀。今朝特地遊山寺,可看取舊日留題。　　元傳奇《吕蒙正》,《正始》頁 518

格式:7$_{\triangle}$,3,3$_{\triangle}$。7$_{\triangle}$,7$_{\triangle}$。　　5 句

《正始》列第一曲爲正格,題注:"與【黄鐘宫】及【道宫調】【女冠子】不同。"列第二曲爲第二格,題注:"第二、第三句皆變作四字,末句句節不同。"

南曲有【南吕引子・小女冠子】,《舊譜》卷四、《沈譜》卷十二、《大成》卷四十八等俱引《江流》"冤家今日開芳宴"爲例曲,與此同。然《沈譜》題【女冠子】,題注:"與【黄鐘】不同。舊作【小女冠子】。"《新譜》卷十二【小女冠子】注:"與【黄鐘】不同。"引《義俠記》爲例曲,眉批:"此詞隱先生筆也,與原本《江流記》曲同。"第二曲,李九我批評《破窑記》第二十六齣《夫妻遊寺》亦題【女冠子】。可知此調亦題【女冠子】,然與【黄鐘引子・女冠子】【道宫慢詞・女冠子】【中吕過曲・女冠子】相區别,故仍以戲文所題爲妥。

此曲出戲文,南曲承之,題署略有出入。

【女臨江】

【南吕引子】【小女冠子】憑欄極目天涯遠,奈人去,遠如天。【臨江仙】魚來雁去兩茫然,今春看已過,何日是歸年。

元傳奇《王十朋》,《正始》頁518

格式:$7_{\triangle}$,3,$3_{\triangle}$。$7_{\triangle}$,5,$5_{\triangle}$。　　6句

集曲。前用【小女冠子】首三句,後用【臨江仙】末三句。

南曲有此調,即用此爲例曲,《舊譜》卷四題注:"【女冠子】頭,【臨江仙】尾。"《沈譜》卷十二前三句屬【女冠子】,後三句屬【臨江仙】,與《正始》均有所不同,句字亦略有不同。《新譜》卷十二承之。《定律》卷八、《大成》卷四十八引此爲例曲,與此同。然《大成》僅作隻曲,並不分章析調。《原本王狀元荆釵記》第二十二齣作【臨江仙】隻曲,與此不同。《簡譜》卷七【生查子】尾批:"【南吕引子】至多,……又有犯調諸引,如【折腰一枝花】【臨江梅】【梅臨江】【女臨江】等,皆作者炫弄新奇,於音節上無甚關係。蓋【引子】既無主腔,僅就四聲配叶工尺而已,縱有犯調,有何美聽也。"對此類深不以爲然。

此調出戲文,南曲承之,略有變化。

【三登樂】

1.【南吕引子】自與兒夫分兩下，音書没個，我思你你每挂我。被奸臣，行計詐，把一家拆破。奸雄性惡，尚不放下。

2.【前腔換頭】那一日承厚德，召草澤醫人，我不知那程嬰有么？望他來，其病可，今把孤兒交付。知他近日，記得忘却。

元傳奇《趙氏孤兒》,《正始》頁 519

3.【南吕引子】世亂人荒，幸脱離天羅地網，不隄防病染這場。事不寧，身未穩，天降災殃。淹留旅邸，望河南怎往？

元傳奇《拜月亭》,《正始》頁 519

格式:$7_{\triangle}$,$4_{\triangle}$,7 乙$_{\triangle}$。3,$3_{\triangle}$,$4_{\triangle}$。4,$4_{\triangle}$。 8句

《正始》列第一曲爲正格，第二曲僅將首句减字作六乙。列第三曲爲第二格，題注:“第一句减爲四字，第二句增爲七字。”

詞調有【三登樂】，與第三曲同式。宋雜劇有《三登樂院公狗兒》，王國維《宋元戲曲史》入“用詞調者”類。南曲有此調，多以第三曲爲例曲。

此調出詞調，入宋雜劇，戲文承之，然以變格爲正格；傳於南曲，復歸詞體。

【上林春】

1.【南吕引子】觸目奇花與異草，蜂蝶戲燕子飛繞。春風亭上遊人，悄如仙子來到。 元傳奇《王焕》,《正始》頁 522

2.【南吕引子】獨守孤幃受勞役，兒夫在後園兒裏。才逢暑氣炎炎，不覺又還秋至。 《卧冰記》,《正始》頁 523

3.【南吕引子】手足之親，無故趕出，今日裏又生惡意。娘行力諫不從，遣人無語嗟吁。 元傳奇《殺狗記》,《正始》頁 523

4.【南吕引子】生長幽閨正年少，深庭院鎮長歡笑。兒夫多喜風

流，管教百歲偕老。　　元傳奇《陳巡檢》，《正始》頁 524

格式：$7_{\triangle}$，7 乙$_{\triangle}$。6，$6_{\triangle}$。　　4 句

第一曲，《正始》頁 522【南吕引子・滿園春】題注："時譜誤以《王煥》傳奇之【上林春】調誣作【滿園春】。"尾批："今試録《王煥》之【上林春】，即知作【滿園春】之誤。"戲文實不見【滿園春】曲，【滿園春】始見於《附録二》元南散曲。

《正始》列第二曲爲正格，題注："此調比【滿園春】，止第一（原作'二'）句同；比【大聖樂】，末二句不同；比【挂真兒】，第三句不同。時譜皆失詳。"列第三曲爲第二格，題注："首句變爲八字二句。"【南吕引子・大聖樂】尾批："附録時譜所收《陳巡檢》之【上林春】而作【大聖樂】之誤。"是爲第四曲。

詞調有【上林春】（一名【上林春令】）【上林春慢】，均與此不同。南曲有【南吕引子・上林春】，《舊譜》卷四、《沈譜》卷十二均引第二曲爲例曲。但是，《舊譜》卷四、《沈譜》卷十二、《定律》卷八、《大成》卷四十八以第一曲作【滿園春】；《舊譜》卷四、《沈譜》卷十二、《新譜》卷十二、《定律》卷八又引第四曲作【大勝樂】。《新譜》卷十二、《定律》卷八俱引鄭若庸《玉玦記》爲【上林春】例曲，眉批："此調原曲與【大勝樂】全同，録此以别之。首二句與《殺狗記》中句法同。原本又【滿園春】一曲，亦同，不必録。"又【大勝樂】題注："'勝'，或作'聖'，與詞餘不同。即【滿園春】。"正是《正始》所辯者。

此曲當源出詞調，然與戲文名同實異；戲文中【上林春】【大勝樂】【滿園春】詞格頗異；南曲承於戲文，未能清晰釐别，已漸混淆，《新譜》已出現合併三曲的傾向。

【大迓鼓】

1.【南吕過曲】結交恩愛深，原來他今日，背義忘恩。勸你不聽信，霸王空有重瞳目，有眼何曾識好人。

元傳奇《殺狗記》，《正始》頁 568

2.【南吕過曲】銅壺玉漏轉,天街簫鼓鬧京輦。勝如蓬萊苑,是這花燈争放鬭鮮豔,萬斛齊開陸地蓮。 元傳奇《方蓮英》,《正始》頁 568

3.【南吕過曲】非干是你爹意堅,怕春花秋實,誤你芳年。况兼他才貌真堪羡,又是五百名中第一仙,故把姮娥,付與少年。

元傳奇《蔡伯喈》,《正始》頁 568

4.【南吕過曲】家家燈正輝,香車簇擁,寶馬争馳。是處歡聲沸,麝蘭馨香數里。把這珠簾高捲畫樓西,對酒當歌同宴逸。

元傳奇《耿文遠》,《正始》頁 569

5.【黄鐘過曲】聽咱,説事因,一人心痛,一個腰痛。假意佯推病,果然日久見人心,到此方知没義人。

元傳奇《殺狗勸夫》,《寒山堂譜》卷五頁 710 上半葉

6.【黄鐘過曲】姻緣,雖在天,若非人意,到底埋怨。料想赤繩不曾綰,多應無玉種藍田,休强把嫦娥付少年。

元傳奇《蔡伯喈》,《寒山堂譜》卷五頁 710 上半葉

格式:$5_{\triangle}$,4,$4_{\triangle}$。$5_{\triangle}$,$7_{\triangle}$,$7_{\triangle}$。 6句

《正始》列第一曲爲正格,尾批:"此本調。自《琵琶記》行,亡此末句平煞。"列第二曲爲第二格,題注:"第二、第三併作七字一句。"尾批:"末句平煞。"列第三曲爲第三格,題注:"第三句增爲七字,末煞變八字二句。"列第四曲爲第四格,題注:"第四句下增六字一句。"頁 639【南吕過曲・三十腔】尾批引末兩句。《寒山堂譜》引第五曲爲正格,題注:"七句,三十二字。"較此僅首句破作"$2_{\triangle}$,$3_{\triangle}$"兩句,餘同。尾批:"此曲古質之極,第二字用韻更妙。此體與【黄鐘】甚叶,不知何故,舊譜收在【中吕】。"引第六曲爲【又一體】,題注:"六句,三十四字。"尾批:"舊譜亦入【仙吕】。"較此第四句增字作七字句,餘同。

宋雜劇有《迓鼓孤》《迓鼓兒熙州》。清人俞樾《茶香室續鈔・村裏迓鼓》:"元人樂府有【村裏迓鼓】之名,宋人《樂苑》有'迓鼓'格,圖官衙嚴鼓之節也。'衙',訛爲'迓'。曲名【村裏迓鼓】,以村裏而效官衙,其衣裝聲節,必多可笑者,以是爲名。"北曲有【仙吕・村裏迓鼓】【中吕・迓鼓兒】(即【紅芍藥】),均與此不同。南曲有【南吕過曲・大

迓鼓】,《舊譜》卷四、《沈譜》卷十二、《新譜》卷十二等均入【南吕】,與此同。《沈譜》列第五曲爲正格,題注:“此本調也。自《琵琶記》盛行,此調亡矣。”列第六曲爲【又一體】,但“名同而音律不同者”未列此調。《定律》卷八、《大成》卷五十均以第六曲爲正格,又均以第五曲爲【又一體】。惟《寒山堂譜》入【黄鐘】,且稱舊譜入【中吕】【仙吕】,而【中吕】用之者無考,待證。《簡譜》卷七亦入【南吕】,引《西樓》“清商”爲例曲,格同第六曲,然末句破作四字二句。尾批:“此調聲亦流利。末句實止七字,自《殺狗記》(原誤作“《八義記》”)‘到此方知没義人’可證也。自《琵琶》‘休强把嫦娥付與少年’一語盛行後,作者皆用八字,遂成此調定例矣。”

此調出於宋雜劇民間歌舞,傳入戲文,南曲承之,略有變化。

【三學士】

1.【南吕過曲】謝得公公意甚美,凡事仗托維持。假饒一舉登科日,難道是雙親未老時。只恐錦衣歸故里,雙親的怕不見兒。

2.【南吕過曲】……一靈兒終是善。

3.【南吕過曲】……誰知你讀萬卷書。

4.【南吕過曲】一旦分離掌上珠,我這老景憑誰?……補不得你名行虧。①

元傳奇《蔡伯喈》,《正始》頁 627

格式:$7_{\triangle}$,$6_{\triangle}$。$7_{\triangle}$,$7_{\triangle}$。$7_{\triangle}$,6 乙$_{\triangle}$。　　6 句

《正始》第一曲尾批:“此末句平煞。第二曲仄煞云云。其第三曲

① 錢南揚《元本琵琶記校注》第四齣《蔡公逼伯喈赴試》存録【三學士】四支,後三支即此三曲,其辭云:“【前腔】萱室椿庭衰老矣,指望你换了門閭。三牲五鼎供朝夕,須勝似啜菽並飲水。你若錦衣歸故裏,一靈兒終是喜。【前腔】托在鄰家相倚依,專當效些區區。你爲甚在十年窗下無人問,只圖個一舉成名天下知。你若不錦衣歸故裏,誰知你讀萬卷書。【前腔】一旦分離掌上珠,我這老景憑誰?忍將父母饑寒死,博换得孩兒名利歸。你縱然衣錦歸故裏,補不得你名行虧。”第二曲句字略異,《正始》頁 627、637 分别引第四曲之首二句和尾一句。

末句云云。又第四曲末句云云。按此'讀'字及'你'字,原皆襯字",今唱作七字句,"是何調體耶?"頁637【南吕過曲・三十腔】尾批引第四曲首二句:"【三學士】,合元傳奇《蔡伯喈》首二句云云。"

南曲有此調,《舊譜》卷四、《沈譜》卷十二、《新譜》卷十二、《寒山曲譜》均以第一曲爲例曲,與此同。《沈譜》題注:"或改作【玉堂人】,可惡。"眉批:"此曲第三、第四句,必如《琵琶記》用成語,或唐詩一聯,乃妙。《香囊記》'忠和孝兩盡情',今多唱作'忠孝須當兩盡情',尤可恨。"尾批:"此調第三句與【解三酲】第三句,雖相似而實不同。余猶及聞昔年唱曲者唱此曲第三句,並無截板,今清唱者唱此第三句,皆與【解三酲】第三句同。……余以一口而欲挽萬口,以存古調,不亦艱哉!"《寒山曲譜》尾批:"'謝'字、'意'字、'事''假''一''恐'數字用平聲,'美'字用平韻,'凡'字用仄聲,'時'字、'兒'字用仄韻,末字改平聲更妙。"《簡譜》卷七尾批:"此與【解三酲】腔無異;首句協入仄韻較妥";第三、第四兩句"能對尤佳";第五句"亦宜協"。看來吴梅先生並不贊成沈璟的意見。然細校之,此與戲文【解三酲】仍有差異。

此調出戲文,南曲承之。

【三十腔】

【南吕過曲】【綉帶兒】恨無極爲冤家朝暮意慘慽,仗他傳消遞息。【大勝樂】奈何花神不遇東君力,那更連朝風雨急。【梁州序】婆婆真個,便與用力,怎敢忘恩義?【三學士】兩處團圓定有日,不用苦恁勞役。【女冠子】從今後我只回護你,但莫教别個知。【懶畫眉】多則十日少三朝,管取如魚水。【五更轉】女聘男婚,人之大禮。【瑣窗寒】不謂相公生出是和非,平地阻隔佳期。【十五郎】情知道女孩兒,【賀新郎】心下事,氣不氣?【獅子序】許得糖甜蜜蔕,莫明朝一似耳邊風吹。【香遍滿】你每從來有心機,須著用些拖刀計。【香羅帶】尋常樂事,尚能料理。【紅衫兒】如今小事,當得甚的?【綉衣郎】須要伊手裏諧匹配,女兒家甚般所爲,孟月梅自知不是。【針綫箱】想《鶯鶯待月西廂記》,落個俊美名兒。【浣沙溪】要偷期且看傍州例,你個年老紅娘作道理。【東甌令】若得張君瑞，效于飛，便是成全了我一世。【大迓鼓】女貌郎才兩相宜，真個是天生一對兒。【阮郎歸】心眼相同到這裏，比翼鳥，連理枝。【一江風】幸有多殊麗，好個風流婿。【梧桐樹】自古夫妻是福齊，果是惺惺愛靈俐。【孤雁飛】從今不空了鴛鴦被，向粧臺宜早起，【金蓮子】待那情人來畫眉。【太師引】偏稱對月臨風，不負媚景良時。【劉潑帽】梅香自想，人生能有幾？【奈子花】正後生爭忍淩費，【刮鼓令】來朝須有稱心時，傳玉斝泛金巵。【生姜芽】莫冷熱，無始終。【節節高】有朝一日成姻契，天長地久重相會。那時好好謝良媒，須教早早終完備。

元傳奇《孟月梅》，《正始》頁 633

格式：7 乙$_{\triangle}$，6$_{\triangle}$。7$_{\triangle}$，7$_{\triangle}$。4，4$_{\triangle}$，5$_{\triangle}$。7$_{\triangle}$，6$_{\triangle}$。7$_{\triangle}$，6 乙$_{\triangle}$。7，5$_{\triangle}$。4，4$_{\triangle}$。7$_{\triangle}$，6$_{\triangle}$。6 乙，3，3$_{\triangle}$。6，6$_{\triangle}$。7$_{\triangle}$，7$_{\triangle}$。4$_{\triangle}$，4$_{\triangle}$。4$_{\triangle}$，4$_{\triangle}$。7$_{\triangle}$，7 乙$_{\triangle}$，7 乙$_{\triangle}$。7$_{\triangle}$，6$_{\triangle}$。7$_{\triangle}$，7$_{\triangle}$。3$_{\triangle}$，3$_{\triangle}$，7$_{\triangle}$。7$_{\triangle}$，7$_{\triangle}$。7$_{\triangle}$，3，3$_{\triangle}$。5$_{\triangle}$，5$_{\triangle}$。7$_{\triangle}$，7$_{\triangle}$。7$_{\triangle}$，6 乙$_{\triangle}$，7$_{\triangle}$。6，6$_{\triangle}$。4，5$_{\triangle}$。7 乙$_{\triangle}$，7$_{\triangle}$，6 乙$_{\triangle}$。3，3。7$_{\triangle}$，7$_{\triangle}$；7$_{\triangle}$，7$_{\triangle}$。 63 句

集曲。《沈譜》卷二十二入《附録過曲》，《寒山曲譜》《定律》卷二、《大成》卷三十二、《簡譜》卷五均入【正宮過曲】。《新譜》不録，卷二十五【七犯玲瓏】眉批："原【薄媚曲破】一曲，調長無板；又【三十腔】一曲，腔板難查，不必作也，俱删。"《定律》尾批："此曲，所犯最雜，亦甚牽强。又有似【二郎神】起者，所犯之曲與此曲全然不同。此曲猶爲少順，姑録於此，以備一覽。"關於所集之曲，錢南揚《輯佚》頁 81 注云："【三十腔】一曲，《沈譜》入《附録》，不分注曲牌名，可置不論。《正始》入【南吕】，《寒山曲譜》《定律》《大成》俱入【正宮】，成爲兩個系統，所分注曲牌也大不相同。"兹録錢先生所制對照表，以備參考；《簡譜》尾批："《大成》《定律》二書，雖各細注牌名，而仍有出入。余斟酌二書定之，較可據矣。"故亦附綴於後。

序號	曲句	正始	寒山曲譜、定律	大成	簡譜
			第一段		
1	恨無	綉帶兒	錦纏道	錦纏道	錦纏道
	仗他		漁家傲	漁家傲	漁家傲
2	奈何	大勝樂			
	那更		侍香金童	侍香金童	侍香金童
3	婆婆	梁州序			
	怎敢		燈月交輝	傳言玉女	燈月交輝
4	兩處	三學士			
	不用		春雲怨	春雲怨	春雲怨
5	從今	女冠子			
	但莫		永團圓	永團圓	永團圓
6	多則	懶畫眉	掉角兒序	纏枝花	掉角兒
7	女聘	五更轉	柳揺金	柳揺金	柳揺金
8	不謂	瑣窗寒	刮鼓令	刮鼓令	刮鼓令
	平地		下小樓	下小樓	下小樓
			第二段		
9	情知	十五郎	緑襴衫	緑襴衫	緑襴衫
10	心下	賀新郎			
11	許得	獅子序	醉太平	醉太平	醉太平
12	你每	香遍滿	絳都春(定律作絳都春序)	絳都春序	絳都春序
13	尋常	香羅帶	尾犯序	划鍬兒	尾犯序
14	如今	紅衫兒		皂羅袍	
15	須要	綉衣郎	喜漁燈(定律作喜看燈)		皂羅袍
	女兒			剔銀燈	剔銀燈
	孟月		剔銀燈		
16	想鶯	針綫箱	山漁燈	山漁燈	山漁燈

續表

序號	曲句	正始	寒山曲譜、定律	大成	簡譜
17	要偷	浣紗溪	雙鸂鶒	雙鸂鶒	雙鸂鶒
			第三段		
	你個		慶時豐	馬鞍兒	馬鞍兒
18	若得	東甌令			
	便是		大迓鼓	大迓鼓	大迓鼓
19	女貌	大迓鼓			
	真個		傳言玉女	喬合笙	傳言玉女
20	心眼	阮郎歸			
	比翼		耍鮑老	永團圓	永團圓
21	幸有	一江風			
22	自古	梧桐樹	鮑老催	鮑老催	鮑老催
23	從今	孤飛雁			
			第四段		
	向粧		五更轉	五更轉	五更轉
24	待那	金蓮子			
25	偏稱	太師引	普天樂	普天樂	普天樂
26	梅香	劉潑帽	啄木兒	啄木兒	啄木兒
27	正後	奈子花	恨更長	古山花子	恨更長
28	來朝	刮鼓令			
	傳玉		三春柳	錦上花	三春柳
29	莫冷	生姜牙			
30	有朝	節節高	小桃紅	小桃紅	小桃紅
	那時		雙蝴蝶	雁過聲	雁過聲

在現存戲文曲牌中不見【春雲怨】【阮郎歸】【三春柳】，此三曲本調參見《附録》。

此曲出戲文，南曲承之，然分宫析調已多轉换，莫衷一是，實難確定。

【三犯獅子序】

【南吕過曲】【宜春令】他媳婦，須有之，念奴家是他孩兒的妻。【綉帶兒】那曾有媳婦不事親幃，若論做媳婦的道理。【掉角兒】須當奉飲食，問寒暄，相扶持，蘋蘩中饋。【獅子序】正是養兒代老，積穀防饑。

元傳奇《蔡伯喈》，《正始》頁 666

格式：3，3△，7 乙△。7 乙△，6△。3△，3，3△，4△。4，4△。　　11 句

集曲。前用【宜春令】首三句，次用【綉帶兒】第三、四句，再次用【掉角兒】第六至第九共四句，後用【獅子序】末兩句。

《正始》尾批："此調今人無不謂其爲【獅子序】本調，冤哉。按元譜【獅子序】本調，原屬【南吕宫】，且其章句與此絶不同。況今人識見者甚少，於【黄鐘宫】後稍有小辨，且有此删彼收之説。"在引【獅子序】本調兩曲作對比後云："今據此章句與上'他媳婦'，可有一句相合者？"

《寒山堂譜》卷五以此爲隻曲【黄鐘過曲・獅子序】之【又一體】，尾批："此體與前二體又絶不同，不知何故。或云：'此體前三句是【宜春令】，中六句是【皂角兒序】，末二句是【月上海棠】。'亦近是。"《定律》卷八以此曲爲【獅子序】本調正格，尾批："此曲，鈕譜竟題爲犯調，云【三犯獅子序】，……令人不勝驚訝，此真所謂(原作"爲")發前人之未發也。但少雅既以《張協》一曲爲正體，殊不知即與'他媳婦'之曲同句同板，毫無異也。其所犯之誤，亦不必一一瑣瑣，只以【掉角兒序】論之。其三字句後之四字句係兩頭板，今之【獅子序】之四字句則下板於首字、三字，即其失之毫釐也。若如此扭捏，則合譜無不可犯之曲也。然諸譜皆以【獅子序】列爲數體，細查其詞意句文，實一體也，止多襯字耳。今除《孟月梅》之'深深百拜'爲【又一體】外，餘皆歸爲一體，以定板式，又附以通行之曲證之於後，庶不誤將來也。"《簡譜》卷五【黄鐘過曲・獅子序】引《紅梨》"陵谷變"爲例曲，尾批多承

《定律》:“此曲以此爲正。鈕少雅《正始譜》,以此支爲集曲,……其説甚辯。惟【掉角兒序】律以板式,終覺未安。……挪移板式,未爲的當,故仍作正曲也。此調音節頗濃郁悲涼,與【黄鐘】微有不合。《南詞定律》改隸【南吕】,可云有識。余以管色‘六’調,無碍本宫,因不依《定律》,仍依諸舊譜耳。”戲文之始當無如此繁雜,故此説當可從,姑存舊名以備考。

此調僅見於戲文,南曲則歸於【獅子序】本調。

【山麻客】

1.【越調過曲】朱門半掩,正夏日炎威,南熏庭院。艾虎神符,向朱户高懸。瞥見,畫簾如語,呢喃雙雙飛燕。海榴如火,錦葵傾日,高柳鳴蟬。

2.【前腔第二换頭】堪戀,景物宛然,盡綵絲百索,合歡交纏。聒耳笙簧,聽鼉鼓喧天。鬨鬨,錦標高揭,兩兩龍舟如箭。果然一見,素濤拍岸,雪浪翻天。

3.【前腔第三换頭】思念,正賜衣,蘭湯試浴,好景良時,奈情緒懨懨。疊雪香羅,被恩光榮顯。難言,向日曾在,昭陽宫院。使人憔悴,瘦寬羅帶,鬆褪金釵。

4.【前腔第四换頭】聽言,艾葉垂,烏雲髻,釵插神符,映緑鬢雲鬟。照水芙蕖,似宫女三千。依然,畫堂深處,安排筵宴。美人雪藕,翠娥傳觴,沉醉花前。 元傳奇《磨勒》,《正始》頁 802

5.【第三换頭】難言,院宇深,情人不見。春色沖和,越添愁悶。枕冷衾寒,奈人阻桃源。凄慘,甚時得見,風流一面?再合歡帶整,紐結同心,重整花鈿。

6.【前腔第四换頭】聽唱,景物催,春將半,蜀魄啼春,飛花如霰。暑往寒來,早光陰如箭。忽見,那人歸到紅窗畔。恁時却向,鳳幃深處,重效鶼鶼。 元傳奇《李寳》,《正始》頁 804

7.【前腔第四换頭】你渡關津,怕人盤問,又没官司,文憑脚引。此行何處能安頓。驀忽地怕有人便,寄取一個,平安書信。

8.【前腔第二换頭】兄長言,極明論,遍行軍攔,立賞明文。世没男子,有誰投奔。一片心后土皇天,表我忠直,不陷吉人。

元傳奇《拜月亭》,《正始》頁 807

9.【第四换頭】折取,向膽瓶,安排了,香滿庭軒,恍若身在蓬島。皓齒纖腰,那堪歌舞勸香醪。多嬌,捻花枝試嗅微微笑。笑道勝如茉莉,賽過荼蘼,香似沉腦。 元傳奇《李寶》,《正始》頁 838

10.【越調近詞】大雪紛紛滿空飛,家家盡把柴門閉。千山不見鳥兒飛,又聽得木蘭寺,鐘聲猶未。一交跌倒雪天裹,似這等寒凛凛,冷颼颼,只得把銀牙咬碎。凍死寒儒何足慮,可憐凍殺,朱門嬌女。欲往街頭返復遲,看世情開口非容易。空使我腹中饑餒,滿頭風雪,素手空回。 元傳奇《吕蒙正》,《正始》頁 1213

格式 1:$4_{\triangle}$,4,$4_{\triangle}$。4,5 乙$_{\triangle}$。$2_{\triangle}$,4,$4_{\triangle}$。4,4,$4_{\triangle}$。 11 句

2:$7_{\triangle}$,$7_{\triangle}$。$7_{\triangle}$,$5_{\triangle}$,$4_{\triangle}$。$7_{\triangle}$,3,3,7 乙$_{\triangle}$。$7_{\triangle}$,4,$4_{\triangle}$。$7_{\triangle}$,$7_{\triangle}$。7 乙,4,$4_{\triangle}$。 17 句

前九曲用式 1,爲【越調過曲】;後一曲用式 2,爲【越調近詞】。

《正始》列第一曲爲【越調過曲】正格,題注:"今人此調久謂其爲【山麻稭】。唐譜注有三體,第一正格,曰【山麻客】,第二曰【山麻子】,第三曰【山麻郎】。今從其説,録此備閲。"尾批録《沈譜》對曲名中"稭"之解釋。然既古曰【山麻客】,不能説"客"爲"稭"之訛誤。第三曲題注:"【换頭】句下多三字一句。"尾批對時譜忽略第三格提出批評:"若然,則第三一格直可廢也,豈知自有元傳奇《李寶》格作證,……《磨勒》【第三换頭】正與此同體。時譜何致逸之?"第四曲題注:"比上【第三换頭】,第三句亦減爲三字。"列第六曲爲【换頭】第四格,題注:"比上《磨勒》【第四换頭】,九、十句併爲七字一句。"《正始》頁 839 引此全曲。列第七曲爲【换頭】第六格,題注:"比上《暗思金屋》格,減去第五六字一句,第六、第七併爲七字一句。此格疑爲【山麻郎】。"列第八曲爲【前腔第二换頭】第七格,題注:"此比上格第五、六句仍分八字二句,餘皆同。"於【鬬寶蟾】尾批中引第九曲,注爲"元傳奇《李寶》之【山麻客】【第四换頭】同體",時譜將此疑爲【鬬寶蟾】之

【换頭】,實誤。

《正始》列第十曲爲【越調近詞】正格,題注:"與九宫【越調·山麻稭】不同。"

諸宫調有【越調·山麻皆】,與此不同。金院本有《山麻秸》。南曲有此調,《沈譜》卷十五、《新譜》卷十五、《定律》卷十二、《大成》卷四十三、《簡譜》卷十均用第一、第二、第四三曲爲例曲。《沈譜》題【山麻稭】,題注:"又名【麻郎兒】。今作【山麻客】,誤也。"尾批:"'稭',音'皆',稈也。北《西厢》内云:'瘦似麻稭',猶今俗語云'麻骨'也。後人不識'稭'字者,妄改爲【山麻楷】。或又以'楷'字與'客'字,北音相同,又訛爲【山麻客】耳。……【山麻稭】之調,此三曲盡之矣。《舊譜》所收'玉露金風'一曲,乃【鬬黑麻】也,誤名【山麻客】。"眉批:"【第二换頭】起處不同,而【第三】【第四换頭】又與【第二】不同。今不必載【第四换頭】矣。"此正《正始》所批評者。錢南揚《輯佚》頁 243 對此也提出了批評:"不知怎樣誤把【第四】當【第三】? 後來《定律》仍沿此誤。"《大成》題【高大石過曲】,題注:"與【越調】正曲【山麻稭】不同。"《簡譜》題【羽調過曲】,尾批:"此用四支成套,爲南曲中通例。第四曲與第三曲同。如【念奴嬌】【朝元令】類,故不録入。細按句法,泰半四言,作時須參以變化,弗致板重。"《沈譜》《新譜》又引第七曲爲【山麻稭换頭】,眉批:"比前【第三换頭】少'聽言'二字,及'照水芙蕖'九句,及'依然'二字。然大體多同矣。"《簡譜》卷十則引第七曲題【越調過曲·山麻秸】,列【又一體】,尾批:"此與【羽調·山麻客】無涉,而《九宫譜定》誤併爲一。"是不辨始調與【换頭】之别。《定律》入【羽調過曲】,第一曲尾批:"此曲,舊譜録於【越調·山麻楷】後。因迴然不同,故移於此。"《定律》卷十三、《大成》卷二十四均有【越調過曲·山麻楷】,《定律》引此第七、第十兩曲,《大成》復加第八曲共三曲,爲【又一體】。《定律》尾批:"此曲與【羽調】之【山麻客】不同。"第十曲,《新譜》卷十七入【越調近詞】,題注:"馮補。與九宫絶異。"李九我批評《破窑記》第十二齣題【仙麻客】,《綵樓記》第十齣題【山麻稭】,與此均不同,僅存其半。《全元戲曲》本《破窑記》尾注:"此牌名原作【仙麻客】,據錦本及曲譜改。《正始》於【越調近詞】改録此曲,語頗不同,句多一倍。按:《新譜》收録此曲同《正始》,注謂馮夢龍所補,抄本、《樂府菁華》本大略同《正始》;但抄本將其中數句標作'滚白',則兩譜所録,實受滚調影響,當以底本爲是。"其實更有可能是明人以"滚白"方式消解此曲原式而歸入【越調過曲】。《新譜》此曲得之於馮稿,而馮氏實又得之於鈕氏也。

此調出戲文,南曲承之,變用其名稱。《沈譜》《新譜》等自詡【山麻稭】而嘲笑【山麻客】,真數典忘祖。式 2 後漸歸併於式 1。

【小桃紅】

1.【正宮過曲】……愁雲怨雨羞花貌,精神不似當時好。燕來鶯去無消耗,……①　元傳奇《李玉梅》,《正始》頁 176

2.【越調過曲】狀元執盞與嬋娟,滿捧着金杯勸也。厚意殷勤,到此身邊,何意遇神仙。輕輕將袖兒掀,露春纖,琖兒捻,低嬌面也。真個似柳如花,柳和花鬭争妍。　元傳奇《拜月亭》,《正始》頁 809

3.【越調過曲】臘天不雨,喜在莊農,愛日暄晴晝也。轉過疏籬步躘踵,極目的望西東。四下裏影無窮,斷人蹤,只聽得,雷聲動也。莫不是老倒無能,怨天公令自行冬。　元傳奇《劉智遠》,《正始》頁 811

4.【正宮過曲】大道上難前去,小路裏權埋伏。遥望窩梁三兩間

① 《正始》【正宮過曲・小桃紅】以《樂府群珠》"明散套"爲例曲,其辭云:"誤約在蓬萊島,冷落了巫山廟。愁雲怨雨羞花貌,精神不似當時好。雁來鴻去無消耗,委實的教我心癢難猱。"第三至第五句與此大同小異。錢南揚《輯佚》注:"二者必有一誤。現在流傳的《樂府群珠》不是足本,其中並無【小桃紅】,無從證明孰是孰非。兹姑將【小桃紅】全曲列入。"此曲入【正宮過曲・普天樂】"四時歡"套,見《群音類選》清腔類、《吴歈萃雅》元集、《珊珊集》卷一、《怡春錦》《南音三籟》散曲上卷等,《正始》題此套中【普天樂】【雁過聲换頭】【小桃紅】三曲出"元傳奇《李玉梅》"。《全元戲曲》卷十二頁 393 尾注:"此套明人亦作散套收録,影響甚廣,故《樂府群珠》亦録作'明散套',而其最早當出《李玉梅》戲文。即如'東野翠煙消'套一樣,戲文、散曲兩行,而後人未見南戲,故均誤作散曲。鈕氏既據戲文録入,又多從《樂府群珠》取材,兩下未審察,故有此矛盾,要之,仍當屬之戲文。"考辨甚明,是。

茅檐屋，灣環野徑（原作“輕”）休辭苦。暫安身稍避風和雨，多管是野店民居。　　元傳奇《拜月亭》，《寒山堂譜》卷二頁680下半葉

5.【正宫過曲】我非學蕩漾心，也不學兒童性。爲生身母死無蹤影，用此摹神描影（原作“形”）畫圖形，挂在壁間表寸心。想著懷耽親母恩德重，怎忘了繼養椬堂恩愛深。待學那丁蘭刻木因此畫娘身，到做了伯魚泣杖，越越添得王祥悶。

6.【其二】歎母忘身二十春，埋在墳，不燒香，不化紙，連累我娘吃打好傷心。娘打孩兒忍著痛，凌辱親娘痛怎禁，你就打殺王祥，終無怨恨心。　　元傳奇《王祥》，《寒山堂譜》卷二頁681上半葉

格式1:6乙$_{\triangle}$,6乙$_{\triangle}$。7$_{\triangle}$,7$_{\triangle}$。7$_{\triangle}$,7乙$_{\triangle}$。　　6句

2:7$_{\triangle}$,5$_{\triangle}$也。4,4$_{\triangle}$,5$_{\triangle}$。3$_{\triangle}$,3$_{\triangle}$,3$_{\triangle}$,3$_{\triangle}$也。6乙,6乙$_{\triangle}$。　　11句

第一曲與後三曲用式1，入【正宫過曲】；第二、第三兩曲用式2，入【越調過曲】。

第一曲用式1第三至第五句，《正始》【正宫過曲・二犯漁家傲】尾批：“此【小桃紅】非【越調・小桃紅】，即本宫之【小桃紅】耳，如元傳奇《李玉梅》此調此三句曰云云。”《正始》頁1340【高平調過曲・十二紅】尾批亦引第一曲此三句，注：“【正宫・小桃紅】與【越調・小桃紅】不同。今本曲而合元傳奇《李玉梅》此調三句至五句云云。”《寒山堂譜》引第四曲爲正格，題注：“比【越調・小桃紅】不同。六句。”尾批：“元譜收此曲，《沈譜》删去，今仍舊收。”列第五曲爲【又一體】，題注：“十句，六十三字。”與正格爲增句格：第三句句節不同，後增七字一句，第六句後增七字二句，末句增字破爲“4,5$_{\triangle}$”二句。列第六曲爲【其二】，即【前腔】，題注：“九句，四十八字。”較正格，第二句六乙句增三字變成三字三句，第三句屬上，第四句屬下，全調剖分成兩個詞段，已有較大變化。

《正始》列第二曲爲式2正格，題注：“與【正宫・小桃紅】不同。”尾批引《沈譜》批語：“此古調也。後人作者紛紛不一矣，要當以此爲式。”列第三曲爲第四格，題注：“第三句少一字，四、五二句併爲七字

一句。”第二、第九兩句末尾例用“也”字，“也”字前一字叶韻。

宋詞有【小桃紅】，爲【連理枝】別稱，由唐調【連理枝】疊用而成，雙片，七十七字。北曲【越調】有【小桃紅】，與詞調不同。今存金元磁窑瓷枕有此調：“幸逢佳誕笑語喧，喜賀今辰宴。馥鬱馨香小庭院，畫樓前，祥雲冉冉分明現。南極老人，手把丹詔，壽賜一千年。”①與北曲同格。南曲兩式與詞調、北曲均不同。【正宫・小桃紅】與式 1 同。《沈譜》卷四、《新譜》卷四以第一曲爲例曲，《沈譜》題注：“與【越調・小桃紅】不同。或作【山桃犯】，亦非。”《新譜》承之。《舊譜》卷二、《定律》卷二、《大成》卷三十一均以第四曲爲例曲。《定律》《大成》又引第五曲題【小玉醉】，集曲，首五句犯【小桃紅】，次二句犯【玉芙蓉】，末三句犯【醉扶歸】，表現出爲戲文曲調句格重新定性、定位的文人化指向。南曲【越調・小桃紅】與式 2 同。《舊譜》卷六、《沈譜》卷十五、《新譜》卷十六、《定律》卷十三均以第二曲爲例曲。《沈譜》題注：“與【正宫】曲【小桃紅】不同。今刻本無此曲。”眉批：“此古調也。後人作者紛紛不一矣，要當以此爲式。”《新譜》承之。《定律》尾批：“此曲與【正宫】之【小桃紅】不同。”《定律》《大成》卷二十四均以第三曲爲【又一體】。《簡譜》卷十引《金鎖》“未曾執盞淚先拋”爲例曲，與此第十句作六字句，餘均同。尾批：“此調格式至多，但大致不出古今二體。《幽閨》《牧羊》《白兔》《卧冰》諸曲，皆從古體；《紅梨》《玉簪》《長生殿》諸曲，皆從今體。而古體中亦復不同，……惟今體則同。”下引《牧羊》《白兔》《卧冰》三曲爲例，詳加解析。趙景深《考略》有《王瑞蘭拜月亭》，認爲：“大約元代戲文《拜月亭》逸文最完全的要算是‘誤接絲鞭’那一套。”第二曲即此套過曲首牌。

此調或出於詞調，經瓷枕俗調而入北曲；由詞調變化而入戲文，分爲【正宫】與【越調】二調，但均已名同實異；南曲承於戲文，又在堅守傳統的同時有所變化。

---

① 楊棟《元曲起源考古研究》，中國社會科學出版社，2014 年，第 37 頁。

【下山虎】

1.【越調過曲】大人家體面,委實多般。有眼何曾見,懶能向前。他那裏弄盞傳杯,恁般面覥。我這裏新人忒煞虔,待推怎地展,争奈主婚人不見憐。配合夫妻事,事非偶然,好惡姻緣都在天。

元傳奇《拜月亭》,《正始》頁 812

2.【越調過曲】有一人醉倒在街坊,大雪紛紛下,看著慘傷。我好意叫你開門早商量,籠些火焰教他吃滾湯。救人一命活,勝似造九級浮屠教你福壽昌。你不開門後,倘或死亡,帶累鄰家遭禍殃。

元傳奇《殺狗記》,《正始》頁 813

3.【越調過曲】……顒望高車,臨降不宣。

元傳奇《王十朋》,《正始》頁 814

格式:4△,4△。5△,4△。4,4△。7△,5△,6 乙△。5,4△,7△。　12 句

《正始》列第一曲爲正格,眉批:"'面覥',俗今凡遇此二字皆曰'覥腆',大謬。《詩》云'有覥面目'爲證。"列第二曲爲第三格,題注:"第一及第四、第五皆並作七字一句,九句亦七字。"列第三曲爲第四格,題注:"全章皆《拜月亭》體,末束變爲八字二句。"前批:"全調皆同,不録,止備末句云云。"

南曲有此調。《舊譜》卷六、《沈譜》卷十五、《新譜》卷十六、《簡譜》卷十皆以第一曲爲例曲,"面覥"作"靦覥",《沈譜》尾批:"'覥',音腆。"此正《正始》所批評者。《簡譜》尾批:"此爲正格,各譜所收諸曲,總不外此,惟平仄稍異耳。"《定律》卷十三、《大成》卷二十四均引《荆釵記》"正是見鞍思馬"爲正格,以第二曲爲【又一體】,句字有所變化。

此調出戲文,南曲承之。

【山桃紅】

【越調過曲】【下山虎】蔡邕不孝，把父母相抛。早知你形衰耄，怎留漢朝。【小桃紅】你爲我受煩惱，你爲我受劬勞。謝你送我爹，送我娘，你的恩難報也。又道是養子能代老，【下山虎】這苦知多少，此恨怎消，天降災殃人怎逃。

元傳奇《蔡伯喈》，《正始》頁 817

格式：$4_{\triangle}$，$4_{\triangle}$。$5_{\triangle}$，$4_{\triangle}$。$5_{\triangle}$。$3_{\triangle}$，3，3，$4_{\triangle}$。$7_{\triangle}$，5，$4_{\triangle}$，$7_{\triangle}$。13 句

集曲。前用【下山虎】首四句，次用【小桃紅】第五至第十句，後用【下山虎】末三句。

《正始》題注："【下山虎】，《拜月亭》格；【小桃紅】，《蘇武》格。"

南曲有此調。《舊譜》卷六、《沈譜》卷十五、《新譜》卷十六、《定律》卷十三、《大成》卷二十六、《簡譜》卷十俱以此爲例曲，《舊譜》題注："【下山虎】頭，【小桃紅】尾。"題署與此有所不同。《沈譜》《新譜》《定律》《大成》《簡譜》與此均將第十句屬下之【下山虎】，後三句作（合），餘與此同。《大成》題注："舊名【山下夭桃】。"

此調出戲文，南曲承之，略有變化。

【山虎蠻牌】

【越調過曲】【下山虎】羞人無語，背著燈兒。緩把羅裙脱，待郎卸衣。此情天知地知，燈知你知我知。語顫聲嬌驚又喜，羅帕染胭脂，悄似奇花綻嫩蕊。【蠻牌令】蝶戀花，魚戲水。被翻紅浪，汗沾素體。

元傳奇《薛雲卿》，《正始》頁 818

格式：$4_{\triangle}$，$4_{\triangle}$。5，$4_{\triangle}$。$4_{\triangle}$，$4_{\triangle}$。$7_{\triangle}$，$5_{\triangle}$，$7_{\triangle}$。3，$3_{\triangle}$。4，$4_{\triangle}$。 13 句

集曲。前用【下山虎】首九句，後用【蠻牌令】尾四句。第五、六兩句，第十二、十三兩句，均可作對句。

《正始》題注："【下山虎】，《拜月亭》體，上第九句《殺狗》句法。"

南曲有【越調過曲・山虎嵌蠻牌】,《沈譜》卷十五、《新譜》卷十六均引《十孝記》"終朝牽挂"爲例曲,實用《正始》【山虎蠻牌】第二格:首七句用【下山虎】頭,次用【蠻牌令】第三至第六四句,末用【下山虎】尾三句,與此略有不同。《定律》卷十三引此爲例曲,然題【山虎帶蠻牌】。

此調出戲文,南曲承之,變異體爲正體。

【三棒鼓】

1.【仙吕入雙調過曲】一鞭行色望東京,如今兩國通和也,無戰争。邊疆罷兵,邊烽罷警,不暫停。(合)今日恰海宴河清也,重逢太平,重樂太平。

2.【前腔第二】遠聞軍馬犯京城,争奈奉旨登途也,離鄉背井。這場戰争,這場驚恐,誰慣經?(合前)　元傳奇《拜月亭》,《正始》頁910

格式:$7_{\triangle}$,7,$3_{\triangle}$。$4_{\triangle}$,$4_{\triangle}$,$3_{\triangle}$。$6_{\triangle}$也,$4_{\triangle}$,$4_{\triangle}$。　9句

《正始》列第一曲爲正格,列第二曲爲【前腔】第二格,題注:"第三句變爲四字。"尾批:"此調共四曲,第一、第三曲之第三句皆三字,第二、第四曲之第三句皆四字。"

南曲有此調,《舊譜》卷十、《沈譜》卷二十、《新譜》卷二十三、《定律》卷九均引第一曲爲例曲,與此句字略異;《舊譜》《重訂拜月亭記》第二十六齣《和番回朝》引第一曲均無末尾疊句。《大成》卷六十三引此二曲,與《定律》均題【雙調過曲・三捧鼓】,然入【又一體】,句字略有變化。

此調出戲文,南曲承之。

【山東劉袞】

【仙吕入雙調過曲】朔風起,朔風起,黑黯黯凍雲垂。只見柳絮梨花,淅零零亂飛。凛凛布寒威,凍的我跌屑屑的。泥路滑難行,心急步行遲。最苦的是冰厚三尺,没有一個鯉魚。只慮我母親,獨倚定門兒,眼巴巴的

凝望我回，他敢焦聒聒的惡怒起。　　　　元傳奇《王祥》，《正始》頁 912

格式：$3_{\triangle}$，$3_{\triangle}$，6 $乙_{\triangle}$。6，5 $乙_{\triangle}$。5，7 $乙_{\triangle}$。5，$5_{\triangle}$。$7_{\triangle}$，$6_{\triangle}$。5，5 $乙_{\triangle}$，7 $乙_{\triangle}$，$7_{\triangle}$。　　15 句

南曲有【山東劉袞】，《舊譜》卷十、《沈譜》卷二十、《定律》卷十一、《大成》卷三俱以此爲例曲，然《定律》入【般涉過曲】，《大成》入【仙吕過曲】。《新譜》卷二十三【夜行船序】眉批："又【疊字錦】【山東劉袞】【雌雄畫眉】三曲，俱以調冗、韻雜、無板，删。"《簡譜》卷八以此調入【雙調過曲】。

此曲冠以"山東"，或源於山東民歌，或主唱山東人事。戲文採録之，南曲承之，後使用較少。

【三换頭】

【仙吕入雙調過曲】【五韻美】名韁利鎖，先自將人摧挫。况鸞拘鳳束，甚日得到家。我也休怨他咱，【掉角兒】這其間，只是我，不合來，長安看花。【香羅帶】悶殺我爹娘也，淚珠空暗墮。這段姻緣，只是我無如之奈何。　　　　元傳奇《蔡伯喈》，《正始》頁 929

格式：$4_{\triangle}$，$4_{\triangle}$。4，$4_{\triangle}$。$4_{\triangle}$，3，$3_{\triangle}$，3，$4_{\triangle}$。5，$5_{\triangle}$。4，$7_{\triangle}$。　　13 句

集曲。前用【五韻美】《陳巡檢》格首四句，僅將第一句破作叶韻兩句，次用【掉角兒】第六至第九句，後用【香羅帶】《樂昌公主》格尾四句。

《正始》題注："【五韻美】非九宫【越調】者，乃【仙吕入雙調】之【五韻美】也。"尾批指出《舊譜》標署所集之曲錯誤，並對時譜删除第五句之"咱"字提出批評。

《舊譜》卷四【南吕過曲】引此爲例曲，題注："【五韻美】【臘梅花】【梧葉兒】。"《沈譜》卷十二、《定律》卷八、《大成》卷五十、《簡譜》卷七均引此曲入【南吕過曲】，然作隻曲。《沈譜》尾批："《舊譜》注云：前二句是【五韻美】，中間四句是【臘梅花】，後四句是【梧葉兒】。今按前二

句、後二句俱近似矣，但中間四句不似，而‘閃殺’二句，亦不似【梧葉兒】。缺疑可也。”《新譜》卷十二與《舊譜》同，並於尾批中作出詳細對比、分析，説明《舊譜》所題不誤，眉批：“已上參之方諸，非臆説也。”是參考了王驥德的意見。《定律》詳細羅列蔣譜、沈譜、譚譜、馮譜、張譜、鈕譜所集之曲，總結云：“諸譜各有臆見，不同可知矣。若以移宫换調互犯之理論之，胡爲不可，亦要板式、語句、腔韻毫無相差，方爲犯之的當。今若以本宫犯調【九重春】論之，則【三换頭】乃正體也，何則【九重春】内有【三换頭】之五句至八句，考之甚確。既以【三换頭】爲犯調，何不竟題爲【臘梅花】【春雲怨】【掉角兒序】【獅子序】等名，而猶歸於【三换頭】也？若【三换頭】既係犯調，而别曲如何又犯已犯之調？豈不犯之又犯也？以此觀之，當歸正體，無疑可也。”《大成》尾批：“【三换頭】，《舊譜》誤爲集調，《嘯餘譜》辨之已詳，當作正曲爲是。”查《定律》卷八有【九重春】，引散曲“還將虎丘餘興”爲例曲，前用【三仙橋】首至五句，次用【三换頭】五至九句，實是此之五至十二句，後用【陽關三疊】末二句。問題是此前諸譜均無【九重春】，當爲晚出；例曲所引當是明清散曲，並非宋元作品，而當時以【三换頭】爲隻曲已成通行認識，故不能完全不顧【三换頭】的早期集曲形態，而僅以後世誤識爲據再論證其爲隻曲。《簡譜》尾批：“此調最難明處，是‘這其間’二句。明人往往將二句混合作之，王伯良所謂作一句太長，作二句無可斷者是也。伯良又謂《琵琶》此曲，本歌羅、家麻二韻通押，則‘只是我’亦是叶韻處，其説甚是。余因從之。……末句七字，應作上四下三。”

此調出戲文，南曲承之，然於犯調標署已有轉换，且多作隻曲。

【三月海棠】

1.【仙吕入雙調過曲】你自詳，甚年發迹窮形狀，怎凡人逆相海水升量？非獎，陋巷十年黄卷苦，那時禹門三月桃花浪？一躍龍門變，把名揚，管取名姓挂金榜。 元傳奇《拜月亭》，《正始》頁953

2.【仙吕入雙調過曲】……只爲蒙嚴命，……肯教鴛侶兩離分[1]。

元傳奇《陳巡檢》，《正始》頁 953

3.【仙吕入雙調過曲】鄰舍間，忽聞喧鬧前來看，是誰家下輩在此凶頑？禮短，他老母靈幃缺承奉，丈夫隻影誰陪伴？且待三年後，孝服完，那時歸去，有何遲晚？　　元傳奇《蔡均中》，《正始》頁 954

4.【仙吕入雙調過曲】……因此猶存，蝶板蜂簧。

元傳奇《蔣蘭英》，《正始》頁 954

格式：$3_{\triangle}$，$7_{\triangle}$，5、$4_{\triangle}$。$2_{\triangle}$，7，$7_{\triangle}$。5，$3_{\triangle}$，$7_{\triangle}$。　　9 句

《正始》以第一曲爲正格，題注："此末句句法，與《拜月亭》【五供養】同。"尾批："此末句仄煞。元傳奇《陳巡檢》平煞云云。"《正始》頁 942【仙吕入雙調過曲・五供養】尾批亦引第二曲煞句，"此皆七字一句之句法"。尾批又對時譜將第七、第八兩句併作七字一句，或作四字兩句，提出批評。列第三曲爲第二格，題注："此末句句法，與《蔡伯喈》【五供養】同。"尾批："此末句仄煞。元傳奇《蔣蘭英》平煞云云。"《正始》頁 942【仙吕入雙調過曲・五供養】尾批引第四曲，煞句作"八字二截之句法"。

南曲有【仙吕入雙調過曲・三月海棠】，《舊譜》卷十、《沈譜》卷二十、《新譜》卷二十三、《定律》卷九、《簡譜》卷八均引第二曲《陳巡檢》"好契姻"爲例曲，與此同。《沈譜》【又一體】、《定律》【前腔】引第一曲爲例曲，《沈譜》題注："坊本題曰【月上海棠】，非也。"尾批："'一躍龍門'句，今人點板在'龍'字，便與前'蒙嚴命'不同。然愚意，'一'字當作襯字，而點板在'躍'字、'門'字上，則與前相同矣。"此正《正始》所批評者。《大成》卷二引第一曲爲【又一體】，入【仙吕過曲】。

此曲出戲文，南曲承之。

---

① 《舊譜》卷十、《沈譜》卷二十、《新譜》卷二十三、《定律》卷九並存《陳巡檢》【仙吕入雙調過曲・三月海棠】，《舊譜》其辭云："好契姻，少年夫婦真厮稱，你嬌容那更我正青春。精神，果是一雙並兩好，半掐兒真個没疾（原作"節"）病。只爲蒙嚴命，辦行程，肯教鴛侶兩離分。"《定律》題【雙調過曲】。

【川豆葉】

【仙吕入雙調過曲】果然是,春酲頃刻都退。荷親勸凉漿,多少恩意。君子之交,合當恁的。凉水,大都一杯,算將來何足挂齒?是則物輕人意美。 元傳奇《崔護》,《正始》頁 1045

格式:$3_{\triangle}$,$6_{\triangle}$。5,$4_{\triangle}$。4,$4_{\triangle}$。$2_{\triangle}$,$4_{\triangle}$,7乙$_{\triangle}$,$7_{\triangle}$。 10句

南曲有此調。《沈譜》卷二十即以此爲例曲,尾批:"此調,元非【川撥棹】及【豆葉黄】合成者。"《新譜》卷二十三【六幺令】眉批:"原【川豆葉】一曲,以無板,删。"《大成》卷三入【仙吕】,《簡譜》卷八入【雙調】,尾注:"'凉水'是二字句,諸譜失注叶。"是。

此調出戲文,南曲承之,或轉换宫調,使用亦少。

【小蓮歌】

【羽調近詞】要衣服錢和米,男女討來至,未知把與誰人去?婆婆和這女孩兒,你女傍前分付與。官人指揮,婆婆收取。深感大德,得蒙周惠。正是些少些少不足意,一似久旱逢甘雨,他鄉遇故知。

元傳奇《李寶》,《正始》頁 1254

格式:$5_{\triangle}$,$5_{\triangle}$,$7_{\triangle}$。7,$7_{\triangle}$。4,$4_{\triangle}$。4,$4_{\triangle}$。$7_{\triangle}$,$7_{\triangle}$,$5_{\triangle}$。 12句

錢南揚《輯佚》頁 92 注:"'你女','女'字疑誤,似當作'去'。"是。

南曲有此調。《定律》卷十二、《簡譜》卷十引此爲例曲,《定律》題【羽調過曲】,《簡譜》尾批:"此曲僅有此體,無它曲可校,按格填詞可也。"然均誤題《高文舉》。《大成》卷四十三題【高大石過曲】,自"官人指揮"起作【又一體】,署"散曲",亦誤。

此調出戲文,南曲承之,但使用極少。

【小引】

【不知宮調過曲】廟官來，廟官來，打點香爐蠟燭臺。但辦志誠心，何愁神不靈？但辦志誠意，何愁神不至，何愁神不至？

元傳奇《劉智遠》，《正始》頁 1357

格式：$3_{\triangle}$，$3_{\triangle}$，$7_{\triangle}$。$5_{\triangle}$，$5_{\triangle}$。$5_{\triangle}$，$5_{\triangle}$，$5_{\triangle}$。　8 句

《正始》題注："此調二句一韻，或必體應如是耳。"尾批："凡曲中疊句，今書人多簡省連點幾點，此係常例。今歌人不詳其義，於此曲後照點唱作'至至至'三字，可笑。……惜今時譜亦然。"

南曲有此調。《沈譜》附録【不知宮調過曲】引此爲例曲，題注："此亦巧立名色也，還須查正。"《新譜》卷二十五入【雜調】。《寒山堂譜》卷五入【黄鐘過曲】，題注："八句，三(原誤作"二")十八字。"尾批："此曲必信口成腔，舊譜所收，予不敢删，故附於此。'來'與'臺'，'心'與'靈'，'意'與'志'，皆是韻，一曲凡三换韻。"《沈譜》《新譜》末句皆作"至至至"三字，《寒山堂譜》末句竟連書五個"至"字，正《正始》所批評者。《定律》卷一、《大成》卷七十一均引此入【黄鐘過曲】，删減末一疊句。《定律》尾批："此曲，諸譜以爲非關曲牌名，係隨口念者，多不收録。然各宮並無'小引'之名，姑存其體。"《六十種曲》本《白兔記》第四齣《祭賽》無末尾之疊句。

此調源於"信口成腔"的民間歌謡，入戲文，南曲承之，然較少使用。

【三仙橋】

1.【不知宮調過曲】一從他每死後，要相逢不能够。除非夢裏，暫時略聚首。若要描，描不就。暗想像，教我未寫先淚流。寫不出他苦心頭，描不出他饑證候，畫不出他望孩兒的睁睁兩眸。只畫得他發颼颼，和那衣衫敝垢。若畫做好容顏，須不是趙五娘的姑舅。

2.【前腔】我待畫你個龐兒帶厚，你可又饑荒消瘦。我待畫你個龐兒展舒，你自來長恁皺。若寫出來，真是醜。那更我心憂，也做不出他歡容笑口。只見兩月稍優遊，他其餘都是愁，我只記得他形衰貌朽。便做他孩兒收，也認不得是當初父母。總認不得是蔡伯喈當初爹娘，須認得是趙五娘近日來的姑舅。　　元傳奇《蔡伯喈》，《正始》頁 1369

格式：$6_{\triangle}$，6 乙$_{\triangle}$。4，$5_{\triangle}$。3，$3_{\triangle}$。3，6 乙$_{\triangle}$。$5_{\triangle}$，$5_{\triangle}$，5、$4_{\triangle}$。$5_{\triangle}$，$6_{\triangle}$。6 乙，7 乙$_{\triangle}$。　　15 句

《正始》列第一曲爲正格，列第二曲爲第二格，題注："第二、第八、第十五三句，下截皆變作四字。"其實第十四句下截亦作四字。

南曲有此調。《正始》引明傳奇《明珠記》爲第三格，題注："首句減作四字，次句不同，八句變爲七字，第十二句下減五字一句，五字一句（疑衍），末二句不同。"《沈譜》附録【不知宫調過曲】、《新譜》卷二十五【雜調】、《寒山曲譜》【南吕過曲】、《定律》卷八和《大成》卷五十【南吕過曲】均引此第一曲爲例曲。《定律》《大成》又引第二曲爲【前腔換頭】，正襯略有不同。《簡譜》卷七引第一曲爲例曲，尾批："此調蔣、沈各譜，皆列入'未知宫調'内。獨《定律》則入【南吕】，《大成譜》因之，余亦從其例。是曲必用三曲，不可增減，而三曲輒復不同，自來作譜者，分析正襯，未能明白了當也。是調既無【換頭】，句讀不當有異。"因"偶閲《明珠》，恍然有悟，遂定此格"爲 13 句："$4_{\triangle}$，$5_{\triangle}$。4，$5_{\triangle}$。6 乙$_{\triangle}$，$7_{\triangle}$。$5_{\triangle}$，$5_{\triangle}$，7 乙$_{\triangle}$。$5_{\triangle}$，$4_{\triangle}$。5，7 乙。"則已是明曲格律矣，與此句數、正襯均有不同。

此調或出於道教樂曲，入戲文；南曲承之，有所變化。

【山漁燈】

【正宫過曲】信步兒行將去，玩水觀花，桃紅柳緑。疏籬外，幾簇茅屋。傍溪沿路，香車寶馬人無數，鬧竿兒挑着葫蘆。清歌妙舞，倚翠偎紅無非酒，卧柳眠花只是癡。教人覷，追思舊雨。不由我臨風感歎，俯首嗟吁。　　元傳奇《梅嶺記》，《寒山堂譜》卷二頁 676 上半葉

格式:6乙$_{\triangle}$,4,$4_{\triangle}$。3,$4_{\triangle}$。$4_{\triangle}$,$7_{\triangle}$,7乙$_{\triangle}$。$4_{\triangle}$,7,$7_{\triangle}$。$3_{\triangle}$,$4_{\triangle}$。$4_{\triangle}$,$4_{\triangle}$。 15句

《寒山堂譜》列此爲【山漁燈】之【其二】,爲隻曲,題注:"十五句,七十六字。"較【山漁燈】正格,首句減省一字,第九句減字作四字,餘同。《定律》卷二、錢南揚【輯佚】題【山漁燈前腔換頭】,可不必改。《沈譜》卷四、《新譜》卷四、《寒山堂譜》《定律》卷二俱以《黄孝子》"二十八年在江湖上"爲正格。《新譜》眉批:"馮云:'首句變三字二句爲七字一句,古曲每有之。'"然《正始》頁167【正宫過曲·天燈漁雁對芙蓉】以明散套"燕將雛"爲例曲,尾批:"今此本調之【天燈漁雁對芙蓉】,乃古本之原題也。時譜何至不審,誤作【山漁燈犯】,而列於舊傳《黄孝子》之'二十八年'之次?何不思'二十八年'一曲,首末皆【山花子】,中犯【漁家傲】及【剔銀燈】,故有是題。況此三調皆屬【中吕宫】,今不歸【中吕宫】而誤入【黄鐘宫】,甚至又以此'燕將雛'誣作【山漁燈犯】。【山漁燈】即犯調矣,何又復加一'犯'字乎?"題署與此不同。【天燈漁雁對芙蓉】起句用【普天樂】首二句,正"三字二句"者。

此調出戲文,南曲承之,然於犯調已多有歧義。

四　筆

【五方鬼】

1. 呼喝一聲，悄如雷鳴。聽得元來，是吾尊神。未知説着緣底事，召語直恁惡狰獰。有何事殢人驚？

2.【同前】五雞山下，有一强人。把張協盡劫，更没分文。又打一查皮肉破，此人有一舉登科分，料（原作"科"）汝輩怎安穩？

3.【同前】吾是值日，小鬼甲頭。也弗識肉，也弗識酒。汝口應是没梁（原作"量"）斗。滿殿裹個個都是口臭。告你莫説自家醜。

《張協狀元》10

4.【仙吕過曲】猛風卒律律，鼓起雷聲。震動山川，百怪藏形。平日不曾顯威靈，今日睹物思情，見個人兒美貌動情。

元傳奇《陳巡檢》，《正始》頁 288

格式：4，$4_{\triangle}$；4，$4_{\triangle}$。7，$7_{\triangle}$，6 $乙_{\triangle}$。　　7 句

此五曲唱牌名，皆爲鬼神唱曲所用。

南曲有【仙吕過曲·五方鬼】，諸譜多用第四曲爲例曲，僅末句作七乙；然《寒山堂譜》卷一、《定律》卷四、《大成》卷三均將此末句破作四字兩句。

此曲出戲文，南曲承之，略有變化。

【五供養】

1. 五雞山下，更没人知我行藏。衣裳剥去，露痕傷。雪兒又下，

朱門閉景物慚惶。來古廟，試開取，投宿又何妨？

2.【同前】尊神恁試聽：念是成都府裏才人。張葉徑往宸京，取功名。經過此山，强人把我金珠都劫盡。又被傷皮肉，欲投眠，是故特特啓朱門。

3.【同前】張丈我最靈，會話如何不靈？謝得尊神，特顯聰明！朱門兩扇，開了又還扃。門(原作"問")如何，便會作聲？謝得尊神。

《張協狀元》10

4.【雙調引子】文章過晁董，對丹墀已膺天寵。赴瓊林新宴，顫宫花，綏引黄金控。九重天上聲名動，紫泥封已傳丹鳳。便催歸玉簡侍宸旒，他日歸來金蓮送。　元傳奇《蔡伯喈》，《正始》頁868

5.【雙調引子】春風淡蕩，見園中萬萼爭芳。遊蜂共粉蝶，鎮雙雙。過碧亭翠館，同樂樽前席上。設異品，泛霞觴，沉醉又何妨？

元傳奇《蔣蘭英》，《正始》頁869

6.【雙調引子】功名韁鎖到頭虚，一悟紅爐。隨時遊洞府，玩仙居。逍遥自在，由物外石爛江枯。知虚度，看天邊，飛玉兔，與金烏。

元傳奇《岳陽樓》，《正始》頁870

7.【雙調引子】胸中豪氣吐虹霓，獨步文闈。前程如暗漆，漫思維。陋巷窮居甘自守，風雲際會運來時，管教身到鳳凰池。

元傳奇《吕蒙正》，《正始》頁870

8.【仙吕入雙調過曲】定睛多半晌，聽得人言，喧鬧驚慌。遥觀巡捕卒，他都是棒和槍。東西看了，更無處將身遮炕。見一所村庄舍，矮圍墻，暫時權向此中藏。　元傳奇《拜月亭》，《正始》頁940

9.【仙吕入雙調過曲】公公可憐，俺的爹娘，望你周全。此身還貴顯，自當效啣環。有孩兒也枉然，你爹娘教别人看管。此際情何限，偷把珠淚彈，骨肉分離，寸腸割斷。　元傳奇《蔡伯喈》，《正始》頁943

10.【仙吕入雙調過曲】今生多幸，喜一身生長在豪門。家傳朱紫貴，世簪纓。詩書盡覽，時未至龍門難進。一朝裏，遇風雲，那時衣紫做公卿。　元傳奇《殺狗記》，《正始》頁944

11.【仙吕入雙調過曲】終朝垂淚，爲雙親教我心疼。墳頭須共守，只得離宸京。商量個計策，猶恐你爹心不肯。若是他不從，只説

道君王有命。　　元傳奇《蔡伯喈》,《正始》頁 945

格式 1:$5_{\triangle}$,7 乙$_{\triangle}$。5 乙,3,$5_{\triangle}$。$7_{\triangle}$,7 乙$_{\triangle}$。7,$7_{\triangle}$。　　9 句

2:4,7 乙$_{\triangle}$。4,$3_{\triangle}$。4,7 乙$_{\triangle}$。3,3,$5_{\triangle}$。　　9 句

第四至第七曲用式 1,爲【雙調引子】;前三曲與後四曲用式 2,爲【仙吕入雙調過曲】。

《正始》列第四曲爲【雙調引子】正格,尾批據元譜説明此爲引子,而第十、第十一兩曲爲【過曲】,不可混淆。列第五曲爲第二格,題注:"此與上格大不同,正與《拜月亭》'别來久矣'無異。"列第六曲爲第三格,題注:"此比上格,第一、二、第六及末句皆變。"列第七曲爲第四格,題注:"此比上格,第四句下變爲七字二句。"

《正始》列第八曲爲【仙吕入雙調過曲】正格,與此第二句破作四字兩句,第三、第四兩句均增字作五字句,第七句增字作五字句,末句增字作七字句。題注:"此末句與本傳【三月海棠】及《劉智遠》【月上海棠】同句法。"尾批引《沈譜》曰:"此曲乃【五供養】本調。歷查舊曲,……皆是此體。"又曰:"【月上海棠】及【三月海棠】與【五供養】三調末句之句法,古人原未歸一,今人何必穿鑿附會之耳。"以下歷舉三調末句爲七字句與八字句之句法。列第九曲爲第二格,題注:"此末句,與元《薛芳卿》【月上海棠】,又與元《蔡均仲》【三月海棠】同。"尾批引《沈譜》曰:"此曲之'此際'二字俱用仄聲,方是【五供養】本調。"列第十曲爲第三格,題注:"第二、三併爲七字一句,第四、第七俱減作三字。"尾批:"此調,按蔣、沈二譜皆作【引子】,不知《殺狗記》古本及元譜皆係【過曲】,豈【引子】耶?"與此《張協》格正同。列第十一曲爲第五格,題注:"減去第八之三字一句,且末句句節不同。《沈譜》亦作【引子】,非。"

北曲有【雙調·五供養】,與此不同。南曲有【雙調引子·五供養】,《舊譜》卷九、《沈譜》卷二十引第十曲爲例曲。《沈譜》【又一體】引第十一曲爲例曲,末三句作"$7_{\triangle}$。5,7 乙$_{\triangle}$。",句字略有差異。尾批:"《琵琶記》又有'文章過晁董'一曲,亦名【五供養】,既與此二調不同,又與'貧窮老漢'不同。本是【引子】,而今人以'貧窮老漢'腔板唱

之，尤覺牽强。豈有四隻【山花子】在後，而以一曲【五供養】居前者耶？恐【五供養】之名，或有僞謬耳。”考“貧窮老漢”，見《元本琵琶記校注》第五齣《伯喈夫妻分别》，原題【五供養】，是【供養海棠】之誤，故爲過曲。【五供養】有引子與過曲之分，故《正始》言之“不必疑僞謬耳”，是。《新譜》卷二十二【雙調引子】以第十曲“借韻太雜”，易以沈璟《博笑記》“韶年鶗鴂”爲例曲，以第十一曲爲【又一體】。《大成》卷一以第七曲爲【仙吕引子】正格，然作“$4_{\triangle}$，$7_{\triangle}$。5，$3_{\triangle}$。4，7 乙$_{\triangle}$。$3_{\triangle}$，$5_{\triangle}$。”，句格與此不同，而與【過曲】正格相近；以《拜月亭》“别來久矣”爲【又一體】，尾批：“【五供養】引，首闋第七句作三字句，第二闋作六字兩截句，雖小有異同，亦復各成一體。”南曲又有【仙吕入雙調過曲・五供養】，《舊譜》卷十、《沈譜》卷二十、《新譜》卷二十三、《定律》卷九均引第八曲爲例曲，惟不分正襯；與《正始》正格同，與式 2 稍有差異。《沈譜》尾批：“此曲乃【五供養】本調。歷查舊曲，如《殺狗》《白兔》《八義》等記，又如陳大聲‘青山頓老’，皆是此體。自《琵琶記》用‘不灑離别間’，及‘偷把淚珠彈’，每句多兩個襯字，人遂以實在字唱之。而末句又用八個字，此乃犯【月上海棠】者。後人不知，遂認此體爲【五供養】本調，而以七字者爲變體，……以此自唱，徒爲識者所嗤；以此教人，誤人不淺。”《定律》卷九題【雙調過曲】。第九曲，《沈譜》《新譜》列爲【仙吕入雙調過曲・五供養犯】，以末二句爲【月上海棠】犯【五供養】。《定律》則作【雙調過曲・供養海棠】，均以末二句犯【月上海棠】。然《大成》卷三以第九、第十、第四三曲均作【又一體】，題【仙吕過曲】。尾批：正體“末句應填作七字句。二曲（即此第九曲）末句填作八字二截句，諸譜皆有作集【月上海棠】末句者。按《琵琶記・辭親》齣，通體皆正調，何獨是曲集此一句？且北調【五供養】結處，原係四字二句。當名【又一體】可也，何用集爲？……第五曲（即此第四曲）本詩餘體，其句法與前四曲有同有異。諸譜皆分作二闋，或有作引者，或有作曲者，意見不一。因作曲已久，故併二闋爲一，列在【五供養】之末。”《簡譜》卷八尾批：“末句用八字者，是犯【月上海棠】也。《琵琶》‘公公可憐’一曲，即是此格。《大成》譜……其説甚辨，不知《拜月》《殺狗》《白兔》所用此曲，末句皆七字，則八字句作集曲，正合規範，何必强不同爲同乎?”考萬樹《詞律》和《全宋詞》，並無【五供養】詞調;引子與過曲大異，不可强合，《大成》之説不可從。【五供養】末句八字析爲四字兩句者，《張協》已然，《正始》考辨已詳，當可信從。

此調或出佛曲，分途而入北曲与戏文;戲文又分引子和过曲兩體，南曲承之，已有轉换。

【水調歌頭】

讀書破萬卷，下筆如有神。前程事業，豈期中路惹災迍。近日須諧貧女，未是吾儒活計，依舊困其身。争如投上國，赴舉奪魁名。

《張協狀元》18

格式:5,5△。4,7△。6,6,5△。5,5△。　9句

宋·王灼《碧雞漫志》卷四引《隋唐嘉話》:“煬帝鑿汴河，自制【水調歌】。”唐人演爲大曲。凡大曲，有散序、中序、入破，“歌頭”當爲中序開頭之一章。宋人取其歌頭另翻新聲而成詞調【水調歌頭】，又名【水調歌】【臺城遊】【凱歌】【花犯念奴】【元會曲】等。此用詞調上半闋，用賀鑄“南國本瀟灑”體。

此曲出詞調，戲文採用之，後不見傳。

【尹令】

1. 它命又合孤令，奴命又合孤令。方得兩月安静，教奴又成愁悶。聞伊丈夫，今直欲到帝京。

2.【同前】它又更没活路，你又更没親故。盤纏怎生區處，你也轉來厮覷。如今去時，没裹足怎對付?

3.【同前】欲去在伊兩個，不去在伊兩個。説與我每一和，又説與我公一和。如今來，只得又靠我婆。　《張協狀元》19

4.【仙吕入雙調過曲】那時又無依仗，當時有誰依仗?其時有家

難向，其時有親難向。他東我西，地亂天荒事怎防？

元傳奇《拜月亭》，《正始》頁 971

5.【仙吕入雙調過曲】你做了虧心事教咱替你，正是本心不知理。空著我有言難支對，想著此事難瞞昧。你向日在東窗，密語商量我怎知？

元傳奇《東窗事犯》，《正始》頁 972

格式：$6_{\triangle}$，$6_{\triangle}$。$6_{\triangle}$，$6_{\triangle}$。4，6 乙$_{\triangle}$。 6 句

《正始》以第四曲爲正格，與此僅末句作七字句，餘同。尾批："此係古本之原文古體，且元譜與蔣譜有如是者。但今時譜及坊本，皆削去第四之六字一句。……此調按古今傳奇及散套，用此者比比。今又查得元傳奇《東窗事犯》，又元散套《詠楊妃》套，亦皆有此調，亦與本曲無異，益信時譜及坊本之調體章句皆非也。"

南曲有【仙吕入雙調過曲·尹令】，《舊譜》卷十、《沈譜》卷二十、《新譜》卷二十三、《大成》卷三均引第四曲爲例曲。《沈譜》眉批："'那時''當時''其時'，各换一字，亦妙。"《重訂拜月亭記》第二十八齣《隆蘭拆散》題第四曲作【東尹令】，較爲特别。

此曲出戲文，南曲承之，略有變化。

【五方神】

1. 庇一方，爲神道，鎮焦燥。要好空口休禱告，非酒非肉莫拋照。

2. 告尊神，今貧女，上國去。怕它張協相拋棄，望聖手遮攔奴到京裏。

《張協狀元》33

格式：3，$3_{\triangle}$，$3_{\triangle}$。$7_{\triangle}$，$7_{\triangle}$。 5 句

錢南揚《校注》云："此調不見曲譜。曲譜别有【仙吕過曲·五方鬼】，與此句格全異。"俞爲民《中國古代曲體文學格律研究》第一章認爲此"當爲原創曲調"，是，均唱調名。

【五更傳】

1. 這狀元,是奴夫婿,奴是它親娶妻。才得兩個月餘日,苦相別特來京裏。買登科記,試看時,是奴夫及第。不辭路遠來相尋覓,你不知,便教我出去。

2. 我丈夫,張葉是。在路途值雪正飛,盤纏被劫得没分文,打一查血瀝瀝底。没投奔,在廟中,彎跧睡。我醫你救你得成人,你及第,便没恩没義。

3. 是我夫,不相認,見着我忙閉了門。我當初閉門不留伊,你及第應是無分。千餘里,到此來,望你厮存問。目下要歸没盤纏,我今宵,更無投奔。

4. 你記得,要來京裏,賣頭髮把錢與伊。當初道嫁雞便逐雞飛,好言語教奴出去！没盤纏,教化歸,回鄉裏。買炷好香祝蒼天,願你虧心,長長榮貴。　　《張協狀元》35

5. 【南吕過曲】恨命乖,遭折挫,爹娘知苦么。哥哥嫂嫂你好横心做,趕出劉郎,罰奴挨磨。叫天不應,地不聞,如何過。奴家那曾那曾識挨磨,挑水辛勤,只因劉大。　　元傳奇《劉智遠》,《正始》頁 595

6. 【南吕過曲】……奴有何親,他有何疏?

元傳奇《王祥》,《正始》頁 596

格式:3,3,6 乙$_{\triangle}$。7$_{\triangle}$,7 乙$_{\triangle}$。3,3,3$_{\triangle}$。7,3,4$_{\triangle}$。　　11 句

《張協》四曲題【五更傳】。《元本琵琶記校注》第二十六齣《五娘葬公婆》亦題【五更傳】,錢南揚《戲文三種校注》頁 163 注云:"【五更傳】,今曲譜都作【五更轉】。案:【五更轉】之名,雖早見於《唐會要》卷三十三'諸樂'、五代敦煌寫本。然古代'傳''轉'二字可以通用。如:唐詞【河傳】,也作【河轉】;宋曲【轉踏】,也作【傳踏】。而《張協狀元》三十五(原作"四")齣,此調也作【五更傳】。故'傳'字不誤,明改本據曲譜改爲'轉'字,實在多此一舉。"是。然後世已通作【五更轉】。

《正始》列第五曲爲正格,題【五更轉】。與此第三句作五字,第五

句破作四字兩句，第十句作三字，餘同。尾批："此末句仄煞。元傳奇《王祥》平煞云云。"

《乐府诗集》卷三十三有陈伏知道《从军五更转五首》，历唱一更至五更，題注："伏知道已有《从军辞》，则《五更转》盖陈以前曲也。"任半塘《敦煌歌辭總編》卷五《雜曲・定格聯章》【五更轉】《七夕相望》注："《唐雜言格調》載【五更轉】十二體，均備於敦煌寫本。以七言、三七言、五七言、三五七言四類爲綱，下各有目。"同卷【五更轉】《警世》注附【五更轉】十二體式。《全唐五代詞》所録【五更轉】數量頗多，形式上已爲定格聯章體組曲。俞爲民《中國古代曲體文學格律研究》第一章認爲："南戲《張協狀元》第三十五齣所用的四支【五更轉】，在曲調組合形式上，還基本保留着唐代定格聯章體的組合形式，只是在第一支與後三支之間插入一支【趙皮鞋】曲，但由於四曲皆由旦所唱，故仍應視作聯章體。同時，在句格上，也作三、三、七、七、七、三、三、三、七、三、五，與唐代【五更轉】第五式相近。"是。南曲有【南吕過曲・五更轉】，《舊譜》卷四、《沈譜》卷十二、《新譜》卷十二、《寒山曲譜》、《定律》卷八俱題【五更轉】，多用第五曲爲例曲。《沈譜》眉批："'天不應'九個字用得有調，勝於時曲'到晚來，空倚定，危樓望'多矣。'你好'二字及'那曾'二字，不用重疊亦可。"

此曲源於唐曲，戲文承之，略有轉换，南曲傳承之。

【五更轉】

參見【五更傳】。

【太師引】

1. 余去載窮途裏，被强人劫没那寸縷。張葉遂投荒廟，貧女驀然留住。説化我結爲姻契，唱名了故來尋覓。都不道朱紫滿朝，還知後與阿誰？

《張協狀元》36

2. 【南吕過曲】思往事添愁悶，恨不得竭力孝情。那曉得昏定晨省？那曉得夏清與冬温？那辦得衣衾棺槨，那曉得悲啼哭泣？我應難盡竭力孝情，何曾道是累七看經？　　元傳奇《王祥》，《正始》頁 642

3.【南吕過曲】他意兒難提起，這其間就裏我自知。他戀著被窩中恩愛，捨不得離海角天涯。塗山四日離大禹，直恁地捨不得分離。你貪鴛侶守著鳳幃，多誤了鵬程鶚薦的消息。

4.【南吕過曲】細端詳這是誰筆仗？覷著他教我心兒好感傷。好似我雙親模樣，怎穿著破損衣裳？別後容顔無恙，怎這般凄凉形狀？誰來往直將到洛陽，須知仲尼和陽虎一般龐。

元傳奇《蔡伯喈》，《正始》頁 642

5.【南吕過曲】路在側坡前後，往來尋心不自由。更也無些蹤迹，真個叫破喉嚨。年老力乏身倦，便死也無人搭救。停怎住欲去怎走，好教我去住難留。　　元傳奇《拜月亭》，《正始》頁 644

格式：6 乙△，7 乙△。6，6△。7 乙△，7 乙△。7 乙，6 乙△。　8 句

《正始》列第二曲爲正格，題注："除却首末二句，餘皆七字。"與此僅第三、四兩句作七字句，末句也增字，有所變化。列第三曲爲第二格，題注："此比上格，止第五句節讀不同，末句句法不同。"列第四曲爲第三格，題注："此亦《王祥》格，止爭第五句減爲六字，末句並作七字。"列第五曲爲第四格，題注："除却首末四句，腹中皆用六字句法。元詞儘有。"頁 641【南吕過曲·三十腔】尾批引第三、四句。

南曲有【南吕過曲·太師引】，《舊譜》卷四引第二曲爲例曲，《寒山曲譜》則列爲【又一體】，尾批却予以極高評價："此曲，《蔣譜》所收，此調正體也。"《沈譜》卷十二、《新譜》卷十二、《寒山曲譜》《定律》卷八引第三曲爲例曲。《寒山曲譜》尾批："'兒''侣'是暗用韻處。"《大成》卷四十九引第二、第三兩曲，均入【又一體】，尾批："句法雖有參差，俱屬正體。"《沈譜》《新譜》《寒山曲譜》引第四曲爲【又一體】，《沈譜》題注："末一句犯【刮鼓令】。"眉批："細查古曲，凡【太師引】皆用前一曲體，第五句並無有用'別後容顔無恙'句法者，必犯他調也，今不可考矣。只查得末一句，必是【刮鼓令】，故聊記於此，以俟知者。蓋此二曲，末後各一句但用七字句法，全不與前曲末句相似，况古曲亦無此

等句法。若必如今人唱,則高先生之扭捏甚矣,何足取哉。”《新譜》則改題【太師令】,題注:“原作【又一體】。今改定。”《定律》尾批亦云:“此曲雖多,如此者少。舊譜皆以末句七言者爲犯調,言犯【刮鼓令】也,惟六言者方爲正體。然板數俱同,惟分在一正板一截板間别。曲中此類爲一體者甚多,不知何故與此曲忒煞認真,凛不可犯也。姑依舊譜,載入犯調。”《定律》卷八、《大成》卷五十一、《簡譜》卷七均承《新譜》,引第四曲爲【太師令】例曲,又作集曲:前七句入【太師引】,末句用【刮鼓令】。對此,《正始》於第四曲後已經予以辨正。考《張協狀元》,第三、四兩句和末句皆作六字句,較爲自由;至以後方逐漸改爲七字,然尚未統一。如以南曲之規範衡量戲文,顯然是不對的;若必以犯調解釋原本隻曲,更是可笑。

此調出於戲文,南曲承之,有所變化,逐步規範,却又改曲名體式。

【天下樂】

1. 春到郊原日遲遲,槍旗展山谷裹。幽居古廟渾無侶,採些茶爲活計。　　《張協狀元》41

2. 一種相思聚兩眉,因嬌貌可人意。只得拚却千金買,把花名籍字除。　　《小孫屠》5

3. 【仙吕調慢詞】一片花飛故苑空,隨風飄泊到簾櫳。玉人怪問驚春夢,只怕東風羞落紅。　　元傳奇《蔡伯喈》,《正始》頁 1106

4. 【仙吕調近詞】我女孩兒,喜室家男女及時。有雙雙宛如比翼,五百年前結會。今生共成連理枝,配合成一對。從今改門閭,我也身榮貴。豈容易,雙雙盡老,百歲效于飛。

元傳奇《劉智遠》,《正始》頁 1113

格式 1:7△,6 乙△。7,6 乙△。　　4 句

2:4△,7 乙△。7 乙△,6△。7△,5△。5△,5△。3△,4,4△。　　11 句

前三曲用式 1，爲【仙吕調慢詞】；第四曲用式 2，爲【仙吕調近詞】。

《正始》以第三曲爲【仙吕調慢詞】正格，與式 1 比較，第二、第四句俱作七字句。題注："【仙吕宫】查歸。"尾批："時（原作"此"）譜曰：此調似七言絶句詩，然第三句用韻，不可不知。按九宫【雙調・玉樓春】與此同體，但其第三句不用韻，且每句煞字之平仄，皆與此相反，又不可不知。但蔣譜以此調之第二、第四句皆減爲六字，大謬。……據此格體，直爲【羽調】之【燕歸梁】也。設即【燕歸梁】，其第三句亦平煞耳。"考戲文兩種，第二、第四句正六字，且第三句煞字皆仄聲，可韻可不韻，則《正始》所評，略嫌嚴苛。

《正始》以第四曲爲【仙吕調近詞】正格。

唐・崔令欽《教坊記・曲名》有【天下樂】，《全唐五代詞》不存此曲，無從檢校。詞調有【天下樂】，雙片，其上闋與式 1 僅第四句作七乙句，餘同。諸宫調有【仙吕・天下樂】，亦雙片，其上闋與此同；下闋第二句減字作三字一句，末句增字破作四字兩句。如此，則與式 2 中腹不同，首尾略相近似。金院本《衝撞引首》有《天下樂》，王國維《宋元戲曲史》列其入"用詞曲調者"類。北曲有【仙吕・天下樂】，與詞調有所變化，與此兩式不同。南曲有【仙吕引子・天下樂】，《舊譜》卷一、《沈譜》卷一均引第三曲爲例曲，然《舊譜》與式 1 完全相同。《沈譜》題注："《舊譜》第二、第四句俱六字，再考。"眉批："此調雖似七言絶句詩，然第三句用韻，不可不知。"此正《正始》所謂"時譜"所云的出處。《新譜》卷一承《沈譜》，眉批："今《拜月亭》用六字。"《沈譜》卷二、《新譜》卷二、《寒山曲譜》、《定律》卷四均以第四曲爲【仙吕調近詞】例曲，與式 2 同。然《寒山》《定律》入【仙吕過曲】。《沈譜》題注："一名【天下歡】。"眉批："此曲用韻甚雜。"《新譜》承之。《定律》題【前腔】，則前仍有一曲。《簡譜》卷六引《白兔》"智遠諮啓"爲例曲，與式 2 同，尾批："此又名【天下歡】，與北詞無涉，傳奇中不常見。"

此曲源於唐曲，後入詞調與諸宫調；北曲與戲文式 1 顯然承於詞調，戲文式 2 則或自諸宫調演化而來；南曲承於戲文，式 1 用作【引子】，較多常見；式 2 則較少使用。

【太子遊四門】

1. 奴本世豪奢,爹娘憐妾多。年幼兩俱亡,是奴貧苦多。織素與緝麻,春來採茶。怎知一跌了那臂,有誰人管呵?

2.【同前】媳婦見(原作"建")官人,官人莫是貧女親?在古廟五六春,有誰人睬(原作"採")您?山上採茶芽,跌一臂膊損。告夫人周全此身,又何須去施貧?

3.【同前】吾乃赫王相公,今判梓州郡。貧女身上狼狽,我女近才喪亡,臉兒相類恁精神。夫人要爲養女,汝若故生阻節,縛在馬前別有施行!

《張協狀元》45

格式:5,5$_{\triangle}$。5,5$_{\triangle}$。5,4$_{\triangle}$。7乙,5乙$_{\triangle}$。 8句

第二曲第四句與此句式不同,第三曲與此句節不同,且末句作七字句。

錢南揚《校注》:"除福建戲中還保存此調外,不見他書。其源蓋也出於佛曲。與北曲【遊四門】全異。"北曲有【仙吕・遊四門】,與此不同。

此曲既出佛曲,後流變爲民間樂曲,爲戲文等浙、閩等地民間戲曲所採用。後已不傳,故不見於南曲。

【五韻美】

1. 洒家即日共維,間闊不見你多時。洒家一向(原作"句"),關西冗迫,不及通書,下車未及參侍。降接不勝欣喜,首辱光訪甚得罪,洒家自出鈞旨。

《張協狀元》48

2.【越調過曲】意兒想,眼兒望,望救你東君豔陽。與花柳增芳,全無這可傷。身凛凛如雪加霜,更没些和氣一味莽。鐵膽銅心,打開鳳凰。

3.【越調過曲】兄妹間,苦難勸,媒人議説須再三。説教他事體

重完,你好隨機應變。看待我十分輕鮮,看我虎符金牌向腰内懸。没一個因由,告人勸勉。　　元傳奇《拜月亭》,《正始》頁 800

4.【越調過曲】……就今去休慢……

元傳奇《蔡均仲》,《正始》頁 801

5.【仙吕入雙調過曲】深謝得先生深意,前程旅中無所慮。便相隨水宿風飧,君有善因,遂感得先生來至。(合)萬里天涯去,朝行暮止,渡水登山,免得致疑。

6.【前腔】吾隱居遠山深處,時遊市井,聞君姓字。夙有善緣,結會今時,羅童年紀正癡,吃飽飯困來打睡。(合前)

元傳奇《陳巡檢》,《正始》頁 928

格式 1:6,$7_{\triangle}$。4,4,4,$6_{\triangle}$。$6_{\triangle}$,7,$6_{\triangle}$。　　9 句

2:$3_{\triangle}$,$3_{\triangle}$,7 $乙_{\triangle}$。5 $乙_{\triangle}$,$4_{\triangle}$。7 $乙_{\triangle}$,$7_{\triangle}$。4,$4_{\triangle}$。　　9 句

第一曲及末兩曲入【仙吕入雙調過曲】,用式 1;第二至第四曲入【越調過曲】,用式 2。

《正始》列第五曲爲【仙吕入雙調過曲】正格,題注:"與【越調・五韻美】不同。"頁 930【仙吕入雙調過曲・三换頭】尾批引此第四句。與式 1 雖亦九句,然作:"7 $乙_{\triangle}$,$7_{\triangle}$。7 $乙_{\triangle}$,4,7 $乙_{\triangle}$。$5_{\triangle}$,$4_{\triangle}$,4,$4_{\triangle}$。"句格不同,然内在承繼轉换之迹可尋。列第六曲爲【前腔】第二格,題注:"第二、第三皆變爲八字二句。其【三换頭】犯此。"

《正始》列第二曲爲【越調過曲】正格,題注:"古曰【韞美】。唐主易韻,指太白【升平調】韻正之。與【雙調・五韻美】不同。施君美撰《拜月亭》,以此調列於【仙吕入雙調】套内,誤。"尾批:"此調第四句句法下截定必四字,比亦元傳奇《蔡均仲》云云亦然。"即"1、4"句格。列第三曲爲第二格,題注:"第三句節讀不同,第四句增爲七字。"尾批對時譜在第三曲第四句下增"善"字進行考辨。

南曲有【越調過曲・五韻美】,《舊譜》卷六、《沈譜》卷十五、《定律》卷十三、《簡譜》卷十均引第三曲爲例曲,僅正襯、句字小異,且第四句末正作"完善"。《沈譜》題注:"或作【醉遲歸】,或作【恨薄情】,俱非也。"《新譜》卷十六承之。《定律》尾批:"此曲又名【醉遲歸】。今見

坊本内竟將《玉簪記》之‘意兒中無别見’之【五韻美】,並‘想著你初相見’之【五般宜】二曲,合刻爲一曲,即名爲【醉遲歸】,以致不諳詞律者,見其詞章繁雜,以【醉歸遲】爲長曲牌名,殊不知實係二曲也。但此曲與【仙吕】之【五韻美】不同。”《簡譜》尾批:“舊坊本傳奇,往往與前曲【五般宜】合爲一曲,别名【醉遲歸】,不知【五韻美】可名【醉遲歸】(原注:“又名【恨薄情】。”),不可與【五般宜】相並。余故略辨於此。……《幽閨》尚有一曲,與此異,作【又一體】。”是則以變作正。《沈譜》卷十五又以第二曲入【又一體】,題注:“可入【雙調】。”《新譜》卷十六承之。《定律》卷四、《大成》卷三均以第二曲爲例曲,入【仙吕過曲】,且《定律》卷四目録題注:“【越調】不同。”又生一説。至於【仙吕入雙調·五韻美】,雖《沈譜·目録》“名同而音律不同者”中有“【越調過曲·五韻美】,在九宫;【雙調過曲·五韻美】,在九宫”。然只是可以借宫,並未在【雙調】中别立一格。《正始》頁930【仙吕入雙調過曲·三换頭】尾批:“今歌者但識九宫【越調】之【五韻美】,何嘗識此【仙吕入雙調】有【五韻美】耶? 余在未識元譜時亦然。今得查明,快暢之極。”可見無人辨識已久。

此調或出民間歌曲,入戲文分爲二調;南曲承之,僅傳【越調過曲】,至清初仍生歧解;【仙吕入雙調過曲】已極少使用。

【引番子】

1. 即刻共惟,判府相公。有少事,特欲來相議,見夫人只怕失禮。唤我兒與夫人至,出來這裏,休要致疑。(合)既是親戚,親戚不妨對席。

2.【同前】聞道是關西,老將太尉。本不敢,直入來謁見,托在同官,又是親戚。請郡主出來這裏,聽洒拜啓,休要致疑。(合同前)

3.【同前】徐步金蓮,款款步砌。這老將,却是我親契。萬福不罪,未及參侍。這郡主洒不曾見,生得恁奇,休要致疑。(合同前)

《張協狀元》51

格式:4,$4_{\triangle}$。3,$5_{\triangle}$;4,$4_{\triangle}$。7乙,$4_{\triangle}$,$4_{\triangle}$。$4_{\triangle}$,$6_{\triangle}$。 11句

第一曲第五、第六兩句併作一個七乙句。

錢南揚《校注》:"此曲不見他書。看它連用三支,一定是過曲,不是引子。"從唱本題的慣例而言,此曲當帶有西北風味。

【六么序】

一意隨它去,情願爲路歧。管甚么抹土搽灰,折莫擂鼓吹笛,點拗收拾。更温習幾本雜劇,問甚么粧孤扮末諸般會,更那堪會跳索撲旗。只得同歡共樂同鴛被,冲州撞府,求衣覓食。 《錯立身》5

格式:5,$5_{\triangle}$。7$乙_{\triangle}$,$4_{\triangle}$,$4_{\triangle}$。7$乙_{\triangle}$,$7_{\triangle}$,7$乙_{\triangle}$。$7_{\triangle}$,4,$4_{\triangle}$。 11句

此調原署【六么令】,因在【仙吕・醉落魄】南北合套中,當爲【六么序】之誤題,錢南揚《校注》已改題,是,故亦從之。

【六么】之名甚古。南曲惟《舊譜》存【仙吕入雙調過曲・六么序】,以《拜月亭》"官司遍榜"爲例曲,與此不同。

北曲有【仙吕・六么序】,與此僅首兩句均作三字句,餘皆同。據本齣前半段曲牌之排列:【醉落魄】(南)-【賞花時】(北)-【排歌】(南)-【那吒令】(北)-【排歌】(南)-【鵲踏枝】(北)-【樂安神】(南)-【六么序】(北)-【尾聲】,誠如錢南揚《校注》所言此"既具南北合套之雛形",則此曲當是效仿北曲而作。然據吴梅《简谱》卷二、鄭騫《北曲新譜》卷三、徐沁君師的《元曲鑒賞辭典・北曲曲牌》和《中國曲學大辭典・曲牌・北曲曲牌》,北曲此調十一句,分四个句段:3/3/2/3。細校此曲,雖仿北曲,句數相同,而詞段不同。這説明:此時戲文在"南化"北曲時并不完全遵從北曲的格律規範。

此爲北曲,戲文採用之,已有改造。

【天净沙】

我是宦門子弟，也做得您行院人家女婿。做院本生點個《水母砌》，拴一個《少年遊》，吃幾個挝心攧背。　　《錯立身》12

格式：$6_{\triangle}$，$6_{\triangle}$。6 乙$_{\triangle}$，6 乙，7 乙$_{\triangle}$。　　5 句

北曲有【越調・天净沙】，據《全元散曲》，始于金末商正叔。馬致遠小令最爲著名，周德清《中原音韻・作詞十法・定格》譽爲"秋思之祖也"。盛如梓《庶齋老學叢譚》卷三："北方士友，傳沙漠小詞三闋，頗能狀其景。"則此調或源自漠北。與此比較，有所變化：一是句段：北曲五句兩段，前三後二，此正相反；二是句式：北曲末三句作"$6_{\triangle}$。4，6 乙$_{\triangle}$"，此則小異。如此差異，當爲北曲進入戲文南化的結果。"挝"，字書無此字。錢南揚《校注》："'挝心攧背'，指武戲中的跌撲。"

此爲北曲，戲文採用之，有所改造。

【水底魚兒】

1. 柳緑花紅，名園裏風景多。杏開如錦綉，夭桃如噴火。王孫仕女，笑嘻嘻同宴樂。尋芳拾翠，拚傾杯沉醉呵。　　《小孫屠》3

2. 【越調過曲】三世行醫，四方人盡知。不論貧賤，請看的即便醫。盧醫扁鵲，料他直恁的。人人道我，道我是個催命鬼。

元傳奇《拜月亭》，《正始》頁 773

格式：4，6 乙$_{\triangle}$。5，$5_{\triangle}$。4，6 乙$_{\triangle}$。4，6 乙$_{\triangle}$。　　8 句

《正始》題第二曲名【水底魚】，"4，$5_{\triangle}$"四段，與此基本相同。尾批："【水底魚】全調，凡古本古曲，無不八句者也。後不識何人偷懶，恣意削去四句，致今唱者遂謂四句是其全章矣。"校之《小孫屠》，亦是八句，故八句者爲是。尾批又謂：此調出自唐玄宗歌摟之古格，時名【比目魚】，題注："古格茲八句，而曰【比目魚】。"漢時減爲四句，易名

【水底魚】;唐時名【水中梭】,六句,題注:"漢曰【水底魚】,今上易爲【水中梭】,以别前【比目魚】。"考其所存圖譜,【比目魚】八句,與此第二曲同;而【水底魚】【水中梭】,考今存漢、唐曲調,無其所言之名,抑或假託古譜以神秘其説。然《小孫屠》標署【水底魚兒】,已不唱調名,可見已經泛化爲普通曲調。

南曲有【越調過曲·水底魚兒】。《舊譜》卷六、《沈譜》卷十五、《新譜》卷十六均引《荆釵》"天下賢良"爲例曲,與此大同小異。《沈譜》尾批:"此調,細查《琵琶》《拜月亭》諸舊曲,皆如此。而'暮登天子堂'一句(即第四句),與'也來入試場'一句(即第八句),腔亦不同。今人但知有四句,蓋因唱者懶唱八句,故作詞者亦只作四句以便之,遂認舊曲八句爲二曲矣。"説法與《正始》同。《定律》卷十三有【越調過曲·比目魚】,以《八義》"劍甲旌旗"、《荆釵》"天下賢良"爲例曲;又有【水底魚兒】,以《琵琶》"朝省尚書"、《百順》"鬢髮皤然"爲例曲。前三曲皆疊唱末句,故均九句三十板;後一曲五句,亦疊唱末句,尾批:"此曲即通行之【水底魚兒】之半曲也。"此補足【比目魚】例曲,却又與【水底魚兒】無異。《簡譜》卷十有【水底魚】,名承《正始》;以《荆釵》"天下賢良"爲例曲,則承《舊譜》;末句疊唱一句成九句格,又承《定律》。其尾批:"此曲九句爲正格,又名【比目魚】【水中梭】【泥裹鰍】,皆從【水底魚】三字巧立名目也。後人只唱四句及疊句,不知有九句矣。""巧立名目"説盡諸名由來本質,最爲透徹。然九句體由疊唱末句而來,實又晚出。

此調當源自民間歌謡,戲文採録,已經泛化而不唱本調;南曲承之,多疊末句,或截半而唱,故生出若多衍體。

【水仙子】

1. 好因緣間阻武陵溪,辜負花前月下期。綵雲易散琉璃脆,虧心底不似你。擔閣了少年夫妻,不枉了真心真誠意。不把我却寒知暖妻,不能勾步步相隨。　《小孫屠》9

2. 【黄鐘過曲】眼又昏,天將暝,趁聲兒向前打認。渾身上雨水淋漓，盡皆泥濘。生來，這苦何曾慣經。

3.【前腔第二换頭】眼前是錯十分定，是無可奈，只得陪些下情。年高人，怎生行得山徑？款款扶著娘娘慢行。

4.【前腔第三换頭】觀模樣，聽語聲，你是阿誰便應承？枉了許多時，教娘苦相等。非詐應，瑞蓮聽得名兒厮類。怕尋覓是我家兄，偶遇娘娘如再生。　　元傳奇《拜月亭》，《正始》頁 104

5.【黄鐘過曲】閑步入，名園裏，這心事與誰同語？長記去年今日，病懨懨的。羞對，百紫千紅破蕊。

6.【前腔第二换頭】舉目忽睹墻陰裏，滿枝頭上，青青梅子垂。群芳内，獨佔得先結果，偏我未諧連理。

7.【前腔第三换頭】微紅破，入粉腮，似佳人傅胭脂。心酸情苦告訴誰？漫自攢眉鎮切齒。愁無語，想渴知他甚日逢佳婿？空自恁破核兒心裏人人，却似我的情人何處覓？

元傳奇《墻頭馬上》，《正始》頁 106

格式 1：$7_{\triangle}$，$7_{\triangle}$。$7_{\triangle}$，$5_{\triangle}$。7 乙，$7_{\triangle}$。$7_{\triangle}$，7 $乙_{\triangle}$。　　8 句

2：3，$3_{\triangle}$，7 $乙_{\triangle}$。6，$4_{\triangle}$。$2_{\triangle}$，$6_{\triangle}$。　　7 句

第一曲用式 1，“戲文三種”已標明爲“北曲”；第二、五兩曲用式 2，爲【黄鐘過曲】。

《正始》第二曲題注：“與十三調【雙調·水仙子】不同。”《正始》第四曲尾批：“三曲各成一體。”第五曲題注：“此元譜所收之詞也。”頁 1176【南吕調近詞·二仙插芙蓉】尾批引第四曲之第三、第四兩句。

唐·崔令欽《教坊記·曲名》有【水仙子】，《全唐五代詞》存詞五首，雙片，八句，與式 1 僅第六、七兩句均作六乙句，餘同。《全宋詞》有【水仙子】兩首，與式 1、式 2 均異。北曲有【雙調·水仙子】，與式 1 僅末三句作“3，$3_{\triangle}$，$4_{\triangle}$”，但作 2/3/3 三个句段。第一曲雖爲北曲，並不純粹，當是“南化”的結果。南曲有【黄鐘過曲·水仙子】，與式 2 同。《舊譜》卷五、《沈譜》卷十四、《定律》卷一均引第二、第三曲爲例曲，《寒山堂譜》卷五則引第二至第四三曲爲例曲。然《舊譜》題第三曲爲【么篇】，《沈譜》題【前腔】，《寒山堂譜》題【其二】【其三】，均誤。

《沈譜》眉批:“此調最不可解。只因《拜月亭》有之,又無好官本可查明耳。《舊譜》將後一曲題作【么篇】,夫北曲名【么篇】,南曲名【前腔】,其義一也。今只作【前腔】。”《新譜》卷十四對此已有考辨:“原云:‘此調最不可解。’今從馮以次曲作【換頭】,改原襯‘是’字作正腔,據馮引舊曲换頭起句‘舉目忽睹墻陰裹’七字爲證。”《重訂拜月亭記》第二十齣《蓮遇夫人》仍作三曲,但《六十種曲》本《幽閨記》第十八齣則將三曲合併作兩曲。《大成》卷七十將《拜月亭》《墻頭馬上》三曲均變作兩曲,即將第二與第三曲、第五與第六曲均合爲一支,而將第四、第七曲增句、增(合頭)以充實之。錢南揚《宋元戲文輯佚》頁 209 已作辯正,可資參考。《簡譜》卷五以第二曲爲例曲,尾批:“此調始自《幽閨》,與【般涉·水仙子】不同。”第三句當作七乙句;“此亦快曲”。

此曲源於唐曲,宋詞略有小異。式 1 出唐曲,入北曲,戲文採録之,復歸唐曲;式 2 亦當出於唐曲、宋詞,但已有較大轉换;南曲承於戲文,也有較大變化。

【少年遊(原作“心”)】

1. 瞬目一觀,霎時已到(原作“列”)凡世。　　《小孫屠》19

2. 【大石調引子】常學無違,奈此心與天地合異,能書符善會咒水。遣陰兵百萬,英靈猛將,斷人間興妖鬼魅。

元傳奇《陳巡檢》,《正始》頁 241

格式:$4_{\triangle}$,7 乙,7 $乙_{\triangle}$。5 乙,4,7 $乙_{\triangle}$。　　6 句

第一曲僅截取前二句。此格戲文儘有。《正始》以第二曲爲例曲,題注:“與詩餘不同。”

詞調有【少年遊】,共三體,與此均不同。《全宋詞》另有【少年心】兩首兩體,各存黄庭堅一首,其第二體添字格“心裹人人”與此僅第三句句式不同,第四句作六乙,餘同。金院本《拴搐豔段》有《少年遊》,王國維《宋元戲曲史》列其入“爲詞曲調者”類。南曲有【大石調引子·少年遊】,《舊譜》卷八、《沈譜》卷六、《大成》卷十七均引第二曲爲

例曲。《沈譜》題注:"與詩餘不同。"與此同。《大成》題注:"一名【玉臘梅枝】,一名【小闌干】。"入【又一體】,然以《月令承應》爲正格,實顛倒先後。《新譜》卷六改引金陵名姬馬湘蘭《三生傳》傳奇爲例曲,尾批:"與詞餘同,但無换頭。"眉批:"原曲與詞餘不同,因中多訛字,故易之。"《定律》卷五、《簡譜》卷八承之。《簡譜》題署"散曲",誤。

此調源出於詞【少年心】,故原署不誤。然此調晦量寡,或金元院本、戲文時即誤作【少年遊】,張冠李戴;南曲則承於戲文,明清之際歸於詞調【少年遊】。

【不絶令煞】

【正宫尾子】才貌天然兩相宜,姻緣到此情分美,愛惜似擎珠捧璧。

元傳奇《劉文龍》,《正始》頁 233

格式:7$_{\triangle}$,7$_{\triangle}$,7 乙$_{\triangle}$。　　3 句

《正始》題注:"'對酒當歌'是其過曲。""對酒當歌"爲《劉文龍》【正宫過曲・戀綉衾】首句。尾批:"時譜以此【不絶令煞】置屬【南吕】,及至【正宫】,反置收【尚輕圓煞】,又與【大石】共之。且于【南吕】所收之【不絶令煞】者,又與【中吕・三句兒煞】相似。余今各宗元譜查正,不特調有歸一,而詞亦無假借。……【正宫】定爲【不絶令煞】,【南吕】不得讓此。"以此與明散套《窺青眼》爲證:"皆【正宫】可知也。"

南曲有此調。《沈譜》附録《尾聲格調》【不絶令煞】注:"【南吕】尾。《明月雙溪》尾文是也。"《明月雙溪》爲元南散套【正宫・白練序】"沉吟久"的别稱,《正始》頁 194、頁 200 引此套三曲,無尾曲。全套見《雍熙樂府》卷十六,以【十二拍尾】爲尾曲,與此句格同。《新譜》卷二十六承之,即引【十二拍尾】爲例曲,注:"【南吕】尾。"與此句字全同,平仄不同。此甚有趣:兩譜均引【正宫】套數尾曲爲例曲,却又注明爲【南吕】尾。其認識與理解,正《正始》所批評者。

此調出戲文,爲【正宫】尾文;南曲承之,多入【南吕】。

【木丫叉】

1.【仙吕過曲】寂寞朝行暮止,金蓮步窄,心腸早寸碎。鄉關遠極目雲飛,算南雄何止是萬里。只見映水梅花開幾朵,影橫斜明月正上時。被清景惱人情緒,向此際逋仙好賦詩。

元傳奇《陳巡檢》,《正始》頁 293

2.【仙吕過曲】步入寒林數里,嵐陰杳靄,蒼屏翠碧。森森見古木雲齊,聽觸石潺潺響澗水。只見辭柯風慘慽,望前村歸鴉接翅飛。一樹孤松正傷情緒,聽鶴唳聲聲猿又啼。

元傳奇《朱買臣》,《正始》頁 293

格式:$6_{\triangle}$,4,$4_{\triangle}$。7 乙$_{\triangle}$,7 乙$_{\triangle}$。7,3、$5_{\triangle}$。7 乙$_{\triangle}$,$7_{\triangle}$。　9 句

《正始》列第一曲爲正格,題注:"'叉',或作'牙',非。"列第二曲爲第二格,題注:"第九句節讀不同。"

南曲有此調,多引第一曲爲例曲。《舊譜》卷一、《定律》卷四同此,即作【木丫叉】。《沈譜》卷一、《新譜》卷一、《寒山堂譜》卷一、《大成》卷三均題【木丫牙】,《沈譜》題注:"或作【木丫叉】,或作【長拍】,非也。"眉批:"今所謂【長拍】者,一名【木丫叉】,然與此不同。惟後四句稍稍相似,意必後人改竄之也。"《新譜》承之。《大成》題注:"'牙'一作'叉'。"此正《正始》所批評者。《沈譜》引第二曲爲【又一體】,眉批:"'觸石'句、'一樹'句,皆與前曲不同,故載之以備參用。"《寒山堂譜》尾批與此同,僅略末句。《簡譜》卷六引第一曲爲例曲,尾批:"此與【長拍】相混久矣。"《沈譜》早已説明。

此曲出戲文,南曲承之,或變換其名。

【月兒高】

1.【仙吕過曲】看遍閑花草,争如自家好。這樣風流事,那個人不好？才子共佳人,如今正年少。看他筵席上,兩處傷懷抱。

2.【仙吕過曲】……我辦著堅心……。

3.【前腔第二】……彼此青春……。

4.【前腔第四】……失信共忘恩……。

5.【前腔第五】……既是把情開……。

6.【前腔第六】……争奈筵間……。

7.【前腔第七】……若少盤纏……。

8.【前腔第八】……瑞靄騰空……①

元傳奇《孟月梅》,《正始》頁312

9.【仙吕過曲】玉鈎銀鏡,光輝果然好。此夕知何夕?碧天清杳。寳鏡當臺,白髪又多少?正是西厢下,星稀月皎。

元傳奇《西厢記》,《正始》頁314

10.【小石調過曲】喊殺連天,骨肉怎戀。自上常言道,人離鄉賤。到得今朝,平安幸非淺。是則是身狼狽,眼前遭盡迍邅。

元傳奇《蔣世隆》,《寒山堂譜》卷四頁691上半葉

格式:5△,5△。5,5△。4,5△。5,5△。　8句

《正始》列第一曲爲正格,尾批:"【月兒高】一調,雖有少變,但其第五句定煞四字無移。今且無論他處,但只據此《孟月梅》,曲亦共有

---

①《雍熙樂府》卷十五存録【仙吕·月兒高】聯章小令八首,無名氏,無題,然第三曲及其他各曲第五句與此大同小異,當即此套。其第三首即此首曲,然首句作"看蓮開沼池",餘同;其餘七首排序與此僅後三曲交錯。其辭云:"【月兒高】這様閑煩惱,何時受得了。極目天涯路,回首長安道。我辦著堅心,伊家已通曉。小玉你輕視,君子食無飽。二、似玉如花貌,風流更波俏。兩葉眉拂翠,一對脚兒小。彼此正青春,欲成鸞鳳交。此曲才堪聽,又相吹别簫。……四、不怕傷人道,赢得外人笑。儒乃朝中瑞,士乃國中寳。失義共忘恩,神天豈不報?善惡皆前定,一切由心造。五、舊日已榮耀,斷弦遇鸞膠。今日他貧困,總似相思調。既是把情(原作"琴")開,何必望歡笑?自古長安馬,不吃回頭草。六、甚懷食不好,賢人請些小。路上從容去,五朝七日到。若是少盤纏,差人便來討。早則成名後,千萬傳音耗。七、階下笙歌奏,席間翠紅繞。告飲瓊杯盡,莫惜金樽倒。瑞靄騰空中,金爐噴沉腦。三疊陽關句,一曲相思調。八、我女須年少,咱今已年高。惜似心頭氣,憐若家中寳。争奈筵席中,家人口嗷嗷。我看孩兒容,似覺心焦燥。"參見《全元戲曲》卷十二、黄仕忠《宋元戲文拾遺》考辨。

八闋，每曲此句皆然。今試摘此句證之云云。”列第九曲爲第二格，較此第一、第四、第八句均作四字。《寒山堂譜》列第十曲爲例曲，入【小石調】，題注：“一名【誤佳期】。八句，三十八字。”較此第一、第二、第四句均作四字，第七、八兩句均增一字作六字句。以第一曲爲【又一體】，如此則用於【仙吕】和【小石調】二宫調，但此調《沈譜》並未列入“名同而音律不同者”；題署“元散曲《樂府統宗》”，如此則《樂府統宗》亦未辨此曲體，此類情况在明代曲選中較爲多見；題注：“八句，四十字。”如此每句五字，是將襯字均作正字。

南曲有【仙吕過曲·月兒高】，正格與此同。《舊譜》卷一題第十曲爲【攤破月兒高】。《沈譜》卷一以第一曲爲例曲，署《錦香亭》，題注：“《荆釵記》亦有此調。”眉批：“又名【誤佳期】。第三、第五、第七句不用韻。”尾批：“此【月兒高】本調也，其餘皆犯别調矣。”引第十曲爲【又一體】，題注：“舊題【攤破月雲高】。”《新譜》卷一承之。其實《孟月梅》全名是《孟月梅寫恨錦香亭》，《錦香亭》即《孟月梅》。然戲文别有【誤佳期】，與此不同。《定律》卷四亦引第一曲爲正格。《大成》卷二引第十曲为例曲，題注：“舊名【攤破月兒高】。”引第一曲則作【又一體】，均題《錦香亭》，是以變爲正。《定律》題第九曲、第十曲爲【前腔换頭】，當非。《簡譜》卷六引第一曲爲例曲，尾批：“此調有兩體：一爲正格，皆五字句；一名【攤破月兒高】，則以四五字句，錯綜成文者，如《幽閨》格（即第十曲）是也。……《定律》作【换頭】，誤。”吴梅《霜崖曲話》卷六云：吴昌齡雜劇《東坡夢》第二折存有南曲【月兒高】一首，“可證南曲之興，未必後於北詞矣”。其辭云：“謾折長亭柳，情濃怕分手。欲跨雕鞍去，扯住羅衫袖。問道歸期端的是甚時候，淚珠兒點點皎綃透。唱徹陽關，重斟美酒，美酒解消愁。只怕醉還醒，這愁懷又依舊。”較之正格，增第五、第六兩個七字句和第八句四字一句，餘均同。此爲北劇使用南詞之又一例。此正《舊譜》所引【月兒高】例曲，然署“散曲”，誤。

此調出自戲文，傳於南曲，題署所有混淆。

【月雲高】

1.【仙呂過曲】【月兒高】路途勞倦，行行甚時近。未到得洛陽縣，盤纏使盡。回首孤墳，空教我望孤影。他那裏誰偢保，俺這裏將誰投奔。【渡江雲】正是西出陽關無故人，須通道家貧不是貧。

2.【仙呂過曲】【月兒高】暗中思忖，此去好無准。只怕他身榮貴，把咱不認。若是他不瞧，可不空教我受艱辛。他未必忘恩，我這裏自閑評論。【渡江雲】他須記一夜夫妻百夜恩，怎做得區區陌路人。

元傳奇《蔡伯喈》，《正始》頁 314

格式：4，5$_{\triangle}$。5，4$_{\triangle}$。4，5$_{\triangle}$。5，4$_{\triangle}$。7$_{\triangle}$，7$_{\triangle}$。　　10 句

集曲。前用【月兒高】全曲，後接【渡江雲】末兩句。

《正始》列第一曲爲正格，題注："【月兒高】，《西厢》格。"列第二曲作【前腔】第二格，題注："第七句減爲四字。此句句法止見於犯調。"

南曲有此調。《舊譜》卷一、《沈譜》卷一、《新譜》卷一、《寒山曲譜》、《定律》卷四、《大成》卷四均以第一曲爲例曲，《舊譜》題注："【月兒高】頭，【渡江雲】尾。"《沈譜》題注："此調犯【渡江雲】，而【渡江雲】本調竟缺。"《寒山曲譜》入【小石犯調】，以末二句入【駐雲飛】，尾批："末句舊注爲【渡江雲】，但本調無處可查。細玩字句平仄，與【駐雲飛】末句同，疑一曲二名。"問題全在【渡江雲】本調。今已於元南散曲中找歸，參見《附録一》，末二句與此同，故仍當犯【渡江雲】，《寒山曲譜》之説不可從。《定律》題【前腔换頭】，然未列始調。《大成》以第八句即入【渡江雲】，與此正襯略異。

此調出戲文，南曲承之。

【丹鳳吟】

【中吕過曲】行過柳堤，步入園内，那一位解元何處？他隨後便來，兀的是，請吃酒，請吃食。歡喜，怎不見孫員外來至？去接取，説道

我們兩個都來至，懸懸望著不見至。 元傳奇《殺狗記》，《正始》頁 407

格式：4△，4，7 乙△。4，3，3，3△。2△，7 乙△。3△，7△，7△。 12 句

《正始》尾批："此係古本原文。但今時譜所收者，與此甚不同。疑從坊本來者，其間是非莫辨。"

周邦彦詞有【丹鳳吟】，入【越調】，雙片，與此不同。南曲有此調，《舊譜》卷三、《沈譜》卷八、《新譜》卷八、《寒山曲譜》、《定律》卷六、《簡譜》卷六均引此爲例曲，較此在第九句後疊三字一句，復增五字一句；正是《正始》所謂"今時譜所收者"，亦與此甚不同。《定律》入【又一體】。《大成》卷十一將此破爲二曲："行到柳堤，步入園内，那一位解元何處？（合）隨著我來，兀的便是。【又一體】甚人請吃酒，吃酒好歡喜，悄不見孫兄來至。（合）去接取，去接取，迎著即便回。"尾批："時譜所收《殺狗記》，誤作一曲，並連道白二句。按《南詞定律》《雙烈》《懷香》二曲，與今第一闋'行到柳堤'同格，其《殺狗記》亦未分析。今特删去道白，改爲二體。"此據時譜而改，頗有見地，然非戲文舊曲，故仍多差異，甚至删舍了末兩句。《簡譜》尾批："此曲亦净丑腔口，中復兩韻，惜不得富春本一校也。凡作此等曲，著不得詞藻。元曲中所有齷齪小人，皆用柳隆卿、鬍子傳，此劇仍之，意當時實有其人，故衆惡皆歸焉。"此語又見《霜崖曲話》卷十。以净丑所唱粗曲而名曰【丹鳳吟】，極俗極雅，又爲一謔。

此曲戲文與詞調同名異實，或出於民間歌謡；南曲承之，由《舊譜》至《沈譜》再到《大成》，變化越來越大，自由度更高，差異也十分明顯。

【瓦盆兒】

1.【中吕過曲】出賣菱花，幸得見賢。尋取（原作"處"）消息，只因詠詩篇。豈擬夫人，回嗔作喜幸得見憐。怎知今日輻輳，兩下菱花，鬭合成一片。夫婦再得團圓，再得重相見，百歲諧繾綣。

元傳奇《樂昌公主》，《正始》頁 436

2.【中吕過曲】宜室宜家，古書内説。男效才良，女慕貞潔。永遠堅心堅意，似石似鐵。兩情和悦，夫妻且喜，洞房花燭夜。偏稱孔雀屏開，玳筵羅列，金鼎噴香麝。　　元傳奇《薛芳卿》，《正始》頁 437

格式：4，$4_{\triangle}$。4，$5_{\triangle}$。4，$7_{\triangle}$。$4_{\triangle}$，4，$5_{\triangle}$。6，$4_{\triangle}$，$5_{\triangle}$。　　12 句

《正始》列第一曲爲正格，《正始》頁 431 考辨其與【石榴花】之不同。列第二曲爲第二格，題注："第四、五、六句不同。"

南曲有【中吕過曲·瓦盆兒】。《舊譜》卷三、《沈譜》卷八、《新譜》卷八、《寒山曲譜》題【瓦盆兒】。《舊譜》以散曲"一從分散"爲例曲，十三句，與此不同。《沈譜》《新譜》《寒山曲譜》引第一曲爲例曲，與此同。《沈譜》《新譜》又引《舊譜》例曲爲【又一體】。《定律》卷六、《大成》卷十一等題【古瓦盆兒】，均引第一曲爲例曲。《大成》第一曲署《分鏡記》，第二曲署《東墻記》。《簡譜》卷八有【中吕過曲·瓦盆兒】，以《舊譜》例曲爲例，尾批："此調例列首支，爲慢板曲，然腔亦平平。"與此不同；又有【古瓦盆兒】，以第一曲爲例曲，尾批："此調較正格易作。"上曲尾批稱此："尚有古體一格，列下。"則以古體爲變體、列時曲爲正格，明矣。《全元戲曲》卷十二頁 576 第一曲尾批，頁 550 第二曲尾批，均以爲應省去此二曲之末六句："注上'合頭'兩字，而在上曲（【中吕過曲·合生】）此句上補一'合'字。兩曲原不在一起，故不省。今姑仍之。"可。

此調出戲文，南曲承之，有所轉换。

【太和佛】

參見【和佛兒】。

【水車歌】

【中吕過曲】……賢良略少待，祭賽畢須管待您。……①

元傳奇《王祥》，《正始》頁 498

格式：……5，7 乙$_{\triangle}$。……

《正始》引明散曲爲正格，第十四、五句作"4，7$_{\triangle}$"。列此爲第二格，題注："第十四句變爲五字，第十五句句節不同。"前注："全章皆同，不録，止録第十四、五句云云。"《舊譜》卷三、《沈譜》卷八、《新譜》卷八、《寒山曲譜》、《定律》卷六俱引此全曲，19 句。

此調當源出民歌，入戲文；南曲承之。

【引駕行】

【南吕過曲】聽師祝付羅童，往東京疾速如風。只慮却凡夫不見容，他留我定無災恐。除却妖精，歸來洞中。

元傳奇《陳巡檢》，《正始》頁 539

格式：6$_{\triangle}$，7 乙$_{\triangle}$。7$_{\triangle}$，7 乙$_{\triangle}$。4，4$_{\triangle}$。　　6 句

《正始》尾批："此調與上【石竹花】定是一套，惜不見其全本，未知前後共幾曲。"錢南揚《宋元戲文輯佚》頁 174 録【大石引子・少年遊】【商調過曲・梧葉兒】【南吕過曲・石竹花】及此曲，注："這四曲同屬一套，前兩曲紫陽真人唱，後兩曲羅童唱，在師徒下山時。"可供參考。

---

① 《舊譜》卷三、《沈譜》卷八、《新譜》卷八、《寒山曲譜》、《定律》卷六【中吕過曲・水車歌】存録全曲 19 句，《舊譜》其辭云："見你門，盡孝情，替死義氣深。遣三軍總思念親，父母生身，乳哺懷擔勞頓。離鄉背井，再思還家奉養親。奈辭别淚珠暗傾。死裹逃生，謝得將軍憐憫。兄和弟感恩不盡，便辭别回歸鄉井。賢良略少待，賽願畢須管待您。感義深，老小家中專等。今有數兩黄金相贈，小妻羅防護送君行。"《沈譜》《新譜》《寒山曲譜》《定律》句字與此略有小異。

詞調有【引駕行】，一名【長春】，僅於北宋初期使用，與此不同。南曲有【南吕過曲・引駕行】，《舊譜》卷四、《沈譜》卷十二、《新譜》卷十二、《寒山曲譜》、《定律》卷八、《大成》卷五十俱引此爲例曲，與此同。《大成》題注："一名【長春】。"署《梅嶺記》。

此曲源出詞調，戲文轉换承之；南曲出於戲文。

【五更香】

【南吕過曲】【五更轉】辦志誠，燈供養，光明照十方。神通顯應顯應花臺上，保佑我爹娘，身躬無恙。【香柳娘】願慈悲顯現，願慈悲顯現，降臨道場，消除這災障。　　元傳奇《劉智遠》，《正始》頁 596

格式：3，$3_{\triangle}$，$5_{\triangle}$。$7_{\triangle}$，$4_{\triangle}$，$4_{\triangle}$。5 乙，5 乙，$4_{\triangle}$，$4_{\triangle}$。　　10 句

集曲。前用【五更轉】首六句，後用【香柳娘】末四句。

《沈譜》卷十二題【五更轉犯】，與此第七句不用疊一句，而僅疊用第七句末兩字，且與第九句合爲一個六字句。餘同。尾批："前半是【五更轉】本調，後不知犯何調，俟再查明。"《新譜》卷十二始有【五更香】，題注："原名【五更轉犯】。"眉批："前半是【王更轉】本調，後本原未查明，今從馮作【香柳娘】末段。將下邊'顯現'二字作襯亦可，嫌'現'字不叶韻耳。"對此，《正始》頁 1357【不知宫調過曲・小引】尾批已提出批評："凡曲中疊句，今書人多簡省連點幾點，此係常例。今歌人不詳其義，於此曲後照點唱……可笑。即如本傳之【五更香】内有【香柳娘】曰：'願慈悲顯現'，其下亦照點唱'顯現降臨道場'，同義也。惜今時譜亦然。"《沈譜》《新譜》此句正作"顯現降臨道場"。《定律》卷八、《簡譜》卷七引此爲例曲，疊用第八句，與此同。

此調出戲文，南曲承之，有所歧義，後歸正格。

【水紅花】

參見【金蓮花】。

【引軍旗】

1.【越調過曲】小人住在沙陀村裏，自小識兵機。十八般武藝皆能會，願立旗下聽鈞旨。(合)忽朝名挂在雲臺上，方知武藝精細。

2.【前腔换頭】聽他説兵機，此漢真異奇。諳曉六韜三略法，權時收拾在長行隊。(合前) 元傳奇《劉智遠》,《正始》頁780

3.【越調過曲】唐太宗聖明之君，猶且弑建成。哥哥莫待禍臨身，臨渴怎生掘井？若非兄弟説事因，争些個遭他毒性。思之禍福生死皆由命，真個半點不由人。 元傳奇《殺狗記》,《正始》頁781

4.【越調過曲】休到家限你只今，推車子便起程。床頭有千貫不如一日進分文，免教你坐吃山崩。做經營何須故推？休得要惱起娘性。你若忤逆不孝天不順，折罰的永没前程。

元傳奇《王祥》,《正始》頁782

格式：7乙$_{\triangle}$,5$_{\triangle}$。7,7$_{\triangle}$。7,6$_{\triangle}$。 6句

《正始》列第一曲爲正格，題注："或題作【黄梅雨】，俟再查。"列第三曲爲第二格，題注："第四句减爲六字，其下又增七字二句，末句亦增作七字。"列第四曲爲第三格，題注："此比《殺狗》格止争第五句之句節，但末句亦《劉智遠》句法。"前兩曲唱題目，且戲文另有【道宫調慢詞·黄梅雨】，與此不同，故或題【黄梅雨】，誤。

南曲有【越調過曲·引軍旗】,《舊譜》卷六引第四曲爲例曲；《沈譜》卷十五、《新譜》卷十六均引第一曲爲正格，而將第四曲列爲【又一體】，然前者題注："新增。"後者題注："此係舊譜。"《定律》卷十三、《大成》卷二十四、《簡譜》卷十均引第一、第二兩曲爲例曲，與此同。《簡譜》尾批："此爲快唱曲，以《白兔》爲正格。尚有《卧冰》一曲，與此異，非普通格，略之。"《大成》又引第四曲爲【又一體】，尾批：諸曲"句法不同，各自成體。並録入，以備其式。"

此調出民間歌謡,《劉智遠》唱本題，尚存原始面貌；戲文後有變化，漸作一般曲調；南曲承之，漸趨規範。

【五般宜】

【越調過曲】他爲你晝忘飡，夜無眠。他爲你凄慘慘，淚漣漣。天教你重完聚，續斷弦。這夫妻非同偶然。尊嫂別來康健，夫妻每俱再圓。伏望相公夫人，作個周全。　　元傳奇《拜月亭》，《正始》頁 807

格式：6 乙$_{\triangle}$，3$_{\triangle}$。6 乙$_{\triangle}$，3$_{\triangle}$。6 乙$_{\triangle}$，3$_{\triangle}$。7 乙$_{\triangle}$。6$_{\triangle}$，6 乙$_{\triangle}$。6，4$_{\triangle}$。　　11 句

《正始》列此爲正格，尾批："時譜於此末句下，外添一句云：'這佳期爭不遠'，此必爲時本……所誤。"

南曲有此調。《舊譜》卷六以此曲爲例曲，僅第九句作五乙，餘同。《沈譜》卷十五、《新譜》卷十六、《定律》卷十三亦引此曲爲例曲，與此第九句作四字，末句後增"這佳期爭不遠"一句，餘同；《大成》卷二十四、《簡譜》卷十仍之。此正《正始》所批評者。《簡譜》又將前四句合併作二句，尾批："首二句諸譜皆作九字語，……鄙意作七字上三下四較妥，《幽閨》此曲作上三下六亦是。細按點拍，此'他爲你'二處，究是襯字，然則此曲首二句，六字折腰、七字上三下四皆可。"

此調出戲文，南曲承之，已有變化。

【月上海棠】

1.【雙調引子】宿酲未解尚沉醉，翠娥忙報，玳筵重啓。試教問取海棠花，昨宵開到第幾枝？融融暖日江山麗，春風花草，自送芳菲。長春園内景堪題，遊賞拚沉醉歸。　　元傳奇《薛芳卿》，《正始》頁 874

2.【仙吕入雙調過曲】……六花應是，少些工夫。

元傳奇《唐伯亨》，《正始》頁 942

3.【仙吕入雙調過曲】魂暗消，月過十五光明少，爲年華催偪得我粉悴胭憔。鎮常間對景傷情，何時得對花歡笑。羅帕小，拭盡淚痕多少？　　元傳奇《看錢奴》，《正始》頁 948

4.【仙吕入雙調過曲】聽訴剖，免教他莫又遭毒手，恐他每日夜暗使計謀。他爹行有子難收，我孩兒有娘難守。思前後，早商量莫待又不久。　　元傳奇《劉智遠》，《正始》頁 948

5.【仙吕入雙調過曲】……衰容似去年多少？

元傳奇《看錢奴》，《正始》頁 949

6.【仙吕入雙調過曲】一等化工，本無私也藏私意，學世情人面冷暖高低。付嬌妍與豔杏夭桃，清幽付素梨繁李。緣底事，偏只粧點，海棠嬌貴。

7.【前腔第二换頭】奇卉，年年傍社，燕子來時滿樹攢芳蕊，欲開時越樣動人憐惜。嬌滴滴似半啓朱唇，渾欲語笑吟吟的。直消得，黄金屋裏，所看承(原作"成")你。

8.【前腔第三换頭】恰似，碧天乍散餘霞綺，□翠雲堆裏亂點胭脂。珊瑚樹管别些兒，西川錦料應他可擬。説不盡，花海藏春，儘多佳致。　　元傳奇《薛芳卿》，《正始》頁 949

9.【仙吕入雙調過曲】……真個是，……

元傳奇《崔護》，《正始》頁 951

格式 1：$7_{\triangle}$，4，$4_{\triangle}$。7，$7_{\triangle}$。$7_{\triangle}$，4，$4_{\triangle}$。$7_{\triangle}$，$6_{\triangle}$。　　10 句

2：$3_{\triangle}$，$7_{\triangle}$，5 乙、$4_{\triangle}$。7 乙，7 $乙_{\triangle}$。$3_{\triangle}$，$6_{\triangle}$。　　7 句

第一曲用式 1，爲【雙調引子】；以下各曲用式 2，爲【仙吕入雙調過曲】。

《正始》以第一曲爲式 1 正格，題注："或又名【海棠令】，非。向從十三調，今查歸。"

《正始》以第三曲爲式 2 正格。以第四曲爲第二格，題注："此末句七字，與《拜月亭》【五供養】同句法。"頁 942【仙吕入雙調過曲・五供養】尾批："【月上海棠】及【三月海棠】與【五供養】三調末句之句法，古人原未歸一。"認爲第二曲末句爲"八字二截之句法"；引此末句爲"七字一句之句法"。以第五曲爲第三格，題注："末句亦七字，句節不同。'無意理雲鬟'套之此一調仿此。"行間注："全章皆同，不録，止録末句。"以第六曲爲第四格，題注："首句變爲四字，末句變八字二句，

《蔡伯喈》【五供養】同。”列第八曲爲【换頭】第二格，題注：“此格減去第二之四字一句。【第四换頭】同，不録。”眉批：“‘翠’字上脱一字。”尾批：“或謂【月上海棠】合頭之第一句必應平平仄，……余嘗查得有元傳奇《崔護》之【月上海棠】此句曰云，亦平仄仄。……故知不必拘也。”

詞調有【月上海棠】，諸宫調有【雙調・月上海棠】，與此兩式均不同。北曲有【雙調・月上海棠】，僅末三句與式1同，餘均異。南曲有【雙調引子・月上海棠】，《定律》卷九、《大成》卷一均以第一曲爲例曲，《大成》題【仙吕引子】。又有【仙吕入雙調過曲・月上海棠】，《舊譜》卷十、《沈譜》卷二十、《新譜》卷二十三均引《拜月亭》“君子儒”爲例曲，與式2僅末句破作四字兩句，餘同。趙景深《考略》頁29著録第四曲，認爲是《白兔記》見諸《正始》而《六十種曲》本未收之曲。第九曲，錢南揚《輯佚》頁142注云：“此曲雖僅三字，無從知其内容；然前後諸曲宫調、音韻並同，必同屬一套無疑。”

戲文此調與詞調、諸宫調和北曲均不同，或於宋詞、諸宫調改調而歌之，第一、三、六曲唱本題；南曲承傳式2，式1於後世已極少使用。

【六么令】

1.【仙吕入雙調過曲】連枝異木，見這墳臺，兔走如馴，禽蟲草木尚懷仁。這一封詔，必因君，料天也會相憐憫，料天也會相憐憫。

元傳奇《蔡伯喈》，《正始》頁931

2.【黄鐘過曲】知他假與真，謝得公公，報説殷勤，空教爲我受艱辛。有誰旌表你，料天也會相憐憫，料天也會相憐憫。

元傳奇《蔡伯喈》，《寒山堂譜》卷五頁709下半葉

格式：$4_{\triangle}$，4，$4_{\triangle}$，$7_{\triangle}$。3，$3_{\triangle}$，$7_{\triangle}$，$7_{\triangle}$。 8句

《正始》列第一曲爲例曲，題注：“‘令’，元譜亦作‘歌’。”《寒山堂譜》以第二曲爲例曲，題注：“連重八句，三十九字，一十九拍。”尾批：

“第一句四字句法，或將‘與’字作襯字。但此折共五支，第一曲云：‘連理産異木’，第二曲云：‘皇恩若念臣（此字原無）’，第三曲即此曲，第四曲云：‘來使是甚人’，第五曲云：‘敕書已來近’，皆是五字句。則恐有此體也。”然此曲現僅七句，查錢南揚《元本琵琶記校注》四十二出《旌表》有此五支，此曲第五句作“今日有誰，旌表你門庭”二句，如此方合“連重八句”之數。

此調出唐曲【緑腰】，入宋大曲。詞調、諸宫調均有此調，雙片，與此不同。北曲有【黄鐘·六么令】和【仙吕·六么令】，互不相同，與此均不同。南曲有【仙吕入雙調過曲·六么令】，《沈譜》卷二十、《簡譜》卷八均引《琵琶記》“皇恩若念臣”爲例曲，首句作五字，《新譜》卷二十三引此則以“若”字爲襯字，餘均與此同。

此調或出於唐曲，然與宋大曲、詞調、諸宫調、北曲不同；南曲承於戲文，略有變化。

【六么兒】

【仙吕入雙調過曲】【六么令】瓜期信通，爲著功名，奔走西東，見説出路自覺心慵。身不由己，意冲冲，【梧葉兒】到得南雄，看取花殘會再紅。

元傳奇《陳巡檢》，《正始》頁931

格式：$4_{\triangle}$，4，$4_{\triangle}$，$7_{\triangle}$。3，$3_{\triangle}$，$4_{\triangle}$，$7_{\triangle}$。　8句

集曲。前用【六么令】首六句，後用【梧葉兒】末兩句。

南曲有此調，入【仙吕入雙調】，犯【商調】。《舊譜》卷七、《沈譜》卷二十、《新譜》卷二十三、《寒山堂譜》卷五以此爲例曲。唯調多異名：《舊譜》題【六么梧桐】，入【商調】，題注：“【六么令】頭，【梧葉兒】尾。”《沈譜》《新譜》題【六么梧葉】，題注：“犯【商調】。”《寒山曲譜》作【六么令梧葉】，入【黄鐘】，與此僅第二、第三併作七字一句，末句作六字，餘同。

此調出戲文，南曲承之，略有變化，且多異名，使用亦少。

【五馬江兒水】

【仙吕入雙調過曲】漸覺玉容憔悴,菱花懶對粧。數歸期空自,畫滿苔墻,尚不回故鄉。料冤家那裏,倚玉偎香,夜暖芙蓉帳。怎知我這厢,獨守蘭房?有時懶捻挑綉,悶來心上,無言對著針綫箱。從他去也,萬種思量。幸喜孩兒,間别無恙。

元傳奇《琵琶亭》,《正始》頁 981

格式:4,5$_{\triangle}$。4,4$_{\triangle}$,5$_{\triangle}$。5 乙,4$_{\triangle}$,5$_{\triangle}$。4$_{\triangle}$,4$_{\triangle}$。6,4$_{\triangle}$,7$_{\triangle}$。4,4$_{\triangle}$。4,4$_{\triangle}$。 17 句

《正始》尾批:“此調極是(原作“無”)古體也,《蔣譜》何爲不收?比今已下之格調,自【大江兒水】至【風雲會四朝元】,幾共二十種,然皆不出此穴。據其章規句律,雖有增損長短,然其唱法腔板,皆不甚相遠,致爾離辨彼此也。”

南曲有【仙吕入雙調過曲・五馬江兒水】,《沈譜》卷二十、《新譜》卷二十三、《定律》卷九均以《牧羊記》“一鼓胡城崩陷”爲例曲。《沈譜》題注:“新增。”與此省减第十、十一、十二共三句,第五、八兩句均作六字,且詞式大變。尾批:“此調極是古曲,舊譜不收,並其名而遺之。今查補。”《新譜》承之,尾注:“又《荆釵記》投江時一曲,亦名【江兒水】,與此大同小異,不可解也,姑闕之。”查《原本王狀元荆釵記》、《六十種》本《荆釵記》,未見與此調近似之【江兒水】,《新譜》當别有所本。《定律》題注:“十三句。”《大成》卷六十三、《簡譜》卷八入【雙調】,以《月令承應》“岐山開創”爲例曲,格同《沈譜》。可知此曲在南曲中較少使用。

此調出戲文,南曲承之,已有變化。

【五馬渡江南】

【仙吕入雙調過曲】【五馬江兒水】聽取張閑一語,何須自慘慽?但非

的難是，是的難非，水清終見底。但經目之事，未知虚實，【鎖南枝】假也不見得，真也不見得。　　元傳奇《柳耆卿》，《正始》頁 983

格式：4，$5_{\triangle}$。4，$4_{\triangle}$，$5_{\triangle}$。5 乙$_{\triangle}$，$4_{\triangle}$，$3_{\triangle}$，$3_{\triangle}$。　　9 句

集曲。首用【五馬江兒水】前七句，後用【鎖南枝】尾兩句。

此曲僅見於戲文，不見其他曲譜。

【元卜算】

【仙吕入雙調過曲】天色晚，日沉西，休得只管躊躇。試期將近也，離城已是遲。趕不迭，恐虚費。　元傳奇《劉文龍》，《正始》頁 1046

格式：3，$3_{\triangle}$，$6_{\triangle}$。5，$5_{\triangle}$。3，$3_{\triangle}$。　　7 句

南曲有此調。《沈譜》卷二十引《劉文龍》"文龍拜别登歧"爲例曲，與此首兩句合作六字一句，末兩句合作五字一句，餘同。《新譜》不收此調，【玉劄子】眉批："原有【元卜算】【十二嬌】【流拍】三曲，俱以韻雜無拍，删。"《大成》卷三入【仙吕】。《十二律京腔譜》卷八林鐘律《本律聯套體》有【元卜算】，引明傳奇《水滸記》爲例曲，五句："$6_{\triangle}$，$6_{\triangle}$。$5_{\triangle}$，6 乙$_{\triangle}$，6 乙$_{\triangle}$。"與此略有變化；題注："以下等曲，止可聯套内用，斷無單用之處。"

此調出戲文，南曲承之，極少使用。

【太平賺】

1.【大石調近詞】别酒三杯，休作等閑筵席。不得躊躇，從人催赴佳期。空嗟吁，恩情片紙，親子父安忍東西。不如先醉，放教不見伊去。兩不得已。

2.【同前】人有别離，花有謝時開時。明月光輝，尚有圓缺之際。各將息，寬心展眉，畢竟爲名奔利。不須過慮，往復時寄家書。已裝行李。　　元傳奇《唐伯亨》，《正始》頁 1099

格式：$4_{\triangle}$，$6_{\triangle}$。$4_{\triangle}$，$6_{\triangle}$。$3_{\triangle}$，$4_{\triangle}$，7 乙$_{\triangle}$。$4_{\triangle}$，$6_{\triangle}$。$4_{\triangle}$。　10 句

《正始》列第一曲爲正格。列第二曲爲第二格，題注："第七句減爲六字。"又頁 1301 有【般涉調近詞・太平賺犯】，尾批："此調按元譜元詞，不拘散套傳奇，皆題【太平賺犯】。然今據其章句，直似【中吕調・太平令】也。且《蔣譜》及《黄孝子》傳奇直題作【太平賺】，若然，與十三調【大石賺】異體同名也。俟再查。"考其章句，與此不同。此曲用韻甚雜，支思、齊微、魚模通叶。《簡譜》卷五【正宫過曲・長生道引】尾批："明曲用韻甚雜，支時、齊微、魚模往往互叶，真文、庚亭、侵尋亦復通假，學者至不可從。"可見戲文即已如此。

諸宫調有【般涉調・太平賺】，一名【正宫賺】，與此不同。《新譜》卷七有【大石調近詞・太平賺】，與此僅六、七兩句作"7，$4_{\triangle}$"，即將後句之前三字入上一句，餘同。題注："【中吕宫・賺】與此調同。"復考《舊譜》卷八、《沈譜》卷七無此調，然有【大石調過曲・本宫賺】，《舊譜》有目無辭，《沈譜》與此相近；《新譜》【中吕】有近詞【鼓板賺】，與此多有不同。

此曲戲文與諸宫調同名異實，且宫調不同；南曲承於戲文，略有變化。

【太平令】

1.【中吕調近詞】曲徑迢遥，深夜柴門帶月敲。郵亭一宿風光好，又何故語叨叨。　元傳奇《拜月亭》，《正始》頁 1131

2.【中吕調近詞】……真個是可人意。

元傳奇《柳耆卿》，《正始》頁 1131

格式：$4_{\triangle}$，$7_{\triangle}$。$7_{\triangle}$，6 乙$_{\triangle}$。　4 句

《正始》列首曲爲正格，題注："與【黄鐘調・太平令】不同。"尾批："此末句平煞。有元傳奇《柳耆卿》仄煞云云。"又頁 1301【般涉調近詞・太平賺犯】以明傳奇《子母冤家》爲例曲，尾批："此調按元譜元詞，不拘散套傳奇，皆題【太平賺犯】。然今據其章句，直似【中吕調・

太平令】也。”校勘其章句，與此同。

宋·吴曾《能改齋漫録》卷一《禁蕃曲氈笠》：“崇寧、大觀以來，内外街市鼓笛拍板，名曰‘打斷’。至政和初，有旨立賞錢五百千；若用鼓板改作北曲子，並著北服之類，并禁止支賞。其後民間不廢鼓板之戲，第改名‘太平鼓’。”宋·無名氏《都城紀勝·瓦舍衆伎》：“中興後，張五牛大夫因聽動鼓板中又有四片【太平令】，或賺鼓板（即今拍板大篩揚處是也），遂撰爲賺。”宋·吴自牧《夢粱録》卷二十《妓樂》也有類似記述。然其詞已佚。北曲有【雙調·太平令】，與此不同。南曲有此調，《沈譜》卷十、《新譜》卷九、《寒山曲譜》、《定律》卷六、《大成》卷十一、《簡譜》卷六俱與此同。《沈譜》《新譜》均有題注：“一名【荒草地】。”《寒山曲譜》《定律》《大成》《簡譜》入【中吕過曲】。《簡譜》尾批：“此爲過搭小曲，在大套中，不緊要角色唱一二曲，點綴景物而已。末句又可作上二下四，如《荆釵》云：‘且向綉房尋問。’板式與此不同。”

此調當出於宋代民間鼓樂，後入賺詞，北曲與戲文分途承傳，並有所演化，故不相同；南曲承於戲文；【荒草地】之名，不見於戲文，或爲民間俗稱，後已不傳。

【木蘭花】

【南吕調慢詞】歎孀居綉閣間，聽琴聲韻美，徐步迴廊。驀然牽惹情意起，特來扣户，皓月東墻。　　元傳奇《司馬相如》，《正始》頁 1160

格式：6 乙，5 乙，$4_{\triangle}$。7，4，$4_{\triangle}$。　　6 句

《正始》題注：“與詩餘不同。”

唐·崔令欽《教坊記·曲名》有【木蘭花】，任半塘《敦煌歌辭總編》卷二《隻曲》有【木蘭花】《春風斬斷我》，爲七言八句。任師注云：“辭詠調名本意，可能爲始辭。……或爲民間流傳較廣之作。”《全唐五代詞》存曲十首，七言八句者八首，分作兩片；三字起者二首，其上闋六句，作“3，$3_{\triangle}$，$7_{\triangle}$。3，$3_{\triangle}$，$7_{\triangle}$。”下闋七言四句。詞調有【木蘭花】，是【玉樓春】之異名，雙片，七言八句，詞式與唐曲七字起者同。

故宫博物院藏北宋緑釉豆形瓷枕上有【木蘭花】"過邯鄲故國"詞，楊棟兄以爲【木蘭花慢】，改入"出土宋金詞"①，是。與此均不同。諸宫調有【高平調・木蘭花】，雙片，其上片與此同。宋雜劇有《木蘭花爨》，王國維《宋元戲曲史》五列其入"用普通詞調者"一類。元燕南芝菴《唱論》："凡唱有地所，東平唱【木蘭花慢】……"然北曲無此調，則所唱是詞？抑或確是北方民間歌謡，然未入北曲，其辭不存。南曲有【南吕調慢詞・木蘭花】，《沈譜》卷十三、《新譜》卷十三、《定律》卷八即以此曲爲例曲。然《定律》入【南吕引子】，題《緑綺》，且將《沈譜》《新譜》此曲後之【换頭】聯綴爲一曲，故多變異。錢南揚《輯佚》頁 47 將後一曲【换頭】改題【前腔】，並作考訂，是。

此調出於唐曲，流傳至宋，入詞調，均分兩片；諸宫調承唐曲之三言起者，但有較大轉换；戲文承諸宫調之上半而用之；南曲則承傳於戲文，略有變化。

【中衮第四】

1. 【越調近詞】臣享厚禄，紆朱紫，出入承明地。獨念二親，寒無衣，饑無食，喪溝渠。憶昔先朝，買臣出，守會稽。司馬相如，持節錦歸。　　元傳奇《蔡伯喈》，《正始》頁 1218

2. 【越調近詞】只願娘意上人，身榮顯，早得成名及第。休皺黛眉，且耐煩，寬心守，他定知意。他在他鄉，前程事，暗似漆。雁杳魚沉，無處尋覓。　　元傳奇《賽金蓮》，《正始》頁 1221

3. 【仙吕過曲】咱甚福分，貧困間，得遇多殊麗。更才貌俊美，我共伊直一對，鄭州梨。生死相隨，若在地，願連理。在天時，同諧比翼。　　元傳奇《東墻記》，《寒山堂譜》卷一頁 661 下半葉

格式：4，3，5△。4，3，3，3△。4，3，3△。4，4△。　　12 句

《正始》列第一曲爲正格。列第二曲爲第二格，題注："首句變三

① 楊棟《元曲起源考古研究》，中國社會科學出版社，2014 年，第 71 頁。

字。"《寒山堂譜》列第三曲爲例曲，原入【四段】末尾，與【衮第三】合爲一曲，此據曲譜析出。《正始》第一曲尾批引此末四句："'買臣'四句，元傳(奇)《董秀英》云：'若在地，願爲連理。在天時，同諧比翼。'"與此作隔句對，略有差異。

【中衮】爲大曲【入破】部分第五曲，若不論【入破】本曲，則爲第四曲。董穎《西子詞》【第五衮】，劉永濟注："此遍乃【中衮】。"雙片，上闋十三句，與此句字略有出入，然關聯之迹明顯。史浩《壽鄉詞》有【衮遍】，二十句，與此不同。南曲有【中衮第四】，《沈譜》卷十六、《新谱》卷十七、《定律》卷十三、《大成》卷二十五、《簡譜》卷十均以第一曲爲例曲，題【中衮第五】，《沈谱》《新谱》入【越调近词】，《定律》《大成》《簡譜》均入【越調過曲】。《沈譜》附録【不知宫調過曲】引第三曲爲例曲，入【薄媚曲破】第五段。《新譜》卷二十五已删，【七犯玲瓏】眉批："原【薄媚曲破】一曲，調長無板；又【三十腔】一曲，腔板難查，不必作也，俱删。"《寒山曲譜》存録第一曲，與此同；第三曲同《寒山堂譜》。

此調出宋大曲，戲文承之，有所轉换；傳入南曲，均用於成套組曲。

【五様錦】

1.【高平調過曲】【字字錦】因緣將諧，五百年眷屬，十生九死成歡聚。【錦法經】經艱歷險，幸然無虞也。【錦衣香】指望否極生泰，禍變受福，末後尚有如是苦。【錦添花】急浪狂風，【西地錦】風吹折並根連枝樹，浪打散鴛鴦兩處飛。

2.【前腔】【字字錦】更全然不想，我這病體疾軀，那肯放容他些兒個。【錦法經】叮嚀囑咐，將他倒拽横拖奔去途。【錦纏道】回頭道不得聲將息，【錦添花】幾曾有這般慈父，跌得我氣絶再復。【錦衣香】死絶更甦，一回價上心，一回價痛哭。　　元傳奇《拜月亭》，《正始》頁1324

格式：4，4$_{\triangle}$，7$_{\triangle}$。4，4$_{\triangle}$。6，4$_{\triangle}$，7$_{\triangle}$。4，7$_{\triangle}$，5$_{\triangle}$。　　11句

集曲。前用【字字錦】第十至第十二句，次用【錦法經】第五、第六

兩句，次用【錦衣香】第五至第七句，次用【錦添花】第十二句，後用【西地錦】末兩句。然【錦法經】不見於戲文，始見於《舊譜》。

《正始》列第一曲爲正格。列第二曲爲第二格，題注："此（原缺）格比上犯法少異。"實所集之曲不同，已有較大變化："叮嚀"二句用【錦法經】第三、第四兩句，"回頭"句用【錦纏道】第五句，"幾曾有"二句用【錦添花】第十、第十一兩句，"死绝"三句用【錦衣香】末三句。

南曲有此調。《舊譜》卷四引第一曲入【南吕過曲】，題注："【臘梅花】，【香羅帶】，【刮古令】，【梧葉兒】，【好姐姐】。"《沈譜》卷十二、《新譜》卷十二、《寒山曲譜》均同《舊譜》，句字與此也有所變化。《寒山曲譜》入【小石犯調】，尾批："古本《拜月亭》此曲後尚有一段，不知詞隱先生何意裁去。查《拜月亭》古本有【十様錦】，詞隱先生收其半，遺其半，即名曰【五様錦】。予今查明附此，可仍其舊名也。"下曲題【鮑老催】，題注："續九句。"與第二曲句字大同小異，分章析調則與《寒山堂譜》同。《寒山堂譜》卷四、《定律》卷四、《大成》卷四均以第一、第二兩曲合成一曲，《寒山堂譜》題【小石調過曲・十様錦】，爲隻曲，尾批："此曲，古本如此。詞隱先生不知何故，截去'只爲弱體病軀'以下半段，改名【五段錦】。予查明於此，即仍其舊名。此曲實是犯調，故名【十様錦】也。其前半，《沈譜》已分析。後半則自'弱體'以下，是【鮑老催】，'叮嚀囑咐'四字，是【集賢賓】，'倒拽'以下，是【啄木兒】，'回頭'以下，是【鶯啼序】，'怪得我'以下，是【沉醉東風】。如此分析，雖無不是，但覺支離破碎，不如作爲正調爲當也。"《定律》題【仙吕過曲・一片錦】，尾批："此曲，《幽閨》題爲【十様錦】，沈譜收共半曲，題爲【五様錦】，張譜續注後半。今依潭譜全録，然終屬牽强，惟備一體耳。"《大成》卷四題【仙吕過曲・十様錦】，題注："舊名【一片錦】。"如此，則連爲一支長篇集曲，而無【前腔】。然犯調標署彼此各異，與此差異亦較大，詳見附表。

序號	曲句	正始	舊譜、沈譜、新譜	寒山曲譜、寒山堂譜	定律	大成
1	姻緣	字字錦	臘梅花	臘梅花	疊字錦	疊字錦
2	經艱	錦法經	香羅帶	香羅帶	錦上花	窣地錦襠
3	指望	錦衣香			錦法經	錦法經
	末後		刮古令	刮古令	一機錦	錦衣香
4	急浪	錦添花	梧葉兒	梧葉兒	錦海棠	
5	風吹	西地錦	好姐姐	好姐姐	畫錦堂	畫錦堂
6	更全然	字字錦				
	我這			鮑老催	字字錦	字字錦
7	叮嚀	錦法經		集賢賓		
	倒拽			啄木兒		
8	回頭	錦纏道		鶯啼序	錦纏道	錦上花
9	幾曾有	錦添花				一機錦
	跌得我			沉醉東風	攤破地錦花	攤破地錦花
10	死绝	錦衣香				
	一回價				錦衣香	錦腰兒

此調出戲文，南曲承之，然已更名轉調，詞式、句字亦有所變化。

【五團花】

【高平調近詞】【海榴花】追逐恩主，幸然到此相際會。【梧桐花】不想遇著强賊至，把大官人背剪入山去。【望梅花】明日賽願，將他殺取。【一盆花】李德跟隨替死，争奈身不由己。【水紅花】我的東人，東人在那裏？

元傳奇《王祥》，《正始》頁 1328

格式：4△，7△。7△，7△。4，4△。6△，4△。4，4△。 10句

《正始》引明傳奇《劉孝女金釵記》爲例曲，集曲。據尾批，前用【賞宮花】首二句，次用【臘梅花】第二句，次用【一盆花】第五、六兩名句，用【石榴花】第五、六兩句，後用【芙蓉花】末句，共八句。列此調爲第二格，題注："犯調比上不同。"亦集曲。據尾批，前用【海榴花】第二、三兩句，次用【梧桐花】第二、三兩句，次用【望梅花】第三、第四兩句，用【一盆花】第五、六兩句，後用【仙吕入雙調過曲・水紅花】末二句。或因爲集五支名中有"花"字之曲而成，故名。然【海榴花】僅見於此，諸譜未見著録。

南曲有【五團花】，《舊譜》卷七、《沈譜》卷十七、《定律》卷十、《大成》卷五十七均引《劉孝女》"我心中慘淒"爲例曲，入【商調過曲】，不作犯調，且句字頗異。《沈譜》眉批："'不由人'至'妹妹'(即第二至第五句)，極似【黄鶯兒】。恐是犯五調者，故名【五團花】也。今不可考矣。"《定律》《大成》又引此曲爲【又一體】，較之減省末兩句，亦爲隻曲。《大成》題《卧冰記》，其辭云："我特來追主，幸到此相遭際。背剪入山去，他説明日要賽願，將他來殺取。(合)情願替，奈我此身不由己。"尾批："用韻夾雜，因係古曲，姑存之以備一證。"較之《正始》，句格、句字實已變化極大。《新譜》卷十八不録此調，【吴小四】眉批："原【五團花】一曲，調無考；並【三臺令】，今俱無板，删之。"另《十二律京腔譜》卷十五有【五團花】，亦作隻曲，爲弋陽腔式，與此不同；卷下題注："本調曲腔與前諸律皆不甚相似，蓋因字句多拗，另成變體，故歸一調。然其中諸曲音調不一，今查某曲稍與某律相似，較對詳明，注載曲名之下，以便追溯本原而唱。"可見當時已不辨源流。

此調出戲文，格式僅見於戲文，南曲承之，已辨識不清，故干脆以隻曲視之，且多變化。

【水唐歌】

【不知宫調過曲】沉吟久，細思之，孝義雙全人怎比？倒不如李德追恩主，尋思起，我去替兄身死受凌遲。也落得好名兒，留著在史書上題。

元傳奇《王祥》，《正始》頁 1366

格式：3，$3_{\triangle}$，$7_{\triangle}$。$7_{\triangle}$，$3_{\triangle}$，$7_{\triangle}$。6 乙$_{\triangle}$，7 乙$_{\triangle}$。　8句

南曲有此調，《沈譜》引此曲爲例曲，入【不知宫調過曲】，題注："疑亦訛傳也，'唐'字尤無謂。"《新譜》卷二十五【雜調】眉批："原有【水唐歌】一曲，疑其訛，不録。"《寒山曲譜》、《定律》卷八、《大成》卷五十均引此爲例曲，入【南吕過曲】，《寒山曲譜》《大成》均署《卧冰記》，《定律》署《殺狗》，誤，定屬《王祥》。

水唐，即水塘。此調當源出民歌，戲文採録之，已不唱本題。南曲承之，極少使用。

五　筆

【犯思園】

刮地朔風柳絮飄，山高無旅店，景蕭條。彎跧何處過今宵？思量只恁地，路迢遥。　　《張協狀元》1

格式：$7_{\triangle}$，5，$3_{\triangle}$。$7_{\triangle}$，5，$3_{\triangle}$。　　6句

據錢南揚《校注》，此爲諸宫調散詞。然今存諸宫調中未見此曲，亦不見其他曲譜。無從考校。

戲文、南曲另有【思園春】，均與此不同。此曲既言"犯"，當是集曲。但所犯何曲，現已不詳，待考。

【叨叨令】

1. 貧則雖貧，每恁地嬌，這兩眉兒掃。有時暗憶妾爹娘，珠淚墮潤濕芳容，甚人知道？妾又無人要。兼自執卓做人，除非是苦懷抱。妾又無依靠。付分緣與人緝麻，夜間獨自，一個宿在古廟。

2.【同前】幾番焦燥，命直不好，埋怨知是幾宵。受千般（原作"萬千"）愁悶，萬（原作"千"）種寂寥（原作"寞"），虚度奴年少。每甘分粗衣布裙，尋思另（原作"令"）般格調。若要奴家好，遇得一個意中人，共作結髮，夫妻相與偕老。　　《張協狀元》3

格式：4，$4_{\triangle}$，$4_{\triangle}$。7，7乙，$4_{\triangle}$。$6_{\triangle}$。6，$6_{\triangle}$。$5_{\triangle}$。7乙，4，$6_{\triangle}$。

13句

此兩曲又見於《正始》頁 1070【正宫調近詞】，文字有所不同，僅襯字從《正始》。《正始》第二曲注："此格比上調，除却首末四句，腹中大不同。"細勘之，第二曲第三至第六句作"$6_{\triangle}$。5 乙，$4_{\triangle}$，$5_{\triangle}$"，删減第七句五字，餘同。

北曲有【正宫·叨叨令】，與此不同。戲文此調僅見於此，無北曲"也么哥"疊句的文體標誌，也不見南曲諸譜。楊棟兄認爲：北曲【叨叨令】定格全在結句前用"也么哥"疊句，如王力《漢語詩律學》所論："此曲名符其實，真有叨叨的意味。"此二曲"全然失落這一原始性的標誌句型，當然不再有'叨叨的意味'"；此爲元曲南化所致，否則"恐於命名理據大悖"①。邏輯推論成立。但北曲並非只有【叨叨令】用"也么哥"，【青玉案】也例用之，故《簡譜》尾批："此與詩餘同，但多'也么哥'三字作格耳。""叨叨"一詞南北通行，非北方專有。《拜月亭》【中吕調近詞·太平令】即有："郵亭一宿風光好，又何故語叨叨。"此曲"妾又無"二句，亦有相間絮叨意味。戲文也有採用"也么哥"者，如《王焕》【越調過曲·喬八分】、《王十朋》【雙調近詞·武陵春】、《王瑩玉》【仙吕入雙調過曲·水紅花】與【淘金令】等等，然未作格。進一步説，戲文諸曲也並不一定是受北曲影響而作。《王焕》戲文爲黄可道作，南宋度宗咸淳四年至五年(1268—1269)間已"盛行於都下"，見劉一清《錢塘遺事》卷六《戲文誨淫》。《永樂大典》卷一三九七八《戲文十四》、《南詞叙録》"宋元舊篇"均有著録。此即元世祖至元五年至六年。查北曲【叨叨令】，小令、散套均始于鄧玉賓，《録鬼簿》録其于"前輩已死名公有樂府傳於世者"一類；劇套始于"初爲雜劇之始"的關漢卿，《元刊雜劇三十種》之《單刀會》第二折、《西蜀夢》第四折、《拜月亭》第三折均有【叨叨令】。朱經《青樓集序》："金之遺民若杜散人、白蘭谷、關已齋輩。"杜善夫于金哀宗正大(1224—1232)年間曾隱居山林，《道光長清縣志》引舊志譽其"德行文章，冠冕南北"；元世祖至元(1264—1294)中屢徵不起，胡祇遹《紫山集》卷六《挽杜止軒》言其八十而殁。白朴生於正大三年(1226)，卒于元成宗大德十年(1306)之

① 楊棟《【山坡羊】曲調源流述考》，《文學遺産》2010 年第 2 期。

後不久。關漢卿大德年間(1297—1307)年間曾至杭州，作【南吕·一枝花】《杭州景》散套和【雙調·大德歌】十首。如果以其大德元年(1297)七十歲時南下，則生於正大四年(1227)，而按照中國古人行歷的一般情形而言，這樣的年歲可以肯定是高估的。故以现有文獻而言，從始創此調的時間和南北音樂交流的角度考察，上説仍有待進一步論證。如果考慮到社會生活的豐富性與複雜性，或許同名而異流、異體亦可爲一説。

此曲當出於民間歌謡，戲文採録之，未爲後世南曲繼承。

【犯櫻桃花】

1. 孩兒去矣，間或傳消息。莫教兩頭，頓(原作“頸”)成縈係。大家將息。取試了即便歸。每日焚香禱告，惟願我孩兒，得遂平生志。(合)但願此去，名標金榜，折取月中桂。

2. 【同前】張葉去矣，怕路裏無支費。爹娘與你，許多金珠。你莫將容易，怕人欺我兒。謝得爹娘慈旨，須是每日裏，禱告天和地。(合同前)

3. 【同前】孩兒去矣，媽媽憂憶你。須還是馱家，自能將息。兩下休憂慮，頻頻寄書歸。只被當值(原作“直”)蒿惱，日夜駡着伊。你好没巴臂。(合同前)

4. 【同前】早請去離，又要尋宿處。醃臢打脊，罔兩當直。着得隨它去，路上偷飯吃。這夢説得破，查裏與琴書，雨具牢收記。(合同前)

5. 【同前】哥哥去矣，妹妹來辭你。京都有甚，土宜則劇。買些歸家裏，妹妹須待歸。哥哥，狗膽梳兒，花朵鞋面頭須。休要閑理會。(合同前)

《張協狀元》5

格式：$4_{\triangle}$，$5_{\triangle}$。4，$4_{\triangle}$。$5_{\triangle}$，$5_{\triangle}$。6，$5_{\triangle}$，$5_{\triangle}$。$4_{\triangle}$，4，$5_{\triangle}$。　12句

戲文、南曲均有【櫻桃花】，與此均不同。此曲曰“犯”，當是集曲。但犯曲爲何，待考。

錢南揚《校注》注:“曲譜無此調。”蓋後未爲南曲繼承。

【生查子】

1. 重重疊疊山,渺渺茫茫水。行貨已齎排,獨自難區處。

《張協狀元》8

2. 不見去年人,心事誰知得! 《張協狀元》48

3. 【南吕引子】逢人曾寄書,書去神亦去。今夜好清光,可惜人千里。 元傳奇《蔡伯喈》,《正始》頁 515

格式:5,$5_{\triangle}$。5,$5_{\triangle}$。 4 句

第二曲,錢南揚《校注》注:“此二句爲【生查子】後二句,前二句省去。”《正始》列第三曲爲例曲,題注:“與詩餘同。”

吴梅《霜崖曲話》卷一曾考此曲之源:“【生查子】,‘查’,古‘槎’字,用張騫乘槎事。”姑備一説。唐·崔令欽《教坊記·曲名》有【生查子】,任半塘《敦煌歌辭總編》卷二《雜曲·隻曲》有【生查子】兩首,雙片,五字八句,首句與第五句可韻可不韻。《全唐五代詞》有【生查子】,除一首起句作三字外,餘均同前。詞調有【生查子】,入【雙調】,式如唐曲,上下片各叶兩仄韻。元燕南芝菴《唱論》:“凡唱有地所,東平唱【木蘭花慢】,大名唱【摸魚子】,南京唱【生查子】,彰德唱【木斛沙】,陝西唱【陽關三疊】【黑漆弩】。”然查《北曲新譜》,僅後二曲入北曲,前四曲均無蹤影。可見北方民間歌謡豐富,然未入北曲者亦多。戲文用詞調上半闋。南曲用作【南吕引子】,與此相同。

此調出於唐曲,由宋詞、戲文至南曲,一脈承傳。

【出隊子】

1. 特降祥雲,爲强人劫那路人。路人是張葉有佳名,桂籍之中有姓名,今宵定沒宿處來扣門。 《張協狀元》10

2. 【黄鐘過曲】追思前事,心下如同理亂絲。雖然頗頗有家資,

争奈年衰無後嗣,怎不教人,朝夕歎咨。

元傳奇《王十朋》,《正始》頁 72

3.【黄鐘過曲】幽居古寺,景荒凉人静悄。怎禁他晝長人静夜迢迢?只被兩般兒教人心轉焦,是這鐘送黄昏雞報曉。

元傳奇《西廂記》,《正始》頁 72

4.【黄鐘過曲】三公之位,三公之位,自小登科占上魁。只因前日殺岳飛,使我心中如癡醉(原作"醉癡",失韻),靈隱寺修備懺悔。

元傳奇《東窗記》,《寒山堂譜》卷五頁 703 上半葉

格式:$4_{\triangle}$,7 乙$_{\triangle}$。$7_{\triangle}$,$7_{\triangle}$,7 乙$_{\triangle}$。 5句

《正始》列第二曲爲正格,題注:"此與北體同。"與此末句破作四字兩句。第二格以明散套"情濃乍别"爲例曲,末句作七乙句式。列第三曲爲第三格,題注:"第二句變六字二截,末句雖亦七字,句節不同。"

諸宫調有【黄鐘・出隊子】,十句,上下片各五句;也偶有獨用前半闋者,如《西廂記諸宫調》卷三"悄一似風魔"。校考之,其上半闋與此僅第二句作五字,餘同。北曲有【黄鐘・出隊子】,亦用諸宫調之上半闋;可連用數支,稱【么篇】,同始曲;也可用【么篇换頭】,僅首句與始曲異,餘同。南曲有【黄鐘過曲・出隊子】,《舊譜》卷五、《沈譜》卷十四、《新譜》卷十四均引第二曲爲例曲,句字稍異,與此末句破作四字二句。《沈譜》題注:"《舊譜》又有【出隊子慢】,乃北曲體,不録。"眉批:"第一句不用韻亦可。"《寒山堂譜》以第三曲爲正格,然句字與此多異,存録備考:"是我幽幽,居在古寺,景荒凉人静悄。怎禁晝長,無奈夜迢迢?都只爲兩般兒教心下轉焦,怕只怕鐘送黄昏雞報曉。"題注:"七句,四十五字。"尾批:"此'團團皎皎'一套曲。《蔣譜》亦收,《沈譜》疑爲北曲删去。此實南詞,故補入。"以第二曲爲【又一體】,較此首句疊用,題注:"七句,三十七字。"尾批:"第一句不用韻亦可。"以第四曲爲【又一體】,題注:"連重六句,三十七字。"《定律》卷一、《大成》卷七十均引第三曲爲【又一體】,《定律》與此首句增字作四字二句,尾批:"此曲即如首句重者,惟多襯字,板式俱同。"

此調出諸宮調，北曲與戲文分途承傳，北曲全承之；戲文略有變化，傳入南曲，明末清初有較大轉换。

【四换頭】

1. 初入我廟門，你不曾發這般嗔。今日裏既定，把奴家直恁地輕。伊不說一日價不見您，從早晨間只管價等。（合）水一似清，月一似明，怒若發時惡氣便生。

知是君家，直恁地去得緊。奴不賣這發，君須去不成。此行必是好佳讖。遂功名，莫來適來反面没前程。

神明（原作“須”）聽葉語：會辜恩我辜汝恩？君須記那時。在紙爐中血污衣。你莫學王魁薄倖種，把下書人打離聽。（合）這般樣人，這般樣心。我待（原作“時”）聞傳秏音。

我門去後，伊自行料不到動春心。月黑夜昏，江妃（原作“奴”）一度惺惺，幾年在孤廟冷清清。（合）又還今夜覆單衾，依舊淚盈盈。

《張協狀元》20

2. 【仙吕過曲】【一封書全】宿酲常困懶，麗日穿窗烘曉寒。韶華媚滿眼，唤人遊鶯睍睆。這領春衫拚去典，挈榼提壺時往還。命良朋，向花間，細與論文頻宴款。【排歌】蘭亭上，臨水湍，一觴一詠當管弦。

【皂羅袍全】日醉高陽池館，倒著接離得趣，羨他山簡。麯生風味果不凡，憶昔舊日玄真觀。那堪即席，珍希異饌。何妨終日，傳杯弄盞？須索滿斟休傳换。【排歌】獨醒客，難再返，羸（原作“嬴”）得憔悴楚澤畔。

【勝葫蘆全】惟有淵明好懶散，因此上要休官。喜得白衣人相顧盼，東籬採菊，獨酌悠（原作“幽”）然見南山。【排歌】愁腸破，海量寬，陶陶兀兀似癡顛。

【樂安神全】盡誇黨進，閑列銷金帳裏，粉面雲鬟。羊羔同飲且團圞，陶穀見說羞無限。踏雪沽來美，價高倍長安，浪說茶七碗。【排歌】須盡醉，宜盡歡，狂歌起舞任盤桓。　元傳奇《岳陽樓》，《正始》頁301

3. 【仙吕過曲】【一封書全】賊潑賤閉嘴，絮叨叨說甚的。娘言語怎違，却不道順父母顔情才是孝。順父母顔情豈不知，只爲受了荆釵難改移。富豪便隨，貧窮便棄，空惹得傍人講是非。

【望吾鄉】口口聲聲，只要跟窮鬼。【皂羅袍】推三阻四，話不投機。【勝葫蘆】孫郎爲婿我爲媒，可也有甚相虧，【一封書】就便將咱挺撞你好没尊卑。

【一封書全】非奴敢忤逆，望停嗔聽拜啓。這尊命怎依，只恐怕誤了終身空懊悔。誤了（此字原空）終身在那裏，難道你的娘親没面皮。好言勸你，再三阻推，娘是何人你是誰。

【望吾鄉】一家女兒，怎受兩家禮。【皂羅袍】朝更暮易，這等差池。【勝葫蘆】如何直恁苦禁持，便將我磨成灰，【一封書】我也斷然不與孫氏做夫妻。

元傳奇《王十朋》，《正始》頁 303

格式：$5_{\triangle}$，7 乙$_{\triangle}$。5 乙$_{\triangle}$，7 乙$_{\triangle}$。$7_{\triangle}$，$7_{\triangle}$。4，$4_{\triangle}$，$7_{\triangle}$。　9 句
4，6 乙$_{\triangle}$。5 乙，$5_{\triangle}$。$7_{\triangle}$。3，4、$5_{\triangle}$。　7 句
5，7 乙$_{\triangle}$。5 乙，$7_{\triangle}$。$7_{\triangle}$，$7_{\triangle}$。4，$4_{\triangle}$，$6_{\triangle}$。　9 句
4，3、6 乙$_{\triangle}$。4，$6_{\triangle}$，$7_{\triangle}$。$7_{\triangle}$，$5_{\triangle}$。　7 句

集曲組曲，四曲聯綴成爲一個固定使用的整體，像一支小令那樣單獨使用。當然，這種現象在戲文和南曲中較爲少見。

《正始》列第二曲爲正格，題注：“此格四曲皆全調，後用【排歌】爲合頭。”尾批：“此係全調【四換頭】。其尾用【仙吕・情未斷煞】，不録。此【四換頭】之總題及各調所犯，皆元譜原規。元詞是體儘多。……‘賊潑賤’四曲，雖即上套之體，然其位置不同：其第一、第三曲，乃全用【一封書】本調，且無【排歌】合頭；其第二、第四曲，乃用【望吾鄉】及【皂羅袍】【勝葫蘆】又【一封書】四調摘句合成者，亦不用【排歌】束尾。元詞此格亦儘有。”與此比較：第一、四兩曲均增末三句；第二曲實增第八至第十三共六句；第三曲減第六句七字，末句作七字句；第四曲第二句破作四字兩句；其餘大同小異。頁 599【南吕過曲・七賢過關】尾批引此第三組第三曲末三句。

北曲有【中吕・四換頭】，六句，與此不同。

《舊譜》不載此調。《沈譜》有【四換頭】，然入附録【不知宫調過

曲】;以第三曲前兩段爲例曲,句字有較大變化;眉批:"所犯四調,但知前四句似【一封書】,其餘未敢妄注。"《新譜》入卷二十五【雜調】,注:"前四句似【一封書】,餘三調未敢妄注。"《寒山曲譜》引第三曲四段爲例曲,然分作兩章,與此文字有所不同,題署變化更大:"賊潑賤"六句入【一封書】,"富豪"五句入【大影戲】,"推三"三句入【皂羅袍】,"他有甚相虧"二句入【黄鶯兒】。後二段作【其二】,與前相應。《定律》卷四亦以第三曲前兩段爲例曲,爲隻曲,有長篇總結性尾批:"此曲,沈譜未曾分注。譚譜以'賊潑賤'至'講是非'爲【一封書】全,'呆蠢'二句爲【望吾鄉】,'恁推三阻四'至'相虧'爲【皂羅袍】,'出言'一句爲【望吾鄉】。張譜以'賊潑賤'至'怎隨'爲【一封書】,'富豪'至'人耳'爲【大影戲】,'恁推三'至'夫妻'爲【皂羅袍】,'他有甚相虧'至末句爲【黄鶯兒】。鈕譜則穿鑿猶甚,以至將所行數十年之坊本俱行改削,以凑其前《岳陽樓》之一曲。其所犯者,以前九句爲【一封書】,十句十一句爲【望吾鄉】,十二句爲【皂羅袍】,十三十四二句爲【勝葫蘆】,末句亦爲【一封書】。若必欲扭揑則心其儒鄉,少雅三者皆是,然終不如伯英有不言而言之操持也。若果係四曲之首句用【四换頭】之名,則可,不然宜歸正體,庶無互争之弊也。"以伯英之説爲然。《大成》卷三僅以此第三曲前二段("賊潑賤"至"没尊卑")为例曲。然以上所評,問題多多:如若分章注調,當以原貌爲據、妥帖爲要,方知源流、美唱聽,不當以後世所行坊本爲討論前提;【四换頭】全調四段,不當截取其半而論之;此調原即變化多體,並未整一,或即戲文原始面貌如此,鈕譜亦非以《岳陽樓》來規範《荆釵記》;故錢南揚《校注》批評"《定律》云云,直是夢話"。此調多有争論,既説明此調之複雜性,也見明清曲律學家已不熟悉此調了。

此調出戲文,漸趨規範;與北曲同名異實;南曲承之,已不熟悉,使用極少。

【台州歌】

亞奴,是人道相公女子好做婦,弗比小人子女窮合窮。我個勝花娘子生得白蓬蓬，一個頭髻長長似盤龍。巧小身材(原作"才")子，常着個好干紅。東華門外傍在小樓東，當初只道個狀元迎出似喜相逢。刺起絲鞭兩不管，誰知道狀元似鬼頭風。日日吵得亞爹耳朵聾，兩三日飯也不吃一口，誰知你今日死了一場空。　　《張協狀元》32

格式：2，7，$7_{\triangle}$。$7_{\triangle}$，$7_{\triangle}$。5，$5_{\triangle}$。$7_{\triangle}$，$7_{\triangle}$。7，$7_{\triangle}$。$7_{\triangle}$，7乙，$7_{\triangle}$。　　14句

錢南揚《校注》："此調不見他書，純是民歌風味。"

此曲僅見於戲文。當出台州地方民歌，戲文採用之。

【打球場】

1. 論娘行見茶便折，緣何到翻了吃跌？莫是有人來陰害你，渾身盡都是鮮血。　　《張協狀元》41

2. 【仙吕入雙調過曲】變其形脱其身，特來點化他每。做土地忒後生，做山神老得索性。　　元傳奇《趙氏孤兒》，《正始》頁905

3. 【仙吕入雙調過曲】……也落在我圈圍①。

元傳奇《蔡伯喈》，《正始》頁905

格式：$7_{\triangle}$，7乙$_{\triangle}$。7，7乙$_{\triangle}$。　　4句

《正始》列第二曲爲正格，與此有異：第二句作六字句，餘三句均作六乙。題注："此格字句比《伯喈》體較准。今或作【引子】唱之，謬。"尾批："此末句仄煞，有元傳奇《蔡伯喈》平煞云云。"

南曲有【仙吕入雙調過曲・打球場】，《舊譜》卷十、《沈譜》卷二十、《新譜》卷二十三、《定律》卷四、《大成》卷四十三、《簡譜》卷八均引第三曲全支爲例曲，《沈譜》其詞云："幾年價爲拐兒，是人都理會得我

① 圍，原作"套"。然既云平煞，"套"字必誤。錢南揚《元本琵琶記校注》第二十五齣《拐兒脱騙》存録此曲，其辭云："幾年假爲拐兒，是人都理會得我名兒。折莫你是怎生俑俏的，也落在我圈圍。"據改。

名兒。遮莫你是怎生逋峭的,也落在我圈襀。”與第二曲句格同。《沈譜》尾批:“‘幾年價’‘遮莫’‘逋峭’,北曲中常用之。或改‘價’爲‘間’,……或改‘遮莫’爲……‘者末’,或改‘逋峭’爲‘俌俏’,皆非也。所謂‘癡人前不可説夢’,正是此類。”此所批評改動之句字,正是《舊譜》所録。《簡譜》尾批:“此同前曲(指【破金歌】),亦净丑沖場小曲。‘逋峭’一作‘波俏’,伶俐也。”《大成》引第二曲爲【又一體】,題【高大石過曲】,署《八義記》。第三曲之末二字,《舊譜》《大成》作“圈圚”,《沈譜》《新譜》《定律》《簡譜》作“圈襀”,並非“圈套”;亦爲仄煞,並非平煞,當以《元本琵琶記》“圈圚”爲是。

此調出於戲文,南曲承之,略有變化。

【生姜牙】

1. 洒親曾見,謾致疑。目下免得相輕視,目下料得没言語。孩兒甚般價,多姝(原作“殊”)麗。(合)五百年前是因緣,君今打合成一對。

2.【同前】初不道,事恁的。一心自欲榮閭裏,一心又欲多珠翠。誰知公相,成嗔諱。(合同前)

3.【同前】這孩兒出,步恁遲。天生似玉肌膚膩,天生又得爲夫婿。今番且免,争閑氣。(合同前)

4.【同前】非公如是,事怎底?今番定做風流婿,今番且免鴛鴦拆。便教選日,成匹配。(合同前)　《張協狀元》52

5.【南吕過曲】但邀結義的,好兄弟。兄弟望兄不來至,肝腸碎。試向前,排吃食,爲何盤饌先狼藉(原作“籍”)?吴忠的,先偷吃。對面間,枉屈人,甚張志。　元傳奇《殺狗記》,《正始》頁607

6.【南吕過曲】昨日忒囙耐,那韓厥。令他守著孤兒的,防奸細。怎想他,心先轉,放出孤兒身脱免。知有罪,怕有犯,拔劍自刎喪黄泉。　元傳奇《趙氏孤兒》,《正始》頁607

格式1:4,3$_\triangle$。7$_\triangle$,7$_\triangle$。4,3$_\triangle$。7,7$_\triangle$。　8句

2:5,$3_{\triangle}$。$7_{\triangle}$,$3_{\triangle}$。3,$3_{\triangle}$,$7_{\triangle}$。$3_{\triangle}$,$3_{\triangle}$。3,3,$3_{\triangle}$。　12句

前四曲用式1。首句偶可作三字,如第二曲;第三、第四兩句首兩字須重複使用。後兩曲用式2,爲【南吕過曲】。

《正始》列第五曲爲式2正格,題注:"比【節節高】下截不同。"尾批:"此末句仄煞,下調平煞。"與式1不同,主要是中腹至末尾分合有别,實出曲律變化之通例,大同小異,可視爲攤破變化之體。列第六曲爲第二格,題注:"減第十之三字一句,末二句併爲七字一句。"頁641【南吕過曲·三十腔】尾批引此第五、六句。

《舊譜》卷四有【南吕過曲·生姜牙】,引《荆釵》爲例曲:"從他往帝京,兩月餘。一心指望登科舉,回鄉故。忍下的,輕事負,相門重贅多嬌女。不思量,撇下荆釵婦。棄舊連新小書生,虧心折盡平生福。"與式2僅將末三句增字併作七字兩句,餘同。然自《沈譜》起,已將此曲併入【南吕過曲·節節高】。《沈譜》卷十二【節節高】引《琵琶記》"漣漪戲彩鴛"爲例曲,此與《舊譜》【節節高】例曲同,然題注:"即【生姜芽】。《舊譜》又收【生姜芽】,非也。"《新譜》卷十二【節節高】亦注:"即【生姜芽】。"問題是戲文中另有【節節高】,與此不同。《沈譜》混淆兩曲,且以誤爲正,非也。《定律》卷八引《琵琶記》"漣漪戲彩鴛"爲【南吕過曲·節節高】例曲,引第六曲爲【又一體】,尾批:"此曲,今作家亦有增爲'自知有罪情難免,拔劍自刎喪黄泉',補成正體者。"《簡譜》卷七亦僅有【節節高】,題注:"又名【生姜牙】【淩霄竹】。"俞爲民《殺狗記校注》第三齣《蔣園結義》題第五曲作【節節高犯】,然未標注所犯何調。《趙氏孤兒記》第三十二齣《程嬰首孤》題第六曲作【節節高】,連用二支。

此調出戲文,後世南曲承之,從《張協》到元傳奇再到《舊譜》,演進軌迹可尋。明中葉後,已將此歸併於【節節高】,遂漸失本調。故式1僅見於此,式2後亦不傳。

【玉交枝】

1. 只因癡迷,與王金榜同偕比翼。誰知被我爹捉住,拆散了鴛

侶。情人去也不見蹤，我如今在此無依倚。免不得尋個死處，免不得(此三字原奪)尋個死處。

2.【同前】略聽説與，喪殘生一命可惜。若還放得伊家去，恐把我每連累。尋思你去真慘凄，只得與你躭着罪。到前途作個道理，到前途做個道理。　　《錯立身》6

3.【仙吕入雙調過曲】别離休歎，我心中非不痛酸。非爹苦要輕拆散，也只是要圖你榮顯。蟾宫桂枝須早攀，北堂萱草時光短。又不知何日再圓，又不知何日再圓。　　元傳奇《蔡伯喈》，《正始》頁 938

4.【仙吕入雙調過曲】……怕他聞又來鬧暄，只得且吞聲淚珠如綫。①　　元傳奇《王十朋》，《正始》頁 939

格式：$4_{\triangle}$，7 乙$_{\triangle}$。$7_{\triangle}$，5 乙$_{\triangle}$。7，$7_{\triangle}$。7 乙$_{\triangle}$，7 乙$_{\triangle}$。　　8 句

《正始》列第三曲爲例曲，尾批："此末句平煞，下調仄煞。"與此僅第四句作六字句，第五句叶韻，餘同。列第四曲爲第二格，題注："末句疊字不疊文。"曲文前注："此格全章皆不録，止備末二句爲式。"頁938【仙吕入雙調過曲·海棠抱玉枝】尾批中引此末句。

詞調有【玉交枝】，與此不同。北曲有【南吕·玉交枝】，又名【玉嬌枝】，亦入【雙調】，與此小異：第四句破作三字兩句，末兩句均作六字句。南曲有此調，《舊譜》卷十引《王祥》"從執箕帚"爲例曲，與此減省第四句五字，餘同。《沈譜》卷二十、《新譜》卷二十三均以第三曲爲例曲，然題【玉嬌枝】，格與此同。《沈譜》【仙吕入雙調過曲·步步嬌】尾批："【玉交枝】第五句，當用平平仄平平仄平，而後人多用平平仄仄仄平平，或用仄仄平平仄仄平。此類甚多，須作者自留神詳察。"考校之，與《錯立身》兩曲均合。《定律》卷九、《簡譜》卷八均題【玉嬌枝】，然入【雙調過曲】，《定律》題注："八句，三十板。"《簡譜》尾批："此與

① 《原本王狀元荆釵記》第十一齣存録此二曲，其首曲末二句與此略有變化。其辭云："【玉交枝】音容不見，望冥中聽奴訴言。甫離懷抱娘恩斷，目應怎瞑黄泉。誰知繼母心大變，逼奴改嫁相凌賤。(合)怕他們聞之見嫌，只得且吞聲淚痕如綫。"

【玉抱肚】首二句同。"第五、第六"二句須對。末二句須對，或有用疊句者，亦可"。戲文末二句多用疊句。

此曲當出詞調，戲文、北曲分途傳承。南曲承於戲文，略有變化。

【四國朝】

1. 聽得聽得（此兩字原省）人呼喚，特特來此處。　《錯立身》12

2. 【越調慢詞】謾説謾説風流的，如何來吾手下逞？更有更有風流的，如何敢僭稱？　元傳奇《王煥》，《正始》頁 1206

3. 【越調慢詞】綵樓綵樓高結起，遊人恣往來。

元傳奇《瓦窑記》，《正始》頁 1207

4. 【越調近詞】親將藥酒園中去，王祥吃了即便死。可憐王覽無計策，只得把酒傾落地。地皮裂開火光飛，險些壞了拖刀計。

5. 【换頭】聽你説因依，唬得我戰戰兢兢地。從今藥酒休提起，一齊瀽在園兒裏。　元傳奇《王祥》，《正始》頁 1210

格式 1：$7_{\triangle}$，$7_{\triangle}$。$7_{\triangle}$，$5_{\triangle}$。　4 句

2：$7_{\triangle}$，$7_{\triangle}$。$7_{\triangle}$，$7_{\triangle}$。$7_{\triangle}$，$7_{\triangle}$。　6 句

前三曲用式 1，爲【越調慢詞】；後二曲爲式 2，爲【越調近詞】。

第一曲，錢南揚《校注》云："引子辭句可以減省，此爲末兩句。……《九宫正始》册九【越調・四國朝】引《王焕》，作'更有更有風流的'，可證。"

《正始》列第二曲爲式 1 正格，尾批批評時譜以此曲入【雙調過曲】，曰："此調，據元傳奇《瓦窑記》云云，此僅用下截二句，且韻似皆來。"認爲時譜在末句下增"清趣"二字，"格韻二失矣"。李九我批評《破窑記》第四齣《綵樓選婿》即用第三曲，僅首增"望"字，同《錯立身》格。

《正始》列第四曲爲【越調近詞】正格，題注："按此章句似【仙吕宫・醉扶歸】，但争第三句之煞字平仄。"第五曲尾批："'瀽'，疑'潑'。"錢南揚《宋元戲文輯佚》頁 33 第五曲注云："此曲與始調大異，

疑未完全。或者原文脱去‘合前’兩字，應將始調‘地皮裂開’兩句合頭重唱一遍。”當是。

此調最早見於宋人曾敏行《獨醒雜誌》卷五：“先君曾言：宣和末，客京師，街巷鄙人，多歌蕃曲，名曰【異國朝】【四國朝】【六國朝】【蠻牌序】【蓬蓬花】等。其言至俚，一時士大夫皆能歌之。”則這些蕃曲在北宋末已入中原。宋雜劇有《四國朝》，王國維《宋元戲曲史》列之入“用金元曲調者”。金院本有《四國來朝》。北曲有【大石調・六國朝】，與此不同。南曲有【雙調引子・四國朝】，《舊譜》卷九、《沈譜》卷二十、《新譜》卷二十二、《定律》卷十三俱引第二曲爲例曲，與式 1 同。《舊譜》題注：“前。”如此則此僅截用其前半。《沈譜》尾批則認爲：“《舊譜》於題下注一‘前’字，此四句想是前半段耳，或非全【引子】也。《綵樓記》‘綵樓綵樓高結起’二句，正是此調。而今人皆以過曲唱之，誤矣。”《新譜》承之。《沈譜》附録《名同而音律不同者復列於後》，其中有：“【道宫引子・四國朝】，在十三調，缺。【越調過曲・四國朝】，在十三調，缺。”則以爲此曲在【雙調引子】外，復有兩曲，只是已失。惟《定律》仍題【越調引子】。《定律》卷九、《大成》卷六十三均引第四、第五曲爲例曲，題【雙調過曲・四國朝序】，均以末二句爲(合頭)。第五曲亦作七言六句：“我聽伊説起園中事，唬得人戰戰兢兢懼。機關暗密没個知，緣何恍惚回家裏？問伊藥酒是何如，從頭説與咱詳細。”與此不同。《簡譜》于南北曲均不收此牌，當别有深慮？

此曲源出蕃曲，於北宋末期已入“官本雜劇”，分途入北曲与戏文，然格律不同；戲文兩式，南曲承之，已轉换宫調。

【犯衮】(原題【風入松】)

1. 想伊聰惠，伊伶俐(原作“怜悧”)，伊忔(原作“冷”)戲，今日裏怎如是？念奴嬌媚，奴風韻，奴佔俙，誰和(原作“知”)我手同攜？

《小孫屠》9

2. 【仙吕入雙調過曲】【黄龍衮】他公婆的親看見，雙雙死，無錢送，【風入松】剪頭髮賣買棺材。【黄龍衮】他去空山裏，把裙包土，血流指，【風

入松】感得神明助與他築墳臺。　　　元傳奇《蔡伯喈》,《正始》頁 1034

格式:$3_{\triangle}$,$3_{\triangle}$,$3_{\triangle}$,6 乙$_{\triangle}$。$3_{\triangle}$,3,3,6 乙$_{\triangle}$。　8 句

第一曲原題【風入松】,據錢南揚《校注》改題。

《正始》列第二曲爲正格,集曲:第一、二、三句與第五、六、七句均用【黄龍衮】末三句,第四、八兩句均用【風入松】末句,且叶韻。題注:"元譜原題。俗名【急三槍】,大謬。"尾批:"時譜曰:'細查舊曲,凡【風入松】或一曲或二曲,其後必帶此二段,今人謂之【急三槍】,未知是否,不敢遽定其名也。末後一曲則止用【風入松】,更不帶此二段,不知何故?'若然,時譜亦在疑信之間也。但今歌者,無不實謂爲【急三槍】。余在未識元譜時亦然。後幸得勘元譜,始知此調名曰【犯衮】,何爲【急三槍】冒之?"並認爲此調"皆必間用於【風入松】套内"。

南曲有【仙吕入雙調過曲・急三槍】,與此小異:八句分兩曲,後四句題【其二】;僅第四、八兩句叶韻,正與第二曲同。《沈譜》卷二十録第二曲入【風入松】套,其尾批説明,《正始》已引。沈自晉《新譜》卷二十三尾注:"原本載此【風入松】一套,中間嵌入【急三槍】,而不明題其名。舊體如是,然今之作者,已皆於【風入松】後,明列【急三槍】而另標之。……此調舊體,或一曲,或二曲,其後必帶二短調(即【急三槍】),如事情多,不妨仍前再用一兩段,但末後須止用【風入松】一曲收耳。予意若用【急三槍】,只當從此二曲爲准。於第二句下,……用韻尤妙。"《簡譜》卷八尾批繼承此説,又引張寒山、譚儒卿二家之説,而不同意《正始》所論:"二家之説,本顯豁可從,而鈕少雅必欲别開生面,題作【犯衮】,而謂出自元譜,又有【犯朝】【犯歡】【犯聲】等名,皆必間於【風入松】套内,未免多立新名。況所云元譜,今又不傳,未知所據若何。余不敢妄從,因仍主張、譚兩家説,俾作者免去葛藤也。"其格自中晚明以來,傳播既廣且久,已成規範,然較元譜,相去已遠。錢南揚《校注》:"凡【風入松】疊用數支,其間必插入此調。此調這裏既誤作【風入松】,明人又謬題【急三槍】,今據《九宫正始》册八【仙吕入雙調】定爲【犯衮】,即【風入松】犯【黄龍衮】。其中四、八二句爲【風入松】,餘均爲【黄龍衮】。"此説簡潔明確,可從之。

此曲始見於戲文,南曲承之,但誤題【急三槍】。

【石榴花】

1. 奴家從小流落在風塵,幾番和你共枕同衾。如今踢脱做良人,誰知到此,倍覺傷情。幸君家殷勤到這裏,想因緣已曾結定。(和)花前宴樂同歡會,伊和我兩同心。

2.【同前】娘子貌美鉛華鬢堆雲,梳粧巧煞精神。金蓮三寸太輕盈,言談舉止多風韻。咱龐兒青春,青春俏勤,教人道果然斯稱。(和同前)

《小孫屠》9

3.【中吕過曲】愁聽畫角一聲聲報黄昏,還依舊悶時辰。更兼撲撲簌簌雨兒傾,芭蕉點點,滴碎憂心。冤家自一别不見影,割捨得把人薄倖。算恩情悄如鹽入井,花言的怎足信。

元傳奇《馮魁》,《正始》頁 428

4.【中吕過曲】千紅萬紫東風弄嬌柔,做春色滿皇州。點波心、飛燕尾、翠紋浮,啄花亂落,鶯嘴上紅溜。等催花一兩陣雨乍收,尋芳去憑肩攜手。雙雙有花方酌酒,無月不去登樓。

元傳奇《看錢奴》,《正始》頁 429

5.【中吕過曲】琴書自有真樂少年知,何須慮食和衣? 勸隨緣安分耐鹽齏,也不妨、被褐裋、鬢垂絲。荆和布雖然滋味薄,何曾見孟光相棄? 待我年五十須榮貴,那時節好風味。

元傳奇《朱買臣》,《正始》頁 430

6.【中吕過曲】卑人今幸錯愛與扶持,怎肯道忘了些兒? 片雲但得與遮體,管須來報答恩義。那時節、效于飛、同歡會,百歲裏永遠無離。那時好個風流婿,不枉了效連理。

元傳奇《陳叔文》,《正始》頁 430

7.【中吕過曲】我哥眼内識賢人,情願將伊妹子結爲親。他暫時落泊暫時貧,你們休得閑争論。被鄰人知道作話文,大凡事須要相和順。他還發迹爲官後,大家榮耀李家門。

8.【中吕過曲】如今年紀正青春,更兼武藝果超群。我暫時落難受欺凌，年乖運蹇，受此災迍。只得吞聲忍耐，如跨下韓信。男兒顯達當□此，管教一躍跳龍門。　　元傳奇《劉智遠》，《正始》頁 432

格式：4、$5_{\triangle}$，4、$4_{\triangle}$。$7_{\triangle}$，4，$4_{\triangle}$。7，7 乙$_{\triangle}$。7，6 乙$_{\triangle}$。　9句

第二曲較此，第二句作六乙句，合第四、第五兩句爲七字，破第六句作四字兩句，餘同。

《正始》列第三曲爲正格，與此首兩句減字作“$7_{\triangle}$，6 乙$_{\triangle}$”，餘均同。列第四曲爲第二格，題注：“第三句變爲九字三截。”尾批：“末句應六字二截，須以‘不’字讀，斷不可認作‘不去’二字相連。”頁 1328【高平調過曲・五團花】尾批引此第五、第六兩句。列第五曲爲第三格，題注：“九字三截移在第四。”列第六曲爲第四格，題注：“第二句句節不同，第四句並爲七字，九字三截移在第五。此格乃北體。”與第二曲較爲相近：首句減二字，第四句句節不同，合第五、第六二句作九字三截一句，餘同。列第七曲爲第六格，題注：“此格全章皆七字。四曲皆然。”列第八曲爲第七格，題注：“此即上調第五闋，但第四變爲八字二句，第五、六減爲四字。”眉批：“‘當’字下脱一字。”

諸宮調有【中吕・石榴花】，三片，第一、二片均作“4、$5_{\triangle}$，$7_{\triangle}$。7 乙$_{\triangle}$，7 乙$_{\triangle}$。”與此小異。金院本有《石榴花詩》。北曲有【中吕・石榴花】，與此大同小異。《正始》言第六曲“乃北體”，實與北曲略有出入。南曲有【中吕過曲・石榴花】，諸譜多用第六曲爲例曲。

此調出於諸宮調，金院本或用其調，北曲與戲文分途流傳。戲文《小孫屠》與以下各曲略有不同；南曲承於戲文，以變爲正。

【四邊静】

1. 將它短招讀一遍，把詞因好生看。休要順人情，依法自行遣。（和）這場罪愆，怎生觶免？一一與招成，三年待决斷。

2.【同前】誰知命運遭乖蹇，今朝受刑憲。免教受掤扒，感恩即非淺。（和同前）

3.【同前】分明是你把妻兒騙，今日怎胡言？拷打更拼扒，如今

怎𨻶免?（和同前）　　　　　　　　　　　　　　　　《小孫屠》11

4.【正宫過曲】層樓好似神仙境，青湘燦雲錦。小姐莫留停，車馬往來競。樂聲又清，笑聲又頻。絲竹綵樓高，藍橋路兒近。

元傳奇《瓦窰記》,《正始》頁 140

5.【正宫過曲】今朝豈比尋常日，華筵動清引。仙子轉桃源，佳期共歡宴。不須恁遲，既傳與知。轉却絲鞭，夫妻兩隨。

元傳奇《拜月亭》,《正始》頁 140

6.【正宫過曲】你去陳留仔細尋端的，專心去尋覓。請過兩三人，途中須好承直。休憂怨憶，寄書咫尺。眼望捷旌旗，耳聽好消息。

元傳奇《蔡伯喈》,《寒山堂譜》卷二頁 681 上半葉

格式:$7_{\triangle}$,$5_{\triangle}$。5,$5_{\triangle}$。$4_{\triangle}$,$4_{\triangle}$。5,$5_{\triangle}$。　　　　8 句

《正始》列第四曲爲正格，與此同。列第五曲爲第二格，題注:“末兩句皆減作四字。”《寒山堂譜》以第六曲爲正格，題注:“八句，四十字。”亦與此同。《正始》頁 340【仙吕過曲・甘州八犯】尾批，又頁 735【商調過曲・四犯黄鶯兒】尾批均引此第五、六兩句。

吴梅《霜崖曲話》卷八曾考此曲之源:“【四邊静】，據《雲麓漫鈔》云:‘巾之制有圓頂、方頂、磚頂、琴頂。秦伯陽又以磚頂服去頂上之重紗，謂之四邊静。’此牌名所本也。”引語見《雲麓漫鈔》卷四，句字微有出入。北曲有【中吕・四邊静】，亦入【正宫】，與此不同。南曲有【正宫過曲・四邊静】，與此同。《舊譜》卷二、《沈譜》卷四、《新譜》卷四均以第六曲爲例曲，《舊譜》合第五、第六兩句爲七字一句，《沈譜》與此同，眉批:“此用入聲韻。”《新譜》承之。《定律》卷二以第四曲爲【前腔】，尾批:“此曲惟第七句少一字，況文意亦似少一五字，姑依坊本録之。”較之，《定律》第七句“綵結樓高”，確少一字;《正始》《寒山堂譜》《定律》等均作八句，絶無作九句者，故此體並非“少一五字”句。

此調出戲文，南曲承傳之。

【四犯臘梅花】

1. 高山疊疊途路長，何時得到東獄殿，賽還心願一爐香也？人寂寂，奴悽惶，相隨只有兒共娘。奔波在旅邸，滿眼是山花夾岸傍。（和）路上逢花酒，自徜徉，一程管教分作兩程行。

2. 【同前】暮宿村店朝又往，寬心放懷休惆悵，拜還心願一爐香也。身康健，回故鄉，朝行暮止兒共娘。一心願得學，拜舞綵衣堂上。（和同前）　《小孫屠》12

格式：$7_{\triangle}$，7，$7_{\triangle}$。3，$3_{\triangle}$，$7_{\triangle}$。5，$6_{\triangle}$。5，$3_{\triangle}$，$7_{\triangle}$。　11句

此調當是集曲，然不詳何曲犯【臘梅花】。戲文有【臘梅花】，其格爲："4，$4_{\triangle}$，$7_{\triangle}$。$5_{\triangle}$，$4_{\triangle}$，$7_{\triangle}$。"與此僅末三句極爲近似。

錢南揚《校注》："曲譜不收此犯調。"蓋此曲僅見於戲文，後已失傳。

【玉漏遲】

1. 【黄鐘引子】詩書勤乃有，焚膏繼晷，吟不絶口。苦志潛心，奮發擬攀龍首。刺股懸梁閉户，指日願功名成就。因配偶，重折渭城楊柳。　元傳奇《孟月梅》，《正始》頁41

2. 【黄鐘過曲】得寵思辱，想其時，駕遷民移前去。父母妻兒，散離值此天時。是多少吃辛受苦，是多少亡家失所。（合）今日，幸得在畫堂深處。　元傳奇《拜月亭》，《正始》頁87

3. 【黄鐘過曲】令人愛惜，是則是，路途流落狼狽。玉骨冰肌，另有萬般標緻。向雪裏精神更美，似玉砌梅花開蕊。（合）今幸得，落在畫堂深裏。　元傳奇《李寶》，《正始》頁87

4. 【黄鐘過曲】吾家富貴，論門下，盡皆簪纓珠履。懷著忠心，運至自有通時。你休怨貪杯殢酒，你休管他人是非。（合）寬懷取，莫思著故園桃李。　元傳奇《趙氏孤兒》，《寒山堂譜》卷五頁701下半葉

格式 1:$5_{\triangle}$,4,$4_{\triangle}$。4,$6_{\triangle}$。6,7 乙$_{\triangle}$。$3_{\triangle}$,$6_{\triangle}$。 9 句

2:$4_{\triangle}$,3,$6_{\triangle}$。4,$6_{\triangle}$。7 乙,7 乙$_{\triangle}$。$2_{\triangle}$,$6_{\triangle}$。 9 句

第一曲用式 1,爲【黄鐘引子】;後三曲用式 2,爲【黄鐘過曲】。

《正始》列第一曲爲式 1 例曲,題注:“與詩餘同,但無换頭。”

《正始》列第二曲爲式 2 正格,題注:“合頭首句之二字乃原文,但非詩餘體。”尾批:“今本曲合頭之上句,據古本原文只二字,今時譜添爲‘今日裏’,不必三字。”列第三曲爲第二格,題注:“合頭首句三字,正合詩餘。”《寒山堂譜》以第二曲爲式 2 正格,以第四曲爲【其二】,題注:“字句同前。”尾批:“第五句不用韻亦可,‘酒’字還該用韻。若用【其三】【其四】,即與此格同。”

詞調有【玉漏遲】,雙片,其上闋與式 1 僅末句破作四字兩句,餘均相同;其下闋與式 2 僅首句作六字,第三句首二字屬上句,第六句作六字,第八句作三字,餘亦相同。南曲有【黄鐘引子·玉漏遲】,《舊譜》卷五、《沈譜》卷十四、《新譜》卷十四、《大成》卷六十九均以第一曲爲例曲,題《錦香亭》,與式 1 同。又有【黄鐘過曲·玉漏遲】,《舊譜》卷五、《沈譜》卷十四、《新譜》卷十四、《定律》卷一、《大成》卷七十一均以第二曲为爲例曲,《沈譜》《定律》《新譜》《大成》題【玉漏遲序】,僅句字、句讀略異,餘與式 2 同。惟《舊譜》第八句作“今日”,其他諸譜均作“今日裏”,正《正始》所批評者。

此調出於宋詞,戲文採録之:用詞調之上片爲引曲,用詞調之下片爲過曲,略有變化;南曲承於戲文,趨歸詞調。

【玉芙蓉】

1.【正宫過曲】胸中書富五車,筆下句高千古。鎮朝經暮史,寐晚興夙。拟蟾宫折桂重梯步,待求官奈何服制拘。教人怨,怨不沾寸禄。望當今,聖明天子詔賢書。 元傳奇《拜月亭》,《正始》頁 150

2.【正宫過曲】書堂隱相儒,天府開賢路。喜明年春闈,已招科舉。閑中歲月莫虚度,窗下圖書可誦讀。時不遇,且珍藏韞匵。際會風雲,那時求價待沽諸。 元傳奇《王十朋》,《正始》頁 151

3.【正宫過曲】纖纖玉筍柔，窄窄金蓮小。處深閨，芳年二九多嬌。駕香車不憚程途杳，侍巾櫛盡甘婦道勞。卑人的，將何所報？但銘心鏤膽，言誓與山高。　　元傳奇《卓文君》，《正始》頁 152

4.【正宫過曲】功名事本在天，何必恁心過慮。且從他得失，任取榮枯。爲人只怕身無藝，暫時未從心所欲。金埋土，也須會離土。望當今，聖明天子招賢書。

元傳奇《拜月亭》，《寒山堂譜》卷二頁 678 上半葉

5.【正宫過曲】懸頭及刺股，挂角並投釜。歎先賢曾受，許多勤苦。六經三史彌温故，諸子四書可誦讀。時不遇，且藏之韞匵。際會風雲，那時求價待沽諸。

元傳奇《荆釵記》，《寒山堂譜》卷二頁 678 上半葉

格式：6 乙，6 乙$_{\triangle}$。5 乙，4$_{\triangle}$。7$_{\triangle}$，7$_{\triangle}$。3，5$_{\triangle}$。3，7$_{\triangle}$。　　10 句

《正始》列第一曲爲正格。列第二曲爲第二格，題注："第三、四句，句節合體。第九句變四字。"列第三曲爲第三格，題注："第八句變四字，末句減爲五字。"第三、四兩句改作"3，6$_{\triangle}$"，第九句作四字。此曲首兩句宜對，第五、六兩句宜對。錢南揚《輯佚》頁 47 注云："《正始》徵引，此曲獨題《卓文君》，與其它各曲題《司馬相如》的，不知是一是二？文君駕車，也是這個故事中的一個重要節目，在曲辭中常常見到，元人更有《卓文君駕車》雜劇。此曲題《卓文君》，曲辭中又恰巧提到'駕香車'，也許和《司馬相如》不是一本。"但《輯佚》《全元戲曲》卷十二仍都將此曲歸於《司馬相如》。《寒山堂譜》列第一曲爲正格，尾批："第一、第二句是一聯，第五、第六句是一聯。"列第四曲爲【其二】，即【前腔】。題注："字句同前。"尾批："'教人怨'句，亦可用韻。"列第五曲爲【又一體】，題注："句拍同前。"尾批："末句與前體不同。"

南曲有【正宫過曲・玉芙蓉】，《旧谱》卷二、《沈谱》卷四、《新谱》卷四均引第一曲为例曲，與此同。《定律》卷二以第二曲爲正格，《大成》卷三十一以第一曲爲【又一體】。《重訂拜月亭記》第十一齣《兄妹自叙》以第四曲爲第一曲之【前腔】，末兩句爲合頭。《原本王狀元荆釵記》第二齣以第五曲爲第二曲【前腔】，末四句爲合頭。

此調出於戲文,南曲承之。

【白練序】

1.【正宮過曲】花魔月恨,每日償他債未盡。直教我相思,爲伊成病。愁眉兩翠顰,空有韓香滿袖衾。人何在?羅幃裏怎禁得這般孤另?

2.【前腔第二换頭】傷情,淚暗傾,秋日暮景。菱花裏鸞鳳,自歎孤影。前盟擬再尋,想青鸞難憑無定準。知他是,香肌日來怎生消損?

3.【前腔第三换頭】前春,直到今,也不曾寄鱗鴻,半張書信。多應你負心,海誓山盟成畫餅。虧心的,蒼天鑒察得你下稍不稱。

元傳奇《風流合三十》,《正始》頁 192

4.【正宮過曲换頭】鴛幃,咫尺,如隔萬里。成連理,知他定在何日?思之願未酬,但君子之交越恁美。堅心後,終須共伊有日。

元傳奇《楊寔》,《正始》頁 195

5.【前腔第四换頭】銀瓶,已墜井,釵股斷金。也無心對煙消,獸爐香燼。窺人月自明,奈一夜相思一夜深。他還記,佳期每約在夜闌人静。 元傳奇《風流合三十》,《寒山堂譜》卷二頁 672 上半葉

6.【正宮過曲】承宣命,解軍柄束裝往帝京。教傳示萱堂,暮年衰景。思省,悶轉縈,恐十載功名一旦傾。從天命,前程休咎,未知分明。 元傳奇《東窗記》,《寒山堂譜》卷二頁 672 下半葉

格式:4,7△。5,4△。5△,7△。3,4、4△。 8句

《正始》列第一曲爲正格。第二曲題注:"此係正體。"僅將首兩句破作"2△,3△,4△"三句,餘與前同。第三曲題注:"减去第三四字一句。其【第四换頭】與第二同,不録。"列第四曲爲【换頭】第四格,題注:"第二句减爲二字,末二句併爲六字。"《寒山堂譜》以第一曲爲正格,題注:"即【素帶兒】。十句,四十三字。"與此第五句破作"2△,3△"二句,末句破作"4,4"二句。以第五曲爲【其二】,題注:"十一句,四十

二字。"《沈譜》卷四題第五曲爲【前腔换頭】,《新譜》卷四題【其二换頭】。錢南揚《輯佚》頁115注:據《風流合三十》第三曲題注:"可見此調原有四支,《沈譜》《新譜》所引一支,出於《正始》三支之外,必爲【第四换頭】無疑。現在徑把它列於此。"故改題名。是,此亦從之。《寒山堂譜》以第六曲爲【又一體】,題注:"十句,四十二字。"尾批:"此體作者極多,《沈譜》失收。皆是元曲,何云三字起調非【白練序】也?若用第二曲,與前'銀瓶墜井'一曲相同。"則亦可用【前腔换頭】。

南曲有【正宫過曲·白練序】,與此同。《沈譜》卷四、《新譜》卷四均引第一、第二兩曲爲例曲,《沈譜》題注:"與《荆釵記》'十年力學'同調。"尾批:"起句四字,乃此曲本調。自'窺青眼'散曲出,詞意兼到,而人争唱之,不知其失體也。吾寧舍彼而取此,然一齊衆楚,得無反爲所笑乎?"《新譜》承之。《正始》第一曲和《寒山堂譜》之尾批已詳辨此論,以爲"此論太泥也"。而《寒山堂譜》所謂【素帶兒】,據《簡譜》卷七【綉帶兒】尾批:"自《玉簪·詞媾》折,脱去末二句,各譜名爲【素帶兒】,於是以七句者爲【素帶兒】,以九句者爲【綉帶兒】,實則强爲分析而已。蓋此誤起于《南西厢·酬韻》折也。"則實與【白練序】無涉。

此曲出戲文,南曲承之,時有小異。

【本宫賺】

1.【大石調過曲】默默嗟吁,痛哽咽垂雙淚。直入晝堂,覆説此事教我好傷悲。試問你,未審何人虧負你,你緣何垂雙淚?不知你怎的?一一從頭説與,告且聽啓。

2.【前腔换頭】小官人鎮日攻書,被東人急呼至。説著他幾句,百般打罵將他趕出去。果恁的,奈何官人心性急,似撮鹽入火内①。猜著他就裏,又敢是聽人言語。果然如是。

元傳奇《殺狗記》,《正始》頁253

---

① 火:原文漫衍不清,旁注:"上聲",據《舊譜》卷四、《沈譜》卷十二、俞爲民《殺狗記校注》補。

3.【中吕過曲】且與我留人，押回來問他個詳細。家居在那裏，工商農種學文藝。通詩禮，鄉進士州庠屢魁，中都路離城三里。閑居，因兵棄家無所倚，聽説仔細。

4.【前腔换頭】緊降階，釋縛扶將起，是兄弟負恩忘義。尊嫂受禮，誰知此地能完聚？愁爲喜，深謝得賢叔盗蹠。哥哥行那些個尊卑，權休罪，适才冒瀆少拜識。恐君錯矣。

元傳奇《拜月亭》，《正始》頁 499

5.【南吕過曲】怕花聽得，勝仙娘子教傳語。討衣服，將來與你换舊衣。重蒙伊，賜著氈裘抵凍威，便覺渾身和氣舒。轉教痛悲，我家裏盈箱錦綺，眼前不濟。

6.【前腔换頭】幸然自得温和氣，當思凍倒雪兒裏。莫他時，吃得飯飽便弄筋。謝奴兒，苦口忠言逆我耳，文桂初非狂蕩輩。我家富貴，你莫作凡儕一例覷，休聽胡語。　元傳奇《薛雲卿》，《正始》頁 684

7.【南吕過曲】不誤佳期，果然是三日來至。感娘行，情深意密似膠漆。告郎知，有緣千里能相會，無緣咫尺隔千里。莫學王魁，扯破家書負恩義，娘行聽啓。

8.【前腔换頭】卑人分福非今世，跨青鸞遊洞天福地。世間稀，瑶池臺館正華麗。神仙境，殿上回環列侍姬，簫鳳笙鸞韻清美。金桃數顆，待取來漫酬佳致，宴闌回歸。　元傳奇《王子高》，《正始》頁 685

9.【南吕過曲】官人聽啓：蔬食村醪特(原作“持”)供備，與官人雙雙共把杯。記舊日，鳳閣龍樓共宴逸，十二金釵似錦圍。怎知今日，畫著花容，教人笑恥？

10.【前腔】告伊休慮，這官人筆法真奇異，吴道子王維怎比伊？這花容無二似活的，煩挂在壁間休污失，怕有親人到此時。待我回歸故裏，煞多討金珠謝你，謹領臺旨。　元傳奇《樂昌公主》，《正始》頁 686

11.【南吕過曲】鎖著雙眉，先自愁悶難存濟，又撞着媽媽叨叨地。怎受持，我孩兒勸你且休恁地。不度己，且安享奢華眼下肥。愛惜你，恐你們念頭錯矣。

12.【前腔】是如何是，空有傾城豔質，怎得個知心相共美？向歲華荏苒如奔騎。淚偷垂，你還如桂英曾被王魁棄，又何用把男兒頻挂

齒？愛惜你，恐你們悔時無計。　　　元傳奇《李亞仙》,《正始》頁 687

13.【越調過曲】若説武人，前程萬里功名遠。儒人秀才，一個個窮似范丹和原憲。看奴面，不肯嫁人怎趁錢？壞人道業心不善。福分淺，棄嫌我怎與他成姻眷，事成生變。

元傳奇《拜月亭》,《正始》頁 850

14.【大石調過曲】黄雀吃了，中意物娘所好。尋思要鯉魚，教(原作"交")君即便買來到。漫自懊，天冷河冰都凍合，料魚兒藏深杳。金珠易得，料此物應難尋討，轉縈懷抱，轉縈懷抱。

元傳奇《王祥》,《寒山堂譜》卷三頁 686 下半葉

格式 1:4,6 乙$_{\triangle}$。4,7$_{\triangle}$。3$_{\triangle}$,7$_{\triangle}$,6 乙$_{\triangle}$。4$_{\triangle}$,6$_{\triangle}$,4$_{\triangle}$。　10 句

2:4,7 乙$_{\triangle}$。4$_{\triangle}$,7$_{\triangle}$。3$_{\triangle}$,7 乙$_{\triangle}$,7 乙$_{\triangle}$。2$_{\triangle}$,7$_{\triangle}$,4$_{\triangle}$。　10 句

3:4$_{\triangle}$,7$_{\triangle}$。3$_{\triangle}$,7$_{\triangle}$。3$_{\triangle}$,7,7$_{\triangle}$。4$_{\triangle}$,7$_{\triangle}$。4$_{\triangle}$。　10 句

4:4,7$_{\triangle}$。4,7$_{\triangle}$。3$_{\triangle}$,7$_{\triangle}$,7$_{\triangle}$。3$_{\triangle}$,7$_{\triangle}$。4$_{\triangle}$。　10 句

首兩曲與末一曲用式 1，爲【大石調過曲】；第三、四兩曲用式 2，爲【中吕過曲】；第五至第十二曲用式 3，爲【南吕過曲】；第十三曲用式 4，爲【越調過曲】。

《正始》列第一曲爲【大石調過曲】。第二曲尾批："此調與【南吕調・婆羅門賺】别在第四句四字、第八句六字兩截。"《寒山堂譜》列第十四曲爲例曲，題注："即【太平賺】。連重十句，五十七字。"實爲第九句增字作七字句、末疊一句，連重十一句。

《正始》列第三曲爲【中吕過曲】，題注："或名【梁州賺】，非。諸譜誤收【南吕】。"尾批："時譜'閑居'下，增一'止'字，亦可，但與【正宫調・傾杯賺】何别？不知二調之異，全仗此句耳。"

《正始》列第五曲爲【南吕過曲】正格，題注："又名【梁州賺】，比【仙吕調・惜花賺】止争第八、九句句法。"第六曲題注："第九句節讀不同。"列第七曲爲第二格，題注："比上格，第二、第九句句法互更。"第八曲題注："第九句節讀不同。"列第九曲爲第三格，題注："減去第三三字一句，第八句變爲四字。"第十曲題注："第八句仍七字。"列第

十一曲爲第四格，題注："第五句下大不同。"列第十二曲爲第五格，題注："首句下增六字一句，六句下減三字一句。"

《正始》列第十三曲爲【越調過曲】，題注："此比【仙吕調・惜花賺】止争第三句之四字三字。"

南曲有【大石過曲・本宫賺】，《定律》卷五引首二曲爲例曲，《簡譜》卷八引第一曲爲例曲，均與此同，且無末句疊句。《舊譜》卷八、《沈譜》卷六、《新譜》卷六、《定律》卷七、《大成》卷三十七又都以第十四曲爲例曲，《定律》《大成》俱入【小石調過曲】，題【蓮花賺】。是戲文【大石調過曲・本宫賺】清初已與【小石調過曲・蓮花賺】相混淆矣。南曲又有【南吕過曲・梁州賺】，《舊譜》卷四、《沈譜》卷十二、《新譜》卷十二均以第三曲爲例曲，《沈譜》題注："一作【正宫賺】。"《寒山曲譜》則引第三、第四兩曲爲正格。《重訂拜月亭記》第二十二齣《興福釋隆》亦題【梁州賺】。是戲文【中吕過曲・本宫賺】明代易名【南吕過曲・梁州賺】矣。有【南吕過曲・本宫賺】，《舊譜》卷四、《沈譜》卷十二均以第一、二兩曲爲例曲，《舊譜》合作一調，未分【换頭】；《沈譜》以第一曲末句屬下曲爲首句，眉批："此下亦换頭也，但不甚相同，未敢明注。"《新譜》卷十二已删此曲，眉批："原有【本宫賺】一曲，韻雜無板，删。"《新譜》卷二十一則題第七曲爲【蓮花賺】，入【小石調近詞】。則是戲文【大石調過曲・本宫賺】入明後已與【南吕過曲・本宫賺】【小石調近詞・蓮花賺】相混淆。有【越調過曲・本宫賺】，《舊譜》卷六、《沈譜》卷十五、《新譜》卷十六、《大成》卷二十五均引第十三曲爲例曲。《大成》復引首二曲爲【又一體】，均題【越調過曲・本調賺】。是戲文【越調過曲・本宫賺】清初又與【大石調過曲・本宫賺】相混淆。《定律》卷一、《大成》卷七十一均録第三、第四曲，題【黄鐘過曲・梁州賺】，與此句字、正襯略有差異。《定律》第三曲尾批："此曲末句重亦可。各宫之【賺】俱同。"第四曲尾批："此曲末句，不重亦可。"《大成》尾批："此曲末句用疊句亦可。各宫之【賺】，句法不一，惟末句格式仿佛，用單句、疊句皆可。"《簡譜》卷五引第三曲爲例曲，題【黄鐘過曲・賺】，尾批："【賺】爲過渡之曲，如前後諸曲，不相連屬，則中間用【賺】一支或二支皆可。……各宫各有賺曲，句法亦無甚大異，沈氏

《新譜》有爲别立名目者，亦好奇之筆耳。”是則清初又以【本宫賺】由【中吕】移入【黄鐘】了。第四曲首字原漶漫，《重訂拜月亭記》作“急”，《定律》《大成》略去此字，均誤。依其殘缺，《六十種曲》本《幽閨記》第二十齣《虎頭遇舊》之“緊”字似之，《風月錦囊・全家錦囊》卷五《拜月亭》可爲旁證。

此四調始見於戲文，雖宫調不同，句法實無大異，功能也基本相同，大致用作牽搭過脈、連綴前後。南曲承之，然多轉調换調、更題易名。

【古皂羅袍】

1.【仙吕過曲】恨奴胎，恨奴胎，直恁乖。自我來窑内後，全不想故人安在。想我在家中，不曾歹覷你來。好難道重義輕財，好難道重義輕財。許多時，惱我也全不來。好□，苦殺我，他時後，將我做甚人看待。宅上事如麻，都要去解，那得工夫前來。後出於我無奈，非不用心，非不挂懷，望東人凡百事可憐擔帶。

2.【前腔换頭】見吴忠來，珠淚滿腮。想我當日裏豪邁，今日悄似一個乞丐。穿著一領破衣裳，拖一雙破鞋。何日苦盡甘來，何日苦盡甘來。我在破窑中，冷冷地誰偢倸。傷懷，我哥哥，忒毒害，閃得我不尷不尬。見官人珠淚滿腮，骨瘦如柴，全没些兒光綵。有十貫現錢難舍，自己財，將不出來，端的是少些休怪。

元傳奇《殺狗記》，《正始》頁 308

3.【仙吕過曲】理合我敬哥哥，敬哥哥，行孝禮。昆仲兩個忒和氣，休忘了手足的恩義。雖然和你是兩個娘生，哥哥道都是一爺養的。都是我母親的孩兒，都是我母親的孩兒。你緣何把這骨頭來，都落在哥哥碗内？你煮著，一鍋虀，緣何有兩般兒滋味？

元傳奇《王祥》，《正始》頁 309

格式：3，3，$3_{\triangle}$。$6_{\triangle}$，7 $乙_{\triangle}$。5，$5_{\triangle}$。$6_{\triangle}$，$6_{\triangle}$。3，6 $乙_{\triangle}$。$2_{\triangle}$，3，$3_{\triangle}$，7 乙。5，$4_{\triangle}$，$6_{\triangle}$。$6_{\triangle}$，3，$4_{\triangle}$，7 $乙_{\triangle}$。　21 句

《正始》列第一曲爲正格，眉批："'好'字下脱一平韻字。"第二曲合第二、三兩句作四字一句，題注："第十四句增爲七字，第十六句減爲五字。"其實仍作六字。列第三曲爲第二格，題注："第十句下減句，大異。"

《舊譜》卷一、《沈譜》卷一、《寒山堂譜》卷一、《定律》卷四、《大成》卷二、《簡譜》卷六均以第三曲爲正格，與此第八句不疊，第十八句後增"哎，娘也娘"二句。《沈譜》眉批："此曲質古之極，可愛，可愛！"然《新譜》卷一【甘州八犯】眉批："原【古皂羅袍】一曲，腔板難查，從馮刪。"看法正截然相反。《寒山》《定律》《大成》《簡譜》又以第二曲爲【又一體】，與此第七句不疊，刪減末七句，而以第一曲末七句作【前腔換頭】，是以始調爲【換頭】。《寒山堂譜》尾批："與前體絶不同。若用【其三】，即用前體；若用【其四】，即依第二體，在'珠'字、'滿'字上各加一頭板便是。"《定律》尾批："此曲雖云【換頭】，與前曲大不相同。况三曲各具一體，文甚鄙俗。此體别本亦再無用者，姑各一體，以存其舊而已。"《簡譜》尾批："又有【古皂羅袍】三格，見《卧冰》《殺狗》二記，句法各各不同，無可校正，爰備録之，以證此調之變。"諸譜均作【古皂羅袍】，唯《寒山堂譜》題【皂羅袍】。戲文另有【皂羅袍】，與此不同，《寒山堂譜》題誤。

此調出戲文，南曲承之，然已多誤解，使用也較少。

【甘州歌】

1.【仙吕過曲】【八聲甘州】衷腸悶損，歎路途千里，日日思親。青梅如豆，難寄隴頭音信。高堂已添霜鬢雪，客路空瞻一片雲。【排歌】途中味，客裏身，争如流水蘸柴門。休回首，欲斷魂，數聲啼鳥不堪聞。

2.【前腔第四換頭】【八聲甘州】遥望霧靄紛，想洛陽宫闕，行行將近。程途勞倦，欲待共飲芳樽。垂楊瘦馬莫暫停，只見那古樹昏鴉棲漸盡。【排歌】天將暝，日已曛，一聲殘角斷譙門。尋宿處，行步緊，前村燈火已黄昏。　　　　元傳奇《蔡伯喈》，《正始》頁340

格式：4△，5乙，4△。4，6△。7，7△。3，3△，7△。3，3△，7△。13句

集曲。前用【八聲甘州】首七句，後用【排歌】末六句。

《正始》列此为例曲。第一曲尾批："第二、第三【换頭】與始調同體，下止録第四曲以存【换頭】之體。"第二曲尾批："'垂楊'句末一字因平聲，'古樹'句末一字用仄聲。與上三曲不同，然不失正體。"

唐·崔令欽《教坊記·曲名》有【甘州子】，與此不同。《全唐五代詞》録【甘州歌】一首，單片隻曲，與此不同；又有【甘州曲】【甘州遍】，與此均不同。唐大曲有【甘州】。《樂府詩集》卷八十《近代曲辭二》録【甘州】一首，題注："《樂苑》曰：'【甘州】，【羽調】曲也。'"與此不同。宋詞有【甘州】，即【八聲甘州】；又存有【甘州令】一首，雙片；均爲隻曲，與此集曲不同。南曲有【甘州歌】，《舊譜》卷一、《寒山曲譜》、《定律》卷四引第一曲爲例曲，《沈譜》卷一、《新譜》卷一引此二曲爲例曲，均與此同。

此調應源出唐曲，入於詞調；戲文轉换承之，成集曲；傳於南曲。

【失名】

1.【中吕過曲】落霞與孤鶩齊飛，秋水共長天一色。遥觀處，隱隱烏鵲向南飛。

2.【前腔】夜迢迢玉露瀼瀼，雲淡淡金風淅淅。倩良工，寫入丹青畫圖裏。

元傳奇《羅惜惜》，《正始》頁469

格式：7乙△，7乙△。3，7△。　4句

《正始》題注："未詳。"尾批："按：元詞凡遇【山花子】後、【大和佛】前，多間此二調於中，甚至猶有用【山花子】合頭於後者。此類儘多，不止於《羅惜惜》。但概不注爲何調，况明傳奇《蘇武》古本亦然。後不知何人删去，致今不識其由，致以古調蔑如。試備於此，以俟賞音者教正。"錢南揚《輯佚》頁268注："《小孫屠》中就是如此，惟不一定要在【大和佛】前。"查《小孫屠》第二十一齣連用【山花子】六支，依錢先生意見，末二曲即當是此調，則其標署與標點應作：

5.【同前】李瓊梅感煞忘恩，朱邦傑不仁不義。依公斷，並押街頭受凌遲。（和同前）

6.【同前】是當初不合同謀，告公相周全寬恕。休要，狂口胡言便押去。（和同前）

如是，第五曲當題已失之調名，第六曲【同前】應署【前腔】；兩曲末尾之“和同前”則可留存，即《正始》所謂“猶有用【山花子】合頭於後者”。

【古山花子】

1.【中呂過曲】賞春倦倚春風裏，春色釀成和氣。春滿人間，春綻萬紅千翠。春晴雅宜，春燕銜春壘，春心戀春如醉。春心熙熙，春景正遲遲。春來早起，滿目春山麗。仲春時，問春有幾？春及三之二。莫惹春愁，一分塵土，二分流水。春暖春煙，春雨濺（原作“踐”）春池。春夢裏藹（原作“靄”）然春意，對這春草池塘賦春詩。賞春花，春酒泛春杯，春果簇春桃春李。聽得春鶯囀春啼，春在春花裏。假青春，春夜誤春期，春去後留春無計。春知我，愛春傷春春信稀。

元傳奇《孟月梅》，《正始》頁 471

2.【中呂過曲】遲遲暖日江山麗，習習惠風和暢。百紫千紅，觸處都芬芳。詩朋酒侶，兩兩相呼喚，開懷宴樂在高陽。花錦亭臺，笙歌往來遞響。緑楊影裏，掩映鞦韆架，酒旗揚。雙雙粉蝶，鬧撲花深處。相趁遊蜂，飛來飛往，海棠花上。芳草池塘，沙暖睡鴛鴦，活脱畫圖模様。忽聽睍睆鶯聲囀輕篁。見佳人攜取少年郎，鎮日慣同遊賞。花陰下，兩兩三三恣疏狂。天際晚，踏花歸去馬蹄香，共把心詞同唱。向花間，日日醉一場。

元傳奇《柳耆卿》，《正始》頁 472

格式：7，$6_{\triangle}$。4，$6_{\triangle}$。$4_{\triangle}$，5，$6_{\triangle}$。$4_{\triangle}$，$4_{\triangle}$。$4_{\triangle}$，$5_{\triangle}$。$3_{\triangle}$，$4_{\triangle}$，$5_{\triangle}$。4，4，$4_{\triangle}$。4，$5_{\triangle}$。7 乙$_{\triangle}$，$7_{\triangle}$。3，$5_{\triangle}$，7 乙$_{\triangle}$。$5_{\triangle}$，$5_{\triangle}$。3，$5_{\triangle}$，7 乙$_{\triangle}$。3，$7_{\triangle}$。　31 句

《正始》列第一曲爲正格，眉批：“‘春心熙熙’連用四平聲，甚非（正）體。”列第二曲爲第二格，題注：“多不同。”

此二曲頗多異處，然大抵遵此格式，且唱本題。與【中吕過曲·山花子】絶不同。《定律》卷六引此二曲爲例曲。《大成》卷十引第二曲爲【又一體】，尾批："聲調與【山花子】相類，但字句多寡大異，故以'古'字别之。"《簡譜》卷六引《月令承應》爲例曲，尾批："此曲古譜中，列《孟月梅》《玩江樓》兩曲，而微有不同。《月令承應》則全仿《孟月梅》作也。似此長曲，原難出色，《孟月梅》用'春'字到底，就文字言，此曲爲優矣。作者按此填詞已妥，不必學《玩江樓》格。"

此調出戲文，南曲承之，使用較少。

【永團圓】

1.【中吕過曲】夫人小玉都睡了，莫辜負好良宵；望天外月如洗，看砌畔花陰繞。韶光半老，雙岸小溪花綉草。樓閣侵雲表，風清露皎，山隱隱水迢迢。悶把湖山靠，羅襪鞋兒小。雲鬟亂，金鳳翹。慢行休羅唣，惟恐怕外人瞧。　元傳奇《西厢記》，《正始》頁483

2.【中吕過曲】名傳四海人怎比，豈獨是耀門閭。人生怕不全孝義，聖明世豈相棄。這隆恩美譽，從教管領何所愧。萬古青編記，如今便去，相隨到京畿。拜謝君恩了，歸庭宇，一家賀喜。共設華筵會，四景常歡聚。　元傳奇《蔡伯喈》，《正始》頁484

格式：$7_{\triangle}$，6 乙$_{\triangle}$。6 乙$_{\triangle}$，6 乙$_{\triangle}$。$4_{\triangle}$，$7_{\triangle}$。$5_{\triangle}$，$4_{\triangle}$，6 乙$_{\triangle}$。$5_{\triangle}$，$5_{\triangle}$。3，$3_{\triangle}$。$5_{\triangle}$，$5_{\triangle}$。　15句

《正始》列第一曲爲正格，尾批："此真正【永團圓】本調。"認爲時譜誤屬【黄鐘宮·耍鮑老】，且關鍵在第三句之六字或七字："元詞【永團圓】第三然七字者雖有之，六字者亦不少。何必添字改句而壞古體耶！"《正始》頁60【黄鐘宮·耍鮑老】之尾批，於此亦有詳細考辨。列第二曲爲第三格，題注："第三句增爲七字，減去第九六字二截句，第十二句變爲四字。"

南曲有此曲，《舊譜》卷五、《新譜》卷十四均以第一曲爲例曲，與此同，然題【黄鐘過曲·耍鮑老】。《沈譜》題注："當名曰【永團圓犯】，

説見【中吕】。"《新譜》卷十四例曲同上,但題【永團圓】,題注曰:"與【中吕】《琵琶記》曲前同後異。"眉批:"原作【耍鮑老】,注云:'當名【永團圓犯】。'今從馮改定。""馮云:歷查《凝雲》《群珠》舊套,凡【黄鐘・永團圓】皆用此格,並無用【中吕】格者。其名【黄鐘】之【永團圓】無疑。"《寒山堂譜》卷五復題【耍鮑老】,入【黄鐘】,以《陳叔文》"婆婆媽媽聽拜啓"爲正格,而以第一曲爲【又一體】,題注:"十六句,七十八字。"以第二曲再列【又一體】,題注:"十四句,七十四字。"《定律》卷一題第一曲爲【仙吕過曲・耍鮑老】之【又一體】,尾批:"此曲,别譜内亦有注爲【永團圓】者,然與《琵琶》之'名傳四海'之【永團圓】,迥然不同。"卷六以第二曲爲【中吕過曲・永團圓】正格,與此同。《大成》卷十一引第一曲,題【又一體】,尾批:"舊譜作【耍鮑老】,收入【黄鐘】,皆誤。應歸【中吕宫】爲要。"是。《簡譜》卷六引第二曲爲例曲,題【中吕過曲・永團圓】,尾批:"此與《古西厢》'夫人小玉都睡了'一曲,實是一體。《九宫譜定》以《西厢》曲爲【永團圓犯】,而不注所犯何調。《南詞定律》以此曲爲【永團圓】,以《西厢》曲入【黄鐘】,名【耍鮑老】,亦爲臆斷。《大成譜》知合作一調矣,而末五句分析不明。……通體只此一句有異,何必巧立名目别作【耍鮑老】乎?"分析細密可信。

此曲出於戲文,南曲承之,多與【黄鐘過曲・耍鮑老】相混淆。

【古輪臺】

1.【中吕過曲】向梨園,鳳竹龍絲奏雲軒。仙音好曲歌喉轉,玉人舞旋。慢拍虚摧,衮煞從頭排遍。弄盞傳杯,淺斟低勸。翠袖紅裙可人憐,香團嬌軟。(合)似恁地好景良辰,稱人心願。永夜歡娱,年年相見,天上紫微垣。真堪羨,算來只此是神仙。

2.【前腔换頭】仙源,雲漢乘槎是張騫。吹笙子喬緱山縣,風車雲輦。王母西崑,滿捧蟠桃來獻。織女牛郎,共諧繾綣。猶勝嫦娥鎮孤眠,廣寒宫殿。(合前) 元傳奇《崔懷寶》,《正始》頁 485

3.【中吕過曲】自驚疑,相呼廝唤兩三回。瑞蘭和先輩,不曾相識。瑞蓮名兒,本是卑人親妹。妾因兵火,急離鄉故。子母隨遷往南避，中途相失。喊殺聲各各逃生，電奔星飛。中路差池，因循尋至，應聲偶逢伊。俱錯意，一般煩惱兩心知。

4.【前腔换頭】名兒厮類，聽錯自先回。急便往根尋，豈容遲滯。事到如今，怎生惜得羞恥。念苦憐孤，救取殘喘。帶奴離此免災危，不忘恩義。曠野裏獨自一個佳人，生得千嬌百媚。喜得他無夫無婿，眼見得落便宜。如何是，天色昏慘暮雲迷。

元傳奇《拜月亭》，《正始》頁 487

5.【中吕過曲】是何人，因何草上卧其身？你在何方居住，何名何姓？息怒停嗔，試聽我説個元因。家住池州，姓靈名輒。爲遭兵火只得逃難到京城，誰想年時不順。爲甚的形體尫羸，面皮黄瘦。衣衫藍褸，行不由徑，到此没來因。遭盤問，莫非懷著不良心？

6.【前腔换頭】賢聽，念我時乖命蹇受災迍。身遭病三日無飯，米糧缺盡。只得扶病，下山林拾些桑椹。遠觀見人來至，將謂都是守園人，藏身在草徑。聽他言説得恓惶，使人憐憫。初來疑是，奸謀藏隱，到此且寬心。休憂慮，管教枯木再逢春。

元傳奇《趙氏孤兒》，《正始》頁 488

7.【中吕過曲】向花前，月下偏宜共斟酒。啓皓齒聲遏行雲，唱歌清曲。卿相神仙，嗜酒抛金擲玉。試看人生，待足何時足？有酒從教醉醺醺，醉鄉堪宿。算美禄不飲非賢，三杯和事，一醉忘愁，開懷納量，一日恣拚取。斟一壺，百年三萬六千度。

元傳奇《王魁》，《正始》頁 491

8.【中吕過曲】可人意，嫩白深紅盡開拆，裝點名園盡皆異。争媚逞嬌，好似楊妃出浴温泉。侍兒扶起，豔體奇粧。雕欄玉檻，堪憐堪惜。仿疑是金谷樓中，避風臺畔。結綺（原作“倚”）芳姿，細腰佳麗，捧心恁標緻。堪愛處，盡日問他俏無語。

元傳奇《章臺柳》，《正始》頁 492

9.【中吕過曲】正癡疑，無語沉吟自傷悲。瀟湘景色早黄昏至，一天風雨。漁夫披蓑頂笠，忙尋歸計。纜著船兒，在蓼花深處。酌酒當歌自吟詩，醺醺一醉。……

元傳奇《賽金蓮》，《正始》頁 492

10.【中吕過曲换頭】素來儒輩，著意在詩書。實被官差，往北築

城池。可笑愚癡,怎不明説一句?私奔潛地,朝廷役使,爲何生計敢逃避?娘親老矣……　元傳奇《孟姜女》,《正始》頁494

11.【中吕過曲换頭】霏霏,片片紛紛降長空。敲户響蠶食葉聲,蟹行沙地。迸玉篩珠,頃刻樓臺銀砌。滚滚飛來,柳絮梨花。萬木千林盡一色,瓊枝玉樹。待共伊團坐閣兒,獸爐添炭,酌酒羊羔,瑶花白苧,唱和均得美。任玉龍,戰罷鱗甲滿天飛。

元傳奇《樂昌公主》,《正始》頁495

格式:$3_{\triangle}$,$7_{\triangle}$。$7_{\triangle}$,$4_{\triangle}$。4,6△。4,$4_{\triangle}$。$7_{\triangle}$,$4_{\triangle}$。7乙,$4_{\triangle}$。4,$4_{\triangle}$,$5_{\triangle}$。$3_{\triangle}$,$7_{\triangle}$。　17句

《正始》列第一曲爲正格。第二曲題注:"第三句用始調句法。"列第三曲爲第二格,題注:"第三句減爲五字。元詞此格頗多。"尾批:"此曲與上《崔懷寶》及《蔡伯喈》二格,止争第三句七字、五字,餘皆無異。"第八句"故"字旁注"失"。《舊譜》作"里",合韻,當是。列第四曲爲【换頭】第二格,題注:"首二句,《孟姜女》格。此格元詞頗多。減第十四四字一句。"列第五曲爲第三格,題注:"第三句變爲六字,第六句變爲七字。"列第六曲爲【换頭】第三格,題注:"第七、八句變爲六字二截。"又第三句改作七乙,第五句作七乙。尾批:"此調【换頭】第三句字可六字,但第二句必用七字無易。……詩餘二句自對,【過曲】二句自散,豈可强同以亂定格?"列第七曲爲第四格,題注:"第三句雖七字,用【换頭】句法。第八句變爲七字。"尾批:"此調非韻非律,不可爲法,但可識其體格而已。【换頭】無異,不録。"列第八曲爲第五格,題注:"減去第四之四字一句,九句又減去下截三字。"尾批:"【换頭】無異,不録。"列第九曲爲第六格,題注:"第五、六句互倒。"尾批:"下皆同,不録。"列第十曲爲【换頭】第四格,題注:"首二句,《拜月亭》格,第三句變爲四字。"尾批:"下皆同,不録。"列第十一曲爲【换頭】第六格,題注:"末二句不同。"尾批:"此調末句五字者,儘有之。"

諸宫調有【中吕·古輪臺】,雙片,其上片與此同,僅第三句作五字。南曲有【中吕過曲·古輪臺】,《舊譜》引第三曲爲例曲。《沈譜》卷八、《新譜》卷八引《琵琶記》"峭寒生"爲例曲,與此第三曲同格,【前

腔换頭】與此第二曲同格，然皆將第六、七兩個句段合併成一個句段。《定律》卷六引《祝髮》“仗佛力”爲例曲，與此僅第六句作七乙句，餘同。《簡譜》卷六亦引《琵琶》“峭寒生”並【换頭】二支爲例曲，與《沈譜》同，尾批：“此調大抵用在【大石·念奴嬌】下，幾成一慣例，實則此亦單用曲，與【長拍】【短拍】相類。……用法雖可不拘，而平仄句法，不可移易。……余謂似此長曲，【换頭】盡可不用也。”

此調出於諸宫調，入於戲文，南曲承之，已有變化。

【石竹花】

【南吕過曲】掃地焚香會撞鐘，趕仙鶴每出入古松。鎮日玩水觀山，快樂誰人似我同？聽得真人唤，原來是叫道童。

元傳奇《陳巡檢》，《正始》頁538

格式：$7_{\triangle}$，7乙$_{\triangle}$。6，$7_{\triangle}$。5，$5_{\triangle}$。 6句

《正始》以此爲例曲。頁684有【南吕過曲·石竹子】，存名無曲，題注：“俗名【石竹花】，誤。此調僅見元傳奇《拜月亭》有之，但其韻雜字訛，且不可句讀，難以爲式，故不便録。”

唐有竹枝詞【石竹花】，七言四句，與此不同。金院本有《石竹子》，入《打略拴搐·花名》。北曲有【雙調·石竹子】，《北曲新譜》卷十二題注：“又名【石竹花】。”同唐竹枝詞，與此不同。南曲有【南吕過曲·石竹花】，《舊譜》卷四、《寒山曲譜》、《定律》卷八、《簡譜》卷七均以此爲例曲，與此同。《簡譜》尾批：“此調應從此曲。舊譜收《殺狗》‘時遇寒食’一曲，係犯【紅衫兒】者，非正體也。”所謂《殺狗》“時遇寒食”之曲，正《舊譜》卷四、《沈譜》卷十二、《新譜》卷十二、《大成》卷五十所引之例曲，句字有所差異。《舊譜》題【南吕過曲·石竹子】，《沈譜》《新譜》《大成》却均題【石竹花】，《沈譜》題注：“《舊譜》作【石竹子】，非也。”忽略了《舊譜》别有【石竹花】一曲。《大成》亦題注：“‘花’，一作‘子’。與本宫【引】不同。”其格第四句作六字，末兩句破作“6，$4_{\triangle}$；6，$4_{\triangle}$”四句，餘與此同。依《簡譜》所説，【石竹子】末四句確

與【紅衫兒】末四句雷同，但【石竹子】亦爲古曲，且其名也無【紅衫兒】絲毫痕迹，當非集曲。

此曲當出於唐竹枝詞【石竹花】，院本、北曲承傳之，以【石竹子】行世，僅存【石竹花】之名目；戲文或採於民歌，較唐曲攤破之，兩曲並行；南曲承傳於戲文，有所攤破、轉换，歸於【石竹花】，【石竹子】已不傳。

【古針綫箱】

【南吕過曲】勸解不聽，未審東人待怎生。只聽兩個喬男女，割捨得背義忘恩。小官人從來本分，平白地趕打他出門。若得勸回心，取回兄弟，日遠非親。　　元傳奇《殺狗記》，《正始》頁606

格式：$4_{\triangle}$，$7_{\triangle}$。7，7乙$_{\triangle}$。7乙$_{\triangle}$，7乙$_{\triangle}$。$5_{\triangle}$，4，$4_{\triangle}$。　　9句

南曲有此調，《舊譜》卷四、《沈譜》卷十二、《新譜》卷十二、《寒山曲譜》、《定律》卷四、《簡譜》卷七均以此爲例曲，句字略異，且末三句爲“合頭”。《寒山曲譜》題【針綫箱兒】，題注：“與【仙吕】不同。”末句作“永遠和順”，尾批：“‘舍’‘背’‘分’三字用平聲。”《定律》正入【仙吕】。《簡譜》尾批：“此調與【針綫箱】大不相同。舊譜皆附列【針綫箱】，實不可通也。余前以【針綫箱】爲【解三酲】，其説頗確。惟【針綫箱】之名，【南吕宫】中，究不可缺，因以古體列入而删去今體云。是調通體和諧，可以爲法。”俞爲民《殺狗記校注》以汲古閣本爲底本，第二十齣《安童將命》用此四支，末三句爲“合頭”，末句亦作“永遠和順”。

此調出戲文，南曲承之。

【石竹子】

參見【石竹花】。

【四犯黄鶯兒】

【商調過曲】【黄鶯兒】他直恁太情切，你十分忒軟怯，眼睁睁怎忍相抛撇。你枉自怨嗟，我無計可設，当不過搶來推去望前扯。【四邊静】意似虻蛇，性似蠍蜇，【黄鶯兒】一言如何訴説。

元傳奇《拜月亭》，《正始》頁733

格式：5，6 乙$_{\triangle}$，7$_{\triangle}$。4$_{\triangle}$，4$_{\triangle}$，7$_{\triangle}$。4$_{\triangle}$，4$_{\triangle}$，6$_{\triangle}$。　　9句

集曲。僅將【黄鶯兒】第七、第八兩句换用【四邊静】第五、第六兩句。

《正始》題注："末句，《王十朋》格。"尾批中説自己早年誤認爲所謂"四犯"爲犯四支曲調，"及閩越數載後，幸識雲間子室徐公，承以元譜示教，始知此調並非四調相干，僅一【四邊静】耳。此義即如本宫之元傳奇《李婉》【二犯集賢賓】，何嘗有二調，僅一【二郎】耳；又有【中吕宫】之【三犯石榴花】小令，亦何嘗有三調，即一【杏壇三操】也。【杏壇三操】者，【泣顔回】之别名也。今本曲所犯無疑耳。"尾批又云："今之學者病此二'似'字皆仄聲，……如再憎其'蜇'字與次曲之'折'字皆入聲"，其實元曲皆有此例。

南曲有此調，《舊譜》卷七以此爲例曲，《沈譜》卷十七以此之次曲"流水也似馬和車"爲例曲，均作隻曲。《沈譜》尾批："此調，前六句分明皆【黄鶯兒】也，後面止有三句，却云'四犯'，殊不可曉。姑仍舊名。"此正紐少雅所説之早年誤識。《新譜》卷十八眉批保留沈説，又云："近来諸説紛紛，總未的確。"《重订拜月亭記》第三十五齣《瑞兰拜月》無此曲，僅存録此曲之【前腔】，與《沈譜》所録句字略異，亦爲隻曲，未分題析調。《定律》卷十以《廣寒香》"他曾臨去轉秋波"爲例曲，以【四季花】易【四邊静】，尾批曰："此曲名【四犯黄鶯兒】者，因【四季花】犯【黄鶯兒】取名。"但仍與此同格。可見明清時期人們對此已認識不清了。

此調出戲文，南曲承之，多有轉换。

【叱精令】

參見【七精令】。

【玉井蓮後】

【雙調引子】忍餓擔饑,未知何日是了。

元傳奇《蔡伯喈》,《正始》頁 863

格式:4,6△。 2句

《正始》尾批:“此調按古本《蔡伯喈》,亦曰【玉井蓮後】。但不知全調幾句耳。”

李九我批評《破窑記》第十出《橋頭覓瓜》【駐雲飛】之【前腔】有:“瓜嚼水晶寒,勝甘泉。日後相逢,記取殷勤面,惟效當年玉井蓮。”出後《釋樣》:“當年玉井蓮:韓詩云:‘太華峰頭玉井蓮,開花十丈藕如船。冷比雪霜甜比蜜,一片入口沉屙痊。’”則牌名或即取自韓詩。

《全宋詞》頁 3913 有陸游【玉井蓮】“誰道秋期遠”詞一首存目,僅録首句,與此不同。南曲有此調。《舊譜》卷九引此爲例曲,然第一句前有“終朝”二字,第二句前有“又”字。《沈譜》卷二十、《新譜》卷二十二均引此曲爲例曲,《沈譜》尾批:“《舊譜》於題下注一‘後’字,而古本《琵琶記》亦刻作【玉井蓮後】,但不知全調幾句耳。《舊譜》‘忍’字上有‘終朝’二字,今依古本不用。然此二句又不協韻,不可曉也。”《正始》頁 863【雙調引子・玉井闌】引明傳奇《釵釧記》之引曲:“樞密求親之任,豪門納禮聯姻。”題注:“‘闌’字疑是‘蓮’字之誤,又疑是【玉井蓮前】。”《大成》卷六十二引此曲爲【又一體】,並收録明傳奇《折桂記》《釵釧記》三體,較之,實用【玉井蓮】四字起句體之首二句;然“後”字又不知何謂。【雙調引子】有【海棠春前】【海棠春後】,實將詞調【海棠春】破爲二截,單獨使用。又【仙吕引子】有【番卜算】,錢南揚《元本琵琶記校注》第二十六出《五娘葬公婆》亦破作【卜算先】【卜算後】。由此度之,【玉井莲】之“前”“后”,與此比較,或亦類似。

此調出詞調,入戲文,当截後半用之;傳入南曲,仍以半截流播。

【玉樓春】

【雙調引子】蕭蕭天色漸模糊,門外瓊花滿地鋪。呵筆詩人情已懶,倚槎漁父興將無。　　元傳奇《薛包》,《正始》頁 876

格式:7△,7△。7,7△。　　4 句

《正始》題注:“與詩餘同,但韻脚平仄相反。比本宫【搗練子】争首句六字七字。”尾批:“此調或爲【搗練子】篡其名,又爲【南吕宫・哭相思】竊其實。”

詞調有【玉樓春】,雙片八句,其上闋與此同。《新谱》卷六有【大石調引子・玉樓春】,引湯顯祖《紫釵記》“嬋娟此會真奇絶”爲例曲,題注:“新入。與詩餘同。”與此同。則此調自《新譜》方入明人南曲譜,且已轉入【大石調】。《定律》卷五承之。

此曲源出詞調,經戲文入南曲,然已轉换宫調,且使用極少。

【玉抱肚】

【仙吕入雙調過曲】離鞍徐步,揀一所明窗净户。暫安身少寬愁緒,胡亂對爐圍坐。五盞三杯典琴沽,一任山川如粉鋪。

元傳奇《唐伯亨》,《正始》頁 933

格式:4△,7 乙△。7 乙△,6△。7△,7△。　　6 句

《正始》尾批:“【玉抱肚】第五句,律必七字,萬調雷同者也。”並詳細辨析第五句增四字作十一字句之原委。

詞調有【玉抱肚】,雙調,與此不同。諸宫調有【商調・玉抱肚】,與詞略同,與此不同。北曲有【商調・玉抱肚】,亦入【雙調】,與諸宫調大同小異,與此不同。南曲有【仙吕入雙調過曲・玉抱肚】,《舊譜》

卷十引《王祥》“騎鞍壓馬”爲例曲，與此第四句作七乙，餘同；《沈譜》卷二十引《琵琶記》“千般生受”爲例曲，與此第四句亦作七乙，餘同。題注：“或作‘胞’，非也。”尾批：“此調元只有此一體，因此曲第五句用‘不由人’三個襯字，而後人不能解‘不由人’句法，於‘人’字下增一‘不’字，遂謂【玉抱肚】另有一體，常用七句。”又云：“【六么令】【五供養】【玉交枝】【玉抱肚】，凡第一句俱用四個字。但【六么令】【五供養】首句第三字必用仄聲，【玉交枝】【玉抱肚】首句第三字必用平聲耳。”校之，此曲與之合。《新譜》二十三承之，眉批：“唐人呼帶爲抱肚。宋真宗賜王安石有玉抱肚，故名。”《定律》卷九引《浣紗》“行春到此”、《金雀》“黄花開遍”兩曲爲例曲，均與《舊譜》同格。吴梅《霜崖曲話》卷一、《簡譜》卷八承此説。《霜崖曲話》又云：“詞之與曲，實分兩途，間有以詞采入南北二曲者。……至南之與北，金時如【玉抱肚】【豆葉黄】【剔銀燈】【綉帶兒】【普天樂】【石榴花】【醉太平】【節節高】類，名同而調與聲皆絶不同。其名以自宋詩餘變來，及金而變宋而爲曲，元又變金而爲南北曲，皆各立一種名色。蓋視古樂府，不知几更滄桑矣。”

此曲當源於詞調，由諸宫調至北曲爲一承傳系統，戲文與詞調、諸宫調名同實異，與北曲爲另一承傳系統，後入南曲。

【玉抱交】

1.【仙吕入雙調過曲】【玉抱肚】伊休執見，枉傷悲徒然淚連。急急寫下休書，目今與你盤纏。【玉交枝】遲延少間吃大拳，披毛惹火燒身焰，【玉抱肚】莫待江心補漏船。

2.【前腔】【玉抱肚】愁捻斑管，展花箋盈盈淚連。夫妻指望百年，誰知付與筆尖。【玉交枝】劃一劃滿懷愁萬千，撇一撇頓覺心驚戰。怎寫得休書字全，怎寫得休書字全。　元傳奇《劉智遠》，《正始》頁935

格式：4△，7乙△。6，6△。7△，7△，7△。　7句

集曲。前用【玉抱肚】首四句，次用【玉交枝】第五、第六句，後用【玉抱肚】末句。

《正始》列第一曲爲正格，題注：“【玉抱肚】第三句變爲六字。次曲亦然。”尾批：“此係古調原文。按古本《劉智遠》此二調，其第一曲之束尾仍用【玉抱肚】。但今坊本亦改作【玉交枝】句法，而合第二曲體，曰：‘莫等著江心補船。’但船未漏，何先補之？”列第二曲爲【前腔】第二格，題注：“此末句確係【玉交枝】。”末句作七乙疊句。

南曲有此調。《沈譜》卷二十、《新譜》卷二十三均作【玉肚交】，引第一曲爲例曲，但末句仍屬【玉交枝】，且改作七乙句，作“莫等著江心補船”，再疊用一句。此正是《正始》所批評之坊本曲式。但《寒山堂譜》《定律》《簡譜》均不載此調，惟《欽定曲譜》卷十二載録之，與《沈譜》同例同格，可知後用之甚少。

此調出戲文，南曲承之，略有變化，使用極少。

【玉山供】

【仙吕入雙調過曲】【玉抱肚】公公尊賜，念天寒特來問吾。我雙親受三載饑寒，我怎不禁一日悽楚。【五供養】心中想慕，漫有這香醪難度。感此恩情厚，這酒難辭，念取踏雪也來沽。

元傳奇《蔡伯喈》，《正始》頁 936

格式：$4_{\triangle}$，7乙$_{\triangle}$。7乙，7乙$_{\triangle}$。$4_{\triangle}$，7乙$_{\triangle}$。5，3，$7_{\triangle}$。　9句

集曲。前用【玉抱肚】首四句，後用【五供養】末五句。

《正始》題注：“俗謂【玉山頹】，大謬。”尾批引《沈譜》云：“此調本【玉抱肚】【五供養】合成，故名【玉山供】。自《香囊記》妄刻作【玉山頹】，使後人不知(原作“唯”)【玉山供】之來歷，且不知【五供養】末後一句只當用七個字，凡用【五供養】後有用七個字者，反以爲犯【玉山頹】矣。”評曰：“詞隱先生此論確甚。”

南曲有此調，《舊譜》卷十、《沈譜》卷二十、《新譜》卷二十三均以此爲例曲。《舊譜》題注：“【玉胞肚】頭，【五供養】尾。”《沈譜》題注：“‘供’，或作‘頹’，非也。”然《定律》卷九引《牡丹亭》“爹娘萬福”、《軟藍橋》“驟然無措”兩曲爲例曲，均與此同格，正題【玉山頹】。《欽定曲

譜》卷十二同《沈譜》,並引其尾批評論之。趙景深《考略》頁 54 有【玉山供】四支,此爲第一支,全同,然未注犯調,認爲:"巾箱本第四十齣除前半爲毛本所保留外,後半毛本却截去原有的【玉山供】曲四支。"是;錢南揚《元本琵琶記校注》第四十齣《廬墓》保留全部四曲,《六十種曲》本《琵琶記》第四十一齣《風木餘恨》已全删之。

此調出戲文,南曲承之。

【古江兒水】

【仙吕入雙調過曲】【雙勸酒】如來證明,鑒兹邕啓。【江兒水】我雙親在途路不知如何的,【玉胞肚】仰惟菩薩大慈悲。【沉醉東風】龍天鑒知,龍天護持,【玉交枝】護持他登山渡水。元傳奇《蔡伯喈》,《正始》頁 975

格式:4,$4_{\triangle}$。$7_{\triangle}$,$7_{\triangle}$。$4_{\triangle}$,$4_{\triangle}$,7 乙$_{\triangle}$。 7 句

集曲。前用【雙勸酒】首兩句,次用【江兒水】第三句,次用【玉抱肚】第五句,次用【沉醉東風】第七、第八句,後用【玉交枝】末句。

《正始》題注:"此係古題,後唐玄宗仍之、從之。至元改作【四犯岷江緑】,即今下證之四調也。"尾批:"按【古江兒水】之板,止争末句之'持'字、'他'字,餘皆同,唱法亦然。"

陶宗儀《輟耕録》卷八《岷江緑》:"此曲又名【清江引】,俗曰【江兒水】。"然其爲北曲。《正始》頁 975【江兒水】題注:"一名【岷江緑】。"則此【岷江緑】即戲文【江兒水】。南曲有此調。《舊譜》卷十、《沈譜》卷二十、《新譜》卷二十三、《定律》卷九、《大成》卷二、《簡譜》卷八雖引此曲,然均不作集曲,當是。既云"古題",當非集曲。《沈譜》題注:"《舊譜》作【古江水兒】,今從古《琵琶》。"尾批:"今人欲以'膝下嬌兒去'之【江兒水】腔板唱之,大不通矣。"題末三句爲(合)。《大成》題【仙吕過曲】。《簡譜》尾批:"此與【江兒水】全屬無涉,非如【江兒水】之多四字一句爲古體也。"

此調出古曲,當爲隻曲;元代戲文定其律,以爲集曲;南曲承之,復爲隻曲。

【四犯江兒水】

【仙吕入雙調過曲】【五馬江兒水】昨夜麒麟協夢，今朝岳降嵩。喜事一天來大，鬱鬱葱葱，滿堂和氣融。【朝天歌】寶瓶花豔冶，寶爐香旖旎。【本宫水紅花】燭影摇紅，似閬苑和梵宫。【淘金令】移來在塵世中，此景難同。【商調水紅花】座上客常掺滿，日日醉春風，樽中酒不空，也囉。

元傳奇《羅惜惜》，《正始》頁 988

格式：$4_{\triangle}$，$5_{\triangle}$。4，$4_{\triangle}$，$5_{\triangle}$。5，5。$4_{\triangle}$，$5_{\triangle}$。$5_{\triangle}$，$4_{\triangle}$。6 乙，$5_{\triangle}$，$5_{\triangle}$，也囉。　　15 句

集曲。前用【五馬江兒水】首五句，次用【朝天歌】第五、第六兩句，次用本宫【水紅花】第四、第五兩句，次用【淘金令】第十一、十二兩句，後用【商調水紅花】第七至末句。因以四曲犯【五馬江兒水】，故名。

此曲不見諸譜。當爲戲文首創，後已不傳。

【四朝元】

1.【仙吕入雙調過曲】香紛羅袂，玉梅傅粉時。正枝頭成實，似點匀枝，動止渾未知。想毬子性格，這下裹團圓，那坡裹作場戲。既往不可追，想風情雨意。無非自遣情懷，有誰伙知？雞肋恩情，怎生拘繫？桃花亂落，多因爲人憔悴。

2.【前腔第二】玉環雙合，何期離鳳侣？正殘紅滿地，柳絮沾泥，燕忙鶯懶時。問東君恁把，將餘芳頓棄，早瞥過在畫橋西。青杏垂林，芰荷浮翠。境界清凉風味，盼不得人來，誤却佳期。離債冤家，豈是夫婿？榴花噴火，多因爲人憔悴。

3.【前腔第三】恩情隔斷，無心惹是非。恨同心羅帶，少綰結契，合歡人背圍。釵股臂金枝，鏡鸞分綉幃。蹙損雙眉，消瘦腰肢，似花無氣力。對凄凉景色，漫登高望遠，鱗羽無憑，杳無蹤迹。空有黄花，

滿地堆積。芙蓉蘸水，多因爲人憔悴。

4.【前腔第四】相看和美，鸞凰兩處飛。正琴瑟和美，解毀弦徽，奈知音無子期。情人在那裏？把青燈漫剔，照人孤隻，怎生倒頓得？愁聽得紗窗，數聲淅瀝，似蟹行沙，似葉蠶食。香噴金猊，冷透羅幃。梅花瘦損，多因爲人憔悴。　　元傳奇《蔣愛蓮》，《正始》頁 1001

5.【仙吕入雙調過曲】一時錯過，今日懊悔遲。那冤家不想，念人憔悴，帶圍寬數指。看他們兩個，如魚般似水，肯一步暫時分袂？氣我孤幃，冷清清底。明道非爲活計，自古得鴛鴦，本無三隻。兩結圓珠，久難完聚。無端皓月，穿窗照人無寐。

元傳奇《唐伯亨》，《正始》頁 1004

格式：4，$5_{\triangle}$。5 乙，$4_{\triangle}$，$5_{\triangle}$。5 乙，4，6 $乙_{\triangle}$。$5_{\triangle}$，$4_{\triangle}$。6，$4_{\triangle}$。4，$4_{\triangle}$。4，$6_{\triangle}$。　　16 句

《正始》列第一曲爲正格。列第二曲爲第二格，題注："第九句減爲四字，第十一句下增五字一句。"列第三曲爲第三格，題注："此格比始調除却前五句及後四句，腹中大異。"列第四曲爲第四格，題注："此比上第三曲，止減第七之五字一句，餘皆同。"尾批："【四元朝】本調，今人罕識。今只據此四曲，每曲各成一體，學者不可不知，不可不傳。"列第五曲爲第五格，題注："此套止二曲，其始調與上始調同，止録第二曲，但與上二曲止争八字及末句。"實第八句增一字作七乙，第九句減一字作四字，第十一句後增五字一句，餘與此同。

南曲有此調。《舊譜》卷十引《琵琶記》"春闈催赴"爲例曲，與此不同。《大成》卷六十三引此前四曲爲例曲，與此僅第六句、末句重疊一句，餘大同小異。尾批："以上四闋，諸譜皆不載，惟《曲譜大成》録入。據云此曲，係元人所撰，每套必用四闋，故有【四朝元】之名。"此曲諸譜罕見，極少單獨使用。《原本王狀元荆釵記》第十八齣疊用【四朝元】四支，其格二十一句，第七句例疊前句，第十三句例用"嗏"字，末二句例用疊句。此實爲【風雲會四朝元】，前六句與末三句均用【四朝元】，僅末增一疊句，故大同小異，中腹則多異，是誤題曲名，不可爲憑。《六十種曲》本《荆釵記》第十八齣《閨念》有【四朝元】四支，亦是

【風雲會四朝元】之誤題，與《原本王狀元荆釵記》文字絶異，格則大同。

此曲始見於戲文，後於南曲僅偶見，有所變化。

【犯朝】

【仙吕入雙調過曲】【四朝元】你如今便回，【風入松】説張老的道與蔡伯喈。【四朝元】道你拜别人爹娘好美哉，【風入松】説爹娘死不值你一拜。

元傳奇《蔡伯喈》，《正始》頁 1035

格式：5 乙，6 乙$_{\triangle}$。5 乙，6 乙$_{\triangle}$。　　4 句

集曲。第一、第三句用【四朝元】第六句，第二、第四句用【風入松】末句。

《正始》尾批："【四朝元】而合本傳之'漫羅襟淚漬'。"錢南揚《元本琵琶記校注》第八齣《趙五娘憶夫》疊用【風雲會四朝元】四支，其首支第六句正作"漫羅襟上淚漬"，"上"爲襯字，格正相同。《正始》頁 1035【仙吕入雙調過曲・犯衮】尾批："此類不止於【犯衮】，猶有【犯朝】【犯歡】【犯聲】等調，皆必間用於【風入松】套内。比如一【犯(原作"朝")衮】一【犯朝】，即此《蔡伯喈》是也；或用一【犯衮】一【犯歡】，元傳奇《林招得》是也；或用一【犯衮】一【犯聲】，元傳奇《蘇小卿》是也；或又二曲皆用【犯衮】，元傳奇《瓦窑記》是也。若等體類，不多勘不知耳。"

南曲有此調，然《沈譜》卷二十列此曲入【風入松】，題注："《舊譜》又收【風入松犯】，即此曲全套也。"全套用【風入松】四支，在第二支後插入失題之曲二段——即《正始》所題【犯衮】，第三支後又插入失題之曲二段——即《正始》所引此曲，末以【前腔】收結。尾批參見【犯衮】評述，又曰："作此曲者，如事情多，不妨再增幾曲，但每一曲或二曲【風入松】後，必帶二段，末後上用【風入松】本調耳。此不可不知也。"《新譜》卷二十三即標署【急三槍】，尾批："原本載此【風入松】一套，中間嵌入【急三槍】，而不明題其名。舊體如是。然今之作者，已

皆於【風入松】後，明列【急三松】，而另標之，即先詞隱十七種儘然。”《定律》卷四以【急三槍】入【仙吕過曲】，尾批有長篇評論，引述《沈譜》之説，批評洪昇《長生殿·權鬨》受此影響，“【急三槍】則亦不作【前腔】，亦不題曲名，隱隱朦朧”。引述張、譚二譜，始從俗題【急三槍】。引述《正始》評語，甚不以爲然：“諸譜雖或太過而竟爲【急三槍】，或不及而不敢題名，皆未免過猶不及。惟少雅挺然有出塵之想、拔俗之才，以偶覿一面之元譜即以爲是，遂謂諸譜皆非，評以大謬，高則高矣，然亦未免有牽强處。如【急三槍】之名，各宫調俱無，即如犯調，再加一名，若别曲之又名云云、一名云之類，亦何妨也，而必云大謬？又云向爲【急三槍】冒之，夫曲牌之名乃詩餘之體，實操觚家遊戲三昧之事耳，何必卓卓然如曲懸繁纓之不可以假人？深惜之甚也。”如果説以上尚言其態度嚴峻，以下則言其文理欠缺：“如第一曲【犯滾】内，首句言犯【黄龍滾】，竟以【黄龍滾】之末而爲【犯滾】之首，豈不覺冠履倒著？第二曲【犯朝】内，首句言犯【四朝元】，亦非【四朝元】之首句，係第六句也。……以至‘你拜别人’之一句，亦云犯【四朝元】，遍覓【四朝元】中竟無此一句相配，即少雅亦無可引例，即置而不論，何龍其首而蛇其尾耶？再‘一人永占’等二十四本，乃李元玉之作也；《四奇觀》《五代榮》等二十八本，乃朱良卿之筆也，其間皆有【急三槍】之名，而並無【犯滾】【犯朝】之名。况近時亦只知有【急三槍】，而未聞有【犯滾】【犯朝】之怪名。况通行已久，不便從少雅而遂破諸譜。故依張、譚二譜，仍以【急三槍】爲正體，其【犯滾】【犯朝】之名不必收録，以炫人之目，惑人之心，庶後之學人不入於好奇好怪，而墮於異端也。”始尚切磋研討，終竟嚴厲痛斥、徹底否定了。這是對《正始》最集中、最具學術性的批評，極有意義，故不惜篇幅而引述之。集曲犯調，所集之曲的句節位置在最終所成集曲中的位置大致相當，故所評【犯衮】【犯朝】，言之有理。或可爲之解説：既然《正始》所本爲元譜，而元時仍屬集曲始創階段，必然會嘗試多種集曲構成方式，此即其中的一種方式又如【五樣錦】【五團花】【漁家傲】《王十朋》體等等；《小孫屠》題【風入松】，《正始》所據元譜題【犯衮】，則當時連牌名尚未統一；而後集曲逐漸盛行，也漸趨成熟，此種方式在集曲發展的歷史進程中逐漸淘汰，不再普遍運用了，故此一類集曲即成早期初創階段的産物。不過，以後世盛行之體、之名指責前代的曲名之誤與構成方式的不合理，顯然本末倒置，基本立場與觀點都錯了。《大成》卷三引此題【急三槍】之【又一體】，句字多有變化，尾批："【風入松】後，或一曲或二曲，必帶三字六句二段，謂之【急三槍】。因其名不古，故諸家議論不一；或有連在【風入松】下，不另列名；或有題作【黄龍滚】集【滚】者，紛如聚訟，總無定論。與其朦朧穿鑿，何如仍用舊名，二段共三字六句。諸譜皆作二曲，《南詞定律》合作一曲。今依《南詞定律》爲準。"然細考之，原本【風入松】聯章諸曲，體式並不盡同；即使是【犯衮】與【犯調】，也各有其體，如以【急三槍】統稱之，實難免有削足適履之嫌。

此調出戲文，南曲承之，改易其名曰【急三槍】。《簡譜》卷八【雙調過曲・急三槍】引前之【犯衮】爲例曲，句讀、正襯有所不同。尾批："凡作此曲者，皆附於【風入松】後。全套【風入松】四支，第一、第四兩支，不附此曲，附此曲者，必在第二、第三兩支後，此定格也。"是。"全曲十句皆三字，用四韻，兩平兩仄，昉自《琵琶・掃松》，後來作者皆依據之。"注意：此間【犯衮】與【犯朝】並不同格。"張心其云：此調《舊譜》不題名，今從俗爲【急三槍】。舊分爲二，今合爲一。凡作此曲者，前三句必如此作扇面對，方妙。譚儒卿云：此調與【風入松】共爲一套。凡用【風入松】或一曲或二曲，即以一【急三槍】間之，臨完仍以【風入松】或一曲，或二曲結尾，不可亂也。兩家之説，本顯豁可從。"此言用曲之序，是。"而鈕少雅必欲别開生面，題作【犯滚】，且謂出自元譜，又有【犯朝】【犯歡】【犯聲】等名，皆必間於【風入松】套内，未免多立新名。况所云元譜，今又不傳，未知所據何若。余不敢妄從，因仍主張、譚兩家説，俾作者免去葛藤也"。《長生殿・權閧》仿此曲而作，"極是，可從。"《正始》所列曲名，俱標署出處，非自作主張，"多立新名"。《正始》所據元譜，即蔣孝、王驥德以及吕士雄等前人均予認同，並經鄭振鐸、錢南揚、馮沅君、趙景深等前輩系統考辨，已成爲宋元戲文極其重要的構成，故"未知何據"，不可從。從後世創作、鑒賞已經普及的角度，從張、譚包括吴梅等前輩之説，"免去葛藤"，可也，但不能因此倒推《正始》之不可信從。《長生殿・權閧》曾受到吕士雄的批評，吴先生此論又爲反批評矣。

【犯歡】

1.【仙吕入雙調過曲】【歸朝歡】喜春來，怕春歸，閑愁萬種，【風入松】將心事付殘紅。【歸朝歡】爲多情，盼多才，雲山萬重，【風入松】春衫上揾啼紅。　　元傳奇《林招得》，《正始》頁 1036

2.【仙吕入雙調過曲】【歸朝歡】共設盟誓，論雲雨，片時，【風入松】厮尤殢放嬌癡。【歸朝歡】更輕憐惜，同偎倚，共伊，【風入松】恩情重語聲低。　　元傳奇《賽東墻》，《正始》頁 1037

格式：3，3，$4_{\triangle}$，6 $乙_{\triangle}$。3，3，$4_{\triangle}$，6 $乙_{\triangle}$。　　8 句

集曲。前用【歸朝歡】首三句，次用【風入松】末句；次用【歸朝歡】第五至第七句，後用【風入松】末句。

《正始》列第一曲爲正格，尾批："此調按元譜。原題曰【犯歡】。其首三句及第五、六、七句皆注'犯【歸朝歡】。'但據【歸朝歡】本調，其首二句及第五、六句，律皆疊文者。……今據本曲，所犯句法雖同，何其二段皆不用疊句，然皆另文？或疑元人仍有不疊文之【歸朝歡】體，偶於譜中失載之耳。再俟賞音者訂。"列第二曲爲第二格，題注："【歸朝歡】，《拜月亭》格。"參見【犯衮】【犯朝】相關評論。

此調僅見於戲文，南曲不傳，已併入【急三槍】。

【犯聲】

【仙吕入雙調過曲】【雙聲子】玉指撥銀甲款兜，【風入松】輕清處韻悠悠。【雙聲子】跨鸞鳳吹簫弄玉，【風入松】一曲敢破【梁州】。

元傳奇《蘇小卿》，《正始》頁 1037

格式：7 $乙_{\triangle}$，6 $乙_{\triangle}$。7 乙，6 $乙_{\triangle}$。　　4 句

集曲。第一、第三句用【雙聲子】，第二、第四句用【風入松】末句。

《正始》尾批:“此【雙聲子】體。今明傳奇《寶劍記》效之曰:‘聽漏轉佳人頻報。’又末句云:‘宿鳥踏胭脂零落。’按此三調(指【犯衮】【犯歡】與此【犯聲】),雖係原題,恐難以之爲法,撰者宜諒之。”此論後者是,從後世通行之體可也。然前一觀點值得商榷。詞調有【雙聲子】,七乙句爲其十一句中之第七句;元傳奇有【雙聲子】,無七乙句者。然此以明傳奇爲例說明元傳奇,恐非。參見【犯衮】【犯朝】相關評論。

此調僅見於戲文,南曲不傳,已併入【急三槍】。

【玉翼蟬】

【黄鐘調近詞】畫閣朱樓,綉簾半掩。現祥光裊瑞煙,襲襲香風滿。聽樂聲鼎沸,繁弦合脆管。　　元傳奇《燕子樓》,《正始》頁 1057

格式:4,$4_{\triangle}$。6 乙$_{\triangle}$,$5_{\triangle}$。4,$5_{\triangle}$。　　6 句

《正始》題注:“比【黄鐘宫・耍鮑老】止争第四及末句。”尾批:“此末句仄煞。”

諸宫調有【大石調・玉翼蟬】,與此不同。北曲有【大石調・玉翼蟬煞】,用諸宫調【玉翼蟬】第四【换頭】全部加叠句及增句,作【尾聲】,與此亦不同。南曲入【黄鐘近詞】,《新譜》卷十五用此爲例曲,然題【耍鮑老】,格與此同,而以【玉翼蟬】别爲一曲。《大成》卷七十一引此曲入【黄鐘過曲】,亦與此同。考《舊譜》卷五、《沈譜》卷十四均無【玉翼蟬】而有【黄鐘過曲・耍鮑老】,都以《西厢》“夫人小玉都睡了”爲例曲,與此大不同。《沈譜》【黄鐘過曲・耍鮑老】題注:“當名曰【永團圓犯】,説見【中吕】。”其卷八【中吕過曲・永團圓】注:“此調,舊本亦題曰【耍鮑老】,然但似《琵琶記》【永團圓】,却不犯【鮑老催】。不可曉。”《寒山堂譜》【黄鐘過曲・玉翼蟬】例曲與《舊譜》同,亦引此曲署【耍鮑老】,與此僅去“聲”字,餘均同。題“古曲”,尾批:“此曲《蔣譜》所收,不意《沈譜》删去。但此係古曲,不可廢也,今故補入。”

此調當源於諸宫調,北曲承之;戲文或承於諸宫調,已有較大轉换;南曲承傳於戲文,但明人不辨源流,或遺漏、或混淆;特别是與【耍

鮑老】易其名，添出一些混亂。

【玉濠寨】

【正宮調近詞】拍手小孩兒，笑殺山翁醉似泥。醉裏乾坤真廣大，獨醒的怎知？共伊，共伊摒醺醺醉。摒醺醺醉步月歸，摒醺醺醉花間睡，從教日墜西。

元傳奇《董秀才》，《正始》頁 1071

格式：5，$7_{\triangle}$。7，5 $乙_{\triangle}$。$2_{\triangle}$，6 $乙_{\triangle}$。6 $乙_{\triangle}$，6 $乙_{\triangle}$，$5_{\triangle}$。 9 句

《定律》卷二、《大成》卷四十三均以此爲例曲，與此同。《定律》入【正宫過曲】。《大成》入【高大石調過曲】，署《遇仙記》。

此調或採自民歌，南曲譜多未録，可見傳之不廣。

【玉梅花】

【南吕調近詞】終日悶守陰陵，暗無言告著靈魂。望陰中報取奸佞，我兒夫那處安身。知是，如今未卜，生和死難明。

元傳奇《越氏孤兒》，《正始》頁 1167

格式：$6_{\triangle}$，7 $乙_{\triangle}$。7 $乙_{\triangle}$，$6_{\triangle}$。2，4，5 $乙_{\triangle}$。 7 句

《大成》卷五十引此爲例曲，題【南吕過曲】，署《孤兒記》，與此僅末三句作(合)，且句讀、正襯不同。《趙氏孤兒記》第三十八齣《陰陵思憶》連用二支，此爲始調，題【五梅花】，當形近而誤。

此調僅見於戲文，不見南曲諸譜，則後已不傳。

【出破】

1. 【越調近詞】若還念，臣有微能，鄉郡望安置。庶使臣，忠心孝意，得全美。臣無任瞻天望聖，激切屏營之至。

元傳奇《蔡伯喈》，《正始》頁 1219

2.【越調近詞】傷心處，危樓凝竚，關山遥隔幾煙水。堅心守，終須重會，愁如織。便做鐵石心腸淚垂，歎何時重得你。

元傳奇《賽金蓮》，《正始》頁 1222

3.【仙吕過曲】夫妻事（此字原無），輻輳因緣，相會盡如是。長記取，深情密意，莫拋棄。共同往神前拜跪，設下山盟海誓。

元傳奇《東墻記》，《寒山堂譜》卷一頁 661 下半葉

格式：3，4，$5_{\triangle}$。3，$4_{\triangle}$，$3_{\triangle}$。7 乙，$6_{\triangle}$。　8 句

《正始》列第一曲爲正格，列第二曲爲第二格，題注："第七句變作六字，末句節讀不同。元傳《陳叔文》亦然。"《寒山堂譜》列第三曲爲例曲，題【破尾】，尾批："'奴在深閨''懷兒緊貼''雨散雲收''咱甚福分''才貌俊美''生死相隨'等六句，俱可照【入破】格，重唱一句。"據《輯佚》頁 196，則【衮第三】（第一句）、【歇拍】（第二、三句）、【中衮第四】（後三句）均可疊句。

南曲有此調，《沈譜》卷十六、《新譜》卷十七、《定律》卷十三、《大成》卷二十五、《簡譜》卷十均以第一曲爲例曲，句字略有差異。《沈譜》題注："亦不拘幾曲，至第七而止。"《新譜》眉批："'庶使'去上聲，'仰聖'上去聲，俱妙。"《定律》題【出破第七】。《定律》《大成》《簡譜》均入【越調過曲】。《沈譜》附録【不知宫調過曲・薄媚曲破】亦引第三曲。《寒山曲譜》存録第一、第三兩曲，均與此同。第一曲尾批："《舊譜》無重句，今從俗。"第三曲尾批同《寒山堂譜》。

此調本爲唐宋大曲之大收煞，但據劉永濟《宋代歌舞劇曲録要・序》及所輯文獻，均以【煞衮】【煞】爲【入破】之收煞，故此調今則僅見於戲文。參見【入破】【中衮第四】【後衮】等曲的考辨。

【本調賺】

1.【羽調近詞】小窗半掩，偷步閑階月影窺人臉。我和伊，每夜心香一處燃。聽奴言，不道你爲人直恁奸，也不道我爲人直恁狠。我只共你，但須管天長地遠，對天發願。

2.【前腔换頭】凭香肩，痛惜慢輕憐，須教盡老無抛閃。片時也，何曾忘了多嬌面？但心堅，也要恩情兩下生，况你正青春我少年。怎知爲你，受了些花愁月悶，願休薄倖。

元傳奇《王瑩玉》，《正始》頁 1267

格式：$4_{\triangle}$，$7_{\triangle}$。3，$7_{\triangle}$。$3_{\triangle}$，$7_{\triangle}$，$7_{\triangle}$。4，7 乙$_{\triangle}$，$4_{\triangle}$。　10 句

《正始》題注："此調比【仙吕宫·惜花賺】，止争第八、九句。"戲文另有【仙吕調近詞·惜花賺】，第八、第九句作"3，$7_{\triangle}$"，與此略異，餘同。

後世南曲有【大石調·本宫賺】【越調·本宫賺】【仙吕調近詞·薄媚賺】和【不是路】等賺曲，《沈谱》卷二【仙吕调近词·赚】題注："一名【惜花赚】，与【婆罗门赚(此字原缺)】【薄媚赚】同。"又引《黄孝子》"高义惟仁"为【薄媚赚】例曲。《新譜》卷二【仙吕調近詞·不是路】尾批："賺曲，俗名【不是路】，舊用以参引曲之間，今則爲過曲中承上起下之調。查各宫調俱有【賺】，句法每有不同，大抵通用此曲爲便耳。"既各宫調原俱有【賺】，則屬於宫者用【本宫賺】，屬於調者當用【本調賺】，於理方合，今於調者仍用【本宫賺】，當爲後世通用歸併所致。考各宫調賺曲，除【大石調·本宫賺】較爲特殊，其餘各賺較爲相近，僅句字略有不同，故可通用。又據《新譜》眉批，各賺曲之差異，有"古調"與"今曲"之别，是。惟《舊譜·十三調南曲音節譜》之【羽調】有【賺】，題注："名【本調賺】。"其目録後注："右已上俱係近詞。"則所録【本調賺】正入【羽調近詞】。然有目無辭。其他未見名【本調賺】者。《定律》卷十二有【羽調過曲·本宫賺】，引《教子》"事體已逼"爲例曲，與此僅末句疊用一句，餘均同。

此調僅見於戲文，當屬"古調"；後易名【本宫調】，較之本格，略有變化；更爲普遍情況，則是與各賺因通用而歸併之。

【犯胡兵】

【不知宫調過詞】囊無半點挑藥費，良醫怎求？縱然救得目前，飯

食何處有？料應難到後，漫説道有病遇良醫，饑荒怎救？

元傳奇《蔡伯喈》，《正始》頁 1369

格式：7，$4_{\triangle}$。6，$5_{\triangle}$。$5_{\triangle}$，7，$4_{\triangle}$。　7 句

《正始》題注："'犯'，或作'征'。"

南曲有此調。《沈譜》附録【不知宫調過曲】引此爲例曲，題注："或作【征胡兵】。"《新譜》卷二十五【雜調】亦引此爲例曲。《寒山曲譜》、《定律》卷八、《大成》卷五十均引此曲，入【南吕過曲】。《寒山曲譜》題注："即【征胡兵】。"《大成》即題【征胡兵】。

此調當出於軍中歌曲，戲文採用之；南曲承之。

六　筆

【西地錦】

1. 見説到會聽聲,冠朝野達帝城。佳名是則久聞矣,有一夢説與聽。

2. 夢時節却未四更,此身兩山上行。瞥見個人如虎類,被它傷却股肱(原作“肱股”)。　《張協狀元》4

3. 當職心懷公正,更名播朝廷。從官判斷無私曲,管民樂升平。

《錯立身》7

4. 下官心平公正,卑職掌開封。但民歌千里明忠,正報和氣春風。　《小孫屠》6

5. 【大石調引子】好怪吾家門婿,鎮日不展愁眉。教人心下常縈繫,也只爲着門楣。　元傳奇《蔡伯喈》,《正始》頁 241

6. 【大石調慢詞】……怎不教人憔悴。①

元傳奇《趙氏孤兒》,《正始》頁 1095

格式:6 乙$_{\triangle}$,6 乙$_{\triangle}$。7,6 乙$_{\triangle}$。　4 句

前四曲,第一句可作六字句,如第三、四曲;或作七乙句,如第二曲。第二句可減作五字,如第三、四兩曲。第三句可作七乙,如第四曲。第四句可減作五字,如第三曲;或作六字,如第二、四兩曲。

---

① 《趙氏孤兒記》第三十齣《嬰計存孤》存録【征西番】二支,其【前腔】辭云:“我丈夫直恁扮,醫人藏出孤兒。我們乳哺兩孤兒,怎不教人憔悴。”此與《張協》第二曲同格,然【西地錦】未見【征西番】之别稱。待考。

《正始》列第五曲爲正格，與此小異：第一、二、四句均作六字句，不作六乙句式。題注：“【黄鐘宫】移歸。”尾批：“此末句平煞。元傳奇《趙氏孤兒》仄煞云云。”頁 1095【大石調慢詞】亦引第五曲，題注作：“【黄鐘宫】查歸。”尾批同。

《全宋詞》有【西地錦】六首，雙片，其上闋與此略異：二、四兩句均作五字。南曲有【黄鐘引子・西地錦】，《舊譜》卷五、《沈譜》卷十四、《新譜》卷十四、《大成》卷六十九均引第五曲爲例曲，與此同。《大成》題注：“與本宫正曲不同。”《大成》卷七十一另有【黄鐘宫正曲・西地錦】，與此不同。

此曲源出詞調，戲文採用之，略有變化；南曲承之，然轉换宫調。

【行香子】

1. 欲改門閭，須教孩兒，除非是攻着詩書。門兒咫尺，不出多時。爲孩兒，欲出去，淚偷垂。　　《張協狀元》5

2.【中吕引子】日有陰晴，月有虧盈，歎人無久富長貧。貧的是秋來到也，黄葉飄零。富的是到春來，花如錦，柳拖金。

元傳奇《殺狗記》，《正始》頁 381

格式：4$_{\triangle}$，4，7 乙$_{\triangle}$。4$_{\triangle}$，4$_{\triangle}$。3，3$_{\triangle}$，3$_{\triangle}$。　　8 句

《正始》以第二曲爲例曲，與此同。其題注：“與詩餘同。蘇子瞻詩餘首尾散，‘秋來’二句對。”是；今《東坡樂府》存【行香子】七首，首兩句、第四、五兩句和末兩句多作對句。

詞調有【行香子】，雙片，其上闋與此僅第六句作四字，首增一統領字，餘同。北曲有【雙調・行香子】，與此同。故宫博物院所藏金元雲頭狀白地黑繪瓷枕有【雙調・行香子】詞“寒暑催遷”一首，其上闋與此全同。故楊棟認爲：“唐宋詞流入元曲，有格律全同、全不同或半同半不同等各種變化形式，【行香子】不但詞曲全同，而且連宫調都是【雙調】，這是很少見也很典型的例子，元曲與宋詞的直接血緣關係是

可以由此得到證明的。”[1]南曲有【中吕引子·行香子】,用詞之上闋,轉變宫調。《旧谱》卷三引第二曲为例曲,《沈谱》卷八、《新譜》卷八等俱东坡词为例曲,題注:“此係詞餘,亦可唱。”

此曲源出詞調,戲文與北曲分途承傳之;北曲全同,戲文略有改造;南曲傳自戲文,復歸詞體。

【江兒水】

1. 甚人入奴廟裹,把門到拄?教奴獨立在雪兒裹,淅淅(原作“浙浙”)朔風似刀割體,渾身如脱在那江兒水。甚人來投此處?早早開門,莫叫奴家立地。

2.【同前】路人無眠也,投此處宿。開門怕風透了人難睡,此是劫賊劫它去,衣裳剥盡身如水。判官和着小鬼,收拾威光,且來此處落地。

《張協狀元》10

3. 離了家鄉裹,奔路途。不知它在何州住?使我心中添愁悶,閃得我今日成孤另。渡水登山勞頓,未知何日,再與多情歡會?

《錯立身》10

4.【仙吕入雙調過曲】膝下嬌兒去,堂前老母單。臨行只得密縫針綫,眼巴巴望著關山遠,冷清清倚定門兒遍。教我如何消遣?(合)要解愁煩,須是寄個音書回轉。

5.【前腔】妾的衷腸事,萬萬千。説來又怕添縈絆,六十日夫妻恩情斷,八十歲父母如何展。教我如何不怨?(合前)

元傳奇《蔡伯喈》,《正始》頁 975

6.【仙吕入雙調過曲】相公神魂且住,聽訴與。靈輀蒙賜銀和米,未當報答恩和義,如何便撇靈輀去。指望今生伏侍,懊恨讒臣,用著許多奸計。

元傳奇《趙氏孤兒》,《正始》頁 977

7.【仙吕入雙調過曲】謁盡朱門遍,只落得空手回。漫空中大雪紛紛地,寂寞孤村無鄰裹,這些粥食從何至?問取娘行來歷,説與因

---

[1] 楊棟《元曲起源考古研究》,中國社會科學出版社,2014 年,第 70 頁。

依，也知詳細。　　　　　　　　　　元傳奇《吕蒙正》，《正始》頁 978

格式：$5_{\triangle}$，$4_{\triangle}$。$7_{\triangle}$，$7_{\triangle}$，$7_{\triangle}$。$6_{\triangle}$，4，$6_{\triangle}$。　　　　8句

《張協》首曲即嵌“江兒水”三字，第二曲亦有“身如水”，此唱調名，是爲始曲。以下《錯立身》言“渡水登山”，尚未離“水”字；至《蔡伯喈》，則與調名全無關係，已成寬泛之曲。

《正始》列第四曲爲正格，與此僅第二句作五字，且与首句作對句；末句作七乙句，餘同。題注：“一名【岷江緑】。”尾批引《沈譜》曰：“此調第四句當用仄仄平平起，而後人用平平仄仄。譬猶第二曲‘六十日夫妻恩情斷’一句最得體，而人皆不學；至於‘眼巴巴望着關山遠’一句，乃落調敗筆，而後人競學之。”驗之首三曲，是。列第五曲爲第二格，題注：“第二句減爲三字。”尾批：“此調第二句，時譜拘定三字，凡遇五字必以二字襯之，豈知此調之第一句亦有三字者，甚至亦有六字者，今皆未嘗勘及。”考《張協》第二句均作四字，《錯立身》則作三字，可見元曲原未統一。列第六曲爲第四格，題注：“首句變六字，四曲皆然；末句六字，四曲亦然。”列第七曲爲第五格，題注：“末句減爲四字，次曲亦然。”

北曲有【雙調・江兒水】，是【清江引】之别名，與此不同。南曲有【仙吕入雙調過曲・江兒水】，《舊譜》卷十引《王祥》“嫂嫂寬腸肚”爲例曲，與此同。《沈譜》卷二十、《新譜》卷二十三、《定律》卷九均引第五曲爲例曲，與此僅第二句定作三字句，餘同。《定律》題【雙調過曲】。

此調或出於四川地方民間歌曲，戲文、與北曲承之，名同實異；南曲承於戲文，略有變化。

【字字雙】

1. 一石兩石米和穀，也一擔擔。兩桶三桶臭物事，也一擔擔。四把五把大櫪柴，也一擔擔。豆腐一頭酒一頭，也一擔擔。

《張協狀元》12

2.【仙吕入雙調過曲】我做媒婆甚妖嬈，談笑。說開說合口如

刀,波悄。合婚問卜若都好,有鈔。只怕假做庚貼被人告,吃拷。

元傳奇《蔡伯喈》,《正始》頁 906

格式:7,4△。7,4△。7,4△。7,4△。 8句

此調雙句均用疊字,正與【字字雙】相合,是字字相疊成雙也,爲唱調名。

《正始》列第二曲爲正格,與此第二、第四、第六、第八句皆作俗語兩字句。此是改字字相疊而爲兩字一句,改造了【字字雙】的原始意義與格式。

此調不見唐大曲和《教坊記·曲名》。然唐·鄭哲《才鬼記》:"唐中涓官伎館,見童子捧酒核,導三人至,皆古衣冠。相謂曰:'崔常侍來何遲?'俄一人至,有離别意。共聯四句,爲【字字雙】曲云。"晚唐女詩人王麗真存【字字雙】一首,七言四句:"床頭錦衾班復班,架上朱衣殷復殷。空庭明月閑復閑,夜長路遠山復山。"則本義爲每句重複使用一字。俞民爲《中國古代曲體文學格律研究》第一章認爲:"南曲【字字雙】則在和聲處填上文字,便將原來的齊言詩改爲長短句體。"是。《張協狀元》尚存古貌,《琵琶記》的曲辭所詠與調牌本義已漸行漸遠了。南曲有【仙吕入雙調過曲·字字雙】,《沈譜》卷二十、《新譜》卷二十三、《定律》卷九、《大成》卷六十三均以第二曲爲例曲,《定律》《大成》題【雙調過曲】。《大成》尾批:"末句作疊者,係近體;不作疊者,乃古體也。"正好説反了。

此調出于唐曲,戲文,南曲承之。

【朱奴兒】

1. 奴感謝公婆恁地,大雪下托物來相惠。又感哥哥冒雪至,出言語話忒無知。你只道,没這樣兒,怎敢要與奴爲夫婿?

2. 【同前】適來它不擔那酒米,我婆遂撩撥它説與,改日娘行與你娶貧女。它歡喜冒雪擔至。你莫道,没這樣兒,苦欺它道没張志!

3. 【同前】我適來擔至廟前,見一個苦胎與它厮纏。口裹唱個囉

嗹囉囉嗹，把小二便來薄賤。你只道，没這樣兒，甚人做得人宅眷？

《張協狀元》12

4.【正宫過曲】爲科舉離鄉半春，從别後斷羽絶鱗。喜今日偏逢寄信人，也是咱客中緣分。休辭憚，車埃馬塵，計日到東甌郡。

元傳奇《王十朋》，《正始》頁 141

5.【正宫過曲】是則是公文限緊，承尊命怎敢不允。管取十朝與半旬，到宅上備説原因。遂歷盡，山郭水村，指日到東甌(原作"歐")郡。　元傳奇《王十朋》，《寒山堂譜》卷二頁 681 下半葉

格式：7 乙$_{\triangle}$，7 乙$_{\triangle}$。7$_{\triangle}$，7 乙$_{\triangle}$。3，4，7$_{\triangle}$。　7 句

第一曲第四句作七字句，與此略有小異。

《正始》以第四曲爲例曲，與此末句作六乙，餘同。《寒山堂譜》、《定律》卷二列第五曲爲例曲，《寒山堂譜》題注："七句，四十一字。"與《正始》同。

南曲有【正宫過曲・朱奴兒】，《舊譜》卷二引《拜月亭》"春名園奇葩異卉"爲例曲，與此同格。《沈譜》卷四引第五曲爲例曲，眉批："此曲句句本色，又不借韻，此《荆釵》所以不可及也。或將末句'郡'字下增一'城'字，可恨。"《新譜》卷四承之。其實戲文末句初作七字，作六乙句式反而是後出者。

此曲出於戲文，南曲承之，略有變化。

【羽調排歌】

1. 兩口從今日，自當愛惜，詩書自當記得。你對夫妻且恁底奇，者(原作"哉")對夫妻直恁底。做卓底，腰屈頭又低，有酒把一盞與卓子吃。

《張協狀元》16

2. 聽説因依，其中就裏：一個負心王魁。孟姜女千里送寒衣，脱像雲卿鬼做媒。鴛鴦會，卓氏女，郭華因爲買胭脂。瓊蓮女，船浪舉，臨江驛内再相會。

《錯立身》5

3. 自從當日，不見我兒，心下鎮長憂慮。兩眼長是淚雙垂，怎地

孩兒爲路歧?(合)今日裏,得見你,焚香子父謝神祇。它鄉裏,重會遇,夫妻百歲效于飛。

4.【同前】那日孩兒,私奔故裏,歷盡萬山煙水。途中寂寞痛傷悲,到了東平得見伊。(合同前)　　《錯立身》14

5.【仙吕過曲】黯黯雲迷,寒天暮景,區區水涉山登。瀟瀟黄葉舞風輕,這樣愁煩不慣曾。不忍聽,不美聽,聽得胡笳野外兩三聲。風力勁,天氣冷,一程分做兩程行。　元傳奇《拜月亭》,《正始》頁 342

格式:$4_{\triangle}$,$4_{\triangle}$,$6_{\triangle}$。$7_{\triangle}$,$7_{\triangle}$。$3_{\triangle}$,$5_{\triangle}$,$7_{\triangle}$。　　8句

第一曲,錢南揚《校注》原題【排歌】之【同前】,以爲【三疊排歌】,誤,當爲【三疊排歌】後所接之【羽調排歌】;第二原題【排歌】,實即【羽調排歌】;第三、第四兩曲後則接以【三疊排歌】,且均用“合同前”,疊用第三曲末六句,可見在“戲文三種”中,【排歌】其實包括【三疊排歌】與【羽調排歌】兩調,故往往混淆;【三疊排歌】與【羽調排歌】又是常常互爲前後聯綴使用的。第二至第四曲,與此第七句均改作三字句,末增“$3_{\triangle}$,$3_{\triangle}$,$7_{\triangle}$”三句。

《正始》引第五曲爲例曲,與此第七句作三字,末尾增添“$3_{\triangle}$,$3_{\triangle}$,$7_{\triangle}$”三句,餘同。正與《錯立身》格同。

南曲有【仙吕過曲・羽調排歌】,與後四曲同。《舊譜》卷一、《沈譜》卷一、《新譜》卷一均引第五曲爲例曲,題注:“四字起。”《定律》卷十二、《簡譜》卷十亦引第五曲爲例曲,題【羽調過曲・排歌】,與此句字略有變化。《簡譜》尾批:“舊譜將此調列入【仙吕宫】,而標題曰【羽調排歌】,此大憒憒也。今移歸本調。首二句應對,‘蕭蕭黄葉’二句亦應對,以下將三三七分作兩排做。”

此曲在戲文前期尚未定型,較爲自由,如《張協狀元》;後漸整飭,有《錯立身》可證。南曲承之,清代以後則又轉換宫調。

【江頭送别】

1. 才及第,才及第,我女便嫁你。張家府,王家府,怎不如是?

忒作怪不接絲鞭去，想它都蹺蹊。

2.【同前】因緣事，因緣事，五百年注已。它不肯，它不肯，怕没别底！它門既然相欺負，夫人請出來商議。　《張協狀元》27

3.【越調過曲】天臺路，當日曾，降臨二仙。桃花岸，武陵溪，賺入劉阮。不争再把前途踐，仙凡自此隔遠。

元傳奇《拜月亭》，《正始》頁 787

4.【越調過曲】哥哥□，倚强恃長。親兄弟，義深恩廣。假如送你還家去，由哥哥打駡何妨。　元傳奇《殺狗記》，《正始》頁 788

格式：$3_{\triangle}$，3，$5_{\triangle}$。$3_{\triangle}$，3，$5_{\triangle}$。$7_{\triangle}$，$5_{\triangle}$。　8 句

第一、第二兩曲，第二、五兩句疊用前句。

《正始》列第三曲爲正格，與此相較，第二、第五兩句不用疊句，第三、第六兩句均減一字作四字句。題注："此調上截直似【雙聲子】。"列第四曲爲第三格，題注："第一、第四句不疊句，又不疊文。"與此減省第二、第五兩句，變化較大。眉批："首句'哥哥'下脱一字。"

南曲有【越調過曲・江頭送别】，《舊譜》卷六、《沈譜》卷十五、《新譜》卷十六等均用第三曲爲例曲。《定律》卷十三引第四曲爲正格，作："哥哥的，哥哥的，倚强恃長。親兄弟，親兄弟，意怎敢忘。好歹送你回家去，由哥哥打駡何妨。"俞爲民《殺狗記校注》第十二齣《雪中救兄》此曲僅"送"作"背"，餘同。則《正始》所云脱字或即"的"字。《定律》又引第三曲爲【前腔】，與此體式相同。《大成》卷二十四引第四曲爲例曲，同《定律》正格；引第三曲爲【又一體】。

此曲出於戲文，頗多變體；南曲承之，已經規範、統一。

【地(原作"從")錦花】

1. 懶能臨掠烏雲鬟，慵點絳唇，對(疑爲衍字)謾當壚效學文君。暗想文君，何時遇得知音？一片至誠心，奈何天也不由人？《小孫屠》3

2.【中吕過曲】綉鞋兒，分不得幫和底，一步步提，百忙裏褪了跟

兒。冒雨湯風,帶水拖泥。步難移,全没些力和氣。

元傳奇《拜月亭》,《正始》頁 460

3.【中吕過曲】那其間,窮不了咱和你,天下盡知,登科記報着名兒。不枉了十載寒窗,苦心勞志。步雲梯,一朝身到鳳凰池。

元傳奇《瓦窰記》,《正始》頁 460

格式:$7_{\triangle}$,$4_{\triangle}$,7乙$_{\triangle}$。$4_{\triangle}$,$6_{\triangle}$。$5_{\triangle}$,$7_{\triangle}$。　7句

第一曲,錢南揚《校注》云:"'地',原誤作'從',今正。"從之。

《正始》列第二曲爲正格,與《小孫屠》首句破作"3,6 乙"兩句,末三句各減省一、二字,餘則大同小異。列第三曲爲第二格,題注:"末句變爲七字。"尾批中指出時唱對原詞有所改動。

《舊譜》卷三、《沈譜》卷八、《新譜》卷八、《寒山曲譜》、《定律》卷六、《大成》卷十均引第二曲爲正格,然題【攤破地錦花】。《沈譜》尾批:"'兒'字借韻。"眉批:"'些'字换仄聲字乃叶。"《新譜》眉批:"馮以'鞋'字作襯,以合《綵樓》句法,欲去'綉'字腰板,予謂此腔不能改也。"《沈譜》及以後諸譜復引第三曲爲【又一體】,署《綵樓記》。與此句字略有差異,如首句作"那時",以上《新譜》所引馮夢龍意見即對此而發;第五句作"不枉了十載寒窗",正襯不同;末句減字作"管身到鳳凰池",與《正始》正格同。《沈譜》尾批:"'時'字、'兒'字、'志'字俱借韻。"眉批:"第一句與前曲不同,末一句大同小異。古本元作'登科記',今人改作'登高第';又點板在'盡'字及'登'字上,甚無謂。"《新譜》《寒山》均承之,據《正始》第三曲尾批,則此調當時還在傳唱。《重訂拜月亭記》第十三齣《瑞蘭逃軍》、《李卓吾批評幽閨記》第十三齣《相泣路歧》均引此第二曲,與此僅句字小異。《風月錦囊·全家錦囊》卷七《吕蒙正》《怡春錦》《群音類選》等俱引第三曲,然題【麻錦花】,此調不見於南曲諸譜,當誤。

此調出戲文,南曲承之,轉换牌名,略異句式。

【光光乍】

1. 仁兄聽我言，千萬與周全。若得一力維持，感恩即非淺。

2. 【同前】夫妻是宿緣，當與你作宛轉。放下心腸休憂慮，管教你成姻眷。　《小孫屠》5

3. 【仙吕過曲】因感病不痊，合藥用多般。欲買婆婆一黄犬，與婆錢一貫。

4. 【同前】……向前深萬福。①　元傳奇《殺狗記》，《正始》頁 277

5. 【仙吕過曲】女婿要同歸，岳丈意何如？忽叫奴家緣何的？想必與他作區處。　元傳奇《韓壽》，《正始》頁 277

6. 【小石調過曲】和尚去出家，身上披袈裟。打起鐘來吃齋飯，真個快活光光乍。　元傳奇《吕蒙正》，《寒山堂譜》卷四頁 692 下半葉

格式：$5_{\triangle}$，$5_{\triangle}$。6，$5_{\triangle}$。　4 句

第二曲较此，第二、四兩句增一字作六乙句，第三句增一字作七字句。

《正始》列第三曲爲正格，題注："末句五字。"尾批："末句蔣、沈二譜作'特與婆婆錢一貫'。文理未嘗不可，句法未嘗不合，但非原文古調，且抹却五字一格矣。元本此二曲末句各止五字，其第二曲云云。"与此第三句增字作七字句，餘同。列第五曲爲第二格，題注："末句七字。"尾批："此亦二韻間用，亦不宜爲法。"錢南揚《輯佚》懷疑"此曲不像賈午口氣，不知誰唱？也不詳何指？"《全元戲曲》卷十二頁 610 尾注、黄仕忠《拾遺》均考定："此曲實爲《琵琶記》三十八齣之曲，《正始》誤題。"是：錢南揚《元本琵琶記校注》第三十八出《伯喈夫婦上路回鄉》即有此曲，與此全同。此且依例姑存原題。《寒山堂譜》以第六曲

---

① 《六十種曲》本《殺狗記》第二十五齣《月真買狗》存録此曲，爲始調，其辭云："誰人叫王婆，叫得我聲恁速。待我開門看則個，呀，元來是迎春姐姐忙萬福。"第三曲爲【前腔】，二曲位置交錯，末句均作七字。

爲例曲,題注:"四句,二十四字。"較此末句作七字。曲中即有"光光乍",爲唱本調也。尾批:"此調無别曲可證。"誤。

南曲有【仙吕過曲·光光乍】,《舊譜》卷一、《沈譜》卷一、《新譜》卷一均以第三曲爲例曲。與此相較,《舊譜》第三句作六乙句,末句作七字句;《沈譜》《新譜》第四句均作七字句,又俞爲民《殺狗記校注》第二十五出《月真買狗》【光光乍】之【前腔】,與之同,正《正始》所批評者。《定律》卷五、《大成》卷三以第六曲爲例曲,均題【仙吕過曲】,《定律》署《西厢》,《大成》署《綵樓記》。《大成》尾批:此"爲正體。……末用'光光乍'三字押韻,此體最古。如《琵琶記》之【雁兒舞】,末句'一處裏雙雙雁兒舞',亦是古體。"《簡譜》卷六引第六曲爲例曲,題【仙吕過曲】,署《西厢》,【望梅花】尾批:"【光光乍】末句,必須用'光光乍'三字,故用之僧尼居多,與【雁兒舞】同。"驗之《小孫屠》及元代戲文,並非一定如此。即在明清傳奇中,也非通例。李九我批評《破窑記》第五出有【光光乍】,與此末句作七字句,文字完全不同;《六十種曲》本《南西厢》第十折《目成清醮》【光光乍】作:"和尚出家,身上挂袈裟。有人請我修功果,真個快活光光乍。"與此大同小異。明富春堂本《南調西厢記》第十折【光光乍】則减作三句:"和尚出家挂袈裟,有人請我修功果,真個快活光光乍。"如此看來,《定律》署《西厢》,是;《寒山堂譜》《大成》署《吕蒙正》和《綵樓記》,誤。此且依例姑存原題。

此調當出於戲文,南曲承之,增字定型。

【朱哥兒】

1. 哥哥聽兄弟拜啓:它須煙花潑妓,水性從來怎由己,緣何會做得人頭妻?伊不聽,兄弟勸時,也須看前人例。

2. 【同前】我兄弟説得自是,它如今須脱了名籍。我見它真實娶它歸,娘親老待它看侍。(合)今日裏,成親愛喜,休口快胡言語。

3. 【同前】叔叔好不傍道理,奴元是好人兒女。墜落煙花怎由己,將奴駡淚珠偷滴。(合同前)

4. 【同前】勸孩兒休得要恁地,你嫂嫂看來也賢德。自今一家要

和氣，改日與你娶房妻兒。（合同前）

5.【同前】休得聽閑說是非，勸娘行也休得嘔氣。這般閑争甚巴臂，傍人聽是何張志？（合同前）

《小孫屠》8

格式：7 乙$_{\triangle}$，7 乙$_{\triangle}$。7$_{\triangle}$，7 乙$_{\triangle}$。3，4$_{\triangle}$，6 乙$_{\triangle}$。　　7 句

第一曲第二句減一字作六字句，亦合句式變化通例。

錢南揚《校注》云："【朱哥兒】，曲譜作【朱奴兒】。本無合頭，有第一曲可證。這裏後四曲忽用合頭，不知何故。"南曲有【朱奴兒】，爲【正宫過曲】，與此同格。這裏第一曲爲孫屠孫必貴唱，勸哥哥休娶妓女李瓊梅；後四曲分别是孫必達、李瓊梅、婆婆和梅香四人唱，都勸孫屠"休口快胡亂語"，故用"合頭"。戲文原本自由，較少規矩，錢先生用南曲規範來約束，當然不甚符合。

此與【朱奴兒】同，當爲别名。此單列之，以存戲文舊名。

【好孩兒】

1.【中吕過曲】尋不見連忙向前，搜索盡墻邊院邊。莫不是隱身法術是神仙，我走如煙眼尋穿。（合）歹人恰是那裏見，歹人恰是那裏見。

元傳奇《拜月亭》，《正始》頁 397

2.【中吕過曲】斟此杯香醪醖美，拚今宵共樂同醉。目今富貴，目今富貴，又何必戀紫争緋。（合）算這歡樂人生能幾？何須要别是鬬非？

元傳奇《趙氏孤兒》，《正始》頁 398

格式：7 乙$_{\triangle}$，7 乙$_{\triangle}$。7$_{\triangle}$，6 乙$_{\triangle}$。7$_{\triangle}$，7$_{\triangle}$。　　6 句

《正始》列第一曲爲正格。列第二曲爲第二格，題注："第三句變爲四字二疊句；第四句句節不同；末二句減爲六字，不疊。"

宋代賺詞有【好孩兒】，與此不同，但傳承之迹隱然可尋。南曲有此調，《舊譜》卷三引《拜月亭》"恨不得掘地討天"爲例曲，與此第三句增一字作四字二句，第五句減字作六乙句，第七句疊用前句末三字。查李卓吾批評《幽閨記》、《六十種曲》本《幽閨記》第七齣《文武同盟》，

均以《舊譜》所引爲第一曲,《正始》正格爲【前腔】,然都題【好花兒】,且合末兩句作“歹人歹人那裏見”一句。《沈譜》卷八引此二曲爲例曲,與此同。《新譜》卷八亦引此二曲爲例曲,然題第一曲作【好花兒】,與此同格,眉批:“末二句,古本如此,馮稿只‘歹人歹人那裏見’。”尾批:“此曲原名【好孩兒】,馮以爲誤,改作【好花兒】。予因其與《八義》二調絶不同,故從馮改名【好花兒】,只以下曲作【好孩兒】。然不知馮亦何所本。”第二曲則與第二格同。可見馮夢龍據時行坊本而改,《新譜》又依馮本而改。《定律》卷六、《大成》卷十一、《簡譜》卷六均題第一曲爲【好花兒】,《定律》尾批:“此曲舊譜皆重末句,近時通行以及坊本皆不重句,惟重‘歹人’二字,故亦不録重句,止重二字。”《簡譜》尾批:“舊譜以【好花兒】【好孩兒】併作一曲,不知萬不能合也。末句亦可用疊,余故將二曲分列之。”《定律》《大成》《簡譜》又均引第二曲爲【好孩兒】例曲,《定律》尾批:“此曲鈕譜以爲【好花兒】之【又一體】,欲依‘尋不見’之腔韻演之,似屬决難通行。况譚譜與前曲有注云:‘此曲原名【好孩兒】,馮以爲誤,改今名。沈譜注明。余因之之説即得理矣,何必生扭强拽。’故從譚譜分録。”《簡譜》尾批:“此曲與【好花兒】何涉,而舊譜皆合之,試問句法有一語可通否?”其實,《舊譜》《沈譜》《正始》只有【好孩兒】,均以第一曲爲例曲,《沈譜》《正始》以第二曲爲【又一體】,並無【好花兒】。《寒山曲譜》以第二曲爲正格,以第一曲爲【又一體】,尾批:“此曲比前曲絶不同,恐其有誤。”可知最早是坊本改名,馮夢龍《墨憨齋譜》引以爲據,《新譜》從之,但也略有保留和疑惑,《定律》《大成》等遂斷然判之,此條綫索是清楚的。戲文無【好花兒】,當仍從《正始》。

此調出賺詞,入戲文,有所轉换,傳於南曲,但又析出【好花兒】一調,不必從。

【合生】

1. 【中吕過曲】盡緑擁紅遮,正銀臺畫燭光皎潔。映桃腮杏臉人豔冶,任使玉山趄。寶香慢爇,看珠簾綉幕風味絶。舞回瑞雪,聽龍笙鳳簫聲韻咽。兩情和悦，夫妻且喜，洞房花燭夜。偏稱孔雀屏開，玳瑁羅列，金鼎噴香麝。　　元傳奇《薛芳卿》，《正始》頁 420

2.【中吕過曲】幸干戈寧息，恐不良隱匿在林樾間。遂差人體探忽報言，粉態畫村店。亂惑紀律，軍中趕捉來帳前。我欲介取夫人，向前來勸免。怎知今日輻輳？兩下菱花，鬬合成一片。夫婦再得團圓，再得重相見，百歲效繾綣。　　元傳奇《樂昌公主》，《正始》頁 421

格式：5 乙，$7_{\triangle}$。$7_{\triangle}$，$5_{\triangle}$。4，$7_{\triangle}$。4，$7_{\triangle}$。4，4，$5_{\triangle}$。6，4，$5_{\triangle}$。

14 句

《正始》列第一曲爲正格。頁 437【中吕過曲・瓦盆兒】《薛芳卿》末三句與此末三句同，當爲異調合頭。列第二曲爲第二格，題注："第七句增爲六字，第八句減爲五字，十三句變爲五字。"

宋・高承《事物紀原》卷九《博奕嬉戲部四十八・合生》："《唐書・武平一傳》曰：中宗宴兩儀殿，胡人襪子何懿倡合生，歌言淺穢。平一上書：'比來妖伎胡人、街童市子，或言妃主情貌，或列王公名質，歌詠舞蹈，號曰合生。始自王公，稍及閭巷。'即是合生之原，起自唐中宗時也。今人亦謂之唱題目。"《武平一傳》見《新唐書》卷一一九。南曲有此調，與此大同小異。然《舊譜》卷三、《定律》卷六、《大成》卷十均題作【喬合笙】，《沈譜》卷八、《新譜》卷八、《寒山曲譜》則題【合笙】。《沈譜》卷八題注："北曲有【喬合笙】，南曲無'喬'字。'合'，葛音。""合生"是唐宋"合生詩詞"、説唱遊樂的一種技藝，而"笙"則是樂器名，從第一曲"聽龍笙鳳簫聲韻咽"（《新譜》《大成》等此句作"趁龍笙鳳簫聲韻徹"）來看，"合生"即笙、簫等器樂合奏。無論是【合生】或是【喬合笙】，均當是合生这種藝術形式在元代酒宴中流行以及与戲曲相融合而固定的曲牌①。戲文另有【喬合笙】，與此不同，不當混淆。

此曲或出於唐宋説唱曲調，戲文採用之；南曲承傳之，或易名【合笙】，或與【喬合笙】相混，不必從。

---

① 參見張曉蘭《合生新考》，《東南大學學報》2014 年第 6 期。

【竹馬兒】

1.【南吕過曲】他效學昔日，關張結義，不思量久後有頭無尾。豈知他是調謊的，便虚心冷氣，挑唆員外如是。我東人在恁地多伶俐，落圈套，總不知，把骨肉下得輕棄。你好直恁地，不思量手足恩深，豈念同胞義？漫教人無語淚雙垂，説着後我心碎。

2.【前腔换頭】兩人癡（原作“疾”）迷，靠花言巧語，鬬是搬非。每日只會拖狗皮，那曾見回個筵席，長坐兩位。我東人結拜爲兄弟，落得個，甚便宜，夫和婦語不投機。他三個結義勝似親的，糖甜蜜更美。把親生兄弟趕出去，你家富何濟？　　元傳奇《殺狗記》，《正始》頁 541

格式：5 乙$_{\triangle}$，4$_{\triangle}$，7 乙$_{\triangle}$。7$_{\triangle}$，4$_{\triangle}$，4$_{\triangle}$。7$_{\triangle}$，3，3$_{\triangle}$，7 乙$_{\triangle}$。5$_{\triangle}$，7 乙，5$_{\triangle}$。7$_{\triangle}$，5 乙$_{\triangle}$。　　15 句

《正始》列第一曲爲正格。第二曲【换頭】首三句作四字三句，題注：“第十句下截去五字一句。”

《全宋詞》有【竹馬兒】一首，雙片，其上闋十二句，與此不同；另有【竹馬子】，與【竹馬兒】大同小異，與此不同。南曲有【南吕過曲・竹馬兒】，《舊譜》卷四、《沈譜》卷十二、《新譜》卷十二引第一曲爲例曲，與此同格，句字略異。《定律》卷八引第二曲，與此變化極大，尾批：“此曲已被少雅任意改削增删，以致與前曲字句板式皆差。及查坊本，則二曲俱同，故依坊本收録，庶前後不致乖離也。”其因在於《正始》作【前腔换頭】，而《定律》仍作【前腔】，則差異必然。且依據後之坊本規範元譜，亦不可。《大成》卷十八引此二曲，題注：“‘兒’一作‘子’。”以第二曲爲【又一體】，與此句字有所變化。《簡譜》卷七引第一曲爲例曲，與此有所變化，尾批：“此曲語語本色，前明人沈詞隱先生，每以此等曲爲佳，實則平仄每易顛倒。……此調聲度，頗不合【南吕】格式，鈕少雅改爲集曲，亦未安也。”《正始》未作集曲。

此曲或出詞調，進入戲文後已有較大轉换；南曲承於戲文，認知上已有歧意。

【江神子】

【越調引子】貪名逐利世間人，不修因果忒癡心，算蠅頭蝸角總虛名。棄却榮華居村落，別是一乾坤。

元傳奇《趙氏孤兒》，《正始》頁 768

格式：7△，7△，7△。7，5△。　5句

《正始》題注：“與詩餘不同。”

《全宋詞》有【江神子】，爲【江城子】之異名，雙片，與此不同，但攤破、合併之迹甚爲明顯；又有【江神子慢】，爲【江城子慢】之異名，與此不同。《全唐五代詞》收録【江神子】兩首，又入《全金元詞》，分别與詞調之【江神子】和【江神子慢】同。南曲有此調，入【越調過曲】。《舊譜》卷六、《沈譜》卷十五、《新譜》卷十六均引“蕩起商飈”套之“且莫教兒童掃”爲例曲，首句作六乙，末句作三字，餘與此同。《沈譜》題注：“與詩餘不同。”《定律》卷十三、《大成》卷二十三均引此爲例曲，《大成》與此句字有所變化。《趙氏孤兒記》第二十二齣《奸雄得意》亦用此曲，然末句作七字。

此曲出詞調，戲文轉换承之；南曲承於戲文，轉换其性質而入過曲，並變化句字，然後世使用較少。

【有餘情煞】

【越調過曲】幾年分别無音耗，奈千山萬水迢遥，只爲三不從生出這禍苗。

元傳奇《蔡伯喈》，《正始》頁 851

格式：7△，7 乙△，6 乙△。　3句

《正始》題注：“‘蔡邕不孝’是其過曲。”尾批：“此末句平煞。”並引明傳奇《西厢記》仄煞爲證：“肯不肯怎由他親不親盡在恁。”錢南揚《元本琵琶記校注》第三十六出《伯喈五娘相會》有【越調過曲・山桃紅】

“蔡邕不孝”套，其【尾聲】與此同。

南曲有此調。《舊譜》附録《十三調南曲音節譜·尾聲格調》【有餘情煞】尾批：“【越調】尾。‘炎光謝了’尾文是也。”《沈譜》附録《尾聲格調》承之，均有目無辭。《新譜》卷二十六《各宫尾聲格調》亦承之，續注：“見【越調】‘觀花愛月’云云。”查其卷十六有【越調·餘音】：“觀花愛月人年少，但對酒當歌歡笑，月夕花朝休教蹉過了。”此屬【越調·綉停針】“蕩起商飈”套，《舊譜》卷六引其全套：【越調引子·霜天曉角】“炎光謝了”，以下過曲序次爲：【綉停針】-【祝英台】-【望歌兒】-【鬬寶蟾】-【四般宜】-【山麻客】-【憶多嬌】-【江神子】-【餘音】。尾曲未分正襯，“蹉”作“錯”。此套《盛世新聲》酉集無題，《詞林摘豔》乙集題《題丹桂》，《雍熙樂府》卷十六題《題木樨》，木樨即丹桂也。與《舊譜》所載，三種曲選均不録【霜天曉角】，【山麻客】或作【山馬客】，【餘音】或作【尾聲】，餘同。尾曲與《舊譜》亦同，末句作“4、5”九字句，可以二字爲襯而視作七字句。《正始》尾批對此批評云：“此尾，‘炎光謝了’是其引子，‘蕩起商飆’是其過曲。按此‘蕩起商飆’套，其引子、過曲皆係【越調】，僅借此【商調】之【尚繞梁煞】一尾，此體儘有。今惟忠先生何至不察，遂誣作【有餘情煞】？余今再備明傳奇《崔君瑞》一尾，少證【有餘情煞】之句律無誤：‘若論夫妻皆前定，都壓盡人間俊英，喜同心帶綰成。’‘上苑繁華’是其引子。此格無襯字、有規矩，可爲式。”《崔君瑞》“上苑繁華”套今未得見，不可考校。《正始》反複强調的是：【有餘情煞】屬【越調】，末句作六乙句；“蕩起商飈”套是借用【商調】之【尚繞梁煞】，末句作七字句。如此，則《舊譜》《沈譜》《新譜》等混淆了【有餘情煞】與【尚繞梁煞】之區别，均屬誤題。《定律》卷十三引此爲例曲，然與此末句亦作七字句。

此調出戲文，南曲承之，略有變化。

【好姐姐】

1.【仙吕入雙調過曲】告得恩官試聽，孫榮是殺人凶身，哥哥趕出吃苦辛。因懷恨,臨門故殺平人命,陷害哥哥怨恨心。

元傳奇《殺狗記》,《正始》頁 962

2.【仙吕入雙調過曲】念奴流血滿指,奈獨自要墳成無計,深感老天暗中相護持。墳成矣,葬了二親尋夫婿,改换衣裝往帝畿。

元傳奇《蔡伯喈》,《正始》頁 963

格式:$6_{\triangle}$,7 乙$_{\triangle}$,$7_{\triangle}$。$3_{\triangle}$,$7_{\triangle}$,$7_{\triangle}$。　　6 句

《正始》列第一曲爲正格,題注:"唐譜又名【美女行】。"尾批:"此調第三句,七字乃正體,罕少。今之九字二句者是變體,頗多。故今人但知九字之變體,而不知有七字之正(原作"變")格也。惜哉！豈知元譜固然,今人自不知耳。"列第二曲爲第二格,題注:"第三句襯二字。"

唐・崔令欽《教坊記・曲名》、《全唐五代詞》及《全宋詞》、諸宫調均無此曲及【美女行】名目。南曲有此調。《舊譜》卷十引元南散套【雙調・真珠馬】"簫聲唤起"套【好姐姐】"自别逢時遇節"爲例曲,第三句作:"奈愁腸萬結,怎禁窗外鐵。"與此將七字破作"5 乙$_{\triangle}$,$5_{\triangle}$"兩句,餘同。《沈譜》卷二十、《定律》卷九均引第二曲爲例曲,《大成》卷二以第二曲爲【又一體】,均將第三句襯字作實字,成上四下五九字一句,正是《正始》所批評者。《沈譜》尾批:"此調'葬了二親'四字,用去上去平,妙甚妙甚,使後人作此,則用'花堆錦砌'四字,索然不成調矣。"《新譜》卷二十三與《沈譜》同。《定律》題【雙調過曲】,《大成》題【仙吕過曲】。

此調出戲文,南曲承之,略有變化。

【江頭金桂】

【仙吕入雙調過曲】【五馬江兒水】怪得你終朝擷窨,我只道你緣何愁悶深。教咱猜着啞謎,爲你沉吟,那籌兒没處尋。【淘金令】我和你同枕共衾,你瞞我則甚。你自撇下爹娘媳婦,屢换光陰,他那裏須怨着你没信音。【桂枝香】笑伊家短倖,無情忒甚。到如今,兀自道且説三分話,不

肯全拋一片心。 元傳奇《蔡伯喈》,《正始》頁 988

格式:4,$5_{\triangle}$。4,$4_{\triangle}$,$5_{\triangle}$。$4_{\triangle}$,$4_{\triangle}$。6,$4_{\triangle}$,$7_{\triangle}$。$4_{\triangle}$,$4_{\triangle}$。3,5,$5_{\triangle}$。 15 句

集曲。前用【五馬江兒水】首五句,次用【淘金令】第五至第九句,後用【桂枝香】末五句。

《舊譜》未收此調。《沈譜》卷二十“新增”此調,與此同,僅句字稍異,然易【淘金令】作【柳摇金】。尾批:“此調予細考乃得之。……‘笑伊家短行’,重疊一句亦可。但‘無情忒甚’下,比‘書生愚見’等曲少一句。想是高則誠因此曲乃三曲集成,或嫌其煩,而删去之耳。”《新譜》卷二十三承之,但以【柳摇金】改作【金字令】,眉批特别説明:“中段原注誤作【柳摇金】,今改明。”《定律》卷九、《大成》卷六十四、《簡譜》卷八均引此曲爲例曲,題【雙調過曲】,易【淘金令】作【金字令】,承於《新譜》也。

此調出戲文,南曲承之,然考訂所集之曲有所不同,可知認識已经發生變化。

【划鍬兒】

1.【正宫調近詞】咱每本是簪纓裔,官差來此苦寒地。儒身挂荷衣,勉隨隊裏。河堤運泥,築城萬里,大家努力,唱個划鍬令兒。

元傳奇《孟姜女》,《正始》頁 1069

2.【正宫調近詞】悲風四起吹松柏,山雲慘澹日無色。猿啼與虎嘯,怎不慘慽。趲走行來到峭壁,都與孝婦添助力。

元傳奇《蔡伯喈》,《正始》頁 1070

3.【正宫過曲】荒煙淡鎖疏林外,行過野橋山徑路。迢迢一里復一里,前途便是。(合)和你慢行,同到那裏。暫時向破窑,和你别作道理。

4.【前腔】垂楊漸覺添憔悴,只見敗葉亂紛飛。呼孤雁也垂淚,教奴痛悲。(合前) 元傳奇《吕蒙正》,《寒山堂譜》卷二頁 862 下半葉

格式:7,7$_{\triangle}$。5,4$_{\triangle}$。4$_{\triangle}$,4$_{\triangle}$,4,4$_{\triangle}$。　　8句

《正始》列第一曲爲正格,題注:"此調,按唐譜曰:紂始令宫人持綵畫槳划入海子口,作【划鍬歌】,美麗嬌媚者令近侍,故名'划'。今或作'剗',誤。此調正與元傳奇《吕蒙正》之'荒煙淡鎖'同體,但與九宫【越調】之【鏵鍬兒】不同。"尾批:"此調,《蔣譜》置收在九宫【越調】,況又題作【鏟鍬兒】,謬之甚也。不知元譜原屬【正宫調】,名曰【划鍬兒】。今時譜亦然。況元傳奇(此字原脱)《吕蒙正》之'荒煙淡鎖'及今之《香囊》《四節記》皆效之。"列第二曲爲第二格,題注:"末二句不同。"《寒山堂譜》列第三曲爲正格,題【划鍬令兒】,題注:"八句,三十九字。"與此第二、第三兩句互易,餘同。《正始》頁840【越調過曲・鏵鍬兒】尾批引此第一句。《寒山堂譜》列第四曲爲【其二】,題注:"字句同前。"與此同。尾批:"《舊譜》收'乘槎浮海'一曲,但因此世上俗唱,特更此曲。"

南曲有此調。《舊譜》卷六作【越調過曲・鏟鍬兒】,《沈譜》卷五、《新譜》卷五作【正宫調近詞・划鍬令】,均以第一曲爲例曲。《沈譜》題注:"'划',音華,撥進船也。作'剗',非。"尾批:"此調《舊譜》在【越調】内,今查【越調】,自有'你説得好笑'一曲,則此調仍當屬【正宫】。又按《香囊》《四景》諸記,皆有此調,今皆題作【剗鍬兒】,因人不識'划'字,故妄改之耳。《舊譜》却改其題曰【鏟鍬兒】,而曲中幸有'划鍬令兒'四字,故余因悟其本【划鍬兒】而誤也。"《寒山曲譜》列第三、第四兩曲爲例曲,題【划鍬令兒】,失署,尾批同《寒山堂譜》。湯顯祖《牡丹亭》第四十三齣用兩支,與此句格相同,亦名【划鍬兒】。《定律》卷二、《大成》卷三十一均入【正宫過曲】。《大成》題注:"'划',一作'鏵';'兒',一作'令'。"引第三曲爲【又一體】,署《綵樓記》。李九我批評《破窑記》第九齣引第三、第四兩曲,變化字詞和句格,題【啄木兒】。

此調出戲文,名【划鍬兒】,《孟姜女》唱本調,屬【正宫調】;南曲承之,因"划""剗"形近而誤題【剗鍬兒】,"剗""鏟"音同又誤題【鏟鍬兒】,間與【越調】之【鏵鍬兒】相混淆。故《沈譜》詳辨之,《正始》承之。

【竹馬兒賺】

1.【越調近詞】聽得吵鬧，敢是我兒夫看詩囉唕。是誰忽叫姐姐，料想是夫人召必有分剖。是他題詩你還認得否，他從陳留爲你來尋討。你怎地穿着布襖，衣衫儘是素縞。莫是我的，雙親不保？

2.【前腔换頭】從别後，遭水旱，兩三人只道同做餓殍。只有張公可憐，歎雙親别無倚靠。兩口相繼死，我剪頭髮賣錢來送伊妣考。把墳自造，土泥都是我羅裙裹包。聽得你言語，教我痛殺噎倒。

元傳奇《蔡伯喈》，《正始》頁 1223

格式：4△，7 乙△。4，7 乙△。5，7 乙△。4△，6△。4，4△。　10 句

第二曲較此僅將首句四字增字破作三字二句，餘同。

南曲有【越調近詞·入賺】，《沈譜》卷十六即以此爲例曲，題注："名【竹馬兒賺】。"尾批："按《琵琶記》，此調之前是【鏵鍬兒】，此調之後是【山桃紅】，俱係【越調】，又俱用蕭豪韻，而此調用在中間，其爲【越調】無疑矣，故明著之。又按，凡【賺】皆曰【入賺】，非但此曲也。今從時尚也。"然未標【前腔换頭】，僅以一圓圈相隔。《新譜》卷十七承之，無尾批。《定律》卷十三、《大成》卷二十五、《簡譜》卷十均引此兩曲爲例曲，題【越調過曲】，與此正襯、句字有所變化。《定律》尾批："此曲，雖云《琵琶》之曲，觀其詞俚文鄙，句韻亦覺不清，姑存一體，不必爲法。"《簡譜》尾批："此【賺】前後兩曲，止【换頭】首二句不同，其餘皆同。《定律》不分正襯固非，《大成譜》所分亦無當，余故斟酌出之。"是。

此曲或出賺詞，入戲文，南曲承之。

【西平樂】

【小石調慢詞】爲惜韶華物景，拍拍春晴美。時節輕寒乍暖，佳景

清明在邇。天氣才陰又霽，和風麗日，裝點遥山遠水。

元傳奇《李婉》，《正始》頁 1307

格式：6，5$_{\triangle}$。6，6$_{\triangle}$。6$_{\triangle}$，4$_{\triangle}$，6$_{\triangle}$。　7 句

《正始》題注："與詩餘不同。"

《全宋詞》有【西平樂】三首，雙片，其上闋八句，與此相較，僅在末句後增三字一句，餘與此同。南曲有【小石調慢詞・西平樂】，與此同。《新譜》卷二十一注："十三調目中不載此調，始從馮（夢龍）入此。"《定律》卷七、《簡譜》卷八均以此爲例曲，入【小石調引子】。

此曲源出詞調，戲文承傳之；但後世南曲極少使用，故至馮夢龍《墨憨齋譜》方補入。

【好收因煞】

【小石調近詞】今宵共約同歡會，先教從人歸去，安排辦了筵席。

元傳奇《柳耆卿》，《正始》頁 1311

格式：7$_{\triangle}$，6$_{\triangle}$，6$_{\triangle}$。　3 句

南曲有【小石尾・好收音煞】，《舊譜》附録《十三調南曲音節譜・尾聲格調》【好收因煞】題注："【小石】尾。'花底黄鸝'尾文是也。"《沈譜》附録《尾聲格調》承之，然均有目無辭。《新譜》卷二十六、《定律》卷七以此爲例曲。"花底黄鸝"是《柳耆卿》【仙吕入雙調過曲・夜行船序】劇套首句，《定律》題署"樂府"，誤。此套明人曲選收入較多，然《盛世新聲》酉集、《雍熙樂府》卷十六、《南音三籟》戲曲下卷均題【尾聲】，《詞林摘豔》乙集題【餘音】，《群音類選》清腔卷五題【收好音煞】，亦誤。

此曲出於戲文，南曲承之，然多泛作【尾聲】。

【回回舞】

【不知宫調過曲】東裏東來東裏東，東邊諸處水朝宗。扶桑日出

海邊紅，東夷歸化仰皇風。萬國同，聖人德化先海東，先海東。

元傳奇《拜月亭》，《正始》頁 1358

格式：7$_{\triangle}$，7$_{\triangle}$。7$_{\triangle}$，7$_{\triangle}$。3$_{\triangle}$，7$_{\triangle}$，3$_{\triangle}$。　7 句

金院本有《回回梨花院》。《十二律崑腔譜》卷十四《通用調・各律通用曲牌》有【回回曲】，題注："本調曲腔與前諸律俱不相似，是以另成一調，而可以通融取用。"引明傳奇《精忠記》爲例曲，與此末三句破作"3$_{\triangle}$，3$_{\triangle}$；3，3$_{\triangle}$，7$_{\triangle}$"五句。《大成》卷六十三引此調入【正宮過曲】，所引《牧羊記》僅用七字四句，當爲截用前半。趙景深《考略》頁 40 認爲此曲"是插曲，往往隨演出以資增減。就劇情推想，似乎是（《六十種曲》本《幽閨記》）二十三齣《和寇還朝》裏的。"誤，《幽閨記》未録此曲。此曲實見《重訂拜月亭記》第三齣《番王起兵》，連用四支，此爲始調，較此僅第四句末三字重疊一句。

此曲或出於少數民族舞曲，即唱本調。不見於明代南曲諸譜，但在戲曲實踐中偶有使用。

【多嬌面】

1.【不知宫調過曲】見吴忠來，珠淚傾，許多時不見你們頭影。你緣何背主忘恩，思量你好没人情。

2.【前腔】告官人，聽拜啓，宅門裏每日忙並。吴忠委實忠孝，身不由己，一言難盡。

3.【前腔】見官人，忠孝心，思量後口頭忒緊。不合出言，傷觸了大人，如今悔之不盡。　元傳奇《殺狗記》，《正始》頁 1362

格式：3，3$_{\triangle}$，7乙$_{\triangle}$。7乙$_{\triangle}$，7乙$_{\triangle}$。　5 句

《正始》列第一曲爲正格。列第二曲爲第二格，題注："第四句變爲六字，末句變爲八字二句。"列第三曲爲第三格，題注："第四及末句，比上第二曲互倒。"

南曲有此調，《沈譜》引此爲例曲，入【不知宫調過曲】，題注："再

查定。”《新譜》卷二十五删之,【二犯朝天子】眉批:“原有【多嬌面】一曲,韻雜無板,删。”《定律》卷十三引第三曲爲例曲,《大成》卷二十四引第一曲爲正格,引第三曲爲【又一體】,均入【越調過曲】。《大成》尾批:“末二句,句法雖有參差,皆不出規範。”《簡譜》卷十引第三曲爲例曲,亦入【越調】,句格與此略有變化。

此調或出於民間歌謠,入戲文,南曲承之,然極少使用,自《定律》始入【越調】,遂成通例。

七　筆

【豆葉黄】

1. 瑞雪紛紛，便覺豐登。感得吾皇，一人有慶。早辰燒香謝神明，惟願兩口兒夫妻，頭白牙黄，免得短寧。　《張協狀元》11

2.【雙調引子】首陽山中，正直爲神。掌領一方，主管山林。若有邪魔與妖精，俺奏於天庭，頃刻教他，絶蹤滅影。

元傳奇《趙氏孤兒》，《正始》頁 881

3.【仙吕入雙調過曲】你一身眼下，見在誰行？我隨着個秀才棲身，他是我的家長。誰爲媒妁，甚人主張？人在那亂離時節，怎選得高門，斷對相當？　元傳奇《拜月亭》，《正始》頁 974

格式 1：$4_{\triangle}$，$4_{\triangle}$。4，$4_{\triangle}$。$7_{\triangle}$，7，4，$4_{\triangle}$。　8 句

2：4，$4_{\triangle}$。7 乙，$4_{\triangle}$。4，$4_{\triangle}$。7 乙，4，$4_{\triangle}$。　9 句

前兩曲用式 1，爲【雙調引子】；第三曲用式 2，爲【仙吕入雙調過曲】。兩式僅中腹略異，轉換之迹明顯。

《正始》第二曲題【荳黄葉】，與式 1 僅首句不叶，第六句減字作四字，餘同。以第三曲爲式 2 正格，題【豆黄葉】。

宋詞有【豆葉黄】，一作【荳葉黄】，是【憶王孫】之别名，單片小令，式 1 爲攤破其首二句和末句三個七字句作四字六句，第六句減字作三字句，變化之迹顯然。諸宫調有【雙調・豆黄葉】，雙片，上闋八句，與第二曲同。北曲有【雙調・豆黄葉】，又名【豆葉兒】，與諸宫調上闋同，與此第二曲同。南曲有【雙調引子・荳葉黄】，《定律》卷九、《大成》卷六十二均引第二曲爲例曲。又有【仙吕入雙調過曲・豆葉黄】，

《舊譜》卷十、《沈譜》卷二十、《新譜》卷二十三、《定律》卷九、《大成》卷三、《簡譜》卷八均引第三曲爲例曲，與此僅襯字俱作實字，且第七句增一疊句，餘同。《定律》《簡譜》題【雙調過曲】，《定律》尾批："此曲，第二句重亦可，第六句不重亦可。"《大成》題【仙吕過曲】，第七句疊用一句。

此調式 1 出詞調，諸宫調变化承之，分途入戲文、北曲，然均同式；《正始》改題【荳葉黄】，或欲與【豆葉黄】相區别，然《張協》已稱【豆葉黄】矣，後南曲使用極少。式 2 或亦由諸宫調轉换入戲文，用作【過曲】，南曲承之，略有改造。

【忒忒令】

1. 每常間（原作"問"）緝麻做布，那貧女趕得些功夫。幾日來雪下，你全不相顧。叫小二來，送一瓶酒，一方米，一塊豆腐。

2. 【同前】你閑時叫小二便走，今日是事却都休。嫩雞一隻，一瓶濁酒。我也不買油，不擔水，不討菜，也不去看牛。

3. 【同前】大雪下渾身都似冰（疑當作"水"），我雙雙底早尋思貧女。有時央靠，它緝麻苧。有些豆腐，些兒酒，些兒米，教孩兒送與。

《張協狀元》11

4. 燕呢喃雕梁上對語，未知它訴着何意？料應説着，衷腸如是：兩個鎮雙飛，雙雙來，雙雙去，算何時似你？

5. 【同前】算人生百年有幾，不歡樂更待何時？大都三萬六千日，何不遇花遇酒？花前飲，花下醉，且開懷自舒。 《小孫屠》3

6. 【仙吕入雙調過曲】許多時緣何未歸，眼巴巴倚着門兒。望他不見，心下疑慮。想他是被巡捕，捉拿往，凶和吉，全然未知。

元傳奇《殺狗記》，《正始》頁 958

7. 【仙吕入雙調過曲】你讀書思量做狀元，只怕你學疏才短。只是孝經曲禮，早忘了一半。却不道夏清與冬温，昏須定，晨須省，親在遊怎遠？ 元傳奇《蔡伯喈》，《正始》頁 959

8. 【仙吕入雙調過曲】……將我深罪，不由人分辨。他道我戀新

婚，逆親言，貪妻愛，不肯去赴選。①　元傳奇《蔡伯喈》，《正始》頁 1336

格式：7 乙$_{\triangle}$，7 乙$_{\triangle}$。4，4$_{\triangle}$。4，3，3，5 乙$_{\triangle}$。　8 句

第一曲第三、四兩句作五字句，末句作四字句。第五曲將第三、四兩句合併作七字一句，第五句作六字句。

《正始》列第六曲爲正格，與此僅第五句增字作六乙句，末句作四字，餘同。列第七曲爲第二格，題注："第五句句讀不同。"第八曲，【高平調過曲・十二時】尾批："……今從古本譜律，正爲【忒忒令】，而合《蔡伯喈》此調云云。"

南曲有【仙吕入雙調過曲・忒忒令】，《舊譜》卷十以元南散曲"簫聲唤起"套"他殷勤將春心漏泄"爲例曲，與此合併第三、四兩句作七字一句，與第五曲同格。《沈譜》卷二十引第八曲爲例曲，首兩句爲："我哭哀哀推辭了萬千，他鬧炒炒抵死來相勸。"格與此同。《新譜》卷二十三承之，眉批："王云：'將我深罪'，不如前曲'孝經曲禮'四字叶。""王"謂王驥德。《定律》卷九、《大成》卷三、《簡譜》卷八均引第七曲爲例曲，《定律》《簡譜》題【雙調過曲】，《大成》題【仙吕過曲】。《簡譜》尾批："此例在首支。首二句亦可對。'夏清'句應叶。末句定格是五字，而《大成》則以'遊'字作襯，是成四字句矣，不可從。惟此句五字，理當全仄，末二字用去上，更發調。《琵琶》第二曲末句云：'不肯去赴選'，則合矣。"末句五字，是；然驗之第一曲《張協》格、第六曲《殺狗》格，亦可不拘。五字全仄，驗之上引諸曲，更不必拘。

此曲出於戲文，南曲承之。

【尾聲】

1. 只此一言是的實，婆婆勸你休走智，我異日風雲際（原作

---

① 錢南揚《元本琵琶記校注》第五齣《伯喈夫妻分別》有【忒忒令】二曲，第一曲即此第七曲，第二曲即此第八曲，題【前腔】，其辭云："我哭哀哀推辭了萬千，他鬧炒炒抵死來相勸。將我深罪，不由人分辨。只道我戀新婚，逆親言，貪愛妻，不肯去赴選。"

“濟”)會時。 《張協狀元》14

2. 這般人,活短命,舉頭三尺有神明,兩兩分飛阿好悶。

《張協狀元》20

3. 我和你,同心意,願得百歲鎮相隨,盡老今生不暫離。

《錯立身》5

4. 且寬心,休憂悶,放懷款款慢登程,借宿今宵安此身。

《錯立身》9

5. 止(原作“正”)不過沿村轉莊,撞工耕地。我若得粧旦色如魚似水,背杖鼓有何羞!提行頭怕甚的! 《錯立身》12

6. 終須共你同鴛偶,事到頭如今不自由,那些個男兒得志秋。

《錯立身》13

格式 1:$7_{\triangle}$,$7_{\triangle}$,$7_{\triangle}$。 3 句

2:$3_{\triangle}$,$3_{\triangle}$,$7_{\triangle}$,$7_{\triangle}$。 4 句

3:4,$4_{\triangle}$。7 $乙_{\triangle}$,5,$5_{\triangle}$。 5 句

第一、第六兩曲用式 1,第二、第三、第四曲用式 2,第五曲用式 3。

賺詞有【尾聲】,七言三句,與式 1 平仄、句節均不同。諸宫調十四宫調皆有【尾聲】,其【正宫】【道宫】【南吕宫】【越調】【商調】【中吕調】之正格,皆七言三句,與式 1 同;【商調・尾聲】與式 2 同,首句即韻;【般涉調・尾聲】與式 3 同,次句起韻。第五曲爲北曲【越調】套曲之尾曲,與北曲【越調・尾聲】僅合首二句作七字一句,餘同。

宋・陳元靚《事林廣記》辛集上卷《遏雲要訣》言唱賺【尾声】之法:“【尾声】总十二拍:第一句四拍,第二句五拍,第三句三拍煞。此一定不逾之法。”南曲有【尾聲】。據《舊譜・十三調南曲音節譜・尾聲格調》、《沈譜》各卷《尾聲總論》及附録《尾聲格調》,【正宫】【南吕】【中吕】之【尾聲】與式 1 同,【仙吕】【羽調近詞】之【尾聲】與式 2 同,然又各有定名。《寒山堂譜・凡例》:“尾聲定格,本是三句,二十一字,十二拍,不分宫調,皆是如此。……後世遂有【三字兒煞】【凝行雲煞】【好收因煞】等等名字,實皆由正格變來,原不足辯,但以其沿用日久,……實則俱可通用。某宫調必用某【尾聲】格者,此故作深語欺人,不

須從也。”此論通達，然“二十一字”則拘矣。吴梅《長生殿傳奇校律》第二齣《定情》【尾聲】：“【尾聲】必三句十二板。首句有破作三字二句者，點板仍作一句也。”則此式 1 與式 2 之唱法相同。第五齣《禊遊》【尾聲】：“南曲【尾聲】往往平直無味，與北詞【煞尾】，神采生動者異，蓋拘於板式故也。首句腰板上，若多用襯字，便趕不上。末句共三板，盡可舒捲自如，顧往往無俊語，於是借昔人詩句作結。”

【尾聲】是套數的標誌之一。源於唐宋大曲及宋代的舞曲、法曲等，賺詞、諸宫調亦用【尾聲】。戲文之式 1、式 2 均承於諸宫調，後傳入南曲；式 3 出於北曲。

【孝順歌】

1. 奴愁悶，又遇君，思之兩口直恁貧。君家又無人，奴家又無親，全無救兵。去則依然，奴還孤另(原作“泠”)。(合)怎得盤纏，盤纏到得宸京。

2.【同前换頭】葉今去也，何時遂此情？亦欲耀家庭，亦欲要榮身(原作“身榮”)。亦欲願你，願你時來，大得一命。(合)共樂歡諧，歡諧共樂平生。

3.【同前】奴只得，往廟前，借取大公些個典。與奴做盤纏，又欲買些絹，粧些舊綿。又恐春寒，衣衫不辦。(合)(此字原奪)辦與衣衫，一路免得身寒。

4.【同前换頭】望娘子借與，娘子便去説。前途怕錢欠，中途怕錢慳。錢與誰添？更望娘行，多方宛轉。(合)宛轉些添，回來自當償還。

《張協狀元》18

5. 我哥不是，怨自誰？癡迷那得人似你？兄弟好言語，佯佯總不理，如風過耳。它是風塵，煙花潑妓。你娶爲妻，不思量有今日。

6.【同前换頭】你却説得是，教人淚暗滴。我當初娶它歸，將謂好行止。誰知甚的？事到頭來，全無區處。受盡凌遲，如今悔之無及(原作“極”)。

《小孫屠》15

7.【雙調過曲】一聞道，辦去程，愁腸萬感百慮生。和伊在雲屏，和伊戲芳徑，和伊共飲。怎忍一時，鸞凰分影？淚珠偷彈，春衫儘是啼痕。

8.【前腔換頭】我今日去也，今日離此行。非是我忘恩，非是有別情。非敢負心，要赴桃源，新來一任。乍別家鄉，一心爲著功名。

元傳奇《李寶》，《正始》頁 886

9.【前腔】……莫是本官名氏？　元傳奇《蘇小卿》，《正始》頁 886

10.【雙調過曲】山連水，水繞山，山青水緑景最奇。長天共一色，殘月已沉西，明星漸稀。曙色方明，朝霞舒綺。順風聽得琵琶，遣人心醉。　元傳奇《雙漸》，《正始》頁 887

格式：3，$3_{\triangle}$，$7_{\triangle}$。5，$5_{\triangle}$，$4_{\triangle}$。4，$4_{\triangle}$。4，$6_{\triangle}$。　10 句

第二、第四、第六曲將此前六句並作五字四句，餘同。第二曲首句作四字句。

《正始》列第七曲爲正格，與此同。尾批：“此末句平煞。有元傳奇《蘇小卿》仄煞云云。”即第九曲。列第十曲爲第二格，題注：“末二句句法互倒。【換頭】亦然。”《雙漸》之名僅見於此，《正始》另有《蘇小卿》《馮魁》，均署“元傳奇”，則一劇三名矣。第八曲首句以“我”作襯字，則作四字句矣。

南曲有【雙調過曲・孝順歌】，《沈譜》卷二十、《新譜》卷二十二、《寒山曲譜》、《大成》卷六十三、《簡譜》卷八均引第七、第八兩曲爲例曲，與此句字略有變化。《沈譜》尾批：“此【孝順歌】本調也。查成化年間舊板《戲曲全錦》，有十餘套皆如此。今人但知【孝南枝】，而不知此本調。即如知【錦堂月】，而不知【晝錦堂】也。”《寒山曲譜》第八曲尾批：“若用【其三】，即依第一曲體；若用【其四】，依第二曲體；【其五】【其六】照依如此間用。‘和伊在雲（原誤作“艮”）屏’，‘伊’字用仄聲。‘飲’‘敢’字用平聲，‘九回’‘回’字（此作“萬感”），妙在平聲，若用仄聲，則不發調矣。‘百’字決不可作去聲、上聲。”《大成》尾批：“按此曲起句，本應三字二句，七字一句。……破作四字一句，五字一句，此爲變體也。”實爲【前腔換頭】也。《定律》卷九引第七、第十兩曲爲例曲，與此僅句字略有出入；引第八曲爲【又一體】，實亦【前腔換頭】。

此曲出於戲文，南曲承之。

【吴小四】

1. 一個大貧胎，稱秀才。教我阿娘來做媒，一去京城更不回。算它老婆真是呆，指望平地一聲雷。

2.【同前】自從去京，奴淚鎮零。雖禁離别情，日夜我思尋没耗音。我們怎知你笑人，唱隻曲教奴仔細聽。

3.【同前】兩相底逢，窮合窮。一去不見蹤，脚踏浮萍手拿空。勸(原作"歡")你莫圖它做老公，它畢竟是個鬼頭風。

4.【同前】自從嫁它，奴辦至誠。不成它負心，一舉登科有姓名。果然負奴絶耗音，萬水千山奴也去尋。　　《張協狀元》26

5.【南吕調近詞】眼又昏，耳又聾。家私空又空，只有孩兒肚内聰。他若做得官時運通，我兩人不怕窮。

元傳奇《蔡伯喈》，《正始》頁 1163

6.【南吕調近詞】命兒孤，没丈夫。三十年來獨自宿，開個客店清又楚。往來官員士大夫，那個不識王大姑？

元傳奇《殺狗記》，《正始》頁 1163

格式：$4_{\triangle}$，$3_{\triangle}$。$5_{\triangle}$，$7_{\triangle}$。$7_{\triangle}$，$7_{\triangle}$。　　6 句

《張協狀元》第一曲重複兩遍，曲詞全同。

《正始》列第五曲爲正格，題注："一名【吴織機】。"與此首句減爲三字，末句減一字作六乙句。列第六曲爲第二格，題注："末句變爲七字。"與此僅首句減一字，餘同。

南曲有【商調過曲・吴小四】，《舊譜》卷七、《沈譜》卷十七、《新譜》卷十八、《定律》卷十、《簡譜》卷九均引第六曲爲例曲，《大成》卷五十七則入【又一體】，均與此句字略有差異。《舊譜》口語有趣，存録共賞："命兒孤，没丈夫。三十年來獨自宿，開着一座客店清又楚。朝夕往來官員士大夫，那一個不識我是張大姑？"考其句格，與此同式。《簡譜》尾批："第三句有五字者，《琵琶》云'家私没半分'是也。末句

有作七字者,《江天雪》云‘漾了甜桃覓苦李’是也。可以通融,净丑曲故也。”趙景深《考略》頁 60 認爲第五曲:“至於(巾箱本)第四齣原有婆婆唱的【吴小四】,却是很好的,可能《六十種曲》本《琵琶記》因爲它與第十六齣丑做丐子所唱的【吴織機】有些相似而删去了。”是。然錢南揚《元本琵琶記校注》第四齣《蔡公逼伯喈赴試》有婆婆唱【吴小四】,即此第五曲。

此曲出於戲文,南曲承之,略有變化。

【沉醉東風】

1. 與張葉相别往帝都,我没公婆後有誰相顧? 它既然挂緑,立見豪富,你不去後,謾留此處。(合)爹娘又無,弟兄又無。不如上國,追尋着(此字衍)丈夫。

2.【同前】你又不曾着那道途,怕一路後怎熬得寒暑? 是没裹足,婆婆相助,妾歸來後,斷不敢有負。(合)囊篋又無,故人又無。不如上國,追尋丈夫。

3.【同前】不留伊是它不要汝,你須是早尋着歸路。你不早省,教伊孤苦,敢直恁底,負它貧女。(合)箱兒又無,籠兒又無。不如上國,追尋丈夫。　《張協狀元》30

4.【仙吕入雙調過曲】你爹行見得好偏,只一子不留在身畔。他只道我不賢,要將你迷戀,這其間怎不悲怨。爲爹淚漣,爲娘淚漣,何曾爲着,夫妻上意牽?　元傳奇《蔡伯喈》,《正始》頁 956

5.【仙吕入雙調過曲】但人生無非是利禄,歎萍梗倦遊江湖。那值這般景色,越添悽楚,一聲雁兒南渡。凝眸竚目,問他有書寄無?空教覷著,行行盡數。　元傳奇《唐伯亨》,《正始》頁 956

6.【仙吕入雙調過曲】奈田真哭泣痛苦,兩兄弟也淚珠撲簌。感天地暗相扶,花開如故,弟和兄再成一處。依然勝如手足,因此上義居,流傳萬古。　元傳奇《殺狗記》,《正始》頁 957

格式:7 乙$_{\triangle}$,7 乙$_{\triangle}$。4,4$_{\triangle}$,4,4$_{\triangle}$。4$_{\triangle}$,4$_{\triangle}$,4,4$_{\triangle}$。　10句

《正始》以第四曲爲正格,與此將第三至第六句四个四字句併作“6 乙$_{\triangle}$,4$_{\triangle}$,7 乙$_{\triangle}$”三句,餘同。列第五曲爲第二格,題注:“第三句句節不同。”實作六字句。列第六曲爲第四格,題注:“减去第七四字一句。”

北曲有【雙調·沉醉東風】,與此不同。今存金元磁窑四系瓶有此調:“雲裹開三春異花,火中煉九轉丹砂。休跨進火功,謹守修行法,怎難得祖師一化。這么(原作“莫”)草履麻絛巾納甲,且則羈管省心猿意馬。”這是一首道曲[1],較北曲僅第三、第四和末二句增襯二字,格律全同。南曲有【仙吕入雙調過曲·沉醉東風】,《沈譜》卷二十即引第四曲爲例曲,與此僅於“於爹淚漣”始爲(合),餘皆同。眉批:“‘夫妻上意牽’或作‘夫妻意上挂牽’,非也。”《新譜》卷二十三承之。

此曲,南、北曲同名實異。在南曲系統,從《張協狀元》到《蔡伯喈》《唐伯亨》再到南曲,可看出此曲逐漸定型的過程。

【似娘兒】

1. 張葉感皇恩,折桂枝平步青雲。望斷鄉關家山遠,修書倩取,專人預先,通報雙親。 《張協狀元》31

2.【仙吕引子】一女貌天然,緣分淺親事遷延。願天早與人方便,絲羅共結,蒹葭可倚,桑梓相聯。 元傳奇《王十朋》,《正始》頁 266

格式:5$_{\triangle}$,7 乙$_{\triangle}$。7$_{\triangle}$,4,4,4$_{\triangle}$。 6句

《正始》引第二曲爲例曲,與此同。

《全宋詞》有【似娘兒】一首,雙片,其上闋與此僅第三句不用韻,餘同。金院本有《似娘兒》,王國維《宋元戲曲史》六列其入“用詞曲調者”。南曲有此調,入【仙吕引子】。《舊譜》卷一、《沈譜》卷一、《新譜》卷一等均以第二曲爲例曲,與此同。南曲另有【越調過曲·醉娘子】,《舊譜》卷六題注:“一名【似娘兒】。”《沈譜》卷十五【越調過曲·醉娘

---

① 楊棟《元曲起源考古研究》,中國社會科學出版社,2014 年,第 43 頁。

子】題注："一名【似娘兒】，與【仙呂・似娘兒】引不同。"是。《新譜》卷十六承之。

此調出詞調，分别入金院本、戲文，南曲承於戲文。

【步步嬌】

1. 仙卉叢叢春來早，蓓蕾在枝頭少。公公去採樵，小二往田頭，看秧苗。見説嫩茶偏好，每日婆還(原作"還婆")一到。

《張協狀元》41

2. 【仙呂入雙調過曲】爲半紙功名把青春誤，好景成辜負。攜琴往帝都，只見幾朵江梅，半折微吐。不見老林逋，惟有清香吐。

元傳奇《唐伯亨》，《正始》頁 955

格式：$7_{\triangle}$，$5_{\triangle}$。$5_{\triangle}$，5，$3_{\triangle}$。$6_{\triangle}$，$6_{\triangle}$。　7 句

《正始》列第二曲爲正格，與此僅第五句增一字作四字句，第四句与末兩句均减一字，餘同。尾批云："此調之第四、五句句法，然必四字是其古體，斷不可以下句增爲五字。"其實，第四句作五字、第五句作三字，更爲古體。

北曲有【雙調・步步嬌】，與此僅首兩句同，餘則大異。南曲有【仙呂入雙調過曲・步步嬌】，《舊譜》卷十、《沈譜》卷二十、《新譜》卷二十三均以第二曲爲例曲。《舊譜》題【步步嬌近】，而以元南散曲"暗想當年羅帕上把心事曾寫"爲【步步嬌】例曲，題注："與後曲(指【步步嬌近】)腔不同。"《沈譜》題【步步嬌】，題注："《舊譜》增一'近'字，非也。"眉批："'逋'字不用韻亦可。'半紙''見老'去上聲，'往帝'上去聲，俱妙。"尾批："'半紙功名'四字，用仄仄平平，妙甚妙甚。凡古曲皆然。"《大成》卷二則題【仙呂過曲】，以第二曲列【又一體】，誤題散曲。

此曲戲文與北曲同名異實，南曲承戲文。

【迎仙客】

1. 誰信道，是因緣，即日蒙恩賀萬全。記年時，不接那鞭。怎知今日，又還爲姻眷。

2.【同前】葉冒瀆，望周全，到此誰知月再圓？我女復嫁，張狀元。這番輻輳(原作"揍")，兩情福非淺。 《張協狀元》53

3. 謝娘子，恁提攜，料想前生曾會伊。燕雙飛，一對兒。(和)算來因契，鬬合(此下原衍"合"字)非容易(此下原衍"和"字)。

4.【同前】念奴家，好人女，幸遇君家才貌奇。似鸞鳳，一對兒。(和同前)

5.【同前】我孩兒，恁聰惠，娶得媳婦百事宜。鄭州梨，一對兒。(和同前)

6.【同前】我娘子，果嬌媚，幸遇官人俊貌美。似鴛鴦，一對兒。(和同前) 《小孫屠》8

7.【中吕調近詞】多分福，娶良妻，簇擁神仙下翠微。論姻緣，前定矣。二十年前，指腹爲夫婿。 元傳奇《薛雲卿》,《正始》頁 1132

格式：3，$3_{\triangle}$，$7_{\triangle}$。3，$3_{\triangle}$。4，$5_{\triangle}$。 7 句

第一曲第五句作四字句，第二曲第四句作四字句，可见较为自由。"戲文三種"於第二曲下尚有"后唱【迎仙客】"，《校注》題【同前】，均有題無辭。

《正始》列第七曲爲正格，題注："唐譜曰：漢主迎貢使，坐而不語。時有雁鹿群繞，上知仙至，遂伏地拜。頃無蹤，知迎仙客。又有長短歌換頭，上字平平。"尾批："此調，他處甚少。按《沈譜》亦僅載今之改本《荆釵記》一曲，况其第三、四句之句法互倒，然非古詞。但余昔年亦嘗見一坊本有之，反列在於【寶鼎現】引之前，又無賓白，故未敢信也。"

唐・崔令欽《教坊記・曲名》有【迎仙客】。《全唐五代詞》無此曲，無從檢校。《全宋詞》有【迎仙客】一首，《全金元詞》有此調，其上闋均與此同；金代王喆"三車搬後，便是迎仙客"，是唱調名，或爲始

調。諸宫調有【中吕・迎仙客】,雙片,其上闋與此同。北曲有【仙吕・迎仙客】,與此同。南曲有此調,《沈譜》卷十、《新譜》卷九第三句攤破作三字兩句,第四、五兩句合作七字一句,正《正始》所謂"第三、四句之句法互倒"者。《定律》卷六、《大成》卷十一、《簡譜》卷六均以第七曲爲例曲,與此同。《簡譜》尾批:"此調,舊譜皆收《荆釵》曲,而微有不同,蓋將'簇擁'句與'論姻緣'二句,顛倒作之也。"

此曲源出唐曲,經詞調、諸宫調,分途入北曲和戲文,亦同;古詠神道,戲文七曲已均歌詠婚慶,主題已經發生變化,惟第七曲或存遺痕;南曲承於戲文,間有變化。

【那吒令】

這一本傳奇,是(此字原奪)《周勃(原作"孛")太尉》;這一本傳奇,是《崔護覓水》;這一本傳奇,是《秋胡戲妻》。這一本,是《關大王獨赴單刀會》,這一本是《馬踐楊妃》。　　《錯立身》5

格式:4,4$_{\triangle}$;4,4$_{\triangle}$;4,4$_{\triangle}$。3,3$_{\triangle}$,7 乙$_{\triangle}$。　　9句

北曲有【仙吕・那吒令】,第一、三、五句均作二字句。然徐師沁君先生《元曲鑒賞詞典》附録《元北曲譜簡編》注:"前六句須平分三排。第一、三、五句多作四字句。"鄭騫《元曲新譜》卷三亦注云:"第一、三、五句確守本格兩字者甚少,多變爲四字或五乙句。但句法須勻稱:即第一、三、五句須一致,二、四、六句須一致。"如是,與此相同。南曲諸譜無【那吒令】。俞爲民《殺狗記校注》第十八齣《窑中拒奸》用【那吒令】兩支,沈自晉《新譜》卷十六引之,題作【越調過曲・吒精令】,與此不同。

錢南揚《校注》以此爲北曲,是。

【折桂令】

1. 幾回價守定香閨,轉無眠情緒如癡。直哭得絳蠟煙消,銀蟾

影墜,寶篆香微。才聽得促織兒聲沉四壁,又聽得叫殘星報曉鄰雞。隻影孤凄,心下傷悲,一弄兒凄凉,總蹙(原作“促”)在愁眉。

《小孫屠》9

2. 休想我死心塌地,有一朝天地輪回。我那從前已往冤仇記,你好忘恩義。李瓊梅,到陰司,萬剮凌遲(原作“持”)。 《小孫屠》18

格式:7乙$_{\triangle}$,7乙$_{\triangle}$。4,4$_{\triangle}$,4$_{\triangle}$。7乙$_{\triangle}$,7乙$_{\triangle}$。4$_{\triangle}$,4$_{\triangle}$,4,4$_{\triangle}$。

11句

第一曲原標“北曲”。第二曲,與此第三、四兩句合作七字一句,第六句攤破作三字兩句,並減省第七至第十句,當爲省句格。錢南揚《校注》認爲亦是北曲。

詞調有【步蟾宫】,雙片,其上、下闋各七言四句,與此不同,然演化承遞之迹較爲明顯。北曲有【雙調·折桂令】,一名【步蟾宫】,與此僅第二句作四字兩句,餘同。

此曲當出詞調,入北曲,攤破演化之;戲文採用,又略有改造。

【沙塞子】

1. 【大石調過曲】紫府神仙會早,料應姑射擊碎瓊苞。漸佈滿三千世界,渾如膩粉裝巧。凝眺,銀鋪萬瓦,鹽堆平地,化工呈瑞,預報豐年佳兆。追思舊日,山陰乘興,夜半扁舟,千古名高。

2. 【前腔第二换頭】歡笑,彼此青春年少,銷金帳滿泛羊羔。步瑶階同攜素手,渾如身在蓬島。江頭,暗香疏影,横斜映水,冰肌玉骨,盈盈一色奇妙。追思舊日,含章檐下,幻出宫裝,千古名高。

元傳奇《王祥》,《正始》頁249

格式:6$_{\triangle}$,7乙$_{\triangle}$。7乙,6$_{\triangle}$。2$_{\triangle}$,4,4,4,6$_{\triangle}$。4,4,4,4$_{\triangle}$。 13句

第二曲僅增首句叶韻二字,餘同。第二曲題注:“第三、四【换頭】與此同,不録。”

詞調有【沙塞子】,分首句七字起和六字起兩體,雙片,均與此不

同。南曲有此調,《舊譜》卷八題【沙塞子慢】,題注:"一名【玉河滚】。"署《王祥》。較此首曲,前四句句字略異,第五句下詞格略異,句字不同:"光耀,只有楊花舞滚,鵝毛飛舞,正正斜斜,兢隨風送到。俄然堆滿,須臾瑶階玉砌,宛若梨花,滿地慵掃。"【么篇】句字完全不同。《沈譜》卷六承《舊譜》,題注:"又名【玉河滚】。"署《卧冰記》,眉批:"今人曰【前腔】,古人曰【么篇】,其義一也。此依舊譜【越調·么篇】,但句字多少,又不全似前調,不知何故。"《新譜》卷六署"舊曲",眉批:"原曲【换頭】全與本調不合,今從《墨憨稿》换,云是華亭徐君所傳。"故與此僅正襯略異,正文全同。又眉批:"此調後接下【本宫賺】至尾。"即接以【本宫賺】"黄雀吃了"、【沙塞子急】"滿目紛紛"、【餘音】"孝切心堅天知道",以爲同套,與《舊譜》《沈譜》同。《寒山堂譜》卷三以第一曲爲正格,題【賽沙子】,尾批:"《沈譜》作【沙塞子】,亦可。"仍承《舊譜》《沈譜》,大同小異。《正始》第二曲尾批已作考辨,當已有所轉换。《定律》卷五、《簡譜》卷八均録此二曲,題"古曲",當承《新譜》,與此幾同。《簡譜》尾批:"此調止有單用,聯套中頗少見。二支須全做,若接【催拍】二支,亦可成套。中間四字句,頗難見長,作時留意。"《大成》卷十八引録第二曲,題【又一體】,署"散曲",知從曲選輯得,誤。

此當出於詞調,南戲攤破、轉换之,傳承之迹隱約可尋;南曲承於戲文,以所引例曲大致可分爲二派,然格式與此大同小異。

【沙塞子急】

1.【大石調過曲】滿目紛紛,亂撒珍珠小。料是處河冰,凍合難消。釣叟不捕網,無魚賣後,只怕母親焦燥。禁持打罵勞神,病還增了,心下轉煩惱。

2.【前腔换頭】向河邊打聽,有時不拘多少。是則冒寒路途遥,順父母顔情,怎敢辭勞?但願天地保,冰消凍解,漁翁可堪垂釣。魚兒買得歸來,娘免心焦,强似遇金寶。　　元傳奇《王祥》,《正始》頁 251

格式:4,5△。5 乙,4△。5,4,6△。6,4△,5△。　　10 句

《正始》以此爲例曲。第二曲較此前兩句各增一字，第三句前增五字一句，餘同。

南曲有此調，《舊譜》卷八以第一曲爲例曲，與此同；【沙塞子慢】之【么篇】引第二曲爲例曲。《沈譜》卷六、《新譜》卷六以第一曲爲例曲，題【沙塞子急】，與此同；以第二曲爲【沙塞子】之【么篇】，與此同。《寒山堂譜》卷三題第一曲爲【沙賽子急】，第二曲爲【賽沙子】之【其二】，題名有變化。《定律》卷五、《簡譜》卷八録此二曲，與《正始》幾同。《簡譜》尾批："此與前【沙塞子】無涉。亦須二支全用，【换頭】不可省，亦可與【催拍】聯套。"

此調始見於戲文，南曲承之，然題署已交錯，較爲混亂。

【皂羅袍】

1.【仙吕過曲】暗想朱門嬌女，豈無豪俊，肯嫁寒儒。聞言漫自意躊躕，無情却被多情誤。藍橋何處，路兒又無；陽臺何處，路兒難覓。朝雲暮雨誰憑據。　　元傳奇《瓦窑記》，《正始》頁305

2.【仙吕過曲】路上最喜春光奇勝，見鶯燕，萬般千種嬌聲。似言密意訴深情，教人側耳頻頻聽。……　　元傳奇《楊寔》，《正始》頁306

3.【仙吕過曲】軟弱立身之本，論剛强惹禍之胎。利刀割水兩難開，好語解人金腰帶。……①　　元傳奇《殺狗記》，《正始》頁306

4.【仙吕過曲】綉幕珠簾捲起，錦堂香爇腦(原作"惱")麝，獸噴金猊。悄如仙子宴瑶池，笙歌鎮日喧天沸。……

元傳奇《裴少俊》，《正始》頁307

5.【仙吕過曲】那日從别鄉黨，過了雲山叠叠，煙水茫茫。夜宿孤村，曉整行裝，奔波途路成勞攘。……　元傳奇《曹伯明》，《正始》頁307

6.【仙吕過曲】離了城關寂静，聽樓頭初鼓，早促行程。遠望誰

---

① 《六十種曲》本《殺狗記》第二十五齣《月真買狗》存録【皂羅袍】三曲，其第三曲辭云："【前腔】軟弱立身之本，論剛强惹禍之胎。利刀割水兩難開，好語解人金腰帶。多年鄰舍，且宜忍耐；休發言語，冤只可解。依然兩下人情在。"

家有殘燈,燈照階前影。風清月白,夜深謾行;星移斗轉,夜深謾行。悠悠路遠多勞頓。 元傳奇《薛雲卿》,《正始》頁 307

格式:$6_{\triangle}$,4,$4_{\triangle}$。$7_{\triangle}$,$7_{\triangle}$。4,$4_{\triangle}$;4,$4_{\triangle}$。$7_{\triangle}$。 10 句

《正始》列第一曲爲正格,題注:"一名【間花袍】。第二句四字,第二格【四换頭】犯此。"列第二曲爲第二格,題注:"第二句三字。"尾批:"下皆同,不録。"列第三曲爲第三格,題注:"第二(原作"一")、第三句併爲七字一句。"尾批:"下同,不録。"列第四曲爲第五格,題注:"第二句亦六字。"尾批:"下同,不録。"列第五曲爲第六格,題注:"第二句正體,第四句七字一句變成八字二句。"列第六曲爲第七格,題注:"第五句減爲五字,四曲皆然。"

南曲有【仙吕過曲·皂羅袍】,《沈谱》卷一與此僅第二、三兩句合作九字一句,餘同。《新譜》卷一引陳鐸"風兒疏剌剌"套"翠被今宵寒重"爲例曲,與《沈譜》同格。《寒山堂譜》卷一、《定律》卷四、《大成》卷二均引第一曲爲【又一體】。《寒山堂譜》尾批:"二'處'字用韻更妙。五、六句當作一聯,'藍橋'四句,或作兩聯亦可。"當是四、五兩句可作一聯方是。與此句字略有不同。

此曲當出於戲文,南曲承之,略有變化。

【尾犯】

【中吕引子】懊恨别離輕,悲豈斷弦,愁非分鏡。只慮高堂,怕風燭不定。腸已斷欲離未忍,淚難收無言自零。空留戀,天涯海角,只在須臾頃。 元傳奇《蔡伯喈》,《正始》頁 382

格式:$5_{\triangle}$,4,$4_{\triangle}$。4,$4_{\triangle}$。7 乙,7 $乙_{\triangle}$。3,4,$5_{\triangle}$。 10 句

《正始》題注:"與詩餘同,但無【换頭】。"

詞調有【尾犯】,雙片,其上闋與此第五句或作五乙,第八句或作四字,餘同。南曲有此調。《舊譜》卷三、《大成》卷五均題【尾犯引】。《沈譜》卷八、《定律》卷六、《大成》俱引此曲爲【又一體】,《沈譜》題注:

“可多一‘引’字，非也。”《新譜》卷八承之。然《定律》亦題【尾犯引】。

此曲出詞調，入戲文，南曲承之，然已有一調二名的態勢。

【尾犯序】

1.【中吕過曲】無限别離情，兩月夫妻，一旦孤冷。此去經年，望迢迢玉京。思省，奴不慮山遥路遠，奴不慮衾寒枕冷。奴只慮，公婆没主一旦冷清清。

2.【前腔第二换頭】何曾，想着那功名，欲盡子情，難拒親命。我年老爹娘，望伊家看承。畢竟，你只怨朝雲暮雨，只得替著我冬温夏清。思量起，如何教我割捨得眼睜睜。

元傳奇《蔡伯喈》，《正始》頁 424

3.【中吕過曲】……此尋常三五煞殊别。

元傳奇《楊曼卿》，《正始》頁 424

4.【中吕過曲】村落少人煙，横塘水淺，玉鷺聯拳。喜野梅開遍，時有香傳。消遣，飲村醪時煨芋栗，採山花斜插鬢邊。茅檐下，見龍鍾父老飲笑負晴暄。

5.【前腔】家筵聊自遣，……

6.【前腔第三换頭】看看，紅日上三竿，……

7.【前腔第四换頭】亭軒，新架小三椽，……①

元傳奇《劉智遠》，《正始》頁 425

8.【中吕過曲】一自造庭軒，……

---

①《六十種曲》本《白兔記》第五齣《留莊》存録【尾犯序】四曲，其首曲自“茅檐下”爲(合)，文字與此也有變化；其第三、第四兩曲差異更大，且題【前腔】。此録後三曲，其辭云：“【前腔】家筵聊自遣，喜莊農自種，百畝良田。數十人家，相聞雞犬。聲遠，聽揺船漁歌唱晚，見牧童騎犢困眠。(合前)【前腔换頭】今朝，天色漸嚴寒，霜凝萬瓦，冰筯持在檐前。更有喜鵲聲聲，在枝上喧傳。欣然，料必是特來報喜，願子母歡諧老年。(合前)【前腔换頭】亭前，修竹兩三竿，清閑度日，宜暑宜寒。野簌山肴，足可饑餐。心閑，紙糊簾竹鈎半卷，飲村酒三杯自遣。(合前)”成化本《白兔記》第四齣僅存此第一曲。

9.【前腔第二换頭】英賢,今且聽一言,……

10.【前腔第三换頭】春纖,輕把袖兒揎,……

11.【前腔第四换頭】覷瞻,郎女意留連,……

元傳奇《蘭蕙聯芳樓》,《正始》頁 426

12.【中吕過曲】山徑路幽僻,尋常此間,來往人稀。男女相隨,豈是良人行止?……①　　元傳奇《拜月亭》,《正始》頁 427

13.【中吕過曲】疏雨過蓮池,……

元傳奇《柳耆卿》,《正始》頁 500

格式:$5_{\triangle}$,4,$4_{\triangle}$。4,5 乙$_{\triangle}$。$2_{\triangle}$,7 乙,7 乙$_{\triangle}$。3,$7_{\triangle}$。　10 句

《正始》列第一曲爲正格,尾批:"此調末句七字是正格。今皆認作九字二句,非也。設如元傳奇《楊曼卿》,此調末句云云。"所引即第三曲。第二曲尾批:"此調起處七字,正爲【换頭】句法。但今人不審其律,統同始調之五字唱法唱之,獨不思其第二之'曾'韻脚耳,必須用一正一截板於上,方别【换頭】之唱法。但惜其第三、四曲復承始調句法,焉有【前腔】反居【换頭】之後? ……願作者必效此二套(指《劉智遠》和《蘭蕙聯芳樓》)爲式。"列第四曲爲第二格,題注:"第五句減爲四字。"第八至十一曲出《蘭蕙聯芳樓》,《全元戲曲》卷十二頁 299《輯佚説明》:"錢輯本云'未見著録',實見於《南詞叙録・本朝》内,注云:'教坊本',其本事爲元末事,故當以《南詞叙録》爲是。"此當"亦係明初戲文"。黄仕忠《拾遺》亦有考辨,均是。此姑依例存録。列第十二曲爲第三格,題注:"第五(原作'三')句增爲六字。"尾批:"下皆同,不録。"第十三曲,【中吕過曲・三句兒煞】題注:"'疏雨過蓮池'是其過曲。"錢南揚《宋元戲文輯佚》頁 102:"此五字句法,正和《琵琶記戲文》【尾犯序】的'無限别離情'合,姑補題此曲牌。"從之。

---

① 《六十種曲》本《幽閨記》第二十齣《虎頭遇舊》存録【尾犯序】四曲,此爲首曲,其下五句云:"凶時,遭士馬流民散失,避干戈君臣遠徙。夫和婦,天摧地塌逃難路途迷。"《重訂拜月亭記》第二十二齣《興福釋隆》存録【尾犯序】三曲,首曲前十句同《幽閨記》,然後又綴以《幽閨記》第二曲之五句,故有較大變化。

南曲有【中吕過曲・尾犯序】,《舊譜》引《江流》"一景好孤恓"爲例曲,與此僅第五句作六字,餘同。是爲《正始》所引《拜月亭》格。《沈譜》卷八、《新譜》卷八、《寒山曲譜》均引首二曲爲例曲。《沈譜》尾批:"第三、第四【换頭】,起句用平平平去平或平平平去上,又與第二曲不同。今不盡録,聊記於此。"較之以上所録,有相合有不相合者,不必拘泥。《新譜》眉批:"馮云:查此調【第二换頭】首句第二字,無不用韻者。"此與《正始》所論相合。《寒山曲譜》第一曲尾批:"前'奴不慮'三字,當用平仄仄;後'奴不慮'三字,當用仄平平。此二句當作一聯。"第二曲尾批:"'起'字用去聲發調。"《大成》卷十引第二曲爲【又一體】。

此調出於戲文,南曲承之。

【步蟾宫】

【南吕引子】龍潭虎窟愁難數,更染病擔疾羈旅。分别夫婦兩南北,誰念我無窮悽楚。 元傳奇《拜月亭》,《正始》頁 525

格式:$7_{\triangle}$,7 乙$_{\triangle}$。7,7 乙$_{\triangle}$。 4 句

《正始》題注:"與詩餘同,但無【换頭】。"

詞調有【步蟾宫】,雙片,其五十五字、五十六字、五十七字三體之上闋均與此同。北曲【雙調・折桂令】又名【步蟾宫】,與此不同。南曲有【南吕引子・步蟾宫】,《舊譜》卷四引此爲例曲。《沈譜》卷十二、《新譜》卷十二引《荆釵記》"胸中豪氣冲牛斗"爲例曲,與此第三句作上三下五八字句,末句作六字句,句格小異。題注:"與詩餘同,但無【换頭】。"查之,詞調五十九字、五十八兩體之上闋與此前三句同,但無末句作六字句者。

此調出詞調,分兩途入戲文和北曲,各有轉换;南曲承於戲文,略有變化。

【杏花天】

【商調引子】曲江賜罷瓊林宴,稱藍田宮花帽偏。玉鞭裊裊如龍騎,簇擁著傳呼狀元。

元傳奇《拜月亭》,《正始》頁 768

格式:$7_{\triangle}$,7 乙$_{\triangle}$。7,7 乙$_{\triangle}$。　　4 句

詞調有【杏花天】,雙片,其上闋與此末句作六字,餘同;又有【杏花天慢】,與此不同。南曲有此調,《舊譜》卷六、《沈譜》卷十五、《新譜》卷十六、《定律》卷十三、《大成》卷二十三、《簡譜》卷十均以此爲例曲,題【越調引子】。《沈譜》題注:"今刻本無此詞。"《南音三籟》戲曲下卷第一套【越調・小桃紅】《拜月亭・團圓》尾批所附【引子】,第二支即此曲,第二句"藍田"作"藍袍"。《大成》亦與之同,題注:"'天'一作'風'。"趙景深《考略》頁 35 認爲:"大約元代戲文《拜月亭》逸文最完全的要算是'誤接絲鞭'那一套。"《重訂拜月亭記》第四十三齣《成親團圓》存録此曲。

此調出詞調,入戲文,南曲承之。

【禿厮兒】

【越調過曲】撮土焚香,拜三光,告穹蒼,莫令雨驟風狂蕩。一園柰子若飄落,娘打罵怎生當?打罵怎生當?

元傳奇《王祥》,《正始》頁 779

格式:$4_{\triangle}$,$3_{\triangle}$,$3_{\triangle}$,$7_{\triangle}$。7,6 乙$_{\triangle}$,$5_{\triangle}$。　　7 句

北曲有【越調・禿厮兒】,與此不同。南曲有【越調過曲・禿厮兒】。《舊譜》卷六、《沈譜》卷十五、《新譜》卷十六、《定律》卷十三、《大成》卷二十五、《簡譜》卷十俱引此爲例曲,但惟《舊譜》與此同,後之諸譜俱無末尾疊句。《沈譜》題注:"與北曲不同。"《簡譜》尾批:"北詞【越調】亦有此牌,但句法與此無涉。"

此調當出於戲文，南曲承之，其漸省末一疊句的過程也清晰可辨。

【孝南枝】

【雙調過曲】【孝順歌】同心帶，連理枝，桃花浪暖魚戲水。月樣好孩兒，天生俊花枝，温柔旖旎。幾等偎隨，一團和氣。【鎖南枝】恨不結髮齊眉，合口同出氣。言可依，貌可喜。事和諧，謝天地。

元傳奇《孟月梅》，《正始》頁 888

格式：3，$3_{\triangle}$，$7_{\triangle}$。5，$5_{\triangle}$，$4_{\triangle}$。$4_{\triangle}$，$4_{\triangle}$。$6_{\triangle}$，$5_{\triangle}$。$3_{\triangle}$，$3_{\triangle}$。3，$3_{\triangle}$。

14 句

集曲。前用【孝順歌】首八句，後用【鎖南枝】末六句。

南曲有【雙調過曲・孝南枝】。《舊譜》卷九、《大成》卷六十四均引此爲例曲，與此同。《舊譜》題注："【孝順歌】頭，【鎖南枝】尾。"《沈譜》卷二十、《新譜》卷二十二、《定律》卷九引《錦香亭》"陽臺夢"爲例曲，與此略異：前十句用【孝順歌】全調，後四句入【鎖南枝】。《沈譜》題注："即【孝南歌】。"細考之，【孝順歌】第九、十兩句作"4，$6_{\triangle}$"，《錦香亭》作"4，$5_{\triangle}$"，第九句又是以六字句細分二字爲襯字，故不同；【鎖南枝】全曲九句，末六句與此全同，第四、五兩句正作"6，$4_{\triangle}$"。故以【孝順歌】前八句爲頭者是，全調十句爲頭者有誤。又南曲此體有多式，如《正始》即以陳大聲小令爲正格：前用【孝順歌】首五句，後用【鎖南枝】末四句，已與此同名而不同體。

此曲出戲文，南曲承之，有所變異。

【孝順兒】

【雙調過曲】【孝順歌】嘔得我肝腸痛，珠淚垂，喉嚨尚兀自牢嗄住。遭鵯被舂杵，篩你簸揚你，吃盡控持。【江兒水】悄似奴家身狼狽，千辛萬苦皆經歷。苦人吃着苦味，兩苦相逢，可知道欲吞不去。

元傳奇《蔡伯喈》，《正始》頁 888

格式：3，$3_{\triangle}$，$7_{\triangle}$。$5_{\triangle}$，$5_{\triangle}$，$4_{\triangle}$。$7_{\triangle}$，$7_{\triangle}$。$6_{\triangle}$，4，7 乙$_{\triangle}$。　11句

集曲。前用【孝順歌】首六句，後用【江兒水】末五句。

南曲有此調。《沈譜》卷二十、《新譜》卷二十二均引《琵琶記》“糠和米”爲例曲，與此同。尾批：“向因坊本刻作【孝順歌】，人皆捩其腔以凑之，殊覺苦澀。今見近刻本改作【孝順兒】，乃暢然矣。”其實戲文即作【孝順兒】，【孝順歌】别是一曲。《大成》卷六十四引此爲例曲，與此同。《元本琵琶記校注》第二十齣《五娘吃糠》連用四支，首即此曲，“糠和米”爲第二曲【前腔】，然題【孝順歌】，誤。

此調出戲文，南曲承之。

【沉醉海棠】

【仙吕入雙調過曲】【沉醉東風】謝得我娘行賜水，心兒裏萬千歡喜。【月上海棠】相如病想已都除，不成禮望君休罪。真個美，便做玉液瓊漿，也只如是。

元傳奇《崔護》，《正始》頁 958

格式：7 乙$_{\triangle}$，7 乙$_{\triangle}$。7 乙$_{\triangle}$，7 乙$_{\triangle}$。$3_{\triangle}$，4，$4_{\triangle}$。　7句

集曲。前用【沉醉東風】首兩句，後用【月上海棠】末五句。

南曲有【仙吕入雙調過曲·沉醉海棠】，《沈譜》卷二十、《新譜》卷二十三均引此爲例曲，與此同。但《沈譜》又引《十孝記》“看將雛人稱鳳毛”爲【又一體】，前用【沉醉東風】首五句，後用【月上海棠】末三句；引《鑿井記》“荷天地神明見憐”爲【又一體】，前用【沉醉東風】首二句，後用【月上海棠】《薛芳卿》格末六句。《新譜》又增一體，引王伯良散套之“夜迢迢銀燈翠樓”爲例曲，前用【沉醉東風】首四句，後用【月上海棠】末五句。則明人於此體已多變體。

此曲出於戲文，南曲承之，多衍變體。

【巫山十二峰】

【黄鐘調慢詞】村莊寥落，那更傍黄昏至。無情没緒，掩重門，幾度傷懷無語。淚盈腮，家鄉遥想今何地？况奈歸程迢遞。荒郊逼晚路途迷，欲假閭閻，借一宵居止。　元傳奇《鄭信》，《正始》頁1055

格式：4，6 乙△。4△，3，6△。3，7△，6△。7△，4，5 乙△。　11 句

南曲有【黄鐘慢詞·巫山十二峰】，《新譜》卷十五、《定律》卷一均引此爲例曲。《新譜》題注："新入。"故未見於《舊譜》《沈譜》。《定律》則屬【黄鐘引子】，因其已將近詞之曲歸於過曲、慢詞之曲歸於引子，實質仍同。

此曲出於戲文，南曲承之，極少使用。

【杜韋娘】

【仙吕調慢詞】玉容嬌態豔，眉黛淡掃青山遠。鳳髻綰烏雲霞襯臉，更嫋嫋纖腰嬌軟。正笄年遣適豪門，已奉蘋蘩，喜遂于飛願。與才郎契合，願百歲同綰繾綣。　元傳奇《殺狗記》，《正始》頁1106

格式：5△，7△。7△，7 乙△。7 乙△，4，5△。5 乙，7 乙△。　9 句

杜韋娘，劉禹錫詩云："倭鬌梳頭宫樣粧，春風一曲杜韋娘。司空見慣渾閑事，斷盡江南刺史腸。"典出唐·孟棨《本事詩》。後喻歌妓。唐·崔令欽《教坊記·曲名》有【杜韋娘】，《全唐五代詞》不存此曲，無從考校。《全宋詞》有【杜韋娘】兩首，雙片，其上闋與此大同小異：首句、第六句作四字句，末句作"4、4△"八字句；第五句可作五字，第七句可作七字；餘同。南曲有【仙吕調慢詞·杜韋娘】，《沈譜》卷二、《新譜》卷二均引《劉文龍》"終朝没情緒"爲例曲，與此同格。《定律》卷四屬【仙吕引子】，引《荆釵》"朔風寒凛冽"爲例曲，與此格有所變化。

此調當出唐曲，經詞調入戲文，已有改造；南曲承於戲文，又有所

變化。

【沙雁揀南枝】

【越調近詞】【雁過沙】想當初共佳期，似鸞交效于飛。當初對酒同宴逸，觀花玩月成歡會。樂極果然生悲憶，【鎖南枝】愁似織，還自釋。淚揩乾，又偷滴。

元傳奇《寶粧亭》，《正始》頁 1210

格式：$5_{\triangle}$，$5_{\triangle}$。$7_{\triangle}$，$7_{\triangle}$。$7_{\triangle}$，$3_{\triangle}$，$3_{\triangle}$。3，$3_{\triangle}$。　　9 句

集曲。前用【雁過沙】首五句，後用【鎖南枝】末四句。《寶粧亭》，原題《寶裝亭》，據徐渭《南詞叙録》、《沈譜》卷四、《寒山曲譜》等改。

南曲有【沙雁揀南枝】，《舊譜》卷九以此爲例曲，入【雙調過曲】，題注："【雁過沙】頭，【鎖南枝】尾。"《沈譜》卷四、《新譜》卷四、《寒山曲譜》、《定律》卷二、《大成》卷三十二俱以此爲例曲，然入【正宫過曲】。《沈譜》題注："《舊譜》'揀'字誤作'練'，今改正。"《新譜》題注："犯【雙調】。"

此調出戲文，爲【越調近詞】；南曲承之，改調爲【正宫過曲】，亦犯【雙調】。

【步難行】

【不知宫調過曲】却原來是塊柴，就往袖裏揣。免得妻兒來問，埋冤我空手回。駡你這小喬才，把雪塊胡揣亂篩。

元傳奇《吕蒙正》，《正始》頁 1366

格式：$5_{\triangle}$，$5_{\triangle}$。6，6乙$_{\triangle}$。6乙$_{\triangle}$，7乙$_{\triangle}$。　　6 句

《正始》尾批："此係古本原文。今人於此首句上添得有'只得躲在房檐下'一句，有腔有板，但不知是前調【山坡羊】之末句，又不知本調之首句。不知何謂。"

《定律》卷十、《大成》卷十八均引此爲例曲，《定律》入【商調過

曲】,《大成》入【大石調過曲】。《大成》署《綵樓記》。曲選《怡春錦·南音獨步樂集》之《綵樓記·别試》亦收録此曲。

此調當出於民間歌謡,入戲文,後世南曲使用極少。

【吴織機】

【正宫過曲】告相公休致疑,張惟是忠孝兒。不忍朝中多奸細,特來報知。那鉏霓是他使的,岸賈埋心没道理。他舉私仇來害我,只愁自家相競持,外邦聞之必笑恥。待來朝入見時,孩兒必奏之,要與岸賈辨别是和非。 元傳奇《趙氏孤兒》,《寒山堂譜》卷二頁 683 上半葉

格式:6 乙$_{\triangle}$,6 乙$_{\triangle}$。7$_{\triangle}$,4$_{\triangle}$。7$_{\triangle}$,7$_{\triangle}$。7,7$_{\triangle}$,7$_{\triangle}$。5$_{\triangle}$,5$_{\triangle}$,7$_{\triangle}$。 12 句

《寒山堂譜》列此爲例曲,題注:“十二句,七十五字。”

《定律》卷二、《大成》卷四十三均引此爲例曲,然誤題【吴織錦】,署《八義》和《八義記》,與此僅句字、正襯略有出入。

此調當出於民間歌謡,入戲文,然於后世南曲諸譜多未著録,可見使用極少。

八　筆

【武陵春】

1. 獨離西川無伴侶,一路想悽惶。今日孩兒乍離娘。一心在我兒行。

《張協狀元》5

2.【雙調近詞】白首奔波,便不荒凉滋味索。盼廬陵何處,幾點斷雲依約。笑衰年還更傍誰倚托,笑衰年還更傍誰倚托,漸寒風中人衣袂薄。兀自前途去,恁悠邈,經歷盡水上孤村山外郭,景物銷鑠。買得香醪三四酌,把我愁腸洗蕩著,洗蕩著。想人心人面怎猜度,這一個禁持,那一個做作,似槍鋒劍鍔。兀的不氣殺人也么哥,兀的不悶殺人也么哥,都將擺落。惟有好人情分渾如昨,不比尋常世態惡。

3.【前腔】自分溝壑,百歲光陰一夢若。我如今到彼,靠伊禄養豈不差怍。難道伊不言時我不覺,伊不言時我不覺,怕相逢兩下猶驚愕。若把往事重提起,怎遮却,當初恩眷也有十分渥,曾借我小堂棲泊。曾受我黄金與伊壯行橐,豈可伊家不領略,不領略。又何苦離家直恁少思索,自斟酌,只待合六州生鐵鑄一錯。眼見斜陽下,怕見斜陽下,拖一條竹杖,一量芒屩,投宿前村莫擔擱。

元傳奇《王十朋》,《正始》頁 1236

格式 1:7,5△。7△,5△。　4句

2:4,7△。4,6△。7△,7△,7△。5,3△,7△,4△。7△,7△,3△。7△,4,4△,4△。7,7,4△。7△,7△。　23句

第一曲用式 1,當爲【引子】;後兩曲用式 2,爲【雙調近詞】。

第一曲,錢南揚《校注》:"此是生上場【引子】,句格和《東堂詞》

【武陵春】上半闋同，惟末句多一襯字，曲譜無此調。曲譜只有過曲【武陵春】，句格全異。”

《正始》列第二曲爲【雙調近詞】正格，題注：“或曰【武陵花】，非。”列第三曲爲第二格，題注：“第十五句下大不同。”

詞調有【武陵春】，《張子野詞》入【雙調】，雙片，其上闋與式 1 相同。南曲有【雙調近詞・武陵春】，《沈譜》卷二十一題注：“‘春’，或作‘花’，未知孰是。”引《金印記》“萬里奔波”及【前腔】爲例曲，《新谱》卷二十四承之。此正是《正始》所引之第三格和第四格。《正始》第三格題注：“第三句變爲五字，第十二句變爲六字。”第四格題注：“此比《王十朋》體次曲體，於十八句下減五字一句。”

此調出詞調，戲文承之，爲式 1；式 2 爲長調，其源待考，或出自徐氏所得之古譜。趙景深《考略》頁 14—15 認爲：第二、第三兩曲正是《王十朋》原詞，今《六十種曲》本第四十一齣《晤婿》則借用了元傳奇《孟月梅》【八聲甘州】“春深離故家”二支，“從曲文比較，【武陵春】二支，心理描寫極好，句法生動。或許是詞句過長的緣故，太加重了演唱者的負擔，故而改用【八聲甘州】也未可知。【八聲甘州】曲文頗似元人散曲，有優美的景致描寫，但生動處不及原作。”體味品鑒之，言之有理。南曲僅承式 2，但用其變格；式 1 則已不傳。

【油核桃】

1. 君今勉强起，試聽呵：獨自怎生經過此，成災禍？我怎知初托大，兩查一擊渾身破，今宵大雪寒殺我。(合)命騫時乖撞着它，冤家要艄如何艄？

2. 【同前】今忽逢老者，下山呵。宅居那裏周全歇，宿一夜。問我時須説破，當山土地吾親做，憐伊現身説些介話。(合同前)

3. 【同前】今君轉下山，有一家。朱門兩扇屋雖破，是鴛鴦瓦。又怎知它着我？謝得尊神(此字原奪)呵周全我，今宵免得心腸挂。(合同前)

4. 【同前】只得扶病起，下山呵。尊神恁説葉心下，略托大。草

繫門君解破，靠歇須有人温顧，不消慮及道如何過。（合同前）

《張協狀元》9

5.【仙吕過曲】漁翁獨釣清溪，待船人立沙堤。記得前回那郵亭裹，曾宿止也，向壁間題滿詩。　元傳奇《瓦窰記》，《正始》頁 294

6.【仙吕過曲】眼前一嶺岐嶇，怎不教人傷悲。今宵未卜投宿處，趕程途也，問人家莫待遲。

元傳奇《陳巡檢》，《寒山堂譜》卷一頁 655 上半葉

格式 1：$5,3_{\triangle}$。$7,3_{\triangle}$。6 乙$_{\triangle}$,$7,7_{\triangle}$。$7,7_{\triangle}$。　9 句

2：$6_{\triangle},6_{\triangle}$。$7_{\triangle}$,4,6 乙$_{\triangle}$。　5 句

前四曲連用，爲式 1，當是過曲。後二曲用式 2，爲【仙吕過曲】。細校之，式 2 似截用式 1 前半，僅略加變化而已。待考。

《正始》列第五曲爲式 2 正格，題注："今人皆以【仙吕調】之【告雁兒】誣之。"頁 1112【仙吕調近詞・告雁兒】尾批又引第五曲全調，題"元傳奇《吕蒙正》"，與【仙吕調近詞・告雁兒】相比較，"少證其訛"。《寒山堂譜》列第六曲爲正格，與式 2 同。

南曲有【仙吕過曲・油核桃】，《舊譜》卷一、《沈譜》卷一、《新譜》卷一、《寒山堂譜》卷一均引第五曲爲例曲。《舊譜》後有【前腔】一曲。《沈譜》題注："或作【油葫蘆】，非也。"是；【油葫蘆】爲北曲曲牌。又引散曲"論夏月可人心性"爲【又一體】，七乙四句，與此不同。對此【又一體】，《新譜》屬祝枝山《詠月》套，但《寒山堂譜》却署"元詞《樂府統宗》"，實誤，當屬祝氏散曲。《定律》卷四引第五、第六兩曲爲例曲，《大成》引第五曲爲【又一體】，題《綵樓記》。《簡譜》卷六引第六曲爲例曲，尾批："此爲正格，用韻多雜。"

式 1 僅見於戲文。式 2 出於戲文，南曲承之。

【金錢子】

桃杏儀容，不覺又年笄歲。畫堂中隨它伴侣，聽這别院笙歌，管弦聲沸。驀忽心閑，小樓東欄杆鎮倚。　《張協狀元》13

格式:4,6$_{\triangle}$。7 乙$_{\triangle}$,4,4$_{\triangle}$。4,7 乙$_{\triangle}$。 7句

錢南揚《校注》:"曲譜無此調。"

唐·崔令欽《教坊記·曲名》有【金錢子】,《全唐五代詞》等無此曲,無從檢校。《全宋詞》存無名氏【金錢子】一首,雙片,其上闋與此僅第五句作五乙句,餘同。

此調出於唐曲,入宋詞,爲戲文所採録;然僅此一見,後已失傳。

【金蓮子】

1. 廟門閉,擅(原作"個")開留此處。你没活計,我周全伱。好不傍道理! 驀忽地恁説,它便漾出去。

2.【同前換頭】卑人此住無所倚,幸然娘子無夫婿。你説得是。我公婆看時。精神恁磊落,一對好夫妻。 《張協狀元》14

3.【南吕過曲】古今愁,誰似我目下這般憂。聽軍馬驟,人鬧語稠。向深林中躲避,只恐怕有人搜。

4.【前腔換頭】百忙裏散失差了路頭,尋覓竟不著怎措手。謝神天祐,這搭兒端的是有。親骨肉見了,尋路向前走。

元傳奇《拜月亭》,《正始》頁 589

5.【南吕過曲】請登途,安排行李共護書。須及早,尋個店宿。休得要,晚來在鞍馬上受驅馳。

6.【前腔換頭】名奔利逐登仕途,伏維尊重自起居。休得要,消香減玉。但頻頻,斷腸人送斷腸書。

7.【前腔】到京都,文書纔了便進途。家私事,兒難做主。聽覆取,凡事尚雛,恐一差二誤怎支吾? 元傳奇《鄭孔目》,《正始》頁 590

8.【南吕過曲】好傷情,聽樵樓更漏轉夜深。轉夜深,花街慘慽。念奴家兩下没投奔,叫天不應地不聞。 元傳奇《張資》,《正始》頁 592

9.【南吕引子】昨承朝命,便指日挈累,往臨他境。鴛侶肯離分?奴只慮峻山高嶺。只爲利綰名牽,奈萍蹤不定。雙雙去,直待到得南雄,把舊歡重整。 元傳奇《陳巡檢》,《正始》頁 511

格式 1:$3_{\triangle}$,$5_{\triangle}$。$4_{\triangle}$,$4_{\triangle}$。5 乙$_{\triangle}$,5 乙,$5_{\triangle}$。 7 句

2:$3_{\triangle}$,$7_{\triangle}$。3,$4_{\triangle}$。5 乙$_{\triangle}$,$5_{\triangle}$。 6 句

3:$4_{\triangle}$,4,$4_{\triangle}$。$5_{\triangle}$,7 乙$_{\triangle}$。6,$4_{\triangle}$。3,6,5 乙$_{\triangle}$。 11 句

前兩曲用式 1,第三曲至第八曲用式 2,爲【南吕過曲】,第九曲用式 3,爲【南吕引子】。

式 1 與式 2,差異只在第二句和末段三句或二句。第二曲與第四曲句極爲近似,僅正襯、句段不同。可見《張協狀元》演唱時更爲自由。當可歸併,入【南吕過曲】。此仍分立,以存《張協》曲例。

《正始》列第三曲爲【南吕過曲】正格,題注:"末二句節文各五字。"第四曲尾批討論《沈譜》批語,認爲:"詞隱先生查勘猶未遍也。按元詞古曲於'驟'字、'祐'字處,儘有不用韻者,不必拘之。"列第五曲爲第二格,題注:"此格於'驟'字處不用韻,末句句讀不同。"列第六曲爲【前腔换頭】第二格,題注:"'祐'字處亦不用韻,末二句亦不同。"頁 640【南吕過曲・三十腔】尾批中引此末句。列第七曲爲【前腔】第三格,題注:"'驟'字處亦不用韻,第五句下增四字一句。"列第八曲爲第五格,題注:"'驟'字處亦不用韻,第五句變爲七字。"

《正始》列第九曲爲【南吕引子】,與【南吕過曲】不同。題注:"【南吕調】查歸。"

詞調有【金蓮遶鳳樓】,與此不同;另有【金盞倒垂蓮】,爲【金盞子】之異名,與式 3 大同小異。南曲有【南吕過曲・金蓮子】和【南吕引子・金蓮子】,分别與式 2 和式 3 同。《舊譜》卷四題第四曲爲【么篇】,不準確;《沈譜》卷十二、《新譜》卷十二、《定律》卷八改作【前腔换頭】,是。《沈譜》尾批:"余細查古曲及舊板《白兔記》【金蓮子】,皆與《拜月亭》相合。"批評陳大聲散套"表記留"【金蓮子】之"似協而實不協"。《寒山曲譜》引第三、第四曲爲例曲,尾批:"'這''馬''鬧''怎'四字用平聲,'手''有''走'三字用仄聲。"《大成》卷四十八引第九曲爲例曲,題《梅嶺記》;卷四十九引第三曲,與此句字均有所變化。

戲文此調頗爲繁雜,體現出在民間流傳時自由、活潑的特點,並漸趨規範、穩定。南曲承式 2 和式 3,式 1 後當併入式 2。

【刮鼓令】

1. 今夜盡歡,我吃酒須教滿。我每吃得十來碗,敢一掃吃盡盤。娘兒兩個忒熱亂,一村只有君過門。前生已結今生分,通宵裏飲芳樽,通宵裏飲芳樽。 《張協狀元》16

2. 君恩怒少停,且容奴説與你聽:大雪下被强人劫去,到古廟奴救你。我爲你幾艱辛,登科到歡喜奴到京。(合)緣何一向便生嗔?你門直是没前程。

3.【同前】伊前日到京,我不成留住你。敢説道我渾家來至,我榮貴伊恁貧。我不道你癡心,别尋個計結來閉門。(合同前)

4.【同前】同連理至誠,我許多恩情陪伴你。賣頭髮得錢爲盤費,雁塔上題姓名。跋涉到宸京,叫門子打得身上疼。(合同前)

5.【同前】一心要離京,是州城不暫停。我與伊家歡笑,駡得我惡氣生。説一和你惺惺,才相見剪頭來駡人。(合同前)

《張協狀元》41

6. 花影漸移,紅日相將墜。對花一恁捹沉醉,共插着花幾枝。花籃轎兒香韻奇,花陰柳下人漸稀。當歌對酒醺醺地,教人道醉扶歸。 《小孫屠》3

7.【南吕過曲】從别後到京,慮萱親當暮景。幸喜得今朝重會,又緣何愁悶縈。莫不是我家荆,看承母親不志誠。分明説與您兒聽,怎生不與共登程。

8.【前腔】心中自三省,待言時還噤聲。你媳婦多災多病,況親家兩鬢星。家務事要支撑,教他怎生,離鄉背井。又怕你饒州之任不留停,先令人送我到京城。 元傳奇《王十朋》,《正始》頁 569

9.【南吕過曲】奴拜啓試聽:你是讀書知禮人。那兵戈叢裏,奴一命皆謝您。俺子母感恩深,當初看待你爲弟兄。(合)緣何深夜過墻陰,作此態是何情?

10.【前腔】我忒恁志誠,你爲人忒負心。把一首新詩明寫,西厢

下迎故人。我特地赴佳盟，恐來遲辜負您。（合前）

元傳奇《西廂記》，《正始》頁 570

格式：$5_{\triangle}$，6 乙$_{\triangle}$。7，6 乙$_{\triangle}$。6 乙$_{\triangle}$，$7_{\triangle}$。$7_{\triangle}$，$7_{\triangle}$。　　8 句

此調前六曲，基本定式如此，僅句字略有變化：第一曲首句作四字，末用一疊句。第一、第六曲末句作六乙。第六曲第二句減一字，等等，總體上大同小異。

《正始》列第七曲爲正格。列第八曲爲第二格，題注："第六句變爲八字二句。"列第九曲爲第三格，題注："第二、三、末句俱變。"頁 641【南吕過曲·三十腔】尾批引此末兩句。列第十曲爲第四格，題注："第六句變爲六字二截。"末二曲，錢南揚《輯佚》頁 149 注："《正始》原不注'元傳奇'還是'明傳奇'，然【三十腔】下注云：'【刮鼓令】，合元傳奇《西廂記》末二句曰："緣何深夜過墻陰，作此態是何情？"'可見這兩曲也是元傳奇。"是，故將此二支均屬元傳奇《西廂記》。

《全金元詞》有金道士王喆【刮鼓社】詞四首，前二首似描繪神仙道化劇表演。李兄昌集《中國古代散曲史》第一卷第二章認爲："'刮鼓'，是金代北地流行的一種村社小戲。金代民間有'刮鼓社'之團體，……其源或在宋之'鬪鼓社'。金淪宋之北地以後，其風俗在民間尚存，故南曲有【刮鼓令】，北詞（王喆詞爲金詞新調，體式爲詞，格調其實已類曲）有【刮鼓社】。這種由南北共同風俗而産生的同名曲牌，當是南北曲産生同調名現象的原因之一。"可備一説。"鬪鼓社"，見宋《西湖老人繁勝録》："鬪鼓社：大教兒、瞎判官、神仗兒、撲蝴蝶、耍師姨、池仙子、女杵歌、旱龍船（原作"般"）。"南曲有【南吕過曲·刮鼓令】，《舊譜》卷四題【刮古令】，以第八曲爲例曲；《沈譜》卷十二、《定律》卷八均作【刮鼓令】，以第七曲爲例曲，《沈譜》題注："'鼓'，或作'古'。"眉批："'不志誠'三字，可作平平去上四字。"《新譜》卷十二承之。《寒山曲譜》、《大成》卷五十均引第七、八兩曲爲例曲。《寒山曲譜》題【刮古令】，第八曲尾批："此調，字句同而腔板换也。《沈譜》失收【其二】曲，又不詳注明白，將第一曲起句點第二曲板，致誤後學之甚。'京城'二字用仄韻，'説''景''不'三字用平聲，'不志誠'三字亦

用平去上。"《大成》均題【又一體】,題注:"'鼓',一作'古'。"尾批:此曲多體,"句法雖有參差,皆不出規範"。

此調或出宋代民間歌舞,分途入戲文與金詞,故不相同;南曲承於戲文,漸趨定型。

【奈子花】

1. 我婆婆説要頭髻,奴不得只剪下些兒。婆婆喜歡,教斟緑蟻,没巴臂便來打起。想是,奴家害了你家計。

2.【同前】婆婆八年忺(原作"坎")要頭髻,才瞥見一地歡喜。銀和酒是家裏底,休閑争休得嘔氣。聽啓:你那個害了家計?

3.【同前】卑人欲往京畿,從早間等到今時。婦人愛酒貪歡喜,終久後又成何濟?想起,這婦人害了我家計。　《張協狀元》20

4. 相將岳帝生朝(原作"乾")日,欲同去燒香獻紙。便理會行裝前去,但家務深慮之。爲家慮恐難脱離,須叫取叔叔前去。(合)只交必貴,辦行裝相同去便同歸。

5.【同前】如今即便登途,家緣事分付汝。告媽媽寬心行路,兩下裏休慮憶。媽媽須是早早回歸,路途上自宜小心(當奪"在意"兩字)。(合同前)　《小孫屠》10

6.【南吕過曲】這荆釵與裙布偏宜,漢梁鴻此物留遺。香名至今,猶傳於世,休將他恁般輕棄。聽啓,明説道表情而已。

元傳奇《王十朋》,《正始》頁 660

7.【南吕過曲】小官人是白面書生,他日裏要改换門庭。東人念取同胞義,休教人説上梁不正。瞥悶,不知他是甚日和順。

元傳奇《殺狗記》,《正始》頁 661

8.【南吕過曲】黄昏後,乞巧樓前;紗窗外,新月娟娟。佳期暗卜穿針綫,何時再得繾綣。天天,欲見,再無方便。

元傳奇《韓壽》,《正始》頁 661

格式:7 乙$_{\triangle}$,7 乙$_{\triangle}$。4,4$_{\triangle}$,7 乙$_{\triangle}$。2$_{\triangle}$,7 乙$_{\triangle}$。　7 句

《張協狀元》三曲和《正始》三曲題【奈子花】,《小孫屠》二曲題【柰子花】。柰子花,茉莉花的别名。洪邁《容齋四筆・用柰花事》,東晉成帝時,"三吴女子相與簪白花,望之如素柰,傳言天公織女死,爲之著服。"奈,通"柰"。

《張協》第二、第三兩曲將第三、第四兩句併作七乙一句,餘同此。《小孫屠》兩曲將第三、第四兩句併作七乙一句,於第四句後增七乙兩句,末兩句句式亦有所變化。戲文五曲的句式較爲自由,但基本格式大致如此。

《正始》列第六曲爲正格,與此同。頁 641【南吕過曲・三十腔】尾批引此第五句。列第七曲爲第二格,將第三、四兩個四字句併作一個七字句,題注:"此格第三句句法,正合《沈譜》所議。元詞儘有之。"頁 648【瑣窗寒】尾批引此首兩句。列第八曲爲第三格,首兩個七乙句按句讀破作四句,爲隔句對;後用第二格句法,合第三、四兩句作七字一句;第五句作六字;末句破作"$2_{\triangle}$,$4_{\triangle}$"兩句。

南曲題【奈子花】。《舊譜》引第七曲爲例曲。《沈譜》卷十二、《新譜》卷八、《寒山曲譜》、《定律》卷八、《大成》卷四十九均引第六曲爲例曲,與此句字差異較大。《沈譜》尾批:第三、四兩句"八個字,若用平平仄仄平平仄七個字,更古"。此説不對:第二、三兩曲雖是如此,但却不能説比第一曲"更古"。《新譜》題注:"一名【玉梅花】。"《寒山曲譜》尾批:"'已'字用平韻。"《大成》題注:"一名【玉梅花】。"此承《新譜》。誤其本意。復引第八曲爲【又一體】,署"散曲",誤。《簡譜》卷七承《大成》之誤,尾批:"此曲昔人以《荆釵》'論荆釵'一曲爲正格,固是不謬。但'芳名至今傳流於世'句,作四字二句,與此'佳期暗卜'句異矣。又'天天'一句,亦可用平上。"趙景深《考略》頁 47 以第七曲爲僅有一支,見諸《正始》而未被《六十種曲》本《殺狗記》收録。

此調出戲文,南曲承之,略有變化,且已不明調名本意。

【呼唤子】

1. 堅心耐煩等,須有日見情(此字原奪)人。奴待見得情人了,依然講舊情。眼下阿好悶,直欲到宸京。只恐我夫榮貴也,嫌奴身畔貧。

《張協狀元》20

2.【南吕過曲】從來不忖量,信他人常説,賽過關張。他説道便有官司,替你承當。思量,他口是心非來調謊,又道是勝似嫡親爹共娘。你道人家裹雌雞啼,算來有甚吉祥?

3.【南吕過曲】吾家本善良,賴祖宗積趲,富貴非常。誰知今日,禍起蕭墻。斟量,自不合酒性剛,道出言語,觸犯伊行。都撇漾,夫妻義重,休挂心腸。

元傳奇《殺狗記》,《正始》頁539

格式1:$5_{\triangle}$,6乙$_{\triangle}$。7,$5_{\triangle}$。$5_{\triangle}$,$5_{\triangle}$。$7_{\triangle}$,$5_{\triangle}$。 8句

2:$5_{\triangle}$,5乙,$4_{\triangle}$。4,$4_{\triangle}$。$2_{\triangle}$,$7_{\triangle}$,$7_{\triangle}$。6乙,$6_{\triangle}$。 10句

第一曲用式1,《正始》爲【中吕調近詞】;第二、第三曲用式2,爲【南吕宫過曲】。

第一曲,錢南揚《校注》認爲與《九宫正始》【中吕引子】所引略有出入。然《正始》頁1133入【中吕調近詞】,句字有所不同:第三、第四兩句作"見情人也,依然又講舊情";第七、第八兩句作"只怕我夫榮貴也,嫌奴家身恁貧"。題注:"與【南吕宫·呼唤子】不同。"尾批:"此二調(按指【阿好悶】和【呼唤子】),按【中吕】套中絶無,反在【羽調】套中,故用【惜花賺】及【情未斷煞】。"

《正始》列第二曲爲【南吕宫過曲】正格,題注:"與【中吕調·呼唤子】不同。"列第三曲爲第二格,題注:"第六句下皆變。束處比始調嚴整。《沈譜》收此。"後四句攤破爲六句。

南曲有【南吕過曲·呼唤子】。《舊譜》卷四引第二曲爲例曲,《沈譜》卷十二、《寒山曲譜》、《定律》卷八、《簡譜》卷七均引第三曲爲例曲,《沈譜》題注:"與【中吕】不同。"《新譜》卷十二承之。《定律》尾批亦同。《簡譜》尾批:第二曲第七句作七字,與第三曲微異,"應從六字句"。《大成》卷五十引第二曲爲正格,以第三曲爲【又一體】,尾批:此調"二闋,首尾句法相同,中間雖有參差,皆不出規範"。南曲亦有【中吕調近詞·呼唤子】,《沈譜》卷十、《定律》卷六即引第一曲爲例曲,《定律》尾批:"此曲與【南吕】之【呼唤子】不同。"《寒山曲譜》、《簡譜》

卷六亦以第一曲爲例曲，然題【中吕過曲・呼唤子】，文字与上引《正始》同。後之《新譜》已删，眉批説明了理由：“因難用，故不録。”

此調當出民間歌謡，入戲文，分作二式，南曲並承之：【南吕過曲】略有變化，逐步規範；【中吕調近詞】漸變爲【中吕過曲】，已較少使用。

【金蕉葉】

1. 脱白挂緑，苦不肯共成眷屬。驀忽地思量，索（原作“簌”）是奴没分福。　　《張協狀元》27

2. 子這撇末匾老賺，我學那劉要和行蹤步迹。敢一個小哨（原作“梢”）兒喉咽韻美，我説散嗽咳呵如瓶瀉（原作“貯”）水。
《錯立身》12

3. 【越調引子】恨多怨多，俺爹娘知他怎么。擺不去功名奈何，送將來冤家怎躲？　　元傳奇《蔡伯喈》，《正始》頁 768

格式 1：4$_{\triangle}$，7 乙$_{\triangle}$。5 乙，6 乙$_{\triangle}$。　　4 句
2：6，6$_{\triangle}$。6$_{\triangle}$，6$_{\triangle}$。　　4 句

第一、第三曲用式 1，爲南曲【越調引子】。第二曲用式 2，爲北曲，入【越調】。

《正始》以第三曲爲正格，與此末兩句均作七乙，有所變化。

詞調有【金蕉葉】，與此不同。北曲有【越調・金蕉葉】，與第二曲同。南曲有【越調引子・金蕉葉】，《舊譜》卷六、《沈譜》卷十五、《新譜》卷十六、《定律》卷十三、《大成》卷二十三、《簡譜》卷十均以第三曲爲例曲，《大成》與此句字有所變化。《簡譜》尾批：“首句必用疊語，三、四兩句必對。‘怎么’‘奈何’二處，俱用仄平。”

此調當出於詞調，戲文與北曲分兩途增潤而承之；南曲則出於戲文，略有變化。

【花兒】

1. 三文買着狀元，五百姓名及州縣。兩本值你六文錢，要千本交錢三貫(原作"五贯文"，失韻，且誤)。 《張協狀元》28

2. 荒郊傍晚，星月相將漸生日沉西。車馬遊人盡稀散，潛步兩情厮綰。 《小孫屠》19

3. 【越調過曲】牡丹正開，開在盆中萬花都無賽。汲水澆花蔭花開，莫令水蕩花飄敗。 元傳奇《陳巡檢》，《正始》頁 772

4. 【越調過曲】豪門議親，哥哥嫂嫂先依允。未審玉蓮肯不肯，且向他綉房詢問。 元傳奇《王十朋》，《正始》頁 772

格式：$4_{\triangle}$，$7_{\triangle}$。$7_{\triangle}$，7 乙$_{\triangle}$。 4 句

第一曲首句作六字，驗之另三曲首句平仄，則"買着"兩字當是襯字。第二曲末句作六字句。

《正始》列第三曲爲正格，與此末句改作七字句，餘同。列第四曲爲第二格，題注："末句句節不同。"

南曲有【越調過曲・花兒】。《舊譜》卷六、《沈譜》卷十五、《新譜》卷十六、《定律》卷十三、《大成》卷二十四、《簡譜》卷十均以第三曲爲例曲。但《寒山曲譜》、《定律》卷六、《大成》卷十一又引第四曲，題【中吕過曲・太平令】之【又一體】，署《荆釵記》。《寒山》尾批："或名【青哥兒】，非也。末句稍異。"

此調當出民間歌謡，入戲文：由《張協》經《小孫屠》到《陳巡檢》，已漸規範；南曲承於戲文，却分剖二調，大可不必。

【青玉案】

1. 緑袍乍着皇恩重，對答如流聖顔動。謾接絲鞭成何用？思之貧女，要成鸞鳳，近日渾如夢。 《張協狀元》34

2. 【中吕引子】閑花未屬春拘管，浪蝶狂蜂慣爲伴。漫自芳名魁

青館。歌喉羞澀，舞腰消損，淚濕青衫滿。

元傳奇《王魁》，《正始》頁 386

3.【中吕引子】卑人夜來因割股，又被賢妻暗相助。願出千金醫慈母。立招召取，孝情哀苦，有誰憐顧？

元傳奇《王祥》，《正始》頁 387

4.【中吕引子】……不肯移屍。[①]

元傳奇《殺狗記》，《正始》頁 387

格式：$7_{\triangle}$，$7_{\triangle}$。$7_{\triangle}$。4，$4_{\triangle}$，$5_{\triangle}$。　6句

《正始》列第二曲爲正格，與此同。題注："與陳瑩中詩餘【換頭】同。"列第三曲爲第二格，題注："比詩餘止争末句。"尾批："此二調皆仄煞，有元傳奇《殺狗記》平煞云云。"

詞調有【青玉案】，雙片，其下闋與此同。諸宫調有【高平調·青玉案】，雙片，其下闋與此同。元北曲有【青玉案】小令兩首，鄭騫《北曲新譜》卷十二注："《簡譜》云：'此與詩餘同，但多"也么哥"三字（第二句後）作格耳。'按：詩餘第二句作六乙或七字均可，但無作六字者；……此章與詩餘句法全同，平仄小異。"南曲入【中吕引子】，《旧譜》卷三以第三曲爲例曲，與此同。《沈譜》卷八即引宋人賀鑄【青玉案】"凌波不過横塘路"詞全篇爲例曲，題注："此係詩餘，亦可唱。"《新譜》卷八承之。其【換頭】與此同。《定律》卷六引《比目魚》"仙舟喜到回生處"爲例曲，亦用全篇，然未分上下闋。

此調源出詞調，經諸宫調分兩途入北曲和戲文，北曲小有變化；南曲承於戲文，均承词调。

【金錢花】

1. 一街兩岸英賢，相憐。忍辱不敢埋怨，薄賤。故鄉有路没盤

---

① 《六十種曲》本《殺狗記》第二十九齣《院君回話》存録此曲，其辭云："停針悶坐心疑慮，盼望兒夫未見歸。鎮夜倚門無情緒。多應説與，兩個推託，不肯移屍。"

纏,今哀告望憐念,全取我兩文錢。

2.【同前】一街兩岸官員,宅眷。念奴夫婦不團圓,拆散。趕奴出去怎留連,千里遠没盤纏,全取我兩文錢。 《張協狀元》37

3.【南吕過曲】……不留與便殺壞。①

元傳奇《拜月亭》,《正始》頁 531

4.【南吕過曲】一更鼓兒咚咚,咚咚。一棒鑼聲噹噹,噹噹。將軍馬上醉醺醺,躍馬揚鞭齊和聲。 元傳奇《劉智遠》,《正始》頁 532

格式:$6_{\triangle}$,$2_{\triangle}$。$6_{\triangle}$,$2_{\triangle}$。$7_{\triangle}$,6 乙$_{\triangle}$,6 乙$_{\triangle}$。 7句

《正始》正格例曲與此同,然未署出處,不録。尾批:“此末句平煞,元傳奇《拜月亭》仄煞云云。”列第四曲爲第四格,題注:“減去第六六字二截句,末句亦變作七字。”

《宋史·樂志》記載宋太宗親制大小曲及因舊曲創新聲者,共三百九十曲,其中小曲【般涉調】有【金錢花】。曲詞不存,無從檢校。南曲有【南吕過曲·金錢花】,《舊譜》卷四、《沈譜》卷十二、《新譜》卷十二均引散曲“想你掩耳偷鈴”爲例曲,此爲《正始》【金錢花】第二格,題注:“第二、第四不疊句,似乎【風檢才】。”較此減省第二、四兩句,餘與此同。《定律》卷八引《綉花針》“終朝夢斷魂飛”爲例曲,此爲五句體;又引《琵琶記》“自小承值書房”爲例曲,此爲七句體。尾批:“此曲與【風檢才】字句、板式,重與不重皆同,當即爲一曲二名方是。姑從其舊,所以分體,實係一也。”

此曲或源於宋曲,入於戲文;後世南曲通行五句體,即戲文之減句格。

---

① 《六十種曲》本《幽閨記》第十九齣《偷兒擋路》存録此曲,其辭云:“聽得數聲鑼篩,鑼篩。好漢山前齊擺,齊擺。個個獰惡似狼豺,留買路與錢財,不留與便殺壞。”《重訂拜月亭記》第二十一齣《隆蘭遇强》此曲末二句作“討買路與錢財,不與我便殺壞,便殺壞”。與此略有變化。

【河傳】

1. 瓜期到矣，跨(原作“離”)征鞍着鞭，迤邐前去。春到柳塘，冰釋魚遊春水。山嵯峨，驀山溪，玩佳致。　　《張協狀元》40

2.【仙吕調慢詞】銀河耿耿，亞朱扉半掩，更闌人静。紅杏翠蘭，行至梧桐金井。風淅淅，月團圓，露華冷。

元傳奇《風月亭》，《正始》頁 1105

格式：$4_{\triangle}$，5 乙，$4_{\triangle}$。4，$6_{\triangle}$。3，$3_{\triangle}$，$3_{\triangle}$。　　8 句

《正始》列第二曲爲正格，與此同。

詞調有【河傳】，秦觀“恨眉醉眼”之上闋，較此僅減省末句三字，餘與此同。諸宫調有【仙吕・河傳】，第二句作四字，末三句合作五字一句，與柳永“翠深紅淺”之上闋同，與此小異，當承於詞調之【又一體】。金院本有《河轉迓鼓》，王國維《宋元戲曲史》六列入“用詞曲調者”類。南曲有【仙吕調慢詞・河傳】，《沈譜》卷二、《新譜》卷二、《定律》卷四均以第二曲爲例曲，《沈譜》題注：“‘河’，舊作‘何’，今查正。”《定律》題【河傳引】，僅此一見。

此調源出詞調，入諸宫調；戲文採録之，有所變化；南曲承於戲文。

【金牌郎】

1. 我扶你門歸去，我扶你門歸去，勉强且行着山路。我門直是孤苦，先是被人欺負，你下得直是淋漉。

2.【同前】我門幾時得好？我門幾時(此四字原奪)得好？只得去尋些藥草。我兒休要煩惱，款款回歸古廟，只得靠着神道。

《張協狀元》41

格式：$6_{\triangle}$，$6_{\triangle}$，7 乙$_{\triangle}$。$6_{\triangle}$，$6_{\triangle}$，$6_{\triangle}$。　　6 句

第二句爲疊句。第六句可增一字作七乙句。

錢南揚《校注》云："此調不見他書。"

此曲當出於戲文，也僅見於戲文，後世不傳。

【林裏雞】

過山又渡水，渡水小橋灖灖去。馬蹄蹀躞底，只怕馬劣路崎嶇。踢殺你，我不知；踏殺你，我不知。 《張協狀元》44

格式：$5_{\triangle}$，$7_{\triangle}$。$5_{\triangle}$，$7_{\triangle}$。$3_{\triangle}$，$3_{\triangle}$；$3_{\triangle}$，$3_{\triangle}$。 8句

錢南揚《校注》云："此調不見他書。【北大石】有【林裏雞近】，然《北詞廣正譜》有目無詞，也失傳已久。"

據袁師世碩先生主编《元曲百科辭典》中王鋼所制附録五《元曲曲牌表》，《南村輟耕録》《元曲選·曲論》《北詞譜》《北詞廣正譜》等有北曲【林裏雞近】，查考之，均有目無詞，無從檢校。後世南曲亦未見此調。

此調僅見於戲文。

【金蓮花】

1. 謾然回首望京城，瑞煙平，咸肅静。吴江一派水泠泠，侵碧漢，蜀山青(兩句原倒置，失韻)。(合)但見連城棧，聽得野猿聲，真個是幃屏(原作"屏幃")，也囉(原作"羅")。

2.【同前】新來似娘子貌妖嬈，臉桃花，檀口小。今朝梳裹勝兒曹，(合)夜合花，斜插帶。金爲鳳，翠爲翹，莫道勝花嬌，也囉。

3.【同前】乍然梳洗殢人羞，舍閑愁，眉枉皺。閑隨爹媽恣遨遊，(合)好姻緣，來輻凑。把你攛掇嫁，一個好兒夫，那更效綢繆，也囉。

4.【同前】孩兒瘡疾幸然乾，自今番，常打扮。沉香亭畔倚闌杆，(合)夜合花，紅牡丹。姚黄間滿，這太湖山，真個最堪觀，也囉。

《張協狀元》47

5. 銜冤痛恨苦難追，被伊虧，悲風動處。藏形無倚更無依，最堪（原作“難”）悲，黄昏微雨。盡在芭蕉葉底，怨魂飛，慽人淚珠垂，也囉（原作“羅”）。　　《小孫屠》18

6.【商調過曲】憶昔歌舞宴樓臺，會金釵，風光還在。思之對酒看書齋，命多乖，歡娱難再。母親知他何處，尊父阻隔天涯，不能够千里故人來，也囉。　　元傳奇《拜月亭》，《正始》頁 715

7.【商調過曲】三人結義做知交，賽過關張，强如管鮑。終朝遊賞飲羊羔，柳絮飄，梨花飛繞。冒雨衝風回去，吃得醉陶陶，醉陶陶醉扶歸，去了。　　元傳奇《殺狗記》，《正始》頁 715

8.【商調過曲】含羞忍淚拂行塵，淚紛紛，心兒裏悶。西風籬畔菊花新，好傷神，淒凉運。一簇雲雁飛，雁飛雲，一似我回軍，也囉。

元傳奇《樂昌公主》，《正始》頁 716

9.【商調過曲】人人歡樂醉顔紅，捧金鐘，重祝頌。於門有慶日欣逢，似椿松，長月翁。壽算如山高聳，福似海寛洪，百禄更攸同，也囉。　　元傳奇《羅惜惜》，《正始》頁 717

10.【仙吕入雙調過曲】向這湖光雲影，雙雙發俊科。戲拋蓮葯，種在瓊波，願成連理荷。自輕揎翠袖，調冰雪藕，沉李浮瓜，俊殺人也么哥，美殺人也么哥。攜手行歌，在這芙蕖影裏，鬢雲斜軃，輕輕吁濕香疊羅。在凉亭水閣，素扇輕摇，唱飲流霞，兩情歡樂。

元傳奇《王瑩玉》，《正始》頁 990

11.【南吕調近詞】繁華未許司空慣，歌《金縷》，舞翠環。向花前莫放酒杯乾，粉墻邊，瓊樓畔。綺席間，共來觀牡丹。

元傳奇《崔懷寶》，《正始》頁 1180

格式 1:$7_{\triangle}$,$3_{\triangle}$,$3_{\triangle}$。$7_{\triangle}$,3,$3_{\triangle}$。5,$5_{\triangle}$,$5_{\triangle}$,也囉。　　10 句

2:4,$5_{\triangle}$。4,$4_{\triangle}$,$5_{\triangle}$。4,4,4,6 $乙_{\triangle}$,6 $乙_{\triangle}$。$4_{\triangle}$,5 乙,$4_{\triangle}$,$7_{\triangle}$。$4_{\triangle}$,4,4,$4_{\triangle}$。　　18 句

3:$7_{\triangle}$,$3_{\triangle}$,$3_{\triangle}$。$7_{\triangle}$,$3_{\triangle}$,$3_{\triangle}$。$3_{\triangle}$,$5_{\triangle}$。　　8 句

前九曲爲【商調過曲】，用式 1；第十曲爲【仙吕入雙調過曲・水紅花】，用式 2；末曲爲【南吕調近詞・金蓮花】，用式 3。

前四曲題【金蓮花】。錢南揚第四十七齣注："此爲【商調・水紅花】之別名，句格與《九宮正始》册六引《羅惜惜》【水紅花】全合；並注云：'又名【折紅蓮】。'"較式1，第七、第八兩句可作三字句，如第二曲；或四字句，如第四曲，略有變化。

第五曲題【水紅花】。錢南揚第十八齣注："此【水紅花】之定格。"較式1，第三、六兩句均作四字句，第八句作三字句，餘同。

《正始》列第六曲爲【商調過曲・水紅花】正格，題注："又名【折紅蓮】，與【仙吕入雙調・水紅花】不同。"較式1，第三、六兩句均作四字句，第七、第八兩句均作六字句，已有所變化。列第七曲爲第二格，題注："第八句減爲五字，末句增爲六字，且易去'也囉'二字。"列第八曲爲第四格，題注："第六、七、八皆變。《白兔記》【金井梧桐花皂羅】第三、四曲犯此'一簇'句。"頁980【仙吕入雙調過曲・金羅紅葉兒】尾批引第七句。列第九曲爲第五格，題注："第三、第六句各減爲三字，第八句減爲五字。【鶯花皂】犯此'似椿（原作"春"）松'二句。"頁737【商調過曲・鶯花皂】尾批引此第五、第六兩句，頁989【仙吕入雙調過曲・四犯江兒水】尾批引此第七至第十句。此曲實與式1僅第七句作六字句，餘全同。

《正始》列第十曲爲【仙吕入雙調過曲・水紅花】正格，題注："與【商調・水紅花】不同。【鶯花皂】亦犯此。"頁737【商調過曲・鶯花皂】尾批引此第九、第十兩句，頁989【仙吕入雙調過曲・四犯江兒水】尾批引此第四、第五兩句，頁1330和頁1331【高平調過曲・五團花】均有尾批，引此末兩句。

《正始》列第十一曲爲【南吕調近詞・金蓮花】正格，與【商調過曲・水紅花】僅末四句不同，且略去"也囉"兩字。

金蓮花最早指金制蓮花。鮑照《代陳思王京洛篇》："綉桷金蓮花，桂柱玉盤龍。"唐代指荷花的一種。唐・蘇鶚《蘇氏演義》卷下："芙蓉，一名荷花，生池澤中……色有赤白紅紫青黄……又有金蓮花、青蓮花、碧蓮花、千葉蓮花、石蓮花、雙蓮花、早蓮花。"明・郎瑛《七修類稿》卷四十六《優鉢羅花》："嘗聞佛家有優鉢羅花，《本草》《爾雅》諸所不載，意爲幻言也。及見劉致堂云：奉佛者每假樹木花草爲佛之名，愚惑世道。故以……金蓮花爲優鉢羅花……昨讀《岑嘉州集》，有《優鉢羅花歌》，則又知其實有此花。”[①]查唐・岑參有《優鉢羅花歌並序》，陳鐵民、侯忠義認爲：“此花在中國稱雪蓮。”[②]清・汪灝等《廣群芳譜》卷五十三“異花”類也有金蓮花：“出山西五臺山，塞外尤多。花色金黄，七瓣兩層，花心亦赤黄色，碎蕊平正，有尖小長狹黄瓣繞其心，一莖數朵，若蓮而小。六月盛開，一望遍地，金色爛然。”所引皆宋、遼、元、明、清文獻[③]。清・徐珂《清稗類鈔・植物類・金蓮花》：“金蓮花，草本，蔓生，直隸、山西等省有之。一名金芙蓉，又稱旱地蓮。”所述花形、花色、産地與《廣群芳譜》合。如此金蓮花在南朝宋時爲一種金飾，唐代指金色蓮花，宋、遼以後亦稱北方旱地蓮，明代因佛教影響也稱天山雪蓮。南曲有【商調過曲・水紅花】，《舊譜》卷七、《沈譜》卷十七、《新譜》卷十八、《定律》卷十均引第六曲爲例曲，《大成》卷五十七題【又一體】。《沈譜》眉批：“‘來’字，句中暗韻，妙。”《簡譜》卷九引《紅梨》“蒼苔立遍意彷徨”爲例曲，與第五曲僅第八句作五字句，餘均同。尾批：“首六句又可作對，……惟亦有省去一排者，如《精忠》‘酆都將到事臨危’一曲是也。是爲减句格，不當作【又一體】。‘也羅’二字，是此曲定格，或有以平仄二字短句代之，亦可。”《定律》卷八、《大成》卷十八又引第七曲爲例曲，然《定律》入【南吕近詞】，《大成》入【大石調】，轉换宫調。已無【仙吕入雙調過曲・水紅花】。《定律》卷七、《大成》卷三十七、《簡譜》卷八均引第十曲爲例曲，都入【小石調過曲・水紅花】。《定律》尾批：“此曲與【商調】之【水紅花】不同。”《大成》《簡譜》署“散曲”，誤。《簡譜》尾批：“此調與【商調・水紅花】無涉。各傳奇用者頗少，惟《月令承應》曾仿作一曲。用贈板唱，與【仙吕】慢板略同。”《定律》卷八、《大成》卷十八又引第十一曲爲例曲，題【金蓮花】，但《定律》入【南吕過曲】，《大成》入【大石調過曲】。

---

① 郎瑛《七修類稿》卷四十六《事物類・優鉢羅花》，中華書局，1959 年，第 670 頁。

② 陳鐵民、侯忠義《岑參集校注》，上海古籍出版社，2004 年，第 214 頁。

③ 汪灝等《廣群芳譜》卷五十三，上海書店，1985 年，第 1247—1248、1269 頁。

《大成》署“散曲”，則亦選録於曲選。

此調當出唐代詠蓮之曲，《張協狀元》及戲文中數曲尚且詠花，雖已泛化，猶存古意。三式均傳入南曲，均轉换宫調；式 1 使用普遍，式 2、式 3 使用較少。

【夜遊湖】

1. 合郡(原作“那”)官員有萬千，甚人才先來拜見。小子名爲柳屯田，揖揖兩個通寒暄。 《張協狀元》48

2. 【雙調引子】惟恐他心事未到，教他題詩句暗中指挑。翰墨開心，丹青入眼，强如把語言相告。 元傳奇《蔡伯喈》，《正始》頁 879

格式：$7_{\triangle}$，7 乙$_{\triangle}$。$7_{\triangle}$，$7_{\triangle}$。 4 句

《正始》列第二曲爲正格，與此首句作七乙，第三句破作四字兩句，末句减一字作六字句。《正始》題注：“‘湖’，或作‘朝’，謬。”尾批：“此【夜遊湖】與【夜行船】之章句然亦相似，所争者，止在首句之節讀及次句下截之平仄。如【夜行船】首句句節乃上四下三，次句下截用仄平仄平，此正二調分别處耳。何今坊本《琵琶記》妄以此調第二句之下半截竟改爲‘暗裹相挑’，亦用仄仄平平，與【夜行船】何别？”並對《沈譜》所論評點曰：“不必有此疑惑。”核之《張協狀元》，首句亦作上四下三，第二句下截作平平仄仄，故此二點並非【夜遊湖】與【夜行船】之分别處。戲文乃民間戲曲，至元代中後期已漸規範，此正《正始》所録《蔡伯喈》與《張協狀元》變化之故也。後《沈譜》等以文人格律審之，反因細密、拘泥而有所不察。

南曲有【雙調引子・夜遊湖】，《沈譜》卷二十、《新譜》卷二十二、《定律》卷九均以第二曲爲例曲。《沈譜》題注：“新增。”眉批：“‘暗中指挑’或作‘暗中相挑’，今從古本。”尾批：“《舊譜》九宫十三調俱無此調，而《琵琶記》俱刻此名。細查，與【夜行船】字句皆同，但第一句雖是七個字，而句法稍不同耳，恐即是【夜行船】也。若果是【夜行船】，則‘暗中指挑’，反當依坊本作‘暗裹相挑’矣。”此正《正始》所批評者。

《新譜》眉批："原本'開心'，今從王本作'關心'。"錢南揚《元本琵琶記校注》第三十六出《伯喈五娘相會》亦作"開心"，注："巾箱本、明改本都作'關'，誤。"則《新譜》所改亦誤。

此調出於戲文，逐步規範；南曲承之。

【和佛兒】

1. 賢既曉文墨不當恁地，没道理！它是你妻兒怎拋棄？娶别底。張協本意無心娶你，在窮途身自不由己。況天寒舉目又無親，亂與伊家相娶。聽着你恁説，讀書人甚張志！　《張協狀元》53

2. 【中吕過曲】上告家兄聽拜稟，説個甚？你便是好酒且休飲，爲何因？聞知此酒香奇異，況兼來歷不分明。笑你將無作有假爲真，輒敢强詞奪正。忠言語，勸著逆耳更不聽。

元傳奇《王祥》，《正始》頁 463

3. 【中吕過曲】羅綺叢中珠翠繞，聞得香勾飄。食壘花籃鬧竿挑，行樂遍長郊。朱輪畫舫人不少，綉鞍玉勒馬偏驕。半空中音樂奏簫韶，樓觀聳祥雲縹緲。即此是閬苑，何須去訪蓬島。

元傳奇《劉盼盼》，《正始》頁 463

4. 【中吕過曲】伊家美貌如花正可憐，青春兩少年。伊家此情如蝶意尤(原作"猶")堅，花蝶兩留戀。春花正在春光遠，膽瓶中折取，碧玉堂前。管教蝶傍花枝，留詠詩篇，畫堂中排列春宴。酌春酒，記取花下共發願。　元傳奇《樂昌公主》，《正始》頁 464

5. 【中吕過曲】春酒淋漓……①　元傳奇《柳耆卿》，《正始》頁 466

格式：7，3△。7△，3△。7，7△。7△，6△。5，6 乙△。　10 句

① 《舊譜》卷三、《沈譜》卷八、《新譜》卷八引此全曲，題【舞霓裳】，署《玩江樓》，其辭云："春酒淋漓衫袖濕，沉醉歸。從教花壓帽檐低，賞良時。花前鎮日同遊戲，醉春風歡笑是便宜。看山明水秀錦屏圍，便是個人間福地。描不就，妙手丹青畫圖裏。"《沈譜》眉批："比《琵琶記》多'山明水秀'一句。'就'字不用韻。"

第一曲《張協》題【和佛兒】，第二至第五曲《正始》均題【太和佛】。《正始》列第二曲爲正格，與此末兩句作“3，7△”，餘同。題注：“亦名【和佛兒】。此調與【舞霓裳】别，止争第七句有無，餘皆無異。”列第三曲爲第二格，題注：“第八句變七字，末二句節亦不同。”列第四曲爲第四格，題注：“第六、第七皆變作八字二句。”第五曲，《正始》【舞霓裳】尾批：“元傳奇《柳耆卿》之【太和佛】‘春酒淋漓’一曲。”

南曲有【中吕過曲·大和佛】，《舊譜》卷三、《沈譜》卷八、《寒山曲譜》、《大成》卷十均引第二曲爲例曲。《沈譜》題注：“即【和佛兒】。”尾批：“用韻甚雜，不可爲法。但取其無襯字，比《琵琶記》爲古拙耳。”《新譜》卷八用《琵琶記》“寶篆沉煙香噴濃”爲例曲，尾批：“馮以此曲每用在【舞霓裳】前，兩曲相似而實不同也。原本載《卧冰記》‘上告吾兄聽拜稟’一曲，不知其句字即【舞霓裳】，故當易此曲以别之。予今查對，只將《琵琶》考注中幾個襯字填作實字，即與原曲稍别，亦無大異。因此曲係《琵琶記》一套，故從馮换録。”細考兩曲，格雖近似，却爲兩調，馮夢龍所説極是，沈説不妥：未辨曲調之淵源流變也。《寒山曲譜》題【大和佛】之【又一體】，與此僅句字略有小異。尾批：“此本調變體。《舊譜》將‘春酒淋漓’同題爲【舞霓裳】，不知何故。‘稟’字、‘縱’字、‘甚’字、‘飲’（原作“飯”）字，用平聲更妙。”又以《新譜》例曲爲【舞霓裳】，尾批：“此詞前四句，比【大和佛】大同小異，後半曲皆同。今人又云：‘【舞霓裳】，又名【大和佛】。’恐一詞兩名。”《大成》即題【舞霓裳】，誤。戲文另有【中吕過曲·舞霓裳】，與此第二曲僅缺第七句作，餘均同。南曲又有【黄鐘過曲·大和佛】，《新譜》卷十四題注：“馮補。”眉批：“與【中吕】《琵琶記》‘寶篆沉煙’一曲同，但少中間‘持杯自覺’六句耳。因元曲多入【黄鐘】套，姑從之。”則截取【中吕過曲·和佛兒】之前半曲而另成。《簡譜》卷六引第五曲爲例曲，題【舞霓裳】，尾批：“此爲正格，作者須照此填詞。”後列二格：一爲減句式，“只作首四句末二句，中間七字句皆減去”；一爲疊字式，以《琵琶記》“願取群賢盡貞忠”爲例曲，“將三字二語改作疊句也，中間七字句，亦減去一語”。所引變格均較晚出。

此曲出戲文，始名【和佛兒】，後易名【太和佛】；南曲承之，更名

【大和佛】，有所分化、轉換，且多與【舞霓裳】相混淆。

【泣顏回】

1. 撞府共冲州，遍走江湖之遊。身爲女婿，只得忍恥含羞。伊家奈守，有衷腸時伊難分剖。怕爹娘趕(原作"捍")逐前來，將奴家共君僝僽。

2. 【同前换頭】休休，提起淚交流，那更擔兒忒(原作"説")重心憂。我親朋知道，真個笑破人口。男兒到頭，管終須和你得成就。那時節有月登樓，無花永不酌酒。《錯立身》13

3. 【中吕過曲】庭角起商飆，金井梧桐凋早。碧天絳氣，相映着皓月纖小。牛星女宿，會佳期今夜同歡笑。(合)想天孫一度經年，歎光陰易催人老。

4. 【前腔换頭】青霄，時見綵雲飄，恰一似丹青畫繞。堪吟可賞，一家快樂難討。堆金列玉，料今生，富貴應非小。(合前)

元傳奇《韓壽》，《正始》頁 437

5. 【中吕過曲换頭】凄清，良夜正三更，……

元傳奇《西厢記》，《正始》頁 439

6. 【中吕過曲换頭】嬋娟，祝付好姻緣，……

元傳奇《崔懷寶》，《正始》頁 439

7. 【中吕過曲换頭】凄然，顒望正懸懸，……

元傳奇《薛雲卿》，《正始》頁 439

8. 【中吕過曲】船已等多時，夜冷更深人寂。不知恁早，登舟共樂歡會。船兒慢行，望長空皎潔無纖翳。(合)静心細聽琵琶，嗚咽妙音聲美。

9. 【前腔换頭】聽啓：開懷且舒眉，再請官人重酌金卮。與君叙禮，待妾慢撦纖指。輕彈挑剔，聲聲訴着平生志。(合前)

元傳奇《陳叔文》，《正始》頁 439

10. 【前腔换頭】……幸潛來又得相見，倒覺寸心驚顫。……

元傳奇《薛雲卿》，《正始》頁 456

格式：$5_{\triangle}$，$6_{\triangle}$。4，$6_{\triangle}$。$4_{\triangle}$，3、$5_{\triangle}$。7乙，7乙。　8句

第二曲較此首增二字一句，末句作六字句，餘同。

《正始》列第三曲爲正格，題注："又名【杏壇三操】，亦曰【好事近】。"與此同。第四曲與第二曲僅末句作七字句，餘同，尾批："按【泣顔回换頭】，除却起初之二字，餘皆與始調無不同者。今人何至不察，妄以其首二句統爲七字一句唱之，獨不思第二字之韻脚乎？余曾閲過【泣顔回】原詞二十餘套，然其【换頭】首句之第二字無不用句、用韻、用板者。"並引第五、第六、第七曲爲證。列第八曲爲第二格，題注："末二句皆減作六字。此格儘有。"第九曲題注："第七、八併爲七字一句。此格亦儘有。"第十曲，《正始》【中吕過曲・三漁看燈花】題注："【泣顔回】，《薛雲卿》格。"尾批即引此二句爲證。當是合此第五、六、七句併作"7乙，$6_{\triangle}$"二句。

南曲有此調，《舊譜》卷三以《殺狗記》"從早離門兒"爲例曲，《沈譜》卷八、《新譜》卷八以《子母冤家》"東野翠煙消"及【换頭】二曲爲例曲，與此同。《新譜》眉批："【换頭】起句二字略斷，用韻。如《投筆記》云：'戍樓高處不勝寒。'未合也。"則《正始》所批評的情況，在當時確實存在。

此曲出於戲文，南曲承之。

【金雞叫】

老景催人去，年華事暗隨流水。願家筵無慮縈心緒，晨夕清香，一炷謝天地。　《小孫屠》4

格式：$5_{\triangle}$，7乙$_{\triangle}$。$7_{\triangle}$，4，$5_{\triangle}$。　5句

南曲有【仙吕引子・金雞叫】，《舊譜》卷一、《沈譜》卷一、《新譜》卷一俱引《陳光蕊》"忍凍受饑餒"爲例曲，與此同。

此曲當出於戲文，南曲承之。

【夜行船】

1. 百歲夫妻重會面，由天付豈是(原作"非")人與。不入深淵，驚人波浪，争得大海明珠？ 《小孫屠》13

2. 【雙調引子】六曲闌干和悶倚，不覺又媚景芳菲。微雨昨宵，新晴今日，知道海棠開未？ 元傳奇《拜月亭》，《正始》頁878

格式：7△，7乙△。4，4，6△。 5句

《正始》第二曲題注："與詩餘不同。"與此同。

詞調有【夜行船】，雙片，其上闋首句有六字起、七字起兩體，《全宋詞》第一册均六字起體，後漸多七字起體；其七字起體與此同。北曲有【雙調・夜行船】，與此僅末句作七乙句，餘同。南曲有【雙調引子・夜行船】，《舊譜》卷九、《沈譜》卷二十、《新譜》卷二十二俱引《荆釵記》"一幅鸞箋飛報喜"爲例曲，與此同。《舊譜》題注："一名【日停舟】。"《沈譜》題注："與詩餘大同小異。"尾批："或改名【日停舟】，可惡。"《重訂拜月亭記》第三十三齣《蘭蓮自叙》題第二曲爲【落作胞】，亦誤。

此調出於詞調，分北曲和戲文兩途承之，故關係密切；南曲則承傳於戲文。

【刷子序】

1. 心中自忖，怨親娘可煞孤命。便累七追享(原作"高")，不免請幾個僧人。如今(此句原奪)，止不過做兩三夜道場，看幾卷懺文《心經》。暗自省也落得草(原作"花")草，出殯在西城。 《小孫屠》14

2. 【正宫過曲】書齋數椽，良田儘可，隨分饘粥。世態紛紛，争如静守閑居。勤劬，事業學成文武，事皇朝方展天都。(合)但有個抱藝懷才，那得滄海遺珠。

3. 【前腔换頭】難伏，晚進兒童，奪朱惡紫，肥馬輕車。磊落男

兒，慚觀蠢爾之徒。聽語，萬事皆由天命，盡皆非者也之乎。（合前）

元傳奇《拜月亭》《正始》頁 148

格式：$4_{\triangle}$，7 $乙_{\triangle}$。4，7 $乙_{\triangle}$。$2_{\triangle}$，7 乙，7 $乙_{\triangle}$。7 乙，$4_{\triangle}$。　9 句

《正始》列第二曲爲正格，與此第二句破作四字兩句，第四、六句作六字，餘同。眉批："'世'字可用平聲，'静守'、'但有'俱去上聲；'有個'上去聲，俱妙。"第三曲僅增首句二字，餘與始調同。

南曲有【正宫過曲・刷子序】，《舊譜》卷二引第二曲爲例曲，《沈譜》卷四、《新譜》卷四、《寒山堂譜》卷二、《定律》卷二、《大成》卷三十一均以第二、第三兩曲爲例曲，與此句字略異，與《正始》正格僅末句作七乙句，餘同。《定律》尾批："此曲亦有五字起者，犯調内所犯【刷子序】，五字起者猶多。"

此曲出於戲文，南曲承之，發展、變化軌迹較爲明晰。

【金瓏璁（原作"櫳檍"）】

1. 清平天地裏，是我屈死難當，哽咽淚汪汪。親娘無信息，共我兄弟何方（原作"妨"）？不道我落在牢房。　《小孫屠》15

2. 【雙調引子】饑荒先自窘，那堪連喪雙親，身獨自怎支分？

3. 【么篇】衣衫都典盡，首飾並没分文，無計策剪香雲。

元傳奇《蔡伯喈》，《正始》頁 867

格式：5，$6_{\triangle}$，$5_{\triangle}$。5，$6_{\triangle}$，6 $乙_{\triangle}$。　6 句

《正始》以第二曲爲正格，用此前半截三句，第三句增字作六乙句。第三曲題注："此調按《蔡伯喈》古本原題曰【么篇】，始知【么篇】二字，不專屬北調。且今時譜、坊本皆以此二調併爲一闋，誤。"然《小孫屠》即如此，錢南揚《元本琵琶記校注》第二十四齣《五娘剪髮賣髮》亦連爲一曲，則此曲原調當即不用【么篇】而作一曲連用，不誤。

南曲有【雙調引子・金瓏璁】。《舊譜》卷九引《殺狗記》"長空雲黯黯"爲例曲，與此第二句作四字句，第三句作六乙句，略有小異。

《沈譜》卷二十、《新譜》卷二十引第二、第三曲爲例曲，連爲一曲，不用【么篇】。《定律》卷九引《玉鏡》"門闌增喜慶"爲例曲，與此第三句作六乙句，餘同。

此調出戲文，後有所變化：全曲後半截作【么篇】而分爲二支。南曲承之，復歸始調，不再截半用【么篇】，已趨規範。

【念佛子】

1. 聽此語，方知是，把梅香殺死逃避，假屍形陷我落在圈圚(原作"圍")。聽取，可笑伊忒不是。爲我每厮像伊妻，把人一繼擒住。

2. 【同前換頭】因爲，經過這裏，驀見伊形如鬼。遂(原作"逐")驚荒寸心如水，你分明，説此就裏(原作"理")。怎地胡推拒？到今日更難分理。

3. 【同前】李瓊梅，料造惡，貫滿當誅。如今怎生饒你？是前日，不合恁的。一時同設計，到今日自伏不是。

4. 【同前換頭】幸逢你，誰知三見鬼，一齊都擒住。千般受險危，幸得天天周濟。兩人怎插翅？口遍身如何分理？是共非，到龍圖階下聽取臺旨。　　　　《小孫屠》20

5. 【中吕過曲】窮秀才，夫和婦，爲士馬逃難登途，望相憐壯士略放一路。枉自説閑言語，買路錢留下金珠，稍遲延便教身死須臾。

6. 【前腔第二換頭】區區，山行路宿，粥食無覓處。有盤纏肯相推阻？敢厮侮，窮酸餓儒。模樣須尋俗，應隨行所有疾早分付。

7. 【前腔第三換頭】苦不苦，從頭至足，衣衫皆藍褸。難同他往來客旅，你不與，施威仗勇。輪動刀和斧，激得人忿心發怒。

8. 【前腔第四換頭】告饒恕，魂飛膽顫摧，神恐心驚懼。此身恁地無，屈死真實何辜？且執縛管押前去，山寨裏聽從區處。到這裏，吉和凶未保生死同途。　　　　元傳奇《拜月亭》，《正始》頁412

9. 【中吕過曲】自一到帝里，即得入試闈。試才畢靈祠求讖，夢占得魁名及第。當時，得意歸途，見使臣急至。親染御書，説單于小國，願求和議。迤邐，登山渡水，奉使直見虜主。留在彼，將女妻，封爲左賢王職。當初去時,怎便不發一家書?遣僕人報取,事因如是。

10.【前腔换頭】誰知,往番地,遣僕人家書與歸。只説到名已高綴,便指望隨即回歸。誰知,此處音信,杳然無至。時光荏苒,二十一載,離家不易。脱得,單于那裹,朝見吾王大喜。高顯職,加爵位,西川甚般榮貴。心中未足,今父母家裹岑寂。幸然到此,正逢今夕。

元傳奇《劉文龍》,《正始》頁 415

格式 1:$3_{\triangle}$,$3_{\triangle}$,7 乙$_{\triangle}$,7 乙$_{\triangle}$。$2_{\triangle}$,$6_{\triangle}$。7 乙$_{\triangle}$,$6_{\triangle}$。 8 句

2:$5_{\triangle}$,$5_{\triangle}$。7 乙,7 乙$_{\triangle}$。$2_{\triangle}$,$4_{\triangle}$,$4_{\triangle}$。4,4,$4_{\triangle}$。$2_{\triangle}$,$4_{\triangle}$,$6_{\triangle}$。$3_{\triangle}$,$3_{\triangle}$,$6_{\triangle}$。$4_{\triangle}$,7 乙$_{\triangle}$。$4_{\triangle}$,$4_{\triangle}$。 20 句

第一、第五兩曲用式 1,爲始調;第九、十兩曲用式 2。

第二至四曲,校之《拜月亭》,當是【前腔第二换頭】至【前腔第四换頭】,錢南揚《校注》補題不够準確。

《正始》列第五曲爲正格,與式 1 省略第五句兩字,末句增字作七乙,餘同。第六曲題注:"與始調絶不同。"與第二曲第三句減一字作五字,餘同。列第七曲爲【换頭】第二格,題注:"此比【第二换頭】止争首句之二字三字,餘皆同。"相比較,第三曲則第二至第四句均減省一字。列第八曲爲【换頭】第三格,題注:"此比上二格大不同。"與第四曲僅第六句增兩字作七乙句。尾批:"凡【念佛子】,每曲各自不同,非可前曲律後曲、此傳律彼傳者也。毋論元詞,即明傳奇《尋親記》之此調,與此絶不同。"列第九曲爲第三格,用式 2,題注:"此格一始調,一【换頭】,對仗甚整。"第十曲題注:"第十句節讀不同。"與式 2 僅以首二句攤破作三句,餘均同。戲文此調,各曲不同,典型地體現出民間戲文自由、活潑的特點。錢南揚《校注》也十分謹慎地説:"此四曲原不分段,今此分法,未敢必其無誤。"不過細按各曲,仍有規律可尋。

南曲有【中吕過曲·念佛子】,《舊譜》卷三引第五爲例曲,《沈譜》卷八、《新譜》卷八、《寒山曲譜》均引第五、六兩曲爲例曲,句字略有變化。《寒山曲譜》尾批:"【其三】【其四】同此體。'且留下金珠'五字,若改平仄仄平平更妙。"《定律》卷六引第六曲爲例曲,尾批:"此曲體數最雜,如《教子》《殺狗》《拜月亭》俱有四曲,其字眼、句文、板式皆互

相不同，不便全録，以煩人目。"《大成》卷十一引第五曲爲正格，引第六至第八曲爲【又一體】，尾批與《定律》意同。《簡譜》卷六引第五、第六曲爲例曲，尾批承《定律》《大成》，又有補充："余謂非不同也，作譜者之誤也。"復引第七、第八曲爲例，重新確定正襯、曲白，遂"無異也"。

此曲或出佛曲，而入戲文，四曲一組，雖各不相同，但基本格式較爲穩定；南曲承於戲文式 1，僅句字略有變化；式 2 則已經較少使用。

【尚繞梁煞】

1.【商調尾聲】嬌容才俊兩堪誇，不枉了姻緣配合，早赴佳期、仙郎等甚么。　　元傳奇《拜月亭》，《正始》頁 54

2.【商調尾聲】答還心願無他慮，果然是神歡人喜，祭賽鳴王、平安過四時。　　元傳奇《劉智遠》，《正始》頁 758

3.【商調尾聲】……莫不是煩惱憂愁、將他斷送也。①

元傳奇《拜月亭》，《正始》頁 759

格式：$7_{\triangle}$，7 乙，4、$5_{\triangle}$。　　3 句

《正始》列第二曲爲正格，與此同。第三曲，《正始》第二曲尾批："此末句平煞。元傳奇《拜月亭》仄煞云云。《蔣譜》所收此格，'那日忽睹多情'是其引子，'思量你好辜恩'是其過曲，與此同。"

南曲有此調。《舊譜・十三調南曲音節譜》之《尾聲格調》有此調，題注："【商調】尾。'那日忽睹多情'尾文是也。"《沈譜・目録・尾聲格調》承之，均存目無辭。《新譜》卷二十六【尚繞梁煞】題注同《舊譜》《沈譜》，以"冤家下得忒薄倖"爲例曲，與此僅將末句後截五字分正襯作三字而成七字句。《定律》卷十、《大成》卷五十七均引第二曲

① 《六十種曲》本《幽閨記》第三十二齣《幽閨拜月》存録此曲，其辭云："自從别後音書絶，這些時魂驚夢怯，莫不是煩惱憂愁將人斷送也。"《大成》卷五十七此曲末句無"莫不是"三字，"將人"爲襯字。《李卓吾批評幽閨記》第三十二齣《幽閨拜月》與此同。《重訂拜月亭記》三十五折《瑞蘭拜月》則作"自從别後信音絶，莫不是煩惱憂愁，將他送去也"。減省了第二句。

爲例曲,末句以“平安”作襯字,亦爲七字句。《大成》又引第三曲爲【又一體】。

此調出戲文,南曲承之,略有變化。

【刮地風】

【黄鐘過曲】舉止與孩兒不恁争,厮跟去你心肯。情願做奴爲婢身多幸,怎能敢指望做兒稱?干戈寧静,同往神京。謝深恩,感深恩,救取奴命。天昏地慘迷去程,就此處權停。

元傳奇《拜月亭》,《正始》頁 107

格式:$7_{\triangle}$,6 乙$_{\triangle}$。$7_{\triangle}$,$7_{\triangle}$。$4_{\triangle}$,$4_{\triangle}$。$3_{\triangle}$,$3_{\triangle}$,$4_{\triangle}$。$7_{\triangle}$,$4_{\triangle}$。11 句

《正始》題注:“此調比【正宫·風淘沙】,止第四句與末句不同。”又頁 562 引第五至第八句。

諸宫調有【黄鐘宫·刮地風】,與此第二句作五乙,第四句作四字,第十句作五字,餘同。北曲有【黄鐘宫·刮地風】,與此第二、第四兩句作四字,末二句破作“3,$3_{\triangle}$,$4_{\triangle}$”三句,餘同。南曲有此調,《舊譜》卷五以“干戈”句爲斷,分作兩截;《重訂拜月亭記》第二十齣《蓮遇夫人》則以末二句列爲【尾聲】。《李卓吾批評幽閨記》、《六十種曲》本《幽閨記》之第十八出《彼此親依》,與此句字略别,末二句亦破作“4,$4_{\triangle}$,$5_{\triangle}$”三句。《沈譜》卷十四、《寒山堂譜》卷五、《定律》卷一、《大成》卷七十均以此爲例曲,僅句字略有變化。《沈譜》尾批批評了《舊譜》與時唱篡改之誤,《正始》尾批肯定之,並有進一步的考辨。

此調出諸宫調,戲文與北曲分途承之;南曲則承於戲文,有所變化,終歸戲文之格。

【尚按節拍煞】

1.【南吕尾子】潜蹤覓迹行來到,切莫使夫人知道,把受過了的凄凉休忘了。

元傳奇《西厢記》,《正始》頁 123

2.【南吕尾子】光陰迅速如飛電，好良宵可惜漸闌，拚取歡娱歌笑喧。

元傳奇《蔡伯喈》，《正始》頁 688

3.【南吕尾聲】……離合悲歡天自管。

元傳奇《温太真》，《正始》頁 688

格式：$7_{\triangle}$，7 乙$_{\triangle}$，$7_{\triangle}$。　3 句

《正始》列第二曲爲正格，題注："'新篁池閣'是其過曲。"尾批："此末句平煞。元傳奇《温太真》仄煞云云。"

《舊譜》中《十三調南曲音節譜·尾聲格調》列第一曲爲【三句兒煞】，題注："黄鐘尾。'春容漸老'尾文是也。"列第二曲爲【尚按節拍煞】，題注："道宫尾。'九十春光''新篁池閣'尾文是也。"《沈譜》附録《尾聲格調》、《新譜》卷二十六《各宫尾聲格調》均與其同。然《正始》於第一曲尾批中已對此詳作辨析："'春容漸老'是其引子，'團團皎皎'是其過曲，但此格乃【南吕宫】之【尚按節拍煞】，與【黄鐘】何干？據李景雲所撰《西厢記》，於此套全用【黄鐘】，止借【中吕宫·永團圓】一調爲束，又借此【南吕】一尾爲結煞，此實景雲之失也，今惟忠先生何得遂誣作尾耶？且又題作【三句兒煞】，益非【黄鐘】矣。今人萬宜慎之。"《定律》卷八、《大成》卷五十均用第二曲，與此同。

此調出於戲文，作【南吕】尾聲；南曲承之，轉换作【黄鐘】【道宫】之尾聲。

【長生道引】

1.【正宫引子】風光最美，畫堂内逢多麗。無計訴衷情，漫惜分飛，兩意難忘情如醉。花心動也，共效于飛，共伊同跨綵鸞歸。

元傳奇《盗紅綃》，《正始》頁 131

2.【正宫過曲】千紅百翠，裝點名園景最奇。春光明媚，和風習習，麗日遲遲。聽得緑楊枝上，黄鸝弄語。唤人遊戲，見金鞍，共玉勒，競出郊西。尋芳殢酒排宴會，踏花去馬歸香細。（合）遊賞好得意，驀聽得笙歌聲沸。簫管和齊，直吃到日沉西。

3.【前腔第三换頭】遊人如蟻，紫陌紅塵拂面飛。鞦韆蹴起，夭桃臨水，翠柳盈堤。牡丹獨豪貴，百花怎比？翠紅深處，見才子，共佳人，並肩低語。踏青鬭草撒滿池，貪歡笑墮簪遺珥。（合前）

元傳奇《殺狗記》，《正始》頁208

4.【正宮過曲】催花時候，輕暖輕寒雨乍收。和風初透，園林如綉。禁煙前後，是誰人，染胭脂，把海棠裝就？含嬌半酣如中酒，闌干外數枝低湊。（合）咱兩個把草來鬭，輕兜裙綉。把金釵當籌，遊賞到日晚西休。 元傳奇《詩酒紅梨花》，《正始》頁210

5.【正宮過曲】鐘報黄昏，看看天色冥昧。畫燭摇紅映殘枝，特地弄盞傳杯。歌喉宛轉，繞梁聲墜。奏笙歌，撥琵琶，鳳絲龍笛。那堪酒闌歌罷時，同攜手笑入羅幃。（合）我和伊效學鴛鴦，共成一對，願得樵樓上漏聲遲。 元傳奇《王魁》，《正始》頁210

6.【正宮過曲】暑雨收晴，荷花初綻芳蕊。媚臉香肌，俏然如洗，似凌波步出仙侶。窈窕豔粧，輕盈緑蓋。見鴛鴦，戲漣漪，成雙成對。蓮歌偶然驚散起，雙飛去又還飛至。（合）不如對此花前，共吟佳句。玩賞歸來，庭院好得意。 元傳奇《吕星哥》，《正始》頁211

7.【正宮過曲】三鼓將傳，誰家長笛頻吹。此景教人怎存濟，神思自覺昏迷。珊瑚枕上，並根同蒂。放癡嬌，恣歡娱，如魚如水。釵横鬢亂不自持，嬌無力倩郎扶起。（合）我和伊效學鴛鴦，共成一對，願得樵樓上漏聲遲。 元傳奇《王魁》，《寒山堂譜》卷二頁677上半葉

格式1：$4_{\triangle}$，$6_{\triangle}$。5，$4_{\triangle}$，$7_{\triangle}$。4，$4_{\triangle}$，$7_{\triangle}$。 8句

2：4，$7_{\triangle}$。$4_{\triangle}$，$4_{\triangle}$，$4_{\triangle}$。6，$4_{\triangle}$。$4_{\triangle}$，3，3，$4_{\triangle}$。$7_{\triangle}$，7乙$_{\triangle}$。$5_{\triangle}$，$4_{\triangle}$。$4_{\triangle}$，6乙$_{\triangle}$。 17句

第一曲用式1，爲【正宮引子】；後六曲用式2，爲【正宮過曲】。

《正始》引第一曲爲【正宮引子】例曲。列第二曲爲【正宮過曲】正格。第三曲題注：“第六句减爲五字。”第四曲列第二格，題注：“比上格減第五四字句、第六六字句、第七四字句。（合頭）之上截，《王魁》格；下截，《殺狗》格。”尾批：“四曲皆然。”可知此亦連用四支。第五曲列第三格，題注：“比上《殺狗》格第二句减爲六字，第三、第四併爲七

字一句，又减第五四字一句，(合頭)上又减第一句。”第六曲列第四格，題注：“第二句《王魁》體，减去第五四字一句，(合頭)第一句變六字，第二、三皆四(字)句，末句變五字。”《寒山堂譜》引第七曲爲正格，(合頭)文辭與第五曲同，則此兩曲當爲聯章。

南曲有【正宫慢詞・長生道引】，《沈譜》卷五、《新譜》卷五、《定律》卷二、《大成》卷三十均以第一曲爲例曲，然《定律》《大成》題【正宫引子・長生導引】，署《磨勒傳》。《沈譜》尾批：“用牌兒名。”此説值得關注：遍查兩漢以來歌牌，未得其名，待考。南曲又有【正宫過曲・長生道引】，《舊譜》卷二、《簡譜》卷五均引第二曲爲例曲。《簡譜》首句疊用，尾批：“此爲正格。《焚香記》《吕星哥》二曲，句法微異。詞共十五句，在單調中可謂最長。……詞中用韻處甚多，須一一注意。……明曲用韻多雜，支時、齊微、魚模往往互叶，真文、庚亭、侵尋亦復通假，學者至不可從。”《沈譜》卷四、《新譜》卷四引第七曲爲例曲，《沈譜》又以第六曲爲【又一體】，《新譜》眉批：“原又一曲，與此大同，……俱韻雜無板，同删。”《寒山堂譜》列第二曲爲【又一體】，尾批：“若用二曲或四曲，字句同，起字第三字上加一頭板。”《定律》卷二以第二、第三曲爲正格，以第七、第六曲爲【又一體】，第七曲尾批：“此曲首句重亦可。”《大成》卷三十一引第七曲，首句亦未重疊。然《定律》《大成》仍題【長生導引】。俞爲民《殺狗記校注》第二十一齣《花園遊賞》引第二、第三兩曲，首句均用疊句，然諸譜中僅見《大成》引第三曲、《簡譜》引第二曲首句用疊句，餘則未見使用疊句者。

此調兩式均出於戲文，南曲分别承之。

【東風第一枝】

【大石調引子】宫日添長，壺冰結滿，仲冬天氣嚴寒。綉工間却金針，紅爐畫閣人閑。金爐香裊，麗曲趁舞袖弓彎。錦帳中褥隱芙蓉，肯教鸚鵡杯乾。　　元傳奇《拜月亭》，《正始》頁239

格式：4，$4_{\triangle}$，$6_{\triangle}$。6，$6_{\triangle}$。4，$7_{\triangle}$。7乙，$6_{\triangle}$。　　9句

《正始》題注:"與詩餘【東風齊著力】止争第五句句法。"

《全宋詞》有【東風齊著力】一首,與此不同。又有【東風第一枝】,較萬樹《詞律》卷十六所引史達祖例詞,與此僅第七句作七乙,餘均相同。南曲有此調。《舊譜》卷八、《沈譜》卷六、《新譜》卷六、《大成》卷十七均引此爲例曲,《沈譜》題注:"與詩餘同,但韻脚平仄異。"

此曲出詞調,入戲文,略有變化;南曲承之。

【念奴嬌】

1.【大石調引子】楚天過雨,正波澄木落,秋容光净。誰駕玉輪來海底,碾破琉璃千頃。環珮風清,笙歌露冷,人在清蟾境。真珠簾捲,小樓無限佳興。　　元傳奇《蔡伯喈》,《正始》頁240

2.【大石調引子】極目長安雲盡處,幾點雁行明滅。一片澄江,映帶柳花如雪。舉案情深,趨庭訓遠,無奈腸千結。依依遊侶,偏逢春暮時節。　　元傳奇《王十朋》,《正始》頁240

格式:4,5乙,$4_{\triangle}$。7,$6_{\triangle}$。4,4,$5_{\triangle}$。4,$6_{\triangle}$。　　10句

《正始》列第一曲爲正格。題注:"與詩餘同,但無【换頭】。"尾批:"此調首兩句從詩餘句讀。今或錯認'澄'字乃韻脚,首爲七字句,次作六字句,謬矣。"列第二曲爲第二格,題注:"此非詩餘體,正首句七字、次句六字。且第三句減去下截三字。"尾批:"此乃古本《王十朋·登程》引子之原文。今坊本改作【望遠行】,而曰'朝行暮止'云云,非。"其實,首兩句亦可作"4,5乙,$4_{\triangle}$",亦與詞調【念奴嬌】起句同。所謂"坊本"【望遠行】"朝行暮止"曲,正爲《風月錦囊·全家錦囊》卷二《荆釵》十《邁士登科》所引。

【念奴嬌】爲通用詞牌,其上闋與此同。北曲有【大石調·念奴嬌】,與此同。南曲有此調,多引第一曲爲例曲。《舊譜》卷八無末兩句;《沈譜》卷六題注:"與詩餘同,但不用【换頭】。"《新譜》卷六題注:"與詩餘同,但少【换頭】。"《新譜》又有【念奴嬌换頭】,眉批:"此係詩餘。《詞林辨體》所載,故録之。"《定律》卷五、《簡譜》卷八均引第一曲

为例曲,《簡譜》尾批:"此亦詩餘格,自明。'風清''露冷'非韻,作時勿混韻。"《大成》卷四十二引第一曲爲正格,引第二曲體爲【又一體】,尾批:"首闋起句作四字一句、九字一句,次闋破作七字一句、六字一句,格式少變,皆不失爲正體。"似較《正始》所論更覺平和。

此出詞調,南戲、北曲並承之;戲文破分異體,略有變化;南曲承於戲文。

【長壽仙】

【大石過曲】路人訴冤,事急到山巔,有緣遇神仙。君有何事,但請一言。陳辛妻子,離家因往南雄,大庾嶺被妖染。君今聞非别祟纏,左道術,名申公,屬坤兑,獮猴狀,搊搜臉。

元傳奇《陳巡檢》,《正始》頁 243

格式:$4_{\triangle}$,$5_{\triangle}$,$5_{\triangle}$。4,$4_{\triangle}$。4,6,6 乙$_{\triangle}$。7 乙$_{\triangle}$,3,3,3,3,$3_{\triangle}$。

14 句

宋大曲有【般涉調・長壽仙】,見《宋史・樂志》。《全宋詞》有【長壽仙促拍】兩首,雙片,14 句,與此不同。諸宫調有【般涉調・長壽仙滚】,雙片,14 句,與此亦不同。宋雜劇有用【長壽仙】者三本,金院本有用【長壽仙】者二本,王國維《宋元戲曲史》列其入"用大曲者"類。南曲有【大石調過曲・長壽仙】,《舊譜》卷八、《沈譜》卷六、《寒山堂譜》卷三、《定律》卷五均以此爲例曲,與此相同。然《新譜》卷六不録,【人月圓】眉批:"原【長壽仙】一曲,韻雜無板,删。"

此調甚古,當源自宋大曲,經詞調入諸宫調、宋雜劇、金院本,戲文轉换承之,入南曲。

【念奴嬌序】

1.【大石過曲】長空萬里,見嬋娟可愛,全無一點纖凝。十二欄杆,光滿處、涼浸珠箔銀屏。偏稱,身在瑶臺,笑斟玉斝,人生幾見此佳景。(合)惟願取,年年此夜,人月雙清。

2.【前腔第二换頭】孤影,南枝乍冷,見烏鵲縹緲,驚飛棲止不定。萬點蒼山,何處是、修竹吾廬三徑。追省,丹桂曾攀,嫦娥相愛,故人千里漫同情。(合前)

3.【前腔第三换頭】光瑩,我欲吹斷玉簫,驂鸞歸去,不知風露冷瑶京。環珮濕、似月下歸來飛瓊。那更,香鬢雲鬟,清輝玉臂,廣寒仙子也堪並。(合前)　　元傳奇《蔡伯喈》,《正始》頁 244

格式:4,5乙,$6_{\triangle}$。4,3、$6_{\triangle}$。$2_{\triangle}$,4,4,$7_{\triangle}$。3,4,$4_{\triangle}$。　12句

《正始》列第一曲爲正格。列第二曲爲【前腔第二换頭】正格,題注:"第三句節讀不同。"實爲首增二字叶韻一句,餘與此同。列第三曲爲【前腔第三换頭】正格,題注:"此第二句六字,乃詩餘體。今《沈譜》襯爲四字,而合【第四换頭】,亦可。"尾批:"【第四换頭】同,不録。"實爲首增二字叶韻一句,第二句減字作四字句,第三句作七字,減省第五句,餘與此同。

南曲有此調。《舊譜》卷八引首曲爲例曲,題【念奴嬌】。《沈譜》卷六、《新譜》卷六、《寒山堂譜》卷三引此三曲,《定律》卷五、《大成》卷四十三全引此調四曲,僅句字稍有不同。《沈譜》眉批:"引子是【念奴嬌】,而此曲即【念奴嬌序】,故曰本序,非别名本序也。"第三曲眉批:"此【换頭】與【第二换頭】不同,故録之。【第四换頭】與此同,故不録。"正以"我欲"兩字作襯字。《新譜》卷六眉批:"馮移'全'字一板在'可'字上,次曲亦然。予今查《詞林辨體》,原點一板在'可'字、'縹'字上,增之。"《寒山堂譜》亦題【念奴嬌】,尾批:"【其四】與此體同。"但實與【念奴嬌】不同,而爲此調之【第四换頭】。《簡譜》卷八尾批:"此調名爲【念奴嬌序】,實與【念奴嬌】詞調無涉。例用四支,其第二支【换頭】,與三、四兩支又異,故備列三曲,第四支照第三支式可矣。此調音節極高,傳奇皆用作同場大曲。"《元本琵琶記校注》第二十七齣《伯喈牛小姐賞月》四支連用,亦題【本序】,錢南揚注云:"此二字跟上文引子【念奴嬌】而來,即【念奴嬌序】。如引子用【夜行船】,接下去過曲用【夜行船序】,即可稱爲【本序】。"根據今人研究,所謂"序",表示

出於大曲，爲中序第一遍，如【梁州序】【惜奴嬌序】【傾杯序】【獅子序】【霓裳中序第一】等。但文獻中未見名爲【念奴嬌】的大曲，現存宋詞中也無【念奴嬌序】。但可作爲參照的是，詞調【鶯啼序】【鳳凰閣序】，戲文【白練序】【掉角兒序】等也没有相應的大曲存世或著録。因此，我們寧可認爲或在歷史上曾經存在過而後世亡佚，却不能因爲現世不存就肯定歷史上没有出現過。在現存文獻中，此曲首見於南戲。

此調或出於大曲，南戲承之，傳於南曲。

【尚輕圓煞】

1. 【大石調過曲】聲哀訴，促織鳴，俺這裏歡娱未聽，却笑他幾處寒衣織未成。　　元傳奇《蔡伯喈》，《正始》頁 254

2. 【大石調過曲】銀河動，玉露低，且向南窗少憩，明夜納凉又這裏。　　元傳奇《唐伯亨》，《正始》頁 254

格式：3，$3_{\triangle}$，7 $乙_{\triangle}$，$7_{\triangle}$。　　4 句

《正始》列第一曲爲正格，題注：“‘長空萬里’是其過曲。”尾批：“此末句平煞。”列第二曲爲第二格，題注：“第二句减爲六字。‘赤帝當權’是其過曲。”尾批：“此末句仄煞”，“‘祝融南度’是其引子”；認爲《舊譜》用此曲入【大石】與【正宫】，“非也”。

南曲有【尚輕圓煞】，《舊譜・十三調南曲音節譜・尾聲格調》、《沈譜》附録《尾聲格調》均有此調，《舊譜》題注：“【正宫】、【大石】同尾。‘祝融南度’尾文是也。”《沈譜》題注：“【正宫調】、【大石調】同此格。‘祝融南度’尾文是也。”均有目無辭，也都是《正始》所批評者。《新譜》卷二十六承《沈譜》，引第二曲爲例曲。《大成》卷十八引第一曲爲【又一體】。較之《正始》，均以變格爲正格了。

此調出於戲文，南曲承之，多以變格爲正格，略有變化。

【奉時春】

1.【仙吕引子】侍奉家姑孝有餘，一門裏恁般和美。昏定晨省，家之常理，雙雙移步堂前去。 元傳奇《王祥》，《正始》頁 273

2.【仙吕引子】得失榮枯在命，不由你巧計急性。兩下菱花合一處，信之姻緣，總皆前定。 元傳奇《樂昌公主》，《正始》頁 273

格式：$7_{\triangle}$，7 乙$_{\triangle}$。$4_{\triangle}$，4，$7_{\triangle}$。 5 句

《正始》列第一曲爲正格。列第二曲爲第二格，題注："首句減爲六字，第三句與末二句互易（原作"異"）。"

南曲有【仙吕引子・奉時春】，《旧譜》卷一、《沈譜》卷一、《新譜》卷一俱引第一曲爲例曲，與此同。《定律》卷四引《長生殿》"山静風微晝漏長"爲例曲，與此同格。

此調出於戲文，南曲承之。

【青歌兒】

1.【仙吕過曲】三杯酒萬事和氣，有何妨每日沉醉。叵奈孫二太無知，他來害我，我害他容易。 元傳奇《殺狗記》，《正始》頁 286

2.【仙吕過曲】聞知道哥哥上墳，强如拾得珠珍。急急前來兄弟心，算來强如手足親。 元傳奇《殺狗記》，《正始》頁 287

格式：7 乙$_{\triangle}$，7 乙$_{\triangle}$。$7_{\triangle}$，4，5 乙$_{\triangle}$。 5 句

《正始》列第一曲爲正格。列第二曲爲第三格，題注："第二句變作六字，亦減第四四字一句，末句增爲七字。"題《殺犯記》，誤，改。

南曲有此調。《舊譜》卷一、《沈譜》卷一、《新譜》卷一、《寒山堂譜》卷一、《定律》卷四均引第一曲爲正格，《大成》卷二引第一曲爲【又一體】，與此句字均略有變化。《沈譜》眉批："今作【福清歌】，非也。"尾批："'你'字上聲，妙。"戲文另有【福清歌】，南曲作【福青歌】，均與

此不同。然《大成》卷三【福青歌】題注:"然以《殺狗記》曲句法校對,少句者近是。"可見明清時確有人將此調與【福清歌】相混淆。《寒山堂譜》題注:"'歌',一作'哥',非也。"引《牧羊記》"蘇子卿做作堪笑"爲【又一體】,與第二曲爲第二、第四兩句互易。《定律》尾批:"此曲體數太繁,或增句或少句,或移前或掇後,然腔韻俱同。"成化本《白兔記》第二十一齣《訴獵》有此調,因多襯字而攤破句式。俞爲民《殺狗記校注》第二十三齣《王老諫主》題第二曲作【柳絮飛】,前二句後均用一個二字疊句,後二句文字均有變化,與此不同。

此調當出民間歌謠,採入戲文;南曲承之,間或産生了一些模糊認識。

【長拍】

【仙呂過曲】洶洶長江,茫茫大水,小艇怎生禁駕。鸕鷀鸂鶒,看參差飛落蒹葭。岩樹鬱槎牙,漸斜光欲隱,牛羊争下。靄靄蒼煙橫似織,帶幾點暮歸鴉。來往櫓聲咿咿啞啞,正暗潮拍岸,風掃蘆花。

元傳奇《王十朋》,《正始》頁 360

格式:4,4,$6_{\triangle}$。4,4,$6_{\triangle}$。$5_{\triangle}$,5 乙,$4_{\triangle}$。7,$5_{\triangle}$。$6_{\triangle}$,4,$4_{\triangle}$。 14 句

《正始》列元散套《浪潮拍岸》"疊疊離情"爲正格,即爲此格。列此曲爲第二格,13 句,題注:"第四句下減去四字一句,第十一句變爲八字。"

南曲有此調,《沈譜》卷一、《新譜》卷一均用元散套《浪潮拍岸》"疊疊離情"爲例曲,但第一句後增一疊句,第六句增一字變爲七乙句,第十一句增一字變爲六乙句,第十三句增一領句字變爲五乙句。《定律》卷四則引此爲【又一體】,首句用疊句,餘同。題注:"此曲與【短拍】二曲,首句不重亦可。"

此調出戲文,南曲承之,有所變化,最顯著之處是首句用疊句。

【金菊對芙蓉】

【中吕引子】濃靄香中,水雲影裏,迥然人世難同。似玉皇金苑,寶籙仙宫。萬花開處神仙滿,盡笑語俱樂春風。蟠桃佳會,特離絳闕,來此相逢。　　元傳奇《蟠桃會》,《正始》頁 380

格式:4△,4,6△。5 乙,4△。7,7 乙△。4,4,4△。　　10 句

《正始》題注:"與詩餘同,但無【换頭】。"

詞調有【金菊對芙蓉】,雙片,其上闋與此相同。北曲有【越調·金菊香】,與此不同。南曲有【中吕引子·金菊對芙蓉】,《舊譜》卷三、《沈譜》卷八、《定律》卷二均引舊曲"功壓伊周"爲例曲,與此格同。《定律》題【金菊花】,署"散曲",尾批:"此曲即【中吕引子·金菊對芙蓉】(原作"【中吕·金菊對芙蓉】,【引子】")。因諸譜點板爲【過曲】,故從而備爲一體。"《新譜》引《秣陵春》"昨夜東風"爲例曲,與此格亦同,眉批:"原曲用借韻,録新詞易之。"

此調出於詞調,戲文承之,傳於南曲。

【花犯撲燈蛾】

1.【中吕過曲】【撲燈蛾】篆箏清韻奇,脆管和得美。聽得賣花人,聲聲叫過墻外。傷春悶緒,好音不入愁耳。寬懷自處,歎取人生七十稀。【花犯】幸遇得媚景時,最可惜心下憶。開筵席領瑶卮,【撲燈蛾】誰肯放交岑寂。前遮後擁,間列金釵珠翠。來朝共約,緩步西園拚醉歸。　　元傳奇《蘇小卿》,《正始》頁 403

2.【中吕過曲】【撲燈蛾】奇絶,春風隘綺羅,麗日噴蘭麝。紫陌飄香屑,人在海島銀闕。逢時遇景,但把樽席羅列。對花對月,管取年年做話説。【花犯】這悶懷痛哽咽,意慘切怎和悦?思量妾成乖劣,【撲燈蛾】羅帶共誰同結?逢時遇景,但把樽席羅列。對花對月,管取年年做話説。　　元傳奇《薛芳卿》,《正始》頁 406

格式:5,5$_{\triangle}$。5$_{\triangle}$,6$_{\triangle}$。4,6$_{\triangle}$。4$_{\triangle}$,7$_{\triangle}$。6 乙$_{\triangle}$,6 乙$_{\triangle}$。6 乙$_{\triangle}$,6$_{\triangle}$。4,6$_{\triangle}$。4,7$_{\triangle}$。　16 句

集曲。首八句用【撲燈蛾】全曲,減第七句後三字一句;次用【花犯】,末用【撲燈蛾】尾六句,減第七句後三字一句。集兩調之名而爲集曲之名。

《正始》列第一曲爲正格,題注:"亦名【海棠枝上撲燈蛾】,一名【鮑老撲燈蛾】,又名【麥裹蛾】。"尾批:"此調按元譜原題,一調四名。今蔣、沈亦然,但不應誤置於十三調【雙調】内。今特查正移歸,但不識題中【海棠】【鮑老】及【麥裹】皆何謂?甚至【撲燈蛾】之第六、七句,句法亦不相似。且【花犯】二調,又不注詳屬何宫調。余今細查新舊諸譜,皆未見有此調,因悟其必犯句也。今按律推之,似乎【南吕宫】之【纏枝花】第三、四、五句恰相同,況與題中之'花'字正合。"錢南揚《輯佚》頁 272 尾注:"字書無'⿱竹秦'字,應作'秦'。俗書往往取其偏旁整齊,如'叵耐'作'尀耐',與此同例。"是。《正始》列第二曲爲第二格,題注:"首句上增二字一句,末段復與腹中同文。此體元詞儘有。"

南曲有此調。《舊譜·十三調南曲音節譜》以此入【雙調】,題注:"即【海棠枝上撲燈蛾】,一名【麥裹蛾】。與【中吕】不同。"然有目無辭。《沈譜》《新譜》等均未見此調。

此調當出於戲文,南曲承之,入十三調之【雙調】,極少使用。

【兩休休】

1.【中吕過曲】似啞子吃了黄連,心兒裹苦也難言。猶如做繭春蠶,千絲萬綫縈牽。天天,好似魚兒吞鈎綫,剌肚懸腸盡挂牘。銀臺上畫燭風吹,常是淚珠漣漣。

2.【前腔第二换頭】天天,……。

3.【前腔第三换頭】天天,栽花房内,種竹堂前,只傷我每無緣。風箏兒斷了無蹤,一去再難收捲。天天,悄若南來孤飛雁,不得成雙最可憐。猶一似火染旛竿,教人漫空長歎。

元傳奇《崔護》,《正始》頁 421

4.【中吕過曲】從别後萬恨千愁，横在我的心頭。一心望那人回，在鴛幃再成匹偶。娼妓門庭無中有，只使虚脾弄甜口。你何須苦苦癡心，直恁的添僝僽。

5.【前腔换頭】休休，兩三年共樂同歡，指望美滿長久。臨行與剪髮撚香，神前共同設咒。潘岳容儀狼虎口，毬子心腸易滚走。怕他們口不如心，應是有頭没後。 元傳奇《王魁》，《正始》頁 423

格式：7 乙$_{\triangle}$，6$_{\triangle}$。6$_{\triangle}$，6$_{\triangle}$。2$_{\triangle}$，7$_{\triangle}$，6 乙$_{\triangle}$。7 乙，6$_{\triangle}$。 9 句

《正始》列第一曲爲正格，尾批："第二曲與始調全章皆同，但於首句上增'天天'二字，不録。"第三曲題注："第六句下又增'天天'二字。"与此實將第一句破作三句，餘同。尾批："【第四换頭】同，不録。"列第四曲爲第二格，題注："第四句下無二字句，末句句節不同。"第三句句節亦不同。第五曲題注："第五句下亦不用'休休'二字句。"第三、第七兩句以襯爲實，作七字句。尾批："【第三】【第四换頭】第五句下仍有'休休'二字句，但餘句與此皆同，不録。"則《王魁》實唱調名，用始調也。

南曲有【中吕過曲・兩休休】，《舊譜》卷三、《沈譜》卷八、《新譜》卷八、《定律》卷六均引《卧冰記》"安人的共我機謀"爲正格，與此僅第三、第四、第七句均增一字成七字句，餘與此同。《新譜》眉批："若起調，只'謀'字一截板。"又："馮附【换頭】，首多'平平'二字一句，全曲俱同。又曲云：'天天，初生新月，半片菱花，知他甚日團圓。'又稍異。"這是沈自晉從馮夢龍《墨憨齋曲譜》中摘引出的《卧冰記》舊曲，是【兩休休】之【前腔第二换頭】首句與【前腔第三换頭】首四句，未被包括錢南揚《輯佚》在内的前輩學者的輯佚成果所收録，值得重視。然馮譜已佚，《新譜》又未全文引録，甚是可惜。《定律》又引第四、第五兩曲爲【又一體】例曲。

此調出於戲文，傳於南曲，略有變化。

【花堤馬】

【中吕過曲】【石榴花】看他一似嬌滴滴海棠花，眉(原作'媚')如柳鬢堆鴉。【駐馬聽】身如白雪美無瑕，只愁中路和伊罷。孔目歸家，眉兒淡了不忺畫。 元傳奇《鄭孔目》，《正始》頁 435

格式：$7_{\triangle}$，6 乙$_{\triangle}$。$7_{\triangle}$，$7_{\triangle}$。$4_{\triangle}$，$7_{\triangle}$。 6 句

集曲。前用【石榴花】首兩句，後用【駐馬聽】末四句。

《定律》卷六、《大成》卷十二均引此爲例曲，題【榴花馬】，較此僅末三字增一字作"不曾忺畫"，餘同。

此曲出於戲文，南曲承之，然不見於其他曲譜，可見使用已經極少。

【青衲襖】

1.【南吕過曲】幾時得煩惱絶，幾時得離恨徹。本待散悶閑行到臺榭，傷情對景教我腸寸結。悶懷些兒待撇下争忍撇，待割捨難割捨。沉吟倚遍闌杆，萬感情切，都分付與長歎嗟。

2.【前腔】你把濫名兒將咱引惹，直恁的情性乖心意劣。女孩兒家多口共饒舌，爹娘行快活要他則甚迭。要裝衣滿篋，要食珍味設。我與你寬打周折，父親行先説，説道小鬼頭春心動也。

元傳奇《拜月亭》，《正始》頁 543

3.【南吕過曲】紙蝴蝶忒煞輕，瓦湯瓶容易冷。風裏楊花，自來無定，鎮日天陰有甚晴。早知你不志誠，枉了我一片心。虧負人辜負人，空教我打枕搥床，短歎長吁，千聲萬聲。

元傳奇《浣紗女》，《正始》頁 544

格式：6 乙，6 乙$_{\triangle}$。$7_{\triangle}$，$7_{\triangle}$。$5_{\triangle}$，$5_{\triangle}$。6，$4_{\triangle}$，$7_{\triangle}$。 9 句

《正始》列第一曲爲正格，第二曲題注："末句句法不同。"列第三

曲爲第三格,題注:“八句變六字二截,末句變八字二句。”另承第二格元散套“倦臨鸞”,第三句變八字二句。

南曲有【南吕過曲・青衲襖】,《舊譜》卷四、《沈譜》卷十二、《新谱》卷十二均以第一曲爲例曲,僅句字略有差異。《定律》卷八以第一曲爲例曲,然題【紅衲襖】,兩調例曲與《正始》多有混淆。《重訂拜月亭記》第三十五齣《瑞蘭拜月》題前二曲爲【青衲襖】。第三曲又見《雍熙樂府》卷十五《南曲小令》【紅衲襖】第五首,僅句字有所變化。則【青衲襖】改題【紅衲襖】,由來已久。參見【紅衲襖】評論。

此調出於戲文,傳於南曲,與【紅衲襖】有所混淆。

【東甌令】

1.【南吕過曲】全不認,是奴親,許多恩情没半分。將心自來托明月,虧心漢。誰知明月照他人,負心人。 元傳奇《張資》,《正始》頁 587

2.【南吕過曲】求科舉,……① 元傳奇《琵琶記》,《正始》頁 121

3.【南吕過曲】教人恨,俏冤家,錫做釵環都是假。……

元傳奇《銅雀妓》,《正始》頁 639

格式:3,3△,7△。7,3△。7△,3△。 7句

《正始》引明曲爲正格,與此第五、第七兩句均作五字。列第一曲爲第二格,題注:“第五及末句皆減作三字。”此以元明例曲正變倒置,是從俗也。第二曲,【黄鐘過曲・太平歌】尾批:“此【太平歌】一調,按古今詞譜及新舊傳奇,然皆未及見有此調。此式即今之蔣、沈二譜及坊本《琵琶記》皆於‘他媳婦’套内之‘求科舉’一曲當之。及檢其章

---

① 錢南揚《元本琵琶記校注》第三十齣《牛小姐諫父》存録【太平歌】一曲,其辭云:“他求科舉,指望錦衣歸,不想道你留他爲女婿。他埋怨洞房花燭夜,那些個千里能相會。只要保全金榜挂名時,(合)事急且相隨。”《定律》卷六以此爲【黄鐘過曲・太平歌】正格,正襯從之。《寒山曲譜》頁 360、《大成》卷七十一均存此曲,然《大成》題【黄鐘過曲・太平歌】,《寒山曲譜》題【南吕過曲・太平歌】,尾批:“此曲,《沈譜》辨之甚詳。審其音,必竟與【東甌令】涉,决非【黄鐘】故。”

句,直是【南吕宫】之【東甌令】也。”第三曲,【南吕過曲・三十腔】尾批:“【東甌令】,合元傳奇《銅雀妓》首三句云云。”

《正始》題注:“唐譜曰【金甌令】。”然崔令欽《教坊記》、王國維《唐宋大曲考》、曾昭岷等《全唐五代詞》等均未著録【金甌令】和【東甌令】名目。南曲有【南吕過曲・東甌令】,《舊譜》卷四、《沈譜》卷十二、《新譜》卷十二均用明曲爲正格,僅第五句以襯爲實,作六字折腰句;《定律》卷八亦用明曲正格,與此僅末句作七字句,與《正始》第四格同;以第二曲全調爲【南吕過曲・太平歌】。《沈譜》尾批:“此曲腔板元與【太平歌】不同,其説在【黄鐘】曲内。”參見【太平歌】評論。

此曲當出於地方小調,戲文採録之,傳於南曲,略有變化,且與【太平歌】相混淆。

【金絡索】

1.【南吕過曲】【擊梧桐】區區一個兒,兩口相依倚。没事爲着功名,不要他供甘旨。教他去做官,【東甌令】要改换門閭,他做得官時你做鬼。你圖他三牲五鼎供朝夕,【針綫箱】今日裹要一口粥湯却教誰與你。【金蓮子】相連累,【懶畫眉】我孩兒因你做不得好名儒。【寄生子】空争着閑是閑非,空争着閑是閑非,只落得雙垂淚。

元傳奇《蔡伯喈》,《正始》頁 600

2.【南吕過曲】【擊梧桐】三人共賞雪,吃得醺醺醉。撇我哥哥,跌倒在深雪裹。【東甌令】他兩個,撇了你自先回,却不道賽過關張有義志。冷清清凍死你做街頭鬼,【錢綫箱】又却是孫榮背負你歸。【金蓮子】孫員外,【懶畫眉】你臨危不見了賽關張,【梧桐樹】方通道打虎須還親兄弟。

元傳奇《殺狗記》,《正始》頁 601

格式:$5_{\triangle}$,$5_{\triangle}$。4,$5_{\triangle}$。5,$3_{\triangle}$,$7_{\triangle}$。7,$7_{\triangle}$。3,$7_{\triangle}$。7 $乙_{\triangle}$,4,6 $乙_{\triangle}$。　14 句

集曲。《正始》頁 714 有【商調過曲・金梧桐】,題注:“即【南吕調・擊梧桐】。”引元傳奇《拜月亭》爲例曲,前五句與此同;次用【東甌

令】第二至第四句，次用【針綫箱】第六句，次用【金蓮子】第三句，又次用【懶畫眉】第三句，後用【寄生子】末三句。

《正始》列第一曲爲正格，題注："正又名【金索挂梧桐】。"列第二曲爲第二格，題注："此格之煞尾易作【梧桐樹】。今《沈譜》疑爲【七賢過關】，附於'不知宫調'内。誤。"

《全宋詞》有【金落索】殘篇一首，僅存兩句："風撼梧桐影碎，凄凉天氣。"與此無相合者。南曲有【商調過曲·金絡索】，《舊譜》卷七、《沈譜》卷十七、《新譜》卷十八俱引《詐妮子》"春來麗日長"爲例曲，較之首曲，不用【擊梧桐】而用【金梧桐】，不用【金蓮子】而用【解三酲】，最後用【寄生子】末兩句；減省第十三句四字；惟《舊譜》所集末曲作【寄生草】，誤。《沈譜》眉批："【寄生子】或作【寄生草】，非也，南曲無【寄生草】。"《新譜》尾批："馮以'相將半載'一句（第八句）連下作【針綫箱】，以'傷情處'二句（第十、十一句）改作【索兒序】，謂原注：三字句作【解三酲】，七字句作【懶畫眉】，及查《牧羊記》，【索兒序】後二句正協。且曲名有'索'字，無疑也。予不輒改，仍從舊式。"這裏援引馮夢龍的説法，涉及到解釋牌名中"索"字來源這一大問題。《定律》卷十、《大成》卷五十八均引第一曲爲例曲，與此略有不同：前用【金梧桐】而不用【擊梧桐】，中間用【解三酲】而不用【金蓮子】，餘同。《定律》尾批："此曲又名【金鎖挂梧桐】。即【金絡索】之名，亦無甚妥當。姑從其舊。"《定律》《大成》又引第二曲爲【商調過曲·七賢過關】，題注："此曲與【南吕】之【七賢過關】不同。"前用【金梧桐】首五句，"他兩個"句屬上，以下章句犯調與此不同：《定律》以"先自回"三句入【東甌令】，"又還是"二句入【解三酲】，"臨危"句入【懶畫眉】，末句入【醉扶歸】；《大成》則以"先自回"句屬【字字錦】，"却不道"句入【梧桐葉】，"冷清清"句入【漁父第一】，"又還是"二句入【索兒序】，"你臨危"句入【喜梧桐】，末句入【梧桐樹】。《元本琵琶記校注》第十齣《五娘勸解公婆争吵》題第一曲作【金索挂梧桐】，《殺狗記校注》第十六齣《吴忠看主》題第二曲作【七賢過關】。

此曲或出於詞調，戲文採用時有所轉换與改造；南曲承傳之，有所變化，不僅犯調有所更易，且與【七賢過關】相混淆；然此【七賢過關】與戲文【南吕過曲・七賢過關】並不同。

【宜春令】

1.【南吕過曲】雖然讀，萬卷書，論功名非吾意兒。只愁親老，夢魂不到春闈裏。便教我做到九棘三槐，怎撇得萱花椿樹。我這，衷腸一點孝心，對着誰語。　元傳奇《蔡伯喈》，《正始》頁 662

2.【南吕過曲】官人煞，不度量，把小官人無罪趕出飄泊。不與分文，又無相識親眷倚托。擔閣，破窑中受盡寂寞，又怎知哥哥行惡。唬得人戰戰兢兢，撲撲簌簌，淚珠偷落。　元傳奇《殺狗記》，《正始》頁 664

3.【南吕過曲】竇公聽，訴因伊，兄嫂不仁没道理。謝你恩義，把我孩兒送到爹行去。見劉郎訴説詳細，問他道幾時歸去。若長成時，休忘了竇公恩義。　元傳奇《劉智遠》，《正始》頁 664

格式：3，$3_{\triangle}$，7乙$_{\triangle}$。4，$7_{\triangle}$。7乙，7乙$_{\triangle}$。2，4，$4_{\triangle}$。　10句

《正始》列第一曲爲正格，列第二曲爲第四格，題注："第五句下增二字一句。"列第三曲爲第五格，題注："第三句句節不同，第八句變爲三字，末二句併作六字。"尾批："此末句六字，按古本《王十朋》，四曲皆然。"查《原本王狀元荆釵記》第十四齣有【宜春令（原作"泠"）】四支，其格與第三曲大同小異，末句依次爲："男女到宅傳語"，"媳婦怎生區處"，"應變慎勿推阻"，"夫婿意中如何"，確實均作六字句。

南曲有此調，《沈譜》卷十二、《定律》卷八均引第一曲爲例曲，然首兩句併作六乙一句，餘同。《新譜》卷十二亦以首曲爲例曲，眉批："此首二句起調，點板法。"與此同；僅合第八、九兩句併作六字一句，尾批："末句'我這'二字俱仄聲，妙。不可將此二字作襯，而以'衷腸'二字唱起。"

此調出戲文，南曲承之，略有變化。

【孤飛雁】

【南吕過曲】聖恩詔旨從天降，遍遐邇萬民欽仰。宥極刑，身有重生望。散群寇與群黨，回凶就吉，轉禍爲祥。前臨帝輦，絶却親黨，回首家鄉無了爹娘。感傷，尋思著兩淚千行。

元傳奇《拜月亭》，《正始》頁 679

格式：$7_{\triangle}$，7 乙$_{\triangle}$。3，$5_{\triangle}$。6 乙$_{\triangle}$，4，$4_{\triangle}$。4，$4_{\triangle}$，$7_{\triangle}$。$2_{\triangle}$，7 乙$_{\triangle}$。

12 句

《正始》題注："或作【孤雁飛】，但與【仙吕調・孤飛雁】不同。按此調章句，與上【女冠子】不同。"頁 640【南吕過曲・三十腔】尾批引此第三、四、五、六句，然其中第四句作三字，與此略有不同。

南曲有此調，《沈譜》卷十二、《新譜》卷十二、《寒山曲譜》、《定律》卷八、《大成》卷五十均以此爲例曲，句字略有不同。然《沈譜》題【孤雁飛】，題注："或作【孤飛雁】。"眉批："'詔旨''輩與''帝輦'，去上聲；'轉禍'上去聲，俱妙。"《新譜》承之，眉批："馮以此曲即【女冠子】，不録。予因兩傳奇皆古曲，且細對元有不同，並存之。"以爲馮夢龍將與此【女冠子】混淆是不對的，是。然《寒山曲譜》即列此爲【女冠子】之【又一體】，題注："即【雁孤飛】，或名【孤飛雁】。"尾批："豈有句字腔板皆同而分二名者。《沈譜》不注明。"《大成》題注："一名【孤雁飛】。"尾批："據《曲譜大成》云：【孤飛雁】即是【女冠子】。細較句法，大同小異，或是一曲二名，亦未可知。但諸譜皆作二曲，今仍並存之。"較之【南吕過曲・女冠子】，合此第三至第六句作"$7_{\triangle}$，6 乙$_{\triangle}$"兩句，合第九、第十兩句作七字叶韻一句，餘則句字皆同，然仍有句節之不同，故不當等量齊觀。

此調出戲文，南曲承之，然有歧稱，且與【女冠子】相混淆。

【金梧桐】

【商調過曲】這厮忒倚官,這厮忒挾勢。便死待何如,欺侮俺窮儒輩。我這裏病又深,他那裏愁無際。旅店郵亭,兩下裏人憔悴,怎教我忍得住恓惶淚。 元傳奇《拜月亭》,《正始》頁714

格式:5,5$_{\triangle}$。4,5$_{\triangle}$。5,5$_{\triangle}$。4,5$_{\triangle}$,6乙$_{\triangle}$。 9句

《正始》題注:"即【南吕調·擊梧桐】。"

詞調有【擊梧桐】,雙片,與此不同。南曲有此調,《舊譜》卷七、《沈譜》卷十七、《定律》卷十、《大成》卷五十七等均引此曲爲例曲,末句作七字句。《新譜》十八引宋徵輿《詠柳絮》散套"輕綿雨後多"爲例曲,眉批:"原載《拜月亭》曲,因中間兩句平仄失調,以新詞易之,妙甚。"與此格同。又引金鑾散曲"茅屋夜正寒"爲【又一體】,題注:"馮補。"眉批:"比前曲多'長空'七字一句,'香老梅花'句只四字。"與此第四句後增七字一句,第五句作四字句,末句作七字句。《大成》題【又一體】。

此調或出於詞調,戲文轉换承之,傳入南曲,略有變化,且多異體。

【花心動】

1.【雙調引子】幽閨深沉,問佳人,爲何懶添眉黛?針綫日長,圖史春閑,誰解屢傍粧臺?絳羅深荷奇葩小,還不許蜂識鶯猜。笑瑣窗,多少玉人無賴。 元傳奇《蔡伯喈》,《正始》頁861

2.【雙調引子】適遣匆匆(原作"囪囪"),奈眉山慵畫,鬢雲羞籠。月滿鳳臺,星渡鵲橋,喜和氣一門填擁。淡粧濃抹千嬌種,看承似珠擎璧捧。喜氣濃,似仙郎仙女,會合仙宮。

元傳奇《王十朋》,《正始》頁861

格式:4,3,$6_{\triangle}$。4,4,$6_{\triangle}$。7,7 乙$_{\triangle}$。3,$6_{\triangle}$。　10句

《正始》列第一曲爲正格,題注:"與詩餘始調同,但末二句偕詩餘【换頭】句法。"列第二曲爲第二格,題注:"此比詩餘始調,止争第二、第三句之句節。"第六句下批注:"此調,按古本《王十朋》原文,止有此前六句。今之改本《荆釵記》仍續其後五句,畢此全章,亦可。今從其備此,庶免不終。但其末三句亦效詩餘始調句法。"上六句下五句分作兩截。頁1016引此兩曲首句。

詞調有【花心動】,雙片,此與其上闋同,僅末兩句用下闋收結句法,第二曲末三句則爲始調句法。諸宫調有【小石調・花心動】,雙片,其上闋與此同,僅第二、第三兩句用第二曲句法。南曲有【雙調引子・花心動】,《舊譜》卷九、《沈譜》卷二十、《新譜》卷二十二、《大成》卷一均以第二曲爲例曲,僅句字略有小異。《沈譜》題注:"與詩餘大同小異。"《大成》題【仙吕引子】,又以第一曲爲【又一體】。趙景深《考略》頁22認爲:"果如《九宫正始》所説,則古本《王十朋》固不同今'六十種曲'的《荆釵記》,也還有改本《荆釵記》和汲古閣的歧異。"則第二曲當爲古本與汲古閣本過渡階段改本《荆釵記》曲。查《原本王狀元荆釵記》第十二齣【花心動】用此前、後各三句,《六十種曲》本《荆釵記》第十二齣《合巹》【花心動】僅用此前三句,而以末三句爲後之【惜奴嬌】之合頭,與《風月錦囊・全家錦囊》卷二《荆釵》九《舍親出嫁》【惜奴嬌】同,與此均大不同。

此調出詞調,經諸宫調到戲文,間有演變;南曲復歸詞調。

【金羅紅葉兒】

1.【仙吕入雙調過曲】【江兒水】沽酒誰家好,前村問牧童。【梧葉兒】遥指杏園中,【水紅花】好新豐,青簾風送。正好提壺挈榼,那更玩無窮,咱兩個醉春風,也囉。【淘金令】雙雙共出,共出庄門,聽取西郊,樂聲風送。(合)【皂羅袍】和你百年歡笑,兩情正濃。百年諧老,兩心正同,恩情又恐怕如春夢。

2.【前腔第三】【江兒水】想像襄王夢,巫山十二峰。【梧葉兒】何幸

遇芳容,【水紅花】意重重,語言陪奉。得伊提掇起,免在污泥中,這恩德感無窮,也囉。【淘金令】一心感謝,感謝公公,把我人前,相欽厮重。(合前)　　元傳奇《劉智遠》,《正始》頁978

格式:5,$5_{\triangle}$。$5_{\triangle}$,$3_{\triangle}$,$4_{\triangle}$。6,$5_{\triangle}$,$5_{\triangle}$,也囉。4,4,4,$4_{\triangle}$。4,$4_{\triangle}$。4,$4_{\triangle}$,$7_{\triangle}$。　18句

集曲。前用【江兒水】首兩句,次用【梧葉兒】第三句,次用【水紅花】末六句,次用【淘金令】末四句,後用【皂羅袍】末五句。

《正始》列第一曲爲正格,題注:"又名【金井梧桐花皂羅】,俗作【金井水紅花】。"尾批:"此調俗名【金井水紅花】,'井'字無謂,後時譜改作【梧蓼金梧】,遺却【江兒水】矣。按元譜原題乃【金羅紅葉兒】,其首二句注:'犯【江兒水】。'五調皆貼矣。"批評時譜以首二句襯爲三字,强合【梧葉兒】句法,以【淘金令】誤題【柳摇金】,認爲:"必元譜原題爲是。但此調共四曲,其第二與始調同體,不再收;其第三與第四曲稍有小變,今試備一曲於下。"列第二曲爲第二格,題注:"第六句減爲五字,第四曲亦然,不録。"第九句例用"也囉"二字一句。

南曲有此調。《舊譜》卷七引第一曲爲例曲,題【商調過曲・金水梧桐花皂羅】,題注:"【江兒水】【水紅花】【皂羅袍】。"與此題署不同。《沈譜》卷十七、《新譜》卷十八均題【商調過曲・梧蓼金羅】,首三句入【梧葉兒】,次用【水紅花】六句,再次四句入【柳摇金】,末五句用【皂羅袍】。《沈譜》題注:"即【金井水紅花】。"尾批:"此調《舊譜》作【金水梧桐花皂羅】,俗作【金井水紅花】,皆未當。余考明各調,定其名。"《新譜》題注:"俗作【金井水紅花】,今改定。"兩譜俱以首兩句作三字句,第八句以襯爲正,作六字折腰句,末句作"夫妻正好又恐如春夢"。正是《正始》所批評者。《大成》卷五十八引第一曲爲【又一體】,題【商調過曲・金井水紅花】,題注:"舊名【梧蓼金羅】。"較《沈譜》《新譜》,僅以【柳摇金】四句,前二句入【古江兒水】,後二句入【四朝元】。餘均同。尾批:此調"舊譜所集頭尾混雜。今以【古江兒水】及【四朝元】,换出【柳摇金】,成二頭二尾之式,差爲妥協"。《六十種曲》本《白兔記》第八齣《遊春》題【金井水紅花】,四支連用,不標集調。

此調出戲文,南曲承之,然理解所集之曲已有不同,使用亦少。

【金水令】

【仙吕入雙調過曲】【五馬江兒水】憶昔繁華如夢,無心想舊遊。盡老百年歡笑,同效鸞儔,共伊諧鳳偶。【淘金令】感娘子志誠,兩意相投。共你雙雙厮守,盡老綢繆,天長地久永無休。【五馬江兒水】功名有志定須守,詩書爲友。看取君家才貌,獨冠儒流,時乖運蹇且須守。還須向前求,一占鼇頭。那時回來,共伊歡偶。

元傳奇《吕蒙正》,《正始》頁 984

格式:4,5△。4,4△,5△。4,4△。6△,4△,7△。4△,4△。6,4△,7△。4△,4△。4,4△。 19 句

集曲。前用【五馬江兒水】首五句,次用【淘金令】第五至第九句,後用【五馬江兒水】末九句。

《正始》題注:"又名【金生麗水】。"尾批對時譜誤收、誤訂作出考辨。

南曲有此調。《舊譜》卷十、《沈譜》卷二十均以此爲例曲,僅録前十句。《沈譜》僅標署首用【五馬江兒水】五句,中腹缺題。眉批:"此曲後半似【淘金令】,又不甚協。"尾批:"此曲後,或將前【攤破金字令】中'金風冷颼颼'以下五句合唱,未知是否。"《新譜》卷二十三、《定律》卷九、《大成》卷六十四均題【水金令】,也僅録此前十句。《新譜》《大成》題注:"原名【金水令】。"《新譜》以"感娘子"五句題【金字令】,尾批:"此曲後,將前【金字令】中'金風冷颼颼'以下五句合唱亦可。"其原詞爲:"金風冷颼颼,寒蛩泣暮秋。月挂銀鈎,雁過南樓,寒燈冷落獨自守。"又引《存孤記》"明珠無價"爲【又一體】,題注:"新入。此犯【柳摇金】,與前曲不同。"前用【五馬江兒水】首十句,後用【柳摇金】末四句。《定律》《大成》則入【雙調過曲】,以"共你"三句題【金字令】,又有變化。對此,《正始》已作考辨、説明。

此調出戲文,南曲承之,已有轉换、截體和異體。此調在戲文和

南曲中都使用較少。

【金風曲】

【仙吕入雙調過曲】【四塊金】花衢柳陌，恨他去胡殢惹。秦樓謝館，怪他去閑遊冶。【一江風】獨立在簾兒下。教我眼巴巴，只見風透窗紗，月上荼蘼架。朝朝等待着他，日日盼望他，望不見如何價？

元傳奇《劉盼盼》，《正始》頁 995

格式：4，5△。4，5△。5△。3△，4△，5△。5△，5△，5△。　　11 句

集曲。前用【四塊金】首四句，後七句用【一江風】末七句。然【四塊金】未見於戲文，始見於《舊譜》，且此均借韻而入家麻韻；此【一江風】較《王十朋》體，第九句不用疊句。

南曲有【仙吕入雙調過曲・金風曲】，《舊譜》卷十、《沈譜》卷二十、《新譜》卷二十三、《定律》卷九、《大成》卷六十四、《簡譜》卷八均引此曲爲例曲。《舊譜》題【淘金令犯】，題注："轉調入【一江風】。"《沈譜》《新譜》《大成》《簡譜》與此僅第九句疊用一句，餘大同小異。《沈譜》又引《十孝記》"親生異生"爲【又一體】，眉批："比前曲多'霜信'二句。"即【四塊金】用六句，【一江風】用末六句，第十句仍疊用一句。《新譜》承之，但將【四塊金】改爲【金字令】，眉批："馮云：沈注作【四塊金】'霜信'二句，如何叶去，今改正。比前曲調更叶。"可知是聽從了馮夢龍的意見，但已改换了集曲構成。

此曲出於戲文，南曲承之，略有變化，至有同名異實者。

【夜雨打梧桐】

【仙吕入雙調過曲】梧桐樹，一葉秋，寂寞幾時休。轉添愁，黄昏時候。萬木凋零將盡，恨鎖眉頭。娘行漫自空淚流，想奴家命薄天知否？和天也瘦。恨悠悠，悄似長江水，涓涓不斷流。

元傳奇《吕蒙正》，《正始》頁 1011

格式:3,$3_{\triangle}$,$5_{\triangle}$。$3_{\triangle}$,$4_{\triangle}$。6,$4_{\triangle}$。$7_{\triangle}$,$7_{\triangle}$,$4_{\triangle}$。$3_{\triangle}$,5,$5_{\triangle}$。13句

《正始》尾批:第九句必七字一句,非八字二句;“此【夜雨打梧桐】乃古本之本調原題,元譜亦然,何必疑之?”時本作犯調,“此擬雖皆相似,何可以本調元題,零星作犯調耳?”是。此曲唱調名,乃爲始調,固不當爲集曲犯調。

南曲有此調。《舊譜》卷十、《沈譜》卷二十、《大成》卷六十三均以此爲例曲,不題犯調,然第九句破作四字二句,第十二句增一字作六乙句,餘與此同。《沈譜》尾批:“此調末後三句似【桂枝香】,中間不知更犯何調,姑俟知音者辨之。”《新譜》卷二十三亦以此曲爲例曲,題注:“新分注。”以首三句入【梧葉兒】,次兩句入【水紅花】,次三句入【五馬江兒水】,後六句入【桂枝香】。此正《正始》所批評者。尾批:“原本未曾考定,今已注明。及查馮稿,云古人因事立名,或適聞夜雨打梧桐,遂以名詞,非必犯調也。”馮夢龍的意見是對的。《簡譜》卷八題【雙調過曲】,引《長生殿》“霜般白”爲例曲,尾批:“此必與【金字令】相聯。詞隱舊譜載《破窑》‘梧桐樹’一曲,第九句云‘歎奴家命薄命薄天還知否’,‘歎’字、‘還’字是襯,詞隱未曾撚出。”《正始》此句原即七字句,無“命薄”疊字,當是所據版本有所不同。

此調出戲文,南曲承之,或作集曲,略有變化。

【夜行船序】

1.【仙吕入雙調過曲】春思懨懨,此愁誰訴,此情誰知?心撩亂,慵睹粧臺梳洗。芳時,不暖不寒,鞦韆院宇,堪遊堪戲。(合)空對,鶯花燕柳時,悄地暗皺雙眉。

2.【前腔换頭】因誰,縈惹芳心,媚容香褪,嫩臉桃衰。看看恁,寬盡金縷羅衣。休疑,只爲傷春,知他怎生,年年如是。(合)休對,晴天暖日,輕可地過了寒食。 元傳奇《拜月亭》,《正始》頁1013

3.【仙吕過雙調過曲】……遥指,隱隱在杏花深處,酒旗摇曳。

4.【前腔换頭】……芳菲，點檢萬花中，昨夜海棠開未?①

元傳奇《柳耆卿》,《正始》頁 1014

格式：4，$4_{\triangle}$，$4_{\triangle}$。3，$6_{\triangle}$。$2_{\triangle}$，4，$4_{\triangle}$，$4_{\triangle}$。$2_{\triangle}$，$5_{\triangle}$，$4_{\triangle}$。　12 句

第二曲【换頭】與此，僅在首句前增叶韻兩字一句，餘同。此二曲韻雜，支思、魚模、齊微互叶。《正始》尾批：“此調（合頭）之第二句，四字、五字不拘。按元譜，元傳奇《柳耆卿》始調（合頭）云云。又其【换頭】之（合頭）云云。此亦一四一五，正與本曲之始調、【换頭】同句法。”對時譜第一曲删“鶯花燕柳時”之“時”字以合四字，對第三曲“杏花深處”增“村”字以合五字，均提出批評。

詞調有【夜行船】，北曲有【雙調・夜行船】，均與此不同。南曲有【仙吕入雙調過曲・夜行船序】，《舊譜》卷十、《沈譜》卷二十、《新譜》卷二十三均引第三曲爲例曲，第十一句均增“村”字，正《正始》所批評者；又將“隱隱”二字，以襯爲實，則將此爲七字句矣。《定律》卷九、《簡譜》卷八引第四曲爲例曲。《簡譜》尾批：“舊譜又有【曉行序】一調，實與此曲無異，不必分二名。”

此曲或出於詞調，戲文轉换承之；南曲承於戲文，略有變化。

【花心動序】

1.【仙吕入雙調過曲】景物芳菲，……

---

① 《沈譜》卷二十【仙吕入雙調過曲・夜行船序】存録此兩曲，署《玩江樓記》，題注：“或作【花心動序】，非也。”其辭云：“【夜行船序】花底黄鸝，聽聲聲一似，唤人遊戲。東風裹，玉勒雕鞍争馳。佳時，日暖風和，偏稱對景，尋芳拾翠。遥指，隱隱見杏花村深處，酒旗摇曳。【前腔换頭】迤邐，曲徑芳堤，競香塵不斷，往來羅綺。亭臺上，急管繁弦聲齊。雙飛，蝶繞花枝，鶯囀上林，魚遊春水。芳菲，點檢萬花中，昨夜海棠開未?”《新譜》卷二十三同。《舊譜》卷十録始調，《定律》卷九、《大成》卷三均録第二曲，俱署《玩江樓》。《大成》題【仙吕過曲・曉行序】，題注：“一名【夜行船序】。”尾批：“【曉行序】與【夜行船序】體格本同，《舊譜》誤分二名，今但列【曉行序】，删去【夜行船序】。首曲爲正體，二曲增二字换頭，乃【又一體】也。”《寒山曲譜》録此二曲，第二曲爲殘曲，然署“散曲”，誤。

2.【前腔換頭】嬌媚,玉體花容,似神仙初離,閬苑瑤池。瀟灑院落,香馥園林,不負媚景良時。偏宜,對花酌酒情偏好,都不被閑愁縈繫。甚分福,遭逢到得這裏? 元傳奇《李婉》,《正始》頁 1017

格式:4,5 乙$_{\triangle}$,4$_{\triangle}$。4,4,6$_{\triangle}$。2$_{\triangle}$,7,6$_{\triangle}$。3$_{\triangle}$,6$_{\triangle}$。 10 句

《正始》列明傳奇《涷蘇秦》爲正格,與此首三句作"4,5,4$_{\triangle}$。"第五句叶韻,餘同。第二曲題注:"比詩餘止多'偏宜'二字。"前批:"此調他處皆作【引子】,比如元傳奇《蔡伯喈》之'幽閣深沉',又《王十朋》之'適遣匆匆',皆爲【引子】。……據今《涷蘇秦》本而作【過曲】。"有所删削;《金印記》又改題【菊花新】,"致此調【引子】【過曲】兩非也。余益疑信未決,復遍查元譜及古今諸傳奇,見元傳《李婉》之'景物芳菲'套内有【花心動】過曲【換頭】一闋,惜無始調一證。雖然,今推此本曲之規律章句,無不與彼吻合,始信此二調必爲【花心動】全調過曲無疑也。今備此以俟知音。按此本宫此調,即如【黄鐘宫】之【絳都春序】,其【引子】【過曲】,皆不相遠者也"。至於第一曲,《南戲拾遺》卷下尾批以爲"不知屬什么宫調,什么曲牌"。據《正始》尾批,《輯佚》頁 71 即題【花心動序】,從之。

詞調有【花心動】,一作【花心動慢】【桂香飄】,與此僅省減第七句兩字,第九句作七乙,末句攤破作四字兩句,餘同。諸宫調有【小石調・花心動】,與此亦省減第七句兩字,第九句作七乙,餘同。南曲有【雙調引子・花心動】,《舊譜》卷九、《沈譜》卷二十即引"適遣匆匆"爲例曲,《沈譜》題注:"與詩餘大同小異。"另有【仙吕入雙調過曲・花心動序】,《新譜》卷二十三、《定律》卷九、《大成》卷三均引第二曲爲【換頭】例曲。《新譜》與此少第五句,餘同,當是脱漏。《新譜》引《金印記》"一介書生"爲例曲,題注:"二曲皆馮補。"當均出自馮夢龍《墨憨齋曲譜》。《定律》題【雙調過曲】。《大成》題【仙吕過曲】,署"散曲",誤。

此調源出詞調,諸宫調已有變化;戲文承之,分入【雙調引子】【仙吕入雙調過曲】;南曲全承二式,規範、定型。

【金娥神曲】

1.【仙吕入雙調過曲】拜禀,公主試聽,念小人姓張名鼎。家居遠村,慣醫諸病症。名不唤程嬰,是個草澤醫人。

2.【第二前腔】你每,不須隱名,吾宫内並没個來人。伊休顫驚,寬懷放下心。今日見你來,謝得神明。

3.【第三前腔】聽得,公主問因,非干是不言名姓。恐隔墻人耳人聽,使人欲言不語,淚珠交傾。

4.【第四前腔】雖則,是家業蕩分,老相公不知安頓。駙馬在何處安身,你且從頭,説個原因。

5.【第五前腔】那日離宫門,老相公,不知他生死吉凶,逃生他郡。駙馬共程嬰,方才出府門,被軍卒趕緊。兩兩奔前程,竟不知個音信。

6.【第六前腔】我只道共你每同行,吾駙馬不識行徑。那曾受途路上艱辛。淚盈盈淚零零,怎得寬心?

7.【第七前腔】公主寬心,後且自説個如今。今日見你,來見你來使人愁悶縈,忒悶耐鐵心腸奸佞。你們老誠,你們志誠,好把孤兒,交付與您。

元傳奇《趙氏孤兒》,《正始》頁 1038

8.【仙吕入雙調過曲】告君,奴言試聽:方才把金卮相慶。驀然見君,被他生怒嗔。不覺碎奴心,替君憂悶。

9.【第二前腔】小子,家君汴京,知他過了多少山村。我特來省親,怎知無定準。不容暫安身,未有投奔。

10.【第三前腔】告君,休□憂悶,歡會事莫非前定。邀騎從略往寒門,與君今日,相結姻親。

11.【第四前腔】雖則,謝伊家愛(原作“受”)憫,奈何身不由人。況牢落全没分文。那更又,衣衫不整。

12.【第五前腔】你但放心,隨奴到家,自有衣衫,與君重整。謝得厚恩,旅中荷蒙持攜,甚般多幸。彼此正青春,似蓬瀛中人。

13.【第六前腔】奴自小流落風塵,知是見了多少豪俊。未曾逢着一個如你風韻。你鶻鴒,我風流,兩情厮稱。

14.【第七前腔】似夭桃間着紅杏，對清風，賞明月，好景良辰，開懷處大家歡慶。我心志誠，伊心志誠。指松柏爲誓盟，對天神作證明。

元傳奇《張資》,《正始》頁 1041

格式：$2_{\triangle}$，$4_{\triangle}$，7 乙$_{\triangle}$。$4_{\triangle}$，$5_{\triangle}$。5，$4_{\triangle}$。 6 句

《正始》列第一曲爲正格。第二曲題注："與始調同。"第三曲題注："比始調第四、五句不同。"第四曲題注："此與第三曲同。"第五曲題注："此格與上四曲絶不同。"第六曲題注："此與前四曲，止爭第四句之六字二截，餘皆同。"第七曲題注："此格與前六曲大不同。"尾批："按古本於'奸佞'下之'程嬰'二字，原係介白，今演場皆以其用腔板唱之，大謬。按此調每套必至七曲，但每曲多至參差不等，不似他調之整整循規。此爲【金娥神曲】之式耳。然今或有以其字句强爲增減，欲此就彼，以彼合此，蓋因未識元譜古套之體，徒費心機。豈知猶有元傳奇《裴少俊》與《鬼法師》，此二套數比《孤兒》格愈奇愈異，今人何曾見之？但皆不可爲式，故今不敢收載。又有元傳奇《張資》，此調與今本套猶大同小異。今僅備於下，不唯少證本套之規體，且戒後人之改擬。"頁 481【中吕過曲・駐馬摘金桃】引第七曲第六、七兩句。第八曲題注："此與《孤兒》格同。"第九曲題注："此亦《孤兒》格同。"第十曲題注："此與《孤兒》格同。"眉批："'休'字下原脱一字。"第十一曲題注："此比《孤兒》第四曲於第二、第五句皆減去一字。"第十二曲題注："此比《孤兒》第五曲絶不同。"第十三曲題注："此與《孤兒》第六一字無異。"第十四曲題注："此比《孤兒》第七曲益不同。"尾批："按此套式，雖與《孤兒》相似，但其第五、第七大不同。據此【金娥神曲】一調，即如【黄鐘宫】之【水仙子】、【正宫】之【雙瀉鶒】、【中吕宫】之【念佛子】，每曲各成一體。今只宜隨其章句，視爲變體可也，不必勞神摩想，欲其整整同一。"

此調連用七支，各成一體，較多變化，如首二字一句即可韻可不韻，體現出民間戲文自由、活潑的基本特點，但基本格式大體如此。

唐・崔令欽《教坊記・曲名》有【金蛾子】，任半塘《敦煌歌辭總編》與曾昭岷等《全唐五代詞》無此曲，無從考校。北曲有【雙調・金

蛾神曲】，鄭騫《北曲新譜》卷十二收録四體，與此均大異。南曲有【仙呂入雙調過曲・金娥神曲】，《舊譜》卷十、《沈譜》卷二十、《新譜》卷二十三均引《唐伯亨》"黯淡"爲例曲，與此相同。

此調或源出唐曲，北曲與戲文分途傳之，故同名異實；南曲承於戲文。

【金殿喜重重】

1.【大石調近詞】利鎖名韁，鴻飛不到，只得暫時分袂。拜别堂上，乍離膝下，頓使愁腸千縷。此行專爲，憂民束吏，耳聽佳音消息。除是政寬德化，管教名字，傳達天墀。

2.【前腔換頭】聽啓：念兒初蒙聖主恩，於官處不致誤失差池(原作"遲")。謝親恩庇，謝親擡舉，豈敢辱没先輩。汝有此志，汝子奇偉，可爲吾門祥瑞。好生看視，任滿回歸，一團和氣。

元傳奇《唐伯亨》，《正始》頁 1099

格式：4，4，6△。4，4，6△。4，4△，6△。4，4△，4△。　　12句

南曲有【金殿喜重重】，《沈譜》卷四、《新譜》卷四、《寒山堂譜》卷二、《定律》卷二、《大成》卷三十一俱引此二曲爲例曲，但入【正宫過曲】；《旧譜》卷八、《新譜》俱題【花藥欄】，《旧譜》題注："即【金殿喜重重】。"無【换頭】，與此相較，頗有差異。《新譜》題注："《舊譜》即作【金殿喜重重】。"【换頭】僅第三句作六乙句，餘與此同。《沈譜》尾批："舊注云：'【花藥欄】，即【金殿喜重重】。'今查大同小異，故增收此調，而列【花藥欄】於後。"《大成》署"散曲"，誤；然别列【花藥欄】，題注："'藥'，一作'壓'。"判别爲二調，是。戲文别有【花藥欄】，不當混同。

此調當出於戲文，南曲承之，略有變化，且與【花藥欄】相混淆。

【青歌】

【仙呂調近詞】我是媒婆媒婆，兩隻脚疾走如梭，生得來不矮又不

矬。我子要男多，子要銀多。折莫男醜似閻羅，女老似桃婆。把臂來拖，借手多多，管要諧和，便教成合。若是輕我欺我，罵我唤我，口若懸河，舌若風荷。便做男賽潘安女姮娥，教獨自過。

元傳奇《拜月亭》，《正始》頁 1109

格式：6△，6△，7△。4△，4△。5△，5△。4△，4△，4△，4△。4△，4△，4△，4△。7△，3△。 17 句

《正始》題注："與【仙吕宫・青歌兒】不同。"

此調不見南曲諸譜。趙景深《考略》頁 40 認爲此曲"像是(《六十種曲》本《幽閨記》)第三十五齣【普賢歌】'媒婆日脚奔忙'的前身"。李卓吾批評《幽閨記》第三十五齣《詔贅仙郎》亦有此【普賢歌】，《重訂拜月亭記》第三十八齣無此曲。

此調當出於民間歌謡，僅見於戲文。

【河傳序】

1.【仙吕調近詞】巴到西廂，把咱厮奚落，教我埋冤到今。驀地潛過墻陰，荒唐錯認定盤星，寂寞回歸何忍？怎想詩中藏機倖？全不省琴中恨，棋内心。把咱厮調引，使咱憔悴損。自迷做個無情鬼，落得甚？閻王行只得攀下您。問春花，又那曾辜負東君？

2.【前腔换頭】先世紅絲曾結定，陪了多少志誠。吃了無限顫驚，非是輕可緣分，不是容易到今。念汝相思得憐憫，休將做風中絮，水上萍。咫尺天可憑，亂軍中曾許親。當時救活你一家命，得寧静，你娘行反目不記恩。他失信，我們心下須准。

元傳奇《西廂》，《正始》頁 1116

格式：4，5，6△。6△，6△，6△。7△，6 乙△，3△。5△，5△。7，3△，7△。3，6△。 16 句

《正始》列第一曲爲正格，尾批："此調，蔣譜題作【聚八仙】，載置【仙吕宫】，誤甚。後至時譜，雖則查正，然亦乃屬【仙吕宫】，亦非也。

不知元譜於【仙吕宫】引子、過曲皆無之者，據其【仙吕調】而有【河傳】慢詞，今豈可分屬乎？况此套引子亦【仙吕調·聲聲慢】可證也。"

詞調有【河傳】，雙片，與此不同。諸宫調有【仙吕·河傳】，雙片，其上闋與詞同，與此不同。南曲有此調，然《舊譜》卷一以第一曲題【聚八仙】，又以"全不省"以下作【么篇】，與此題署不同。《沈譜》卷一即以此爲【仙吕過曲·河傳序】例曲，題注："與詩餘全不同。"題署："《南西廂》，古曲，非李日華。"眉批："用韻甚雜，但以其詞甚古，姑取之耳。《舊譜》名曰【聚八仙】，又分爲二曲，皆非也。今查正。"《新譜》卷一承之，尾批："其【换頭】首句，用'平仄平平平仄仄'七字，餘與'教我'以下句法同。"與此全合。《寒山堂譜》卷一、《定律》卷四引此兩曲爲例曲，始見集曲之説。《寒山堂譜》題注："又名【聚八仙】。"第一曲尾批："第一句該用韻。今有將'巴到'至'到今'爲【天仙子】，'驀地'至'盤星'爲【月裏嫦娥】，'寂寞'至'機倖'爲【傳言玉女】，'全不省'三句爲【長壽仙】，'把咱'至'落得其'爲【安樂神】，'閻王'三句爲【水仙子】，末句爲【歸仙洞】，以足【聚八仙】之名。細查殊未妥，不如作爲正調之爲當也。"是。《定律》第一曲尾批：舊譜以此爲八曲所合之集曲①，"雖亦有理，然譚譜以分注未協，故不録入犯調。沈譜亦以爲非是。况洪昉思所作《長生殿》内【霓裳六序】之'難描狀'以下三句，正此【河傳序】也，字句板式，毫無差異。即少雅亦不收於犯調，可見宜爲正調明矣"。《簡譜》卷六引此二曲爲例曲，尾批："此爲單用曲。蔣惟忠譜分……八曲，題曰【聚八仙】。不知《古西厢》既有此【河傳序】之名，何必又多事分合哉？且上下兩疊皆同，惟【换頭】首句叶韻耳。"是。然《舊譜》雖誤名【聚八仙】，僅分始調與【么篇】，後人因"八仙"之名而作集曲予以落實，又覺未妥，皆歸咎蔣孝，豈不冤哉。

此調當出於詞調，入諸宫調，戲文轉换承之；入於南曲，初訂爲集曲，易名【聚八仙】，后復改回正調，然已變换宫調入【仙吕過曲】。

---

① 《定律》卷四【河傳序】第一曲尾批："此曲乃序也，而蔣惟忠又分犯【天仙子】【月裏嫦娥】【傳言玉女】【長壽仙】【洞仙歌】【安樂神】【水仙子】【歸仙洞】之八曲，題曰【聚八仙】。"較之，上引《寒山堂譜》尾批僅列七曲，缺漏【洞仙歌】一曲。

【杵歌】

1.【中吕調近詞】綉篋兒，綉牡丹，是奴親針綫。平日珍藏，十分愛憐。逢君後，更無物，表奴心堅。中間有一百個太平錢，一齊都贈賢。

元傳奇《朱文》，《正始》頁 1146

2.【中吕調近詞】待和伊，把鐵毬兒，漾在江心裏。今日相逢，團圓到底。你心知，我心知，兩情和美。向船頭鋪下舊蓑衣，權做鴛鴦被兒。

元傳奇《柳耆卿》，《正始》頁 1147

格式：3，3△，5△。4，4△。3，3，4△。7△，5△。　　10 句

《正始》列第一曲爲正格，題注解釋題目由來："唐譜曰：康河勞口誦，上聞，命入格。諸臣以爲非古格，交章愈奏，遭貶，維摄死不綴救。兹不應入格，二刻增者初違。"列第二曲爲第二格，題注："末句變六字。"但查唐大曲、唐教坊曲、《全唐五代詞》，未見此名。

南曲有【中吕過曲・杵歌】，《沈譜》卷十、《新譜》卷九、《寒山曲譜》、《定律》卷六、《大成》卷十引第一曲爲例曲。《大成》題【中吕過曲】，署《太平錢》。《簡譜》卷六承之，尾批："此調，諸譜止録此曲，無他作可證，作者依此可也。"與此小異：首兩句合作六乙一句，第七、八兩句合作七乙一句，餘與此同。

此調當出於戲文，南曲承之，略有變化，極少使用。

【芙蓉花】

【南吕調近詞】追思母性毒，設計坑人命。天網恢恢，報應明如鏡。累累進忠言，勸諫全不聽。只恐害了你親兒，臨渴難掘井。

元傳奇《王祥》，《正始》頁 1174

格式：5，5△。4，5△。5，5△。4，5△。　　8 句

《正始》題注："此調與【擊梧桐】，止争末一句之有無。"

北曲有【正宫·芙蓉花】,與此小異:僅首兩句均作六乙句,第五句作四字,餘同。《定律》卷十引此爲例曲,然入【商調過曲】。《舊譜》《沈譜》《新譜》等均未録。戲文另有【商調過曲·金梧桐】,《正始》頁714題注:"即【南吕調·擊梧桐】。"較此僅末增七字一句,餘均同,但为兩曲,不應相混。

戲文與北曲當出同源,分途發展,其源流待考;南曲承於戲文,但極少使用。

【牧陽關】

【南吕調近詞】初相見如魚似水,止三日共成姻契。只因這黄榜招賢,賢良到彼,便相别往長安試。遠涉三千里,一去無消息,到如今不見歸。　　元傳奇《劉文龍》,《正始》頁1180

格式:7 乙$_{\triangle}$,7 乙$_{\triangle}$。7 乙,4$_{\triangle}$,7 乙$_{\triangle}$。5$_{\triangle}$,5$_{\triangle}$,6 乙$_{\triangle}$。　8句

諸宫調有【中吕調·牧羊關】,其上闋與此僅第三句作四字句,第五、第八两句作五字句,餘同。北曲有【南吕宫·牧羊關】,僅首句攤破作五字兩句,餘與諸宫調同。《定律》卷八、《大成》卷十八均以此爲例曲。《定律》入【南吕過曲】。《大成》入【大石調過曲】,且改名【牧羊關】;署"散曲",誤。然《舊譜》《沈譜》《新譜》等均不載此曲。

此曲當源出諸宫調,分途入北曲與戲文,轉换宫調,略有變化,戲文且更易其名;南曲承於戲文,用者甚少,終復歸本名。

【金鳳釵】

1.【羽調近詞】和風扇,柳蕩煙,似我愁眉常斂。梨花帶雨盈盈,他也學人淚臉。愁嫌,翩翩粉蝶穿綉簾,呢喃燕子語畫檐,使離人愁轉添。守香閨綉針懶捻,尋芳倦將花草沾。悶冗愁兼,盡伊人拘檢。(合)你那裏争知,因他瘦得懨懨?

2.【前腔】熏風起,暑氣加,水閣齊鋪湘簟。階前噴火葵榴,真個

紅顔似染。炎炎,日長困人離緒兼,愁腸怕人閑語咕,鎮日無言口似鉗。看鮫綃與伊淚淹,山遥水遠魚雁潛。皺損眉尖,漫教人思念。(合前)

3.【前腔】金風動,送晚凉,又見庭梧葉颭。飄飄桂子芬芳,時送清香冉冉。寒蟾,秋光皎潔開寶奩,銀河耿耿横素蟾,照離人愁思懨。促織兒叫得恁忺,叮噹響鐵馬畫檐。鬭合心嫌,有誰人憐念?(合前)

4.【前腔】朔風動,黯凍雲,冷逼寒燈無焰。孤眠怕整鮫綃,任他銷金帳掩。寒嚴,鵝毛亂舞飛絮撏,羊羔縱美不喜添,痛可人如刃簽。把冤家自題自咕,他共誰情正粘。信息難傳,忍將人抛閃。(合前)

元傳奇《芙蓉仙》,《正始》頁 1258

5.【羽調近詞】漸覺雨過池塘,荷花噴香。羞睹戲水鴛鴦,在波心交頸自成雙,睹物思人也斷腸。(合)珠淚兒鎮垂兩行,花箋更不來半張。鐵打心腸,王魁模樣。坐裏行裏,多多少少恓惶。

6.【前腔】恓惶恓惶,梧葉兒滿街傍。南樓上聲嘹亮,雁過瀟湘。薄情音信渺茫茫,一夜夢魂回故鄉,覺來時也斷腸。(合前)

7.【前腔】早梅芳,雪絮狂,凛冽寒江上。紅爐共誰宴賞,羊羔共誰舉觴?銷金鴛帳,珊瑚枕上,空閑一半象牙床。琵琶撥盡到黄昏,總有知音也斷腸。(合前)　元傳奇《梅竹姻緣》,《正始》頁 1262

8.【羽調過曲】春來到,景最奇,堪賞名園明媚。千紅萬紫枝頭,一似錦綉堆積。堪題,遊蜂戲蝶顧戀枝,黄鶯紫燕争鬭飛,賞花人一似蟻。睹才郎遇着豔質,亭臺上笑聲遊戲。(合)歎取人生,光陰能幾?莫把青春虚度(原作"受"),負良辰美時。

元傳奇《王子高》,《正始》頁 367

格式:3,3△,6△。6,6△。2△,7△,7△,6 乙△。7 乙△,7 乙△。4△,4△。4,6△。　15 句

《正始》列第一曲爲正格,題注:"又名【錦添花】。"又注:"又曰《章臺柳》,元傳奇。"頁 1326【高平調過曲·五樣錦】尾批引此第十一句,頁 1327 又引此第四、五句。列第二曲爲第二格,題注:"第九句變七字。"列第三曲爲第三格,題注:"第十一句句節不同。"列第四曲爲第

四格，題注："第十一句減爲六字。"頁142【正宫過曲·朱奴插芙蓉】尾批引此第十句。列第五曲爲第七格，題注："第二曲。"前有尾批："下調《梅竹姻緣》套，亦共四闋，然其第一曲亦與上格《芙蓉仙》始調同體，今不録。但其下三曲之章句，絶不似【金鳳釵】體律，然可不必收，因此類元詞多有，不止於此一套。不閲不知，余疑爲犯調。今姑備於此，俟查。"頁366【仙吕過曲·四時花】尾批録此第七句以下五句。列第六曲爲第八格，題注："比上更異。"列第七曲爲第九格，題注："此格除却首二句（原作"字"）、第四五句，餘亦大不同。"然錢南揚《宋元戲文輯佚》頁161録《梅竹姻緣》【羽調近詞·金鳳釵】四曲，以《正始》頁366【仙吕過曲·四時花】尾批所引明傳奇《（梅）竹姻緣》之"蘭房，懨懨倦起春晝長。呢喃燕子語畫梁，不由人不斷腸"爲始調，以此後三曲續之，注曰："曲牌原題【錦添花】。按：即是【金鳳釵】之别名。此四曲原分述春、夏、秋、冬四季，此曲中有'春晝長'語；次曲《正始》又明注'第二曲'，則此曲必爲第一曲'春'無疑。"《全元戲曲》卷十二頁495尾注亦引錢注，認爲："此曲必爲第一曲'春'無疑。"是。然因下三曲較前大不同，《正始》對此持審慎態度，亦是。

《正始》列第八曲爲【錦添花】正格，入【羽調過曲】，題注："此四曲總題，即全套【四時花】，又名【金鳳釵】。比同《梅竹姻緣》格十句，與末句不同。"與此僅第九句作六乙，末句作五乙，餘同。【高平調過曲·五様錦】所引第一曲三句，均題【錦添花】。《正始》頁365【仙吕過曲·四時花】録【錦添花】【間花袍】【一盆花】【惜黄花】【情未斷煞】五曲，構成聯綴固定的一組集曲套曲。尾批："此調用四時花名合成一調，故總題曰【四時花】。今俗名【四季花】，亦可。但其束處重複一段【錦添花】，此非撰人失體，蓋因元人先有全調【四時花】套，亦即此四調，亦於每調後復用【錦添花】一段爲束尾。……元譜所收元傳奇《王子高》一全套，置屬於十三調之【羽調】内。此蓋爲始調【錦添花】也。但余今欲藉此套爲本曲引證，故收借附此【仙吕宫】内，非不知移調亂宫耳。"頁1264復收元傳奇《王子高》【羽調近詞·四時花】之牌名，題注："此調移附於【仙吕宫·四時花】下，借爲引證，今此不復載。"

《全宋詞》有【金鳳鈎】三首，與此不同。南曲有【羽調近詞·金鳳釵】,《沈譜》卷三以第一曲爲例曲,題署:"《章臺柳》,舊傳奇。"題注:"舊注云:'即【四時花】。'今查不同,故將兩調並列。"眉批:"此調似【四時花】,又似【勝如花】。"《新譜》卷三承之。《定律》卷十二引此首兩曲、《簡譜》卷十引第一曲爲例曲,均署《綀囊》。

此曲與詞調【金鳳鈎】不同,當出於戲文;【錦添花】與【金鳳釵】同式,僅於【四時花】套曲中用之;南曲承之,用【金鳳釵】之名,【錦添花】則多於集曲中用之。

【拗芝麻】

【道宫調近詞】他心似我心,合眼甘心受。臉似花,眉如柳,落在他人手。燒香願神魂,今夜三更後。夢到他處,説個不唧噌。

元傳奇《張文舉》,《正始》頁 1283

格式:5,5$_\triangle$。3,3$_\triangle$,5$_\triangle$。5,5$_\triangle$。4,5$_\triangle$。 9 句

《正始》列此爲第三格,題注:"第八句减为四字。"正格此句作七字句,餘均同。

南曲有此調,《舊譜》卷一入【仙吕過曲】,引《江流》"崎嶇去路賒"並【么篇】二曲爲例曲,與此不同。《沈譜》卷一承之,然併爲一曲,眉批:"此曲用韻甚雜。……此曲《舊譜》亦分爲二曲,今查併。若將'偶睹'(《舊譜》【么篇】首二句)二字作一句,將'前村水繞'屬下句,亦可。"又附録"不知宫調及犯各調者"亦有此調,題注:"【仙吕】曲有此調,此又不同,疑亦誤。"引散曲"只見黄花開滿徑"爲例曲,與此末四句作"4,5$_\triangle$。7$_\triangle$,7$_\triangle$",餘同。《新譜》卷一則删去【仙吕過曲】一調,【河傳序】眉批:"原有【拗芝麻】一曲,調長韻雜,且板腔(不)載,(待)查,從馮删。"卷十一以《沈譜》"不知宫調"之例曲入【道宫調近詞】,眉批:"此曲與徐稿句調皆同。原在十三調【道宫近詞】中,因改入。"可見沈自晉是見過徐氏《正始》稿本的,並聽從了馮夢龍的意見。《定律》卷三入【道宫過曲】,引《扶龍位》"只聽得鶯啼萬歲聲"爲正格,與此末四句作"5 乙,5$_\triangle$。7$_\triangle$,7$_\triangle$",餘同。尾批:"此曲《舊譜》有名【鵝鴨

滿渡船】者，今準此。”其【鵝鴨滿渡船】尾批：“今之通行者，人皆知爲【鵝鴨滿渡船】一套，故以此曲爲【鵝鴨滿渡船】，其次【赤馬兒】，又次【雙赤子】，末爲【拗芝麻】，庶知者簡易，用者不煩。”此以套定曲，簡易明晰。

此曲出於戲文，入【道宫調】，傳於南曲；另有【仙吕宫】一調，“詞長韻雜”，已爲馮氏、沈氏所刪，後遂失傳。

九　筆

【風馬兒】

1. 父母俱亡許多時，知它受幾多災危！獨自一身依古廟，花朝月夜，多是淚偷垂。　《張協狀元》6

2. 聞得提攜寸心喜，來廳下聽臺旨。娘行離脱風塵去，從今且免得，人折柳梢枝。　《小孫屠》6

3. 【商調引子】傾國花容貌嬌美，家豪富世間稀。郎才女貌非凡比，宿緣結會，盡今生效于飛。　元傳奇《殺狗記》，《正始》頁 702

4. 【商調引子】昨夜更深倚畫樓，雙星會渡河橋。誰家乞巧癡兒女，波波俏俏(原作"悄悄")，月明中直恁妖嬈。

元傳奇《羅惜惜》，《正始》頁 703

5. 【商調引子】獨守芸窗已有年，日忘餐夜廢眠。功名事付蒼天。向寒燈相伴捻針綫，空房寂寞，衾冷夜如年。

元傳奇《呂蒙正》，《正始》頁 704

6. 【商調引子】風急花飛春暮天，閑步畫堂前。送行人特地辦芳筵，莫教他又成怨。　元傳奇《孟月梅》，《正始》頁 704

格式：$7_{\triangle}$，6 乙$_{\triangle}$。7，4，$5_{\triangle}$。　5 句

第二曲與此同。《正始》列第三曲爲正格，與此僅末句增一字作六乙，餘同。題注："此即【羽調・燕歸梁】，然一調二名也。但與九宫【正宫・燕歸梁】不同，又與十三調【越調・風馬兒】不同。"列第四曲爲第四格，題注："第二句，《殺狗記》體；末句亦七字，句節不同。"實爲七乙句式。列第五曲爲第五格，題注："第二句下增六字二截一句，末

句減爲五字。”列第六曲爲第六格，題注：“第二句變爲五字，又減去第四四字一句。”

南曲有【商調引子·風馬兒】。《舊譜》引第三曲爲例曲。《沈譜》卷十七、《新譜》卷十八、《簡譜》卷九引此第五曲，署《綵樓記》，與此無第二句，句字亦有所變化。《沈譜》題注：“《十三調譜》又收入【越調】內。”則又可犯【越調】，此正《正始》所考辨者。《定律》卷十、《大成》卷二十三均引第五曲爲例曲，題【越調引子】，與此減第二句，句字有所變化。《定律》入【又一體】，末增一字作六乙句。

此調出於戲文，較多變化；南曲承之，多引第五曲爲例曲，實以變爲正，又入【越調】。

【胡搗練】

1. 張協有些子，盤費錢，怕一路欲支遣。家又遠，望周全，望周全！

2. 莫將去，念身上寒，況兼又無旅店。時運蹇，望君今，善眼相看！

3. 金珠有些子，做盤纏，返西川。若要平分，把一半與，望周全！

《張協狀元》9

4. 【雙調引子】嗟薄命，歎年艱。含羞和淚向人前，只恐公婆懸望眼。　　元傳奇《蔡伯喈》，《正始》頁 860

格式 1：3，3$_{\triangle}$，6 乙$_{\triangle}$。3$_{\triangle}$，3，3$_{\triangle}$。　　6 句

2：3，3$_{\triangle}$。7$_{\triangle}$，7$_{\triangle}$。　　4 句

前三曲用式 1，第四曲用式 2。

式 1 首句可增字作五字句，如第一、三兩曲；第三句可減字作三字句，如第三曲；後三句均可增一字作四字句，如第二、三兩曲。雖有變化，基本格式如此。

《正始》列第四曲爲【雙調引子】正格，是爲式 2。題注：“比上【搗練子】少末一句。此調時譜作【搗練子】，誤。”

詞調有【胡搗練】,與式 1 略異:首兩句合作七字一句,第四、五兩句併作六字一句,末句作五字句,餘同。詞調另有【搗練子】,與式 2 僅第三句後增七字一句,餘同。北曲有【雙調・胡搗練】,一名【搗練子】,與詞調【搗練子】僅末兩句均作六乙句,餘同;與此兩式均不同。南曲有【雙調引子・胡搗練】,《舊譜》卷九、《沈譜》卷二十、《新譜》卷二十二均引《荊釵記》"傷風化"爲例曲,與詞調【搗練子】同,與此兩式均不同。《沈譜》題注:"【搗練子】【胡搗練】俱與【搗白練】不同。"尾批:"此曲與《琵琶》之'辭別去',俱刻作【胡搗練】,然俱與詩餘不差一字。恐兩曲總是一調,但當名曰【搗練子】。或誤刻【胡搗練】耳。"《定律》卷九、《大成》卷一之【又一體】引第四曲爲例曲,與此同。《大成》題【仙吕引子】。南曲另有【雙調引子・搗練子】,《舊譜》卷九、《沈譜》卷二十和《新譜》卷二十二之【又一體】均引第四曲爲例曲,句字小異,句格相同。《沈譜》題注:"此係詩餘,亦可唱。"尾批:"與詩餘不同,然皆可唱,但比詩餘偶少一句耳。至於'辭別去'一調,則一字不少矣。"此正《正始》所批評者。

此調源於詞調【胡搗練】,戲文式 1 攤破而承之;南、北曲同名曲調僅用其名,實上承詞調【搗練子】,與戲文並非一途;式 2 亦承於【胡搗練】,轉換之迹可尋,而較【搗練子】雖僅少末一句,但已非【搗練子】,《正始》題注所云,是;南曲入【搗練子】,非。

【紅衫兒】

1. 獨步廊西魂欲斷,自覺孤凄,奈眼前盡成怨憶。此處村僻荒蕪(原作"羌"),那人煙最稀。早晚奴獨坐獨行,□便過得①。

2.【同前换頭】才到黄昏至,虎嘯猿啼起。論娘行恁嬌媚,何不嫁個良婿?孰(原作"熟")敢癡迷?貌醜猶過一壁,奈身無寸縷。況兼親戚俱無,誰來管你?

---

① 錢南揚《校注》注:"原空一字,未敢臆補。"《全元戲曲》卷九尾注:"此處底本原空一格,未敢臆補。"

3.【同前換頭】算來張葉病，相將漸效可。雖(原缺)然恁地，歸猶(原作"尤")未得。娘子無夫葉無婦，好(原缺)共成比翼。飽學在肚裏，異日風雲際，身定到鳳凰池。一舉登科，强在廟裏。帶汝歸到吾鄉，真個好哩。①

4.【同前換頭】你好不度己！你好忒容易！這言語甚張志？還嫁汝好殢人疑，惹人非。奴似水澈底澄清，没纖毫點翳。請君目即出門，休在這裏。　　《張協狀元》14

5.【南吕過曲】你不信我教伊休説破，到此如何？算你爹心性，我豈不料過。我爲甚胡掩胡遮，只爲着這些。你直待要打破了砂鍋，是你招災攬禍。

6.【前腔換頭】不想道相揢把，這做作難禁架。我見你每每咨嗟要調和，誰知道好事多磨。起風波，把你陷在地網天羅，如何不怨我。懊恨只爲我一個，却擔閣你兩下。　　元傳奇《蔡伯喈》，《正始》頁668

7.【南吕過曲】獨步蘭房人隻影，先自孤恓。奈眼前鬬合，這般事際。報導君往墳頭，割捨去離。教我聽得這消息，心下千愁頓積。

8.【前腔第二換頭】非是忘恩義，非是分連理。事到頭來怎處置？父母怎敢推辭？兩分飛，暫往諸祖墳頭，燒香挂紙。時取重九良辰，目今便離。

9.【前腔第三換頭】去也終須去，教我怨恨你。房中静悄，孩兒正癡。寂寞孤單，那堪又遇素秋景致。敗葉紛飛，怎禁風兒淅淅。蛩哽咽，雁嘹嚦。對景觸物恓惶，如何捱得？未知君去消息，如何是得？

10.【前腔第四換頭】伊也休憂慮，伊也休思憶。拚三朝便回歸，何用苦苦傷悲？告伊知，幼小嬌養孩兒，寬心愛惜。待等重整回鞭，同諧綉幃。　　元傳奇《裴少俊》，《正始》頁670

11.【南吕過曲換頭】院宇深沉處，更闌夜静時。天知地知，伊知

---

① 《正始》頁673【南吕過曲·紅衫兒換頭】第四格引元傳奇《張協》，齊微韻："算來張協病，相將病漸可。雖然恁地，歸猶未得。娘子無夫協無婦，好共諧比翼。飽學肚裏，異日風雲際，身定到，鳳凰池。管取一舉登科，真個好哩。帶汝歸到吾鄉，須强如在廟裏。"與此句字略有變化。

我知。密約私情，今宵枕畔訴與。文君私奔相如，偷諧伉儷。到今題柱留名，誰傳醜語？　　元傳奇《薛雲卿》，《正始》頁 674

12.【南吕過曲换頭】説也説不透，描也描不就。鎮歡娱共綢繆，兩優遊。看他爲相封侯，是君子好逑。看你玉困花柔，費丹青妙手。

13.【前腔第三换頭】翰林詩千首，男兒壯志秋。誠惶頓首，山呼叩頭。玉殿金階，鳳閣龍樓。賜食賜酒，對花對柳。可以策肥馬，列鼎裀，衣輕裘。醉鞭玉勒驊騮，顯金章紫綬。向晚遊遍天街，勝文章太守。

14.【前腔第四换頭】花比人依舊，人與花俱瘦。奏歌謳，宴觥籌。情雅麗，性温柔。總無亂耳勞形，門栽五柳。幸有明月清風，湊花間四友。　　元傳奇《孟月梅》，《正始》頁 675

15.【南吕過曲第二换頭】今日因遊戲，來到名園裏。幸逢伊，誰信道，有佳期？更聽取：念勉一介寒儒，焉敢望此？怕你爹媽知時，如何使得？

16.【前腔第四换頭】卑末思量起，心下冲冲的。感恩德，謝伊家，恁憐惜，事不由己。細思之，念我萍梗之迹，將誰人靠倚？但願天地同人，效于飛比翼。　　元傳奇《李勉》，《正始》頁 676

17.【中吕調近詞】奴在房兒裏仔細聽，聽唱曲兒，遣奴家動情。莫非是奴姻眷，到此芳心怎禁？念奴非是覓燈，要同諧綉衾。

18.【前腔换頭】托在，高門感謝深，你爹媽待卑人似親。而今又蒙娘子，效□鸞儔鳳侶。怕你爹媽知時，把朱文做甚人？①

元傳奇《朱文》，《正始》頁 1137

格式 1：$7_{\triangle}$，$4_{\triangle}$，7 乙$_{\triangle}$。6，5 乙$_{\triangle}$。6，$4_{\triangle}$。　　7 句

2：6 乙$_{\triangle}$，4，$4_{\triangle}$。6，$6_{\triangle}$。6，$4_{\triangle}$。　　7 句

第一至第十六曲用式 1，屬【南吕過曲】；後兩曲用式 2，爲【中吕調近詞】。

《正始》頁 673 列第三曲爲【换頭】第四格，句字與此略有不同，題

① 《正始》眉批："'效'字下脱一字。"

注:“比《裴少俊》【第三换頭】第五、六併爲七字一句,第七句減爲四字,第九句變爲五字。”尾批:“此係《張協》【第三换頭】,其始調與第二及第四【换頭】,皆與上《裴少俊》同,故不録。”據第一曲,與《裴少俊》始調並不全同:合第三、四兩句作七字一句。如此,《正始》所見《張協》與今存本《張協狀元》,已經有所變化,但句式並并无大異。

《正始》列第五曲爲【南吕過曲】正格,與式 1 僅破第三句爲四字二句,餘同。題注:“與【中吕調·紅衫兒】不同。”頁 638【南吕過曲·三十腔】尾批引此第三、四句。列第六曲爲【前腔换頭】正格,尾批:“按【紅衫兒】始調首句七字,第二、三、四句皆四字,元詞無不然者。”此下對時譜篡改原詞、錯亂曲譜加以辨正。第七曲爲正格又一例,頁 1340【高平調過曲·十二紅】尾批引此末四句。第八曲爲【前腔第二换頭】又一例,尾批:“此二曲之章句與《蔡伯喈》無異,藉其引證時譜之誤。……但下二曲雖爲同套,然各又一體。”第九曲題注:“此與《伯喈》格大不同。時譜何至不收?”第十曲題注:“與《伯喈》格止争第三句之六字二截。……時譜何亦遺之不收?”列第十一曲爲【换頭】第五格,題注:“其始調同,不録。此比《裴少俊》【第三换頭】減第七、八四字二句,及第九、十六字二句。”實爲減去第九、第十兩句六字。列第十二曲爲【换頭】第六格,題注:“其始調同,不録。此比《裴少俊》【第四换頭】減第四六字一句。”列第十三曲爲【换頭】第七格,題注:“比《裴少俊》【第三换頭】,第六句減爲四字,十句下增三字一句。”列第十四曲爲【换頭】第八格,題注:“比《裴少俊》【第四换頭】,第五句減爲三字。”列第十五曲爲【换頭】第九格,題注:“其始調同,不録。此比《裴少俊》【第四换頭】,增三字一句於第三句上,減六字一句於第三句下。”列第十六曲爲【换頭】第十格,題注:“【第三换頭】與前《薛雲卿》同,不録。此三句上亦增三字一句,下句六字減爲四字。”

《正始》列第十七曲爲【中吕調近詞】正格,題注:“與【南吕宫·紅衫兒】不同。”此與式 1 末四句亦相近,或可視其減句格,然分屬不同宫調。

北曲有【中吕宫·紅衫兒】,與此不同。鄭騫《北曲新譜》頁 170 尾批:“例與【齊天樂】后帶用,無單用者。”南曲有【南吕過曲·紅衫兒】,《舊譜》卷四、《沈譜》卷十二、《新譜》卷十二、《寒山曲譜》、《大成》卷五十、《簡譜》卷七均引第五、六兩曲爲例曲。《寒山曲譜》尾批:“‘性’字當用韻,‘磨’字可用仄韻,‘我’字用平韻。今人皆作七字句起,《沈譜》分四字起,不知何本,今從俗。‘信我’一字暗韻。”《簡譜》尾批:“此調參差不一,頗難訂正。即此《琵琶》二曲,亦前後不相合,實在第三句,有五字、六字之别而已。余尋繹累日,因得盡通癥結。”遂匯訂諸曲,與此併省句式、調整正襯。《定律》卷八引第五曲爲正格,入【南吕過曲】,尾批:“此曲若依字句板式,竟無二體,惟多襯字耳。此曲與【中吕】之【紅衫兒】不同。”《沈譜》《新譜》又引第七曲,《大成》引第七、第八兩曲爲【又一體】,然句字、正襯與此均有所不同。《沈譜》第七曲眉批:“第一、第二句與《琵琶》一曲大不同,然細查舊曲,如《張葉傳奇》及《尋親記》等曲,俱與此第一曲相似。恐《琵琶記》反是襲人傳改之訛耳。”尾批:“【换頭】與《琵琶記》【换頭】相似,故不録。”《定律》卷六、《大成》卷五十引末二曲爲例曲。《定律》入【中吕過曲】。《大成》爲【又一體】,仍歸【南吕過曲】,然句字與此有所變化;署“散曲”,誤。

戲文此調與北曲同名,然宫調、字句並不相同;戲文二式,實頗相近;南曲承式 1,删繁就簡,漸趨規範;式 2 於南曲諸譜則已少見,且有歧義,可知極少使用。

【後袞】

妾身年少裏,父母俱傾棄,在神廟六七年長獨睡。論雲説雨,怎曉得,這言語?偶遇它張葉,要爲夫婿。神還靈異,賜照杯許妾同連理。若不是,匆匆分散無終始。不知如何?但默默,意如癡。更滿斟一盞,獻神緑蟻。

《張協狀元》16

格式:5$_{\triangle}$,5$_{\triangle}$,3、6 乙$_{\triangle}$。4$_{\triangle}$,3,3$_{\triangle}$。5 乙,4$_{\triangle}$。4$_{\triangle}$,3、5$_{\triangle}$。3$_{\triangle}$,7$_{\triangle}$。4,3,3$_{\triangle}$。5 乙,4$_{\triangle}$。　17 句

董穎《西子詞》十遍,【入破】七曲:入破第一、第二虚催、第三袞

遍、第四催拍、第五衮、第六歇拍、第七煞衮；史浩《壽鄉詞》八遍，【入破】六曲：入破、衮遍、實催、衮遍、歇拍、煞衮；曹勳《法曲道情》十一遍，【入破】五曲：入破第一、入破第二、入破第三、入破第四、第五煞；均無【後衮】。王灼《碧雞漫志》卷三載王平《霓裳羽衣譜》十一遍，【入破】七曲：入破、虛催、衮、實催、衮、歇拍、殺衮，亦無【後衮】。合以上四套大曲觀之，正如劉永濟《宋代歌舞劇曲録要·總論》所云：宋代大曲"【入破】以後，名【衮】的遍有三，張炎《詞源》卷下《論拍眼》云：'【前衮】【中衮】，六字一拍，要停聲待拍，取氣輕巧，【煞衮】則三字一拍，蓋其曲將終，至曲尾數句，使聲字悠揚，有不忍絶響之意，似餘音繞梁爲佳。'"據此在已知宋大曲中，僅有【前衮】【中衮】【煞衮】，而無【後衮】【終衮】二曲。但胡忌師《【菊花新】曲破發現及其意義》一文認爲：【後衮】與南宋中期葛長庚《海瓊集詞》集【菊花新】第七首句格幾乎完全相同，當是"實催全篇"尾聲中之【三煞】無疑[①]。此論甚是。若聯繫劉永濟所論，則此【後衮】與【中衮】相當。

此調當出於宋大曲，然在今存唐宋大曲及後之南曲中，未見此名；就其在大曲中的性質而論，戲文承之，《張協》名【後衮】，《琵琶記》《董秀英》《賽金蓮》及後世南曲則名【衮第三】；然與此俱似僅截取後半段攤破用之，句格也有較大變化，故仍分屬兩曲。

【思園春】

1. 你要休時我未休，早來吾殿下吃猪頭。靈杯不許後，教我怎生留？漾人葫蘆水上遊，葫蘆兒沉後我共伊休。　　　《張協狀元》16

2. 【中吕引子】久阻尊顔想念勤，此逢將謂是夢和魂。我是那不因親者女，今日個强來親。子母夫妻若散雲，無心中完聚怎由人？

元傳奇《拜月亭》，《正始》頁 386

---

① 胡忌《【菊花新】曲破之發現及其意義》，《菊花新曲破——胡忌學術論文集》，中華書局，2008 年，第 16—26 頁。

格式:$7_{\triangle}$,$7_{\triangle}$。$5_{\triangle}$,$5_{\triangle}$。$7_{\triangle}$,$7_{\triangle}$。　6句

《正始》列第二曲爲正格,与此同。題注:“按此調亦似【沁園春】句法,止以末二句顛在腹中,遂易其名,實不敢信。況【思園春】本調他處絶少無據。”考《正始》頁385【四園春】尾批:“按此調之章規句律,直與【中吕調・沁園春】無二。不識元譜,何以題作【四園春】,置屬【中吕宫】? 致蔣、沈二譜亦皆然。之後至丘瓊山先生之《五倫全備》,此調亦承其名,且又减去第四句,益非也。”則【沁園春】與【中吕調慢詞・四園春】“一調二名”,而此調雖與【沁園春】僅第三、四兩句與末兩句序次互易,實無關涉。

《定律》卷六、《大成》卷九均以第二曲爲例曲,與此僅句字略有出入。

此調出於戲文,南曲承之,然較少使用。

【紅綉鞋】

1. 小二在何處説話? 在卓下。婆婆討卓來看,甚希詫(原作“姹”)! 告我娘那卓子,人借去了做功果,道潔净使着它。

《張協狀元》16

2. 狀元與婆婆施禮。不易。婆婆忘了你容儀。誰氏? 李大公那婆婆,隨娘子去,棄了兒女。施粉朱,來到此處,如何認不得?

《張協狀元》53

3. 謝得東君留意,特來買醉霞卮。賞芳菲惜花意,不妨做錦屏闈(原作“圍”),莫令人亂攀折。

4.【同前】幸得花前(此字原奪)相會,好似崔(原作“夜”)生覓水。怕别後憶年時,桃花面兩東西,甚時節再相會。　《小孫屠》3

5. 拷的我魂飛魄散,打的我肉爛皮穿。告你個有鑒察司曹望周(原作“週”)全,你是一紙教天赦飛下九重天,殺人罪您怎的免?

《小孫屠》11

6.【中吕過曲】……咫尺是汴梁郡。①

元傳奇《拜月亭》,《正始》頁 392

7.【中吕過曲】兄嫂用計施謀,休憂。孩兒拼命則休,何愁。你丈夫在并州,將兒去與爹收,免教禍臨頭,免教禍臨頭。

元傳奇《劉智遠》,《正始》頁 393

8.【中吕過曲】宋玉爲甚相知,相知?問他因甚傷悲,傷悲?可笑他全不解秋意,雖然是暮秋時,菊殘猶有傲霜枝。

元傳奇《羅惜惜》,《正始》頁 393

9.【中吕過曲】……一齊共樂同歡宴。②

元傳奇《瓊花女》,《正始》頁 393

10.【中吕過曲】猛拚沉醉東風,東風。倩人扶上玉驄,玉驄。歸去路望畫橋東,花影亂日曈朧,沸聲歌影裏紗籠,紗籠。

元傳奇《蔡伯喈》,《正始》頁 393

格式:$6_{\triangle}$,$2_{\triangle}$。$6_{\triangle}$,$2_{\triangle}$。6 乙$_{\triangle}$,6 乙$_{\triangle}$,6 乙$_{\triangle}$。　7 句

第三、第四兩曲,錢南揚《校注》:"本曲'留意''霞卮'二疊句原奪去,今補。下曲'相會''覓水'同。"考《小孫屠》存此調三曲,均無第二、第四之二字句;校之《張協狀元》和《劉智遠》,亦非疊句,而《拜月亭》《羅惜惜》《蔡伯喈》等用疊句,可見此二字句實可疊可不疊。故作出說明,不補疊句,姑存原貌。又注云:"'惜花意'下原有'和'字,衍,删。""'再相會'下原有'和同前'三字,衍,删。"第四曲末之"和同前"顯然錯誤,删之是,則第三曲之"和"便無着落,亦可删,故從錢注。

《正始》引《苏武》"寿炉宝篆香消"爲正格,與此同格。題注:"此調與【南吕宫・金錢花】别在第五句六字七字。"尾批:"此末句平煞,

① 《六十種曲》本《幽閨記》第二十六齣《皇華悲遇》存録此曲,其辭云:"畫船已在河濱,河濱。不勞馬足車輪,車輪。離孟津望前進,風力順水力緊,咫尺是汴梁城。"《重訂拜月亭記》、《風月錦囊・全家錦囊》卷五《拜月亭》未録此曲。

② 《沈譜》卷八【紅綉鞋】第三格存録此曲,其辭云:"畫堂羅列華筵,華筵。蓬萊閬苑仙眷,仙眷。鳳棲竹鹿銜花,松架鶴滿亭軒,一齊共樂同歡宴,一齊共樂同歡宴。"尾批:"'竹'字、'鶴'字不用韻,可也;'花'字不用韻,非也。"

元傳奇《拜月亭》仄煞云云。"所引即第六曲。列第七曲爲第二格，題注："第二、第四疊句不疊文，束處疊用五字二句。"列第八曲爲第三格，題注："末句併爲七字一句。"又頁 1342【高平調過曲・十二紅】尾批引此末三句。尾批："此末句平煞，元傳奇《瓊花女》仄煞云云。"所引即第九曲。列第十曲爲第四格，題注："此末句更不同，僅此。"

北曲有【中吕・紅綉鞋】，六句，與此不同，然相承之迹可尋。邯鄲市博物館收藏金元瓷枕有此調一首："韓信十大功勞，諸葛(原作"朱閣")亮位至(原作"治")三臺，百年都向土中埋。邵平瓜盈畝種，淵明菊夾籬開，聞安樂歸去來。"①與北曲格律有所變化，特别是末三句，元北曲多用五字作鼎足對，此則以六乙三句作鼎足對。較《小孫屠》第三、第四兩曲第二句增一字作七字句，後增七字一句，餘同。南曲有【中吕過曲・紅綉鞋】，《舊譜》引《子母冤家》"聽一派鳳管鸞簫"爲例曲，前二句作七乙句，后三句作六乙句，末一句疊用上句末四字。与此不同。《沈譜》卷八引第十曲爲正格，句字略有變化，眉批："末句依古本。今人皆改作'沸笙歌引紗籠'，相沿已久，不知此調矣。"其實戲文正作六乙句，亦可作七字句。次引第八曲爲【又一體】，眉批："末句比前曲不同。"然署《同庚會》，誤。又引第九曲爲【又一體】，眉批："□□(收結?)又不同。"《新譜》卷八承之，然以第七曲易换《沈譜》的第三例曲，題注："馮補。"眉批："'休憂''何愁'，不用疊字句法。《荆釵》亦然。"又引第九曲另作集曲【綉鞋令】：以前五句爲【紅綉鞋】，後三句入【六幺令】。題注："新查改，犯【仙吕入雙調】。"眉批："原作【紅綉鞋】又一體，今從馮稿改"，可知都是聽從了馮夢龍《墨憨齋譜》的意見。但這個意見僅見於《新譜》，此後《正始》、《定律》卷六、《大成》卷十等引此仍俱作【紅綉鞋】隻曲，不作集曲。《寒山曲譜》以第八曲爲正格，失署，可補。以第十曲爲【又一體】。《定律》以第十曲爲例曲，較此省末句二字。尾批："此曲與【金錢花】句板俱同，惟第五句【金錢花】用七字句，【紅綉鞋】用六字句，只此少有分别。"以第七曲爲【又一體】，尾批："此曲非【又一體】，惟以首句二字之應重二字俱换實字。"

---

① 楊棟《冀南出土磁窑器物上的金元詞曲》，《文藝研究》2004 年第 1 期。

以第九曲爲【又一體】，尾批："此曲即重末句者。"《大成》引録第七曲爲【又一體】，尾批："末句不作疊亦可。"《簡譜》卷六引第十曲爲例曲，尾批："此是正格。通體皆用疊板唱。末句又有六字折腰者，……然不多見。有六字折腰句後再用七字疊句者，……亦不多見。"是則以變爲正矣。趙景深《考略》頁29著録第七曲，今《六十種曲》本、成化本《白兔記》均未收。

此調當出民間歌謡，從《張協狀元》到《小孫屠》，有所變化；南曲承之，第二、四兩句例用二字句，逐漸整飭，多用疊文，又以變爲正。

【風入松】

1. 東風習習破宫桃，殘雪才消。柳芽窣地拖金色（此字失韻），念（原作"余"）深沉庭院蕭條。迤逦燒燈過後，園林一景如描。

《張協狀元》17

2. 記前日席上泛緑蟻，做夫妻永同連理。誰知每日貪歡會，醺醺地不思量歸計。你那裏誰人共美？教奴自守孤幃。

3. 我一心指望你攻書，要改换門閭。如今把奴成抛棄，朝朝望朝朝不至。好教人鴛衾裏冷落，須閑了我一個枕頭兒。

4. 細思量叫我淚雙垂，使奴虚度良時。綉房懶入捻針指，終朝裏没情没緒。枕屏邊聲聲叫你，情脈脈轉無語。

5. 看劉伶酒自半醒時，不似你沉醉如泥。當初李白曾題記，它得遇唐朝皇帝。枉教人千般告你，别尋個解條底。　《小孫屠》9

6. 【雙調引子】青霄萬里未鵬摶，淹我儒冠。布袍雖擬藍袍换，榮枯事皆由天斷。且自盡心奉母，何須着意求官。

元傳奇《王十朋》，《正始》頁874

7. 【仙吕入雙調過曲】你不須提起蔡伯喈，説他每哏歹。他中狀元做官六七載，撇父母抛妻不采。兀的這磚頭土堆，是他雙親的在此中埋。　元傳奇《蔡伯喈》，《正始》頁1032

8. 【仙吕入雙調過曲】今日花下遇檀郎，正年紀相當。兩情志誠設盟誓，今生裏都不相忘。只就葵花影裏，芳心點破春光。

元傳奇《賽東墻》，《正始》頁 1033

9.【仙吕入雙調過曲】……雙雙共效于飛。

元傳奇《柳耆卿》，《正始》頁 1033

10.【仙吕入雙調過曲】……何時得再團圓？①

元傳奇《張翠蓮》，《正始》頁 1033

格式 1：$7_{\triangle}$，$4_{\triangle}$。$7_{\triangle}$，7 乙$_{\triangle}$。6，$6_{\triangle}$。　6 句

2：$7_{\triangle}$，5 乙$_{\triangle}$。$7_{\triangle}$，7 乙$_{\triangle}$。7 乙，$6_{\triangle}$。　6 句

第一曲、第六曲用式 1，爲【雙調引子】；餘用式 2，爲【仙吕入雙調過曲】。兩式僅第二句、第五句略有不同。依句式變化通例，兩式亦可合併，然宫調、功能不同，仍依舊題。

《正始》列第六曲爲【雙調引子】正格，與式 1 同。

《正始》列第七曲爲【仙吕入雙調過曲】正格，與式 2 僅末句作六乙句。列第八曲爲第二格，題注："第五句減爲六字，末句節讀不同。"末句作六字句，與第二曲同。尾批："此末句句法，不特必真詩餘，且效北體。周德清曰：末句必要平平仄仄平平，正此謂也。今《蔡伯喈》體盛行，致此格竟爲泯滅。豈知元傳奇《柳耆卿》此調云云，又元傳奇《張翠蓮》云云，皆此體也。"因其以六乙句爲末句之格，故作强調，而據《小孫屠》，兩格實可共存。

詞調有【風入松】，雙片，其上闋與式 1 同。北曲有【雙調・風入松】，以第二句五字者爲正格，亦可作四字或六字，餘與此同。南曲有

---

① 《詞林摘豔》卷一《南小令》存録此曲，列元趙天錫【風入松】《憶舊》第四曲，其辭曰："憶劉郎當時到仙苑，使自家心緒懸懸。眼兒裏見了心兒裏戀，口兒裏不敢胡言。朝夕裏只得告天，何時得再團圓？"《全元戲曲》卷十二頁 507 尾注："此曲《正始》僅引末句，今從《詞林摘豔》（卷一）、《雍熙樂府》（卷二十）查得全曲，補之。選本所録原有四支，《詞林摘豔》總題'憶舊，元趙天錫小令'。案前二曲或爲趙作，第三曲'記前日席上'，實爲《董秀英》曲。而此曲又與前三曲用韻不同，必係從戲文擷取無疑。"黄仕忠《拾遺》亦認爲："《詞林摘豔》卷一所録南曲小令多有從戲文内擷録者。"此即一例。是。其第三曲出於《東墻記》，見附録二【風入松】。

【雙調引子】,《舊譜》卷九題【風入松】,《沈譜》卷二十【風入松慢】,俱引《卧冰記》“深沉庭院度年華”爲例曲,與式 1 同。《沈譜》題注:“與詩餘同。”尾批:“今人不知此調爲引子,故於《香囊》《浣紗》各引子,皆以‘不須提起蔡伯喈’音調唱之,謬甚矣。及至《還帶》《寶劍》,生冲場引子,亦【風入松】矣,何獨以引子唱之耶? 非知其爲引子也。”又引宋人張于湖【風入松】詞“東風巷陌暮寒驕”爲例曲,題注:“此係詩餘,亦可唱。”《新譜》卷二十二改引《墜釵記》“博陵族望着中原”爲例曲,眉批:“此先詞隱筆也,特録之。與原本《卧冰記》調同。”南曲有【仙吕入雙調過曲】,《舊譜》卷十題【風入松】,引《東墻記》“記前日席上泛流霞”爲例曲,與式 2 同。《沈譜》卷二十引第七曲及【前腔】、俗稱【急三槍】者等爲例曲,題注:“《舊譜》又收【風入松慢】,即此曲全套也。”《新譜》卷二十二、卷二十三同。

此調出於詞調,分兩途入戲文和北曲;戲文式 1 直承於詞,式 2 則變化承之;南曲兩調均承於戲文,然有混淆,《沈譜》已作辨正。

【亭前柳】

1. 張葉自到京都,及第也没音書。何(原作“阿”)須得問神道,已成虚。告神奴今只得去,(合)近日來,怕迤邐見人疏。

2. 【同前】它還是把奴辜,實是記不得苦。到京裏果不管,下死工夫。下梢頭有團圓日,(合)既爲官,怕迤邐向人疏。

3. 【同前】神道念它孤,平昔未慣出路。今日裏辭廟去,望相扶。見它莫十分出言語,(合)怒伊時,怕迤邐見人疏。[①]　　《張協狀元》33

格式:$6_{\triangle}$,$6_{\triangle}$。6 乙,$3_{\triangle}$。$7_{\triangle}$,3,6 乙$_{\triangle}$。　　7 句

首句可偶作五字,如第三曲。此三曲连用,当是过曲。

詞調有【亭前柳】,一名【廳前柳】,與此不同。諸宫調有【越調·廳前柳】,與詞不同,與此不同。南曲有【越調引子·亭前柳】,《定律》

① (合)原在“怒伊時”後,按例移於此句之前。

卷十三引《懷香記》“蹙損遠山眉”爲例曲，與此不同。又有【越調過曲・亭前柳】，《舊譜》卷六、《沈譜》卷十五、《新譜》卷十六、《定律》卷十三俱引《荆釵記》“衰鬢已星星”爲例曲，與此不同。

此曲出於詞調、諸宫調，戲文採用之，多有變化，故與詞調、諸宫調均已不同；此式僅見於此，後則傳其名而易其式。

【秋江送别】

1. 徐徐步野徑，曉痕春柳弄金。東風尚料峭，麗日升寒漸輕。記得年時投上國，早一年珠淚零(原作“泠”)。此山又登，此身漸亨，是你否極還泰生。

2. 【同前】山高處個人，好似奴家張解元。山脚下個人，似貧女衣恁單。天願得兒夫廝撞見，問冤家心恁底偏。是貧女來，是張解(原作“介”)元，我今日會重見面！ 《張協狀元》41

3. 伊且住試聽：唤取多嬌金榜來。書房内等待，休道侯門深似海。説與婆婆休慮猜，只道家中管待客。展華筵，已安排，是必教它疾快來。

4. 【同前】哥哥聽拜稟：她是伶倫一婦人。何須恁用心，謾終朝愁悶傾。若要和它同共枕，恐怕你爹行生嗔。那時節，悔(原作“誨”)無因，玷辱家門豪富人。 《錯立身》2

5. 【仙吕過曲】一從你去離，我家中常念你。功名事怎的，想多應折桂枝。幸得爹娘和媳婦，各保安康無禍危。見家書，可知之，及早回來莫更遲。 元傳奇《蔡伯喈》，《正始》頁 299

6. 【仙吕過曲】男百拜拜覆，母親尊前妻父母。離膝下到都，一舉成名身挂緑。蒙除授饒州僉判府，待家眷同臨往任所。寄家書，附承局，草草不恭兒拜覆。 元傳奇《王十朋》，《正始》頁 300

7. 【仙吕過曲】聞説你在京，戀紅裙醉酒樽。不顧閨中年少婦，不念堂前白髮親。義和恩，重和輕，問你從前不孝之名。

元傳奇《李勉負心》，《寒山堂譜》卷一頁 657 上半葉格式:$5_{\triangle}$,$6_{\triangle}$。$5_{\triangle}$,6 $乙_{\triangle}$。7,$7_{\triangle}$。4,$4_{\triangle}$,$7_{\triangle}$。　9句

第一、二兩曲題【秋江送别】。錢南揚《永樂大典戲文三種校注·張協狀元》注:“這個可能倒是本名,而此外從未見用它過。”但所唱並非調名,可見已是普泛之曲。後五曲題【一封書】,則多唱本題。

《錯立身》二曲較此略有增損變化:第二、四兩句可作七字句,第七、八兩句作三字句。

《正始》列第五曲爲正格,題注:“又名【秋江送别】。”與此第二句作六乙句,第七、八兩句用《小孫屠》格,均作三字句。列第六曲爲第二格,題注:“第二、第四句皆變作七字。”第七曲,《寒山堂譜》列爲【又一體】,尾批:“比前體少二句。‘不顧(原作“願”)’二句,可作一聯。”

北曲有【雙調·秋江送】,與此不同。南曲有【仙吕過曲·一封書】,《舊譜》卷一有【一封書犯】而無【一封書】本調,甚爲怪異;引散曲“人皆畏夏日”爲例曲,校其前半本調,與此有所變化。《沈譜》卷一、《新譜》卷一、《寒山堂譜》卷一、《定律》卷四、《大成》卷三、《簡譜》卷六均以第五曲爲例曲,《沈譜》眉批:“此曲用韻雜,但以其題本【一封書】,而即用之作書,有古意耳。然今已成套矣。”《定律》《大成》又以第七曲爲【又一體】,《定律》署《李勉》。《大成》署“散曲”,誤;尾批:“第二句下,脱去五字一句、六字一句,其格不足取。因諸譜皆收,姑存之。”此承《定律》。《簡譜》尾批:“此爲單用調,不入聯套内者,大抵以曲代信時用之。……首四句亦可用作扇面對。明人有減句體,即將第三、第四句删去不用也,不可從。”南曲另有【越調過曲·亭前送别】,與此不同。

此曲出戲文,初名【秋江送别】,《錯立身》始唱對話,《蔡伯喈》始唱書信,即易名【一封書】,唱詠調名;南曲承之。

【香遍滿】

1. 公婆且住,待奴家款款鬆口氣説。獨立岩頭攀茶來折,豈知道失脚,似刀斫臂折。(合)遭一跌,寸腸千百結。

2. 【同前】伊回京闕,没一日暫時得少歇。織素織縑不寧貼,這

般時運，這般惡歲月。(合同前)

3.【同前】伊才跌下，那得遍身都是血？寧可將伊脚骨跌折，採茶無數人，你門直是拙。(合同前)　　《張協狀元》41

4.【南吕過曲】伊言得是，與我尋取破窑，同到那裏。只説道院子梅香送來的，又恐怕相公知，惹一場閑是非。須記取，叮嚀語。

元傳奇《瓦窑記》，《正始》頁 572

5.【南吕過曲】論來湯藥，須索是子先嘗方進與父母。莫不是爲無子先嘗你便尋思苦，你只索掙挫，怎捨得一命先殂。元來你不吃藥，只爲我糟糠婦。　　元傳奇《蔡伯喈》，《正始》頁 573

格式：$4_{\triangle}$，$7_{\triangle}$。$7_{\triangle}$，5，$5_{\triangle}$。$3_{\triangle}$，$5_{\triangle}$。　　7句

第二曲第四句作四字。

《正始》以元散套“鸞凰同聘”爲正格，與此末兩句作“$5_{\triangle}$，6 乙$_{\triangle}$”，餘同。列第四曲爲第二格，題注：“第二句變爲八字二句，末二句皆爲三字。‘土泥獨抱’犯此。”《正始》頁 575【南吕過曲・香五更】尾批引此末二句。列第五曲爲第四格，題注：“第四句變爲四字。”此與第二曲同。

南曲有【南吕過曲・香遍滿】，《舊譜》卷四、《沈譜》卷十二、《新譜》卷十二均引《正始》正格爲例曲，與此僅末兩句作“$5_{\triangle}$，6 乙$_{\triangle}$”，餘同。《沈譜》尾批：“按《琵琶記》此調第一句不用韻，第二句用仄韻，此亦不必拘也。但第四句云：‘你只索掙挫’，又不用韻，故唱之者點板在‘掙’字上。此曲‘倖’字雖亦仄聲，然與本韻協。……此曲無襯字，有規矩，勝於‘因他消瘦’(明人陳鐸散曲)及《琵琶記》二曲。”《新譜》眉批：“馮云：‘誠’字(第二句末字)平押爲正，《琵琶》用上聲猶可，勿用去聲。”驗之《張協狀元》，三曲皆用入聲，實可不拘也。李九我批評《破窑記》第十一齣《夫人憶女》、《綵樓記》第九齣《賞雪憶女》均無此第四曲。

此曲出於戲文，南曲承之，略有變化。

【香柳娘】

1. 數十年廟中，少人存問。獨自做人了，渾没投奔。你出來勉强作禮，叫夫人霍索你方寸。奴家萬福，萬福！尋思斷魂，(合)你緣何愁悶。

2. 【同前】眉兒和那眼兒，與我兒無二，身材嫋娜腰肢細。我瞥見你門，心下便憐伊，因甚臉憔悴？不知怎的，怎的？鮮血污衣，(合)緣何如是？

3. 【同前】念妾自幼來，清貧守己。只因去採茶，跌却一臂。你獨自那得粥食，與藥草將息你容儀？前村自有，大公，相憐愛惜，(合)是前生宿契。

《張協狀元》45

4. 想哥哥那裏，你還知么，兄弟在此身亡化？黄泉無旅店，今夜宿誰家？一命掩黄沙。我如今掙挫，將拄杖按拿，魂飛魄訝。

《小孫屠》19

5. 【南吕過曲】看青絲細髮，看青絲細髮，剪來堪愛，如何賣也没人買？若論這饑荒死喪，這饑荒死喪，怎教我女裙釵，當得這狼狽？况我連朝受餒，况我連朝受餒，我的脚兒怎擡，其實難挨。

6. 【前腔】望前街後街，望前街後街，並無人在，咽喉氣噎，無如之奈。我如今便死，我如今便死，暴露我屍骸，誰人與遮蓋？待我將頭髮去賣，將頭髮去賣，賣了把公婆葬埋，便死何害？

元傳奇《蔡伯喈》，《正始》頁 550

格式：5 乙，$4_{\triangle}$。5，$4_{\triangle}$。7 $乙_{\triangle}$，7 $乙_{\triangle}$。4，2，$4_{\triangle}$，$4_{\triangle}$。　10 句

前四曲變化頗大，但基本格式大致如此。第三曲與此同，僅句字略有出入。第二曲當作【前腔换頭】：合併第三、四兩句爲一個七字句；破第五、六兩個七乙句爲三個五字句。第四曲同第二曲，又合第七、八兩句作五字一句。

《正始》列第五曲爲【南吕過曲】正格，題注：“此調疊句，非古調之格體，乃今人之變法。但宜從時可也。”比較《張協狀元》《小孫屠》，

是。列第六曲爲第二格,題注:“第四句變爲八字二句。儘有。”此已從時曲,故第二、第六、第十句均與前句相疊。《元本琵琶記校注》第二十四齣《五娘剪髮賣髮》連用四支,較此仍不用疊句;《六十種曲》本《琵琶記》第二十五齣《祝發買葬》與此僅句字略異,已用疊句。

南曲有【南吕過曲·香柳娘】。《舊譜》卷四引《王祥》“聽娘行恁説”爲例曲,與此格有所變化,但不用疊句。《沈譜》卷十二、《新譜》卷十二、《寒山曲譜》均引第五曲爲例曲。《沈譜》題注:“古本俱無重疊句。今從俗。”《寒山曲譜》尾批:“古無重句,今從俗。‘教’字用仄聲,‘没人買’三字用仄仄平。”《戲文三種》無疊句,此説是。除去疊句,南曲與此大同小異:第三句作七字,第七、八兩句合作五乙一句,餘同。

此調當出於戲文,然後期《琵琶記》已用疊句,南曲逐漸定型。

【紅衲襖】

1. 洒伏辱雲函(原作“汗”)至,荷足下特步砌。即刻共惟台候萬福!有小事冒瀆節使大尉。説甚底?説甚底(此句原奪)?容一力,爲君作措置。

2.【同前】相公是葉故人,爲及第不議它親。遂特(原作“持”)來判此一郡,今日見葉骨恁嗔。來命君,來命君。欲要解(原作“介”)和,渾没個因。

3.【同前】洒出自相公庇,論人情常是美。見説一女已傾棄,人道却有一女奇。若是時,若是時,却當與君,作個道理。

4.【同前】那絲鞭剌在(原作“右”)馬前,再三教接不接那鞭。勝花娘子早赴黄泉。若得再合出自大賢。(合)缺又圓,缺又圓,却與後人,作個話傳。

《張協狀元》50

5. 我當初不三思,撞着冤家如醉癡。最苦娘親又傾棄,家私壞了懊恨遲。今日遭横死,痛苦人怎知?情願拚死在黄泉,陰府去理。

6.【同前】望停息虎狼(原作“狼虎”)威,害良民朱令史。屈壞平人怎爲例?下民易欺天怎欺?落在羅網裏,殺人還是誰?我情願替哥哥,做個刀下鬼盆吊死(原作“殺”)。

《小孫屠》17

7.【南吕過曲】他守詩書多苦辛，想儒冠不誤身。淺水蛟龍豈長困，桃花浪暖須問津。既與他爲契姻，怎做得薄倖人，一夜夫妻百夜恩。　　元傳奇《吕蒙正》,《正始》頁 545

8.【南吕過曲】往常時綉裙兒寬褪了褶，推道爲傷春憔悴些。近日龐兒，瘦成勞怯，這些時又莫是你傷夏月。姊妹每非見邪，斟量着非爲别，將姐夫來尋思，别無話説。　　元傳奇《拜月亭》,《正始》頁 546

9.【南吕過曲】……珠淚滿腮。[1]　元傳奇《蔡伯喈》,《正始》頁 547

10.【南吕過曲】離家鄉經數旬，在程途多苦辛。到得徐州喜不勝，指望問取，娘子信音。見了書便嗔，句句稱官宦門，孜孜的扯破家書却把我打離廳。　　元傳奇《王魁》,《正始》頁 547

11.【南吕過曲】莫不是丈人行性氣乖，莫不是妾根前缺管待。莫不是畫堂中少了三千客，莫不是綉屏前少了十二釵。這意兒教人怎猜，這意兒教人怎解，只是楚館秦樓有一個得意情人也，悶懨懨不放懷。

元傳奇《蔡伯喈》,《正始》頁 548

格式：6 乙$_{\triangle}$，6 乙$_{\triangle}$。7$_{\triangle}$，7$_{\triangle}$。3$_{\triangle}$，3$_{\triangle}$，4，4$_{\triangle}$。　　8 句

首四曲原題【紅衲襖】，據曲譜改。末兩句有所變化。

《正始》列第七曲爲【南吕過曲】正格，與此將末四句變作"6 乙$_{\triangle}$，6 乙$_{\triangle}$，7$_{\triangle}$"三句。題注："此調句律，此格爲正。"尾批批駁《沈譜》所説：此調與【青衲襖】"句法長短不定，遂妄改句法，多致不成音律"；【青衲襖】八句，【紅衲襖】七句，其實"【紅衲襖】之正格，律應七句，但其變體，亦有八句、九句、十句者"。列第八曲爲第二格，題注："第三句及末句皆變爲八字二句。此格儘有。"尾批："末句四字，有元傳奇《朱夫人》四曲，皆用此體。又《蔡伯喈》第四曲云云亦本此。"列第十曲爲第三格，題注："第四變爲八字二句，第五、六句皆减作五字，用

---

[1] 錢南揚《元本琵琶記校注》第二十九齣《牛小姐盤夫》存録【紅衲襖】四支，其【前腔第四】辭云："有個人人在天一涯，只落得臉銷紅眉鎖黛。我本是傷秋的宋玉無聊賴，有甚心情去訃着閑楚臺。三分話兒也只恁回，一片心兒也只恁地揣。你休纏得我無言，若還提起那籌兒，鎮撲簌簌，珠淚滿腮。"《大成》卷五十引此曲，末二句作："若還提起那籌兒也，撲簌簌淚滿腮。"與此句字略異。

【青衲襖】句法。此格儘有。"列第十一曲爲第四格，題注："末句變爲六字二截。"尾批中批駁《沈譜》以此曲爲引子或北曲之説。

北曲有【黄鐘·紅納襖】，一名【紅錦袍】，與此不同。南曲有【南吕過曲·紅衲襖】，《舊譜》卷四以第八曲爲例曲，較此第七句後增一個三字疊句。《沈譜》卷十二、《新譜》卷十二均以第十一曲爲例曲，語句大同小異，但正襯有所不同；與北曲小異。《沈譜》眉批："此調及【青衲襖】，今人皆以其句法長短不定，遂妄改句法，多至不成音律，不知襯字只可用在每句上及句中間，至於每句末後三個字，其平仄斷不可易，若不然即不諧矣。作者審之。"此誠確論。尾批："據《拜月亭》，似乎【青衲襖】八句，【紅衲襖】七句。及觀《琵琶記》，則【紅衲襖】亦有八句句法，正與《拜月亭》【青衲襖】相似，但增一'也'字，及'人兒''兒'字不用韻耳。二記必有一誤，今不敢臆説，姑記於此。又按古曲，如《八義》《金印》《拜月》，皆以【紅衲襖】爲引子，獨《琵琶記》不作引子，故《舊譜》載於過曲。今不敢輕改，畢竟是引子也。或作北曲，尤謬。"又引《金印記》"你晝忘餐夜失寐"爲例曲，與《正始》正格僅第四句作七乙句，第六句減一字作五字句，餘同。《新譜》承之，眉批："馮稿以此曲八句，亦作【青衲襖】。予因此調，時尚皆然，當乃舊。"則馮夢龍亦將此與【青衲襖】混淆了。《定律》卷八即以第八曲題【青衲襖】，而以第十一曲題【紅衲襖】，其【青衲襖】尾批亦承《沈譜》觀點："每曲字格有長短，難定幾字爲一句，惟憑韻脚則可，無如從古從俗。故以八句爲【紅衲襖】，七句爲【青衲襖】，庶幾可定。"《大成》卷五十引第九曲、第十一曲爲【紅衲襖】之【又一體】，尾批："【青衲襖】與【紅衲襖】，自來分析不清，轉相舛誤。即《蔣譜》亦含糊其説，不敢臆斷。至後人始以七句無'也'字者，爲【青衲襖】；八句有'也'字者，爲【紅衲襖】。此説雖無所本，然不如是，則終無定準。……今考正，大概有'也'字者爲【紅衲襖】，無'也'字者爲【青衲襖】。似此分析，不致混淆。"《簡譜》卷七引《琵琶記》"你吃的是煮猩唇和那燒豹胎"爲例曲，尾批："此曲與【青衲襖】一曲聚訟久矣。或謂【青衲襖】八句，【紅衲襖】七句者，不知【紅衲襖】亦有八句也。或謂用'也'字者爲【紅衲襖】，無'也'字者爲【青衲襖】，亦非徹底澄清之語。余嘗取《琵琶》《幽閨》二記，悉心對勘，方知實爲一曲，不必强分爲二。試思二曲腔格既同，句法亦相類，徒以襯字糾結，遂生葛藤。抑知《幽閨・拜月》一折，皆脱胎於北詞，取北詞之俊語，勉就南詞範圍，此所以不可以整理也。古今曲譜誤讀此二支者，有二大原因：一則以首二句作六字，二則以'有甚不足'（第七句前半襯字）作正文，又誤將《幽閨》介白作正文，於是此二曲紊如亂絲矣。"以下有具體比較分析，以《琵琶》《幽閨》諸曲再分曲白、正襯，强就北曲之格，結論是："【青衲襖】之名，可以删薙。"關於南戲《拜月亭》是否脱胎關漢卿同名雜劇的問題，學界已有研討①，當然還可再深入，但未可輕易判斷。較之南曲諸譜，删補、正襯變化多矣，不少是所依版本不同。如吴梅先生所依《九宫大成》，更與《六十種曲》本《琵琶記》相近，並未用《元本琵琶記》。其實【紅衲襖】與【青衲襖】兩曲正格，區别判然；歧義多在異體變格較相近似；多作比較，畢竟分爲兩曲，不當混淆。故此仍從《正始》。

此調出於戲文，與北曲同名異實；南曲承於戲文，因多異體，句格近似，故有誤解，與【青衲襖】相混淆。

【紅芍藥】

1. 才宴罷瓊林，出東華門外。綵樓直下剌絲鞭，將謂歡喜接取。張葉此心不在彼，只欲要耀吾閭裏。豈知接取相公冤，今日尚不已。

《張協狀元》52

2. 今去東岳，一杯助和烝。梅香媳婦在房幃，須是照管家計。三人路途須仔細，不妨早作歸計。名香一炷告神祇，合家保無危。

3.【同前换頭】酌酒東郊已先醉，門前早已排轎兒。兩日三朝望你歸，……

《小孫屠》10

4.【中吕過曲】兵擾攘阻隔關津，思量着役夢勞魂。眼見得家中

---

① 參見俞爲民《南戲〈拜月亭〉考論》，《文學遺産》2003 年第 3 期；趙杏根《論南戲〈拜月亭〉》，《貴州師範學院學報》2010 年第 5 期；郝兵《南戲與雜劇〈拜月亭〉之改編關係淺論》，《黄河之聲》2017 年第 9 期；等等。

受危困，望吾鄉有家難奔。孩兒歷盡苦共辛，娘逢人見人詢問。只愁你舉目無親，子母何處廝認？　　元傳奇《拜月亭》，《正始》頁 475

5.【南吕過曲】咱辦著真心，誰知你虚脾？花林錦陣與多情，何曾似伊執迷。娘行做人休恁的，羞着我面皮容易。便是真鐵打就你心腸，須有個回時。

6.【前腔换頭】强要成親共連理，也須是倩個良媒。品官不許娶（原作"取"）娼優，官司例兒休違。風情自許佶俾的，何曾見倚官挾勢？除了官身祗候受禁持，實不敢依隨。

元傳奇《柳耆卿》，《正始》頁 680

7.【南吕過曲】不幸墮煙花，朝夕裏縈繫。幸遇你們恁聰慧，指望效學于飛。争知驀然波浪起，將鴛鴦苦分兩處。而今去後何日再相逢？教人暗垂淚。　　元傳奇《楊寔》，《正始》頁 681

格式 1：4，5 乙$_{\triangle}$。7，6$_{\triangle}$。7，7 乙$_{\triangle}$。7，5$_{\triangle}$。　8 句

2：7 乙$_{\triangle}$，7 乙$_{\triangle}$。7$_{\triangle}$，7 乙$_{\triangle}$。7，7 乙$_{\triangle}$。7 乙$_{\triangle}$，6$_{\triangle}$。　8 句

前三曲與後三曲用式 1，爲【南吕過曲】；第四曲用式 2，爲【中吕過曲】。

前二曲與式 1 句字稍有增减，但不出句式變化通例，格式大致如此。

《正始》第四曲題注："與【南吕宫・紅芍藥】不同。"尾批："末句仄煞。"

《正始》列第五曲爲【南吕過曲】正格，與此第四句作五字句，餘同。題注："與【中吕調・紅芍藥】不同。"第六曲【前腔换頭】，首兩句改作"7$_{\triangle}$，7 乙$_{\triangle}$"，餘與此同。列第七曲爲第三格，題注："首句變作五字。"據此，第一曲與第五曲同，第二曲與第七曲近似，第三曲與第六曲同，則"戲文三種"之三曲均爲【南吕過曲】。

《全宋詞》有【紅芍藥】一首，與式 1 小異：首兩句均作四字，第四句作五乙，第五句作五字，末句作六字，餘同。北曲有【紅芍藥】兩調，一入【南吕】，與式 1 僅末兩句同，餘均句字有異；一入【中吕】，又名【迓鼓兒】，與式 2 不同。南曲亦有兩調。一爲【中吕過曲】，《舊譜》卷

三引《殺狗記》"驀聽得甚人敲門"爲例曲，與式 2 僅第三句作"6、5 乙△"，略有變化。《沈譜》卷八、《新譜》卷八引第四曲爲例曲，《沈譜》題注："與【南吕・紅芍藥】不同。"《定律》卷六引《水滸記》"收拾了此際檀痕"爲例曲，與式 2 破第五句作"2，5"兩句，末句作七乙句，有所改變。一爲【南吕過曲】，《舊譜》卷四、《沈譜》卷十二、《新譜》卷十二、《定律》卷八均引《江流》"負屈銜冤"爲例曲，句字略有差異。與式 1 比較，《舊譜》僅末句作"只得把冤屈事負聲高"六乙句，餘同。題注："此曲與【中吕・紅芍藥】不同。"《沈譜》尾批："《荆釵》此調第三句云：'却將王士宏除授改饒'，則當點板在'王'字、'除'字、'改'字上，而'饒'字下又有一截板。與此微有不同，未知孰是。"《新譜》眉批："附馮云：'王士宏'姓名只得以三字當二字，而'除授改饒'"宜以'授'字作襯，仍打板在'除'字、'饒'字上，與七字句腔板俱協。古曲以四字當三字，如【駐馬聽】【大迓鼓】末句、【刮鼓令】第六句之類，甚多也。"《定律》則在第四句後增二字一句，疊用第五句首二字，改變曲格。《正始》頁 681 引"負屈銜冤"爲【南吕過曲】第二格，題注："末句變爲六字二截。"尾批："此調末句必五字爲正體，六字者敗體也。今時譜從坊本以此末句改作'拚得個人怨也聲高'，雖五字，非古本原文也。"所説正《定律》引文。

此調出於詞調，戲文與北曲均分【南吕】和【中吕】兩途承傳之；戲文【南吕過曲・紅芍藥】與北曲【南吕・紅芍藥】相近，戲文【中吕過曲・紅芍藥】與北曲【中吕・紅芍藥】不同；南曲均承戲文二式，略有改造。

【幽花子】

1. 蓋頭試待都揭起。春勝也不須留住。天生緣分克定，好一對夫妻。張葉記得斬却奴一臂？如今怎得成匹配？爹爹息怒，聽取我兒拜啓。

2. 【同前换頭】雄威暫息，聽取張葉，禀許多詳細，孩兒你説破它何虧負？起(原作"啓")初張葉被賊劫盡，廟中來投睡。一查擊損奴供乃衣乃食,續得遂成姻契。及第怎接,絲鞭娶别底?

3.【同前】既當初已得做夫妻,今日天教重會。休得要恁説,目前事不是。賣頭髮相助到京畿,一舉鼇頭及第。教門子打出,臨了斬一臂。

《張協狀元》53

格式:$7_{\triangle}$,$6_{\triangle}$。5,5 乙$_{\triangle}$。4、$5_{\triangle}$,$6_{\triangle}$。$4_{\triangle}$,$5_{\triangle}$。 8句

第二曲【换頭】以此首兩句破作“$4_{\triangle}$,$4_{\triangle}$,5 乙$_{\triangle}$,$7_{\triangle}$”四句,餘與此同。

此曲僅見於戲文,不見於後世諸譜。王守泰主編《崑曲曲牌及套數範例集》(南套)卷十六認爲此曲爲【中吕·山花子】之“誤作”。考【山花子】格律爲:“$7_{\triangle}$,$6_{\triangle}$。7 乙$_{\triangle}$,$6_{\triangle}$。7 乙$_{\triangle}$,7 乙$_{\triangle}$。$7_{\triangle}$,4,$4_{\triangle}$。”與此句數、句節、句字都不同,且無論證,故“誤作”之説不可從。

【柰子花】

參見【奈子花】。

【後庭(原作“亭”)花】

教奴怨恨你,魂靈兒無所歸。冤枉難伸訴,蒼天不可期。你不與,外人知,施呈巧計。使這般狼兒識,眼將咱一命棄(原作“傾”)。

《小孫屠》18

格式:$5_{\triangle}$,$5_{\triangle}$。$5_{\triangle}$,$5_{\triangle}$。$3_{\triangle}$,$3_{\triangle}$,$4_{\triangle}$。6 乙$_{\triangle}$,6 乙$_{\triangle}$。 9句

唐·崔令欽《教坊記·曲名》有【後庭花】,《全唐五代詞》存詞五首,雙片,下片首兩句與上片相同,分作八句與九句兩式,與此均不同。《全宋詞》有【後庭花】三首,其單片七句,入北曲爲【仙吕·後庭花】,與此减省末兩句,餘大同小異,然無此格。南曲無此調。

此調出於唐調,經宋詞入北曲;錢南揚《校注》注明此爲北曲,當已南化,故用增句格。

【降黄龍】

1.【黄鐘過曲】宦勢門楣，寒士尋常，望若雲霄。時移事遷，爲地覆天翻，君去民逃。多嬌，此時相見，料想我姻緣非小。做夫妻，相呼廝唤，怎生任消。

2.【前腔换頭】何勞，獎譽過多，昔日榮華，眼前窮暴。身無所倚，幸然遇君家，危途相保。英豪，念孤惜寡，再生之恩容報。久已後，啣環結草，敢忘分毫。

3.【前腔第三换頭】聽告，……應是難招。……①

元傳奇《拜月亭》，《正始》頁 94

4.【黄鐘過曲】有話難題，爲胭脂顔色，可人情意。事不由己，常言道，君子成人之美。聽啓：未娶妻室，自恨我婚姻來遲。縱（原作“總”）有才貌，誰人便肯，招咱爲婿？②

5.【前腔第三换頭】重啓：姐姐容恕，有一句，不識進退言語。娘行貌美，我年少，匹配端的相宜。奇異，共諧連理，似一對鸞鳳于飛。做夫妻，相憐相愛，半步不離。

6.【前腔第四换頭】相欺，把我調戲，免不得罵你幾句，村俗無知。非媒不娶，豈不達，周公之禮？胡爲，須知惹人談恥，我怎比花街娼妓？若求婚，也不嫁你，個餓酸窮鬼！　元傳奇《留鞋記》，《正始》頁 96

7.【黄鐘過曲】夜色生凉，起金風薦爽，乍疏丸扇。誰將玉斧，修

---

① 《重訂拜月亭記》第二十五折《世隆成親》存録【降黄龍】四支，其【前腔】第三曲云：“聽告，你身到行朝，與父母團圞，再同歡笑。你在深沉庭宇，要見伊，除非夢魂來到。拔高，選擇佳婿，命蹇，終是難招。這虚名，人言自説，聽着偏好。”當題【前腔第三换頭】，較此有所變化。《六十種曲》本《幽閨記》第二十二齣《招商諧偶》亦有此曲，與此句字有所差異。

② 錢南揚《宋元戲文輯佚》於此下引録【前腔第二换頭】，注：“《正始》在始調下注云：‘【第二换頭】同，不録。’案：其它三曲，《胭脂記》皆襲用本戲，此曲决無獨出自撰之理。今即據《胭脂記》補入。雖不能保證與原辭完全相同，大致總差不了多少。”其辭云：“聽他語話蹺蹊，自古道明人，點頭即知。全没道理，直恁的，話不投機。常時，往來街市，只恐怕傍人猜疑。買胭脂，自合抽身，早早回去。”

成著，寶月團圓。……　　元傳奇《宋子京》，《正始》頁 97

8.【黄鐘過曲】曲檻幽坊，正斂步藏蹤，寸心驚碎。偷方覓便，算只有花底，雙鶯曾窺。今夕，睹伊嬌面，費多少雨約雲期。到如今，方是稱人情意。

9.【前腔第四换頭】……枕兒上，設下萬般盟誓。

元傳奇《西窗記》，《正始》頁 98

10.【前腔第三换頭】爲魁，恰似葡萄乍潑醅，料瓊漿玉液，果然難賽。珍珠滴溜，翻翠色紅影，琉璃鐘内。佳會，醉鄉深處，恍如身在蓬萊。(合)盡一杯，人人願比，壽山福海。

11.【前腔第四换頭】無碍，一日春風十二回，算神仙也曾，解貂留珮。沾唇到口，看二月雨點，紅入桃腮。相偎，並肩歸去，夜深燈火樓臺。(合前)　　元傳奇《鬼子揭缽》，《正始》頁 99

12.【黄鐘過曲】草舍茅檐，蓬蓽塵蒙，網羅風颭。尊親到此，但有無，一一望親遮掩。恩沾，萬間周庇，好似寒灰撥焰。使窮親，愁來歡去，喜生腮臉。

13.【前腔换頭】淹淹，貧守薺鹽，常慮衣單，每歎食欠。今爲眷屬，猶恐將，閥閲門風辱玷。休謙，既成姻眷，又何故相棄相歉。敢拔取，尊親寵臨，老夫過僭。

元傳奇《荆釵記》，《寒山堂譜》卷五頁 699 上半葉

格式：4，4，$4_{\triangle}$。4，4，$4_{\triangle}$。$2_{\triangle}$，4，7 乙$_{\triangle}$。3，4，$4_{\triangle}$。　　12 句

《正始》列第一曲爲正格，與此同。尾批："此係古本原文，與時本少異。今只據此'任消'二字，有元劉時中此調【一枝花】曲云：'著小生怎生來有福消任'，又王元鼎元調【後庭花】云：'要你消任'，但只見有'消任'，而無見有'任消'，今《拜月亭》或倒耳。按：古本《拜月亭》與元譜及蔣譜皆然，而時譜獨作'恁消'，必由坊本而來者也。"列第二曲爲【换頭】正格，與此僅增首二字叶韻一句，第九句減省一字作六字句，餘同。尾批："時譜曰：古人詞曲，只要句法合調，其韻脚多不拘平仄。今觀此二曲，………錯綜用之，正使人易學耳。"然"任消"又寫作"恁消"。據其尾批，第三曲第二句與第一曲"姻緣非小"平仄不同，

“其四同”。《正始》於第四曲題注:“第五、六句變。”第五曲題注:“第三、第六句皆減作三字,第四、第七句皆增爲六字。”第六曲題注:“六句減三字。”第七曲題注:“第五句減爲三字。”尾批:“下皆同,不録。”第八曲題注:“末二句例應八字,此併爲六字一句。”尾批:“其【换頭】皆常格,止其【第四换頭】末句亦然云云。”第十曲題注:“第三、四【换頭】之第二句,句法大異,今試備於下。”《寒山堂譜》以第十二曲爲正格。第十三曲原題【其二】,據曲譜改。尾批:“《舊譜》收《拜月亭》一曲,不知此曲之韻一詞正也。前曲‘一一望親’,是用平平仄平,後曲‘閥閲門風’,用仄仄平平,皆得其叶,所以後人皆不可及。‘相棄(原作“親”)相歉’四字,不如前曲用平平平去妥協。作者審之。”

宋大曲有【降黄龍】,見張炎《詞源》卷下,然其辭不存,無從考校。諸宫調有【黄鐘·降黄龍】,雙片,與此不同。宋雜劇用【降黄龍】者五本,金院本用【降黄龍】者兩本,王國維《宋元戲曲史》列之入“用大曲者”類。南曲有【黄鐘過曲·降黄龍】,《舊譜》卷五、《大成》卷七十引第一曲爲例曲,《沈譜》卷十四、《新谱》卷十四、《定律》卷一以首二曲爲例曲,與此僅句字略有出入。《正始》所謂“時譜”云云,見《沈譜》《新譜》【降黄龍】之眉批。《大成》又以第二、第十二、第十三曲入【又一體】,尾批:“凡四字起句者,俱係正體;二字起句者,舊名【换頭】也。其《拜月亭》《荆釵記》及《琵琶記》等曲,句法雖有參差,皆不出規範。”大致如此。

此調當源於宋大曲,後摘遍入諸宫調,宋雜劇、金院本承之;戲文當亦源於宋大曲之摘遍,傳於南曲。

【洞仙歌】

【正宫過曲】我家私没半分,靠着奴此身。只要救我公婆,豈辭多苦辛。空把淚珠揾,誰憐饑與貧,這苦説不盡。

元傳奇《蔡伯喈》,《正始》頁 144

格式:$5_{\triangle}$,$5_{\triangle}$。6,$5_{\triangle}$。$5_{\triangle}$,$5_{\triangle}$,$5_{\triangle}$。　　7句

唐·崔令欽《教坊記》有此調名,《全唐五代詞》載二首,雙片,其上闋八句,與此不同。宋詞有此調,雙片,其上闋六句三仄韻,句式亦與此不同。諸宫調有【大石調·洞仙歌】,雙片,其上闋七句三仄韻,與詞大致相同,詞段及句字與此均不同。南曲有此調,《舊譜》卷二、《沈譜》卷四、《新譜》卷四、《寒山堂譜》卷二、《定律》卷二、《大成》卷三十一均以此爲例曲,文字略有不同,曲式全同。《沈譜》題注:"與詩餘不同。"《大成》題注:"一名【洞中仙】。又'歌',一作'詞';'洞',一作'羽'。"

此曲出於唐曲,宋詞、諸宫調當爲一個傳承系統;戲文或轉换而傳承之,南曲則出於戲文。

【風淘沙】

1.【正宫過曲】閑倚雕闌日漸西,看鴛鴦戲漣漪。不覺夜凉生衣袂,見萍開(原作"間")月破水。金波影轉,翠荷叢裏。臉籠霞,逞妖嬈,並頭蓮蒂。芳心可惜不解語,爲誰恁凝佇?

元傳奇《唐伯亨》,《正始》頁 203

2.【正宫過曲】須信姻缘前世定,算此事總由命。和伊共入層樓上,選才郎爲契姻。花朝月夕,風辰雲景。那時管爾雙雙,共同歡慶。百年諧老結深盟,永共枕同衾。　元傳奇《瓦窰記》,《正始》頁 203

3.【正宫過曲】感荷娘行恩愛美,與卑人共連理。兩情願結同心契,望團圓直到底。姻緣此處,定非容易。莫辜期,□負誓,一心二意。(合)如是上有蒼天鑒格,永教我狼狽。

4.【前腔换頭】一笑相逢,不勝自喜,共娘子效魚水。兩情願結同心契,望團圓直到底。姻緣此處,願成姻契。管諧老,盡今世,莫相抛棄。(合前)　元傳奇《司馬相如》,《正始》頁 204

格式:$7_{\triangle}$,6 乙$_{\triangle}$。$7_{\triangle}$,6 乙$_{\triangle}$。4,$4_{\triangle}$。3,3,$4_{\triangle}$。7,$5_{\triangle}$。　11 句

《正始》列首曲爲正格,題注:"與【黄鐘宫·刮地風】止争第四句六字七字,末句五字四字。"第二曲題注:"第七句與末句之節文與上

格不同。"第三曲題注:"第十句變作上二下六之句,似犯【南吕宫・女冠子】末句句法。""負誓"上原脱一字。第四曲題注:"【黄鐘宫・刮地風】與此【正宫・風淘沙】,律無【换頭】。此或變體耳。"然《雍熙樂府》卷三、《詞林摘豔》卷二均録【正宫・雁過聲】《納凉》套,輯録第一曲之【么篇】一首:"爐爇沉煙香院宇,瀟灑處精神爽。情意舒,簪茉莉,賦新詩。此景有誰知?何須設枕簟共紗厨。"句字略有不同。然上引《正始》已言【正宫過曲・風淘沙】"律無换頭",則【么篇】或爲變體,抑或明人所增。

南曲有【正宫過曲・風淘沙】,《舊譜》卷二、《沈譜》卷四、《新譜》卷四、《寒山堂譜》卷二、《定律》卷二、《大成》卷三十一、《簡譜》卷五均以第一曲爲例曲,與此大同小異。《定律》《大成》《簡譜》均署"散曲",可知都是採録自明人曲選。《定律》尾批:"此曲實與【雁過聲】同,然四句後即不似矣。少雅以《綵樓》内'須信姻緣前世定'爲【風淘沙】,查刻本則注【刮地風】,况與《江天雪》内'刮地狂風'之【刮地風】甚合。故不便依鈕譜改削,扭成其曲,因不收録。"《簡譜》尾批承此説,又"通體平仄無拗,惟'芳心可惜'一語,略覺棘口耳。"這裏有三個問題。一,第一曲是戲文,明人曲選收録之,《定律》《大成》《簡譜》則均署"散曲",其誤可知。二,《正始》【刮地風】題注:"此調比【正宫・風淘沙】止第四句與末句不同。"則【風淘沙】與【刮地風】句律相近,與【雁過聲】不同,《正始》已作分辨説明。"刮地狂風"第四句作"襪小鞋弓難走迭"七字,末句作"好撲頭撲面風雪"六字,《正始》已有題注:"末句增爲六字。"故依此判斷其與"須信"一曲的區别,並不困難。《定律》强合二曲爲一格,失之疏闊。三,《正始》【風淘沙】收存"須信"一曲,李九我批評《破窑記》第三齣《計議招婿》已改題【刮地風】(《綵樓記》、《風月錦囊・全家錦囊》卷七《吕蒙正》並未收録此曲);《正始》、《定律》卷一收存【黄鐘過曲・刮地風】"刮地狂風身凛冽"曲,《正始》題"明傳奇《崔君瑞》",《定律》題《江天雪》,則二曲宫調不同,且《江天雪》是清人《曲海總目提要》卷十七所載之名,實是對《崔君瑞江天暮雪》的改稱,錢南揚《輯佚》頁134—135已有説明:"《江天雪》,即《江天暮雪》的省稱,並非兩者之間有什么不同,只要看《寒山譜》引,仍稱

《江天暮雪》，可證。《寒山譜》注云：'近人改作《江雪舟記》，恬不知恥。'可見明人改本不叫《江天雪》，而是《江雪舟》。我們更知道，此戲在一七八〇年左右還存在着，所以能收入《曲海總目提要》。"如此《定律》批評《正始》之語，難以信從。

此曲當出於戲文，南曲承之；惟因句格相近，後多與【刮地風】相混淆。

【胡女怨】

1.【仙吕過曲】非干是我意慵，是你厮調弄。一步不行，叫苦號痛。算來何日到得南雄？不如我，做道童。

元傳奇《陳巡檢》，《正始》頁 288

2.【仙吕過曲】尋思越痛情，恍惚神不定。如醉如癡，琵琶不忍聽。怎知我一别永不相認？尋思做甚人，拚了一性命。

元傳奇《蘇小卿》，《正始》頁 288

格式：$5_{\triangle}$，$5_{\triangle}$。4，$4_{\triangle}$。4、$4_{\triangle}$，3，$3_{\triangle}$。 7句

《正始》列第一曲爲正格，尾批："此平煞。"列第二曲作第二格，題注："第四句不同。"尾批："此仄煞。"此調多咏怨詞，然不必"胡女"。

南曲有【仙吕過曲·胡女怨】，《舊譜》卷一、《沈譜》卷一、《新譜》卷一、《寒山堂譜》卷一、《定律》卷四、《大成》卷三均引第一曲爲例曲，與此僅將末兩句合作"不如我做道童"六字折腰一句，餘同。《定律》《大成》均合末兩句併作六乙一句，又疊用一句。《定律》以第二曲題【前腔】，較此末兩句以襯字作實字，均作五字句。

此曲出於戲文，南曲承之，略有變化。

【美中美】

1.【仙吕過曲】日墜西，人漸稀。深林裏遠觀，歸鴉亂飛。村庄却早，半掩柴扉。犬兒聲聲吠起，只見野叟樵夫挾斧回。

2.【前腔換頭】牧童盡跨犢,簇簇思歸。遠望月上山頭,也教我行步催。山深無奈,樹煙盡迷。在這程途裏,百種恓惶怎禁持。

元傳奇《陳巡檢》,《正始》頁 292

3.【仙吕過曲換頭】見牧童橫笛,跨着牛犢。遠望日上山頭,頓覺我羈情美。前村裏酒旗半刺,迅馬揚鞭指,露滴松梢潤濕衣。

元傳奇《瓦窑記》,《正始》頁 293

格式:$3_{\triangle}$,$3_{\triangle}$。5乙,$4_{\triangle}$。4,$4_{\triangle}$。$5_{\triangle}$,$7_{\triangle}$。　8句

《正始》列第一曲爲例曲。第二曲【換頭】將前四句改作“$4_{\triangle}$,$4_{\triangle}$。6,6乙$_{\triangle}$”四句,餘與前同,尾批:“第四句之‘也’,時譜截作上句之煞,非也。有下格《吕蒙正》可證。”列第三曲爲【換頭】第二格,題注:“第五第六併爲七字一句。”

諸宫調有【道宫・美中美】,與此不同。南曲有【仙吕過曲・美中美】,《舊譜》卷一、《沈譜》卷一、《新譜》卷一、《寒山堂譜》卷四均引前二曲爲例曲,與此僅句字略異,餘同。《寒山堂譜》入【小石調過曲】,以第二曲爲【其二】,尾批:“與前體絶不同,或云是一曲也。”實爲【換頭】,並非【前腔】,故不相同。《定律》卷四引第一、第三曲爲例曲,與此同。《大成》卷二引第一曲爲【又一體】,“野叟”作“野外”,據《新譜》眉批,其實這是馮夢龍所改之筆。《簡譜》卷六引此三曲,尾批:“此調前後疊必須聯用”;“‘深林裏’不斷句,失叶一韻。”而其將“遠觀”屬下成六字句。其實《舊譜》作“深林中”,可見此非叶韻斷句處。其又云:“‘村莊’句非八字,‘却’字是襯,而【換頭】强作‘山深無奈樹煙盡迷’八字句,求合上疊句法,尤爲剌謬。”此以變格之七字一句規範本格之四字二句,實是以變爲正矣。

此調或出於諸宫調,戲文攤破、合併句字而採用之;傳入南曲,略有變化。

【風蟬兒】

1.【中吕過曲】論造作工夫我們最高。使斧頭,並邦響得又好,

造屋一日便了。 元傳奇《王祥》,《正始》頁 391

2.【中吕過曲】論針工我們無敵,使剪刀全憑眼力。上條衣領欠教直,不曾使得火熨。 元傳奇《東窗事犯》,《正始》頁 392

格式:5乙、$4_{\triangle}$。3,$6_{\triangle}$,$6_{\triangle}$。 4句

《正始》列第一曲爲正格,尾批:"按此調之文意章句,實由元譜原式。今《沈譜》所載,直似【南吕宫·金錢花】,恐爲改本者。試録於下備勘:'造作我每最高,斧頭響得又好。造了十間房子過一宵,天明後打一瞧,骨剌剌都跌倒。'"列第二曲爲第二格,題注:"全章皆異,止末句同。"

南曲有【中吕過曲·風蟬兒】。《舊譜》卷三引第一曲爲例曲,但末後多了"到明日都倒了"一句。《沈譜》卷八同《正始》尾批所引,與此又有較大改造。題注:"或作【風檢才】,未知是否。"《新譜》卷八引第二曲爲例曲,署《精忠記》,眉批:"原曲與【風檢才】同,故從馮易此曲。"可見是聽從了馮夢龍的意見。《寒山曲譜》、《定律》卷六、《大成》卷十一都承《沈譜》。《寒山曲譜》即題【風檢才】,題注:"字板同前(指【南吕過曲·金錢花】),平仄稍異。"《定律》尾批:"此曲,今人亦有作【風檢才】唱者。"戲文别有【風檢才】,與此不同。

此調出於戲文,由《正始》所載元譜原式到《舊譜》《沈譜》及以後諸譜,可以看出此調進入南曲的完整發展軌迹。至中晚明,則又與【風檢才】相混淆。

【耍孩兒】

1.【中吕過曲】我一言説不盡,况説招商店,肯分地撞着家尊。我尋思他,眼盼盼人遠天涯近。爲甚的來那壁千般恨,休休休只管叨叨問。 元傳奇《拜月亭》,《正始》頁 475

2.【中吕調近詞】特地到階墀親造見,功名無牽絆,且喜稱心如願。相公今日意恁專,列羅筵華堂開宴。(合)請於今即離行軒,重歸昔日庭院。

3.【前腔】何必尊親相記念,寒村冷落,自慚微賤。若非今日恁

榮顯，緣何雙親憐念。（合前）　　　元傳奇《吕蒙正》，《正始》頁 1135

格式 1：$5_{\triangle}$，5，7 乙$_{\triangle}$。3，$7_{\triangle}$。$7_{\triangle}$，$7_{\triangle}$。　　7 句

2：$7_{\triangle}$，$4_{\triangle}$，$4_{\triangle}$。$7_{\triangle}$，7 乙$_{\triangle}$。7 乙$_{\triangle}$，$6_{\triangle}$。　　7 句

第一曲用式 1，爲【中吕過曲】。第二、第三兩曲用式 2，爲【中吕調近詞】。

《正始》列第一曲爲式 1 正格，題注："與【中吕調】及【般涉調・要孩兒】不同。"尾批對時譜之變動作出考辨，提出批評。

《正始》列第二曲爲式 2 正格，題注："與【中吕宫】及【般涉調・要孩兒】不同。"列第三曲爲第二格，題注："第五（原作"二"）句變爲六字。"

諸宫調有【般涉調・要孩兒】，與此不同。北曲有【般涉調・要孩兒】，與諸宫調同，與此不同。南曲有【中吕過曲・要孩兒】，《舊譜》卷三、《沈譜》卷八、《新譜》卷八、《寒山曲譜》引第一曲爲例曲，用式 1，與此僅句字略有不同。《定律》卷六引《如是觀》"拚取此身全忠義"爲例曲，又引《非非想》"聞道桃源將近矣"爲【前腔】，與此首句作七字句，第四句減字作二字句，末句減字作六字折腰句，略有變化；此二曲的差異，在第六句八字或七字。《簡譜》卷六同《定律》之【前腔】，尾批："此曲亦應俚俗，今作者復用雅詞，實不合格。舊譜中所引，如《幽閨》之'我有一言説不盡'，……皆用白描，方合此曲體裁，惜文章不佳耳。"又有【般涉調近詞・要孩兒】，《新譜》卷十、《定律》卷十一、《簡譜》卷九均引題署"舊曲"之"齊和採蓮腔"爲例曲，與此兩式均不同，與諸宫調、北曲亦不同。《新譜》題注："馮（夢龍）補。與【中吕】不同。"可知是從馮夢龍《墨憨齋曲譜》中補入的。《定律》尾批："此曲與【中吕】之【要孩兒】不同。"查《沈譜》附録《名同而音律不同者》，其中無【要孩兒】。或【般涉調近詞・要孩兒】因爲是散曲，未爲其注意；更大的可能是此調之元譜至《正始》方發現，此後方得署録，傳播綫索是清楚的，此前因未睹而失録。

此調，諸宫調、北曲爲一系統；戲文或出於諸宫調，然有較大轉换，形成二調；南曲承式 1【中吕過曲】，式 2 則僅見於此，後已不傳；另有【般涉調近詞】，由"舊曲"補入，存調而已，亦罕使用。

【香羅帶】

1.【南吕過曲】一從鸞鳳分,誰梳鬢雲。粧臺不臨生暗塵,那更釵梳首飾典無存也。是我擔閣你,度青春,如今又剪你,資送老親。剪髮傷情也,只怨著結髪的薄倖人。

2.【南吕過曲】……我的身死骨自無埋處,……

3.【南吕過曲】……教人道霧鬢雲鬟女,……①

元傳奇《蔡伯喈》,《正始》頁 554

4.【南吕過曲】恩情正美滿,相愛憐。天生兩人都少年。宫中風景勝神仙也。花前醉,月下眠,朝歡暮樂歌笑喧。兩情厮留戀,這般愁怎言?苦也天天,怎知道分離在眼前。

元傳奇《樂昌公主》,《正始》頁 555

5.【南吕過曲】娘行你試聽,聽吾説事因。爹爹管軍兼管民,軍中挨問姓劉人也。著他取你,免伊淚零。多只數日,少只半旬。異日説冤恨,報取薄倖人。苦也天天,甚日得子母團圓説事因。

元傳奇《劉智遠》,《正始》頁 556

6.【南吕過曲】春殘柳帶陰,芳草正深。千紅亂落飛絮英,杜鵑啼人不堪聽也。風兒又勁,月兒又明,房兒裏少着一個人。冷冷清清也,這般光景恓惶奴怎禁。

7.【南吕過曲】香羅帶子新,新紅間青。須知道寸絲是奴寸情,在郎身畔是奴親也。休薄倖,莫忘故恩。一回帶著,一回上心。睹物思情也,莫學王魁負桂英。 元傳奇《張資》,《正始》頁 556

---

① 錢南揚《元本琵琶記校注》第二十四齣《五娘剪髮賣髮》存録【香羅帶】三支,其第二、第三曲辭云:"【前腔】思量薄倖人,辜奴此身。欲剪未剪教我珠淚零,我當初早披剃入空門也。做個尼姑去,今日免艱辛。珠圍翠簇,蘭麝熏。我的身死骨自無埋處,説什么頭髮愚婦人。【前腔】堪憐愚婦人,單身又貧。開口告人羞怎忍,金刀下處應心疼也。却將堆鴉髻,舞鸞鬢,與烏鳥報答,白髮的親。教人道霧鬢雲鬟女,斷送他霜鬢雪鬢人。"《大成》卷五十存録此第二曲【前腔】,與此句字略有差異。

8.【南吕過曲】香囊上縷金，如藏寶珍。長記向日咱共您，同行同坐酒同斟也。同茶同飯，望今生，百年並枕同綉衾。拆散了鴛鴦也，只爲我求這利名。　　元傳奇《趙彦》，《正始》頁557

9.【南吕過曲】……珠淚傾，不覺早眉顰。

元傳奇《張資》，《正始》頁558

格式：$5_{\triangle}$，$4_{\triangle}$。$7_{\triangle}$，$7_{\triangle}$也。3，$3_{\triangle}$，4，$4_{\triangle}$。$4_{\triangle}$也，$7_{\triangle}$。　　10句

第四、八兩句後例用"也"字。

《正始》列第一曲爲正格，尾批批評了《沈譜》注文的意見："情"字原非用韻，"情"字下隨意用一仄聲字俱可，不比前曲"也"字必不可换，認爲"此論雖然，但詞隱先生猶未知元詞此調、此句、此字還在用韻者居多，韻下亦以'也'字煞者爲正。然今本曲第二闋之云云，又第三句此句云云，此係東嘉先生之微疵，後人豈可效之乎？況此除却第一、第三句，每句皆有變，人所未知。"列第四曲爲第二格，題注："第二句及後四句皆變，次曲亦然。後四句，【三换頭】犯此。"列第五曲爲第三格，題注："第二句變五字，第四句下皆變。"列第六曲爲第四格，題注："第四句變。其第五、六、七句句法，第二格【羅江怨】句法。"頁638【南吕過曲·三十腔】引此第五、六句。列第七曲爲第五格，題注："第五句三字，第六句四字。"列第八曲爲第六格，題注："第五、六句比上格互倒，末句節文不同。"列第九曲爲第八格，題注："末句變作八字二句。"曲文上注："全章皆同，不録，止録末句云云。"

南曲有【南吕過曲·香羅帶】，《舊譜》卷四、《沈譜》卷十二、《新譜》卷十二、《寒山曲譜》均引第一曲爲例曲。《沈譜》眉批："'情'字下'也'字，隨意用一仄聲字俱可，不比前面'也'字，必不可换也。"《寒山曲譜》尾批："'臨'字用平聲，'塵''春'用仄聲，'首'字用平聲，'存'字用暗韻也，字用仄聲代之亦可。"《沈譜》《新譜》《寒山曲譜》《定律》卷八又以第五曲爲【又一體】。《新譜》眉批："馮稿以'異日説冤恨'二句，對《白兔記》【梧葉兒】'異日風雲會，管教來報賢'；以末句對《牧羊記》【梧葉兒】'血淚交流滿肚皮'，改此曲亦作【羅帶兒】。今仍舊。"但即按馮稿，亦與諸譜【羅帶兒】不同，而別爲一格。《寒山曲譜》尾批：

"此曲後半酷似【梧葉兒】,但末句稍變。細查《八義記》,亦有此調,後半同,前半與'一從鸞鳳分'體同。"《正始》對此已均作考辨。《大成》卷五十以《綉襦記》"徐開針綫箱"爲正格,然引此第一、第三、第五三曲均入【又一體】,爲變體,則不分先後、失辨源流。趙景深《考略》頁82—83考察《張資》劇情,以第七曲置第六曲前;《全元戲曲》卷十二頁503則以第七曲、第九曲、第六曲排序,這是信從了錢南揚《輯佚》頁154的意見。

此調出戲文,《張資》實詠調名;南曲承之。

【香五更】

【南吕過曲】【香遍滿】把土泥獨抱,羅裙裹來難打熬,空山寂静無人弔。但我情真實切,到此不憚勞。【五更轉】何曾見葬親兒不到,又道是三匝圍喪,那些個卜其宅兆。思量起,是老親,合顛倒。你圖他折桂看花早,不道自把一身,送在白楊衰草。【香遍滿】漫自苦,這苦憑誰告。

元傳奇《蔡伯喈》,《正始》頁574

格式:$4_{\triangle}$,$7_{\triangle}$。$7_{\triangle}$,4,$5_{\triangle}$。$7_{\triangle}$,4,$4_{\triangle}$。3,3,$3_{\triangle}$。$7_{\triangle}$,4,$4_{\triangle}$。$3_{\triangle}$,$3_{\triangle}$。　16句

集曲。前用【香遍滿】首五句,次用【五更轉】第四至末九句,末用【香遍滿】尾兩句。

《正始》以此爲例曲,頁638引此第二、第三兩句。

南曲有此調,《沈譜》卷十二、《新譜》卷十二、《寒山曲譜》引此爲例曲,題【二犯五更轉】。《沈譜》眉批:"前五句似犯【香遍滿】,末後二句似犯【賀新郎】後六個字。此二調,余自查出,未敢明注也。"《正始》尾批對此提出批評,認爲:"元譜末二句即【香遍滿】,乃犯元傳奇《瓦窰記》'須記取,叮嚀語'元句也。"《新譜》題注:"墨憨名【香繞五更】。"尾批:"今查馮注:'以"漫自苦"二句,正與《琵琶記》"也只爲,糟糠婦"二句相對,則末二句亦係【香遍滿】無疑。'從之。"是。《寒山曲譜》末二句併題【香遍滿】【賀新郎】,尾批:"此曲亦有雙尾之病。"《定律》卷

八、《簡譜》卷七引此爲例曲，題【香遍五更】，與此同。《大成》卷五十一引此題【二集五更轉】，題注："舊名【香遍五更】。"第十三、十四兩句入【恨更長】，餘僅正襯、句字變化。題名"二集"，僅此一見，且不合集曲命名常規，捨去可也。《元本琵琶記校注》第二十六齣《五娘葬公婆》題【五更傳】，誤。

此調出戲文，南曲承之，或轉换其名，關鍵是忽略【香遍滿】可以三字二句收煞。

【香五娘】

【南吕過曲】【香遍滿】數當憂患，泰極否來逢此難，【五更轉】却憶年時，風光無限。羊羔酒，錦帳底，低低㗖。繁華往事成何幹？恁樣淒凉，何曾經慣。【香柳娘】望前途轉艱，望前途轉艱。漸看酸風正寒，寥天將晚。　　元傳奇《木綿菴》，《正始》頁575

格式：$4_{\triangle}$，$7_{\triangle}$，4，$4_{\triangle}$。3，3，$3_{\triangle}$。$7_{\triangle}$，4，$4_{\triangle}$。5 乙$_{\triangle}$，5 乙$_{\triangle}$，$5_{\triangle}$，$4_{\triangle}$。　　14句

集曲。前用【香遍滿】首兩句，次用【五更轉】《劉智遠》格第五至末共八句，後用【香柳娘】尾四句。

《正始》題注："又名【二香轉】。"

《定律》卷八、《大成》卷五十一、《簡譜》卷七均引此爲例曲，題【遍滿五更香】。《大成》以此調第九、十兩句犯【恨更長】。戲文中未見【恨更長】，始見《舊譜》卷五【黄鐘過曲】所引明人散曲，故不從。此例的一個意義在於讓我們認識集曲的命名具有極大空間：【香五娘】【二香轉】【遍滿五更香】，名稱雖不統一，但都照應了所犯之調，都是切題的。

此調出於戲文，然不見于明代南曲諸譜，清以後曲譜也僅存其例，可見極少使用。

【秋夜月】

1.【南吕過曲】家富豪,有的珍和寶,只少個妖嬈將他摟抱。思量命犯孤星照,吃時不飽,睡時不著。　元傳奇《王十朋》,《正始》頁586

2.【南吕過曲】疾忙限期,不可略遲滯,火急星飛忙來至。朝廷有事抄提你,疾忙去離,不得有違。　元傳奇《蘇武》,《正始》頁586

格式:$3_{\triangle}$,$5_{\triangle}$,$7_{\triangle}$。$7_{\triangle}$,$4_{\triangle}$,$4_{\triangle}$。　6句

《正始》列第一曲爲正格,列第二曲爲第二格,題注:"首句變四字。"

《樂府詩集》卷七十六《雜曲歌辭》有【秋夜曲】,與此不同。《全宋詞》僅録柳永【秋夜月】一首,雙片,其上闋亦六句,然句格與此不同。南曲有此調,《舊譜》卷四、《沈譜》卷十二、《新譜》卷十二均引元南散曲"思餞行"爲例曲,與此末兩句改作五字句,餘同。《沈譜》題注:"與詩餘不同。"《寒山曲譜》引此第二曲入【又一體】,與此僅句字略異,尾批:"此體,《八義》、散曲皆有之。"《定律》卷八引《紅梨記》"我着肉籠拿"爲例曲,以《荆釵記》"莫歎嗟"爲【前腔】,二曲的區别在於第五句作六乙句還是五字句,末句則均作五字句。《原本王狀元荆釵記》第七齣引此第一曲,與此最大的不同是將末兩個四字句合作一個五乙句。

此調或出於詞調,戲文轉换承之,傳於南曲,略有變化。

【紅獅兒】

1.【南吕過曲】【紅衫兒换頭】上告賢妻聽,怕你心不定。你哥嫂浪頭緊,【獅子序】只怕你口説無憑。却擔閣兩下成病,分别去各辦志誠。便做了鐵石心腸,也須教我淚零。　元傳奇《劉智遠》,《正始》頁678

2.【中吕調近詞】【紅衫兒】卑人告聽拜啓,念一貧自守,豈望榮貴。奴心暗喜想長時在綉幃,時至要逢佳配。【獅子序】娘行忒恁癡迷,看寒

儒有何標緻。你休要誤我,百歲佳期。

3.【前腔换頭】【紅衫兒换頭】聽啓,娘行自當三思,非是卑人,怎敢推違。到此何須過謙,應是契合前世。【獅子序】娘行更不思維,恐不是風流佳婿。聽此言怎不,教人羞恥。

元傳奇《吕蒙正》,《正始》頁 1137

格式 1:$5_{\triangle}$,$5_{\triangle}$。6 乙$_{\triangle}$,$6_{\triangle}$。$6_{\triangle}$,$6_{\triangle}$。4,$4_{\triangle}$。 8 句

2:$6_{\triangle}$,4,$4_{\triangle}$。$6_{\triangle}$,$6_{\triangle}$。$6_{\triangle}$,$6_{\triangle}$。4,$4_{\triangle}$。 9 句

二式均集曲。第一曲用式 1,前用【南吕過曲・紅衫兒】《裴少俊》格【第四换頭】首三句,後用【獅子序】末五句。第二曲用式 2,前用【中吕調近詞・紅衫兒】首五句,後用【獅子序】末四句。第三曲实是【中吕調近詞・紅衫兒】增首句二字句,餘同式 2。

《正始》列第二曲爲【中吕調近詞】正格,題注:"與【南吕宫・紅獅兒】不同。"《大成》卷七十一引此第二、第三兩曲,然題【黄鐘過曲・獅子序】,爲隻曲,與此句字、句讀略有變化。其他南曲諸譜未見此曲兩式著録。李九我批評《破窑記》第四齣《綵樓選婿》引此後二曲,亦已改題【獅子序】。

此曲出戲文,南曲承式 2,使用極少,且已併入【獅子序】;式 1 僅見於此,後已不傳。

【紅林檎】

1.【雙調引子】園苑飄紅雨,燕子銜春去。歎息韶華虚度,春事已闌珊,春愁知幾許? 鶯慵蝶困春將暮,春去也,甚情緒?

元傳奇《貂蟬女》,《正始》頁 867

2.【雙調過曲】凝眸,睹鴛鴦戲水,波紋皺。雙飛鬭,應笑我,今朝拆散,鳳友鸞儔。母約束怎敢遲留,看柰子休得要落後。剛殢酒,拚飲三杯五琖,和哄離愁。 元傳奇《王祥》,《正始》頁 889

3.【雙調過曲】雙雙,向東籬砌畔,方攜手。忽然睹,一對豔質濃粧。似嫦娥降謫瑶池,一見後教人欽讓。相會處,便做鸞鳳吹簫,也

只如常。　　　　　　　　　　元傳奇《郭華》,《正始》頁 891

4.【雙調過曲】……雙肩軟,……元傳奇《鄭瓊英》,《正始》頁 951

格式 1:$5_{\triangle}$,$5_{\triangle}$。$6_{\triangle}$,5,$5_{\triangle}$。$7_{\triangle}$,3,$3_{\triangle}$。　8 句

2:$2_{\triangle}$,$4_{\triangle}$,$3_{\triangle}$。$3_{\triangle}$,3,4,$4_{\triangle}$。7 乙,7 $乙_{\triangle}$。$3_{\triangle}$,6,$4_{\triangle}$。　12 句

第一曲用式 1,爲【雙調引子】;後三曲用式 2,爲【雙調過曲】。

《正始》列第一曲爲式 1 例曲。

《正始》列第二曲爲式 2 正格,尾批:"《沈譜》曰:'此調起句用二字,似是【换頭】,無處查其本調耳,姑記之。'余謂此曲之三叠句,一句粘上,一句粘下,不成體律,作者不可效之,必以下格爲正。"頁 1340【高平調過曲・十二紅】尾批引此末兩句。引元南散套《過眼韶華》"娉婷"爲第二格:"$2_{\triangle}$,$4_{\triangle}$。$3_{\triangle}$,$3_{\triangle}$,$3_{\triangle}$,$6_{\triangle}$。7 乙,7 $乙_{\triangle}$。$3_{\triangle}$,6,$4_{\triangle}$。"題注:"第六、七併爲六字一句,但此句不可爲式。按三叠句此格爲正。"列第三曲爲第三格,題注:"减去第四之三字一句,第六、七併作六字一句。"第二、三句失韻。第四曲,【仙吕入雙調過曲・月上海棠】之【前腔换頭】第二格引元傳奇《薛芳卿》爲例曲,尾批:"或謂……【紅林檎】合頭之第一句必應平仄仄。余……又查得元傳奇《鄭瓊英》【紅林檎】此句曰云云,亦平平仄,故知不必拘也。"則此爲第十句。

詞調有【紅林檎近】,雙片,其上闋與式 1 略同。南曲有【雙調過曲・紅林檎】,《舊譜》卷九、《沈譜》卷二十、《新譜》卷二十二、《定律》卷九、《大成》卷三、《簡譜》卷八均引第二曲爲例曲,僅句字略異。《沈譜》卷題注:"與詩餘不同。"另有尾批,上文《正始》已引録。《大成》入【仙吕過曲】。《簡譜》尾批:"此是【换頭】格,但首曲格式無考,且必用在【晝錦堂】套内。'毋約束'二句須對。"南曲另有【雙調慢詞・紅林檎慢】,《沈譜》卷二十一、《新譜》卷二十四均直接引用周邦彦詞"風雪驚初霽"爲例曲,《沈譜》題注:"《草堂集》作【紅林檎近】。"是用詞調。

此曲出於詞調,戲文式 1 承之,爲【雙調引子】,略有變化,入南曲爲【雙調慢詞】,復歸詞調;戲文式 2 或轉换承之,名同實異,爲【雙調過曲】,傳入南曲。

【秋蕊香】

【雙調引子】半載縈牽方寸，何曾不淚滴眉顰？欲語難言信難問，即漸裹懨懨瘦損。　　　　元傳奇《拜月亭》，《正始》頁 871

格式：$6_{\triangle}$，$6_{\triangle}$。7，$5_{\triangle}$。　　　　4句

《正始》題注："與詩餘同，但無【换頭】，且第二句平仄不同：詩餘第二句平仄仄平平仄，此引平平仄仄平平。"

詞調有此調，雙片，其上闋有首句六字起、四字起兩體，其六字起句體與此同，僅第二句平仄不同。南曲有此調，《舊譜》卷九、《沈譜》卷二十、《新譜》卷二十二、《定律》卷九、《大成》卷六十二均以此曲爲例曲。《舊譜》題【秋葉香】，《沈譜》題【秋蕊香】，題注："與詩餘大同小異。'蕊'，《舊譜》作'葉'，非也。"眉批："'即漸'二字，乃詞家常用者。或作'積漸'，似文意稍明。未知孰是。"《大成》題注："'蕊'，一作'葉'。"

此調出詞調，入戲文，略有變化；南曲承之，於名稱反有歧義。當從詞調。

【南枝歌】

【雙調過曲】【鎖南枝】若提（原作"題"）起，這柳七，誰不識此公是俏倬客？釀旦調侃，是他爲第一。【孝順歌】既樽前席上，見伊標格。【鎖南枝】和你有也不見得，没也不見得。　　　　元傳奇《柳耆卿》，《正始》頁 885

格式：3，$3_{\triangle}$，$7_{\triangle}$。4，$5_{\triangle}$。4，$4_{\triangle}$。$3_{\triangle}$，$3_{\triangle}$。　　　　9句

集曲。前用【鎖南枝】首五句，次用【孝順歌】第六、七兩句，後用【鎖南枝】尾兩句。《正始》題注："【鎖南枝】第四句四字句法僅見於此犯調。"

南曲僅見《大成》卷六十四引此爲例曲，與此句字略有變化。其

他諸譜無此調。南曲以【孝順歌】犯【鎖南枝】者，爲【雙調過曲·鎖順枝】，《新譜》卷二十二引《鴛鴦棒》“錢老者”爲例曲，與此略異：第五句後增四字兩句，是用【孝順歌】第六至第九四句；第七句後增三字兩句，是用【鎖南枝】末四句；全曲共十三句。《定律》卷九、《簡譜》卷八亦引《鴛鴦棒》此曲爲例曲，但中間用【孝順歌】五句，則全曲共十四句。

此調出於戲文，南曲承之，不斷有所增補，並易其名，實當爲兩曲，但仍覺不及戲文舊名妥當。

【南枝映水清】

【雙調過曲】【鎖南枝】從別後，渡孟津，思君盡日欲見君。【五馬江兒水】鳳北鸞南，生生地鏡剖釵又分。鎮千思萬想，要見無門。【鎖南枝】放不落，心上人。漾不落，心上人。　元傳奇《拜月亭》，《正始》頁885

格式：3,3$_{\triangle}$,7$_{\triangle}$。4,5$_{\triangle}$。5乙,4$_{\triangle}$。3,3$_{\triangle}$。3,3$_{\triangle}$。　11句

集曲。前用【鎖南枝】首三句，次用【五馬江兒水】第四至第七四句，後用【鎖南枝】末四句。

《正始》尾批：“按古本《拜月亭》，‘釵’字下原無‘又’字。後《沈譜》添作‘釵又分’，用平去平，妙極。”此句，查《重訂拜月亭記》第三十七齣《蘭蓮思憶》第五句作“交奴鏡剖釵分”，李卓吾批評《幽閨記》與《六十種曲》本《幽閨記》第三十四齣《姊妹論思》均作“生生地鏡剖與釵分”，“釵分”間都無“又”字，《正始》所説是。

《沈譜》卷二十、《新譜》卷二十二、《定律》卷九、《大成》卷六十四、《簡譜》卷八均引此爲例曲。《沈譜》、《新譜》題【二犯孝順歌】，以前三句屬【孝順歌】。《沈譜》在“鳳北鸞南”前用○斷開，尾批：“‘鳳北’至‘無門’，不知何調，姑闕之。”眉批：“‘落’字不可改作‘下’字。若作‘下’字，乃是去聲，即拗矣。大抵古人用入聲字，最有意，不可輕改。”《新譜》題注：“新查注。”尾批：“原云中段不知何調，今查是【五馬江兒水】第四句至第七句一段。”《定律》《大成》《簡譜》承之，但又只以“鎮

千思”兩句入【五馬江兒水】，餘同。《大成》題注：“舊名【二犯孝順歌】。”

此調出戲文，南曲承之。然曲調構成已有混淆，又易其名，可見此調後已極少運用。

【柳絮飛】

【仙吕入雙調過曲】一軍人盡誅戮，誅戮。走了陀滿興福，興福。遍張文榜行諸處，多用心根捉囚徒。鄰佑與窩主，停藏的罪同誅。

元傳奇《拜月亭》，《正始》頁 907

格式：$6_{\triangle}$，$2_{\triangle}$。$6_{\triangle}$，$2_{\triangle}$。$7_{\triangle}$，7 乙$_{\triangle}$。$5_{\triangle}$，$5_{\triangle}$。　8 句

南曲有此調，《舊譜》卷十、《沈譜》卷二十、《新譜》卷二十三、《寒山曲譜》、《定律》卷九、《大成》卷三十七均以此爲例曲。《舊譜》僅減省第二句二字疊句，《沈譜》《定律》《大成》以末二句爲（合），《寒山曲譜》第一、第三句後標注（又），當是重疊前句，餘與此同。《寒山曲譜》題【南吕過曲】，尾批：“或將‘誅戮’二字、‘興福’二字、‘囚徒’二字，重唱亦可。又《教子》一體，第四句云：‘要救百里民間’，餘皆同。‘主’字用平聲，‘誅’字用仄韻。”《定律》題【雙調過曲】，《大成》題【小石調過曲】。

此調出戲文，南曲承之，但於宫調略有歧議。

【品令】

【仙吕入雙調過曲】逃生士民，在官道驛程傍。天色漸晚，陰雲黯穹（原作“窮”）蒼。匆匆正往，喊聲如雷響，各各奔走都向樹林中伉。偷生苟免，瓦解星飛子離了娘。　元傳奇《拜月亭》，《正始》頁 973

格式：4，$5_{\triangle}$。4，$5_{\triangle}$。4，$5_{\triangle}$，$7_{\triangle}$。4，$7_{\triangle}$。　9 句

南曲有此調。《舊譜》卷十、《沈譜》卷二十、《新譜》卷二十三引此

曲爲例曲，襯字作實字，故破第七句作“$4,6_{\triangle}$”兩句，句字與此亦略有不同。《重訂拜月亭記》第二十八齣《隆蘭拆散》題【華品令】，僅此一見，較爲特別，“華”字當衍。

此調出戲文，南曲承之，略有變化。

【風雲會四朝元】

【仙吕入雙調過曲】【四朝元】春闈催赴，同心帶綰初。歎陽關聲斷，送別南浦，早已成間阻。漫羅襟淚漬，【會河陽】和那寶瑟塵埋，錦被羞鋪。【朝元令】寂寞瓊窗，蕭條朱户，【駐雲飛】空把流年度。嗏，酩子裏自尋思，【一江風】妾意君情，一旦如朝露。君行萬里途，妾心萬般苦。【四朝元】君還念妾，迢迢遠遠也須回顧。

元傳奇《蔡伯喈》，《正始》頁 1005

格式：$4_{\triangle}$，$5_{\triangle}$。5 乙，$4_{\triangle}$，$5_{\triangle}$。5 乙，4，$4_{\triangle}$。4，$4_{\triangle}$，$5_{\triangle}$。嗏，5，4，$5_{\triangle}$。$5_{\triangle}$，$5_{\triangle}$。4，$6_{\triangle}$。　19 句

集曲，前用【四朝元】首六句，次用【會河陽】第四、第五兩句，次用【朝元令】第五、第六兩句，次用【駐雲飛】第四至第六三句，再用【一江風】第五至第八四句，末用【四朝元】尾兩句。

南曲有此調。《舊譜》卷十、《沈譜》卷二十俱引此爲例曲，然《舊譜》題【四朝元】，作隻曲；《沈譜》與此標署也大不同：首五句題【五馬江兒水】，第六句題【桂枝香】，疊用前句，第七至第十句題【柳摇金】，第十一至第十三句亦題【駐雲飛】，次四句亦題【一江風】，末兩句題【朝元令】，不過將末句襯字皆作實字，破作四字兩句。《新譜》卷二十三承之。《定律》卷九入【雙調過曲】，與《沈譜》大同小異，末四字增用一疊句。《簡譜》卷八引《鸚鵡洲》爲例曲，犯調題署同《沈譜》，尾批：“此調創於《琵琶》，例用四支，《荆釵》因之，後世作者甚多，皆從《琵琶》式也。”《元本琵琶記》第八齣《趙五娘憶夫》四曲連排，此爲首曲，作隻曲。

此曲出戲文，南曲承之，然對於集曲構成的理解已有不同，王守

泰主編《崑曲曲牌及套數範例集》(南套卷)第二集卷四對此所作的分析,亦以《沈譜》標署爲基礎。可見後世南曲均從《琵琶》,依譜填詞,距戲文已遠矣。

【柳梢青】

1.【仙吕入雙調過曲】家樂當筵,各將本事供。時新雜劇藏懨,般般呈弄。歌罷桃花,扇底輕風。舞低楊柳,樓心月華浮動。檀板輕鬆,絲竹琤琮,悄如鳴綵鳳。　　元傳奇《羅惜惜》,《正始》頁 1008

2.【仙吕入雙調過曲】長亭古道西風,零零敗葉飛。南來雁兒呀呀,叫過雲外。朝行暮止,渡水登山,望斷天涯去何之?盼取前程,過著一里又一里。　　元傳奇《欒城驛》,《正始》頁 1009

格式:4,$5_{\triangle}$。6,$4_{\triangle}$。4,$4_{\triangle}$。4,$4_{\triangle}$。$4_{\triangle}$,$4_{\triangle}$,$5_{\triangle}$。　　11 句

《正始》列第一曲爲正格。列第二曲爲第二格,題注:"首句六字,類多。第七、第八與末一句皆併作七字一句。"實將第七、第八兩句和末兩句各併作七字一句。

詞調有【柳梢青】,與此不同。北曲有【正宫・柳梢青】,一名【六么遍】,與此不同。南曲有此調。《沈譜》卷二十引《江流記》"今日試展開旛"爲例曲,其格式爲:"5,$5_{\triangle}$。$3_{\triangle}$,3,$4_{\triangle}$。$5_{\triangle}$,$7_{\triangle}$。4,3,$3_{\triangle}$。"與此有較大變異。《新譜》卷二十三【风云会四朝元】眉批:"原【柳梢青】一曲,无板,且调不甚叶,删。"而將此调移入卷九【中吕慢詞】,題注:"此係詩餘,亦可唱。"引宋人词平仄声各一首为例曲,又引《想当然》"何曾亲近"为【又一体】,與此均不同。《大成》卷六十三引此第二曲,題【雙調過曲】之【又一體】,與此句格、句字均有所變化;署"散曲",誤。

此調原出於詞,北曲與戲文僅用其名,實則與詞不同,彼此亦各不相同;《沈譜》承於戲文而多變化,《新譜》復歸詞調。

【柳摇金】

1.【仙吕入雙調過曲】【桂枝香】春光明媚,遊人如蟻。【四塊金】金勒馬頻嘶,【淘金令】萬紫争妍麗,粉蝶成對飛。【銷金帳】忽聽得賣花聲過,轉過畫樓西。【柳梢青】欲買幾朵花來,粧個花籃花轎兒。(合)朝歡暮樂,效學于飛,和你永諧連理。

2.【前腔第三】【桂枝香】金梧飄墜,齊紈懶揮。【四塊金】牛女會佳期,【淘金令】丹桂飄金蕊,風傳香韻奇。【銷金帳】遥望着碧天如洗,萬里月揚輝。【柳望青】一似皓月澄清,團圓到底。(合前)

元傳奇《劉智遠》,《正始》頁 1010

格式:$4_{\triangle}$,$4_{\triangle}$。$5_{\triangle}$,$5_{\triangle}$,$5_{\triangle}$。4,$5_{\triangle}$。6,$7_{\triangle}$。4,$4_{\triangle}$,$4_{\triangle}$。 12 句

集曲。前用【桂枝香】首兩句,次用【四塊金】第二句,次用【淘金令】第十、第十一兩句,次用【銷金帳】首兩句,後用【柳梢青】第五句至末句。

《正始》列第一曲爲正格,尾批:“【銷金帳】合元傳奇《洪和尚》第二曲云云。【柳梢青】,明傳奇《陳光蕊》始調之第五句至終效此句法。”列第二曲爲第二格,題注:“【柳望青】此體,《陳光蕊》第三曲之七句至終效此句法。”與此僅第八、第九兩句均作四字,餘同。然戲文與南曲俱無【柳望青】,此正用【柳梢青】《陳光蕊》格,當是誤題。

南曲有此調。《舊譜》卷十引散曲“科場及第”爲例曲,作本調而不作集曲,與此不同。《沈譜》卷二十、《新譜》卷二十三、《定律》卷九、《大成》卷六十三、《簡譜》卷八均以此第二曲爲例曲,與此僅將第十一句疊用一句,餘同。《沈譜》題注:“《舊譜》乃犯别調者,今改正。”又有【柳摇金犯】,正用《舊譜》之【柳摇金】爲例曲,題注:“《舊譜》題作【柳摇金】,今增一‘犯’字。”然未注所犯何調。《新譜》承《沈譜》,【柳摇金】尾批:“馮注:尾四句必如此用疊句,而煞句必六字,與【五馬江兒水】判然不同。原譜凡四字四句,皆曰犯【柳摇金】,誤矣。今按:《詞林辨體》載周獻王一曲,與馮説同,從之。”則是聽從了馮夢龍的意見,

並經校驗。其下補【又一體】,引《邯鄲夢》“青驢紫跨”爲例曲,眉批:“比舊曲少三句。”實減第七至第九句。《定律》《大成》《簡譜》均題【雙調過曲】,作隻曲。《簡譜》尾批:“此曲用於同場時爲宜。‘牛女會佳期’三句,可用扇面對,或將‘丹桂’‘風傳’二句作對,亦可。……‘效學’句應疊,但文氣須與末句聯貫。”

此調出戲文。已爲犯調,實不可再犯他調。《正始》對此已有精當的論述。明人或作本調,故又以此再犯他調。

【秋夜雨】

【黄鐘調慢詞】心事無靠托,淚暗滴燈光偷落。我女癡迷,全然不省,更不思量着。佶倬的無數,憑著你自尋那個?

元傳奇《王焕》,《正始》頁 1055

格式:$5_{\triangle}$,7 乙$_{\triangle}$。4,4,$5_{\triangle}$。$5_{\triangle}$,$6_{\triangle}$。　7句

《正始》題注:“亦入十三調【商調】,通用。”此曲又見頁 701【商調引子・十二時】。頁 1058【黄鐘調近詞】亦録【秋夜雨】,存目備式而無辭。眉批:“唐式。”題注:“此調之章句平仄,與本調《王焕》引無異,所争止其板耳。彼此難明,敢備此,俟博者教。”同一曲辭而有三個調名,十分特殊。依例姑録,以存舊名。

南曲有此調。《沈譜》卷十八入【商調慢詞】,題注:“《舊譜》目録中亦不載此。【黄鐘調】通用。”尾批:“佶倬,音結棹,即今人俗語也。‘倬’字,《中州韻》注云:‘俏麗貌。’不可認作‘卓’字音。”《新譜》卷十九承之。

此調出戲文,南曲承之,使用已少。

【春色滿皇州】

1. 【正宫調近詞】告郎略聽啓:想前生,綵絲雙雙曾繫。今世裏,依舊共諧于飛。幾年家路阻桃溪,誰知道僧房裏相會。(合)姻緣到,

在天爲比翼，地效連理。

2.【前腔換頭】天與，共伊一對兒，你貌美，我每那共聰慧。紅粉中，没一個似你嬌媚。翠蛾巧淡拂春山，嬌溜俊橫拖秋水。（合前）

元傳奇《張資》，《正始》頁 1082

3.【正宫調近詞】索居仙洞僻，與無心去來，白雲爲侶。清興逸，幽閑自得仙機。聞知，今日是王母生辰，來慶賀略伸微意。（合）歡娱處，見群仙開列，共樂瑶池。

4.【前腔換頭】今日，晚來和氣舒，見祥雲滿空，光景熙熙。香霧靄，和風麗日遲遲。偏宜，庭前見花木生春，麟鳳躍魚龍遊戲。（合前）

元傳奇《王母蟠桃會》，《正始》頁 1083

格式：$5_{\triangle}$，3，$6_{\triangle}$。$3_{\triangle}$，$6_{\triangle}$。7 乙，7 $乙_{\triangle}$。$3_{\triangle}$，4，$4_{\triangle}$。　　10 句

《正始》列第一曲爲正格，題注："亦入【南吕調】。"列第三曲爲第二格，題注："第二、三句節文不同，五句下增二字一句。"列第四曲爲【前腔換頭】第二格，題注："與本曲始調同體。"

《春色滿皇州》是唐人吟詠京師的詩題，《全唐詩》收録了封敖、裴夷直、沈亞之等人的同題五言古體詩。宋雜劇有以【滿皇州】爲題者三本，王國維《宋元戲曲史》五列其入"用詞調者"類。然《全宋詞》中無【滿皇州】詞牌。南曲有【南吕調近詞・春色滿皇州】，《沈譜》卷十三、《新譜》卷十三俱以第一、二兩曲爲例曲，與此僅第八句作四字，餘同。《定律》卷八引此四曲，《寒山曲譜》引前二曲，《大成》卷四十九引第四曲與前二曲爲例曲，俱入【南吕過曲】，《定律》題後二曲爲【又一體】，《大成》題所引三曲均作【又一體】，僅字句略有差異。《簡譜》卷七引後二曲爲例曲，尾批："此調以此支爲正格。諸譜收《張資》傳奇二曲，缺'聞知''偏宜'二短句，不可爲法也。"較《正始》，以變爲正矣。

此調當出於唐人歌調，經宋雜劇入戲文，南曲承之。但戲文爲【正宫調近詞】，南曲入【南吕調近詞】，後又轉入【南吕過曲】，流傳中已有變化。

【恨蕭郎】

1.【南吕調近詞】莫不是風敲落葉聲，又不是僧敲月下門。那值夜長人静，又無行旅相投奔。莫非鄰里相詢問，潛身悄地臨門認。教奴見也，見也還驚，原來是猛獸來山徑。　元傳奇《吕蒙正》，《正始》頁1168

2.【南吕調近詞】使鉏霓暗地行刺，誰知道不在意觸槐而死。每日夜忘飡失寐，神獒指日成一計，必然要壞穿紫的。吾心願足，那時慚愧，應顯達身榮貴。　元傳奇《趙氏孤兒》，《正始》頁1168

3.【南吕調近詞】望鄉關千萬里，與他相隨來到這裏。怎知妖魅，化茅舍在深山内？忽然一陣狂風起，妻兒攝去無蹤迹。肝腸痛也，痛也傷悲，冤家下得直如是。　元傳奇《陳巡檢》，《正始》頁1169

格式：$7_{\triangle}$，$7_{\triangle}$。$4_{\triangle}$，$7_{\triangle}$。$7_{\triangle}$，$7_{\triangle}$。4，$4_{\triangle}$，$7_{\triangle}$。　9句

《正始》列第一曲爲正格，題注：“【六犯清音】犯此末三句。”頁122引此首句。列第二曲爲第二格，題注：“首二句節讀不同，又減去第六七字一句，末句變爲六字二截。”列第三曲爲第三格，題注：“第一、第四句皆變作六字二截。”頁121引此首句。

南曲有此調。《舊譜》卷五入【黄鐘過曲】，用第三曲爲例曲，句字略有變化。然又有【南吕調近詞・恨蕭郎】，有目無辭。《沈譜》卷十三有【南吕調近詞・恨蕭郎】，引第一曲爲例曲，署《綵樓記》，題注：“《綵樓記》無善本，此曲不知有訛謬否。”然章規句格有所不同：“3、$5_{\triangle}$，3、$5_{\triangle}$。3、$5_{\triangle}$，3、$5_{\triangle}$。7，$4_{\triangle}$，$4_{\triangle}$。”共七句，末句疊用前句。又卷十四、《寒山堂譜》卷五有【黄鐘過曲・恨蕭郎】，與《舊譜》同，《沈譜》題注：“與【南吕】不同。”《寒山堂譜》題注：“一名【排過第五】。”《新譜》卷十三【南吕調近詞・恨蕭郎】與第一曲同，尾批：“原注：疑有訛誤。今從馮古本改正。”《定律》卷八、《大成》卷五十均以第三曲爲【南吕過曲】正格，以第一曲爲【前腔】或【又一體】，與此都只有正襯出入。《定律》尾批：“此曲，沈譜……又注云云。但今坊本《瓦窑》之曲，即此一曲，雖非善本，然以前《梅嶺》之‘望鄉關’之一曲證之，則無甚大差。”

《大成》題注:"一名【排遍第五】。"尾批:此曲"雖爲古曲,但韻脚太雜,前人每短之,故將原文稍爲改削,即第三闋是也",其辭云:"莫不是風吹落葉聲,莫不是鄰裏來詢問。又不是客邸相投奔,又不是僧敲月下門。潛身悄地開門覷,(合)還是甚人,還是甚人。"細校第一、第三兩曲,當從《正始》《定律》作同調異體。《定律》《大成》《簡譜》卷七又均以第二曲題【南吕過曲·恨情郎】,《大成》署《孤兒記》,《簡譜》署《八義》。《趙氏孤兒記》第十八齣《嗾獒計定》亦題【恨情郎】,則改换曲名矣。

此調出戲文,南曲承之,已經分化:以第一曲爲例曲,仍作【南吕調近詞】;以第三曲爲例曲,改調作【黄鐘過曲】;第二曲則易换調名,題【恨情郎】。

【柳穿魚】

【不知宫調過曲】心忙似箭走如飛,歷盡艱辛有誰知?夜静水寒魚不食,滿船空載明月歸。歸來後到庭除,未知相公在何處。

元傳奇《蔡伯喈》,《正始》頁 1360

格式:$7_{\triangle}$,$7_{\triangle}$。7,$7_{\triangle}$。6 乙$_{\triangle}$,$7_{\triangle}$。　　6 句

南曲有此調,《沈譜》引此爲例曲,入【不知宫調過曲】,題注:"坊本《琵琶記》或無此曲。"《新譜》亦此爲例曲,入卷二十五【雜調】。《寒山堂譜》卷二入【正宫過曲】,與此同。題注:"六句,四十一字。"尾批:"'夜静'二句,必要用一舊詩或成語方妙。"

此調或出於民間歌謡,入戲文,南曲承之,然較少使用,又换宫調。

【風帖兒】

【不知宫調過曲】到得陳留,逢一個故老。在他每爹娘墳上拜掃,果然饑荒都死了。他媳婦,也來到。枉教人,走這遭。

元傳奇《蔡伯喈》,《正始》頁 1361

格式:4,$3_{\triangle}$。7 乙$_{\triangle}$,$7_{\triangle}$。3,3 乙$_{\triangle}$。3,$3_{\triangle}$。　8句

南曲有此調,《沈譜》引此爲例曲,入【不知宫調過曲】。《新譜》亦此爲例曲,入卷二十五【雜調】。《寒山堂譜》卷二、《定律》卷二、《大成》卷三十一入【正宫過曲】,僅合前兩句作一句,餘與此同。

此調或出於民間歌謡,入戲文,南曲承之,然較少使用,又换宫調。

【柳葉兒】

1.【不知宫調過曲】那日各分飛,駙馬道與,教他救孤兒。謝得韓厥刎死,放他出去。(合)幾人如是,怎想程嬰反背主。

2.【前腔】相公遭奸計,受圈套,提彌明捹身死。若非靈輒背負,相公怎去。(合前)　元傳奇《趙氏孤兒》,《正始》頁 1363

格式:$5_{\triangle}$,$4_{\triangle}$,$5_{\triangle}$。6,$4_{\triangle}$。$4_{\triangle}$,$7_{\triangle}$。　7句

《正始》列第一曲爲正格。列第二曲爲第二格,題注:"第二句減爲三字,第三句變爲六字。"

北曲有【仙吕·柳葉兒】,常格六句:"7 乙$_{\triangle}$,7 乙$_{\triangle}$,$7_{\triangle}$。3,$3_{\triangle}$,$7_{\triangle}$。"偶可在曲尾照末句增一句。與此雖然不同,似亦相近。《趙氏孤兒記》第三十四齣《公主聞信》用此調,四曲聯章,然題【香柳娘】,誤。

此調或出於民間歌謡,入北曲、戲文,大同小異;南曲僅見於戲文,不見後世諸譜。

【要鮑老】

1.【黄鐘過曲】婆婆媽媽聽拜啓,平康巷馬頻嘶。青商忙去前探取,陳官人却回去。特來報喜,今宵鳳幃情意美。再整餘香被,昨宵夢裏,果然是恁希奇。齊出門兒去,迎接取,大家賀喜。暢飲排佳會,再得團圓美。　元傳奇《陳叔文》,《寒山堂譜》卷五頁 705 上半葉

2.【黄鐘過曲】朝廷當時巡捕急,避难在圍墻裏。若非恩人救難

危,險赴法雲陽市。相逢狹路難回避,這言語古來提。連忙整備排筵席,歡來不似今日。元傳奇《拜月亭》,《寒山堂譜》卷五頁705下半葉

格式:$7_{\triangle}$,6 乙$_{\triangle}$。$7_{\triangle}$,6 乙$_{\triangle}$。$4_{\triangle}$,$7_{\triangle}$。$5_{\triangle}$,$4_{\triangle}$,$5_{\triangle}$。$5_{\triangle}$,$3_{\triangle}$,$4_{\triangle}$。$5_{\triangle}$,$5_{\triangle}$。　14句

《寒山堂譜》列第一曲爲正格,題注:“一名【永團圓】,一名【團圓旋】。十四句,七十四字。”列第二曲爲第四【又一體】,題注:“八句,五十二字。”作“$7_{\triangle}$,6 乙$_{\triangle}$”四聯,僅末句作六字句。《正始》頁62引此第一句首四字,入【鮑老催】,並作詳細考辨。

《沈譜》卷八、《定律》卷六引第一曲,然題爲【中吕過曲・永團圓】《蔡伯喈》“名傳四海人怎比”之【又一體】,《沈譜》題注:“即【永團圓】。”尾批:“此調,舊本亦題【耍鮑老】,然但似《琵琶記》【永團圓】,却不犯【鮑老催】,不可曉。”戲文中【耍鮑老】與【永團圓】多相混用,雖句字略有出入,要之大同而微異,故言其一調兩名,亦不爲錯。參見【永團圓】考辨。第二曲,《舊譜》卷三【中吕過曲・鮑老兒】引爲例曲,前八句全同,後復有六句:“酒浮嫩醅,壓驚解乏休要推。寒色告些飲半杯,非詐僞,量淺窄,休央及。”《定律》卷一、《大成》卷七十引爲【黄鐘宫正曲・耍鮑老】例曲,《大成》入【又一體】,尾批:“末句應六字兩截句,此作上二下四句,小異耳。”《簡譜》卷六引《定律》【前腔】所引《夢磊》“奉勸秋鴻親阿姊”爲例曲,與此末句作六乙句,餘同,尾批:“此【耍鮑老】正格。”此二曲分别與《正始》之【中吕過曲・永團圓】【黄鐘過曲・鮑老催】之前半截大同小異。此從《寒山堂譜》,録其全曲以備考,亦存此戲文舊名。

十　筆

【浪淘沙】

迤邐離鄉關，回首望家。白雲直下，把淚偷彈。極目荒郊無旅店，只聽得流水潺潺。

《張協狀元》1

格式：5△，4。4，4△。7，4△。　　6句

錢南揚《校注》：此爲諸宮調散詞。然今存諸宮調中未見此曲，無從考校。第二句失韻。

唐・崔令欽《教坊記・曲名》有【浪淘沙】，《全唐五代詞》存曲二首，均七言四句，與此不同。詞調有【浪淘沙】，雙片，其上闋與此第二句叶韻，第三、第四兩句併作七字一句，餘同。南曲有【越調引子・浪淘沙】，與詞調相同；《沈譜》卷十五題注："與詩餘同，但無换頭。與【仙吕】不同。"《新譜》卷十六眉批："此調又入過曲。"《沈譜》卷三、《新譜》卷三均有【羽調近詞・浪淘沙】，與此不同；兩譜均有題注："舊注云：'即【賣花聲】。'與【越調】不同。"【仙吕】無【浪淘沙】；《沈譜》卷十五、《新譜》卷十六題注所稱【仙吕】當爲【羽調】之誤。《沈譜》無【越調過曲・浪淘沙】，《新譜》卷十六録沈氏未刻稿中所輯之【越調過曲・浪淘沙】，與詞調同，眉批："此曲與前引子同調，録於此，以存過曲之腔板。"則後世南曲以此爲【越調引子】與【越調過曲】之【浪淘沙】矣。《正始》無【越調引子・浪淘沙】，頁782【越調過曲・浪淘沙】引明傳奇《金華娘子》爲例曲，與詞調同，題注："與詩餘同，時譜收明傳奇《江流記》上曲作【引子】，誤。"則《正始》以此爲【越調過曲・浪淘沙】，與【羽調過曲・浪淘沙】和【越調引子・賣花聲】不同。參見【賣花聲】。《全

元戲曲》卷九於第二句末補“山”字:“原脱,錢本仍之,失韻,據律補。”失韻,是;然考詞譜和南曲諸譜,第二句均作四字句,若作“回首家山”,或差擬近之。

此調出於唐曲,入詞,戲文作【越調過曲】,有所變化;南曲承之,復歸詞調,兼作【越調引子】;【羽調近詞・浪淘沙】與此同名異調,並不相同。

【粉蝶兒】

1. 徐步花衢,只得回家,扣雙親看如何底。草堂中,聽得鞋履響,是孩兒來至。你讀書,莫學浪兒門一輩。　《張協狀元》2

2. 庭院深深,春色惱人天氣,向幽閨更無情味。步芳堤,遊上苑,便貪遊戲。我孩兒,聽取亞爹説你。　《張協狀元》21

3. 積世簪纓,家傳宦門之裔,更那堪富豪之後。看詩書,觀史記,無心雅麗。樂升(原作“聲”)平,無非四時佳致。　《錯立身》2

4. 生長開封,詩書盡皆歷遍,奈功名五行薄淺。論榮華,隨分有,稱吾心願。且開懷,共詩朋酒侶歡宴。　《小孫屠》2

5. 一飲千鐘,醺醺殢人扶路,醉醄醄怎生移步。愛花心,須仗托,欄杆遮護。惱柔腸,教人九回千顧。　《小孫屠》3

6. 【中吕引子】野花閑草,天上也都生意,挂心頭幸無閑事。怎禁消,當此景,這般天氣。果然奇,咱們大家遊戲。

元傳奇《崔護》,《正始》頁 382

7. 【中吕引子】粉蝶遊蜂,飛入鬧花叢裏,見呢喃燕子雙飛。睹鴛鴦,情意美,戲浴漣漪。恰如我共伊,兩情歡會。

元傳奇《趙氏孤兒》,《正始》頁 382

格式:4,6△,7 乙△。3,3,4△。3,6△。　8句

第一曲第二句作四字,比較以下四曲,當以六字爲正。

《正始》列第六曲爲正格,題注:“與詩餘同。‘事’字去韻,更合。”與此同。列第七曲爲第二格,題注:“末二句句節不同。末句四字,北

體、南調絶無。”

《全宋詞》有【粉蝶兒】八首，雙片，其上闋與此同。諸宫調有【中吕・粉蝶兒】，與詞調同，其上闋與此同。北曲有【中吕・粉蝶兒】，與此不同。今存宋代白地褐書詞文枕有【粉蝶兒】“平地山尖”詞一首，較之《詞律》，上闋同，下闋略有變化。楊棟兄校釋之，入“出土金元詞”，認爲：“諸宫調中【粉蝶兒】與詞律全同，而元曲之【粉蝶兒】則與詞牌大同小異，其中經由諸宫調爲橋梁，前後遞進之迹可尋也。”①南曲有【中吕引子・粉蝶兒】，《舊譜》卷三、《沈譜》卷八、《新譜》卷八皆引《荆釵》“一片胸襟”爲例曲，與此同格。《沈譜》題注：“與《拜月亭》‘山寨鳴金’同，皆非北曲也。”《定律》卷六、《簡譜》卷六雖例曲同前譜所引，但已將末二句併作一個七乙句，有所變化。

此調出於詞調，經諸宫調入戲文，南曲承之；北曲當承繼詞調而攤破之，與此不同。

【夏雲峰】

展愁眉，舒病眼，勉强徐步廊西。張丈秀才且與，大公施禮。久聞清德，不探知，不及前詣。正雨(原奪)雪，張葉在病中，那值逆旅。

《張協狀元》12

格式：$3_{\triangle}$，3，$6_{\triangle}$。$6_{\triangle}$，$4_{\triangle}$。4，$3_{\triangle}$，$4_{\triangle}$。3，4，$4_{\triangle}$。　11句

錢南揚《校注》云：“此調曲譜不收。句格同宋詞前半闋。”

詞調有【夏雲峰】，雙片，其上闋與此相同。諸譜未見此調。

此調出於詞調，入戲文，後已失傳。

【剔銀燈】

1. 吾血食一方却最靈，百餘歲都説我感應。年年祭户，見没節

① 楊棟《元曲起源考古研究》，中國社會科學出版社，2014年，第80—81頁。

病，獻四五碟（原作“牒”），芝麻糖餅。一陌，二陌紙錢，如何會通靈顯聖？ 《張協狀元》16

2. 春山映秋波暗動情，何須慮孤衾閑枕？香醪路遠人沽飲，嬌貌美風流廝稱。日日，同歡共飲，尤强似嫦娥不嫁人。 《小孫屠》3

3.【中吕引子】竹籬茅舍，前村雪裏，問道野梅開未？待春兒折取一枝，惟有暗香撲鼻。 元傳奇《劉智遠》，《正始》頁380

4.【中吕過曲】迢迢路不知是那裏，前程去安身何處。一點兩閒一行恓惶淚，一陣風對一聲秋氣。雲低，天色傍晚，子母命存亡兀自未知。 元傳奇《拜月亭》，《正始》頁456

5.【中吕過曲】伏不是權且恕我，有好處單饒折過。來朝管取成夫婦，只今夜身見閻羅。空説，淮河汴河，女婿行好生陪話着。

元傳奇《王煥》，《正始》頁457

6.【中吕過曲】……閑時節，三言兩語，從此後一筆勾除。

7.【中吕過曲】……當答謝，瓜園中土地，勞守着寶劍兵書。①

元傳奇《劉智遠》，《正始》頁459

格式 1：7 乙$_{\triangle}$，7 乙$_{\triangle}$。4，4$_{\triangle}$，4，4$_{\triangle}$。2，4，7 乙$_{\triangle}$。 9句

2：4，4，6$_{\triangle}$。4，6$_{\triangle}$。 5句

第三曲用式 2，爲【中吕引子】。其他各曲用式 1，爲【中吕過曲】。

《正始》引第三曲爲【中吕引子】例曲，題注：“比詩餘少首二句。或作【賀豐年】，非。”尾批：“末句之‘惟有’，應三字。”又批：“按此調，前人多有以【過曲】作【引子】，故《沈譜》特收柳耆卿詩餘。”較式 2 首增“6$_{\triangle}$，7 乙$_{\triangle}$”兩句。

《正始》列第四曲爲【中吕過曲】正格，與第二曲同，與式 1 僅合第

① 《六十種曲》本《白兔記》第十一齣《説計》有【剔銀燈】三支，其始曲前二句云：“閑時節三言兩語，從今後一筆勾除。”第十二齣《看瓜》有【剔銀燈】，其前四句云：“當答謝瓜園中土地，勞看守刀甲頭盔。兵書寶劍埋藏此，得前程方來取你。”成化本《劉智遠還鄉白兔記》第九齣《看瓜分别》有【鎖南枝】三支，其【前腔第三】首二句云：“當得謝了皇天后土，瓜園中有刀甲頭盔。”與《正始》所引，變化極大。

三至第六句四個四字句作“7$_{\triangle}$,7 乙$_{\triangle}$”兩句,餘同。尾批對《沈譜》和時譜之變化作出考辨。列第五曲爲第二格,題注:“末句節讀不同。”尾批:“此末句句法,元詞儘有。元詞凡遇【剔銀燈】犯調,多用此句法。”【剔花燈】尾批:“【剔銀燈】仄煞者居多,平煞者亦儘有。”即引第六、第七兩曲爲例。

詞調有【剔銀燈】,雙片,其上闋較式 2,前增“6$_{\triangle}$,7 乙$_{\triangle}$”兩句,末句作七乙句,餘同。諸宮調有【仙吕・剔銀燈】,較式 2 略異:首兩句均作六字句,末句破作四字兩句。北曲有【中吕・剔銀燈】,與式 2 僅末兩句作“6 乙$_{\triangle}$,4$_{\triangle}$”,餘同。《舊譜》卷三、《沈譜》卷八、《新譜》卷八、《定律》卷六有【中吕引子・剔銀燈引】,《舊譜》以《琵琶記》“忒過分爹行所爲”爲例曲,《沈譜》以後均引柳永【剔銀燈】詞“何事春工用意”爲例曲。《沈譜》題注:“此係詩餘,亦可唱。”尾批:“《舊譜》載《琵琶記》一曲,全似過曲,使人難辨,今特録此調。”《大成》卷九以第三曲爲【又一體】,然前增二句:“桑麻粗守田裏,喜眼下兒孫繞膝。”直與詞調半闋相同。南曲另有【中吕過曲・剔銀燈】,《舊譜》卷三、《沈譜》卷八、《新譜》卷八俱以第四曲爲例曲,《定律》卷六則即引《琵琶記》“忒過分爹行所爲”爲例曲,正與《沈譜》所評相對應。

此曲出詞調,北曲與戲文式 2 承之,但既有南北曲調之别,又與諸宮調有宮調之别;入南曲復歸詞調。戲文式 1 從《張協》至《小孫屠》《拜月亭》,漸趨規範,入南曲爲過曲。

【祝英臺近】

1. 畫堂深,人悄悄,春入杏花梢。霄雨弄晴,蝶粉蜂黄,相傍養花時候。碧藻,翠荇水底牽風,魚遊池沼。(合)畫欄邊,來往遊人嬉笑。

2. 【同前换頭】時到,粉墻低,曲徑窈,一段景偏好。小院邃亭,一簇神仙,珠翠鎮相圍繞。聽道,賣花聲過橋西,奇葩争巧。(合)亂鶯啼,遷着喬林聲鬧。

3. 【同前换頭】清曉,侍婢不惜千金,相呼鬭百草。遺珥墜簪,蹙着鞦韆,不禁笑語聲高。夭桃,遍開渾若燒空,雛禽時叫。(合)睹景處,覺得奴心煩惱①。

4.【同前换頭】失笑,我女休得閑愁,寬取汝懷抱。好事怎匆?今歲賢良,須是選個年少。焦燥,此心非爲求親,容奴咨告。(合)爲傷取,容光將老。 《張協狀元》17

5.【越調引子】緑成蔭,紅似雨,春事已無有。聞説西郊,車馬尚馳驟。怎如柳絮簾櫳,梨花庭院,好天氣清明時候。

元傳奇《蔡伯喈》,《正始》頁 765

6.【越調過曲】把幾分,春三月景,分付與東流。啼老杜鵑,飛盡紅英,端不爲春閑愁。休休,婦人家不出閨門,怎去尋花穿柳。把花貌,誰肯因春消瘦。

7.【前腔第二换頭】春晝,只見燕雙飛,蝶引隊,鶯語似求友。那更柳外畫輪,花底雕鞍,都是少年閑遊。難守,孤房清冷無人,也尋一個佳偶。這般説,終身休配鸞儔。

8.【前腔第三换頭】知否,我爲何不捲珠簾,獨守愛清幽?千斛悶懷,百種春愁,難上我的眉頭。休憂,任他春色年年,我的芳心依舊。這文君,可不耽擱了相如琴奏。 元傳奇《蔡伯喈》,《正始》頁 823

9.【越調過曲】綉簾垂,香篆裊,默默暗魂消。春事漸闌,看如雨桃花,堆徑更無人掃。清曉,聽百舌枝頭,無端頻叫。對菱鏡,塵滿慵將頻照。

10.【前腔第四换頭】愁見,小池交頸鴛鴦,惹起雙眉鬭。觸景動情,深鎖香閨,何日遇個懷抱?煩惱,此情天若知時,和天俱瘦。但愁怕花殘鶯老。 元傳奇《張希》,《正始》頁 826

11.【前腔第四换頭】今後,方信你徹底澄清,……②

元傳奇《蔡伯喈》,《正始》頁 156

---

① (合)字原在"蹙著鞦韆"二句前。此齣【祝英臺近】四支,其他三支末二句都是合唱,今按例移此。

② 《元本琵琶記校注》第三齣《牛小姐規勸侍婢》存【祝英臺近】四支,前三支即此第六曲至第八曲,其第四支【前腔换頭】即此曲,其辭云:"今後,方信你徹底澄清,我好没來由。想像暮雲,分付東風,情到不堪回首。聽剖:你是蕊宫瓊苑神仙,不比塵凡相誘。謹隨侍,窗下拈針挑綉。"

格式 1:3,3$_{\triangle}$,5$_{\triangle}$。4,4,6$_{\triangle}$。2$_{\triangle}$,6,4$_{\triangle}$。3,6$_{\triangle}$。　11 句

2:3,3$_{\triangle}$,5$_{\triangle}$。4,5$_{\triangle}$。6,4,7 乙$_{\triangle}$。　8 句

《正始》所引第五曲題【祝英臺近】,爲【越調引子】,用式 2;餘均用式 1,爲【越調過曲】。首四曲,《張協狀元》題【祝英臺近】,《正始》第六至第十一曲均題【祝英臺】。

《正始》列第五曲爲【越調引子】例曲,題注:"與詩餘同。"

《正始》列第六曲爲【越調過曲】正格,與式 1 同,題注:"古曰【英臺序】。其【换頭】二字,不可用仄仄、平平,亦不可用仄平,宜平仄二音方叶。"考之《張協狀元》,是。尾批:"【祝英臺】始調首句三字一轉,是其定式。但今之本曲而用散套體,然必'分'字讀而襯'春'字,文理方順。如襯'把'字而曰'幾分春',文理恐不通也。……又其第八句六字法,亦其正體。"第八曲題注:"第二句句節不同。"尾批:"【第四】與【第三】同,不録。"列第九曲爲第二格,題注:"第八、九句皆減作四字句。"尾批:"【第二】【第三换頭】與上《伯喈》同體,不録,止録第四闋。"第十曲題注:"第九句亦四字,又減去第十三字一句。"第十一曲,《正始》頁 156【正宫過曲・傾杯序】尾批引第六、第七、第八曲之首二句,"又其【第四换頭】云云"。

詞調有【祝英臺近】,一名【祝英臺】,也稱【月底修簫譜】,與式 2 同。南曲有【越調引子・祝英臺近】,《沈譜》卷十五、《新譜》卷十六、《大成》卷二十三均以第五曲爲例曲,用詞調,與式 2 同。《沈譜》尾批:"凡引子皆曰慢詞,凡過曲皆曰近詞。此當作【祝英臺慢】,但此調出自詩餘,元作【祝英臺近】,不敢改也。"眉批:"《舊譜》'尚'字下增一'然'字,今人於'氣'字下增'正是'二字,皆非也。"《舊譜》卷六即題【祝英臺慢】,或爲改本。《大成》題注:"一名【燕鶯語】。"尾批以此爲正體。南曲另有【越調過曲・祝英臺】。《舊譜》引"畫堂深"爲例曲,與式 1 僅第十句作四字句,餘同。《沈譜》卷十五、《新譜》卷十六、《定律》卷十三、《簡譜》卷十均以第六、第七、第八三曲爲例曲,《沈譜》題注:"或作【祝英臺序】。"眉批詳考句格聲韻,總評:"此正是高先生妙處,詞中之隨心所欲不逾矩也。"與式 1 同。

此調出於詞調,經戲文流入南曲。錢南揚《校注》云:"《九宫正

始》册七【越調】引子【祝英臺近】下按云:‘詞譜:凡引子皆曰慢詞,凡過曲皆曰近詞。全(今)此本引,當作【祝英臺慢】可矣。但此調出自詩餘,元作【祝英臺近】,不敢改也。’故至今引子反有‘近’字,而過曲反僅稱【祝英臺】。獨本戲過曲有‘近’字,實很合理。”考之《張協狀元》,戲文過曲原題【祝英臺近】,與引子同名;後爲區别,遂改稱【祝英臺】,實即原之【祝英臺近】。吴梅《長生殿傳奇校律》第三齣《賄權》以【祝英臺】當作【祝英臺序】:“凡用詞牌作引,即以本詞作正曲者,必爲本牌序。如首齣【念奴娇序】,雖用他引,亦書‘序’字。蓋詞不可歌南腔,故以‘序’别之,且實非本牌句法也。此曲諸刻皆脱‘序’字,余故補之。”是。然這種形態見於明傳奇,戲文中未見【祝英臺序】。

【祝英臺】

參見【祝英臺近】。

【神仗兒】

1. 欲待取覆,欲待取覆:昨蒙鈞旨,非不整肅。綵樓如法價結束,秀才明日赴闕,以(原作“似”)争着天禄。只未知甚題目?甚題目?

《張協狀元》25

2.【黄鐘過曲】抵甚臭腰,不合神道,千牛萬獠。我雖生得不好,有濃裝淡抹,翠圍紅繞。桃杏色海棠嬌,桃杏色海棠嬌。

元傳奇《孟月梅》,《正始》頁 54

3.【黄鐘過曲】……神仗兒另般美。

元傳奇《磨勒盗紅綃》,《正始》頁 54

4.【黄鐘過曲】蓮步慢移,纖手同攜,月下醉歸。衆中一個殊麗,偏他俏倬,有萬般嬌美。頭上戴個耍蛾兒,頭上戴個耍蛾兒。

元傳奇《許盼盼》,《正始》頁 55

5.【黄鐘過曲】揚塵舞蹈,遥瞻天表,見龍鱗日耀。咫尺重瞳高照，何文字，只須在此，一一分剖。遥拜着赭黄袍，遥拜着赭黄袍。

元傳奇《蔡伯喈》，《正始》頁 55

6.【黄鐘過曲】……多應是，哀□念我，私情烏烏。……①

元傳奇《蔡伯喈》，《正始》頁 56

7.【黄鐘過曲】……宫鞋燈，慳慳點著，横闊三寸。……

元傳奇《樂昌公主》，《正始》頁 56

8.【黄鐘過曲】……挑琉璃，街頭要笑，兀自懵騰。……

元傳奇《金童玉女》，《正始》頁 56

9.【黄鐘過曲】……可知有，麟兒出現，鳳凰來儀。……

元傳奇《柳穎》，《正始》頁 56

10.【黄鐘過曲】瓜兒買來，瓜兒買來，端的無賽。一文兩塊，往來，全没人采。肩挑擔往長街，肩挑擔往長街。

元傳奇《吕蒙正》，《寒山堂譜》卷五頁 707 上半葉

格式：$4_{\triangle}$，$4_{\triangle}$，4，$4_{\triangle}$。$6_{\triangle}$，4，$4_{\triangle}$。6 $乙_{\triangle}$，$3_{\triangle}$。　9 句

《正始》列第二曲爲正格，與此省第二句疊句，題注："首句時唱作疊句亦可。"然考第一曲，知首句疊唱爲時久矣；末句用六字疊句，與此僅疊末三字，有所不同。第三曲末句作仄聲煞尾。列第四曲爲第二格，題注："末句變七字。"列第五曲爲第三格，題注："第四句平增三字一句，元詞此格儘多。"後四曲皆爲相同之例。第六曲"哀"字下原脱一字。

諸宫調有【黄鐘・神仗兒】，七句，雖首兩句必疊，但句数、句段均

---

① 《沈譜》卷十四存録此曲，以爲【黄鐘過曲・神仗兒】正格，其辭云："揚塵舞蹈，揚塵舞蹈，見祥雲縹緲，想黄門已到。料應重瞳看了，多應哀念，我私情烏烏。(合)顒望斷九重霄，顒望斷九重霄。"此與《正始》所言變格差異更大。《定律》卷一與此同，尾批："此曲首句不重亦可。"或已做過規範化工作。《大成》卷七十與此變化極大，此三句則併爲二句："多應是念我，私情烏烏。"《元本琵琶記校注》第十五齣《伯喈辭官辭婚不准》【神仗兒】中間句段作："料應重瞳看了，多應是，哀念我，私情烏烏。"均未考慮到"哀"字後原脱一字，或明清時期人們已經忽略此字之缺。

與此不同。北曲有【黄鐘・神仗兒】,與諸宫調小異,與此不同。南曲有【黄鐘過曲・神仗兒】,《舊譜》卷五引《江流》"孀居數載"爲例曲,與此相較,首句與末句均不疊,實爲七句之減句格。《沈譜》卷十四、《新譜》卷十四均引第六曲爲例曲,第二句、末句均疊前句,且末句用六乙疊句,餘與此同。《沈譜》眉批:"第一句與末一句各重疊唱,從俗也。'看'字可用平聲。'多應哀念'八個字,必不可少。自從《香囊記》偶失此句,後人遂皆不知矣,曷不觀《八義》《牧羊》諸記乎? 可歎可歎。"《寒山堂譜》卷五引《蔡伯喈》爲正格,前用第五曲首五句,第一句後增用一疊句;後用第六曲,即《沈譜》卷十四、《定律》卷一正格之末四句,綴合二曲而爲一曲,頗爲奇特。又引第十曲爲【又一體】,題注:"連重八句,三十四字。"尾批:"此格作者甚多,舊譜失收,今補入。"與此大不同。《大成》卷七十引此第十曲爲【又一體】,尾批:"作疊句者乃古體,不作疊句者係近體。"聊備一説。《簡譜》卷五以第六曲爲例曲,尾批:"此首句用疊句。亦有不疊者,……又有將'多應哀念,私情烏烏'二句節去者,……蓋可不拘者。此亦可單用。"

此曲出諸宫調,分兩途入戲文和北曲;南曲承於戲文,略有變化。

【哭妓婆】

1. 得兩面鏡兒,我每好笑。雙手把了,時時來照。左手照了右手又照,右手照了左手又照。　　《張協狀元》30

2.【仙吕入雙調過曲】玉鞭裊裊,如龍驕騎。黄旗影裏,笙歌鼎沸。如今端的是男兒,行看錦衣歸故里。

元傳奇《蔡伯喈》,《正始》頁 907

格式:4,$4_{\triangle}$。$4_{\triangle}$,$4_{\triangle}$。$7_{\triangle}$,$7_{\triangle}$。　　6 句

錢南揚《校注》第一曲云:"曲譜都作'歧',可能'妓'倒是本字。"

《正始》列第二曲爲正格,題【哭歧婆】,注:"此調章句,比上【雁兒舞】止争第五句七字八字。"

南曲有【仙吕入雙調過曲・哭歧婆】,《舊譜》卷十、《沈譜》卷二

十、《新譜》卷二十三均引第二曲爲例曲，句字略異，句格相同。

此調當出於民間歌謡，戲文採録之，始名【哭妓婆】；入於南曲，易名【哭歧婆】。

【哭歧婆】

參見【哭妓婆】。

【烏夜啼】

1. 聽得你雞鳴起，撲簌簌淚雨(原作“兩”)下。你郎今挂緑在京華，音書斷没成虚假。不免辭廟去，京裏試尋它。　《張協狀元》33

2. 【南吕引子】懊恨孤貧命，圖一子晚景温存。可憐不遂平生願，到如今子母兩離分。　元傳奇《孟姜女》，《正始》頁 516

格式 1：6 乙，6 $乙_{\triangle}$。$7_{\triangle}$，7。5，$5_{\triangle}$。　6 句

2：$5_{\triangle}$，7 $乙_{\triangle}$。7，$7_{\triangle}$。　4 句

第一曲用式 1，第二曲用式 2，爲【南吕引子】。

《正始》列第二曲爲正格，題注：“與詩餘不同。”尾批：“此全調皆【大石】，《沈譜》以此引入【南吕調】。余今從北調移歸【南吕宫】。”錢南揚《輯佚》頁 86 注云：“《沈譜》卷七【大石慢詞】、卷十三【南吕慢詞】實兩收此曲，《正始》云云，忽略了其它【大石】也有此詞。”是：檢校朱權《太和正音譜》，名同實異；從北曲而入【南吕】，反失了【大石】本調。或以式 1 末兩句當爲詞調下片之首兩句，校之詞譜，亦非。

唐・崔令欽《教坊記・曲名》有【烏夜啼】，《全唐五代詞》存曲四首，有四句、七句、八句三式；其中八句體，雙片，上闋作“5，$6_{\triangle}$。7，$5_{\triangle}$”四句，與式 2 相近。詞調有【烏夜啼】，與此不同。北曲有【南吕・烏夜啼】，與此兩式均不同。南曲有【大石調慢詞・烏夜啼】。《沈譜》卷七【大石調慢詞】與卷十三【南吕調慢詞】兩次引録第二曲，《新譜》卷七【大石調慢詞】以第二曲爲例曲，卷十三題注：“已載【大石調】，不

必重録。"《定律》卷五、《簡譜》卷八亦以第二曲爲【大石調引子】例曲，均與式 2 同。

此調當出於唐曲，爲戲文採録，略加演進，是爲式 2，故与宋詞、北曲均不同，后傳入南曲，入【大石调引子】；式 1 淵源不詳，當出於民間歌謡，亦或攤破唐曲宋詞，戲文採録之，後已不傳。

【哭梧桐】

1. 誰人誰人通道奴，得恁時乖蹇？一路里奔波到京輦，山路到處多巔險。去時團空柳飄綿，歸後梧桐更葉亂，慚愧見得家鄉面。

2. 一路自去時，是奴吃薄賤。水遠山高甚般價險，誰知見我先抛閃。到得宸京討得眼兒穿，三十六條巷尋得遍，都不見那情人面。

3. 【同前】婆婆望你歸，道你爲宅眷。裙破衣穿瘦着臉，一似乍出卑田院。教化歸鄉爲没錢，指望你菱花又不見，你便誤我多嬌面。

4. 【同前】它還有意時，與你必相見。怕日遠日疏負奴恩願，尋思那人情忒淺。往復相將是一年，記不得伊時須記得俺，我要照着多嬌面。

《張協狀元》39

格式：5，$5_{\triangle}$。$7_{\triangle}$，$7_{\triangle}$。$7_{\triangle}$，7，$7_{\triangle}$。　　7 句

首句前兩字可疊用，如第一曲；可不疊用，則如後三曲。

南曲有【商調過曲・哭梧桐】，明代曲譜未見著録。《定律》卷十、《簡譜》卷九引《綵樓》"人無害虎心"爲例曲，雖亦七句，與此有所不同。然《正始》引此曲題名【商調過曲・梧桐樹】。參見【梧桐樹】考評。

此調出戲文，第一曲末兩句唱題，與《小孫屠》第 9 齣【梧桐樹】名異實同；南曲久失，清初方檢而復得，不過仍與【梧桐樹】相混淆。

【馬鞍兒】

1. 唱徹《陽關》斟别酒，這一景最清佳。夾岸見這山疊翠，盡間

簇山花野花。聽得丁寧囑咐(原作“祝付”),小心伏事恩家。(合)都乘轎兒先去,俺待跨馬,匆匆去也。

2.【同前】唱徹《陽關》人凄慘,路途裏景瀟灑。緑水繞人處,細柳拂波心嫩荷。去意渾如奔騎,目(原作“日”)即早離京華。(合同前)

3.【同前】唱砌《陽關》離故里,梓州路在天涯。諸般(原作“搬”)仗都搬(原作“般”)發了,請早乘香車寶馬。二妾目今先去,少歇時等取恩家。(合同前) 《張協狀元》42

4.【羽調近詞】淅淅颯颯金風動,傷情處聽孤鴻。野澗流水潺潺響,淡煙鎖孤木怪松。漸覺夕陽西墜,聽啾啾唧唧寒蛩。奈今宵頓無宿處,思量向日,在銷金帳中。 《樂昌公主》,《正始》頁 1255

格式:7,6 乙$_{\triangle}$。7,7 乙$_{\triangle}$。6,6$_{\triangle}$。6,4$_{\triangle}$,4$_{\triangle}$。 9 句

第三句可減省作五字,如第二曲。第六句可作七乙,如第三曲。

《正始》列第四曲为例曲,與此僅第七句作七字句,餘同。

南曲有【羽調近詞・馬鞍兒】,與此僅第三句可作六乙或七乙句,餘與第四曲同。《定律》卷十二、《大成》卷七十七、《簡譜》卷十均以第四曲爲例曲,題【羽調過曲】。《大成》《簡譜》署《分鏡記》,《大成》尾批:“《舊譜》收《節孝記》【馬鞍兒】曲,末後多【排歌】六句,似屬集調。考《南詞定律》録《分鏡記》曲,結尾無此六句,以《節孝記》入於集調,分析甚明,當從之。”【馬鞍兒】蔣譜存目無辭,首見於《沈譜》卷三【羽調近詞】,引《黄孝子》“曉鶯隔葉嬌聲囀”爲例曲,較此後增【排歌】六句,仍題隻曲,已載《附録三》。又以散曲“雁兒雁兒只在天邊厢叫”爲【又一體】,與此不同。《新譜》卷三引《黄孝子》曲題【馬鞍兒犯】,題注:“原作【馬鞍兒】,今增定。”標注爲集曲;引舊套散曲“雁過樓頭聲嘹嚦”題【馬鞍兒】,題注:“此係本調,從馮補入。”眉批:“原【又一體】似【打棗竿】,從馮删。”則删舊曲而補本調,都聽從了馮夢龍的意見。與此僅第三句少一字,餘同。

此調當出於民謡,歌詠鞍馬勞頓,戲文採録之,此四曲即唱調名;南曲承於戲文,略有變化。從《張協狀元》到《樂昌公主》再到後世南

曲，變化、整飭之迹較爲清晰。

【桃紅菊】

1. 野方直入廟中，見一佳人困窮。似勝花娘子無異，血染得衣衫煞紅。　　《張協狀元》45

2.【仙吕入雙調過曲】往長安三千里路餘，免不得登山渡水。望神京杳如天際，唱名了即時寄書。　　元傳奇《劉文龍》，《正始》頁963

格式：$6_{\triangle}$，$6_{\triangle}$。7乙，7$乙_{\triangle}$。　　4句

《正始》列第二曲爲正格，與此首兩句作七乙句。

南曲有此調，《沈譜》卷二十、《新譜》卷二十三、《簡譜》卷八即用第二曲爲例曲。《沈譜》題注："又名【鶯踏花】。"

此曲出於戲文，南曲承之，略有變化。從《張協狀元》到《劉文龍》再到後世南曲，變化、規範之迹較爲清晰。

【桃柳争放】

絲鞭剌起選英賢，苦不肯瞅睬（原作"秋採"），今朝奈何都來。接郡相逢，有誰人可解（原作"介"）？叫左右過來。　　《張協狀元》50

格式：7，5$乙_{\triangle}$，$6_{\triangle}$。4，5$乙_{\triangle}$，5$乙_{\triangle}$。　　6句

南曲有【越調引子·桃柳争春】。《沈譜》卷十五用以下【桃李争春】所引《陳巡檢》爲例曲，題注："'春'，或作'放'。"《新譜》卷十六眉批："與原本《陳巡檢》曲同調。"考《沈譜》【越調引子】所引《陳巡檢》，作【桃柳争春】，與此僅後三句近似。錢南揚《校注·小孫屠》第十齣【桃李争放】注："此爲【越調引子】，故可省略辭句。全調僅見《張協》五十齣，曲牌作【桃柳争放】。"【桃李争放】曲式與此不同；即曲名，亦作"李"而非"柳"。此依例仍分作兩曲。

此曲爲全調，與【桃李争放】爲兩調，不應歸併。此曲僅見於戲

文。南曲所傳實爲【桃柳争春】,與此不同。

【桂枝香】

1. 孩兒聽啓:疾忙收拾。侵早已挂了招子,你却百般推抵。又不知你每,生着何意?生着何意?教娘嘔氣。靠着你,這的是求衣飯,不成誤了看的?

2.【同前】娘行聽啓:孩兒説與。如今病染着身,豈是奴家推抵。你只管辛苦,將人催逼,將人催逼(此句原缺),教奴怎地。儘教它,任取紅輪墜,由(原作"尤")它誤看的。

3.【同前】勾欄收拾,家中怎地?莫是我的孩兒,想是官身出去?你娘兒兩個,休争閑氣,休争閑氣(此句原缺),婆婆且住。聽説與,陣馬挨樓滿,不成誤看的。

4.【同前】適蒙臺旨,教咱來至。如今到得它家,相公安排筵席。勾欄罷却,勾欄罷却,休得收拾,疾忙前去。莫遲疑,你莫胡言語,我和你也棘赤。 《錯立身》4

5.【仙吕引子】停杯注目,正秋高夜凝,寒氣肅肅。虹散雲收霧斂,遠山鳴瀑。玉律西中回南吕,見征鴻數點相逐。好風時送,輕舟浪穩,片帆高矗。 元傳奇《雷世際》,《正始》頁 263

6.【仙吕過曲】書生愚見,忒不通變。不肯坦腹東床,漫自去哀求金殿。想他每就裏,他每就裏,將人輕賤,非爹胡纏。怕被人傳,道你是相府公侯女,不能够嫁狀元。 元傳奇《蔡伯喈》,《正始》頁 355

7.【仙吕過曲】……明朝又區處。

元傳奇《殺狗記》,《正始》頁 355

8.【仙吕過曲】年華高邁,家私窮敗。要成就小兒姻親,全賴高賢擔戴。論財難布擺,論財難布擺,錢難揭債,物無借貸。這荊釵,權把他爲財禮,只愁事不諧。

9.【仙吕過曲】安人容拜,解元聽解。不嫌你禮物輕微,偏喜熟油苦菜。心毋忌猜,心毋忌猜,物無防礙,人無雜壞。這荊釵,雖不是金銀造,這取周全您秀才。

元傳奇《王十朋》,《寒山堂譜》卷一頁 651 下半葉

格式 1:$4_{\triangle}$,$4_{\triangle}$。6,$6_{\triangle}$。4,$4_{\triangle}$,$4_{\triangle}$,$4_{\triangle}$。3,5,$5_{\triangle}$。 11 句

2:$4_{\triangle}$,5 乙,$4_{\triangle}$。6,$4_{\triangle}$。$7_{\triangle}$,7 乙$_{\triangle}$。4,4,$4_{\triangle}$。 10 句

前四曲與後四曲用式 1,爲【仙吕過曲】;第五曲用式 2,爲【仙吕引子】。

前四曲,錢南揚《校注》云:"案曲譜,【桂枝香】疊句,一般在第五句,而這裏却在第六句,當是另一體。只有第四曲疊第五句,與一般體合。"

《正始》列第五曲爲【仙吕引子】正格,題注:"【羽調】移歸。與詩餘同,但無【换頭】。"

《正始》列第六曲爲【仙吕過曲】正格,與式 1 同。題注:"又名【月中花】。但與【羽調・月中花】不同。"尾批:"此末句平煞。元傳奇《殺狗記》仄煞云云。"《寒山堂譜》列第八、第九兩曲爲例曲,亦與式 1 同。第八曲尾批:"'借'字用平聲更叶。第一、第二句是一聯,第三、第四句是一聯,五、六、七三句作扇面對,末二句必用成語或舊詩方妙。"因例疊第五句,故是第六、七、八三句用扇面對。第九曲尾批:"《舊譜》收《琵琶》一曲,不若此曲之有法。"

詞調有【桂枝香】,雙片,宜用入聲韻,其上闋與式 2 相同。南曲有【仙吕過曲・桂枝香】,《沈譜》卷一、《新譜》卷一、《定律》卷四、《大成》卷二均與式 1 同,疊第五句。《沈譜》題注:"與詩餘全不同。"《大成》題注:"一名【疏簾淡月】。與本宫【引】不同。"又有【仙吕慢詞・桂枝香】,《沈譜》卷二題注:"一名【疏簾淡月】。此係詩餘。"其【又一體】正用第五曲爲例曲,《沈譜》題署:"《一夜鬧》傳奇。"《新譜》卷二承之,眉批:"此用入聲韻,但不用【换頭】。"《全元戲曲》卷十二頁 552《出處説明》:"《新譜》卷首《詞曲總目》於《一夜鬧》下注云:'即《雷世傑》。'際'字當爲'傑'字之誤。"這是繼承了錢南揚《輯佚》頁 202 的觀點。《定律》卷四即題【疏簾淡月】。

此調出於詞調。戲文承之,作引子單獨使用;又攤破演化出一新

體,仍名【桂枝香】,作爲過曲,可連用數支。南曲並傳兩體;式 1 入【仙吕過曲】,例疊第五句;式 2 上承詞調,由【仙吕引子】入【仙吕慢詞】,仍用作引子。

【鬼三臺】

我做《硃(原作“米”)砂擔(原作“糖”)浮漚記》,《關大王單刀會》,做《管寧割席》破體兒。《相府院》扮張飛,《三奪(原作“脱”)槊》扮尉遲敬德。做《陳驢兒風雪包待制》,吃推勘《柳成錯背妻(“妻”字原奪)》。要扮宰相做《伊尹扶湯》,學子弟做《螺螄(原作“羅帥”)末泥》。

《錯立身》12

格式:6 乙$_{\triangle}$,6 乙$_{\triangle}$,7$_{\triangle}$。6 乙$_{\triangle}$,7 乙$_{\triangle}$。7$_{\triangle}$,7$_{\triangle}$。7 乙,7 乙$_{\triangle}$。

9 句

錢南揚《校注》明標此曲爲“北曲”,入【越調】北套。

北曲有【中吕・鬼三臺】,三字十四句,與此不同,但轉化之迹可尋。

此調源出北曲,戲文移用之,多有改造,當是南化的结果。

【破陣子】

1. 自憐生來薄命,一身誤落風塵。多想前緣慳福分,今世夫妻少至誠,何時得稱心?

2. 天若憐人孤苦,令樽前遇個良人。滿目春光堪遣興,莫怨東風淚似傾,當罏(原作“爐”)自遣情。　《小孫屠》3

3. 【正宫引子】况是君臣遭難,那堪子母臨危。尊父東行何日見,天子南遷甚日回,家邦無所依。　元傳奇《拜月亭》,《正始》頁 130

格式:6,6$_{\triangle}$。7,7$_{\triangle}$,5$_{\triangle}$。　5 句

前二曲,錢南揚《校注》:“案律,在一齣戲中,一個脚色只能用一

個引子。而這裏却没有守這個規律,應是變格。其實上面一段,用兩句下場詩作結,自成一個段落。下面不妨重唱引子再開場。”是。這裏不能看作是連用引子兩曲。

《正始》以第三曲爲例曲,与此同。

唐・崔令欽《教坊記・曲名》有【破陣樂】,《全唐五代詞》存曲一首,副編卷二《敦煌作品》之《考辨》云:“【破陣樂】創調於唐初,源於軍中歌謠,後加工成大型樂舞曲,又演變爲雜曲,《教坊記》‘曲名’表載録。唐五代傳辭有五言四句、七言四句、六言八句三體,均與宋代柳永所作長調詞之體式不同。敦煌寫卷所載此首爲六言八句體。惟唐代【破陣樂】諸體之作,爲徒詩,爲聲詩,抑或爲曲子詞,尚存歧議。”體式與此均不同。詞調有【破陣子】,雙片,其上闋與此同。南曲有【正宫引子・破陣子】,《舊譜》卷二、《沈譜》卷四、《新譜》卷四均引《賈雲華》“客道天和日暖”爲例曲,與此同格。《沈譜》題注:“與詩餘同。”尾批:“首句如不用韻更妙。”校驗戲文,有用韻有不用韻,較爲自由。

此調之名出自唐曲軍樂,但戲文詞式却是出於詞調;後傳入南曲。

【桃李争放】

聽得叫梅香,只得堂前聽取使。　　　　《小孫屠》10

格式:5,7△。　　　　2句

錢南揚《校注》:“此爲【越調】引子,故可减省辭句。全調僅見《張協》五十齣,曲牌作【桃柳争放】。”

此曲用减句格,是。但詞式實與【桃柳争放】不同,與後之南曲【越調引子・桃柳争春】、一名【桃柳争春放】者亦不同,故仍單列一體,互不混淆。參見前之【桃柳争放】考辨。

【高陽臺】

1. 一點幽魂,滿懷冤苦,冥冥杳杳傷(原作“鮮”)悲。鮮血流紅,

痛和淚滴交垂。無端怨衝天地，恨那人無語長吁。冤仇須報，只争來早與來遲。　　《小孫屠》18

2.【商調引子】夢繞親闈，愁深旅邸，那更音信遼絶。悽楚情懷，怕逢凄楚時節。重門半掩黄昏雨，奈寸腸此際千結。守寒窗，一點孤燈，照人明滅。

3.【前腔换頭】當時，輕散輕别，歎玉簫聲杳，小樓明月。一段愁煩，番成兩下悲切。枕邊萬點思親淚，伴漏聲到曉方徹。鎖愁眉，慵臨青鏡，頓添華髮。　　元傳奇《蔡伯喈》，《正始》頁 697

4.【商調過曲】權統雄威，兵分八陣，威鎮四方無敵。吕望六韜，更兼孫武兵書。張飛，喝水斷橋聲似雷，論軍令不斬不齊。（合）奏凱歌回，管取凌煙閣上，姓字標題。

5.【前腔换頭】聽啓，慈父嚴尊，見伊武藝，把奴配君爲妻。征戰功成，那時蔭子封妻。須知，赤心報國酬聖主，食天禄滿門榮貴。（合前）　　元傳奇《劉智遠》，《正始》頁 722

6.【商調過曲】宦海沉身，京城迷目，名韁利鎖難脱。目斷家鄉，空勞魂夢飛越。閑聒，閑藤野蔓休纏也，俺自有正兔絲和那的親瓜葛。是誰人，無端調引，漫勞饒舌。

7.【前腔换頭】華閥，紫閣名公，黄扉元宰，三槐位裏排列。金屋嬋娟，妖嬈那更貞潔。歡悦，紅樓此日招鳳侶，遣妾每特來執伐。望君家，殷勤肯首，早諧結髮。　　元傳奇《蔡伯喈》，《正始》頁 723

格式 1:4,$4_{\triangle}$,$6_{\triangle}$。4,$6_{\triangle}$。$6_{\triangle}$,7 乙$_{\triangle}$。4,$7_{\triangle}$。　　9 句

2:4,$4_{\triangle}$,$6_{\triangle}$。4,$6_{\triangle}$。$2_{\triangle}$,$7_{\triangle}$,7 乙$_{\triangle}$。3,4,$4_{\triangle}$。　　11 句

前三曲用式 1，爲【商調引子】。後四曲用式 2，爲【商調過曲】。

《正始》列第二曲爲【商調引子】正格，題注："與詩餘同。"與式 1 僅末兩句破作"3,4,$4_{\triangle}$"三句，餘同。第三曲末字"髮"爲借韻。

《正始》列第四曲爲【商調過曲】正格，用式 2，較【引子】正格僅增第六句兩字，末句破作八字二句，餘同。列第六曲爲第二格，題注："此格與上格同章句，止争入聲韻耳。"

詞調有【高陽臺】，一名【慶春澤】，雙片，其上闋十句，與此式 1《蔡

伯喈》格同。南曲有【商調引子·高陽臺】,《舊譜》卷七引第二曲爲例曲。《沈譜》卷十七引宋僧仲晦“紅入桃腮”詞爲正格,題注:“一名【慶青春】。此係詩餘,與引子同。”眉批:“【换頭】不用亦可。”引第二、第三兩曲爲【又一體】,題注:“此用入聲韻。”眉批:“古本及《舊譜》俱作‘夢遠’。‘遠’字正與‘深’字相對。崑曲本以爲不如‘繞’字,非也”;“‘玉簫’句,乃用‘小樓吹徹玉笙寒’之意。或作‘庾樓’,無謂。”《定律》卷十、《大成》卷五十六亦以第二、第三兩曲爲例曲。【慶青春】别爲一調,與此有所不同,《正始》已作辨正,《沈譜》之“青春”當爲“春澤”之誤。南曲又有【商調過曲·高陽臺】,《舊譜》卷七引第六曲爲例曲,《沈譜》卷十七引第四、第五兩曲爲例曲,以第六、第七兩曲入【又一體】,題注:“用入聲韻。”《定律》卷十亦以第六、第七兩曲爲例曲,與式 2 同。

此調兩式均出於詞調:戲文【引子】略加轉换而用之,又復歸於詞調,南曲承之,與詞調同;戲文【過曲】用詞調攤破增句格,南曲承之。

【破齊陣】

【正宫引子】【破陣子】翠減祥鸞羅幌,香消寶鴨金爐。【齊天樂】楚館雲閑,秦樓月冷,動是離人愁思。【破陣子】目斷天涯雲山遠,人在高堂雪鬢疏,緣何書也無?

元傳奇《蔡伯喈》,《正始》頁 130

格式:6,$6_{\triangle}$。4,4,$6_{\triangle}$。7,$7_{\triangle}$,$5_{\triangle}$。 8句

集曲,在【破陣子】第二句後插入【齊天樂】第三至第五三句。

南曲有此調,《舊譜》卷二、《沈譜》卷四、《新譜》卷四、《定律》卷二、《大成》卷三十即以此曲爲例曲。《大成》尾批:“此【破齊陣引】,遍查詞譜,並無是名,所以蔣、沈二譜分作集調,……但引從無集調之理,元牌名不妨隨意新創,不作集調爲是。”戲文引子多有集調,如【女臨江】【臨江梅】【霜蕉葉】等,故“從無集調之理”之論,不能成立。

此曲出戲文,南曲承之。

【針綫箱】

1.【南吕過曲】歎雙親把兒指望，教兒讀古聖文章。比我會讀書的到把親撇漾，少甚么不識字的到得終養。我只爲你其中自有黄金屋，却教我撇却椿庭萱草堂。還思想，畢竟是文章誤我，我誤爹娘。

元傳奇《蔡伯喈》，《正始》頁 346

2.【南吕過曲】爲薄情使人縈繫，終日把圍屏閑倚。病懨懨頓覺貪春睡，一日瘦如一日。有時待重整些殘針指，我便捻起東來却忘了西。香閨裏，悶無言空對，針綫箱兒。元傳奇《薛芳卿》，《正始》頁 604

3.【南吕過曲】自從共伊分散，無日不凝着淚眼。問巡官買卜求方便，無由再得相見。自伊去後緑鬢無心整，和那針綫箱兒懶去捻。今日裏，把前歡再整，美愛重添。　　元傳奇《王焕》，《正始》頁 604

4.【南吕過曲】歎光陰迅速如箭，任將奴挫過朱顔。没方没便，没情没緒，怎生消遣？粧臺懶傍慵畫眉，和那個針綫箱兒懶去捻。……

元傳奇《王允》，《正始》頁 605

5.【南吕過曲】怎教奴自尋别伴？看叔文儀容未滿。望今生與奴諧繾綣，燒香共發願。縱他把前恩不思憶，須有作證神明不道免。……

元傳奇《陳叔文》，《正始》頁 606

格式：7 乙$_{\triangle}$，7 乙$_{\triangle}$。7$_{\triangle}$，6$_{\triangle}$。7，7$_{\triangle}$。3，4，4$_{\triangle}$。　　9 句

《正始》列第二曲爲正格，尾批："此調之章句，皆與【解三醒】一同，止於第四句之節文與掣板少異。説在【仙吕宫・解三醒】下。"頁 639【南吕過曲・三十腔】尾批引第三、四兩句。第一曲即是在解説【解三醒】時作爲例證所引，尾批曰："【解三醒】與【南吕宫】之【針綫箱】，只争第四六字句之節讀。如【解三醒】第四句乃上三下三，於第四字上必當用一掣板；如【針綫箱】第四句，乃上二下四或上四下二，故於第四字下必當用一截板。此正二調分别處耳，凡本及古曲皆如是者。"列第三曲爲第二格，題注："首句減爲六字。"列第四曲爲第四格，題注："第三句變爲八字二句，第四句減爲四字。"尾批："以下犯

【排歌】，不録。”列第五曲爲第五格，題注：“第四句變爲五字。”

南曲有【南吕過曲・針綫箱】，《舊譜》以散曲“把一床弦索塵裏埋”爲例曲，與此第二、四兩句作六乙句，末三句併作“$6_{\triangle}$，$4_{\triangle}$”二句，餘同。《沈譜》卷十二、《新譜》卷十二均引第二曲爲例曲，《沈譜》題注：“《舊譜》誤收【大勝樂】作【針綫箱】，今改正。”尾批：“此曲名【針綫箱】，即用‘針綫箱兒’四字在内，妙甚。”《新譜》眉批：“此曲第四句與【解三酲】皆六字，但彼六字可中斷、平押，此六字總一句、仄押，其板點宜辨。”《寒山堂譜》卷一以第二曲爲【解三酲】之【又一體】，署“元傳奇《東墻記》”，尾批：“古本曲常將【泣顔回】爲【好事近】，【月兒高】作【誤佳期】，【解三酲】爲【針綫箱】。詞隱先生因曲中三字，另分一體，又别一宫。予以爲此曲與【解三酲】大同小異，即爲【解三酲】别體也可。若因一二字不同，一二板不合，即另立一名，又出别宫，則二調不分矣。”《沈譜》卷一、《新譜》卷一、《定律》卷四均以第一曲題【解三酲】，入【仙吕過曲】。《沈譜》尾批：“此曲之病，在欲用‘黄金屋’‘顔如玉’兩句成語，遂成拗體。而《香囊記》沿而用之，今遂牢不可破。”《新譜》承之。《正始》頁 347 録此曲之【前腔换頭】，第五句“我只爲其中有女顔如玉”，即《沈譜》尾批所言。《定律》以第二曲爲【針綫箱】，尾批：“此曲本【解三酲】，因末句有‘針綫箱兒’四字，即題爲名，以致遷於【南吕】，又那移板式，總不許與【解三酲】少似。雖然以致犯調，則字句板式全無分别矣。以詞句觀之，句句無有不同者。惟第四句，【針綫箱】係上三下四七字句，【解三酲】則上三下三六字句，此間少有分别耳。然【解三酲】亦有上三下四句者，如《琵琶》之‘不識字倒得終養’，……《西厢》之‘折桂手報答前程’，……皆係第四句用上三下四之七字句，此體最多。鈕少雅亦避忌此句，無可奈何，竟將五百餘年通行、人人皆知爲【解三酲】之‘歎雙親’一曲，生扭爲【針綫箱】，又不入於【南吕】，而暗寄於【仙吕】之中，又不題於目録，不知何所主見也。今亦不違古，亦不復古，其【針綫箱】之名仍存，惟移歸【仙吕・解三酲】後，其板式之牽强不可行者，亦皆按通行之例並犯調之意，皆斟酌改正。其【古針綫箱】總亦移於【仙吕】，附之於末，庶不致後學增疑也。”《大成》卷三引第二曲爲【又一體】，入【仙吕過曲】，署《東墻記》。

此可見《正始》《大成》與《沈譜》《新譜》《寒山堂譜》《定律》二派意見之不同。《簡譜》卷六【仙吕過曲・解三酲】引《紫簫》"綉屏空鶯殘月午"爲例曲，尾批："尚有【針綫箱】一體，舊譜入【南吕宫】，實即此曲也。附志於此，不别列矣。"引第二曲爲例曲，"只以末句有'針綫箱'三字，遂以爲名，實與【解三酲】同。【古針綫箱】一曲，句法大異，仍列【南吕】中。"若從此説，【針綫箱】與【解三酲】無别矣。

此調出於戲文，第二、三、四曲皆當是唱本調；與【解三酲】大同小異，故相混同；《正始》以第四句句式爲二曲分判标准，因多異體，未必準確；此調多單用，【解三酲】多聯章，以套定曲，或增分辨一法。南曲承之，亦然。

【粉孩兒】

1.【中吕過曲】匆匆(原作"囱囱")地離皇朝，心不穩，棄家私老小，去得安忍？只知國難識(原作"失")大臣，不隄防萬馬千軍。犯京城君去民逃，常言道龍鬬魚損。　元傳奇《拜月亭》，《正始》頁 473

2.【中吕過曲】試浴小荷池，雪浪起，渾如豔桃，蕩漾湘水。珠璣迸體虹霓滑，頓覺無炎暑。似琉璃影裏，呈(原作"逞")出冰肌。

元傳奇《孟姜女》，《正始》頁 474

格式：5，3△，4，4△。7△，7乙△。7乙，7乙△。　8句

《正始》列第一曲爲正格，列第二曲爲第三格，題注："末三句變。"

南曲有【中吕過曲・粉孩兒】，《旧譜》卷三、《沈譜》卷八、《新譜》卷八、《寒山曲譜》、《定律》卷六俱以第一曲爲例曲，然襯字均作實字，與此略有不同；"失大臣"作"識大臣"，是。唐太宗《賜蕭瑀》詩："疾風知勁草，板蕩識誠臣。"《重訂拜月亭記》第二十九齣《驛中相會》作"用忠臣"。

此曲出於戲文，傳入南曲，略有變化。

【馬蹄花】

【中吕過曲】【駐馬聽】深感皇恩，綉綬銀章爲令尹。叮嚀公吏，第一休教，賄賂狥情。當官三善要廉能，於公仁政須爲本。【石榴花】省刑罰，薄税歛，安百姓，家無事國無征。

元傳奇《柳耆卿》，《正始》頁 482

格式：$4_{\triangle}$，$7_{\triangle}$。4，4，$4_{\triangle}$。$7_{\triangle}$，$7_{\triangle}$。3，3，$3_{\triangle}$，6 $乙_{\triangle}$。 11句

集曲。首用【駐馬聽】前七句，後用【石榴花】“教人對景”格尾四句。

南曲有【中吕過曲·馬蹄花】，《舊譜》卷三、《沈譜》卷八、《新譜》卷八、《寒山曲譜》、《定律》卷六均以此爲例曲。《舊譜》題【馬蹄兒】，題注：“前【駐馬聽】，後【石榴花】。”《沈譜》眉批：“‘省刑罰’二句，與前《殺狗記》【石榴花】末兩句句法同，但少一字耳。”《大成》卷十二引此曲，以末四句入【急三槍】，題【駐馬槍】，題注：“舊名【馬蹄花】。”此【急三槍】實戲文《蔡伯喈》集曲【犯衮】，前三句爲【黄龍衮】，末句爲【風入松】，已爲集曲，不可復入集曲。故此題僅見，且不妥當。

此調出於戲文，傳於南曲。

【桃李争春】

【越調引子】驀忽聽得，傳聲高叫新來，不知因個甚的？

元傳奇《陳巡檢》，《正始》頁 766

格式：$4_{\triangle}$，4，$6_{\triangle}$。 3句

《正始》題注：“或作【桃李争放】。”

南曲有【越調引子·桃柳争春】，《舊譜》卷六、《沈譜》卷十五、《大成》卷二十三均引此爲例曲。《沈譜》題注：“‘春’，或作‘放’。”與《正始》所題及“或作”均不同。《新譜》卷十六、《定律》卷十五均以《望亭

湖》“無端鑿空”爲例曲，眉批：“與原本《陳巡檢》曲同調。”然以襯字作正字。以上諸譜，惟《定律》題【桃李争春】，與《正始》同，也可知誤題由來已久。或即因此認爲此曲爲【桃柳争放】之省句格，僅用末三句，但缺少論證，且不盡相同。故仍獨立一體，互不混淆。參見【桃柳争放】考辨。

【真珠簾】

1.【雙調引子】閑庭晝永慵刺綉，停針久，聽得蟬鳴高柳。年少正風流，喜配合佳偶。女貌郎才真罕有，算福分前緣輻輳。輻輳，向樽前同樂，鴛幃厮守。　　元傳奇《王祥》，《正始》頁872

2.【雙調引子】十年映雪囊螢苦，學干禄，幸首獲州庠鄉舉。繼晷與焚膏，志勤習詩書。咳唾珠璣才燦錦，養浩然春闈必取。一躍過龍門，當此青雲得路。　　元傳奇《拜月亭》，《正始》頁873

3.【雙調引子】南極耿耿祥光燦，明星爛，喜春色一枝娱晚。無奈光陰忙過眼，怎不把金樽遊玩。和氣藹門闌，願歲歲祝增華誕。

元傳奇《王十朋》，《正始》頁873

格式：$7_{\triangle}$，$3_{\triangle}$，$6_{\triangle}$。$5_{\triangle}$，$5_{\triangle}$。$7_{\triangle}$，7乙$_{\triangle}$。$2_{\triangle}$，4，$4_{\triangle}$。　　10句

《正始》列第一曲爲正格，尾批：“此係古調原文，據此‘輻輳’用疊文，元調是類頗多。今時譜抹去之，致下句句法頗謬。”列第二曲爲第二格，題注：“第三句變爲七字，末三句併爲二句。”列第三曲爲第三格，題注：“此比上格减去第四、第五之五字二句。”尾批：“此調，據今改本《荆釵記》仍增第四、第五二句，而效《王祥》古體。”《原本王狀元荆釵記》第四齣所引此調，即用《王祥》體。

詞調有【真珠簾】，一名【珍珠簾】，雙片，其上闋與此僅第二、四、六句不叶，第八句不疊，餘同。南曲有【雙調引子·真珠簾】。《舊譜》卷九、《沈譜》卷二十、《定律》卷九、《簡譜》卷八俱引第一曲爲例曲，不用疊句。《沈譜》題注：“與詩餘大同小異。”《新譜》卷二十二引沈璟《牡丹亭》改本“河東柳氏簪纓裔”爲例曲，眉批：“與原本《卧冰記》曲

同調。”尾批：“末二句，《拜月亭》句法也。”《大成》卷一以第二曲爲正格，題【仙吕引子・珍珠簾】；以第一曲爲【又一體】，尾批：“【珍珠簾】二闋，前段句法同，惟少第八五字一句耳。”《大成》卷六十二引此第三曲，入【雙調引子】，句字與此有所不同，第三句起作：“慶老圃黄花娱晚。去了青春不再返，且暫把身心遊玩。疏散，喜團圓歡會，慶生華誕。”尾批：“舊譜所收《卧冰記》及《紫釵記》二曲，收入【雙調】，此二體失收（指此與《牡丹亭》體）。今較句法既異，應分兩調收之。《卧冰》及《紫釵》曲，分收【仙吕】；此二體，應收【雙調】爲是。”《簡譜》尾批：“是調又作【珍珠簾】，實即一調，《定律》誤分爲二，細加尋繹，止末二句有異而已。《定律》【珍珠簾】一調，録《紫釵》曲，末二句……雖明明與此曲不符，但通體固全合也。余故不分二曲，仍列一式云。”戲文無【珍珠簾】，後世實因詞牌别稱而誤入南曲。

此曲出詞調，不用疊句；入戲文，改用疊句；南曲承之，復近詞調，不用疊句。錢南揚《宋元戲文輯佚》頁 34 注：“‘輻輳’句，《舊譜》以下各譜俱不疊。”可見僅戲文有用疊句者。

【破金歌】

【仙吕入雙調過曲】青包巾上野花皃插，白布衫肩綿套壓。山間路中若撞見咱，客商家，買路金珠多留下。

元傳奇《拜月亭》，《正始》頁 905

格式：$7_{\triangle}$，$7_{\triangle}$。$7_{\triangle}$，$3_{\triangle}$，$7_{\triangle}$。 5 句

《正始》題注：“此調見於古本，今坊本皆無之。《蔣譜》亦有之。”

南曲有此調。《舊譜》卷十、《沈譜》卷二十、《定律》卷十三、《大成》卷二十五、《簡譜》卷八均即以此曲爲例曲，與此同。《新譜》未録，卷二十三【柳飛絮】眉批：“原【破金歌】一曲，字訛板缺，删。”《定律》題【丞相賢】之【前腔】，尾批：“此曲，諸譜皆注爲【破金歌】，其詞句、文意、板式，俱與【丞相賢】同，不便另鐫，故收爲一體，於曲後惟載别名。”《大成》入【又一體】，尾批与《定律》意同。《簡譜》入【雙調過曲】，

注:“快板,無贈。此爲净丑冲場代引小曲。”較之,【丞相賢】與【破金歌】,第三句后增三字一句,餘均同。言一調二名,較爲勉强,此從舊譜,别爲一調。

此調出戲文,南曲承之。

【倒拖船】

1.【仙吕入雙調過曲】一街兩巷誰憐念,誰憐念。官人和娘子可憐見,可憐見。在舍貧佈施行方便,新裙新襖幾曾穿。告英賢,結良緣,小乞兒叫化幾文錢。 元傳奇《王焕》,《正始》頁911

2.【仙吕入雙調過曲】只見草芊芊,柳亸煙。春歸兀自有榆錢,怎留連。梅子青青齒濺酸,微微雨灑在路傍邊。路傍猶未拆鞦韆,待來年,唱一個劉郎阮。 元傳奇《趙氏孤兒》,《正始》頁911

格式:$7_{\triangle}$,$3_{\triangle}$。$7_{\triangle}$,$3_{\triangle}$。$7_{\triangle}$,$7_{\triangle}$。$3_{\triangle}$,$3_{\triangle}$,$7_{\triangle}$。 9句

《正始》列第一曲爲正格,題注:“第六句,蔣、沈二譜皆减去第二之‘新’字。”則是作六乙句。列第二曲爲第二格,題注:“此格與上大不同。今《八義記》亦有之,但題作【娥郎兒】,或是。”

南曲有【仙吕入雙調過曲·倒拖船】,《舊譜》卷十、《沈譜》卷二十、《新譜》卷二十三、《大成》卷三十七均引第一曲爲例曲,與此僅第六句破作三字兩句,餘同。《大成》卷三十七題【小石調過曲】。《定律》卷十三、《大成》卷六十三均以第二曲爲例曲,《定律》題【雙調過曲·娥郎兒】,署《八義》,其辭作:“只見草芊芊,柳吐煙,梅子青青濺齒酸。微微雨,春歸人有餘閑。路傍猶未拆鞦韆,待來年,再遊玩,(合)唱一曲哩囉哩嗹。”與此變化較大。《大成》題【雙調過曲·蛾郎兒】,句字僅與《定律》略異。《六十種曲》本《八義記》第十四齣【蛾郎兒】,曲辭與《定律》僅句字略有差異;《重訂趙氏孤兒記》第十四齣《遣鉏行刺》則題【柳拖煙】,曲辭錯亂殘缺,不足爲據。

此調出於戲文,南曲承之,有所變化,且易其名。

【海棠抱玉枝】

【仙吕入雙調過曲】【玉抱肚】韶光似酒，總三分一半已歸。我和伊更待何時，拚千金一笑遊戲。【三月海棠】堪題，燕語鶯啼真可奇，鬧竿食壘相隨侍。此時痛飲休辭醉，【玉交枝】恐歡娱怎能常是。

元傳奇《趙氏孤兒》，《正始》頁 937

格式：4，7 乙$_{\triangle}$。7 乙$_{\triangle}$，7 乙$_{\triangle}$。2$_{\triangle}$，7$_{\triangle}$，7$_{\triangle}$。5$_{\triangle}$，7 乙$_{\triangle}$。 9 句

集曲。前用【玉抱肚】首四句，次用【三月海棠】第五至八句，後用【玉交枝】末句。

《正始》題注："此調舊名【玉棠梨】，末句【梨花兒】無涉。"尾批："此調總題向曰【玉棠梨】。但末句犯【梨花兒】，不惟句法不合，且其捷腔急板之曲，焉可與【玉抱肚】及【三月海棠】同列？今易犯【玉交枝】，不特仍於本宫，且其腔板平仄皆叶。"

此調僅見於戲文。南曲諸譜未見此調，亦未見【玉棠梨】。

【破子】

【仙吕入雙調過曲】教人玩賞真不寐，上花梢夜月遲。高燒銀燭照紅粧，不管驚花夢回。 元傳奇《薛芳卿》，《正始》頁 1046

格式：7$_{\triangle}$，6 乙$_{\triangle}$。7，6$_{\triangle}$。 4 句

《正始》以此爲例曲，題注："此調，按蔣、沈二譜皆無之。余嘗見古本《拜月亭》以此調作【引子】，不可曉。今疑即十三調【雙調】之【雙韻子】。"尾批："次曲同，不録。"

《全宋詞》有【破子】四首，一名【調笑】，小令，七句，後四句與此僅第二句作六字句，餘同。《舊譜》《沈譜》《新譜》等不收此調，《定律》卷七、《大成》卷三十七、《簡譜》卷八均引此爲例曲，然入【小石調過曲】，與此同。

此調出詞調，戲文採録之，已略有變化；南曲承之，然變换宫調，且極少使用。

【宫娥泣】

1.【中吕調近詞】記年時，歡笑相逢在花徑裏。醉春風攜手，一步不厮離。到晚夕(原作"西")歸，前後擁，花籃鬧竿花轎兒，雙雙並馬相隨。海棠院宇，更低聲，問燕子歸來未？(合)兩情濃美滿相看，過似捧璧擎珠。

2.【前腔换頭】自來舉止孜孜地，那更好模好樣，一捻兒身已。這風流，全在嬌波轉，顧盼那滴溜兒，怎不拚死在花枝？朝雲暮雨，看落花，有意隨流水。(合前)　　元傳奇《許盼盼》，《正始》頁1139

3.【中吕調近詞】觀遠山，險峻崎嶇在雲漢裏。免不得登高跋涉，步入松堤。怎禁他，風凛冽，紛紛的瑞雪撲面飛。鐘聲隱隱，透在雲外。恰才步入，只見香殘徑罷人寂静。闍黎飯後鳴鐘，分明使我空回。

4.【前腔换頭】笑伊行止無廉恥，且須回步，疾早出門兒。也須知，僧寺裏齋和米，儘是檀越的。山門冷落，自覺孤恓。薄粥數碗，僧多剋減渾如水。咱每尚不充(原作"克")饑，伊家好不度已。

元傳奇《吕蒙正》，《正始》頁1140

5.【中吕調近詞】正相逢，歡愛美，如花的嬌豔女。做到恩情深處，争忍教分離！攪閑的胡間蝶(原作"諜")，相嫉妒，鬭合閑是非。中途怎知，拆散我鴛鴦侶？哥哥指迷，定一條，配合鴛鴦計。(合)再得成就少年夫妻，歡宴玩江樓裏。

6.【前腔换頭】與伊共設山盟誓，何曾一步，分離了霎時。怎知道花分淺，柳緣慳，要折連理枝？今朝謝你，説與個端的。昏迷唤起，似陽臺，夢醒心忻喜。(合前)　　元傳奇《柳耆卿》，《正始》頁1141

格式：3，7△。4，4△。3△，3，5，6△。4△，3，5△。7乙，6△。　13句

《正始》列第一曲爲正格。錢南揚《輯佚》頁163注："'晚夕'，'夕'，原作'西'，當是音近而誤，據其它各譜改。"從之。第二曲【换

頭】較此減首句三字。列第三曲爲第二格,題注:"第八句減爲四字,第九句下增四字一句,第十與十一併作七字一句。"重要的是句段變化:前十一句由"2/2/4/3"四個句段變爲"2/2/3/2/2"五個句段,且第十二句減一字作六字句。列第四曲爲【前腔换頭】第二格,尾批:"此曲今人皆删字改句,妄作【泣漁燈】唱之,可笑。"列第五曲爲第三格,題注:"第二句變爲上三下五二句,第十句變爲五字。"

南曲有【中吕調近詞・宫娥泣】,《沈譜》卷十、《新譜》卷九、《寒山曲譜》即以首兩曲爲例曲,僅句字略異。《沈譜》題注:"《綵樓記》亦有此調,大不相同。"尾批:"此調,當用在【漁家燈】之前。"可知此曲至此仍有變化。《寒山曲譜》題【中吕過曲】,署《文桂》;復引第三曲爲【又一体】,署《綵楼记》。《定律》卷六題【中吕過曲】,以第一、第五曲爲例曲,以第二、第四爲【前腔换頭】例曲。《大成》卷十一以前四曲例曲,分别署《燕子樓》《綵樓記》,尾批:"首闋、三闋爲正體,二闋、四闋爲【又一體】。"《簡譜》卷六引前二曲爲例曲,署《燕子樓》,格式與此有所修訂:首句應作五字,"諸譜以'記年時'三字爲叶韻句,遂與他作不合矣";"自來"二字爲【换頭】格式,"而諸譜又皆作七字句,則與首曲'相逢花徑裏'又不合矣。凡此皆余所訂正也"。另立一説。

此調出於戲文,南曲承之,略有變化。

【破第二】

1.【越調近詞】重蒙聖恩,婚以牛公女。草茅疏賤,如何當此隆遇?但臣親老,一從别後,光陰又幾。廬舍田園,荒蕪久矣。

元傳奇《蔡伯喈》,《正始》頁1216

2.【越調近詞】更殘夜闌,步出香閨外。小亭岑寂,聽樵樓漏傳二水。寶爐香炷,月下星前拜跪。惟願三光,蒼天保庇。

元傳奇《賽金蓮》,《正始》頁1220

3.【仙吕過曲】奴家在此,終日重門閉。怎知今日,千金廉潔身體,等閑輕棄。今既奴把,終身付你。休要將來,忘恩負義。

元傳奇《東墻記》,《寒山堂譜》卷一頁661下半葉格式：4，$5_{\triangle}$。4，$6_{\triangle}$。4，4，$4_{\triangle}$。4，$4_{\triangle}$。　9句

《正始》列第一曲正格。列第二曲爲第二格，題注："第六、七併爲六字一句。"《寒山堂譜》以第三曲爲例曲，題【破二段】，較《蔡伯喈》格，第五句屬上不屬下，餘同。

唐大曲《水調》《伊州》等均有【入破第二】，與此不同。宋大曲第三部分爲【入破】，第二曲名【虛催】，與此當名異而實同。董穎【道宫薄媚】《西子詞》有【第二虛催】，雙片，其上闋與此僅第一句作五字，第五句後增六乙一句，餘同。曹勳【法曲道情】有【入破第二】，與此不同。

南曲有【越調近詞・破第二】，《沈譜》卷十六、《新譜》卷十七、《定律》卷十三、《大成》卷二十五、《簡譜》卷十均以第一曲爲例曲，《定律》《大成》《簡譜》題【越調過曲】。《寒山曲譜》存録第一、第三兩曲，與此同。

此調出宋大曲，戲文移植承之，已略有變化，且規範之，用於成套組曲；傳入南曲，亦僅用於成套組曲。

【海棠賺】

1.【雙調近詞】聽得娘行，叫奴家，有何事？問因依，這個官人是誰氏？我娘行，緣何的都在門兒？只爲這，官人酒渴，扣門覓水。聽我叮嚀，新汲凉漿請些個，謹領娘旨。

2.【前腔换頭】君家款曲行軒，且從容，耐煩取。驀相逢，便肯留心恁如是。莫嫌遲，清泉水滿泛金杯。親勸取，官人略略，表奴真意。足見相憐，自愧勞煩甚無謂，盞兒收去。

元傳奇《崔護》，《正始》頁1244

3.【雙調近詞】小玉聽得，便取過三物與東人把爲記。親付與，身榮千萬早回歸。剖金釵，破菱花每留半君根底，弓鞋兒各收一隻。他日歸來，再合團圓共成一對，幸勿憂慮。

4.【前腔换頭】文龍諳讀詩書，是則是男兒四方志。爹媽在高堂，那更有少年妻。妾和伊，堂前請出公婆至，辭别後共伊分袂。人在東

風，點點桃花亂紅雨，我兒將息。　　元傳奇《劉文龍》，《正始》頁 1245

格式：4，3，$3_{\triangle}$。$3_{\triangle}$，$7_{\triangle}$。3，7 $乙_{\triangle}$。3，4，$4_{\triangle}$。4，$7_{\triangle}$，$4_{\triangle}$。　11 句

《正始》列第一曲爲正格，題注："起處似【南吕調・婆羅門賺】，第六句下大不同。"第二曲題注："第七句節讀不同。"第一句亦增字作六字句。列第三曲爲第二格，題注："第二、三併爲七字一句，第六句句節不同，第七句下減去四字一句。"列第四曲爲【换頭】第二格，題注："第四句變爲六字二截。"

南曲有【雙調近詞・海棠賺】，《新譜》卷二十四有目無辭，題注云："總與他賺曲大同，不必録。"《大成》卷六十三題【雙調過曲】，以第三曲爲正格，以第四、第一、第二曲入【又一體】，與此均疊用末句。第三、第四兩曲署"散曲"，誤。劉念兹校注《宣德寫本金釵記》第七齣《剖釵折鏡》引此第三曲，題【入賺】，以第四曲前四句入第三曲，無第四曲後六句。

此調當由宋代賺曲轉换而入戲文，後傳入南曲，略有變化，使用較少。

十一筆

【惜(原作"借")黄花】

1. 奴家命恁窮，此身無所用。織絹更緝麻，得人知重。感得，諸天打供，又遭遇李大公。柴米有時無，教小二頻齎送。今夜起朔風，苦也如何忍凍？

2. 【同前】荒村景寂寥，地僻人行少。公公叫唤你們，特來古廟。萬福！君來則甚？想必是來路杳。東畔李大(原作"三")公，有少事欲厮央靠。特遣我們來，你明日須早到。　　《張協狀元》6

3. 【仙吕過曲】容貌是觀音，夜叉心和性。蜜裏暗藏砒，把人調啞。薄情，毒害文君，負相如一片心。知是你無緣？知是我薄命？花月照人羞，便歸去何情？

4. 【前腔】讀盡世間書，錯解詩中迷。花貌鐵心腸，徒自縈繫。請君，回步書幃，怕岸外月漸低。畢竟兩無緣，畢竟俱不是。再莫寄雲箋，再莫寫情詩。　　元傳奇《西廂記》，《正始》頁 364

5. 【仙吕過曲】……如何模樣。①　元傳奇《拜月亭》，《正始》頁 365

6. 【羽調過曲】【惜黄花全】三冬景又催，漸覺梅開蕊。同雲密佈時，六花飄墜。頃刻，銀裝粉綴，見古木壓斷枝。百鳥歸路迷，酒價高無比。晚來看漁人，披得玉蓑歸去。【錦添花】雪獅兒塑得正美，紅爐暖

---

① 《舊譜》卷一存録此曲，其辭云："中都路是本鄉，車駕遷南往。一程程到廣陽，特來相訪。小可，勞覆尊長，有何事厮問賞。買貨物請商量，要安下却又何妨。若是問行人，道是如何模樣。"《沈譜》卷一、《新譜》卷一、《寒山堂譜》卷一等亦引此曲，句字與此稍異。

閣排宴逸。(合前)　　　　　　元傳奇《王子高》,《正始》頁 369

格式:$5_{\triangle}$,$5_{\triangle}$。5,$4_{\triangle}$。2,4,6 $乙_{\triangle}$。5,$5_{\triangle}$。5,$6_{\triangle}$。　　11句

《正始》列第三曲爲正格,與此僅末句作四字,餘同。頁 366【四時花】尾批中引首句。列第四曲爲【前腔】第二格,題注:“末句不同。”實改四字爲五字。尾批:“上二格平煞,《拜月亭》仄煞云云。”仍作四字。第六曲【羽調過曲·惜黄花】,集曲,首用【仙吕過曲·惜黄花】全調十一句,後用【錦添花】末六句,據頁 367【錦添花】和錢南揚《輯佚》頁 9,(合前)作:“歎取人生,光陰能幾? 莫把青春虚受,負良辰美時。”與【仙吕過曲·惜黄花】同名異實。《正始》頁 367【四時花】尾批:“此調用四時花名合成一調,故總題曰【四時花】。今俗名【四季花】,亦可。但其束處重複一段【錦添花】,此非撰人失體,蓋因元人先有全調【四時花】套,亦即此四調,亦於每調後復用【錦添花】一段爲束尾。……元譜所收元傳奇《王子高》一全套,置屬於十三調之【羽調】内。此蓋爲始調【錦添花】也。但余今欲藉此套爲本曲引證,故收借附此【仙吕宫】内,非不知移調亂宫耳。”

詞調有【惜黄花】,與此不同。諸宫調有【仙吕調·惜黄花】,與詞小異,與此不同。南曲有【仙吕過曲·惜黄花】,多以第五曲爲例曲,與此僅第一、三、七、八句作六乙,正襯稍有差異,餘同。《定律》卷四以第五曲爲正格,以第四曲爲【前腔】,與此正格僅末句作五字。《大成》卷三亦以第五曲爲例曲,與《舊譜》文字、正襯略異。《簡譜》卷六引第四曲爲例曲,尾批:“據《幽閨記》,此調末句‘道如何模樣’,應上一下四。”校之早期資料,也未必。

此曲出詞調,諸宫調承之,戲文與詞調同名異實;南曲承於戲文,有所轉换。第六曲【羽調過曲·惜黄花】爲【四時花】組曲中之一支,集曲,與此尾增【錦添花】末六句。

【望遠行】

1. 鄉關漸遠,劍閣崢嶸巔險。不慣行程,愁悶怎消遣! 時聽峭

壁猿啼，何日得臨帝輦？步雲衢稱人心願。　《張協狀元》7

2. 離了故鄉，跋涉崎嶇勞攘。水宿風飡，旅況怎消遣？那日方離家鄉，回首家鄉怎想？且緩步徐徐行上。　《小孫屠》12

3.【仙吕引子】金蓮步促，經過了崎嶇途路。親去曹州，將女侄温顧。挑着一擔行李，不辭千辛萬苦，每一步難一步。

元傳奇《曹伯明》，《正始》頁 268

格式：4$_{\triangle}$，6$_{\triangle}$。4，5$_{\triangle}$。6，6$_{\triangle}$，7 乙$_{\triangle}$。　7 句

前二曲與此同。《正始》列元散曲《勞生擾擾》爲正格，與此僅首四句作："6，5$_{\triangle}$。6，5$_{\triangle}$。"略有變化。有【换頭】。列第三曲爲第三格，與此第四句作五乙，末句作六乙，餘同。第二曲，《全元戲曲》卷九頁164 尾注："'遣'字失韻，疑當作'怎消遣旅況'。"若此，則爲五乙句，韻雖協而句格發生變化了。

唐・崔令欽《教坊記・曲名》有【望遠行】，《全唐五代詞》存此曲，與此不同。詞調有【望遠行】，分首句七字、五字、四字三種體式，與此均不同。北曲有【商調・望遠行】，與此不同。南曲有【仙吕引子・望遠行】，《舊譜》卷一、《沈譜》卷一、《新譜》卷一均引《江流》"名韁利鎖"爲例曲，與此僅第四句作六字，餘同。《沈譜》題注："與詩餘全不同。"《定律》卷四引《珠串》"三冬二酉"爲例曲，與《江流》同格，與此小異。

此曲出於唐曲，流傳久遠，頗多變異，故詞、北曲、戲文各不相同；戲文三曲詠歎行旅辛苦，均唱調名；南曲承於戲文，略有變化。

【凉草蟲】

1. 姓張名葉，是川裹居。本是讀書輩，應着科舉。有些路途費，我日逐要支。望憐念心全取，饒張葉，裹足一路來去。　《張協狀元》9

2.【仙吕過曲】勁風寒，四合暮煙。昏慘慘，彤雲篩，晚天變。只愁那長空舞絮棉，去心如箭。旅舍全無，何處安歇停眠？

元傳奇《拜月亭》，《正始》頁 291

格式1:4,4$_{\triangle}$。5,4$_{\triangle}$。5$_{\triangle}$,5乙$_{\triangle}$。6乙$_{\triangle}$,3,6$_{\triangle}$。　9句

2:3,4$_{\triangle}$。3,3,3$_{\triangle}$。7$_{\triangle}$,4$_{\triangle}$。4,6$_{\triangle}$。　9句

第一曲用式1,第二曲用式2,爲【仙吕過曲】。

《正始》列第二曲爲【仙吕過曲】正格,題注:“或作【狼草】,非。”尾批中對時曲之訛誤,多有批評。

南曲有【仙吕過曲·凉草蟲】,《舊譜》卷一、《沈譜》卷一、《新譜》卷一、《寒山堂譜》卷四、《定律》卷四、《大成》卷三、《簡譜》卷六均用第二曲爲例曲,文字略有不同。《沈譜》題注:“或作【狼草生】,誤。”《新譜》眉批:“《西樓記》有‘月落蠻江冷’一曲,即用【月兒高】【蠻江冷】【凉草蟲】三曲,同調合成,不必録。或從中删凑,作此一調,亦可。”《寒山堂譜》題注:“或云一名【狼草生】,誤也。”《定律》《大成》《簡譜》均合首五句作“5,5,6$_{\triangle}$”三句,與此句式已有較大變化。

此調或出於民間歌謡,式1僅見於戲文,後已失傳;式2傳至南曲,有所變化。

【終衮】

似鸞鳳和鳴,相應青雲際。效鶼鶼比翼,鴛鴦雙雙戲。相憐相愛,拚盡老,與俍隨。待把伊,托在心兒裏。神歌鬼舞,况我門村落皆歡喜,願厮守終久于飛。(合)身赴月宫折桂枝,已兩兩同歡會,這些滋味美。

《張協狀元》16

格式:5乙,5$_{\triangle}$。5乙$_{\triangle}$,5$_{\triangle}$。4,3,3$_{\triangle}$。3$_{\triangle}$,5$_{\triangle}$。4,3、5$_{\triangle}$,7乙$_{\triangle}$。7$_{\triangle}$,6乙$_{\triangle}$,5$_{\triangle}$。　15句

此調僅見於此,在今存唐宋大曲及後之南曲中,均未見此名。參見【後衮】注。

【添字賽(原作“賓”)紅娘】

1. 先來是奴心兒裏悶,驀撞見伊。姻緣怎知,君家共成連理枝,

共成鸞鳳飛。(合)願得百歲鎮同諧,渾不暫離。

2.【同前】榮辱算來是前生定,只得守己。儒冠未必,將人誤我直恁底,誤我百年虧。(合)願得一躍過龍門,榮歸故里。

3.【同前】貧窮因苦誰知道,雙眉暫舒。君須異日,休得要忘却奴厚期,忘却來廟裹。(合)願得相看鎮長恁,如魚似水。

4.【同前】詩書禮樂曾諳歷,我敢負伊! 伊我放心,不須要慮及辜我妻,慮及辜負伊。(合)願得兩(原作"前")意鎮如初,團圓到底。

《張協狀元》16

格式:7,$4_{\triangle}$。$4_{\triangle}$,$7_{\triangle}$,$5_{\triangle}$。7,$4_{\triangle}$。 7句

第三句亦可不叶,如第四曲。

錢南揚《校注》云:"此調不見它書。比下文【賽紅娘】多四字一句,故云'添字'。賽,原誤作'賓',今正。"其實是多第五句五字句。

此調僅見於戲文,後已不傳。

【荷葉鋪水面】

1. 才郎到此處時,奴家正生憐念心。雪若晴,君家定着出廟門。(合)誰知先世,已曾結定。恁困窮,何時免得日縈縈?

2.【同前】張葉到感吾妻,同諧已約百歲期。困此間,不若上國奪桂枝。(合)身榮那時,也争得氣。没裹足,如何便得身會起?

《張協狀元》18

3.【小石調近詞】前程事枉費心,詩書飽學篤志深。奈天不肯從人,教咱破窑中饑共貧。似行歌買臣,想吹簫伍員。怎得韓愈焚膏,車胤囊螢,端的是守儒冠多誤身。 元傳奇《吕蒙正》,《正始》頁1309

4.【小石調近詞】不甦醒怎奈何,屠家那曾發付我。三百口冤家,靠着伊一個。你如今有失,教我苦無伸訴。怎不教人,恨殺屠岸賈。 元傳奇《趙氏孤兒》,《正始》頁1310

格式:6乙,$7_{\triangle}$。3,$7_{\triangle}$。4,$4_{\triangle}$。3,$7_{\triangle}$。 8句

《正始》列第三曲爲正格，與此第三、第四兩句作“4，6 乙$_{\triangle}$”，末兩句增句補字破作“4$_{\triangle}$，4$_{\triangle}$，7$_{\triangle}$”三句，餘同。列第四曲爲第三格，題注："第五句變爲五字，減去第八之四字一句，末句五字。"

《全宋詞》有【荷葉鋪水面】一首，雙片十句，與此不同。北曲有【雙調·驟雨打新荷】，小令十句，有【么篇】，須連用，與此和詞調均不同。鄭騫《北詞新譜》卷十二尾批："此章只見遺山作，體制在詞曲之間。"南曲有此調：《舊譜·十三調南曲音節譜·小石調·驟雨打新荷》題注："即【荷葉鋪水面】。"然有目無辭。《沈譜》卷十九、《新譜》卷二十一【小石調近詞·驟雨打新荷】均以《黄孝子》"推窗看撒玉葩"爲例曲，題注："即【荷葉鋪水面】。"與此似是而非，故《正始》頁 1309【小石調近詞·驟雨打新荷】題注："《蔣譜》爲即【荷葉鋪水面】，非。"《定律》卷七引第三曲爲例曲，入【小石過曲】；引第四曲爲【又一體】。《大成》卷六十三引第三、第四兩曲，均入【又一體】，題【雙調過曲】，題注："一名【驟雨打新荷】。"署第三曲出《綵樓記》，第四曲出《八義記》，句字與此略有變化。《簡譜》卷八【小石調過曲·荷葉鋪水面】以《黄孝子》"推窗看"爲例曲，尾批："此又名【驟雨打新荷】，顧與遺山所作無涉也。昔時傳奇，用此不多，《綵樓記》'前程事枉費心'一曲，與此正同，無容列入。所最難訂者，《八義記》中'不蘇醒'一支耳。余細爲校核，方知省去'壓折''凍損'二語也。"引第四曲爲附録，尾批："按四字句應有四句，此止有二句，所以與各傳奇不同也。余嘗謂北詞有贈句，南詞有減句，觀此益信。"若此則《張協》亦少四字二句，是以變爲正矣。

此調原出詞調，元好問轉换入北曲；戲文或另途轉换承之；入南曲，多併入【驟雨打新荷】，故獨立使用極少。

【麻婆子】

1. 二月春光好，秧針細細抽。有時移步出田頭，蛇蚪兒無數水中遊。婆婆傍前撈一碗，急忙去買油。　《張協狀元》19

2. 對景對景空題恨，贏（原作"羸"）得悶上心。止愁止（此字原奪)愁青春過,年華暗逐人。殷勤回首問東君,桃花開謝逢春。怕奴容顔老,何時遇個人?　　　　　　　　　　　　　　　　　　《小孫屠》3

3.【中吕過曲】只爲我女没張志,落得自已憂。青商勸娘休煩惱,煩惱落得兩鬢秋。調情統鏝用計謀,全然不管我門頭。自弄盞傳杯酒,何須苦用求?　　　　　　　　　元傳奇《陳叔文》,《正始》頁 461

4.【中吕過曲】路途路途行不慣,心驚膽膻摧。地冷地冷行不上,人慌語亂催。年高力弱怎支持,泥滑跌倒在凍田地。款款扶將起,心急步行遲。　　　　　　　　　元傳奇《拜月亭》,《正始》頁 461

5.【中吕過曲】自古道癡心女,癡心太過頭。自古道虧心漢,他虧心你枉自守。浪語閑言莫僝僽,奴家不慮你何憂?怕你吃他負,無人替你羞。　　　　　　　　　元傳奇《王魁》,《正始》頁 462

6.【中吕過曲】畫燭畫燭光摇映,賓相兩邊排。聞知姑娘嫁窮胎,請我受幾拜。好肉吃大塊,好酒滿碗篩,吃得桃花上臉來。

元傳奇《劉智遠》,《正始》頁 462

格式 1:5,$5_{\triangle}$。7,$7_{\triangle}$。7,$5_{\triangle}$。　　　　6 句

2:7,$5_{\triangle}$。7,$5_{\triangle}$。$7_{\triangle}$,$6_{\triangle}$。5,$5_{\triangle}$。　　　　8 句

第一曲用式 1,後五曲用式 2,爲【中吕過曲】。

《正始》列第三曲爲【中吕過曲】正格,与式 2 僅第六句增一字作七字句,餘同。列第四曲爲第二格,題注:"一、三句用疊字。"與第二曲同。列第五曲爲第三格,題注:"第一、第三句減爲五字。"列第六曲爲第四格,題注:"下半截大異。"實以末四句併作"$5_{\triangle}$,$5_{\triangle}$,$7_{\triangle}$"三句。

唐・崔令欽《教坊記・曲名》有【麻婆子】,《全唐五代詞》無此曲,無從檢校。諸宫調有【般涉調・麻婆子】,雙片,其上闋與式 2 小異,與第五曲同。北曲同諸宫調,且多用【么篇】。南曲有【中吕過曲・麻婆子】,少用【前腔】。《舊譜》卷三、《沈譜》卷八、《新譜》卷八、《定律》卷六、《大成》卷十、《簡譜》卷六均以第四曲爲正格,句字、正襯略有差異。《定律》尾批:"此曲一名【羅敷令】。"《大成》改爲題注。《簡譜》尾批:"首句與第三句用疊字格,固爲正體。然亦有實作七字者,……'年高力弱'二語,實止五字,如《白兔》云:'好酒吃大碗,好肉吃大塊'

是也。此調宜施净丑角,《幽閨》用在旦口,未免不倫。”《小孫屠》即爲旦唱細曲,可見戲文其實不拘,用於净丑粗曲當是後世之事。《定律》《寒山曲譜》《大成》又以第六曲爲【又一體】,與此句字略有差異。《寒山曲譜》尾批:“此體恐有誤,舊本題爲【麻婆子】,附録於此。”

此曲當源出唐曲,經諸宫調而入南北曲;式 1 或承諸宫調而減省第三、第四兩句,僅見於戲文,後已不傳;式 2 與北曲當同出諸宫調,入南曲,逐漸規範。

【添字尹令】

1. 奴家拜告,聽取奴家道:得婆周庇,直欲靠婆到老。張葉要好,出路宜及早。(合)歸來後稱懷抱,除非異時,歸古廟挂緑袍。

2. 【同前】婆婆有寶,不與公公道。公公知道,應是問婆借了。婆婆借與,托取公公保。(合同前)

3. 【同前】長安古道,盤費知多少? 婆婆早與,它便起程又早。今朝倚靠,非外來相擾。(合同前)

4. 一杯杜酒,感你把頭髮剪。婆婆髮髻,看得多少價添。程途怕遠,只要錢支遣。(合)伊歸去定説與,我公婆望它,今年去做狀元。

5. 【同前】奴家量淺,一盞桃花臉。前生姻眷,結得我婆底緣。婆婆懶出,不得來相餞。(合同前)　　《張協狀元》19

格式:$4_{\triangle}$,$5_{\triangle}$。4,$6_{\triangle}$。$4_{\triangle}$,$5_{\triangle}$。6 乙$_{\triangle}$,4,6 乙$_{\triangle}$。　9 句

錢南揚《校注》云:“此調不見曲譜。比【尹令】多三句,故云‘添字’。”較【尹令】增第三、四、七三句。

此曲僅見於戲文,後已失傳。

【望吾鄉】

1. 家住西川,回首淚暗垂。中途怎知人劫去,娶它貧女是不得

已。幸然脱此處，都城在，眼下裹，盡總(原作“摠”)是繁華地。

《張協狀元》24

2.【仙吕過曲】楚漢相持，争雄未定期。人民受苦遭巔沛，我今一意扶明主。施展出安邦計，平天下，定社稷，看龍虎風雲會。

元傳奇《王陵》,《正始》頁 299

3.【仙吕過曲】降詔頒拆，搜賢赴帝域。文武遠投安邦策，正是男兒峥嶸日。豈辭多勞役，一朝裹，身顯迹，受賞加官職。

元傳奇《蔡伯喈》,《正始》頁 299

4.【小石調過曲】日暖溶溶，山花映水紅。呢喃燕子調舌弄，粉蝶雙雙遊花叢。似入蓬萊洞，身如在，畫圖中，對景堪吟詠。

元傳奇《趙氏孤兒》,《寒山堂譜》卷四頁 692 上半葉

格式：4，$5_{\triangle}$。$7_{\triangle}$，$7_{\triangle}$。$5_{\triangle}$，3，$3_{\triangle}$，$5_{\triangle}$。　　8 句

《正始》列第二曲爲正格，與此僅第五句作六乙句，餘均同。列第三曲爲第二格，題注：“第五句减爲五字。”然據第一曲，第五句作五字當是正格，作六乙却是變格。《寒山堂譜》列第四曲爲例曲，與此同。

南曲有【仙吕過曲・望吾鄉】,《舊譜》卷一、《沈譜》卷一、《新譜》卷一均引散曲“爛漫春光”爲例曲，與此同。《定律》卷四引第三曲爲【前腔】,《大成》卷二題第四曲爲【仙吕過曲】,署《八義記》,與此僅句字稍有差異。《六十種曲》本《八義記》第九齣《翳桑救輙》【望吾鄉】與第四曲同。細校之，此曲前爲【仙吕入雙調過曲・灞陵橋】和【五供養】各 1 支，後用【中吕過曲・古輪台】2 支、【撲燈蛾】3 支，末爲【尾聲】,則此【望吾鄉】當入【仙吕】,不應入【小石調】。

此曲當源於民間歌謡，《張協狀元》或唱本調，南曲承於戲文。

【麻郎】

1. 打脊腌臢(原作“奄簪”)賴秀！打脊腌臢(原作“奄簪”)賴狗！兩個不須動手，各請住休得要應口。賊獼猴！雌獼猴！看我面一起住休。

2.【同前】我只是不還賃錢，趕出去橋亭上眠。看取同人勸您，休要出言恁偏。你弄拳！我弄拳！看口休得要鬭煎。

3.【同前】少我那房錢到嗔。罵得我教人怎忍。你兩個八兩半斤，好一對人客和主人。我去論！我去論！大都來能欠幾文？

4.【同前】要你須着這秀才。我着它伊休要來。你兩個貧胎苦胎，没緊要休得要繫懷。我討柴！我討柴！要厮打只得請退。

《張協狀元》24

5.【南吕過曲】上告公公見憐，再告婆婆聽言。這恩德銘心肺腑，大凡事自當向前。　　元傳奇《劉智遠》，《正始》頁 535

格式：$6_{\triangle}$，$6_{\triangle}$。7 乙，7 $乙_{\triangle}$。$3_{\triangle}$，$3_{\triangle}$，7 $乙_{\triangle}$。　　7 句

首四曲題【麻郎】，錢南揚《校注》："曲譜不收此調。北曲有【麻郎兒】，體格全異。"前四句有作七字句、七乙句或六字句者，則早期尚未規範。

《正始》列第五曲爲第三格，題【賀新郎衮】，題注："首二句變六字，又減去末三句。"正與此首四句同。以明傳奇《陳光蕊》"這賊漢全無些道理"爲正格，與此同，題注："即【麻郎兒】，又名【貨郎兒】。"

北曲有【越調・麻郎兒】，與此不同。南曲無此調，然據《正始》，【賀新郎衮】則有别名【麻郎兒】。《舊譜》卷四有【賀新郎衮】，但存目無辭；《沈譜》卷十二【賀新郎衮】用《正始》正格，然不分始調與【前腔】；《新譜》卷十二仍之，眉批："原本一調，記馮稿斷作二曲。"表明馮夢龍已經注意到應當區分始調與【前腔】，這同時也説明此調已很久無人使用了。《定律》卷八、《寒山曲譜》均題【賀新郎衮】，以《八義》"這痛苦教人怎熬"爲正格，與此同；以第五曲爲【又一體】，尾批："此曲板式與前曲同，惟少二句，故爲【又一體】。"《簡譜》卷七引《江流》"這賊漢全無道理"爲例曲，尾批："此與【恁麻郎】無異，實即一支也。《九宫譜定》不列【恁麻郎】，但列此曲，可云有識。昔人强分板式，以爲【賀新郎衮】是【衮】，【恁麻郎】是别曲，至以板式分析，强列二格，不知同是快曲，同是快板，未必彼善於此也。至《白兔》'上告公公'一曲，止減'休恁地'（第五句）下三句而已，亦非又一體。"則【麻郎】【賀

新郎衮】【恁麻郎】實名異而調同。

此曲出戲文，當源於民間歌謠；《張協》雖是净扮店主婆連唱 4 支，刁蠻潑刺，實唱調名，與北曲【麻郎兒】不同；入南曲，易名【賀新郎衮】【恁麻郎】行世，已失本意，且【麻郎】本名後已不傳。

【探春令】

1. 三年一度選英賢，論學業非淺。又未知，誰氏登鼇首？甚日滿奴心願。 《張協狀元》25

2. 【仙吕引子】鴛幃歡洽被兒温，正龍涎香噴。睡起來，紅日移花影，早不覺生嬌困。 元傳奇《王焕》，《正始》頁 272

格式：$7_{\triangle}$，5 $乙_{\triangle}$。3，5，6 $乙_{\triangle}$。 5 句

詞調有【探春令】，雙片，其上闋與此僅第四句叶韻，餘同。宋雜劇有《探春卦鋪兒》，王國維《宋元戲曲史》五列入"用普通詞調者"類。南曲有【仙吕引子・探春令】，《舊譜》卷一、《沈譜》卷一、《新譜》卷一、《定律》卷四等均引《荆釵記》"人生最苦是别離"爲例曲，與此同格；第四句叶韻，是用詞調。《沈譜》尾批："'最苦'二字去上聲，妙。"

此曲出詞調，入宋雜劇；戲文採用之，略有變化；南曲承之，復歸詞調。

【望梅花】

1. 謝得我尊神也，被張葉直恁底誤呵。一似啞子，喫了苦瓜。到如今，教我吞吐不下。 《張協狀元》39

2. 【南吕調近詞】叫的我不絶口，却被喊殺聲流民四走。荒急便尋，不知個所有。此間無，多只他在前頭。

元傳奇《拜月亭》，《正始》頁 1167

格式：6 $乙_{\triangle}$，7 $乙_{\triangle}$。4，$4_{\triangle}$。3，$6_{\triangle}$。 6 句

《正始》列第二曲爲正格，與此僅有正襯的微小差别。題注："亦入【仙吕宫】。"頁 373 有【仙吕宫過曲・望梅花】，但存目無辭，題注："移歸【南吕調】。"頁 1329【高平調過曲・五團花】尾批引此第三、四兩句。

唐・崔令欽《教坊記・曲名》有【望梅花】，《全唐五代詞》存兩首，單片者六句，雙片者七句，與此均不同。《全宋詞》有【望梅花】三首，分首句四言和六言兩體，與此亦均不同。金院本有《單兜望梅花》，王國維《宋元戲曲史》六列入"爲詞曲調者"類。南曲有【仙吕過曲・望梅花】，《舊譜》卷一、《沈譜》卷一、《新譜》卷一、《定律》卷四、《大成》卷三均以第二曲爲例曲。《舊譜》首句前增"瑞蓮"二字，另句字略有差異。《沈譜》題注："與詩餘全不同。"眉批："或於'叫'字上增'瑞蓮'二字，末增'後頭'二字，皆非也。或無'殺'字。"《大成》爲【又一體】。《寒山堂譜》卷一亦以第二曲爲例曲，然題【梅望花】，誤。

此曲源出唐曲，入詞調、金院本，戲文轉换承之，已名同實異；南曲承於戲文，轉入【仙吕過曲】。

【梁州令】

1. 深感吾皇賜重職，官名播西京。但一心中正(原作"政")煞公平，清如水，明如鏡，亮如冰。　《錯立身》3

2. 一對鸞鳳共宴樂，恨連日拋彈。這寃家莫竟(原作"景")信刁(原作"凋")唆，把奴家，恩和愛，盡奚落。　《小孫屠》9

3.【正宫引子】孩兒一貌本天然，似洛浦神仙。願天得遇好姻緣，憑媒氏，逢佳婿，做姻眷。　元傳奇《劉智遠》,《正始》頁 136

4.【正宫引子】……稱圍棋。　元傳奇失名氏,《正始》頁 136

格式：7，5 乙$_{\triangle}$。7$_{\triangle}$，3，3，3$_{\triangle}$。　6句

《正始》以第三曲爲例曲，與此同，尾批："此末句仄煞。"尾批："有失名氏元傳奇平煞云云。"

唐大曲有【凉州】，宋大曲有【梁州】。洪邁《容齋隨筆》卷十四《大

曲伊梁》:“今樂府所傳大曲,皆出於唐。而以州名者五,伊、凉、熙、石、渭也。【凉州】今轉爲【梁州】,唐人已多誤用。”詞調有【梁州令】,一名【凉州令】【梁州令疊韻】,與此不同。宋雜劇中有用大曲【梁州】者七本,見王國維《宋元戲曲史》五。諸宮調有【正宮・梁州令】,雙片,其上闋與此僅第二句减一字,餘同。北曲【正宮・小梁州】與此第二句作四字,合末兩句作五字一句,且多用【么篇】。南曲有【正宫引子・梁州令】,《舊譜》卷二、《沈譜》卷四俱以《陳巡檢》“庾嶺山中顯聖靈”爲例曲。《新譜》卷四换易例曲,以明人屠隆《昙花记》“春光不改旧门墙”为例曲,與此同格。眉批:“原曲第四句用五字,欠叶,以此曲易之。”尾注:“馮引舊曲,末三句每句用三字,正同。”趙景深《考略》頁29認爲第三曲“或是《六十種曲》本《白兔記》第五齣【七娘子】的原詞”。考之,僅首二句同,後則大異。俞爲民明成化本《劉知遠還鄉白兔記校注》第四齣《留莊》有【梁州令】,與此僅“一”作“美”,“憑”作“逢”,“逢佳婿”作“擇良婿”,餘同,則成化本更接近元本。

此曲出唐、宋大曲【梁州】,後入於詞調、諸宮調;戲文、北曲分途傳於諸宮調,略有變化;南曲承於戲文。

【麻郎兒】

1. 我能添插更疾,一管筆如飛。真字能抄掌記,更壓着御京書會。

2. 【么篇】我舞得彈得唱得,折莫大擂鼓吹笛。折莫大裝神弄鬼,折莫特調當撲旗。

《錯立身》12

格式:$6_{\triangle}$,$5_{\triangle}$。$6_{\triangle}$,7乙$_{\triangle}$。 4句

錢南揚《校注》:“原無‘兒’字,今補。此係北曲,與《張協狀元》二十四齣之【麻郎】不同,必須補此‘兒’字,以示區别。”是,從之。

北曲有【越調・麻郎兒】,與此首兩句作四字句,第三句增一字作七乙,略有變化;【么篇】第二句作四字,餘同。南曲有【越調過曲・麻郎兒】,與此不同。

此爲北曲，但已有變化，或即受到南化的影響。

【惜奴嬌序】

1. 同出西郊，聽乳鶯枝上，一聲啼起。縈情惹恨，恰似報人明媚。偏宜，兩兩三三穿花去，載傳樽酬樂意。（和）我共你，趁此青春，日日宴酌，對花沉醉。

2.【同前換頭】歡聚，草嫩輕黄，弄絲絲暗織，素腸千縷。夭桃張錦，無煙禁火燒炬（原作"拔"）。凝覷，萬卉爭開春羅綺，步芳郊真得趣。（和同前）　　《小孫屠》2

3.【仙吕入雙調過曲】只爲家道貧窮，不曾整備，一物相供。忝爲姻眷，只愁咱玷辱親翁。匆匆，有甚粧奩來陪奉，謝慈顔厮知重。（合）喜氣濃，悄一似仙郎仙女，會合仙宫。

4.【前腔換頭】難逢，傾國芳容，慣描花挑綉，習學針工。更留心書史，能遵四德三從。和同，菽水高堂相承奉，謝冰人借光寵。（合前）　　元傳奇《王十朋》，《正始》頁 1017

5.【仙吕入雙調過曲】杏臉桃腮，又當有松筠節操，蕙蘭襟懷。閨中言語，不出閫閾之外。不教孩兒是伊之罪，這風情今休再。（合）記再來，但把不出閨門的，語言相戒。

6.【前腔換頭】堪哀，萱室先摧，歎婦儀姆訓，未曾諳解。蒙爹嚴命，從今怎敢不改？早晚裏伊家將奴誨，改前非休違背。（合前）

元傳奇《蔡伯喈》，《正始》頁 1018

格式：4，5 乙，$4_{\triangle}$。4，$6_{\triangle}$。$2_{\triangle}$，$7_{\triangle}$，6 乙$_{\triangle}$。$3_{\triangle}$，4，4，$4_{\triangle}$。　12 句

前二首，《小孫屠》題【惜奴嬌】，錢南揚《校注》云："【惜奴嬌】係引子。此是過曲，應作【惜奴嬌序】。"是。後四曲均題【惜奴嬌序】。

《正始》列第三曲爲【惜奴嬌序】正格，與此第二句作四字，末三句作四字兩句，餘同。列第五曲爲第二格，題注："減去第六之二字一句。"第九句末字爲衬字，極少見。第六曲題注："亦減二字一句。"

南曲有【仙吕入雙調過曲・惜奴嬌】。《舊譜》卷十引《殺狗記》

“安享榮華”爲例曲，僅末三句合作“6，$4_{\triangle}$”兩句，餘同。《沈譜》卷二十、《新譜》卷二十三引第三、第四曲爲例曲。《沈譜》尾批：“按《琵琶記》‘杏臉桃腮’二曲，亦是此調，而少‘空空’‘重重’處兩個平聲字，恐誤後人，不可從也。”“空空”“重重”，正兩曲第六之二字句。《新譜》眉批：“《墨憨稿》止，此以下未竟。”這是關於馮夢龍《墨憨齋曲譜》的一條重要資料。《定律》卷九引第三曲爲例曲，題【雙調過曲・惜奴嬌】；以此第五曲爲【又一體】。

此曲淵源，參見【惜奴嬌】考證。南曲承於戲文，復用《小孫屠》【惜奴嬌】之題署。

【梁州第七】

驀驀地古道西風峻嶺，過了夕陽流水孤村，如今塵隨馬足何年盡！常就勞碌（原作“落”），不避（原作“必”）艱辛。幾番回首，幾度忘魂。只爲家中年老慈親，朝夕侍奉無人。明知孝悌人之大本，想着受劬（原作“區”）勞育我全（原作“痊”）身，不能勾樂業安貧（原作“落業安平”）。自俺，甫（原作“付”）臨行，曾把哥哥稟，常侍（原作“付”）奉莫因循。只怕哥哥把話不準，迷戀着紅裙。　《小孫屠》7

格式：7 乙$_{\triangle}$，7 乙，$7_{\triangle}$。4，$4_{\triangle}$。4，$4_{\triangle}$。7 乙$_{\triangle}$，$6_{\triangle}$。7 乙$_{\triangle}$，7 乙$_{\triangle}$，7 乙$_{\triangle}$。2，$2_{\triangle}$；$5_{\triangle}$，$5_{\triangle}$。$7_{\triangle}$，$4_{\triangle}$。　18句

此曲原缺牌名，據錢南揚《校注》補。

宋大曲有【梁州】。北曲中有【南吕・梁州第七】，一作【梁州】，與此僅第九句作七乙，另第十、十一、十五句可不叶，第十三叶韻，餘同。南曲有【南吕過曲・梁州序】，《新譜》卷十二題注：“一名【梁州第七】。”與此不同。

此曲源出宋大曲，北曲承之。《小孫屠》前已明標此爲北曲。

【梧桐樹】

1. 思量悶上心，人去無蹤影。悄似隨風柳絮無憑准，却與舊日心不應。誤我良宵寂寞守孤燈，數盡更籌夜長人初静，教人恨殺活短命。

2.【同前】無情弄綉針，鎮日心不定(原作"足")。落得悽惶爲它成孤另，終日黯約何情興。捱(原作"睚")到黄昏月上小窗明，淚眼通宵揾濕鴛鴦枕，曉來時懶對孤鸞鏡。　　《小孫屠》9

3.【南吕調近詞】人無害虎心，虎有(原作"無")傷人意。月冷風清難存濟，誰知猛虎潛來至。不是蒼(原作"天")天救取時，一命須臾喪泉世，猶兀自戰戰兢兢地。　　元傳奇《吕蒙正》,《正始》頁 1171

格式：$5_{\triangle}$，$5_{\triangle}$。$7_{\triangle}$，$7_{\triangle}$。$7_{\triangle}$，$7_{\triangle}$，$7_{\triangle}$。　　7句

《正始》列第三曲爲正格，與此同。題注："此與九宫【商調・梧桐花】，止争首二句之三字、五字，餘皆同。"《正始》頁 594【南吕過曲・滿園梧桐】尾批、頁 640【南吕過曲・三十腔】尾批均引此第五、第六兩句，頁 602【南吕過曲・金絡索】尾批引此末句。

《全宋詞》有【梧桐樹】一首，與此不同。北曲有【南吕・梧桐樹】，與此不同。南曲有【商調過曲・梧桐樹】，《舊譜》卷七、《沈譜》卷十七、《新譜》卷十八俱引《殺狗記》"醃臢小賤奴"爲例曲，與此同。《定律》卷十、《大成》卷五十七、《簡譜》卷九、李九我批評《破窑記》第十八齣《虎近窑門》均引第三曲，題【商調過曲・哭梧桐】，文字與此略有變化。《簡譜》尾批："此曲首四句，與【金梧桐】【喜梧桐】相似，下三句則異。商調'七梧'曲，諸譜皆未訂正，因腔格略同，惟詞句多少有殊耳。余一一臚列，學者可依據焉。"

此調或出於詞調，分二途入戲文與北曲，同名異實；南曲承於戲文，後則易名【商調過曲・哭梧桐】，與《張協狀元》第 39 齣【哭梧桐】同，實一調二名。此姑分列，以存舊名。

【得勝令】

1. 則笑卓氏女忒心癡，它被這睡魔王廝禁持。則想醉裏乾坤大，全不想花間雲雨期。身靠着屏圍，魂夢誰根底？酒病好難醫，今朝醒覺遲。
《小孫屠》9

2.【中呂調近詞】聽文桂拜啓：住西京城市裏。要遊賞東京佳致，文桂便辦些金珠行李。囊篋已備，一身爲何襤褸？將近帝里，被强人攔住。盡皆劫去，以此飄蓬在旅邸，忽遇風雪亂起。聞貴第行佈施，特來告求周庇。時乖命蹇，到此喫盡禁持。你家中祖父，原是姓甚名誰？

3.【前腔换頭】積代姓張氏，念家父生居帝里。開米肆名滿街市，是大桶(原作"橘")員外孩兒。方知子細，英俊甚般年紀？卑人賤齒，正二十一歲。少年之輩，骨格精神更美，那更言談可喜。留在此作區處，周全此身容易。深深拜跪，是父母今生重遇。啣環結草，報答何時？
元傳奇《薛雲卿》,《正始》頁 1148

4.【中呂調近詞】細看取諸餘風味，是文龍面目所爲。當初是少年，想風霜萬千盡歷。爹懸望，娘懸望，共着媳婦，朝夕盡淚垂。且説如何，一去許多時。不念爹娘各年紀？你莫是胡稱我兒？請出娘子，相見共他略相叙。各仔細，既同諧魚水，豈不略相識？請出媳婦須教至，方知此事真端的。宋(原作"米")忠不信，死了重出人世？思量着怎生不嘔氣？千拜萬拜，又復敢奪吾妻？

5.【前腔换頭】告仁兄寧息，我和你在此怎知？今宵成宴席，怎知他外方自歸？一雙手，兩眼鼻，頭也有髻，嗅我孩兒作我氣。宋忠目即，合口自出氣。娘子出來别是非，甚人敢不識道理？上有蒼天，人世亦有官司處。能求直，聘妻還吾娶，你好没巴臂。大挤一命直甚的？閻王殿下都立地。按下身心，大抵休出言語。便是官人也留住，不是東君，怎托與花爲主？
元傳奇《劉文龍》,《正始》頁 1150

格式 1:7$_\triangle$,7$_\triangle$。7,7$_\triangle$。5 乙$_\triangle$,5$_\triangle$。$\dot{5}_\triangle$,5$_\triangle$。 8 句

2:5 乙$_\triangle$,6 乙$_\triangle$。7 乙$_\triangle$,7 乙$_\triangle$。4$_\triangle$,6$_\triangle$。4$_\triangle$,4$_\triangle$。4$_\triangle$,6$_\triangle$,

$6_{\triangle}$。6 乙$_{\triangle}$，$6_{\triangle}$。4，$6_{\triangle}$。4，$4_{\triangle}$。　17句

3:7 乙$_{\triangle}$，7 乙$_{\triangle}$。5，7 乙$_{\triangle}$。3，3，$4_{\triangle}$，$5_{\triangle}$。4，$5_{\triangle}$。$7_{\triangle}$，7 乙$_{\triangle}$。$4_{\triangle}$，$7_{\triangle}$。3 $_{\triangle}$，5 乙$_{\triangle}$，$5_{\triangle}$。$7_{\triangle}$，$7_{\triangle}$。4，$6_{\triangle}$。$7_{\triangle}$，4，6 乙$_{\triangle}$。　24句

第一曲用式1，爲北曲；第二、第三兩曲用式2，爲【中吕調近詞】；第四、第五兩曲用式3，爲【中吕調近詞】之【又一體】。

式1爲北曲。北曲【雙調・得勝令】前四句俱作五字，第五、七兩句均作二字句，此與大同小異，可視爲增字格。

《正始》列第二曲爲【中吕調近詞】正格。第三曲題注："第二句變七字。此係第二曲，今時譜合之爲一，誤。"眉批："'大桶'，以開米肆其桶獨大，故因而得名，人呼爲'大桶員外'耳。訛作'大橘'，非。'桶'即斗也。古呼桶爲斗。"列第四曲爲第二格，題注："此格與上格大不同。"列第五曲爲【前腔换頭】第二格。

南曲有【中吕調近詞・得勝序】。《沈譜》卷十、《寒山曲譜》、《定律》卷六、《大成》卷十即以第二、第三曲爲例曲，題【德勝序】，《沈譜》尾批："此調後，後用【不是路】及【念佛子】。"然已併兩曲爲一式，爲《正始》所批評。《寒山曲譜》《定律》則以首曲末二句屬下，作【换頭】首二句。《寒山曲譜》署《文桂》。《大成》署《鬼作媒》，尾批："諸譜皆作一闋，審其章句，應分爲二。考《曲譜大成》《南詞定律》，雖分二闋，但其中斷續處，不甚妥協，今改正。"是。《新譜》卷九【太平令】眉批："又【德勝序】一曲，以調長、韻雜、無板，並删。"《簡譜》卷六【中吕過曲】有【得勝序】，引第二、第三兩曲爲例曲，併作一曲，題注："此調，《舊譜》皆不分【换頭】，惟《大成》《定律》分之，是矣。但《定律》分段，至'吃盡禁持'上，則【换頭】較首疊多二句矣。今改在'姓甚名誰'分段，前後相同。至'留在此'二句，原文皆六字句，《九宫譜定》及沈氏諸譜可證也。而《定律》云'留在此作伴區處，周全此身非容易'，硬添二字，自亂格式，與上疊'聞貴地'二語，方不相符，豈非大誤乎？余故訂正之，通體皆合矣。"詳考其訂正，與《正始》合。

此調當出軍樂，而後泛化爲普通樂章，南北曲分途承之。式1爲南化北曲，故有所變化；式2傳於南曲，然已易名，且多誤識；式3僅

見於戲文，不見於南曲諸譜，當已失傳。

【挂真兒】

1. 東岳靈祠幾程路，還心願只得前去。只慮家中，無人看覷，叫出孩兒説與。

2.【同前】燕爾新婚正歡聚，何曾肯暫離一步。驀然聞（原作“間”）得，萱親有旨，同向堂前施禮。　《小孫屠》10

3.【南吕引子】四顧青山静悄悄，思量起暗裏魂消。黄土傷心，丹楓染淚，漫把孤墳自造。　元傳奇《蔡伯喈》，《正始》頁 524

格式：$7_{\triangle}$，7 乙$_{\triangle}$。4，$4_{\triangle}$，$6_{\triangle}$。　5 句

《正始》列第三曲爲正格，與此同。題注：“此調比上【大聖樂】止争末句之句法。”尾批：“此調與【大聖樂】别。止於第二句之韻脚平仄，及末句之句法四六。如【大聖樂】第二句用仄煞，此調第二句用平煞。如【大聖樂】末句必四字，此調末句必六字。此爲二調之别也。”然《小孫屠》二曲第二句均仄煞，實可不拘也，故此與【南吕引子・大聖樂】的區别只在末句六字與四字之不同。

南曲有【南吕引子・挂真兒】，《沈譜》卷十二、《新譜》卷十二、《定律》卷八均以第三曲爲例曲，與此同。《沈譜》題注：“《舊譜》又有【破挂真】，即此調也。”非：《舊譜》【南吕引子】存録【挂真兒】【破挂真】二調，【挂真兒】引“月缺花殘怨薄命”爲例曲，與此同格；【破挂真】以“憶别嬌容情分淺”爲例曲，第二句作六字句，且末二句换韻，故與【挂真兒】有别。且戲文無【破挂真】。

此曲當源於民間歌謡，戲文採用之，傳入南曲。

【梧葉兒】

1. 欲説破，有誰聽？不記暗叮嚀。飄然去，悄如水上萍。盡把恩情，悄似梧葉兒一片輕。

2.【同前】娘休慮，且寬心，何必自傷情？雖然出去便回程，房兒裏好淒清。長歎兩三聲，它熱如火我冷如冰。

3.【同前】休只管，戀它每，入眼便爲懃。不須性急，有日稱心，莫把恩情悄似冰。《小孫屠》10

4.【商調過曲】遭折挫，受禁持，不由人不淚垂。無由洗恨，無由遠恥。事到臨危，拚死在黄泉作怨鬼。

元傳奇《王十朋》，《正始》頁 707

5.【商調過曲】道家多靈變，百藝通，幾度對王公。敲些惜氣，口裏吞劍鋒。有仙風，頃刻花殘會再紅。　元傳奇《陳巡檢》，《正始》頁 709

6.【商調過曲】智遠多蒙温故，感蒙愛憐，得魚後怎忘筌。異日風雲會，管教來報賢。這嚴寒，喫一碗合鍋素面。

元傳奇《劉智遠》，《正始》頁 709

格式：3，$3_{\triangle}$，$5_{\triangle}$。3，$5_{\triangle}$。$3_{\triangle}$，$7_{\triangle}$。　7 句

第二曲第四句作七字，第三曲減省第五句，均當爲變格。

《正始》列第四曲爲正格，與此首尾相同，中腹有所變化：第三至第六句作“6 $乙_{\triangle}$。4，$4_{\triangle}$。4”，題注：“一名【知秋令】。”尾批：“此係古本之原文。”批評“蔣、沈二先生所收譜中之詞調，多至不宗古本原文，而從時本者居多”。列明傳奇《綵樓記》爲第二格：“3，$5_{\triangle}$，$5_{\triangle}$。3，$3_{\triangle}$。$4_{\triangle}$，7 $乙_{\triangle}$。”列第五曲爲第三格，題注：“首句增爲五字，第五亦五字，第六減爲三字，第四、末句仍用《王十朋》體。”與此更爲近似。列第六曲爲第四格，題注：“此格比《王十朋》全章皆變，比《綵樓》格止爭第三句、末句同。【七犯玲瓏】犯此。”《正始》頁 560【南吕過曲・七犯玲瓏】尾批引此第三、四、五句，云：“【梧葉兒】一詞，元明詞共有五、六體。今詞隱先生於譜中止收得改本《荆釵記》之一格，且非古本原文，致不識今本曲所犯，乃元傳奇《劉智遠》之【梧葉兒】云云。此句法音律，無不合者耳。”

北曲有【商調・梧葉兒】，與此僅第五句作三字，末句作七乙，餘同。南曲有【商調過曲・梧葉兒】，《舊譜》卷七、《沈譜》卷十七、《新譜》卷十八、《定律》卷十均引第四曲爲例曲，句字略有不同。《沈譜》

尾注:“此【梧葉兒】本調也。”《新譜》眉批引馮夢龍注:“第四、五句,《綵樓》云:‘金釵卸,雲髻偏’,變三字兩句;又《白兔》云:‘異日風雲會,曾教來報賢’,變五字兩句;《尋親記》亦同;《牧羊記》又變六字一句、五字一句。”則此兩句的字數實可有所增減。《大成》卷五十七引第四、第六兩曲爲【又一體】,與此句字各有變化。

此第一曲即唱本調,則南、北曲均當出於民間歌謡。戲文自由而富於變化,傳入南曲,逐步規範。

【淘金令】

1. 燈前報蕋,鵲噪檐前喜。今日見你,果是非容易。淺斟低唱,放些嬌癡。怕甚花梢風雨,辦堅着意,一杯勸君須記取。(合)同攜素手,並着香肌,共入羅幃效連理。

2.【同前】因緣契合,算來非容易。一雙兩美,我也成忔戲。幾曾間阻,兩下分離。……(和同前)　《小孫屠》10

3.【仙吕入雙調過曲】浮萍水滿,兩兩蜻蜓過。芙蕖水滿,兩兩鴛鴦卧。畫鼓紅船,往來如梭。颯颯清風吹面,水天凉多,真個是快活人也么哥。齊唱採菱歌,同攀擎露荷。斯憑嬌娥,照影蒼波,雙雙俊也伊共我。在凉亭水閣,素扇輕摇,唱飲流霞,兩情歡樂。

元傳奇《王瑩玉》,《正始》頁990

4.【仙吕入雙調過曲】恩情到頭,我也不由己。姻緣契合,我也不由己。離了家鄉,共諧連理。怎知鞋弓襪小,步細行遲?香羅暗揾珠淚滴。如今去也,萬水千山,未知何日,到得家裏?

元傳奇《裴少俊》,《正始》頁992

5.【仙吕入雙調過曲】一心告天,願我無疾恙。一心告神,願我無災障。暗想花陰,遇着情郎。爲他身貧家窘,贈與金珠,誰知到此成禍殃?虔誠拜三光,虔誠祝上蒼。表我真心,訴我衷腸,瞻星拜月一炷香。　元傳奇《林招得》,《正始》頁992

6.【仙吕入雙調過曲】紅粧豔質,今日都僝僽。家鄉縹緲,對景空回首。懊恨雙親,下得毒手。把奴推出門外,這場出醜,如今到此

不自由。金風冷颼颼，寒蛩起暮秋。月挂銀鈎，雁過南樓，寒燈冷落獨自憂。　　元傳奇《吕蒙正》，《正始》頁 993

格式：$4,5_{\triangle}$。$4,5_{\triangle}$。$4,4_{\triangle}$。$6,4_{\triangle},7_{\triangle}$。$4,4_{\triangle},7_{\triangle}$。　　12 句

第二曲第六句後，錢南揚《校注》云："此曲下缺三句。"餘與此合。

《正始》列第三曲爲【仙吕入雙調】正格，十八句：與此前九句同，下增第十至第十四共五句："$5_{\triangle},5_{\triangle}$。$4_{\triangle},4_{\triangle},7_{\triangle}$。"尾三句僅末句七字破作四字兩句。尾批："【淘金令】本調，此曲方是其全章也。按今蔣、沈二譜於【仙吕入雙調】中，不惟此一調之誤，自【柳摇金】至【銷金帳】，似皆未經詳勘，致多混淆錯亂。况歌者亦無一肯究其源，然皆朦朧傳度，使後何時得明？……余今按從元譜及古本諸傳奇，一一審查，精詳剖分於此，毫無此那彼借之誚。"頁 986【仙吕入雙調過曲・二犯江兒水】尾批引此第十至十四句，頁 989【仙吕入雙調過曲・四犯江兒水】尾批引此第十一、十二兩句。此末四句與頁 990 元傳奇《王瑩玉》【仙吕入雙調過曲・水紅花】同，錢南揚《輯佚》頁 42 注以爲當是"合前"："戲文中，兩支不同的曲調也可用相同的合頭，這種例子，在《永樂大典戲文三種》裏很多。今仍《正始》的原樣不改。《定律》《大成》俱誤從'輕輕吁濕'句起作合頭，大概没有看到【淘金令】的緣故。"是。列第四曲爲第二格，題注："减去第十至十四之五句。"與此僅將末句破作四字兩句，餘同。列第五曲爲第三格，題注："此比《王瑩玉》體，直减去末四句。"第六曲題注："與上《林招得》同體。"尾批對一體之中增减數句後仍名此調作出證明，對明人曲譜以此諸曲認作集曲提出批評。

南曲有此調。《舊譜》卷十、《沈譜》卷二十、《簡譜》卷八均題第六曲爲【攤破金字令】，《沈譜》題注："或無'攤破'二字。"尾批："此調，前半已明，但後五句，竟不知何調，愧不能考定。"《新譜》卷二十三題【金字令】，題注："或有'攤破'二字。"尾注："馮云：此【金字令】正調也。原本謂前九句【淘金令】，後五句未詳，不知【淘金令】乃此調犯【五馬江兒水】耳。既作正調，不必注犯，且'攤破'二字，亦不必拘。如【攤破月兒高】【攤破地錦花】，亦皆正調也。""金風冷颼颼"五句，又見於

《舊譜》卷十、《沈譜》卷二十所引之【仙吕入雙調過曲·金水令】。《沈譜》尾注:“此曲後,或將前【攤破金字令】中‘金風冷颼颼’以下五句合唱,未知可否。”《新譜》卷二十三題【水金令】,尾注明確表示:“合唱亦可。”《沈譜》卷二十題第四曲爲【淘金令】,作集曲:前六句入【四塊金】,後七句入【五馬江兒水】。《新譜》卷二十三承之,然以前六句犯【金字令】。據集曲命名慣例,【四塊金】【五馬江兒水】實與【淘金令】無涉。《沈譜》又題第五曲爲【金犯令】,亦集曲:前四句入【四塊金】,次五句入【五馬江兒水】,後五句入【攤破金字令】。《舊譜》卷十、《新譜》卷二十三則改易例曲,題【夜雨打梧桐】,《新譜》眉批:“原又【金犯令】一曲,與此調同,不録。”尾批:“及查馮稿云:古人因事立名,或適聞夜雨打梧桐,遂以名詞,非必犯調也。”沈氏叔侄精於曲律,相比之下,《沈譜》囿於定勢,强爲之解,《新譜》繼後,又得馮譜參考,稍覺通達。《簡譜》尾批:“詞隱以此調爲犯曲,而自‘金風’句起,又未明所犯何曲,已覺模糊。即首句至第九句,標明【淘金令】,亦非。蓋【淘金令】本是犯調,如何可作正曲? 犯調不得取犯調同例也。又載《林招得》‘一心告天’曲,實與此格同,而别題作【金犯令】尤謬。惟龍子猶、徐靈昭等,以爲【金字令】正式,《定律》《大成》譜皆仍之,余故列爲正調。”《定律》卷九亦以第五曲爲例曲,然題【金水令】,入【雙調過曲】,前四句用【四塊金】首至四,次五句用【五馬江兒水】六至合,後五句用【金字令】十至末,與此又有所不同。《南音三籟》頁849引《綵樓記·愁思》【金犯令】套,眉批:“此即《舊譜》中所收《林招得傳奇》【金犯令】也。一名【攤破金字令】,犯法無一不合者。詞隱生另收此爲【攤破金字令】,以上半爲【淘金令】頭,‘金風’以下爲無考。不思【淘金令】原係【四塊金】頭而犯【五馬江兒水】者,概云【淘金令】頭,既非。而‘金風’二句,是【朝元令】;‘月挂’三句,是【柳摇金】。合之前,亦‘金’字牌名,故義取【攤破金字令】耳。有何難見,乃於《林招得》則注之於此,則云‘不知何調’,則騎驢覓驢耶?”《大成》卷六十四引第三曲,題【雙調過曲·金江水】之【又一體】,以前十二句入【金字令】,後六句入【五馬江兒水】;然署“散曲”,誤。趙景深《考略》頁8據此亦以爲第五曲當從之作集曲。第六曲,李九我批評《破窑記》第六齣《暫投旅舍》

題【金字令】,《綵樓記》則題【攤破金字令】,《正始》對此已作批評。

此調出於戲文,較爲自由,變化靈動;南曲承之,以增句格爲正格,又以隻曲認作集曲,强爲分題析調,故多更换其名。

【梅子黄時雨】

1. 清正當權,公明無倦,民無枉闤闠無非(原作“閤閭無飛”)。

《小孫屠》11

2.【仙吕引子】家住東京,積世富豪裔,承朝命武班之職。正青春琴瑟和美,論奢華世間無比。　元傳奇《陳巡檢》,《正始》頁264

格式:4,4,7乙$_{\triangle}$。7乙$_{\triangle}$,7乙$_{\triangle}$。　5句

第一曲截用此前三句,爲省句格。

《正始》列第二曲爲正格,與此第二句作五字句,題注:“與【道宫調·黄梅雨】少異。”

《全宋詞》有【梅子黄時雨】二首,與此不同。南曲有【仙吕引子·梅子黄時雨】,《舊譜》卷一、《沈譜》卷一、《新譜》卷一、《定律》卷三、《大成》卷六十二均以第二曲爲例曲。《沈譜》題注:“即【黄梅雨】。”《大成》題【雙調引子】,題注:“一名【黄梅雨】。”以此爲【又一體】。故所謂【黄梅雨】當是【梅子黄時雨】的簡稱。

此曲源於詞調,戲文轉换承之,南曲又承於戲文。

【脱布衫】

白日裏泣雨愁雲,到晚息(原作“西”)役夢勞魂。多則是俺嫂嫂佔迫我小名,佖(疑作“倘”)若在家亡也有些名分。　《小孫屠》14

格式:7乙$_{\triangle}$,7乙$_{\triangle}$。7乙$_{\triangle}$,7乙$_{\triangle}$。　4句

諸宫調有【正宫·脱布衫】,與此同。金院本有《脱布衫》,王國維《宋元戲曲史》六未曾提及,實可補歸“爲詞曲調者”類。北曲有【正

宫・脱布衫】,與此相同。

此曲出諸宮調,經金院本入北曲。《小孫屠》標明此爲北曲。

【惜奴嬌】

1. 職判開封,冤枉人心頑如鐵,枉然官法如爐自滅。

《小孫屠》17

2.【雙調引子】堪恨冤家,敢生出不良意,這魂惡只得自忍。正此攻書,偶聞家兄命。思省,料吉凶全然未准。

元傳奇《殺狗記》,《正始》頁 864

格式:4,6 乙,7 $乙_{\triangle}$。4,$5_{\triangle}$。$2_{\triangle}$,7 $乙_{\triangle}$。　7句

第一曲題【惜奴嬌】,當用此首三句,是爲省句格。引曲可用省句格。第二句作七字句。

《正始》以第二曲爲正格。

宋大曲有【惜奴嬌】。詞調有【惜奴嬌】,雙片,其上闋與此僅第五句作六乙,餘同。諸宮調有【雙調・惜奴嬌】,與詞調同。南曲有【雙調引子・惜奴嬌】,《沈譜》卷二十題注:"與詩餘同,但無【换頭】。"與此僅第五句作四字,餘同。南曲另有【雙調入雙調過曲・惜奴嬌】,與此名同實異。錢南揚《小孫屠》第二齣注釋:"【惜奴嬌】係引子。此是過曲,應作【惜奴嬌序】。"戲文《王十朋》《蔡伯喈》亦已改題【惜奴嬌序】,則引子當題【惜奴嬌】,而過曲當題【惜奴嬌序】,以示區别。俞爲民《殺狗記校注》第六齣《喬人行譖》引此第二曲,爲引子;後又連用二支,仍題【惜奴嬌】,實是【惜奴嬌序】。

此曲爲引子,出宋大曲,詞、諸宮調、戲文、南曲一脈傳承;變化只在第五句:詞調、諸宮調均作六乙,戲文作五字,南曲作四字。

【甜水令】

拄杖身邊,誰人撇下,手顫怎生拿?東倒西歪,我怎生提拔?戰

兢兢氣力難加。　　《小孫屠》19

格式：4，4$_\triangle$，5$_\triangle$。4，4$_\triangle$，7 乙$_\triangle$。　　6 句

北曲有【雙調・甜水令】，一名【滴滴金】，其減句格與此同。較正格，在第一、四句後各少四字一句，當是受到了南化影響。

《小孫屠》已標明此爲北曲。

【啄木兒】

1.【黄鐘過曲】我親衰老，妻幼嬌，萬里關山音信杳。他那裏舉目凄凄，俺這裏回首迢迢。他那裏望得眼穿兒不到，俺這裏哭得淚乾親難保，閃殺人一封丹鳳詔。　　元傳奇《蔡伯喈》，《正始》頁 80

2.【黄鐘過曲】弦中正，指下高，是餘音太古雅操。拍托勾剔打抹挑，泛聲清拂度好。輕如點水蜻蜓小，鬧如夜宿烏鴉噪。小間勾輪引吟揉，似仙音鶴鳴九皋。　　元傳奇《西廂記》，《正始》頁 81

3.【黄鐘過曲】奴家是，宫院裏，嫁徐郎共結姻契。因爲干弋離故里，遂沽酒略飲數杯。爲畫粉容，將軍見取，勒馬向前忙擒住。便擊破菱花分袂，遣福量尋消問息。　　元傳奇《樂昌公主》，《正始》頁 82

4.【黄鐘過曲】孫員外，聽拜啓，我當初共伊結義。夜來心疼非詐的，兄弟應知得罪。是真難滅，是假易除，休多語。假饒染就乾紅色，也被傍人道是非。　　元傳奇《殺狗記》，《正始》頁 82

5.【黄鐘過曲】何須慮，不用焦，人世上離多歡會少。大丈夫當萬里封侯，肯守着故國空老。畢竟事君事親一般道，人生怎存忠和孝，却不道母死王陵歸漢朝。　元傳奇《蔡伯喈》，《寒山堂譜》卷五頁 698 下半葉

格式：3，3$_\triangle$，7$_\triangle$。7 乙$_\triangle$，7 乙$_\triangle$。7$_\triangle$，7$_\triangle$，7$_\triangle$。　　8 句

《正始》列第一曲爲第一格，題注："此係常格。"列第二曲爲第二格，題注："此係古格，元調最多。"較此第三、四、五三句作"7 乙$_\triangle$。7$_\triangle$，6 乙$_\triangle$"，末增七乙一句。頁 1333【高平調過曲・十樣錦】尾批引此末四句。列第三曲爲第三格，題注："此亦《西厢》格，止第六句變八

字兩句。"列第四曲爲第四格，題注："此亦《西厢》格，第五、六、七句不同。"第五句作六字句，第六句作八字兩句，第七句減字作三字句。《寒山堂譜》卷五以第一曲爲正格，第五曲爲【其二】，尾批："若用第三、第四格，同。第一、第二是一聯，第四、第五是一聯，第六、第七是一聯，'鳳'字、'漢'字、'信'字、'會'字，必要去聲字。"以第二曲爲【又一體】，尾批："第一、第二是一聯，第六、第七是一聯。此格蔣氏原譜所收，《沈譜》删去，以致後人將'新蟬噪'一曲，不知爲正格，生將活扯，認爲二犯、三犯。大凡古調之失傳，皆一己之見，不肯虚心查考，誤謬漸生矣。此曲只有【换頭】，未見起調，又'新蟬噪'一曲第八句云：'不犯得同心雙結'，與此曲之'小間'句，與'音揉'一句同，六字稍有不同。皆是元曲也，未知孰正，予兩存之，以待考。"

《全宋詞》有【啄木兒】一首，僅殘存首句六字，餘不可校。諸宫調有【黄鐘・閑花啄木兒】，其第一格與此僅首兩句合作六乙一句，第三句作六字，末句作五字，餘同。宋雜劇有題【啄木兒】者三本，王國維《宋元戲曲史》五列其入"金元曲調"類，其實當列入"詞調"或"諸宫調"類。北曲有【正宫・啄木兒】，較此少第八句七字，又第五句作六字，餘同。南曲有此調，《舊譜》卷五以第二曲爲例曲，《沈譜》卷十四、《新譜》卷十四引第五曲爲例曲，與此僅第五句"着"字作襯爲六乙句，餘同。《沈譜》題注："《舊譜》所收及時曲'新蟬噪'皆異此。"《新譜》尾批："予謂此調只從《琵琶記》，更無别調。"這就狹隘了。《定律》卷一以第二曲爲【又一體】，與此僅句字略異，以末二句入(合頭)，餘同。《大成》卷七十引第二、第四曲爲【又一體】，前者署"古《西厢》"，均以末句入(合)。據《元本琵琶記校注》第十五齣《伯喈辭官辭婚不准》，第五曲爲第一曲之【前腔】。

此曲當出於詞調和諸宫調，北曲與戲文承之，但有所轉换；戲文、南曲一脈相承，略有變化。

【啄木鸝】

【黄鐘過曲】【啄木兒】聽言語，教我悽愴多，料想他也應非是埋妒。

他那裏既有妻房，取將來怕不相合。但得他似你能搃把，我情願侍他居他下。【黄鶯兒】只愁他，程途上苦辛，教人望巴巴。

元傳奇《蔡伯喈》，《正始》頁83

格式：3，3△，7△。7乙，7乙△。7△，7△。3△，4，5△。　10句

集曲，首七句用【啄木兒】前七句，後三句用【黄鶯兒】末三句。《正始》題注："此【啄木兒】用《蔡伯喈》體。"

南曲有此調，《沈譜》卷十四、《新谱》卷十四均此爲例曲，但第五句作六字。《沈谱》題注："又可入【商調】。"尾批："舊注云：'【黄鐘】不可居【商調】之前'，恐前高後低也。此調正犯此病，雖起於高則誠，慎不可學。"尾批："用韵亦杂。"《定律》卷一引《磨塵鑑》"張良輩"爲例曲，與此同格。

此曲出戲文，南曲承之。

【荼蘼插金鳳】

1.【黄鐘過曲】隱隱星遲，燈月交輝。儼然移下一天星斗，悄如晝日，紗籠過處陣陣香飄暗遞。（合）聽唱道轉身兩壁，行行語，聲笑嬉，悄似神仙謫降凡世。往來車馬駢闐聚，是今日。

2.【前腔換頭】那日兵弋起，鴛鴦兩下飛。洴洴戰鼓，唬得我心驚膽碎，只聽得銅壺漏催。（合前）　元傳奇《樂昌公主》，《正始》頁112

格式：4△，4△。4，4△，6△。7乙△，3△，3△，4、4△。7△，3△。11句

【換頭】只將首兩句改作五字，餘同。

《定律》卷一以此爲例曲，署《分鏡》；《大成》卷七十一引第一曲爲【又一體】，署《分鏡記》；較此僅末二句爲(合)，餘同。

此曲出戲文，南曲承之。然明清南曲諸譜多未見此調，可知極少使用。

【衮衮令】

【仙吕過曲】兀剌赤，門外等多時。縱轡加鞭，心急馬遲。伴宿女孩兒，羊酒關支。都管取完備，休誤了軍期。

元傳奇《拜月亭》，《正始》頁 286

格式：$3_{\triangle}$，$5_{\triangle}$。4，$4_{\triangle}$。5，$4_{\triangle}$。$4_{\triangle}$，5 乙$_{\triangle}$。　　8 句

《正始》題注："亦名【僥僥令】，但與【雙調・僥僥令】不同。"

此調始見於戲文，又偶見於元明之際南曲散曲，後已不傳。

【掉角兒】

1.【仙吕過曲】想連年時乖運蹇，喜今日姓揚名顯。步蟾宫高攀桂枝，跳龍門首登金殿。笑吟吟，宫花插，帽檐偏，瓊（原作"璚"）林宴，勝似神仙。早辭帝輦，榮歸故苑。那時節，夫妻母子，大家歡忭。

元傳奇《王十朋》，《正始》頁 330

2.【仙吕過曲】想前生曾結分緣，幸今世共成姻眷。喜得他脱白挂緑，怕嫌奴體微名賤。若得他，貧相守，富相憐，心不變，死而無怨。早辭帝輦，榮歸故園。那時節，夫妻母子，大家歡忭。

元傳奇《王十朋》，《寒山堂譜》卷一頁 657 下半葉

3.【仙吕過曲】自從那日令孩兒送回，算將來已經旬日。豈知他設着計謀，將吾兒陷成不義。到公堂，能析辯，且休疑，老天不佑欺心輩。我知你意，藏着女兒。滿承望，嫌貧愛富，要改嫁别的。

元傳奇《何推官》，《寒山堂譜》卷一頁 657 下半葉

格式：7 乙$_{\triangle}$，7 乙$_{\triangle}$。7 乙，7 乙$_{\triangle}$。3，3，3，3，$4_{\triangle}$。$4_{\triangle}$，$4_{\triangle}$。3，$4_{\triangle}$，$4_{\triangle}$。　　14 句

《正始》列第一曲爲正格，題注："'掉'，今作'皂'，謬。"《寒山堂譜》列第二曲爲正格，題注："或作【調角兒序】，亦可。"與此同。尾批：

"一、二句是一聯,三、四句是一聯。'若'字一拍不用亦可,或不作此句亦可也。"列第三曲爲【又一體】,與上曲僅將第八、第九兩句合爲七字一句,餘同。

南曲有【仙吕過曲・掉角兒序】。《舊譜》卷一題【調角兒序】,與此後三句攤破作三字四句,餘同。《沈譜》卷一、《新譜》卷一以第二曲爲例曲,與此同。《沈譜》始題【掉角儿序】,題注:"'掉',或作'調',亦通。不可作'皂'。"眉批:第五、六、十二句俱不必用韻,"若句句用韻,反不老成。"戲文在此實未用韻,可見"老成"。《定律》卷四録第三曲,與此曲同。《簡譜》卷六【掉角兒序】尾批:"此調……他無大難,只三字句不易妥帖耳。《定律》以此四語,作六字折腰二句,未嘗無見。第舊曲中亦有止作三句者,則六字折腰二語,殊不可信,不如徑作三字語,可以任人增減也。《定律》又録《何推官》、散曲二體,更是大異。《推官》云云,忽夾入七字句。……此爲變化之至也,皆不可從。"《原本王狀元荆釵記》第二十二齣以第二曲爲第一曲之【前腔】。

此曲出戲文,名【掉角兒】;南曲承之,改名【掉角兒序】。

【情未斷煞】

1.【仙吕過曲】四時中常樂意,逢花遇酒且舒眉,歎取人生能有幾?　　元傳奇《王子高》,《正始》頁370

2.【仙吕過曲】向人家忙投奔,解鞍沽酒共論文,今夜雨打梨花深閉門。　　元傳奇《蔡伯喈》,《正始》頁373

格式:6乙$_{\triangle}$,7$_{\triangle}$,7$_{\triangle}$。　　3句

《正始》第一曲尾批:"按此套之總題曰【四時花】,詞文又涉四時,其【煞尾】又用'四時'兩字,且【羽調】與【仙吕】及【雙調】皆可相通,妙絶。"第二曲題注:"'衷腸悶損'是其過曲。"尾批:"此末句平煞。"又引明傳奇《崔君瑞》"一醉能消愁萬縷"爲仄煞例。其實上引《王子高》即元傳奇中的仄煞之例。

南曲有此調,入【仙吕】【羽調】及【雙調】,用作尾煞。《沈譜》卷

一、《新譜》卷一均引第二曲，列於《琵琶記》【甘州歌】“衷腸悶損”二曲之後，名【餘文】。

此曲出戲文，南曲承之。

【望粧臺】

【仙吕過曲】爹爹説話好不知機，他是我家牧牛的，怎生與我做夫妻？爹聽取兒拜啓，他是山雞怎入我鳳皇棲？

元傳奇《劉智遠》，《正始》頁 371

格式：$7_{\triangle}$，$7_{\triangle}$，$7_{\triangle}$。6 乙$_{\triangle}$，$7_{\triangle}$。　5 句

南曲有此調，然《舊譜》不載；《沈譜》附録【不知宫調過曲】、《寒山曲譜》【中吕過曲】、《定律》卷六、《大成》卷四十三【高大石過曲】均以《白兔記》爲例曲，與此句字大不同：“爹爹做事不思維，他是吾家牧馬的，緣何把我與他兩個做夫妻。（合）爹聽啓，兒拜啓，山雞怎與鳳凰棲。”《沈譜》題注：“疑亦傳刻之誤，未必確也。”《新譜》卷二十五【雜調】以此爲例曲，句字略有不同。

此調出戲文，南曲承之，略有變化，然宫調多異，當較少使用。

【添字紅綉鞋】

1.【中吕過曲】今日勸課農民，農民。安排酒食共長亭，長亭。知稼穡，老人們。都到此，倒金樽。（合）都教歡忻，歡忻。説與勸農文，説與勸農文。

2.【前腔】……相公駙馬在長亭，……①

---

① 《趙氏孤兒記》第八齣《趙盾勸農》存録【添字紅綉鞋】七支，《正始》第一、第三兩曲爲此始調與第五曲，第二曲爲此第四曲【前腔】，其辭云：“老漢住在前村，住在前村。今日是三月中旬，三月中旬。相公住在長亭，開筵宴，請農民。（合前）都教歡忭，都教歡忭。”原本無（合前），據上文補，然文辭均與《正始》有所變化。

3.【前腔】老漢住在山深，山深。挑一擔槁薦入城，入城。賣得三百與三文，買些果子杏與仁。歸家去，養兒孫。(合前)

元傳奇《趙氏孤兒》，《正始》頁394

格式：$6_{\triangle}$，$2_{\triangle}$。$6_{\triangle}$，$2_{\triangle}$。3，$3_{\triangle}$。3，$3_{\triangle}$。$4_{\triangle}$，$2_{\triangle}$。$5_{\triangle}$，$5_{\triangle}$。　12句

《正始》列第一曲爲正格，尾批："其第四曲之第五句云云，直似【金錢花】句法，須避之。"所引即第二曲。列第三曲爲第二格，題注："第五句亦【金錢花】體，又增第六七字一句。"

南曲有此調，《沈譜》卷八、《新譜》卷八、《定律》卷六均引第一曲爲例曲，與此同格，僅句字略有差異。《定律》尾批："此曲末二句字句、板式與【水底魚】之末二句毫(原作"豪")無差異，若歸於犯調亦可，但各譜中俱題爲【添字紅綉鞋】，通行已久，故仍舊貫。"《寒山曲譜》以第一曲爲【中吕過曲·紅綉鞋】之【又一體】，題注："一名【添字紅綉鞋】。"戲文有【紅綉鞋】，與此僅將束尾一個六乙句攤破爲此四句。《簡譜》卷六【紅綉鞋】尾批："至【添字紅綉鞋】一格，則本調後再加【水底魚】二句也。"則以此爲集曲，不從。戲文另有【金錢花】，前四句與此同，第五句作七字句，極似合三字兩句而成者，然究爲二調。

此調出於戲文，是攤破【紅綉鞋】而成之新調；南曲承之。

【惜春令】

【南吕引子】暑往寒來，早凝霜露冷，菊老梅開。翡翠簾垂不捲，畫堂幽雅，綉閣安排。風透户，冷侵階，又還是小春節届。且開懷，喜逢時遇景，夫婦和諧。

元傳奇《高漢臣》，《正始》頁512

格式：$4_{\triangle}$，5乙，$4_{\triangle}$。6，4，$4_{\triangle}$。3，3，7乙$_{\triangle}$。$3_{\triangle}$，5乙，$4_{\triangle}$。　12句

《全宋詞》有【惜春令】二首，與此均不同。南曲有【南吕引子·惜春令】，《新譜》卷十二即以此爲例曲，題注："馮補。"可知是從馮夢龍《墨憨齋曲譜》中補入的。《定律》卷十二、《大成》卷七十六均以此曲入【羽調引子】，《定律》題"散曲"，《大成》署"高漢臣詞"，均誤。

此曲當出於詞調，戲文轉换承之，南曲承於戲文，後已少見。

【惜春慢】

【南吕引子】懶起羅幃，試曉粧，傍着鸞室如醉。一點縈心事，奈每回解著，長是魂飛。從來奴有文君意，怎得個相如滌器？我心兒，願風流倬的，來做佳婿。　　元傳奇《李亞仙》，《正始》頁513

格式：$4_{\triangle}$，3，$6_{\triangle}$。$5_{\triangle}$，5乙$_{\triangle}$，$4_{\triangle}$。$7_{\triangle}$，7乙$_{\triangle}$。3，5乙$_{\triangle}$，$4_{\triangle}$。　　11句

《正始》題注：“與詩餘不同。”

《全宋詞》無此調，與詞調【惜春令】亦不同。南曲有此調。《定律》卷十二、《簡譜》卷十【羽調引子】均以此爲例曲。《簡譜》尾批：“此引明晰。《李亞仙》爲古傳奇，非《綉襦記》也。”是。細考之，《新譜》《大成》無【惜春慢】，《簡譜》無【惜春令】，《舊譜》《沈譜》皆無二曲，《定律》則兼收二曲。

此調與【南吕引子・惜春令】當均出詞調，轉换承之；入南曲後，認識上較爲模糊，使用也極少。二曲僅句式、句讀略有不同，大同小異，可作一調二體。此依例仍分存舊名。

【梅花塘】

【南吕過曲】賣頭髮，買的休論價。念我受饑荒，囊篋無些個。丈夫出去，那更連喪了公婆。没奈何，只得剪下頭髮，資送他。

元傳奇《蔡伯喈》，《正始》頁553

格式：$3_{\triangle}$，$5_{\triangle}$。5，$5_{\triangle}$。4，$6_{\triangle}$。$3_{\triangle}$，$6_{\triangle}$，$3_{\triangle}$。　　9句

《正始》眉批：“《沈譜》曰：以‘髮’字、‘價’字與‘個’字、‘婆’字、‘何’字、‘他’字作一韻，此《琵琶記》常態也。”

詞調有【梅花引】【梅花曲】，與此均不同。南曲有【南吕過曲・梅

花塘】,《沈譜》卷十二、《新譜》卷十二、《寒山曲譜》、《定律》卷八均以此曲爲例曲,《沈譜》題注:"'塘'字,依古本。"眉批爲《正始》所引,另有曰:"'賣頭髮'三字,乃一句也。"從之。《舊譜》卷四作【梅花糖】,亦以此爲例曲。

此調出戲文,南曲承之,但較少使用。

【梁州序】

1.【南吕過曲】他家私迭等,良田千頃,富豪聲震甌城。他又不曾婚聘,專浼來求你年庚。他恁的財物昌盛,我貌醜家寒,自愧難相稱。想姻緣今世,合是前生。到此緣何不順情,休得要,恁(原作"您")執性。

2.【前腔第三换頭】你爹娘先已應承,難道你全然不省。恁推三阻四,莫不是行濁言清。枉了將奴凌併,便刎下頭來,斷也難從命。論我爲媒妁,盡聞名。十處説親九處成,誰似你,假惺惺。

3.【前腔第四换頭】做媒的個個誇能,也多有言不相應。信着你,都被誤了前程。你這合窮合苦,没福的丫頭,敢來强厮挺。姑娘何事也,恁生憎。就破口將奴罵一聲,成與敗,總天定。

元傳奇《王十朋》,《正始》頁 610

4.【南吕過曲】槐天初霽,荷風拂面,嫩竹才出莓墻。疏竹掩映,路旁正熟梅黄。風光,宜晴宜雨,不暖不寒,正好同遊賞。旅邸情懷繾綣豈悒怏?隔岸蛙聲鬧野塘,忙驚起,睡鴛鴦。

5.【前腔第三换頭】見酒旗招飲霞觴,且留連同來庄上。卸雕鞍,駿馬繫在垂楊。溪旁,牧童牛背,兩兩三三,弄笛迎風響。旋買山肴野簌恣歌唱。小麥青青尚未黄,庭草秀,蕙蘭香。

6.【前腔第四换頭】又還甚飛燕新粧,再休題玉環仙仗。似寒鴉背日,離却昭陽。家鄉,何必躊躇更懸望。過了漢江,願得身無事,即刻到那厢。　　元傳奇《崔懷寶》,《正始》頁 612

7.【南吕過曲】池蓮已拆(原作"折"),海(原作"梅")榴初吐,照眼迎風含露。六郎丰度,盈盈笑臉羞語。堪聚,風軒月榭,散髮披襟,頓忘俗慮。雪藕調冰共歡處。好似神仙陸地蓺,金卮共,泛清醑。

8.【前腔第四換頭】試問天天意何如? 您只管肆情施欲。賴頃刻須有,素秋回序。倏忽金風荷漸枯。庭梧飄,暑氣疏,逐退炎威一點無。　　元傳奇《錦機亭》,《正始》頁 614

9.【南吕過曲】霜奴生惡,風神發怒,攪散一天星月。彤雲佈密,四野遍呈六出。憶昔扁舟尋戴,破蔡擊鵝,正遇今時雪。(合)九天篩粉下,萬山一色。片片飛來片片寒,休停放,酒杯乾。

10.【前腔第四換頭】叫小玉裝點閣兒,再堆炭紅爐添熱。飲三杯微醉,緩歌輕拍。雪中,唯有梅花是相識,冰肌瘦骨共一色,光潔精神號二白。(合前)　　元傳奇《薛雲卿》,《正始》頁 615

11.【南吕過曲】鶯慵蝶困,三春雲暮,已覺歸心如飛。欲歸何處? 忘却故園桃李。裝點千紅百紫,到此翻然,頓改初意。頃刻飄殘,亂紅滿庭砌。不道天公有兩樣心,開與謝,恁無據。

12.【前腔第四換頭】試問春春意如何? 我雖欲留春無計。向南枝梅綻,暗傳消息。梅邊專等,春來再相會。匆匆(原作"囱囱")怎忍聽,這杜鵑啼? 啼不住聲聲春早歸。　元傳奇《樂昌公主》,《正始》頁 616

13.【南吕過曲換頭】可人處華第深沉,畫燭映珠簾垂地。悄一似人在,水晶宫裏。羅列華筵,殷勤捧金卮。珠翠兩行,恍疑是瑶池排宴會。聽得管弦沸鬧聒人耳。共樂湯堯舜贊喜,齊慶賀,太平時。

元傳奇《孫元寶》,《正始》頁 618

14.【南吕過曲換頭】是甚人説起根苗,扯着他當官陳告。葫蘆提趕打,好没分曉。從今休得多言省煩惱,前生注定,你兄弟不和都緣是命裏招。勸員外,早回頭。　　元傳奇《殺狗記》,《正始》頁 619

15.【南吕過曲換頭】望那人一日三秋,賞龍山風光如舊。向紗窗獨自,懶捻挑綉。何日歸來再攜手? 歡諧盡來,拚月下花前雙雙自宴遊。　　元傳奇《琵琶亭》,《正始》頁 620

16.【南吕過曲換頭】傲東籬黄菊闌珊,早憔悴秋光一半。謝天公陶鑄,萬疊金鍰。空把淵明閃歸山。功名興懶,少甚么驅馳苦,將軍夜度關。　　元傳奇《温太真》,《正始》頁 620

17.【南吕過曲換頭】小樓東羌笛堪聽,叫玉人移樽就竹徑。待殷

勤月下，共伊閑評。好個傳杯是三影。更闌興盡，聽轆轤聲金井，銀河轉斗柄。　　元傳奇《唐伯亨》，《正始》頁 621

18.【南吕過曲换頭】唱春詞春景堪題，和春燕春鶯聲碎。把春醅滿泛，盡倒春罍。不如痛飲和春醉。春應忘却春忙，春山歸路迷。

元傳奇《朱夫人》，《正始》頁 621

19.【南吕過曲换頭】你還不信我言時，待番作一聲嘔氣。便教你眼下，受些災危。口出蓮花皆徒耳，轉教你盡老没休期，寶鈔如山不嫁你。　　元傳奇《李亞仙》，《正始》頁 622

格式：4，4，6△。4，6△。6△，4，5△。4，4△。7△，3，3△。　13句

《正始》列第一曲爲正格，尾批："此調第六句從無有四字者。今《沈譜》增'他恁的'三字，非也。"第二曲將此首三句合爲七乙兩句，餘同。第三曲題注："第三句變爲三字。"尾批："此四曲乃《王十朋》古本之原文。按其第三、第四【换頭】，止争第三句之四字、三字，餘無一句不同者也。後因改本《荆釵記》不審調規，任意纂易，致其文律兩失，二曲皆成一體。則今人之腔板亦亂矣，哀哉！"列第四曲爲第二格，題注："第六句截上截之二字爲韻句，第九、第十併爲七字一句。此格儘有。"《正始》頁 636【南吕過曲・三十腔】尾批引此第七、八、九句。第五曲題注："第三句，《王十朋》【第四换頭】句法。第五句上截亦截作韻句。"第六曲題注："第三、四句與上不同，第五句下大變。"列第七曲爲第三格，題注："第六句上二字亦截斷，第八句减爲四字，第九、第十併爲七字一句。其第二曲亦然，不録。"第八曲題注："【第三换頭】即常格，不録。今此格第三句下大異。"列第九曲爲第四格，題注："第十句變爲四字。此格儘有。"第十曲題注："【第三换頭】即常格，不録。今此格腹中三句大異。"列第十一曲爲第五格，題注："第八、九句變爲四字，十句增爲五字。次曲亦然。"第十二曲題注："【第三换頭】亦常格，不録。此格减第五六字一句及末二句。"列十三曲爲【换頭】第九格，題注："前四句，《王十朋》【第四换頭】體。後四句，《孫懷寶》【第三换頭】體。腹中四句變。"列第十四曲爲【换頭】第十格，題注："比《孫懷寶》【第四换頭】减去第五二字，增第八七字一句。"列第十五曲爲

【换頭】第十一格。列第十六曲爲【换頭】第十二格，題注："與《尋親記》【换頭第四】同，比前《孫懷寶》【第四换頭】减去第五二字一句。"列第十七曲爲【换頭】第十三格，題注："比上《温太真》，末二句皆變爲五字，與《趙氏孤兒》【第四换頭】同。"列第十八曲爲【换頭】第十四格，題注："比上《唐伯亨》末煞，止五字一句。"列第十九曲爲【换頭】第十五格，題注："第四句下，連七字三句。"

南曲有【南吕過曲·梁州序】。《舊譜》卷四以《江流》"謀心毒害"爲例曲，與此同。《沈譜》卷十二、《新譜》卷十二、《定律》卷八、《簡譜》卷七引第一、第二兩曲爲例曲，句字與此頗有變化。《沈譜》題注："一名【梁州第七】。"與此即將第六句作四字，"他恁的"作襯字，正《正始》所批評者；又合第九、第十兩句併作七字一句，餘同；【第三换頭】第三句减作三字，第五句作四字，第九、十兩句合作七字一句，餘同。尾批："此【梁州序】本調。歷考《八義》《教子》《江流》，諸舊詞皆然。《琵琶記》乃犯【賀新郎】者，而刻本仍作【梁州序】，故今人但知《琵琶》四曲爲【梁州序】，而謂此調爲【古梁州】矣。"《簡譜》卷七尾批承之，又曰："通行俱用四支，第一曲做二支，【换頭】作二支，故此調【换頭】，必在第三曲。今人不知此理，謂與他曲【换頭】特異，實則何嘗異乎？"將這些評語與《正始》尾批對讀，可瞭解此曲入明以後變化軌迹。《寒山曲譜》、《大成》卷四十九亦引《荆釵記》四支，然句字與此頗有差異。題注："一名【梁州第七】，一名【小梁州】。"第一曲尾批："'等''盛''併'三字，不用韻亦可。'聘''定''性'三字，用平韻。'清''名''性'三字，用仄韻。"此言韻字多不相應，亦見變化痕迹。

此曲之淵源，參見前之【梁州令】【梁州第七】之考辨；戲文亦承於唐宋大曲，然與【梁州第七】【小梁州】均不同，不可混淆；南曲承於戲文，有所變化。

【梁州新郎】

1.【南吕過曲】【梁州序】新篁池閣，槐陰庭院，日永紅塵隔斷。碧闌杆外，空飛漱玉清泉。只見香肌無暑，素質生風，小簟琅玕展。書長人困也，好清閑。忽聽得棋聲驚晝眠，(合)【賀新郎】金縷唱，碧筒勸。向冰山雪檻開華宴，清世界，幾人見。

2.【第三换頭】【梁州序换頭】向晚來雨過南軒，見池面紅裝零亂。漸輕雷隱隱，雨收雲散。只見荷香十里，新月一鈎，此景佳無限。蘭湯初浴罷，晚粧殘。深院黄昏懶去眠，(合前)

元傳奇《蔡伯喈》,《正始》頁 623

3.【南吕過曲】……寶爐香噴酒初醒……

元傳奇《唐伯亨》,《正始》頁 623

4.【南吕過曲】……悄如花共柳，翠紅妍。……

元傳奇《史弘肇》,《正始》頁 624

格式：4，$4_{\triangle}$，$6_{\triangle}$。4，$6_{\triangle}$。6，4，$5_{\triangle}$。5，$3_{\triangle}$。$7_{\triangle}$，3，$3_{\triangle}$。$7_{\triangle}$，3，$3_{\triangle}$。　16 句

集曲。前用【梁州序】首十一句，後用【賀新郎】末五句。

《正始》列第一曲爲第二格，題注："第九句八字二句。第二曲亦然。"正格引明人陳大聲散套，較此將第九、第十兩句併作七字一句。就元明時序而言，是以正格爲變格了。第二曲題注："【第四换頭】同。"第三曲，《正始》【梁州新郎】正格尾批："於今時唱，第九句曰：'芭蕉分緑也上紗窗。'此但知古本《王十朋》之'想姻緣今世，合是前生'①，而不知有元傳奇《唐伯亨》之句法云云。"第四曲，《正始》第一曲尾批："此第九句，據《沈譜》襯'也'字，不必。此但知今改本《荆釵記》之'這段姻緣料想是前定'②，而不知元傳奇《史弘肇》此句曰云云，亦八字二句也。"

南曲有【南吕過曲・梁州新郎】。《舊譜》卷四以《蔡伯喈》"薔薇簾箔"爲例曲，題【梁州小序】，與此同；校之錢南揚《元本琵琶記校注》第二十一齣《伯喈彈琴訴怨》，正第一曲之【前腔】，題【梁州序】。《沈

① "想姻緣今世，合是前生"，是前之【梁州序】第一曲第九、第十兩句。

② "這段姻緣料想是前定"，是《六十種曲》本《荆釵記》第九齣【梁州序】第九、第十兩句。《原本王狀元荆釵記》第九齣則作"這段姻緣，想是前生定"。

譜》卷十二、《新譜》卷十二、《定律》卷八、《大成》卷五十一均引第一曲爲例曲。《沈譜》題注:"《舊譜》作【梁州小序】,亦非也。"眉批:"以後【换頭】,皆與【梁州序】本調同,故不録。"《寒山曲譜》以第一、第二兩曲爲例曲。

此調出於戲文,南曲承之,略有變化。《正始》以變化後之明曲爲正格,而以始調之戲文爲第二格,雖多辨説,實已屈從時唱。

【逍遥樂】

1.【商調引子】萬里關山迥,人阻陽臺煙霞暝,鴉鳴鵲噪兩難憑。愁生眼底,恨滿天涯,水繞孤村。　　元傳奇《王祥》,《正始》頁 702

2.【商調引子】……上廟燒紙。　　元傳奇《王魁》,《正始》頁 702

格式:5,7$_{\triangle}$,7$_{\triangle}$。4,4,4$_{\triangle}$　　6 句

《正始》第一曲尾批:"此末句平煞。元傳奇《王魁》仄煞云云。"

《全宋詞》有【逍遥樂】一首,雙片,與此不同。宋雜劇有用此調者四本,金院本有用此調者三本,王國維《宋元戲曲史》五皆入"用詞調者"一類。南曲有【商調引子·逍遥樂】,《舊譜》卷七、《沈譜》卷十七引第一曲爲例曲,與此同。《新譜》卷十八有此調,眉批:"原曲韻雜,以(沈伯英)先生傳奇(《分錢記》)曲易之。"與此同格。

此調當出詞調,戲文或截取詞調演化而用之,南曲承之。

【梧桐花】

1.【商調過曲】徒黎民,遷臣宰,國主蒙塵尚遠邁,雕闌玉砌今何在?想畫閣蘭堂那安排,變做草舍茅檐這境界,怎能教我還得盡恓惶債。　　元傳奇《拜月亭》,《正始》頁 711

2.【商調過曲】蕩炎威,新秋至,忽聽得一聲雁嘹唳,此景如何守孤幃?是處砧聲動情緒,又被風撼梧桐樹。　　元傳奇《劉文龍》,《正始》頁 712

格式：3，$3_{\triangle}$，$7_{\triangle}$，$7_{\triangle}$。$7_{\triangle}$，$7_{\triangle}$，$7_{\triangle}$。　　7句

《正始》列第一曲爲正格，題注："與【南吕調·梧桐樹】止争首二句三字五字，餘同。"頁1329【高平調過曲·五團花】尾批引此第二、三兩句。列第二曲爲第二格，題注："減去第四七字一句。"

《全宋詞》有【梧桐影】一首，與此僅省減末兩句，餘同。南曲有【商調過曲·梧桐花】，《舊譜》卷七、《沈譜》卷十七、《新譜》卷十八、《大成》卷五十七、《簡譜》卷九均引第一曲爲例曲。《大成》《簡譜》題【梧桐葉】，《大成》題注："'葉'，一作'花'，又一作'枝'。"句字與此略有變化。《簡譜》尾批："此七句者爲正格。《風雲會》'貌猙獰'一曲，與此同式。《劉文龍》一曲，則減去末句者也。【梧桐葉】也有作【梧桐花】者，非。"《定律》卷十引此兩曲爲例曲，亦題【梧桐葉】，第二曲入【又一體】。《重訂拜月亭記》第二十一齣《隆蘭遇强》第一曲題【梧桐樹】，誤。此第二曲唱題名，或當爲【梧桐樹】同名異調，此依例存此舊名。

此曲當出於詞調，入戲文，有所變化，南曲承之，清初改名【梧桐葉】。戲文未見【梧桐葉】。

【梨花兒】

1.【越調過曲】凝望我夫不見歸，朦朧月淡人寂静。不見他回來越悶生，嗏，愁聽鐵馬兒叮噹韻。　　元傳奇《殺狗記》，《正始》頁772

2.【越調過曲】方歎近來音信稀，長安此去千餘里。你道成名，誰知是非，嗏，今番好個風流婿。　　元傳奇《西厢記》，《正始》頁772

3.【越調過曲】心兒暗喜，思量又喜，夜來曾騙了孫員外。拿了靴中三錠鈔，嗏，歡歡喜喜不得睡。　　元傳奇《殺狗記》，《正始》頁773

格式：$7_{\triangle}$，$7_{\triangle}$。$7_{\triangle}$，嗏，$7_{\triangle}$。　　6句

第三句後例用一"嗏"字感歎句。

《正始》列第一曲爲正格，列第二曲爲第二格，題注："第三變爲八字二句。"列第三曲爲第三格，題注："首句變爲八字，似乎【换頭】。"

南曲有【越調過曲・梨花兒】,《舊譜》卷六、《沈譜》卷十五、《定律》卷十三、《簡譜》卷十均引第一曲爲例曲,僅句字略異。《定律》以第二曲作【前腔】,合第三、第四兩句爲七字一句。《新譜》卷十六有此調,尾批:"原曲韻雜,以(沈伯英)先生傳奇(《四異記》)易之。"與此同格。《大成》卷二十五則以第二曲爲正格,以第一曲爲【又一體】。

此曲當源於民間歌謡,戲文採用之,傳入南曲。

【望歌兒】

1.【越調過曲】三年謝得你相奉事,只恨我當初,將你相擔誤。我欲待報你的深恩,待來生我做你的媳婦。怨只怨蔡伯喈不孝子,苦只苦趙五娘辛勤婦。

2.【前腔換頭】尋思,一怨你死了誰祭祀,二怨你有孩兒,不得他看顧。三怨你三年,没一個飽暖的日子。三載相看甘共苦,一朝分别難同死。

元傳奇《蔡伯喈》,《正始》頁 783

3.【越調過曲】三人賞雪同宴逸,兩個先自回歸,撇你在長街上。口是心非,休想賽關張。到此方知他調謊,如今後休把親撇漾。

元傳奇《殺狗記》,《正始》頁 785

4.【越調過曲】我在沙陀村受饑寒,也是没極奈何,感得李大公領歸我。他把嫡親女兒,與我爲夫婦。二老雙雙多亡過,我被舅舅争强,把我兩鸞凰成分破。你來問我他剖心腸,磨房中養下你兒一個。

元傳奇《劉智遠》,《正始》頁 785

格式:7,4,5△。4,6△。7,7△。　　7句

《正始》列第一曲爲正格,題注:"或無'望'字,非。"第二曲原叶魚模韻,題注:"多借支思韻。"尾批:"此曲下第三闋復用始調,第四闋仍用【换頭】,今不録。但此體他調亦儘有之。"針對《沈譜》批語作出考辨:"於第三曲又從頭起,不從【换頭】處起,元詞此律儘有,不止於【望歌兒】。比即《蔡伯喈》之《請糧》折【鎖南枝】,共八曲,每於【换頭】後復用始調者。何必疑之。"列第三曲爲第二格,題注:"第五句減爲五

字。”列第四曲爲第三格，題注：“末句下增四句。”應是復用末四句“4，$6_{\triangle}$。7，$7_{\triangle}$。”然第六句後少七字一句。校之《正始》題注，或有遺漏，實在末句前增“4，$6_{\triangle}$。7，”三句。

南曲有此調，《舊譜》卷六、《沈譜》卷十五以散曲“天然俏”爲例曲，用第二曲【前腔换頭】格，首句作三字，句字略有變化。《沈譜》以此第一、第二曲爲第三格，題注：“刻本皆作【歌兒】。今查與前相似。”尾批考定此曲爲【望歌兒】，非刻本所稱【歌兒】，是；又有所疑：“《琵琶》是全調，《周孝子》乃從【换頭】處起耳。然《琵琶記》第二曲，又似從頭起，不從【换頭】處起，又不可曉也。”《新譜》卷十六參酌馮夢龍的意見，始以《琵琶記》四支爲正格，以《周孝子》及散曲“天然俏”爲【又一體】，尾批作長篇考訂，以爲“可破先詞隱之疑矣”；並對馮夢龍以首曲爲本調、後三曲爲【换頭】的意見提出批評，以第三曲仍作本調，第四曲復作【换頭】，“一如古體【鎖南枝】舊式，則最爲當也”。此正與《正始》辨正相合，可見此調規範之軌迹逐漸明晰。《定律》卷十三引第一曲爲正格，以第四曲爲【又一體】，句字頗有變化，尾批：“此曲，譚譜注云‘此調極古，而後人忽作【錦庭樂】唱之，真妄作也’之論。姑收此一體，以備參考。”《大成》卷二十四、《簡譜》卷十俱以引此四曲。《大成》尾批：“首曲爲正體”；次二曲“皆二字起句，俗名【换頭】。末《白兔記》曲，多三句，爲【又一體】，《回獵》内列於【錦天樂】之後，因改作【錦庭樂】久矣。今照原本，仍作【望歌兒】，以存其舊云。”《簡譜》尾批：“此調頗難是正，余參酌諸譜，立定此式”；“右如此分析，諸曲皆合矣。至平仄異同，則南詞常有，非如兩宋詞之有一定字格也。故校曲比校詞更難。”又題第四曲爲【望歌樓】，集曲：以前八句入【望歌兒】，後二句入【雁過南樓】，尾批：“此即《回獵》折内唱作【錦庭樂】者也，今爲訂正。諸譜以此曲校【望歌兒】本格多三句，疑莫能明，實則犯【雁過南樓】也。”錢南揚《元本琵琶記校注》第二十二齣《五娘侍奉公病》連用四支，題【哥兒】，錢先生已按《正始》《新譜》意見補題曲牌，題注：“明改本都誤題作【青歌兒】。《九宫正始》册七【越調】引開頭兩曲，題作【望歌兒】，並注云：‘或無“望”字，非。’應從補。這裏的‘哥’字，當是‘歌’字的省文。”俞爲民《殺狗記校注》第十二齣《雪中救兄》題第三曲

【望歌兒】,《六十種曲》本《白兔記》第三十一齣《憶母》題第四曲【歌兒】。

此調出於戲文,南曲承之,然多歧解,可知認識已相當模糊了;後方漸趨規範、明晰;不過以增句格爲集曲,終失於勉强。

【惜英臺】

1.【越調過曲】【祝英臺】念書生,離故里,此去赴春闈。【惜奴嬌】風光一路,可人遍遊賞芳菲。真奇,訪柳尋花多佳致,閑消遣途中情味。飲三杯,爲這春酲未醒,所以扣門求水。

2.【前腔第二换頭】【祝英臺换頭二】聽啓:念奴家,年幼裹,獨守在香閨。【惜奴嬌】今日老父,偶然往荒郊遊戲。無緒,自共丫鬟捻針指,驀聽得彈擊門兒。步輕移,瞥遇多才,却道是覓水遠臨貴。

3.【前腔第三换頭】【祝英臺换頭三】須知,奔取行程經過,酒渴故來此。【惜奴嬌】不擬娘行見迓,荷蒙親啓朱扉。心喜,悄似仙姿臨凡世,亦何幸得瞻殊麗。莫嫌疑,急欲覓水解渴,早早便爲行計。

元傳奇《崔護》,《正始》頁 829

4.【越調過曲换頭】【祝英臺换頭二】豪家,向紅爐,堆獸炭,活火試春芽。瓊盞泛羔,沉醉何妨,自倒玉山方罷。【惜奴嬌】金鴨,一縷祥煙燒蘭麝,絳河低銀燭暗。鼓三撾,尚自徘徊樽俎,婉戀琵琶。

元傳奇失名,《正始》頁 830

格式:3,3△,5△。4,6△。2△,7△,6 乙△。3△,4,4△。 11 句

集曲。前用【祝英臺】首三句,後用【惜奴嬌序】末八句。

《正始》列第一曲爲正格。列第四曲爲【换頭】第二格,前用【祝英臺第二换頭】首七句,後用【惜奴嬌序】末六句。

前三曲,《定律》卷十三、《大成》卷二十六俱題【英臺惜奴嬌】;《簡譜》卷十引前兩曲爲例曲,亦題【英臺惜奴嬌】。依集曲命名慣例,是。

此曲出戲文,然《舊譜》《沈譜》《新譜》等均未著録,可知用者甚少。

【章臺柳】

【越調過曲】冤苦陳，不忍聞。念興福生來女真人，身充忠孝軍。直諫遷都阻佞（原作“儘”）臣，齠齔不留存。誅戮盡，我苟活逃遁。

元傳奇《拜月亭》，《正始》頁 836

格式：$3_{\triangle}$，$3_{\triangle}$。$7_{\triangle}$，$5_{\triangle}$。$7_{\triangle}$，$5_{\triangle}$。$3_{\triangle}$，5 乙$_{\triangle}$。　8 句

《全唐五代詞》有【章臺柳】兩首，均爲“3，$3_{\triangle}$，$7_{\triangle}$。7，$7_{\triangle}$”五句，與此不同。南曲有此調，《舊譜》卷六、《沈譜》卷十五、《新譜》卷十六、《大成》卷二十四、《簡譜》卷十均引此爲例曲，僅句字略有變化。《沈譜》眉批：“此調本當如此點板，今人唱‘情既概’一曲，起處三句似【不是路】，非也。”《定律》卷十三引《拜月亭》“情既緊”爲例曲，與此格同，僅正襯略有變化。《沈譜》眉批“概”字誤。

此調或出唐詞，戲文採録而攤破、轉换之，南曲承之。

【梅花酒】

【越調過曲】逢節遇時，稱心如意。香風院落歌聲美，斟玉液，泛金杯。（合）畫堂中歡笑美，争如我和伊。同樂綉闈，盡今生效連理。

元傳奇《吕蒙正》，《正始》頁 850

格式：$4_{\triangle}$，$4_{\triangle}$。$7_{\triangle}$，3，$3_{\triangle}$。6 乙$_{\triangle}$，$5_{\triangle}$。$4_{\triangle}$，6 乙$_{\triangle}$。　9 句

北曲有【雙調・梅花酒】，與此不同。南曲有此調。《舊譜》卷六以此爲例曲，第六句作七字句，末句疊用。《沈譜》卷十五、《新譜》卷十六末句均疊用一句。《寒山曲譜》、《定律》卷六題此爲【中吕過曲・撲燈蛾】之【又一體】，署《綵樓記》，《定律》尾批：“此曲與【越調】之【合笙】共爲一套，歸於北曲已久，今姑録於此，以備一體而已，其句文已不可爲法。”然實與戲文【中吕過曲・撲燈蛾】不同。《簡譜》卷十引散曲“歡娱宴樂”爲例曲，與此僅合第四、第五兩句作六字一句，餘同。

尾批:“此與北詞【雙調·梅花酒】無涉。首句不必用韻。……(第四句)亦可六字折腰。”李九我批評《破窑記》第二十九齣《團圓封贈》此曲有【前腔】。

此調或出民間歌舞,南北分途,戲文與北曲不同;南曲承於戲文,略有變化。

【旋風子】

【雙調引子】祥雲縹緲,飛昇體探人間。

元傳奇《拜月亭》,《正始》頁 864

格式:4,$6_{\triangle}$。　　2句

《正始》題注:“附:此調與上【玉井蓮後】句法相同,止争平仄。”

《定律》卷九、《大成》卷六十二均引此爲例曲,與此同。《大成》尾批与《正始》題注意同。《六十種曲》本《幽閨記》第七齣《文武同盟》同。

此調僅見於戲文:或即【玉井蓮後】之平煞體?後已不傳。

【船入荷花蓮】

1.【雙調引子】風物依然傳荆楚,汨羅事至今遺俗。隨赴花衢,徑登華宇,同樂醉鄉深處。

2.【前腔】聞得賢兄相招取,慶重午共成歡聚。巧梳粧,步金蓮,來到畫堂深處。

元傳奇《蔣蘭英》,《正始》頁 878

格式:$7_{\triangle}$,7 $乙_{\triangle}$。4,4,$6_{\triangle}$。　　5句

《正始》第一曲尾批:“按此調之章句,直與上調【夜行船】無異,但平仄少不同也。據《蔣譜》乃【夜行船】頭、【花心動】尾。但【夜行船】第二句之下截乃仄仄平平,今本引第二句之下截乃仄平平仄,且後半【花心動】益無干也。必本調爲是。”第二曲題注:“第三、四句皆減爲

三字。時譜而作【换頭】,非也。”

《舊譜》卷九、《沈譜》卷二十、《新譜》卷二十二、《定律》卷九、《大成》卷六十二俱引此爲例曲。《舊譜》引録兩曲,中間以“〇”間隔,題【船入荷花蓮】;《沈譜》第二曲題【换頭】;《新譜》卷二十二同,並改題【採蓮船】,署《生死夫妻》;《定律》合兩曲爲一曲,《大成》第二曲題【又一體】,題署同《新譜》。錢南揚《輯佚》頁232第二曲注:“此曲,《沈譜》《新譜》俱作【换頭】,誤。《定律》又把兩曲合成一曲。”《正始》考辨是。

此曲當源於民間歌謡,戲文名【船入荷花蓮】;南曲承之,易名【採蓮船】,略有變化。

【晝錦堂】

1.【雙調過曲】微宦堪憐,寒家小女,多應素有前緣。非敢攀陪,今得配與名賢。聽言,内間無人供祭祀,喜逢貞女續鸞弦。(合)鴛鴦會,雙雙似鳳如鸞,盡老百年。

2.【前腔换頭】樽前,嬌懶羞言,奴家粗知,關雎后德詩篇。君子多才,奴家四德雖全。華筵,晝燭攢花花爛熳,寶巵傳酒酒留連。(合前)

元傳奇《子父梦欒城驛》,《正始》頁891

格式:$4_{\triangle}$,4,$6_{\triangle}$。4,$6_{\triangle}$。$2_{\triangle}$,7,$7_{\triangle}$。3,4,$4_{\triangle}$。　11句

【换頭】與此僅首增叶韻二字一句,餘同。

詞調有【晝錦堂】,雙片,其上闋與此小異:第四、五兩句作“6,$4_{\triangle}$”,省減第六句二字,末句作六字句,餘同;其下闋第二、三兩句均作三字句,依前省減第七句二字,餘同。南曲有【雙調過曲·晝錦堂】,《舊譜》卷九、《沈譜》卷二十、《新譜》卷二十二、《定律》卷九引《王祥》“夏日炎炎”爲例曲,與此僅末句作六字句,與詞調煞尾同。《沈譜》卷二十題注:“與詩餘大同小異。”

此曲出於詞調,戲文承之,略有轉换;南曲承於戲文。

【淮妙體】

【仙吕入雙調過曲】美奴引仙鶴舞,特地放出籠。梅香捧金桃出,活脱瑶池動。雲鬟綵袖,相扶笑相擁。似嫦娥乍(原作“怎”)離天上,巫女乍離十二峰。　　元傳奇《羅惜惜》,《正始》頁 1046

格式:6 乙,$5_{\triangle}$。6 乙,$5_{\triangle}$。4,$5_{\triangle}$。7 乙,$7_{\triangle}$。　　8 句

《舊譜》《沈譜》《新譜》等不收此調。《定律》卷七、《大成》卷三十七、《簡譜》卷八均引此爲例曲,入【小石調過曲】,《簡譜》尾批:“首四句可隔對。此亦無它曲可證。”然《大成》《簡譜》題“散曲”,誤。

此曲出於戲文,爲【仙吕入雙調過曲】;南曲承之,入【小石調過曲】;諸譜多不採録,可見使用極少。

【連枝賺】

1.【黄鐘調近詞】奴在幽閨,聽得樵樓已初更。驀然到此,娘行早請歸來寢。逢才俊,料宿世姻緣輻輳成,年紀青春能撫琴。欲求契合,料必是宿緣有分,願永同衾。

2.【前腔换頭】小生審約思忖,謝你爹行好温存。娘子意堅,卑人怎敢圖佳聘。……　　元傳奇《司馬相如》,《正始》頁 1061

格式:4,$7_{\triangle}$。4,$7_{\triangle}$。3,$7_{\triangle}$,$7_{\triangle}$。4,7 乙$_{\triangle}$,$4_{\triangle}$。　　10 句

《正始》列明傳奇《宣和遺事》爲正格,與此僅第三句作三字,餘同。列第一曲爲第二格,題注:“第三句變爲四字。”列第二曲爲【换頭】第二格,題注:“首句變六字,三句亦四字。”尾批:“下皆同,不録。”

《舊譜》《沈譜》未録此調,《新譜》卷十五有【黄鐘調近詞・連枝賺】,然有目無辭,題注:“與【薄媚賺】大同,不必録。”考其卷二【仙吕調近詞・不是路】,眉批:“此即【薄媚賺】也。”與此僅第八句作三字,末句後增一疊句,餘同。知【連枝賺】已與【薄媚賺】相合矣。

此調當出賺曲，入戲文，南曲承之，併入【薄媚賺】，故較少獨立使用。

【梁州令近】

1.【正宮調近詞】積玉堆金未是奇，列鼎重裀未爲貴。惟願滿春江，新緑水，變作葡萄潑醅釃美。便呼童烹龍炰鳳，一日盡飲十二時。

2.【前腔换頭】邀皓月，抱瑶琴，解金貂，留玉珮。引王孫和公子，羅幃綉幕春風裏。擁如花，擁如玉，嬌姿舞起細腰肢。歌皓齒，間鼉鼓龍笛又吹。恣歡娱，從教醉倒著接籬花下迷。

元傳奇《董秀才》，《正始》頁 1073

格式：$7_{\triangle}$，$7_{\triangle}$。5，$3_{\triangle}$，4、$4_{\triangle}$。7 乙，$7_{\triangle}$。 7 句

《正始》列第一曲爲正格，題注："又名【小梁州】。"第二曲題注："比始調大奇大異。"

此曲淵源，參見【梁州令】考辯。《舊譜》《沈譜》《新譜》等均未收録此曲。《定律》卷二、《大成》卷四十三收録之。《定律》入【正宫過曲】；《大成》僅録第一曲，入【高大石過曲】，署《遇仙記》。

此曲當出於宋大曲，戲文轉换承傳之；後入南曲，然諸譜多不録，可見使用極少。

【惜花賺】

1.【仙吕調近詞】渡口離船，早來到雙門大宅前。咱不免，偷閑先下綵雲箋。是何緣，公然直入咱庭院，只爲一舉登科王狀元。因來便，特令捎帶家書轉。喜從人願。

2.【前腔换頭】他爲何不整歸鞭，付與書時有甚言。説道無他件，因參相府被留連。你且省憂煎，可備些薄禮酬差遣，就拔下金釵當酒錢。慚輕鮮，只爲匆匆不及留家宴。去心如箭。

元傳奇《王十朋》，《正始》頁 1118

3.【仙吕調近詞】羅綺生香，畫燭熒煌照洞房。齊看取，不知那個是檀郎。好心傷，當朝秉國爲公相，争奈我孩兒不忖量。豈他家配偶，這般姻眷我兒休想。甚般模樣。

4.【前腔换頭】出言直恁好相妨，鵲在深林笑鳳凰。休閑講，從來海水斗難量。好慚惶，這場恩愛使人悒怏，惱亂蘇州刺史腸。你好不度己，更何須劈面將人搶。請他行上。

元傳奇《吕蒙正》，《正始》頁 1119

格式：$4_{\triangle}$，$7_{\triangle}$。3，$7_{\triangle}$。$3_{\triangle}$，$7_{\triangle}$，$7_{\triangle}$。3，$7_{\triangle}$。$4_{\triangle}$。　　10 句

《正始》列第一曲爲正格，第二曲【前腔换頭】較此首句易作六字，餘同。列第三曲爲第二格，題注："第八句變爲四字。"《寒山堂譜》以第三曲爲例曲，題【仙吕調過曲・薄媚賺】，題注："即【婆羅門賺】，又名【惜花賺】。十一句，五十五字。"與此第九句破作四字兩句；列第四曲爲【其二】，題注："十句，五十六字。"與此句字均有所變化。

南曲有此調。《沈譜》卷二有【仙吕調近詞・賺】，有目無辭，題注："一名【惜花賺】，與【婆羅門】【薄媚賺】同。"其下一支即【薄媚賺】，與此僅第九句破作四字兩句，末句復疊一句，餘同。《新譜》卷二同《沈譜》。《定律》卷四、《大成》卷三、《簡譜》卷六均引第一曲爲【仙吕過曲・不是路】例曲，第五、第六句作："是甚人言，緣何直入咱庭院。"文意較此更爲流暢。《簡譜》尾批："【仙吕宫・賺】名【不是路】，又名【薄媚賺】。板式與各宫調皆同，實無大别也。"《原本王狀元荆釵記》第二十二齣題首二曲爲【不是路】，與此句字略有變化，疊用末句。李九我批評《破窑記》第五齣《相門逐婿》題末二曲亦爲【不是路】，與此句字略有變化，末句不疊。

此調當出賺曲，入戲文；南曲承之，然多移宫轉調，併入【仙吕過曲・不是路】，獨立使用已經不多。

【荼蘼香傍拍】

【中吕調近詞】賞西郊佳致，春來景最奇。緑水畫橋西，花梢挂酒

旗。映水碧，看雙雙蝴蝶對飛，聽聲聲黃鸝巧啼，正百紫千紅鬬美。見香車過，都是少年姝（原作“殊”）麗。翠影中，紅香内，似誤入桃源洞裏。風和日暖，亭臺上笙歌鼎沸。遊戲，只見柳影中，鞦韆畫板高蹴起。賞心樂意，園林好香風羅綺。

元傳奇《柳耆卿》，《正始》頁1147

格式：5乙$_{\triangle}$，5$_{\triangle}$。5$_{\triangle}$，5$_{\triangle}$。3$_{\triangle}$，7乙$_{\triangle}$，7乙$_{\triangle}$，7乙$_{\triangle}$。3，6$_{\triangle}$。3，3，7乙$_{\triangle}$。4，7乙$_{\triangle}$。2$_{\triangle}$，5，7$_{\triangle}$。4$_{\triangle}$，7乙$_{\triangle}$。　20句

《正始》題注：“此題有‘傍拍’二字，疑即六摄十一則之‘傍拍’，未知是否。”

北曲有【大石調·荼蘼香】，與此不同。南曲有【中吕過曲·荼蘼香傍拍】，《舊譜》卷三、《沈譜》卷八、《新譜》卷八、《定律》卷六、《大成》卷四十三、《簡譜》卷六均用此曲爲例曲，僅將第九句删“過”字，作三字句，餘同。《大成》題【高大石調過曲】。《簡譜》尾批：“此調單用，不必入聯套内，且只有《玩江樓》一曲，無他作可證。‘花梢挂酒旗’應斷句，《定律》合下句作八字，誤。‘賞心樂事’句，亦是叶韻。”是。

此曲出戲文，南曲承之，轉入【中吕過曲】。

【採茶歌】

【南吕調近詞】淡紅衫兒水紅裙，鞋長一尺三寸橫。打扮起來越不好，人人叫做野狐精。　元傳奇《吕蒙正》，《正始》頁1163

格式：7$_{\triangle}$，7$_{\triangle}$。7，7$_{\triangle}$。　4句

北曲有【南吕宫·採茶歌】，與此僅首句破作三字叶韻兩句，餘同。南曲有此調，《寒山曲譜》、《定律》卷三、《大成》卷四十三、《簡譜》卷七均引此爲例曲。《寒山曲譜》題【中吕過曲】，《大成》題【高大石過曲】，均署《綵樓記》，句字略有差異。《定律》《簡譜》題【道宫過曲】，末句入（合），餘與此同。《簡譜》尾批：“此亦净丑用，不多見，與七絶略同。”

此調當出於民間歌謡，同爲戲文和北曲所採録，故相近似；南曲承於戲文，然諸譜多不載録，可見使用不多。

【婆羅門賺】

1.【南吕調近詞】平生願酬，歸興更濃如酒。狀元來，不須懸望上畫樓。效鸞儔，今日陳珪方應口，美滿夫妻得自由。名揚九州，浩氣可沖牛貫斗。狀元聽剖。

2.【前腔換頭】敝東教女婿休愁，屏開孔雀都完就。請新人，笙歌迎引願好逑。問緣由，奴以終身欲奏酬，君向他家諧配偶。人若（原作"苦"）負心，明放着天在上頭。利名成就。

元傳奇《孟月梅》，《正始》頁 1183

3.【南吕調近詞】曲徑芳堤，環圍繞好風味。清雅處，曲水流觴景最奇。錦屏幃，海棠雨過姻脂膩，映朱樓畫閣華麗。仿佛瑶池，誰信道移來在凡世？可堪圖記。　元傳奇《蘇小卿》，《正始》頁 1185

4.【南吕調近詞】看那孩兒，體態有百般宜。漫凝睛，覷着孜孜也意似癡。心逐楊花上下飛，成何濟？怎得青鸞傳信息，紅情緑意？

5.【前腔換頭】歎綵雲易散琉璃脆，風流是悶根基。倩燕子將愁説與伊。休思慮，姻緣倒有相會時，總得相逢未有期。告伊知，莫苦苦將心迷戀。事皆前世。　元傳奇《王仙客》，《正始》頁 1186

6.【南吕調近詞】才貌兼全，見他身狼狽又饑寒。是我領歸來，你好生與我行方便。聽伊言，我與他人不面善，未知他家住何州并那縣。恩多猶恐番成怨。

7.【前腔換頭】婆婆出語何難見，公公見我身狼狽又饑寒。休疑我，分明咫尺家不遠。莫埋怨，口食身衣宿世緣，且留在家中聽使唤。你休强言，守閨女不當佔先，奴自歸房捻針綫。再難相勸。

元傳奇《劉智遠》，《正始》頁 1187

格式：4△，6△。3，7△。3△，7△，7△。4△，7 乙△。4△。　10 句

《正始》列第一曲爲正格，題注："亦名【薄媚賺】。"第二曲題注：

“第二句變爲七字。”尾批：“此調，按元、蔣二譜皆屬【南吕調】，名曰【婆羅門賺】，又名【薄媚賺】，一調二名也。但今時譜於此【南吕調】而收明傳奇《黄孝子》之‘高義惟仁’一曲，亦題爲【婆羅門賺】，又名【薄媚賺】。按此名同調異，猶真方假藥耳。此‘高義惟仁’一曲，實係【商調】之【二郎賺】，與【南吕】之【婆羅】【薄媚】何干？甚至又於【仙吕調】内復又收此‘高義惟仁’一曲，更題爲【惜花賺】，及下仍注：‘與【婆羅】【薄媚】同。’豈有一調三名之【賺】耶？若此混淆，使學者何由得明？”列第三曲爲第二格，題注：“第七、九句，句法互易。”尾批：“無【换頭】。”列第四曲爲第三格，題注：“第五、六句，句法互倒。又減去第八四字一句，第九七字一句。”列第五曲爲【前腔换頭】第二格，題注：“減去第三三字一句，第八變爲三字。”列第六曲爲第四格，題注：“減去第八四字一句，第九七字一句，末句變七字。”列第七曲爲【前腔换頭】第三格，題注：“第八句變爲三字，九句《孟月梅》體，末句上增七字一句。”【前腔换頭】與此首句均改爲七字句；後五曲第二句與此均改爲六字折腰句。

詞調有【婆羅門】，一作【婆羅門引】或【婆羅門令】，與此不同。南曲有【南吕過曲・婆羅門賺】。《舊譜・十三調南曲音節譜》中【南吕調】有【賺】，題注：“名【婆羅門賺】，又名【薄媚賺】。”然有目而佚詞。《沈譜》卷十三【賺】用《黄孝子》“高義惟仁”爲例曲，題注：“名【婆羅門賺】，又名【薄媚賺】。”與此第九句七字破作四字兩句，末句疊用。亦以此曲爲卷二【仙吕調近詞・薄媚賺】例曲，然此前又有【賺】，題注：“一名【惜花賺】，與【婆羅門】【薄媚賺】同。”《定律》卷四則以《黄孝子》“高義惟仁”爲【仙吕過曲・薄媚賺】例曲。《新譜》卷十三【賺】題注：“名【婆羅門賺】，即【薄媚賺】也。……亦可通作【不是路】。不必重録。”卷二【仙吕近詞・賺】題注：“一名【惜花賺】。與【婆羅門】【薄媚賺】同。”存目無詞。以下仍以《黄孝子》“高義惟仁”爲【薄媚賺】例曲；下又新增【不是路】，引《荆釵記》“渡口離船”爲例曲，眉批：“此即【薄媚賺】也。前曲係古調，每覺音韻未純，今補入此曲，以便仿作。”尾批：“賺曲，俗名【不是路】，舊用以參引曲之間，今則爲過曲中承上起下之調。查各宮調俱有【賺】，句法每有不同，大抵通用此曲爲便耳。”

與此僅第二句作七字，末句重疊，餘同。《寒山曲譜》、《定律》卷八、《大成》卷五十、《簡譜》卷七均引第六、第七兩曲爲例曲。《寒山曲譜》題【南吕過曲・梁州賺】之【又一體】，合二曲爲一支，題注："即【花賺】。二十二句，一百二十一字。"尾批："或云'婆婆出'語起，又分一曲。似亦有理。"此正《正始》所批評者。《定律》《大成》《簡譜》均題【南吕過曲・纏花賺】，句格、句字有所差異。《簡譜》尾批："細校此二曲，與本宫【賺】實無異，惟多'恩多又恐'及'奴自歸房'二句而已。若將'未知他'一語，移至'恩多又恐'句上，則與本宫【賺】全同。第二格止多'奴自歸房'一句耳。學者乃宜依本宫【賺】爲妥。"是，但已非戲文原貌。《六十種曲》本《白兔記》第五齣《留莊》則題【入賺】，合第六、第七兩曲爲一曲，與此僅句字稍異，且末增一疊句。

此調當出於大曲之【賺】曲，入賺詞、詞調，戲文採録之；南曲承之，轉調入【仙吕調近詞】，並多出其名。賺曲雖大抵近似，功能相同，但終爲别一曲。

【梅花引】

【越調慢詞】傷心滿目故人疏，看郊墟，盡荒蕪。惟有青山，添得個墳墓。慟哭無由長夜曉，問泉下有人還聽得無？

元傳奇《蔡伯喈》，《正始》頁 1206

格式：$7_{\triangle}$，$3_{\triangle}$，$3_{\triangle}$。4，$4_{\triangle}$。7，$7_{\triangle}$。　　7句

《正始》引明散套"街衢滿眼景繁華"爲正格，題注："與詩餘同，但無【换頭】。詩餘名曰【江城梅花引】，時譜誤收於九宫【雙調】。"與此僅將末句作三字三句，餘同。列此曲爲第二格，題注："末三句併爲七字一句，與詩餘不同。"

詞調有【江城梅花引】，一名【西湖明月引】【江梅引】【攤破江城子】【明月引】等。據徐本立《詞律拾遺》卷三引李獻能"漢宫嬌額倦塗黄"，雙片，其上闋與此第五句作五字句，末句破作"3，$5_{\triangle}$"兩句，餘同。北曲有【越調・梅花引】，六句："$7_{\triangle}$，$7_{\triangle}$。$3_{\triangle}$，$3_{\triangle}$。4，$5_{\triangle}$。"與此

有所不同。鄭騫《北曲新譜》尾批:“《大成》云:‘一名【貧也樂】,又名【小梅花】。’《簡譜》因襲其説而未云所本。今按:此二者皆詞調【梅花引】之别名,北曲與詞格式不同,似不宜用其别名。”是。南曲有【雙調引子·梅花引】,《舊譜》卷九、《沈譜》卷二十、《新譜》卷二十二、《定律》卷十三、《大成》卷四十二均以此曲爲例曲。《沈譜》題注:“與詩餘同,無【换頭】耳。”尾批:“‘墟’字正是用韻處。高則誠慣於借韻,此調守之惟謹,正自可喜。”《定律》題【越調引子】,《大成》題【大石調引子】。

此調出於詞調,北曲、戲文分途轉换承之,均入【越調】;南曲承用戲文之體,然復以詞調爲正格,多改入【雙調】。

【衮第三】

1.【越調近詞】更那老親,鬢垂白,筋力皆癯瘁。形隻影單,無弟兄,誰奉侍?况隔千山水。生死存亡,雖有音書難寄,最可悲。他甘旨不供,我食禄有愧。　　元傳奇《蔡伯喈》,《正始》頁 1216

2.【越調近詞】聽訴痛情,妾本來,嬌養(原作“春”)在豪門裏。因爲個人,效比翼,半路裏,拆散鸞凰侶。奴被娘行,狠毒心懷疾妒,受禁持。誤落在王宫,深坑殿裏。　　元傳奇《賽金蓮》,《正始》頁 1220

3.【仙吕過曲】鸞鳳和鳴,情正美,星眼朦朧閉。斂黛眉,細看伊,便似有,怯雨羞雲意。奴在深閨,夫婦鴛幃滋味,尚未知。此際方曉,新婚燕爾。　　元傳奇《東墻記》,《寒山堂譜》卷一頁 661 下半葉

格式:4,3,5△。4,3,3△,5△。4,6△,3△。4,4△。　　12 句

《正始》列第一曲爲正格,尾批:“此闋第七句,今坊本皆曰‘况隔千山萬水’,時譜亦然。其文理未嘗不可,但格體不如耳。”列第二曲爲第二格,題注:“第七句五字,益信《蔡伯喈》之‘况隔千山水’不謬也。”《寒山堂譜》列第三曲爲例曲,題【三段】,入【仙吕過曲】,句格與此同。《正始》頁 1217 引此第七句:“比有元傳奇《董秀英》此句云云。”

唐宋大曲【入破】部分第三曲稱【前衮】。唐大曲有此曲，與此不同。董穎《西子詞》【第三衮遍】、史浩《壽鄉詞》【衮遍】、曹勳《法曲道情》【入破第三】等，與此亦不同。

南曲有【衮第三】，《沈譜》卷十六、《新譜》卷十七、《定律》卷十三、《大成》卷二十五、《簡譜》卷十均以第一曲爲例曲，與此第七句作六字，《正始》批評，正是對此而言。《定律》《大成》《簡譜》均入【越調過曲】。《定律》題【中衮第三】，尾批："此曲凡於四字句，今之作家亦有重者，亦有不重者。因舊譜未載重句，故亦不録重句。然板式與上句全同，重亦無妨。"所謂"舊譜"，查《舊譜・十三調南曲音節譜》中【越調】有【入破】，題注："一至九。"又有【出破】，題注："一至七。"均有目而佚詞，則當是泛言之詞，非蔣孝《舊譜》之專稱。戲文亦不用重句。《沈譜》卷二十二引第三曲爲例曲，入【不知宫調過曲・薄媚曲破】第三段，與此同。《寒山曲譜》存録第一、第三兩曲，均與此同。

此曲出唐宋大曲，戲文轉换承之；傳入南曲，轉换宫調，略有差異；均用於成套組曲。

【梁武懺】

【道宫調慢詞】冒雪，遇着娘行多嬌媚。料想姻緣來這裹，分福須定便留意。奴家不勝忻喜，剖(原作"列")心腸待説詳細。

元傳奇《史弘肇》，《正始》頁1275

格式：2，$7_{\triangle}$。$7_{\triangle}$，$7_{\triangle}$。$6_{\triangle}$，7 乙$_{\triangle}$。　　6句

《正始》題注："此調今多用於【南吕】。按元譜，載屬【道宫】。"尾批："此調兩字起，似乎【换頭】。"若爲【换頭】，依慣例删去首句二字，即多爲正曲。然戲文中僅此一見，存例可也。

南曲有此調，《定律》卷三、《大成》卷四十二即以此曲爲例曲，然合首二句作九字句。

此調出戲文，南曲承之，略有變化。

【排歌】

【不知宫調過曲】休弋甲，罷征戍，區宇宣王化。惠及生靈，恩沾遐邇，如今日之際，海之涯。普天之下再生，重見太平，欣聲四洽。

元傳奇《拜月亭》，《正始》頁 1365

格式：$3_{\triangle}$，3，$5_{\triangle}$。4，4，5 乙，$3_{\triangle}$。6，4，$4_{\triangle}$。　10句

《正始》題注："此調僅見於此，他處絶少。與【仙吕宫】及九宫【越調排歌】不同。"

南曲題署【排歌】者，實可分作【仙吕過曲・三疊排歌】（亦簡稱【排歌】【道和排歌】）、【仙吕過曲・羽調排歌】和【越調過曲・越調排歌】。此調與以上三調不同，亦不見於諸譜。《重訂拜月亭記》第二十七齣《興福離寨》亦題【排歌】，與此僅句字略有變化。

此調當出民間歌謡，戲文採録之，後已不傳。

【野薔薇】

【正宫過曲】娘憎着我，責令去看果么。晝防烏鵲，夜防蟲鼠。（合）托汝即苫（原作"扇"）蓋，好教人避暑，更防風雨。

元傳奇《卧冰記》，《寒山堂譜》卷二頁 678 下半葉

格式：$3_{\triangle}$，$5_{\triangle}$。4，$4_{\triangle}$。5，$4_{\triangle}$，$4_{\triangle}$。　7句

《寒山堂譜》以此爲例曲，題注："連重十句，五十一字。"然其未標注重疊之句，故叠句不詳。《舊譜》卷二題【正宫過曲・白練序】，《大成》卷四十三題【高大石調過曲・野薔薇】，句字與此差異較大。《定律》卷二引此爲例曲，與此同。

此調僅見此曲，故雖多歧義，不可考校。

十　二　筆

【復襄陽】

1. 一步又一步,一步又一步。擔(原作“檐”)兒擔不起,怎趕得程路? 氣力全無,汗出悄如雨。尚有三千里,怎生行路?

2. 【同前】一步遠一步,一步遠一步。你與我同出路,也被人欺負。遇着强人,你們怎區處? 把擔杖錢和本,便與他將去。

《張協狀元》8

格式:$5_{\triangle}$,$5_{\triangle}$。$5_{\triangle}$,5 乙$_{\triangle}$。4,$5_{\triangle}$。5,$4_{\triangle}$。　　8句

第二句應爲疊句。

錢南揚《校注》云:“【復襄陽】當是地方小曲,僅見本戲,後世曲譜無此調。”

此曲僅見於此,後已不傳。

【普天樂】

1. 張葉告蒼天,憐孤苦,從小裹蒙嚴父。教六藝通文通武(原作“通武通文”),直欲更换門户。今應舉天欲暮,大雪紛紛登山路,兩頭望更無宿處。今夜若在此山,莫教葉此身,遭遇狼虎。《張協狀元》9

2. 【正宫過曲】叫得我氣全無,哭得我聲難語,兩頭來往走到千百步。兄安在妾是何如,真所謂逆旅窮途。須念我爹娘身故,我須是你一蒂一瓜親骨肉,你好割得斷兄妹腸肚。將奴家閃在這裏,進也無門,退又無所。　元傳奇《拜月亭》,《正始》頁 159

3.【正宫過曲】……念小叔真狼狽，……①

元傳奇《殺狗記》，《正始》頁161

4.【正宫過曲】我兒夫，一向留都下，俺只有年老的爹和媽。弟和兄更没一個，看承儘是奴家。歷盡苦誰憐我，怎説得不出閨門的清貧話，若無糧我也不敢回家。豈忍見公婆受餓，歎奴家命薄，直恁折挫。

元傳奇《蔡伯喈》，《正始》頁161

5.【正宫過曲】聽伊言言不省，手共脚如癡掙。悠悠的喪却魂靈，簌簌雨淚如傾。孩兒在家，痛苦難禁，無情打駡如何忍？叵耐薄倖雜情！説他本身，終是妓館，潑賤風塵。

元傳奇《鄭孔目》，《正始》頁161

6.【正宫過曲】四時歡千金笑，把往事多顛倒。我這裏玉减香消，他那裏珠圍翠繞。姻緣簿上名不到，却把鸞釵輕分了。恨茫茫水遠山遥，恨重重雲深霧杳，恨悠悠夢斷魂勞。

元傳奇《李玉梅》，《正始》頁163

7.【中吕調近詞】……捱着更漏。

元傳奇《蝴蝶夢》，《正始》頁1143

8.【中吕調近詞】妾夢在，花園裏，見一朵烏雲起。把奴家罩住身軀，猛擡頭見百花落地。吉凶尚未知，試問先生，此夢何如？

元傳奇《趙氏孤兒》，《正始》頁1143

9.【正宫過曲】偶因觀《三國志》，曹操子曹丕的。因兄弟廣記多才，七步已成詩句。兄妒忌恐怕他奪位，定計施謀殺兄弟。我端詳細察因依，兄殺弟有理，曹丕見識，正合吾意。

10.【其二】告恩官擡明鏡，殺的是戌生命。當初道逐盗防奸，咬了破衣之人。曾吠月被磨勒恨，盗去紅綃難尋問。晉朝中屈害忠臣，不合撲着趙盾，因此上怪他無義，没濕草之恩。

元傳奇《殺狗勸夫》，《寒山堂譜》卷二頁675上半葉

---

① 《六十種曲》本《殺狗記》第十七齣《看書苦諫》存録【普天樂】三支，其始曲辭云："楚昭王，真賢慧（原作"會"），棄妻子憐兄弟。伊不念共乳同胞，割捨趕他出去。念小叔真狼狽，哀憐回心意，破窑内收取兄弟。回歸共用富貴，效昭王愛親，休學曹丕。"

格式 1:3,$3_{\triangle}$,$7_{\triangle}$。7 乙$_{\triangle}$,7 乙$_{\triangle}$。7 乙$_{\triangle}$,$7_{\triangle}$,7 乙$_{\triangle}$。7 乙$_{\triangle}$,4,$4_{\triangle}$。　11 句

2:3,$3_{\triangle}$,6 乙$_{\triangle}$。7 乙,7 乙$_{\triangle}$。$5_{\triangle}$,4,$4_{\triangle}$。　8 句

前六曲、末二曲用式 1,爲【正宫過曲】。第七、第八兩曲用式 2,爲【中吕調近詞】。

第一曲與式 1 僅於句字上略有增減:第一、十兩句作五字句,第三、五、六、九四句作六字句,然均合乎句式變化通例。

《正始》列第二曲爲【正宫過曲】正格,題注:“與【中吕調·普天樂】不同。”尾批:“第二句七字、六字皆有之,甚至猶有五字者,豈能泥煞六字乎?”第六、七兩曲均用六字折腰句。第六句(原題“第五句”)亦然:“據《拜月亭》曰云云”,爲第二曲七乙句;“據《蔡伯喈》此一句曰云云”,爲第四曲六字折腰句;“二傳各一句法。今何以《蔡伯喈》律對《拜月亭》,竟抹去‘身’字,而曰‘須念我爹娘故’,獨不思元傳奇《殺狗記》第十六折此句用《蔡伯喈》句法云云”,爲第三曲六乙句;“又其第三十六折此句用《拜月亭》句法云‘曾吠犬被磨勒恨也’”,與第十曲第五句稍異;“一傳用二句法乎?”列第四曲爲第二格,題注:“此即《拜月亭》格,止争‘歷盡若’句韻。”第六句即用六乙句法。尾批:“此係古本原文。因今時本皆以首句上之‘我’字删去,遂如七字句法矣。今歌者又不審其詳,竟以【步步嬌】腔板唱之。……此誤實在唱者,非干撰者也。學者不可不慎。”列第五曲爲第四格,題注:“前四句,【秦娥樂】犯此。第五句變爲八字二句,第七句減爲六字,八句減作四字。”《正始》有【正宫過曲·秦娥樂】,引明傳奇《綱常記》“短長亭”爲例曲,集曲,前四句用【普天樂】《鄭孔目》體,後用【泣秦娥】末四句。然戲文中未見【秦娥樂】和所犯之【泣秦娥】,故當是後有之曲。列第六曲爲第五格,題注:“第五句變上四下三之七字,末二句併爲七字一句。”尾批:“起處作二聯句,……束處作三排句。”後兩格較此已有較大變異。《寒山堂譜》以第十曲爲正格,題注:“即【四塊玉】。十句。”較此首二句合作六乙一句,第七句屬下句段,餘同。尾批:“歷查元曲,皆是此體。《琵琶記》之‘吾夫一向留都下’,句法恐又有誤也,作者辨之。”以第十一曲爲【其二】,題注:“字句同前。”故即【前腔】。《正始》頁 161

引此第五句，又頁 160 已對“兒夫一向”作出考辨，則張氏或未曾見。又列第七曲爲【又一體】，題注：“七句。”較此首二句合爲六乙一句。

《正始》用明散套“风月两无功”之“减芳容”爲【中吕調近詞】正格，題注：“與九宫【正宫·普天樂】不同。”與式 2 僅第六句作四字，餘同，尾批：“此末句平煞，有元傳奇《蝴蝶夢》仄煞云云。”爲第七曲。列第八曲爲第三格，題注：“第六句變五字。”尾批：“按此‘凶吉’句句法，元詞儘有之，不及備載。……今人多有以本曲此句之‘尚’字襯之，而合常格，何其執也。”頁 185【正宫過曲·錦庭樂】尾批引此第六句，並批評了減改此句爲四字句的現象。又頁 1143—1144【中吕調·普天樂】尾批：此“與九宫【正宫·普天樂】各自依宫本調，不致混淆者，不止於元譜也。然今蔣譜亦於【中吕調】目中，明注與【正宫】不同者耳。後時譜因見其名同，遂皆併入【正宫】，謬之甚矣”。

此曲不見於大曲、詞調和諸宫調，然宋雜劇有《普天樂打三教》，王國維《宋元戲曲史》五歸入“用詞曲調者”類，所據當是宋元戲文。北曲有【中吕·普天樂】，一名【黄梅雨】，亦入【正宫】，與此略近。南曲有【正宫過曲·普天樂】。《舊譜·十三調南曲音節譜》之【中吕調】有【普天樂】，題注：“與【正宫】不同。”然曲譜中兩個宫調都未載其曲，《音節譜》【正宫調】中也未載其名。《沈譜》卷四、《新譜》卷四引第二曲爲正格。《沈譜》第二格【又一體】實引《正始》【中吕調近詞】之始調爲例曲，題注：“或作【錦庭樂】，非也。”尾批：“此調自此曲始。今人皆以【小普天樂】目之，未知是否。”正《正始》所批評者。《新譜》則引第六曲爲第二格【又一體】，而以《正始》【中吕調近詞·普天樂】之始調題【小普天樂】，題注：“此調自此曲始，俗稱【小普天樂】。”《定律》卷二以第四曲爲正格，然句字、句格與此有所變化。又引第九曲爲【前腔換頭】，尾批：“此曲板式俱同，惟第八句少二字，非【又一體】。”以第二曲爲【換頭】之【又一體】，尾批：“此曲與前數曲亦無甚徑庭，惟五句、六句板式不同。然犯調多用此體。”《大成》卷三十一引第六、第二、第九曲均爲【又一體】，句字多有不同；第六曲署“散曲”，誤。趙景深《考略》頁 45 考察，第三曲在《六十種曲》本《殺狗記》第十七齣，後一句則在今本第三十五齣，“可見《九宫正始》所採《殺狗記》定和《六十種曲》

本不同——至少有兩齣的編排是不同的”。

此曲或出於民間歌謡;分戲文、北曲兩途流傳,各有變化;戲文有【正宫過曲】和【中吕調近詞】兩式;南曲承於戲文,但將【中吕調近詞】併入【正宫過曲】,故式2後遂不傳。

【賀筵開】

1. 老夫年老脚衰,近日不出外,故不探知。那更雨雪,紛紛恁作威,此處不曾得暫離。張葉因被狂人劫,打一查長淚垂。君想是少些個衣,自覺寒多形恁底。

2. 【同前】娘行老丈恁底言語,先世曾結會,似親故知。我公休與婆知,種些善基,有舊底衣服把贈與。兀底老漢有粗道服,贈君家須着取。深感謝我公恁底！且得遮却血污衣。 《張協狀元》12

格式:6$_{\triangle}$,5$_{\triangle}$,4$_{\triangle}$。4$_{\triangle}$,4$_{\triangle}$,7$_{\triangle}$。7$_{\triangle}$,6乙$_{\triangle}$。7乙$_{\triangle}$,7$_{\triangle}$。 10句

錢南揚《校注》云:“此調曲譜不收,且不見宋詞。”

此曲僅見於戲文,後世已失傳。

【菊花新】

1. 靈神聽啓:成都府住,奈張葉自幼攻書。因往宸京,路途裏,被劫取。有裹足之費,盡將劫去。一查打倒,冒瑞雪投入神祠裏。睡不穩,牽惹無限不如意。忽逢貧女又没夫,葉無妻,見欲成姻契。獻神緑蟻。 《張協狀元》16

2. 路歧路歧兩悠悠,不到天涯未肯休。這的是子弟下場頭,挑行李怎禁生受。 《錯立身》13

3. 深感當今聖主,恩賜金紫雙魚。公心正直遍採訪,治國安民,但願得國泰歲時豐富。 《錯立身》14

4. 【中吕引子】積善之家慶有餘,雞窗下勤讀詩書。學成文藝,貌魁梧,賴祖宗福蔭世傳豪富。 元傳奇《殺狗記》,《正始》頁388

5.【中吕引子】春風有意釀繁華，見冰花又見梅花。滿前風物是生涯，治私家先了公家。命濯滴杯，試小宴稱此清暇。

元傳奇《趙氏孤兒》，《正始》頁 389

格式 1：$4_{\triangle}$，$4_{\triangle}$，7 乙$_{\triangle}$。4，$3_{\triangle}$，$3_{\triangle}$。$4_{\triangle}$，$4_{\triangle}$。4，7 乙$_{\triangle}$。3，$7_{\triangle}$。
$7_{\triangle}$，$3_{\triangle}$，乙$_{\triangle}$，$4_{\triangle}$。　16 句
2：$7_{\triangle}$，$7_{\triangle}$。7，7 乙$_{\triangle}$。　4 句

第一曲用式 1。第二至第五曲用式 2，爲【中吕引子】。

式 1，錢南揚《校注》第一曲注云："曲譜只有引子【菊花新】，與此不同。此與下文……應總名爲【菊花新曲破】。"是。式 2，首兩句可作六字句，如第三曲；第三曲第三句後"治國安民"四字，校之第五曲，亦當是增句格。

《正始》引明散套"十里掌平漪"之"淡粧濃抹也相宜"爲【中吕引子】正格，用詞體。與此第三句作叶韻五字句。列第四曲爲第三格，題注："第三句變爲七字二句。"又：第二句作七乙句。列第五曲爲第四格，題注："此格除去首末，腹中大異。"實增第四、五兩句。

詞調有【菊花新】，據柳永《樂章集》、張先《安陸集》，入【中吕調】，與式 2 僅第三句作叶韻五字，餘同；而葛長庚《海瓊集》，不注宫調，與此二式均不同。宋雜劇有《五柳菊花新》，王國維《宋元戲曲史》五列其入"用詞曲調者"類。青木正兒《中國近世戲曲史》頁 21 對此提出批評，認爲："宋周密之《齊東野語》（卷十六）中有'菊花新曲破'一條，語此樂曲制作之緣起甚詳。既以之題爲曲破，則可認爲大曲一類矣。"是。南曲有【中吕引子・菊花新】，《舊譜》卷三引第四曲爲例曲，與此將第三、四兩句破作"學成文藝，性標格，貌魁梧"三句，餘同；《風月錦囊・全家錦囊》卷十一《殺狗・令侯請宴》存録第四曲，與《舊譜》同。《沈譜》卷八、《新譜》卷八引《琵琶記》"封書自寄到親闈"爲例曲，與此僅第三句作叶韻五字，餘同。《沈譜》題注："第一、第二句與詩餘不同。"校之，句式相同，平仄不同。《定律》卷六、《簡譜》卷六引《曇花記》"紅樓歌吹若爲妍"爲例曲，與此末句作六字句，餘同。《定律》題【菊花心】，不知出自何處，或誤。

式1出於宋大曲，戲文採録之。其在宋元時期的發展變化，胡忌師《【菊花新】曲破的發現及其意義》已有詳細論述，可資參考。式2出於詞調，戲文承之，略有變化；南曲承於戲文，復歸詞調句式。

【絳羅裙】

君今去時奴阿好悶，有些錢，怎知奴便凑（原作"揍"）來助恁。落得一個瘦損阿好悶，各家把這淚偷揾。一回上心阿好悶，感伊有許多村價至誠。你不分奴皂白阿好悶，兀底須有神明。　　《張協狀元》20

格式：7△，3，7乙△。7△，7乙△。7△，7乙△。7△，6△。　　9句

錢南揚《校注》云："今曲譜無此曲牌名。大概因本曲中屢用'阿好悶'一辭，曲譜都題作【阿好悶】。"《正始》頁1133【中吕調近詞·阿好悶】引"元傳奇《張協》"爲例曲："君今去也阿好悶，有些錢，怎知凑來助你。落得兩家阿好悶，各家把這淚偷揾。一回心上阿好悶，伊家去有許多志誠。你不分皂白阿好悶，兀的那有神明。"與此句字有所差異，但每一詞段首句末三字均用"阿好悶"。

此調不見於《舊譜》。《沈譜》卷十、《寒山曲譜》、《定律》卷六、《大成》卷十一、《簡譜》卷六均引此曲，《沈譜》題【中吕調近詞·阿好悶】，《寒山曲譜》、《定律》題【中吕過曲·阿好悶】，句字較上《正始》所引，稍有出入。《新譜》卷九【太平令】眉批："原載【阿好悶】【呼唤子】二曲，因難用，故不録。馮亦删。"《定律》《簡譜》均引此曲爲例曲，作八句："7△，7乙△。7△，6乙△。7△，7乙△。7△，6乙△。"《簡譜》尾批："此'阿好悶'三字，每間一句必用，是爲定格。下句則上三下四，與六字折腰句，亦間用之也。亦無他曲可證。"諸譜多署《張葉》或《張葉傳奇》，是；《大成》署"散曲"，誤。

此調出於民間歌謡，始見於戲文；南曲承之，改稱【阿好悶】，爲唱調名；但較少使用。

【黄鶯兒】

1. 一去更無耗音(原作“音耗”),使奴家(原作“雙雙”)孤令。未知甚日挂緑袍?使奴家稱心。它恁地我(疑是衍字)英俊,定必占魁名。早得個人往江陵,問及第是甚人?　《張協狀元》26

2. 【商調過曲】半世守孤燈,鎮朝昏幾淚零,到今猶在凄涼境。寒門似冰,衰鬢似星,爲只爲早年不幸鸞分影。論人生,便黄金滿篋,怎如得教子一經。　元傳奇《王十朋》,《正始》頁 729

3. 【商調過曲】……逃不得這波查。①

元傳奇《蔡伯喈》,《正始》頁 730

4. 【商調過曲】深夜静沉沉,睹天河白似銀,正雙星牛女傳芳信。金蓮步輕,月下志誠,好向綵樓高處殷勤問。大家要虔誠,瞻星拜月,乞巧同穿綉針。　元傳奇《樂昌公主》,《正始》頁 730

格式 1:$6_{\triangle}$,5 $乙_{\triangle}$。7,5 $乙_{\triangle}$。5 $乙_{\triangle}$,$5_{\triangle}$。$7_{\triangle}$,6 $乙_{\triangle}$。　8 句

2:5,6 $乙_{\triangle}$,$7_{\triangle}$。$4_{\triangle}$,$4_{\triangle}$,$7_{\triangle}$。$3_{\triangle}$,4,$6_{\triangle}$。　9 句

第一曲用式 1,後三曲用式 2,爲【商調過曲】。二式最大的不同在於:式 1 四個句段,式 2 三個句段;式 1 第七句在式 2 中破作“$3_{\triangle}$,4”兩句;餘大同小異。

《正始》列第二曲爲式 2 正格,尾批:“此調無甚大異,所争者止於末句之五字六字耳。六字者即此本曲也。此爲正體,元詞儘多。五字者即元傳奇《蔡伯喈》云云。此爲常格愈多,但病其與【簇御林】相似。故元譜及蔣譜皆舍《伯喈》格而取《十朋》體,大是有見。後至《沈譜》僅以《伯喈》格易之,致今人但知有常格而不知有正體也。”頁 563

① 《原本琵琶記校注》第三十四齣《五娘牛小姐見面》存録【金衣公子】二支,即【黄鶯兒】之别稱。其始調云:“一樣做渾家,我安然伊禍,你名爲孝婦我吃旁人駡。公死爲我,婆死爲我,情願把你孝衣來穿着把濃粧罷。事多磨,冤家至此,逃不得這波查。”

【南吕過曲・香風俏臉兒】尾批引此曲之末句。第四曲尾批:"此【黄鶯兒】之束尾體,不始於元人之詞曲,元宋人詩餘預有二種者也。比如宋柳耆卿有詠鶯詩餘,其始調末句曰:'把芳心深意低訴。'此亦偶體。又其次調末句曰:'都把韶光與。'此亦奇體。後至元人亦祖之,施於此調。延至今時,亦多有效之者。"要之乃在詞調原有末句五字奇體與六字偶體。

詞調有【黄鶯兒】,柳永《樂章集》入【正宫】,與此兩式均不同。萬樹《詞律》卷十四【黄鶯兒】即引柳永"園林静晝誰爲主"爲例曲,上闋束尾作:"曉來枝上綿蠻,把似芳心,深意低訴。"下闋束尾作:"此際海燕偏饒,都把韶光與。"與上《正始》所引有同有不同。諸宫調有【黄鐘・黄鶯兒】,葉慶炳《諸宫調訂律》云:"與詞及南曲【商調】均不同。"宋雜劇有《三妲黄鶯兒》《賣花黄鶯兒》,王國維《宋元戲曲史》五列其入"用詞調者"類。北曲有【商角調・黄鶯兒】,僅用於散套,與諸宫調上片同,與此兩式均不同。南曲多用式2。《舊譜》卷七、《定律》卷十均以第二曲爲例曲,《沈譜》卷十七、《新譜》卷十八均引散曲"霜降水痕收"爲例曲,末句作五字句。《沈譜》題注:"一名【金衣公子】。"《新譜》尾批引馮夢龍的意見:"末三句,《荆釵》云:'細評論,黄金滿籯,不如教子一經。'人多狃其腔以合於近格,不知古腔,……而人自失考耳。"其中引此第四曲末三句,俱以末句六字爲格。《大成》卷五十七則引此兩曲均入【又一體】,末句一爲六字句,一爲六乙句,皆合《正始》尾批所論。《簡譜》卷九引散曲"芳館坐黄昏"爲例曲,與式2僅末句作五字,餘均同。尾批:"此曲最膾炙人口。作者將四字二句,亦有作仄韻者,究非正格。……【商調】中'七梧''三鶯',最溷人耳目。'七梧'已訂定於前,此'三鶯'删作'二鶯'(原注:"舊譜以【鶯啼序】【囀林(原誤作'秋'字)鶯】【黄鶯兒】爲'三鶯'。"),便無葛藤矣。(原注:"集曲中可省去繁褥。")"

此曲出詞調,分兩途流傳:諸宫調轉换承之,傳至北曲;戲文承詞調,有所變化;式2傳至南曲,式1後已不傳,或併入式2。

【雁過沙】

1. 那一日過絲鞭，道十分是好姻緣。前遮後擁一少年，緑袍掩映桃花臉。把奴家直苦成抛閃，被人笑嫁不得一狀元，（合）被人笑嫁不得一狀元。

2. 【同前】大凡事是姻緣，我孩兒莫憂煎。侯門相府知有萬千，讀書人怕没爲姻眷。料它每福緣淺，被人笑嫁不得一狀元，（合）被人笑嫁不得一狀元。

3. 【同前】請娘子看看（原作“娟”），請娘子（原衍“看娟”二字）笑一面。休得要兩眉蹙遠山，喫些個飯食渾莫管。好姻緣怕没爲方便，被人笑嫁不得一狀元，（合）被人笑嫁不得一狀元。

4. 【同前】孩兒你休要淚漣漣，我與你報仇冤。終不怕它一狀元！張葉授（原作“受”）梓州爲僉判。聽爹爹恁説腸欲斷，被人笑嫁不得一狀元，（合）（原奪）被人笑嫁不得一狀元。　《張協狀元》32

5. 【越調近詞】沉沉向迷途，空教我耳邊呼。不能盡心相奉事，番教你爲我歸黄土。教人道你死緣何故，你怎生割捨抛棄了奴。

6. 【前腔】……休便爲我死的把生的受苦。①

元傳奇《蔡伯喈》，《正始》頁 1209

7. 【越調近詞】衙内問我甚情懷，也曾穿着綉羅鞋。貞潔婦女怎肯作事歹，不曾挑水在街頭賣。雙親早喪十六載，被兄嫂做人忒毒害。

元傳奇《劉智遠》，《正始》頁 1209

8. 【正宫過曲】東床也曾入門來，九州按撫投軍去。十八般武藝皆能會，嫁得個劉智遠潑喬才。懷抱養子方三日，火工竇老送到爹行寨。　元傳奇《劉智遠》，《寒山堂譜》卷二頁 677 下半葉

---

① 錢南揚《元本琵琶記校注》第二十齣《五娘吃糠》存録【雁過沙】四支，其【前腔第二】辭云：“你耽饑事公姑，你耽饑怎生度？錯埋怨你也不肯辭，我如今始信有糟糠婦。我料應不久歸陰府，你休便爲我死的把生的受苦。”

格式 1:6 乙$_{\triangle}$,6 乙$_{\triangle}$。7$_{\triangle}$,7$_{\triangle}$。7 乙$_{\triangle}$,3、6 乙$_{\triangle}$,3、6 乙$_{\triangle}$。 7 句

　　2:5$_{\triangle}$,5$_{\triangle}$。7,7$_{\triangle}$。7$_{\triangle}$,4、4$_{\triangle}$。 6 句

前四曲用式 1,次三曲用式 2,爲【越調近詞】;末曲同式 2,然題【正宮過曲】。式 1 較式 2 僅多末一疊句,故極爲近似,可併爲一式,此列兩式,姑存戲文舊式。

《正始》列第五曲爲【越調近詞】正格,題注:"時譜誤收於九宮【正宮】,今查正移歸。"尾批:"此末句平煞。即其次曲仄煞云云。"列第七曲爲第二格,題注:"末煞併爲七字一句。"

南曲則有【正宮過曲・雁過沙】,《沈譜》卷四、《新譜》卷四、《定律》卷二俱引第五曲爲例曲,與式 2 同,僅句字略異。《定律》卷二以第七曲爲【又一體】。《寒山堂譜》卷二、《大成》卷三十一均以第七曲爲正格,題【正宮過曲】,與此第三、四兩句、第五、六兩句均互易。《寒山》以第八曲爲【其二】,即【前腔】,尾批:"《綵樓》《殺狗》各元曲,皆有此調,惟此曲被歌師所誤,調不成調,曲不成曲。今特録此。"《寒山》《大成》又以第五曲爲【又一體】,題注:"字句同前。"此正《正始》所批評之"誤收"現象。《六十種曲》本《白兔記》第三十齣《訴獵》以第八曲爲第七曲之【前腔】,則當亦爲【越調近詞】。

此曲出戲文,初用式 1,疊用末句;後用式 2,末句不疊,漸趨定型,入【越調近詞】。南曲承式 2,多轉換宮調而入【正宮過曲】;式 1 後已不傳。

【喜遷鶯】

1. 喜到宸京,涉山川萬般愁悶。兒夫見,免縈(原作"索")奴方寸。未知是何處,深藏見在身? 遍尋覓,渾不見故人。《張協狀元》35

2. 【正宮引子】終朝思想,但恨在眉頭,人在心上。鳳侶添愁,魚書絶寄,空勞兩處相望。青鏡瘦顏羞照,寶瑟清音絶響。歸夢杳,繞屏山煙樹,那是家鄉? 元傳奇《蔡伯喈》,《正始》頁 129

3. 【正宮引子】祝融南度,…… 元傳奇《唐伯亨》,《正始》頁 254

格式1:$4_{\triangle}$,7 乙$_{\triangle}$。3,$5_{\triangle}$。5,$5_{\triangle}$。3,5 乙$_{\triangle}$。　8句

2:$4_{\triangle}$,5 乙,$4_{\triangle}$。4,4,$6_{\triangle}$。6,$6_{\triangle}$。3,5 乙,$4_{\triangle}$。　11句

第一曲用式1,第二、第三兩曲用式2,爲【正宫引子】。

《正始》列第二曲爲【正宫引子】正格,題注:“與詩餘同,但無【换頭】。”【大石·尚輕圓煞】第二格引元傳奇《唐伯亨》“銀河動”爲例曲,批尾:“‘祝融南度’是其引子。”錢南揚《輯佚》頁119尾注:“惟其四字句法開頭的引子,不限於【喜遷鶯】,原本不知是否此調,因它用的比較多,姑且補上這個調名。”暫從,待进一步确证。

唐詞有【喜遷鶯】,雙片,《全唐五代詞》正編卷三馮延巳【喜遷鶯】尾批:“唐教坊曲有【春光好】,……題作【春光好】當是此詞以後事。”與此不同。宋詞有【喜遷鶯】,其起句三字者同唐曲,起句四字者與唐曲不同,與式2同。諸宫調有【黄鐘調·喜遷鶯】,葉慶炳《諸宫調訂律》注:“與宋詞、南北曲皆異。”金院本有《喜遷鶯剁草鞋》,王國維《宋元戲曲史》六列其入“用詞曲者”類。北曲有【黄鐘宫·喜遷鶯】,亦八句:“$4_{\triangle}$,7 乙$_{\triangle}$。$2_{\triangle}$,4,$7_{\triangle}$。$3_{\triangle}$,4,$4_{\triangle}$。”與式1僅首兩句同,以下大異;與式2減省第七、八兩句,餘大同小異。南曲有【正宫引子·喜遷鶯】。《舊譜》卷二、《新譜》卷四引《拜月亭》“紗窗清曉”爲例曲,與式2同格。《新譜》題署注:“今無此曲,可恨。”《沈譜》卷四、《定律》卷二、《大成》卷三十、《簡譜》卷五均引第二曲爲例曲,與此同。《沈譜》題注:“與詩餘同,但少换頭。”《大成》題注:“一名【萬年枝】,一名【燕歸來】。與【黄鐘宫】正曲不同。”《簡譜》尾批:“此爲正格。《荆釵·憶母》齣亦用此引,而句讀錯誤,最不可據。”《新譜》則引第二曲爲【又一體】。

此曲出詞調,諸宫調、戲文式2與北曲均承詞調,各有轉换;南曲承式2;戲文式1亦當出於詞調,有所轉换,後已不傳。

【紫蘇丸】

1. 蓬萊路不遠,兩情休怨夤緣淺。只聽得絲竹管弦聲,料今宵得遂鴛鴦願。　《張協狀元》53

2. 伶倫門户曾經歷，早不覺鬢髮霜侵。孩兒一個幹家門，算來總是前生定。

3. 奴家年少正青春，占州城煞有聲名。把梨園格範盡番騰，當場敷演人欽敬。　　《錯立身》4

4. 誰知假意將人害，李瓊梅見今擒住。在陰間銜冤怨痛傷悲，誰知冤報冤和債。　　《小孫屠》21

5. 【仙吕引子】侯門宴飲來催赴，跨青驄徑臨庭宇。蒙君不棄到蝸居，森森光綵生門户。　　元傳奇《拜月亭》,《正始》頁 272

格式：$5_{\triangle}$，$7_{\triangle}$。7，$7_{\triangle}$。　　4 句

首句可作七字，第二句可作七乙，如第二至第五曲皆然。

《正始》列第五曲爲【仙吕引子】例曲。從《張協狀元》經《錯立身》《小孫屠》再到《拜月亭》，可見此曲逐步規範的大體走向。

宋・高承《事物紀原》卷九《博奕嬉戲部四十八・吟叫》："嘉祐末，……市井初有叫果子之戲。其本蓋自至和、嘉祐之間，叫【紫蘇丸】，洎樂工杜人經《十叫子》始也。京師凡賣一物，必有聲韻，其吟哦俱不同。故市人採其聲調，間以詞章，以爲戲樂。今盛行於世，謂之吟哦。"賺詞有【中吕・紫蘇丸】，宋・陳元靚《事林廣記》辛集上卷【中吕宫・圓裹圓】《圓社市語》套【紫蘇丸】，雙片，其上片與此僅將末句作三字三句，餘同。南曲有【仙吕引子・紫蘇丸】。《舊譜》卷一、《沈譜》卷一、《新譜》卷一、《定律》卷三均引《王煥》"煙花隊裏曾經歷"爲例曲，與第五曲同格。《大成》卷一、《簡譜》卷六均存録第五曲，與此同。《簡譜》尾批："此文惟第二句是上三下四，餘俱上四下三。亦有通體用入韻者，不必從。"

此調原出市井叫賣吟哦，入賺詞，戲文承之，略加整飭；後人南曲，漸趨規範。

【越恁好】

1. 大公家里，有萬千恩共義。都休要恁説，交歡處飲三杯。從

今兩情如魚似水。日前那怨語，如今盡撇在東流水，如今盡撇在東流水。

2.【同前】好兒好女，兩情廝縮繫。如鸞鳳對雙飛，都誇道鄭州梨。當初許我青銅鏡兒。今番定有，一面也買歸家里，百面也買歸家裹。　　《張協狀元》53

3.【中吕過曲】淺斟緑蟻，且開懷休皺眉。行首把盞，奴奴也笑傳杯。何勞姐姐情意美？想人生有幾，對韶光滿目江山麗，飲春風拚却花前醉。　　元傳奇《劉盼盼》，《正始》頁 442

4.【中吕過曲】謝得深意！見説心下喜。朝歡暮樂排佳會，和伊填詞和曲吟詠詩。愁懷自舒，雙雙盡老諧今世，雙雙盡老諧今世。

元傳奇《吴舜英》，《正始》頁 443

5.【中吕過曲】許多奇卉，嫩柳金縷垂。夭桃豔杏，并玉李紫徘徊。薔薇錦帶，金鳳散水。海棠笑靨兒，高低爛熳如鋪綺，高低爛熳如鋪綺。　　元傳奇《崔護》，《正始》頁 443

6.【中吕過曲】相公傳臺旨，開筵宴等多時。綵樓已擲，逢佳配趁良時。一雙兩好，如魚似水。珠翠列兩行，笙歌擁入蘭堂裏，笙歌擁入蘭堂裏。

7.【中吕過曲】已覺醺醺醉了，夜報瓊籤。欄杆露冷，花夜合月嬋娟。笙簫弦管都收罷。明月再捻，清歌已罷桃花扇，清歌已罷桃花扇。　　元傳奇《吕蒙正》，《正始》頁 444

8.【中吕過曲】辦集船隻，……①　元傳奇《拜月亭》，《正始》頁 445

格式：4$_{\triangle}$，6 乙$_{\triangle}$。4，6 乙$_{\triangle}$。7$_{\triangle}$。4$_{\triangle}$，7$_{\triangle}$，7$_{\triangle}$。　　8 句

《正始》列第三曲爲正格，題注："此調首四格，此格爲正。但直似【滚繡球】句法，致彼久冒此名。"與此相同。列第四曲爲第二格，題

---

① 《沈譜》卷八、《新譜》卷八【中吕過曲・越恁好】、《寒山曲譜》之【又一體】録其全調，《沈譜》其辭云："辦集船隻，辦集船隻，指日達國門。漸行漸遠，親兄長知他死和存。愁人見説愁更新，欲言又忍。心兒裏痛點點如剜刃，眼兒裏淚滴滴如珠搵。"《寒山曲譜》與此僅正襯略異。

注:“第二句變五字,第三、四併爲七字一句,末句用疊文。儘有。”第二句變五字,《張協》次調即用此體;末句用前句疊文,《張協》二曲均已如此。列第五曲爲第三格,題注:“第二句與《吴舜英》同,第四句與《劉盼盼》同,第五句與下《吕蒙正》同,第六句增爲五字。”列第六曲爲第四格,題注:“首句變五字,餘皆《崔護》格。”尾批:“按古本之‘一雙’二句,正合《崔護》古體,今多改作‘如魚水’。非不可改,但知有《劉盼盼》格,而不知有《崔護》格也。”列第七曲爲第五格,題注:“第一句增爲六字,第二句減爲四字。”第八曲,【中吕過曲・滚綉球】尾批:“《拜月亭》之【越恁好】云云……”,並考訂辨正《沈譜》等時譜混淆諸曲的錯誤:“【滚綉球】(“滚”字原缺)之首四句句法,雖與【越恁好】之首四句相同,但其第五句下,似乎天壤。”

賺詞有【中吕・越恁好】,《事林廣記》辛集上卷【中吕宫・圓裏圓】《圓社市語》套【越恁好】首三句均作五字,第五句破作四字兩句,餘同。南曲有【中吕過曲・越恁好】。《舊譜》卷三引散曲“鬧花深處”爲例曲,與此不同。《沈譜》卷八、《新譜》卷八均列三體,與此首句後均疊一句:引第八曲《拜月亭》爲正格,第二句變五字;引《綵樓記》“告伊聽”爲【又一體】,第二句變五字,末句疊前句;又以散曲“鬧花深處”爲【又一體】,題注:“又名【走山畫眉】。”尾批:“此調創見于此曲,……後《江東白苧》及《玉合記》皆用此體,而今人漸不知有前二曲之古調矣。然此調畢竟無來歷,又恐犯别調,難以查明,終不可用也。”《新譜》眉批:“馮更此曲名【滚綉球】。”此正是《正始》所批評者。《定律》卷六、《簡譜》卷六引《太平錢》“海宫深處”爲例曲,與《拜月亭》“辦集船隻”體,僅合頭末二句破作“2,6 乙$_{\triangle}$;2,6 乙$_{\triangle}$”四句,餘均同。《簡譜》尾批:“此調有二體,皆在聯套内,而性質不同。一則如此曲格,用在情節急遽時;一爲疊字格(以散曲“鬧花深處”爲例曲,别名【走山畫眉】),用在排場熱鬧時,句法也大不相同。此曲合頭四句應對,……此曲入【粉孩兒】套,疊字格入【泣顔回】套也。”李九我批評《破窑記》第四齣《綵樓選婿》存此調四支,然題【恁地好】;以第六曲爲首調,與此以末五句入合頭,末句不疊;未録第七曲。

此曲出賺詞,戲文承之,有所變化;傳入南曲,則多以變爲正。

【紫花兒序】

似這般失業,似這般逐浪隨波,忍冷耽饑。來到這圍墻直下,柳樹周迴。向這,河中搠的長流水。洗了面皮,掠得我鬢髮伶俐,着些個吐津兒潤了,撥浪便入城池。《錯立身》12

格式:4,4,$4_{\triangle}$。4,$4_{\triangle}$。2,$7_{\triangle}$。$4_{\triangle}$,$4_{\triangle}$,4,$4_{\triangle}$。　11句

據錢南揚《校注》,此爲北曲。考訂之,僅第六句失韻,第八句後增四字一句,餘均合律。鄭騫《北曲新譜》卷十一【紫花兒序】注:"第九句下可增一句,照第八句平仄。"亦多有之。徐沁君師改作"第八句下可增一句",正與此合。

此曲出北曲,戲文移用之,用增句格。

【喬合笙】

1. 群花破蕋,破(此字原奪)蕋紅白競粧,無限(原作"恨")春光明媚。香醪韻恁奇,不須推拒。(和)共陪笑語,君還有意,作畫欄爲花主。

2. 【同前】官人看取,看取蜂蝶對對,相逐花間遊戲。何妨對此時,猛拚沉醉。(和同前)《小孫屠》3

格式:$4_{\triangle}$,6,$6_{\triangle}$。$5_{\triangle}$,$4_{\triangle}$。$4_{\triangle}$,$4_{\triangle}$,6 乙$_{\triangle}$。　8句

第二句首兩字與第一句尾兩字同,用頂針格。和,錢南揚《校注》:"即合頭之'合',音近通借。"是。

"合笙",一名"合生",在唐爲歌舞小戲,在宋爲曲藝類"說話"。諸宮調有【仙吕調・喬合笙】,七言八句,與此不同。南曲有【中吕過曲・合笙】,與此不同,亦與諸宮調不同。《新譜》卷八題注:"北曲有【喬合笙】,南曲無'喬'字。"然考鄭騫《北曲新譜》、徐沁君師《元北曲譜簡編》等,均未見【喬合笙】,無從考校。

此調出於諸宫調，戲文採録之，已多轉換，故名同實異，後亦失傳；南曲有【合笙】，當另有淵源。

【黄鐘尾】

如今未遭際雲(此字原奪)漢風雷信，有一日得到家鄉桃李春。打旋回來分，參拜了母親，答謝了衆神，便受了奔波正的本。

《小孫屠》7

格式：7△，7△。5△，4△，4△，7△。　　6句

此曲牌原缺，據錢南揚《校注》補。

北曲有【中吕・黄鐘尾】，其正格與此小異：從第三句應作三字句，多少不拘，但需對偶雙數，此合三字兩句作五字一句；第四句應作七乙，此破作四字兩句。

錢南揚《校注》標明此曲爲北曲，當是戲文移用北曲，却用變格。

【雁兒落】

誰同鶯燕期(此字原奪)？誰展鴛鴦被？誰雙斟鸚鵡觴？誰匹配鸞鳳對？

《小孫屠》9

格式：5△，5△。6乙，6乙△。　　4句

北曲有【雙調・雁兒落】，其正格與此僅末兩句作五字，餘同。《全元戲曲》卷九以末句"鸞鳳"作"鸞凰"："平仄不協，今改。"然錢南揚《校注》仍依原文，從之。

錢南揚《校注》已標明此爲北曲，戲文移用之，却用變格。

【絳都春】

1.【黄鐘引子】緣慳分淺，未曾遇可人，風流才子。今朝得遇真

奇俊，心中喜。渾如前世曾結會，便覺有十分親意。酒邊席上，眉尖眼底，兩情和美。　　元傳奇《薛芳卿》，《正始》頁 38

2.【黄鐘引子】擔受煩惱，……①　　元傳奇《拜月亭》，《正始》頁 38

格式：4，5 乙，$4_{\triangle}$。7，$3_{\triangle}$。$7_{\triangle}$，7 $乙_{\triangle}$。4，$4_{\triangle}$，$4_{\triangle}$。　　10 句

《正始》列第一曲爲正格，題注："與詩餘少别。"尾批："此【絳都春】引子，多與過曲相似，蓋因祖合詩餘體耳。且今蔣、沈二譜，亦皆收元傳奇《拜月亭》云云一調，亦與過曲無異。余今細查元譜，見有元傳奇《薛芳卿》一引，與過曲少别，儘可爲式。願今撰者效之，庶免過曲與引子無别。"

萬樹《詞律》卷十六有【絳都春】，雙片，其上闋與此僅將第四句破作"4，4"兩句，餘同。北曲有【越調·絳桃春】，即【小桃紅】之異名，與此不同。南曲有【黄鐘引子·絳都春】，《舊譜》卷五、《沈譜》卷十四、《新譜》卷十四均以《正始》所論之《拜月亭》"擔受煩惱"爲例曲，即用詞調。《沈譜》題注："與詩餘同，但無换頭。"南曲又有【黄鐘過曲·絳都春】，《舊譜》卷五、《沈譜》卷十四、《新譜》卷十四均引《西厢記》"團團皎皎"爲例曲，與此將第四、五兩句改作"4，$7_{\triangle}$"兩句，餘與此同。《沈譜》改題【絳都春序】，題注："或無'序'字，即混於引子矣。"《新譜》承之。

此曲出詞調，戲文傳之，略有變化；南曲承之，復用詞調。

【疏影】

1.【黄鐘引子】光陰荏苒，歎孩兒去後，愁病相兼。爲念窮親，迎歸别院，佇看苦盡回甜。粗衣糲食心無歉，借□居怕惹憎嫌。欲赴春闈，暫抛親舍，凶吉難占。　　元傳奇《王十朋》，《正始》頁 38

① 《舊譜》卷五、《沈譜》卷十四、《新譜》卷十四存録此曲，《新譜》其辭云："擔受煩惱，豈容易共伊，得到今朝。有分憂愁，無緣恩愛，何時了。他那裏長吁短歎我也心自曉，你有甚真情深奥？只爲這禮法所制，人非土木，待説來難道。"

2.【黄鐘引子】……圖畫難染。　元傳奇《京娘怨》,《正始》頁 39

格式:$4_{\triangle}$,5 乙,$4_{\triangle}$。4,4,$6_{\triangle}$。$7_{\triangle}$,7 乙$_{\triangle}$。4,4,$4_{\triangle}$。　11 句

《正始》列第一曲爲【黄鐘引子】例曲,眉批:"'借'字下原脱一字,俟讀。"尾注:"此末句用平煞,有元傳奇《京娘怨》仄煞云云。"

【疏影】是姜夔所創之詞。據萬樹《詞律》卷十九,雙片,其上闋十句,與此僅將末三句作"7 乙,$6_{\triangle}$"兩句,餘同。南曲有【黄鐘引子·疏影】,《舊譜》卷五、《沈譜》卷十四、《新譜》卷十四均引《荆釵記》"韶光荏苒"爲例曲,與此同格。《沈譜》題注:"與詩餘微有不同。"南曲另有【黄鐘過曲·疏影】,與此不同。

此曲出自詞調,戲文承之,略有變化;傳入南曲。

【畫眉序】

1.【黄鐘過曲】與民歡,慶賞元宵廣排筵。會簪纓朱履,貴戚三千。座列着公子王孫,簇擁處嬌娥粉面。太平無事人樂業,黎民盡歌歡宴。　元傳奇《趙氏孤兒》,《正始》頁 74

2.【黄鐘過曲】欲成鸞鳳交,甚物將人夢驚覺?是誰家庭院,故把琴調?方才待弦續鸞膠,誰想道風吹别調?静聽句意十分妙,光風霽月逍遥。　元傳奇《西厢記》,《正始》頁 74

格式:$3_{\triangle}$,$7_{\triangle}$。5 乙,$4_{\triangle}$。7 乙,7 乙$_{\triangle}$。7,$6_{\triangle}$。　8 句

《正始》列第一曲爲正格,尾注:"此末句仄煞。"列第二曲爲第二格,題注:"首句增爲五字,此格頗多。"尾注:"此末句平煞。"尾批:"此調之變,止在第一、第二句。第一句三字者雖有之,然五字者更多,甚至猶有六字者。……今只據《蔡伯喈》之'攀桂步蟾宫'四曲可知矣。"錢南揚《元本琵琶記校注》第十八齣存此四曲,首曲第一句即作"扳桂步蟾宫",可資參考。

南曲有【黄鐘過曲·畫眉序】,《舊譜》卷五、《沈譜》卷十四、《新譜》卷十四、《寒山堂譜》卷五均即引第一曲爲正格;《寒山堂譜》尾批:

"'粉'字改平聲,更叶。第五、第六是一聯。"《大成》卷七十引爲【又一體】,尾批:"五字起句者,時尚通行;……三字起句者,係古體;……變作六字起句者,乃南北合套格。"《沈譜》引第二曲爲【又一體】,題注:"或有帶【黄鶯兒】者,以失體,故不録。"《新譜》引明散套爲【又一體】,眉批:"此與原本《古西厢》調同。"

此曲出戲文,南曲承之。

【絳都春序】

1.【黄鐘過曲】朔風剪水,見觸目,是處瓊花飄墜。六出霏霏,珠璣碎,遍人世。瓊林玉樹各裝綴,更無限青山失翠。(合)倚闌凝佇,偏宜對景,唱歌沉醉。

2.【前腔换頭】是處,江天萬里,遍遐邇,更没行人蹤迹。滿目樓臺,同一色,畫圖裹。子猷昔日偏乘輿,剡溪棹扁舟歸去。(合前)

元傳奇《瓦窑記》,《正始》頁 88

3.【黄鐘過曲】團團皎皎,見冰輪晃然,初出海嶠。仔細思量,怎地教人長不老?兀自月過十五光明少,忍負我青春年少?滿懷心事,一春怨恨,有誰知道。　元傳奇《西厢記》,《正始》頁 89

4.【黄鐘過曲】……夜夜佳期。元傳奇《宣和遺事》,《正始》頁 90

5.【黄鐘過曲换頭】情願,圖伊貴顯,豈料到,家中驀生禍亂。小叔堪悲,爲着奴家遭刑憲。婆婆痛苦腸應斷,怎知道被强徒奸騙?得來於此團圓,母子弟兄歡忭。

元傳奇《何推官》,《寒山堂譜》卷五頁 698 上半葉

格式:4△,3,6△。4,3,3△。7△,7乙△。4,4,4△。　11句

《正始》列第一曲爲正格,題注:"與詩餘少異。"尾批:"此格因其有【换頭】,故收之。若據其章句,直與《李寶》格引子,止争第二、第三之句節,餘皆異。作詞者必不可以此爲式,當從下格《西厢》體爲是。不然,引子、過曲無别矣。"可知元傳奇《李寶》亦有【黄鐘引子·絳都春】,然諸譜不存,甚憾,不然可增一對照曲式。第二曲原題【前腔】,

与此首增二字一句，據《沈谱》改。列第三曲爲第二格，與此第二、三兩句作“5 乙，$4_{\triangle}$”，第五、六兩句併作七字一句，餘同。題注：“與詩餘同。”其實仍有小别：第五句詞律破作“4，$3_{\triangle}$”兩句。《正始》尾注：“此調與上格末句皆仄煞。”尾批：“元傳奇《宣和遺事》平煞云云。”第五曲較第二曲，併第六、七兩句作七字一句，末三句併作六字兩句，餘同。

南曲有【黄鐘過曲・絳都春序】。《舊譜》卷五、《沈譜》卷十四、《新譜》卷十四、《定律》卷一均引第三曲爲例曲。然《舊譜》題【絳都春】。《沈譜》題注：“或無‘序’字，即混於引子矣。”是。《定律》以末三句作(合)。《沈譜》又引《白兔記》“堪覷”爲【絳都春换頭】例曲，與第五曲同格。《新譜》承之，則易名【絳都春影】，題注：“原作【絳都春换頭】，今改定。”爲集曲：首用【絳都春换頭】《何推官》格前八句，末二句改作“2，5 乙，$4_{\triangle}$”，用【疏影】末三句。《定律》引第二曲爲【前腔换頭】，句字略有變化。《寒山堂譜》卷五、《寒山曲譜》以第三曲爲正格，均題【絳都春】，《寒山堂譜》尾批：“第五句不用韻亦可，‘海’字切不可作平聲。”以第五曲爲【其二】，實即【前腔换頭】，尾批：“第三、第四曲格同此。【换頭】，舊譜收《白兔》一曲，細玩之，乃犯【瑣窗寒】者，若扭作本調，‘鼻中’二句唱斷，誤犯【疏影】，甚不妥。”考校之，《舊譜》卷五【黄鐘引子・絳都春】以《拜月亭》“擔煩受惱”爲例曲，【黄鐘過曲・絳都春】以此第三曲爲例曲，未見《白兔》之例曲；以《白兔記》“堪覷”爲例曲，始見於《沈譜》，則其所言“舊譜”，當即指《沈譜》而言，非論蔣《譜》。其以第一、二兩曲作【又一體】與【其二】，即上言“第三、第四曲”，題“元傳奇《綵樓記》”，尾批：“【其三】【其四】與此同。舊譜失收。此格第五句比前格不同，但皆是元曲，不可廢也。‘輿’字當用韻。”此謂前之諸譜失收《綵樓記》曲，非言失收其格。《大成》卷六十九引此前二曲，均題【又一體】，署《綵樓記》，與此同。尾批：“凡四字起句者，爲正格；二字起句者，舊名【换頭】也。”是。校之李九我批評《破窑記》第十一出《夫人憶女》，以“彤雲四起”爲引子【絳都春】，後有【絳都春序】四支，此第一、二兩支即爲前兩支，句字略有變化；【换頭】均二字起句。

此曲出詞調【絳都春】，戲文承之，略有變化，題名【絳都春序】；南曲傳之，其名與引曲頗相混亂，至清初方逐步釐別區分。

【絳都春犯】

1.【黃鐘過曲】【絳都春序】彤（原作“同”）雲布密，見四野儘是，銀裝玉砌。迸玉篩珠，只見柳絮梨花在空中舞。長安酒價增高沽（原作“貴”），見漁父披蓑歸去。（合）【疏影】鼻中，只聞得梅花香，要見並無覓處。

2.【換頭】【絳都春序】堪覷，青山頓老，見過往行人，迷蹤失路。下幕垂簾，酌酒羊羔歌白苧。紅爐獸炭人歡聚，怎知道街頭有貧苦？（合前）　　元傳奇《劉知遠》，《正始》頁 91

格式：$4_{\triangle}$，5，$4_{\triangle}$。4，$7_{\triangle}$。$7_{\triangle}$，7 乙$_{\triangle}$。2，5 乙，$4_{\triangle}$。　　10 句

集曲，前用【絳都春序】《西厢記》格首七句，後用【疏影】末三句。

《正始》列第一曲爲正格，尾批：“此調之合頭而犯【疏影】，乃元譜之原題。”並詳論與【絳都春序】本調之不同，批評時譜添字改句，將此强行歸入【絳都春换頭】，另立一名的錯誤。

南曲有此調，然多誤題。《沈譜》卷十四引《西厢記》“團團皎皎”爲【黃鐘過曲・絳都春序】正格，而以此第二曲爲【黃鐘過曲・絳都春换頭】例曲，作隻曲。此即《正始》所批評的：“不收始調，僅收【换頭】一闋，而又添字改句。”終是混亂無緒。《新譜》卷十四則以此第二曲題【黃鐘過曲・絳都春影】，與此僅句字略有小異，題注：“原作【絳都春换頭】，今改定。”尾批：“此曲，坊本或題【絳都春】，或題【疏影】，當是二調合成，及查‘鼻中’以下，全不似【絳都春】，而與【疏影】正合，特改定之——以上馮注。予正疑末二句，文理句讀，與（《西厢》）‘滿懷心事’云云，句法絶不同，今始釋其疑耳。”其因馮夢龍注而釋疑，而馮稿實得益於鈕氏，故与《正始》同。《寒山曲譜》以第一曲爲例曲，然【絳都春序】作【絳都春】，【疏影】作【鎖窗寒】，尾批：“【换頭】不録。‘香’字用韻亦可。《舊譜》作正體，《新譜》犯【疏影】，皆不妥。”《定律》

卷一、《大成》卷六十九均引此二曲爲例曲。《定律》題【絳都春影】，與此僅句字略有小異；《大成》題【絳都春序】，爲隻曲。《大成》尾批：此二曲“諸譜皆入集調，惟《蔣譜》歸入正曲，其（合頭）‘鼻中’二字下有‘只覺’二字，作四字句者，非。仍依《蔣譜》歸於正曲，爲【又一體】。”今存《蔣譜》未見此曲著録，當有版本之異。《六十種曲》本《白兔記》第二齣《訪友》題此二曲爲【絳都春】。

此曲出戲文，南曲承之，因有隻曲與集曲的不同認識，故題署較爲混亂。當從《正始》。

【黄龍衮】

1.【黄鐘過曲】休將別淚彈，謾把愁眉斂。奪利争名，進取須當漸。路途迢遞，不免危險。才日暮，問路程，尋宿店。

元傳奇《王十朋》，《正始》頁 100

2.【黄鐘過曲】不肯負薄情，隨順教人笑。空使我沉吟，没亂羞難道。喜時模樣，愁時容貌。燈兒下，越看着，越俊俏。

元傳奇《拜月亭》，《正始》頁 100

3.【黄鐘過曲】才郎意堅牢，賤妾難推調。只恐容易間，恩情心事休忘了。海誓山盟，神天須表。辦志誠，圖久遠，同偕老。

元傳奇《拜月亭》，《正始》頁 101

4.【黄鐘過曲】賤妾告情郎，昔日曾相試。因共郎，月華宫宴奴得罪。怎知道郎別後，重得相會。從今後，永不許，相拋棄。

元傳奇《鄭信》，《正始》頁 102

5.【黄鐘過曲】一肚悶如癡，兩眼垂雙淚。萬苦千愁，攪亂心中無計。尊父休憂，孩兒當替。投大江，喪此軀，方可矣。

元傳奇《楚昭王》，《正始》頁 102

6.【黄鐘過曲】花小不禁春，嬌顫雙眸瞑。舌吐暗香，烏雲嚲眉山印。似鳳鸞貼翅，鴛鴦交頸。枕畔言，心内情，休薄倖。

元傳奇《詐妮子》，《正始》頁 102

7.【黄鐘過曲】三更三點催，鴛鴦戲漣漪。玉臂緊交，潤酥胸汗溶溶地。覺天昏地慘,參地一會。如癡醉,任寶髻偏,金釵墜。

元傳奇《寶粧亭》,《正始》頁103

8.【黄鐘過曲】娘行且暫離,休得生疑忌。須要今生,在天比翼。在地成連理,世間唯有恩情美。鸞皇舞,燕子飛,鴛鴦起。

元傳奇《西窗記》,《正始》頁103

9.【黄鐘過曲】寶月照人明,對月人歡忭。如在水晶宫,琉璃殿。美景良時,偏宜消遣。傾玉液,舉玉盞,頻頻勸。

10.【前腔】月影落杯中,酌酒須教淺。舉杯和月吞,愛月心無倦。……　元傳奇《宋子京》,《正始》頁103

11.【黄鐘過曲】潭潭府中居,潭潭府中居,金馬玉堂貴。趁此好景時,開樽宴樂同歡會。獸炭頻添,笙歌鼎沸。歌金縷,舞纖腰,斟緑蟻。　元傳奇《吕蒙正》,《寒山堂譜》卷五頁709上半葉

格式:5,5$_{\triangle}$。4,5$_{\triangle}$。4,4$_{\triangle}$。3,3$_{\triangle}$,3$_{\triangle}$。　9句

《正始》列第一曲爲正格,題注:"俗名【衮遍】。"尾批:"此格【黄龍衮】正體,與元傳奇《拜月亭》'不肯負薄情'同體。今人何以'不肯負薄情'一曲,添字改句而亂此古律原文耶?其試列原文於下爲證云云。"頁1035【仙吕入雙調過曲・犯衮】尾批引此末三句。列第三曲爲第二格,題注:"第三句減作三字,第四句增爲七字。下調《鄭信》一曲皆然可證。"尾批:"再備《鄭信》一調證之云云。"第四曲題注:"與上格同。"列第五曲爲第三格,題注:"第四句變爲六字。"列第六曲爲第四格,題注:"第四句雖亦六字,比上格不同。"列第七曲爲第五格,題注:"第四句變爲七字。"列第八曲爲第六格,題注:"第四與第五句互倒,第六句變爲七字。"列第九曲爲第七格,題注:"第三句增爲五字,第四句減爲三字。"列第十曲爲第八格,題注:"第三句亦五字,第四句仍五字。"尾批:"下皆同,不録。"《寒山堂譜》以第一曲爲正格,題注:"連重十句,四十一字。"較此疊用第一句,餘同。列第十一曲爲【又一體】,題注:"連重十句,四十二字。"較第四曲疊用首句,餘同。尾批:"此體比《舊譜》所收《拜月亭》一曲更叶。第一、第二句是一聯,第六、第七句是一聯,末後九字作三句,是扇面對。"

南曲有【黄鐘過曲・黄龍衮】,《舊譜》卷五引第二曲爲例曲,與此僅第四句作"迷留没亂羞難道"七字,餘同。《沈譜》卷十四、《新譜》卷十四、《定律》卷一引此第三曲爲正格例曲,首句疊一句,餘同。《沈譜》題注:"今人只作【衮遍】。"《重訂拜月亭記》第二十五齣《世隆成親》即題第二、三兩曲爲【衮遍】,與此僅第三曲末句作"做夫妻同偕到老"七字。《沈譜》《新譜》【又一體】則引第一曲爲例曲,《沈譜》題注:"今人多用此體。"眉批:"可惜'彈'字借韻。若改此字作廉纖閉口韻,則此曲盡善矣。"仍疊用首句,以下句字雖有差異,然句格同。《大成》卷七十題注:"一名【滚遍】。"引第一曲爲【又一體】,疊用首句,后之句字變化頗大。《簡譜》卷五引第一曲爲例曲,與此第一句用疊句,第三、四兩句作"背井離鄉,誰敢胡沾染",餘同。尾批:"此【黄龍衮】之正格也。'背井'二句,有作五字、七字者,是爲變格,如《幽閨》云:'只恐容易間,把恩情心事都忘了。'此格亦通用";"《大成譜》不分正襯,固非;《南詞定律》强爲分析,亦不得當,作者萬不可從。末後三字三句,平仄無定,惟結韻宜去聲。"《原本王狀元荆釵記》第十五齣用第一曲,題【滚遍】;《六十種曲》本《荆釵記》第十五齣《分别》用第一曲,均與《簡譜》所引大同小異。李九我批評《破窑記》第十一齣《夫人忆女》用第十一曲,亦題【滚遍】,首句不疊。

此曲當出宋大曲【降黄龍】,戲文裁截用之,轉换極大,已别爲一曲;南曲承之,又略有變化。

【喜無窮煞】

【黄鐘過曲】顯文明開聖治,□説孝男并義女,玉燭調和,聖主垂衣。　　元傳奇《蔡伯喈》,《正始》頁123

格式:6乙$_{\triangle}$,7$_{\triangle}$,4,4$_{\triangle}$。　　4句

《正始》題注:"'名傳四海'是其過曲。"尾注:"此實【黄鐘宫】之煞耳。"眉批:"'説'字上原脱一字,平仄皆可。"查錢南揚《元本琵琶記校注》第四十二齣《旌表》【永團圓】首句爲"名傳四海人怎比",後有此

曲，注："原混入【永團圓】，今據《九宫正始》册一【黄鐘】引析出。"又"説"字上"原本無此空格。"《六十種曲》本《琵琶記》第四十二齣未載此曲。

南曲有此調。《舊譜·尾聲格調》【喜無窮煞】題注："【中吕】高一格尾。'子規聲裹'尾文是也。"《沈譜》附録《尾聲格調》同。《新譜》卷二十六承之，載其曲文，爲七字三句，與此不同。《定律》卷一引此爲例曲，第二句首添一"共"字，末二句作八字二截一句。

此曲出戲文，南曲承之，長期竄出，間有變化，清初方得查歸。

【雁來紅】

1. 【正宫過曲】【朱奴兒】論窮通各自有時，惟吾心欲待預知。【雁過沙】想富貴人人欲，歎貧賤衆惡之，都是五行先定期。【朱奴兒】蒙不棄，特賜指迷，選高的留一位。

2. 【前腔】【朱奴兒】請吾兄略待片時，待卑人自有道理。【雁過沙】謾誇多才多藝，談破更有多侵異，徒得往回街市裏。【朱奴兒】你如是，雙雙步隨，要終日尋活計。　　元傳奇《瓦窑記》，《正始》頁 142

格式：7 乙$_{\triangle}$，7 乙$_{\triangle}$。5$_{\triangle}$，5$_{\triangle}$，7$_{\triangle}$。3$_{\triangle}$，4$_{\triangle}$，6 乙$_{\triangle}$。　　8 句

集曲。以【雁過沙】首三句改易【朱奴兒】第三、第四兩句。

《正始》列第一曲爲正格，題注："【雁過沙】從首句起。"尾批對時譜提出了批評："添字改句，以其前五句直作【雁過沙】，……末三句仍用【朱奴兒】。不知次曲首句亦【朱奴兒】，今備下爲證。"列第二曲爲第二格，題注："此格所犯【雁過沙】從第三句起。"此用【雁過沙】第三至第五句，與【越調近詞·雁過沙】《蔡伯喈》格同。

南曲有【雁來紅】，《舊譜》卷二、《沈譜》卷四、《新譜》卷四、《寒山曲譜》、《大成》卷三十二均以第一曲爲例曲：以前五句入【雁過聲】，如《舊譜》《寒山曲譜》；或入【雁過沙】，如《沈譜》《新譜》《大成》。《沈譜》眉批："《舊譜》誤作【雁過聲】。"後三句入【紅娘子】，《沈譜》卷四眉批："即【朱奴兒】之别名。"《寒山曲譜》即題【朱奴兒】。此正《正始》所批

評者。《大成》又引第二曲，題【兩紅雁】，以末三句入【紅娘子】。李九我批評《破窑記》第二齣《卜問前程》有此二曲，題【鳩采紅】，爲隻曲。然此題僅見於此，當是【雁來紅】之誤。

此曲出戲文，南曲承之，然於所集之曲的認識頗有歧義。

【雁過聲】

1.【正宮過曲】赤帝當權耀太虛，無半點南來熏風意，任吞冰嚼雪成何濟。扇頻揮，汗如珠，控持損玉骨冰肌。移身傍翠微，使兒童撼竹求風至，煩熱也得却片時。

2.【前腔第二換頭】日長困人，粉濕香膩，煽冰索冷不成寢。待更深，我和伊，向藕花清香深處。那時敢炎威稍息，水亭中齊唱黃金縷，沉朱泛緑飲數杯。　　元傳奇《唐伯亨》，《正始》頁 168

3.【前腔第二換頭】青松翠竹，幾多風味，凌霜傲雪爲侶，堅心共守何曾離。鳳林棲，老龍枝，過歲寒相偎相倚。（合）東窗我共伊，説些細話斟緑蟻，但三杯五杯情意美。

4.【前腔第三換頭】橙黃橘緑正宜，更那堪排著宴會，傍枝頭折取兩個團圓底。洞庭香，手頻捻，要剖開不覺躊躇。（合前）

元傳奇《東窗事犯》，《正始》頁 170

5.【正宮過曲換頭】終朝，院落静悄，縱然有鸞箋象管，龍香鳳篆（原作"喙"）無心好。有萬般愁，萬般焦，這擔兒端的是難挑。空教人易老，又那堪暮雨檐前哨，比着珠淚兒猶兀自少。

元傳奇《李玉梅》，《正始》頁 171

6.【正宮調近詞】榮華天付與，那更少年夫婦。風流豪貴，遇春光另是一般美。會王孫貴戚排佳會，相邀命友遊玩取。

7.【前腔第三換頭】寶馬香車，兩行珠翠。向海棠花下傳杯，奏笙歌逞着妖媚。口兒小，腰肢嫋娜脚兒細，攜手並肩多麗美。

元傳奇《趙氏孤兒》，《正始》頁 1076

8.【正宮調近詞】惜花春起早，錦纏道牡丹嬌。妒荼蘼香美，杏花天，粉蝶兒來還去。拚傾杯沉醉東風裏，月上海棠猶未歸。

9.【前腔第四換頭】催雪，凍雲密佈，瑶花四野飄墜。瀟灑映窗，梅枝横瘦，月華清疏影暗香。更凛冽刮地風北起，羅帳裏訴衷情意美。

元傳奇《蘇小卿》，《正始》頁 1077

10.【正宫過曲】昨天際晚時，見小叔背負，員外回歸。穿一百衲破衣，睚睚瘦得不中覷，鐵心腸見了珠淚垂。一飯未曾舉箸，員外酒醒喝起，便道他偷了環兒。更不分説幾句，便拳跌亂打逐出去，破窑内受苦伊怎知。

11.【前腔換頭】小叔，知禮攻書，又怎肯懷着惡意。信他人搬喋是非，把親生兄弟逐出去，每日歡解不聽取。同胞共乳，手足之義，割捨得輕棄，將家私持長不分取。小官人，曉詩書，知禮義，盡讓兄不肯説。他又何嘗説是説非，論得來又誰是誰不是，何日勸得心意回也。

元傳奇《殺狗勸夫》，《寒山堂譜》卷二頁 669 下半葉

格式 1:$7_{\triangle}$,$7_{\triangle}$,$7_{\triangle}$。3,$3_{\triangle}$,7乙$_{\triangle}$。5,$7_{\triangle}$,$7_{\triangle}$。　9 句

2:$5_{\triangle}$,$6_{\triangle}$。$4_{\triangle}$,$7_{\triangle}$。$7_{\triangle}$,$7_{\triangle}$。　6 句

前五曲和末二曲用式 1，爲【正宫過曲】；中間四曲用式 2，爲【正宫調近詞】。

《正始》列第一曲爲【正宫過曲】正格，題注："與【正宫·雁過聲】不同。"尾批："【雁過聲】一調，一在九宫【正宫】，一在十三調【正宫調】。九宫【正宫】者，無換頭，無變體；【正宫調】者，有換頭，有變體。凡【正宫】九宫【雁過聲】調數，必借【正宫調·雁過聲換頭】起處，二三句下即仍用本宫句法全之。此其定式。若據【正宫調·雁過聲換頭】，例有三闋，然其每闋各成一體者也。比其第二闋體，即《蔡伯喈》之'思量，幼讀文章'是也。比其第三闋體，亦即《蔡伯喈》之'幾回夢裏，忽聞雞唱'是也。比其第四闋體，即元傳奇《東窗事犯》之第三曲云'橙黄橘緑'云云是也。按此【雁過聲】套數，據元人每用第三、四【換頭】，絶不及第二體，今只據此《唐伯亨》及下格之《東窗事犯》可知矣。"第二曲題注："首兩句借【正宫·雁過聲第三換頭】句法，七句變。"尾批："【前腔第三換頭】全用【正宫調·雁過聲】之第二換頭，今不録。"列第三曲爲第二格，前行注："此始調與上《唐伯亨》同體，不

録，止録【换頭】二格。"題注："首三句借【正宫調・攤破第一】始調句法。亦名【攤破雁過聲】。"頁178【正宫過曲・漁家喜漁燈】尾批引此前兩句。第四曲題注："首二句借【正宫調・雁過聲第四换頭】句法。"列第五曲爲【换頭】第五格，題注："首二句借【正宫調・攤破换頭】句法，亦名【攤破雁過聲】。"尾批："此係古本原文，且其原題曰【攤破雁過聲】，非【雁過聲】之换頭耳。按【攤破第一】之【换頭】，其首二句律應仄韻。"《寒山堂譜》以第十曲爲正格，題注："一名【陽關三疊】。十二句。"與此不同。以第十一曲爲【其二】，實【前腔换頭】。題注："十六句。"尾批："此體與《琵琶》《教子》諸曲，絶不相同，但末二句稍似耳。此係元曲，不可廢棄也。《舊譜》失收，今故補入。"以第一曲爲【又一體】，尾批："末二句用一聯，成句更妙。"以第五曲爲【其二】，題"元散曲《奇選凝雲》"。

《正始》列元散套《現團團桂輪》爲【正宫調近詞】正格，首四句作："5乙$_{\triangle}$，5乙$_{\triangle}$。6$_{\triangle}$，7乙$_{\triangle}$。"題注："又名【賽鴻秋】，又名【大擺袖】。與九宫【正宫・雁過聲】不同。"列第六曲爲第二格，題注："首句及第四句句節不同，第二句與第三句句法不同。"尾批："此【第二换頭】與上之'現團團桂輪'之【第二换頭】同，不録。"列第七曲爲【第三换頭】第三格，題注："第四句下增三字一句，且【合頭】另用文。第四闋乃【攤破第一】，另録後。"列第八曲爲第三格，題注："首句與《孤兒》格同句節，第二句變六字二截，第四變上三下五二句。"列第九曲爲【前腔第四换頭】第四格，題注："第四變八字二句，末句雖七字，句節不同。"

南曲有【正宫過曲・雁過聲】，《旧谱》卷二、《沈谱》卷四、《新谱》卷四、《定律》卷二、《大成》卷三十一、《簡譜》卷五均以第一曲爲例曲，均題"散曲"，誤。尾批多詳細討論諸譜對於【雁過聲】【賽鴻秋】【陽關三疊】【攤破賽鴻秋】【大擺袖】【攤破第一】等曲交叉互易的現象。《沈谱》、《新谱》引《周孝子》"思之这一筹"为【又一體】，《新谱》眉批："此五字句起。"《沈谱》《新譜》《大成》又引第五曲为【雁过声换頭】例曲，署"散曲"。《定律》又以第十曲爲【陽關三疊】正格，以第十一曲爲【前腔换頭】，然僅截取前六句成曲，而以第十一曲後十一句作【攤破第一】。《大成》引第十曲，破作六句體二支，均題【又一體】。尾批：

“此曲别名頗多,其格最雜,故諸譜將【又一體】或注【塞鴻秋】,或注【攤破第一】,或注【陽關三疊】,紛紛不一。與其分析不當,何如歸於一體爲是。”《簡譜》尾批:“此曲是首曲格。傳奇套數内,所用【雁過聲】,皆【换頭】格也。别名至多,……紛紛不一,諸譜分析皆未當也。‘移身’句實止四字,……余故從《定律》作襯。此曲七字句至多,作時並不難,惟語語要韻。……余謂以【雁過聲】列首曲時,當用全牌兩支(首支及换頭同用),若在套數内,則止用【换頭】可矣。”此説較爲簡明。然與《正始》尾批對讀,已與戲文漸行漸遠,且不及【正宫調近詞·雁過聲】。《全元戲曲》本《東窗記》附録引第四曲,以第三句首三字“傍枝頭”爲曲牌名,僅見於此。俞爲民《殺狗記校注》第十五齣《妻妾歎夫》有第十、十一兩曲,與此句格、句字略有變化。《重訂趙氏孤兒記》第十一齣《閨幃叙樂》有【雁過沙】四支,第六、七兩曲爲首曲與第三曲,題署與此不同,句字小異。

此曲出戲文,已多異體;南曲承式1,在規範的同時,又産生了不同曲調之間的混淆;式2後已不傳,或已併入【雁過沙】。

【雁漁錦】

【正宫過曲】【雁過聲全】思量那日離故鄉,記臨歧送别多惆悵,攜手共那人不厮放。教他好看承,我爹娘,料他們應不會道忘。聞知饑與荒,只怕捱不過歲月難存養,若望不見信音却把誰倚仗?

元傳奇《蔡伯喈》,《正始》頁174

南曲有此調。《舊譜》卷二、《沈譜》卷四、《新譜》卷四均作總名【雁魚錦】,集五曲而成。《舊譜》題注:“【雁過聲】,【二犯漁家傲】,【二犯漁家燈】,【喜漁燈】,【錦纏道】。”《沈譜》題注:“後四段,每段末二句俱犯【雁過聲】。”第五曲改題【錦纏道犯】。《新譜》承之,改題第四曲爲【喜漁燈犯】。【雁漁錦】是以五支曲牌按照固定規則組成的一組

“夾套曲”[①]。【二犯漁家傲】【二犯漁家燈】【喜漁燈】僅存於【雁漁錦】套曲之中，未見獨立使用。《新譜》眉批：“馮稿將全曲每段剖截分注，其對證多牽合，未妥。予意作者只從原式，歌者終守舊腔，足矣。不必細求。”其實馮夢龍正是沿着《正始》的路數，將所集五曲分列的。《正始》題後四曲爲【二犯漁家傲】【雁漁序】【漁家喜雁燈】和【錦纏雁】，並詳作評析。《寒山曲譜》、《定律》卷二、《大成》卷三十二、《簡譜》卷五則均以【雁漁錦】爲名，分爲五段，不再分題析調，列此爲【一段】。《大成》尾批：“【雁魚錦】曲，創自《琵琶記・思鄉》齣，後人皆效之。原刊本爲【雁魚錦】，分作五段。遍閱諸譜，將第一段爲【雁過聲】全，其下四段皆爲集曲。但集曲中無全闋之理，應將第一段亦作集曲爲是。大概所集之曲，句讀要自然，如是始爲妥協。”言之有理，却是以後世之規範要求前代始曲了。《簡譜》介紹了明清傳奇使用此曲情況，論述了各譜之勘定及貢獻，“分列五段，復細注小牌，集各譜之長，以立一定式”。可資參考。

此爲【雁漁錦】第一支曲，雖用【雁過聲】全調，此不併入【正宮過曲・雁過聲】，存其舊名，且不列格式，庶免重複。

【雁漁序】

【正宮過曲】【雁過聲換頭】悲傷，鷺序鵷行，【漁家傲】怎如烏鳥反哺終能養。【傾杯序】漫把金章，綰着紫綬，試問斑衣，今在何方？斑衣罷想，縱然歸去，又怕帶麻執杖。【雁過聲】只爲那雲梯月殿多勞攘，落得淚雨似珠兩鬢霜。

元傳奇《蔡伯喈》，《正始》頁 176

格式：$2_{\triangle}$，$4_{\triangle}$，$7_{\triangle}$。$4_{\triangle}$，4，4，$4_{\triangle}$。$4_{\triangle}$，4，$4_{\triangle}$。$7_{\triangle}$，$7_{\triangle}$。　12 句

集曲。首用【雁過聲換頭】前兩句，次用【漁家傲】第四句，再次用

---

① “夾套曲”是鄭騫討論北曲【九轉貨郎兒】時所用的概念：“成爲一定組織，不得增減移易，亦未見摘用。”是一個完整、穩定的曲組，夾用於一個套式之中。參見其《北曲新譜》頁 50。

【傾杯序】第三至第九句，尾用【雁過聲】末兩句。

《正始》題注："俗名【二犯漁家燈】。'燈'字何屬？"尾批："【漁家燈】即犯調矣，何又有他犯乎？且'燈'字亦無謂。按：今古本之【傾杯序】，不惟仍在本宫，且又統聯七句四字，妙極。"

南曲有此調，《舊譜》卷二、《沈譜》卷四、《新譜》卷四均以此曲爲例曲，《舊譜》《沈譜》《新譜》題【二犯漁家燈】，入【雁漁錦】夾套曲，未分題析調，句字亦略有差異。《寒山曲譜》、《定律》卷二、《大成》卷三十二則均題【雁漁錦】之【三段】。

此曲出戲文，南曲承之，更易其名。

【黄薔薇】

【正宫過曲】萱親不愛憐，焦聒性如火。況奶娘日夜挑唆，搬鬬得我家不和。王祥竭力孝情多，甘心受折磨。①

元傳奇《王祥》，《正始》頁 223

格式：5，$5_{\triangle}$。7乙$_{\triangle}$，7乙$_{\triangle}$。$7_{\triangle}$，$5_{\triangle}$。　　6句

《正始》頁 925【仙吕入雙調過曲・錦上添花】尾批引此末二句，同頁又引第五句。

北曲有【越調・黄薔薇】，與此不同。《舊譜》不載此調，《沈譜》卷四、《新譜》卷四、《寒山堂譜》卷二、《定律》卷二、《大成》卷三十一均用此曲爲例曲，然俱作【薔薇花】之【又一體】。《沈譜》題注："調名恐有訛。"是。戲文另有【薔薇花】，别是一調。

此曲出戲文，南曲承之，與【薔薇花】已併作一調。

---

① 《風月錦囊・全家錦囊》卷十五《王祥・夫(原作"交")妻相别》亦録此曲二支，題【薔薇花】，與此大異，其始調辭云："偏親有愛憎，焦刮性如火。更奶婆日夜用心搬唆，門庭自此多招禍。受盡禁持萬種磨，朝夕裹無計奈何，只得是甘心守孝願(原作"原")家和。"

【番卜算】

【仙吕引子】兒女話難聽，使我心疑惑。暗中思忖覺前非，有個團圓策。　　元傳奇《蔡伯喈》，《正始》頁 264

格式：5，5$_{\triangle}$。7，5$_{\triangle}$。　　4 句

《正始》尾批：“此與【卜算子】别，止在第三句。【卜算子】第三句‘仄仄平平仄仄平’，此第三句‘仄平平仄仄平平’，故爲【番卜算】。”

南曲有此調，《沈譜》卷一、《新譜》卷一均引此爲例曲。《沈譜》眉批：“第一、第三句不必用韻。”《新譜》眉批意同《正始》尾批，説明曲名來歷。《定律》卷四引《玉合記》“手握赤麟符”爲例曲，與此同格。錢南揚《元本琵琶記校注》第三十二齣《牛相派人接伯喈家眷》有此曲。同劇第二十六齣《五娘葬公婆》有【卜算先】【卜算後】兩曲，實是將【番卜算】四句分作兩段而成，則此可破段而歌。

此調出於戲文，南曲承之。

【番鼓兒】

1. 【仙吕過曲】委付你，委付你，今夜三更至。到城南破瓦窑内，見那喬才，便把鋼刀殺取。了事回來，那其間多多謝你。魆魆離門兒，更隄防隔墻有耳。　　元傳奇《殺狗記》，《正始》頁 284

2. 【仙吕過曲】恁諸軍，恁諸軍，疾速忙前進。并力夾攻，教他聞風怕影。手持刀劍，潑無徒敢來對陣。活捉與生擒，得戰時凱歌回程。　　元傳奇《劉智遠》，《正始》頁 284

3. 【仙吕過曲】老小人，年已七十歲，七十歲。奉朝廷宣行敕命，事屬安危，恨不得肋生雙翅。兩頭白，日多只行三里五里。火速便馳驛，等回音星飛電急。　　元傳奇《拜月亭》，《正始》頁 285

4. 【仙吕過曲】聽使令，汝等用勤謹。又豈敢有違尊命，有一佳人，在此荒村幽静。異日身榮，管取名傳達帝京。頃刻領兵至，村居

安然莫擔驚(原作“誤”)。　　　　元傳奇《瓦窰記》,《正始》頁 286

格式:3△,3△,5△。7 乙,4,6△。4,7 乙△。5,7 乙△。　　10 句

《正始》列第一曲爲正格。列第二曲爲第二格,題注:“減去第四七字一句。”列第三曲爲第三格,題注:“時本疊首句,古本疊次句。”尾批:“時譜曰:‘老小人’,乃金元時俗語。今或改作‘念老臣’,誤矣。要知疊首句、次句無不可,時譜以疊次句爲非,固矣。且又以‘火速’二字爲疊句,益無據矣。”此曲較正格,僅第二、第三兩句互易,餘同;然第七句末字“日”據格當屬上文,此屬下文,求文意曉暢。此典型地體現了文章與格律的矛盾。列第四曲爲第四格,題注:“首句、次句俱不疊文,且第七與末句皆變。”尾批:“‘擔誤’二字,疑誤。或曰‘駭驚’。”末字當叶,故取後一說。

南曲有【番鼓兒】,《舊譜》卷一、《簡譜》卷六用第一曲爲例曲,《沈譜》卷一、《新譜》卷一、《寒山堂譜》卷一均以第三曲爲例曲,疊首句。《正始》議論,即針對《沈譜》而發。《定律》卷四以第一曲爲【前腔】,第九句再疊“魆魆”二字,餘同;以第二曲爲【又一體】,又以第四曲爲【又一體】,疊用首句,署《綵樓》,餘均與此同。《大成》卷三存録第四曲,承《定律》。《簡譜》尾批:“此調專用净丑口吻,係快板曲,萬不可用詞藻。此爲正格,尚有删減一體,如《白兔》云云,……他如《拜月亭》《綵樓記》等曲,《定律》以爲【又一體】者,實則皆同,不贅。”

此曲出戲文,南曲承之,略有變化。

【喜還京】

1.【仙吕過曲】鑼鼓鑼鼓聲催,施逞百戲,抹土搽灰。做硬鬼,看舞傀儡。傀儡呈院本,身分恢諧越樣美。

元傳奇《耿文遠》,《正始》頁 290

2.【仙吕過曲】去到書闈,見他時,再三申(原作“伸”)意。休辜負,暗約幽期。咱和你,暫且今宵分袂,到明日别作道理。

元傳奇《薛芳卿》,《正始》頁 290

3.【仙吕調近詞】念我到此中途裏,……①

元傳奇《吕蒙正》,《正始》頁 1115

格式 1:$6_{\triangle}$,$4_{\triangle}$,$4_{\triangle}$。3,$4_{\triangle}$。5,$7_{\triangle}$。　　7 句

2:$7_{\triangle}$,……

前兩曲用式 1,爲【仙吕過曲】。第三曲用式 2,爲【仙吕調近詞】。

《正始》列第一曲爲正格,題注:"與【仙吕調・喜還京】不同。"列第二曲爲第二格,題注:"與上格絶不同。"然繼承轉换之迹明顯。《正始》頁 1115 有集曲【仙吕調近詞・喜漁燈】,引明散套爲例曲,首用【喜還京】前兩句,尾批:"此調與元傳奇《吕蒙正》之云云同體。"【仙吕調近詞・喜還京】則引明傳奇《黄孝子》"黄郎漸長"爲例曲,題注:"與【仙吕宫・喜還京】不同。"參見《附録三》。《寒山堂譜》卷一列《黄孝子》爲【仙吕過曲・喜還京】之【又一體】,尾批:"此曲與【三囑咐】大同小異,與前體(第一曲體)不同,殊可怪也。"

唐・崔令欽《教坊記・曲名》有【喜還京】,《全唐五代詞》中無此調,《全宋詞》亦無此調,無從檢校。南曲有【仙吕過曲・喜還京】,《舊譜》卷一、《沈譜》卷一、《新譜》卷一、《寒山堂譜》卷一、《定律》卷四、《大成》卷三、《簡譜》卷六均以第二曲爲例曲,題《東墻記》。《大成》以第一曲爲【又一體】,署"散曲",誤。尾批:"【喜還京】,諸譜有以《節孝記》【三囑咐】第二曲'黄郎漸長年弱冠'扭作【喜還京】者,大謬。"較之《正始》與諸譜,入【仙吕調近詞】,其實不謬。《簡譜》併第二至第五句爲七乙兩句,尾批:"此爲六句體。"

此調源於唐曲,詞調、諸宫調等均未見此調;戲文當直承唐曲;傳至南曲,以變爲正。

【勝葫蘆】

1.【仙吕過曲】却遣吴忠殺他人,吉凶事無憑。勸君不必閑憂

---

① 查李九我批評《破窑記》、《古本戲曲叢刊》二集舊鈔本《綵樓記》未見此曲,無從輯補。

慮,吴忠必定,不肯害他人。　　元傳奇《殺狗記》,《正始》頁 296

2.【仙吕過曲】出路今朝遇好人,結緣分在前生。夫人今日行方便,奴家十載不成塵。　　元傳奇《高漢卿》,《正始》頁 296

3.【仙吕過曲】……不知錦州,摸石江邊。……

元傳奇《京娘怨》,《正始》頁 297

4.【仙吕過曲】……對月誰人,肯負良宵。

元傳奇《張瓊蓮》,《正始》頁 297

5.【小石調過曲】特奉皇恩賜結婚,來此把音信傳。若得仙郎肯與諧繾綣,一場好事,管取今朝便團圓。

元傳奇《蔡伯喈》,《寒山堂譜》卷四頁 692 下半葉

格式:7$_{\triangle}$,5$_{\triangle}$。7,4,5$_{\triangle}$。　　5 句

《正始》列第一曲爲正格,題注:“又名【大河蟹】。”第二曲爲第二格,題注:“末二句併爲七字一句。”尾批:“此調除却第四句,每句有分作八字二句者。”第一句七字變爲八字二句,引“舊傳奇《蘇武》”爲例;“第二五字一句增爲八字二句,有元傳奇《京娘怨》云云,餘同。……第五七字一句變爲八字二句,有元傳奇《張瓊蓮》云云,餘同,不録。”《寒山堂譜》以第五曲爲例曲,題注:“五句,二十八字。”與此格同。《正始》頁 297 引此第三句,以爲“第三七字一句變爲八字二句”之例。

金·王喆有【聖葫蘆】詞,雙片,其上闋與此同。諸宫調有【高平調·勝葫蘆】,雙片,其上闋與此末兩句作“4,4,5$_{\triangle}$”三句,餘同。北曲有【仙吕·勝葫蘆】,與諸宫調上闋同。南曲有【仙吕過曲·勝葫蘆】,《舊譜》卷一引《江流記》“大膽粗心鬼神驚”爲例曲,題【大河蟹】;沈譜》卷一、《新譜》卷一以第五曲爲例曲,題注:“又名【大河蟹】。”與此均同。第一曲,俞爲民《殺狗記校注》第二十九齣《院君回話》題作【大河蟹】。第二曲,錢南揚《戲文概論》、《全元戲曲》卷十二《輯佚説明》、黄仕忠《拾遺》據《群音類選》,已將《高漢卿羅囊記》歸入明初戲文,是。此姑依例存録,以備查考。第三曲,錢南揚《輯佚》頁 74 尾批:“《録鬼簿續編·荆娘怨》題目云:‘三不知損江石,四不知京娘怨。’‘損石’的‘損’字,恐怕正是‘摸’字的形誤。”《全元戲曲》卷十二頁 401

尾批承之。

此曲出諸宮調,北曲直接承之;戲文變化承之,與金詞【聖葫蘆】同格;傳入南曲。

【傍粧臺】

1.【仙吕過曲】細思之,怎知你喬裝改扮做個假意兒?見著你多嬌媚,見著你□□□。見著你羞無地,見著你怎由己。情如醉,心似癡,劉郎一别武陵溪。

2.【前腔换頭】奴家非是要瞞伊,自古道得便宜處誰肯落便宜?争奈我爲客旅,争奈我是女孩兒。争奈我雙親老,争奈我身無主。今日裏,重見你,柳藏鸚鵡語方知。　元傳奇《祝英臺》,《正始》頁 325

3.【仙吕過曲】會逢伊,奈身心自不覺難爲。爲伊閑鳳枕,爲伊蹙蛾眉。少你孤眠債,少欠你相思淚。遊鱗遠,歸鴻遲,仗誰去探消息?

4.【前腔换頭】娘行何必苦思維?想張郎必定是有佳期。昨宵裙帶解,今日喜絲飛。絳燭花呈焰,靈鵲聲傳喜。寬心待,不久時,定有個好消息。　元傳奇《西厢記》,《正始》頁 326

5.【仙吕過曲】爲皇朝,捐軀征戰敢辭勞。待掃蕩胡塵净,扶日月上青霄。竟不料權奸阻,火速遣金牌召。班師旅,脱戰袍,空教父老望旌旄。　元傳奇《東窗記》,《寒山堂譜》卷一頁 651 上半葉

格式:3△,7△。6乙,6乙△。6乙,6乙△。3,3△,7△。　9句

《正始》列第一曲爲正格,眉批:第四句"遺三字,不敢妄補别字"。【换頭】僅將首句作七字,餘同前。列第三曲爲第二格,題注:"第二句無襯字最確,末句句法宜避【望吾鄉】。"第三至六句均作五字句,末句作六乙句。《寒山堂譜》列第五曲爲正格,與此同,尾批:"此曲比《舊譜》所收者更叶。"

南曲有【仙吕過曲・傍粧臺】,《舊譜》卷一、《沈譜》卷一均以散曲"晝初長"爲例曲,與此第三至六句均作五字句,餘同。然《舊譜》題【傍粧臺犯】,末作六乙句,與此第三曲格同。《沈譜》【傍粧臺换頭】眉

批："或將【傍粧臺】本調除去末後三句，以【望吾鄉】後三句足之，亦可。"《舊譜》【傍粧臺犯】正接【望吾鄉】後，且末三句正用其格，故名"犯"。《新譜》卷一引散曲"問才郎"爲例曲，眉批："從馮稿换此曲，説見【粧臺望鄉】注中。"可知是聽從了馮夢龍的意見。以下【粧臺望鄉】正以"晝初長"爲例曲，末三句恰用【望吾鄉】之末三句，尾批詳細説明了此曲來源，並引馮夢龍注，其實是批評了《沈譜》以此曲爲本調的意見。是。《定律》卷四以第三曲爲變體，與此同。《簡譜》卷六尾批："此又名【臨鏡序】，蓋因【傍粧臺】傅會者也。第三至第六句，作式不一，往往作六字二句、七字二句者，……明人依此式者殊多，亦不可謂失合，蓋板式不動故也。末三句大似【排歌】。又有【换頭】一格，世不常用，實則將首句换作七字耳。"然據《新譜》，【傍粧臺】本調及【换頭】末三句，與【望吾鄉】末三句之别，在於末句六字、七字；與【排歌】末三句同，而犯【排歌】者名【粧臺帶甘歌】，用【傍粧臺】頭、【八聲甘州】中、【排歌】尾之格，並無僅犯【排歌】之例。

此曲出戲文，南曲承之，略有變化，且多與犯調相混淆。

【傍粧臺犯】

1.【仙吕過曲】【傍粧臺】我和伊，今生富貴得如是。諧琴瑟聲和美，如魚水不相離。【八聲甘州】不料近日有事關心裏，致使人廢寢忘飡心下疑。【傍粧臺】(合)吉凶事，尚未知，爲何程嬰一去竟忘歸?

2.【前腔换頭】【傍粧臺】相公必與那屠賊，把觸槐一事奏丹墀。只恐落在奸雄手，生巧計中他機。【八聲甘州】忽聽得烏鴉喜鵲在檐前噪，輾(原作"展")轉教人心下疑。(合前)

元傳奇《趙氏孤兒》，《正始》頁 327

格式：$3_{\triangle}$，$7_{\triangle}$。6 乙，6 $乙_{\triangle}$。$7_{\triangle}$，$7_{\triangle}$。3，$3_{\triangle}$，$7_{\triangle}$。　9 句

集曲。【八聲甘州】犯【傍粧臺】：以【八聲甘州】第六、七兩句置换【傍粧臺】第五、六兩句。《全元戲曲》之《〈趙氏孤兒記〉劇目説明》云"此劇的寫定應在元代後期"，當是。

南曲此名，另僅見於《舊譜》卷一：以“晝初長”爲例曲，然以末三句屬【望吾鄉】，故雖是同名集曲，名同實異。《新譜》卷一即引此曲，題【粧台望鄉】。《沈譜》卷一以“晝初長”爲【傍粧台】例曲，題注：“此本調也，與《荆釵》、《香囊》諸曲不同。”末句作七字句，是。另有【二犯傍粧台】，引《荆釵記》“意懸懸”爲例曲，然以第七、八兩句均作四字句，入【皂羅袍】，餘與此同。《新譜》卷一又引《南柯夢》“光景一時新”爲【粧臺帶甘歌】例曲，與此同格，然以末三句入【排歌】，則於集曲構成理解不同。

此調出戲文，傳入南曲，因理解不同而多易名，本名反漸不聞。

【間花袍】

【羽調過曲】【間花袍全】漸覺紅稀緑密，正是日長人困，夏景凉時。可愛熏風破炎威，鴛鴦兩兩波心戲。輕摇紈扇，夜凉似水。風摇蒲劍，魚兒戲水，正宜浮瓜並沉李。【錦添花】採蓮歌和得正美，槐陰柳畔蟬噪起。（合前）歎取人生，光陰能幾？莫把青春虛度（原作“受”），負良辰美時。　　元傳奇《王子高》，《正始》頁 368

格式：6△，5 乙，4△。7△，7△。4，4△。4，4△，7△。7△，7△。4，4△。4，5 乙△。　　16 句

集曲。首用【仙吕過曲·間花袍】全調十句，末用【錦添花】尾六句。

《正始》題注：“亦名【皂羅袍】。比前上元格第二句不同。”所謂“前上元格”，指【四時花】正格例曲明散套《無意理雲鬟》所引【間花袍】“見樓兒上窗兒外”，第二句作六乙句。《正始》頁 367【四時花】尾批：“此調用四時花名合成一調，故總題曰【四時花】。今俗名【四季花】，亦可。但其束處重複一段【錦添花】，此非撰人失體，蓋因元人先有全調【四時花】套，亦即此四調，亦於每調後復用【錦添花】一段爲束尾。……元譜所收元傳奇《王子高》一全套，置屬於十三調之【羽調】內。此蓋爲始調【錦添花】也。但余今欲藉此套爲本曲引證，故收借

附此【仙吕宫】内,非不知移調亂宫耳。”

此調爲【羽調過曲】,集曲,16句,固定用於【四時花】組曲,僅見於戲文;【仙吕過曲】爲隻曲,10句,應可單獨使用。兩曲同名異實。均極罕用,亦未見於他譜。

【番馬舞秋風】

【中吕過曲】【駐馬聽】年少佳人,笑吟吟可喜龐兒獨佔春。我見他眉彎新月,臉襯紅霞,髻挽烏雲。一似廣寒仙子謫紅塵,下香階款步金蓮穩。【一江風】便有嬌姿圖畫真,都不似他風韻。

元傳奇《張浩》,《正始》頁482

格式:$4_{\triangle}$,$7_{\triangle}$。4,4,$4_{\triangle}$。$7_{\triangle}$,$7_{\triangle}$。$5_{\triangle}$,$5_{\triangle}$。　9句

集曲。前用【駐馬聽】首七句。後用【一江風】末兩句。

南曲有【中吕過曲・番馬舞秋風】,《舊譜》卷三、《沈譜》卷八、《新譜》卷八、《寒山曲譜》、《大成》卷十二俱以此爲例曲,句字略有出入。《沈譜》眉批:“此調,戲文中罕見。前七句是【駐馬聽】無疑。”尾批:“‘如’字(末句第二字)改作仄聲乃協。”《新譜》卷八以前八句入【駐馬聽】,僅後一句入【一江風】。眉批云:“前八句是【駐馬聽】無疑。末一句似【一江風】,但‘如’字改作仄聲乃協耳。馮改作‘似’字。”馮夢龍所改,當據徐譜。《寒山曲譜》《大成》亦以末句入【一江風】,仍作“如”字。《大成》題【駐馬玩江風】,題注“舊名【番馬舞秋風】。”署“散曲”,誤。《大成》多立新名,雖切合所集之曲名目,但失舊意。

此曲出戲文,南曲承之。

【賀新郎】

1.【南吕引子】翠蓋飛嬌面,向沉香亭畔開時,醉中長看。看此風流傾國豔,紅紫紛紛亂眼。算好處何嫌春晚,誰把天香和曉露?對東風宫苑情何限。宜宴賞,稱歌板。　元傳奇《崔懷寶》,《正始》頁517

2.【南吕過曲】雨歇梅天，蹙紅巾海榴如火，聽湖中數聲鼉鼓。還憶着，舊日三閭楚大夫，解獨醒名傳萬古。破雪藕，沉冰果，細切菖蒲泛玉開樽俎。歡宴也，慶重午。 元傳奇《樂昌公主》，《正始》頁 609

3.【南吕過曲】夜來因吃酒，大雪中跌倒孫兄，讓他落後。拿了他靴中三錠鈔，要把玉環拐走。怎知今日跌破，我兩個如籃提水走，走歸家籃内何曾有。干淘氣，惹場羞。

元傳奇《殺狗記》，《正始》頁 609

4.【南吕過曲】……同守歲，共沉醉。

元傳奇《錦機亭》，《正始》頁 638

格式 1:$5_{\triangle}$,7乙,$4_{\triangle}$。7,$6_{\triangle}$。7$乙_{\triangle}$,7,3、$5_{\triangle}$。3,$3_{\triangle}$。　10句

2:4,7$乙_{\triangle}$,7$乙_{\triangle}$。3,$7_{\triangle}$,7$乙_{\triangle}$。3,$3_{\triangle}$,$7_{\triangle}$。3,$3_{\triangle}$。11句

第一曲用式 1，爲【南吕引子】；後三曲用式 2，爲【南吕過曲】。

第一曲，《正始》題注："與詩餘同，但無【换頭】。【南吕調】查歸。"《正始》列第二曲爲【南吕過曲】正格，頁 653【南吕過曲・瑣窗寒】尾批引此末三句。列第三曲爲第二格，題注："與詩餘同，比上格大不同。"然較之詞格，第六句均作叶韻七乙句，此則不叶，且減一字；又既同詞格，與式 1 即同，豈非一式而同時可入【引子】和【過曲】？然查《欽定詞譜》卷三十六，首支以葉夢得"睡起流鶯語"爲例詞，正與此同。第四曲，頁 638【三十腔】尾注："【賀新郎】，合元傳奇《錦機亭》末二句云云。"

詞調有【賀新郎】，雙片，其上闋與式 1 同。諸宫調有【高平調・賀新郎】，雙片，其上闋與詞首句不叶，第七句作六乙，合第八、九兩句作七字一句，餘同。北曲有【南吕・賀新郎】，與此二式均不同。南曲有【南吕慢詞・賀新郎】，與式 1 同，《沈譜》卷十三題注："此係詩餘，亦可唱。"又有【南吕過曲・賀新郎】，《舊譜》卷四、《沈譜》卷十二、《新譜》卷十二、《寒山曲譜》、《大成》卷四十九、《簡譜》卷七俱以第二曲爲例曲。《大成》題注："一名【金縷詞】，又'郎'，一作'凉'。與本宫【引】不同。"題【又一體】，然尾批以爲與始調"格式相同，皆爲正體。"《寒山曲譜》署《樂王公主》，誤。《定律》卷八以第二曲爲【前腔换頭】，與始

調《邯鄲記》“羞殺兒家”同格，俞爲民《殺狗記校注》第十四齣《喬人算帳》用本調，故所題【前腔换頭】，亦誤。以第三曲爲【又一體】。《寒山曲譜》《簡譜》亦以第三曲爲【又一體】，《寒山曲譜》尾批：“與前體絶不同，惟末後一兩句相似，故附録於此。”《簡譜》尾批：第二曲“爲【賀新郎】之正格”；第三曲僅“與前正格止首三句不同，又少‘還憶着’三字句，而合處‘兩個如(原誤作“提”)籃’……句，又變成七字，故板式須變更也。《定律》强作六字句，……未免差誤。”

此曲出於詞調，入諸宫調，北曲與戲文分途承之；戲文式1直承詞調，式2轉换承之；第三曲明顯是向詞調的回歸，然並不多見；南曲【引子】【過曲】兩式均承於戲文。

【賀新郎衮】

參見【麻郎】。

【番竹馬】

【南吕過曲】喊聲漫山漫野，招颭皂旗，萬點寒鴉。千户萬户，每領雄兵，圍繞中都城下。見敵樓無個人披挂，都遷徙離京華。(合)前去奮武征伐，盡攬轡攀鞍，加鞭催駿馬。待逃生除是翅雙插，直追到海角天涯。金鞍玉轡，斜踏寶鐙菱花。　元傳奇《拜月亭》，《正始》頁542

格式：6△，4，4△。4，4，6△。3、5△，6乙△。6△，5乙，5△。3、5△，6△。4，6△。　15句

南曲有【番竹馬】，《舊譜》卷四、《沈譜》卷十二、《新譜》卷十二、《寒山曲譜》、《定律》卷八、《大成》卷十八、《簡譜》卷七俱引此爲例曲。《舊譜》僅末兩句作七乙，餘與此同；《沈譜》僅第十三、十五兩句作七乙，餘與此同。《定律》尾批：“此曲，如《占花魁》之‘陣擺長蛇古法’、《正朝陽》之‘早把敵軍哈喇’等曲，多有唱爲北調者。但本係南詞，不便移入北調。”《大成》入【大石調過曲】，末二句前增“呀”一字句，以此

三句入(合)。《簡譜》尾批:“此曲概用在行軍或旅役之際,蓋嗩吶同場曲也。亦有唱作北調者,與【二犯江兒水】同式。”

此調或源於民間歌謡,戲文採録;南曲承之,略有變化,多以北腔唱之。

【琥珀貓兒墜】

【商調過曲】勸諫不聽,切莫再三言。怕我官人生倒見,反將恩愛變成冤。難言,甚日何年,勸得他心轉。

元傳奇《殺狗記》,《正始》頁 724

格式:4,5△。7△,7△。2△,4△,4△。 7句

南曲有此調,《舊譜》卷七、《沈譜》卷十七以此爲例曲,與此句字稍異,句格相同。《新譜》卷十七以陳子龍《詠柳》套“奈成輕薄”爲例曲,眉批:“與原本《殺狗記》曲同調。”

此調出戲文,南曲承之。

【集賢賓】

【商調過曲】當初指望,諧老百年,與伱厮守相聯。誰想哥哥心改變,把骨肉頓成拋閃。凝望眼穿,空自把闌杆倚遍。兒夫去遠,悄没個音書回轉。常思念,何日裏再得團圓。

元傳奇《劉智遠》,《正始》頁 745

格式:7△,5乙△。7△,7乙△。4,7乙△。3△,7乙△。 8句

《正始》列元散套《從别後》爲正格,即爲此式。列此曲爲第三格,題注:“首句八字起,儘有,不必疑爲【换頭】。但(合頭)上增四字、七字二句,益非。”此曲較正格即首句七字破作四字二句,且增第八、九兩句。

《全宋詞》有柳永【集賢賓】“小樓深巷狂遊遍”一首,雙片,與此不

同。金院本有《集賢賓打三教》，王國維《宋元戲曲史》列其入“用詞曲調”者。北曲有【商調・集賢賓】，與此不同，然相近之迹亦較明顯。南曲有此調，《舊譜》卷七引《殺狗記》“怨我官人”爲例曲，《沈譜》卷十七、《新譜》卷十八引元南散套《從别後》之“西風桂子香韻幽”爲例曲，均與此同。《定律》卷十引此入【又一體】，故較正格增第八、九兩句。尾批：“此曲竟多二句，不知由何誤也。又有少二句者，皆失【集賢賓】之體矣，故不收録。”

此調出於詞調，分途而入戲文、北曲，各有變化；南曲承戲文。

【集鶯花】

【商調過曲】【集賢賓】官差遠遠家鳳寧，便且赴南京。【黄鶯兒】暗思家裹兒孤另，愁懷悶增。旅況倍增，只得耐心勉强登途徑。【賞宫花】路上有花並有酒，一程分作兩程行。　元傳奇《鄭孔目》，《正始》頁747

格式：$7_{\triangle}$，5乙$_{\triangle}$。$7_{\triangle}$，$4_{\triangle}$。$4_{\triangle}$，$7_{\triangle}$。7，$7_{\triangle}$。　8句

集曲。前用【集賢賓】首兩句，次用【黄鶯兒】第三至第六四句，後用【賞宫花】末兩句。錢南揚《宋元戲文輯佚》頁237注：“【賞宫花】‘路上’兩句係合頭。”是。

南曲有此調。《沈譜》卷十七題【商調過曲】，《新譜》卷二十題【商黄過曲】，均與此同。

此曲出戲文，南曲承之，宫調有所出入。

【博頭錢】

1.【越調過曲】你好不知禮！你好不度己！我主顧，緣何奪我的？他央我，來這裹；閑言語，瞞過誰？些兒生活請休題，相同做兩和氣。　元傳奇《王祥》，《正始》頁776

2.【越調過曲】你好忒胡逞，你好不本分。教我争，你有何安穩？不聽道，忒煞村；不依教，合受貧。算來貧富是前因，皆由命，豈由人？

屏風雖破,骨格尚存。一朝榮顯,否極泰生。兩人休得要爭競,須留取舊人情。　　元傳奇《殺狗記》,《正始》頁776

格式:5乙$_{\triangle}$,5乙$_{\triangle}$。3,5$_{\triangle}$。3,3$_{\triangle}$,3,3$_{\triangle}$。7$_{\triangle}$,6乙$_{\triangle}$。　　10句

《正始》列第一曲爲正格,題注:"或作【撲頭錢】。"列第二曲爲第二格,於第八句後增"7$_{\triangle}$,3$_{\triangle}$,3$_{\triangle}$。4,4$_{\triangle}$。4,4$_{\triangle}$。"題注:"比上格多後七句,疑爲【換頭】,仍不似。"

南曲有【越調過曲·博頭錢】,《舊譜》卷六引第一曲爲例曲。《沈譜》卷十五、《新譜》卷十六、《定律》卷十三、《大成》卷二十五、《簡譜》卷十均第二曲爲例曲。《沈譜》題注:"或作【補頭錢】,未知孰是。"題注:"'逞'字、'爭'字、'生'字、'競'字、'情'字,在庚青韻;'分'字、'穩'字、'村'字、'貧'字、'因'字、'人'字、'存'字,在真文韻。此二韻,最易相混,詞家不可不知也。'本'字若改平聲,尤妙。"《大成》題注:"'博',一作'撲'。"諸譜又均以第一曲作【又一體】,《沈譜》眉批:"比前曲少七句。"《簡譜》尾批:"此有減句格,自'算來貧富'起,至'否極泰生'止,盡行減去,《臥冰》《金印》二曲即是也。"

此調源自民間歌曲,戲文承之,此兩曲均爲爭辯利益之詞,當唱調名;傳入南曲,以變爲正。

【喬八分】

【越調過曲】兩人漫自胡廝逞,更有一個,風流辣浪的也么哥。雙雙鴛鴦在池中耍,魚兒來也么哥。　　元傳奇《王煥》,《正始》頁778

格式:7,4$_{\triangle}$,7$_{\triangle}$。7,6乙$_{\triangle}$。　　5句

《正始》眉批:"'雙雙鴛鴦池中',連用六平聲,何也?"

南曲有此調,《舊譜》卷六、《沈譜》卷十五、《定律》卷十三、《大成》卷二十四均引此曲为例曲。《舊譜》《沈譜》"也么哥"均作"也哥",餘與此同;《沈譜》眉批:"四句更無一韻,必是傳刻之誤,□疑可也。"《定律》與此僅第二、第三兩句合爲一句,餘同。尾批:"此曲惟見鈕譜,文

意甚俗，句亦甚少，姑録於末，以存一體。”《大成》卷二十四與此同，然署“散曲”，誤。《新譜》卷十六入【越調引子】，以《鳴鳳記》“腰懸金印氣英豪”爲例曲，標“新入”，首句叶韻，第二句作七字，末兩句作“4，$5_{\triangle}$”，不用“也么哥”，與此不同。

此曲或出民間歌謡，戲文承之，“漫自胡厮逞”正與“喬”相應，當唱調名；第三、五兩句俱以“也么哥”收結，且協韻入格，較爲特殊。南曲承之，略有變化；間入引子，極少使用。

【黑蠻牌】

【越調過曲】【蠻牌令】急急去報三公，女孩兒因甚出閨中（原作“門”）？見五色蛇兒墜，素青紅。一步步趕來後影也無蹤，見着後使奴心恐。女孩兒，休得氣冲冲，【鬬黑蔴】大貴人蛇穿七竅中。一朝運通，九霄氣衝。異日軒昂，把妻子來封。　元傳奇《劉智遠》，《正始》頁 799

格式：$5_{\triangle}$，$5_{\triangle}$。5，$3_{\triangle}$。7 乙$_{\triangle}$，7 乙$_{\triangle}$。3，$3_{\triangle}$，$7_{\triangle}$。4，$4_{\triangle}$。4，$4_{\triangle}$。
13 句

集曲。前用【蠻牌令】首八句，後用【鬬黑蔴】末五句，並將其第十、十一兩個三字句增字作兩個四字句。

《正始》題注：“又名【鬬蠻牌】。”尾批：“此《劉智遠》古本。其第二句下有‘怪哉怪哉’四字，及第六句下之‘莫不是妖精把他纏定’句，皆係賓白。”

《大成》卷二十六引録此曲，題【蠻牌令集】，第六句後增“莫不是妖精把他纏弄”，由此入【鬬黑蔴】，尾批：此曲“係《白兔記》古曲，或將前段作【蠻牌令】全闋，後半段改作【尾聲】。惟《曲譜大成》仍存舊體爲集調，今從《曲譜大成》”。但成化本、《六十種曲》本《白兔記》第六齣《牧牛》均以此二句作曲文，成化本題【蠻牌令】，《六十種曲》本題【蠻牌令犯】，句字與此有所變化。

此調僅見於戲文此曲，南曲不傳。

【絮英臺】

【越調過曲】【祝英臺換頭三】紛華，又早十五年光，骨肉渺天涯。須念救撈，結義恩深，遇景鎮長歡話。【絮蛤蝦】爹爹，其間一念差，逼奴再改嫁。恨如麻，因此微生不惜，願委泥沙。

元傳奇失名，《正始》頁 831

格式：$2_{\triangle}$，6，$5_{\triangle}$。4，4，$6_{\triangle}$。2，$5_{\triangle}$，$5_{\triangle}$。$3_{\triangle}$，4，$4_{\triangle}$。 12句

集曲。前用【祝英臺第三換頭】首六句，後用【絮蛤蟆】末六句。

北曲有【南吕・絮蝦蟆】，即【春草池】別稱，與此不同。戲文中未見【絮蛤蝦】隻曲。錢南揚《輯佚》頁 279 尾注："'蛤蝦'，'蝦'，疑當作'蟆'。"是。查《舊譜》卷十存録《拜月亭》【仙吕入雙調過曲・絮蛤蟆】，末六句與此同。

此調僅見於戲文，不見於諸譜。

【越調排歌】

1.【越調過曲】一夜朔風，凍雲四垂，向長空粉墜。飄棉舞絮，迸玉篩亂珠，一望瓊瑶天地裹。（合）豪家見，雪恁飛，暖閣裹多樂意。貧人見，雪恁飛，寒屋下長吁氣。

2.【前腔換頭】多想玉龍戰罷時，破甲殘鱗飛半虚。山河萬里，曜光一樣輝，野鳥投林歸路迷。（合前）

元傳奇《薛雲卿》，《正始》頁 832

格式：4，$4_{\triangle}$，5 $乙_{\triangle}$。$4_{\triangle}$，$5_{\triangle}$，$7_{\triangle}$。3，$3_{\triangle}$，6 $乙_{\triangle}$。3，$3_{\triangle}$，6 $乙_{\triangle}$。

12句

《正始》題注："與【仙吕宫・羽調排歌】及【三疊排歌】不同。"

南曲無此曲。然南曲有【仙吕過曲・羽調排歌】，《新譜》卷一題注："四字起。"又有【仙吕過曲・三疊排歌】，三字起句。校之，【羽調

排歌】與此僅第三句作六字，合此第四、五兩句作七字一句，第九、十二兩句均作七字句，餘均相同。然《張協》及宋元戲文另有【羽調排歌】，與此別爲兩調。

此曲僅見於戲文，後當在南曲中併入【羽調排歌】。

【雁過南樓】

【越調過曲】此間難容汝身，但人知彼此遭迍。無物贈君，些少簃銀，休嫌少望留休哂。莫辭苦辛，朝行暮隱，更名姓向外州他郡。

元傳奇《拜月亭》，《正始》頁 836

格式：6$_{\triangle}$，7 乙$_{\triangle}$。4，4$_{\triangle}$，7 乙$_{\triangle}$。4$_{\triangle}$，4$_{\triangle}$，7 乙$_{\triangle}$。　　8 句

南曲有此調。《舊譜》卷六、《沈譜》卷十五、《新譜》卷十六、《定律》卷十三、《大成》卷二十四、《簡譜》卷十均以此爲例曲。《沈譜》眉批："第一句，今人或重疊唱，亦通。"通則通矣，然已變化。

此調出戲文，南曲承之。

【賀聖朝】

1.【雙調引子】斬龍誅虎威風，拿人捉將英雄。錦征袍相稱茜巾紅，鎮山北山東。　　元傳奇《拜月亭》，《正始》頁 870

2.【雙調引子】悶來行樂茅庄，每思兩相争强。只慮程嬰一去杳無蹤，未知個吉和凶。　　元傳奇《趙氏孤兒》，《正始》頁 871

格式：6$_{\triangle}$，6$_{\triangle}$。7$_{\triangle}$，5 乙$_{\triangle}$。　　4 句

《正始》列第一曲爲正格。列第二曲爲第二格，題注："末句變爲六字二截。"

據崔令欽《教坊記》，唐大曲和唐曲均有【賀聖朝】。《全唐五代詞》收録馮延巳【賀聖朝】一首，雙片，其上闋作"7$_{\triangle}$，4$_{\triangle}$。4，4，4$_{\triangle}$"，與此不同。詞調有【賀聖朝】，雙片，其上闋與此大同小異：首兩句作

“$7_{\triangle}$,$5_{\triangle}$”,末句減字作四字;又有【賀聖朝影】,雙片,其上闋作“$7_{\triangle}$,$3_{\triangle}$”兩疊,與此不同。南曲有此調。《舊譜》卷九、《沈譜》卷二十、《新譜》卷二十二均引《荆釵記》“幾年執掌朝綱”爲例曲,與此僅末句作五字句,餘同。《沈譜》題注:“與詩餘不同。”

此調出唐曲,經詞調入戲文,詞式不同,然演進之迹明顯;南曲承於戲文。

【雁兒舞】

【仙吕入雙調過曲】深院重重,怎不怨苦。要尋個男兒,並無門路。甚年能够,和一丈夫,一處裏雙雙雁兒舞。

元傳奇《蔡伯喈》,《正始》頁 906

格式:4,$4_{\triangle}$。4,$4_{\triangle}$。4,$4_{\triangle}$,$7_{\triangle}$。　7句

《正始》尾批:“按元譜及古本《蔡伯喈》,此調第五、六原係八字二句。今坊本併作七字,云:‘何年招得一丈夫。’文意未嘗不可,但此句法與【哭岐婆】何别?”

南曲有此調。《舊譜》卷十即作“何年招的一丈夫”。《沈譜》卷二十、《新譜》卷二十三、《定律》卷四、《大成》卷三均作“甚年能勾,和一丈夫”。《沈譜》尾批:“此調本名【雁兒舞】,即用此三字在曲中。古人多用此體,今人不能知也。”

此調出戲文,此曲末句有“雙雙雁兒舞”,即唱調名;南曲承之,略有變化,極易與【哭岐婆】相混淆。

【普賢歌】

【仙吕入雙調過曲】書中語句有差訛,致使娘兒聒絮多。真僞怎定奪,是非争奈何,尺水翻騰一丈波。

元傳奇《王十朋》,《正始》頁 908

格式:$7_{\triangle}$,$7_{\triangle}$。$5_{\triangle}$,$5_{\triangle}$,$7_{\triangle}$。 5句

南曲有此調,《舊譜》卷十、《沈譜》卷二十、《新譜》卷二十三均引此爲例曲,句字略異,《舊譜》末句後增疊尾三字一句。

此調出戲文,南曲承之。

【絮婆婆】

【仙吕入雙調過曲】名園裏,鎮日賞芳菲,陌上遊人來似蟻。小亭臺上,玩賞好得意,時逢個嬌臉兒。花紅柳緑草萋萋,賞遍花叢得意美。酒闌人散醉扶歸,好花恨不折幾枝。

元傳奇《王焕》,《正始》頁916

格式:$3_{\triangle}$,$5_{\triangle}$,$7_{\triangle}$。4,$5_{\triangle}$,6乙$_{\triangle}$。$7_{\triangle}$,$7_{\triangle}$。$7_{\triangle}$,$7_{\triangle}$。 10句

北曲有【南吕·絮蝦蟆】,即【草池春】,與此不同。南曲有【仙吕入雙調過曲·絮婆婆】,《舊譜》卷十、《沈譜》卷二十、《新譜》卷二十三、《定律》卷十一、《大成》卷三十七、《簡譜》卷八均以此爲例曲。然《定律》入【般涉調】,《大成》入【小石調】,《簡譜》入【雙調】,尾批:"此牌止有此式,《定律》入【般涉調】,非。句法頗整齊,作者可依據也。"

此曲出戲文,南曲承之,所入宫調有所變化。

【雁過枝】

【仙吕入雙調過曲】【玉交枝】孩兒相誤,爲功名相誤了父母。都是孩兒不得歸鄉故,怎便歸到黄土?【雁過沙】乾坤怎容不孝子,名虧行缺不如死,只愁我死缺祭祀。【玉交枝】對真容形衰貌枯,想靈魂悲憶痛苦。

元傳奇《蔡伯喈》,《正始》頁939

格式:$4_{\triangle}$,7乙$_{\triangle}$。$7_{\triangle}$,$6_{\triangle}$。$7_{\triangle}$,$7_{\triangle}$,$7_{\triangle}$。7乙$_{\triangle}$,7乙$_{\triangle}$。 9句

集曲。前用【玉交枝】首四句,次用【雁過沙】第三至第五句,後用【玉交枝】末兩句。支思、魚模兩韻部互叶。

《正始》題注:"一名【雁棲枝】,又名【玉雁子】。"

南曲有此調。《舊譜》卷十、《沈譜》卷二十、《新譜》卷二十三、《定律》卷九、《大成》卷四均以此爲例曲,俱題【玉雁子】。《舊譜》題注:"【玉交枝】頭,【雁過沙】尾。"然曲分三段,末兩句缺題【玉交枝】。《沈譜》題注:"'子',或作'兒',非也。"題【玉交枝】頭、【雁過沙】中、【玉交枝】尾。《新譜》題注:"犯【正宫】。"《定律》入【雙調過曲】,《大成》入【仙吕過曲】。

此調出戲文,南曲承之,然更易宫調,所用較少。

【朝元令】

1.【仙吕入雙調過曲】山程水程,舉目蒼煙迴。長亭短亭,回首遥天暝。只爲功名,遠離鄉井。趲到潮陽任所,帶月披星,車程馬足不暫停。牧笛隴頭鳴,漁舟江上横。(合)漫勞追省,終有日再圖家慶,再圖家慶。

2.【前腔第二换頭】過得危巔絶頂,野花開又馨,溪洞水泠泠。叢林掩映,哀猿誰忍聽。若不是卑人薄命,媳婦猶生,我和他雙雙御輿無限情。且自趲行程,休將往事縈。(合前)

元傳奇《王十朋》,《正始》頁 996

格式:$4_{\triangle}$,$5_{\triangle}$。$4_{\triangle}$,$5_{\triangle}$。$4_{\triangle}$,$4_{\triangle}$。6,$4_{\triangle}$,$7_{\triangle}$。$5_{\triangle}$,$5_{\triangle}$。$4_{\triangle}$,7乙$_{\triangle}$,$4_{\triangle}$。 14 句

《正始》列第一曲爲正格,題注:"或作【朝元歌】,非。漢注曰:朝元日後維摄改令。"頁 1005【仙吕入雙調過曲·風雲會四朝元】引此第五、六兩句。第二曲與此將首六句改作"$6_{\triangle}$,$5_{\triangle}$,$5_{\triangle}$。$4_{\triangle}$,$5_{\triangle}$"五句,餘同前。尾批:"此調按(古)本《王十朋》,僅此二闋。後至改本《荆釵記》增爲四曲,且第一、第二之章句然皆相似,但詞文與此絶不同。況第三、第四之調體,每又各不同,然亦不必收耳。"《原本王狀元荆釵記》第三十三齣即收【朝元歌】四支,正《正始》所批評者。

南曲有此調。《舊譜》卷十題【朝元歌】,即以《六十種曲》本《荆釵

記》第三十三齣始調"騰騰曉行"爲例曲,實第一曲之變體,然句格相同,僅不用末一疊句。《沈譜》卷二十、《新譜》卷二十三均引《琵琶记》"星星在天"爲例曲,與此同,《沈譜》題注:"或作【朝元歌】,非也。"叠用四支,僅【前腔第二换頭】用集曲:第一句【五馬江兒水】,第二至五句【朝天歌】,第六句以下【朝元歌】本調,與此不同;尾批:"此一套,古本《琵琶記》無之,恐非高則誠所作,故予考正《琵琶記》,不敢收入。然音律與《荆釵記》相合,而更覺和協,亦非淺學所能撰也。第一闋乃【朝元令】本調,【第二换頭】依舊譜注明,但第三、第四【换頭】各比【第二换頭】不同,必自有説,今不敢妄爲解也。"《定律》卷九引《玉簪記》"長清短清"爲例曲,與此僅第七句作四字句,餘同;尾批:"此曲若連下曲,末句不重亦可。"又引《百順記》"風暖征衫輕漾"爲【前腔换頭】例曲,尾批:"此曲乃通行之换頭,其三、其四用者最少,體數與此大有不同處,然並非二體。即如【祝英台】【念奴嬌序】之其三、其四,與换頭之不同,同爲一例。作家亦有好奇,不用此體,即用其三、其四者。"比較《正始》與《沈譜》《定律》所評,可見自《琵琶記》《荆釵記》,後人已多從之。

此調出戲文,已多變化;南曲承之,多以變爲正。

【雁過錦】

【正宫調近詞】【雁過聲】清明時霎乍遇雨,見杏花零落,新水平池。【錦纏道】紅沁翠痕齊,似阿房宫裹親晨妝(原作"裝"),洗出凝脂流膩。蝶多愁鶯老慵啼,【雁過聲】看樓臺側畔楊花過,簾幕個中雙燕飛。

元傳奇《董秀才》,《正始》頁 1078

格式:7 乙△,5 乙,4△。5△,3,6△。7 乙△,7,7△。　　9 句

集曲。前用【雁過聲】首三句,次用【錦纏道】第三至第六句,末用【雁過聲】尾二句。

《正始》題注:"首句,借九宫【正宫・雁過聲】句法;第二句,《現團圓》體;第三句,《趙氏孤兒》格。"由此題注,揣之常理,豈有一曲三句

用三體者？或歌者自然，而訂譜者必正其體之所出。

此曲僅見於戲文，不見南曲諸譜。

【湘浦雲】

1.【正宮調近詞】倍覺傷春，繞畫欄十二獨憑遍。紅粉懶勻，烏雲□□無心綰。蝶雙雙，舞翩翩，可煞奴，偏教没方没便。良宵夢遠，寸心千里，覺來腸斷九轉。

2.【前腔換頭】無言，寶鴨無奈，萬疊千縷愁如繭。蟾窗抱影，鴛衾獨自一個和誰展。意懸懸，淚漣漣，待甚日，重逢潘岳一面？相思病染，望窮湘浦，雲煙春水隔斷。　　元傳奇《楊寔》，《正始》頁 1084

格式：4，7△。4，7△。3，3△，3，6△。4△，4，6△。　　11 句

《正始》眉批："'烏雲'下脱仄聲二字。"【前腔換頭】較此僅首增二字一句，餘同。

南曲有此調，《沈譜》卷五、《新譜》卷五、《寒山堂譜》卷二、《寒山曲譜》、《定律》卷二、《大成》卷四十三俱以此爲例曲，然第一曲第四句即作"烏雲無心綰"五字。《沈譜》眉批："用韻雖雜，然詞甚古雅"；"即用'湘浦雲'三字在曲内，甚妙。"則此調當歌詠閨怨。《寒山堂譜》《寒山曲譜》《定律》均入【正宮過曲】，《大成》卷四十三入【高大石過曲】，俱題《錦香囊》，首曲以第二句"繞畫欄"三字屬第一句，餘同。

此曲出戲文，即唱本調；南曲承之，略有變化。

【插花三臺】

【大石調近詞】打和鼓喬粧三教，舞獅豹掮著大旗。小二哥敲鑼擊鼓，使牛兒哨笛亂吹。浪猪娘先呈百戲，駟馬勒裝神跳鬼。牛筋引鼠哥一隊，忙郎走竹馬似飛。　　元傳奇《劉智遠》，《正始》頁 1097

格式:7 乙,7 乙$_{\triangle}$。7 乙,7 乙$_{\triangle}$。7 乙$_{\triangle}$,7 乙$_{\triangle}$。7 乙$_{\triangle}$,7 乙$_{\triangle}$。8 句

唐·崔令欽《教坊記·曲名》有【三臺】。《尊前集》所載韋應物《三臺》和王建《宫中三臺》《江南三臺》諸作,均爲六言四句;然《全唐五代詞》所録吐魯番阿斯塔那三六三號唐墓出土之卜天壽寫卷【十二月三臺新詞】殘篇,"正月年首初春"一首完整,乃六言八句,與此相近。《全唐五代詞》另録有韋應物【三臺令】,五言四句;無名氏【三臺詞】,七言四句;與此均不同。《全宋詞》有萬俟詠【三臺】一首,三片,其上闋爲"7 乙,6$_{\triangle}$。3、5,7 乙$_{\triangle}$。3、5$_{\triangle}$,7 乙$_{\triangle}$。7 乙,7 乙$_{\triangle}$。"與此僅有三句在一字增減之間,更爲相近。另有柳永【三臺令】一首,六言八句,與唐詞同體。宋雜劇有《三十拍爨》和《三十六拍爨》,王國維《宋元戲曲史》認爲用【三臺】之調,列其入"未著其名而實用曲調"類。北曲有【越調·鬼三臺】,又名【三臺印】,與此不同;另有【越調·耍三臺】,與諸宫調【歇指調·耍三臺】相近,與此僅兩句略異:首句作六乙,第五句作不叶韻之七字句,餘同。南曲有此調,《沈譜》卷七、《新譜》卷七、《寒山堂譜》卷三、《定律》卷五、《大成》卷十八、《簡譜》卷八即以此爲例曲,《寒山堂譜》《定律》《大成》《簡譜》與此僅句字略有變化。《簡譜》尾批:"此用在排場熱鬧時者,大抵在撥刀趕棒及神頭鬼面等戲用之。"《六十種曲》本《白兔記》第三齣《報社》題【插花三臺令】。

此調出唐曲,入詞調、諸宫諸,宋雜劇採録之;分南、北兩途分别入戲文和北曲,均有所變化;戲文承於詞調,南曲承於戲文。

【勝如花】

1.【羽調近詞】辭親去,别淚零,閃殺桑榆晚景。只因他寄柬傳書,教娘離鄉背井,旦夕間仗誰支應?(合)愁只愁一程兩程,愁只愁長亭短亭。暮止朝行,况登山驀嶺,知何日再圖歡慶?願平安早到神京,願平安早到神京。

2.【前腔第二】我爲絶宗派,結契盟,謝得荆釵爲聘。豈料他又贅

豪門，今日翻成畫餅，誰念咱衰年孤另？（合前）

元傳奇《王十朋》，《正始》頁 1264

格式：3，$3_{\triangle}$，$6_{\triangle}$。7 乙，$6_{\triangle}$，7 $乙_{\triangle}$。7 $乙_{\triangle}$，7 $乙_{\triangle}$。$4_{\triangle}$，$4_{\triangle}$，7 $乙_{\triangle}$。7 $乙_{\triangle}$，7 $乙_{\triangle}$。　13 句

《正始》題注："此曲，按古本《王十朋》，原止一闋，今之《荆釵記》添爲四曲，且第三、四曲改爲【换頭】，今置之不收。"頁 371【仙吕過曲·錦添花】尾批録第一曲第九至第十二句。

南曲有此調。《沈譜》卷三【羽調近詞】即以第一曲爲例曲，署《新荆釵記》，眉批："此曲不知何人所增，其調不知何所本，俚腔甚可愛，不可不録。且名【勝如花】，似與【四時花】有干涉，故附於此。又【换頭】與此皆同，但起句第一、第四字皆作掣板，第二、第六字皆作賓板。"《新譜》卷三同。《定律》卷十二引《五福記》"秋丁日祀聖人"爲例曲，與此首二句併作六乙一句，第五句增一字作七乙句，第十句增一字作五乙句，餘同；尾批："此曲古體，末句俱重，今之通行者不重久矣。姑存其舊，以備參考。"以下引《浣紗記》"清秋路黄葉飛"爲"今之通行者"之例曲。《簡譜》卷十正引《浣紗記》爲例曲，然將首句分作三字二句，尾批："此曲以此支爲正格。即如《五福》《雙紅》兩曲，亦同此格。《定律》謂末句疊者爲古體，亦不必過泥。"趙景深《考略》頁 17—18 比較諸家之説，又引《南音三籟》戲曲上卷【仙吕宫】附【羽調·勝如花】眉批所録詞隱生評語，同《沈譜》，"則今本四曲【勝如花】，其首曲似是古本。沈璟所懷疑者，未有他據，只得存疑了"。據《正始》實僅二曲。《原本王狀元荆釵記》第三十齣亦存此二曲，句字有所差異。

此調出戲文，南曲承之，然已多不疊末句。

【黄梅雨】

【道宫調慢詞】追想當時，三人共結義，今日裏顯出喬的。論的親，凶吉事相濟。自古及今，以改非從是。

元傳奇《殺狗記》，《正始》頁 1275

格式:$4_{\triangle}$,$5_{\triangle}$,7乙$_{\triangle}$。$3_{\triangle}$,$5_{\triangle}$。4,$4_{\triangle}$。　7句

《正始》題注:“此調比【仙吕宫・梅子黄時雨】,止争末二句句法。”

《全宋詞》有【梅子黄時雨】二首,與此首、尾相同而中腹不同。南曲有【仙吕引子・梅子黄時雨】,《定律》卷三、《簡譜》卷七以此即題【道宫引子・黄梅雨】。《沈譜》卷一、《新譜》卷一【仙吕引子・梅子黄時雨】均有題注:“即【黄梅雨】。”五句:與此合末四句作七乙兩句,餘同。《大成》卷六十二引此爲正格,題【雙調引子・梅子黄時雨】,題注:“一名【黄梅雨】。”以《梅嶺記》“家住東京”爲【又一體】,尾批:此二闋“前三句同,第四句一作上三下五句,一作上三下四句;結尾一作四字二句,一作七字一句,格式有異”。

此曲源於詞調,戲文轉换承之,以【仙吕宫】五句者爲【梅子黄時雨】,【道宫調】七句者爲【黄梅雨】;南曲承之,多合併二曲,以【黄梅雨】爲【梅子黄時雨】之簡稱,然宫調多有變化。

【畫眉兒】

【道宫調近詞】雁兒雁兒來也,披衣坐久。夜永無眠,愁聞漏籌,岸葦瀟瀟響颼颼。人在天涯,明月在樓。

元傳奇《張文舉》,《正始》頁1282

格式:6,$4_{\triangle}$。4,$4_{\triangle}$,$7_{\triangle}$。4,$4_{\triangle}$。　7句

南曲有【道宫近詞・畫眉兒】,《新譜》卷十一、《定律》卷三、《簡譜》卷七均引散曲“那人幾時來也”爲例曲,與此僅將末兩句合作七字一句,餘同。《新譜》注明是從徐于室稿本過録,尾批:“其第二、三曲,俱仍用‘那人幾時來也’一句起調,後接下【拗芝麻】一曲,與前舊曲句法相同,不必録。”《定律》署“舊曲”。《簡譜》尾批:“此爲【畫眉兒】正格,與【雙赤子】大異。舊譜相混,可哂也。”

此曲出戲文,南曲承之,略有變化,使用極少。

十 三 筆

【新水令】

1. 朔風凛冽雲垂地，見長空六花飛墜。踏雪歸來也，仗一點，燈兒伴岑寂。 《張協狀元》10

2. 【北曲】却踏過滿庭芳草看花回，怨王孫不思折桂。每日上小樓沽美酒，銷金帳裹共傳杯。吃酒沉醉扶歸，不由我不傷情苦（原作"若"）縈繫。 《小孫屠》9

3. 【北曲】①夢魂裹只聽得雨滋滋，元來是死生别處。渾身上都破損，疼痛怎支吾？於你有何辜？天憐念小孫屠。 《小孫屠》19

4. 【雙調引子】凄凉逆旅人千里，這縈牽怎生成寐？萬古横心裹，睡不着，是愁都做了枕前淚。 元傳奇《拜月亭》，《正始》頁880

5. 【雙調引子】奴家美貌多聰慧，共娘行每日遊戲。晝永捻針指，忽聽得娘行呼唤，不知道有何言語？

元傳奇《殺狗記》，《正始》頁881

格式 1：7△，7 乙△。5，3，5△。 5句

2：7△，7 乙△。5，5△。5△，6 乙△。 6句

第一、第四、第五曲爲南曲【雙調引子】，用式 1；第二、第三曲爲北曲，用式 2。

《正始》列第四曲爲正格，與式 1 僅末句作七字，餘同。題注："與北調【新水令】不同。"列第五曲爲第二格，題注："末二句不同。"改作

---

① 北曲，原本題"北"，據第九齣出例補全。

“4,7 乙$_{\triangle}$。”

宋大曲有【雙調·新水調】。詞調有【新水令】,《全宋詞》存詞一首,長調,首六句與式2相近:第二句作五乙,第三句作四字,第六句作六字,餘同;不過式2六句三段、五韻,詞調首六句作二段、每段三句、二韻。宋雜劇有《桶擔新水》《雙哮新水》《燒花新水》《新水爨》,金院本有《燒花新水》,王國維《宋元戲曲史》均列入“用大曲者”類。北曲有【雙調·新水令】,與式2僅末二句作“4$_{\triangle}$,5$_{\triangle}$”,餘同。南曲有【雙調引子·新水令】,《舊譜》卷九、《沈譜》卷二十、《新譜》卷二十二均引第四曲爲例曲。《沈譜》題注:“與北曲不同。”尾批:“末句妙甚,猶俗語云‘但是愁都做了枕前淚’也。南曲中有此等句法,安得不稱獨步哉!”《新譜》眉批:“末二句須從此句法,不可作五字、六字二句。”末尾作五字、六字二句,正第三曲《小孫屠》南化北曲之句法。

此調出宋大曲,詞調截摘用之,入宋雜劇、金院本,戲文與北曲分途承之,均有所變化;式1傳之南曲,式2則承于北曲而南化,故略有變化。

【搗練子】

1. 君還是,往何方?不知怎地有痕傷?見着伊妾斷腸。

《張協狀元》10

2. 【雙調引子】辭別去,到荒丘,只求出路煞生受。畫取真容聊借手,逢人將此免哀求。　元傳奇《蔡伯喈》,《正始》頁859

3. 【雙調引子】情默默,恨悠悠,終朝長自淚雙流。欲見情夫難得遘,捱一日似三秋。　元傳奇《韓翊》,《正始》頁859

格式 1:3,3$_{\triangle}$,7$_{\triangle}$。6 乙$_{\triangle}$。　4句

2:3,3$_{\triangle}$,7$_{\triangle}$。7$_{\triangle}$,7$_{\triangle}$。　5句

第一曲用式1,第二、三兩曲用式2。式1較式2,主要是第三句後省減七字一句。

《正始》列第二曲爲式2正格,題注:“與詩餘同,止爭第三句之平仄;比本宮【玉樓春】,止爭第一句句法。故今多冒之,時譜雖誤題爲

【胡搗練】,但仍疑爲【搗練子】。"列第三曲爲第二格,題注:"末句減爲六字。"此較第一曲僅增第四句七字一句。

詞調有【搗練子】,其雙片體之上闋四句,與式 1 同;其單片體五句,與式 2 同。金院本有《搗練子》,王國維《宋元戲曲史》六列其入"用詞曲調者"類。北曲有【雙調·搗練子】,與式 2 僅末兩句均作六乙,餘同。鄭騫《北曲新譜》卷十二注云:"在曲中,七字本可省爲六乙也。"南曲有【雙調引子·搗練子】。《舊譜》卷九以《蔡伯喈》"歎命乖"爲【搗練子】例曲,與式 1 同;以《荆釵記》"傷風化"爲【胡搗練】例曲,與式 2 同。《沈譜》卷二十列【搗練子】兩體,正格引馮延巳"深院静"爲例曲,與式 2 同,題注:"此係詩餘,亦可歌。"尾批:"此即以【搗練子】詠搗練之事,甚妙。"其【又一體】以《琵琶記》"嗟命薄"爲例曲,與式 1 同,尾批:"與詩餘不同,然皆可唱。但比詩餘偶少一句耳,至於'辭别去'一調,則一字不少矣。"然又有【胡搗練】,以《荆釵記》"傷風化"爲例曲,與式 2 同,尾批:"此曲與《琵琶記》之'辭别去',俱刻作【胡搗練】,然俱與詩餘不差一字,恐二曲總是一調。但當名曰【搗練子】,或誤刻爲【胡搗練】耳。"《新譜》卷二十二仍之。

此曲出於詞調,戲文與北曲分途承傳,故僅小異;戲文承詞調之二體,均傳入南曲;然《正始》【雙調引子·胡搗練】式 2 引元傳奇《蔡伯喈》"嗟薄命"爲例曲,與此式 1 僅末句作七字,几乎全同,故南曲此調亦多與【胡搗練】相混淆。如依【搗練子】《正始》題注與《沈譜》尾批,則大致可將四句體定作【胡搗練】,五句體定爲【搗練子】,較为清楚;但聯繫到《張協》【胡搗練】三支與【搗練子】一支,又難以解釋。若以此第一曲爲【胡搗練】之誤題,可釋疑歸明;然則《張協》又無【胡搗練】曲。

【獅子序】

1. 張葉恨時未至,居家出路,長是不利。不在疏狂惟在自守己,看造物何如。張葉只仗托詩書,奴家惟憑針指。逆來順受,須有通時。

2. 【同前换頭】愚意:誰無禍當自遣,將息身上,没事商議。眼下裹衣單又值雪，况肚中饑餒。粥食奴旦夕供些，衣裳身上藍褸。胡亂度日，必有區處。

3.【同前换頭】聽啓：自來不識恁底，平日我衣冠濟濟。没奈何風雲際會時，應是勝於今日。没盤纏怎生得去？休煩惱須待時至。常言道好事，不在忙裏(原作“哩”)。

4.【同前换頭】奴覰：看(原作“着”)君家貌美，須有個荷衣着(原作“看”)體。深謝得娘子恁地説，却又怎忘恩義。奴供備糲食粗衣，莱感戴此心此意。前生料得，曾共結會。　《張協狀元》12

5. 你忒性急，且聽我言：你出路日子在眼前，我一夜思之怕没盤纏，往大公家急忙去借典。婆婆也没金，也没典，亦没錢，我每把頭髪便來剪。得些錢，苦把杯酒來相勸。

6.【同前】没瞞過我，實是你災。隱僻處直是會打乖，誰頭髪剪落便有人買？這雙眼人説你最呆。如今那得錢，那得銀？焉得酒？你説不實是少怪。把廟門閉，勘問你何處歸來。　《張協狀元》20

7.【南吕調慢詞】年乖運蹇，枉有衝天氣宇。最苦堂堂七尺軀，受無限嗟吁。争似我英雄俊傑，問天道五行何如。一似餓虎巖前睡也，困龍失却明珠。　元傳奇《劉智遠》,《正始》頁1160

8.【南吕調近詞】深深百拜告神祇，切念月梅，這苦惱説向誰？此身安永如意，願得家齊國治，願得消災滅罪。願奴夫主陳珪，做狀元及第歸。

9.【前腔第三】金爐側畔寸心灰，但見金燭銀花，傍夜深來報喜。玉繩低，露華微，同心同意，丈夫如魚如水。賤妾無是無非，此情惟有老天知。

10.【前腔第四】此身安樂是便宜，他赴春期，定做官歸故里。暫時間乍别離，管取同眠同起，休想不存不濟。永遠結髪齊眉，是人都説，好對夫妻。　元傳奇《孟月梅》,《正始》頁1176

11.【黄鐘過曲换頭】上告妻，妻須聽，只怕你執不定。你哥嫂，忒毒狠，只恐你口説無憑准。我獨自守孤另，恐耽擱兩下成病。(合前)分别去各辦一個志誠，便做鐵石人腸，也須教淚零。

元傳奇《劉智遠》,《寒山堂譜》卷五頁700下半葉格式 1：4，$4_{\triangle}$。3、$5_{\triangle}$，5 乙、$4_{\triangle}$，3、$5_{\triangle}$。5，3，3，$7_{\triangle}$。3，$7_{\triangle}$。11 句
2：4，$6_{\triangle}$。$7_{\triangle}$，5 $乙_{\triangle}$。7 乙，7 $乙_{\triangle}$。6，$6_{\triangle}$。8 句
3：$7_{\triangle}$，4，6 $乙_{\triangle}$。6 $乙_{\triangle}$，$6_{\triangle}$，$6_{\triangle}$。$6_{\triangle}$，6 $乙_{\triangle}$。8 句

第五、六兩曲用式 1，第七曲用式 2，爲【南吕調慢詞】；前四曲、第八至第十曲用式 3，爲【南吕調近詞】；末曲入【黄鐘過曲】，從式 3。

《正始》列第七曲爲式 2 正格，題注："坊本題作【瑞雲濃】，第五句下不似。"趙景深《考略》頁 29：《六十種曲》本《白兔記》題【絳都春引】，"前四句全同，少第五、六兩句及第七句首'一'字。"

《正始》列第八曲爲式 3 正格，尾批："第二曲同，不録。"頁 638【南吕過曲・三十腔】尾批引此第六、七兩句，頁 820【越調過曲・憶虎序】尾批引此末句。列第九曲爲【前腔第三】第二格，題注："第五句減爲四字，末句變爲七字。"列第十曲爲【前腔第四】第三格，題注："末句變爲八字二句，《蔡伯喈》與《尋親記》皆犯此。"尾批："按此【獅子序】本調，元譜載屬【南吕調】，今蔣譜一屬【黄鐘宫】，亦屬【南吕調】。後時譜亦然，但不當以《蔡伯喈》之'他媳婦'一曲當之。"列第一至第三曲爲第四格，句字與此略有不同。第一曲題注："此比上《孟月梅》體，不惟有【换頭】，且上截甚不同。"第四、五、六三句作："不在你疏狂惟有你自守已，且看造物何如。張協仗托詩書。"《正始》頁 77【黄鐘過曲・畫角序】題注："俗謂【獅子序】本調，大謬。"尾批引此全調，與此僅第五、第六兩句均作六字句，尾批："此方是【獅子序】本調。"頁 78、667、1178 并引之。列第二曲爲【前腔第二换頭】，題注："第二句句讀不同。"列第三曲爲【前腔换頭】第二格，題注："第三、四併爲六字一句，七、八句增爲七字。"尾批："【第四换頭】與此同，不録。"《寒山堂譜》以第八曲爲正格，入【黄鐘過曲】，尾批："起句七字。"以第九、第十曲爲【其三】【其四】，與《正始》同。尾批："此曲在七句、八句、九句上，必如'同心同意''如魚如水''無是無非'一類乃妙。"以《正始》頁 665 元傳奇《劉智遠》【二犯獅子序】爲【又一體】，題注："十一句，六十八字。"第十一曲原題【其二】，據譜改，并引其(合前)辭句。題注："十一句，五十六字。"尾批："此曲與前格不同，【其二】與本調不同。恐有誤，姑存之，以備考訂。"細較之，總是轉换之迹，草繩灰綫，約略可尋。

唐・崔令欽《教坊記・曲名》有【西河獅子】【獅子】,《説郛》本後者作【師子】;《全唐五代詞》無此曲,無從檢校。俞爲民《中國古代曲體文學格律研究》第一章認爲:"南戲取名【獅子序】,表明此曲爲唐代【西河獅子】這一舞曲中的'序'段。"南曲有【南吕引子・獅子序】,與式 2 相近;《定律》卷八、《大成》卷六十九均引第七曲爲例曲,然《定律》題【獅子引】,《大成》題【黄鐘引子・絳都春】,删減第五、第六兩句,餘同。南曲又有【黄鐘過曲・獅子序】,《大成》卷七十一引首三曲,均入【又一體】,署《張協傳奇》,與此句字略有差異。《定律》卷八引第八曲即題【南吕過曲・獅子序换頭】,作【又一體】。《舊譜》卷五、《沈譜》卷十四、《新譜》卷十四均以《琵琶記》"他媳婦雖有之"爲例曲,與式 3 相近;《沈譜》【又一體】引《尋親記》"家貧窘"爲例曲,眉批:"今人多改此曲以從《琵琶記》之腔,非也。未必《琵琶》是而此曲獨非。"《新譜》從之,卷十四目録注:"二體。又入【南吕】。"

此曲當源出唐曲,戲文、南曲一脈相承:式 2 改慢詞爲引子,式 3 轉换宫調入【黄鐘過曲】,而式 1 後已不傳。

【歇拍】

1. 哽咽無言淚暗拭,瀉酒時又没人吃。鸚鵡杯深,漸迤邐,斷涓滴。見得神靈異,兩頭都是。殷勤來獻,謝你們三獻都不吃。張葉是貧女因緣,皆宿契今生重會。向綉幄,效魚水。許綰同心結,永諧連理。　　《張協狀元》16

2. 【越調近詞】不告父母,怎諧匹配? 臣又聽得,家鄉裏,遭水旱,遇荒饑。多想臣親,必做溝渠之鬼,未可知。怎不教臣,悲傷淚垂。　　元傳奇《蔡伯喈》,《正始》頁 1217

3. 【越調近詞】娘行分福,果非今世。今幸喜得,落在他,王宫裏,受榮貴。思想情人,悠悠地,知他在那裏? 天上人間,生死未知。

元傳奇《賽金蓮》,《正始》頁 1221

4. 【仙吕過曲】懷兒緊貼,手兒輕惜。舌送暗香,粉汗溶,嬌聲顫,困無力。雨散雲收,金鳳釵横雲髻,似醉裏。檀口猶然,吁吁喘

息。　　　　　元傳奇《東墻記》,《寒山堂譜》卷一頁 661 下半葉

格式 1:7$_{\triangle}$,7 乙$_{\triangle}$。4,3$_{\triangle}$,3$_{\triangle}$。5$_{\triangle}$,4$_{\triangle}$。4,7 乙$_{\triangle}$。7 乙,7 乙$_{\triangle}$。3,3$_{\triangle}$。5$_{\triangle}$,4$_{\triangle}$。　　15 句

2:4,4$_{\triangle}$。4,3,3,3$_{\triangle}$。4,6$_{\triangle}$,3$_{\triangle}$。4,4$_{\triangle}$。　　11 句

第一曲用式 1,錢南揚《校注》云:此曲“出於大曲、應總名爲【菊花新曲破】”。後三曲用式 2,爲【越調近詞】,然《寒山堂譜》入【仙吕過曲】。

《正始》列第二曲爲式 2 正格。列第三曲爲第二格,題注:“第八句減爲三字,元傳奇《陳叔文》亦然。今《綵樓記》此句變爲五字。”《寒山堂譜》卷一列第四曲爲例曲,題【四段】,然連下一曲【中衮第四】合爲一曲,此據譜分列之。與式 2 同。

唐宋大曲【入破】部分的第六曲爲【歇拍】。董穎《西子詞》【第六歇拍】與式 2 僅增兩句,餘較相近。史浩《壽鄉詞》亦有【歇拍】,與此不同。南曲有【歇拍】,《沈譜》卷十六、《新譜》卷十七、《定律》卷十三、《大成》卷二十五、《簡譜》卷十均以第二曲爲例曲,《定律》《大成》《簡譜》均入【越調過曲】。《定律》題【歇拍第四】。《沈譜》卷二十二以第四曲爲例曲,入【不知宫調過曲·薄媚曲破】第四段。《新譜》卷二十五【七犯玲瓏】眉批:“原【薄媚曲破】一曲,調長無板;又【三十腔】一曲,腔板難查。不必作也,俱删。”《寒山曲譜》存録第二曲,與此第一、第三、第七句後均增疊一句;第四曲與此同。

此曲出宋大曲,式 2 承之,略有變化,傳入南曲;式 1 或依憑舊體而自創新曲,故與今存宋大曲全然不同,後亦不傳。

【虞美人】

1. 緝麻緝苧攻針指,亦是不得已。時常淚眼不曾乾,只恐别郎容易見郎難。　　　　《張協狀元》23

2.【南吕引子】青山今古何時了,斷送人多少。孤墳誰與掃蒼苔,鄰冢陰風吹送紙錢來。　　元傳奇《蔡伯喈》,《正始》頁 520

格式：$7_{\triangle}$，$5_{\triangle}$。$7_{\triangle}$，2、$7_{\triangle}$。　　4句

《正始》以第二曲爲例曲，與此同格，題注："與詩餘同。"

唐·崔令欽《教坊記·曲名》有【虞美人】。《全唐五代詞》有【虞美人】，末句一作"$7_{\triangle}$，$3_{\triangle}$"二句，第二體與此同。馮延巳《陽春集》兩體並存。宋詞有【虞美人】，雙片，其上闋與此同。諸宫調有【正宫·虞美人】，其上闋與此同。南曲有【南吕引子·虞美人】，與此同。《沈譜》卷十二、《定律》卷八、《大成》卷四十八、《簡譜》卷七均以第二曲爲例曲，《沈譜》題注："與詩餘同。"眉批："'了'與'少'是一韻，'苔'與'來'是一韻。"尾批："一調二韻，引子中之最有古意者。"不知更早的《張協狀元》亦然。《定律》末字作"連家陰風吹送紙錢繞"，更爲形象、生動。《簡譜》尾批："此與詩餘無異，但用在南詞【引子】，可以加襯字而已。"《新譜》卷十二以李後主詞"春花秋月何時了"爲例曲，眉批："此與《琵琶記》曲同調，取其末句九字句法不同，特改録之。"與此末句作"6、$3_{\triangle}$"。

此曲出唐曲，詞調、諸宫調、戲文、南曲一脈相承，變化較小。

【窣地錦襠】

1. 青雲有志作儒流，燈下翩翩知幾秋。若得一舉占鼇頭，方表詩書勤奮乃有。　　《張協狀元》24

2. 【仙吕入雙調過曲】姮娥剪就緑雲衣，折得蟾宫第一枝。宫花斜插帽檐低，一舉成名天下知。　　元傳奇《蔡伯喈》，《正始》頁911

3. 【仙吕入雙調過曲】……不想窑中人受苦。①

元傳奇《殺狗記》，《正始》頁911

格式：$7_{\triangle}$，$7_{\triangle}$。$7_{\triangle}$，$7_{\triangle}$。　　8句

《正始》列第二曲爲正格，與此同格，然題【窣地錦襠】，尾批："此

---

① 《六十種曲》本《殺狗記》第二十三齣《王老諫主》存録此曲，其辭云："員外祖上置田屋，攢下家私傳父母。你得來全不費工夫，不想窑中人受苦。"

末句平煞。有元傳奇《殺狗記》仄煞云云。”

南曲有此調。《舊譜》卷十、《沈譜》卷二十、《新譜》卷二十三、《定律》卷四均以第二曲爲例曲。《舊譜》題【宰地錦襠】,“宰”爲“窣”之正體字。《沈譜》《新譜》《定律》題【窣地錦襠】,《沈譜》題注:“‘窣’,音‘速’。”

此調出戲文,前二曲歌咏科第高中,即唱本題;《張協》題【窣地錦襠】,然《正始》改“窣”爲“宰”,形近而誤;南曲承之,《舊譜》題【宰地錦襠】,亦誤;《沈譜》復題【窣地錦襠】,是。

此曲出戲文,南曲承之。

【解三醒】

1. 奈行程路途勞頓,到黄昏轉添愁悶。山回路僻人絶影,不覺長歎兩三聲。望斷天涯無故人,便做鐵打心腸珠淚傾。只傷着,蠅頭微利,蝸角虚名。

2. 【同前换頭】向村莊上借宿安此身,只見孤館蕭條扃。想村醪易醒愁難醒,暗思昔情人。臨風對月歡娱頻宴飲,轉教我添愁離恨。你今宵裏,孤衾輾轉,誰與安存?

《錯立身》9

3. 【仙吕過曲】我因你帶圍寬盡,你因我瘦得成病。險些兒賺入冥途境,謝娘子賜重生。二八閨門似水清,今夜和葉和枝分付與君。休薄倖,不枉了捱徹,幾個黄昏。

4. 【前腔换頭】因甚雨澀雲慳心緒懶?莫不是推醉佯羞假斷魂?怕君家體怯成危困,瘦模樣怎生禁?不道你施恩我報恩,只怕我崔氏鶯鶯作罵名。忒廉謹,埋身化骨,我又何恨。

元傳奇《西廂記》,《正始》頁 344

5. 【前腔换頭】比似我做了虧心臺館客,到不如守義終身田舍郎。白頭吟記得不曾忘,緑鬢婦何故在他方。我只爲其中有女顔如玉,却教我撇却糟糠妻下堂。還思想,畢竟是文章誤我,我誤妻房。

元傳奇《蔡伯喈》,《正始》頁 347

6. 【仙吕過曲】過幽林步入荒徑,冒風霜幾多勞頓。過迢迢一渡又還復一渡,一嶺咫尺又一嶺。巉岩險峻崎嶇接漢雲,無奈襪小鞋弓蓮步輕。傷心處，凄凄慘慘，珠淚盈盈。

元傳奇《樂昌公主》，《正始》頁 349

7.【前腔換頭】你直恁的爲人無所知，自古道顔如玉書中有花樣美。我讀書的真個所爲皆依理，豈顧此便抛棄。你如今到此一心要嫁别人，只怕他日思量無路可歸。尋思起，割捨得把人，直恁相虧。

元傳奇《朱買臣》，《正始》頁 350

格式：7 乙$_{\triangle}$，7 乙$_{\triangle}$。7$_{\triangle}$，7$_{\triangle}$。7$_{\triangle}$，7$_{\triangle}$。3，4，4$_{\triangle}$。　　9 句

前二曲，《小孫屠》失題，錢南揚《校注》已補，是。

《正始》列第三曲爲正格，與此僅第四句作六字折腰句，餘同。尾批："此正【解三酲】本調也。然【解三酲】與【南吕宫】之【針綫箱】，止争第四句之節讀。如【解三酲】第四句，乃上三下三，於第四字上必當用一掣板。如【針綫箱】第四句，乃上二下四或上四下二，故於第四字下必當用一截板。此正二調分别處耳，凡本及古曲皆如是者。"然較之《錯立身》第四句均爲七字句，《正始》所謂上三下三六字句云云，其實已並非始調，而是有所變化了。第四曲尾批："此正【解三酲】之【換頭】，比始調止争第一、第二句之節讀。如始調首二句皆上三下四，故（原作'古'）皆用板於第二、第四、第六字者上。【換頭】首二句乃上四下三，故皆移板於第三、第五、第七字上。此正始調、【換頭】之别，元譜皆然。"較之《錯立身》，亦然。列第六曲爲第四格，題注："第四句變七字。"《錯立身》二曲已然。列第七曲爲【換頭】第四格，題注："第六句變爲八字二句。"

南曲有【仙吕過曲・解三酲】，《沈譜》卷一所録正格與《正始》同。題注："'酲'或作'醒'，非也。"《新譜》卷一承之，眉批："【解三酲】，用劉伶'五斗解酲'語。俗訛作【解三醒】，非也。"與【針綫箱】大同小異，故多混淆；然【針綫箱】誤作【解三酲】者多，【解三酲】誤爲【針綫箱】者少。僅據第四句句式區分二曲，因多異體，亦难準確。若考慮宫調不同、聯章與否，或較清楚。

此曲出戲文，從《錯立身》到《西廂記》《蔡伯喈》，逐步規範；南曲承之。

【聖藥王】

更做四不知，雙鬬醫，更做風流浪子兩相宜。黄魯直，打得底，馬明王村裏會佳期，更做搬運太湖石。　《錯立身》12

格式：$3_{\triangle}$，$3_{\triangle}$，$7_{\triangle}$。$3_{\triangle}$，$3_{\triangle}$，$7_{\triangle}$，$5_{\triangle}$。　7句

北曲有【越調・聖藥王】，與此同。

此曲係北曲，《校注》已標明。戲文援用之。

【瑞雲濃】

1.【黄鐘引子】一夜東風，吹綻禁園桃李。從入昭陽感恩霈，龍和鳳叶，果只是人間一對。欣喜，想明皇太真無二。

元傳奇《宣和遺事》，《正始》頁33

2.【黄鐘引子】春容漸老，緑遍滿階芳草。獨守孤幃病成了，衾寒枕冷，爲一點春愁縈惱。懷抱，恨只恨離多會少。

元傳奇《西厢記》，《正始》頁33

格式：4，$6_{\triangle}$。$7_{\triangle}$，4，7乙$_{\triangle}$。$2_{\triangle}$，7乙$_{\triangle}$。　7句

《正始》列第一曲爲正格，尾批："此調，按蔣、沈二譜收元李景雲《西厢記》之'春容漸老'一調，與此同體。但彼首句乃平平仄仄，今此'一夜東風'，乃仄仄平平"；且彼套第五、第六兩句作九字一句，"據此，'爲一點春愁'五字似斷，'縈惱懷抱'四字似連。然今蔣、沈二譜亦承之，幾没却二字之句法也。但此二句之句節果易混淆，不若《宣和遺事》之確。今再借此調一二格，證此二字之句法。……可知上句七字，下句二字，不能混亂也。"對此曲句格有較詳細的考辨。

《全宋詞》有【瑞雲濃】一首，雙片，其上闋與此僅末兩句作"5，5乙$_{\triangle}$"，餘同。另有【瑞雲濃慢】一首，雙片，與此不同。南曲有【黄鐘引子・瑞雲濃】，《舊譜》卷五、《沈譜》卷十四、《新譜》卷十四、《定律》卷

一、《大成》卷六十九俱引第二曲爲例曲。《沈譜》題注："'雲',或作'煙'。""非李日華所編。"末三句句格與此不同,正《正始》所批评者。《新譜》卷十四題注:"古曲,非李日華。"眉批:"馮云:'懷抱'是二字句,元曲皆然,不可連上作一句。從之。"則是聽從了馮夢龍的意見,與此同。《大成》題【又一體】,署"古《西厢》",尾批:"按前人另有《西厢》,其全帙失考,僅傳《月下聽琴》一套,即【瑞雲濃】【絳都春序】【出隊子】【鬧樊樓】【滴滴金】【畫眉序】【啄木兒】【三段子】【滴溜子】【下小樓】【耍鮑老】【尾聲】數闋也。其詞載於《雍熙樂府》《南音三籟》,及摘採於《嘯餘譜》《南詞定律》等譜。賞音者謂是元人手筆,蒼老處自非後人所及。《南音三籟》注爲'古《西厢》'。今仍其舊名,以有别於《六幻西厢》也。"

此曲出詞調,戲文承之,傳入南曲,均略有變化。

【傳言玉女】

1.【黄鐘引子】得睹天顔,真爲主憂臣辱。皇恩深沐,享千鍾重禄。如今幸得,再整銀屏金屋。皇朝重見,太平重睹。

元傳奇《拜月亭》,《正始》頁 34

2.【黄鐘引子】燭影摇紅,簾幕瑞煙浮動。畫堂中珠圍翠擁。粧臺對月,下鸞鶴神仙儀從。玉簫聲裏,一雙鳴鳳。

元傳奇《蔡伯喈》,《正始》頁 34

格式:4,6△。4,5 乙△。4,6△。4,4△。　　8句

《正始》列第一曲爲正格,題注:"與詩餘同。亦入【黄鐘調】,名曰【步虚聲】。"列第二曲爲第二格,題注:"第三、四(句)併爲七字一句。是格頗多。"

宋詞有【傳言玉女】,雙片,其上闋與此同。南曲有此曲,《舊譜》卷五、《沈譜》卷十四、《新譜》卷十四、《定律》卷一引第二曲爲例曲,《沈譜》題《琵琶記》,題注:"比詩餘多少一二字。"《定律》第五句以襯作正作七字,與此略有變化,然以第一曲爲【又一體】。《大成》卷六十

九亦以第一曲爲【又一體】,與此同。

此曲出於宋詞,戲文承之;南曲以變爲正。

【瑞鶴仙】

【正宫引子】十載親燈火,論高才絶學,休誇班馬。風雲太平日,正驊騮欲騁,魚龍將化。沈吟一和,怎能離雙親膝下。且盡心甘旨,功名富貴,付之天也。　　元傳奇《蔡伯喈》,《正始》頁 132

格式:5,5 乙,$4_{\triangle}$。5,5 乙,$4_{\triangle}$。4,7 乙$_{\triangle}$。5 乙,4,$4_{\triangle}$。　11 句

《正始》題注:"與周美成詩餘同,但無【换頭】。"

詞調有【瑞鶴仙】,雙片,其上闋之常格合此末三句作"7 乙,$6_{\triangle}$"二句,餘同;然周邦彦、袁去華等人之作,正與此同。諸宫調有【仙宫調·瑞鶴仙】,與詞之上片略同,與此第二、五兩句作四字,末三句作七乙兩句,餘同。《正音譜》卷下有【仙吕·瑞鶴仙】,同諸宫調。南曲有此調,《舊譜》卷二、《沈譜》卷四、《新譜》卷四、《定律》卷二、《大成》卷三十俱引此爲例曲,句字、正襯略有差異,故第八句或作六字句,餘與此同。《新譜》眉批:"王本'却'字正書,不作襯。"其以此"怎能離"作"怎離却",則與此全同。

此調出於宋詞,入諸宫調;戲文承詞調,傳入南曲。

【傾杯序】

1.【正宫過曲】翠嶺山林,見峭壁崔嵬岑巒峙。檜老松枯,鳳舞龍飛,古木喬林,修竹依依。逍遥快樂,醉歌狂舞,洞天風味。喜逢伊,少年花貌似嬌癡。

2.【前腔第二换頭】堪題,對嶺梅花,報早寒枝上藏春意。疏影横斜,淺水澄清,暗香浮動,明月添輝。孤身在此,怎逢驛使,與傳消息?把愁腸,强來寬解暫歡娱。

3.【前腔第三换頭】看伊,俊秀目巧様眉,冷浸秋江水。杏臉霞

腮，一笑回看，洞裏嬌姿，光彩俱非。輕憐痛惜，論雲説雨，共諧百歲。看教伊，洞中掌管好花枝。

4.【前腔第四換頭】情知，貌醜陋輾轉羞，何足留情意？背立東風，淚眼偷彈，謝得東君，爲花作主。當歌遇酒，對月臨風，共同歡聚。似鴛鴦戲水，一步不厮離。　　元傳奇《陳巡檢》，《正始》頁 153

5.【正宫過曲】景入清明，正麗日遲遲和風扇。挂眼芳菲，淺緑深紅，嫩白微黄，裝點名園。梨花院落，綵繩高挂，戲蹴鞦韆。向這百花亭上恣歡宴。

6.【前腔第二换頭】春妍，鬬草尋芳，奈寸腸千縷無心戀。見著啣泥燕子，雙雙粉蝶，尋芳飛舞花前。誰知對此，因時興念，睹物傷感？管教人，每年三月病懨懨。

7.【前腔第三换頭】休念，聽滿耳奏管弦，是處人争看。只見寶馬香車，似簇紅裝豔質，來往歌舞聲喧。何須自苦，怎不去觀柳，看花消遣。向這玉樓共飲，同醉杏花天。　　元傳奇《王焕》，《正始》頁 157

格式：4，$7_{\triangle}$。4，4，4，$4_{\triangle}$。4，4，$4_{\triangle}$。3，$7_{\triangle}$。　　11 句

《正始》列第一曲爲正格，尾批："此實古體原詞。其章規順律，萬調雷同。若此設有小變，皆施於腹、末，其起首之第一句四字、第二句七字，是其定制，萬無移易者也。又其【第二换頭】之起處，亦即四字、七字，但於四字上外加二字一句，故謂之【换頭】耳。又其第三、第四【换頭】又不然。其第一句仍二字，第二句變爲六字二截，第三句減爲五字一句。此係全套【傾杯序】之古式也。余曾閲過元套【傾杯序】二十餘，無不然者。"由此對時譜及時人之改作多作批評。第四曲題注："末句節讀不同。此格儘有。"即以末兩句作"5 乙$_{\triangle}$，$5_{\triangle}$。"列第五曲爲第二格，題注："末句上減三字一句，但首句必四字、次句必七字也。"第六曲題注："減第六句四字。"餘與第二曲同。第七曲題注："減第七四字一句，末句與《陳巡檢》【第四换頭】同。"

唐・崔令欽《教坊記・曲名》有【傾杯樂】，《全唐五代詞》有【傾杯樂】二首，雙片，首兩句作"4，$7_{\triangle}$"，餘與此略異。宋大曲有【傾杯】。《全宋詞》有【傾杯序】一首，三片，其上闋首三句與唐曲之一體，僅第

三句由五字增作六字，與此不同；另有【傾杯】，亦名【傾杯樂】【古傾杯】，首句均作四字，餘與唐詞略異，與此略異。諸宮調有【黄鐘・傾杯序】，四片，其上闋與此僅將第二句破作"4，6△"兩句，末句作六乙，餘同。北曲有【黄鐘・傾杯序】，《正音譜》例曲與諸宮調同。南曲有【正宫過曲・傾杯序】，《舊譜》卷二引第一曲爲例曲，與此句格相同，句字多異。《沈譜》卷四用第一、二兩曲爲例曲，題注："與詩餘不同。"第一曲首五句作"霧鎖煙林映峭壁，岩壑峰巒翠。檜老杉枯，古木喬松，鳳舞龍蟠"，與此變化較大；第二曲【前腔换頭】第二句作"對嶺梅"，《新譜》卷四、《寒山堂譜》卷二、《定律》卷二、《大成》卷三十一俱同。《寒山堂譜》第一曲尾批："或云：'此調當四字起句，"映峭壁"三字，皆屬下文。'未知是否也。現今點板從俗。第三、第六句，必用扇面對，第七句至第九句，亦用扇面對。"第二曲尾批："若用三曲、四曲，均與此格相同。"《定律》全引《正始》長篇評語，但又作調解："之論雖然，但首句七字、次句五字，行之已久，即如沈伯英、丘瓊山、蔣惟忠、楊升菴、李笠翁諸公，俱非不諳詞律、不通文理者，皆有首句七字、次句五字之曲。況自明時迄今三百餘年，其來亦久矣。似不必拘殢，必以四字起句爲是也。然亦有五字起者，其古體亦附録於末，以存其舊。"這裏其實混淆了元曲與明曲的區别：元曲均四字起句，明曲則多七字起句。即以分别所引第一曲，亦可爲證。其又引第二曲爲【前腔换頭】起句五字之例，亦誤。《簡譜》卷五引第一曲爲例曲，用《沈譜》體，尾批："此爲【傾杯序】正格。……首句古體，本四字斷句，以'映峭壁'三字作讀。自楊升菴作此曲云：'隔墻新月上梅花，綉閣吹燈罷。'於是作者皆從此體，而以七字爲句矣。"此言明曲較元曲已有變化，是；然以七字句破作四字、三字兩句，仍未脱明曲曲文限定，未重視元曲原貌之故。

此調出於唐曲，詞調、諸宫調承之；戲文承諸宫調，略有變化；傳於南曲，又異變其格。

【催拍】

【正宫過曲】受君恩身居從班,食君禄怎敢避難。此行非同小看,緝探上京虚實,便往邊關。……①　　元傳奇《拜月亭》,《正始》頁 190

格式:7 乙$_{\triangle}$,7 乙$_{\triangle}$。4,4,4$_{\triangle}$。4,4$_{\triangle}$。7 乙$_{\triangle}$,6 乙$_{\triangle}$。　　9 句

《正始》【正宫過曲・錦中拍】尾批:"【催拍】,即《拜月亭》云云。"

唐宋大曲第三部分【入破】第四曲【實催】,即【催拍】。董穎《西子詞》【第四催拍】,雙片,上闋十句,與此不同;史浩《壽鄉詞》【實催】單片,十九句,與此不同;曹勳《法曲道情》【入破第四】,單片,十八句,與此亦不同。

南曲有【大石調過曲・催拍】,《舊譜》卷八、《沈譜》卷六、《新譜》卷六、《寒山堂譜》卷三、《寒山曲譜》、《定律》卷五、《大成》卷十八均以此曲爲例曲,全九句,後四句與《重訂拜月亭記》第十齣《奉命和番》同。《舊譜》《沈譜》均有題注:"【急板令】。"《沈譜》眉批:"第三句,今人重唱一句,亦可。"《寒山堂譜》《寒山曲譜》《大成》題注:"一名【急板令】。"僅第三句後增四字疊句,末句作"今日去也未知甚時還"七字,餘同。《寒山曲譜》《定律》題【摧拍】,《寒山堂譜》署"元傳奇《古城會》",誤。《寒山曲譜》失署。

此曲出大曲,戲文或轉换承之,傳入南曲。

【解酲歌】

【仙吕過曲】【解三酲】把黄粱(原作"梁")懶炊香飯,放教他恣遊邯鄲。假饒位至三公顯,怎得似野人閑?朝恩暮怨人情一似掌様翻,試聽

---

① 《重訂拜月亭記》第十齣《奉命和番》存録【催拍】四支,首曲辭云:"受君恩身居從班,食君禄怎敢避難。此行非同小看,緝探上京虚實,便往邊關。漠漠平沙,路遠天寒。一别後涉水登山,今日去甚時還?"

狂士接輿歌未闌。【排歌】連雲棧，亂石灘，煙波名利大家難。桑榆晚，休更揀，林泉名只在山間。　　元傳奇《陶學士》，《正始》頁 351

格式：7 乙$_{\triangle}$，7 乙$_{\triangle}$。7$_{\triangle}$，6 乙$_{\triangle}$。7$_{\triangle}$，7$_{\triangle}$。3$_{\triangle}$，3$_{\triangle}$，7$_{\triangle}$。3$_{\triangle}$，3$_{\triangle}$，7 乙$_{\triangle}$。　　12 句

集曲。前用【解三醒】首六句，後用【羽調排歌】末六句。末句據格應作七字句。

《正始》尾批："余嘗以其全套録正於選詞，今據此'朝恩'句可知矣。今坊本皆曰'朝思暮想人情一似掌樣翻'。據'人情翻掌'，何必要'朝思暮想'乎？此'恩怨'二字之書法，與'思想'二字相似，或書人筆誤，到刊工亦承其誤耳。況今歌者又不審其詳，訛以傳訛。豈不冤哉！"

南曲有【仙呂過曲・解醒歌】，《沈譜》卷一、《新譜》卷一、《定律》卷四、《簡譜》卷六均引《金印記》"冷凄凄玉梅凍蕊"爲例曲，與此僅末句作七字，餘同。《群音類選》清腔類《閑情》套所録此曲，然末三句作："收馮鋏，築傅板，盡教三箭定天山。"與此不同。

此曲出戲文，南曲承之。

【會河陽】

1.【中吕過曲】有甚争差且息嗔，閑言閑語總休論。賤妾，不避責罰，將片言語陳。難得見今日之分，甚時除得我心間悶，甚時除得我心間悶。　　元傳奇《拜月亭》，《正始》頁 476

2.【中吕過曲】綺羅中來往人似織，香車寶馬鎮相隨。畫舫紅舟，綉幕低垂。來傍平堤，看這裏方聽歌聲麗，那壁又奏笙簫沸。　　元傳奇《崔護》，《正始》頁 477

格式：7$_{\triangle}$，7$_{\triangle}$。2，4，4$_{\triangle}$。7 乙$_{\triangle}$，7$_{\triangle}$，7$_{\triangle}$。　　8 句

《正始》列第一曲爲正格，題注："與【中吕調・會河序】不同。"尾批對時譜變首句作八字句、第六句減字作六字句，提出批評。列第二

曲爲第二格，題注："減去第三二字一句，第五句減爲四字。【風雲會四朝元】犯此。"頁1005【仙吕入雙調過曲·風雲會四朝元】引此第三、第四兩句，"幕"作"額"。

南曲有【中吕過曲·會河陽】，《沈譜》卷八、《新譜》卷八、《寒山曲譜》均引第一曲爲例曲，然首句破作四字兩句，第五句後增六乙一句，末兩句將襯字做實，破作"$2,6$ 乙$_{\triangle}$；$2,6$ 乙$_{\triangle}$"四句；句字亦有差異。《沈譜》眉批："舊作'有甚争差且息嗔，閑言語盡總休論'，亦通，但第二句須點板在'盡'字及'總'字下與'論'字頭耳。"

此曲出戲文，南曲承之，有所轉换。

【意難忘】

【南吕引子】緑鬢仙郎，懶拈花弄柳，勸酒持觴。長顰知有恨，何事苦思量。些個事，惱人腸，試説與何妨。又怕伊尋消問息，添我恓惶。　　元傳奇《蔡伯喈》，《正始》頁512

格式：$4_{\triangle}$，5乙，$4_{\triangle}$。5，$5_{\triangle}$。3，$3_{\triangle}$，5乙$_{\triangle}$。7乙，$4_{\triangle}$。　10句

《正始》題注："與詩餘同，但無【换頭】。"眉批："'何事'之'何'字，添字可用仄聲。"尾批："唱者不可以'試説'二字讀斷。"

周邦彦詞有【意難忘】"衣染鶯黄"，屬【中吕】，與此同格。南曲有此調，《舊譜》卷四、《沈譜》卷十、《新譜》卷十二、《定律》卷八、《大成》卷四十八俱以此爲例曲。《舊譜》《定律》《大成》與此句字略有變化，《沈譜》《新譜》題注與《正始》同，句格俱同。

此調出詞調，入戲文，轉换宫調；南曲承於戲文。

【解連環】

1.【南吕引子】粉容憔悴，……　　元傳奇《孟月梅》，《正始》頁528

2.【南吕過曲】酬酢歡娱，拚今宵共伊沉醉，同攜手步月回歸。

逢知己，賽過同胞共乳的，更莫學割袍斷義。

元傳奇《殺狗記》，《正始》頁 540

格式 1:4$_{\triangle}$,……

2:4$_{\triangle}$,7 乙$_{\triangle}$,7 乙$_{\triangle}$。3$_{\triangle}$,7$_{\triangle}$,7 乙$_{\triangle}$。　　6 句

第一曲用式 1，爲【南吕引子】。第二曲用式 2，爲【南吕過曲】。

第一曲，《正始》題注："十三調【商調】查歸。"尾批："下已逸。"引宋人周邦彦【解連環】詞"怨怀难托"爲附録，其式为："4$_{\triangle}$,5 乙,4$_{\triangle}$。7 乙,5 乙,4$_{\triangle}$。4,7 乙$_{\triangle}$。5 乙,4,4$_{\triangle}$。"十一句，並注："【换頭】或可不同。"詞中有"縱妙手能解連環"，正唱調名，亦是曲名由來。

《正始》列第二曲爲【南吕過曲】正格，題注："與【仙吕宫・解連環】不同。"《正始》另有【仙吕過曲・解連環】，引《耿文遠》爲例，較此减第四句三字，末句作六字，餘同。

詞調有【解連環】，一作【望梅】【杏梁燕】，雙片，其上闋十一句，與式 1 同。南曲有【解連環】二式。《舊譜・十三調南曲音節譜》、《沈譜》卷十八、《新譜》卷十九有【商調慢詞・解連環】，皆引周邦彦詞爲例曲。《舊譜》存目無辭。《沈譜》題注："此係詩餘，亦可唱。"尾批："此後尚有【换頭】，因太長，不録。此詞即用'解連環'三字在内，妙甚。"《定律》卷十、《大成》卷五十六例曲同前，然入【商調引子】。"慢詞"即"引子"。《舊譜》卷四、《沈譜》卷十二、《新譜》卷十二、《寒山曲譜》、《定律》卷四、《大成》卷三有【南吕過曲・解連環】，俱引第二曲爲例曲。《沈譜》題注："與詩餘不同。"故《沈譜・目録・名同而音律不同者復列於後》有"【南吕引子・解連環】，在九宫；【商調過曲・解連環】，在十三調。"其所署"引子""過曲"，恰誤倒置。

此曲出於詞調，戲文承之：式 1 即用詞調，爲【南吕引子】；式 2 或轉换承之，爲【南吕過曲】；南曲承於戲文，然式 1 已轉入【商調慢詞】。《正始》另有【仙吕過曲】，諸譜未見著録。

【楚江清】

【南吕過曲】今生吾父子，甚罪逆天地？死別生離，破家猶棄國。到得今日，尚復如是。父親不見兒，孩兒不見妻。

元傳奇《趙氏孤兒》，《正始》頁 680

格式：$5_{\triangle}$，$5_{\triangle}$。$4_{\triangle}$，$5_{\triangle}$。$4_{\triangle}$，$4_{\triangle}$。5，$5_{\triangle}$。　8 句

《正始》題注："'清'，俗作'情'，非。"

南曲無此調。《沈譜》卷十二有【南吕過曲・羅江怨】，尾批："《誠齋樂府》將此調改作【楚江情】，蓋惡'怨'字也。"【又一體】題注："即別名【楚江情】者。"集曲，前用【香羅帶】七句，後用【一江風】六句。然《舊譜》卷四【羅江怨】題注："【香羅帶】，【一江風】，【怨別離】。"集曲，前用【香羅帶】四句，後用【一江風】二句，以末三句入【怨別離】。《沈譜》對此已作辨正。均與此不同。《新譜》卷十二承《沈譜》。《趙氏孤兒記》第二十七齣《朔遇靈輀》用此曲，然題【兒女怨】，此題不見諸譜。

此調僅見於戲文，南曲不傳。南曲有【南吕過曲・羅江怨】，別稱【楚江情】，與此不同。

【園林杵歌】

【越調過曲】看這般模樣，好似我孫大郎，唬得我神魂飄蕩。好教我退後趨前，心急意忙。那堪柳絮梨花，下得恁强。似這般冷颼颼，寒凜凜，哥哥怎當？自忖量，自感傷，怕這雪凍死了兄長。不由我撲撲簌簌，淚出痛腸。

元傳奇《殺狗記》，《正始》頁 831

格式：$4_{\triangle}$，6 乙$_{\triangle}$，7 乙$_{\triangle}$。7 乙$_{\triangle}$，$4_{\triangle}$。4，$4_{\triangle}$。6 乙，3，$4_{\triangle}$。$3_{\triangle}$，$3_{\triangle}$，7 乙$_{\triangle}$。7 乙，$4_{\triangle}$。　15 句

《正始》題注："蔣譜作【園林中好】。"尾批："此係古本原文。今時譜稍減字面，不識何所本也。"

南曲有【越調過曲・園林杵歌】,《舊譜》卷六、《沈譜》卷十五、《新譜》卷十六、《定律》卷十三、《大成》卷二十四、《簡譜》卷十俱引此为例曲,文字多有差異。《沈譜》題注:“或作【園中好】。”首三句、十四句均用減字格,且省略第五句,末二句併作九字三折一句,正《正始》所批評者。《大成》以“自忖量”以下五句,爲【又一體】,《簡譜》則題【換頭】,則以此破作二曲矣。

此曲出戲文,南曲承之,頗有變化,但演進之迹仍是十分明顯的。

【道和】

1.【越調過曲】喜得功名遂,重沐提攜。荷天天配合一對兒,如鸞似鳳夫共妻。腰金衣紫身榮貴,今日謝得親闈,兩情深感激。(合)喜得重相會也,畫堂羅綺駢珠翠。歡聲宴樂春風細,今日再成姻契。效學于飛,如魚似水。

2.【前腔】深感情意美,舊恨休題。曾記綵樓結會時,巫山待思雲雨期。争些誤却鸞鳳對,教我受盡孤恓,冷落在荒村裏。(合前)

3.【前腔第一換頭】日前惟恐人談齒,一時嗔怒是虚脾。不道相嫌棄,此時無計或留伊。(合)到今日裏歡樂拚沉醉。

4.【前腔第二換頭】一時爲此閑言語,是非今日總休題。看取殷勤意,世情冷暖自心知。(合前)

5.【前腔第三換頭】效學雙雙,團圓盡老常如是。悄似奇花,同根並蒂,永不暫離。美滿相看,人人盡説咱共你。(合前)

6.【前腔第四換頭】算因緣事,這般輻輳皆前世。雙親見喜,幸然身受皇恩,再得榮貴,團圓到底。(合前)

7.【前腔第五換頭】算因緣事,算因緣事,好似昔日相如,題橋名遂時。悄似月梅榮貴,子母再歡會,人間有幾。(合)到今日裏歡樂拚沉醉,莫忘了昔日綵球兒。　　元傳奇《吕蒙正》,《正始》頁 841

格式:5△,4△。7△,7△。7△,6△,5△。5△也,7△。7△,6△。4△,4△。　　13句

《正始》以第一曲爲例曲，題注："此調向作【合生】，而收置【中吕宫】，今查歸本宫，正名【道和】。"第三曲尾批："此【合頭】不承始調之文句，另易其體。下調皆然。"第四曲題注："此與上調同章句。"第五曲題注："此與上下闋大不同。"第六曲題注："此比上闋同句律，不同句聯，且減去末煞七字一句。"第七曲題注："此與以（原作'已'）上諸格不同，且於此【合頭】下又添一句，不識何謂。"尾批對時人仿《雍熙樂府》而將此諸曲改爲南北合套提出批評："南【道和】而屬九宫【越調】，北【道和】而屬【中吕宫】；又南【梅花酒】亦在【越調】，北【梅花酒】而在【雙調】。且此二調之章句體式皆與南調有天淵之隔，何不審之?"是。

北曲有【中吕·道和】，一作【道合】，鄭騫《北曲新譜》列六體，均與此不同。南曲有此調，《舊譜》卷六以第一、第三兩曲爲例曲，第三曲末增"拚沉醉，莫忘了昔日綵球兒"二句。《沈譜》卷十五、《新譜》卷十六、《定律》卷十三均以第一曲爲例曲，《沈譜》題注："本名【合笙】，在【中吕】。《舊譜》改作【道和】，今從之。"均與此同。《定律》即題【合笙】，尾批："此曲與《荆釵》之'喜得荆釵會'、《露綬》之'偌大排家宴'等數套，本皆係南詞，今俱歸北調，通行久矣，似不必必要扭入南詞。姑録以存一體。"《定律》復引第三曲爲【道合】，五句僅句字略有差異，末增"拚沉醉，莫忘了昔日綵球兒"二句爲【合】，尾批："此曲亦隨【合笙】一套，歸於北調。姑附録於此。"與《舊譜》同。《大成》卷二十八以前二曲題【喬合笙】，次二曲題【道和】，均入《綵樓記》【越角·喬合笙】套，尾批："按【喬合笙】套，元人百種，從無此體，始見於《綵樓記》末折。考其原本，係南【越調】全套，所用【合笙】二闋、【道和】二闋，【鬬蝦蟆】【憶多嬌】各一闋，【豹子令】【梅花酒】各二闋，末用【尾聲】作結，統名【喬合笙】套。後人將【合笙】【道和】【豹子令】之第二曲，並【鬬蝦蟆】【憶多嬌】俱爲删去，另作北【調笑令】【耍厮兒】【聖藥王】三曲，間於【道和】前後，作南北合套。其演劇家蓋欲巧合排場，將此二格皆改唱作純北腔矣，如《荆釵記》《爛柯山》《長生樂》諸套，比比皆然。今查【越角】宫詞弦索譜，亦有南北套體純作北腔者，大抵演劇家之純唱北腔，由此而來。今將【合笙】【道和】【豹子令】之第二曲仍歸本宫，以

【調笑令】【禿廝兒】【聖藥王】間之，作純北腔唱法，仿宫詞弦索譜之意，見者勿以南北合套體而純唱北腔爲訝也。”此介紹原委甚詳，但爲後世演唱情形，非宋元原貌，故此仍從《正始》。

此調出民間歌舞，南北分途承傳，彼此不同；南曲承戲文，後多用北調而歌。

【園林好】

【仙吕入雙調過曲】我孩兒不須挂牽，爹只望孩兒貴顯。若得你名登高選，須早把信音傳，須早把信音傳。

元傳奇《蔡伯喈》，《正始》頁 963

格式：7 乙$_{\triangle}$，7 乙$_{\triangle}$。7 乙$_{\triangle}$，6 乙$_{\triangle}$，6 乙$_{\triangle}$。　5 句

《正始》題注：“此調末句，亦可疊句另文者也。”

南曲有此調。《舊譜》卷十以元南散曲“他傷我連枝帶葉”爲例曲，末兩句作：“回首處楚雲遮，堪歎處路途賒。”是“疊句另文者”。《沈譜》卷二十、《新譜》卷二十三、《大成》卷二均引此爲例曲，末句亦疊用前句。

此調出戲文，南曲承之。

【傾杯賺】

1.【正宫近詞】角黍包金，正香蒲細切盤中玉。葵花綻蕊，紅裝素態擎清露。景堪録，繫百索衫裁艾虎，玉腕細喜纏紅縷。懸朱户，桃牌篆辟祟神符，事傳荆楚。

2.【前腔】深沉院宇，人悶閑觀，燕飛華屋。池魚比目，鴛鴦交頸荷花浦。意綢繆，偎檀口丁香半吐，攜纖手並肩低語。霜紈舉，熏風微扇温可除，破炎敵暑。　元傳奇《賽樂昌》，《正始》頁 1086

3.【正宫過曲】限期已到，請馳騎登途宜早。意難拋，今朝拜會俺故交。自懊惱，我往朝陽歸海島，君往饒州景致饒。休歎息，願此

去各家善保，且寬懷抱，且寬懷抱。

4.【前腔换頭】願赤心，報國安民，大凡事理宜公道。望吾兄，忠心一片天可表。去任所，管取民歌德政好，德政好時民無擾。蒙見教，乏款曲休嗔免笑，告辭先造，告辭先造。

元傳奇《荆釵記》，《寒山堂譜》卷二頁 668 下半葉

格式：4，7 乙$_{\triangle}$。4，7$_{\triangle}$。3，7 乙$_{\triangle}$，7 乙$_{\triangle}$。3$_{\triangle}$，7$_{\triangle}$，4$_{\triangle}$。　10 句

《正始》列元散套（原作“元傳奇”）《現團團桂輪》爲正格，即爲此式。列第一曲爲第二格，題注：“第二、第九句節讀不同。”與此第二句作七字句，第九句作七乙句。列第二曲爲【前腔】第三格，題注：“第二句變爲八字二截。”《寒山堂譜》原題【傾杯序】，圈“序”字旁添“賺”字，因其另有【傾杯序】，故置於此。列第三曲爲正格，題注：“十一句。”較此第二句作七乙句，第三句减字作三字句，增末一疊句。列第四曲爲【其二】，題注：“十二句。”實爲【换頭】，故改題。

此曲之淵源，參見前【傾杯序】之考辨。俱與此不同。《舊譜》《沈譜》《新譜》等不見此調。《定律》卷二、《大成》卷三十一均以第三、第四曲爲例曲，與《寒山堂譜》同。《大成》復録第一、第二兩曲爲【又一體】，末句亦均疊一句，然署“散曲”，誤。《簡譜》卷五引第三曲爲例曲，尾批：“各調賺曲，大體相同，平仄句法，或有小異而已。此支《定律》名【傾杯賺】，蓋【正宫】以【傾杯序】最古，因假爲賺名，實無深意也。”

此曲當出於賺詞，戲文承之，已有轉换；南曲承於戲文，然極少使用。

【新荷葉】

1.【大石調慢詞】聞説登程去似飛，欲留住怎生留住？今宵猶（原作“獨”）自樂庭幃，來朝已做天涯旅。

2.【前腔】不忍辭親淚偷垂，今别後甚時重會？他時官滿著鞭歸，何須恁慟天哭地？　元傳奇《唐伯亨》，《正始》頁 1096

格式：$7_{\triangle}$，7 乙$_{\triangle}$。$7_{\triangle}$，$7_{\triangle}$。 4 句

《正始》列第一曲爲正格，題注："與詩餘不同，比【南吕宫・小女冠子】止争第一、第三句煞字平仄，又第二句之七字。"列第二曲爲第二格，題注："末句句節不同。"爲七乙句。

詞調有【新荷葉】，與此不同。南曲有【正宫引子・新荷葉】，《舊譜》卷二、《沈譜》卷四、《新譜》卷四等俱引此二曲爲例曲。《舊譜》二曲連用，作八句體；《沈譜》將【前腔】作【换頭】；《新譜》沿襲《沈譜》，眉批："【换頭】只首句第六字平聲，餘俱同前。"錢南揚《宋元戲文輯佚》頁 119 注云："《舊譜》兩曲不分，合爲一支。《沈譜》【前腔】作【换頭】，誤。"是。戲文另有【南吕引子・小女冠子】，其正格與此第一句、第三句均仄煞，第二句破作三字兩句，有所不同。

此曲出詞調，戲文用其名而轉换之；南曲承之，入【正宫引子】。引子例無【换頭】，但連用二支或數支時，亦可用【前腔】。《新譜》卷四【正宫引子・錦堂春】尾批："【换頭】皆同。"可見引子多因同名詞調後半闋而用【前腔】或【换頭】。

【會河序】

1.【中吕調近詞】芳春輕寒乍暖時，滿城盡在西郊外，我每對此同遊戲。兩兩三三浮浪兒，同行桃溪過柳堤。花籃兒隨着鬧竿兒，忒跎戲。公子王孫攜歌妓，與他共入花深處。

元傳奇《柳耆卿》，《正始》頁 1145

2.【中吕調近詞】同去賞芳菲，盡日縱步西郊外，解珮拚醉東風裏。思之，這裏春事能有幾？况是光陰如撚指，舉目又怕紅輪墜。

元傳奇《崔護》，《正始》頁 1146

格式：$7_{\triangle}$，7，$7_{\triangle}$。$7_{\triangle}$，$7_{\triangle}$。$7_{\triangle}$，$3_{\triangle}$。$7_{\triangle}$，$7_{\triangle}$。 9 句

《正始》列第一曲爲正格。列第二曲爲第二格，題注："首句減爲五字，三句下增二字一句，第四句下減七字二句、三字一句。"

《定律》卷六、《大成》卷十八引此二曲爲例曲，與此同。《大成》入

【大石調過曲】,第一曲署《玩江樓》,是;第二曲署"散曲",誤。尾批:"【會河序】二闋,諸譜皆不載,獨《南詞定律》收入。次曲較首曲甚短,或有遺脱,亦未可知。今以首曲爲正體,次曲爲【又一體】。"

此曲當出於戲文,南曲承之,但極少使用。

【鼓板賺】

1.【中吕調近詞】奴在深閨,聽得堂前甚鼎沸。丫鬟報導,兒夫果是早回歸。嫂嫂覷,我兒文龍是不是?自别你三般爲表記,千山萬水但不離,隨身帶取。好也蹺蹊。

2.【前腔换頭】娘子幸有三般記,取出合合見端的。真的怎滅?夫妻豈是今生契?不怨你,土木之人也猜疑。看取三物便合知,三物這裏果恁地,天教你歸。斷音絶寄。

元傳奇《劉文龍》,《正始》頁1151

格式:$4_{\triangle}$,$7_{\triangle}$。4,$7_{\triangle}$。$3_{\triangle}$,$7_{\triangle}$。$7_{\triangle}$,$7_{\triangle}$,$4_{\triangle}$。$4_{\triangle}$。　10句

第二曲【换頭】僅將首句改作七字,餘同前。

南曲有【中吕調近詞·鼓板賺】,《舊譜·十三調南曲音節譜》有【中吕調近詞·賺】,題注:"名【鼓板賺】。"然存目無辭。《新譜》卷九引"舊曲""鷗鷺齊飛"爲例曲,與此僅第三句作三字,第八句破作"$3_{\triangle}$,3"兩句,餘同。眉批:"從徐稿録,存古曲之名。"則録自徐于室《正始》手稿。

此曲當出於賺詞,戲文採録,南曲承之,極少使用。

【搗白練】

1.【南吕調近詞】心上事,神前咒,對瀟灑冰窗翠牖。曾記把酒登程,咱但願人長久。

2.【前腔换頭】富貴康寧福壽,也知道前程遠驟。齊眉並首,開懷散悶消愁。

元傳奇《孟月梅》,《正始》頁1164

3.【南吕調近詞】畫閣曾共排佳宴，塑獅兒滿堂歡笑。是我如今，身畔無依，頓覺是事都懶。

4.【前腔】香漸冷，思量遍，料前生與伊分淺。做教一牢永定，怎知做出，萬般愁悶？

5.【前腔】更無門路重相見，遍求神問卜告天。問道知他天遠，知他水遠，是那人遠？　　元傳奇《韓壽》，《正始》頁1166

格式：3，$3_{\triangle}$，7乙$_{\triangle}$。4，6乙$_{\triangle}$。　　5句

《正始》列第一曲爲正格。第二曲【换頭】，與此首二句合作六字一句，餘同。列第三曲爲第五格，題注："首二句併爲七字一句，末一句併爲六字。"又第四句後增四字一句。列第四曲爲第六格，題注："前四句，《孟月梅》始調體；末二句，《尋親記》始調格。"即《正始》第二格《尋親記》題注："末句變爲八字二句。"列第五曲爲第七格，題注："前三句，本曲始調體；末二句，《尋親》格。"

南曲有此調。《舊譜·十三調南曲音節譜》【南吕調·搗白練】題注："即【搗練子】。"存目無辭。《沈譜》卷十三引《風流合十三》"鳳侣飛"爲例曲，題注："《舊谱》注云即【搗練子】，非也。"眉批："或作【白搗練】，非也。"又引《墻頭馬上》"夜悠悠"爲【又一體】，題注："用入聲韵。"與此末兩句皆破作"5乙，4，$4_{\triangle}$"三句，與第四曲僅第四句作五乙句，餘同。《新譜》卷十三承之，眉批："舊云即【搗練子】，或犯【白練序】，皆非也。"《定律》卷八正格承《沈譜》，然以首二句併作六字折腰一句；引《教子記》"待説來又道是相嚇"爲【又一體】，以首二句併作七乙一句，末二句均同《沈譜》破作三句；以《教子記》"形單影隻"爲【前腔换頭】，與此首二句各增一字作兩個四字句，删減第四句，尾批："此曲與前曲，坊本内録爲一曲。"《簡譜》卷七亦以"鳳侣鳳"爲例曲，尾批："此調自明。又有《尋親》二曲，昔人以爲不合格者，實則首句略異耳。"然所引文字、句格與《定律》已有所不同，署"散曲"，誤。

此曲或出詞調【搗練子】，戲文轉换承之，並易其名。試以李後主詞"深院静"對勘此曲正格，内在變换之迹可尋。南曲承之，又多異體，且以變爲正。

【煞】

1.【越調近詞】他遭遇聖時，皆得回鄉裏。臣何故，别父母，遠鄉閭。没音書，此心違。伏惟陛下，特憫微臣之志，遣臣歸。得事雙親，隆恩怎比。　元傳奇《蔡伯喈》，《正始》頁 1218

2.【越調近詞】娘聽啓，寬心且休慮。臨清風，對皓月，當歌處。同歡逸，莫輕棄。夢想眠思，思憶寸心千里，悄如癡。目斷天涯，神魂似飛。　元傳奇《賽金蓮》，《正始》頁 1222

3.【仙吕過曲】伊聽啓：奴家自欣喜。心兒間，憐愛伊。恰渾如，掌中珠，猶（原作"由"）難比。石爛松枯，休得三心兩意，似恁地。博得今生，團圓到底。　元傳奇《東墻記》，《寒山堂譜》卷一頁 661 下半葉

格式：$4_{\triangle}$，$5_{\triangle}$。$3_{\triangle}$，$3_{\triangle}$，$3_{\triangle}$。$3_{\triangle}$，$3_{\triangle}$。4，$6_{\triangle}$，$3_{\triangle}$。4，$4_{\triangle}$。　12 句

《正始》列第一曲爲正格，列第二曲爲第二格，題注："此調首句三字者多。"《寒山堂譜》列第三曲爲例曲，原題【五段】，用《賽金蓮》格三字起句，但以第五句屬下，餘與正格同。

唐代大曲末曲作【徹】，五言或七言四句，與此不同。董穎《西子詞》、史浩《壽鄉詞》末曲均作【煞衮】，與此不同。惟曹勳《法曲道情》末曲作【煞】，十三句，與此約略相近。《碧雞漫志》引《霓裳羽衣譜》末曲作【殺衮】，當是同義。

南曲有此調，《沈譜》卷十六、《新譜》卷十七、《定律》卷十三、《大成》卷二十五、《簡譜》卷十均以第一曲爲例曲，《沈譜》《大成》題【煞尾】，《定律》題【衮煞第六】，《簡譜》題【衮尾六】，俱與此同。《定律》《大成》《簡譜》均入【越調過曲】。《寒山曲譜》存録第一、第三兩曲，均與此同。

此調出宋大曲，戲文或轉換承之；傳入南曲，仍用於成套組曲。

【解紅序】

1.【道宫調近詞】萬愁千恨，恨少年虚度，好天良夕。風塵氣味，最苦是今日迎新，明朝辭舊，終朝無暇日。有許多憋（原作“鱉”）閃又怎知？我心兒，（合）願風流倬的，來做女婿。

2.【前腔换頭】孩兒，你未知身貴，戴頭珠翠，滿身羅綺。風塵氣味，最好是美酒肥羊，笙歌弦管，終朝無暇日。便做宅院裏風光又怎比？何須，（合前）

3.【前腔换頭】何濟，緑鬢朱顔得幾時？鴛鴦帳裏少個知心的。風塵氣味，最苦是身若楊花，隨風高下，終身無所倚。有多少衷腸事告訴誰？聞早，（合前）

4.【前腔换頭】休癡，享用人間是第一。休噫，道你謀過十吏。風塵氣味，最好是陪着豪家，偎隨驕（原作“嬌”）貴，滿眼只睹得你。看你心兒要甚的？無錢漫自潘安美。請思維，何須苦戀佳婿。（合前）

元傳奇《李亞仙》，《正始》頁1290

格式：4，4，$4_{\triangle}$。$4_{\triangle}$，7 乙，4，$5_{\triangle}$。$7_{\triangle}$。$3_{\triangle}$，$4_{\triangle}$，$4_{\triangle}$。　　11句

《正始》列第一曲爲正格，尾批：“此末句之‘來’字而作實字，分爲二句，北調如此。”頁513元傳奇《李亞仙》【南吕引子・惜春慢】引此末二句，僅“女婿”作“佳婿”。第二曲與此首增二字一句，第九句減字作二字句，餘同。頁1340【高平調過曲・十二紅】尾批引此第二、第三兩句。《正始》列第三曲爲【前腔换頭】第二格，題注：“第二句增爲七字，第三、四八字二句，今併爲七字一句。”列第四曲爲【前腔换頭】第三格，題注：“第二句亦七字，第三句減作二字，第四句增爲六字，第七句下增七字一句，（合頭）上增六字一句。”

《全唐五代詞》有【解紅】，與此不同。諸宫調有【道宫・解紅】，與唐五代詞相似，與此不同。徐本立《詞律拾遺》卷六有【解紅慢】，其上闋十六句，與此頭尾相近，中腹不同，特别是第九、第十句間增入六句，餘則較爲近似。南曲諸譜，僅見《舊譜・十三調南曲音節譜》有

【道宫調近詞·解紅】,然存目無辭。

此曲當出詞調,戲文轉換承之,同名異實;南曲或已不傳。

【催拍子】

【大石調過曲】待俏亭亭金蓮卸芽,怯吁吁鶯梭溜了。好安排睡咱,安排睡咱,用的𡒊心没縫,還待將直搗三義。何處女菩薩,直恁多瀟灑。從今去圖霸,咱和你同戰到京華。

元傳奇《鶯燕争春》,《寒山堂譜》卷三頁 689 下半葉

格式:7 乙$_{\triangle}$,7 乙$_{\triangle}$。4$_{\triangle}$,4$_{\triangle}$,4,4$_{\triangle}$。5$_{\triangle}$,5$_{\triangle}$。5$_{\triangle}$,6 乙$_{\triangle}$。 10 句

《寒山堂譜》以此爲例曲,題注:"十壹句,五十一字。"尾批:"或將前七句作【催拍】,後四句作犯【一撮棹】。'何處'兩句相似矣,末二句却不同。且'子'字與【一撮棹】何關?此曲音調美聽,今人沿用已久,又是古曲,不如直作正調也。"

《新譜》卷六、《寒山曲譜》均以此爲例曲。《寒山曲譜》"催"作"摧",失署出處,集曲:前六句入【催拍】,後四句入【一撮棹】。《新譜》題【催拍棹】,亦作集曲,前五句爲【催拍】,第三句不疊;後四句入【一撮棹】,僅以"直恁"爲襯字。標署"《耆英會》",注:"【正宫】四曲同套。"據《古今入譜詞曲傳劇總目》,《耆英會》爲"鞠通生近稿"。鞠通生,沈自晉自號。其自述己作,當無疑義。錢南揚《輯佚》亦未録此曲。沈氏襲用舊曲,然化隻曲而爲集曲,《寒山堂譜》批評正是指此。此依例姑從《寒山堂譜》。

以此較之《正始》【正宫過曲·催拍】,僅第三句後增一疊句,第七、八兩句各增一字作五字句,第九句減二字作五字句,不僅句段相同,而且句字增減亦符合句式變化通例,或即爲其變格。此依例録之,以存舊目。

十　四　筆

【鳳時春】

1. 張葉詩書遍歷，困故鄉功名未遂。欲占春闈（原作"圍"）登科舉，暫别爹娘，獨自離鄉裏。《張協狀元》1

2. 得失榮枯在命，夫妻事豈非天爲？我的孩兒今成夫婦，論此因緣，事皆前定。《小孫屠》8

格式：$6_{\triangle}$，7 乙$_{\triangle}$。$7_{\triangle}$，4，$4_{\triangle}$。　5句

據錢南揚《校注》，第一曲爲諸宫調散詞。然今存諸宫調中未見此曲，無從考校。第二曲原題"鳳春時"，據《校注》改。《校注》又云："【鳳時春】爲【仙吕引子】，曲譜'鳳'作'奉'。"戲文有【奉時春】，與此首句作七字，第三句破作四字兩句，又將末兩句合作七字一句，大同小異。

《全宋詞》有【鳳時春】一首，雙片，其上闋與此僅將第二句破作"5乙，$4_{\triangle}$"兩句，餘同。南曲有【仙吕引子·奉時春】，與戲文【奉時春】同，與此有所變化。

此曲出詞調，戲文改造承之；另有【奉時春】，亦當由【鳳時春】詞調衍化而來；南曲僅承【奉時春】，【鳳時春】則已不傳，或併入【奉時春】，合爲一體。

【福州歌】

1. 伊奪擔去，我底行貨，都是川裏買來底。我妻我兒，家裏望消

息。雪兒又飛，今夜兩人在那裏睡！

2. 它來打你，你不肯，和順好言告它去。使槍使棒，一心逞雄威。擔兒把去，今夜兩人在那裏睡！

3. 朔風又起，擔兒裹，紙被襖兒盡劫去。手兒脚兒，渾身悄如水。雪兒又飛，今夜兩人在那裏睡！

4. 你莫打渠，苦只（原作“必”）苦，斷打你每早先輸。你腰我腰，没錢又没米。擔兒把去，今夜兩人在那裏睡！　　《張協狀元》8

格式：$4_{\triangle}$，3，$7_{\triangle}$。4，$5_{\triangle}$。$4_{\triangle}$，$7_{\triangle}$。　　7句

錢南揚《校注》：“【福州歌】當是地方小曲，僅見本戲，後世曲譜無此調。”

此曲僅見於戲文，後已不傳。

【酷相思】

父母家鄉知幾里（原作“遠”），怎知道兒狼狽！早聽得君家長吁氣，亦帶累奴垂淚。　　《張協狀元》12

格式：$7_{\triangle}$，6乙$_{\triangle}$。$7_{\triangle}$，6乙$_{\triangle}$。　　4句

《正始》頁521【南吕引子】引此曲，作【哭相思】，題注：“今【雙調·胡搗練】冒此者多，須辨。”文字與此小異。此曲即寫本調，後作【哭相思】，可見《張協狀元》在宋元流播中也曾有過修訂。

《全宋詞》有【酷相思】一首，雙片，其上闋與此末尾多六乙一句，餘同。南曲有【南吕引子·哭相思】，與此同。

此曲出詞調【酷相思】，戲文承之，略有變化，亦可稱【哭相思】；南曲承之，即稱【哭相思】。

【福清歌】

1. 自離故鄉，尋思斷腸，兩個月得共鸞凰。許多時空守房，到如

今依然恁，似我不嫁郎。燕啣泥，尋舊壘骨自成雙。　《張協狀元》23

2.【仙吕入雙調過曲】見着你每，珠淚暗傾，思往日教人懊恨。見官人没精神，遣吴忠淚珠流，似刀剜碎心。受饑寒，煞害得籬傾壁盡。　元傳奇《殺狗記》,《正始》頁 909

3.【仙吕入雙調過曲】歎奴丈夫，推車受苦，因甚的流落在途路？想中間有緣故，是奶婆每挑唆着老母，這苦難告訴。陷孩兒，出路去亡鄉失土。　元傳奇《王祥》,《正始》頁 909

4.【正宫過曲】聽説事因，賢德縣君，常勸戒官人不聽。守清貧且安分，去謁高門求口食，路上哀告人。（合前）

元傳奇《殺狗勸夫》,《寒山堂譜》卷二頁 672 上半葉

格式：4$_{\triangle}$，4$_{\triangle}$，7 乙$_{\triangle}$。6 乙$_{\triangle}$，6 乙$_{\triangle}$，5$_{\triangle}$。3，7 乙$_{\triangle}$。　8 句

錢南揚《校注》云：清，“今曲譜都作‘青’，蓋是簡寫。”唯《寒山堂譜》、俞爲民《殺狗記校注》第十六齣《吴忠看主》仍作“清”，存戲文舊貌。

《正始》以第二曲爲正格，題【福青歌】，與此同。列第三曲爲第二格，題注：“第五句變爲七字。”《寒山堂譜》《寒山曲譜》入【正宫過曲】，以第二曲爲【又一體】，以第四曲爲【其二】，（合前）用第二曲末二句，與此字句多有出入。

南曲有此調。《舊譜》卷十、《沈譜》卷二十、《新譜》卷二十三、《定律》卷四、《寒山堂譜》卷二、《寒山曲譜》、《簡譜》卷八均引第三曲爲例曲，除《寒山堂譜》，都題【福青歌】；僅第五句增字爲七字，餘與此同，句字多異。《沈譜》尾批：“此調，與【仙吕・青歌兒】相似，而實不同。《荆釵》《香囊》等記，誤刻【青歌兒】爲【福青歌】，實非此調也。”《定律》入【仙吕過曲】，與此句字多有出入。《簡譜》卷八題【雙調過曲】，末增“望叔叔思手足，上前相救護”二句。《大成》卷三並收兩式，注云：“然以《殺狗記》曲句法校對，少句者近是。”《簡譜》尾批以爲諸譜差異，“不過刊本脱‘合頭’兩語耳，並無兩體也。所謂多句，即此曲末二語。”然校之《張協》《殺狗》，不當增此二語。

此曲出戲文，南曲承之，改“清”作“青”，且以變爲正。

【滴漏子】

1. 豪家貴戚渾無數，定必欲嫁狀元。奴家分福前生定，嫁一個應少年。因緣，因緣心堅，管教石也穿。馬前馬前，合人情度鞭。

2. 【同前】前日不須看入院，看遊街看接（原作“執”）鞭。紅樓數里簾兒捲，定應是看狀元。近年，近年多應是，狀元都少年。馬前馬前，合人情度鞭。　《張協狀元》25

格式：7，6 乙$_{\triangle}$。7，6 乙$_{\triangle}$。2$_{\triangle}$，4$_{\triangle}$，5$_{\triangle}$。4$_{\triangle}$，5 乙$_{\triangle}$。　9 句

第六句首兩字應疊前句。首曲第八句前應標注（合），第二曲第八句前應注（合前）。

錢南揚《校注》云：“曲譜不收此調。與【黃鐘·滴溜子】迥異。”《沈譜》卷十四【滴溜子】題注：“又名【雙聲疊韻】，又名【雙鬭雞】。”三體與此俱不同。徐沁君師《中國曲學大辭典·南曲曲牌》認爲此曲或是【滴溜子】的“早期體式”。

此曲僅見於戲文，南曲【黃鐘過曲·滴溜子】或承此轉換而來。

【福馬郎】

1. 知道是成都一秀才，五百名中占，天下魁。今日裏，定遊街。十里小紅樓，人争看喝道狀元來。

2. 【同前】公相當朝何用媒，仗托我絲鞭，去選大才。當筵宴，早安排。凝望綵樓高，簾兒捲等取狀元來。

3. 【同前】旗幟交加樂器催，快子行如電，簇着大魁。接鞭後，勸三杯。管取洞房開，姮娥貌捧擁狀元來。　《張協狀元》27

4. 【正宮過曲】那時風寒雨又緊，正行裏喊聲如雷震，無處隱。急向林榔中躲，道途上奔。其時亂紛紛，身難保命難存。

元傳奇《拜月亭》，《正始》頁 144

5. 【正宮過曲】休説新婚牛氏女（原作“宅”），他須怨我相擔誤，

歸未得。傍人聞，把奴責。若是到京國，相逢處做好筵席。

元傳奇《蔡伯喈》，《寒山堂譜》卷二頁681上半葉

格式：$7_{\triangle}$，5，$3_{\triangle}$。3，$3_{\triangle}$。5，3、$5_{\triangle}$。　7句

《正始》列第四曲爲正格，與此末句作六乙。其實《張協狀元》末句均作八字，當是最早體式。又引明散套列第二格，題注："末句變爲七字。"《寒山堂譜》列第五曲爲例曲，與此末句作七字。

南曲有【正宫過曲·福馬郎】，《舊譜》卷二、《沈譜》卷四、《新譜》卷四、《寒山曲譜》《大成》卷三十一俱以第五曲爲例曲，與此第六句叶韻，末句亦作"相逢處做個好筵席"八字。《寒山曲譜》、《定律》卷二、《大成》卷十一又以第四曲爲例曲，《寒山曲譜》《大成》題【中吕過曲】，《寒山》尾批："此曲與【正宫·福馬郎】係不同，《舊譜》强合，誤也。"《大成》尾批："【福馬郎】本【正宫】曲，因【粉孩兒】套内用之甚協，故收入【中吕宫】，【正宫】内仍録入，蓋欲不失其舊也。"此曲原當爲【正宫過曲】，此説清晰、平正。

此曲出戲文，南曲承之，略有變化。

【摶山子】

1. 天不從人這些願，使子母懸懸。誰通道不接絲鞭，畢竟是非奴姻眷。這些兒分福，早番作憂怨。　《張協狀元》29

2. 因甚家中鬧聲沸？聽言語差池。心下揣（原作"探"）自覺猜疑，還未知何般凶吉？到堂前探取，免心下多慮。　《小孫屠》10

3. 【南吕引子】瞥見多才早留意，待托與心期。常言道覆水難收，恐不是風流佳婿。想英豪俊美，誠百年姻契。

元傳奇《吕蒙正》，《正始》頁520

格式：$7_{\triangle}$，5乙$_{\triangle}$。7乙$_{\triangle}$，7乙$_{\triangle}$。5乙，5乙$_{\triangle}$。　6句

第一曲題【摶山子】。錢南揚《校注》云："曲譜皆作【轉山子】，本書《小孫屠》同。'摶'，當是'轉'之形誤。"是。後二曲均題【轉山子】。

姑存舊名,仍列於此。

《正始》列第三曲爲正格,與此同;尾批對《綵樓記》"謬改句法"的現象提出了批評。

南曲有【南吕引子・轉山子】,《舊譜》卷四、《沈譜》卷十二、《新譜》卷十二、《大成》卷四十八等均引明傳奇《陳光蕊》"梦叶麒麟应佳兆"爲例曲,與此僅第二句作五字句,餘同。《大成》復引第三曲爲【又一體】,署《綵樓記》,與此同。

此曲出戲文,初名【摶山子】,疑是誤題;《小孫屠》已改稱,南曲承之,俱名【轉山子】。

【趙皮鞋】

1. 狀元真大才,衙門面向兩扇開。你還不曾會讀書,蒼生還相見休要來。

2. 狀元是誰敢(原作"收")覆?連它發怒直是毒。你還欲要見它時,如法底高叫:"奴萬福!"

3. 我的狀元分付它:官員相見便没奈何。還是婦女庄家到廳下,十三(原作"三十")小杖把門子打。　《張協狀元》35

4. 【越調過曲】我是一個巡警官,日夜差使千萬般。俸錢些小甚曾寬,怎熬得三年官債滿。　元傳奇《拜月亭》,《正始》頁777

格式:$5_{\triangle}$,$7_{\triangle}$。$7_{\triangle}$,$7_{\triangle}$。　4句

第三句,前三曲韻否不拘,第四曲則叶矣。

《正始》列第四曲爲正格,七字四句,較此首句增兩字,與第三曲相近,題注:"《唐韻》曰:子隆嘲叔孫【皮鞋歌】,市人常嘯歌之,存格。此調比【梨花兒】止減一個'嗏'字。"

南曲有【越調過曲・趙皮鞋】,《舊譜》卷六、《沈譜》卷十五、《新譜》卷十六、《定律》卷十三、《大成》卷二十五、《簡譜》卷十均以第四曲爲例曲,句字略有差異。

此調出民間歌謡,入戲文,逐漸規範;南曲承之。

【滿江紅】

1. 望大賢周濟我兩文錢，歸鄉去。　　　　《張協狀元》37

2.【正宮引子】嫩緑池塘，梅雨歇熏風乍轉。見清新華屋，已飛乳燕。簟展湘波紈扇冷，歌傳金縷瓊枝暖。是炎蒸不到水亭中，珠簾捲。　　　　元傳奇《蔡伯喈》，《正始》頁132

3.【正宮過曲】自遭兵火，兄妹逃生受奔波。怎禁他風雨摧殘，田地上坎坷。泥滑路生行未多，軍馬追急怎奈何？教我彈珠顆，冒雨衝風，沿山轉坡。大喊一聲過，唬得我獐狂鼠竄，那裏去了也哥哥。哥哥怎生撇下我，此身無處安存，無門可躲。

元傳奇《拜月亭》，《正始》頁139

格式1：4,7乙$_{\triangle}$。4,4$_{\triangle}$。7,7$_{\triangle}$。3、5,3$_{\triangle}$。　　　　8句

2：4,7$_{\triangle}$。4,4$_{\triangle}$。7$_{\triangle}$,7$_{\triangle}$。3$_{\triangle}$,4,4$_{\triangle}$。5$_{\triangle}$,7乙,6$_{\triangle}$。7$_{\triangle}$,4,4$_{\triangle}$。　　　　15句

前兩曲用式1，爲【正宮引子】。第三曲用式2，爲【正宮過曲】。

第一曲，錢南揚《校注》云："此也【引子】作尾聲用，爲【滿江紅】末兩句。"《正始》列第二曲爲式1正格，題注："【南吕宮】查歸。第三句'見'字上，《沈譜》猶增'瞥然'二字，正與詩餘同。"

《正始》列第三曲爲式2正格，尾批："此調按元譜。原係一曲，因中間有【漿水令】一調間斷，故分爲兩截耳。今《蔣譜》以'大喊一聲過'另分爲一曲，題曰【么篇】。若然，今試以其前後章句推之，何若天淵之隔耳。"頁1340【高平調過曲・十二紅】尾批引此第五至第七句。

詞調有【滿江紅】，雙片，其常格之上闋與式1僅第三句作七乙，餘同；然宋詞中之變格，如《全宋詞》頁1114吕渭老、頁3553戴山隱等作，與式1幾同。諸宮調有【仙吕・滿江紅】，雙片，與詞調同名異實，其上闋與式2相近：無第七句三字，第十一、十二、十三句作"4,4$_{\triangle}$。5$_{\triangle}$"，餘同。南曲有【南吕引子・滿江紅】，《沈譜》卷十二、《新譜》卷十二、《定律》卷八、《大成》卷四十八均引第二曲爲例曲。《沈

譜》題注:"與詩餘同,但無【换頭】。"尾批:"或於'歇'字下作一句,非也。"與式1僅第三句作七乙,"見"字上增"瞥然"二字,"清"字作實字,餘同。又有【正宫過曲・滿江紅急】,即用第三曲爲例曲,然《舊譜》卷二第十句以下作【么篇】;《沈譜》卷四、《新譜》卷四均分作兩截,題注:"有【换頭】。"對此,《正始》已作考辨。惟《寒山堂譜》卷二以前九句作【滿江紅急】,與此僅首句用疊句。題注:"連重十句,五十一字。"後六句作【滿江紅尾】,題注:"六句,三十四字。"尾批:"此疑即【其二】曲。《舊譜》乃題【滿江紅尾】,不敢改。"《定律》卷二、《大成》卷三十一亦自"大喊一聲"破作兩曲。則【滿江紅】實可割裂兩截使用也。《大成》尾批:此調二體,"蔣、沈二譜,皆作一闋;惟《南詞定律》分作兩節,前段曰【滿江紅急】,後段曰【滿江紅尾】。……(此曲)則從《南詞定律》,分作二曲。二種俱存,以備選用。"《重訂拜月亭記》第十七齣《兄妹失散》同,然前半題【滿江紅】,後半題【清江引】。

此曲出詞調,入諸宫調;戲文分途承傳之:【引子】承於詞調,【過曲】承於諸宫調;南曲兩式均承於戲文,【引子】復歸詞調,【過曲】則分作【滿江紅急】與【滿江紅尾】兩截。

【綿搭絮】

1. 狀元娘子去許多價時,應是到京裏,兩口兒一對美。記得我,買將歸。許我青銅鏡,照你它没興。土宜須有别底,恁似它得來畫眉。

2. 【同前】去時春暮子規正啼,如今柳岸前枯,見嫩菊開數枝。料張狀元,見它喜。如魚投水,如膠投漆。兩個不記得,當初買鏡歸作土宜。 《張協狀元》38

3. 【越調近詞】尋蹤覓迹含淚到江邊,只得撮土爲香,禮雖微表娘情意堅。奈天天,怎不垂憐。指望松羅相倚,誰想你抱石沉冤。都是你的娘親,生拆夫妻百歲緣。 元傳奇《王十朋》,《正始》頁1213

4. 【越調近詞】井深乾旱水難提,井有榮枯,淚眼何曾有住止。奴是富家兒,番做了奴婢。莫怪良人無禮,皆因我命乖如是。那些個手足之情，不念同胞共母乳。

5.【越調近詞】哥哥直恁不思維，和你共乳同胞，番得惡面皮。淚雙垂，兩淚如珠。時常打罵，討是尋非。朝夕難捱，未知劉郎知不知。

元傳奇《劉智遠》，《正始》頁 1214

格式：$7_{\triangle}$，5，6 乙$_{\triangle}$。3，$3_{\triangle}$。4，$4_{\triangle}$。$5_{\triangle}$，$7_{\triangle}$。　9 句

《正始》列第三曲爲正格，題作【綿打絮】，題注："俗作【綿搭絮】，非。"然《張協狀元》正作"搭"，不誤。與此第二、第五、第八三句均作四字句，餘同。尾批："時譜曰：此本調也。今人只知南《西厢記》及《浣紗記》新體，遂謂此體難唱，謬矣。"首句當作七字："元詞此調首句下截五字者類多，但其上二字皆襯字，原非實文耳。如除去此二襯字，仍爲七字一句也。今即觀上格可知矣。其第三句用七字者，元詞亦有，甚至猶有五字者，試觀下二格可明矣。"列第四曲爲第二格，題注："第三句變爲七字。"列第五曲爲第三格，題注："第三句減爲五字。"

北曲有【越調・綿搭絮】，與此不同。南曲有【越調近詞・綿搭絮】，《沈譜》卷十六、《新譜》卷十七、《簡譜》卷十俱引《尋母記》"草芳風暖正春深"爲例曲，與第三曲同，尾批正爲《正始》所引。《新譜》又引范夫人《春日書懷》"薄寒輕峭"爲例曲，與此首句破作"$4_{\triangle}$，$5_{\triangle}$"二句，第三句作七字句，第五、八兩句作四字句，尾批："補録此曲，以備近體。"《定律》卷十三引《浣紗》《牡丹亭》爲例曲，正承此"近體"，然以襯字作正字，又有所變化。《簡譜》尾批："首句本是七字，而新體則句中加二襯字，作四、五兩句，如《浣紗》云云，《牡丹亭》云云，皆在首句四字，下一截板，斷作兩句也。……《定律》又有【换頭】一格，首二句作四字兩語，……此實蛇足矣。"此説甚明。《大成》卷二十四引録第三曲，爲【又一體】，入【越調過曲】。

此曲當出於民間歌謡，戲文、北曲分途承傳之；由《張協狀元》到《王十朋》，格律逐漸規範；南曲承之，又衍生出變化之近體。

【綿打絮】

參見【綿搭絮】。

【緑襴踢】

1. 心腸變，投京汴，没盤纏我把頭髮剪。伊去赴魁選，絶音書將奴要拋閃。到京華何曾見伊面，叫門子特故（原作“骨”）恁薄賤，到如今依舊把奴斬。我命乖，你情淺。臂鎮疾，每啣冤，朝夕淚偷揾（原作“揾”）。　　《張協狀元》43

2. 【正宫過曲】兄因甚，脱衣袂，跌倒在河裏？身上冷如水，寒冰凍殺了你！買魚無見，漁翁隱藏魚。特來卧冰取，論孝情，果無比。

3. 【前腔】聽説與，伊年未，肌膚怯難當冷濕氣。寧可我當取，教我寸心碎。撲簌簌淚雙垂，聽響聲似轟雷。試看時，猶如震天地。

元傳奇《王祥》，《正始》頁 224

4. 【正宫過曲】昨日裏，遊郊外，四十五里忽然遇妖魅。一個帶血的，抱孩兒來扯住，我衣袂。到今日，乞的又無理。口稱鬼，使人疑，這冤家，何時得離？

5. 【前腔】教人慮，教人畏，冤鬼白日在人世。形骸似活的，叫周堅當初死，今相會。覷屠程，聲聲叫恩主。聽言語，使人疑，膽喪魂飛，教人怎區處？　　元傳奇《趙氏孤兒》，《正始》頁 225

格式 1：3，3△，7 乙△。5△，7 乙△。7 乙△，7 乙△，7 乙△。3，3△。3，3△，5△。　　13 句

2：3，3△，5△。5△，5△。4，5△。3△，3，3△。　　10 句

第一曲用式 1。原署【過緑襴踢】，錢南揚《校注》認爲：這裏應是與前一曲構成帶過曲【錦纏道過緑襴踢】，“然原文仍兩曲分别，此‘過’字便成衍文”。《全元戲曲》卷九頁 111 意見同。是：帶過曲分列其曲，僅見早期敦煌曲子詞【五更轉兼十二時】，然前【五更轉】，後【十

二時】,兩調分列;至北曲和戲文之帶過曲,已合爲一曲,緊密相聯,不可分割。《戲文三種》精鈔本亦有衍誤,衍字如《張協》第三十齣【沉醉東風】等;誤字如《小孫屠》第三齣誤題【漁家燈】等;《舊譜》曲牌亦多衍"過"字者。重視古籍校勘整理,意義即在於此。後四曲用式 2,爲【正宮過曲】。較之式 1,式 2 主要減省第六至第八三句,餘則句字增減,均合句式變化通例,故可視爲減句格。

《正始》列第二曲爲式 2 正格。第三曲題注:"減第九三字一句。"尾批:"此二曲之章規文句,皆係元譜原詞。何今譜皆以始調末句之'論孝情,果無比',移作次句之首;其下又添'請起來,小兄弟,情願替着你'三句,連統'聽説與'至'震天地',另題作【三字令】? 若此添句改調,何誤後學之甚耶!"第四曲列第二格,題注:"與上大不同。"區別在於第三句增字作七字,第五句增字作六乙,後增三字一句,第六句減一字作三字,第八句後增三字一句。第五曲同第四曲。

《舊譜》卷二以第二曲題署【正宮過曲・緑襴踢】,然《沈譜》卷四、《新譜》卷四均以第二曲題署【正宮過曲・緑襴衫】,《沈譜》題注:"衫,舊作'踢',今改正。"且將第二曲末句屬第三曲,將第三曲添加句字别署【三字令】。此正《正始》所批評者。《寒山堂譜》卷二存録【正宮過曲・緑襴衫】三支,題"元傳奇《王祥》"。始調云:"寒冰怎熬,渾身上下戰篤速麻木了。冰厚三尺怎能消,王祥爲母來行孝。"題注:"四句,二十五字。"尾批:"【其二】同此。"【其三】即此第二曲,減省末二句。【其四】云:"請起來,兄弟,今朝情願替着你。年少那曾曉世事,聽響聲,好似虎聲嘀。雙雙,就把繩穿了。"題注:"八句,三十四字。"《定律》卷二【緑襴衫】題注:"一名【緑襴踢】。"録《寒山堂譜》之始調和此之第二至第五曲,第二、第三曲題【前腔换頭】,第四、第五曲爲【又一體】。《大成》卷三十一亦題【緑襴衫】,題注:"'衫',一作'踢'。"録此第二曲爲正格,然減省末二句;引第四、第五曲爲【又一體】,署《八義記》。錢南揚《輯佚》頁 33 注:"【緑襴踢】即【緑襴衫】。"细辨之,【緑襴衫】實别是一曲,與此大異。

此曲出戲文,始名【緑襴踢】,由《張協》到《王祥》《趙氏孤兒》,漸趨規範;南曲承之,《沈譜》改題【緑襴衫】,大有變化;晚明諸譜題署更为混亂，遂致【緑襴踢】原調失傳。

【漁家傲】

1. 長吁嗟辜負朱顔枉度春，愁聽得别院垂楊，黄鸝數聲。兩眉暗鎖新愁恨，自慵臨鸞鏡。奈天不早從人，鎮常是淚雨愁雲，對東風淚滴新愁間舊痕(原作"愁")。《小孫屠》3

2.【中吕過曲】不念去國愁人最慘凄，淋淋的雨一似盆傾，風如箭急。侍妾從人皆星散，各逃生計。身居處華屋高堂，珠繞翠圍，那曾經地覆天翻受苦時。元傳奇《拜月亭》，《正始》頁 447

3.【中吕過曲】卑人在館下多年恩愛深，自從那日遊春，逢着那人。共他離了家鄉去，做撲花行徑。在閬州同作家筵，受千苦萬辛。與卑人生兩個孩兒，看看長成，怎教他别取個頭條嫁個人？

元傳奇《李勉》，《正始》頁 448

格式：$7_{\triangle}$，4，$4_{\triangle}$。7，$4_{\triangle}$。$6_{\triangle}$，$4_{\triangle}$，$7_{\triangle}$。　8句

第一曲原題【漁家燈】，誤，錢南揚《校注》據曲譜改，是。

《正始》列第二曲爲正格，與此僅第六句作七乙句，餘同。尾批對時譜中訛誤，多作辨正。頁 188【正宫過曲・錦漁兒】尾批用此末句。列第三曲爲第二格，題注："增第八、九二句。凡犯【漁家傲】者，多用此體。"

詞調有【漁家傲】，雙片，與此不同。南曲有【中吕引子・漁家傲】，《新譜》卷八引歐陽修詞"楚國纖腰元自瘦"爲例曲，眉批："此詩餘，《詞林辨體》所載，故録之。與【引子】同。"與此不同。又有【中吕過曲・漁家傲】，《舊譜》卷三、《寒山曲譜》、《大成》卷十均引第二曲爲例曲，《寒山曲譜》尾批："古本無'天'(首襯字)字，並'但尋常'(第七句首三襯字)，今從俗。"《沈譜》卷八引《荆釵記》"莫不是明月蘆花没處尋"爲例曲，題注："與詩餘絶不同。"與此第六句作四字句，餘同；其第二格用第三曲爲例曲，第三格用第二曲爲例曲，句字略有差異。眉批："【漁家傲】一調，最難查訂，今始得之，大抵《荆釵記》爲其正格也。

其下《李勉》傳奇,又有'與卑人生兩個孩兒,看看長成'二句;'卑人在'三字、'逢着'(應爲"自從")二字、'在閬州'三字、'怎教他'三字,皆襯字也。《拜月亭》一曲則'天不念'三字衬字,'一'字□□□□'身居處''但尋常''那曾經'九字,皆襯字耳。以此例之,則《荆釵》之格正矣。"《新譜》卷八承之。對此,《正始》已多有批評。《定律》卷六以第三曲爲【又一體】,尾批:"此曲多二句,大意猶同。"《寒山曲譜》則題第三曲作【漁家樂】,前七句和末句用【漁家傲】,"與卑人"二句入【普天樂】,較諸譜都不同。較之,《正始》所言,更爲妥帖。

此曲始出詞調,戲文或轉換承之,僅作過曲,名同實異;南曲過曲承於戲文,然以變爲正;後復用詞調用作引子。

【端正好】

當日着(原作"重")意離京城,誰想今日耽愁悶,急回來不沙悶的獨自個和淚而行。去時節喜孜孜(原作"恣恣")子(原作"親")母登山嶺,回來阿背着個磣可可骨匣相隨定。　　《小孫屠》14

格式:$3_{\triangle}$,$3_{\triangle}$,7 乙$_{\triangle}$。$7_{\triangle}$,$5_{\triangle}$。　　5 句

詞調有【端正好】,一名【於中好】,與此僅首二句合作七字一句,末句作六乙,餘同。北曲有【正宫·端正好】,與此同。

此曲出詞調,北曲承之。戲文援用之,《校注》已標爲北曲。

【滴溜子】

1.【黄鐘過曲】鼇山上,鼇山上,鳳燭萬點;綵樓内,綵樓内,士女笑喧。笑喧,見番郎胡女,搽灰弄鬼臉。燈燦爛,引得遊人,挨拶盡觀。　　元傳奇《趙氏孤兒》,《正始》頁 43

2.【黄鐘過曲】臣邕的,臣邕的,荷蒙聖朝;臣邕的,臣邕的,拜還紫誥。念邕,非嫌官小,奈家鄉萬里遥,雙親又老。干瀆天威,萬乞恕饒。　　元傳奇《蔡伯喈》,《正始》頁 43

3.【黄鐘過曲】謾説道，姻緣，果諧鳳卜；細思之，此事，豈吾意欲？有人，在高堂孤獨，可惜新人笑語喧，不知舊人哭。兀的東床，難教我坦腹。　　元傳奇《蔡伯喈》，《正始》頁 45

4.【黄鐘過曲】向龍燭光中，仰瞻鳳輦；絳綃樓上，鼓樂笑喧。水晶，蓬萊宫殿，琉璃影裹，五色光燦爛。似洞天一境，移來世間。

元傳奇《許盼盼》，《正始》頁 45

5.【黄鐘過曲】天應念，天應念，蔡邕拜禱；雙親的，雙親的，死生未保。可憐，君恩難報，一封奏九重，知他聽否。會合分離，都在這遭。　　元傳奇《蔡伯喈》，《寒山堂譜》卷五頁 706 下半葉

格式：3，3，4△；3，3，4△。2，4，5△。3△，4，4△。　　12 句

《正始》列第一曲爲正格，尾注："'笑喧'二字即承上文；'燈燦爛'屬下不屬上，此義僅此。"列第二曲爲第二格，題注："第四與第五句皆同文，第十句變四字，三曲皆然。"錢南揚《元本琵琶記校注》頁 93 存録以下兩曲，可參考。然第十句屬上不屬下，式格與此已不同。列第三曲爲第四格，題注："第二、第五不用疊文，各綴兩字。"即第二、第四兩句，均減字成另文二字句。列第四曲爲第五格，題注："第一、第三句不用疊文，皆止四字；第七、第八變爲九字二句。"《寒山堂譜》亦以第一曲爲正格，題注："八句，四十二字。"以第五曲爲【又一體】，題注："八句，四十三字。"與第二曲同格。

南曲有【黄鐘過曲・滴溜子】，《舊譜》卷五以第五曲爲例曲。《沈譜》卷十四以《西厢記》"聽别院"爲正格，與此第十一句作五字，餘同。題注："又名【雙聲疊韻】，又名【雙鬭雞】。"《沈譜》又以此第五、第三兩曲分别爲【又一體】，第三曲題注："用入聲韻。"《新譜》卷十五有【黄鐘調近詞・雙聲疊韻】【黄鐘調近詞・雙鬭雞】兩曲，眉批："原注【滴溜子】：'又名【雙聲疊韻】，又名【鬭雙雞】。'今既另補其曲，則二曲自有本調，不相混矣。"例曲據馮夢龍《墨憨齋曲譜》選録散曲舊選《遏雲集》，與此不同。《大成》卷七十引第一、第三兩曲入【又一體】，句字與此均有差異。第一曲署《八義記》。《簡譜》卷五以第五曲爲例曲，尾批："此曲亦可單用，如上述【出隊子】類。兩起亦可不用疊句，而别用

兩句者，如《古西厢》‘漫説道’云云，可知疊句不拘也。末句須平仄仄平。《九宫譜定》以此即【雙聲疊韻】【鬬雙雞】，殊誤。”非。僅就此本調而言，自成一體，演進較爲明晰；然【鬬雙雞】中即有與此格相近者，不可忽略而不論。

此曲出戲文，由【滴漏子】至【滴溜子】，漸趨規範；南曲承之，然以變为正。

【滴滴金】

1.【黄鐘過曲】窗前皓月偏來照，便是鐵石人也瘦了。悶懨懨怎得眠一覺？恨綿綿空懊惱。離情悄悄，病懨懨怎生挨到曉？此生怎逃，撲簌簌淚拋。　元傳奇《西廂記》，《正始》頁 66

2.【黄鐘過曲】徐徐步月歸來晚，樂遊人興未闌。歌聲漸覺歡聲遠，喜今夕人月圓。人月共圓，雙雙笑語同並肩。同並肩，才子佳人少年。　元傳奇《許盼盼》，《正始》頁 69

3.【黄鐘過曲】上林筍膾甘如肉，南海冰鱗氣猶馥。玉盤犀筯寒生指，畫堂中新酒熟。珍饈溢目，嬌歌豔舞相催促。相催促，休教日近青山麓。　元傳奇《無雙傳》，《正始》頁 69

格式：$7_{\triangle}$，6 乙$_{\triangle}$。$7_{\triangle}$，6 乙$_{\triangle}$。$4_{\triangle}$，$7_{\triangle}$。$4_{\triangle}$，$4_{\triangle}$。　8 句

《正始》列第一曲爲正格。列第二曲爲第五格，題注：“第七句變三字，末句亦上格。”所謂“上格”，引明傳奇《邹知县》爲例曲，末句作六字句。列第三曲爲第六格，題注：“末句變七字。此格儘有。”

詞調有【滴滴金】，雙片，與此不同。北曲有【雙調・滴滴金】，一名【甜水令】，與此不同。南曲有【黄鐘過曲・滴滴金】，《舊譜》卷五、《沈譜》卷十四、《新譜》卷十四、《寒山堂譜》卷五即以第一曲爲例曲，《定律》卷一、《大成》卷七十列第一曲爲【又一體】。《定律》與此正襯不同，句字、句格有所差異。《大成》署“古《西厢》”，與此同。

此曲出詞調，戲文轉换承之，與詞調、北曲名同實異；南曲承於戲文，略有變化。

【齊天樂】

【正宫引子】梅黄金重垂絲雨，佳節又逢重午。曾記當年，懷沙舊恨，從古及今遺俗。轟雷畫鼓，更掣電紅旗，畫船無數。逝魄獨醒，大夫標致弔千古。　　元傳奇《賽樂昌》，《正始》頁 131

格式：$7_{\triangle}$，$6_{\triangle}$。4，4，$6_{\triangle}$。$4_{\triangle}$，5 乙，$4_{\triangle}$。4，$7_{\triangle}$。　　10 句

《正始》題注："與詩餘同，但無【换頭】。"

宋大曲有【齊天樂】。詞調有【齊天樂】，雙片，其上闋與此同。南曲有此調，與此同。

此調出於大曲，入詞調，戲文、南曲一脈傳承。

【漁家喜雁燈】

【正宫過曲】【雁過聲换頭三】幾回夢裏，忽聞雞唱，【喜還京】忙驚覺錯呼舊婦，同問寢堂上。【漁家傲】待朦朧覺來，依然新人鳳衾和象床。【剔銀燈】怎不怨香愁玉無心緒，更思想被他攔擋。教我怎不悲傷，【雁過聲】俺這裏歡娱夜宿芙蓉帳，他那裏寂寞偏嫌漏更長。

元傳奇《蔡伯喈》，《正始》頁 177

格式：4，$4_{\triangle}$，4，$4_{\triangle}$。5 乙，$7_{\triangle}$。7，7 $乙_{\triangle}$。$6_{\triangle}$，$7_{\triangle}$，$7_{\triangle}$。　　11 句

集曲。首用【雁過聲第三换頭】前兩句，次用【喜還京】第二、三兩句，再次用【漁家傲】第五、六兩句，接用【剔銀燈】第三至第五句，尾用【雁過聲】末兩句。

《正始》列此曲爲正格，題注："俗名【喜漁燈】。遺却'雁'字。"是。《正始》頁 169 引此首二句。

南曲有此調，《舊譜》卷二、《沈譜》卷四題【喜漁燈】，《新譜》卷四題【喜漁燈犯】，均以此爲例曲，句式全同，入【雁漁錦】集曲套，不單獨使用，也不分題析調，句字略有差異。《新譜》眉批："馮稿將全曲每段

剖截分注,其對證多牽合未妥。予意作者只從原式,歌者終守舊腔足矣,不必細求。"《寒山曲譜》、《定律》卷二、《大成》卷三十二則均題【雁漁錦】之【四段】。《寒山曲譜》引《綵樓記》"念吾至此"爲例曲,題【中吕過曲・喜漁燈】,作隻曲,尾批:"因牌名内有'燈'字,末一段又相似【剔銀燈】,皆認爲犯調。不思牌名常有相同句法者,歷查古本,皆係正體,並非犯調。"與此大異。

此曲出戲文,南曲承之,更易其名。

【綵旗兒】

【正宫過曲】稽首虔誠禮,真人試聽取。記前回裹蒙擒住,將微臣特特赦取。敬爇沉水,鞠躬拜,深深跪。簪花獻水,燒錢化紙,望乞慈悲。洞中恁快樂,壺天地。怎知今日遇娉婷,料想業緣又未。

元傳奇《陳巡檢》,《正始》頁 205

格式:$5_{\triangle}$,$5_{\triangle}$。6 乙$_{\triangle}$,7 乙$_{\triangle}$。$4_{\triangle}$,3,$3_{\triangle}$。$4_{\triangle}$,4,$4_{\triangle}$。5,$3_{\triangle}$。7,$6_{\triangle}$。 14句

《正始》題注:"與【雙調過曲・僥僥令】,又名【綵旗兒】者不同。"尾批:"此調首二句各五字,乃元譜定格。時譜改作首七字、次三字。"

南曲有此調,《舊譜》卷二、《沈譜》卷四、《寒山堂譜》卷二、《定律》卷二、《大成》卷三十一、《簡譜》卷五以此爲例曲。《沈譜》題注:"與【雙調】不同。"首二句作"7,$3_{\triangle}$。"正《正始》所批評者。《簡譜》將第六、七兩句、第十一、十二兩句均併作一句,尾批:"此牌各譜止收此曲,且加贈板,可慢唱,可列首支,亦可作小令唱。"《新譜》卷四以此曲"韻雜無板"而删之。戲文另有【僥僥令】,與此爲兩曲。

此曲出戲文,南曲承之,使用較少。

【碧玉令】

【大石引子】朔風一夜寒多少,擁單衾睡難天曉。小玉來傳報,柳

棉飄。同歡笑，安排暖閣紅爐繞。　　元傳奇《王祥》，《正始》頁 241

格式：$7_{\triangle}$，7 乙$_{\triangle}$。$5_{\triangle}$，$3_{\triangle}$。$3_{\triangle}$，$7_{\triangle}$。　　6 句

《正始》尾批稱此曲“與王祥情事絶無干，疑是他傳者”，錢南揚《宋元戲文輯佚》頁 26 已作辨正：“何必置疑？”

南曲有【大石引子・碧玉令】，《舊譜》卷八、《沈譜》卷六、《新譜》卷六、《大成》卷十七均以此爲例曲，句字、句格與此略異。

此曲出戲文，南曲承之，稍有變化。

【碧牡丹】

【仙吕過曲】冒雪湯風去，尋鯉魚。到處都尋遍，無買處。遠觀漁父在河邊，尋問取。　　元傳奇《王祥》，《正始》頁 282

格式：$5_{\triangle}$，$3_{\triangle}$。5，$3_{\triangle}$。7，$3_{\triangle}$。　　6 句

《正始》題注：“漢名【纏枝花】，維摋奏辨，非。從古體。”尾批：“此調首句，按元曲於‘去’字斷，不特韻脚相叶。凡三字句皆三字也。今時譜以‘風’字斷，非不可，但非古調原文也。”

詞調有【碧牡丹】，雙片，與此不同。諸宫調有【中吕・碧牡丹】，與詞小異，與此不同。南曲有【仙吕過曲・碧牡丹】，《舊譜》卷一、《沈譜》卷一、《新譜》卷一、《寒山堂譜》卷一、《定律》卷四、《大成》卷三俱以此爲例曲，與此同。

此曲出詞調，入諸宫調，戲文轉换承之，已同名異實；南曲承於戲文。

【誤佳期】

1.【仙吕過曲】猶自説風流，空惹這場羞，休了又休。爲伊吃薄賤，也只得歡喜受。明月湖中，難再下金鈎。他分明打駡在花箋後，枉

了教人意慘魂消。嗏，莫是好姻緣，夢斷瑶臺，路阻藍橋。

元傳奇《西厢記》，《正始》頁 318

2.【仙吕過曲】淚染胸襟濺，家尊去程遠。默想何時見，萬苦千辛念。曾記分離，祝付去時言。天翻地覆，黎民遭賤。自離家鄉，千般受勞倦。天，何時再團圓，脱却災危，問道穹蒼肯方便。

元傳奇《拜月亭》，《正始》頁 319

格式：$5_{\triangle}$，$5_{\triangle}$，$4_{\triangle}$。5，$5_{\triangle}$。4，$5_{\triangle}$。$7_{\triangle}$，7 乙$_{\triangle}$。1，5，4，$4_{\triangle}$。13 句

《正始》列第一曲爲正格，尾批："此傳此調共四曲，同一體。時譜不知，附列於【二犯月兒高】後，而曰【又一體】，誤。"又批"'藍橋'，時譜改作'秦樓'，雖非原文，可叶尤侯韻。"錢南揚《宋元戲文輯佚》頁 149 注："'魂消'以下，忽然换韻，大概原文如此。《沈譜》'消'作'愁'，'藍橋'作'秦樓'，雖一韻到底，其奈非本來面目乎？"《正始》列第二曲爲第二格，題注："此格與【月兒高】相似。"

南曲有此調，《沈譜》卷一、《寒山曲譜》均以第一曲爲例曲，然題【二犯月兒高】之【又一體】，減省第三句，且句字有所不同，"藍橋"均作"秦樓"。《沈譜》署无名氏，眉批："上一段犯【五更轉】，下一段似犯【紅葉兒】，故闕之。"則以爲【五更轉】【紅葉兒】犯【月兒高】。《寒山曲譜》入【小石犯調】，集曲：前六句入【月兒高】，"他分明"二句入【五更轉】，"嗏"二句入【駐雲飛】，"夢斷"二句入【月上海棠】。尾批："末句若注【五更轉】，平仄不叶；今犯【月上海棠】，又成【三犯月兒高】矣，作者酌之。'意慘魂愁'四字，當改平平平去四字。"《新譜》卷一【二犯月兒高】題注："中犯【南吕】。"眉批："中二段，一犯【五更轉】，一犯【紅葉兒】，末二句仍作【月兒高】本調。原本未分注，今從《南詞韻選》，逐段注明。"此是遵從了沈璟意見。删【又一體】，眉批："原本又一曲，小異，從馮删。"則是聽從了馮夢龍意見。《正始》尾批，即對此而發。《沈譜》卷一另有【月兒高】，五言八句，眉批："又名【誤佳期】。第三、第五、第七句不出韻。"尾批："此【月兒高】本調也，其餘皆犯别調矣。"與此不同。《大成》卷四以第一曲爲【二集月兒高】例曲，犯調則同《寒山》。《定律》卷四、《大成》卷三均以第二曲爲【又一體】。《大成》尾

批:"【誤佳期】,《蔣譜》《沈譜》皆未之載,惟《南詞定律》收載。但三譜體式迥别,故並録入耳。"

此曲出戲文,南曲承之,易名【二犯月兒高】,以變爲正,有所轉换,但較少使用。

【滿庭芳】

1.【中吕引子】飛絮沾衣,殘花隨馬,輕寒輕暖芳辰。江山風物,偏動别離人。回首高堂漸遠,歎當時恩愛輕分。傷情處,數聲杜宇,客淚滿衣襟。

2.【前腔换頭】萋萋芳草色,故園人望,目斷王孫。漫憔悴郵亭,誰與温存?聞道洛陽近也,還又隔幾個城闉。澆愁悶,解衣沽酒,同醉杏花村。

元傳奇《蔡伯喈》,《正始》頁 379

格式:4,4,$6_{\triangle}$。4,$5_{\triangle}$。6,7 乙$_{\triangle}$。3,4,$5_{\triangle}$。　10 句

《正始》題注:"與詩餘同。"

詞調有【滿庭芳】,或曰【滿庭芳慢】,又名【鎖陽臺】【滿庭霜】【滿庭花】【瀟湘雨】【瀟湘夜雨】等,雙片,其上闋與此同。諸宫調有【中吕調・滿庭霜】,雙片,其上闋與此同。北曲有【中吕・滿庭芳】,與此中腹部分有較大變化。邯鄲市博物館收藏金元瓷枕存録【滿庭芳】一首①,當爲詞調。南曲有此調。《旧谱》卷三引第一曲为例曲,《沈谱》卷八、《新谱》卷八、《定律》卷六、《大成》卷九均引此兩曲为例曲。然《定律》《大成》合爲一曲,未析出【前腔换頭】,誤。《簡譜》卷六尾批:"此即詩餘也。【换頭】用否隨便。余謂此等長引,不用爲是。除冲場須此外,餘不必作,因歌者往往將引削減也。"《張協狀元》《小孫屠》第一齣都用了【滿庭芳】詞全篇,不知宋元時歌者是否會"削減"如此長引。

此調出詞調、諸宫調,入戲文,北曲則轉换承之;南曲承於戲文,

---

① 楊棟《冀南出土磁窑器物上的金元詞曲》,《文藝研究》2004 年第 1 期。

略有變化。

【榴花泣】

【中吕過曲】【石榴花】我一官清白爲國不於家，無別事早休衙。但尋常修下一書劄，有甚餘錢閑鈔爲你厚齎發。【泣顔回】待他時及瓜，倘天恩重召還都下。忍教他月貌花容，流落在海角天涯。

元傳奇《王十朋》，《正始》頁 434

格式：$7_{\triangle}$，6 乙$_{\triangle}$。$7_{\triangle}$，$7_{\triangle}$。$4_{\triangle}$，3、$5_{\triangle}$。7 乙$_{\triangle}$，7 乙$_{\triangle}$。　　8 句

集曲。前用【石榴花】首四句，後用【泣顔回】末四句。

《正始》題注："一名【載花回】，又名【三犯石榴花】，因【石榴花】本題又名【杏壇三操】故，非犯三調也。"【三犯石榴花】題名不當：不得以【杏壇三操】犯【石榴花】。

南曲有此調。《舊譜》卷三作【泣榴花】，《沈譜》卷八、《新譜》卷八作【榴花泣】，句格均與此同。後多從《沈譜》。

此調出戲文，南曲承之，題名逐步規範。

【滚綉球】

【中吕過曲】此景堪戀，看天邊雲縹緲。况一彎月兒，輝人世映林表。任更深夜迢，任更深夜迢，聽誰家院落，寒砧尚敲。聲嚦嚦雁兒，絮叨叨小蛩，合鳴鬭交。良夜永，玉漏遥，庭畔流螢繞。論歡情，豈辭暮暮朝朝。

元傳奇《韓壽》，《正始》頁 445

格式：4，6 乙$_{\triangle}$。4，6 乙$_{\triangle}$。5 乙$_{\triangle}$，5 乙$_{\triangle}$，5 乙$_{\triangle}$，$4_{\triangle}$。5 乙$_{\triangle}$，5 乙$_{\triangle}$，$4_{\triangle}$。3，$3_{\triangle}$，$5_{\triangle}$。3，$6_{\triangle}$。　　16 句

《正始》題注："俗爲【越恁好】，誤。又名【走山畫眉】，益非。"尾批對《舊譜》以來南曲之誤題，特别是《沈譜》卷八之尾批，進行了嚴厲批判，認爲："據斯言，實不知有【滚綉球】之本調耳。【滚綉球】之首四句

句法，雖與【越恁好】之首四句相同，但其第五句下，似乎天壤。何至不察，獨羡《拜月亭》及《綵樓記》之【越恁好】爲古調，而疑【滚綉球】爲犯調耶？且又貶其‘終不可用’，豈知元人於【中吕宫】是套中，用此【滚綉球】者比比？”戲文另有【越恁好】，正格八句，與此不同；即使將此曲拆分爲二，亦不相同。

北曲有【正宫·滚綉球】，與此不同。《舊譜》卷三、《沈譜》卷八均有【中吕過曲·越恁好】，《沈譜》引《拜月亭》【越恁好】“辦集船隻”爲正格，《綵樓記》【越恁好】“告伊聽諮啓”爲第二格，均與此不同；又引散曲“鬧花深處”爲【又一體】第三格例曲，題注：“又名【走山畫眉】。”眉批：自第五句“以下，比前二曲絶不同。”與此大同小異，僅句字略有出入。《新譜》卷八承之，眉批：“馮更此曲名【滚綉球】。”

此調或源自民間歌謡，北曲、戲文分途採録之，然各不相同；僅見於戲文，南曲不傳，至馮夢龍《墨憨齋詞譜》方见其名，然又誤爲【越恁好】之變體，與此并不相同。

【漁家雁】

1.【中吕過曲】【漁家傲】莫不是明月蘆花没處尋，莫不是薄倖王魁，嫌遞萬金。莫不是瘦伶仃病倒東陽沈，【雁過聲】莫不是漢陳蕃不曾之任。欲言不語知他怎，早難道似黄允全抛一片心。

元傳奇《王十朋》，《正始》頁 448

2.【中吕過曲】……這情由有甚的難詳審。

元傳奇《王十朋》，《正始》頁 450

格式：$7_{\triangle}$，4，$4_{\triangle}$。$7_{\triangle}$，7 乙$_{\triangle}$。$7_{\triangle}$，$7_{\triangle}$。　　7 句

集曲。前用【漁家傲】首四句，後用【雁過聲】末三句。

《正始》以第一曲爲正格，題注：“亦名【魚雁傳書】。”尾批對《沈譜》卷八【漁家傲】以此曲爲例曲，以及眉批中表達的觀點進行了嚴厲批評，認爲問題在於：“不究其源，輕從摹本之訛，反謂此曲爲【漁家傲】本調，而又錯認爲正體。”欲以“强合時本《拜月亭》”；又第七句“何

嘗是兩四字句法？況《王十朋》之次曲此句云云，亦止七字一句可證”。

《沈譜》卷八以此爲【漁家傲】正格，題注：“與詩餘絶不同。”其眉批參見【漁家傲】考評，已爲《正始》所批評。《新譜》卷八引此爲例曲，題【漁家傲犯】，尾批：“原本云：‘知他是怎’作【漁家傲】正格，今從馮稿云：去‘他’字，作犯【雁過聲】，因《荆釵》次曲云：‘這情由有甚的難詳審，不投下佳音回計音。’亦是七字二句，其爲犯調益明矣。板亦隨改。”《定律》卷六、《簡譜》卷六引此爲例曲，與此同。《原本王狀元荆釵記》第三十六齣、《六十種曲》本《幽閨記》第三十四齣《誤訃》均題【漁家傲】，與此句格、句字大異，已不見第二曲之殘句。

此調出戲文，傳入南曲，間與【漁家傲】相混淆，後復歸正。

【漁家燈】

1.【中吕過曲】【漁家傲】若提起舊日根芽，不由人不雨淚如麻。恨只恨遞簡傳書，使繼母撥嘴撩牙。【剔銀燈】他見差逼你身重嫁，那些個一鞍一馬。快教他，將此事訪查，早成就鸞孤鳳寡。

2.【前腔】【漁家傲】今日裏拜辭階下，明日裏把書信傳達。既然是官限森嚴，怎憚得路途波查。【剔銀燈】見他只説三分話，恐怕他别娶渾家。把閑言，一筆都勾罷，待回來便知真共假。

元傳奇《王十朋》，《正始》頁 451

3.【中吕過曲】【漁家傲】奈何未得着邊際，中途裏簪折瓶沉，緣慳分虧。【剔銀燈】坐裏行裏没情緒，見時難别時却容易。只得，辦堅心守己，神前願如何敢負虧。　元傳奇《許盼盼》，《正始》頁 452

格式：7 乙$_{\triangle}$，4$_{\triangle}$。7 乙，4$_{\triangle}$。7$_{\triangle}$，7 乙$_{\triangle}$。2，4$_{\triangle}$，7 乙$_{\triangle}$。　9 句

集曲。《正始》列第一曲爲正格，題注：“【漁家傲】，《李勉》格；【剔銀燈】，《拜月亭》格。”則前用【漁家傲】第四至第七四句，後用【剔銀燈】末五句。

《正始》第一曲尾批：“此‘見差’與次曲之‘見他’，皆曲中暗韻，非

韻脚。《沈譜》各加一板，何也?”第二曲尾批：“末二句，今時譜改作‘閑話一筆勾罷，回來後知真共假’，亦可，但非原文。”都對時譜提出了批評。頁458引第二曲末句作七字句“回來便知真共假”，與此略有不同，曰：“元詞凡遇【剔銀燈】犯調，多用此句法，不止於《王十朋》也。”則時譜改用七字句，亦有所本。列第三曲爲第二格，題注：“【漁家傲】，《拜月亭》格，從第一句起。”與此首四句改用【漁家傲】正格前三句：“$7_{\triangle}$，4，$4_{\triangle}$。”

南曲有【中吕過曲・漁家燈】，《舊譜》卷三引《王祥》“兒夫的守柰園兒”爲例曲，《沈譜》卷八引此前二曲爲例曲，均作隻曲。《沈譜》眉批：“或改後三句云：‘把前言，一筆都勾罷，回來時便知真共假。’謬矣！《浣紗記》亦承其謬，惜哉！”尾批：“此調後三句亦與【剔銀燈】同，但前六句又不似【漁家傲】，不知何也。”《正始》對此已作批評。《新譜》卷八、《寒山曲譜》、《定律》卷六、《大成》卷十一俱改題【兩紅燈】：前用【兩休休】首四句，次用【红芍药】第五至第七句，後用【剔銀燈】末三句。《新譜》以前二例曲为例曲，題注：“舊名【漁家燈】。從馮查改。”眉批：“馮稿將‘見差’以下三句作【紅芍藥】。”又：“愚意此曲，作者即用原名，不分注亦可。因《荆釵記》是舊曲，不必輒改其名耳。”此論平和中肯，故分題析調時未注【紅芍藥】，而以“〇”代之以示疑。《寒山曲譜》《定律》《大成》均以第一曲爲正格，然《寒山》以【喜漁燈】犯【兩休休】，《大成》作隻曲，與此不同。《大成》尾批：“《蔣譜》《沈譜》皆收入正曲，惟《曲譜大成》《南詞定律》載入集曲。按他曲每有集【漁家燈】者，斷無所集之曲仍係集曲之理。今復歸入正曲。”第三曲，《沈譜》用作【漁家燈】之【又一體】，署《燕子樓》，爲隻曲。《新譜》《定律》《大成》卷十二均用作【漁家燈】正格，與此僅前四句屬【漁家傲】，餘同。《新譜》眉批：“馮云：原譜載【漁家燈】三曲，惟此一曲爲確。”《寒山曲譜》題【漁燈並照】，題注：“又名【雙漁燈】。”以“奈何”二句入【喜漁燈】，“簪折”三句入【漁家傲】，“見時”四句入【剔銀燈】。《大成》題【漁銀燈】，署《燕子樓》。

此曲出戲文，南曲承之，認識已有變化，題名及所犯之曲各抒己見，較爲混亂。

【漁燈花】

1.【中吕過曲】【漁家傲】閃得我銅斗家私没片瓦，雖然是水盡鵝飛，不當告我？悔過你自别打垜，伊休信别人搬唆。【剔銀燈】虔婆！你好趁科，【石榴花】金銀被你相折挫，恨不得把伊來碎剮。

2.【前腔】【漁家傲】三十哥息怒停嗔且放下，有的事好好商量，持刀做甚么？焦撇把女憐憐嫁，三千貫賣與高邈。【剔銀燈】行家，翻作戾家，【石榴花】落人窠、中人計、吃人誤，我女終朝望你在羅帳坐。

元傳奇《王焕》，《正始》頁 453

3.【中吕過曲】【漁家傲】兒夫的守奈園兒，寂寞痛苦傷悲。奴終夜獨守孤幃，真個慘凄。【剔銀燈】孝情不敢違娘意，死無怨一件件依隨。聽得，樵樓三鼓正催，【石榴花】把一盞半明不滅燈剔起，輯麻盡時各自睡。

元傳奇《王祥》，《正始》頁 454

格式：$7_{\triangle}$，4，$4_{\triangle}$。7，$4_{\triangle}$。2，4，7，6 乙$_{\triangle}$。 9 句

集曲。前用【漁家傲】首五句，次用【剔銀燈】第五、六兩句，後用【石榴花】末兩句。

《正始》列第一曲爲正格，題注："【漁家傲】，《拜月亭》格，從首句起。【石榴花】，《陳叔文》格。"列第二曲爲第二格，題注："【漁家傲】與上格同，【石榴花】，'教人對景'格。"即第八句破作三字三句，末句作七字句。列第三曲爲第三格，題注："【漁家傲】，《李勉》格，從第六句起。【石榴花】，《劉智遠》格。"前用【漁家傲】《李勉》格第六至第九句，次用【剔銀燈】《拜月亭》格第三至第六四句，後用【石榴花】《劉智遠》格末二句。

第一、二兩曲，《大成》卷十二均從第四句起作犯【剔銀燈】，餘與此同。第三曲，《舊譜》卷三、《沈譜》卷八俱作【漁家燈】，《新譜》卷八題作【漁家傲犯】，《寒山曲譜》作【兩漁聽雁】，以"兒夫"三句入【兩休休】，"真個"五句入【喜漁燈】，"把一盞"二句入【雁過聲】。

此曲出戲文，南曲承之，有所變化，異稱尤多。

【舞霓裳】

1.【中吕過曲】願取群賢盡貞忠，盡貞忠。管取雲臺畫形容，畫形容。時清無報君恩重，惟有一封書上勸東封，更撰個河清德頌。乾坤正，看玉柱擎天又何用？　　元傳奇《蔡伯喈》，《正始》頁 465

2.【中吕調近詞】這翻恩愛欣喜悄如前，須知那裹心顒顒意懸懸。笙歌簇擁歡笑喧，同歸故苑。夫妻美滿身榮顯，雙雙諧老今生願。

元傳奇《吕蒙正》，《正始》頁 1136

格式 1:$7_{\triangle}$,$3_{\triangle}$。$7_{\triangle}$,$3_{\triangle}$。$7_{\triangle}$,$7_{\triangle}$,7 乙$_{\triangle}$。3,$7_{\triangle}$。　9 句

2:$7_{\triangle}$,$7_{\triangle}$。$7_{\triangle}$,$4_{\triangle}$。$7_{\triangle}$,$7_{\triangle}$。　6 句

第一曲用式 1，爲【中吕過曲】；第二曲用式 2，爲【中吕調近詞】。

《正始》列第一曲爲式 1 正格，題注："與【中吕・舞霓裳】不同。"尾批："此調之章句，比【太和佛】止争第七句之有無。如【太和佛】於第六句下多七字一句，且第二、第四之三字句皆必另文。如【舞霓裳】於第六句下少七字一句，且第二、第四之三字句或頂承上文，或亦另文。此皆定體也。時譜不審其源，妄以元傳奇《柳耆卿》之【太和佛】'春酒淋漓'一曲，列於《蔡伯喈》之'願取群賢'之前，共題作【舞霓裳】。若然，【太和佛】與【舞霓裳】皆一同章句矣。作者辨之。"

《正始》列第二曲爲式 2 正格，題注："與【中吕宫・舞霓裳】大不同。"

南曲有式 1，《舊譜》卷三即以戲文《柳耆卿》"春酒淋漓"題作【舞霓裳】，《沈譜》卷八、《新譜》卷八承之，又以此第一曲爲【又一體】，正爲《正始》所批評。《寒山曲譜》、《定律》卷六、《大成》卷十均引第一曲爲正格，然《寒山曲譜》題【大和佛】，尾批："'管取雲臺'四字，用平平仄仄亦可。舊名【舞霓裳】，誤也。"《定律》《大成》則題【舞霓裳】。參見【太和佛】之考辨。第二曲，李九我批評《破窑記》第二十八齣《相府上迎》連用四支，前二曲用式 1，後二曲用式 2，然題【太和佛】。

此二調均出戲文，南曲承式 1，然與【太和佛】相混淆；南曲諸譜不

見式 2,使用極少。

【稱人心】

1.【南吕引子】番思向日,孤眠旅軒縈繫,良宵永倦聽漏遲。擁單衾,欹半枕,輾轉無寐。誰知道今日相逢,何啻如魚似水。

2.【前腔换頭】論歡娱,能有幾？忒破體,被爹媽百般駡詈。告娘行,休歎息,姻緣不至。休得唱分别佳詞,聒得我情懷慽慼。

元傳奇《楊寔》,《正始》頁 513

3.【南吕引子】彤雲靉靆,茅屋頓成雲界,凄涼寥落,更兼凍餒。對梅花間竹,不堪憔悴。柴門半掩,有誰訪戴？

失時失名,《正始》頁 514

4.【南吕引子】……那佳人争忍薄情。

元傳奇《董秀英》,《正始》頁 514

5.【南吕引子】撇呆打掩,……① 元傳奇《蔡伯喈》,《正始》頁 514

格式:$4_{\triangle}$,$6_{\triangle}$,7 乙$_{\triangle}$。3,3,$4_{\triangle}$。7 乙,$6_{\triangle}$。　8 句

《正始》列第一曲爲正格,尾批:"此末句仄煞。有元傳奇《董秀英》平煞云云。此調正與元傳奇《蔡伯喈》云云一字不異。今人或以'想你爹爹不肯么'句亦列在曲内唱之,可笑。獨不思【稱人心】之章句有限乎？"第二曲題注:"《蔡伯喈》之【换頭】首句亦當照此句讀。"【换頭】僅將首二句破作三字三句,餘同。第三曲題注:"第二句下絶不同。"此曲未注時代、出處,陸侃如、馮沅君《南戲拾遺》卷下附入元傳奇《楊寔》:"此曲原載於《楊寔》二曲之後,但未注'同前'二字,疑是誤脱,姑録於此待考。"錢南揚《輯佚》頁 189 以爲:"看它的内容,似和

① 《沈譜》卷十二、《新譜》卷十二、《定律》卷八、《大成》卷四十八均存録其曲,《沈譜》其辭云:"撇呆打墮,早被那人瞧破,要同歸知他爹肯么？料他們,不允諾,你緣何獨坐。伊家道俐齒伶牙,争奈你爹行不可。【换頭】我爹爹,全不顧,人笑呵,這其間只是他見差。禍根芽,從此起,災來怎躲。他道我從着夫言,駡我不聽親話。"《定律》《大成》合成一曲,不分【换頭】。

本戲不類,故未收入。"《全元戲曲》卷十二頁540承之,亦未收入。此姑從《南戲拾遺》,存録備考。

南曲有【南吕引子·稱人心】,《舊譜》卷四無【换頭】,《沈譜》卷十二、《新譜》卷十二、《定律》卷八、《大成》卷四十八均以第五曲爲例曲,與此句字稍有不同。《沈譜》《新譜》有【换頭】,《定律》《大成》不分【换頭】,尾批:"按此【引】或有分出【换頭】者,非。"

此曲出戲文,南曲承之。戲文作【引子】且有【换頭】的曲調,多爲改造詞調、諸宫調等舊曲而來。此曲或出於民間歌謡,第一曲即似唱本調。

【瑣窗寒】

1.【南吕過曲】……讀書人早得成名。奈何時運未通亨,且自樂守清貧。　　元傳奇《孟姜女》,《正始》頁638

2.【南吕過曲】這門親非是我貪婪,無奈良媒説再三。送荆釵,愁他未肯包含。至今尚没,一言回俺,反教娘挂腸懸膽。早間聽得鵲噪窗南,有何親舊相探。　　元傳奇《王十朋》,《正始》頁647

3.【前腔】想人生嫁女婚男,不是天緣只妄談。漫誇他,豪門首飾衣衫。佳人苦節,甘居清淡,那聽他巧言啜賺。少間只怕姑媽涎饞,遮不得這面羞慚。　　元傳奇《王十朋》,《正始》頁651

4.【南吕過曲】綵筆描畫我娘形,像貌儀容脱似真。追思養育,義重恩深。想這懷擔乳哺,□多勞頓,養孩兒三歲上亡身。痛思量父母淚偷零,怎答謝娘恩?　　元傳奇《王祥》,《正始》頁652

5.【南吕過曲】記前回入馬歡娱,效鶼鶼諧比目。……此行須是早回歸,……①　　元傳奇《鄭孔目》,《正始》頁647

---

① 《沈譜》卷十二存録此曲,其辭云:"前回入馬歡娱,效鶼鶼諧比目。一雙兩好,世間真無。鴛幃綉閣,不離一步,誰知有這般情苦。此行須是早回歸,共樂百年夫婦。"《新譜》卷十二、《寒山曲譜》、《大成》卷四十九亦存此曲,與《沈譜》同。《寒山》尾批:"舊譜'這門親'一曲,正與此曲同,故不録。'歸'字用韻亦可。"《大成》與此僅句字稍有差異。

格式:7乙$_{\triangle}$,7$_{\triangle}$。3,6$_{\triangle}$。4,4$_{\triangle}$,7乙$_{\triangle}$。4、4,6$_{\triangle}$。　9句

第一曲,《正始》【南吕過曲・三十腔】尾批:"【瑣窗寒】,合元傳奇《孟姜女》末二句云云。"又頁651引用上一句。

《正始》列第二曲爲正格,題注:"俗作【瑣寒窗】,誤。"尾批:"此係《王十朋》古本之原文,非今改本《荆釵記》之比也。凡【瑣窗寒】本調第二句,按元譜例皆七字,萬調雷同者也。"批評《沈譜》"錯認元傳奇《鄭孔目》此調首二句云云爲【瑣窗寒】正(原作"五")體,反以本曲首二句皆襯作六字而就之,不知元譜《鄭孔目》首句猶有一'記'字,其第二之六字二截句乃【大聖樂】,與【瑣窗寒】何干(原脱)?於此係撰人之誤,《沈譜》何至不察,反謂其爲正體,妄以本調襯字改句而就之。"後詳細比較此曲與【大聖樂】【奈子花】三曲,認爲"三調首句皆互同,句法歸於本宗,毫不能文混者也。……此三調之規例,皆兢兢自守,毫不亂淆。設有小變,皆施於腹,首尾二句,斷無假借者也。"第三曲尾批:"此調此句(第八句)八字者雖不謬,然七字者居多。如元傳奇《鄭孔目》此句曰云云,又元傳奇《孟姜女》此句曰云云,……今只宜以七字、八字者分爲二格可也,斷不可效《香囊記》之九字二句,且於第二字上用韻,益謬矣。作者切宜慎之。"列第四曲爲第二格,題注:"首句節讀不同,第三、第四句皆變作四字,類多。第八句七字,末句五字。"眉批:"'多'字上脱一字,疑是'許'字,未敢妄補。"頁648引第一句,頁649引第二句。《大成》卷四十九徑補"許"字。

詞調有【瑣窗寒】,一作【瑣寒窗】【鎖窗寒】,雙片,與此不同。南曲有【南吕過曲・瑣窗寒】,《舊譜》卷四題【瑣寒窗】,以第四曲爲例曲,將"多勞頓"三字屬上,合第五、六兩句爲七字一句。《沈譜》卷十二題注:"與詩餘不同。今作【瑣寒窗】,非也。"以第五曲爲例曲,然首句作六字,眉批:"此曲用韻嚴而詞本色,妙甚。第二句六個字,'此行'一句七個字,乃正體也。"以第二曲爲【又一體】,首句亦作六字。眉批:"唱第二句,當如《琵琶記》'不曾許人與卿'唱法。今人唱作【懶畫眉】第二句腔,謬矣。"《新譜》卷十二承之。《正始》對此已作考辨。《定律》卷八則以第二曲爲例曲。《大成》卷四十九、《簡譜》卷七均引第五曲爲正格,《大成》引第二、第四兩曲爲【又一體】,題注:"一名【瑣

寒窗】。"第四曲"多勞頓"前補"許"字。尾批：首二句皆作七字，差異多在末二句。《簡譜》尾批："第二句有作七字者，如《荊釵》云：'無耐人來説再三。'……'早行'句實止六字，而舊譜在'早'字下板，實是七字一板矣"。第二、第八句六字抑或七字，實可不拘。

此曲出於詞調，戲文僅用其名，同名異實；南曲承戲文，以變爲正。

【瑣窗郎】

1.【南吕過曲】【瑣窗寒】幾年間多少風光，珠翠金釵列兩行。身爲駙馬，恁般軒昂。爹爹正直，遭人欺謗，何年月訴冤雪枉。【阮郎歸】再回京國會妻房，當答謝，拜穹蒼。　元傳奇《趙氏孤兒》，《正始》頁 653

2.【南吕過曲】【大聖樂】吾家一女娉婷，【奈子花】不曾許與公卿。【瑣窗寒】昨承聖旨，選他書生。不須用白璧，黄金爲娉。（合）【賀新郎】若是姻緣前世已曾定，今日裏，共歡慶。

3.【前腔】【瑣窗寒】在東京極有名聲，【大聖樂】論媒婆非自逞。【瑣窗寒】今朝事體，管取圖成。怕有一輕一重，全憑官秤。（合前）

4.【前腔】【瑣窗寒】然雖他高占魁名，【大聖樂】得相招多少榮。【奈子花】榮依綉幕，選中雀屏。你此去，他必從命。（合前）

元傳奇《蔡伯喈》，《正始》頁 654

格式：7 乙$_{\triangle}$，7$_{\triangle}$。4，4$_{\triangle}$。4，4$_{\triangle}$，7 乙$_{\triangle}$。7$_{\triangle}$，3，3$_{\triangle}$。　10 句

集曲。前用【瑣寒窗】首七句，後用【賀新郎】末三句。

《正始》列第一曲爲正格，尾批："【瑣窗郎】一調合體者甚少。據元人例，必上截【瑣窗寒】，合頭而犯【賀新郎】耳。凡今此調其上截不涉【大聖樂】，定於【奈子花】，每每皆然。然今本曲之上截帖極【瑣窗寒】，幸矣。何其合頭仍不【賀新郎】而涉【阮郎歸】也，惜哉。按【賀新郎】合頭其上句之煞字必用仄聲，如【阮郎歸】合頭其上句之煞字必用平聲，萬調雷同。二調之别，全於此字。人皆無究及於此。"引後三曲曰："《蔡伯喈》之此三調，其末二句實爲【賀新郎】耳。今試剖於下，以

戒將來。”又曰：“據此三調，每調皆有他犯。向來人莫辨之。且是類最多。”據此，此調當以【賀新郎】犯【瑣窗寒】爲正格，然各調所犯，甚爲雜亂，但終究當以【賀新郎】收結。頁 648 引第二曲第二句。

南曲有此調。《舊譜》卷四題【鎖窗郎】，引第二曲爲例曲，題注：“【鎖窗寒】頭，【阮郎歸】尾。”《沈譜》卷十二、《新譜》卷十二、《定律》卷八、《大成》卷五十一、《簡譜》卷七題【瑣窗郎】，《寒山曲譜》題【鎖窗郎】，均引第二曲爲例曲，前六句入【瑣窗寒】，後三句入【賀新郎】。《沈譜》題注：“舊作犯【阮郎歸】，今改正。”後遂爲法。《趙氏孤兒記》第三十九齣《趙朔雲遊》用首曲，四支聯章，然題【太師引】。錢南揚《元本琵琶記校注》第十一齣《牛相奉旨招婿》有後三曲，與此同，然未分題析調。

此調出於戲文，富有變化，然犯【阮郎歸】者第七句平煞，犯【賀新郎】者第七句仄煞，且可犯他調；南曲承之，多犯【賀新郎】，漸趨規範。

【瑣窗樂】

【南吕過曲】【大聖樂】娘行老景相尋，白髮已兩鬢侵。【瑣窗寒】寒門冷落，舉目無親。一心指望，孩兒聰俊，讀書人早得成名。奈何時運未通亨，且自樂守清貧。　　元傳奇《孟姜女》，《正始》頁 659

格式：6$_{\triangle}$，6 乙$_{\triangle}$。4，4$_{\triangle}$。4，4$_{\triangle}$，7 乙$_{\triangle}$。7，6 乙$_{\triangle}$。　　9 句

集曲。前用【大聖樂】首兩句，後用【瑣窗寒】末七句。

《正始》頁 638 引此末二句，頁 651 引此第七句。

《定律》卷八、《大成》卷五十一、《簡譜》卷七均引此爲例曲，然《定律》《大成》題【樂瑣窗】，《簡譜》題【大瑣窗】。《大成》署“散曲”，誤。

此調出戲文，南曲承之；然不載明代曲譜，可見使用較少。

【鳳凰閣】

1.【商調引子】尋鴻覓雁，寄個音書無便。漫勞回首望家山，和

那白雲不見。淚痕如綫，想鏡裏孤鸞影單。

元傳奇《蔡伯喈》，《正始》頁 700

2.【商調引子】千愁萬恨，鎮日無言淚流。情欲訴又還羞，漸覺腰圍清減。容顏消瘦，捱不過天長地久。

元傳奇《吕蒙正》，《正始》頁 701

格式：4，$6_{\triangle}$。$7_{\triangle}$，$6_{\triangle}$。$4_{\triangle}$，7 乙$_{\triangle}$。　6句

《正始》列第一曲爲正格，尾批："此末句平煞，下調仄煞。"尾批引《沈譜》批語，批評《舊譜》與時人唱法。列第二曲爲第二格，題注："第三句減爲六字。"

詞調有【鳳凰閣】，雙片，其上闋與此同。南曲有【商調引子·鳳凰閣】。《舊譜》卷七、《沈譜》卷十七、《新譜》卷十八、《定律》卷十、《大成》卷五十六均以第一曲爲例曲，與此句字略有差異。《沈譜》題注："與詩餘【换頭】處同。"尾批："此調本是引子，今人妄作過曲唱之。……《舊譜》却將第二句改作五字，又將'家山'改作'家鄉'，又去了'和那'二字，遂不成調。況'想鏡裏'云云，乃因思親而思妻也，妙在一'想'字上。《舊譜》乃改作'粧鏡'，即是五娘自唱之曲，非伯喈遥想之意矣。此皆《舊譜》之誤也，何怪後人誤以過曲唱之哉。"又《寒山曲譜》、《定律》卷六、《大成》卷十一均有【鳳凰閣序】，引《王祥》【中吕過曲】"安人轉意"爲例曲。從《沈譜》《新譜》《正始》等批語看，"作過曲唱"的歷史沿續了一個相當長的時間，這期間互相混淆的情況時常發生。

此曲出戲文，作引子；南曲承之，時或誤入【中吕過曲】。

【僥僥令】

1.【雙調過曲】春花明綵袖，春酒滿金甌。但願歲歲年年人長在，父母夫妻相勸酬。　元傳奇《蔡伯喈》，《正始》頁 895

2.【雙調過曲】……仙女共仙童齊醉舞。

元傳奇《吕洞賓》，《正始》頁 895

3.【雙調過曲】……管教他囊篋金銀全我的。①

元傳奇《瓦窰記》,《正始》頁 896

4.【雙調過曲】喜姑姑添小口,幾度待不收。留十月懷胎娘生受,兒女似眼前花、水上漚。 元傳奇《劉智遠》,《正始》頁 897

格式:5△,5△。7,7△。 4句

《正始》列第一曲爲正格,題注:"又名【綵旗兒】,但與【正宮·綵旗兒】不同。"尾批:"此末句平煞,有見元傳《吕洞賓》仄煞云云。按元譜此調之本煞,律止七字。今人無究其源,將謂此之'共'字亦係實文,認作八字二句,……不知有元傳奇《瓦窰記》此句云云。"列第四曲爲第四格,題注:"末句變爲九字二句,非律。"

南曲有【雙調過曲·僥僥令】。《舊譜》卷九、《沈譜》卷二十、《新譜》卷二十二、《定律》卷九均引第一曲爲例曲,與此同。《舊譜》有【前腔】:"夫婦好廝守,父母願長久。對坐兩山排闥青來好,看將一水護田疇綠繞流。"《沈譜》題注:"即【綵旗兒】。又與【正宮·綵旗兒】不同。"末句均作八字:"父母"後增一"共"字。《正始》已將此"共"字剜削,故空一格。如此,方可更好地理解《正始》之尾批。《簡譜》卷八尾批:"此調必在【醉翁子】後,亦入南北合套内,計全首四句,是定格也。末句'妻'字上亦有斷句叶韻者,不必從。"

此曲出戲文,南曲承之,略有變化。

【雌雄畫眉】

1.【仙吕入雙調過曲】凍雲冉冉,寒威凛凛。滴滴滴,滴滴水,結凍成冰。朔風起,朔風起,鵝毛兒飄滾。遍長空篩碎瓊,可傷路滑步難行。多方尋問我家兒,踏雪認,不見一個蹤影。使我痛切切,珠淚

① 李九我批評本《破窰記》第七齣《店起奸心》存録【僥僥令】三支,其第二支【前腔】辭云:"伊言深感激,此事真容易。則待斗轉星移更闌後,管教他囊篋金銀皆我的。"

溋溋。

2.【前腔第二】咱萱親從早望魚，直至到今。急急急，急急性，惡發生嗔。河水凍，河水厚，魚兒藏隱。

3.【前腔第三】料想我兄，沉吟悶縈。没没没，没没後，徒爾勞神。回家内，回家内，遭娘惡性。敢你這一頓(原作"等")打非輕。

元傳奇《王祥》，《正始》頁 913

格式：4，$4_{\triangle}$。3，3，$4_{\triangle}$。3，3，$4_{\triangle}$。6 乙，$7_{\triangle}$。7，3，$6_{\triangle}$。5，$4_{\triangle}$。

15 句

《正始》列第一曲爲正格。列第二曲爲【前腔】第二格，題注："此格止用得上截八句，不可曉。"列第三曲爲【前腔】第三格，題注："此與上格同，止於末煞增七字一句。"所謂"此格止用得上截八句，不可曉"，錢南揚《輯佚》、《全元戲曲》卷十二均未解釋。其實當是第一曲第八句後遺漏標署"合"字，第二曲於末句後漏標"合前"二字；第三曲在第八句後增一個七字句，亦漏標"合前"二字。如此補題，或可釋疑。

南曲有此調，《舊譜》卷十、《沈譜》卷二十、《定律》卷十一、《大成》卷三俱引此爲例曲，然合三曲爲一曲，句字有所變化。《定律》入【般涉過曲】，尾批："此曲文意甚俗，板式忒煩，竟有數唱之意，姑録，以備查考。然實與【雌雄畫眉】之名，不無青蠅玷玉之歎也。"《大成》入【仙吕過曲】。《簡譜》卷八入【雙調】，引散曲"征歌囀轉"三曲並爲一曲，尾批："此支疊字疊句，悉數依照，與《卧冰》'冉冉凍雲'一曲，無不相同。若以爲難，而欲更改格式，還是不做此套爲是。中有平仄頗拗者，……皆用仄仄仄平式，亦與《卧冰》合，不可易作仄仄平平。通體亦以北詞法作南詞，正不妨多用元方言也。"惟《新譜》以"调冗韵杂无板删"之。

此曲出戲文，南曲承之；然因理解偏差，故多歧解，作之亦少。

【嘉慶子】

1.【仙吕入雙調過曲】你一雙子母無所傍，况雨緊風寒怎當。心急也行程不上，人亂亂世荒荒，愁慽慽淚汪汪。

元傳奇《拜月亭》，《正始》頁 968

2.【仙吕入雙調過曲】人間再見西施樣，聽歌聲餘韻繞梁。幸感東人情重，開玳筵出紅粧，勝宋玉赴高唐。

元傳奇《蔣蘭英》，《正始》頁 970

3.【仙吕入雙調過曲】聽説事因肝腸斷，那曾見一馬一鞍？一女一夫前斷，休要惹外人談，揚醜惡遍人間。

元傳奇《蔡均中》，《正始》頁 971

格式：$7_{\triangle}$，7 乙$_{\triangle}$。6，6 乙$_{\triangle}$，6 乙$_{\triangle}$。　　5 句

《正始》列第一曲爲正格，尾批對《沈譜》議論多有批評："但既有'一字之有無，遂使一句腔不同、一曲之調亦不相叶'之説，必須再當細勘詳明，何至輕從坊本之誤，反謂舊譜之非？况此【嘉慶子】調，元詞最多，何又'他處甚少'之説？按元詞及古傳奇，凡【嘉慶子】，此調其首句必上四下三其讀，第二句必上三下四之節。故古《拜月亭》之於此句亦曰'况雨緊風寒怎當'，正此例也。元譜又曰：但【嘉慶子】第一句，若用上三下四之句法，直似【園林好】也；如第二句用上四下三之句法，直爲【川撥棹】换頭耳。此例萬宜避之。"第二、第三兩曲，即引之爲例，以"少證其第二句之句法"。

據《宋史・樂志》，宋大曲有【嘉慶樂】。宋雜劇有《老孤嘉慶子》，王國維《宋元戲曲史》五列入"用大曲者"類。南曲有【仙吕入雙調過曲・嘉慶子】，《旧譜》卷十、《沈譜》卷二十、《新譜》卷二十三、《定律》卷九均以第一曲爲例曲。然《沈譜》首兩句均增一字，作"1、$7_{\triangle}$"，尾批："此調，他處甚少，時曲却以【川撥棹换頭】作【嘉慶子】，誤矣。又或以'渭城人肌膚瘦怯'之【桃紅菊】爲【嘉慶子】，亦非也。……《舊譜》中只作'怎當'，而舊本《拜月亭記》，皆作'勢怎當'。若依《舊譜》，

則當於‘寒’字下畫一截板，而今既有‘勢’字，則當點一實板於‘勢’字上矣。一字之有無，遂使一句腔皆不同，而一曲之調亦不相協，譜豈可易言哉。”其實戲文第二句即作七乙，《正始》已作考辨。《定律》題【雙調過曲】。《大成》卷三引第二曲爲【又一體】，題【仙吕過曲】，然署“散曲”，誤。

此曲出戲文，或由宋大曲摘片轉换而來；南曲承之，略有變化。

【團圓旋】

1.【黄鐘調近詞】謝皇恩，念小臣，陋室變貴門。親至尊，殿墀試，文武狀元及第，驟受開封府尹。惟憑英勇，講武朝君見紫宸。中大魁虎符掌軍，奉旨成親，招贅將爲秦晉。五花誥駟馬高車，享榮華夫人封郡。拜官頒賞，聖德吾王敬舊勳，盡意欣。美滿夫妻厮稱，來往媒勞頓。且如今、都轉意、諸心順，令酬謝皆交無吝。

2.【前腔】燕爾婚，值令辰，配合美眷姻。記那時，店中受窘，鳳拆鸞分，怎想今朝之分？英雄萬里，受盡苦辛。遇赦恩幸得進身，地亂天翻，散失逃亡誰問？經離合事事休論，玳筵開幸得識認。才子佳人成對，兩兩筵前捧壽樽。謝玉傾金休吝，少年青春。萬歲永綰同心，雙雙共喜欣。　　元傳奇《拜月亭》，《正始》頁1059

格式：$3_{\triangle}$，$3_{\triangle}$，$5_{\triangle}$。3，3，6，$6_{\triangle}$。4，$7_{\triangle}$。7乙$_{\triangle}$，$4_{\triangle}$，$6_{\triangle}$。7乙，7乙$_{\triangle}$。4，$7_{\triangle}$，$3_{\triangle}$。$6_{\triangle}$，$5_{\triangle}$。3、3、$3_{\triangle}$，7乙$_{\triangle}$。　21句

《正始》列第一曲爲正格。列第二曲爲第二格，題注：“第五、六句與第九、第十五及末四句，皆變。”又：第二曲減省第十七句三字。

《定律》卷一、《大成》卷七十一均以第一曲爲例曲，入【黄鐘過曲】。《定律》尾批：“此曲亦止出於鈕少雅譜内。張寒山譜内【耍鮑老】下，有注‘一名【團圓旋】’者，總即【耍鮑老】之别名，其詞文句法亦全不同。姑録，以備一體。”《大成》與此僅句讀略有不同。趙景深《考略》頁40認爲：“兩曲描寫‘團圓’，名符其實。”是，均唱本調。《重訂拜月亭記》第四十三齣《成親團圓》存此二曲。

此調出於戲文，且唱調名；南曲承之，使用較少，與【要鮑老】間有混淆。

【瑤臺月】

【南吕調慢詞】欲將心事從頭訴，又聽得尊親，嚴命報傳。

元傳奇《趙氏孤兒》，《正始》頁 1160

格式：7△，5 乙，4△。　3 句

詞調有【瑤臺月】，一名【瑶池月】，雙片長調，其上、下闋與此均不同。諸宫調有【南吕宫・瑤臺月】，雙片長調，與詞調同，與此不同。葉慶炳《諸宫調訂律》："《劉智遠》《董西厢》俱在【南吕】，而《正音》《廣正》兩譜則俱收入【般涉】。其轉移通借之由，舊譜已亡，無從考定。然劉、董既爲宋、金舊編，【南吕】爲此調最初所屬宫調，固無疑義。且《遺事》格式全同劉、董，故並録於此，而於【般涉】僅存其目。"北曲有【般涉調・瑤臺月】，鄭騫《北曲新譜》列入"舊譜所收今删去或改並者"，題注："見《諸宫調訂律》。"與諸宫調同，與此不同。南曲有此調，《定律》卷三、《簡譜》卷七均引此爲例曲，然題【道宫引子】，署《八義》。《簡譜》尾批：此引"傳奇中常見，平仄據此"。《大成》卷四十二引此爲例曲，題【大石調引子】，題注："'臺'，一作'池'。""嚴命"屬第二句，末句作"報傳呼"，與此有所變化。《趙氏孤兒記》第六齣《堅留門下》作【瑤臺移月】，句字不同。

此調源出詞調，入諸宫調，屬【南吕宫】，亦入【般涉】；北曲承之，入【般涉】；戲文或削減而轉换承之，仍屬【南吕】；南曲承於戲文，轉入【道宫】，又有所變化。

【漁父第一】

1. 【商調近詞】是則是路途間好，望東方曙色漸曉。幾點疏星照，見殘月漸落樹杪。寒林古木青煙罩，宿霧初收水氣高。迢遥古徑通深杳，竹塢人家傍小橋。傍小橋，過遠村柳堤蟬噪，深山中猛聞採樵。對清溪，見漁人水邊獨釣，庄門開景物尚早。牧童跨犢登山道，隱隱臨歧酒旆摇。駐馬郵亭共索笑，且同飲香醪。

元傳奇《孟月梅》，《正始》頁 1196

2.【商調近詞】是則是路途間苦，有閑花路傍半吐。芳草萋萋，緑柳拖金，淡煙帶雨。風光淡蕩堪圖録，聽出谷黄鸝解弄語。遊蜂粉蝶雙雙舞，映水桃花間翠竹。間翠竹，傍小橋數間茅屋，村深處茂林古木。向夕陽，見牧童跨著黄犢，梧桐角數聲斷續。横塘水暖沙鷗浴，舉棹驚飛過遠浦。杜宇聲聲怨春暮，勸道不如歸去。

元傳奇《張資》，《正始》頁 1197

格式：7 乙$_{\triangle}$，7 乙$_{\triangle}$。5$_{\triangle}$，7 乙$_{\triangle}$。7$_{\triangle}$，7$_{\triangle}$。7$_{\triangle}$，7$_{\triangle}$。3$_{\triangle}$，7 乙$_{\triangle}$，7 乙$_{\triangle}$。3，7 乙$_{\triangle}$，7 乙$_{\triangle}$。7$_{\triangle}$，7$_{\triangle}$。7$_{\triangle}$，5 乙$_{\triangle}$。　18 句

《正始》正格引失名氏《詞林説統》"憶昔邂逅招提寺"爲例曲，與此首句作七字句，第二句六字，第三句六字，第十二句六乙句。列第一曲爲第二格，題注："首句句節不同，第二句增爲七字，三句減爲五字，十二句減爲六字。"第十二句較正格實減字作三字句，第九句例用前句末三字。列第二曲爲第三格，題注："第三句減爲四字，第四變作八字二截，末句增爲六字。"

唐・崔令欽《教坊記・曲名》有【漁父引】，《全唐五代詞》存詞二首，四句七言，與此不同。詞調有【漁父】【漁父詞】【漁歌子】，與此均不同。南曲有【商調近詞・漁父第一】，《舊譜・十三調南曲音節譜》有【商調近詞・漁父第一】，存目無辭。《沈譜》卷十八、《新譜》卷十九、《定律》卷十、《大成》卷五十七、《簡譜》卷九均用第一曲爲例曲。《沈譜》眉批："此曲音律俱協，詞又不深不淺，妙甚妙甚。"《大成》署"散曲"，尾批："【漁父第一】原有二闋，《蔣譜》《沈譜》《南詞定律》《曲譜大全》皆併入【商調】。《江天雪》一闋，聲調激昂，不類【商調】，故隸【大石調】，始爲和協。至散曲《孟月梅》一闋，應仍其舊，始爲各得其宜。"以《孟月梅》爲散曲之名，當是受散曲選本誤導。《簡譜》尾批："此支有兩譜：一爲小工，一爲六字，高低相差，不可道里計。《大成

譜》以《江天雪》一曲入【大石調】，以此曲入【商調】，亦調停之法。余謂此曲本獨用，小工六字，任意諧音皆可，如北詞【點絳脣】一套，可小工亦可正工也。句調正齊，並無難處，但略長耳。”

此曲當出於唐曲，詞調轉换用之戲文僅用其名，名近而異實；南曲承於戲文，較少使用。

【碧玉簫】

【越調近詞】俺只見曠野雲低，往來人影稀。凄凉這般天氣，瑞雪紛紛的。正是嚴寒透玉肌，朔風吹短衣。空自慘凄，頓覺愁無計。此情訴與誰，只得告天天怎知，欲待告人人羞恥。

元傳奇《吕蒙正》，《正始》頁 1211

格式：$4_{\triangle}$，$5_{\triangle}$。$6_{\triangle}$，$5_{\triangle}$。$5_{\triangle}$，$5_{\triangle}$。$4_{\triangle}$，$5_{\triangle}$。$5_{\triangle}$，$7_{\triangle}$，$7_{\triangle}$。　11 句

《正始》列此曲爲正格，題注：“又名【玉簫令】。”

《全宋詞》存【碧玉簫】一首，雙片，與此不同。北曲有【雙調・碧玉簫】，與此相似：全曲十句，與此第三句作四字，末四句作“$4_{\triangle}$。$5_{\triangle}$，$5_{\triangle}$”三句，餘同。南曲有此調，《南詞定律》亦作十句，與此有所不同。《簡譜》卷八承《定律》，題【大石調過曲】，有尾批：“此調首句亦有作四字，將四句作隔句對者，意欲北詞相合也。不必從。”《舊譜》《沈譜》《新譜》等均未收録此調。

此調或出於詞調，戲文、北曲均轉换承之，故較近似；南曲承於戲文，又有較大變化，逐步規範，或趨近北曲，然較少使用。

国家出版基金项目
NATIONAL PUBLICATION FOUNDATION

許建中 著

宋元戲文訂律

下册

鳳凰出版社

十　五　筆

【賞宫花序】

1. 勝花女，四時中，心下没事縈繫。除非上苑隨趁，度芳菲歡會。思之，論梳粧和針指，怎曉得！仗托雲鬟粉面，使婢隨侍。臨鸞照時，那飾容都是它輩承值。

2.【同前换頭】白日，笑語長是，樂春臺則劇。情知（原作“和”）富豪家，人中最貴最第一。感得，吾皇時召，身赴瑶池。春去夏月芰荷，香鎮拂鼻。小舟時泛，知菱歌遊戲。

3.【同前换頭】秋至，綵樓高，龍山聳月正輝。宴着紅裙，終夜一任眠遲。冬季，賞雪膽瓶，簪梅數枝。暖閣團坐，飲羊羔風味。須知富貴，自然嬌豔，有不搽紅粉也相宜。《張協狀元》13

4.【黄鐘調近詞】風急柳絮飄，似這鵝毛粉蝶，飛來階下。瓦上珍珠，砌密交加。天涯如畫，晚來時，江上路景嗟呀。見這漁翁，披蓑頂笠歸家。

5.【前腔换頭】無暇，向晚來，見這盈簾伴砌，紛紛猶下。玉人堆瓊片，望獅兒獰惡。貪耍，笑嘻嘻，呵纖手懶梳掠。透濕弓鞋，淩波冷入方覺。元傳奇《李寶》，《正始》頁 1058

格式 1：$3_{\triangle}$，3，$6_{\triangle}$。6，5 乙$_{\triangle}$。$2_{\triangle}$，6 乙$_{\triangle}$，$3_{\triangle}$。6，$4_{\triangle}$。$4_{\triangle}$，7 乙$_{\triangle}$。12 句

2：5，6，$4_{\triangle}$。4，$4_{\triangle}$。$4_{\triangle}$，3，$6_{\triangle}$。4，$6_{\triangle}$。10 句

前三曲用式 1。【换頭】兩支與此首增兩字一句，第七、第八兩句均作四字；第三曲於第十一句後增四字一句；餘僅句字略異。後二曲

用式 2,爲【黃鐘調近詞】。

《正始》列第四曲爲式 2 正格,題注:"與【黃鐘宮・賞宮花】不同。"第五曲題注:"第六句減爲二字,第八句雖六字,句讀不同。"第八句作六字折腰句。

南曲僅有【黃鐘過曲・賞宮花】,《舊譜》卷五引《江流》"年紀老成"爲例曲,《沈譜》卷十四、《新譜》卷十四均引《琵琶記》"他終朝慘凄"爲例曲,與此兩式均不同。《定律》卷一、《大成》卷七十一均以第四、第五兩曲爲例曲,題【黃鐘過曲・賞宮花序】。《定律》尾批:"此曲諸譜俱不載,惟鈕譜有此二曲,與【賞宮花】全然不同。即此【换頭】,與前曲亦甚相差。"《大成》署"散曲",尾批:"諸譜皆不載,惟《南詞定律》有此體。較本宮【賞宮花】,全然不同。"則是對《定律》尾批没有讀仔細:此二曲始見於《正始》,後入《定律》《大成》。

此調兩式,始見於此;式 1 後不傳,南曲承之式 2,改題【黃鐘過曲】,存録而已。

【醉太平】

1. 明日恁地,神前拜跪。神還許妾嫁君時,覓一個聖杯。娘行恁説有些兒意,不消得我每爲媒氏(應作"主")。公公你出個猪頭祭土地,(合)有緣時賀喜。　　　　《張協狀元》14

2. 從來我意,鎮有心便欲,求伊姻契。誰知到此,情一似鳳孤鸞隻。嗟吁,傷懷謾留得那絲鞭,職筵向畫堂空備。料奴容貌,不入那人,眼目些兒。

3. 【同前换頭】傷悲,孩兒淚眼,是怎生揾了,還又重滴。紅樓數里,不道有人慼慼。思之,它門道讀得數行書,始及第把人嫌棄。(合)算來叵耐,除非睡着,忘得霎時。

4. 【同前换頭】終日,搐搐搦搦,莫厖殺我,如醉如癡。樓頭那日不相逢,怎有這場憂憶? 無緒,相思做得病成也,這一命拚歸泉世。被它欺負,含羞忍恥,是甚活計?

5.【同前換頭】爹意，必欲與伊，報它張葉，今日仇隙。奴今自覺心如絮，飯又那曾喫得？心事除非我自知，鎮魆地淚垂。

《張協狀元》29

6.【正宮過曲】從來寡居，守村落杜門，清如秋水。薄田數頃，糊口可供日計。思之，清貧落得個安閑，這福分果非今世。幸無榮辱，時時暗祝，道聲慚愧。

7.【前腔第二換頭】聽啓：娘今老矣，歎光陰迅速，百年能幾？孩兒自知，一喜又還一悲。兼是，寒門親戚況俱無，愈添得意孤心碎。虔誠禱告，蒼天見憐，與作周庇。

8.【前腔第三換頭】誰知，此生時運多乖蹇？恨不遇明時。朝廷遍榜行諸處，差役壯丁城戍。堪悲，驀然子母兩分離，晚景後靠誰做主？算非得已，一心聽取，造物何如。

9.【前腔第四換頭】此去，但放懷何必苦恁，長皺雙眉？三杯淡酒消愁取，歡飲共圖微醉。霍索心頭且寬取，免千愁萬慮。

元傳奇《孟姜女》，《正始》頁196

10.【正宮過曲】分飛豔質，這離緒，旦夕橫在心裏。奈眼前，色色都不如意。何期，我行爹媽不知己，苦留阿嬌在那裏。免不得將伊，苦來出氣。

11.【前腔換頭】誰知，君今去速，未知是幾時，著鞭回歸？料想是，月餘日過爲期。伊須，我行爹媽閑言語，你們休得要聽取。又添得愁煩，淚珠如雨。　元傳奇《鬼法師》，《正始》頁198

12.【正宮過曲】君須三省，看生涯冷落，空如懸罄。餐藜飯糗，終須鼎食鐘鳴。不忖，無謀醫得眼前貧，怎捱到晚年光景。且休憂悶，粗衣淡飯，却是常情。

元傳奇《朱買臣》，《寒山堂譜》卷二頁672下半葉

13.【正宮過曲】蹉跎，光陰易謝，縱歸去晚年，之計如何。名韁利鎖，牢絡在海角天涯。知么，多應老死在京華，孝情事一筆勾罷。這般摧挫，傷情萬感，淚珠偷墮。

元傳奇《蔡伯喈》，《寒山堂譜》卷二頁673上半葉

格式 1:$4_{\triangle}$,$4_{\triangle}$。$7_{\triangle}$,5 乙$_{\triangle}$。$7_{\triangle}$,7 乙$_{\triangle}$。$7_{\triangle}$,5 乙$_{\triangle}$。　8 句

2:$4_{\triangle}$,5 乙,$4_{\triangle}$。4,$6_{\triangle}$。$2_{\triangle}$,7,7 乙$_{\triangle}$。4,4,$4_{\triangle}$。　11 句

第一曲用式 1,以下均用式 2。式 1 較式 2,頭異而尾似。

《正始》列第六曲爲式 2 正格。第二曲與此同。列第七曲爲【第二換頭】正格,與始調止增首句二字句,餘同。第三曲同。第四曲與《正始》【換頭】第五格尾批所録元散曲《沉吟久》同,與【換頭】正格第三句作四字,第五句作七字。第五曲,錢南揚《校注》:"此曲比前兩曲少三句,當有缺文。"是;較上曲,減省第六至第八三句,又合第九、第十兩句作七字一句。第八曲題注:"第二、第三、第四句大異。"是:第二句與【換頭】正格合第二、第三兩句作七字一句,第三、第四兩句分别增字作五字句、七字句,餘同。第九曲題注:"此格益異。"與第五曲僅將第二、第三兩个四字句合作七乙一句,餘同。列第十曲爲式 2 第二格,題注:"第二、三句節文不同,第四句變爲三字,第八句節讀亦不同,又減去第九四字一句。"第十一曲題注:"此【換頭】與上始調全章句法皆同,止於起處添二字一句。"僅第五句減字作三字,爲【第二換頭】第二格。《正始》頁 201 引式 1 爲式 2 第三格,第四句至尾作:"待覔個聖杯。娘行恁説有些意,不須我每爲媒主。出個猪頭祭土地,有緣時賀喜。"與此句字略有差異;題注:"此與上諸格同調不同體。上皆細腔,今此截腔。"尾注:"此末句仄煞。"尾批:"時譜亦收此一曲,但不當以'娘行'句截作【換頭】。此必誤認《琵琶記》'張家李家'四句之全調也,不知此調全章實八句也。"眉批:"'每'字可用仄聲,'出個'一句,改作平平仄仄仄平平乃叶。"《寒山堂譜》列第十二曲爲正格,與此同。尾批:"'不忖'二字,用平韻更妙。"列十三曲爲【其二】,實【前腔換頭】。以第一曲前四句作【又一體】,後四句作【其二】,題"元傳奇《張葉傳》",尾批:"此曲與前絶不同,疑爲【衮】,然與此曲大同而小異,故記於此。'出個'一句,改作'平平仄仄仄平平',更叶矣。"正是《正始》所批評者。

詞調有【醉太平】,辛棄疾"態濃意遠"詞與《張協狀元》第一曲,惟作雙片,第四、八兩句作五字句,第六句作六乙句,餘同。北曲有【正宫・醉太平】,與詞調同。南曲有【正宫過曲・醉太平】,《舊譜》引《伯

喈》"張家李家都唤我"爲例曲，用式 1 首四句。《沈譜》卷四、《定律》卷二引《尋親記》"何須歎息"二曲爲例曲，與第六、七兩曲同格。《沈譜》題注："或作【昇平樂】，殊可厭。"又引第十二曲爲【又一體】，題注："此用平上去聲韻。"尾批："换頭不録。"《定律》則引第十、十一兩曲爲【又一體】，題第十一曲"散曲"，誤。《沈譜》又引第一曲爲例曲，惟以後四句作【前腔换頭】，題注："此别是一調，當以【小醉太平】目之。"尾批："此調與詩餘及北曲【醉太平】相似。"《舊譜》所引"即此調也，但不用换頭耳"；不知者"遂改爲【踏莎行】，誤矣"。《新譜》承之《沈譜》，惟以第一曲名【小醉太平】，當是聽從了《沈譜》意見。《定律》承之，尾批："此曲今人皆兩曲合唱，行之已久，應宜從俗。"《正始》對此已作辨正。《大成》卷三十一引第十三曲、第十曲爲【又一體】，然署第十曲爲"散曲"，誤。

此曲出詞調，北曲、戲文式 1 並承之；戲文式 2 當爲式 1 之攤破異體，《正始》所謂"同調不同體"，實際上是在傳播、運用過程中産生了變異。南曲承此二體，却又以正爲變了。錢南揚《校注》批評了《沈譜》"當以【小醉太平】目之"的觀點："本戲乃戲文初期的作品，詞變爲曲最原始的形式，不稱它爲祖調，而反以小目之，真是本末倒置。"是。

【醉落魄】

1. 冤家做作好直恁，把心不定。張葉去心不安穩，不見歸來，尋你那臉節病。　《張協狀元》20

2. 令人去久傳音耗，至今不到。心忙意急歸來報，得見情人，心下稱懷抱。　《錯立身》5

3. 【仙吕引子】鶯聲巧逐東風軟，緑楊庭院。杏花零落清香散，手捻花枝，寂寞倚闌杆。　元傳奇《孟月梅》，《正始》頁 270

4. 【仙吕引子】……裝點上元景。

元傳奇《朱心心》，《正始》頁 271

5. 【仙吕引子】傍人論伊，怎知道其間的實？奴見了心中暗喜，一别尊顔，不覺許多時。　元傳奇《祝英臺》，《正始》頁 272

格式：$7_{\triangle}$，$4_{\triangle}$。$7_{\triangle}$，4，$5_{\triangle}$。　5句

《正始》列第三曲爲正格，題注："魄，音犯，非。"尾批："此末句平煞。元傳奇《朱心心》仄煞云云。"與此同格。列元散套《怨婚遲曲》爲第二格，題注："首兩句互倒，與黄山谷詩餘同。"列第五曲爲第三格，題注："此比《怨婚遲曲》始調比，争第三句句節。"實改七字句作七乙句。

詞調有【醉落魄】，一名【醉落托】【章臺月】【一斛珠】等。萬樹《詞律》卷八注："'魄'字，音'托'。"雙片，其上闋與此僅首兩句作"$4_{\triangle}$，$7_{\triangle}$"，與《正始》第二格同。第五曲猶存舊體。諸宫調有【仙吕·醉落托】，與詞調同，與此小異。南曲有【仙吕引子·醉落魄】，《旧譜》卷一、《沈譜》卷一、《新譜》卷一、《定律》卷四均引第三曲爲例曲，《沈譜》題注："與詩餘全不同。魄，音'托'。"《定律》題《錦香亭》。

此曲出詞調，入諸宫調；戲文用之，首兩句互倒；南曲承之，異體復歸詞調。

【駐馬聽】

1. 伊看我孩兒，似這月裏嫦娥到强似它。亞爹孩兒全没，老來全憑着，你門一个。未知爹爹那雅意要如何？早言一句説教破。你休得誤人呵，莫教我女青春過。

2.【同前】兒恁嬌癡，須要个讀書人爲女婿。我家裏公侯累代，小可底蒼生，怎爲姻契！五百名中有多少好才人，我女揀个一般美。爹爹甚言語，若非是狀元怎成匹配。

3.【同前】朱紫駢駢，不若荷衣一狀元。況兼奴家是豪貴，若非高甲，怎生攀羨？我王擇賢畢竟是今年，與我兒選个福非淺。出得幾多錢，招捉那狀元爲姻眷。　《張協狀元》21

4. 酒困沉沉，睡裏聽得人鬬争。是我荒驚惱覺，自覺一身，戰戰兢兢。方知欲問這元因，忽然見兄弟（原作"弟兄"）持刀刃。連叫兩三聲，莫不是嫂嫂不欽敬？

5.【同前】聽説元因：它元是娼家一婦人。瞯着哥哥濃睡，自與

傍人,並枕同衾。我欲持刀一意捕奸情,幾乎殺害我哥哥命。你言語怎(原作"恐")生聽?一場公事驚人聽!

6.【同前】哀告君聽:奴在房兒裏欲睡寢。怎知叔叔來此,巧言花語,扯奴衣襟。因奴家不肯便生嗔,將刀欲害伊家命。只得叫鄰人,將奴趕得没投奔。

7.【同前】此事難憑,兩下差池(原作"他")人怎明?叔叔聲聲只道,養着奸夫,奸夫你説是何人?叔叔你忒煞把人輕!青青須有天爲證。你休得强惺惺,楊花水性無憑準。　　　《小孫屠》9

8.【中吕引子】悄悄朱扉獨倚,專等個人來至。不敢誤佳期,到香閨。爲甚連朝無信息?遂使我令人尋覓。這裏相會,依舊如魚似水。　　　元傳奇《柳耆卿》,《正始》頁 384

9.【中吕過曲】一路裏奔馳,多少艱辛,行到這裏。且喜略時肅静,漸次平安,稍爾寧息。恨悠悠千里旅情悲,苦厭厭一片鄉心碎。感歎咨嗟,傷情滿眼關山淚。　　　元傳奇《拜月亭》,《正始》頁 479

10.【中吕過曲】一剗胡言,怎不顧男女婚姻須要選。愛他文成錦綉,筆走龍蛇,學有淵源。我孩兒非比孟光賢,那書生也遂梁鴻願。萬事由天,區區財禮,漫勞埋怨。　　　元傳奇《王十朋》,《正始》頁 480

格式 1:$4_{\triangle}$,$7_{\triangle}$。6,4,$4_{\triangle}$。$7_{\triangle}$,$7_{\triangle}$。$5_{\triangle}$,$7_{\triangle}$。　　　9 句

2:$6_{\triangle}$,6 乙$_{\triangle}$。$5_{\triangle}$,$3_{\triangle}$。$7_{\triangle}$,7 乙$_{\triangle}$。$4_{\triangle}$,$6_{\triangle}$。　　　8 句

第八曲用式 2,爲【中吕引子】。其他諸曲用式 1,爲【中吕過曲】。

《正始》列第八曲爲【中吕引子】正格。

列第九曲爲【中吕過曲】正格,與式 1 僅在正襯上略有出入:第二句增一字析作八字兩句,第三句作四字,第八句作四字。列第十曲爲第二格,題注:"第二句併爲七字,末句變爲八字二句。"

《全宋詞》有【駐馬聽】三首,雙片,與式 1 不同,其下闋與式 2 相似。北曲有【雙調・駐馬聽】,與式 1 相近:合第三至第五句作"$4_{\triangle}$,$7_{\triangle}$"兩句,第八句作三字句,餘同。南曲有【中吕引子・駐馬聽】,《大成》卷九引第八曲爲例曲。南曲有【中吕過曲・駐馬聽】,《舊譜》卷三以《王祥》"一樣孩兒"爲例曲,《沈譜》卷八以《琵琶記》"書寄鄉關"爲

例曲，以《牧羊記》“一縷沉煙”爲【又一體】，與此和第九曲均略有差異。《新譜》卷八引楊慎“鳴櫓沙頭”爲例曲，與式 1 僅第三、八兩句作四字句，【又一體】則僅第三句作四字句，餘同。《重訂拜月亭記》第二十五齣《世隆成親》引第九曲，僅第八句疊用一句，餘同。

此曲出詞調，戲文式 2 承之，大同小異；式 1 與北曲分途轉換承之，故略有差異；南曲承式 1，略有變化，式 2 後已不傳。

【賣花聲】

1. 那日紅樓數里，要納夫婿。誰知道苦相嫌棄？孩兒飲氣，盡日没情没緒。阿娘怎知，懨懨害自覺着體。　　《張協狀元》32

2.【越調引子】碧玉堂深，洞天福地，金釵十二駢珠履。華筵日日笙歌沸，鎮樂取多豪貴。遇春來景明媚，園花正堪遊戲。便整頓玉勒金鞍，恣賞深紅密翠。拚日費千金，待酬他芳菲景致。

元傳奇《裴少俊》，《正始》頁 766

格式 1：$6_{\triangle}$，$4_{\triangle}$。$4_{\triangle}$，$4_{\triangle}$，$6_{\triangle}$。$4_{\triangle}$，7 乙$_{\triangle}$。　　7 句

2：4，$4_{\triangle}$，$7_{\triangle}$。$7_{\triangle}$，$6_{\triangle}$。6 乙$_{\triangle}$，$6_{\triangle}$。7 乙，$6_{\triangle}$。5 乙，7 乙$_{\triangle}$。　　11 句

第一曲用式 1，錢南揚《校注》云：“此【羽調過曲・浪淘沙】，又名【賣花聲】。既不同於【越調引子・賣花聲】，也不同於【越調過曲・浪淘沙】。”

《正始》列第二曲爲【越調引子】正格，是爲式 2。題注：“此調，按蔣、沈二譜於此【越調】，僅有【浪淘沙】而無【賣花聲】，此或誤爲詩餘之【賣花聲】，即【浪淘沙】耳。豈知一調二名者，自是【羽調過曲】也。今之【越調】必各調各名，【賣花聲】確係引子，【浪淘沙】斷爲過曲耳。”

詞調有【浪淘沙】，與此均不同；又有【賣花聲】，雙片，其上闋與此亦均不同，但與式 1 傳承之痕，隱然可尋。金院本有《賣花聲》，王國維《宋元戲曲史》六列其入“用詞曲調者”類。北曲有【中吕・賣花聲】，亦入【雙調】，與式 1 不同，然亦當轉換於詞調。南曲有【越調引

子·賣花聲】,《新譜》卷十六從馮夢龍遺稿中補入,即用第二曲爲例曲,但與此減省第五、七兩句。《定律》卷十三與《新譜》同。南曲另有【羽調近詞·浪淘沙】,《沈譜》卷三題注:"舊注云:'即【賣花聲】。'與【越調】不同。"與式1僅首句作四字,第五、六兩句均增字作七字,餘同。《張協狀元》第一齣有【浪淘沙】,《沈譜》卷十五【越調引子·浪淘沙】與之同,題注:"與詩餘同,但無【换頭】。與【仙吕】不同。"然《新譜》卷十六又有"新入"之【越調過曲·浪淘沙】,眉批:"此曲與前引子同調,録於此,以存過曲之腔板。"與此兩式均不同。參見【浪淘沙】。

此調當出宋都城市井賣花叫吟。宋·高承《事物紀原》卷九《吟叫》:"京師凡賣一物,必有聲韻,其吟哦俱不同。故市人採其聲調,間以詞章,以爲戲樂。今盛行於世,謂之吟哦。"宋·吴自牧《夢粱録》卷二十《妓樂》:"今街市與宅院,往往效京師叫聲,以市井諸色歌叫賣物之聲,采合宫商成其詞也。"入詞調,戲文承之,爲式1【羽調過曲·賣花聲】,也稱【羽調過曲·浪淘沙】,與北曲【中吕·賣花聲】均有很大變化,彼此亦不同;戲文式2亦或轉换承之,爲【越調引子·賣花聲】。南曲兩調均承於戲文,式1入【羽調近詞】,仍有【賣花聲】【浪淘沙】二名,與式2【越調引子·賣花聲】有别。

【漿水令】

1. 告莫説張狀元,才説後淚漣漣。自古及今招駙馬,没妻的定接鞭。敢來將我女兒嫌,致令半載病厭厭。忒福薄,緣分慳,誰信我女心腸變。日夜日夜憂更煎,驀忽驀忽命赴黄泉。

2.【同前】洒特特來拜侍,方知道是不棄。望君息取雷霆威,公不妨自説取。狀元張葉望鈞庇,洒欲冒瀆敢乞不罪。公有命,不敢違,洒豈知公有女。情願情願甘做媒,公意公意要與和議。

3.【同前】細尋思常怒起,因它後喪一兒女(原作"女兒",失韻)。這一女吾最喜,温柔中更兼貌美。狀元張葉改前非,敢將此女與作夫妻。蒙恩許,不敢違,不枉教它成一對。我女我女還怎底?汝意汝意有甚言語?

4.【同前】怕奴家分福慳,夫妻事是前緣。看爹媽心意轉,只此是良言。感得提攜謝英賢,狀元注定與奴團圓。深拜蒙愛憐,前世已曾成姻眷。奴荷奴荷公意堅,克日克日與效鶼鶼。　　《張協狀元》51

5. 四時中春光最美,共遊賞更莫待遲。暖風逐日好天氣,莫蹉跎過了,謾自傷悲。花深處,酒望垂,可惜解貂留佩。同歡會,同歡會,同歡醉歸。扶歸去,扶歸去,帶好花枝。　　《小孫屠》2

6.【仙吕入雙調過曲】恕(原作"絮")貧無香醪泛鍾,恕貧無珍羞味充。又無些湯水飲喉嚨,裝甚大媒,做甚親送?休聒絮,慢啣嚷,防他外人相譏諷。非缺禮,非缺禮,只爲窘中。凡百事,凡百事,一味包籠。　　元傳奇《王十朋》,《正始》頁 1029

7.【仙吕入雙調過曲】樂蓬萊神仙境地,更兼福禄壽星至。鹿啣芝草獻祥瑞,千年白鶴,萬歲靈龜。……

元傳奇《羅惜惜》,《正始》頁 1030

8.【仙吕入雙調過曲】更遲疑不離我門,打教你肉見筋。被打骨肉痛傷情,無辜趕逐,痛苦難禁。惱殺人性,輒敢抗語來相應。今日裹,今日裹,急離我門。街坊上,街坊上,别行求趁。

元傳奇《殺狗記》,《正始》頁 1030

9.【仙吕入雙調過曲】玆特蒙尊官寵呼,喜歡歡寸心時喜。頃疏闊(原作"闞")丰姿久矣,僭相屈敬聆教益。肚皮裹寂寞好孤淒,口兒裹冷落也多時。忒餓鬼,不知恥,深感得君光賁。相會在,相會在,花間宴逸。捹沉醉,捹沉醉,醉扶歸。

元傳奇《樂昌公主》,《正始》頁 1031

格式 1:6 乙$_{\triangle}$,6 乙$_{\triangle}$。7,6 乙$_{\triangle}$。7$_{\triangle}$,7$_{\triangle}$。3,3$_{\triangle}$,7$_{\triangle}$。7$_{\triangle}$,4、4$_{\triangle}$。　　11 句

2:7 乙$_{\triangle}$,7 乙$_{\triangle}$。7$_{\triangle}$,4,4$_{\triangle}$。3,3$_{\triangle}$,7$_{\triangle}$。3,3,4$_{\triangle}$。3,3,4$_{\triangle}$。　　14 句

前四曲用式 1,後五曲用式 2,爲【仙吕入雙調過曲】。式 2 或可視爲式 1 之攤破格。

式 1 四曲句字略有变化,末两句均用疊字。第四曲,錢南揚《校

注》:“深拜”句,“前三曲都三字二句,而此僅五字,疑奪一字。”是。但戲文中合三字兩句作五字一句者實多,已成爲句式變化通例。

《正始》列第六曲爲【仙吕入雙調過曲】正格,與式 2 同。原題【槳江令】,然卷首目録及南曲諸譜均題【槳水令】,當是誤題。第五曲與此僅第八句作六字句,餘同。列第七曲爲第二格,題注:“第二句節文不同。”是爲七字句。尾批:“下皆同,不録。”列第八曲爲第三格,題注:“第二句變爲六字二截,第六、七之六字二截併爲四字一句。”列第九曲爲第五格,題注:“第六、七併爲七字一句,【一秤金】犯此。第九句變六字二截,末句作三字。”又第三句節文不同,增第五、六兩個七字句。

南曲有【仙吕入雙調過曲・槳水令】,《沈譜》卷二十、《新譜》卷二十三、《定律》卷九均引第六曲爲例曲,句字略異。《定律》題【雙調過曲】。

此曲出戲文,《張協狀元》和《小孫屠》雖分作二式,已有轉换,式 1 已歸併式 2,漸趨定型;南曲承式 2。

【賞花時(原作“時花”)】

憔悴容顔只爲你,每日在書房攻甚詩書! 閑話且休題,你把這時行的傳奇,你重頭與我再温習。　《錯立身》5

格式:7△,7△。5△,4△,5△。　5 句

諸宫調有【仙吕・賞花時】,上闋與此同。北曲有【仙吕・賞花時】,與此同。今存金元磁窑三彩束腰枕有此調,七字三句:“一曲庭(原作“廷”)前奏玉簫,五色祥雲朱頂鶴,長生不老永逍遥。”楊棟兄認爲:“此枕早於元曲,或爲金代前期之物,還保留着市井民間小令的原始形態。諸宫調與元曲吸取爲【仙吕】套曲之首曲,久之反而失掉了原來的身份。”①可備一説。

① 楊棟《元曲起源考古研究》,中國社會科學出版社,2014 年,第 42—43 頁。

此曲出諸宫調，北曲承之，戲文採録。錢南揚《校注》已指出：後之【排歌】等四曲分屬南、北【仙吕】，“既具南北合套之雛形”，此曲當是北曲【仙吕】首牌，前之【醉落魄】則爲南曲【仙吕引子】。只是此曲在北曲中僅用於散套，劇曲則僅用於楔子，在此却用作南北合套北曲首牌，並不合乎北套慣例，當是南化時發生的變化。

【樂安神(原作“神安”)】

一從當日，心中指望燕鶯期。功名不戀待何如？拚却和伊抛故里。不圖身富貴，不去苦攻書，但只教兩眉舒。　　《錯立身》5

格式：$4_{\triangle}$，$7_{\triangle}$。$7_{\triangle}$，$7_{\triangle}$。$5_{\triangle}$，$5_{\triangle}$，6 乙$_{\triangle}$。　　7 句

《正始》頁 298 引“元南北散套”《遠害全身》【仙吕過曲·樂安神】爲例曲正格，與此同。《正始》例曲實出沈和【仙吕·賞花時】南北合套《瀟湘八景》，“全身遠害”爲此套第二曲南曲【排歌】首句。此曲流傳較盛，明代《盛世新聲》《雍熙樂府》《詞林摘豔》等曲選亦引之，均作【樂安神】。

《蔣譜》無此調。《沈譜》卷一、《新譜》卷一均有【仙吕過曲·安樂神犯】，前七句與此同，尾綴【排歌】六句，《沈譜》眉批：“此調，凡作者皆犯【排歌】，未見本調。或曰‘風和雨’三句，亦屬本調，恐不確當。再查訂。”此例曲出陳大聲散套“驚一葉墜井”，《正始》頁 298 引之，後之【排歌】僅録三句，作集曲【樂安歌】，是。《沈譜》失收本調，誤題調名，則明中葉時本調已失。

此曲出於戲文和元南散曲，後世南曲承之，漸作集曲，使用較少。

【駐雲飛】

1. 你款步難擡，便做天仙難見你來。我把你相看待，你把我相搊壞。猜，緣何在花街，共人歡愛？説又不俫，駡又佯不睬。正是本性難移山河易改，本性難移(四字原奪)山河易改。

2.【同前】便做真龍，我也難從你逐浪波。信（原作“訊”）口胡應和，閑（原作“譯”）話喫不過。嗏，一麫是舊特科，我把它瞧（原作“樵”）破。誰慣得如今，膽似天來大！你向咱行説個甚么？你向咱行説個甚么？

3.【同前】仔細思之，你是何人他是誰？姐姐多嬌媚，你却身襤褸。嗏，模樣似乞的，蓋紙被。日裏去街頭，教它求衣食。夜裏彎跧樓下睡，夜裏彎跧樓下睡。

4.【同前】覆水難收，一度思量珠淚流。指望長相守，誰信不成就。嗏，一筆盡都勾，免吃僝僽。剪髮捻香，共你同説咒。只恐你心中不應口，只恐你心中不應口。　　《錯立身》12

5.【中吕過曲】村釀新篘（原作“蒭”），要解愁腸須是酒。壺内馨香透，盞内清光溜。嗏，何必恁多羞，但略沾口。勉意休推，展却眉兒皺，一醉能消心上愁。　　元傳奇《拜月亭》，《正始》頁 478

6.【中吕過曲】漫憶侯園，瓜種青門知幾年。落齒冰霜濺，曾向金盤薦。嗏，不覺口流涎，意留連。塵沃我胸襟，我則待嘗一片，開口告人難上難。　　元傳奇《吕蒙正》，《正始》頁 478

7.【中吕過曲】冷地思之，嬸嬸賢達人怎比？多謝你相輪替，助著奴一臂。嗏，閑時到雞啼，上床睡。今夜三更，早早得一覺睡。叔伯母和時真個美，恩愛兩偏生忒義氣。　　元傳奇《王祥》，《正始》頁 479

格式：4，7$_{\triangle}$。5$_{\triangle}$，5$_{\triangle}$。嗏，5$_{\triangle}$，4$_{\triangle}$。4，5$_{\triangle}$。7$_{\triangle}$，7$_{\triangle}$。　　11 句

第四句後例用“嗏”，僅第一曲第五句用“猜”一字句。

《正始》列第五曲爲正格，較此減末一疊句。列第六曲爲第二格，題注：“第六句減爲三字。”尾批引《沈譜》的觀點：“‘意留連’一句，更比前調爲古，識者當法之。”列第七曲爲第三格，題注：“第六句亦三字，末多一句。”與《錯立身》更接近，但末句用另文而不作疊句。

南曲有【中吕過曲・駐雲飛】，《舊譜》引第七曲爲例曲，句字略異。《沈譜》卷八引第五曲爲例曲，尾注：“末句，今人多疊唱一句。”考之《錯立身》，末句均作疊句。以第六句作四字與三字，分作二體。《新譜》卷八承之，眉批：三字句較四字句“爲古，識者當法之。”考之戲

文，可作三字、四字或五字，説不上何體爲更古。又眉批："末句令人多重疊唱一句。予謂此腔欠雅，作者不必重作一句也。"其實重疊一句正是古體。《寒山曲譜》以第六曲爲正格，引第五曲作【又一體】，末句均疊作一句，與此句字也略有變化。第六曲尾批："此曲末句當重唱一句，今人省文，誤也。三、四句當作一句聯，末句必要用一成語方妙。此曲逐（原作'遂'）段可换韻，【其二】段同【駐馬聽】起句，後體皆同。"李九我批評《破窑記》第十齣引用第六曲，末即疊句。《簡譜》卷六尾批："此亦單用曲，不入聯套内。又可多用數支作一饒戲者，……且可逐支换韻。'嗏'字爲此曲定格。亦有别用一字句叶韻，此則文人賣弄才情耳。"如第一曲即用"猜"爲一字格。

此曲出戲文，南曲承之，略有變化。

【調笑令】

我這爨體：不查（原作"番"）梨，格樣全學賈校尉。趨蹌（原作"趍搶"）嘴臉天生會，偏宜抹土搽灰。打一聲哨子（原作"土"）響半日，一會道牙牙小來來胡爲。　　《錯立身》12

格式：2△，3△，7△。7△，6△。7△，6△。　　7句

詞調有【調笑令】，與此不同；又有【調笑轉踏】，與此同。宋雜劇有《調笑驢兒》，王國維《宋元戲曲史》五"用詞調者"類三十本中無此本，當補。金院本有《調笑令》，王國維《宋元戲曲史》六列其入"用詞曲調者"類。北曲有【越調・調笑令】，與此同。

此曲出詞調，入宋雜劇、金院本，北曲承之。此曲爲北曲，戲文移植用之。錢南揚《校注》已標明。

【撲燈蛾】

1. 你門不三思，紅日漸西流。兩人没來由，只管此迤（原作"逼"）逗。爹行聽分剖：奈擔兒難擔生受。更驢兒不肯快走，致令得

兩人，途路恁淹留。

2.【同前】孩兒離家去久，公公忒（原作“惑”）不度己。潑畜生因甚底，緣何尚然落後！婆婆住休，又何用唧唧啾啾。料不是冤家不就頭，且擔着擔兒，疾速向前走。　《錯立身》13

3.【中吕過曲】自親不見影，他人怎相庇。既然讀詩書，惻隱怎生周急。我是孤兒你是寡女，廝趕着教人猜疑。亂軍中誰來問你，緩急間，語言須是要支持。　元傳奇《拜月亭》，《正始》頁 398

4.【中吕過曲】官人聽拜啓，年年願如是。自因這薄賤，縈牽來遊此地。静心細聽，琵琶嗚咽，妙音聲美。願夫妻相看到底，似中秋，皓月團圓盡如是。　元傳奇《陳叔文》，《正始》頁 399

5.【中吕過曲】……痛設設，分釵剖鸞鳳……

元傳奇《趙光普》，《正始》頁 400

6.【中吕過曲】到行朝汴梁，看山河壯帝居。四時常開花木，論繁華不識中都。蒙恩深處，便爲家自來俗語。休思故里，對良辰，好景宴樂且歡娱。　元傳奇《拜月亭》，《正始》頁 400

7.【中吕過曲】慕汝名已久，今日遇知音。卿有相如才文君貌，肯辜少年。書齋静悄，偶到此逢着多嬌。果然是一雙兩好，願和伊，如魚似水永諧老。　元傳奇《蘇小卿》，《正始》頁 401

8.【中吕過曲】……瑩玉蟾銀色波光，消壓炎暑。……

元傳奇《玉清菴》，《正始》頁 401

9.【中吕過曲】群仙瑶池盡會，祥雲繚繞自起。鶴向前鹿後隨，捧蟠桃鬬合相會。傳杯弄盞，拚盡飲休得辭推。管今宵沉醉宴逸，醉酕醄，大家齊唱醉扶歸。　元傳奇《風流合三十》，《正始》頁 402

10.【中吕過曲】重感激，親訪及。特地表誠意，何必再三謙意也。蒙君意美，豈敢違尊旨？兹承降接，何勞賜宴會。

元傳奇《吕蒙正》，《正始》頁 403

格式：5，$5_{\triangle}$。$5_{\triangle}$，$5_{\triangle}$。4，7 乙$_{\triangle}$。7 乙$_{\triangle}$，3，$7_{\triangle}$。　9 句

第二曲較此首四句均作六字句。首句偶亦用韻。

《正始》列第三曲爲正格，較此僅第四句爲六字，餘同；尾批：“按

此調第四句之'也'字煞，可有可無，原非定式。今人用之者多，亦可，但不宜於所無古詞擅增擅改，失其本來。況此調除第五句之四字句，每句皆有變。"列第四曲爲第二格，題注："第六句變爲八字二句。"列第五曲爲第三格，題注："此第六句亦八字，句節不同。止録此句爲證。"尾批："全章與上同，不録。"列第六曲爲第五格，題注："第三句變爲六字，第七句減爲四字。"列第七曲爲第六格，題注："第三句變爲六字二截，第四句減爲四字。"列第八曲爲第七格，題注："第三句增爲七字，第四句減爲四字。今止録此二句爲證。"尾批："餘皆同，不録。"列第九曲爲第八格，題注："首三句皆變作六字。"此格與第二曲同。列第十曲爲第十一格，題注："首二句皆三字，即五字句也。但第五之四字句下，不唯減字，又且減句。"

南曲有【中吕過曲・撲燈蛾】，《舊譜》卷三、《沈譜》卷八、《新譜》卷八、《定律》卷六、《大成》卷十、《簡譜》卷六均引第三曲爲例曲，與此僅第四句作七字，餘同。《沈譜》眉批："'自親'正與'他人'相對，況音律甚協。今人改作'自親妹'，殊爲可厭。"又對此曲平仄用韻，詳加評點。《定律》《大成》均疊用首句，又引第六曲、第十曲爲【又一體】，句字與此略異。《大成》題注："一名【打火蟲】。"署《綵樓記》。《寒山曲譜》以第六曲爲正格，引第三曲爲【又一體】，尾批："【其二】同。一、二句是一聯，'急'字是暗韻。"《簡譜》首句疊用，尾批："首句亦可不疊。《拜月》他曲，首數句有與此大異者，……皆不作五字疊句。"首句疊用者均晚出之作。又："此曲宜施浄丑口吻，而《幽閨》用作生旦合唱，實非格也。……舊傳奇中，以此曲作干板唱者，其無文情可知。作者勿施生旦可矣。"《簡譜》多聯繫歌唱而討論曲律，然當是晚明以後情形，而非元時狀態，由現存戲文可知。

此曲出戲文，南曲承之。

【玩仙燈】

【黄鐘引子】元夕風光，香車馬往來相亞，御街前笙歌韻雅。見這迓鼓咳來，盡般般呈罷。欲賞花燈，想乾明相將近也。

元傳奇《鴛鴦燈》，《正始》頁 35

格式：4，$6_{\triangle}$，7 $乙_{\triangle}$。6，$4_{\triangle}$。4，$6_{\triangle}$。　7 句

《正始》列此曲爲正格，題注：“引格與過曲相懸，人所皆知。”此詠元宵賞花燈，爲唱本調。

南曲有【黄鐘引子・玩仙燈】，《舊譜》卷五、《沈譜》卷十四、《新譜》卷十四、《定律》卷一、《大成》卷六十九均引此爲例曲，僅句字略有不同。《沈譜》眉批：“第一句與‘來’字、‘燈’字，俱不用韻。”與此同。《大成》題注：“與本宫正曲不同。”

此曲出戲文，南曲承之。

【賞宫花】

1.【黄鐘過曲】錢落手中，尋思跌破胸。乾與他將去，杳無蹤。好似雁從天上過，急忙歸去買油烹。　元傳奇《殺狗記》，《正始》頁 43

2.【黄鐘過曲】官人飲酒，我香醪更美佳。現錢來買吃，並不賒。遇飲酒時須飲酒，不醉不飽不歸家。

元傳奇《趙氏孤兒》，《寒山堂譜》卷五頁 709 下半葉

格式：$4_{\triangle}$，$5_{\triangle}$。5，$3_{\triangle}$。7，$7_{\triangle}$。　6 句

《正始》列第一曲爲例曲，頁 1328【高平調過曲・五團花】尾批引此首兩句。《寒山堂譜》以《教子記》“難忘大恩”爲例曲，題注：“六句，三十四字。”較此第二句作六乙句，第四句作五字句，餘同。以第二曲爲【又一體】，題注：“六句，三十二字。”

南曲有【黄鐘過曲・賞宫花】，《舊譜》卷五引《江流》“年紀老成”爲例曲，《沈譜》卷十四、《新譜》卷十四引《琵琶記》“他終朝慘凄”爲例曲，均與此同。《定律》卷一引《琵琶記》“槐花正黄”爲例曲，“他終朝慘凄”爲【前腔】第二格，較此第二句均作六乙句，第四句作五字句；《荆釵記》“潮陽海邦”爲【前腔】，第二句作六乙句，餘同。參見【賞宫

花序】考辨。

此調出於戲文，南曲承之，略有變化。

【鬧樊樓】

1.【黃鐘過曲】孤身先自添煩惱，夜景凄凉，眼前難熬。見老樹啼烏繞，野寺哀猿叫。鴛甃畔滴溜溜敗葉兒飄，響噹噹，風鈴兒鬬合唣。

元傳奇《西厢記》，《正始》頁 70

2.【黃鐘過曲】當今天子重英豪，一舉成名，此身榮耀。自古常言道，醜婦家中寶。五色裝成綵樓高，彼此風流更波俏。

元傳奇《錦香亭》，《正始》頁 71

格式：$7_{\triangle}$，4，$4_{\triangle}$。$5_{\triangle}$，$5_{\triangle}$。7 乙$_{\triangle}$，3，6 乙$_{\triangle}$。　8 句

《正始》引明散套爲正格，九句，末句作七乙句。列第一曲爲第二格，題注："第七句下減三字一句，末句之下截不同。"列第二曲爲第四格，題注："第五句下大不同。"是將末三句合併成七字兩句。

南曲有此調，《舊譜》卷五引第一曲爲例曲，句字與此稍異：第四句增字作七字，第七句下增三字一句，餘與此同。《沈譜》卷十四、《新譜》卷十四引陳所聞散套《情濃乍别》"陽關數曲宫商别"爲例曲，與此相近。《沈譜》尾批："此調更無處可查，只有此曲，及《舊譜》'孤身先自添煩惱'一曲。因彼似有差落字面，且今人喜唱此曲，故收之耳。"可見此曲當時用之不廣。《寒山堂譜》卷五以第一曲爲例曲，與此同。《定律》卷一、《大成》卷七十均以第一曲爲【又一體】，句字與此略有變化。

此調出於戲文，南曲承之，《沈譜》後更以變爲正。

【緱山月】

1.【正宫引子】守正處寒廬，勤苦誦詩書，盼春闈身進踐榮途。爲雙親服制前程未，感慨仰天呼。

2.【前腔换頭】樂道安貧巨儒，嗟怨是何如，但孜孜有志效鴻鵠。似藏諸韞匱韜光隱，售價待沽諸。　　元傳奇《拜月亭》，《正始》頁134

格式：$5_{\triangle}$，$5_{\triangle}$，$7_{\triangle}$。7，$5_{\triangle}$。　　5句

【前腔换頭】僅將首句增字作六字句，餘與此同。

《全宋詞》無此調。徐本立《詞律拾遺》卷二有【緱山月】，引明初梁寅詞爲例詞，雙片，其上闋與此末兩句破作"5乙，3，3，$3_{\triangle}$"四句，其下闋爲【前腔换頭】，首句七字，餘同上闋。南曲有【正宫引子·緱山月】，《舊譜》卷二引第一曲爲例曲，與此同。《沈譜》卷四、《新譜》卷四、《定律》卷二、《大成》卷三十均引此二曲爲例曲，但第二曲末兩句破作"5乙，4，$4_{\triangle}$"三句，餘同。《定律》《大成》合作一曲，不用【换頭】。

此曲出戲文，詞調承之，有所轉换；南曲承於戲文，明中葉後又偏向詞調，略有變化。

【劍器令】

【仙吕引子】咱每論豐標，看過了多多少少。這玉容多强别個，果然一見魂消。　　元傳奇《劉盼盼》，《正始》頁266

格式：$5_{\triangle}$，7乙$_{\triangle}$。7乙，$6_{\triangle}$。　　4句

唐·崔令钦《教坊記·曲名》有【西河劍器】【劍器子】二調。《全唐五代詞》存【劍器詞】三首，與此不同，尾注："此調乃唐代有名之舞曲。宋陳暘《樂書》載武則天末年即有'劍器入渾脱'之犯聲。"宋大曲有【中吕·劍器】，入【黄鐘】。《全宋詞》有【劍器近】一首，雙片，與此不同。宋雜劇有《病爺老劍器》《霸王劍器》，王國維《宋元戲曲史》五列入用大曲【劍器】類。南曲有【仙吕引子·劍器令】，《舊譜》卷一、《沈譜》卷一、《新譜》卷一均引此爲例曲，與此同。

此曲出唐代教坊劍舞曲，後傳入宋大曲、詞調、宋雜劇；戲文採録之，有所轉换；南曲承之。

【醉扶歸】

1.【仙吕過曲】我有緣結髮曾相共，雖然是無緣對面不相逢。我鳳枕鸞衾也和他同，到憑兔毫繭紙將他動。畢竟一齊分付與東風，把往事如春夢。　元傳奇《蔡伯喈》，《正始》頁 320

2.【仙吕過曲】奴苦惱甘生受，只得至此且含羞。奴與哥哥有甚冤仇，只得慌忙奔走。裙兒忙把飯來兜，(合)淚濕透奴衣衫袖。

3.【仙吕過曲】怕兄嫂成僝僽，慌忙到此少了香和酒。又没資財，與奴收留，夜來做事怎不依奴口。誰人知道我心憂，(合前)

元傳奇《劉智遠》，《正始》頁 320

4.【仙吕過曲】有人在這銷金帳，醺醺的噴清香。有人在街頭自感傷，饑餒神魂喪。那更紛紛價雪花兒飄，飄在窗兒上。

元傳奇《李寶》，《正始》頁 321

5.【仙吕過曲】滿空瑞雪紛紛下，玉龍爭戰下鱗甲。頃刻樓臺銀鋪砌，行行疊疊真珠灑。悠悠滚滚似剪梨花，疏疏密密似舞梨花，此景堪描畫。　元傳奇《京娘怨》，《正始》頁 322

格式：$7_{\triangle}$，$7_{\triangle}$。7，$7_{\triangle}$。$7_{\triangle}$，$5_{\triangle}$。　6 句

《正始》列第一曲爲正格，頁 1340【高平調過曲・十二紅】尾批引此首三句，"雖然"作"難道"。列第二曲爲第二格，題注："一、四句皆六字。"又末句作七乙。第三曲爲第三格，題注："首句亦六字，第三句變成八字二句。"第四曲爲第四格，題注："第二、第四及末句皆作五字。"列第五曲作第六格，題注："第五句下增七字一句，四曲皆然。"

北曲有【仙吕・醉扶歸】，亦入【越調】【雙調】，與此不同。南曲有【仙吕過曲・醉扶歸】，《沈譜》卷一、《新譜》卷一、《定律》卷四均以第一曲爲例曲，與此僅末句作六乙，餘同。《舊譜》卷一、《寒山堂譜》卷一以《江流》"望得望得肚腸斷"爲正格，題注："六句，三十九字。"《新譜》以此爲【又一體】。《寒山堂譜》《定律》以第二曲爲【又一體】，僅句字略異。《寒山堂譜》題注："字句同前。"尾批："此二曲乃本調正體，

《舊譜》反以爲變體,誤矣。”《定律》尾批:“此曲又有末句多一句者,即非【醉扶歸】矣,故删去不録。”《寒山堂譜》又以第一曲爲【又一體】,題注:“字句同前。”《大成》卷二引第一曲爲【又一體】,然尾批:“第三闋(即第一曲)係正格。”《簡譜》卷六引第一曲爲例曲,與此同,尾批:“是調下板,皆在每句五、七兩字上,故萬不能多加襯字”,“首二句亦有用疊字者,……凡犯曲起句,皆從此格。”

此曲或出於民間歌謡,北曲、戲文分途承之,故不盡相同;南曲承於戲文,略有變化。

【醉歸月下】

【仙吕過曲】【醉扶歸】自恨我好不啣嚁,這碗淡飯教我怎入口。胡亂充饑莫害羞,胸前衣破與那瓜精鬭。【桂枝香】悶似湘江水,涓涓不斷流,【醉扶歸】淚濕透奴衣衫袖。 元傳奇《劉智遠》,《正始》頁 322

格式:7△,7△。7△,7△。5,5△,7 乙△。 7 句

集曲。首四句、尾一句用【醉扶歸】,第五、六兩句犯【桂枝香】第五、第六兩句。

《正始》題注:“【桂枝香】亦名【月中花】(原作“下月中花”),與【羽調・月中花】不同。”

《定律》卷四引此爲例曲,然第五、第六兩句用【月兒高】末二句。較之,【桂枝香】一名【月中花】,十分罕見,不若【月兒高】通用,故《定律》標署似更妥帖。《六十種曲》本《白兔記》第十二齣題此【醉扶歸】,實與同齣【醉扶歸】“奴苦惱甘生受”正調不同。

此曲出於戲文,南曲承之,但諸譜多失載,可見傳之不廣。

【醉中歸】

1. 【中吕引子】晚來雲布密,凛凛朔風透寒威。俄然見六出花飛,長空一色,萬里如銀砌。當此際,雪正飛,慶賀豐年祥瑞。同宴

樂，暢飲羊羔拚沉醉。　　　　　　元傳奇《殺狗記》，《正始》頁 383

2.【中吕引子】月華如晝，上下連天總如水。不消遣虛度光陰，蹉跎人老，是事昏迷（原作"迷昏"）。當今夜，月正輝，共賞中秋排一會。調弦管，同歡醉，樂時康盡今世。

元傳奇《陳叔文》，《正始》頁 383

格式：$5_{\triangle}$，$7_{\triangle}$。7 乙$_{\triangle}$，4，$5_{\triangle}$。$3_{\triangle}$，$3_{\triangle}$，$6_{\triangle}$。3，$7_{\triangle}$。　　10 句

《正始》列第一曲爲正格，尾批："此調據坊本，於'雲'字上有'同'字，'里'字下無'如'字，'樂'字下有'排筵'二字。"列第二曲爲第二格，題注："第一、五、八、末句皆變。"

北曲有【仙吕・醉中天】，與此不同。南曲有【中吕引子・醉中歸】，《舊譜》卷三、《沈譜》卷八、《新譜》卷八、《定律》卷六、《大成》卷九等均引第一曲爲例曲，與此僅句字略有變化。《沈譜》眉批："'來'字下或有'彤'字，'里'字下或无'如'字。'色'字、'筵'字，俱不用韻。"《新譜》眉批用其前二句。俞爲民《殺狗記校注》第十三齣《歸家被逐》，"透"字作"送"字，"賀"字作"賞"字，"樂"字下有"排宴"二字，當是文本在傳播中已發生變異，正《正始》所謂"坊本"。

此曲出戲文，南曲承之。

【駐馬摘金桃】

【中吕過曲】【駐馬聽】他本是豪門，就住在沙陀小李村。他公婆來往，與我家中，有些薄親。他暫時落泊暫時貧，你們休得閑争論。何故怒生嗔，【金娥神曲】教他進也無門，退也無門，【櫻桃花】全不由大人，苦樂不均。　　　　　　元傳奇《劉智遠》，《正始》頁 481

格式：$4_{\triangle}$，$7_{\triangle}$。4，4，$4_{\triangle}$。$7_{\triangle}$，$7_{\triangle}$。$5_{\triangle}$，$4_{\triangle}$，$4_{\triangle}$。5 乙，$4_{\triangle}$。　12 句

集曲。前用【駐馬聽】首八句，次用【金娥神曲】第三、四兩句，後用【櫻桃花】尾二句。

《舊譜》不載此調。《沈譜》卷八、《新譜》卷八用此爲例曲，《沈譜》

尾注:“前八句是【駐馬聽】本調,後四句不知犯何調,俟再查。”《新譜》眉批:“馮亦未詳。”《寒山曲譜》、《定律》卷六、《大成》卷十二均引此爲例曲。《寒山曲譜》題【駐馬兒】,題注:“舊名【駐馬摘金桃】。”以前八句入【駐馬聽】,後四句入【划鍬令兒】,句字也有所變化。《定律》與此同。可見至晚明馮夢龍、沈自晉、张大復等人,仍然不能詳析此曲,《正始》《定律》方予揭示。《大成》以此第八至第十句入【四塊金】,標奇立新。

此調出戲文,南曲承之,然有異解,較少使用。

【劉袞】

1.【南吕過曲】聞知道,聞知道,相公忽來至。不及迎接,萬乞恕罪。不索要講禮,疾忙與分例。同去便與,不敢稽違。

元傳奇《蔡伯喈》,《正始》頁 532

2.【南吕過曲】齊咽倒,齊咽倒,唬得顫顫兢兢。退後移前,連叫幾聲。胸前有微温,揪定頭梢。把人中緊掐,扶起娘身。

元傳奇《王祥》,《正始》頁 533

格式:3,3,5$_{\triangle}$。4,4$_{\triangle}$。5$_{\triangle}$,5$_{\triangle}$。4,4$_{\triangle}$。　9句

《正始》列第一曲爲正格,第二句例疊前句。題注:“或認作【番鼓兒】,謬。”是。戲文另有【仙吕過曲・番鼓兒】,與此不同。《正始》列第二曲爲第二格,題注:“第三句變六字,七句變爲四字。”

金院本有《調劉袞》,不知出處,王國維《宋元戲曲史》六失收。南曲有【南吕過曲・劉袞】,《舊譜》卷四引第二曲爲例曲,與此僅第七句作四字,餘同。《沈譜》卷十二、《新譜》卷十二、《定律》卷八均引《牧羊記》“咱們是”爲例曲,第七句亦作四字句。《沈譜》眉批:“今人不甚明此調,每改作【雙聲子】,或作【番鼓兒】,或作【要孩兒】,皆非也。”《定律》題【劉滚】。趙景深《考略》頁 55—57 引録第一曲:“巾箱本第四十一齣毛本全删。”是。此曲存於錢南揚《元本琵琶記校注》第四十一齣,不見《六十種曲》本《琵琶記》。

此曲或出民間歌謡，戲文採録之；南曲承之，略有變化。

【劉潑帽】

【南吕過曲】自家雖在京城住，温台路來往極熟。官人若有家書附，不必躊躇，情願同稍去。　　元傳奇《王十朋》，《正始》頁584

格式：$7_{\triangle}$，7乙$_{\triangle}$。$7_{\triangle}$，$4_{\triangle}$，$5_{\triangle}$。　　5句

《正始》題注："唐譜曰：漢祖之弟有異心，敗於中市，示屍七日，風化。後出戰者有神風潑帽，故封儲君。"引明散套爲正格，第四句作三字。列此曲爲第三格，題注："第四句變爲四字。此格儘有。"頁641【南吕過曲·三十腔】尾批引此末兩句。

南曲有此調，《舊譜》卷四、《沈譜》卷十二、《新譜》卷十二均引《荆釵記》"念吾到此求科舉"爲例曲，第四句亦作三字，末句作六字二截，則元曲亦有第四句作三字者。《定律》卷八引《釵釧》《浣紗》爲例曲，第四句則均作三字矣。

此調出戲文，南曲承之。

【節節高】

1.【南吕過曲】漣漪戲綵鴛，把荷翻。清香瀉下瓊珠濺，香風扇。芳沼邊，閑亭畔。坐來不覺人清健，蓬萊閬苑何足羡。只恐西風又驚秋，不覺暗中流年换。　　元傳奇《蔡伯喈》，《正始》頁608

2.【南吕過曲】殘陽映暮霞，兩交輝。湖天掩映蓬萊境，神仙府。選半開，折一朵，碎揉花片，打奴則個，休得上心生疾妒。鷗鷺雙雙點萍蕪，一鈎新月照荷花浦。　　元傳奇《樂昌公主》，《正始》頁608

格式：5，$3_{\triangle}$。7，$3_{\triangle}$。3，$3_{\triangle}$，$7_{\triangle}$，$7_{\triangle}$。7，$7_{\triangle}$。　　10句

《正始》列第一曲爲正格。頁641【南吕過曲·三十腔】尾批引此第七句至尾共四句。列第二曲爲第二格，題注："第七句變爲八字

二句。”

北曲有【黄鐘・節節高】,一名【接接高】,又有【節節高犯】,與此均不同。南曲有【南吕過曲・節節高】,《旧谱》卷四、《沈譜》卷十二、《新譜》卷十二、《寒山曲譜》、《定律》卷八、《大成》卷四十九均以第一曲爲例曲,《沈譜》題注:“即【生姜芽】。《舊譜》又收【生姜芽】,非也。”《大成》題注:“一名【凌霄竹】。”戲文另有【生姜牙】,與此末三句破作三字五句,餘同。或南曲混淆兩曲,僅存此曲而不用【生姜芽】。

此曲或出民間歌謡,北曲與戲文分途承之,同名異實;南曲承戲文,與【生姜牙】相並。

【慶青春】

【商調引子】芳草鋪茵,夭桃噴火,絲絲細柳拖金。捻指光陰,使人無限傷情,歸家暖閣排宴飲。才過了除夕,正遇元宵,遊賞花燈,又早清明。

元傳奇《殺狗記》,《正始》頁 698

格式:$4_{\triangle}$,4,$6_{\triangle}$。$4_{\triangle}$,$6_{\triangle}$,$7_{\triangle}$。4,4,$4_{\triangle}$,$4_{\triangle}$。　10 句

《正始》尾批:“【慶青春】與【高陽臺】原本二調,《沈譜》一之,此必爲坊本《殺狗記》所誤。據坊本《殺狗記》之第七、八句云:‘又早是除夕新正,過元宵。’此句法毋怪詞隱先生之誤也。”戲文另有【商調引子・高陽臺】和【商調過曲・高陽臺】,均與此不同。

《全宋詞》有【慶青春】殘篇一句:“平明一陣催花雨。”《詞律》卷十【慶春澤】之【又一體】附録僧皎如詞,其上闋云:“紅入桃腮,青回柳眼,韶華已破三分。人不歸來,空教草怨王孫。平明幾點催花雨,夢半闌欹枕初聞。問東君,因甚將春,老却閑人。”題注:“即【高陽臺】。”與此不同。《舊譜》卷七引此爲例曲。《沈譜》卷十七已將【慶青春】併入【高陽臺】:正格使用前引宋人皎如詞,有【换頭】,題注:“一名【慶青春】。此係詩餘,與引子同。”【又一體】引《琵琶記》“夢遶親闈”爲例曲,亦有【换頭】,題注:“此入入聲韻。”《新譜》卷十八承之,此調遂失獨立地位。《定律》卷十引“夢遶親闈”爲【高陽臺】,然合併【换頭】爲

一曲；引《白兔記》“冷清清”爲【慶青春】例曲，五句，與此不同。俞爲民《殺狗記校注》第二十二齣《孫榮奠墓》，此曲仍題【慶青春】。

此調或出於詞調，入戲文，已有變化、轉换；南曲承之，然自《沈譜》與【高陽臺】合併，復歸詞調，此漸不傳。

【醉娘子】

【越調過曲】聽其言，此情實爲可憫。看他貌英雄出輩群，休嫌俺秀才貧。我和你兄弟相識認，他日裏記取今危困。

元傳奇《拜月亭》，《正始》頁836

格式：3，$6_{\triangle}$。6乙$_{\triangle}$，$5_{\triangle}$。5，$5_{\triangle}$。　6句

《正始》題注：“一名【似娘兒】。”頁1340【高平調過曲・十二紅】尾批引此第三至第五句。《張協狀元》録【似娘兒】一支，亦六句，然與此句律不同。

南曲有此調。《舊譜》卷六、《沈譜》卷十五、《新譜》卷十六、《定律》卷十三、《大成》卷二十四、《簡譜》卷十均以此爲例曲，與此僅句字略異。《舊譜》題注：“一名【似娘兒】。”《沈譜》題注：“一名【似娘兒】，與【仙呂・似娘兒引】不同。”《新譜》眉批：“馮以《拜月亭》次曲‘死重生，怎敢忘伊大恩’句法，當以‘我聽言’三字作句，點板在‘聽’字上，而去‘此’字一板。今從之。”《大成》題注：“‘醉’，一作‘似’。”

此曲出戲文，南曲承之，與【仙呂引子・似娘兒】不同。

【醉公子】

1.【雙調過曲】煙花門户，怎比從良好？爲官妓，如何妄自奔逃？人道，自古風流，司馬文君聲價豪。説自是，只恐磨米傳羅（原作“麽采愽磨”），趕逐難逃。

2.【前腔换頭】聽告：縱到官福多禍少。不記得，龍圖已曾相招？懷抱，尚記得漣滄，一曲當筵樂醉陶。目下裏，共你握手前行，步莫悠

悠。　元傳奇《楊寔》,《正始》頁 894

3.【雙調過曲換頭】聞知,向畫堂排列宴會。歌聲囀,雙雙滿泛金卮。偏宜,是人都道,我天生一對兒。歡笑處,好向歌舞筵前,弄盞傳杯。　元傳奇《李寶》,《正始》頁 895

4.【雙調過曲換頭】卑陋,論做人要光前耀後。……①

元傳奇《蔡伯喈》,《正始》頁 1340

格式:4,5$_{\triangle}$。3,6$_{\triangle}$。2$_{\triangle}$,4,7$_{\triangle}$。3,5 乙,4$_{\triangle}$。　10 句

《正始》列第一曲爲正格,題注:"'公',俗作'翁',謬。此係始調,人所罕知,所知者皆【換頭】也。"錢南揚《元本琵琶記校注》第二齣注:"曲譜俱作【醉公子】,【醉翁子】乃俗名。"第二曲【換頭】較此僅改首兩句作"2$_{\triangle}$,7 乙$_{\triangle}$",餘同。列第三曲爲【換頭】第二格,題注:"第七句減爲五字,次曲(原作"字")亦然。"錢南揚《宋元戲文輯佚》頁 93 以爲"此調原有兩支",是。第四句增一字爲七字句。第四曲,《正始》【高平調過曲·十二紅】尾批:"【雙調·醉公子】,合元傳奇《蔡伯喈》此調首二句云云。"

唐·崔令欽《教坊記·曲名》有【醉公子】,《全唐五代詞》存詞兩首,與此均不同。詞調有【醉公子】,同唐詞,與此不同。南曲有【雙調過曲·醉公子】。《舊譜》卷十以《王祥》"聽剖"爲例曲,題【醉翁子】。《沈譜》卷二十引《琵琶記》"回首"爲例曲,題注:"與詩餘不同。'公',坊本作'翁',皆誤也。"以此體之【换頭】爲始調,《正始》已有評論。《新譜》卷二十二以第一曲爲例曲,眉批:"【醉公子】,蓋唐人以詠公子而作,見楊用修《詞品》。誤作'翁'字,非也。"是,參見楊慎《詞品》卷一【醉公子】,格與此同。【换頭】用《琵琶記》"回首"曲,題注:"原作本調,今定作【换頭】。"糾正了《沈譜》之誤,是。戲文不誤。《寒山曲

---

① 錢南揚《元本琵琶記校注》第二齣《蔡宅祝壽》録【醉翁子】二支,其第二曲【前腔換頭】云:"卑陋,論做人要光前耀後。勸我兒青雲,萬里馳驟。聽剖,真樂在田園,何必當今公與侯?(合前)相慶處,但酌酒高歌,共祝眉壽。"原題【前腔】,《校注》云:"此調非始調,實係【換頭】。"是,據改。

譜》、《定律》卷九、《大成》卷三均承《新譜》，署《錦香囊》。

此曲出唐曲，入詞調，戲文轉换承之；傳入南曲，多以【换頭】誤爲始調，後逐步恢復規範。

【銷金帳】

1.【仙吕入雙調過曲】黄昏悄悄，助冷風兒起。想今朝思向日，曾對這般時節，這般天氣。羊羔美酒，銷金帳裏。世亂人荒，遠遠離鄉里。如今怎生，怎生街頭上睡。　元傳奇《拜月亭》，《正始》頁1006

2.【仙吕入雙調過曲】秋風乍起，那日郎分袂。記得臨行，珠淚暗垂，梧桐夜雨空階，滴得人心碎。蛩聲又來，合鬭慘淒。(合)憶着情夫，萬山千水。教我怎生，這房兒裹睡。

3.【前腔第二】梅花雪裏，凛冽寒威至。擁紅爐獨斟緑蟻，横斜影轉窗紗，寂寞相思淚。隴頭望斷，不寄一枝梅。(合前)

4.【前腔第三】冬殘歲至，懶赴椒筵會(原作“味”)。看看又是元夕時，華燈皓月交輝，處處笙歌沸。孤幃冷落，我共誰？(合前)

5.【前腔第四】燒燈過了，次第春明媚。見這雙雙，燕鶯又飛。梨花院落溶溶，這般天氣。韶華荏苒，成虚棄。(合前)

元傳奇《洪和尚》，《正始》頁1006

格式：4，5△。6乙，6，4△。4，4△。4，4△。4，4△。　11句

《正始》列第一曲爲正格，尾批引《沈譜》曰：“‘銷金帳’三字即用在曲中，與《琵琶記》用‘雁兒舞’同義。”列第二曲爲第二格，題注：“第三句變爲八字二句，第六句變爲五字。”列第三曲爲第三格，題注：“第三句變爲七字，第六句亦五字，第七句亦變五字。”實第五句變五字，非第六句也。頁1011【仙吕入雙調過曲・柳摇金】尾批引此第六、七兩句。列第四曲爲第四格，題注：“此比第二曲，第三句句節倒易，七句減爲三字。”列第五曲爲第五格，題注：“第三句與始調同，第六句與《拜月亭》同，第八句亦減爲三字。”尾批：“按此四曲四格，元詞是體儘有。”

南曲有此調。《舊譜》卷十、《沈譜》卷二十、《新譜》卷二十二均以第一曲爲例曲，然第九句襯字作實字，餘與此同。《沈譜》尾批除《正始》所引，後有："非古人不能爲也。"《定律》卷九、《大成》卷六十三、《簡譜》卷八亦引第一曲爲正格，然題【雙調過曲】。《簡譜》尾批：此調"宜用於凄凉境遇獨自訴愁時也"；"'美酒''怎生'兩處疊字，是此曲定格，不可去"；"至少須四支"。疊字定格，僅爲襯字，校之戲文，實可不拘。

此曲出戲文，首曲用"銷金帳"三字，即唱調名；後四曲有"擁紅爐獨斟緑蟻""孤幃冷落"等語，亦唱本調也。南曲承之。

【蝦蟆吟】

1.【仙吕入雙調過曲】習習東風，賣花聲吹入，小小簾櫳。被流鶯唤起，緑窗幽夢。煙籠，萋萋（原作"凄凄"）芳草茸，蒼苔襯亂紅。（合）錦機空，恨這東君昨夜，横雨狂風。

2.【前腔第二换頭】堪痛，蝶困鶯慵，見啣泥燕子，戲繞畫棟。看鞦韆綵索，墻外低控。簾櫳，日高花影重，啼鵑翠霧中。（合前）

3.【前腔第三换頭】隨衆，柳影花陰，强自和哄。惱春情往來，舞蝶遊蜂。刺鳳，描鶯懶去攻，柔腸恨萬重。（合前）

元傳奇《琵琶怨》，《正始》頁1020

4.【仙吕入雙調過曲换頭】天與！獨步回廊下，見他豔質。被無端惡風，吹斷雲雨。酒醒，香銷聞子規，愁懷怎處置？意遲遲，總有錦綉新詩，誰謂暗傳深意？　元傳奇《西厢記》，《正始》頁1022

5.【仙吕入雙調過曲换頭】聽浼，父母心，婚姻事，須要早諧。勸相公，早畢兒女之債。休呆，如何女子前，將此口亂開？記今來，但把不出閨門的言語相戒。　元傳奇《蔡伯喈》，《正始》頁1022

格式：$4_{\triangle}$，5乙，$4_{\triangle}$。5乙，$4_{\triangle}$。$2_{\triangle}$，$5_{\triangle}$，$5_{\triangle}$。$3_{\triangle}$，4，$4_{\triangle}$。　11句

"蟆"乃"蟆"之異體字，仍從原題。

《正始》列第一曲爲正格，題注："向曰【黑蟆序】，今從唐譜正。"尾

批引《沈譜》評語，認爲："詞隱先生此論雖確，但按元譜，凡有序者，必有引也。比有【夜行船】【花心動】【惜奴嬌】，又【大石調】之【念奴嬌】，皆然也。據今【蝦蟆】【黑蟆】，何有引乎？按唐譜曰：古有【鬬蝦蟆】，又名【黑蟆序】，後滑稽詠【蝦蟆吟】，今上從之。"第二曲【换頭】，較此僅首增二字一句，餘同。列第三曲爲【换頭】第二格，題注："减去第三之五字一句。"尾批："第四與第三同，不録。"列第四曲爲【换頭】第三格，題注："比上《琵琶怨》【三换頭】，止争第二句之五字。"實減去第二之四字一句，第二句亦句節不同。列第五曲爲【换頭】第四格，題注："第二句變爲六字二截，四、五句之句節不同。次曲亦然。"

北曲有【南吕·草池春】，又名【鬬蝦蟆】【絮蝦蟆】【蝦蟆序】，與此不同。南曲有此調，然多别稱。《舊譜》引第三曲作【鬬蝦蟆】，《沈譜》卷二十、《新譜》卷二十三、《簡譜》卷八均以第一、二兩曲爲例曲，俱題【黑蟆序】，題注亦相同："或作【鬬蝦蟆】，或作【鬬黑麻】，皆非也。"《沈譜》尾批："按此曲起調處，與【换頭】本自不同。今人但知其【换頭】，而不知其本調矣。《舊譜》誤作【鬬蝦蟆】，且止録其【换頭】一曲，何以稱譜哉！細查舊本諸曲，皆用此調於【夜行船序】後，故不得不用其【换頭】耳。又或題曰【鬬寶蟾】、曰【蝦蟆序】。蓋'蟆'與'蟆'同，'蝦蟆'亦名曰'黑蟆'，故以傳訛也。'寶蟾'亦蝦蟆之美名。因月中有蝦蟆，今名爲蟾，且因【越調】有【鬬寶蟾】之名，而並改此【雙調】之名耳。今只當名爲【黑蟆序】或【蝦蟆序】，决不可巧立名也。"其實，明人已經是巧立名目了。《沈譜》又列第五曲爲【又一體】，題注："【换頭】。"尾批："《舊譜》載《拜月亭》一曲，題【絮蝦蟆】，今載此曲，欲人易知也。此調即【黑麻序换頭】，但'父母心'至'早諧'十個字，比前不同，亦不變耳，不必另立一題也。"《定律》卷九、《大成》卷三均以第五曲爲例曲，《定律》題【黑蟆序】【又一體】之【换頭】，《大成》題【黑麻序】之【又一體】，題注："一名【蛤蟆序】。"吴梅《長生殿傳奇校律》第五齣《禊遊》引【黑蟆序换頭】爲例曲，實與此【第二换頭】同，尾批："此調各傳奇中，皆用换頭，首支几不用，惟《占花魁》'緑柳夭桃'一支，爲此調上疊，用贈板細唱，此外皆作急曲矣。"錢南揚《元本琵琶記校注》第六齣《牛相教女》有第五曲，題【黑麻序】。

此曲出戲文，原名【黑麻序】，《正始》始易稱；南曲承之，復换舊名，多以變爲正。

【駐馬擊梧桐】

【南吕調近詞】【擊梧桐】衷腸有萬千，不敢分明道。欲訴情懷，只恐傍人笑。斯愁緒自知，此恨唯天表。【上馬踢】辜負少年心，不覺青春老。【駐雲飛】暗魂消，閑把琵琶，撥盡相思調。【擊梧桐】須知道曲底知音少。　元傳奇《韓綵雲》，《正始》頁 1172

格式：5，$5_{\triangle}$。4，$5_{\triangle}$。5 乙，$5_{\triangle}$。5，$5_{\triangle}$。$3_{\triangle}$，4，$5_{\triangle}$。$7_{\triangle}$。　12 句

集曲。前用【擊梧桐】首六句；次用【上馬踢】第三、第四兩句，又次用【駐雲飛】第七至第九句，後用【擊梧桐】末句。《正始》頁 714【商調過曲・金梧桐】題注："即【南吕調・擊梧桐】。"

此調僅見於戲文，不見南曲諸譜。

【慶時豐】

1.【羽調近詞】一重兩重山森聳，一渡兩渡水溶溶。無奈襪小又鞋弓，迢迢路遠脚兒痛。　元傳奇《樂昌公主》，《正始》頁 1253

2.【羽調近詞】此女非凡比，骨格瑩然奇。悄似奇花開半蕊，一似嫩枝挨傍在枯枝樹。

3.【前腔】余意欲留住，未知你意何如？叫取婆婆向前來，别作道理，商量區處。　元傳奇《李寶》，《正始》頁 1253

格式：$7_{\triangle}$，$7_{\triangle}$。7，$7_{\triangle}$。　4 句

《正始》列第一曲爲正格，題注："此調古曰【慶時登】，至漢改曰'豐'。今上復古。"尾批："按此【慶時豐】本調全章，例止四句。今時譜所收《黄孝子》【犯調】一曲，疑前四句非其全章，誤矣。"列第二曲爲第二格，題注："首兩句減作五字，四曲皆然。"則此調有四支。列第三

曲爲第三格，題注："末句變爲八字二句。"

宋雜劇有《慶時豐卦鋪兒》，王國維《宋元戲曲史》五列其入"用金元曲調者"類。南曲有【羽调近词・慶時豐】，《舊譜・十三調南曲音節譜》有【羽調近詞・慶時豐】，然存目無辭。《沈譜》卷三引《黄孝子》"日遲雲淡東風軟"十句爲例曲，首四句與此同。題注："又名【慶時登】。"眉批："此二曲後尚有【大河蟹】【樂安神】，俱帶【排歌】，今不録。不知此二曲本調，元只四句及八句，而尾各帶【排歌】乎，抑非本調全文也？再考。"此曲"元只四句"，又於本調後帶【排歌】末六句，當是集曲。《新譜》卷三承之，題注："又名【慶時登】，馮稿改名【醉歸歌】。"尾批引馮夢龍云："後二段乃【排歌】，而前四句正與【醉扶歸】相叶。豈因醉歌皆豐年樂事，遂美名【慶時豐】耶？如從馮改名，則腔板皆不同，予今仍舊。"《定律》卷十二、《大成》卷七十七、《簡譜》卷十均以第一曲爲例曲，又《定律》與《簡譜》以第二曲、《大成》以第三曲爲【又一體】，均題【羽調過曲】。《大成》題注："'豐'，一作'登'。"署第一曲《分鏡記》，第三曲"散曲"，與此不同。尾批："《蔣譜》所載《節孝記》【慶時豐】曲，後半闋與【排歌】合至末分毫無異，絶似集調。《南詞定律》收《分鏡記》曲爲正體，較《節孝記》曲止前四句耳。由是觀之，《節孝記》曲其爲集調無疑矣。……首二句皆作七字句，爲正格；……首二句各減二字作五字句，爲【又一體】。"《簡譜》尾批："合七言四句爲一曲，觀之自明。尚有首二句作五字句者，如《李寶》古曲云云，與此曲略不同。《定律》作【又一體】，甚當。"

此曲出宋雜劇，入戲文；南曲承之，或綴【排歌】而增集曲一體，後復歸隻曲正體。

【養花天】

【小石調慢詞】賞芳菲，爲酒渴無聊，故來覓水。值庄門重閉，彈指更彈指。正捻針綫深閨裏，誰擊朱扉？待開取，未審何人到此。

元傳奇《崔護》，《正始》頁 1307

格式：$3_{\triangle}$，5 乙，$4_{\triangle}$。5 $乙_{\triangle}$，$5_{\triangle}$。$7_{\triangle}$，$4_{\triangle}$。$3_{\triangle}$，$6_{\triangle}$。　9 句

南曲有【越調慢詞·養花天】，諸譜多以此曲爲例曲，句字小異。《沈譜》卷十六尾注："舊譜止有【杏花天】之名，更無【養花天】名目。查舊曲有此調，又用於【祝英臺】之前，正合【越調】，故特録之。"《新譜》卷十七等承之。《定律》卷十三、《大成》卷二十三均題【越調引子】。

此曲出戲文，入【小石】；南曲承之，或入【越調】，使用較少。

十　六　筆

【糖多令】

1. 劫去我盤纏，皮肉打恁穿，一身如水没些綿。今夜更無存宿處，我捹一命赴黄泉。　《張協狀元》9

2. 【仙吕引子】飛雪舞嚴風，瓊珠散滿空，歎單身飄泊途中。一夜寒爐灰撥盡，愁百結聚眉峰。　元傳奇《薛雲卿》，《正始》頁 265

3. 【仙吕引子】匹婦喪溝渠，今朝妾亦如，且浮且没任爲魚。不想舟人救取，身出醜口長吁。　元傳奇《王十朋》，《正始》頁 265

格式：$5_{\triangle}$，$5_{\triangle}$，$7_{\triangle}$。7，$7_{\triangle}$。　5 句

《正始》列第二曲爲正格，題注："與詩餘同。但此格儘此。"與此第三句作七乙句，末句作六乙句。列第三曲爲第二格，題注："第三、第四句非詩餘體。此格頗多。"第四句作六字句。

詞調有【糖多令】，一名【南樓令】，雙片，其上闋與第二曲同式。諸宫調有【高平調・糖多令】，雙片，其上闋與此第三句作六字，末句作六乙，尾綴"也囉"二字一句，餘同。北曲有【越調・糖多令】，與詞同。南曲有【仙吕引子・糖多令】，《沈譜》卷一題注："此係詩餘，與引子同。"《新譜》卷一承之，眉批："馮稿换《荆釵》曲，第三句'如癡似醉任波流'句法稍異。兹乃舊。"趙景深《考略》頁 17 認爲《六十種曲》本《荆釵記》第二十六齣《投江》"【糖多令】後接【玉交枝】四支皆用魚模韻，故《正始》所録（即第三曲）應是原文"。

此曲出詞調，入諸宫調；北曲、戲文分途承之，北曲用詞調，戲文始有變化，後復用詞調；南曲承戲文。

【憶(原誤作“泣”)秦娥】

1. 似啞子吃了黄蘗(原作“柏”),教我苦在肚皮裏。吞吐不下,如魚遭餌。　　《張協狀元》39

2.【商調引子】長吁氣,自歎薄命相遭際。晚年姑舅,薄情夫婿。

3.【前腔换頭】孩兒一去無消息,雙親老景難存濟。不思前日,强教孩兒出去。　　元傳奇《蔡伯喈》,《正始》頁 693

格式:3$_{\triangle}$,7$_{\triangle}$。4,4$_{\triangle}$。　　4 句

錢南揚《校注》云:"'憶',原誤作'泣',今正。案:【泣秦娥】爲【正宫過曲】,《九宫正始》册二引《陳光蕊戲文》一支,句格與此迥異。【憶秦娥】爲【商調】引子,《九宫正始》册六引《蔡伯喈戲文》二支,其第二支换頭句格正與此同。再説劇情,本戲分兩個部分:一是貧女回鄉,二是與大公、大婆相周旋。【憶秦娥】也是引子作尾聲用,成爲兩部分的分界。而【泣秦娥】是過曲,便無此作用。"是。

《正始》列第二曲爲正格,題注:“一名【秦樓月】。與詩餘同。”第一曲用【换頭】格,與第三曲僅首句作七乙句,餘同。

《全唐五代詞》有【憶秦娥】三首,雙片,其下闋首句作七字,上、下闋第二句後均增末三字一疊句,餘與此同。宋詞有【憶秦娥】,又名【秦樓月】【碧雲深】【雙荷葉】,同唐詞,與此略異。北曲有【商調・憶秦娥】,全用詞調。南曲有【商調引子・憶秦娥】。《舊譜》卷七、《沈譜》卷十七、《新譜》卷十八、《定律》卷十均引第二、第三兩曲爲例曲,每曲第二句後增三字疊句,與詞調、北曲同。《元本琵琶記》第七齣亦然。《大成》卷五十六引第二、第三兩曲,合爲一曲,尾批:此調本詞體,單用第二曲體,係詞體之半闋;此則“係全闋”。《六十種曲》本《琵琶記》第十一齣《蔡母嗟兒》題第二曲【憶秦蛾先】,題第三曲【憶秦蛾後】,以上、下闋爲斷,與【卜算先】【卜算後】一曲破作二段不同。

此調出唐曲,入宋詞、北曲;戲文承詞調,不用疊句,略有變化;後復歸詞調,南曲承之。

【錦纏道】

1. 苦天天，幾年來牢（原作"勞"）籠着萬千，尋思自埋冤。少它張葉，債負是奴前緣。大雪下身無寸縷，投古廟淚珠漣漣。奴家便相憐，與它身衣口食，教人説化我。共它成因眷，只圖它共百年。

《張協狀元》43

2. 奔行程，哀哀不曾住聲，閣（原作"各"）不定珠（原作"住"）淚如傾。挑着個紙幡（原作"憣"）兒，招展痛苦傷情。這骨匣一回價又輕，一回價又覺還沉。莫不是親母顯威靈，娘相扶相隨，相佑到帝京。到得家中後，見哥哥訴元因。

《小孫屠》14

3. 【正宫過曲】髻雲堆，珠翠簇蘭姿蕙質，香肌襯羅衣。黛眉長，盈盈眼横秋水。鞋至上冠兒至底，諸餘没半星兒不美。針指暫閑時，向花朝月夕，丫環侍婢隨。好景須歡會，四時不負佳致。

元傳奇《拜月亭》，《正始》頁179

4. 【正宫過曲】自分開，這離愁堆積滿懷，常是淚盈腮。使幫閑傳語，道晚些專待。便指望一封信來，都説盡許多恩愛。一向便擠排，把我來人毆打，恩情事盡乖。是我無如之奈，免不得自行來。

元傳奇《王煥》，《正始》頁180

5. 【正宫過曲】計謀成，殺一狗撇在後門，裝扮似人形。試看來，鮮血遍污衣襟。我夫必道是人，驀然魄散魂驚。若問我原因，説着幾句，教他自猛心省。願得回心後，愛兄弟遠别他人。

元傳奇《殺狗記》，《正始》頁180

6. 【正宫過曲】治家邦，正人倫有三綱五常，你潛説出短和長。怎不堤防，他人有耳隔墻。講甚么覓花源誤却阮郎，偏不道誓柏舟甘效共姜。我先打後商量，問出你私情勾當，押發離府堂。文牒上明開供狀，抵多少衣錦去還鄉。

元傳奇《王十朋》，《正始》頁181

7. 【正宫過曲】小梅香，待回言恐觸突了使長，待不回言這無情棒打難當。怎知道，禍從天降。……

元傳奇《王十朋》，《正始》頁182

8. 【正宫過曲】賤奴胎，把花言抵搪，全不顧外人揚。惱得我，氣

滿胸膛。本是個王月英留鞋殿堂，羞殺你浣紗女抱石沉江。……①

元傳奇《王十朋》，《正始》頁 192

9.【正宫過曲】我官人，近日來不知怎生，偏向外人親。每日裏，同飲同坐同行。把兄弟逐出受貧，娘行勸抵死不聽。殺狗扮人形，設看此計，必須改過心。（合前）

元傳奇《殺狗記》，《寒山堂譜》卷二頁 671 上半葉

格式：3$_{\triangle}$，7 乙$_{\triangle}$，5$_{\triangle}$。4，6$_{\triangle}$。7 乙，7 乙$_{\triangle}$。5$_{\triangle}$，6，5$_{\triangle}$。5，6 乙$_{\triangle}$。

12 句

第二曲與此第二、第三兩句互易，第九句作五字句，餘同。

《正始》列第三曲爲正格，尾批："末句原有七字、六字、五字者。"與此僅第四句減作三字句，第九句減作四字句，末句改作六字句，餘同。第四曲爲第二格，題注："第四、五句及末句，句節皆不同，且末煞上一句增爲六字。"頁 190 引第四至第七句，頁 459 引末句。第五曲爲第三格，題注："第六、七句皆減作六字，末句上三下四之七字。"頁 625 引末兩句。第六曲爲第四格，題注："第十一句增爲七字句，末句仍上二下五之七字。"頁 187、頁 1323 引此第六、第七兩句，頁 1327 引此第五句。第七曲爲第五格，題注："第五句減爲四字，第四曲亦然。【錦庭樂】皆犯此。"尾批："下皆同，不録。"頁 184 引第五句。第八曲較第七曲僅第二句作四字，餘同。《寒山堂譜》列第五曲爲正格，尾批："第六句、第七句作一聯方妙。《舊譜》'髻雲堆'一曲，句法平仄甚妙，但末句云：'四時不負佳'，歷查古本諸曲，末句只上二下三五字

---

① 《六十種曲》本《荆釵記》第四十六齣《責婢》有【錦纏道】四支，其始調即爲此第六曲，【前腔第二】【前腔第四】即爲此第七、第八兩曲，其辭云："【前腔第二】小梅香，待回言恐觸突了使長，不回言這無情棒打難當。怎知道，禍從天降。他本是守荆釵寒門孟光，休錯認做出墻花淮甸雙雙。我説起這行藏，他説道燒香的王太守，好似亡夫模樣，尋思痛感傷。因此上和妾在此閑講，又不曾想像赴高唐。【前腔第四】假乖張，賤奴胎把花言抵搪，全不顧外人揚。惱得我，氣滿胸膛。你本是王月英留鞋在殿堂，怎不學浣紗女抱石沉江。雪上更加霜，自不合與他閑講，誰知惹禍殃。閑話裏没些度量，怎知道一霎時禍起在蕭墻。"句字與此略有變化。

句,始悟‘不負’的‘不’字,《沈譜》强增一‘端’字實之。向《荆釵記》‘抵多少衣錦還鄉’,不知‘抵多少’三字,尚非實字也。”較之“戲文三種”,末句皆作六字,此説牽强;用其正格末二句“若得回心轉,愛兄弟遠他人”,末句亦作六字。列第九曲爲【其二】,(合前)用正格第五曲末二句,與此僅句字略有變化。列第六曲爲【又一體】,尾批:“若用【其二】,字句同,板與前體起句同。”

《全宋詞》存【錦纏道】二首,雙片,與此不同。諸宫調有【正宫·錦纏道】,雙片,其上闋十一句,葉慶炳《諸宫調訂律》:“與詞不同。南曲爲【正宫過曲】,格式不同,然其轉换之迹尚可看出,蓋用此前半增益字句,而結尾處差别較大。”南曲有【正宫過曲·錦纏道】,《舊譜》卷二、《沈譜》卷四、《新譜》卷四俱引第三曲爲例曲,《沈譜》題注:“與詩餘不同。”句字與此略有出入。《新譜》又以第六曲爲【又一體】。《定律》卷二引第六曲爲正格,以第三曲爲【又一體】,尾批:“此曲前七句字句板式皆同,自八句後字眼缺少,故板式亦不同。然犯調内【朱奴兒】犯之,所犯者即此一體。”以第五、第九曲爲【又一體】,尾批:“此曲,張譜已改似正體。若任意增减字眼,則諸曲皆成一式,再無别體矣。故考諸坊本,録其原曲,以備一體。”《大成》卷三十一引第三、第九曲爲【又一體】。吴梅《長生殿傳奇校律》第三齣《賄權》【錦纏道】:“此曲有二體,一爲仄韻,一爲平韻。用仄韻者從《幽閨記》,用平韻者從《荆釵記》。”《張協狀元》《小孫屠》實爲用平韻者之始。

此曲始見於詞調,然戲文當出於諸宫調而轉换承之;傳於南曲,略有變化。

【錦衣香】

1. 見浪子,閑遊戲。並豔質,閑遊戲。都趁玉勒金鞍,共尋佳致。小橋芳草柳陰堤,鼎沸笙歌,墮簪遺珥(原作“耳”)。玩江山景致,此身在畫圖裏。(和)馬嘶芳草地,粉蝶交飛。雙雙往來,遊人如蟻。

2.【同前】傍柳邊鶯飛,度小橋,臨緑水。一簇魏紫姚黄,競舒羅綺。海棠枝上染胭脂,是誰家院宇?燕子來去。引青春浪子,小蒼頭鬬草攜樏(原作"壘")。(和)看雙雙鞦韆架起,粉墻陰笑聲鼎沸。

《小孫屠》2

3.【仙吕入雙調過曲】郎思雄,能題詠。娘性聰,能操縱。喜天生一對一雙,綵鸞丹鳳。自慚非是漢梁鴻,何堪富室,匹配孤窮。妾亦非孟光,把荆釵做珠擎璧捧。前世曾修種,想今生歡共。夫和婦睦,琴調瑟弄。　　元傳奇《王十朋》,《正始》頁 1023

4.【仙吕入雙調過曲】自古刺客不如你,自性急,失張志。持刀行凶,跳入園内。我家積祖有功績,怎肯造惡,做着非爲?未知甚人,與他每共合謀計。懷着不良意,事有區處。埋心舉意,難瞞天地。

元傳奇《趙氏孤兒》,《正始》頁 1023

5.【仙吕入雙調過曲】休妄語,休回應。休得要惱着哥哥,轉添惡忿。且隨他意暫出門,朝夕我兩人勸他,回心轉意。那時請你歸來,依然兄弟和順。今日離家去,再不許登門。眉南面北,不相存問。

元傳奇《殺狗記》,《正始》頁 1024

6.【仙吕入雙調過曲】開玳筵,列珠翠。金鼎爇,沉煙細。時命取貴子王孫,幕天席地。且休負却,好景良時,花邊得句,正好吟詩(原作"時")。……　　元傳奇《樂昌公主》,《正始》頁 1028

格式:$3_{\triangle}$,$3_{\triangle}$。$3_{\triangle}$,$3_{\triangle}$。6,$4_{\triangle}$。$7_{\triangle}$,4,$4_{\triangle}$。5 乙$_{\triangle}$,6 乙$_{\triangle}$。$5_{\triangle}$,$4_{\triangle}$。4,$4_{\triangle}$。　　15 句

第二曲較此,合首兩句作一個五乙句,合末四句作七乙兩句,餘同。

《正始》以第三曲爲正格,與此僅第十一句增一字作七乙,餘同。頁 1325【高平調過曲・五樣錦】尾批引此第五至第七句,"非是"作"非比"。列第四曲爲第二格,題注:"首二句併爲七字一句,五句減爲四字,十句亦減爲四字。"列第五曲爲第三格,題注:"減去第三六字句,十句減爲四字,十一句減爲六字。"頁 1327【高平調過曲・五樣錦】尾批引此末三句,"眉南"作"楣南"。列第六曲爲第七格,題注:"第七句變八字二句。"尾批:"下皆同,不録。"第五句作七乙句。

南曲有【仙吕入雙調過曲・錦衣香】,《沈譜》卷二十、《新譜》卷二十三、《定律》卷九均引《荆釵記》"夫性聰"爲例曲,與第三曲句字差異頗大:"夫性聰,才堪重。婦有容,德堪重。天生美質奇才,綵鸞丹鳳。自慚非是漢梁鴻,何當富室,配着孤窮。妾亦非孟光,奉椿庭適事名公。(合)前世曾歡共,把藍田玉種。夫和婦睦,琴調瑟弄。"《原本王狀元荊釵記》第十二齣、《六十種曲》本《荆釵記》第十二齣《合卺》【錦衣香】與此二曲句字有異,然詞格均全同。《定律》、《大成》卷三引第五曲爲【又一體】,《大成》入【仙吕過曲】,與此變化較大。

此曲出戲文,南曲承之。

【錦天樂】

且停威,告恩官略慈念。昨日我萱親去燒香,卑人送到半途回轉。誰把我妻謀騙?首級無有鮮血染。望恩官乞賜明驗。回心轉言,念無辜怎生屈受刑憲?

《小孫屠》11

格式:3,6 乙$_{\triangle}$。3、5,4,4$_{\triangle}$。6$_{\triangle}$,7$_{\triangle}$。7 乙$_{\triangle}$。4,5 乙、4$_{\triangle}$。 9 句

南曲有【正宫過曲・錦天樂】,《新譜》卷四、《大成》卷三十二均引《夢花酣》"玉駢聯"爲例曲,集曲:前用【錦纏道】首六句,後用【普天樂】末三句。與此轉换之迹明顯,亦且同名。查《張協狀元》《小孫屠》有【錦纏道】,《張協狀元》有【普天樂】,與此句格略有差異,然均合句式變化通例。故以此爲【錦天樂】集曲始調,或可成立。當然也不排除另一種可能:此曲原本隻曲,天然渾成,明人即據此曲而創制集曲,反視此未分題析調。

此調出於戲文,南曲承之,析爲集曲。

【憶多嬌】

1. 心痛悲,珠淚暗滴。不知我娘爲泉(此字原奪)下鬼,兒在囚牢誰看覷?(和)禍不單行,苦也娘親怎知?

2.【同前】作事濟，不點實。如今怎生來救你，早晚粥食休憂憶。（和同前）

《小孫屠》15

3.【越調過曲】你且開鏡奩，整翠鈿。休得界破殘粧玉筯懸，衣飾全無真可憐。莫便埋怨，總是前生宿緣。

元傳奇《王十朋》，《正始》頁 789

格式：$3_{\triangle}$，$3_{\triangle}$。$7_{\triangle}$，$7_{\triangle}$。4，$4_{\triangle}$。　6 句

《正始》列第三曲爲正格，尾批："凡曲中疊句，乃今人之唱法，非古詞之章律。今本曲第五句亦然。"與此同。

南曲有【越調過曲・憶多嬌】，與此僅第五句後疊一句，如《沈譜》卷十五兩體、《新譜》卷十六，餘同。《定律》卷十三引第三曲爲正格，尾批："此曲第五句重亦可。"成化本《白兔記》第五齣、《原本王狀元荆釵記》第十一齣之【憶多嬌】，第五句後均用疊句。

此曲出戲文，南曲承之，以第五句後增疊一句爲正格。

【鮑老催】

1.【黄鐘過曲】奴家從小家豪貴，萬不幸爲娼妓。今朝深謝琴堂意，除妓籍從良去。花花牢獄琉璃井，幸然今日都脱離。夫妻今日重歡會，這緣分豈容易！（合）盡都賀喜，雙雙在天諧比翼，雙雙在地連理枝。逢花處，遇酒時，同歡會。鐵毬兒漾在江心裏，團圓到底無抛棄，願盡老諧今世。

元傳奇《柳耆卿》，《正始》頁 61

2.【前腔换頭】深感這恩德，君子成人美。他和你，你共他，都歡喜。前言舊語休提起，何須問我非和是，且樂得如魚水。（合前）

元傳奇《柳耆卿》，《正始》頁 64

3.【黄鐘過曲】翠眉漫蹙，赤繩已繫夫婦足，芳名已注婚姻牘。空嗟怨，枉歎息，休推速。畫堂富貴如金谷，休戀故鄉生處樂，受恩深處親骨肉。

元傳奇《蔡伯喈》，《正始》頁 66

4.【黄鐘過曲】酒浮嫩醅，壓驚解煩休要推，寒色告少飲半杯。非詐僞，量淺窄，休央及。高歌暢飲轉放眉，開懷醉了重還醉，酒待人

無惡意。

5.【前腔換頭】儒業祖傳習，文章幼攻襲。低低問，暗暗猜，心疑忌。叔伯遠房結義的，姑表兩姨一派的，這不是那不是。怎有這個賊兄弟，賽關張勝劉備。

元傳奇《拜月亭》,《寒山堂譜》卷五頁 707 上半葉

格式：$7_{\triangle}$，6 乙$_{\triangle}$。$7_{\triangle}$，6 乙$_{\triangle}$。7，$7_{\triangle}$。$7_{\triangle}$，6 乙$_{\triangle}$。$4_{\triangle}$，$7_{\triangle}$，$7_{\triangle}$。3，3，$3_{\triangle}$。$7_{\triangle}$，$7_{\triangle}$，6 乙$_{\triangle}$。　17 句

《正始》列第一曲爲正格，題注："全。"尾注："此係【鮑老催】全調，正與《拜月亭》之'朝廷當時'及《蔣譜》所誣爲【要鮑老】之'憶昔銜冤'皆爲一調也。按向來《蔣譜》不獨以'憶昔銜冤'誤爲【要鮑老】，且於【鮑老催】本調止收得《蔡伯喈》之'翠眉漫蹙'【合頭】之半闋，況【鮑老催】之【換頭】又不收，致今多無知之者。……豈不見古刻本多於【鮑老催】題下添有一'後'字乎？人自不留心於此耳。但今【合頭】盛行於世，故詞家與歌者、聽者皆不知其有全調，又不知其有【換頭】耳。可慨可歎！"第二曲【換頭】，較此前四句合併減作五字兩句，第五句七字增字析作三字三句，餘同。第三曲題注："此止合頭也。末句變七字。"用此末九句。《寒山堂譜》列第四曲爲正格，題注："九句，四十七字。"與第三曲同，與此僅截用末九句合頭。尾批："此曲不如《琵琶》之'翠眉漫蹙'一曲，對偶齊整，平仄和叶，但係用入聲韻，不便後學，故此易之。"列第五曲爲【其二】，題注："十一句，五十二字。"尾批："若用【其三】，即依前第一曲；若用【其四】，即依此體。今人不知用一曲，如《琵琶》與【滴滴金】，每用《沈譜》，故而失收，海内皆不知有【其二】之體也。故補入。"與第二曲前八句同，後綴以(合前)末兩句。

"鮑老"一詞出宋雜劇。北曲有【中吕·鮑老兒】，一名【鮑老催】【催鮑老】，與此不同。南曲有【黄鐘過曲·鮑老催】，《旧谱》卷五、《沈谱》卷十四、《新譜》卷十四均引《伯喈》"意深爱笃"为例曲，與第三曲同，即《正始》所説止用"【合頭】之半闋"者。《新譜》眉批引馮夢龍云："前三句押韻，可平可仄。"第四、五兩句，"隨意押一韻亦可"。《正始》所言之《拜月亭》之"朝廷當時"一曲，《寒山堂譜》卷五入【要鮑老】，可

參見之。《大成》卷七十引第三、第四兩曲，入【又一體】；引第五曲，題【耍鮑老】，與此句字有所變化。

此曲或即出於宋雜劇表演之歌舞曲，爲戲文所採録；南曲承之，僅截用後九句，且多與【耍鮑老】相混淆。其實，僅用【合頭】之式，戲文已開端倪；截用前半而獨立，戲文已然，故南曲定名【耍鮑老】。可見後之種種變化與混亂，都始伏於戲文。

【燈月交輝】

1.【黄鐘過曲】【玩仙燈】昨宵夢覺，聽門外珍珠灑。漸覺無聲墜萬家，且開懷同歡宴樂。【月上海棠】曉來時推起窗紗，觀賞處同斟玉斝。休歸去，那雪兒滿空正下。　　元傳奇《李寶》，《正始》頁 115

2.【黄鐘過曲】【玩仙燈】彤芝蓋底，見天顔絳綃樓上排會。繚繞祥雲滿帝都，慶時豐祝萬歲。【月上海棠】奏管弦鼓樂聲齊，良夜擁三千珠履。玉漏遲，想蓬萊也只恁地。

元傳奇《磨勒盗紅綃》，《正始》頁 116

3.【黄鐘過曲】昨宵夢覺，聽門珍珠灑。漸覺無聲墜萬家，對良辰爭似我。晚來時推起窗紗，歡笑處説些情話。休歸也，那雪兒洋洋正下。　　元傳奇《梅嶺記》，《寒山堂譜》卷五頁 704 上半葉

格式：$4_{\triangle}$，6 乙$_{\triangle}$。$7_{\triangle}$，$6_{\triangle}$。7 乙$_{\triangle}$，7 乙$_{\triangle}$。3，7 乙$_{\triangle}$。　　8 句

集曲。前用【玩仙燈】首四句，後用【月上海棠】末四句。

《正始》列第一曲爲正格。列第二曲爲第二格，題注："【玩仙燈】第二、第四句變。但此句法多用於犯調，本調罕有之。"第二句作"3、$6_{\triangle}$"九字句，第四句作六乙。《寒山堂譜》以第三曲爲例曲，題注："八句，四十七字。"尾批："查此曲前四句似犯【玩仙燈】，後四句似犯【玉漏遲】，但'對良辰'句不合。記此以伺知音。"此當從《正始》析爲集曲，否則曲名之"月"字無着落；與第一曲相似，然既題署不同，文字亦多異，姑仍分列。

《舊譜》卷五以第一曲爲例曲，且作隻曲；《沈譜》卷十四、《新譜》

卷十四、《定律》卷一引《王煥》"春日景和"爲例曲，與第二曲同。《沈譜》、《定律》、《大成》卷七十一均引第三曲，爲【又一體】，題《梅嶺記》，亦作隻曲。《大成》署《盛世新声》，説明來源。見其酉集【金落索】套。

此曲出戲文，爲集曲；南曲承之，作隻曲，且以變爲正。

【錦纏雁】

【正宫過曲】【錦纏道】漫悒怏，把歡娱都成悶腸，菽水既清凉，我何心，貪着美酒肥羊。悶殺人花燭洞房，愁殺我挂名在金榜。魆地裏自思量，【雁過聲】正是在家不敢高聲哭，只恐猿聞也斷腸。

元傳奇《蔡伯喈》，《正始》頁 178

格式：3△，7 乙△，5△，3，6△。7 乙△，7 乙△。5△，7，7△。　10 句

集曲。前用【錦纏道】首八句，後用【雁過聲】末兩句。

南曲將此曲作爲【雁魚錦】集曲套中的一部分，《舊譜》卷二題【錦纏道】，《沈譜》卷四、《新譜》卷四等題【錦纏道犯】，都未將此曲視作獨立隻曲。《沈譜》卷四末句作"只恐人聞也斷腸"，尾批："人但知'只恐猿聞也斷腸'，而不知江邊可説'猿聞'，'在家'不可説'猿聞'。不然，必須蔡中郎當時養一猿在京邸乃可耳。可笑，可笑。"是。《寒山曲譜》、《定律》卷二、《大成》卷三十二則均題【雁漁錦】之【五段】。

此曲僅見戲文，南曲承之，入集曲套【雁魚錦】，不可摘取單獨使用。參見【雁漁錦】尾評。

【錦纏樂】

【正宫過曲】【錦纏道】望蘆葭，淺草中分圍跨馬，見一個白兔兒在面前過，【普天樂】趕到前村柳陰之下。見一個婦女身落薄，跣足蓬頭吃折挫。他説被兄嫂日夜沉埋，行行淚灑。他口口聲聲，只怨着劉大。

元傳奇《劉智遠》，《正始》頁 183

格式：$3_{\triangle}$，$7_{\triangle}$，$5_{\triangle}$，7 乙$_{\triangle}$。7，$7_{\triangle}$。7 乙，$4_{\triangle}$。4，$4_{\triangle}$。　　10 句

集曲。前用【錦纏道】首三句，後用【普天樂】末七句，僅第五句原作七乙或六乙。

南曲有此調，多以此爲例曲，僅句字略異。然題署有所不同：《沈譜》卷四、《新譜》卷四、《寒山曲譜》、《定律》卷二等均以首四句入【錦纏道】，第四句作七字。考其原譜，【錦纏道】第四句當爲三字，第五句作六字，故有此誤。《定律》題【錦天樂】，不可，否則便與《小孫屠》《夢花酣》之【錦天樂】混淆了。《六十種曲》本《白兔記》第三十一齣《訴獵》題【普天樂】，誤。

此調出戲文，南曲承之，有所變化。

【錦庭芳】

【正宮過曲】【錦纏道】正情濃，間別來如參共商，剎地過時光，近燒燈，不覺又見尋芳。傍春來觸物感傷，蝶翩翩燕呢喃骨自成雙。【滿庭芳】惟俺添淒慘，逢花酒無心玩賞，只爲有情郎。

元傳奇《賽金蓮》，《正始》頁 185

格式：3，7 乙$_{\triangle}$，$5_{\triangle}$，3，$6_{\triangle}$。7 乙$_{\triangle}$，7 乙$_{\triangle}$。3，$3_{\triangle}$，$3_{\triangle}$。　　10 句

集曲。前用【錦纏道】首七句，後用【滿庭芳】尾三句。

南曲有【正宮過曲·錦庭芳】，《定律》卷二、《大成》卷三十二均以此爲例曲，《大成》以末二句入【滿庭芳】，餘同。《舊譜》卷二、《沈譜》卷四、《新譜》卷四等均以《陳巡檢》“向名園”爲例曲，前六句入【錦纏道】，後四句入【滿庭芳】；且將襯字全作實字，句字、句格與此大有不同。《舊譜》題注：“亦入【中(吕)宮】，又入【中吕調】。【錦纏道】頭，【滿庭芳】尾。”

此曲出戲文，南曲承之，有所轉换。

【摵亭秋】

1.【仙吕過曲】雲垂四野風怒號，瀟湘夜雨瀟瀟。點點不離楊柳外，聲聲亂打蓬窗鬧。欹枕聽，眼怎交，甫能巴得曉？

元傳奇《張瓊蓮》，《正始》頁 295

2.【仙吕過曲】短亭長亭程程去知幾驛，逆旅中過寒食。見點點殘紅飛絮白，夕陽影裏啼蜀魄。家鄉遠，心漫憶，回首雲煙隔。

元傳奇《拜月亭》，《正始》頁 295

格式：$7_{\triangle}$，$6_{\triangle}$。7，$7_{\triangle}$。3，$3_{\triangle}$，$5_{\triangle}$。　　7句

《正始》列第一曲爲正格，題注："'摵'，或作'感'，誤。"列第二曲爲第二格，題注："第二句節文不同。"實改作六乙句，餘同。

唐・崔令欽《教坊記・曲名》有【感亭秋】，然《全唐五代詞》無此調，無從檢校。《全宋詞》有【摵庭秋】二首，一名【感庭秋】，雙片，與此不同，但轉换之迹隱然尚存。南曲有此調，《舊譜》卷一、《沈譜》卷一、《新譜》卷一均以第二曲爲例曲。《舊譜》題【摵亭秋】，《沈譜》題【感亭秋】，題注："或作'摵'，非也。"《新譜》承之，題注："方諸《曲律》，仍作'摵'。"兼採兩説。《定律》卷四以《綵樓記》"聽得鐘聲傳送"爲例曲，與此大異，題【摵庭秋】，然卷目題注："一名【感亭秋】。"《簡譜》卷六題同《定律》，引第二曲爲例曲，尾批："此曲有二體，此爲正格，雖皆用入韻，而首三句究宜用平韻方合。尚有《綵樓》一格，與此絶異。詞云：'聽得鐘聲傳送'云云。《定律》以此曲爲正格，余兩存之。"《重訂拜月亭記》第三十四折《隆福途行》題第二曲【摵（原作"諴"）亭秋】，《六十種曲》本《幽閨記》第三十一齣《英雄應辟》題【感亭秋】。《定律》卷十二、《簡譜》卷十又引第二曲題【羽調過曲・慶豐鄉】，集曲：前四句入【慶時豐】，後三句入【望吾鄉】。一曲二名二格，定有一誤。

此曲出唐曲，名【感亭秋】；宋詞偶用之，名【摵亭秋】；戲文轉换承之，亦名【摵亭秋】；南曲承戲文，間用【感亭秋】舊名。

【錦添花】

參見【金鳳釵】。

【鮑子令】

【越調過曲】聞説佳人多嫋娜，端的容貌賽嫦娥，賽嫦娥。此親若得周全我，花紅財禮敢辭多？還要牽羊擔酒謝媒婆，牽羊擔酒謝媒婆。

元傳奇《王十朋》，《正始》頁 780

格式：$7_{\triangle}$，$7_{\triangle}$，$3_{\triangle}$。$7_{\triangle}$，$7_{\triangle}$。$7_{\triangle}$，$7_{\triangle}$。　7 句

《正始》題注："唐譜曰：漢有鮑聲子，一聞金革聲，耳聰善行，軍中稱爲'風令子'，以姓得名。今人或曰【豹子令】，又或【包子令】，皆非是。"

考現存漢唐歌曲，無此調名。南曲有此調。《舊譜》卷六引《吕蒙正》"春賞名園花似綺"爲例曲，與此第一句後增三字一句，第七句減字疊用前句末五字。《沈譜》卷十五、《新譜》卷十六、《定律》卷十三均以此曲爲例曲，《沈譜》題【包子令】，題注："或作'鮑'，或作'豹'，未知孰是。"與此第一句後增疊末三字一句，減末句疊句，末句作(合)，句字頗有差異。《定律》題【豹子令】，格同《沈譜》。

此調或淵源古老，戲文採録之；南曲承之，題名混亂，且句格略有變化。

【憶花兒】

【越調過曲】【憶多嬌】珠淚滴，雨淚滴。爹娘打駡是怎的？自恨我生前作何罪，【梨花兒】致使今朝遭遇伊，嗏，勤勞一旦成虚費。

元傳奇《劉盼盼》，《正始》頁 793

格式:$3_{\triangle}$,$3_{\triangle}$。$7_{\triangle}$。$7_{\triangle}$,$7_{\triangle}$,嗏,$7_{\triangle}$。　7句

集曲。前用【憶多嬌】首四句,後用【梨花兒】末三句,第六句例用"嗏"字。

南曲有【越調過曲・憶花兒】,《舊譜》卷六、《沈譜》卷十五、《新譜》卷十六、《定律》卷十三、《簡譜》卷十均以此曲爲例曲。《舊譜》作隻曲,末句增疊尾三字一句;《沈譜》《新譜》與此同;《定律》《簡譜》題【憶梨花】,亦與此同。

此曲出戲文,南曲承之:初曾末增一疊句,後復歸原調,然又或名【憶梨花】。

【憶虎序】

【越調過曲】【下山虎】我當初娶你,也指望添丁見喜。怎知你逼勒我孩兒,死投江水。我如今經官呈告呈告應當罪,【獅子序】告你是不賢婦薄倖妻。【憶多嬌】若到官司,打得你皮開肉碎。

元傳奇《王十朋》,《正始》頁819

格式:$4_{\triangle}$,$4_{\triangle}$。5,$4_{\triangle}$。$7_{\triangle}$,6乙$_{\triangle}$。$4_{\triangle}$,$4_{\triangle}$。　9句

集曲。前用【下山虎】首五句,次用【獅子序】第三句,後用【憶多嬌】末兩句。

《正始》題注:"【下山虎】首二句《拜月亭》句法,下《殺狗記》句法。"尾批:"【獅子序】有元傳奇《孟月梅》云:'做狀元及第歸。''若到'句,時唱作疊文,亦可。"

《定律》卷十三、《大成》卷二十六、《簡譜》卷十均引此爲例曲,句字、正襯有所不同,【獅子序】改署【鬬黑麻】,第八句即疊用一句。

此調出戲文,南曲承之,有所變化。諸譜罕見,故使用亦少。然據《正始》,此調在明清之際仍有傳唱。

【謁金門】

1.【雙調引子】春夢斷，臨鏡緑雲撩亂。聞道才郎遊上苑，又添離別歎。

2.【前腔换頭】苦被爹行逼遣，脈脈此情無限。骨肉一朝成拆散，可憐難舍拚。　　元傳奇《蔡伯喈》，《正始》頁 860

格式：$3_{\triangle}$，$6_{\triangle}$。$7_{\triangle}$，$5_{\triangle}$。　　5 句

《正始》題注："與詩餘同。"第二曲僅將此首句增字作六字，餘均同。

詞調有【謁金門】，雙片，其上、下闋與此兩曲同。北曲有【謁金門】，爲【中吕·朝天子】之别稱，十二句，與此不同。南曲有此調，《舊譜》卷九、《沈譜》卷二十、《新譜》卷二十二、《定律》卷九、《大成》卷一、《簡譜》卷八均以此爲例曲，然合爲一曲而無【前腔换頭】，句字稍有差異。《沈譜》題注："與詩餘同。"眉批："'斷'字、'亂'字、'拚'字，作桓歡韻；'苑'字、'遣'字，用先天韻；'歎'字、'限'字、'散'字，用寒山韻。此高先生痼疾。"《新譜》眉批簡潔："雜用桓歡、先天、寒山三韻，此高先生痼疾。"《簡譜》尾批："【謁金門】一牌，本出於詞，仍從詞格爲是。"

此調出詞調，戲文承之，传入南曲。

【錦堂月】

1.【雙調過曲】【晝錦堂】簾幕風柔，庭幃晝永，朝來峭寒輕透。人在高堂，一喜又還一憂。【月上海棠】惟願取百歲椿萱，長似他三春花柳。(合)酌春酒，看取花下高歌，共祝眉壽。

2.【前腔换頭】【晝錦堂换頭】輻輳，獲配鸞儔，深慚燕爾，持杯自覺嬌羞。怕難主蘋蘩，不堪持奉箕帚。【月上海棠】惟願取偕老夫妻，長侍奉暮年姑舅。(合前)　　元傳奇《蔡伯喈》，《正始》頁 892

格式:$4_{\triangle}$,4,$6_{\triangle}$。4,$6_{\triangle}$。7乙,7乙$_{\triangle}$。$3_{\triangle}$,4,$4_{\triangle}$。　　10句

集曲。前用【晝錦堂】首五句,後用【月上海棠】末五句。

南曲有此調,《舊譜》卷九、《定律》卷九、《簡譜》卷八以第一曲爲例曲。然《舊譜》《定律》作隻曲,不作集曲。《沈譜》卷二十、《新譜》卷二十二引此二曲,與此同。《沈譜》題注:"【月上海棠】全曲在後。"【月上海棠】八句,此取末五句,故"全曲在後"。誤。

此調出於戲文,南曲承之。

【錦海棠】

1.【雙調過曲】娟娟夜月,柳梢頭上。黄昏有約頻思想,眼中顒望,更縈人腸。恐怕佳期所誤,冷落銷金帳。(合)喜今宵,重相見,再得成雙,且莫教拆散了這鴛鴦。

2.【前腔】金蓮步小,謾行階上。堂前怕俺,咿嗚聲響,那堪窗外,又與隔墻。豈信無人有耳,寸心添悒怏。(合前)

元傳奇《薛雲卿》,《正始》頁897

格式:4,$4_{\triangle}$。$7_{\triangle}$,4,$4_{\triangle}$。6,$5_{\triangle}$。3,3,$4_{\triangle}$,$7_{\triangle}$。　　11句

《正始》列第一曲爲正格。列第二曲爲第二格,題注:"第三句變爲八字二句。"尾批:"此調四曲,第一與第三同,第二與第四同。其題雖曰【錦海棠】,但'錦'非【錦纏道】,又非【晝錦堂】;'海棠'非【月上海棠】,亦非【三月海棠】;况與【仙吕入雙調】之【海棠錦】不同:【海棠錦】乃犯調,此係本調。然此調他處絶少,僅見於此。但識者罕甚,特備此俟教。"錢南揚《宋元戲文輯佚》頁250注:"此當是第一、第二兩支。"是。

南曲有【般涉調過曲·錦海棠】,《定律》卷十一即以此爲例曲。《大成》卷十八以此二曲爲例曲,入【大石調過曲】;然署"散曲",誤。

此曲出戲文,南曲承之,然入【般涉】與【大石】,但絶少使用。

【錦上花】

1.【仙吕入雙調過曲】同鴛枕，共鸞衾，生剖斷兩離分，把好恩情如鹽落井。你奶娘挑唆得緊，搬鬭得我萱親，兀的使著一個綿裹針。你割捨把孩兒，推車在險路上行。投入蒼山，抵多少西出陽關，眼睜睜無故人。

元傳奇《王祥》，《正始》頁 921

2.【仙吕入雙調過曲】你説與王老，明日東人要上墳，勸官人須教緊省。休恁癡迷着性，結義兩無情，親者到底只是親。（合）將兄弟趕出門，非親却是親。仗托王公，直語忠言，勸官人回轉心。

3.【前腔换頭】那王老，九十三歲，伏事祖上親，也須聽從今改正。撇了結交的，思念手足親，休得把至親如陌路人。（合前）

元傳奇《殺狗記》，《正始》頁 923

格式：3，3△，6 乙△，7 乙△。7 乙△，6 乙△，7△。6 乙，6 乙△。4，7 乙，6 乙△。　　12 句

《正始》列第一曲爲正格，尾批："此亦古本原文。今蔣本收此曲，但其文句亦與此少異。"列第二曲爲第三格，題注："此與上二格皆不同，但除却首二句，與《蔣譜》所收之《王祥》格無異。"

北曲有【雙調·錦上花】，四言八句，與此不同。南曲有此調，《舊譜》卷十、《沈譜》卷二十、《新譜》卷二十三均引首曲爲例曲，句字有所不同，句格亦與此稍異：第五、六兩句均作五字，第八句作五字，第十一句作四字，餘同。《定律》卷四以第一曲題【仙吕過曲·一機錦】之【又一體】，以第二曲爲【仙吕過曲·錦上花】正格，第三曲爲【前腔】，尾批："此曲雖注【前腔】，句板雖同，然詞意、句讀、板式終屬勉强，姑存其舊。"《大成》卷二引第二曲爲【又一體】，題【仙吕過曲】，尾批："《殺狗記》一曲，用韻夾雜，本不足法，因是古曲，姑收入之。填詞家只取其格，用韻依前闋（《月令承應》"喜共向天闕"）爲是。"《簡譜》卷八承《大成》，尾批："按格當以《殺狗》爲正，《月令應承》即據《殺狗》作也。"引《卧冰》作【又一體】，"用韻甚雜。末二句余疑是七字一句，作

‘西出陽關眼睜睜無了故人’,較爲妥當。但無所依據,不敢妄定”。

此曲或出於民歌,北曲、戲文分途採録之,故各不同;南曲承於戲文,略有變化,后漸以變为正。

【燕歸梁】

【羽調慢詞】思想之中夢幻生,無憑事悶縈心。望家庭疾步偷身進,天周全薄命,得回歸見萱親。　　元傳奇《孟姜女》,《正始》頁 1251

格式:$7_{\triangle}$,6 乙$_{\triangle}$。$7_{\triangle}$,$4_{\triangle}$,6 乙$_{\triangle}$。　　5 句

《正始》題注:“此即九宫【商調・風馬兒】。今兩存之,便於查勘。但與十三調【越調】之【風馬兒】不同,又與九宫【正宫】之【燕歸梁】不同。”戲文另有【商調引子・風馬兒】,與此同,實一調兩名;又有【越調慢詞・風馬兒】,與此不同。

詞調有【燕歸梁】,《詞律》載六體,均雙片,其上闋與此均不同,然傳遞轉换之痕可尋。金院本有《和燕歸梁》,王國維《宋元戲曲史》六列其入“用詞曲調者”類。南曲有【正宫引子・燕歸梁】,《舊譜》卷二、《沈譜》卷四、《新譜》卷四俱引《江流》“十載囹圄信未通”爲例曲,《沈譜》題注:“與詩餘同,但少【换頭】。”與此不同。

此曲出詞調,入金院本;戲文轉换承之,僅見於此,然與【商調引子・風馬兒】名異而實同;南曲入【正宫引子】,復用詞體,與此名同而實異。

【燒夜香】

【不知宫調過曲】樓臺倒影入池塘,緑樹陰濃夏日長,一架荼蘼只見滿院香。滿院香,和你飲霞觴。傍晚捲起簾兒,明月正上。

元傳奇《蔡伯喈》,《正始》頁 1364

格式:$7_{\triangle}$,$7_{\triangle}$,$7_{\triangle}$。$3_{\triangle}$,$3_{\triangle}$。6,$4_{\triangle}$。　　7 句

南曲有此調，《沈譜》【不知宮調過曲】引此爲例曲，僅“夏日長”作“夏日正長”，眉批：“‘夏’字下或無‘日’字，亦通。”《新譜》卷二十五入【雜調】，承之。《寒山曲譜》、《定律》卷八、《大成》卷五十均引此爲例曲，入【南吕過曲】。

此調出於戲文，南曲承之，略有變化，轉換宮調。

十　七　筆

【燭影摇紅】

1. 燭影摇紅，最宜浮浪多忔戲。精奇古怪事堪觀，編撰於中美。真個梨園院體，論詠（原作“恢”）諧除師怎比？九山書會，近日翻騰，别是風味。一個若抹土搽灰，趨蹌（原作“趍槍”）出没人皆喜。况兼滿座（原作“坐”）皆明公，曾見從來底。此段新奇差異，更詞源移宫换羽。大家雅静，人眼難瞞，與我分個伶（原作“令”）利。《張協狀元》2

2. 【大石調慢詞】終日尋芳，怎知迤邐歸來晚。遠山低處夕陽斜，郊外遊人散。恐遇風流俏臉，向花間頻頻顧盼。口中不道，心下思量，何時得見？　　元傳奇《王焕》，《正始》頁 1094

格式：4，7△。7，5△。6△，7 乙△。4，4，4△。7 乙△，7△。7，5△。6△，7 乙△。4，4，4△。　　18 句

《正始》列第二曲爲正格，題注：“與詩餘同。”與此前半片同。

詞調有【燭影摇紅】，宋初多用短調，取此前九句分作雙片，如賀鑄、毛滂、王重等人之作，與此第二曲格同。中後期多用長調，先用前九句，復疊用之，與此僅下片首句仍作四字，餘同。故第一曲後九句實爲前半闋之【换頭】。南曲有此調。《舊譜》卷八、《沈譜》卷六、《定律》卷五均以第二曲爲例曲。《舊譜》題【大石調慢詞】，《沈譜》《定律》題【大石調引子】，《沈譜》題注：“與詩餘同。”《新譜》卷六引宋人孫夫人詞“乳燕穿簾”爲例曲，与此二曲仅将第二句破作四字二句，餘同。題注：“此係詩餘，與引子同。”眉批：“将第二、第三句併作七字一句亦可。”尾批：“原曲用韻甚雜，故易之。”

此曲出詞調，戲文或全用之，如《張協》；或截用其上半闋，如《王焕》。南曲承之，僅用前半。

【臨江仙】

1. 裂帛一聲人叫唤，强人打倒公侯。當山土地淚雙流，不合在它煙焰裏，争敢不低頭！　《張協狀元》9

2. 一堂神道你須知，我們非别底，你不是男兒！　《張協狀元》20

3. 庭院深沉日正永，楊花點點沾襟。許多侍婢汝知音，梓州今一任，你去直夫人。　《張協狀元》42

4. 假意成謀居此處，分明中我圈圚。今生得遂我心期，歡娱嫌夜短，快樂少人知。　《小孫屠》16

5. 【南吕引子】連喪雙親無計策，只得剪下香雲。非奴苦要孝傳名，正是上山擒虎易，開口告人難。　元傳奇《蔡伯喈》，《正始》頁 526

格式：7，$6_{\triangle}$。$7_{\triangle}$，5，$5_{\triangle}$。　5句

第二曲，錢南揚《校注》："這裏爲【臨江仙】末三句，上面省去二句。"是。

《正始》以明人散套爲正格，題注："與姜同叔詩餘同。"與此僅第二句作七字，餘同。列第五曲爲第二格，題注："與辛幼安詩餘（原作"語"）同，第二句减爲六字。"與此同。對照《張協狀元》和《小孫屠》，第二句作六字者即是正體，七字句者反爲晚出。

唐·崔令欽《教坊記·曲名》有【臨江仙】，據《全唐五代詞》，均雙片，其上闋，和凝作四句，與此不同；牛希濟所作與此第四句作四字，餘同；敦煌曲子詞與此僅後兩句作"4，$7_{\triangle}$"，或末句作七乙，餘同。詞調有【臨江仙】，《詞律》卷八列十四體，俱雙片，六十字兩體，秦觀詞"千里瀟湘接藍浦"體之上闋與此同。諸宫調有【仙吕調·臨江仙】，同詞調，其上闋與此同。南曲有【南吕引子·臨江仙】，《舊譜》卷四引《王祥》"李德不須淚暗傾"爲例曲，《沈譜》卷十二、《新譜》卷十二、《定律》卷八引《荆釵記》"渡水登山須子細"爲例曲，均與此同。《沈譜》題

注:"與詩餘相似。"尾批:"【换頭】字句與此自同。"

此曲出唐曲,入宋詞、諸宫調,略有變化;戲文採自詞調,傳於南曲。

【薄媚令】

1. 愁多怨極,歷盡萬千滋味,幸幾日身安免慮。聽得傍來,無事使奴暗喜,又值那雪晴雨霽。　　　《張協狀元》14

2. 【南吕引子】連朝打水,弱體怎禁勞役? 况值炎炎盛暑。追思母親,無辜把奴罵詈,守家法終無怨語。

元傳奇《王祥》,《正始》頁 515

格式:4△,6△,7 乙△。4,6△,7 乙△。　　　6 句

《正始》列第二曲爲正格,題【薄媚】,題注:"或作【薄媚令】。"與此僅第三句作六字,餘同。

唐大曲有【薄媚】,宋大曲有【道宫調・薄媚】和【南吕宫・薄媚】。詞調有【薄媚】,分四字起句和三字起句兩體,均雙片,與此皆不同。宋雜劇有以【薄媚】爲名者九本,王國維《宋元戲曲史》五入"用大曲者"類。南曲有【南吕引子・薄媚】,《舊譜》卷四、《沈譜》卷十二、《新譜》卷十二、《定律》卷八、《大成》卷二十三均以第二曲爲例曲。《沈譜》《新譜》均題注:"或作【薄媚令】。"《大成》入【越調引子・薄媚令】,署《卧冰記》。

此曲出唐宋大曲,入詞調、宋雜劇,均名【薄媚】;戲文轉换採用,以【薄媚令】【薄媚】互稱之;南曲承於戲文,多復用唐宋舊名【薄媚】。

【賺】

1. 我且問伊:進人以禮,退人以禮。我貧女,緣何揾淚(原缺)疾走出去? 告婆知:念葉歸鄉猶未得,它又無夫葉獨自底。我着言語扣它,它揾着淚,將人罵詈。

2.【同前】我婆扯住！秀才説話蹺蹊。不要時，我做個説合底？請它歸，着些言語説化伊，我婆要與你説作一對兒。仗托公公做主意(原作“議”)。且休要怒起，你歸來説個仔細，聽奴啓咨。

《張協狀元》14

3. 婆婆方知，知道君家往帝京。農事冗，特來此處送君行。你須聽，本不欲只管相親近，有一事相煩靠㛹君。打從湖(原作“胡”)州過，鏡兒買面與婆搽粉，好不思忖。

4.【同前換頭】我婆且自寬心，張葉爲人恁底村。婆要鏡，没時豈敢上婆門？拜辭君，我和伊今夜有人相請，隔岸村庄祭土神。你道婆婆，怎地了脚頭緊，好不安分。　《張協狀元》20

5. 聽娘有旨，目今要往東京去。恨分離，家中無人管顧奴。我如今，相送娘行出外去，側身(原作“耳”)先回故里。更莫待遲，叫梅香安排數杯，聽娘呼至。　《小孫屠》10

格式：$4_{\triangle}$，$7_{\triangle}$。$3_{\triangle}$，$7_{\triangle}$。$3_{\triangle}$，7，$7_{\triangle}$。5，$7_{\triangle}$，$4_{\triangle}$。　10句

【换頭】僅將首句增字作六字，餘同前。第二、四、六、七、八、九句均可增減一、二字。第一曲將第二句破作四字兩句，第二曲於第七句後增七字一句。

宋代賺詞中有【賺】，與此不同。吴梅《霜崖曲話》：“南宋賺詞，其結構似北曲，而曲名似南曲者，亦當自蕃曲出。而南北曲之【賺】，又自賺詞出也。”葉慶炳《諸宫調訂律》：“《董西厢》賺曲共有四章：【正宫賺】【道宫賺】【般涉太平賺】【中吕賺】。雖宫調各殊，名目小異，校其格式，實皆相同。”“南曲諸賺亦多用前兩段而合之爲一也。”其【正宫·賺】四片，每片五句；第一、三片同，第二、四片同；前二片與此第八、九兩句作“3，$6_{\triangle}$”，餘同。南曲有【正宫過曲·賺】，與此僅第三、七兩句各增一字，第六、八、九句各減一字，餘同。《簡譜》卷五【正宫過曲·賺】尾批：“各調賺曲，大體相同，平仄句法，或有小異而已。”

此曲出賺詞，入諸宫調，分派不同宫調；戲文入【正宫】，略有變化；南曲承之，總之大同小異而已。

【縷縷金】

1. 亞爹不曾見，一個大猪頭。移時還祭了，我便搶將走。靠歇兩個成親後，須要喫酒。尊神等候許多時，如何恁生久（此字原奪）①。　　《張協狀元》16

2. 它元賣酒，接佳賓。花牌上除姓名，做良人。娶它爲夫婦，水性無準。把梅香殺死私奔，教我枉受刑禁。

3. 【同前】龍圖□（此字原缺），聽元因：奴家從幼小，在風塵。爲它娶歸爲夫婦，心兒不定。共朱邦傑一意私奔，把梅香殺死一命。

4. 【同前】哥哥底，娶爲親。誰知心走輥，便忘恩。共着朱邦傑，同諧鴛枕。把梅香殺死苦平人，教我枉喪幽冥。

5. 【同前】朱邦傑，李瓊梅。把梅香殺死了，共私淫。誣賴它兄弟，在牢中囚禁。謀夫殺叔罪非輕，你兩個合償它命。　　《小孫屠》21

6. 【中吕過曲】元來是，蔡伯喈。馬前都喝道，狀元來。料想雙親像，他每留在。敢天教夫婦再和諧，都因這佛會，都因這佛會。

元傳奇《蔡伯喈》，《正始》頁 395

7. 【中吕過曲】教準備，展芳樽。得團圓都喜慶，盡歡忻。館驛中雜人來往，其實不便。到南京得見聖明君，那時好會佳賓，那時好會佳賓。　　元傳奇《拜月亭》，《正始》頁 395

8. 【中吕過曲】平白地，將咱趕出門。殺人來教我，去埋殯。我今與伊不乾浄，須要折證。唬得他兩個戰兢兢，他夫妻膽喪魂驚。

元傳奇《殺狗記》《正始》頁 396

格式：5，5△。5，5△。5，4△。7△，5△。　　8句

《正始》列第六曲爲正格，與此首兩句和第四句均作三字句，末增

---

① 錢南揚《校注》尾注："【縷縷金】末句應五字，也間有六字的。這裏僅有四字，且又失韻，必奪去一字無疑。可能是'久'字。"《全元戲曲》卷九以爲當作"受"字："此字原奪。按律此句當五字，今補。"

一疊句。列第七曲爲第二格,題注:“第五句變七字。”列第八曲爲第四格,題注:“末句變爲六字。”

詞調有【縷縷金】,一名【滴滴金】,與此不同。宋代賺詞有【縷縷金】:“把金銀錠,打旋起。花星照臨我,怎禪避? 近日閑遊戲,因到花市。簾兒下瞥見一個表兒圓,咱每便着意。”與此第六曲僅不疊用末句,餘同。南曲有【中吕過曲·縷縷金】,《沈譜》卷八、《新譜》卷八、《寒山曲譜》均用第六曲爲例曲。然《張協》《小孫屠》末句都不用疊句,現《校注》本《小孫屠》第二十一齣四曲末句之疊句爲錢先生所加,《校注》注:“案譜,末句應疊一句。這裏不疊,遂少一句,今補。下三曲同。”此所言之“譜”,爲明代南曲譜。而戲文承賺詞,原無疊句,如《張協》。《舊譜》卷三所引第六曲、《寒山曲譜》【又一體】所引第七曲、此第八曲等,亦不用疊句。吴梅《長生殿傳奇校律》第六齣《旁訝》:“此爲過脉小曲,不論角色,皆可用之,究其體裁,宜于净丑。”此已是明清傳奇情形。

此曲出賺詞,戲文承之,與詞調同名異實;從《張協狀元》《小孫屠》到《蔡伯喈》《拜月亭》,漸趨定型,末句後漸增一疊句;南曲承戲文,末句疊句,遂爲定格。

【賽紅娘】

1. 先來小生心兒悶,見貧女又嫁。三分似人休得要,言語詐。靠歇喫教醉醺醺,我方才駡它。

2. 【同前】先來是我脚兒小,步三寸蓮。一個水穴闊三尺,横在廟前。被我脱下綉鞋兒,自作渡(原作“度”)船。　《張協狀元》16

3. 【雙調近詞】我兒離家去,求顯迹。爹爹贈與你盤纏費,金共珠。去時休得戀歌妓,忘故里。文龍焉敢戀歌妓,忘故里?

元傳奇《劉文龍》,《正始》頁 1240

4. 【雙調近詞】我夫休憂慮,莫慘慽。算來都由命兒裏,休怨憶。勸你略略請些兒,權濟饑。　元傳奇《吕蒙正》,《正始》頁 1240

5. 【雙調近詞】昨日楚國來奉使,養由基。恃强與我兒論武藝,赢與輪。我每徐步畫堂中，詢個仔細。

元傳奇《越氏孤兒》，《正始》頁 1241

格式 1：7，$4_{\triangle}$。7，$3_{\triangle}$。7，$4_{\triangle}$。　　6句

2：$5_{\triangle}$，$3_{\triangle}$。$7_{\triangle}$，$3_{\triangle}$。$7_{\triangle}$，$3_{\triangle}$。$7_{\triangle}$，$3_{\triangle}$。　　8句

前二曲用式 1。後三曲用式 2，爲【雙調近詞】。

《正始》列第三曲爲式 2 正格，較式 1 增第五、六兩句一段，餘大同小異。列第四曲爲第二格，題注："比上格少一摺。"列第五曲爲第三格，題注："此格亦三摺，且末句變四字。"頁 1340【高平調過曲・十二紅】尾批引此第五句。此與第一曲極爲近似。《張協狀元》第十六齣有【添字賽紅娘】，與式 1 僅在第四句後增五字一句，餘同。從式 1 到【添字賽紅娘】再到式 2，演進之迹可尋。

南曲有【雙調近詞・賽紅娘】，《沈譜》卷二十一即引第三曲爲例曲，與此同。《定律》卷九、《大成》卷三均引第四曲爲【又一體】，《定律》題【雙調過曲】，《大成》題【仙吕過曲】，較此疊用末二句。《新定十二律京腔譜》卷八《林鐘律・本律聯套曲牌》亦有此調，題注："以下等曲止可聯套内用，斷無單用之處。"則爲過曲無疑。與式 2 同。

此曲出戲文，南曲承其式 2，式 1 當在後世演進中歸入式 2。

【薄倖】

1. 春日融和，江山秀麗。記孩兒貪愛，這般天氣。名園裏，蹙鞦韆鬭草嬉，你神魂在那裏？　　《張協狀元》42

2.【南吕引子】野曠原空，人離業敗。漫盡心行孝，力枯形瘁。幸然爹媽，此身安泰。恓惶處，見慟哭饑人滿道，歎舉目將誰倚賴。

元傳奇《蔡伯喈》，《正始》頁 510

3.【南吕引子】凛冽寒風，淋漓冷雨。送君臣南北，父子西東。心腸痛，不幸見刀兵冗冗，望故園雲漢樹遠濛濛。

元傳奇《拜月亭》，《正始》頁 511

格式：4，$4_{\triangle}$。5 乙，$4_{\triangle}$。$3_{\triangle}$，6 $乙_{\triangle}$，6 $乙_{\triangle}$。　　7 句

《正始》列第二曲爲正格，題注："與詩餘不同。"與此在第四句後增四字兩句，末兩句增字作七乙。列第三曲爲第二格，題注："减去第五、六八字二句。元傳奇《朱買臣》亦然。"與此末二句各增一字作七乙句。

詞調有【薄倖】，雙片，與此不同。南曲有【南吕引子·薄倖】，《沈譜》卷十二、《定律》卷八、《大成》卷四十八均引第二曲爲例曲，《沈譜》題注："與詩餘不同。"《新譜》卷十二眉批引馮夢龍云："《朱買臣》曲减'幸然爹媽'八字。"可見增句格當自《蔡伯喈》後方才出現，《張協狀元》《朱買臣》《拜月亭》等無此四字兩句。

此曲戲文與詞調同名異實，《蔡伯喈》始用增句格；南曲承之，用增句格，遂爲定格。

【點絳唇】

1.【黄鐘引子】月淡星稀，建章宫裏千門曉。御爐煙裊，隱隱鳴稍杳。

2.【前腔换頭】忽憶年時，問寢高堂早，雞鳴了。闊縈懷抱，此際愁多少。　　元傳奇《蔡伯喈》，《正始》頁 39

格式：4，$7_{\triangle}$。$4_{\triangle}$，$5_{\triangle}$。　　4 句

《正始》以第一曲爲例曲。題注："與詩餘同。"以第二曲爲【换頭】格，較此破第二句七字作"$5_{\triangle}$，$3_{\triangle}$"兩句，餘同。尾批引《董西厢》認爲："南、北【點絳唇】之句韻、平仄皆無所異，所争者宫調也：南屬【黄鐘宫】，北屬【仙吕宫】。"

詞調有【點絳唇】，與此同。广州南越王博物館藏金元瓷枕有南宋何籀"鶯踏花翻"一首，題【中吕宫】①，與此同格，宫調不同。諸宫調有【點絳唇】九支，入【仙吕調】，與此宫調不同，詞式全同。北曲有

---

① 楊棟《元曲起源考古研究》，中國社會科學出版社，2014 年，第 61 頁。

【仙吕宫·點絳唇】,鄭騫《北曲新譜》綜合前説,認爲"南北判然,故北曲中用【點絳唇】者遠較【八聲甘州】爲多。僅初期散套中偶有用南體者,如白朴'金鳳釵分'套;或用南體而省去【么篇换頭】,如朱庭玉'可愛中秋'套。雜劇則全用北體;僅楊景賢《西遊記》平仄韻協参用南體,又有【么篇】,蓋明初變例也。"此説較爲平正。《舊譜》卷五、《定律》卷一引此二曲爲例曲,然合爲一曲,不分【换頭】;《舊譜》且缺"杳"字,致前後末句不同。《沈譜》卷十四、《新譜》卷十四均用此二曲,有【换頭】,與此同。《沈譜》尾批辨此與北曲【點絳唇】之不同:"此乃南【引子】也,不可作北調唱。北調第四句'平仄平平',南曲第四句'仄平平仄';北調無【换頭】,南有【换頭】;北第一、第二句皆用韻,南直至第三句方用韻。今人凡唱此調及【粉蝶兒】,俱作北腔,竟不知有南【點絳唇】及南【粉蝶兒】也,可笑哉!"葉慶炳《諸宫調訂律》承其説,僅未取第一點。《大成》卷五以此調入北曲【仙吕】,引《琵琶記》爲【又一體】:"夜色將闌,晨光欲散。珠簾卷,移步丹墀,擺列着金龍案。"與此不同。尾批明言爲北調體。卷六十九引此二曲合爲一曲,入【又一體】,不用【换頭】,句字與此同。尾批:"【點絳唇】引,第一係半闋,第二係全闋。各具一體,以備選用。"《簡譜》卷五引此二曲爲例曲,與此僅第二句破作"4,3△"二句,餘均同。尾批承《沈譜》。

此調出宋詞,諸宫調承之,入戲文、北曲;戲文入【黄鐘引子】,與詞、諸宫調同格,僅宫調不同;北入【仙吕】,與詞、諸宫調不同宫調,詞式亦略有變化;南曲承於戲文。

【薄媚衮】

1.【正宫過曲】春共賞花塢柳堤,盡日拚沉醉。歸院宇,如比翼,效鸞儔。夏日涼亭,浮瓜沉李(原作"沉李浮瓜")。雙雙鴛鴦,共同戲水。緑蓋盈盈,荷花解語。　　元傳奇《劉文龍》,《正始》頁 207

2.【正宫過曲】聽人報軍馬近城,天子遷都汴。今晚庶民,不許一人落後在京輦。生長昇平,身誰慣,遭離亂,苦怎言。膽顫心驚,如何可免。

3.【前腔换頭】街坊巷陌，惟聞得炒炒哀聲遍。急打疊金共寶，隨身將帶作盤纏。田業家私，不能守，不能戀，兩淚漣。生死安危，只得告天。
元傳奇《拜月亭》，《正始》頁 207

格式：7 乙$_{\triangle}$，5$_{\triangle}$。3$_{\triangle}$，3$_{\triangle}$，3$_{\triangle}$。4，4$_{\triangle}$。4，4$_{\triangle}$。4，4$_{\triangle}$。　11 句

《正始》列第一曲爲正格，題注："次曲同，不録。"可知此原有二首。頁 1073【正宫調近詞・薄媚衮羅袍】尾批引此末三句。列第二曲爲第二格，題注："此比上格大不同。"較之，僅首兩句、末兩句同，第三至第九共七句改作"4，7$_{\triangle}$。4，3，3$_{\triangle}$，3$_{\triangle}$"六句。第三曲題注："第三句增爲六字二截。按：此調有變體而無【换頭】，今據此首句四字，信之仍有【换頭】矣。"較第二曲僅首句改作四字，第三句增爲六字二截，餘同。

宋人董穎有大曲【道宫・薄媚】《西子詞》，其【第五衮遍】與此僅第七、八兩句均作三字，第九句後增五字一句，餘同。南曲有【南吕過曲・薄媚衮】，《舊譜》卷四、《沈譜》卷十二、《新譜》卷十二、《簡譜》卷七均引第二曲爲例曲，與此有所變化，《沈譜》眉批："今人唱'今晚庶民'四字，'生長昇平'四字，俱疊唱一句，亦通。"《簡譜》題【南吕過曲】，尾批："此調實不美聽，宜用在匆忙促迫之際，與【賺】曲過渡略同。"然第一曲並不"匆忙促迫"也。《寒山堂譜》卷一、《定律》卷八亦疊此兩句。《寒山堂譜》題【仙吕過曲】。《寒山曲譜》、《大成》卷二十五均引第二、第三兩曲爲例曲，均疊此兩句。《寒山曲譜》題【仙吕過曲】，第三曲尾批："此曲與【衮】相似，故附於此。《舊譜》失收【其二】，誤也。"《大成》題【越調過曲】，以第三曲爲【又一體】，尾批："第三句、第五句，或用疊句，或不用疊句，皆可。"

此曲出宋大曲摘遍，戲文採用之，略有變化；南曲承之，以變为正，且多用疊句，變换宫調。

【薔薇花】

【正宫過曲】三十哥，你央不來也盡教。又著王二走一遭，只恁擔閣。
元傳奇《王焕》，《正始》頁 224

格式:3,$7_{\triangle}$。$7_{\triangle}$,$4_{\triangle}$。　　4句

北曲有【越調·黄薔薇】,與此不同。南曲有此調,《舊譜》卷二、《沈譜》卷四、《新譜》卷四俱以此爲例曲。然《沈譜》《新譜》又以《卧冰》“萱親不愛憐”爲【又一體】,此實【正宫過曲·黄薔薇】,且誤認爲此調與北曲【黄薔薇】有所聯繫,《沈譜》尾注:“句雖少而大有元人北曲遺意,可愛。”《寒山堂譜》卷二則以此爲《王祥》“萱親不愛憐”之【又一體】,題注:“四句,二十一字。”尾批:“此體與前曲絶不同,或云是【小薔薇花】。”戲文另有【黄薔薇】,南曲則將此兩調相混淆了。

此曲或出民間歌謡,戲文採録,南曲承之,然多與【黄薔薇】相混淆。

【賽觀音】

1.【大石調過曲】雨作催,風兒送,一旦裏家邦盡空。想富貴榮華如夢,哽咽傷心氣填胸。　　元傳奇《拜月亭》,《正始》頁247

2.【大石調過曲】意兒慌,脚兒痛,顫篤速如癡如蒙。苦捱着疾忙行動,郊野看看又早晚雲籠。

元傳奇《蔣世隆》,《寒山堂譜》卷三頁688上半葉

格式:3,$3_{\triangle}$,7 乙$_{\triangle}$。7 乙$_{\triangle}$,$7_{\triangle}$。　　5句

《正始》尾批:“唐譜曰:此調無【换頭】,用【前腔】。按漢式於第四句下有一‘合’字,惟設不用。第今作者如詞意未盡,用之亦可,不必拘也。按北譜中有【賽觀音】,係五字起句。”《正始》所言漢唐及北曲譜,未見此調。

南曲有此調,《舊譜》卷八、《沈譜》卷六、《新譜》卷六、《寒山堂譜》卷三、《定律》卷五、《簡譜》卷八均以第一曲爲例曲。《寒山堂譜》題注:“五句,二十七字。”與此僅末句有“教我”兩個襯字;以第二曲爲【其二】,題注:“字句同前。”《簡譜》尾批:“此例用首支,慢唱可也。”

此調或出民間歌謡,戲文採録之,入南曲。

【薄媚】

參見【薄媚令】。

【臨江梅】

1.【南吕引子】【臨江仙】客夢悠悠雞喚醒，窗前尚有殘燈。【一剪梅】欲啼又恐拂親情，不敢高聲，且自吞聲。

元傳奇《王十朋》，《正始》頁 527

2.【南吕引子】【一剪梅】歡喜冤家望久長，已得成雙，怎忍分張？【臨江仙】别時容易見時難，淚抛雙眼畔，愁蹙兩眉傍。

元傳奇《詐妮子》，《正始》頁 527

格式 1：$7_{\triangle}$，$6_{\triangle}$。$7_{\triangle}$，$4_{\triangle}$，$4_{\triangle}$。　5 句

2：$7_{\triangle}$，$4_{\triangle}$，$4_{\triangle}$。7，5，$5_{\triangle}$。　6 句

集曲。第一曲用式 1，前用【臨江仙】首兩句，後用【一剪梅】末三句。第二曲用式 2，前三句用【一剪梅】首三句，後用【臨江仙】末三句。

南曲有【南吕引子・臨江梅】，《舊譜》卷四、《沈譜》卷十二、《新譜》卷十二、《大成》卷四十八均引第一曲爲例曲，與式 1 同格。然《舊譜》《大成》僅作隻曲，未標犯調；《舊譜》《沈譜》《新譜》末三句與此不同，辭作：“攬衣推枕自閑評，今日飄零，何日安寧。”惟《定律》卷八引此兩曲爲例曲，與此同，但前曲題【臨江梅】，後曲却題【梅臨江】。【梅臨江】之名更合乎第二曲集曲命名慣例。屠赤水批評《荆釵記》第三十三齣、《六十種曲》本《荆釵記》第三十三齣《赴任》均題【臨江仙】，同《舊譜》等所引之曲。比較而言，《正始》更可能爲初始之曲。

此曲出戲文，然一名兩式，顯示了戲文創制集曲的自由靈動；南曲承之，分爲二名，更加規範，但式 2 幾乎未見使用。

【簇御林】

【商調過曲】尊師範，敬友朋，把詩書，勤講明。趁禹門浪激桃花映，只圖個耀父母揚名姓。奮鵬程，扶搖九萬，白屋顯公卿。

元傳奇《王十朋》，《正始》頁 725

格式：3，3△；3，3△。7△，6 乙△。3△，4，5△。　　9 句

《正始》頁 736【商調過曲・四犯黄鶯兒】尾批引此第六句。

南曲有此調。《舊譜》卷七、《沈譜》卷十七、《新譜》卷十八、《定律》卷十、《大成》卷五十七均引此曲爲例曲，句字略有變化。《沈譜》眉批："'朋'字，中州韻音'逢'，此曲乃用詩韻也。南曲多犯此病。"《正始》於此曲之下則又引兩支明曲作【又一體】，則此格在明曲又有所變化。

此調出戲文，南曲承之，有所衍化、變異。

【霜天曉角】

1.【越調引子】難捱怎避，災禍重重至。最苦婆婆死矣，公公病又將危。

2.【前腔换頭】悄然魂似飛，料應不久矣。縱然擡頭强起，形衰倦怎支持。

元傳奇《蔡伯喈》，《正始》頁 767

格式：4△，5△。6△，6 乙△。　　5 句

《正始》第一曲題注："與詩餘同。"【换頭】與此僅首句增字爲五字句，餘同。

《全唐五代詞》有【霜天曉角】一首，雙片，與此全同。詞調有【霜天曉角】，雙片，與此同。南曲有此調，《舊譜》卷六引散曲"炎光謝了"爲例曲，與此同格。《沈譜》卷十五、《新譜》卷十六、《大成》卷二十三均以此爲例曲。《沈譜》眉批："此調用【换頭】，正與詩餘相似。而不

知者，將‘悄然魂似飛’‘魂’字作襯字，極可笑。正如【憶秦娥】亦有前後段之不同，何足疑也。”尾批：“‘公公病’及‘形衰倦’處，文法略斷，不可連下。”《大成》題注：“一名【月當窗】，一名【長橋月】。”然合二支而爲一曲，無【换頭】，實用詞調之雙片，誤。

此調出於唐曲，入宋詞，戲文、南曲一脈相承。

【霜蕉葉】

【越調引子】【霜天曉角】花箋寫了，不見紅媒到。【金蕉葉】獨立□花陰信杳，望陽臺那堪路遥。　　元傳奇《錦機亭》，《正始》頁 767

格式：$4_{\triangle}$，$5_{\triangle}$。7乙$_{\triangle}$，7乙$_{\triangle}$。　　4句

集曲。前用【霜天曉角】首二句，後用【金蕉葉】末二句。

《正始》眉批：“‘獨立’下缺一字。”

南曲有【越調引子・霜蕉葉】，《舊譜》卷六、《沈譜》卷十五用此曲爲例曲。《舊譜》題注：“【霜天曉角】頭，【金蕉葉】尾。”然第三句作六字，末句作五字。《沈譜》第三句作六字，眉批：“‘獨立’句比前少一字。”餘與此同。《新譜》卷十六、《定律》卷十三引沈君謨《丹晶墜》傳奇“鄉來路遠”爲例曲，第三句亦六字。《新譜》眉批：“與原本《錦機亭》曲同調。”【越調引子・金蕉葉】第三句用七乙句，《正始》所注是。

此曲出戲文，南曲承之，但第三句已用六字句。

【薄媚衮羅袍】

【正宫調近詞】【衮衮令】逢知己，真樂果無涯。不飲空歸，桃花笑你。寧可過三冬，眠時没被。但長留一甕在頭邊，覺來又一醉。【薄媚衮】忘形爾汝，痛飲我師，麴生風味，【皂羅袍】佳名稱到於今美。

元傳奇《董秀才》，《正始》頁 1073

格式：$3_{\triangle}$，$5_{\triangle}$。$4_{\triangle}$，$4_{\triangle}$。5，$4_{\triangle}$。7乙，$5_{\triangle}$。4，$4_{\triangle}$，$4_{\triangle}$，$7_{\triangle}$。　12句

集曲。前用【衮衮令】全調八句，次三句用【薄媚衮】第八至第十句，後用【皂羅袍】末句。第二句入家麻韻。

此調僅見於戲文，不見南曲諸譜。

【醜奴兒】

【大石調慢詞】和氣布暖，又不覺春光明媚。恨一别仙郎，分散路阻桃溪。雁杳魚沉，怎知没個信音歸？金鞍何處？多應爲伊，蹙損雙眉。　　元傳奇《何推官》，《正始》頁1094

格式：4，7 乙$_{\triangle}$。5 乙，6$_{\triangle}$。4$_{\triangle}$，7$_{\triangle}$。4$_{\triangle}$，4$_{\triangle}$，4$_{\triangle}$。　　9句

《正始》題注："與詩餘不同，與過曲同，當删。"與【大石調近詞·醜奴兒近】極似。

詞調有【醜奴兒】，即【采桑子】，雙片，其上闋之變格與此僅第二句作六字，第七、第八兩句不叶，餘同。金院本有《醜奴兒》，王國維《宋元戲曲史》六列其入"用詞曲調"類。南曲有【大石慢詞·醜奴兒】，《沈譜》卷七引宋人康伯可"馮夷剪碎澄溪練"爲例曲，題注："此係詩餘，亦可唱。"卷四【正宫過曲·醜奴兒近】則引《唐伯亨》"恩情到此"爲例曲，題注："與詩餘不同。"尾批："《舊譜》所收，乃【朱奴兒】，非【醜奴兒】本調。"《舊譜》卷二有【正宫過曲·醜奴兒】，引《殺狗記》"常言道人無遠慮"爲例曲，與此不同，與詞調亦不同，實爲【朱奴兒】。《新譜》卷七、卷四承《沈譜》。

此曲出詞調，戲文承之，略有變化；南曲承之，復用詞調，已極少使用。

【醜奴兒近】

1.【大石調近詞】恩情到此，無奈只得如是。似兩下愁懷，分作四人悲淒。獨倚門兒，自家骨肉在何處？尋尋覓覓，鐵心腸那時，應也垂淚。

2.【前腔換頭】孩兒，非是再三，叮嚀頻語。兩口夫妻，休起二心三意。謹領慈旨，拜別不忍又一杯。陽關低唱，休教路人，聽也憔悴。

元傳奇《唐伯亨》，《正始》頁 1097

格式：$4_{\triangle}$，$6_{\triangle}$。4，$6_{\triangle}$。4，$7_{\triangle}$。4，4，$4_{\triangle}$。　9 句

第二曲【前腔換頭】較此，僅將首二句破作"2，4，$4_{\triangle}$"三句，後同。

詞調有【醜奴兒慢】，一名【采桑子慢】【疊青錢】，雙片，其上闋與此僅第三句作五乙句，下闋與【前腔換頭】僅首句作四字句，第四句作五乙句，餘同。南曲有【正宮過曲・醜奴兒近】，《沈譜》卷四、《新譜》卷四、《寒山堂譜》卷二、《定律》卷二以此爲例曲。《沈譜》《新譜》均有題注："與詩餘不同。"此所云"詩餘"，當指【醜奴兒】，一名【采桑子】。《寒山堂譜》即題【醜奴兒】，誤。忽略了詞調還有【醜奴兒慢】。

此曲出詞調，戲文採用之，略有變化；南曲承之。

【聲聲慢】

【仙吕調慢詞】只將非雨，誰擬真晴，天教好事從人。爲你薄情，幾度淚彈珠粉。被伊懊害煞多，好教人落魄消魂。便爲着，牡丹花下，死也甘心。

元傳奇《西厢記》，《正始》頁 1105

格式：4，4，$6_{\triangle}$。4，$6_{\triangle}$。6，7 乙$_{\triangle}$。3，4，$4_{\triangle}$。　10 句

《正始》題注："與詩餘同，但無【换頭】。"

詞調有【聲聲慢】，雙片，其上闋與此僅第九句作五字，餘同。宋詞亦有第九句作四字者，如吴則禮、曹勳等人之作，終爲變體，並非正格。南曲有【仙吕調慢詞・聲聲慢】，《沈譜》卷二引宋人李清照（原誤作"朱人康伯可"）"尋尋覓覓"爲例曲，連用【换頭】，題注："此係詩餘，與引子同。"《新譜》卷二承之。《定律》卷四引《明珠記》"他鄉聚首"爲例曲，較此僅將末二句併作七乙一句，餘同。

此曲出詞調，戲文用其變格，南曲復用詞調正體。

【駿甲馬】

1.【不知宫調過曲】當初若不用謀計，怎得今朝這榮貴。左右人言，禁苑猶有苗裔，削草除根無後慮。

2.【不知宫調過曲】老婦看生幾年價，每出入王侯府下。只恐人間，男女不婚又不嫁，那時必然餓殺我。

元傳奇《趙氏孤兒》，《正始》頁1359

格式：$7_{\triangle}$，$7_{\triangle}$。4，$6_{\triangle}$，$7_{\triangle}$。　5句

《正始》列第一曲爲正格。列第二曲爲第二格，題注："第二句節文不同，第四句變爲七字。"全曲家麻韻，末句"我"字借用歌弋韻。

南曲有此調，《沈譜》附録、《寒山曲譜》、《定律》卷八均引第二曲爲例曲，《大成》卷五十引此二曲爲例曲。然《沈譜》入【不知宫調過曲】，《寒山曲譜》《定律》《大成》則入【南吕過曲】。《寒山曲譜》署《八義記》，《大成》署《孤兒記》，與此句字有所變異。《新譜》卷二十五【雜調】眉批："原【駿甲馬】一曲，曲俚無板，删。"

此調出於戲文，南曲承之，然以變爲正，且極少使用。

十 八 筆

【繞池遊】

1. 張葉拜啓:念是讀書輩,往長安擬欲應舉。些少裹足,路途裹欲得支費,望周全不須劫去。　　《張協狀元》1

2.【商調引子】桑榆暮景,將往事空思省,爲家貧愁懷耿耿。肯慕浮榮,且擔孤另,喜一子學問有成。　　元傳奇《王十朋》,《正始》頁 699

格式:4△,5△,7 乙△。4△,7 乙△,7 乙△。　　6 句

錢南揚《校注》:第一曲爲諸宫調散詞,然今存諸宫調中未見此曲,無從考校;"後世曲譜都把它們收在南曲引子中",是。葉慶炳《諸宫調訂律》無此曲牌。

《正始》列第二曲爲正格,題注:"俗謂【繞地遊】,誤。"與此第五句減字成四字句,餘同。《原本王狀元荆釵記》第六齣所引此調用《張協》體,與此略有變化。

唐・崔令欽《教坊記・曲名》有【繞池春】,然《全唐五代詞》無此曲。《全宋詞》有【繞池遊】一首,雙片,其上闋與此第二、五兩句作六字,末句破作四字兩句,餘同。南曲有【商調引子・繞池遊】,《舊譜》卷七、《沈譜》卷十七以《琵琶記》"風凔水卧"爲例曲,題注:"或作【繞地遊】,謬甚矣。"與第二曲同。《新譜》卷十八承《沈譜》,然易例曲,眉批:"原載《琵琶記》曲云,恨其韻雜,易以先生傳奇(《埋劍記》),然此曲平仄與《琵琶記》一字不差,妙哉!"《定律》卷十引《埋劍記》"白雲滿舍"爲例曲,與此同格。

此曲實出詞調,戲文始用作諸宫調散詞,然略有變化,從《張協》

到《王十朋》，漸趨定型；南曲承於戲文。

【鎖南枝】

1. 張葉本，是秀才，成都府人因鄉薦。齎裹足欲往宸京，奈何程途遠。莫是登，此處山，號五磯，被人騙？

2.【同前换頭】因登此山上，强人衣虎皮。把葉劫掠薄賤，一查打得皮肉，破損鮮血滿。今到此，忽遇伊。未審誰，望憐念！

3.【同前】奴家世，本富室，只因水火家不易。年幼間父母俱亡，又没兄和弟。居此廟，五七年。又遇君，恁狼狽。

4.【同前换頭】平日在家裏，須讀古聖書。這般雪兒才下，多是飲着羊羔，淺淺斟緑蟻。或賦詩，或探梅。又怎知，這滋味！

5.【同前】君休要，舉那時，目前是物不如意。衣又没被席全無，盡出不得已。君口食，奴自供。要睡時，先自睡。

6.【同前换頭】張葉且安置，明朝定未起。遍身虚浮赤腫，今夜紙爐裏彎跧，鼙它風雨至。奴進君，些子粥。更與君，舊紙被。

《張協狀元》10

7. 潑禽獸，没道理！書院中怎不攻文藝？指望你背紫腰金，怎知你不成器！因甚底，來這裏？便與我，捍出去！

8.【同前换頭】爹爹聽咨啓：孩兒又怎知？正在書房中獨坐，忽見狗兒都管，與它同來至。我問它只因甚底？它説到，是爹爹，唤它至。

9.【同前】相公聽，奴拜啓：它説道相公排宴會。特地唤取奴來，到這書房裏。誰信道，都是計。智賺奴，望容恕。

10.【同前换頭】思量老奴婢，只是怨恨你。兩個將咱連累，如今打得我渾身，上下都麻痹(原作"庇")。要把刀，割下腿。告相公，沙八赤。

《錯立身》5

11. 婆婆聽，我拜啓：隨娘往東岳去。誰信道得中途，驀忽娘傾棄。將屍(原作"死")骨，親帶歸。到家中，因何把門閉？

12.【同前换頭】聽我訴因依，不覺淚暗滴。你自和娘還願，争奈你哥哥，與妻争閑氣。殺死它，吃控持。到如今，禁在牢内。

《小孫屠》14

13. 神魂亂，手脚麻，争些半霎時身亡化。若不是老天周全，甘雨從空下。魂夢中，把我頭面洒。醒覺來，自嗟呀。《小孫屠》19

14. 【雙調過曲】兒夫去，竟不還，公婆兩人都老年。自從昨日到如今，不能够得食飯。奴請糧，他在家懸望眼。念我老公婆，做方便。

15. 【前腔换頭】鄉官可憐見，這是公婆命所關。若是必須將去，寧可脱了奴衣裳，就問鄉官换。寧使奴，身上寒。只要與公婆，救殘喘。

元傳奇《蔡伯喈》，《正始》頁 883

16. 【雙調過曲】……日夜裏，教奴雙垂淚。①

元傳奇《劉智遠》，《正始》頁 883

格式：3，3，7△。7乙，5△。3，3△。3，3△。　9句

“戲文三種”存十三曲，格式總體穩定，僅句字略有增減；【换頭】與此前五句作“5，5△。6，6，5△。”

《正始》列第十四曲爲正格，與此僅第四句作七字句，餘同。尾批：“末句仄煞。有元傳奇《劉智遠》平煞云云。”第十五曲與前之【换頭】同。

南曲有【雙調過曲・鎖南枝】。《舊譜》卷九以第十四曲爲例曲，僅句字略異；《沈譜》卷二十、《新譜》卷二十二、《寒山曲譜》、《定律》卷九、《簡譜》卷八引第十四、十五兩曲爲例曲。《沈譜》尾批：“細查舊板《戲曲全錦》皆如此，始知‘鄉官可憐見’下，乃【换頭】也。”《寒山曲譜》第十五曲尾批：“此調四曲、六曲或八曲，俱照依前【孝順歌】法，逐雙間用。”《簡譜》尾批：“是調以不知有【换頭】，故此曲與首曲，每多疑竇。首曲‘昨日到如今’二句，應作五字，次曲‘若是必須’三句，應作

① 《六十種曲》本《白兔記》第三十二齣《私會》存録【鎖南枝】六支，其第三支【前腔】辭云：“奴分娩，産下兒，嫉妒嫂嫂撇在水。幸得竇老辛勤，寄取來還你。十六年杳無音信歸，日夜裏，受孤悽。”成化本《白兔記》此曲辭云：“奴分娩，産下兒，哥哥嫂嫂生惡意。多虧竇老辛勤，救取兒還你。十六年，音信稀。日裏夜裏，哭得奴淚雙垂。”從《正始》到成化本再到晚明《六十種曲》本，可見演變。

六、四、五，如是則聚訟處冰釋矣。但各傳奇中用此曲時，往往有僅依首曲者，獨詞隱知‘鄉官可憐（原誤作“鄰”）見’一曲爲【換頭】，洵是巨眼。《大成》《定律》概不依從，何也？此後作者，可准此操翰。”綜合諸論，可知此曲之用；格律則當從“戲文三種”及《正始》，《沈譜》亦遵此爲准也。

此曲出戲文，南曲承之。

【雙勸酒】

1. 阿爹阿娘，教我傳語：些兒酒米，擔來與你。要時你便留住，不要我便將去。　　《張協狀元》12

2. 【仙吕入雙調過曲】儒冠誤身，一言難盡。爲玉蓮那人，常縈方寸。猛揨的覆雨翻雲，做一場弄假成真。

元傳奇《王十朋》，《正始》頁 926

3. 【仙吕入雙調過曲】施威猛烈，業畜震驚。小神勇猛，凶徒難近。直教四境保安寧，功績達天庭。　元傳奇《吕蒙正》，《正始》頁 927

格式：4，4△。4△，4△。6△，6△。　　6句

《正始》列第二曲爲正格，與此僅末句增字作七乙句。列第三曲爲第三格，題注：“第五句增爲七字，末句減爲五字。次曲亦然。”

南曲有【仙吕入雙調過曲・雙勸酒】，《舊譜》卷十引《殺狗記》“衣衫剥盡”爲例曲，與此同。《沈譜》卷二十、《新譜》卷二十二均引第二曲爲例曲，句字差異較大，然句格相同。

此曲出戲文，《張協》猶有唱調名遺意；南曲承之，已成泛調。

【鵝鴨滿渡船】

1. 論妾家豪貴，又豈得隨人去。既然没寂淡，没依倚。婆婆向前不須跪來拜啓，媳婦拜告相公知。這貧女底，從幼來在廟中，旦夕裏是我周濟。

2.【同前】細想吾一女，比它儀容美。所爲及張葉，悄無二。奴家煮些粥食伊去吃，少住我要説仔細。與醫教可，(合)隨侍去做女兒，改粧飾着(原作“若”)珠翠。

3.【同前】勸你休窨約，隨你去福至。最好俱豐足，衣共食隨汝意。從小我惜伊，伊去婆亦去。病猶未可，婆一路當直你，(合)廝繫綰免憂慮，成伴侶幾風味。

4.【同前】我公休去你門家裏，好好看孩兒。一味閑言語，我討你。去當孩兒面，親嫡女。看養你臉兒美，隨後去嫁良婿。大婆辭已，邏逼行李，添個轎兒擡。我自行將去，(合)分明是前世裏曾契，到今世重會面做兒女。　　《張協狀元》45

5. 謝得恩官，且免妾爲娼妓。這些恩德處，怎忘之！甚時能結草隋(原作“學韓”)珠？(和)從今條籍名字除。付憑據，從此去免怨嗟，琉璃井幸脱離。

6.【同前】自來平心地，爲你多嬌媚。墮落煙花内，本無禮。快急速移改遲便追，(和同前)

7.【同前】今日除名字，皆是我恩德。人非土木的，不敢忘恩義。(和)幸然脱得花門去，心歡喜，鴛鴦侶(原作“倩”)免沉迷，如花貌絶風雨。

8.【同前】本官心地，事由公理。踢脱這些兒，果有陰德處。(和同前)

9.【同前】念奴娘子，本是良人女。早晚辦名香，答謝天和地。(和同前)　　《小孫屠》6

10.【仙吕入雙調過曲】畫堂深深處，廝守在鴛幃。倚香並偎玉，怎抛離？好天良夕同宴逸，雙雙比翼鸞鳳飛。綰同心縷，遊翠館賞瑤池，花下飲月前醉。　　元傳奇《王子高》，《正始》頁1044

11.【仙吕入雙調過曲】駙馬和公主，兩情如魚水。一家多忠直，正完美。怎料奸雄生嫉妒，當時打散鸞鳳侶。幸然今日得再會，花再發，琴再理月再輝。　　元傳奇《趙氏孤兒》，《正始》頁1044

格式：$5_{\triangle}$，$5_{\triangle}$。5，$3_{\triangle}$。$7_{\triangle}$，$7_{\triangle}$。$4_{\triangle}$，6乙，6乙$_{\triangle}$。　　9句

第三曲與此第五、第六兩句減字作五字兩句，第七句後增六乙一句，餘同。第四曲第二句后增“$5_{\triangle}$，$3_{\triangle}$”两句，第五、六两句減字作六乙两句，後又增“$4_{\triangle}$，$4_{\triangle}$，5”三句。第七、八、九曲第四句用五字，減第六句，第七句減一字。其他較此僅略有句字出入。

《正始》列第十曲爲正格，與此同。列第十一曲爲第二格，題注："第七、八句節讀不同。"實作“$7_{\triangle}$，3”二句，末句“理”字藏韻。

南曲有【不知宫調過曲・鵝鴨滿渡船】，《沈譜》附録、《新譜》卷二十五、《寒山堂譜》卷一、《定律》卷七、《簡譜》卷八均引第十一曲爲例曲，署《八義記》。《大成》卷二引第十一曲爲【又一體】，與《寒山堂譜》均入【仙吕過曲】，《定律》《簡譜》均入【小石過曲】。《沈譜》又以散曲“釣魚舟隨浪滚”曲爲【不知宫調過曲・鵝鴨滿渡船】之【又一體】，《新譜》卷十一移入【道宫調近詞】，尾批："按此曲，徐稿將（第三句）'時間天漸暝'用單句，（第五句）'暮猿啼'作'古墓猿啼'，自首句至（第六句）'欲添愁悶'作【應時明近】首曲，將（第七句）'蘆葦岸'以下至末作【應時明近】第二曲。"與此不同。對此，《正始》頁1277【道宫調近詞・應明時近】尾批已詳作考辯："此調……何今人皆妄認爲【鵝鴨滿渡船】，可笑。且時譜亦不究其源，亦以此調置於【不知宫調】内，且亦隨列於《趙氏孤兒》之'駙馬和公主'後，作【又一體】，豈不冤哉！"引第十曲全調爲例證："按此調章句，與時譜所收之《孤兒》格，止争第七句之句節，餘無不同者也。""况【鵝鴨滿渡船】，按元譜屬【仙吕入雙調】，今此【應時明近】而屬【道宫】。願學者審之。"

此曲出戲文，入【仙吕入雙調】，已基本完成規範化演進過程；南曲承之，改入【雜調】，以變爲正；南曲另有【道宫調近詞】，與此同名異實。

【綉帶兒】

1. 娘言語兒聽取：如今景傍桑榆，男畢結女正當笄年，娘心免得憂慮。佽喜，願得諧老百歲期，得榮貴我心歡喜。（和）真奇異一雙兩美，排宴飲雙雙效于飛。

2.【同前】必達告娘行聽啓：因緣事非容易，今日裏情分和諧，媽媽免得憂慮。難比，豔粧嬌貌多俊美，論西施則如是。（和同前）

3.【同前】奴自小良人女，謝君家提攜到這裏。不棄取甘爲箕帚，只願盡老連理。和你，共諧百歲直到底，更無二心三意。（和同前）

4.【同前】聽取梅香拜啓：幸今日到此豈（此字疑衍）非容易。今日裏情（原作“惜”）分和諧，謝恩家不惜千金買斷爲花（原作“花爲”）主。應是，此生緣分天際會，願百歲永（原作“求”）同魚水。（和同前）

《小孫屠》8

5.【南吕過曲】親年老光陰有幾，行孝正當今日。終不然爲着一領藍袍，却落後了戲彩斑衣。思之，此行榮貴雖可擬，怕親老等不得榮貴。春闈裏紛紛大儒，難道是没爹娘的孩兒方去。

6.【前腔换頭】休迷，男兒漢淩雲志氣，何必苦恁淹滯。可不干費了十載春燈，枉挨半世黄虀。須知，此行是親志休故拒，你那些個養親之志。百年事只有此兒，難道是庭前森森丹桂。

元傳奇《蔡伯喈》，《正始》頁 629

7.【南吕過曲】娘行聽卑人拜啓：天幸遇伊姝（原作“妹”）麗。聞名争似相逢，心兒裏有你多時。須知，雨情雲意欲訴與，告娘行且休推避。惺惺的還惜佶（此字原脱）倬的，先管取傍人道咱一對。

8.【前腔换頭】聽啓：奴身是墻花路柳，多經鶯約燕期。勸東君别選朵奇花，休戀敗葉殘枝。君家與妾成燕婉，却不又被人談齒。鴉窠裏不是鳳壘，鴛鳳侣難同燕雀雙飛。

元傳奇《柳耆卿》，《正始》頁 630

9.【南吕過曲】一身歎萍蹤梗迹，流落未知何處？天憐念得遇英豪，幸倚托華地。看伊，浩然一點真氣宇，老天肯困厄男兒？時不至黄金似泥，時至後頑銅硬鐵生輝。　元傳奇《薛雲卿》，《正始》頁 631

10.【南吕過曲换頭】名園，曉來枝上鶯巧囀（原作“囀巧”），提起瑣窗幽怨。滿階前緑柳絲牽，惹起舊愁新怨。懨懨，鳳絲龍竹，無心去撿，也羞對象管鸞箋。鮫綃帕空在眼前，不記得剪香雲誓語盟言。

元傳奇《韓壽》，《正始》頁 632

11.【南吕過曲】蒙山頂蟄龍起穴,催出雨前雀舌。……

元傳奇《吕洞賓》,《正始》頁 636

格式:6 乙$_{\triangle}$,6$_{\triangle}$。7 乙,6$_{\triangle}$。2$_{\triangle}$,7$_{\triangle}$,7 乙$_{\triangle}$。7 乙$_{\triangle}$,3、5$_{\triangle}$。9 句

首四曲基本格式均與此同,僅句字略有增減,大同小異。

《正始》列第五曲爲正格,與此首句增字作七乙,末句增字作"3、6"九字句,餘同。第六曲【前腔换頭】較正格僅增首句叶韻二字,餘同。列第七曲爲第三格,題注:"第三句減爲六字。"錢南揚《輯佚》頁 102 注云:"'姝麗','姝',原作'妹',然字旁原注'平'字同,可見爲'姝'的形誤無疑。"是。第八曲題注:"減去第六二字一句。"列第九曲爲第四格,題注:"第四句變爲五字。"列第十曲爲【前腔换頭】第三格,題注:"第二句節讀不同,第七變八字二句。次曲亦然。"第十一曲,《正始》【南吕過曲・三十腔】尾批:"【綉帶兒】,合元傳奇《吕洞賓》首二句云云。"

詞調有【綉帶兒】,一名【好女兒】,雙片,與此不同。諸宫調有【仙吕・綉帶兒】,雙片,與此不同,與詞調同名異實。南曲有【南吕過曲・綉帶兒】,《舊譜》卷四、《定律》卷八均引第五曲爲例曲,《沈譜》卷八、《新譜》卷十二、《寒山曲譜》、《大成》卷四十九均引第五、第六兩曲爲例曲。《舊譜・十三調南曲音節譜》【南吕調・綉帶兒】題注:"即【癡冤家】。"《沈譜》題注:"《舊譜》云【綉帶兒】即【癡冤家】,非也。"《寒山曲譜》尾批:"'春闈裏'一字,'百年事'一字,是句中暗用的韻。末句四字,用仄仄平平亦可。或云'春闈'下帶【太師引】者,故將'等不得'並'養親'下添一截板,以爲完句,清唱亦然。不知何本,不敢從。曲忌四平四仄。'庭前森森'正犯此病,不可學。"《大成》尾批:此調"凡七字起句者,爲正體;二字起句者,舊名【换頭】,不作起調。"

此調之名出於詞調、諸宫調,戲文或轉换承之,同名異實。南曲當承於戲文。《南音三籟・散曲・上卷》引錢鶴灘【南吕・綉帶引】《閨情》套,以爲後四句犯【太師引】,眉批云:"詞隱以此調犯【太師引】,故名爲【綉帶引】,而以《琵琶》'親年老'一曲(此第五曲)爲【綉帶兒】本調。然細查兩曲,實不差一字,疑《琵琶》一曲亦犯【太師引】。"

查《沈譜》卷十二"新增"【綉帶引】，以此格後四句犯【太師引】。《新譜》卷十二【綉帶兒】尾批對此已詳加説明："此係本調全腔。……《南音三籟》乃欲以其曲爲【綉帶兒】全調，並疑'春闈裏'以下犯【太師引】，則不可也。又疑【綉帶引】一曲，雖半犯【太師引】，而句字與【綉帶兒】全曲一般，爲漫無分别，不知其句數雖合，而腔板則分，自不相混也。"是。其實，戲文即作【綉帶兒】，並無【綉帶引】；【綉帶引】乃沈氏自創之曲，不當混淆。凌氏所疑，未考辨此調源流也。

【綉停針】

1. 自從那日，打散鴛鴦侶(原作"似")鎮長歎吁。袖羅紅濕胭脂淚，愁到那人提起。謝老天開方便眼，施小計恰早投機。自今一步不厮離，在天只願效于飛，在地同爲連理。

2. 【同前】雨約雲期，最苦情濃處變成間離。寸心豈戀鴛鴦被，争奈咫尺千里。今難學莊周夢蝶，願飛到伊行根底。同坐同行同衾睡，……

3. 【同前】望伊做主，莫待傍人的講論是非。綉衾香暖羅幃裏，恩情願似當時。論陽臺朝雲暮雨，争如我憐惜歡娱。共伊終久不厮離，……

4. 【同前】看伊貌美，最苦秋波殢人似癡。臉桃紅露櫻(原作"鶯")唇媚，淡掃蛾眉傍人怎比。宛然似春光結蘤，幸然折在屏幃裏。從今契合非容易，把閑愁從此勾除，辦堅心休提是共非。《小孫屠》13

5. 【越調過曲】先自悲傷，又遭一跌痛怎當。擡身忍痛回頭望，見一漢酒醉倒在街坊。你本待學劉伶入醉鄉，却番作卧冰王祥。看看冷逼，寒凍神魂喪，難道酒解愁腸。　元傳奇《殺狗記》，《正始》頁820

6. 【越調過曲】告郎聽啓：奴説衷腸話與你。待將心事從頭訴，又還羞恥。念勝仙年方及笄，無佳配獨守香閨。偶然瞥見郎標緻，春心難捱怎由己，故遺疊勝環兒。

7. 【前腔】事要三思，非是卑人相阻推。大雪窮途身狼狽，幾乎命掩泉世。幸得伊家濟苦，實不敢辜恩忘義。請移蓮步歸庭院，爲伊

只恐兩連累,付還疊勝環兒。　　元傳奇《鬼做媒》,《正始》頁 821

8.【越調過曲】景入清明,訪柳尋花閑自遣。偶然見多嬌面,猶如似入桃源。看容貌羞花閉月,知他是誰家宅眷?未知君是誰家子,如何施禮到跟前?從頭説與根元。　元傳奇《詐妮子》,《正始》頁 822

9.【越調近詞】瘦減腰圍,坐守饑寒,悶無所倚。可憐一字不堪煮,空自有滿腹詩書。還靠着滿腹詩書,怎捱得寒威凛冽。窑爐冷,空教我燃盡枯枝。暗想家中富豪,華堂錦帳飲羊羔,怎知今日窮如是。　元傳奇《吕蒙正》,《正始》頁 1212

格式 1:$4_{\triangle}$,5、$4_{\triangle}$。$7_{\triangle}$,$6_{\triangle}$。7 乙,7 乙$_{\triangle}$。$7_{\triangle}$,$7_{\triangle}$,$6_{\triangle}$。　9 句
　　2:$4_{\triangle}$,4,$4_{\triangle}$。$7_{\triangle}$,7 乙$_{\triangle}$。7 乙$_{\triangle}$,7 乙$_{\triangle}$。3,7 乙$_{\triangle}$。6,7,$7_{\triangle}$。　12 句

前八曲用式 1,爲【越調過曲】;後一曲用式 2,爲【越調近詞】。較之,式 2 與式 1 僅增“3,7 乙$_{\triangle}$”一詞段,第二句破爲二句,餘大同小異,或可視爲式 1 之增句格。

據錢南揚《校注》,第二、三兩曲較式 1 均缺末兩句。當是。第四曲第七句變作七乙句。

《正始》列五曲爲式 1 正格,與此第二句作七字,第四句作七乙,末三句作“4,$5_{\triangle}$,$6_{\triangle}$”,餘同。列第六曲爲第三格,題注:“第四句減爲四字,第七、八句亦七字。”末三句與此同。列第七曲爲第四格,題注:“第四、五句皆變爲六字。”列第八曲爲第五格,題注:“第三句變爲六字二截,第四句亦上調句法。”

《正始》列第九曲爲【越調近詞】正格,題注:“比九宫【越調・綉停針】,後半大不同。”主要是在增第八、第九兩句,餘則近似。

《全宋詞》有陸遊【綉停針】一首,雙片,其上闋與此兩式均不同,然承繼轉换之迹明顯。南曲有【越調過曲・綉停針】,《舊譜》卷六、《沈譜》卷十五、《新譜》卷十六、《定律》卷十三、《大成》卷二十四俱引散曲“蕩起商飇”爲例曲,與此僅第二句作七字句,餘同。《定律》又引《滿床笏》“醉眼酕醄”爲【前腔换頭】,與第七曲僅第二、四兩句作七乙句,餘同。第九曲,李九我批評《破窑記》第十二齣、《綵樓記》第十齣

均題【越調過曲·綉停針】，與此無第六句。

此曲當出詞調，戲文採録而轉换之，衍爲兩式。式1從《小孫屠》到《殺狗記》，逐漸定型；南曲承之，返歸於《小孫屠》體，趨於規範。式2僅見於戲文，後當併入式1。

【雙聲子】

1.【黄鐘過曲】福非淺，福非淺，前世曾爲伴。今幸然，今幸然，生在王宫苑。你貌鮮，你貌鮮；我少年，我少年。似雲裹吹簫，並頭鳳鸞。　　元傳奇《趙氏孤兒》，《正始》頁47

2.【黄鐘過曲】人踴躍，人踴躍，歡聲沸相詼謔。須痛酌，須痛酌，銀海中酒未涸。鸕鷀杓，鸕鷀杓；重澡瀹，重澡瀹。看杯盤狼藉（原作"籍"），觥籌交錯。　　元傳奇《鮑宣少君》，《正始》頁48

格式：3，3，$5_{\triangle}$。3，3，$5_{\triangle}$。$3_{\triangle}$，$3_{\triangle}$；$3_{\triangle}$，$3_{\triangle}$。4，$4_{\triangle}$。　　12句

《正始》列第一曲爲正格，題注："第二、五句皆疊接上文，此與【雙聲疊韻】别處。"第八、第十亦疊接上文。第二曲列第二格，題注："第三、第六句皆六字。"《全元戲曲》卷十二頁594引此第二曲第八句首字作"□"，當補之。

《全宋詞》有【雙聲子】一首，十一句："4，4，$6_{\triangle}$。4，4，$6_{\triangle}$。4，7乙$_{\triangle}$。3，3，$6_{\triangle}$。"與此不同，但演進之迹尚存。南曲有【黄鐘過曲·雙聲子】，《舊譜》卷五、《沈譜》卷十四、《新譜》卷十四、《定律》卷一、《大成》卷七十、《簡譜》卷五俱引《琵琶記》"郎多福"爲例曲，與第二曲同。《定律》尾批："此曲古體雖如此，今作家亦不依此，皆去'兩意篤''豈反覆'之各一句，合爲二句。"即以第七至第十句删去疊句，然後併作六乙一句。《簡譜》尾批："此曲古體如此。今作家皆去'兩意篤''豈反復'（第八、第十句）二句，亦可。或云有疊句者爲【雙聲疊韻】，不疊者爲【雙聲子】，蓋此等快板曲，多少不一也。"《寒山堂譜》卷五以第一曲爲例曲，《定律》引爲【前腔】，與此均减第八、第十兩個疊句。《定律》尾批："此曲若按古體，將'你貌鮮''我少年'各重一句，即成【雙聲

疊韻】矣。”

此曲出詞調，戲文承之，有所轉换變化；與【雙聲疊韻】大同小異，然别作一曲；南曲承於戲文，爲與【雙聲疊韻】相區别，遂多删减第八、第十兩個疊句。

【雙聲疊韻】

【黄鐘過曲】花開早，人不老，拍拍春多少？然此宵，相見了，剩把銀缸照。挂紫袍，現聖表。姓字香，度量高。要百年契合，萬家歡笑。

元傳奇《孟月梅》，《正始》頁 49

格式：$3_{\triangle}$，$3_{\triangle}$，$5_{\triangle}$。$3_{\triangle}$，$3_{\triangle}$，$5_{\triangle}$。$3_{\triangle}$，$3_{\triangle}$。3，$3_{\triangle}$。4，$4_{\triangle}$。　12 句

《正始》題注：“雙聲處疊韻不疊文，【雙聲子】疊句疊文矣。”尾批：“此【雙聲疊韻】一調，自董解元北《西厢》始後，南詞亦效之，蔣、沈二譜何至遺之不收，止（原作“正”）收【雙聲子】一調，殊不知【雙聲子】乃後人所變者也。”

諸宫調有【黄鐘・雙聲疊韻】，雙片，其上闋與此僅將末兩句合作七字一句，餘同。金院本有《雙聲疊韻》，王國維《宋元戲曲史》六列其入“用詞曲調者”類。南曲有此調，《舊譜》卷五【黄鐘過曲・雙聲疊韻】引《西厢記》“聽别院”爲例曲，題注：“又名【鬬雙雞】。”與此第二、五兩句用疊文，第三、六兩句作四字句，餘同。又引《琵琶記》“天憐念”爲【黄鐘過曲・滴溜子】例曲，與此第二、五兩句疊文，第三、六兩句用四字句，第七至第十句作“2，$4_{\triangle}$。5，$4_{\triangle}$”，餘同。《沈譜》卷十四則上二曲均屬【滴溜子】，題注：“又名【雙聲疊韻】，又名【鬬雙雞】。”“天應念”一曲眉批：“‘知他聽否’一句，與前‘月下老’一句不同。”又有【黄鐘過曲・雙聲子】，與此同格。《新譜》卷十四承之。《定律》卷一、《大成》卷七十均以此曲爲例曲，與此僅末二句作（合），餘同。《大成》尾批：“【雙聲疊韻】，即【雙聲子】古體，惟多第七、第八三字二句。論格，用疊句方合。”結合《正始》尾批，大概可以區别【雙聲疊韻】【雙聲子】與【滴溜子】等曲。

此曲出諸宫調，戲文承之，略有變化。南曲承於戲文:【滴溜子】僅承其曲名爲别稱，實不相同;【雙聲子】方用此曲體，然與此有疊句疊文和疊韻不疊文之别。【雙聲疊韻】後已不傳:本名寄存於【滴溜子】，本體則當與【雙聲子】合併。

【歸朝歡】

1.【黄鐘過曲】……那時節娘兒每須快樂。

元傳奇《王焕》，《正始》頁 51

2.【黄鐘過曲】冤家的，冤家的，苦苦見招，俺媳婦埋冤怎了？饑荒歲，饑荒歲，怕他怎熬，俺爹娘怕不做溝渠中餓殍？譬如四方戰争多徵調，從軍遠戍沙場草，也只是爲國忘家怎憚勞。

元傳奇《蔡伯喈》，《正始》頁 52

3.【黄鐘過曲】不須恁，不須恁，見差，到此際非因爲酒茶。我承朝命，承朝命，判合，肯不肯回奏禁闥。故違帝敕非作耍，絲鞭早早收留下，使意轉心回成就么！　元傳奇《拜月亭》，《正始》頁 52

4.【黄鐘過曲】朝廷旨，朝廷旨，愛咱，感皇恩(此字原無)即當領納。這姻眷，這姻眷，寵加，愧此心無能上答。狀元請接絲鞭把，展開美人真容畫，是後易先難成就么。

元傳奇《拜月亭》，《寒山堂譜》卷五頁 708 下半葉

格式:3,3,$4_{\triangle}$,7 乙$_{\triangle}$。3,3,$4_{\triangle}$,7 乙$_{\triangle}$。$7_{\triangle}$,$7_{\triangle}$,$7_{\triangle}$。　11 句

《正始》列明传奇爲正格，尾注:“元傳奇《王焕》仄煞云云。”①第二曲尾批:“此……【歸朝歡】正體。”首八句作扇面對。頁 1036【仙吕入雙調過曲・犯歡】尾批引此首三句及第五至第七句。列第三曲爲第二格，題注:“第三、第六句變爲二字。此格儘有。”頁 1037【仙吕入雙調過曲・犯歡】尾批引此首三句及及第五至第七句。《寒山堂譜》以第二曲爲正格，以第四曲爲【又一體】，題注:“九句，五十一字。”與

① 此句原作“《王焕》仄煞云元傳”，詰屈不可解，據文意改之。

第三曲同。

詞調有【歸朝歡】,《詞律》卷十八引張先詞爲例,雙片,其上闋九句:"$7_{\triangle}$,$7_{\triangle}$。7,$7_{\triangle}$。$5_{\triangle}$,$7_{\triangle}$。3,4,$5_{\triangle}$。"與此不同,然轉换之迹約略可尋。南曲有【黄鐘過曲·歸朝歡】,《舊譜》卷五、《沈譜》卷十四均引第二曲爲例曲。《沈譜》眉批:"今人見'四方'三句似尾聲,多作尾聲唱之,則是【歸朝歡】只有半曲矣。"《新譜》將第二、三句與第五、六句分别合作七乙句,則首六句作扇面對,正合《寒山堂譜》正格尾批:"此曲前四句用隔句對,後三句當用扇面對,'俺媳婦'正與'俺爹娘'對。"但如此又與其題注"十二句"不合了。《定律》卷一引第四典爲【又一體】。《大成》卷七十題注:"一名【菖蒲緑】。"引第二、第四兩曲,入【又一體】,均以末句作(合)。趙景深《考略》頁41認爲:第四曲"和《九宫正始》所録的【歸朝歡】'不須恁,不須恁,見差'(即此第三曲)同調同韻,當是同出曲文。"是,《重訂拜月亭記》第三十九齣《官媒送鞭》即連用第三、第四兩曲,然題【雙勸酒】,誤。

此曲出詞調,戲文轉换承之;傳於南曲,又略有變化。

【雙鸂鶒】

1.【正宫過曲】聽伊説教人怒起,漢朝中惟吾獨貴。我有女,偏無貴戚豪家匹配。奉聖旨,使我每,招狀元爲婿,不知他回話有何言語?

2.【前腔第二换頭】媒婆告相公知,恨那人作怪蹺蹊。道始得及第,縱有花貌休題。罵相公,罵小姐,道脚長尺二,這般説謊没巴臂。

3.【前腔第三换頭】恩官且聽咨啓,蔡狀元聞説愁眉。忠和孝,恩和義,念父母八十年餘。説已娶了妻室,再婚重娶非禮。待早朝,上表文,要辭官家去,請相公别選一佳婿。

4.【前腔第四换頭】他原來要奏丹墀,敢和我厮挺相持。讀書輩,没道理,不思量違背聖旨,只教他辭婚辭官俱未得。

元傳奇《蔡伯喈》,《正始》頁212

5.【正宫過曲】今日感娘子厚情,奈我家中無人温存。恐怕他别後,鎮日懸懸顒望音信。你放下心,料那人,自尋行徑,何須只管縈方寸。

6.【前腔第二换頭】孩兒小更家貧,他如何養得此身?休憂悶,休憂悶且寬心,待與君不棄前盟。向畫堂歡宴,勝如流落他鄉孤另。謝你行,辦志誠,苦苦留定,花前月下同歡飲。從今後,整鸞衾,把恩情做教海深。　元傳奇《李勉》,《正始》頁 218

7.【正宫過曲】憶昔玳瑁筵前,見那人正捧瓊巵。向眉梢眼角,玲瓏一點靈犀。似牡丹,隔畫闌,半含嬌蕊,花心未許遊蜂戲。

8.【前腔第二换頭】今日裏又見伊,向花前蓮步緩移。風流子,少年兒,爲多情多感多悲。傾城傾國,怎不教我思憶。歎落花,歎落花,枉隨流水,癡心勸你休縈繫。

9.【前腔第三换頭】相思迹印兩眉,似丁香結恨垂垂。那個人,那個人,咫心千里,十常八九不如意。

元傳奇《王仙客》,《正始》頁 219

10.【正宫過曲】憶昔傳杯弄盞,共宴樂月下花前。與論雲説雨,放懷輕惜深憐。自共伊,半霎時,怎離身畔?花叢一葉不沾染。驀忽地,浪破穿,把鴛鴦打開兩邊。

11.【前腔第二换頭】一心爲利名牽,暫間别(原作"别間")不久團圓。歎許多恩愛,怎不教我埋怨?做狀元,挂緑袍,那時回轉,何須苦苦長憶念?皇都好,景暄妍,怕戀花不肯回鞭。

12.【前腔第三换頭】伊嬌面伊嬌面,俏如洛浦神仙。肯漾却甜桃,再尋酸棗留連?是果然,意恁堅,指日同往,靈神祠裏同設願。虧心的,上有天,莫辜負此時誓言。　元傳奇《王魁》,《正始》頁 220

13.【正宫過曲】深領謝得厚意,似阮郎初入桃源佳境。但辦心,和你做教局兒牢定。幸遇君,做契姻,兩情相稱,今生共□諧鴛枕。伊嬌俊,我鶻伶,算半斤八兩秤兒稱着不沉不輕。

14.【前腔第二换頭】君今聽君今聽,望靠君托與終身。肯似他狂蜂浪蝶,只採花心?你志誠,我志誠,指天爲證,娘行省了相思病。諧連理,盡今生,似好花得遇東君。　元傳奇《王質》,《正始》頁 222

格式:7 乙,7 乙$_{\triangle}$。3,6$_{\triangle}$。3,3,4$_{\triangle}$,7$_{\triangle}$。　8 句

《正始》以首曲爲正格。第二曲題注:“與《王魁》【第二換頭】同,但彼末句下外增三句。”與此首句六乙句,第三句增作四字句。第三曲題注:“與《王仙客》【第二換頭】同。”與【第二換頭】首句作六字句,第二句後增“3,3$_{\triangle}$,7 乙$_{\triangle}$”三句,餘同。第四曲題注:“與《王仙客》【第三換頭】同。”與此首句六乙句,減省第三、四兩句。第五曲亦用正格,題注:“《蔡伯喈》始調同此。”第六曲題注:“比《王仙客》【第二換頭】增末三句。”列第七曲爲第二格,僅首句六字,餘同前格。第八曲題注:“《蔡伯喈》【第三換頭】同。”僅首句作實六乙句。第九曲題注:“《蔡伯喈》【第四換頭】同此。”趙景深《考略》頁 9 以爲第七曲至第九曲所題爲《無雙傳》,並以此作爲陸侃如、馮沅君先生《南戲拾遺》説明上欠周全的一個缺點。其實《正始》即署“元傳奇《王仙客》”,《南戲拾遺》不誤。參見錢南揚《輯佚》頁 13 題解。或趙先生當年所見是另一版本。列第十曲爲第三格,較此首句作六字句,第三句作五乙句,末增“3,3$_{\triangle}$,7 乙$_{\triangle}$”三句。第十一曲題注:“《蔡伯喈》【第二換頭】同,但彼減末二句。”較《李勉》【第二換頭】第二句後減“3,3$_{\triangle}$,7 乙$_{\triangle}$”三句。第十二曲較第十曲,僅第二句作六乙,餘同。列第十三曲爲第四格,較第三格僅第三、四兩句作“3,7$_{\triangle}$”,餘同。眉批:“‘共’字下脱一字,待補。”第十四曲較上曲僅首句作六乙,第三、四兩句互易,餘同。尾批:“此調之難查者,專以章末三句與次章首三句,相同可以移上移下。《王仙客》截上屬下,而《蔡伯喈》效之,則次調似多一頭;《王魁》併下粘上,而《尋親記》前折仿之,則首調似多一尾。不知統合之,總無異也。《沈譜》謂其最不可曉,故詳著之。”

《全宋詞》有【雙瀏鶒】一首,雙片,六言八句,與此不同,然演進之迹尚存。南曲有【正宫過曲・雙瀏鶒】,與此僅末句作“3、5”八字,餘同;其【換頭】與此首句作六乙句,餘同。《舊譜》以首兩曲作一調。《沈譜》卷四、《新譜》卷四均以第一、第二曲爲例曲,《沈譜》尾批:“《千金記》《尋親記》,皆古傳奇也。而【雙瀏鶒】各與此不同,最不可曉。”【雙瀏鶒】在戲文中即有正、變、異各種體式,要之,肯綮在三處:首句正格七乙句,變體六字或六乙句;第三句正格三字句,變體四字或五乙句;又增“3,3$_{\triangle}$,7 乙$_{\triangle}$”三句一組,或在第二句後,或置末尾。作此梳理,便能清理綫索,認識變異之故。《寒山堂譜》卷二以第一曲爲正格,第二曲第二句後增三句:"千不肯,萬推辭,這話頭不惹些兒。"餘同。第三曲僅句字差異。第四曲第二句下大不同:"細思之,可奈他將人輕覷。我就寫表章奏與吾皇知,與他官拜清要地,務要來我處爲門婿。"《定律》卷二以第三、第四曲爲【前腔换頭】例曲,第四曲第二句下更異:"細思之,可奈他將人輕覷,我就寫表奏與吾皇知,與他官拜清要地,務要來我處爲門楣。這讀書輩没道理不思量違背了聖旨。(合)只教他辭官辭婚俱未得。"豈句末之字、之韻可爲襯字乎?實不可解!其尾批云:"此曲體數雖多,只可多加襯字,那移板式,然句不可過五,板不可過十八,其餘甚多甚少者,大失格式,俱不收載。今仍多録,以備查對。"此説爲《簡譜》卷五承之,並以具體分析作出推進和深化。《大成》卷三十一以第一曲爲正格,以次第二至第四曲、第七曲俱作【又一體】,第四曲與此句格有所變化,不辨【换頭】,第七曲署"散曲",誤。

此曲出詞調,戲文轉换承之,多有變體;南曲承戲文之正格,雖有變化,漸趨定型。

【轉山子】

參見【搏山子】。

【繞紅樓】

【中吕引子】一簇園林景最奇,疏雨過堪賞芳菲。萬紫千紅,鬭争妍麗,金勒馬兒嘶。　元傳奇《王焕》,《正始》頁 387

格式:$7_{\triangle}$,7 乙$_{\triangle}$。4,$4_{\triangle}$,$5_{\triangle}$。　5 句

《正始》尾批:"此本調也。時譜而作犯調:其首二句注爲【菊花新】,中二句作【齊天樂】,末句【綵山月】。此擬雖皆相似,但何必拆碎作犯也。"

南曲有【中吕引子·繞紅樓】,與此相同。《舊譜》卷三、《沈譜》卷

八作集曲，正是《正始》所批評者。《新譜》卷八、《定律》卷六俱不作集曲，《新譜》眉批："原分注三曲中，未儘合，故去注，從本調。"是，且此集曲之名與所犯之調也無聯繫。

此曲出戲文，南曲承之，間作集曲，終歸本調。

【綉太平】

【南吕過曲】【綉帶兒】東風扇花紅柳緑，流鶯對語如簧。遊蜂粉蝶雙飛，觸目對景恓惶。【醉太平】堪傷，聲聲杜宇怨春忙，轉教我悶懷誰向？自從分散，在花前共誰，淺斟低唱？

元傳奇《韓玉筝》，《正始》頁 633

格式：7 乙，6$_△$。6，6$_△$。2$_△$，7$_△$，7 乙$_△$。4，4，4$_△$。　10 句

集曲。前用【綉帶兒】首四句，後用【醉太平】式 2 末六句。

《正始》題注："【綉帶兒】第三句，用《柳耆卿》體。"

南曲有【南吕過曲・綉太平】，《沈譜》卷十二、《新譜》卷十二、《寒山曲譜》均以此爲例曲。《沈譜》尾批："【换頭】亦用兩字起，如前'休迷'句法，故不録。""休迷"爲此前一曲【綉帶兒】之【前腔换頭】首二字，則可見此調還可用【换頭】。《寒山曲譜》署"散曲"，誤。《定律》卷八引《慶有餘》"三公婦親纔綉黼"爲例曲，與此同格。

此曲出戲文，南曲承之。

【綉衣郎】

【南吕過曲】半生在陋巷幽棲，甘守清貧無所希。重蒙不棄，似廣厦千間相周庇。待孩兒異日榮歸，報岳父今朝恩義。顧從今，奮前程萬里，顧從今，奮前程萬里。　元傳奇《王十朋》，《正始》頁 646

格式：7 乙$_△$，7$_△$。4$_△$，7$_△$。7 乙$_△$，7 乙$_△$。2，4$_△$；2，4$_△$。　10 句

《正始》頁 639【南吕過曲・三十腔】尾批引此第四至第六句，第六

句作“報翁岳”。

南曲有此調,《舊譜》卷四、《沈譜》卷十二、《新譜》卷十二均引《荆釵記》“自力學十載書幃”爲例曲。《舊譜》減末尾疊句二句,餘與此同;《沈譜》《新譜》與此同。《寒山曲譜》、《定律》卷八、《大成》卷四十九均以此爲例曲,句字與此略有出入。《寒山曲譜》題【鎖春枝】,題注:“舊名【綉衣郎】,今改正。”作集曲:前二句入【鎖窗寒】,“重蒙”四句入【宜春令】,“願從今”四句入【玉交枝】。《定律》尾批:“此曲,張譜以爲犯調,以首二句爲【奈子花】,三四五六句爲【宜春令】,七八句爲【玉嬌枝】。雖亦有理,然與【綉衣郎】之名,並無交涉,此名從何而來?故從譚譜,録於正體。”是。《簡譜》卷七承《定律》之説,尾批:“此爲正格。舊譜有以爲犯調者,……雖亦有理,顧與【綉衣郎】之名無涉也,故列正曲”;第五、第六兩句須對。《原本王狀元荆釵記》第十四齣亦不用疊句。

此調出戲文,南曲承之;從《舊譜》到《定律》,可見此曲在中晚明之演變,終歸始調。

【雙蝴蝶】

【雙調近詞】爹爹,贈與你金共珠。媽媽,□與你布裙兒。急急往長安去,做官時阿娘也慚愧。願得,做個狀元郎及第歸。解元,莫忘奴表記時。

元傳奇《劉文龍》,《正始》頁1241

格式:2,6 乙$_\triangle$。2,6 乙$_\triangle$。6 乙$_\triangle$,7 乙$_\triangle$。2,6 乙$_\triangle$。2,6 乙$_\triangle$。

10句

《正始》題注:“亦名【兩蝴蝶】。”眉批:“‘與你’上脱一字。”

南曲有此調。《沈譜》卷二十一即題【兩蝴蝶】,以此爲例曲,《新譜》卷二十四同,但第四句均作五字句。錢南揚《宋元戲文輯佚》頁218尾注:“《沈譜》《新譜》也不空格,也不注明,就這樣馬虎過去了。”批評明人工作之粗疏。《定律》卷九題【雙調過曲・雙蝴蝶】,以散曲“歎嗟”爲例曲,與此第八、十兩句作“3、3、4”十字句,餘同;而以此格入【又一體】。

此曲出戲文，南曲承之，曲名與詞式都有所變化。

【雙煞】

1.【小石調近詞】【喜無窮煞】遲疾早晚兵戈息，共約在行朝訪蹤迹。【情未斷煞】男兒志心肯灰？一旦風雲際會日，怎肯依舊中原一布衣？　　元傳奇《拜月亭》，《正始》頁1312

2.【小石調近詞】【尚繞梁煞】炎涼世態皆如是，且自安分守己，異日風雲休忘未濟時。【有餘情煞】你身上寒冷肚中饑，只怕你凍倒妻怎知？

3.【小石調近詞】【好收因煞】來朝同往入丹墀，銓曹□授官職，無非佐助明時。【尚如縷煞】詩書不負男兒志，此回俱喜登高第。從今位職早安除，協力寅恭報己。　　元傳奇《吕蒙正》，《正始》頁1312

格式：$7_{\triangle}$，$7_{\triangle}$。6乙$_{\triangle}$，$7_{\triangle}$，$7_{\triangle}$。　　5句

集曲。第一曲前用【喜無窮煞】首二句，後用【情未斷煞】全三句。第二曲前用【尚繞梁煞】全三句，後用【有餘情煞】第一、三兩句。第三曲前用【好收因煞】全三句，後用【尚如縷煞】全四句。詞段、句字略異。

《正始》列第一曲爲正格，題注："'山徑路幽僻'是其過曲。【喜無窮煞】減末一句。但此'遲疾'二句，今皆認作上曲之末束，不審【鮑老催】後何有此二句乎？"列第二曲爲第二格，題注："'曠野雲低'是其過曲。【有餘情煞】減第二句。"列第三曲爲第三格，題注："此格二煞俱全調，'即日恭惟'是其過曲。"眉批："'授'字上脱一字。"尾批："此煞乃元傳《瓦窑記》之原文古體，今因改本《綵樓記》以其删改作下場詩，致令今人罕識之。按此【雙煞】，例必從本曲用何宫調，然後外借它宫一調合成。今以(原作"已")上三格與元傳奇《柳耆卿》皆然。此格固然者也。"

《舊譜·十三調南曲音節譜》之《尾聲格調》注："又有【雙煞】。"《沈譜》附録《尾聲格調》、《新譜》卷二十六承之，皆存目無辭。《十二

律京腔譜》卷十二《應鐘律・本律尾聲》有【雙煞】，三句十九字，僅注平仄，未引例曲，無從考校，當與此同名異實。《重訂拜月亭記》第二十二齣《興福釋隆》有第一曲，以【喜無窮煞】爲【鮑老催】末二句，以【情未斷煞】爲【尾聲】，正是《正始》所批評者。《綵樓記》第十齣《蒙正祭灶》有第二曲，以【尚繞梁煞】爲【尾聲】，以【有餘情煞】用【賺】末二句，亦《正始》所批評者；李九我批評《破窑記》第十二齣《夫婦祭灶》【尾聲】僅用此前三句。《破窑記》第二十二齣《拜謁相公》用此第三曲，題【尾聲】，第二句即作五字。

此調僅見於戲文，均作集曲；南曲諸譜僅存目而無辭，作品或簡單以【尾聲】標署。同一曲牌而分三式，句格近同而所集之曲又各不相同，故後世難以遵從，歸於【尾聲】。

十　九　筆

【懶畫眉】

1. 早辰臨鸞此情傷，我不爲爹來不爲娘，頭髮剪了終須再長。使奴心悒怏，不是奴家又誰管你行？　　　　《張協狀元》20

2. 【南吕過曲】頓覺餘音轉愁煩，似寡鵠孤鴻和斷猿，又如别鳳乍離鸞。只見殺聲在弦中見，敢只是螳螂來捕蟬。

元傳奇《蔡伯喈》，《正始》頁 576

3. 【南吕過曲】……好姻緣還似惡姻緣。只怕聞者知音少，……①

元傳奇《蔡伯喈》，《正始》頁 637

格式：$7_{\triangle}$，$7_{\triangle}$，$7_{\triangle}$。$5_{\triangle}$，$7_{\triangle}$。　　　　5 句

《正始》列第二曲爲正格，與此同。《正始・凡例・論襯字》："修補襯字，以便填詞，當正音聲，不拘文理。有未必襯而襯者，襯爲是。如《琵琶記》【懶畫眉】第四句，人必襯'在'字，而曰'殺聲弦中見'，此因'在'字去聲，不惟發調，且音律和諧耳。此但取音聲而略文理，余所稱服。"第三曲，頁 637【南吕過曲・三十腔】尾批："【懶畫眉】，合元傳奇《蔡伯喈》三四句云云。"

南曲有【南吕過曲・懶畫眉】，《舊譜》卷四以《琵琶記》"花開花謝悶如醒"爲例曲，與此同格。《沈譜》卷十二引第二曲爲例曲，尾批：

---

① 錢南揚《元本琵琶記校注》第二十一齣《伯喈彈琴訴怨》有【懶畫眉】三支，其【前腔第三】辭云："日暖藍田玉生煙，似望帝春心托杜鵑，好姻緣還似惡姻緣。只怕知音少，争得鸞膠續斷弦。"

“此調第一字平仄不拘，第二字必用仄聲，第三、第四字必用平聲，乃是正體。觀《琵琶記》三曲皆然，可見矣。《舊譜》以‘花開花謝悶如酲’一曲，詞意可觀而録之，非知音者也。”此論爲《正始》尾批全録，可知贊同此説。《新譜》卷十二則以《琵琶記》“强對南熏奏虞弦”爲例曲，尾批：“原載‘頓覺餘音’一曲，因第四句‘殺聲在弦中見’，襯字覺難下，故易此曲。第四句‘惡’字不用韻，其第三曲中‘少’字亦然。考注云：此句不叶韻更脱俗。”不過考之戲文所存三曲，第一曲首句第二字即非仄聲，第二、三兩曲第四句都叶韻，可知以上所論都是明人認識，戲文自由，並没有這樣的規矩。

此曲出戲文，南曲承之。

【鵲踏枝】

劉先主跳檀溪，雷轟了（原作“子”）薦福碑，丙吉教（原作“殺”）子立起宣帝，老萊子斑衣。包待制上陳州糶米，這一本是孟母三移。

《錯立身》5

格式：$3_{\triangle}$，$3_{\triangle}$，$4_{\triangle}$，$4_{\triangle}$。7 $乙_{\triangle}$，7 $乙_{\triangle}$。 6句

錢南揚《校注》標明此爲北曲。

唐·崔令欽《教坊記·曲名》有【鵲踏枝】，任半塘《敦煌歌辭總編》輯曲兩首，均爲雙片，一爲齊言，七言八句，與此均不同；一爲雜言十句，上闋作“$7_{\triangle}$，4，$5_{\triangle}$。$7_{\triangle}$，$7_{\triangle}$”，演進之迹猶存。詞調有【鵲踏枝】，即【蝶戀花】，與唐曲同，與此不同。北曲有【仙吕·鵲踏枝】，與此同。南曲有【商調過曲·滿園春】，《沈譜》卷十七題注：“即【遍地錦】，一名【雪獅子】，一名【鵲踏枝】。”《新譜》卷十八承之，均與此不同。

此曲出唐曲，入詞；北曲轉换承之，戲文採之；南曲與此同名異實。

【鵲橋仙】

【仙宮引子】披香隨宴，上林遊賞，醉後人扶馬上。金蓮花炬照回廊，正院宇梅梢月上。　　元傳奇《蔡伯喈》，《正始》頁 263

格式：4，$4_{\triangle}$，$6_{\triangle}$。$7_{\triangle}$，7 $乙_{\triangle}$。　　5 句

《正始》題注："與詩餘同。"用同名詞調之上闋。

南曲有此調，《舊譜》卷一、《沈譜》卷一、《新譜》卷一、《定律》卷四、《大成》卷一俱以此爲例曲。《沈譜》題注："字句與詩餘同。"尾注："'院宇'二字上去聲，妙。"

此調出詞調，戲文承之，傳入南曲。

【羅帶兒】

【南吕過曲】【香羅帶】妾身本宦族，京城久居。爲侵邊犯闕軍奮武，君臣遷徙離中都也。散亂人逃避，奔程途，【梧葉兒】家無主去無所。磣可可千生受，萬辛苦。今宵得暫安宿，可憐見子母每天寒在這路途。

元傳奇《拜月亭》，《正始》頁 561

格式：$5_{\triangle}$，$4_{\triangle}$。$7_{\triangle}$，7 $也_{\triangle}$。3，$3_{\triangle}$，6 $乙_{\triangle}$。3，$3_{\triangle}$。$4_{\triangle}$，7 $乙_{\triangle}$。

11 句

集曲。前用【香羅帶】首六句，後用【梧葉兒】末五句。

《正始》題注："【梧葉兒】，《綵樓》格。但此'家無主'六字，彼有五個字。"

南曲有此調。《舊譜》卷四題注："【香羅帶】頭，【梧葉兒】尾。"《沈譜》卷十二、《新譜》卷十二、《寒山曲譜》、《定律》卷八、《大成》卷五十一均以此爲例曲，僅句字變化。

此調出戲文。南曲承之。

【繫人心】

1.【越調過曲】要一狗合藥甚緊，告婆婆且休憂悶。與婆婆隔壁住年深，且宜自省，休要失了人情。

2.【前腔】這狗子從小養成，割捨得害他一命。縣君休得把人輕，空有金空有銀，縱有珠珍(原作“珍珠”，失韻)，休得倚富吞貧。

元傳奇《殺狗記》，《正始》頁 779

格式：7 乙$_{\triangle}$，7 乙$_{\triangle}$。7$_{\triangle}$，4$_{\triangle}$，6$_{\triangle}$。　5 句

《正始》列第一曲爲正格。列第二曲爲“次曲”，題注：“第三句下增六字二截一句。”

南曲有此調，《舊譜》卷六、《簡譜》卷十以第一曲爲例曲。《簡譜》承《南詞定律》卷十三，第三句後有“一半邻，一半親”三字二句，僅見於此。《沈譜》卷十五、《新譜》卷十六以第二曲爲例曲。《沈譜》眉批：“縣君，乃宋時至今女人受封之號。雖富翁之家，亦借稱之。或作‘院君’，則以庭院言之也，似無出。”《定律》、《大成》卷二十四均引此二曲，列第二曲爲【又一體】。

此調或源於民間歌謡，戲文採録之；南曲承之，或以變爲正。

【羅帳裏坐】

【越調過曲】中間就裏，我雖説怎提。若不嫁人，恐非活計。若不守孝，又被人談議。可憐家破與人離，怎不教人淚垂。

元傳奇《蔡伯喈》，《正始》頁 787

格式：4$_{\triangle}$，4$_{\triangle}$。4，4$_{\triangle}$。4，4$_{\triangle}$。7$_{\triangle}$，6$_{\triangle}$。　8 句

南曲有此調，《舊譜》卷六以《拜月亭》“徉呆着盡教”爲例曲；《沈譜》卷十五、《新譜》卷十六、《定律》卷十三、《大成》卷六十三均以《琵琶記》“你艱辛萬千”爲例曲，實即此之始調，俱與此同。《大成》入【雙

調過曲】,尾批:"舊譜皆收在【越調】。審其聲,應入【雙調】,始爲妥協。【越調】仍録,以存其舊。"

此調出戲文,南曲承之。

【羅鼓令】

【仙吕入雙調過曲】【朝元令】我終朝的受餒,將來的飯怎喫?疾忙便擡,非干是我有些饞態。你看他衣衫都解,好茶飯將甚去買?【刮鼓令】兀的是天災,教他媳婦每難布擺。婆婆息怒且休罪,待奴家一霎時却得再安排。(合)【皂羅袍】思量到此,珠淚滿腮。看看做鬼,溝渠裹埋。縱然不死也難挨,【太平令】教人只恨蔡伯喈。

元傳奇《蔡伯喈》,《正始》頁 999

格式:4,$5_{\triangle}$。4,$5_{\triangle}$。$4_{\triangle}$,$4_{\triangle}$。$5_{\triangle}$,$7_{\triangle}$。7,$7_{\triangle}$。4,$4_{\triangle}$。4,$4_{\triangle}$。$7_{\triangle}$,$7_{\triangle}$。　16句

集曲。前用【朝元令】首六句,次用【刮鼓令】末四句,再用【皂羅袍】末五句,後用【太平令】末句。

《正始》尾批:"按此調之總題及犯調,據元譜及古本《蔡伯喈》,皆如是者。何今時譜以其前十句並扭作八句,强擬作【刮鼓令】全調,致爾襯字多繁,唱法拗劣,且又以末一句擬犯爲【豹子令】,益謬矣。原犯之四調,不惟宫調皆可相通,亦且板腔和諧。"

南曲有此調,《舊譜》卷四、《沈譜》卷十二、《寒山曲譜》以此爲例曲,入【南吕過曲】。《舊譜》作隻曲,未分題析調。《沈譜》題注:"或作'羅古'。"以前十句作【刮鼓令】,末句作【包子令】,眉批:"末句不似【包子令】,不可曉。"《寒山曲譜》以前八句入【刮鼓令】,"婆婆"二句入【八聲甘州】,"思量"四句入【皂羅袍】,末二句復入【刮鼓令】。《新譜》卷十二承《沈譜》,題注:"犯【仙吕】及【越調】。"尾批:"原云:'末句不似【包子令】,不可曉。'愚意'恨'字上增一板,即似【包子令】。然先生於《琵琶》考注云:'若依【包子令】唱,便不合調,恐有訛誤。'而墨憨謂此句'即【刮鼓令】末句,非【包子令】也。'此論亦是。但【刮鼓令】既用

全調在前，帶【皂羅袍】半曲，而又入本調末一句作尾，恐又未必然耳。知音者再商之。"此皆《正始》所批評者。《定律》卷八引《琵琶記》"如今我試猜"爲例曲，前用【刮鼓令】全調八句，次用【皂羅袍】末五句，後用【玉嬌枝】三句。此新立一格，然牌名與【玉嬌枝】何干？諸譜所引二曲，見《元本琵琶記校注》第十九齣《蔡婆埋怨五娘》，亦爲隻曲。錢南揚注："明改本把它（即此【羅鼓令】二支）分作五曲，即净、外、旦、净各唱一支，外、旦合唱一支，而把'合前'删去。謬甚。"

此調出戲文，南曲承之，理解不同，故分題析調，差異頗大。其實此曲在南曲中運用較多，知音如沈氏叔侄、馮夢龍、張彝宣、吕士雄等，亦多究求，然於所犯之調，各抒己見，終爲勉强。《正始》批評，切中肯綮。

二十筆及以上

【寶鼎現】

【雙調引子】小門深巷裏，春到芳草，人閑清晝。人老去星星非故，春又來年年依舊。最喜得今朝新酒熟，滿目花開似綉。願歲歲年年，人在花下，常斟春酒。　　元傳奇《蔡伯喈》，《正始》頁 865

格式：5，4，$4_{\triangle}$。7 乙，7 $乙_{\triangle}$。7，$6_{\triangle}$。5 乙，4，$4_{\triangle}$。　　10 句

《正始》題注："'現'，俗多作'兒'字，謬。與詩餘大同小異。"尾批："此首句之'裏'字，實爲古本之原文。今若按【寶鼎現】詩餘始調之第一句，必應四字也，但其【换頭】第一句例必七字。今此本引首句用五字，然亦不偶而奇，此借【换頭】一句，其下全章仍從始調句法。但其第五、六句節讀互易，又其末二句句法向多錯誤。"

詞調有【寶鼎現】，一名【三段子】，三片，其上闋與此首句作四字，第五、第六兩句節讀互易，合末三句作"7，$6_{\triangle}$"兩句，餘同，《正始》評述是。南曲有此調，《舊譜》卷九、《沈譜》卷二十、《新譜》卷二十二、《定律》卷九、《大成》卷六十二、《簡譜》卷八均以此爲例曲，首句都减"裏"字作四字句，正《正始》所批評者；餘與此同。《沈譜》題注："與詩餘同，但詩餘多【换頭】二段。"《大成》題注："'現'，一作'兒'。"《簡譜》尾批："舊本作【寶鼎兒】，非。'人老去'二句須對。末句止四字。"

此調出詞調，入戲文，略有變化；南曲承之，趨歸詞調。

【鶴冲天】

1. 沉吟一和，猛省孩兒事未員。嬝娜巧身材，桃腮和杏臉。每日把珠翠若神女貌，玉女面。百事盡皆能，試看它能寫染，强一京好宅眷。

2. 【同前】年當笄歲，感得吾皇數次宣。着個好姻（原作“寅”）緣，除非是狀元。若招駙馬也不辱没（原作“貌”），不偏官（原作“綰”）。榮耀兩俱全，試看今歲裏，必有個好姻眷。　《張協狀元》15

3. 【不知宮調過曲】瞥然見，見他容貌心歡喜。年紀共身材，與孩兒無兩般。昨宵在街市上醺醺醉，因觀見。留取在家中，未知何姓氏，家居那州縣？　元傳奇《越氏孤兒》，《正始》頁 1368

格式：4，7$_{\triangle}$。5，5$_{\triangle}$。7，3$_{\triangle}$。5，5，6 乙$_{\triangle}$。　9 句

《正始》列第三曲爲正格，原題【鶴翀天】，題注：“此曲，今人改作【玉抱肚】。”與此第一、第九兩句均減一字，略有小異。

詞調有【鶴冲天】，一爲【喜遷鶯】之【又一體】，《詞律》卷四題注：“或加‘令’字，又名【喜遷鶯】【燕未歸】。”與此不同；一爲【鶴冲天】本調，《詞律》卷十二題注：“此調名【鶴冲天】，然與【喜遷鶯】迴別，故另列於此。”①有三字起句和四字起句兩體，均雙片，其四字起句之體上闋九句，與此不盡同，然演進之迹明顯。南曲有此調，均引第三曲爲例曲。《沈譜》入【不知宮調過曲】，眉批：“用韻雜。此曲，今人改用【玉抱肚】矣。”戲文有【玉抱肚】，與此不同。《寒山堂譜》卷一入【仙吕過曲】。《大成》卷十八入【大石調過曲】，《十二律京腔譜》卷十二入《應鐘律・本律慢詞》，均署《八義記》。《簡譜》卷七入【道宮過曲】，與此第五句破作“3，5$_{\triangle}$”兩句，“中”字作“院”字，叶韻，與下兩句形成“3，

---

① 萬樹《詞律》卷十二【鶴冲天】題注下文還有數句：“……亦與【滿園花】相似，或亦一調異名也，其用字平仄，前後稍有不同，作者審而自填。”戲文無【滿園花】。

5△”同構，餘同。尾批：“此僅見《八義》，按此作詞可也。”《新譜》卷二十五【雜調】眉批：“原【鶴翀天】一曲，韻雜無板，删。”

此曲出詞調，戲文轉换承之；南曲承於戲文，又有所變化，使用較少。

【鬭黑麻】

1. 帝德廣過堯，喜會太平。我是清朝，第一大臣。净所爲，直是英俊。論梗直，最怕人。好底酸醋，吃得五瓶。　　《張協狀元》21

2.【越調過曲】自古婚姻，事非偶然。繫足紅絲，是百年以前。兒今去，聽教言。孝順姑嫜，數問寒暄。休得淚漣，荆釵也自便。他日歸來，接取新科狀元。　　元傳奇《王十朋》，《正始》頁 793

格式：5，4△。4，4△。3，3△。3，3△。4，4△。　　10 句

《正始》列第二曲爲正格，題注：“句句平韻。”【越調】目録題【鬭黑蟆】。與此略有差異，而與下曲【鬭蛇麻】更爲相近：首句减字作四字句，第八句後增四字兩句，餘與此同，則與【鬭蛇麻】，實一調兩名。

北曲有【南吕・鬭蝦蟆】，又名【草池春】【絮蝦蟆】【蝦蟆序】，然《嘯餘譜》本《太和正音譜》所題【草池春】正作【鬭黑麻】，與此不同。南曲有【越調過曲・鬭黑麻】，《沈譜》卷十五引散曲“玉露金風”爲正格，題注：“《舊譜》作【山麻客】，謬甚矣。”對《舊譜》卷六引此曲題【山麻客】提出批評；以《琵琶記》“奴深謝公公”爲【又一體】，題注：“用入聲韻。”與此第二曲僅第十一句疊用，餘均同。《新譜》卷十六承之。《定律》卷十三引第二曲爲正格，與此同。尾批：“此曲第八句重亦可。”亦以《琵琶記》“奴深謝公公”爲【又一體】，疊用第十一句。《大成》卷二十四題注：“一名【鬭蛤蟆】。”引第二曲爲【又一體】，疊用第十一句，句字與此有所不同，然尾批以此爲正格。或以爲：《張協》有【鬭黑麻】一牌，又作【鬭蛇麻】，“其實就是北曲的【鬭蝦蟆】，亦作【鬭蛤蟆】”，是北曲【鬭哈蟆】的南人擬音：“黑麻”與“蛇麻”爲一聲之轉，“也

是北語'蛤蟆'的音近相假"①。但檢之《中原音韻》《元刊雜劇三十種》《太和正音譜》等元明間著述,【鬬蝦蟆】並無【鬬蛤蟆】之稱;查檢鄭騫《北套套式彙録詳解》,【鬬蝦蟆】僅用於北曲劇套,不用於散套和小令,别名雖多,亦無【鬬蛤蟆】。據其所考:"黑"與"蝦"字"僅同聲母,而韻母與字調均異,不合通假原理",則【鬬黑麻】與【鬬蝦蟆】不僅曲格各異,且無音近通假可能。故戲文【鬬黑麻】與北曲【鬬蝦蟆】之聯繫,當酌再考。其實,曲牌之近與同否,仍在詞式,如戲文還有【越調過曲・鬬蛤蟆】一曲,與【鬬黑麻】【鬬虼麻】二曲,宫調相同且牌名音近,但詞格不同,仍當另列。

此曲當出民間歌謡,戲文採録之,從《張協》到《王十朋》,漸趨規範,南曲承之。

【鬬虼麻】

1. 幾年東床,要納狀元。怎知道新來底,被它棄嫌?不肯與,接絲鞭。使孩兒,淚漣漣。(合)因緣恁慳,致使福緣分淺。枉教姮娥,謾愛少年。

2.【同前】自古道東床,女婿有萬千。怎知它一舉,便做着狀元?奴只道,永團圓。必來接,那絲鞭。(合同前)

3.【同前】你不是初來,莫要度鞭。我粧做孩兒,斂袂傍前。莫咫尺,有神仙?不接鞭,且一拳。(合同前)

4.【同前】五百位官員,何可向前?又何苦(原作"若")特骨底,要嫁狀元?伊着我,此心堅。石頭須,定教它穿。(合同前)

《張協狀元》27

格式:4,$4_{\triangle}$。6乙,$4_{\triangle}$。3,$3_{\triangle}$。3,$3_{\triangle}$。4,$6_{\triangle}$。4,$4_{\triangle}$。　12句

比較四曲,首句可作五字,如後三曲;第三句可作五乙,如第二、第三兩曲,故直與上曲【鬬黑麻】《王十朋》格同調而異名。

---

① 楊棟《【山坡羊】曲調源流述考》,《文學遺産》2010年第2期。

北曲有【南吕・鬬蝦蟆】，與此不同。南曲【越調過曲】有【鬬蛤蟆】，與此不同；又有【鬬黑麻】，其《王十朋》格與此同式，僅句字略異。虼，音“各”，亦與“黑”音近。錢南揚《校注》：“【鬬虼麻】，曲譜都作【鬬黑麻】。麻，應作‘蟆’，惟《九宫正始》册七【越調】目録不誤。”《全元戲曲》卷九即改題【鬬黑蟆】。蟆，同“蟆”，音麻。

此曲出戲文，僅見於此，當即【鬬黑麻】之異名，爲其正格之增句格。因存古曲之名目，且《張協狀元》亦作兩名，故仍獨立。南曲承之，已併入【鬬黑麻】。

【蠻牌令】

1. 一意要讀詩書，一身望改換門閭。一路到京裏，受鉗錘。一查打得渾身破損，一妻濟不得吾儒。一舉早，題雁塔，第一是張葉，方表勤劬(原作“渠”)。　　　《張協狀元》46

2. 【越調過曲】昨夜三更時，見臘雪滿空飛。提鈴喝號至，可傷悲。頂門上紅光爍爍，聲音似虎嘯龍嘶。非是奴，强胡爲，自不合把爹爹衣服，與他遮取寒威。　　　元傳奇《劉智遠》，《正始》頁 797

3. 【越調過曲】終日坐禪堂，寂寞怎生當。一飡皆薄粥，葷菜那曾嘗。恨爹娘忒没伎倆，送爲僧禮佛燒香。又無妻孤眠獨宿，這便是和尚行藏。　　　元傳奇《吕蒙正》，《正始》頁 798

4. 【越調過曲】終日走千遭，走得脚無毛。何曾見湯水面，也不見半錢糟。倒不如做虔婆頂老，也得些鴨汁吃飽。窮酸秀才，直恁喬，老婆與他，粧甚腰。　　　元傳奇《蔡伯喈》，《正始》頁 798

5. 【越調近詞】埋冤雪兒滿空飛，豪門忒相欺。破窑中冷似水，苦苦咱和伊，和你怎支持。到此間全無計策，厨灰冷空甑塵飛。尋思起，珠淚垂。只得去謁豪門，捱過三時。

元傳奇《吕蒙正》，《正始》頁 1212

格式 1：6 乙$_{\triangle}$，7 乙$_{\triangle}$。5，3$_{\triangle}$。7 乙，7 乙$_{\triangle}$。3，3，4，4$_{\triangle}$。　10 句

2：5$_{\triangle}$，5$_{\triangle}$。5，3$_{\triangle}$，5$_{\triangle}$。7 乙，7 乙$_{\triangle}$。3，3$_{\triangle}$。4，4$_{\triangle}$。　11 句

前四曲用式 1,爲【越調過曲】;後一曲用式 2,爲【越調近詞】。

《正始》列第二曲爲【越調過曲】正格,與此僅首兩句减字作五字句,餘同。列第三曲爲第三格,題注:“减第七、第八三字二句。”列第四曲爲第四格,題注:“末句减爲三字。”

《正始》列第五曲爲【越調近詞】正格,題注:“比九宫【越調・蠻牌令】,止於第四句下增五字一句,餘同。”

宋・曾敏行《獨醒雜誌》卷五所録北宋末京師汴梁流行的蕃曲中有【蠻牌序】。北曲有【正宫・蠻姑令】,即【蠻姑兒】,與此不同。南曲有【越調過曲・蠻牌令】,《舊譜》卷六引《江流》“平日軟心腸”爲例曲,與第二曲僅第四句作五字句,餘同。《沈譜》卷十五、《新譜》卷十六等以《進梅諫》“得遇豔陽時”爲例曲,與第二曲同。《沈譜》題注:“即【四般宜】也。《舊譜》又收【四般宜】,誤矣。”尾批:“此【蠻牌令】本調也。自《琵琶記》‘窮酸秀才,直恁喬’,及‘匆匆的,聊附寸箋’,稍變其體。後人時曲又云:‘他道是風流汗,濕主腰。’本皆六字,可分作二句,而略襯兩三字者。今人却認作八、九字一長句,遂於‘才’字、‘的’字、‘汗’字下,俱不點截板,而【蠻牌令】之調失矣,况又改名【四般宜】乎?”是。《定律》卷十三引第四曲爲正格,以第二曲爲【前腔】;又於【四般宜】引散曲“攢攢簇簇縷金銷”爲例曲①,尾批:“此曲板式、唱法雖多數字,竟是【蠻牌令】。若必欲另立此曲,則作此板式,然終歸【蠻牌令】矣。”戲文無【四般宜】。第五曲,李九我批評《破窑記》第十二齣、《綵樓記》第十齣均題【越調過曲・蠻牌令】,無第四句。

此調或出於蕃曲,戲文採傳之;式 1 從《張協狀元》至《劉智遠》諸曲,漸趨定型,南曲承之;式 2 僅見於此,後已不傳,當併於式 1。

① 此曲始見於《舊譜》卷六【越調過曲・四般宜】,其辭云:“攢攢簇簇縷金銷,枝枝葉葉綴瓊瑶。嬌嬌滴滴顔色好,消消灑灑恁清高。香徑裏紅圍翠繞,那堪更玉軟香嬌。月兒照,越恁好,佳人應笑,嫦娥空老。”與此正格首四句均增爲七字句。

【纏枝花】

1. 張葉是我不接見，領鈞旨教逐便。既蒙天眷，望特賜相薦。告恩官免叱譴，到把那驢騎轉，永不見這畜牲面。

2. 【同前】張葉也無觸犯，怕禮數供不慣。你不接絲鞭後，哭損我一雙眼。葉後知悔已晚，我女那神魂亂，一世都吃不得飯。

《張協狀元》48

3. 【南吕過曲】告將軍聽分剖，俺兩個是雲遊道。不曾有甚相觸犯，望將軍休焦燥。我兔兒是伊家藏了，這罪犯非輕小。打你這無知漢，料應你心不好。　元傳奇《趙氏孤兒》，《正始》頁 536

4. 【南吕過曲】你每做作忒無禮，把我招牌都扯碎。你説我無些是，恣把我相調戲。忒性急莫怨及，枉著人談恥。我命裹真不利，便輒敢生嗔諱。

5. 【前腔】相府相府多榮貴，要你這窮丐爲女婿。風子枉自生狂意，不嫁你空嘔氣。他樣兒甚所爲，怎生地求佳配。與你有何干繫，恁出語没巴臂。　元傳奇《吕蒙正》，《正始》頁 536

6. 【南吕過曲】笑你兩個忘恩義，爲甚把咱來擒住①。常言道狗有濕草義，馬有垂韁志。惱得人惡怒起，趲步即拖去。算來誰是誰不是，到官司明白處。　元傳奇《殺狗記》，《正始》頁 537

7. 【南吕過曲】休得把他相輕賤，此漢身强健。春種秋收休辭倦，自然不用愁衣飯。只愁他福分淺，枉了行方便。記得買臣未遇挑薪賣，後來發迹何難。　元傳奇《劉智遠》，《正始》頁 538

格式：6 乙$_{\triangle}$，6 乙$_{\triangle}$。6 乙，6 乙$_{\triangle}$。6 乙$_{\triangle}$，6 乙$_{\triangle}$，7$_{\triangle}$。　7 句

首二曲詞格大體如此，僅句字略有變化。

《正始》引明傳奇《陳光蕊》"告壯士聽拜啓"爲正格，六乙八句，與

① 《正始》於"擒住"上原空一格，但左側標注："平。"右側小字批語："疑'來'字。"從之。

此第五句後增六乙一句，餘同。列第三曲爲第二格，題注："三、五句皆變，且第五句似【賀新郎衮】句法。"與此第五句後增六乙一句，第三、五兩句作七字句，末句作六乙句。列第四曲爲第三格，題注："首兩句變七字，第六句變五字。"第五曲題注："此曲與上調，只争第三句、六句七字。今時本脱去末二句，以下調首二句補足，致爾調句皆亂。"第六句實作五字。第六曲爲第四格，題注："首三句皆七字，第四句減爲五字，第七句變作七字。"列第七曲爲第五格，題注："五字句移在第二，又末句句法僅此。"末句作六字句。

南曲有【南吕過曲・纏枝花】，《舊譜》卷四例曲同《正始》正格。《沈譜》卷十二以第七曲爲正格，以《陳光蕊》格爲【又一體】。《新譜》卷十二承之。《寒山曲譜》以第七曲爲【又一體】。《定律》卷八以第七曲爲【前腔换頭】。《大成》卷四十九引此第三至第七曲共五曲，然分别題署《八義記》《綵樓記》《殺狗記》和《白兔記》，均爲【又一體】，尾批："句法不一，各有參差。"《簡譜》卷七引第三曲爲例曲，署《八義記》，句字與此有所變化，尾批："此爲正格，惟第一句有作七字者，……實則仍用三板，與六字語無異也。末句應六字，而《白兔》云：'後來發迹何難'，作上二下四句法，斯則板式變矣。"《六十種曲》本《白兔記》第五齣《留莊》所録第七曲，與此減省第五、第六兩句。

此曲出戲文，較爲自由、靈動，自《張協狀元》到《趙氏孤兒》，逐漸規範；南曲承之，然以變爲正。

【鬭雙雞】

1. 襆頭兒，襆頭兒，甚般價好；花兒鬧，花兒鬧（此句原脱），佐得恁巧。傘兒，簇得絶妙，刺起恁地高。風兒又飄，好似傀儡棚前，一個鮑老。

《張協狀元》53

2. 【黄鐘過曲】……怎不教人笑聲？

元傳奇《樂昌公主》，《正始》頁 59

3. 【黄鐘過曲】幸遇良宵美景時，算人生能有幾？你不歡娛是愚癡,况兼一派價紅裙捧金卮。拚通宵沉醉歸,拚通宵沉醉歸。

元傳奇《許盼盼》,《正始》頁 59

4.【黄鐘過曲】奴身本待事英豪,非是爲貪金花誥。何須殿士空懷拗?誰教猛風吹别調?喜升平樂聖朝,喜升平樂聖朝。

元傳奇《孟月梅》,《正始》頁 59

格式 1:3,3,$4_{\triangle}$;$3_{\triangle}$,$3_{\triangle}$,$4_{\triangle}$。2,$4_{\triangle}$,$5_{\triangle}$。$4_{\triangle}$,6,$4_{\triangle}$。　12 句

2:$7_{\triangle}$,6 乙$_{\triangle}$。4、$4_{\triangle}$,$7_{\triangle}$。6 乙$_{\triangle}$,6 乙$_{\triangle}$。　6 句

第一曲用式 1。後三曲用式 2,爲【黄鐘過曲】。

第一曲,錢南揚《校注》:"此曲句格正與【滴溜子】合,可見以【鬬雙雞】爲【滴溜子】之别名,由來已久。"是。參見【滴溜子】。

《正始》以元南散曲《鰲山聳雲高》套"綺羅叢裹樂聲喧"爲式 2 正格,以元南散曲《元夜撒珠璣》套"亂撒瓊瑶墜光粉"爲第二格,仄煞,尾批:"元傳奇《樂昌公主》平煞云云。"列第三曲爲第三格,題注:"第三句變七字。"列第四曲爲第四格,題注:"除却末句,全章皆七字。"

南曲有【黄鐘過曲・滴溜子】,《沈譜》卷十四題注:"又名【雙聲疊韻】,又名【鬬雙雞】。"與此僅將式 1 第九句作三字,餘同。《正始》【黄鐘過曲・鬬雙雞】題注:"此調,今人錯以【滴溜子】誣其名。"此或是不知有《張協狀元》之式 1,並非錯誣。《新譜》卷十五又有【黄鐘調近詞・鬬雙雞】,引式 2《正始》正格爲例曲,是據馮稿所補。前一曲【雙聲疊韻】眉批:"原注:'【滴溜子】,又名【雙聲疊韻】,又名【鬬雙雞】。'今既另補其曲,則二曲自有本調,不相混矣。"是。

此曲二式出於戲文,式 1 與【黄鐘過曲・滴溜子】同式,與式 2 實同名異調;南曲均承之,式 1 已併入【黄鐘過曲・滴溜子】,式 2 則爲【黄鐘調近詞・鬬雙雞】本調,略有變化。

【鬬鵪鶉】

被父母禁持,投東摸西。將一個表子依隨,走南跳北。典了衣服,賣了馬匹。尖擔兒兩頭脱,閃得我孤身三不歸。空滴溜下老大小

荷包，猛殺了鐐丁鏝(原作“鍉”字)底。　《錯立身》12

格式：5 乙$_{\triangle}$，4$_{\triangle}$。5 乙$_{\triangle}$，4$_{\triangle}$。4，4$_{\triangle}$。6 乙，6 乙$_{\triangle}$。7 乙，7 乙$_{\triangle}$。　10句

錢南揚《校注》：“【鬬鵪鶉】曲牌原雖奪去，而上面【越調】二字猶存。”是。

諸宮調有【越調·鬬鵪鶉】，雙片，其上闋與此第一、第三兩句作四字句，第七、第八兩句作三字句，末二句作四字句，則爲此之减字格。金院本有《鬬鵪鶉》，王國維《宋元戲曲史》六列其入“用詞曲調者”類。北曲有【越調·鬬鵪鶉】，與諸宮調同，與此略有變化。

此曲出諸宮調，北曲承之；戲文採用之，因南化而有所變化。

【鏵鍬兒】

1. 從來你行慣，曾途中歷遍。今日此行須是，意莫留連。遣我朝夕恁憂煎，望得孩兒眼穿。子母心，兩處懸。鴻飛不到處，總被名利牽。

2.【同前】孩兒告娘，休得憂怨。人言小富由命，大富由天。但得安樂是前緣，坐享不能自然。暫離家，即便轉。去處(原作“去處處”)莫遲延，娘親望眼穿。　《小孫屠》4

3.【越調過曲】你説得好笑，可見心兒窄小。没由來漾却苦李，再尋甜桃。他不嫉不淫與不盗，終無去條。衆所誚，人所褒。縱然他醜貌，怎肯相休去了。　元傳奇《蔡伯喈》，《正始》頁839

格式：4，4$_{\triangle}$。6，4$_{\triangle}$。7$_{\triangle}$，6$_{\triangle}$。3，3$_{\triangle}$。5，5$_{\triangle}$。　10句

《正始》列第三曲爲正格，與此第三句減作四字句，第五句減作五字句，第六句減作四字句，末句增作六字句。尾批中考辨訛誤，肯定《沈譜》批語：“此調正與【正宮】曲之【剗鍬兒】不同。然【划鍬兒】今多訛爲【剗鍬兒】【鏟鍬兒】，或又訛爲【鏵鍬兒】。”然此後又曰：“按元譜，止於九宮【越調】而有此【划鍬兒】，其詞即《蔡伯喈》之‘你説得好笑’

一調。又於十三調【正宫】而有【划鍬兒】，其詞乃制元傳《瓦窑記》之‘荒煙淡鎖疏林外’一調。”【越調】有【鏵鍬兒】，【正宫】有【划鍬兒】，不能混淆。

南曲有【越調過曲・鏵鍬兒】，《舊譜》卷六、《定律》卷十三、《大成》卷二十四、《簡譜》卷十均以第三曲爲例曲，與此句字稍異。《定律》尾批："此曲與【正宫】曲之【划鍬兒】不同。"《大成》題注："'鏵'，一作'划'。"《沈譜》卷十五、《新譜》卷十六均以《琵琶記》"伊家富豪"爲例曲，與第三曲僅第三句作五字句，餘均同。《沈譜》尾批："此調惟《琵琶》《牧羊》二記有之，但恐人混於【划鍬兒】耳。"《小孫屠》中即有此調，或略早於《琵琶》《牧羊》二記，正與【正宫・划鍬兒】不同。

此曲出戲文，南曲承之，略有變化。

【戀綉衾】

1.【正宫過曲】對酒當歌，問柳尋花，風流少年相宜。鳳盞龍瓶，捧勸共飲情舒。閑把琵琶自撥，管別是一般風味。全勝是三島十洲，且教無事縈繫。

2.【前腔换頭】攜手，尊前共語，又何必剪髮，説下盟誓。幸遇仙姿，相愛我們聰慧。兩兩鴛鴦意美，休便想巫峰十二。塵寰少依約乘鸞，共伊齊返天際。　　元傳奇《劉文龍》，《正始》頁206

格式：4，4，4△。4，6△。6，7乙△。7乙，4△。　　9句

《正始》尾批："此調比《拜月亭》【刷子序】體，止少'勤劬'二字之一句，【换頭】亦然。"即第五句下少二字一句。

詞調有【戀綉衾】，雙片八句，與此不同。諸宫調有【仙吕調・戀香衾】，與詞調不同，與此亦不同。《舊譜》《沈譜》《新譜》等均無此調。《定律》卷二、《大成》卷四十三引此二曲爲例曲。《大成》入【高大石調過曲】，句字、正襯與此略有變化；署"散曲"，誤。

此曲之名出詞調，戲文與之同名異實，或是在詞調基礎上有較大轉换。南曲承戲文，然極少使用。

【鷓鴣天】

1.【仙吕引子】萬里關山萬里愁，一般心事一般憂。親闈暮景應難保，客館風光怎久留？

2.【前腔换頭】他那裏，漫凝眸，正是馬行十步九回頭。歸家只恐傷親意，閣淚汪汪不敢流。　　元傳奇《蔡伯喈》，《正始》頁274

格式：$7_{\triangle}$，$7_{\triangle}$。7，$7_{\triangle}$。　　4句

唐代樂府詩有【鷓鴣詞】，與此不同。詞調有【鷓鴣天】，雙片，其上闋與此同，下闋與【前腔换頭】同。北曲有【大石調・鷓鴣天】，與詞調同，亦用【么篇】，與此同。南曲有此調，《舊譜》卷一、《沈譜》卷一、《新譜》卷一等均以此爲例曲。

此調出詞調，戲文與北曲均用其全調；南曲承於戲文。

【鐵騎兒】

1.【仙吕過曲】趕家兒，趕家兒，全不見蹤影。歷盡幾山林，加鞭趕上，勒馬去如雲。　　元傳奇《王祥》，《正始》頁283

2.【仙吕過曲】離門兒，離門兒，心驚膽碎。步疾去如飛，到城南破窑，了事便回歸。　　元傳奇《殺狗記》，《正始》頁283

格式：3，3，5乙$_{\triangle}$。$5_{\triangle}$，4，$5_{\triangle}$。　　6句

《正始》列第一曲爲正格，題注："亦名【檐前馬】。"首兩句相疊。列第二曲爲第二格，題注："第三句減爲四字。"尾批："《沈譜》曰：此調第三句可用平平上去。今此'心驚膽碎'是也。"

南曲有此调，《舊譜》卷一、《沈譜》卷一、《新譜》卷一、《寒山堂譜》卷一、《定律》卷四俱引第一曲爲例曲。《舊譜》與此末句增三字疊句。《沈譜》題注："又名【檐前馬】。"第三句作四字句。《新譜》《寒山堂譜》《定律》同。《寒山堂譜》尾批："'不見蹤影'四字，用平平上去亦可，

‘歷’‘勒’二字，須用平聲始叶。”

此曲出戲文，南曲承之，以變爲正。

【臘梅花】

1.【仙吕過曲】孟津驛舍，黄河岸邊，乘船走馬十分便。子母忙向前，可憐見窮面，望借安泊與周全。元傳奇《拜月亭》，《正始》頁 289

2.【仙吕過曲】我孩兒出去在今日中，爹爹媽媽來相送。但願得魚化龍，青雲得路，桂枝高折步蟾宫。

元傳奇《蔡伯喈》，《正始》頁 289

3.【仙吕過曲】天生身材能嫋娜，多少紅粧賽不過。市人都道我，都道我好似夜叉婆。　元傳奇《王十朋》，《正始》頁 290

4.【小石調過曲】年華老大雙鬢皤，胭脂膩粉幸（原作“昕”）丟抹。市人都道我，道奴奴相像夜叉婆。

元傳奇《王十朋》，《寒山堂譜》卷四頁 692 上半葉

格式：4，$4_{\triangle}$，$7_{\triangle}$。$5_{\triangle}$，$4_{\triangle}$，$7_{\triangle}$。　6 句

《正始》列第一曲爲正格。列第二曲爲第二格，題注：“首二句併爲七字。”頁 1328【高平調過曲・五團花】尾批引此第二句，又頁 1331 亦引此句。第三曲列第三格，題注：“首句亦七字，且減第四四字一句。”《寒山》以第一曲爲正格，然題【小石調過曲・臘梅花】。以第四曲爲【又一體】，題注：“四句，二十六字。”與第三曲同格。

詞調【臘梅香】，雙片，與此不同。南曲有【仙吕過曲・臘梅花】，《旧谱》卷一用第一曲爲例曲，《沈谱》卷一、《新谱》卷一引《琵琶记》“孩儿出去在今日中”为例曲，題【蠟梅花】，均与此同格。《定律》卷四亦題【蠟梅花】，以第二曲爲正格，以第一曲爲【前腔】，與此稍有不同。《簡譜》卷六引第二曲爲例曲，尾批：“各劇句法，微有不同，如《荆釵》將‘青雲得路’句删去矣。”

此調出戲文，與詞調同名異實；南曲承於戲文，然“臘”“蠟”多有混淆，且以變爲正。

【鑾江令】

【仙吕過曲】煩惱多歷遍，憂愁怎脱免？眼兒哭得損，脚兒行得倦。五里十里，一日過如年。但願前途去，早早得逢親眷。

元傳奇《拜月亭》，《正始》頁 291

格式：5△，5△。5，5△。4，5△。5，5△。　　8 句

《正始》題注："古曰【蠻江】，係漢之北未順，故名。至唐已歸伏，更【鑾江】。（原仍作【蠻江】）"

南曲有【仙吕過曲·蠻江令】，《舊譜》卷一、《沈譜》卷一、《寒山堂譜》卷四、《定律》卷四、《大成》卷三、《簡譜》卷六均以此爲例曲。《沈譜》題注："或作【鑾江令】。"《新譜》卷一即以此曲題【鑾江令】。《定律》尾批："此曲，譚譜注云'馮以此曲與【月兒高】同，删之。余意"五里十里"二句，平仄本不同，况二曲係《幽閨》中一套，豈一曲而二名？故當並存'之説，此言有理。況既有【蠻江令】之名，何必定扭爲【月兒高】？當依譚譜另録。"所引譚譜注語，又見《新譜》眉批，《大成》亦承之，故可知《新譜》並存二調，而馮夢龍以此同於【月兒高】而删之。誠不必也。《簡譜》尾批："此實與【月兒高】同，惟'十里五里'句異耳。諸譜不删此名，余亦仍之。"

此調出戲文，南曲承之，復用舊名【蠻江令】，使用較少。此與【月兒高】同宫調、同詞格，然又判分二曲，除"五里十里"二句平仄不同，還有何區别，待考。

【蠻江令】

參見【鑾江令】。

【鶻打兔】

1.【中吕過曲】你忒胡逞,没忖度,没人情。論家法,理合酒當尊飲。齊放手,休争競。我捹一命,不須閑論。互相鬬争,把一杯美酒,傾盡無存。　　元傳奇《王祥》,《正始》頁 408

2.【中吕過曲】舊家庭院,門半掩,春光滿。夏凉風,素秋皓月嬋娟。冬瑞雪,梅□綻。獸爐添炭,畫堂中排列春宴。這一年好景,還又相見。　　元傳奇《樂昌公主》,《正始》頁 408

3.【中吕過曲】放懷樂意,恐醉裹,奴得罪。對壺天晝永,盡日忘歸。楊柳堤,芳草池。世俗外,隔千里。可人天氣,且同遊盛景,莫負良時。　　元傳奇《劉盼盼》,《正始》頁 409

格式:$4_{\triangle}$,3,$3_{\triangle}$。3,$6_{\triangle}$。3,$3_{\triangle}$。$4_{\triangle}$,$4_{\triangle}$。$4_{\triangle}$,5 乙,$4_{\triangle}$。　12 句

《正始》列第一曲爲正格,尾批:"此末句平煞。"列第二曲爲第二格,題注:"第九、第十併爲七字一句。"眉批:"'梅'字下脱一平聲字。"尾批:"此末句仄煞。"列第三曲爲第三格,題注:"第四、第五句節讀不同,第六變爲六字二截,第九句之下減四字一句。"實是將第八、九兩個四字句各減一字。

賺詞有【鶻打兔】,與此不同。諸宫調有【中吕調・鶻打兔】,與此小異:首句作四乙句,第二、三兩句合作六乙一句,第四、五兩句均作四字,第九句作三字,第十一句作四字。宋雜劇有《鶻打兔變二郎神》,王國維《宋元戲曲史》五入"用金元曲調"類。誤,當用賺詞和諸宫調。南曲有【中吕過曲・鶻打兔】,《舊譜》卷三、《沈譜》卷八、《新譜》卷八、《寒山曲譜》、《定律》卷六、《大成》卷十一均用第一曲爲例曲。《寒山曲譜》尾批:"或無'互相鬬争'四字,非也。"是。《大成》題【又一體】。

此曲出諸宫調,戲文承之,略有變化;南曲承於戲文。

【戀芳春】

1.【南吕引子】綺户重扃，綉簾低放，只恐寒盡春歸。香閣無人，愁見燕鶯雙飛。忍把紅爐獨擁，只少個人人偎倚。薄倖的，一似梨花，向人終日無語。　　元傳奇《王瑩玉》，《正始》頁 509

2.【南吕引子】滿目秋光，盡成慘慽，間别只在心頭。漫有名存薄倖，楚館秦樓。點點梧桐細雨，鬬合嗁黄昏時候。對此際，香冷金猊，爲誰珠淚雙流。　　元傳奇《琵琶記》，《正始》頁 510

格式：4，4，$4_{\triangle}$。4，$6_{\triangle}$。4，7 $乙_{\triangle}$。3，4，$6_{\triangle}$。　10 句

《正始》列第一曲爲正格，題注："與康伯可【漢宫春】詩餘同。"列第二曲爲第二格，改第四、五句互易作"6，$4_{\triangle}$"。《全元戲曲》卷十二頁 535 尾注："《正始》所録《琵琶記》曲文，均題作《蔡伯喈》。此曲不見於《琵琶記》，且與情節不合，當爲《琵琶怨》之誤，今附録於此，備考。"

《全宋詞》收録康與之【漢宫春】一首，雙片，其上闋與此僅第二句作五乙，餘均同。又録【戀芳春慢】一首，雙片，其上闋與此僅第三、第六兩句作六字，餘與此同。考《詞律》卷十四【漢宫春】，兩體，首三句均作"4，5，$4_{\triangle}$"；戲文第二句不可加襯字，第三、六兩句均可加襯字，則此調當承於【戀芳春慢】，而與【漢宫春】僅具形式相似性，實質上或關係并不直接。南曲有【南吕引子・戀芳春】，《舊譜》卷四、《沈譜》卷十二均以《荆釵記》"寶篆香消"爲例曲，用《琵琶記》格，且襯字均作正字。《沈譜》題注："與詩餘同，但無【换頭】。"《新譜》卷十二承之。此言"詩餘"，當指【戀芳春慢】，非《正始》所言【漢宫春】。

此曲出詞調【戀芳春慢】，戲文、南曲一脈承傳；戲文略有正襯變化，南曲復歸詞調。

【鬬百索】

1.【南吕過曲】蕤賓日正長，梅子黄時雨。濃陰薄霧，微凉輕暑。

凝竚，舊俗猶存，不減兒童態度。看釵裊書符，衫裁畫虎。把絲拴玉臂，艾懸朱户。（合）天上人間，風光好處是重午。

2.【前腔換頭】追慕，屈原楚些經，賈誼懷沙賦。彼此一時，愁腸千縷。難訴，後視於今，還似今之於古。共一時龍舟，朱旗畫鼓。但應時納祜，滿觴角黍。（合前）　　元傳奇《崔懷寶》，《正始》頁 603

格式：$5，5_{\triangle}$。$4，4_{\triangle}$。$2_{\triangle}，4，6_{\triangle}$。5 乙，$4_{\triangle}$。5 乙$_{\triangle}$，$4_{\triangle}$。$4，7_{\triangle}$。　　13 句

《正始》以此二曲爲例曲。第二曲較此僅增首二字一句，餘同。

《全唐五代詞》有【鬬百草詞】，與此不同。宋詞有【鬬百草】，雙片，與唐曲不同，與此亦不同。《舊譜》《沈譜》《新譜》等均無此調。《定律》卷八、《大成》卷十八均以此兩曲爲例曲。《大成》入【大石調過曲】，署"散曲"，誤。第二曲第二句，錢南揚《宋元戲文輯佚》頁 138 注："《定律》《大成》都在'些'字斷句，把'經'字屬下句，誤。"是。

此曲之名源出詞調，戲文與之同名異實；此曲之體出於戲文，或是在詞調基礎上有較大轉换；南曲承於戲文，極少使用。

【鶯啼序】

【商調過曲】雲羞雨澀緣分慳，恨歷盡艱難。這門庭那得安閑，到頭終有包彈。從古道煙花聚散，誰願把家私積趲。凝淚眼，日夜短吁長歎。　　元傳奇《李婉》，《正始》頁 737

格式：$7_{\triangle}$，5 乙$_{\triangle}$。7 乙$_{\triangle}$，$6_{\triangle}$。7 乙$_{\triangle}$，7 乙$_{\triangle}$。$3_{\triangle}，6_{\triangle}$。　　8 句

《全唐五代詞》有【鶯啼序】一首，與此不同。《全宋詞》有【鶯啼序】十四首，均首句六字起，四疊；其中八首之上闋與此第六句作七字，第七句增字作五字，二首之上闋與此第二句作五字，餘均同；另四首則爲攤破增句之格。南曲有【商調過曲・鶯啼序】，《舊譜》卷七引《江流記》"捻來象管批繭紙"爲例曲，與此僅第二句作七乙句，餘同。《沈譜》卷十七、《新譜》卷十八、《大成》卷五十七均引此曲爲例曲，"凝

淚眼”二句作(合)。《新譜》新入沈璟散曲“由來旅思難盡”爲【又一體】,眉批引馮夢龍云:“起句七字,可作【换頭】。”“又引舊曲云:‘梧桐風滅寒燈’,云:‘梧桐敗葉初凋’,皆六字句起。”考唐宋之【鶯啼序】,即【换頭】亦絕無七字起者。戲文採用詞調,或有改造;明人既要規範舊曲,又欲回歸詞調,削足適履,遂增許多異説。《大成》引此入【又一體】;署“散曲”,誤。

此曲出詞調,戲文承之,略有變化;南曲承於戲文。明人糾結於戲文與詞調之異,尤其是起句七字抑或六字,復生波瀾,漸乱此曲之本體。

【鶯啼御林】

【商調過曲】【鶯啼序】隨車縞帶逐亂飛,攪銀海生輝。睹前村草舍茅檐,儘是玉筯低垂。賀來年時豐歲稔,喜今歲先呈祥瑞。【簇御林】雪晴時,梅梢上淡月,三白總相宜。　元傳奇《劉智遠》,《正始》頁738

格式:7$_{\triangle}$,5乙$_{\triangle}$。7乙,6$_{\triangle}$。7乙$_{\triangle}$,7乙$_{\triangle}$。3$_{\triangle}$,4,5$_{\triangle}$。　9句

集曲。前用【鶯啼序】首六句,後用【簇御林】末三句。

南曲有此調,《沈譜》卷十七、《新譜》卷十八、《定律》卷十、《大成》卷五十八均以此爲例曲,然以後三句入【黄鶯兒】,改題【鶯鶯兒】。《沈譜》題注:“或作【啼鶯兒】。”句字稍異,句格相同。《大成》題注:“舊名【啼鶯兒】。”

此調出戲文,南曲承之;因對於犯調認識不同,改名【鶯鶯兒】。

【鶯集御林春】

1.【商調過曲】【鶯啼序】恰纔的亂掩胡遮,事到如今漏泄。【集賢賓】姊妹每心腸休見别,夫妻每是有些周折。教他難推怎阻,【簇御林】一星星對伊仔細從頭説。【三春柳】他姓蔣,世隆名,中都路是家,是我男兒受儒業。

2.【第二】……【三春柳】你啼哭，爲何由，莫非是，我男兒舊妻室？

3.【第三】……【三春柳】你休隨着，我根脚，久以後，但只做我男兒那枝葉。

4.【第四】……【三春柳】思量起，痛心酸，他染病擔疾，是我男兒怎割捨？①

元傳奇《拜月亭》，《正始》頁739

格式：6△，5乙△。7△，7乙△。4，7△。3，3，3，6乙△。　10句

集曲。前用【鶯啼序】首兩句，次用【集賢賓】第三至五句，再用【簇御林】第五句，後用【三春柳】末四句。

《正始》以第一曲爲正格，尾批詳考《沈譜》注語之誤，引【三春柳】末四句句律，以證《拜月亭》善本所注犯調不謬。

南曲有此調。《舊譜》卷七即以第一曲爲例曲，題注："【鶯啼序】，【集賢賓】，【簇御林】，【春三柳】。"《沈譜》卷十七、《定律》卷十、《簡譜》卷九均引第二曲全調爲例曲，《沈譜》題注："用入聲韻。"末曲犯調題【三春柳】，尾注："【三春柳】，據《舊譜》注作【春三柳】，今改正之耳。然【三春柳】本在【黄鐘】，句法皆不似此曲後二句，殊不可曉。"《簡譜》則以末四句入【三春序】，然戲文並無此調。《新譜》卷十八【鶯啼序】尾批生發新的論題，認爲《南音三籟》將陳大聲散套"孤幃一點殘燈""作'孤幃一點將絶燈'，則與【集賢賓】起句何異？何不竟注【集賢賓】

① 《重訂拜月亭記》第三十五齣《瑞蘭拜月》存【鶯集御林春】四支，其第二至第四支辭云："【前腔第二】【鶯啼序】聽説罷姓名家鄉，教我情苦意切。【集賢賓】悶海愁山心上撇，不由人淚珠流血。我恓惶是正理，【簇御林】此愁休向愁人説。【三春柳】你啼哭，爲何由，莫非我的男兒，你是他舊妻妾？【前腔第三】【鶯啼序】他須是瑞蓮親兄，爲軍馬犯闕。【集賢賓】失散忙尋相應者，只争個蓮瑞二字相差迭。比着他先前又親，【簇御林】目今越更加疼熱。【三春柳】你休隨，我跟脚，久日後，但做我兒夫那枝葉。【前腔第四】【鶯啼序】我須是妹妹姑姑，你又是尊嫂姐姐。【集賢賓】未審家兄因甚和你别，兩分離是何時節？那時寒冬冷月，【簇御林】只恨我爹爹把奴拆散在招商舍。【三春柳】思量他，痛苦心酸，他染病耽疾，是我男兒怎生割捨？"原均題【前腔】，且未分章析調，此據曲譜改補。《六十種曲》本《幽閨記》第三十二齣《幽閨拜月》存録四曲，《沈譜》卷十七、《定律》卷十、《大成》卷五十八均存録【前腔第二】，與此句字、句格略有變化。

五句，而必另注【鶯啼序】乎？”由此作進一步論證：“【鶯啼序】用七字起者，未必非犯【集賢賓】也。或作【换頭】，可耳。”《正始》對此兩曲都已作辨正。《大成》卷五十八引此第二曲爲例曲，以末曲犯調四句屬【囀林鶯】末二句，故改題調名曰【鶯集御林囀】，題注：“舊名【鶯集御林春】。”

此調出戲文。南曲承之，後於犯調認識不同，故多歧義。

【囀林鶯】

【商調過曲】荒年萬般遭坎坷，丈夫又在京華。把糟糠暗吃擔饑餓，公婆死賣頭髮去埋他。把孤墳自造，土泥儘是我羅裙包裹。也非誇，手指傷，血痕尚在衣羅。　　元傳奇《蔡伯喈》，《正始》頁742

格式：$7_{\triangle}$，$6_{\triangle}$。$7_{\triangle}$，7乙$_{\triangle}$。4，7乙$_{\triangle}$。$3_{\triangle}$，3，$6_{\triangle}$。　　9句

《正始》題注：“此調，今人多疑其爲犯調，非。但此格末三句似【二郎神】句法。”

南曲有此調。《舊譜》卷七以此爲例曲，句字稍異，末二句作四字二句；《沈譜》卷十七以《琵琶記》“愁人見説愁轉多”爲例曲，與此同，均作隻曲。《沈譜》眉批：“‘在天涯’以下，元非犯【黄鶯兒】，不可强扭其腔以合之也。”《新譜》卷十八承之，尾批：“馮（夢龍）將前段作【集賢賓】，末二句作【二郎神】，以原名【囀林鶯】爲無謂，而改名【集賢郎】。予謂此是古傳奇舊曲名，何必輒改；况【囀林鶯】原自渾成一曲，亦不必更爲剖析也。今仍舊。”可見有些明人似有一種集曲思維，往往由調名或句格即生發出强扭舊曲爲集曲的衝動，實不可取。

此調出戲文，南曲承之。

【鬬蛤蟆】

【越調過曲】古質漢，村情性，事有萬千。説的話，没些兒款曲宛轉。只好再等三年後，嫁一個風流俏的狀元。休記先，休記冤，欲配新親，未敢自專。　　元傳奇《拜月亭》，《正始》頁834

格式:$3_{\triangle}$,3,$4_{\triangle}$。3,$6_{\triangle}$。7,7 乙$_{\triangle}$。$3_{\triangle}$,$3_{\triangle}$,4,$4_{\triangle}$。　11句

北曲【南吕・草池春】又名【鬭蝦蟆】【絮蝦蟆】【蝦蟆序】,與此不同。南曲有此調,《舊譜》卷六、《沈譜》卷十、《新譜》卷十六均以此爲例曲,題【鬭蛤蟆】。《沈譜》題注:"此調之名,他無可考,今姑依《舊譜》。"僅將襯字作實字,餘與此同。《定律》卷十三、《簡譜》卷十引此爲例曲,題【江頭帶蠻牌】,集曲:前用【江頭送别】全調七句,後用【蠻牌令】末四句。《定律》尾批:"此曲,舊譜皆爲【鬭蛤蟆】,沈譜注云:'此調之名,他無可考,今姑依舊譜'之説。觀其字句、板式,竟是犯調。况【鬭蛤蟆】者,即【鬭黑麻】也,即如【仙吕】之【黑麻序】,亦有寫爲【蝦蟆序】及【蛤蟇序】者。此【越調】内已有【鬭黑麻】之曲,【鬭寶蟾】已爲多矣,乃又有【鬭蛤蟆】之一體,豈不覺太煩乎?今細查其字句、板式,首句至四句,與'天臺路當日曾降臨二仙'之【江頭送别】毫無差異,五句(按即"休記先")至末句,與'非是奴强胡爲'之【蠻牌令】合至末句甚對。以此觀之,此曲應入犯調,爲【江頭帶蠻牌】,庶不失其本來面目矣。"《簡譜》尾批:"此曲舊題【鬭蛤蟆】,入正曲,今從《定律》,作集曲。"《大成》卷二十四以此爲【鬭黑麻】之【又一體】,題注:"一名【鬭蛤蟆】。"句字、句格與此有所變化。【鬭蛤蟆】與【鬭黑麻】,題名音近,且同宫調,《定律》言"即【鬭黑麻】也";然强定攤破、歸併句字以爲集曲,恐失其本調。《大成》作【鬭黑麻】之【又一體】,重定正襯以合之,實亦不同。究其詞格,竟與【雙聲疊韻】更相近似:與此僅第六、第七三字兩句增爲七字兩句,餘均同。或【雙聲疊韻】之"一名【鬭雙鷄】"當爲【鬭蛤蟆】之誤?然亦無據,仍不可解。有待再考。若無確證,各曲仍當分列爲是。

此調當出民間歌謡,戲文採録之,與北曲【鬭蝦蟆】名近實異;南曲承之,略有變化。或以爲集曲,抑或【鬭黑麻】異體,無據,不從。

【灞陵橋】

1.【仙吕入雙調過曲】這苦説向誰,索性死離别,各自也著邊際。生把我鴛鴦,分開兩下裏。一步一回頭,教我傷情意。嗏,衫兒上,淚

珠兒任淹濕。

2.【仙吕入雙調過曲】……知他這，碾車兒恁行遲。①

元傳奇《拜月亭》，《正始》頁 914

3.【仙吕入雙調過曲】若要我勸解時，日出在西方，落在東方去。一朝吊桶，落在你井裹，早晚中了拖刀計。非是我硬心腸，學取傍州例。嗏，寧做道一不是，休做了兩家不是。

元傳奇《王祥》，《正始》頁 915

格式：$5_{\triangle}$，5，$5_{\triangle}$。4，$5_{\triangle}$。5，$5_{\triangle}$。嗏，$3_{\triangle}$，6 $乙_{\triangle}$。　10 句

《正始》列第一曲爲正格，尾批："末句，《沈譜》作'衫兒上淚淹濕'，非不可，但其第一曲有云云可證。因其有減字，不收。《沈譜》又曰：'"濕"字可用仄韻'，不知首曲平煞，後二曲以入代平，亦可。"列第三曲爲第二格，題注："第五句下增七字一句，且末二句句法亦不同。"末二句增字作"6 $乙_{\triangle}$，7 $乙_{\triangle}$。"

南曲有【仙吕入雙調過曲・灞陵橋】。《舊譜》卷十引第三曲爲例曲，《大成》卷六十三則入【雙調過曲・灞陵橋】之【又一體】，句字略異。《沈譜》卷二十、《定律》卷四引此第一、第三兩曲：第一曲煞尾與此不同，《正始》已作批評；第三曲列【又一體】。《沈譜》眉批："比前一曲，多'早晚中了'七個字，末一句，又分作兩句。"《定律》入【仙吕過曲】，尾批："此曲，以上三體（此二曲加明傳奇《教子》爲【又一體】）各相矛盾，竟不知誰爲正體，大意即同【念佛子】【梧葉兒】之類，體數最繁。此皆作者以爲小曲，無甚關係，况又不入套數，故各以臆見，隨筆粧出，殊不知後之作家，難與彙齊也。"是。早期民間戲文自由而歌，框格大同而句字未嚴，文人律之，自然"難與彙齊"。《新譜》卷二十三引第一曲爲例曲，與此有所變化，眉批："【又一曲】與此大同，删。"

---

① 《大成》卷六十三【雙調過曲・灞陵橋】之【又一體】引此全調，其辭云："馬兒行又急，轉頭間，五里復十里。此去河南，只隔這帶水。孟津驛，今夜權停止。嗏，知他這，碾車兒恁行遲。"《重訂拜月亭記》第二十九齣《驛中相會》存【灞陵橋】三曲，以此爲第一曲，以第一曲爲第三曲，句字與此多有不同。

此曲出戲文，第八句例用"嗏"字；南曲承之，略有變化。

【疊字錦】

1.【仙吕入雙調過曲】誤了人也嗏，誤了人也嗏，從早起間，没飯難禁架。只見自饑寒没奈何，人那堪遭際這般雪兒下。兀的不是，苦殺人也天那！

2.【仙吕入雙調過曲】待入城也嗏，待入城也嗏，已入城，心下多驚怕。又恐路中逢見我哥哥，他惡怒發時將咱來毆打。待轉家，又恐怕哥哥不憐念咱。待轉呵，又怕雪迷了路差。只爲你煩煩惱惱，哀哀怨怨，凄凄慘慘，閃得我没投奔。兀的不是，苦殺人也么歌！

元傳奇《殺狗記》，《正始》頁 917

3.【仙吕入雙調過曲】兀的不是痛殺人也么嗏！奶婆每，只恁的多奸詐。挑唆着母親令我夫，沿路上推着一輛絹子車，遇草賊應不饒過了他。謝小叔，拼命去趕他，又恐怕路途差。嗏，屈使我兒夫登山渡水，湯風冒雪，吃辛受苦，遭劫被擄，死在黄泉下。兀的不是，苦殺人也么冤家！

元傳奇《王祥》，《正始》頁 918

格式：5 乙$_{\triangle}$，5 乙$_{\triangle}$，3，5$_{\triangle}$。7，7$_{\triangle}$。4，6$_{\triangle}$。　8句

《正始》列第一曲爲正格，題注："或作【灞陵橋】，誤。"列第二曲爲第二格，題注："第六句下多八句，八句下仍用始調束尾。"列第三曲爲第三格，題注："首句不疊文，且多一字。第六句上减去三字一句，第七句下增五字一句，第十二句下又增四字一句，末句(原作'字')亦多一字。"

南曲有此調。《舊譜》卷十、《沈譜》卷二十均引第三曲爲例曲。《定律》卷四、《大成》卷三入【仙吕】。《定律》以第三曲爲正格，以第一曲爲【又一體】。《大成》以第一、三兩曲皆爲【又一體】，句字變化較大。《新譜》未採録，卷二十三【灞陵橋】眉批："【疊字錦】【山東劉袞】【雌雄畫眉】三曲，俱以調冗韻雜無板删。"《簡譜》卷八題【雙調過曲】，以第一曲爲正格，句字頗異；以第三曲爲增句格。尾批："南詞中之難

訂者,莫如此支及後文【雌雄畫眉】【灞陵橋】【山東劉衮】諸曲是也。是套始於《卧冰記》,而《殺狗》《醉菩提》《江天雪》皆用之。句法長短,各各不同,余尋繹再四,始知此爲增句格,《殺狗》《醉菩提》爲此調正格,《江天雪》則減句格也。"俞爲民《殺狗記校注》第十一齣《窑中受困》以第一曲題【灞陵橋】,誤。

此曲當源於里巷歌謠,戲文用之,故多語氣詞和疊字;南曲承之,以變爲正。

【櫻桃花】

1. 【仙吕入雙調過曲】合闔門受榮封,五男二女盡和同。似竇桂聯珠秀,女婿乘龍。展開金雀綉芙蓉,戲綵從容。門闌喜氣濃,笑聲洶湧。

元傳奇《羅惜惜》,《正始》頁 926

2. 【仙吕入雙調過曲】……且喜無征戰,以德服人。

元傳奇《樂昌公主》,《正始》頁 481

格式:6 乙$_{\triangle}$,7$_{\triangle}$。6 乙,4$_{\triangle}$。7$_{\triangle}$,4$_{\triangle}$。5,4$_{\triangle}$。　8句

《正始》列第一曲爲正格,頁 925【仙吕入雙調過曲·錦上添花】尾批引此第二句。第二曲,《正始》【中吕過曲·駐馬摘金桃】尾批:"【櫻桃花】,有元傳奇《樂昌公主》云云。"

《舊譜》《沈譜》《新譜》均未録此曲。《定律》卷九、《大成》卷六十三、《簡譜》卷八均引第一曲爲例曲,入【雙調】。《簡譜》尾批:"此曲用在全戲結束時多。通首整齊可誦。"

此曲出戲文,南曲承之,但使用較少。

【攤破雁過燈】

1. 【正宫調近詞】【雁過聲】告雙親聽啓,兩葉眉顰。對人羞逞櫻唇,似奇花初含秀英。向東風未許遊蜂近,(合)【攤破第一】上層樓,稱良辰。仗綵球權爲媒證,【剔銀燈】留心擲個俊英,雙雙向蘭堂宴飲。

2.【前腔第二换頭】【雁過聲换頭】年深，掌握朝政，家世素來榮盛。喜眼前百事如心，只恐伊姻緣未定。聘多才一意諧秦晉，(合前)

3.【前腔第三换頭】【雁過聲换頭】萬種娉婷，二八青春富盛，肯誤伊年少姻親。向粧臺花容倦整，漫停針慵綉蘭房静。(合前)

元傳奇《吕蒙正》，《正始》頁1078

格式：5乙，$4_{\triangle}$。$6_{\triangle}$，7乙$_{\triangle}$。$7_{\triangle}$，3，$3_{\triangle}$。7乙$_{\triangle}$，$6_{\triangle}$，7乙$_{\triangle}$。

10句

集曲。前用【雁過聲】首五句，次用【攤破第一】第五至第七句，後用【剔銀燈】末兩句。

《正始》列第一曲爲正格，尾批："時譜曰：'前【雁過沙】，後【漁家燈】。今查前半，絶不似【雁過沙】，又不似【雁過聲】，後半之"上層樓"十三字，亦不似【漁家燈】。惟"留心"云云，似【剔銀燈】，恐非【漁家燈】也。姑闕疑，以俟知者。'若然似爲【漁家燈】，乃係本調，非由【剔銀燈】之來源也。况前半疑爲不似【雁過沙】，又不似【雁過聲】，此但識九宫【正宫】之【雁過聲】，何忘却【正宫調】亦有【雁過聲】耳。且又以此本内置屬於【中吕宫】，益誤矣。"第二曲題注："【雁過聲】，用《現團團桂輪》第二體。"列第三曲爲【前腔第三换頭】第二格，題注："【雁過聲】，用《現團團》【第三换頭】體。"

《沈譜》卷八、《新譜》卷八、《大成》卷三十一均以此前兩曲題【中吕過曲・雁過燈】，句字稍有變化，然作隻曲。《沈譜》題注："新增。"眉批爲《正始》尾批所引，《新譜》《大成》承之。此正是《正始》尾批所批評者。《新譜》眉批："馮亦未詳。"《寒山曲譜》以前兩曲爲例曲，然題【雁獅燈】，題注："舊名【喜漁燈】。"以前五句入【雁過聲】，次三句入【獅子序】，末二句入【剔銀燈】，尾批："【雁過聲】，乃《殺狗記》'昨宵際晚'一體，非《教子》《琵琶》體也。"《定律》卷二以首兩曲題【塞鴻第一燈】，以首五句犯【塞鴻秋】，以下同此正格。【塞鴻秋】即【賽鴻秋】，正是【正宫調近詞・雁過聲】之别名，與此全同。然細審之，【塞鴻第一燈】之名較【攤破雁過燈】似更爲妥帖。

此曲出戲文，南曲承之，然諸譜於所犯之調已混淆不清。此"攤破”之名因【攤破第一】，實非本調之攤破；【雁過燈】之名因【雁過聲】【剔銀燈】，戲文本無【雁過燈】。

【攤破第一】

1.【正宮調近詞】天然豔質，似水如魚，那更未多年紀。你風流，我嬌媚，一對。悄有如蓬萊仙侶，向花前同歡共醉。算人間，富貴皆難比，除非快樂我共伊。　　元傳奇《越氏孤兒》，《正始》頁 1081

2.【正宮調近詞】天爲比翼，地諧連理，真個永不抛離。效學翠萍鴛鴦戲，醉同歸卧紗厨裏，尤殢。共弄冰浮瓜沉李，上凉亭同雪藕絲。向芰荷香裏，相偎倚，好風透入金綉幃。

元傳奇《劉盼盼》，《正始》頁 1081

3.【前腔换頭】燒香報答天地，倒大分福遭際。……

元傳奇《劉盼盼》，《正始》頁 172

格式：$4_{\triangle}$，$4_{\triangle}$，$6_{\triangle}$。$7_{\triangle}$，6 乙$_{\triangle}$。7 乙$_{\triangle}$，7 乙$_{\triangle}$。3，$5_{\triangle}$，$7_{\triangle}$。　10 句

《正始》列元散套《現團圞桂輪》“好时好景”爲正格，即用此體。列第一曲爲第二格，題注：“减去第四七字一句，又增二字一句於六字截下。”列第二曲爲第三格，題注：“第四七字句、第六二字句兼有，但第五之六字二截併爲七字一句，第九、第十節讀不同。”第三曲，【正宫過曲・雁過聲】【换頭】第五格引元傳奇《李玉梅》爲例曲，尾批：“按【攤破第一】之【换頭】，其首二句律應仄韻，比有元傳奇《劉盼盼》此調首二句云云。”

南曲諸譜中另僅見《定律》卷二引《正始》正格爲例曲，引《殺狗記》“同胞共乳”爲【前腔】，均與此同。《趙氏孤兒記》第十一齣《閨闈叙樂》題第一曲爲【雁過沙】之第四支【前腔】，誤。

此曲出於元代戲文和南散曲，南曲承之，多見於集曲，隻曲則較少使用。

【攤破錦纏雁】

【正宮調近詞】【攤破第一】良辰（原作"程"）美景，賞心樂事，四美幸然俱備。誰肯等閑成虛廢？【錦纏道】儘教他把芳顏頓啓，又何妨即景題詩，流觴傍曲水？【雁過聲】待學他修禊蘭亭會，還憶右軍今已矣。

元傳奇《董秀才》，《正始》頁 1082

格式：4，$4_{\triangle}$，$6_{\triangle}$。$7_{\triangle}$，7 $乙_{\triangle}$，7 $乙_{\triangle}$。$5_{\triangle}$，$7_{\triangle}$，$7_{\triangle}$。　9句

集曲。前用【攤破第一】首四句，次三句用【錦纏道】第六至第八句，後用【正宮過曲·雁過聲】末二句。

《定律》卷二、《大成》卷三十二引此爲例曲，然題【攤破錦聲】。此並非以【攤破第一】首四句更換【正宮過曲·錦纏雁】首曲【錦纏道】之前五句，如是則以【攤破第一】犯集曲【錦纏雁】矣。集曲由隻曲組合而成，如以集曲參與新集曲組合，不符合南曲集曲構成慣例。故此曲當是綴合三曲而成，【攤破錦聲】似更爲妥帖。

此曲出戲文，南曲承之，極少使用。

【鶯兒舞】

【中吕調近詞】須望娘行，再三宛轉。父母恩深，怎成宿怨。總饒昔日有閑言，今日還須看奴面。　元傳奇《吕蒙正》，《正始》頁 1136

格式：4，$4_{\triangle}$。4，$4_{\triangle}$。$7_{\triangle}$，$7_{\triangle}$。　6句

此調僅見於戲文，不見南曲諸譜。然《定律》卷四引此曲爲【仙吕過曲·雁兒舞】正格，《大成》卷三引此爲【雁兒舞】之【又一體】，題《綵樓記》，與《正始》所題【仙吕入雙調過曲·雁兒舞】同，故實當爲一調二名。此姑存其舊。李九我批評《破窑記》第二十八齣《相府相迎》用【鶯兒舞】二支，此即第一曲，然以此第五句爲賓白；第二支【前腔】與此同。則後世南曲已將此曲併入【雁兒舞】。

【攪群羊】

【南吕調近詞】【芙蓉花】嫂嫂話難聽，激得我心兒悶。夫去投軍，再嫁被傍人論。那有休書，誰敢爲媒證？【山坡羊】如何，如何教奴再嫁人？

元傳奇《劉智遠》，《正始》頁 1175

格式：$5_{\triangle}$，$5_{\triangle}$。4，$5_{\triangle}$。4，$5_{\triangle}$。2，$5_{\triangle}$。 8句

集曲。前用【芙蓉花】首六句，後用【山坡羊】式 2 末兩句。

《正始》題注："原題【攪群羊】。上'攪群'二字何謂？"

《舊譜》卷七有《劉智遠》【商調過曲・梧桐挂羊尾】，與此曲相關："嫂嫂話難聽，激得奴心生忿。逼我重婚，怎教他成孤另？一馬一付鞍，再嫁傍人哂。就辱偷生，怎忍懷身孕。〇如何，如何再嫁人，再嫁人。"題注："【金梧桐】頭，【山坡羊】尾。"詳考之，前用【商調過曲・金梧桐】首八句，後用【商調過曲・山坡羊】末二句，尾復綴一個三字疊句；較此爲增句格：第六句下增"4，$5_{\triangle}$"兩句。《沈譜》、《新譜》卷二十五、《定律》卷十均引此曲爲例曲。《沈譜》入附録【不知宫調過曲】，作隻曲，題注："疑是【金梧桐帶山坡羊】。"《新譜》承之。《定律》題【梧坡羊】，首六句用【金梧桐】，末二句用【山坡羊】。尾批："此曲坊本爲【攪群羊】，甚無取意。"《舊譜》《定律》取名較爲恰切，可以解決《正始》關於"攪群"兩字的疑問。《沈譜》調名似北曲帶過曲，然既不用全調，且南曲無此命名方式，不妥。

此調出戲文，然題名由來已不清楚；南曲承之，或作隻曲，或改調名，認識多異，使用亦極少。

附録一

元代南曲散曲佚文輯録

説　明

1. 本編輯録《正始》題署“元散套”和“元南北散套”、《寒山堂譜》題署“元散曲”、《寒山曲譜》題署“元詞”之全部曲牌。

2. 以上題署元代南曲散曲者,明代曲選、曲譜以其入套,則此套中其他南曲曲牌,經考辨、驗證而著録之。

3.《正始》有互題“元散套”和“明散套”者 6 套:《教人對景》《元夜撒珠璣》《群芳綻錦鮮》《柳徑花溪》《现團團桂輪》《鸞凰同聘》。除經嚴格考辨,均採録題署“元散套”者,並作詳細考辨。

4. 總匯以上情形,共得曲牌 96 個,其中始見曲牌 21 個、曲體 32 個;得曲 135 支,其中殘曲 9 支,拾補 1 支。如加上附録所附 7 支曲子,其中始見曲牌 5 個,則此共存録曲牌 102 個,其中始見曲牌 26 個、曲體 37 個,得曲 142 支。

5. 每一曲牌均説明來源,體例一同正編,方便检索。

6. 曲牌以筆劃排列,按正編和諸譜等材料的先後爲序。

7. 正編已作考辨者,不再詳析格式,僅根據需要略作説明,以省篇幅。

8. 未見於正編者,爲新見曲牌或格式,則列其格律,簡要説明,並略予考辨。

9.《九宫正始》存録標署《詞林説統》者五支,均爲隻曲,雖未署年代,然古樸新穎;《寒山堂譜》《寒山曲譜》各有一曲,雖題“元散曲”“元詞”,實爲明清散曲,均綴於末尾,存録備考。

一　筆

【一機錦】

【仙吕入雙調過曲】實釵分，鸞鏡缺，瓶墜簪斷折。三疊陽關争忍别，心兒裏，痛哽咽。眼兒裏彈淚血，空教我撧斥揉腮，執手和伊相看也，没一句話兒説。　《樂府群珠》元散套，《正始》頁 921

《正始》列此爲【一機錦】第二格，題注："此比上《王祥》格止減末煞上之一句，正與《蔣譜》所收者相似。"《大成》卷三引此曲，入【仙吕過曲】，署"散曲"。今存商務印書館 1955 年盧前校本《樂府群珠》四卷，未録南曲，齊森華等主編《中國曲學大辭典》頁 656 云："可見今傳世之本當非足本。"是。

二　筆

【八聲甘州】

1.【仙吕過曲】……數聲，未成曲調，先惹離愁。

元散套《千呼萬請》，《正始》頁 337

2.【仙吕過曲】……仗托誰人,傳遞消息?①

元散套《如醉如癡》,《正始》頁 340

《正始》列第一曲爲【八聲甘州】第六格,題注:"末句變爲八字二句。"文前小注:"全調皆同,不録,止録末三句云云。"第二曲,《正始》【仙吕過曲・甘州八犯】尾批:"末二句又【八聲甘州】,合元散套《如醉如癡》末二句云云。"然【甘州八犯】不見於戲文。最早見於《沈譜》卷一"新增"《寶劍記》"説不得平生氣節",尾批:"此調雖有'甘州'二字,全不似【八聲甘州】,不知所犯何調。又按:此《記》多有不可解者,姑存之。"《新譜》卷一承之。《正始》考訂所集四曲:"此【解三酲】【一盆花】【四邊静】一調,恰共八數,故名【甘州八犯】耳。"則【甘州八犯】爲明人所創集曲,當無疑義;據第二曲《正始》尾批:"末二句又【八聲甘州】。"説明所犯爲元散曲之格,兩者之間並不矛盾。

【二郎神】

1.【商調過曲】從别後,正七夕穿針在畫樓。暮雨過紗窗涼已透,夕陽影裏,一簇寒蟬衰柳。水緑蘋香人自愁,况輕拆散鸞交鳳友。(和)得成就,真個勝似、腰纏跨鶴揚州。

《樂府群珠》元散套,《正始》頁 749

2.【前腔换頭】風流,恩情怎比,墻花路柳。記待月西廂和你攜素手,争奈話别,匆匆雨散雲收。一種相思分做兩處愁,雁來時音書未有。(和前)

《從别後》,《詞林摘豔》乙集頁 173;《大成》卷五十七頁 4580

---

① 《吴歈雅萃》亨集存録【八聲甘州】二支,第一曲首句作"如醉如癡",第二曲【前腔】辭云:"無奈,遣芳心似織,把雨情雲態,何日重會。鴛衾鸞枕,一旦頓成抛棄。相思最苦成病也,料人在他鄉猶未歸。此情,仗托誰人,傳遞消息?"《群音類選・清腔類》卷一、《詞林逸響》風卷、《南音三籟》散曲上卷等句字與此略有變化。

《正始》僅録第一曲，列爲【二郎神】第三格，題注："第八句三字，此(原脱)類多。"《正始》頁 696【二郎神慢】題注："余今遍查元譜及古今傳奇，僅見《拜月亭》有此，後又勘得元散套《從别後》，於目中注得有此引及此(原作"以")過曲，檢之，僅存得首一句，餘皆蠹損矣，惜哉!"則失之於元譜，又得之於《樂府群珠》也。"(和)"，原無，據《詞林摘豔》乙集補。第二曲，《摘豔》原題【么篇】，此據曲譜改。《大成》引此二曲，均題【又一體】，署"散曲"，與此句字略異，首句作"人别後"。

《正始》所録第一曲與【商調過曲・黄鶯兒】【集賢賓】三曲屬同一套，以過曲首牌【二郎神】首句"從别後"爲題。《詞林摘豔》存録此套，共【二郎神】【前腔】【集賢賓】【前腔】【黄鶯兒】【前腔】【貓兒墜】【前腔】【前腔】【餘音】十曲，題"無名氏散套《秋懷》"，目録題《從别後》。王世貞《曲藻》："'人别後'是元人作。"《新編南九宫詞》《南宫詞紀》《詞林白雪》等俱屬高則誠，則此套爲元南散套無疑，或即高明所作。《全元散曲》以此套入"元無名氏南曲套數"，是；則此曲與同套其他諸曲亦當爲元南散曲。《正始》頁 36【黄鐘引子・降黄龍】以"明散套"《從别後》"桃園仙洞"爲例曲，與此同名，但押東鍾韻，與此不同韻，且不在《詞林摘豔》存録套曲之中，當别爲一套。吴梅《霜崖曲話》卷十二："元人俱嫻北調而不及南音。南曲中'四時歡'(用【普天樂】)、'窺青眼'(用【白練序】)、'人别後'(用【二郎神】)諸套最古，或以爲元人則未必然。即沈青門、陳大聲輩，爲南詞宗匠，顧皆成化、弘治間人。"元代已有南散曲，且元南曲題《從别後》而非《人别後》，故不從此説。或《人别後》套已爲明人改本。

三　筆

【三疊排歌】

【仙吕過曲】我則將這小舟撑，蘭棹舉，蓑笠爲活計。一任他紫朝服，我不願畫堂居。往來交遊，逍遥散誕，幾年無事傍江湖。旋篘新酒釣鮮魚，終日陶陶樂有餘。杯中淺，瓶内無，鄰家有酒也宜沽。吟魂醉，飲興足，滿身花影倩人扶。

元沈和甫《瀟湘八景》，《盛世新聲》卯集頁146

此曲原均題【排歌】，據曲譜改。

《正始》録此套之【樂安神】爲"元南北散套《遠害全身》"，此曲又見《全元散曲》沈和【仙吕·賞花時】南北合套《瀟湘八景》，共有【仙吕·賞花時北】【羽調排歌南】【那吒令北】【三疊排歌南】【鵲踏枝北】【桂枝香南】【寄生草北】【樂安神南】【六么序北】【尾聲南】十曲。《盛世新聲》卯集、《雍熙樂府》卷四均以北曲【仙吕·賞花時】首句"休説功名皆是浪語"爲題，不注撰人；《詞林摘豔》丁集同，題"元沈和甫《瀟湘八景》"。因《正始》專録南曲，故以南曲過曲首牌【羽調排歌】之首句"全身遠害"爲題，題署方式與《盛世》《雍熙》《摘豔》等不同。此套是元人沈和所作南北合套，鍾嗣成《録鬼簿》："沈和甫，名和，杭州人。……以南北調合腔，自和甫始，如《瀟湘八景》《歡喜冤家》等，極爲工巧。"當無疑義，《全元散曲》已歸之。此據《盛世新聲》，僅録存套中之南曲；用《詞林摘豔》題署，句字與此略異。

【川撥棹】

【仙吕入雙調過曲】成吴越，怎禁他薄（原作“攬”）倖人鬭迭。平白地送暖偷寒，猛可裏搬唇遞舌。水晶丸不住撇，點鋼鍬一謎掘。

元散套《暗想當時》，《正始》頁 967

《正始》【仙吕入雙調過曲・川撥棹】第四格引明人詠朱買臣散套“妻子失”爲例曲，尾批僅引此第二句：“此第二句句法合古本之《暗想當時》套此調此句云‘怎禁他人鬭迭’。”此用《舊譜》卷十所引全曲，第二句略有變化。

【小醋大】

【仙吕過曲】浪潮拍岸，□江風掃蘆花。鷗鷺破煙，飛落汀沙。見茅舍兩三家，在夕陽下，一簇晚景瀟灑。悶無言使我時將珠淚灑，愁轉加，瘦減香肌只爲他。懊害殺，悶縈心鬢生白髮，蹉跎誤却年華。

《樂府群珠》元散套，《正始》頁 358

《正始》列此爲【小醋大】正格，較第二格元傳奇《王十朋》“人生如夢”，第十句下增三字一句，餘同。眉批：“‘江’字上脱一字。”尾批：“此曲首句，按古本原文曰‘浪潮拍岸’。今時本皆改作‘暗潮’。若曰‘暗潮’，當爲‘湧岸’，不當‘拍岸’也。第二句‘江’字上原脱一字，疑是‘蔽’字，但不敢妄續，量必非今之‘斷’字耳。若據‘斷’字，猶今方言‘静江’也，不得不連‘風’字。但‘斷江風’三字，讀非句法。若以‘斷江’二字讀，似乎‘風掃蘆花’斷江矣。設使風總大，蘆花總多，必不至於斷江也。宜詳之。”【小醋大】最早見於《沈譜》附録【不知宫調過曲】，題注：“疑是【仙吕】。”例曲首兩句“暗潮拍岸，斷江風掃蘆花”，正《正始》所辨正者。《新譜》入卷一【仙吕過曲】，眉批：“此調原在《附録》，注云：‘疑是【仙吕】。’今因其與下二曲（即【長拍】【短拍】二曲）係一套，故改入於此。”是。但《新譜》曲文仍承《沈譜》，《寒山堂譜》卷一亦然。

【小桃拍】

【正宫過曲】【小桃紅】幻設個瑇宫瓦，頃刻繞巫山畫。瓊漿滴滴親傳斝，小喬恰喜當初嫁。【摧拍】從日後香滿宫娃（原作“蛙”），專楚帳有美人花。

元詞，《寒山曲譜》頁557

格式：6乙$_{\triangle}$，6乙$_{\triangle}$。7$_{\triangle}$，7$_{\triangle}$。7乙$_{\triangle}$，6乙$_{\triangle}$。　6句

集曲。前用【小桃紅】首四句，後用【摧拍】末二句。

此可補元代南曲一調。

四　筆

【尹令】

【仙吕入雙調過曲】空滿西樓十二，空滿後宫華麗。空有千嬌百媚，空有舞衫歌女。從元憲死，不稱明皇心轉癡。

元散套《詠楊妃》，《正始》頁973

《正始》引元傳奇《拜月亭》“那時又無倚仗”爲正格，尾批：“今又查得元傳奇《東窗事犯》，又元散套《詠楊妃》套，亦皆有此調，亦與本曲無異，益信時譜及坊本之調體章句皆非也。今即備此二闋於下，辨證時譜與坊本之訛。……又《詠楊妃》套此調云云。”楊蔭瀏先生曾輯有《元王伯成〈天寶遺事〉殘本》，録得整套、殘套共六十七套，均入北

曲，葉慶炳《諸宫調訂律》亦不載此曲，則此元散套《詠楊妃》套定非王伯成諸宫調，而是元人所撰南曲散套。惜僅見此一曲。

五　筆

【石榴花】

【中吕過曲】教人對景無言終日減芳容，恨蹙破翠眉峰。不知他垂柳何處繫青驄，誰想他錦鶯花冷淡了芙蓉。空着我爲他時終朝悶轉增，好教我越添了些病症。每日家行時思坐時想成孤另，我駡你個薄倖没前程。

《樂府群珠》元散套，《正始》頁 431

《正始》列此爲【石榴花】第五格，題注："九字三截移在第七，末句變爲七字。但此調今人皆謂其爲【瓦盆兒】，謬。"尾批詳論此調之變，"余今按調從律，剖分正襯，詳正久訛。"然同宫過曲【漁家燈】第三格所録"幾番欲把金錢問"曲，題署："明散套'教人對景'。"又頁 1115【仙吕調近詞・喜漁燈】尾批："【喜還京】本調其第二句，律應六字二截，但今本曲所犯之第二句，止用下截三字，此非失體，然元人儘有此例者耳。且今人猶有認《教人對景》套之'幾番欲把金錢卜'……皆係【喜漁燈】，皆謬矣。"故《群音類選》署賈仲名，《吴歈萃雅》《詞林逸響》《南音三籟》《古今奏雅》俱作鄭虚舟作，《樂府先春》題李集虚作，《全明散曲》從《先春》，此套歸李集虚。問題在於《雍熙樂府》《盛世新聲》《詞林摘豔》以及《三徑閑題》《樂府争奇》《盛世詞林》等等，不注時代與撰人；包括上述各種曲選，均題【瓦盆兒】【喜漁燈】，都是《正始》所辨誤者。要之：《正始》所憑多宋元舊本，當早於《盛世新聲》等諸種曲選，題"元散套"，必有所依據；其他曲選與《正始》在文詞句字上均有差異,疑已爲後人改動;《正始》題【漁家燈】爲“明散套”,或即爲明人改動之曲文。故此曲仍從《正始》。

【玉漏遲】

【黄鐘過曲】遊人慢行,問誰家,愛月何處聞燈?才子佳人,並肩笑語盈盈。買玉梅斜插鬢雲,嚲金鳳寒籠花影。(合)琉璃宫殿,今宵暫借來人慶。　　元散套《薄日乍烘晴》,《正始》頁 88

《正始》列此爲【玉漏遲】第三格,題注:“【合頭】首句四字,不合詩餘。‘燈兒下’犯此。”“燈兒下”當是集曲首句,然【玉漏遲】極少用作集曲,现存戲文集曲亦未見此句,待考。

【白練序】

1.【正宫過曲】沉吟久,奈好事從來不自由。芙蓉帳,未暖又還分手。别後萬種愁,歎曉夢高唐一旦休。添僝僽,梨花暮雨,燕子空樓。

2.【前腔换頭】綢繆,兩配偶,思量舊友。花陰月下同歡笑,閬苑瀛洲。無由願再酬,恨飛絮飄香趁水流。成迤逗,金杯滿酌,麗曲歌謳。　　元散套《明月雙溪》,《正始》頁 194

《正始》列第一曲爲第二格,題注:“首句三字,與‘窺青眼’同體。”“窺青眼”爲明散套【正宫過曲・白練序】散套《詠柳》第一句。列第二曲爲【前腔换頭】第三格,題注:“第四句變爲七字,第五句減爲四字。”

六　筆

【江兒水】

【仙吕入雙調過曲】又早三秋至，寒雁飛。牛星女宿重相會，只聽的搗砧聲透入在羅幃内，景凄凉階下寒蛩唧。桂子飄香拂鼻，葉落丹楓，滿目黄花鋪地。　《離思》，《雍熙樂府》卷十六頁400中欄

此調用《正始》【江兒水】第二格。

《正始》録【一機錦】【錦上花】二曲爲"元散套無名氏《樂府群珠》"，當爲同一套曲。查商務印書館1955年盧前校本《樂府群珠》四卷，未録南曲，《中國曲學大辭典》頁656云"可見今傳世之本當非足本"，是。《雍熙樂府》卷十六、《新編南九宫詞》録其全套，共【一機錦】【錦上花】【江兒水】【尾】四曲，題《離思》，不注時代與撰人。《全元散曲》據《正始》，以此套入"元無名氏南曲套數"，是。此依例輯録。

【羽調排歌】

【仙吕過曲】遠害全身，清風萬古，堪羡范蠡歸湖。不求玉帶挂金魚，甘分向煙波做釣徒。絶塵世，遠世俗，扁舟獨駕水雲居。嗟塵世，人鬭取，蝸名蠅利待何如。

元·沈和甫《瀟湘八景》，《盛世新聲》卯集頁146，
《雍熙樂府》卷四頁178上欄

原題【排歌】，據曲譜改。此曲出處，參見【仙吕過曲·三疊排歌】

考辨。《正始》頁 298【樂安神】題注引此首句爲为題,此定爲元代南曲。

【好姐姐】

【仙吕入雙調過曲】自別逢時遇節,冷淡了風花雪月。奈愁腸恨結,怎禁窗外鐵無休歇。好一似環佩搖明月,又被西風將錦帳揭。

《暗想當年》,《盛世新聲》酉集頁 540;《舊譜》卷十頁 227

此曲出處,參見【仙吕入雙調過曲·有結果煞】考辨。《舊譜》《詞林摘豔》乙集句字與此略有變化。《大成》卷閏亦引此曲,與此同。

【有結果煞】

【仙吕入雙調過曲】饒君使盡機謀徹,止不過負心薄劣,夢兒裹對他分説。

《樂府群珠》元散套,《正始》頁 1047

格式:7$_{\triangle}$,7 乙$_{\triangle}$,7 乙$_{\triangle}$。　3 句

《正始》列此爲例曲,題注:"'簫聲喚起'是其引子,'暗想當時'是其過曲。"《舊譜》卷十、《大成》卷閏以此爲例曲,與此僅句字稍異。《大成》録此全套,然署《詞林逸響》,當録自曲選;尾批:"此套北曲體,多有牽强推湊,因欲合下文作續麻體,以致結句皆與正體有乖,況與南曲迴然出乎二手,想後人因有南曲,而作此以雜之耳。其【阿忽那】【夜行船】二曲,《詞林摘豔》作【脱布衫】【倘秀才】,句法既不相同,宫調又復各别,今改正。"

此可補元代南曲一調。

此套主要有三個問題。一是元、明歸屬問題。《南宫詞紀》《詞林逸響》《古今奏雅》屬鄭虛舟;《吴騷集》《樂府先春》屬王百穀;《群音類選》屬李愛山,《全明散曲》故據此歸李氏,注:"元人亦有李愛山,非一人。"然王世貞《曲藻》:"'暗想當年羅帕上把新詩寫'南北大套,是元

人作。學問才情，足冠諸本。"所論與《正始》題署合。又《南北詞廣韻選》《吴歈萃雅》《吴騷合編》《樂府珊珊集》《南音三籟》等，均注元人作，或注高東嘉作。故《全元散曲》歸元無名氏，是。二是南套、合套問題。《正始》存録此套六曲：【珍珠馬】（首句"簫聲喚起"）、【沉醉東風】【川撥棹】【錦衣香】【漿水令】【有結果煞】，標署"元散套"；《盛世新聲》《舊譜》存録此套，另還有【步步嬌】（首句"暗想當年"）、【忒忒令】【好姐姐】【桃紅菊】【園林好】五曲，内容、韻律均與以上六曲同，標署"散曲"，此十一曲可視作一個完整的元代南曲散套。《詞林摘豔》《群音類選》等亦録此套，曲牌名稱、數量有所不同；《雍熙樂府》《新編南九宫詞》《弦索辨訛》《詞林逸響》等則全録南北曲作南北合套。《全元散曲》據《南九宫詞》録南北合套《情》共十八曲，尾批："《廣韻選》云：'查北詞内語多重複，"簫聲喚起"闋亦疑是後人增入，故不録。'《九宫大成》云云（上已引述）。案此套見於各選本者，以《盛世新聲》爲最早。惟《新聲》有南曲，兹改據《南九宫詞》。"《正始》題署十分嚴格，"元南北合套""元散套"，並無混淆，因此，這是一個元南散套在明代傳播過程中演變成爲南北合套的典型個案①。據王世貞所論及《新編南九宫詞》《弦索辨訛》等記載，此套最遲在嘉靖年間就已完成了南北合套的擴充補寫工作。此套北詞確實一般，表明作者長於南而疏於北，南、北曲詞並不相稱，亦可爲補寫一證。三是名稱問題。據《南九宫詞》，此套首三曲爲【珍珠馬南】【新水令北】【步步嬌南】，【珍珠馬】首句"簫聲喚起瑶臺月"，【步步嬌】首句"暗想當年"；《盛世新聲》首曲爲【步步嬌】，首句亦作"暗想當年"。元代南散套慣例以過曲首句爲題，雖有用引子首句爲題者，但極少見。此套題"暗想當時"，是。明代曲選題"暗想當年"，當在傳唱過程中已發生了改動和變化。

① 此套在元代爲南散套，明代增添北曲而成南北合套。參見拙作《由元代南套到明代南北合套——以元無名氏散套〈情〉的北曲增補爲範例》，葉長海主編《曲學》第五卷，上海古籍出版社，2017 年，第 169—182 頁。

【西河柳】

【仙吕過曲】體態嬌，情性好，説來話兒且是答應的巧，各統門庭不上交。曾將烈火燒，多將惡水澆。恐怕墻花路草，惹得蜂蝶鬧，做一個闌干與他遮護了。果然是道小生標，倩一個媒人來下鍬。

元散曲《遏雲奇選》，《寒山堂譜》卷一頁 658 上半葉

格式：$3_{\triangle}$，$3_{\triangle}$，$7_{\triangle}$，$7_{\triangle}$。$5_{\triangle}$，$5_{\triangle}$。$4_{\triangle}$，$5_{\triangle}$，$7_{\triangle}$。6 乙$_{\triangle}$，$7_{\triangle}$。 11 句

《寒山堂譜》以此爲例曲，題注："十一句。"《舊譜》卷一與此同。然《沈譜》卷一、《新譜》卷一、《定律》卷四均録此曲，作十句，與此僅合第七、第八兩句併作七字一句，另正襯略有不同。《遏雲奇選》今已不存，不可考校。此曲最早見於《舊譜》卷一，題佚名"散曲"。《大成》卷三與此句格同。《雍熙樂府》卷十六以此曲爲無名氏《求合》散套首曲，與此句字略異；後有【水紅花】"金蓮移步女妖嬈"、【梧葉兒】"看了他花容貌"、【尾聲】"檐前鐵馬玎璫鬧"三曲。《全明散曲》頁 4958 據《雍熙樂府》存録。然此套不見於《盛世新聲》《詞林摘豔》《舊譜》等明代早期曲選、曲譜，故後三曲，依例不録。

此可補元代南曲一調。

七　筆

【忒忒令】

1. 【仙吕入雙調過曲】庶人家閨門咫尺，尚然有許多回避。何況在九重宫闕森嚴地，知他姓名是誰？揹虚就實，除非是，插雙翅，到深

宫禁闈。　元散套《尚惜當時》,《正始》頁 960

2.【仙吕入雙調過曲・忒忒令】他殷勤將春心漏泄,我風流寸心終拙。因此上楚雲深鎖巫山缺,休得後期暫别。煙山截,湘江隔斷,魚音雁帖。　《暗想當年》,《盛世新聲》酉集頁 540;《舊譜》卷十頁 227

《正始》列第一曲爲第五格,題注:"第四句下增四字一句。"第二曲出處,參見【仙吕入雙調過曲・有結果煞】考辨。《詞林摘豔》乙集、《大成》等句字略異。

【尾聲】

1.【仙吕過曲】悟乾坤清幽趣,但將無事老村夫,寫入在瀟湘八景圖。　元・沈和甫《瀟湘八景》,《盛世新聲》卯集頁 147,《雍熙樂府》卷四頁 178 中欄

2.【雙調過曲】裁冰剪雪呈祥瑞,飲羊羔共同歡會,端的是翠繞紅圍。　《離思》,《雍熙樂府》卷十六頁 400 中欄

3.【正宫過曲】暫别登程休留戀,不堪處度日如年,好似和鈎吞去綫。　《新绿池邊》,《盛世新聲》子集頁 47,《詞林摘豔》辛集頁 802

第一曲出處,參見【仙吕過曲・三疊排歌】考辨。第二曲出處,參見【仙吕入雙調過曲・江兒水】考辨。原題【尾】。第三曲出處,參見【正宫過曲・怕春歸】考辨。

【尾聲】乃套曲煞尾的共稱,與【尾】【餘音】通用,後又各有定名。據《新譜》卷二十六《各宫尾聲格調》,【仙吕】尾名【情未斷煞】,與第一曲同格,題注:"'衷腸悶損'尾文是也,見【仙吕】'向人家'云云。"卷一【仙吕過曲・甘州歌】《琵琶記》"衷腸悶損",煞尾却題【餘音】,首句正"向人家忙投奔"。【雙調】尾名【有結果煞】,與第二曲同格。【正宫】尾名【尚輕圓煞】,但與第三曲不同,則第三曲當是【正宫】套數借用他宫尾聲,校其句格,與【黄鐘】尾【三句兒煞】較爲相近。不過在實際使用中並不如此嚴格,參見以上正編【尾聲】考辨。

【沉醉東風】

【仙吕入雙調過曲】一團嬌冰肌瘦怯，半含羞粉容輕貼。微笑對人悄説，休忘了今夜。等閑將海棠花偷折，山盟共設，不許片時暫撇。若有一個負心的，教他隨燈兒便滅。

元散套《暗想當時》，《正始》頁957

《正始》【沉醉東風】第二格引元傳奇《唐伯亨》“但人生無非是利禄”爲例曲，尾批僅引此第三句：“‘那值’句與元套《暗想當時》之‘微笑對人悄説’同句法。”此用《舊譜》所引全曲，《大成》卷閏與此略異。

【步步嬌】

【仙吕入雙調過曲】暗想當年羅帕上把新詩寫，偷綰下鴛鴦結。他那心猿乖意馬劣，都將他那軟玉嬌香，嫩枝柔葉。琴瑟正和協，不覺的花影轉過梧桐月。

元散套《暗想當時》，《正始》頁1047；《舊譜》卷十頁231

《正始》【有結果煞】題注引此首句前四字，并以“暗想當時”爲此套題目。參見【仙吕入雙調過曲·有結果煞】考辨。此從《舊譜》，引其全曲。《盛世新聲》酉集與此首句略異。《大成》卷閏亦引之，與此同。

【告雁兒】

【仙吕調近詞】告得雁兒，雁兒，休只管在空中嘹嚦。雁兒，與我梢書去，教他早早回歸。　元散套《如醉如癡》，《正始》頁1111

格式：4，2，7 乙$_{\triangle}$。2，5$_{\triangle}$，6$_{\triangle}$。　6句

《正始》列此爲例曲，題注："此調今皆錯認爲【油核桃】，大謬。"是。尾批："此調之章句，比上【孤飛雁】，止争第二句之疊文，及第三句下'雁兒'二字。但其第二句之疊文，是其定體。"引【告雁兒】【油核桃】例文具體比較，結論是："此【告雁兒】實乃古本之原題，今人何至不察，甘信訛刊坊本，遂亦認爲【油核桃】？"

此可補元代南曲一調。

【沁園春】

【中吕調慢詞】暖送鵝黄上柳條，香飄宫粉褪梅梢。玉壺解凍漸冰消，歲稔時豐民富饒。鳳城三五夜，還又賞元宵。

元散套《鐵鎖放星橋》，《正始》頁 1129

格式：$7_{\triangle}$，$7_{\triangle}$。$7_{\triangle}$，$7_{\triangle}$。5，$5_{\triangle}$。　6句

《正始》列此爲【沁園春】正格，題注："與詩餘不同。"尾批："此調與【仙吕宫・四園春】無異，此或一調二名。人疑書寫之誤，今雖承其備此，終不敢爲其然也。"【中吕引子・四園春】最早見於《舊譜》卷三，《沈譜》卷八、《新譜》卷八等承之，格式均與此同。《正始》第 385 頁【四園春】以《子母冤家》"料峭東風開小桃"爲例曲，尾批："此調之章規句律，直與【中吕調・沁園春】無二。"亦引作比較。慢詞在南曲即爲引曲，故所言"一調二名"，是。此存舊名，姑仍録之。

詞調有【沁園春】，雙片，與此不同。諸宫調【般涉調】亦有此調，雙片，與詞調相近，與此不同。此與詞調、諸宫調同名異實，或由【四園春】衍化而來。

此可補元代南曲一調名。

八　筆

【油核桃】

【仙吕過曲】告得雁兒,雁兒,略略聽奴訴與。雁兒,略略停翅。雁兒,奴家有封書寄。

元詞《樂府統宗》,《寒山堂譜》卷一頁 655 上半葉

《寒山堂譜》尾批:"此曲無名,與【油核桃】有涉,故附於此。馮子猶先生云:'曲中有"雁兒"二字數處,即名【雁兒】可也。'論亦妙。"《樂府統宗》今已不存,不可考校。《定律》卷四、《大成》卷三即題此曲【雁兒】。《定律》尾批:"此曲,譚譜注:'張云:"此曲無名,與【油核桃】相類,故附録於後。"馮云:"曲中有'雁兒',即名【雁兒】可也。"甚妙之説。'故從譚譜收之。"然《正始》【仙吕調近詞・告雁兒】"告得雁兒"題注與尾批對此已詳作考辨。校考之,此曲較《正始》所引【告雁兒】僅增第六句二字,餘大同小異,而與【油核桃】不同。《大成》于此曲下有【又一體】一曲,與此同韻,均署"散曲",存録備考:"告得雁兒,雁兒,這離情人怎知。雁兒,那厢樓兒上。(合)有個人人,似你無二。"尾批:"第五句不用韻,合頭之下少'雁兒'二字,末句增二字作八字句,二曲格式少異。"與《正始》所引【告雁兒】,僅將末句六字增二字破作四字二句,餘同。

《正始》存録"元散套《如醉如癡》"【八聲甘州】【孤飛雁】【告雁兒】【醉雁兒】四曲。《吴歈雅萃》亨集、《南音三籟》散曲上卷等均存【八聲甘州】"如醉如癡"全套十三曲:【八聲甘州】【前腔】【不是路】【解三酲】【前腔】【孤飛雁】【油核桃】【解三酲】【油核桃】【解三酲】【油核桃】【解

三醒】【尾聲】,題沈青門《托雁傳情》;《群音類選·清腔類》卷一不注撰人;《詞林逸響》風卷減省第五首,餘同。《南音三籟》尾批:此套"饒有古色,頗能作無中生有之語,非僅以閨詞湊就者。"其中【油核桃】三支:"告得雁兒,雁兒,你暫停雲翅。雁兒,奴家有封書寄,待奴輕將帛繫。""告得雁兒,雁兒,你略略聽奴訴與。雁兒,與奴傳書去,教他早早回歸。"第三支即上引《大成》之【又一體】。校之,則上二支似乎由此曲攤破而成,誠如《全元散曲》頁1882尾批所言:"《萃雅》《逸響》所注作者固不可儘信,惟此套曲文與《九宮正始》所引數曲已頗有差異,疑經後人大改。"因此不録此全套,是,當可從之。《全明散曲》已歸沈仕名下。依例僅録此曲。

【金錢花】

【南吕過曲】想你掩耳偷鈴,爲伊緘口如瓶。待他歸後自評論,夫妻似雁同群,歡娱事鳳和鳴。

明散套《鸞凰同聘》,《正始》頁531;《舊譜》卷四頁146

《正始》列此爲【金錢花】第二格,題注:"第二、第四不疊句,似乎【風檢才】。"較之《張協》及《正始》正格,首二句後少二字叶韻一句。

《正始》存録【南吕過曲·香遍滿】【浣紗溪】【劉潑帽】【滿園梧桐】四曲,均署"元散套《鸞凰同聘》",當屬同一套曲,以過曲首牌【香遍滿】首句"鸞凰同聘"爲題。《正始》雖題此曲爲"明散套《鸞凰同聘》",但五曲同題同韻、相同内容,故《正始》當爲同套而誤題。《詞林摘豔》乙集録其全套九曲:【挂真兒】【懶畫眉】【挂梧桐】【浣溪沙】【劉潑帽】【秋夜月】【東甌令】【金錢花】【餘音】,題"無名氏散套《閨情》",目録題《鸞凰同聘》;以《正始》之【香遍滿】題【挂真兒】,【滿園梧桐】題【挂梧桐】,【浣紗溪】題【浣溪沙】。《雍熙樂府》卷十六題《憶情》,不注撰人,則以《正始》之【滿園梧桐】題【金索挂梧桐】,【浣紗溪】題【浣溪沙】,以《詞林摘豔》之【餘音】題【尾】。《吴歈萃雅》元集、《南音三籟》散曲上卷題王九思作,誤。《全元散曲》録之,尾批:"南曲《九宮正始》

引【香遍滿】【挂梧桐】【浣溪沙】【劉潑帽】。"《全明散曲》亦録之，尾批同上。然四支曲牌，誤題二曲，所誤出於《詞林摘豔》。《舊譜》卷四録此套除【餘音】以外八曲，《沈譜》卷十二、《新譜》卷十二均録此套之【香遍滿】【浣溪沙】【秋夜月】【東甌令】【金錢花】五曲，《寒山曲譜》引録此套之【香遍滿】【懶畫眉】【浣溪紗】【秋夜月】【金錢花】五曲，均署"散曲"。此據《正始》，《舊譜》《詞林摘豔》《寒山曲譜》等文字略有變化。

【長拍】

【仙吕過曲】疊疊離情，重重幽恨，羈旅怎生禁架？家鄉遥遥，楚水迴闊，迢迢遍接天涯。斜日映紅霞，望水村隱隱，酒旆高挂。淺水灘頭有鷺立，見枯木噪寒鴉。來往櫓聲咿呀，正水漲野塘，浪激汀沙。

元散套《浪潮拍岸》，《正始》頁 360

《正始》列此爲【長拍】正格。此調又見於《沈譜》卷一、《新谱》卷一、《寒山堂譜》卷一等，然首句後均用疊句，句字亦多小異，且襯字全作正字。如第五句作"楚水洶湧"，而以"闊"字屬下句；第十一句作"枯樹上噪寒鴉"，眉批："'枯樹上'，或作'見古樹'，非也。既有'望水村''望'字，何必又用'見'字耶？"如此等等，是則是矣，却是以明代文人之巧思而改元人之作。從"見枯木"到"見古樹"再到"枯樹上"，可見元曲在流傳過程中伴隨着後世人們的不斷修改。

【青衲襖】

【南吕過曲】倦臨鸞懶畫蛾，鬢雲偏釵鳳嚲。偶向池邊，倚欄閑坐，被鴛鴦惹起我情恨多。往來穿翠荷，避人深處躲。天生匹配雌雄，並宿並棲，他冷眼兒因笑我。　《樂府群珠》元散套，《正始》頁 544

《正始》列此爲【青衲襖】第二格，題注："第三句變八字二句，末句減爲六字。”

【東甌令】

1.【南吕過曲】淚珠滴，兩三行，斜倚定圍屏教奴自忖量。當初指望同心意，時時的常念想。誰承望半途廢，風吹檐馬響叮噹。叮叮噹噹，怎不斷腸？　元散套《錦綉韶光》，《正始》頁588

2.【南吕過曲】花容貌，柳翠眉，雲鬢堆鴉，温柔旎旖。方才款步我這金蓮浸羅襪冷，騰騰困困嬌無力。雕欄曲檻，遊蜂粉蝶飛，婷婷嫋嫋欲緩遲。　元散套《柳徑花溪》，《正始》頁588

3.【南吕過曲】人何在，夢難成，水遠山遥不記程。雕鞍寶馬無蹤影，他那裏胡行徑。朱顔緑鬢易凋零，無奈痛傷情。

《鸞凰同聘》，《詞林摘豔》乙集頁181；《舊譜》卷四頁145

《正始》列第一曲爲【東甌令】第五格，題注：“第五句下增五字一句，末句變八字二句。此格儘多。”列第二曲爲第六格，題注：“第二句下皆大異。”《正始》頁593【南吕過曲·滿園春】第二格引“懶懶愁畫眉”爲例曲，然題署“明散套《柳徑花溪》”，故此套於《全元散曲》《全明散曲》分别收録之。此套最早載於《盛世新聲》酉集，後《雍熙樂府》卷十六等亦載録，但【浣紗溪】作【浣溪沙】，【滿園春】題【四團花】，均與《正始》題署不同，當已經過明人改動，故此套僅録《正始》標署“元散套”之【東甌令】【浣紗溪】二曲。第三曲，參見【南吕過曲·金錢花】考辨。

【孤飛雁】

【仙吕調近詞】南來雁聲嘹嚦，一個個聲傳韻悲。聽得心兒碎，教我悶懷堆積。　元散套《如醉如癡》，《正始》頁1109

格式：$6_{\triangle}$，7 乙$_{\triangle}$。$5_{\triangle}$，$6_{\triangle}$。　4句

《正始》列此爲例曲，題注："即【油葫蘆】。與【南吕宫・孤飛雁】不同。"尾批："此調按元譜，一名【孤飛雁】，又名【油葫蘆】，乃一調二名也。"並對時譜"訛爲【油核桃】，而又誤置於【仙吕宫】"，依律按調，剖分正襯，詳細考辨，"證向來之謬"。校之，此與【仙吕調近詞・告雁兒】較爲相似，《正始》頁 1111 尾批："此調之章句，比上【孤飛雁】，止争第二句之疊文，及第三句下'雁兒'二字。但其第二句之疊文，是其定體。"仍依《正始》，分列兩曲。

此可補元代南曲一調。

【拗芝麻】

1.【道宫調近詞】花開酒一壺，月下琴一操。酒半醺，琴半調，起舞時清嘯。長教月下隨，滿簪花壓帽。趁取身閑未老，須索開口笑。

元散套《勞生擾擾》，《正始》頁 1284

2.【仙吕過曲】只見黄花滿徑，池館紅衣褪。露濕巾，霜凝鬢，滿滴銅壺緊。天風吹起，四野悠揚韻。若得那人同歡慶，此時便是良緣分。　　元散曲《樂府統宗》，《寒山堂譜》卷一頁 652 下半葉

《正始》列第一曲爲【道宫調近詞・拗芝麻】第四格，題注："第八句變六字。"其引明散套《芳菲過眼》爲正格，較此僅第八句作七字，餘同。

《寒山堂譜》列第二曲爲【仙吕過曲・拗芝麻】之【又一體】，題注："九句。"與第一曲實大同小異。此曲見於【八聲甘州】"天長地久"套，《全明散曲》頁 1001 尾批："《吴歈萃雅》《詞林逸響》《南音三籟》《古今奏雅》題作《離恨》，俱注王陂美撰。《樂府先春》《吴騷集》無題，注'古調'.《詞林白雪》無題，署名錢鶴灘。《群音類選》題作《閨情》，《昔昔鹽》題作《别離情况》，《樂府争奇》無題，皆不注作者。未知孰是，兹姑以之屬九思。"此套多有著録，以胡文焕《群音類選》、竇彦斌《詞林白雪》(萬曆三十四年，1606)爲較早。《群音類選》全套十四曲：【八聲甘州】【前腔】【賺】【前腔】【解三酲犯】【前腔】【降黄龍犯】【前腔】【黄龍衮

犯】【前腔】【前腔】【前腔】【鵝鴨滿渡船】【尾聲】,此曲即題【鵝鴨滿渡船】。各選本曲牌、文字,且有差異,如首句多作“黄花滿徑開”。依例僅録此曲。

【金孩兒】

【中吕過曲】【縷縷金】誰知道,這滋味?門掩着梨花悄,最凄其。破却我一床蝶夢,輸他雙枕共追隨。【般涉調·耍孩兒】無端曉夜檐花墜,豈識情懷苦,最難禁,自挑燈暈殘煤。

元散套《夜遲遲》,《正始》頁 397

格式:$3,3_{\triangle}$。$5,3_{\triangle}$。7乙,$7_{\triangle}$。$7_{\triangle},5,3,6_{\triangle}$。　　10句

集曲,前用【中吕過曲·縷縷金】前六句,後用【般涉調·耍孩兒】末四句。

《正始》列此爲例曲,題注:“【縷縷金】乃《拜月亭》格,但減去第六四字一句。”尾批:“此【般涉調】之【耍孩兒】,僅見於此犯調,其全本調雖見於元譜目中,然其本調詞曲,未嘗有之,故今無從考訂。”《定律》卷六亦以此爲例曲。《正始》【縷縷金】《拜月亭》“教準備”已用變格:第五句用七乙句;此又用其減句格:減省第六句四字。《正始》【耍孩兒】存【中吕過曲】和【中吕調近詞】兩體,無【般涉調】體,故此末四句與此兩體均不同。《新譜》卷十始見【般涉調近詞·耍孩兒】,引“舊曲”“齊和採蓮腔”爲例曲,題注:“馮補。與【中吕】不同。”可知出馮夢龍《墨憨齋譜》。全調八句,後四句與此同。

此可補元代南曲一調。

【拗荼蘼】

【中吕過曲】春晝日遲遲,和風扇韶華明媚。景觀綉陌香塵細,往來車馬争馳。穿花徑,度柳堤,鶯歌蝶拍,園林景萬紅千翠。風光可人,時當令節又催。布暖陽和,無限早景致。柳拖金綫摇萬縷,梨花

綻如玉砌,時復暗香撲鼻。見簇簇海棠花,猶如錦綺。烘晴麗(原作“嚴”)日,紫燕雙雙,呢喃早聲細。《樂府群珠》元散套,《正始》頁 498

格式:$5_{\triangle}$,7 乙$_{\triangle}$。$7_{\triangle}$,$6_{\triangle}$。3,$3_{\triangle}$,4,7 乙$_{\triangle}$。4,$6_{\triangle}$。4,$5_{\triangle}$。$7_{\triangle}$,$6_{\triangle}$,$6_{\triangle}$。5,$4_{\triangle}$。4,4,$5_{\triangle}$。　20 句

《正始》引此爲【拗茶蘼】正格,題注:“一名【絞茶蘼】,一名【茶蘼香】。”《定律》卷六、《大成》卷四十三引此爲例曲。《大成》署“散曲”,然題【高大石調過曲】,題注:“‘拗’,一作‘白’。”《简谱》卷六【茶蘼香旁拍】尾批:“尚有【拗茶蘼】一曲,见《樂府群珠》,可省。”则已删之。

此曲與【中吕宫過曲・舞霓裳】兩曲屬同一套,以此曲首句“春晝日遲遲”爲題。此套與【正宫引子・繚山月】“春晝日遲遲”並不同套,其以過曲首牌【道宫調近詞・解紅序】首句“頓成縈繫”爲題。此兩套雖然同韻,但宫調不同,題目不同,内容亦不同:彼抒離怨相思,此寫惜春美景,不可混淆。

此可補元代南曲一調。

【尚如縷煞】

【般涉調近詞】……紗厨似水,勝如昨宵一夢長。

元散套《庭館占風光》,《正始》頁 1302

格式:$7_{\triangle}$,$7_{\triangle}$。$4_{\triangle}$,$7_{\triangle}$。　4 句

《正始》列明傳奇《子母冤家》“從今酩酊眠芳草”爲例曲,尾批:“此末句仄煞,有元散套《庭館占風光》平煞云云。”此僅截用後兩句。

此可補元代南曲一調。

【花藥欄】

1.【正宫過曲】新緑池邊,猛拍欄干,心事向誰宣。花也無言,蝶也無言,離恨滿懷縈牽。恨東君不解留去客,歎舞紅飄粉飛綿。景依

然,事依然,悄然不見俺的郎面。

2.【前腔换頭】嗟怨,自古風流誤少年,那堪值暮春天。怕黄昏難捱,黄昏獨自,悶不成歡。换寶香薰被共誰宿,歎長夜枕冷衾寒。你孤眠,我孤眠,只除魂夢裏相見。

元散曲《遏雲妙音》,《寒山堂譜》卷二頁 673 下半葉

格式:$4_{\triangle}$,4,$4_{\triangle}$。$4_{\triangle}$,$4_{\triangle}$,$6_{\triangle}$。7 乙,7 乙$_{\triangle}$。$3_{\triangle}$,$3_{\triangle}$,$7_{\triangle}$。　11 句

《寒山堂譜》引此爲正格。第一曲題注:“十一句,五十六字。”第二曲題注:“十一句,五十八字。”《舊譜》卷二、《沈譜》卷四、《新譜》卷四、《定律》卷二均引此二曲,《舊譜》題注:“即【金殿喜重重】。”《沈譜》尾批:“舊注云:‘【花藥欄】,即【金殿喜重重】。’今查,大同小異,故增收此調,而列【花藥欄】於後。”《新譜》題注:“《舊譜》即作【金殿喜重重】。”眉批:“原有【金殿喜重重】一曲,與此曲大同小異,腔板無存,不録。”戲文另有【大石調近詞・金殿喜重重】,與此不同宫調,詞式亦有差異;元南曲分列兩曲,是。然此爲元南散曲,南曲諸譜亦與此同,當是後世南曲【花藥欄】之始調。

此可補元南曲一調。

【怕春歸】

1.【正宫過曲】便我心兒裏悶,那更萬緑枝頭,聲聲叫杜宇。啼不如歸,聽不如歸,教人悶轉添。霎時相聚,又怎知,明日天涯孤館。

2.【前腔换頭】羞見,對柳眉搵淚眼,千萬縷添縈絆。自從别後,休教盼人,向晚來深沉庭院。料爲伊停針,頻作頻念。待會時,怕水遠山遠人遠。　元散曲《樂府統宗》,《寒山堂譜》卷二頁 674 上半葉

格式:6,6,$5_{\triangle}$。4,4,$5_{\triangle}$。$4_{\triangle}$,3,$6_{\triangle}$。　9 句

《寒山堂譜》第一曲題注:“九句。”尾批:“第一句還該用韻。”第二曲題注:“十句。”尾批:“《舊譜》作【春歸犯】,誤也。”《舊譜》卷二、《沈譜》卷四、《新譜》卷四均引此二曲,第二曲題【春歸犯】,末尾尚有三

句:“唱徹陽關,滿斟别酒,醉闌圖得不知離别歎。”均署“散曲”。《新譜》第二曲題注:“似【换頭】。”《正始》頁230引明傳奇《元永和》爲【春歸犯】例曲,題署、句格與此同,不作犯調。《定律》卷二亦引此二曲爲正格,題“散曲”,未注時代,第二曲尾批:“此曲,《沈譜》《譚譜》皆以爲【春歸犯】,《譚譜》又注:‘不知所犯何調。’《張譜》同時删去‘唱徹陽關’以下,題曰【怕春歸】【又一體】。《張譜》注云:‘《舊譜》作【春歸犯】,誤也’之説,况犯調有‘春歸人月圓’所犯之【怕春歸】,詞句、板式,俱與此曲上半毫無差異。故從《張譜》,列於正體。”此二曲用韻甚雜:宇、聚屬魚模,添、念屬廉纖,館、絆屬桓歡,見、院、遠屬先天,眼屬寒山,二曲五韻,方言口語傾向顯明。《簡譜》卷五引此二曲爲例曲,尾批:“此曲聚訟亦多,諸譜以前曲爲【怕春歸】,後曲爲【春歸犯】,而‘山遠人遠’下,尚有……四句,或謂集【恨蕭郎】者。《定律》則删去四句,以此曲爲【怕春歸】之【换頭】,較爲妥協,余因從之。”

此可補元代南曲一調。

《遏雲妙音》《樂府統宗》今不存,不可考校。然《盛世新聲》子集、《詞林摘豔》辛集、《雍熙樂府》卷二等均引以上【花藥欄】【怕春歸】四曲入【正宫過曲·金殿喜重重】套。《盛世新聲》録其全套九曲:【金殿喜重重】【賽鴻秋】【金殿喜重重】【貨郎兒】【醉太平】【賺】【怕春歸】【春歸犯】【尾聲】,以【金殿喜重重】首句“新緑池邊”爲題;《詞林摘豔》題無名氏《殘春》,卷目亦題《新緑池邊》,以【春歸犯】爲【怕春歸】;《雍熙樂府》題無名氏《送别》,以【怕春歸】爲【賺】、【春歸犯】爲【怕春歸】、【尾聲】爲【餘音】;句字均有不同。《舊譜》卷二、《沈譜》卷四、《新譜》卷四俱摘録其中五曲:【花藥欄】二支、【賺】【怕春歸】【春歸犯】。《寒山堂譜》《定律》均存【花藥欄】二支和【怕春歸】二支。《寒山堂譜》四曲録自前之曲譜,當非選録於曲選套數。《全明散曲》頁4970據《雍熙樂府》存録之,作無名氏“【正宫】南北合套”,然又以【貨郎兒】【醉太平】爲北曲,【春歸犯】【尾聲】爲南曲;《北宫詞紀》卷六同,但並不符合南北合套規範。《盛世新聲》《詞林摘豔》是現存明代最早的二部曲選,均不作合套;《舊譜》是現存明代第一部南曲譜,所録均南曲;故其著録,當可信從。以上四曲既爲同一套“元散曲”,則另五曲亦當存録。

九　　筆

【風馬兒】

【越調慢詞】銀河清淺，風露洗高秋，一片遥天。花影寒籠，桐陰斜轉，庭前皓月娟娟。翠屏閑彩雲飛夢，珍簟冷清夜無眠。傍畫檐，控銀鈎，再把珠簾高捲。　　元散套《挂銀河》，《正始》頁 1205

格式：$4_{\triangle}$，5，$4_{\triangle}$。4，$4_{\triangle}$，$6_{\triangle}$。7 乙，7 $乙_{\triangle}$。3，3，$6_{\triangle}$。　　11 句

《正始》列此爲【越調慢詞·風馬兒】正格，題注："與九宫【商調·風馬兒】不同。"《定律》卷十三引此曲，題【越調引子】。

此可補元代南曲【越調慢詞·風馬兒】一調。

【奈子花】

【南吕過曲】告雁兒停翅駐雲飛，訴衷腸説與伊知。相煩寄一封書去，他家在三仙橋住。過賺西，囑罷悶歸房睡。

元散套《芙蓉花漸開》，《正始》頁 661

《正始》列此爲【奈子花】第四格，題注："首句、三句，句讀不同；末句六字。此又名【對金環】。"《正始》頁 649【瑣窗寒】尾批引此首二句。

此與《如醉如癡》套聲韻、内容相合，但宫調、題目均不同，仍别爲一套。

【香遍滿】

1.【南吕過曲】鸞凰同聘，尋思那人忒志誠，誰信今番心不定。頓將人薄倖。可憐無限情，一似紙樣輕，把往事空思省。

《樂府群珠》元散套，《正始》頁 571

2.【南吕過曲】他説道別離時暫，誰知杳無書半緘，寃家下得將人賺。影孤形隻。眼前愁怎擔，花懶簪，景物慵觀覽。

元散套《夢返秦樓》，《正始》頁 574

《正始》列第一曲爲【香遍滿】正格，尾批："細閱此調，無不第四、第五句自連，第六、第七自連者，唯此曲第五、第六句相連。"《沈譜》卷十二亦以此爲例曲，尾批："此曲無襯字，有規矩，勝於'因他消瘦'及《琵琶記》二曲。""因他消瘦"爲明人陳鐸【南吕過曲・香遍滿】散套《春怨》首句，《正始》對其用韻有所批評。《正始》列第二曲爲第五格，題注："此與《伯喈》同體，止争第六三字句，但字倍嚴於《伯喈》，且無襯字。"《蔡伯喈》爲第四格，題注："第四句變四字。"又末句減一字成五字，但第五句仍五字。《寒山曲譜》、《大成》卷五十均引第一曲爲【又一體】，《寒山曲譜》尾批："'誠''情'二字用仄韻，'一似'二字用平聲，'薄'字一板移在'倖'字上亦可。'頓將'二句是一聯。"《簡譜》卷七引第一曲爲例曲，尾批："此調亦用在首支作慢唱，句句協韻。"

【紅芍藥】

【中吕過曲】……百忙裏嬌眼偷瞧。

元散套《鐵鎖放星橋》，《正始》頁 475

《正始》【中吕過曲・紅芍藥】引元傳奇《拜月亭》"兵擾攘阻隔關津"爲例曲，題注："與【南吕宫・紅芍藥】不同。"尾批："末句仄煞。"尾批："有元散套《鐵鎖放星橋》此調平煞云云。"

【耍孩兒】

【大石調過曲】齊和採蓮腔，聲韻響。見遊魚跳躍，翠萍吹浪。執鈎款款波心蕩，釣得鮮魚起，呈嬌癡殢人，穿挂在斜陽。

元詞《南枝鶯囀》，《寒山堂譜》卷三頁 688 下半葉

格式：5$_{\triangle}$，3$_{\triangle}$。5 乙，4$_{\triangle}$。7$_{\triangle}$，5，5 乙，5$_{\triangle}$。　8 句

《寒山堂譜》以此爲例曲，題注：“與【中吕】不同。八句，三十八字。”《新譜》卷十、《定律》卷十一、《大成》卷四十三、《簡譜》卷九亦以此爲例曲。《新譜》入【般涉調近詞】，題注：“馮補。與【中吕】不同。”可見是從馮夢龍《墨憨齋譜》補入的，當可信從。《定律》《大成》《簡譜》入【般涉調過曲】，與此末二句作“3，7$_{\triangle}$。”《定律》署“舊曲”，尾批：“此曲與【中吕】之【耍孩兒】不同。”查莊一拂《古典戲曲存目匯考》，清汪應培所作雜劇集《香谷四種曲》又名《南枝鶯囀》，而此曲所源《南枝鶯囀》當爲元散套，定非清人雜劇。

此可補元代南曲【大石調過曲・耍孩兒】一調，南曲諸譜則已改入【般涉調】。

【秋夜月】

【南吕過曲】思餞行，思餞行，親把香醪贈。一曲琵琶陽關令，春衫上淚濕君曾揾。番成做畫餅，似銀瓶墜井。

《鸞凰同聘》，《詞林摘豔》乙集頁 180；《舊譜》卷四頁 145

此曲出處，參見【南吕過曲・金錢花】考辨。《沈譜》卷十二題注：“與詩餘不同。”《舊譜》《寒山曲譜》等均首句不疊，句字亦略有差異。

【紅林檎】

1.【雙調引子】欲逐風流願，翻惹風流怨。剛道花星臨現，好事

竟無成，方知儂命蹇。歲歲桃花人面，雖得見，如不見。

元散套《虛度芳春》，《正始》頁 867

2.【雙調過曲】娉婷，晚粧倦再整。雲鬟亂，金釵墜，翠袖冷，銷盡麝蘭餘馨。往常是對景追歡，今日慣因春成病。清晝永，漫有梨花雪淡，柳絮風輕。　　元散套《過眼韶華》，《正始》頁 890

《正始》列第一曲爲引曲【雙調引子・紅林檎】第二格，題注："第六句減爲六字。"列第二曲爲【雙調過曲・紅林檎】第二格，題注："第六、七併爲六字一句，但此句不可爲式。按：三疊句，此格爲正。"

【耍鮑老】

【黃鐘過曲】看的每囉唣，挨挨市井。滾燈球不暫停，耍鮑老喬相領。弓鞋燈挑過，舞得來時有笑聲。元套《薄日乍烘晴》，《正始》頁 60

格式：4，4△。6 乙△，6 乙△。4，7△。　　6 句

《正始》列此爲正格，曲中有"耍鮑老喬相領"句，爲詠唱本題。尾批："按此【耍鮑老】一調，與【黃鐘調】之【玉翼蟬】相似，止争末句句法，餘無不同者也。但今蔣、沈二譜俱置之不載，致今歌者皆未識此二調也。況今蔣、沈妄於【黃鐘宮】誤收元《西厢記》之【永團圓】'夫人小玉'一曲代之。據此【永團圓】本詞而屬【中吕宮】，與【黃鐘宮】之【耍鮑老】何涉？甚至又於【中吕宮】收明傳奇《江流記》之'憶昔銜冤'一曲，亦誤爲【耍鮑老】，豈不知'憶昔銜冤'乃【黃鐘宮】之【鮑老催】全調，何妄置於【中吕宮】，而又誤爲【耍鮑老】耶？若此名非名、調非調，何誤後學之甚也。"校之戲文諸曲，此與【黃鐘調近詞・玉翼蟬】，僅末句增二字作七字句，餘均同；與他曲均不同。

《新譜》卷十五引此曲入【黃鐘調近詞】，署"《遏雲集》舊散曲"。題注："以下俱馮補。"則是從馮夢龍曲譜中補入。眉批："'市井（原作"非"）'、'鮑老'去上聲，'耍鮑''有笑'上去聲，俱妙。"《寒山堂譜》卷五、《寒山曲譜》、《定律》卷一、《大成》卷七十一均引此曲，然題【玉翼

蟬】。《寒山堂譜》題注:“七句,三十二字。”

此可補元代南曲一調。

【珍珠馬】

【雙調引子】簫聲喚起瑶臺月,獨倚闌干情慘切。此恨憑誰説,又值那黄昏時節。花飛也,點點是離人淚血。

元散套《暗想當時》,《正始》頁 875

格式:$7_{\triangle}$,$7_{\triangle}$。$5_{\triangle}$,7 乙$_{\triangle}$。$3_{\triangle}$,7 乙$_{\triangle}$。　6 句

《正始》列此爲正格,題注:“此調今或疑其爲北調,非。”尾批:“余初然亦謂此爲犯調,及以前三句律對【真珠簾】,止第一句相似;又以後三句查勘九宫【商調】及十三調【越調】之【風馬兒】,益無於也。後幸勘及永樂朝之《傳心妙訣》本,見有此全套之式,與今本套毫無所異,始知此引確乎本調,非犯調;確乎南詞,非北詞。”頁 1047【有結果煞】題注:“‘簫聲喚起’是其引子,‘暗想當時’是其過曲。”則此爲元南散曲无疑。

《舊譜》卷九、《沈譜》卷二十亦存此曲,題【真珠馬】,爲集曲。《舊譜》題注:“【真珠簾】頭,【風馬兒】尾。”《沈譜》承之,尾批:“【真珠簾】第二句既不相似,而【風馬兒】三句亦不相似,姑據《舊譜》載之耳。”《正始》已作批評。《新譜》卷二十二【真珠簾】眉批:“原【真珠馬】一曲與原調多不相似,從馮删。”則干脆聽從馮夢龍的意見,一删了事。《大成》卷閏存録此曲,題【真珠馬】,署《詞林逸響》,句字與此各異。

此可補元代南曲一調。

【春從天上來】

【仙吕過曲】巡官算我,道我命運乖,教奴鎮日無精采。只想佳期,更不想去傍粧臺,又恐怕爹顔改。直恁夜永更長,不由人淚滿腮。

他情是歹，咱心且捱。終須也要，還滿了這相思債。

元散曲《凝雲妙選》，《寒山堂譜》卷一頁 652 下半葉

格式：4，$5_{\triangle}$，$7_{\triangle}$。4，$5_{\triangle}$，6 $乙_{\triangle}$。6，6 $乙_{\triangle}$。$4_{\triangle}$，$4_{\triangle}$，4，$7_{\triangle}$。12 句

《寒山堂譜》列此爲例曲，題注："十二句。"《凝雲妙選》今已不存，不可考校。《正始》頁 372 亦存此曲，然署"未詳"。言辭大同小異，但句章調規變化較大："巡官算我，道我命運乖，教奴鎮日無精采。則想佳期，不教傍粧臺，恐怕爹娘又猜。把這容顔直恁改，夜永更長，不由人淚滿腮。他情是歹，咱心且捱，終須也要還滿了相思債。"這當是兩譜所依材料不同，説明此曲在傳播過程中已有演變，但無法確定何調更接近原始面貌。

《全唐五代詞》存吕巖【春從天上來】一首。《全宋詞》存録此調三首，金元時期白朴、王惲、吴彦高等也有此調之作，較唐詞都僅第六句增一字作六字句，餘基本相同。此與均不同，然繼承轉换之迹猶存。金院本在《上皇院本》和《打略拴・搐列良家門》都有《春從天上來》，王國維《宋元戲曲史》六入"爲詞曲調者"類。《舊譜》卷一、《沈譜》卷一、《新譜》卷一、《定律》卷四、《大成》卷一所引此曲，均署"散曲"，更接近《正始》所録文辭，但句字、正襯又稍有變化。《沈譜》題注："與詩餘不同。"尾批："巡官者，稱星士也。"《詞林摘豔》甲集存録此曲，題署"皇明王伯成小令《閨怨》"，《全元散曲》頁 324 已作考辨，歸爲元人王伯成。《雍熙樂府》卷十六亦著録此曲，與【鎖南枝】"同心帶"組成一套，無題，也未注時代與作者。然《詞林摘豔》甲集已題此【鎖南枝】爲"無名氏小令《春願》"，《全明散曲》頁 4639 亦已著録，或《雍熙樂府》將原先二支小令拼凑爲一套。此從《寒山堂譜》，依例僅録此曲。

此調出唐詞，宋金元詞承之，入金院本；元代南曲採入，有所轉换；後世南曲承之。

十　筆

【神仗兒】

【黄鐘過曲】……家家啓，華筵共樂，舉杯相慶。……

元散套《薄日乍烘晴》，《正始》頁56

《正始》【黄鐘過曲・神仗兒】第三格引元傳奇《蔡伯喈》"揚塵舞蹈"爲例曲，題注："第四句後增三字一句①，元詞此格儘多。"尾批："此調，按高東嘉古本，於此第四句下猶有此三字一句、四字二句者也，况元譜亦然。後至崑山顧本，以此三句雖不刊列於曲内，然亦設備於卷巔，然在三字句上又添一'有'字。後坊本皆以此三句作爲賓白，甚至今之《香囊》《四節》二記，不惟削去三字一句，連下之四字二句亦減之，致令人不識此調之全章矣。……此格之章規句律，元詞儘多，人自未嘗勘及耳。今試備幾格於下，證此三句之不謬。"其第四例云："又元散套'薄日乍烘晴'此調此三句曰云云。"

【桃紅菊】

【仙吕入雙調過曲】渭城人肌膚瘦怯，楚天愁應難並疊。停隔了畫眉郎京尹，補填了東陽嶺滿缺。

《暗想當年》，《盛世新聲》酉集頁540；《舊譜》卷十頁227

---

① 後，原作"平"，不可解，據文意改。

此曲出處,參見【仙吕入雙調過曲·有結果煞】考辨。《正始》頁969【仙吕入雙調過曲·嘉慶子】尾批:"又或以'渭城人肌膚瘦怯'之【桃紅菊】爲【嘉慶子】,亦非也。"批評了時曲的錯誤。然此曲諸譜、曲選所録文字有所差異,此從《盛世新聲》。

【桂枝香】

【仙吕過曲】扁舟灣住,在垂楊深處。齁齁似鼻息如雷,睡足了江南煙雨。聽山寺晚鐘,聲聲悽楚。西沉玉兔。夢回初,本待要扶頭去,清閑倒大福。　元·沈和甫《瀟湘八景》,《詞林摘豔》丁集頁499;《盛世新聲》卯集頁147

此曲出處,參見【仙吕過曲·三疊排歌】考辨。較《正始》【桂枝香】正格,第六句後少四字一句,故爲減句格。

【粉孩兒】

【中吕過曲】綵結鼇山侵漢表,望珠樓翠幕,萬燭高燒。天街王孫駿馬驕,競豪奢五陵年少。問誰見月聞燈,肯辜負如此良宵?

元散套《鐵鎖放星橋》,《正始》頁474

《正始》列此爲【粉孩兒】第二格,題注:"首句變作七字,第七句減爲六字。"頁188【正宫過曲·錦漁兒】尾批引此末二句,題署"元散套《鐵鎖放星橋》",原注:"但'誰'字,原磨脱一字,不敢妄續。"參考此曲,則"誰"字無誤。

【浣紗溪】

1.【南吕過曲】誰慣經,相思病?怨只怨枕餘剩衾。兩三杯酒全無興,空教我十二闌杆獨自憑。心耿耿,想起虚脾性。耳邊言,那討真

本蘭亭？　元散套《鸞凰同聘》，《正始》頁577

2.【南吕過曲】獸炭紅，銷金帳，相思病最苦聽笙簧。没眠没寐象牙床，幾番教奴自暗傷。更漏遲遲催曙鼓，一聲聲偏也凄凉。愁來無倚懶梳粧，金釵兒横簪雙鳳凰。　元散套《錦綉韶光》，《正始》頁580

3.【南吕過曲】雪片飛，寒風起，悶懨懨自守孤幃。薄衾寒侵透香肌，盼情人阻隔何日歸？戍樓悠悠三弄品，氣絲絲廢寐忘食。鸞箋錦字訴與别離，痛傷情淚痕湮透濕。

元散套《柳徑花溪》，《正始》頁581

格式：$3_{\triangle}$，$3_{\triangle}$，7乙$_{\triangle}$。$7_{\triangle}$，$7_{\triangle}$。$3_{\triangle}$，$5_{\triangle}$。3，$6_{\triangle}$。　9句

《正始》列第一曲爲正格，題注："俗作【浣溪紗】，非。此體元詞不甚多。"《沈譜》卷十二、《寒山曲譜》以此爲例曲，《沈譜》題【浣溪沙】，題注："與詩餘不同。或作【浣沙溪】。"《寒山曲譜》題【浣溪紗】。《正始》《沈譜》均有長篇尾批，《沈譜》尚有長篇眉批，均批評"今人不從舊譜與舊曲，而必以錯亂之曲爲准，豈不冤哉！"

第二曲，《正始》第一曲尾批針對《沈譜》肯定"誰經慣"而否定時曲"楊柳眉"，認爲："詞曲之變異增損，何調無之，今焉能泥定'誰經慣'一曲爲正體，薄'楊柳眉'之體是錯亂漏格？殊不知'誰經慣'之格雖正，然'楊柳眉'之體亦不少。余今從古本各備一闋於下，以證二格皆非謬。如明散套《緑陰紅茜》……此亦'誰經慣'格。又元（原作"云"）散套《錦綉韶光》此調云云，此亦'楊柳眉'格。"

第三曲，《正始》列明散套《無意理雲鬟》"楊柳眉"爲第二格，題注："此格最多。"尾批："《沈譜》曰：'又有用【浣溪沙】全調帶【玉胞肚】後二句者，即"楊柳眉"一曲也。恨其壞【浣溪沙】體，故（原脱）不録。'嗟乎，詞譜尚然，何況《吴歈萃雅》及今之歌客耶！然今萬口雷同，余豈能以筆端辨白？但不忍以是爲非，以直作曲，敢再備一二格於下，少伸分寸之冤。比有元散套《柳徑花溪》此調云云。……是格多極，不能儘載，但此末二句亦可作【玉胞肚】乎？"此與【南吕宫過曲·東甌令】"花容貌"二曲，同屬一套。

唐·崔令欽《教坊記》有【浣溪沙】，《全唐五代詞》已成通行調牌，

用《詞律》之【浣溪沙】六句體和【攤破浣溪沙】八句體;《全宋詞》又增【浣溪沙慢】十九句體,均雙片,與此均不同。《沈譜》卷十二、《新譜》卷十二皆引此第一曲爲例曲,句字有所差異,且將此末三句合併作七字二句,餘同。《沈譜》題注:"與詩餘不同。或作【浣沙溪】。"《新譜》署"《鸞凰同聘》套"。《定律》卷八引《金丸記》"體態嬌"爲例曲,用《沈譜》格,然末句作六字句。

此調始出詞調,元南散曲或承【浣溪沙慢】上闋九句轉換易名而來;南曲承之,又有變化。

此可補元代南曲一調。

十 一 筆

【望遠行】

1.【仙呂引子】人生不滿百年,七十尚稀有。十歲童蒙不算,十歲更昏耄。大都五十光陰,一半夜眠分了,試閑將歲月折倒。

2.【前腔換頭】總休休,算隻餘二十五歲,等閑如露草。碌碌争名奪利,豈無煩共惱。便做日日歡娛,數着能得幾遭? 枉癡迷作千年調。　元散套《勞生擾擾》,《正始》頁 267

3.【仙呂引子】恨花前酒邊,人去遠,想着俺隻手托紅顔。心撩亂,晝滾滾飛煙,歎今生緣分直恁淺。酬過了少年心願,斷絶了諧老姻緣。身不定隨着蕩蕩遊絲,恩情事曉露朝煙。你道是鶯花三月老,又只怕鬼病四時纏。　元散套《群芳綻錦鮮》,《正始》頁 268

《正始》列第一曲爲正格。第二曲眉批:"末句改作'癡迷枉作'亦順。"

《正始》列第三曲爲第四格，題注：“此與上三格大不相同。”尾批：“此調絶非【望遠行】之體，古本只存其題，文詞已逸；今引得之於口傳，非僞即篡，俟再查明。”不僅句式不同，内容也不同：《張協狀元》與上三格詠歎行旅，均唱調名，此曲則泛化之，歌唱怨情。頁751引【越調過曲・字字錦】，首句作“群芳綻錦鮮”，題署“《樂府群珠》，明散套”，題注：“唐譜曰：漢曰【字字珠】。後上閲李白諸詞，字字成錦，故易名爲【字字錦】。”尾批：“此係古調原文。”今人多在第十二、十四、十六句下各增一句，“不知何所本也，竟不思【字字錦】之調規章法有限，何得任意增改而壞此古調耶？”頁1197引【商調近詞・二郎賺】，首句作“離緒懨懨”，題署“《群芳綻錦鮮》，明散套”。則《正始》《群芳綻錦鮮》散套有“元散套”和“明散套”兩種不同題署。《全元散曲》録無名氏南散套【商調・字字錦】“群芳綻錦鮮”，共【字字錦】【賺】【滿園春】【么篇】【餘音】五曲；《全明散曲》録楊賁【南商調・字字錦】《四時閨怨》，較此多【字字錦】之【前腔】，共六曲，然均無此与【二郎賺】兩曲。要之：“群芳綻錦鮮”當原屬元散套，即所謂“古本”“古調”；《盛世新聲》《詞林摘豔》等所録各曲在文詞格律上頗有差異，表明此套已爲明人“任意增改”，故《正始》有題署“明散套”者。此【望遠行】當屬原有之調，然已爲明散套删去，故諸選本未録；雖“今引得之於口傳”，惟《正始》存録，且明標“元散套”，故本文收録備考。《盛世新聲》《詞林摘豔》《雍熙樂府》《新編南九宫詞》等，均不注撰人。《吴歈萃雅》注高東嘉作，誤。《太霞新奏・發凡》：“前輩不欲以詞曲知名，往往有其詞盛傳而不知出於誰手者。《吴歈萃雅》悉取文人姓字，妄配諸曲，欲眩世目，貽笑明眼。”《詞林逸響》《樂府珊珊集》《南音三籟》《古今奏雅》等均從《萃雅》，亦誤。《樂府先春》《吴騷集》注沈青門作，《群音類選》《吴騷合編》注楊彦華作（楊賁字彦華，號景言），然此四種晚出，亦恐非是。

【衮衮令】

1. 【正宫調近詞】舞的俊，作要鬭夜逞。幕次捲珠簾，高挂寶燈。

兩行仕女每，遍體銷金。指揮買市步芳英，聽歌謳聲競。

2.【前腔】回還道，玉勒趁雕軿。隊隊紗籠，僕從玩引。都是貴戚□豪家，相府簪纓。將相宅眷御街行，盡嬉戲遊人静。

明散套《現團團桂輪》，《正始》頁 1072

格式：$3_{\triangle}$，$5_{\triangle}$。4，$4_{\triangle}$。5，$4_{\triangle}$。$7_{\triangle}$，$4_{\triangle}$。　　8 句

《正始》列第一曲爲正格，題注："又名【僥僥令】，但與【雙調・僥僥令】不同，又與【仙吕宫・衮衮令】不同。"列第二曲爲【前腔】第二格，題注："末句變五字。"眉批："'貴戚'下脱一仄聲字。"

《大成》卷七十七引此二曲，題【羽調過曲】，署"散曲"，末二句入（合頭），與此句字略有變化。較之，【仙吕過曲・衮衮令】與此僅末二句作"$4_{\triangle}$，5 乙$_{\triangle}$"，餘同。

此二曲題署"明散套"，但與題署"元散套"之同名散套《現團團桂輪》所存六曲内容、韻律均同，參見【傾杯賺】之考辨。或是"元散套"之誤題？陸侃如、馮沅君先生《南戲拾遺》卷上《現團團桂輪》批注："同册又録（此）二曲，却作'明散套'。就内容看來，與前數曲似屬一套，詠的大約是元宵吧？"當是。姑存録以備考。

【掉角兒】

1.【仙吕過曲】喜燈人燈宵朗僻，喜燈遇太平燈市。喜燈懸燈光滿席，喜燈下對燈人美。剔燈花，飲燈酒，向燈前，須拚沉醉。燈明不已，燈月交輝。唱燈詞，袖翻燈影，舞闌燈夕。

元散套《玩燈時》，《正始》頁 330

2.【仙吕過曲】鎮日價如醉如癡，愁和悶幾時寬解？許多價惺惺俊俏，到如今頓無聊賴。瓜甜蒂苦事難全，只落得半尷不尬。姻緣未來，諸餘事乖。三二次，媒人去問，更不俫保。

元散套《丹青妙手》，《正始》頁 331

3.【仙吕過曲】早梅開争奪化工，明月來描寫真容。怪無情夾雨和濛，助寒威加霜猶重。點紅爐，欺白屋，飄翠館，千秋西嶺，三友玄

冬。藏檐凍鵲，書空暮鴻。奇絶處，雲霞淡淡，樓閣重重。

元散套《歲將冬》，《正始》頁 331

《正始》列第一曲爲第二格，題注：“減第八三字一句，凡【三換頭】與【三犯獅子序】皆犯此。”原署“元傳奇”，然此《玩燈時》，未見戲曲著録。觀其曲詞，實唱玩燈本題，或爲元散套之詞。趙景深《考略》頁 11 即認爲：“《玩燈時》應是散套名而不是劇名。《九宫正始》於【仙吕入雙調・五韻美帶香羅帶】注云：‘正合元散調“玩燈時”體’，可爲確證。今所收【掉角兒】一曲，全合玩燈的叙述。”是，故改題置此。所引見《正始》頁 930：“今按：元譜之【掉（原誤作“皂”）角兒】正合元散調‘玩燈時’體。又【香羅帶】而合元傳奇《薛雲卿》體。”則所謂【五韻美帶香羅帶】實爲誤解，並不存在此帶過曲。列第二曲爲第三格，題注：“第五、第六併爲七字一句，是體儘有。又減去第七三字一句。”列第三曲爲第四格，題注：“第八句變爲四字，《尋親記》之‘他頑劣’犯此。”

《定律》卷四録第一曲，題【掉角兒序】之【又一體】。《大成》卷一引第二曲爲【又一體】，尾批：此曲“第五、六、七句，應六字兩截二句、四字一句，此變作七字二句，少四字一句，係另一體也。”與《正始》題注大同小異。

【梁州序】

1.【南吕過曲】南昌故郡，洪都新府，地遠接着衡廬。星分翼軫，襟帶幾多江湖。大郡物華天寶，射入龍光，斗牛之墟。地靈人傑，俊采星馳，興盡東南賓主美。朋滿座，鳳蛟□。

2.【前腔換頭第三】落霞與孤鶩齊飛，秋水共長天一色。聽漁翁唱徹，響窮彭蠡。聲斷衡陽之浦，雁陣驚寒，逸興遄飛。皓齒清歌，白雲遏住，鼎食鐘鳴舸艦迷。四美具，二難並。

元散套《擬滕王閣》，《正始》頁 617

《正始》列第一曲爲第六格，題注：“第八、九、十三句，兼效上《薛雲卿》及《樂昌公主》二格之變。又名【古梁州序】。”眉批：“末煞原遺一字。”據原作，所缺或當爲“起”字。第二曲題注：“變齊微韻。第七、八、九句亦祖始調句法。”下有【换頭第四】，題注：“同，不録。”則當與【换頭第三】同格。

此兩曲屬同一套曲，隱括唐人王勃《滕王閣序》。

【掉角望鄉】

【仙吕過曲】【掉角兒】睹紅輪驀忽地墜西，畫堂中漸生凉意。試蘭湯浴罷共伊，再傳杯訴些情意。按宫商，歌金縷，醉醺醺，雙雙共入紗厨裏。【望吾鄉】揮羅扇，我共伊，扇我還扇你。

元散套《酷暑炎威》，《正始》頁 333

格式：7 乙$_{\triangle}$，7 乙$_{\triangle}$。7 乙$_{\triangle}$，7 乙$_{\triangle}$。3，3，3，7$_{\triangle}$。3，3$_{\triangle}$，5$_{\triangle}$。

11 句

集曲。前用【掉角兒】首八句，後用【望吾鄉】末三句。

《正始》列此爲例曲，題注：“第八句變七字，元詞儘有此體，但多見於犯調。陳大聲‘風兒’套亦仿。”

此調最早由《沈譜》卷一“新增”，句格與此同。尾批：“陳大聲‘一任他’一曲，與此同調。今人唱後段不似【望吾鄉】，非也。”眉批：“此曲【掉角兒】中一段，又是一體，存之可也，不可學。”是，實是併【掉角兒】正格第八、九兩句作七字一句，但原調中不見此格。《新譜》卷一承之。

此可補元代南曲一調。

【貨郎兒】

【正宫過曲】有一日稱了俺平生心願，成合了夫妻謝天。今生一對兒好姻緣，冷清清擔着寂寞，愁冗冗受着熬煎。

《新緑池邊》，《盛世新聲》子集頁 46，《詞林摘豔》辛集頁 804

格式：7 乙$_{\triangle}$，7 乙$_{\triangle}$。7$_{\triangle}$，7 乙，7 乙$_{\triangle}$。　5句

此曲出處，參見【正宮過曲・怕春歸】考辨。北曲有【正宮・貨郎兒】，與此僅末二句作“3$_{\triangle}$，3$_{\triangle}$，7$_{\triangle}$”三句，餘同。《正始》頁 534【南吕過曲・賀新郎衮】題注：“即【麻郎兒】，又名曰【貨郎兒】。”引明傳奇《陳光蕊》爲正格，較此末句作“3$_{\triangle}$，3$_{\triangle}$，7$_{\triangle}$”三句，有所變化；《大成》卷四十九【南吕過曲・貨郎兒】以《牧羊記》爲例曲，與此則末句作“3$_{\triangle}$，3$_{\triangle}$，7$_{\triangle}$”二疊六句，變化更大。則此與【麻郎】【麻郎兒】【賀新郎衮】實同調異名，又有所变化。姑存舊名以備考。

十　二　筆

【黄鶯兒】

1.【商調過曲】霜降水痕收，迅池塘已暮秋，滿城風雨還重九。白衣人送酒，烏紗帽戀頭，思憶那人一似黄花瘦。（和）强登樓，雲山滿目，遮不斷許多愁。　元散套《從别後》，《正始》頁 732

2.【前腔】惟酒可忘憂，這愁懷不殢酒，幾番和淚見紅豆。相思未休，凄凉怎受，老天知道和天瘦。（和前）

《從别後》，《詞林摘豔》乙集頁 175；《南宫詞紀》卷三頁 583 下欄

《正始》僅録第一曲，列爲第三格，題注：“末句五字，乃《蔡伯喈》之奇體。”《沈譜》卷十七則列第一曲爲正格，可見此曲在元明的流變。第二曲出處，參見【商調過曲・二郎神换頭】考辨。【前腔】原作“【么篇】”，《南宫詞紀》作“【又】”，此據曲譜改。

【畫眉序】

【黄鐘過曲】薄日乍烘晴，檻外梅梢，墜粉飄零。扇東風消盡，岸北殘冰。……　　　元散套《歲時豐稔》，《正始》頁 76

《正始》列此爲第五格，題注："首句仍五字，次句實確八字二截。次曲亦然。"

【雁過聲】

1.【正宫調近詞】現團團桂輪，光皎潔相映。耿耿碧天澄清，遍天街人煙湧盛。見佳人觀賞元宵景，(合)擺着袖兒月下行。

2.【前腔第二换頭】天生，自然娉婷，西施臉兒堪稱。媚態兒濟楚輕盈，比觀音只少個净瓶。向華燈密處偏他逞，(合前)

3.【前腔第三换頭第二格】萬般嚴穩，萬般鶻伶。效院體時樣新粧，巧身材千般媚生。黛眉顰掩映秋波瑩，(合前)

元散套《遏雲奇選》，《正始》頁 1074

《正始》列第一曲爲正格，題注："又名【塞鴻秋】，又名【大擺袖】，與九宫【正宫・雁過聲】不同。"第二曲原題【前腔第三换頭】，《正始》頁 172【正宫過曲・雁過聲换頭】第五格尾批："【正宫調・雁過聲】之【第二换頭】，起首乃是二字、四字、六字句，例皆平韻。比有元散套《現團團桂輪》之【第二换頭】云：'天生，自然娉婷，西施臉兒堪稱'可證。"則第二曲確爲【第二换頭】，故改題。題注："凡九宫【正宫・雁過聲换頭】多借此首三句，至第四句仍歸本調矣。"第三曲題注："《蔡伯喈》'思鄉'套第四闋起處犯此格首二句。"尾批："第四曲與上【第二换頭】同，不録。"《寒山堂譜》卷二、《定律》卷二均引此第一、第二兩曲，然《寒山堂譜》署"元傳奇《蘇武傳》"，當誤。《定律》題【塞鴻秋】。《寒山曲譜》署"散曲"，與此同。《大成》卷三十一引此第二曲，題【正宫過曲】之【又一體】，署《殺狗記》。陸侃如、馮沅君《南戲拾遺》卷上《現團團桂輪》批注："這一套怕是從【雁過聲】開始的。第九册又録一曲（【正宫調近詞·攤破第一】），注亦作'元散套'，末句與前三曲同。"是。

【琥珀貓兒墜】

1.【商調過曲】綠荷蕭索，無可蓋眠鷗。淺碧粼粼露遠洲，羈人無力冷颼颼。（和）添愁，早知道宋玉當時，頓覺傷秋。

2.【前腔】一簇紅蓼，相映白蘋洲。傍水芙蓉兩岸秋，想他嬌豔倦凝眸。（和前）

3.【前腔】無情紅葉，偏向御溝流。詩句上分明永配偶，對景觸目恨悠悠。（和前）

《從别後》，《詞林摘豔》乙集頁 175，《南宫詞紀》卷三頁 583 下欄

此三曲出處，參見【商調過曲·二郎神换頭】考辨。《詞林摘豔》原題【貓兒墜】，此據曲譜，並從《南宫詞紀》改。【前腔】原作"【么篇】"，《南宫詞紀》作"【又】"，此據曲譜改。（和）之"添愁"原作"愁"，據曲譜應作二字句，此據《南宫詞紀》補。

【集賢賓】

1.【商調過曲】西風桂子香韻幽，奈虚度中秋。明月無情穿户牖，聽寒蛩聲滿床頭。空房自守，暗數盡樵樓更漏。（和）如病酒，這滋味那人知否？　　元散套《從别後》，《正始》頁 743

2.【前腔】功名未遂，姻緣未偶，共一個眉頭。惱亂春心卒未休，怕朱顔去也難留。把明珠暗投，不如意十常八九。（和前）

《從别後》，《詞林摘豔》乙集頁 174；《大成》卷五十七頁 4589

《正始》列第一曲爲正格。《沈譜》卷十七亦録第一曲，尾批："此

調作者甚多，合調者甚少。”原無“（和）”，據《詞林摘豔》《大成》補。第二曲參見【商調過曲·二郎神換頭】考辨。原作【么篇】，據曲譜改。《大成》引此曲，題【又一體】，署“散曲”，句字略異。

【喜看燈】

【黃鐘過曲】紗籠兒過處過處人争競，盡説道今夜燈，似彩雲移下一天星。桂魄澄澄一樣明，謝吾皇，與民同樂喜看燈。

元散套《薄日乍烘晴》，《正始》頁 114

格式：$7_{\triangle}$，6 乙$_{\triangle}$，$7_{\triangle}$。$7_{\triangle}$，3，$7_{\triangle}$。　　6 句

《正始》以此爲例曲，題注：“此調首句疊字乃定式，此曲皆然。”《寒山堂譜》卷五、《定律》卷一、《大成》卷七十一亦録此曲，與此僅正襯、句字略有不同。《寒山堂譜》題：“元散曲。”《寒山曲譜》題：“元詞。”曲辭中嵌“喜看燈”，是唱本調。

此可補元代南曲一調。

【短拍】

【仙吕過曲】芳草渡口，白蘋岸側，潺湲水繞人家。還再赴京華，共訴説許多，瀟瀟灑灑。異日圖將此景，俺待歸去鳳城誇。

元散套《浪潮拍岸》，《正始》頁 362

格式：4，4，$6_{\triangle}$。$5_{\triangle}$，4，$4_{\triangle}$。6，$7_{\triangle}$。　　8 句

《正始》列此爲正格，尾批：“按此‘共訴説許多，瀟瀟灑灑’二句，正與下格（即第二格明散套《畫樓憑倚》）‘總有鸞箋象管，難寫我萬愁千緒’同句法。何今時本改作‘今怎訴得許多般瀟灑’，减字併句而壞調體耶。”此調始見《沈譜》卷一，《寒山堂譜》卷一亦以此爲例曲，句字較此多異。如首句作“紅蓼灘頭”，且疊一句；第三句“潺湲”作“曲灣灣”；第五、六兩句併作一句，正《正始》所批評者。

戲文有【長拍】而無【短拍】，此可補元南曲一調。

此調與【仙吕宫過曲・小醋大】【長拍】三曲屬同一套曲，用過曲首牌【小醋大】首句“浪潮拍岸”爲題。此套最早著録於《新編南九宫詞》，另有【不是路】【尾聲】二曲，題注“古詞”；後《吴騷合編》題注“舊詞”，目録注“古調”；《全元散曲》於“無名氏南曲”收録。《新譜》承《沈譜》，録此三曲，題署“散曲”，未標時代；《南詞韻選》不注撰人。《吴歈萃雅》《詞林逸響》《南音三籟》《古今奏雅》均注羅欽順作，故《全明散曲》歸其名下。羅氏乃明代弘治、正德、嘉靖時理學家，位高學醇，《明史》有傳。《萃雅》《逸響》等不可盡信，此從《正始》，僅録存三曲。

十　三　筆

【解三酲】

1.【仙吕過曲】遠别離，只爲蠅頭薄利牽，怎容那野蔓閑藤胡亂纏？記春衫上鈕松沉香釧，濤浪滚湧温泉。……

元散套《想起舊姻緣》，《正始》頁 349

2.【仙吕過曲】待寫下滿悄愁悶，更説與外人不信。回文錦圖織不盡，空訴與斷腸人。幾番待撇尋思别事，因争奈一夜歡娱百夜恩。(合)今番病，非因害酒，只爲傷春。

3.【前腔】海棠嬌等閑憔悴損，又不見當時花下人。東風不管離人恨，苦吹徹楚臺雲。如癡似醉悠悠勞夢魂，恨不得立上青山立化身。(合前)　　元散曲《凝雲妙選》，《寒山堂譜》卷一頁 653 下半葉

《正始》列第一曲爲【解三酲换頭】第二格，題注：“首句上增三字一句，二曲皆然。”尾批：“下同，不録。”《寒山堂譜》列第二曲爲正格，

題注:“或作【解三醒】,非也。九句。”尾批:“‘人’字用仄聲,則‘信’字用平聲,‘圖’字宜用仄聲,‘幾’‘一’字用平聲。此曲比《琵琶》更叶。”與《正始》【解三酲】正格《西厢》“我因你帶圍寬盡”同式。第三曲原題【其二】,據曲譜改。

《吴騷合編》卷二録後兩曲入散套【南吕·針綫箱】《閨思》,共五曲:【針綫箱】【前腔】【解三酲】【前腔】【尾聲】,題“古詞”。《全明散曲》據《伯虎雜曲》歸唐寅,題《傷春》,頁1100尾批:“《吴歈萃雅》《古今雅奏》《南音三籟》題作《恨别》,俱注鄭虚舟作。《樂府先春》《吴騷集》無題,《吴騷合編》題作《閨思》,皆注‘古調’。《新編南九宫詞》無題,注‘舊詞’。《群音類選》題作《閨怨》,《南詞韻選》《樂府争奇》無題,俱不署著者。”然此套不見於《盛世新聲》《詞林摘豔》《舊譜》等早期曲選、曲譜,依例存録此二曲。

【會河陽】

【中吕過曲】院院燒燈珠翠繞,家家開宴管弦調。玉人何處教吹簫?攜舞妓歌姬來到。座間自有十分俏,醉中賸買千金笑。

元散套《鐵鎖放星橋》,《正始》頁478

《正始》列此爲【會河陽】第三格,題注:“亦減去第三二字一句,第四、五併爲七字一句。”

此與【中吕過曲·粉孩兒】【紅芍藥】【中吕調慢詞·沁園春】四曲屬同一套,題《鐵鎖放星橋》。

【園林好】

【仙吕入雙調過曲】也傷我連枝帶葉,致令得狂蜂浪蝶。炒鬧起歌台舞榭,回首處楚雲遮,堪歎處彩雲睽。

《暗想當年》,《盛世新聲》酉集頁540;《舊譜》卷十頁232

此曲出處,參見【仙吕入雙調過曲・有結果煞】考辨。《詞林摘艷》同,《舊譜》句字與此略異。

【傾杯賺】

1.【正宫調近詞】總入都城,御樓前仰觀舜庭。風傳帝樂,御香飄散滿宸京。勝蓬瀛,似神仙紫府降迎,龍啣詔寶光瑩瑩。棘盤裹,金杯賜酒人盡飲,競起歡聲。

2.【前腔换頭】念吾皇(原後衍一'皇'字)同樂與編氓,萬姓山呼賀聖明。傳帝旨,撒金錢墜落端門。須臾間,聽鳴鞘聲聲漸杳,俄然早駕與人静。天街湧盛,經紀鬧熱好市井,可人時景。

元散套《現團團桂輪》,《正始》頁 1085

《正始》列第一曲爲正格。第二曲題注:"第二與第四句,句法互易;第三與第八句,句法互易。"

此兩曲原題"元傳奇",然與【正宫調近詞・雁過聲】【前腔第二换頭】【前腔第三换頭第二格】【攤破第一】四曲同題、同韻,且均詠本題,它們都署"元散套",此當亦是"元散套"之誤,故移置於此。此六曲加上署"明散套"之【正宫調近詞・衮衮令】二支,當屬於同一套,以過曲首牌【雁過聲】首句"現團團桂輪"爲題。陸侃如、馮沅君《南戲拾遺》卷上《現團團桂輪》批注:"但是我們總猜疑'現團團桂輪'是散套而不是傳奇。第二册録下列三曲(即【雁過聲】'現團團桂輪'),注作'《遏雲奇選》,元散套',而第一句就是這五個字,可證。"趙景深《考略》頁 11 云:"綜觀前後所録八曲,全描寫元宵景致,也全是散曲口氣,確不應作劇目殘曲收録。"是,從之。

【解紅序】

1.【道宫調近詞】頓成縈繫,對美景,虚負好天良夕。人生最苦,歡正美争忍恩情,翻成離恨,鴛鴦各自飛。悶手撚花枝自歎息。傷悲，把春愁萬思千慮付雙眉。

2.【前腔換頭】岑寂，困人天氣，剪牡丹，猶記去年今日。餘香未歇，難拚却一縷相思，懸腸挂肚，何日得見你？怕日遠日疏戀那人。終日，恣迷花戀酒不道有人憶。

3.【前腔換頭】爭知，憔悴損玉容怎受持？須念咱千種看承你。如何下得頓忘却，玉體同雕，香雲雙剪，靈神設誓時？想薄劣冤家在那裏？孩兒，没前程負心薄倖有天知。

4.【前腔換頭】思之，料想我前生曾負你，今世裏教我填還你。臨風對月，無限事橫在心頭，教人難棄，衷腸竟訴誰？更羞睹梁間燕雙飛，殘紅亂落隨流水，悶轉添子規不住啼。

《遏雲奇選》元散套，《正始》頁1292

《正始》列此第一曲爲第二格，題注："第二句減爲二字，三句增爲七字，末句併七字。"列第三曲爲【前腔換頭】第四格，題注："此與上《李亞仙》【第三換頭】同體，爭末句七字耳。"列第四曲爲【前腔換頭】第五格，題注："第八句下減去二字一句，增七字一句。"《大成》卷七十一引此四曲，題【黄鐘過曲】，署"散曲"，尾批："首闋爲正格，以下三闋乃【又一體】，其句法稍有參差。此曲連四闋爲套式，不當單用。"

此與【正宫引子·緱山月】【前腔換頭】六曲同屬一套，以過曲首牌【解紅序】、即此第一曲之首句"頓成縈繫"爲題。

十　四　筆

【滿庭芳】

【正宫過曲】奇香來滿院，豔陽初轉，喜及春先。妖體輕盈，逸態翩躚。雕欄半舒醉眼,畫堂全啓歡顔。蜂蝶魂迷,燕子鶯兒心亂。恰值清陰正妍,淡雲邊,和日畔,好風前。

元散套《凝雲奇選》,《寒山堂譜》卷二頁 671 下半葉

格式:$5_{\triangle}$,$4_{\triangle}$,$4_{\triangle}$。4,$4_{\triangle}$。$6_{\triangle}$,$6_{\triangle}$。4,$6_{\triangle}$。$6_{\triangle}$,3,3,$3_{\triangle}$。13 句

《寒山堂譜》以此爲例曲,題注:"十二句,五十八字。"《正始》有【中吕引子·滿庭芳】,以《蔡伯喈》"飛絮沾衣"爲例曲,與同名詞調、諸宫調同,與此不同。《正始》頁 185【正宫過曲·錦庭芳】以《賽金蓮》"正情濃"爲例曲,用此末三句格。《定律》卷二題"古曲",與此同。

此可補元代南曲【正宫過曲·滿庭芳】一調。

【舞霓裳】

【中吕過曲】極目春光無限美,果是奇。滿泛金杯拚沉醉,醉扶歸。百年三萬六千日,四時中光景似梭擲,莫忘了花朝月夕。怕朱顔一去不回來,和伊且歡會。

元散套《春晝日遲遲》,《正始》頁 466

《正始》列此爲【舞霓裳】第三格,題注:"此格不惟第二、第四句另文,且末二句更不同。"《定律》卷六以《琵琶記》"願取群賢盡貞忠"爲正格,列此爲【前腔】,尾批:"此曲惟將所重三字用實字,餘俱同。"

【僥僥令】

【雙調過曲】休嗟時物换,莫惜客囊慳。準備沽酒澆腸情無限,想是故時人下榻陳蕃。

元散套《行李蕭蕭》,《正始》頁 896

《正始》列此爲【僥僥令】第三格,題注:"末句句節不同。"

【嘉慶子】

【仙吕入雙調過曲】咫尺之間，如隔萬山，怎能够廝守百年？想是緣慳分淺，因此上不團圓，因此上不團圓。

元散套《虚度芳春》，《正始》頁 971

《正始》列此爲第二格，題注："首句變爲八字二句，末句用疊文。"

此曲與【雙調引子・紅林檎】"欲逐風流願"當屬同一套曲，以"虚度芳春"爲題。

【碧玉簫】

【大石調過曲】烏帽一任風吹，北雁往南飛。梧葉欺霜，黄菊綻東籬。恰重陽佳致，又已三冬風景期。梅蕊開，衆花墜。笑吟吟，滿飲着羊羔醉。　　元散曲《詞林摘豔》，《寒山堂譜》卷三頁 688 下半葉

格式：$6_{\triangle}$，$5_{\triangle}$。4，$5_{\triangle}$。5 乙$_{\triangle}$，$7_{\triangle}$。3，$3_{\triangle}$。3，6 乙$_{\triangle}$。　　10 句

《寒山》以此爲例曲，題注："十句，四十七字。"《詞律拾遺》卷一有【碧玉簫】，十句四十八字，雙片，尾批："前後同，極整齊。"與此不同。北曲有【雙調・碧玉簫】，與此亦不同。《正始》有【越調近詞・碧玉簫】，以元傳奇《吕蒙正》"俺只見曠野雲低"爲例曲，與此不同。《定律》卷五、《簡譜》卷八引此爲例曲。《簡譜》尾批："此調首句，亦有作四字，將四句成隔句對者，意欲與北詞相合也，不必從。"細查《詞林摘豔》，未見此曲。《雍熙樂府》卷十六引此作《四時行樂》散套尾曲，前四曲爲：【清平樂】【永遇樂】【錦上花】【清江引】，未注時代與作者，《寒山堂譜》所署《詞林摘豔》或《雍熙樂府》之誤。又此套之中，【清平樂】"春風依舊"，《詞林摘豔》甲集題"宋趙德麟小令《春遊》"，《全宋詞》已歸趙令畤詞，僅句字有所變化。【永遇樂】"南園春畔踏青時"，《詞林摘豔》甲集題"【阮郎歸】，宋歐陽公小令《春遊》"，《全宋詞》歸晏殊詞，

又見歐陽修詞，作“南園春早踏青時”，題【阮郎歸】，與此句字略有差異；《全唐五代詞》則入馮延巳詞，題【醉桃源】，同歐陽修詞。如此，《雍熙樂府》所録此套當是雜凑前人詞曲而成。依例僅録此曲。

此可補元代南曲一調。

【滿園春】

【南吕過曲】悄悄春夜長，默默空斷腸。蓮開水閣，是奴堪宜宴賞。殿閣生凉，風吹十里芰荷香。把冰弦漫理，採蓮歌自吟，是奴開樽泛觴，小池夜凉。　　元散套《錦綉韶光》，《正始》頁 593

格式：$5_{\triangle}$，$5_{\triangle}$。4，$4_{\triangle}$。$4_{\triangle}$，$4_{\triangle}$。5乙，5，$4_{\triangle}$，$4_{\triangle}$。　　10句

《正始》引明散套《紫陌紅徑》“悄悄庭院深”爲正格，與此同。題注：“與【商調・滿園春】、又名【遍地錦】者不同。”列此爲第三格，題注：“第六句增爲七字。又名【挂真兒】。”《沈譜》卷十二、《大成》卷四十九均引此爲例曲。《沈譜》題注：“與【商調・滿園春】不同。”《大成》列爲【又一體】，題注：“一名【雪獅子】，一名【鵲踏枝】。與本宫【引】【商調】正曲不同。”

此可補元代南曲一調。

此曲與【南吕過曲・浣紗溪】“獸炭紅”、【東甌令】“淚珠滴”三曲同屬《錦綉韶光》套。

【滿園梧桐】

【南吕過曲】【滿園春】漫教憶茂陵，調弦誰共聽？少個知音，斗帳沉吟。孤幃最苦，良宵夜永。【梧桐樹】這等凄凉如何教我捱到明？心腸總然如鐵硬，【滿園春】若也思量，撲簌簌珠淚傾。

元散套《鸞凰同聘》，《正始》頁 594

格式：$5_{\triangle}$，$5_{\triangle}$。4，$4_{\triangle}$。4，$4_{\triangle}$。$7_{\triangle}$，$7_{\triangle}$，4，$5_{\triangle}$。　　10句

集曲，前用【滿園春】首六句，次用【梧桐樹】第五、六二句，後用【滿園春】末二句。

《正始》列此爲正格，題注："與九宫【商調・桐花滿園】不同。"尾批批評"今人多以其添字改句，而合'因他消瘦'套之'黄鶯似喚儔'一曲"，"因他消瘦"即陳大聲【南吕・香遍滿】《春情》散套首句，"黄鶯似喚儔"爲【梧桐樹】首句。

此可補元代南曲一調。

十　五　筆

【醉太平】

1.【正宫過曲】悠悠，清宵路遠，綉鞍歸曉，山盟虚謬。分開美玉連環結，怎能够兩情依舊。頻修，鸞箋錦字到皇州，每一句淚痕濕透。甚時相守，釵分鳳拆，弦斷空篌。　　元散套《沉吟久》，《正始》頁200

2.【正宫過曲】都則爲多情的，這業冤，今日個恨惹起愁牽。想當日，設山盟言海誓在星前。擔閣了風流的這少年，有一日朝雲暮雨成姻眷，畫堂歌舞排歡宴。有一日羅幃錦帳裹永團圓，花燭洞房成連理，休忘了受過的這凄凉有萬千。

《新緑池邊》，《盛世新聲》子集頁46，《詞林摘豔》辛集頁804

第一曲，《正始》引"窺青眼"套"輕拋"一曲爲【醉太平换頭】第五格，題注："第五句變爲七字，此格儘多。"尾批詳論時人"扭合常格，便於歌唱，致爾古調蔑如矣。但此體元詞儘多，余今不及遍載，僅備一元套'沉吟久'之此調一闋，少證本曲之非謬云云。"此則曲爲【醉太平换頭】無疑。

此與【正宫過曲・白練序】【前腔换頭】三曲爲同一套，以過曲首牌【白練序】首句"沉吟久"爲題。然據【白練序】所題，本套題目實爲《明月雙溪》。此三曲亦見《雍熙樂府》卷十六無名氏南套【正宫・白練序】《春愁》，題【白練序】【太平令】【搗白練】【太平令】【十二拍尾】，共五曲，然易《正始》之【前腔换頭】而題【搗白練】，易此曲爲【太平令】。《全元散曲》亦載之。宋元戲文有【搗白練】，入【南吕近詞】；有【太平令】，爲【中吕過曲】，句格均與《雍熙樂府》所録不同。《九宫正始》所題，有元南戲曲牌可爲互證，當從之；《雍熙樂府》已有誤題，故僅録《正始》標署"元散套"之三曲。《全明散曲》此套尾批："南曲《九宫正始》引【白練序】【搗白練】【太平令】三曲，注'元散套'。"則將《雍熙樂府》誤作《九宫正始》了。《吴騒合編》屬關九思，《全明散曲》題署關思，言其爲萬曆年間人，然此曲最早見於嘉靖十年(1531)之《雍熙樂府》，顯然誤題；《全元散曲》承《雍熙樂府》題無名氏，是。

第二曲出處，參見【正宫過曲・怕春歸】考辨。此較《正始》頁198【正宫過曲・醉太平】第二格元傳奇《鬼法師》體，較爲相近；惟戲文【醉太平】較爲規整，而此則每句多用襯字，頗爲特殊。

【醉落魄】

1.【仙吕引子】丹青妙手，難描就那人豐彩。傾城豔質羞花態，一種風流，誰與巧安排？

2.【前腔换頭】瞥然見時心驚駭，那嬌姿欲與訴情懷。雙眉不轉秋波睞，懊恨婚遲，何日遇多才？　元散套《怨婚遲曲》，《正始》頁271

《正始》列第一曲爲第二格，題注："首兩句互倒，與黄山谷詩餘同。"第二曲題注："首句與《孟月梅》始調同。"

此二曲與【仙吕宫過曲・掉角兒】"鎮日價如醉如癡"三曲當屬同一套，以引子首句"丹青妙手"爲題；然《正始》【醉落魄】引元傳奇《祝英臺》"傍人論伊"爲第三格，題注："此比《怨婚遲》始調，止争第三句句節。"由此數曲題署，此套本名爲《怨婚遲曲》。第二曲有"懊恨婚遲”,【仙吕宫過曲·掉角兒】有“姻緣未來”,俱與本套題目相呼應。

【漿水令】

【仙吕入雙調過曲】響叮噹菱花碎跌,則楞楞絲弦斷絶。咭孜孜同心扯裂,咭叮噹寶簪斷折。採蓮人偏揀並頭折,比目魚就池中,冷水燒熱。連理樹,生砍折,打撈起御水流紅葉。藍橋下,翻滚滚,波濤捲雪。祆神廟,焰騰騰,火走金蛇。　元散套《暗想當時》,《正始》頁1031

《正始》列此爲【漿水令】第四格,題注:“第二句下增七字二句,第六句變爲六字二截,第十五、十六句不疊文。”《舊譜》卷十亦以此爲例曲,與此僅句字稍異。

【樂安神】

【仙吕過曲】閑來思慮,自從那日賦歸歟。山河日月幾時虚,風光漸覺催寒暑。欲求生富貴,須下死功夫,且常教兩眉舒。

元南北散套《遠害全身》,《正始》頁298

《正始》列此爲例曲。《定律》卷四、《大成》卷一均引此爲例曲,與此同,然題【安樂神】,署“散曲”。此是《正始》存録該套的惟一之曲,與《盛世新聲》《詞林摘豔》《雍熙樂府》等題署不同。參見【仙吕過曲·三疊排歌】考辨。

【撲燈蛾】

【中吕過曲】春風桃李滿枝,梧桐秋月慘淒。燈影隻,鴛幃與誰同共也?恨良宵苦短睡,感君王憂憶,歎魂魄不入夢裏。恨悠悠,死生不忍兩分離。　元散套《憶昔漢宫時》,《正始》頁402

《正始》列此爲第十格，題注："第三句減爲三字，第四句用'也'字煞，下增六字二截一句，第六句下減七字一句。"

【玩仙燈】

【黄鐘過曲】無限俏勤，買市的都争勝。酒肆歌樓相招請，格範盡學京城。人如在廣寒宫殿，風味勝蓬萊仙境。火樹銀花爛暗塵，飄蘭麝噴馨。　　元散套《薄日乍烘晴》，《正始》頁 115

格式：4$_{\triangle}$，6 乙$_{\triangle}$。7$_{\triangle}$，6$_{\triangle}$。7 乙，7 乙$_{\triangle}$。7$_{\triangle}$，5 乙$_{\triangle}$。　　8 句

《正始》以此爲例曲。與【黄鐘引子・玩仙燈】不同。《寒山堂譜》卷五亦引此曲，題"元散曲。"《寒山曲譜》題："元詞。"與此别句字略有出入。《定律》卷一録之，與此同。《大成》卷七十一引録此曲，署"散曲"，與此僅"暗塵"二字屬下句，餘同。

此可補元代南曲【黄鐘過曲・玩仙燈】一調。

此與【黄鐘過曲・神仗兒】【要鮑老】【畫眉序】【玉漏遲】【喜看燈】六曲屬同一套曲，以過曲首牌【畫眉序】之首句"薄日乍烘晴"爲題；然據【畫眉序】所題，本套題目實爲《歲時豐稔》。

【賞宫花】

【黄鐘過曲】桃腮杏臉，……　　舊散套《鼇山聳雲高》，《正始》頁 43

《正始》【黄鐘過曲・賞宫花】以《殺狗記》"錢落手中"爲例曲，尾批："《沈譜》曰：'第一句若第一、第二字用平聲，則第四字可用上聲；若第二字欲用仄聲，則第四字切不可用仄也。'此論最確。有舊散套《鼇山聳雲高》之此調第一句云云，正此義也。"《正始》頁 58 以【黄鐘過曲・鬬雙雞】《鼇山聳雲高》爲"元散套"，二曲當屬同套，故録此曲。

【繚山月】

1.【正宮引子】春晝日遲遲，金獸噴煙微。清明過却誤佳期，記年時花下深盟誓，人何處負芳菲？

2.【前腔換頭】無言魂斷闌干倚，心事有誰知？雲山萬疊信音稀，掩重門一陣黄昏雨，厮合噙淚偷垂。

元散套《頓成縈繫》，《正始》頁 135

《正始》以此二曲爲變格，第一曲題注："此引末句變爲六字。"第二曲題注："首句比上格增爲七字。"並且詳論此調自唐以來之變化："至元，規而爲引子，且其始調、換頭之末煞二句，皆上七下五之句法。近至明時，仍爲引子，且其始調、換頭之煞，皆變作四字三句。"

【劉潑帽】

【南吕過曲】對景對景無心詠，時聞枝上流鶯，如何喚得春愁醒？羞對畫屏，花間翡翠雙雙並。萬慮生，獨守房櫳静。

元散套《鸞凰同聘》，《正始》頁 585

《正始》列此爲四格，題注："首句用疊字，此格儘有。第二句變六字，第三句下增四字、七字二句。"《大成》卷五十一引此曲，題【水潑帽】，作集曲：前三句入【劉潑帽】，次二句爲【五馬江兒水】，末二句復入【劉潑帽】。别居一格，然棄簡就繁，且失原貌。

【醉雁兒】

【仙吕調近詞】【告雁兒】告得雁兒，雁兒，【解三醒】記當初共伊設誓，到如今誤我歸期。爲君家受盡多勞役，爺娘罵我你争知？傍人講説相思你，只教我飲氣吞聲無語可回。相煩你，千言萬語，説向他知。

元散套《如醉如癡》，《正始》頁 1112

格式：4，2，7 乙$_△$，7 乙$_△$。7$_△$，6 乙$_△$。7$_△$，7$_△$。3$_△$，4$_△$，4$_△$。

11 句

集曲，前用【仙吕調近詞·告雁兒】首兩句，後用【仙吕過曲·解三酲】正格《西厢》體全九句。“醉”乃化用【解三酲】，非直用其字。第八句八字，“可”字當是襯字。

此可補元代南曲一調。

【餘音】

1.【南吕過曲】金釵鈿盒重新正，翠被香温叙舊情，鮫綃帶綰重再整。

《鸞凰同聘》，《詞林摘豔》乙集頁 181；《雍熙樂府》卷十六頁 395 上欄

2.【商調過曲】一年好景還依舊，正橘緑橙黄時候，强把金樽開懷斷送秋。

《從别後》，《詞林摘豔》乙集頁 175；《南宫詞紀》卷三頁 583 下欄

格式 1：7$_△$，7$_△$，7$_△$。　　3 句

2：7$_△$，7 乙$_△$，7$_△$。　　3 句

第一曲用式 1，參見【南吕過曲·金錢花】考辨。是爲【南吕】收煞，與《新譜》卷二十六【南吕尾·不絶令煞】同格。《雍熙樂府》句字與此略有差異。第二曲用式 2，參見【商調過曲·二郎神换頭】考辨。是爲【商調】收煞，與《新譜》卷二十六【商調尾·尚繞梁煞】同格。所謂【餘音】，實即南曲【尾聲】的别稱。

此可補元代南曲二調。

十　六　筆

【錦衣香】

1.【仙吕入雙調過曲】將楚館焚，秦樓拽。洛浦填，涇河絶。梅家庄水罐湯瓶，打爲磁屑。賈允宅守定粉墻缺，武陵溪間花兒，釘了樁橛。楚襄王夢驚，漢相如趕翻車轍。深閉芙蓉闕，紫簫吹裂。碧桃花下，鳳凰把翎兒生扯。　　元散套《暗想當時》，《正始》頁 1025

2.【仙吕入雙調過曲】傍花橋，紅樓鬧。象板敲，金縷調。我聽得可意嬌姝，歌喉清妙，雙雙對舞纖腰。香羅暖褪，汗濕鮫綃。這風流暢想，人不樂空老。宜把金樽倒，管誰悶惱？花前且醉，拚眠芳草。

元散套《春雨如膏》，《正始》頁 1027

《正始》列第一曲爲【錦衣香】第五格，題注："第五句上截增一字，第八句變六字二截。"尾批："此實古本原文古體，今人何不從之?"並於文詞律句，詳細考辨。列第二曲爲第六格，題注："第七句减爲六字，十一句减爲五字。"《舊譜》卷十以第一曲爲例曲，與此僅句字稍異。

【錦上花】

【仙吕入雙調過曲】初相見，誓盟設，空教我暗傷嗟，恨千疊難割難捨。他把奴全然不藉，直恁的信音絶，誰知你到今心性別。咭叮的玉簪折，支楞的弦斷絶。盼的癡呆，我則想盡老同歡，弄巧翻做了拙。

《樂府群玉》元散套，《正始》頁 922

《正始》列此爲第二格，題注："此比上《王祥》格止争末句五字，亦可證《蔣譜》非。"

【燕歸梁】

【正宫引子】庭樹晝陰多，照紗窗海榴如火。捲珠簾暫把綉工那，燕將雛，驀地雙飛過。　　元散套《倦臨鸞》，《正始》頁135

《正始》列此爲【正宫引子・燕歸梁】正格，題注："與【羽調・燕歸梁】不同。【羽調・燕歸梁】即九宫【商調・風馬兒】，又與十三調【越調・風馬兒】不同。"

此與【南吕宫過曲・青衲襖】二曲爲同一套曲，即以首曲【青衲襖】第一句前三字"倦臨鸞"爲題。

十　七　筆

【賺】

【正宫過曲】行李都辦，早登程去心如箭。休苦留戀，漸覺江天紅日晚。欲臨行，孜孜的覷着心兒裏暗約，教人怎不埋怨。黯然分散，恁時兩處消魂，悶縈方寸。

《新緑池邊》，《盛世新聲》子集頁46，《詞林摘豔》辛集頁802

此曲出處參見【正宫過曲・怕春歸】考辨。此較《小孫屠》第十出【正宫過曲・賺】，僅第三、第九兩句各减一字，餘同。《詞林摘豔》《舊譜》句字與此略有差異。

【薄媚衮】

【正宮過曲】花占得秋容幽雅，蜂蝶何曾惹，風味殊佳。黄金蕊，白玉英，翠葉遮。須管年年，不負此花。《樂府群珠》元散套，《正始》頁 208

《正始》列此爲第三格，題注："比上《拜月亭》格減去第四、第五二句。次曲亦然。"

【賽鴻秋】

【正宮過曲】俺相別時節，正逢着春海棠花初綻蕊。也則是微分間現，霎時間榴花噴紅蓮放，沉冰果避暑摇紈扇①。逡巡菊花黄金風起，敗葉飄，梧桐變。不覺的臘梅開冰花墜，暖閣内將香醪旋。四季景偏多，思想心中戀。不知俺那俏冤家冷清清，獨自個悶懨懨何處擔着寂怨。《新緑池邊》，《盛世新聲》子集頁 45，《詞林摘豔》辛集頁 802

格式：5 乙$_{\triangle}$，7 乙$_{\triangle}$。6$_{\triangle}$，7 乙，7 乙$_{\triangle}$。7$_{\triangle}$，3，3$_{\triangle}$。7 乙$_{\triangle}$，7 乙$_{\triangle}$。5，5$_{\triangle}$。7，7 乙$_{\triangle}$。　14 句

此曲出處，參見【正宮過曲・怕春歸】考辨。北曲有【正宮・賽鴻秋】，與此不同。《正始》以【賽鴻秋】爲【正宮調近詞・雁過聲】之别名，與此不同；而較《正始》【正宮過曲・攤破雁過燈】《吕蒙正》體，此增第六句、第十至十二句，餘同。《雍熙樂府》卷二與此句字略異。

此可補元代南曲【正宮過曲・賽鴻秋】一調。

---

① "避暑"後《盛世新聲》空二格，《詞林摘豔》空一格。

十　八　筆

【綉帶兒】

【南吕過曲】無伴，楚臺月下閑鳳管，因循歲華將半。想天涯海角飄零，花前酒邊盤桓。金猊何處薰幃幔，把恩情雪消冰泮。繚亂，肝腸似剜，因此上隨風喘。　元散套《花陰下》，《正始》頁632

《正始》列此爲【綉帶兒前腔换頭】第四格，題注："减去第六二字句，前五句《韓壽》格，第六、七句常格，末三句未詳。"尾批："此'花陰下'套數，載於《樂府群珠》。"詳細論證此調與《舊譜》所載《陳光蕊》【癡冤家】絶不同，此"必【綉帶兒】變體無疑也"。

【雙赤子】

【道宫調近詞】勘破塵勞，一場夢覺。好似花開謝，湧退春潮。子孫貴嬌，賢哉不肖，成敗難保。　元散套《勞生擾擾》，《正始》頁1280

格式：$4_{\triangle}$，$4_{\triangle}$。5，$4_{\triangle}$。$4_{\triangle}$，$4_{\triangle}$，$4_{\triangle}$。　7句

《正始》列此爲第二格，題注："此第四句减爲四字。此格多有。"尾批："元譜原題而曰【雙赤子】，而屬【道宫調】。"不知何人以此一曲連下三闋之【畫眉兒】並改作【赤馬兒】，又以【畫眉兒】首句移作此調之末句，"致四曲皆似合頭唱法"；"且時譜亦不審其詳，亦置於'不知宫調'内，使後學何能識此古體"？《舊譜》不載此調。《沈譜》附録【不知宫調過曲】有【赤馬兒】，題注："疑亦誤。"可見也把握不定；較【雙赤

子】與【畫眉兒】之合調，仍多數句，頗難考識。《新譜》卷十一存録此調，即《正始》頁 1279 所引之明散套《芳菲過眼》，正是《正始》所批評者。《新譜》題注："從徐本録入。"當是信從了徐于室的意見。

此可補元代南曲一體。

此與【仙吕引子・望遠行】【前腔换頭】【道宫調近詞・拗芝麻】四曲屬同一套，題爲《勞生擾擾》。

十　九　筆

【懶畫眉】

【南吕過曲】花開花謝悶如醒，日遠日疏冷似冰，眼前光景總凄清。漫水流花徑，庭院黄昏門半扃。

《鸞凰同聘》，《詞林摘豔》乙集頁 179；《舊譜》卷四頁 144

此曲參見【南吕過曲・金錢花】考辨。《寒山曲譜》以此爲例曲，句字稍有變化。"清"，原作"情"，據《舊譜》《寒山曲譜》改。

二十筆及以上

【鬬雙雞】

1.【黄鐘過曲】綺羅叢裹樂聲喧，鬧蛾兒人喜歡。抹土搽灰，恣舞盤旋，仕女兒雙雙鬬嬌面。向天街上相並肩，向天街上相並肩。

元散套《鼇山聳雲高》，《正始》頁 58

2.【黄鐘過曲】亂撒瓊瑶墜光粉，想滕神真恁狠。剪水裁冰，下得越緊，轉覺寒威透重門。怎不教人怨恁，怎不教人怨恁。

元散套《元夜撒珠璣》，《正始》頁 58

《正始》列第一曲爲正格，題注："此調，今人錯以【滴溜子】誣其名。"尾批："此末句平煞。明初賈仲明南北合套仄煞云①：'儘教他天漸曉。'②"《正始》列第二曲爲第二格，題注："末句亦六字，句節不同。"

第一曲，《寒山堂譜》卷五、《寒山曲譜》、《大成》卷七十均引爲例曲，《寒山》二譜題"舊曲。"題注："七句，四十字。"與此僅句字略有不同，但第二句前二字作"鬬雞"而非"鬧蛾"，爲唱本題，意義較此更爲清晰。《大成》署"散曲"。與【賞宫花】當屬同套，題爲【鼇山聳雲高】。

第二曲，《正始》頁 1057【黄鍾調近詞・玉翼蟬】僅存殘句，與此同

---

① 云，原作"去"，形近而誤。

② 《盛世新聲》丑集【黄鐘・醉花陰】套【神仗兒】存録此曲，其辭云："一派歌聲動地表，唱的是直恁好。孔雀屏開，映徹絞綃，玉斝金樽鬬相招，儘教他天漸曉。"《詞林摘豔》卷九題《元夜》，署"皇明賈仲名散套"；《雍熙樂府》卷一題《燈詞》，然作【耍鮑老】，末疊一句；《北宫詞紀》卷一題《元宵賞燈》，署"明賈仲名"，亦作【耍鮑老】，末句不疊。

韻，可能屬同一套，然署"明傳奇《元夜撤珠璣》，"依例不録。

【攤破第一】

【正宫調近詞】好時好景，夜色澄澄。不負此宵佳境，六街九衢歌聲競。笑聲喧，鬧駢闐，看瀲灩傾國傾城，引行人渾不轉睛。另巍巍，萬般都厮稱，擺着袖兒月下行。

元散套《現團團桂輪》，《正始》頁 1080

《正始》列此爲【攤破第一】正格。《寒山堂譜》卷二標署"元散曲《雍熙樂府》"，題【攤破塞鴻秋】，題注："十一句，五十五字。"與此僅末句作"風飄袂擧嫦娥不恁撑"。然查《雍熙樂府》卷二、卷三之【正宫】和卷十六《南曲》，均未見此套和此曲，待考。《定律》卷二入【正宫過曲】。

附

紐少雅《九宫正始自序》：訪友途中，偶得奇書，"乃漢武帝及唐玄宗之曲譜也。凡今之詞調，多從上古之樂府來源。然今此書，致多有式無文者，上古名曰《骷髏格》，至漢易爲《蛤蟆貫》，後唐玄宗鄙其不雅，易作《歌樓格》，又曰《詞輿》，又曰《詞林説統》"。《九宫正始》存録標署《詞林説統》者五曲，均爲小令，未署年代。陸侃如、馮沅君先生《〈南戲拾遺〉導言》對此已作過一些研討，認爲：所謂《骷髏格》，多半是假托"漢唐古譜"，以取得人們的贊同；關於具體曲文，不能武斷爲杜撰；這些曲文所詠大都是"本意"，與早期的詞大都詠"本意"一樣，怕也是早期的作品；至於這些曲子的淵源，仍是個謎。我們今天的認識，並未超出陸侃如、馮沅君兩位先生當年所論。可補充者：一，末曲不是歌詠本題，當屬依調填詞，與前四曲有所不同；二，前四支牌曲已見於《正始》"元傳奇"集曲：如【三春柳】入【鶯集御林春】，【渡江雲】入【月雲高】，【怨别離】入【羅江怨】，【寄生子】入【金絡索】，後一曲【漁父第一】，《正始》引“元傳奇”《孟月梅》爲第二格，《張資》爲第三格，則此五支曲牌或亦爲元南曲曲牌。故全録五曲，正、襯一依原譜，存以備考。

《寒山堂譜》《寒山曲譜》有二曲雖題“元詞”，但經考辨可確定爲明清散曲。亦附於此，存録備考。

【三春柳】

【黄鐘過曲】暮景不堪描寫。記上林窈窕，太液摇拽。想佳人眉黛，憑伊遠山新月。比來夢腰還瘦怯，比太真眉更微些。轉眼新黄，回頭嫩緑，端不惹霧鎖煙迷，鶯棲鴉歇。又還愁由基持箭，預子關弓射。怕渭城人，誤唱《陽關曲》，斷送人離别。風弄柔條，日擠細枯，有誰來折？除非是，錯認章臺金綫，西湖飄葉。霸陵橋空悲切，恁般憔悴，這般磨滅。屈指也，春已矣，夏時節。　《詞林説統》小令，《正始》頁 110

格式：$6_{\triangle}$。4，$4_{\triangle}$。5 乙，$6_{\triangle}$。6 乙$_{\triangle}$，6 乙$_{\triangle}$。4，4，7 乙，$4_{\triangle}$。7 乙，5 乙$_{\triangle}$。3，5，5 乙$_{\triangle}$。4，$4_{\triangle}$，$4_{\triangle}$。3，6，$4_{\triangle}$。6 乙$_{\triangle}$，4，$4_{\triangle}$。$3_{\triangle}$，3，$3_{\triangle}$。　28 句

《正始》列此爲正格。又【商調過曲・鶯集御林春】，集曲，後用【三春柳】末四句，亦與此合。《舊譜》卷五、《沈譜》卷十四、《新譜》卷十四有【黄鐘過曲・三春柳】，作：“尋思最怕黄昏雨，我這裏獨守香閨。只怕銅壺玉漏滴，漫贏得珠淚垂。傷情處直恁的，誤我千般喬様勢，便下得忘恩義。但願得，早早教人如魚似水。”乃《盛世新聲》酉集所録【黄鐘過曲・春雲怨】“暗想嬌質”套之次曲，與此不同。《定律》卷一以此爲【三春柳】之【又一體】，標署“古曲”，與此僅“預”作“貔”，“擠”作“摧”，餘同。尾批：“此曲，諸譜雖注【三春柳】之【又一體】，然其字句、板式、起末、唱法，與前二曲無不相同，姑録以備參考。”其正格即《舊譜》《沈譜》《新譜》存録之曲。《簡譜》卷五承之，以《舊譜》《沈譜》《新譜》所引題【三春柳】，又以此題名【大三春柳】：“此曲文字至佳，若不用套數，即用此一支，亦可成齣，蓋此支本不入套，止可單用

也。"此曲描繪三春柳而及美人眉,爲唱本調。

《南戲拾遺》録此曲,"細桔"作"細梏","錯認"作"錯誤"。

【渡江雲】

【仙吕過曲】半壁自西來,始疑天墜於托人憂懷。有萬緒千端,更迓重山邁,似層巒疊嶂擬安排。頃然騰沸,無聲有色,驟然更變,有形匪骸。那更電光閃,雷勢轟,身覆於山眉,影射於江瀨。深林拗壑老樵夫,犯風癡;臨江高閣狂書生,害呆獃。唬殺煙波叟,驚死利名客。子陵離釣,買臣罷採。興萬籟,亡欸乃。牧豎投牛笛,耕奴棄犁篇。一個個手不能舉,一個個頭不敢擡。只見攢眉蹙額,驚奔荒郊外。俄爾天高樹渺(原缺),却是山氛水魄,凝成觸石,從雲的派。堪愛,屏香松佐翠靄,隔連筌補斷崖。形隨風幻,容分日綵。嫦娥剪,神女裁,曾怪朱明七夕,咱何曾睹此奇哉!異哉,美殺氤氲縹緲,飛過溟源一帶。漸溶化,漫疑猜:非霧非煙從何處來,逾峙逾江向何地埋?

《詞林説統》散小令,《正始》頁 311

格式:5$_{\triangle}$,7乙$_{\triangle}$。4,5乙$_{\triangle}$,7$_{\triangle}$。4,4$_{\triangle}$,4,4$_{\triangle}$。3,3,5乙,5乙$_{\triangle}$。7,3;7,3$_{\triangle}$。5,5$_{\triangle}$。4,4$_{\triangle}$。3,3$_{\triangle}$。5,5$_{\triangle}$。7乙,7乙$_{\triangle}$。4,5$_{\triangle}$。4,4$_{\triangle}$,4,4$_{\triangle}$。2$_{\triangle}$,6乙$_{\triangle}$,6乙$_{\triangle}$。4,4$_{\triangle}$。3,3$_{\triangle}$,4,7乙$_{\triangle}$。2$_{\triangle}$,5乙,6$_{\triangle}$。3,3$_{\triangle}$,7$_{\triangle}$,7$_{\triangle}$。　49句

《正始》列此爲正格,題注:"增王維圖《渡江雲》,浩然題燈。【月雲高】犯此。"又【仙吕過曲・月雲高】,集曲,後用【渡江雲】末二句,亦與此合。《舊譜》卷一【月雲高】題注:"【月兒高】頭,【渡江雲】尾。"然並無【渡江雲】本調。《沈譜》卷一【月雲高】題注:"此調犯【渡江雲】,而【渡江雲】本調竟缺。"《新譜》卷一承之。《定律》卷十一、《大成》卷四十三、《簡譜》卷九均引此爲例曲,《定律》《簡譜》入【般涉過曲】,《大成》題【高大石過曲】,題注:"一名【三犯渡江雲】。"署"散曲",與此句字均略有差異。《定律》尾批:"此曲,舊譜未載,諸傳奇中亦無此體。惟譚譜與鈕譜中有此'王維圖《渡江雲》,孟浩然題'之説。犯【渡江

雲】者，其句雖相似，然所犯之句乃【駐雲飛】也。"《簡譜》承之，尾批："余愛其新穎，亦載入焉。此支前五句原易作，自'頃然騰沸'起至'匪骸'四句爲一聯，'電光'至'江瀨'爲一聯，'深林'至'呆獃'爲一聯，須對，自'唬殺煙波'至'頭不敢擡'止，皆兩句爲一聯。'攢眉蹙額'下，句法清晰，無俟贅言，就文氣爲結構而已。此支止用一曲，不聯他調。"此曲唱調名。

【怨別離】

【南吕過曲】仰屋長吁，人之睽合如真戲。悠悠昊天曰父母，且良緣既假，盍使人恒聚？疇昔之宵，馥鬱花邊，蔥蘢葉底。共酌侵情緒，如何倏爾離吾矣。駒難縶維，心似旌旗，難寧一點靈犀。銀海睚瞞，漕漕如雨襟帶膩。中央宛在，神如飛蝶何時已？晝無語，宵無寐，飲食何滋味？有雁書難寄，無翅體難飛，怨別離何時會？

《詞林統説》散小令，《正始》頁 566

格式：$4_{\triangle}$，$7_{\triangle}$。6，4，$5_{\triangle}$。4，4，$4_{\triangle}$。$5_{\triangle}$，$7_{\triangle}$。$4_{\triangle}$，$4_{\triangle}$，$6_{\triangle}$。$4_{\triangle}$，$7_{\triangle}$。4，$7_{\triangle}$。3，$3_{\triangle}$，$5_{\triangle}$。5 乙$_{\triangle}$，$5_{\triangle}$，6 乙$_{\triangle}$。　23 句

此曲唱調名。《正始》列爲正格，題注："唐式。《蔣譜》疑【一江風】後三句爲【怨別離】，誤。"諸譜【一江風】均作隻曲，未題集曲。《正始》所謂《蔣譜》云云，實出《沈譜》卷十二【南吕過曲・羅江怨】尾批："《舊譜》謂末三句是【怨別離】，但【怨別離】本調無可考，而此三句，與【一江風】後三句，分毫不差。只以【一江風】唱之爲是。"《新譜》卷十二【南吕過曲・羅江怨】眉批："馮(夢龍)云：【怨別離】蓋【一江風】之別名也。"兩曲篇幅繁簡懸殊，不可等量齊觀。《定律》卷八、《大成》卷十八均引此爲例曲，《定律》署"古曲"，《大成》署"散曲"，僅句字略有出入。《大成》尾批："【怨別離】一闋，諸譜皆收，獨蔣、沈二譜不載。因曲中有'怨別離'句，故取以爲名。《南詞定律》收在【南吕宫】，審其聲調，應歸【大石調】爲是。"《大成》多以糾正《定律》爲是，然又置《正始》所論於不顧。

【寄生子】

【南吕過曲】萬物同心，群倫一志。蜾蠃負螟蛉，一似吾人，慮作若敖氏。匪蝶匪蜂，木空中伊之市。飛至桑畦，沃若叢叢，何嘗吞噬，那知他唯螟蛉自思？微如一粟，明珠相似，載欣載負，豈若鴟鴞恣？静言思之，以兩間變化，大都如是。吾羨彼不必恩斯，不必勤斯，七日内成伊嗣。　　《詞林説統》，散小令，《正始》頁 602

格式：4，4$_{\triangle}$。5，4，5$_{\triangle}$。4，6 乙$_{\triangle}$。4，4，4$_{\triangle}$，7 乙$_{\triangle}$。4，4$_{\triangle}$，4，5$_{\triangle}$。4$_{\triangle}$，4，4$_{\triangle}$。7 乙$_{\triangle}$，4$_{\triangle}$，6 乙$_{\triangle}$。　　21句

《南曲拾遺》録此曲，第七句破作三字兩句，“何嘗吞噬”下作句號，第十一句破作“5 乙，2”兩句，第十七、十八兩句合作九字一句，第十九句破作“3，4”兩句。

《正始》列此爲正格，題注：“亦名【細腰兒】。【金絡索】犯此。”《正始》頁 1323【高平調過曲・錦腰兒】尾批引此第四、第五兩句，注曰：“【細腰兒】，有唐玄宗歌樓格此調云云。”頁 1324 引此第七、第八兩句，注曰：“【細腰兒】，亦歌樓格云云。”又《正始》頁 600【南吕過曲・金絡索】，集曲，後用【寄生子】末三句；《舊譜》卷七有【商調過曲・金絡索】，後亦用【寄生子】末三句；均與此末三句合。《沈譜》卷十七、《新譜》卷十八均有【商調過曲・金絡索】，後用【寄生子】末二句，句字與《舊譜》有所變化。《沈譜》眉批：“【寄生子】，或作【寄生草】，非也。南曲無【寄生草】。”《新譜》眉批：“【寄生子】，南曲名，不可作【寄生草】。”《寒山曲譜》、《定律》卷十、《大成》卷五十七、《簡譜》卷九均引此爲例曲，《定律》《大成》《簡譜》入【商調過曲】，句字與此大同小異。《寒山曲譜》題名“《咏螟蛉》”，尾批：“【寄生子】，明時有其名而無其文，近從子猶馮先生遺書所得，味其詞，恐非元人手筆，識者辨之。”據《正始》《舊譜》，極可能爲元人手筆，至遲爲明初作品。《簡譜》尾批：“舊譜皆不載此曲，而犯曲中有用此牌者，令人未知本調，此亦憒憒也。因録此曲，用二支即可成齣焉。”

【漁父第一】

【商調近詞】憶昔邂逅招提寺，這般不言不語。問你名兒住居，悄低聲細説姓字。家居古樹雙門裏，怙恃雙亡少故知。從學未得師撲理，感荷多嬌盼小的。盼小的，貧徹骨寒酸無比，草廬中未娶妻。讀書問聖賢，探微奥揆情測義，又誰思議恁般滋味。紅爐暖閣偎珠翠，錦被鴛衾挹玉肌。殢雨尤雲魂夢飛，是夢裏醉裏？

《詞林説統》失名氏，《正始》頁 1195

《正始》列此爲正格。《沈譜》卷十九、《新譜》卷十九、《定律》卷十、《簡譜》卷九均引《孟月梅》"是則是路途間好"爲例曲，《定律》卷十又引《江天雪》"是則是路途間别"爲正格，與此俱句格相同，僅句字略有出入。

【油核桃】

【仙吕過曲】論夏月可人心性，對蓮池紅粧臨鏡。柳梢頭才上天街静，却又早人約黄昏。

元詞《樂府統宗》，《寒山堂譜》卷一頁 655 上半葉

《寒山堂譜》題注："四句，二十九字。"此與戲文【油核桃】正格不同。《沈譜》卷一、《新譜》卷一、《定律》卷四均引此爲【油核桃】之【又一體】。《沈譜》題注："或作【油葫蘆】，非也。"署"散曲"。《新譜》已署"祝枝山作《詠月》套"。《正始》頁 1110【仙吕調近詞・孤飛雁】尾批引此爲明人祝枝山"金盤玉餅"散套之【油核桃】曲，《全明散曲》亦已輯録。此依例姑且存録之。

【桂子着羅袍】

【仙吕過曲】【桂枝香】鄰雞霄店，凉乘書劍。肩輿月挂殘勾，又曉色蒸霞開豔。喜人行圖畫，【皂羅袍】只見悠悠客店影潛潛，似一團走馬燈兒焰。疏林煙際，小橋翠尖；小橋曲畔，鞭稍畫簾。皇都景色行將漸。

元詞，《寒山曲譜》頁 613

格式：$4_{\triangle}$，$4_{\triangle}$。6，$6_{\triangle}$。5 乙，$7_{\triangle}$，$7_{\triangle}$。4，$4_{\triangle}$；4，$4_{\triangle}$。$7_{\triangle}$。　10 句

集曲。前用【桂枝香】首五句，後用【皂羅袍】末七句。

《新譜》卷一引此爲【桂子着皂羅】之【又一體】，署"鞠通生《晓发句曲道中》"，是沈自晉自叙已作，當無疑義。《全清散曲》已輯録。

附録二

其他宋元戲文輯録

説　明

1. 在“戲文三種”和《正始》《寒山堂譜》標署爲“元傳奇”的曲牌以外,明清南曲諸譜中還有一些經考訂可查證出於這些“元傳奇”但未被收録的曲牌,輯録於此。

2. 明代曲選套曲中既有數曲作爲“元傳奇”已被收録,則套中其他曲子按理亦可視爲元代戲文,經考辨而輯録於此。

3. 近時期宋元戲文輯佚和研究取得了一些重要成果,特别是《風月錦囊》這部“我們迄今所見最早的中國戲曲選刻本”的整理、研究,豐富和充實了宋元戲文文獻。在陸侃如、馮沅君《南戲拾遺》、錢南揚《宋元戲文輯佚》(以下簡稱《輯佚》)、趙景深《宋元戲文考略》(以下簡稱《考略》)等已有成果的基礎上,王季思《全元戲曲》、孫崇濤、黄仕忠《風月錦囊校箋》、黄仕忠《宋元戲文拾遺》(以下簡稱《拾遺》)等論著論文,又新增了《王祥》《林招得》《下江南》《魯秋胡戲妻》等佚曲,考辨可信,亦輯録於此。

4. 總匯以上情形,此編共得曲牌 250 個,其中始見曲牌 44 個、曲體 35 個;得曲 403 支,其中殘曲 2 支,拾補 1 支。

5. 各譜、曲選所録文字間有不同,此一般依始見材料所録,或擇善而從,不作詳細校勘。每曲著録出處,可備查考。曲牌以筆劃排列,按正編和諸譜先後爲序。

6. 已見諸正編拾補者,不再重複輯録。

7. 正編與《附録一》已考辨者，不再詳析格式，僅根據需要略作説明，以省篇幅。

8. 未見於正編與《附録一》者，則列其格律，簡要説明。

一　筆

【一撮棹】

【正宮過曲】清宵短，樽前好傳杯；白晝永，酷暑怎當敵？願得樵樓上，銅壺漏休催。三兩盞，何妨夜眠遲。

《唐伯亨》，《盛世新聲》酉集頁 552，《雍熙樂府》卷三頁 163 中欄

此爲【一撮棹】之省句格：較正格第四句後減省“$3_{\triangle}$，$5_{\triangle}$；3，$5_{\triangle}$”四句，餘同。

《盛世》《雍熙》以此曲入【正宮過曲・雁過聲】“赤帝當權耀太虚”套，僅句字小異。《正始》以此套之前四曲【正宮引子・喜遷鶯】【正宮過曲・雁過聲】【前腔換頭】【風淘沙】及末曲【尚輕圓煞】均入“元傳奇”《唐伯亨》，則中間二曲（此曲與【風淘沙么篇】）亦可視作《唐伯亨》之曲。【風淘沙么篇】於《訂律》【風淘沙】考辨中已録入。

【一匹布】

【越調過曲】聽呼唤，出房前，不知有甚言。尋思此事淚漣漣，原來是婆婆討錢。　《殺狗記》，《舊譜》卷六頁 175，《沈譜》卷十五頁 518

《定律》卷十三、《大成》卷二十四、《簡譜》卷十亦引此曲，與此同。

二　筆

【八聲甘州】

【仙吕過曲】潛地拜我妻，只怕那飲食，酒肉藏毒味。先宜防備，莫待禍起臨時。聞君此語當記取，只恐怕脚後脚前難避之。自此，告天天伏望周庇。

《王祥》，《舊譜》卷一頁 82

原題【八聲甘州過】，然與《錯立身》《孟月梅》【八聲甘州】格大同小異。《舊譜》有此類"過"字者共五曲，均爲始調之【前腔换頭】或別體。此曲即爲【八聲甘州】正格之別體。

【人月圓】

【大石調過曲】軍馬來，四下如鐵桶，眼見京城壁空。他每趕着無輕縱，人似豺狼馬似龍。遭驅擄，親骨肉，甚年何日重逢？

《拜月亭》，《大成》卷十八頁 1857

【十二時】

【商調引子】終朝生懊惱，漫自嗟排還到。堆上淹煎，砌成潦倒，喘吁吁氣餒形消，未卜死生何兆。

《王魁舊傳》，《大成》卷五十六頁 4549

《大成》列此爲【又一體】，尾批：此曲與《正始》所録《琵琶記》體僅第五句句讀不同,“餘句悉同”。《全元戲曲》卷十二最早輯録此曲,是。

三　筆

【大聖樂】

1.【南吕引子】生長幽閨正年少,深庭院鎮長歡笑。兒夫多喜,風流管教,百歲偕老。

《陳巡檢》,《舊譜》卷四頁 123,《沈譜》卷十二頁 349

2.【南吕過曲】吾家累代簪纓,我一身享現成。金玉滿堂多豪貴,怎答謝父娘恩。奈與親生兄弟兩個不和順,却與非親結義深。(合)此事非容易也,論人生好惡,宿世緣分。

《殺狗》,《舊譜》卷四頁 131,《風月錦囊》卷十一頁 493

第一曲與《張協狀元》所題【大聖樂】同。《沈譜》題【大勝樂】,題注:“‘勝’,或作‘聖’。與詩餘不同。”第二曲,《沈譜》題注同上【引子】,《新譜》卷十二承之。《大成》卷四十九引第二曲爲正格,題【大勝樂】,題注:“‘勝’,一作‘聖’。與本宫【引】不同。”與此句字略有變化。

【女冠子】

【黄鐘引子】馬蹄篤速,傳呼簇擁雕轂。宫花帽簇,天香袍染,丈夫得志,佳婿乘龍。裝顧聞唤促,又將嬌面重遮,羞娥輕蹙。這姻緣不俗,金榜題名,洞房花燭。

《琵琶記》,《舊譜》卷五頁 154,《沈譜》卷十四頁 451

《沈譜》題注:“與【南吕・小女冠子】不同。”眉批:“此曲皆用入聲韻,而乃用‘龍’字在内者,龍、隴、弄、六,可轉入入聲也。‘乘龍’或作‘坦腹’,‘嬌面’或作‘綵扇’,皆非。”《新譜》卷十四承之,眉批:“《琵琶》考注則云:中州韻原無此音,後人不可學。”《大成》卷六十九引此爲正格。

【三疊排歌】

【仙吕過曲】前路梗,行步生,那更天將暝。憂心戰兢兢,傷心淚盈盈。那些兒凄慘,那些兒寂寞,清風明月最關情。無人來往冷清清,叫地不聞天不應。不忍聽,不美聽,聽的疏鐘山外兩三聲。(合)風力勁,天氣冷,一程分作兩程行。

《拜月亭》,《舊譜》一頁 70,《沈譜》卷一頁 127

《舊譜》題注:“三字起。”《沈譜》題注:“‘三疊’,不可解。又名【道和排歌】。”《新譜》卷一承之。《定律》卷十二、《簡譜》卷十即題【道和排歌】,作集曲:前用【道和】全調十句,後用【三疊排歌】末六句。實與《正始》【三疊排歌】隻曲大同小異。然《簡譜》入【羽調過曲】。《大成》卷七十七引録此曲,僅句字稍異,(合)從“不忍聽”起。尾批:“前四句與【道和】同,自第五句至第十句則異矣。後段六句,雖類【排歌】,實非集調。如【中吕宫】之【漁家燈】【喜漁燈】之末,與【剔銀燈】尾相同,而實非集【剔銀燈】之類是也。當收作正曲。次闋(即此曲)刊本誤作【憶多嬌犯】,非,今改正。”

【山坡裏羊】

1.【商調過曲】那日因遭兵燹,兄妹移家遷汴。亂軍中拆散雁行,兩下裏追尋不見。叫瑞蓮,有個佳人忽偶然。相隨同到招商店,合卮曾憑媒妁言。(合)交歡,誰知一病纏;堪憐,分開鳳與鸞。

2.【商調過曲】佩德啣恩非淺,别後心常懷念。縱有湖陽公主,那宋洪怎做得虧心漢。石可轉,吾心到底堅。貪豪戀富怎把人倫變,爲學須當慕聖賢。(合)姻緣,難把鸞膠續斷弦;絲鞭,辜負嫦娥愛少年。

《拜月亭》,《大成》卷五十七頁 4625

《大成》引此二曲爲【又一體】,較正格《月令承應》"疑樹雲連山背",第三句後增七字一句。然有兩個問題:一是以明清宫廷大戲爲正格而以戲文爲變體,本末倒置;二是其正格與《正始》【山坡羊】近似,而與《張協狀元》【山坡裹羊】不同。

【三臺令】

1.【商調引子】自别南粤郵亭,又近東甌禁城。水秀共山明,睹風物喜不自勝。《荆釵記》,《舊譜》卷七頁 185,《沈譜》卷十五頁 554

2.【商調引子前腔】久聞倩館芳名,猛拚一醉千金。活脱似昭君,行來的便是桂英。

《王魁》,《沈譜》卷十八頁 607,《大成》卷五十六頁 4545

《沈譜》題第二曲爲【熙州三臺】之【换頭】,《大成》引第二曲與始調(《正始》【三臺令】"晚來雲淡風輕")併爲一曲,均誤。《新譜》卷十八僅録第一曲。

【川撥棹】

【雙調過曲】當初我來求親,你却不依允,到今日果被他負恩。(合)當原先是我好意,誰想他每忘本。

《荆釵》,《定律》卷九頁 525,《大成》卷二頁 408

《定律》引此入【又一體】,題【仙吕過曲】,尾批:"此曲與【川撥棹】忒無交涉,然諸譜皆載,姑附於末。"此式雖與【川撥棹】七句體不同,但與《張協狀元》格僅首句增三字作六乙句,第四句增三字作七乙句,餘同，則不能説“忒無交涉”。列【又一體】，是。

【山坡羊】

1.【商調過曲】亂荒荒不豐稔的年歲，遠迢迢不回來的夫婿，急煎煎不耐煩的二親，軟怯怯不濟事的孤身已。衣盡典，寸絲不挂體。幾番要賣了奴身已，争奈没主公婆教誰管取。（合）思之，虚飃飃命怎期；難捱，實丕丕災共危。

《琵琶記》，《沈譜》卷十七頁 565，《大成》卷五十七頁 4630

2.【商調過曲】撇得我不尷不尬，閃得我無聊無賴。親家你一霎時認真，逼他去投江海。怎布擺，禍從天上來。你嫡親父母尚且不遮蓋，反將他諧老夫妻打開。（合）哀哉，撲簌簌淚滿腮；傷懷，生擦擦痛怎捱。　　《荆釵記》，《大成》卷五十七頁 4628

3.【商調過曲】滴溜溜難窮盡的珠淚，亂紛紛難寬解的愁緒。骨崖崖難扶持的病體，戰兢兢難捱過的時和歲。教奴怎忍饑，教奴怎生吃。思量不如奴先死，圖得不知，他親死時。（合）思之，虚飃飃命怎期；難捱，實丕丕災共危。　　《琵琶記》，《大成》卷五十七頁 4631

第一曲，與《正始》《王十朋》格同。《沈譜》尾批：“或又謂：‘四句起者是【山坡羊】，三句起者是【山坡裹羊】。’亦非也。”《新譜》卷十八承之，以此入【又一體】，以沈璟《曲海青冰》套“學取劉伶不戒”爲正格，題注：“即【山坡裹羊】。”《大成》引此三曲，均入【又一體】，且以第三曲爲第一曲之【前腔】。尾批：各體“句法不一，並録入，以備選用。”又【山坡裹羊】尾批：以首二句六字句者爲正格，首二句七字句者爲【又一體】，又以中間較正格增一句者亦爲【又一體】。此對【山坡裹羊】的分析似乎清楚，却又與【山坡羊】相混淆了。故以諸譜所論，此二調後實合併歸一，較爲符合實際。

【山花子】

【中吕過曲】曉來習習和風扇，正飛柳絮飄綿。早不覺雕檐綉簾，隨風舞庭院。粉蝶翩翩，鬬穿雙雙，戲取在花徑前，忙忙爲花惜少年。怎忍觀花，冷落在花邊。　　《百花亭》，《舊譜》卷三頁 114

徐渭《南詞叙録》列《百花亭》爲"宋元舊篇"，《寒山堂譜》所附《譜選古今傳奇散曲集總目》題注："曹子貞學士著。"趙景深《考略》頁 111—112 對此有較詳辨析："曹子貞字元用，《元史》有傳。他是决不可能去創作《百花亭》那樣'荒誕'的劇本的。並且王焕故事的劇本，據劉一清《錢塘遺事》，在南宋末已自盛行，再不必等到曹子貞才來創作的。敷演此劇現殘存曲文較多，像《南詞叙録》'宋元舊編'載有《百花亭》《賀憐憐煙花怨》兩本，《九宫正始》有《王焕》和《風流合三十》，《南九宫譜》有《王焕》和《百花亭》，都是内容類同的劇本或一劇的異名。所以，現存殘曲應入某劇還不能有確切的佐證。"錢南揚《輯佚》、《全元戲曲》卷十二均已收録，故亦從《舊譜》録存。

此較《小孫屠》及《正始》所録諸曲，僅中腹有所不同，當爲變格。

【三段子】

【黄鐘過曲】你殺了人，使孫榮埋屍葬軀。敢生妄語，葬屍骸指實在那裹。我經官首告拿伊去，徒流絞殺難逃避，(合)事到頭來悔已遲。

《殺狗記》，《大成》卷七十頁 5965

【小蓬萊】

1.【仙吕引子】間别家鄉遥遠，嗟萍梗離緒綿綿。重觀圍苑，松菊尚在，桃李依然。

2.【前腔】獨守門庭深院，聽畫檐靈鵲聲喧。孤鸞隻鳳，今朝會

合，重效鶼鶼。　　　　《王祥》，《舊譜》卷一頁 66，《沈譜》卷一頁 96

3.【仙吕引子】策馬登程去也，西風裏舉落難辛。淡煙荒草，夕陽古渡，流水孤村。

4.【前腔】滿目堪圖堪畫，那野景蕭蕭冷浸黄昏。樵歌牧唱，牛眠草徑，犬吠柴門。　　　　元傳奇《鄭元和》，《荆釵記》第四十一齣

前二曲，《舊譜》僅用“○”間隔，未用【前腔】；《沈譜》僅録第二曲。錢南揚《宋元戲文輯佚》頁 32 注：“【小蓬萊】，《沈譜》引從‘獨守門庭’句起，僅有半闋，蓋將此曲分成兩支。《正始》册三引《柳耆卿戲文》也如此。然戲文中也有不分的，如《李亞仙》‘策馬登程’一曲便是。”第三、四兩曲，《大成》卷一合爲例曲，題《荆釵記》。錢氏《輯佚》頁 67 注云：“此曲見《荆釵記戲文》第四十一齣。案：《正始》册三《孟月梅》【八聲甘州】下注云：‘此本爲今改本《荆釵記》所竊。況《荆釵記》此折之【引子】，亦竊元傳奇《鄭元和》者也。’則此【小蓬萊】原爲《鄭元和》戲文中曲，今據以録入。雖則《鄭元和》不一定就是《李亞仙》，姑附於此。”《正始》注文見第 336 頁。此曲見《六十種曲》本，確如《大成》，聯爲一曲，上片外唱，下片由净、末分唱，實際也是分爲兩截的。此依譜剖分爲兩曲。

【大環着】

【中吕過曲】幸相逢今夜，共同歡悦。盡是前生，前世緣結。卑人命乖運拙，荷得夫人提攜，這般恩德，怎生輕舍。但和伊相看到底，勸你休得意閑心卸。成匹配人盡説，更勝如當時御水紅葉。

《東墻記》，《舊譜》卷三頁 118

此格較《正始》所引《張資》正格，僅第十句句節不同。錢南揚《宋元戲文輯佚》頁 195 注：“‘卸’字疑誤。”是，雖韻叶而文理欠暢。《輯佚》以“卸”字屬下，攤破成文：“卸成匹配。人盡説，更勝如當，時御水紅葉。”如此不僅失韻，且破其格，不從。仍當如《張資》【前腔换頭】，

視此句作八字句。

【三句兒煞】

【黄鐘過曲】恩情怎比閑花草，往常恨更長寂寥，今夜只愁天易曉。
《拜月亭》，《大成》卷七十一頁 6104

【小桃紅】

【越調過曲】最關情處，無奈路遠山遥，回首望家鄉杳也。未能够脱白挂緑袍，先推輛絹車兒，勉力過山凹。嬌怯怯怎生熬，最苦是背兒駝，手兒軟，脚兒蹺也。(合)咱是個王祥行孝道，順母嚴情怎憚勤勞。
《卧冰》，《定律》卷十三頁 254，《大成》卷二十四頁 2154

《定律》《大成》均以此爲【越調過曲・小桃紅】之【又一體】。《定律》尾批："此曲體數最多，板式各家亦皆不同，故多録數曲，以備參考。"與《正始》【越調過曲・小桃紅】《劉智遠》"臘天不雨"格，僅正襯不同，章規句律均可對應。《雍熙樂府》卷十六《王祥出外》套題此曲爲【山桃紅】，誤。

【下山虎】

【越調過曲】正是見鞍思馬，睹物傷情。觸起我關心事，教人怎不淚零。如今吾婿，得沐聖朝榮寵。我女一身成畫餅，他穩坐在吉安城，他猛浪滔天魂未醒。(合)追想越悲哽，當此衰年暮齡，反要衝寒匍匐行。
《荆釵》，《定律》卷十三頁 255，《大成》卷二十四頁 2158

《定律》《大成》均引此爲正格，《大成》與此句字略有變化。

【三换頭】

1.【仙吕入雙調過曲】【五韻美】酷暑熱,炎威透,盼園中不覺淚流。嫂嫂動勞獨受(原作"首"),理合與你分憂。【掉角兒】休休,嬸嬸逐勞,疾放手,母親見,把奴來僝僽。【香羅帶】聽奴語,嫂嫂放手。奴替你,何須直恁多愁。

2.【前腔】【五韻美】多謝你,恩深厚,恐覆水應(原作"印")難再收。母親發惡時候,苦苦怎生搭(原作"荅")救。【掉角兒】聽剖,我的言語,須應(原作"印")口,你執見,好不唧嚁。【香羅帶】娘嫌憎,人易醜。恐伊勸諫他番作冤仇。

《王祥》,《風月錦囊·全家錦囊》卷十五頁376

此題《王祥·汲水争挑》。孫崇濤、黄仕忠《箋校》:《王祥》"其本久佚,僅錢南揚《宋元戲文輯佚》輯得佚曲八十餘支。錦本則保存三段成套曲文,可增補十支佚曲,並得以補正錢輯本部分佚曲排列順序和注稱行當之誤"。黄仕忠《拾遺》認爲此即宋元南戲《王祥》之佚曲。資料可貴,存録備考。

《正始》【三换頭】以《蔡伯喈》體爲例曲,爲集曲。較之,此已有變化:前用【五韻美】《拜月亭》格首五句,第三、第四兩句由四字增爲六字句;次用【掉角兒】第五至第九句,然第五、第六兩句原當作三字句;後用【香羅帶】《蔡伯喈》格尾四句。原文未注犯調,此依譜補題所集調名。

【三仙橋】

【南吕過曲】非是奴尋夫遠遊,只怕我公婆絶後。奴見夫便回,此行安敢久。路途中,奴怎走。望公婆,相保佑我出外州。他兀自没人看守,如何來相保佑,只怕奴去後冷清清誰來祭掃。縱使遇春秋,一陌紙錢怎有？你生是個受凍餒的公婆，死做個絶祭祀的姑舅。

《琵琶記》，《寒山曲譜》頁 375，《大成》卷五十頁 3891

【大和佛】

【中吕過曲】寶篆沉煙香噴濃，濃熏羅綺叢。瓊舟銀海翻動酒鱗紅，一飲盡教空。持杯自覺心先痛，縱有香醪欲飲難下我喉嚨。他寂寞高堂，菽水誰供奉，俺這裏傳杯喧哄。(合)你休得要，對此歡娱意忡忡。　　《琵琶》，《新譜》卷八頁 13 上半葉，《定律》卷六頁 69

《新譜》眉批："即【和佛兒】。"尾批引馮夢龍對此曲與【舞霓裳】異同之考辨，説見《訂律》【和佛兒】。《定律》、《大成》卷十與此句字稍異，《定律》尾批："此曲，舊譜中多與【舞霓裳】聯綿牽扯，總不分清。今將通行之最熟之曲畫一點板，以别二曲。非批舊譜之謬，姑以少分涇渭耳。"《大成》尾批意同。《寒山曲譜》引此曲爲【舞霓裳】正格，尾批："此詞前四句，比【大和佛】大同小異，後半曲皆同。今人又云：'【舞霓裳】，又名【大和佛】。'恐一詞兩名。"《大成》卷十引第二曲爲【舞霓裳】之【又一體】，尾批：較正體"惟多第七句。《舊譜》誤作【大和佛】，非"。要之，"大"通"太"，此調與【太和佛】同，亦即【和佛兒】之别稱。

此可補戲文一調名。

【山虎兒】

【越調過曲】皆因是潑奶婆，把言語唆挑，激發我母親心焦。常打罵怒不消，暗裏包藏笑裏刀。(合)把親兒愛惜如珍似寶，把繼子王祥輕如糞草。　《卧冰》，《定律》卷十三頁 291，《大成》卷二十四頁 2190

格式：6 乙，$4_{\triangle}$，7 乙$_{\triangle}$。6 乙$_{\triangle}$，$7_{\triangle}$。3、$6_{\triangle}$，3、$6_{\triangle}$。　　7 句

《定律》《大成》均列此爲例曲。《大成》以末二句作"5 乙，$4_{\triangle}$；5

乙,4△"四句,餘同。《雍熙樂府》卷十六《王祥出外》套題此曲爲【鬭寶蟾】,與《正始》所引明傳奇《黄孝子》【鬬寶蟾】"行行巴蜀近"不同,且句字多有差異,誤。

此可補戲文一調。

四　筆

【五供養】

1.【雙調過曲】十中缺九,喜姑姑産下窮劉。兒夫曾囑咐,怎干休。把花言設誘,哄得這孩兒入手。(合)管教一命喪清流。

《白兔》,《定律》卷九頁 502,《大成》卷三頁 526

2.【仙吕引子】别來久矣,自離朝尊體無恙。骨肉重再睹,喜非常。屈指數月,折倒盡昔時模樣。思故里念家鄉,多少鬢邊霜。

《拜月亭》,《大成》卷一頁 307

《定律》《大成》《簡譜》卷八均引第一曲爲【又一體】,較正格,合末三句作七字一句,餘同。《大成》入【仙吕過曲】,尾批:"第四曲(即此第一曲)前六句與第三曲(即《殺狗記》"今生有幸")同,第七句作六字折腰一句。"然曲文實作七字句。《大成》引《綵樓記》"胸中豪氣"爲正格,題注:"與本宫正曲不同。"引第二曲爲【又一體】,然與《正始》【過曲】正格相近。《簡譜》【五供養】尾批:"惟《白兔》'十中缺九'一曲,係節去……(第七、第八兩句)十字耳,亦不可謂【又一體】也。"

【五更轉】

1.【南吕過曲】告母親，聽分剖，非是奴應口。多謝嬸嬸相將就，念我勤勞，憐奴生受。奴與嬸，侍母親，不落後。將他愛惜把奴厮僝僽，瓦兒何薄，磚兒何厚。 《王祥》，《舊譜》卷四頁 146

2.【南吕過曲】心痛苦，難分訴，一從往帝都。終朝望你諧夫婦，誰想今朝，拆散中路。我母親，信讒言，將奴誤。（合）你一心貪戀他豪富，把禮義綱常，全然不顧。 《荆釵記》，《大成》卷五十頁 3925

3.【南吕過曲】你望故人，如天遠，相逢在目前。閨中小姐曾會你在招商店，拜月亭前，説出心願。鄉貫同，名字真，非訛舛。（合）爹爹母親望乞垂憐見，早使相逢，不索留戀。

《拜月亭》，《大成》卷五十頁 3926

《大成》、《簡譜》卷七均以第二曲爲正格。《簡譜》尾批："此調亦可用在首支。通體句法自明。惟'誰想今朝，拆散中路'二句，實止七字上三下四也。"《大成》以第三曲爲【又一體】，尾批："前二闋格式無異，爲正體。"

【太師引】

【南吕過曲】這是街坊誰劣相，砌莊家形貌衰黄。若没個息婦來相傍，少不得也這般凄凉。敢是神圖佛像，猛可地小鹿兒心頭撞。丹青匠由他主張，須知漢毛延壽誤王嬙。

《琵琶記》，《沈譜》卷十二頁 388，《寒山曲譜》頁 352

《沈譜》《寒山曲譜》均列此調爲【太師引】【又一體】之【前腔】，《沈譜》題注："末一句犯【刮鼓令】。"較《正始》所引《蔡伯喈》格，末句亦作七字，故可不用犯調。然《新譜》卷十二以此爲【太師令】之【前腔】，題注："原作【又一體】，今改定。"《寒山曲譜》尾批："'婦'字用平聲乃叶。

《舊譜》注犯【刮古令】，愚意决無一曲中只犯一句者，如【五供養】亦然。或作者偶佚推敲耳，存爲變體可也。”隻曲集曲，一波三折，仍以隻曲爲是。

【天下樂】

【中吕過曲】智遠咨啓，荷公婆收録提攜。幸一身免遭污泥，五百年前結會。山雞怎逐鸞鳳飛，深感不嫌棄。銘心在肺腑，難所恩和義。(合)豈容易，雙雙盡老，百歲效于飛。

《白兔》，《寒山曲譜》頁 426，《定律》卷四頁 536

《寒山曲譜》引此爲【又一體】，《定律》以此爲正格。《大成》卷一引此入【仙吕引子】。

【五韻美】

【越調過曲】休戈甲，罷征戍，區宇宣王化。惠及生靈，恩沐遐邇。如今日之際海之涯，普天之下。(合)再生重見太平，歡聲四洽。

《拜月亭》，《定律》卷十三頁 263

《定律》、《簡譜》卷十均列此爲【越調過曲·五韻美】之【又一體】，較正格句字變化較大：第三、第四、第六、第七均减字，第八句增二字。《大成》卷二十四引此爲【越調過曲·排歌】例曲，題注：“與【羽調】正曲不同。”然較之《正始》之【越調排歌】【仙吕宫·羽調排歌】【三疊排歌】，均與此不同，故仍當從《定律》。

【六么序】

【仙吕入雙調過曲】官司遍榜，捕拿陀滿興福惡黨，正身拿住受官賞。一路裏尋蹤迹，問形狀，見了休想我輕輕放。

《拜月亭》，《舊譜》卷十頁 222

格式：4△，4、4△，7△。3，3△，7△。　　6 句

《舊譜》以此爲例曲，與《小孫屠》北曲【六么序】不同。細校此格，與【六么令】僅第二、三兩個四字句併作八字一句，第四句襯"一路裏"三字，末句不疊。《重訂拜月亭記》第七齣《興福遇隆》即題【六么令】，與此句字略異，"一路裏"作"一路"，正是襯字，末增"輕輕放"三字一疊句。《六十種曲》本《幽閨記》第七齣《文武同盟》亦題【六么令】，無"一路裏"三襯字，末句作"俺待見時休想輕輕饒放"，並疊用一句。故此曲當爲【六么令】。南曲諸譜未見【六么序】，故頗疑《舊譜》"序"乃"令"之筆誤？待考。

依例姑存此曲，可補戲文一調名。

【水底魚兒】

1.【越調過曲】天下賢良，爲功名臨帝鄉。白衣卿相，望登天子堂。有一等魍魎，本是個田舍郎。粧模打樣，也來赴選場。

《荆釵》，《舊譜》卷六頁 175，《沈譜》卷十五頁 521

2.【越調過曲】朝省尚書，昨日蒙聖旨。道狀元及第，教咱去陪宴席。越著鞭越退，遣人心下疑。(合)轉頭回望，叫我的還是誰，叫我的還是誰。

《琵琶》，《定律》卷十三頁 307

第一曲，《沈譜》尾批："此調，細查《琵琶》《拜月亭》諸舊曲，皆如此。而'暮登天子堂'一句，與'也來入試場'一句，腔亦不同。今人但知有四句，蓋因唱者懶唱八句，故作詞者，亦只作四句以便之，遂認舊曲八句者爲二曲矣。"是，《小孫屠》與《正始》所引《拜月亭》，此調均作八句。《新譜》卷十六承之，《目録》題注："全八句。"《定律》卷十三、《簡譜》卷十均疊用末一句。《定律》題【比目魚】，《簡譜》題【水底魚】，尾批："此曲九句爲正格，又名【比目魚】【水中梭】【泥裏鰍】，皆從【水

底魚】三字巧立名目也。”第二曲，《定律》引爲例曲，尾批：“此曲即【比目魚】，原係八句，後人只唱四句，遂疑一爲二。查《幽閨》可知。又名【水中梭】【泥裏鰍】。”此有兩個問題。一，既然是“原係八句”，則末句當不用疊句，《小孫屠》《拜月亭》均不疊。二，【水底魚兒】與【比目魚】同格，當是一調二名，“戲文三種”、《舊譜》《沈譜》《新譜》《正始》等僅有【水底魚兒】而無【比目魚】。《大成》卷二十五引第一曲爲【又一體】，尾批：“【水底魚兒】全闋本八句，末句作疊，共成九句，此格式也。但前人往往删去半闋，只用四句，末句亦作疊，創成五句格，此不足法。因通行已久，姑爲從俗。《南詞定律》將全闋改作【比目魚】，未免與【大石調】内【比目魚】相混，仍其舊名爲妥。”是。

【月兒高】

【仙吕過曲】喊殺聲連天，骨肉怎相戀。自古常言道，人離鄉賤。到得今朝，平安幸非淺。是則是身狼狽，眼前遭迍邅。

《拜月亭》，《舊譜》卷一頁 79，《沈譜》卷一頁 108

《舊譜》題作【攤破月兒高】。然較《正始》【月兒高】《孟月梅》“看遍閑花草”格，此僅第四句减一字作四字句，餘同，並非“攤破”。此從《沈譜》。《新譜》卷一以此作【月兒高】之【又一體】，題注：“舊題【攤破月兒高】。”

【五更香】

【南吕過曲】【五更轉】我獻燈，燈光亮，吉人天降祥。陰空保祐保祐福無量，願我嫂嫂哥哥，身康無恙。（合）【香柳娘】願慈悲顯現，願慈悲顯現，降臨道場，消除這災障。

《白兔記》，《沈譜》卷十二頁 415，《寒山曲譜》頁 380

《沈譜》、《寒山曲譜》、《定律》卷八、《大成》卷五十一、《簡譜》卷七均以此爲例曲。《沈譜》《寒山曲譜》題【五更轉犯】,《沈譜》題注:"新增。"尾批:"前半是【五更轉】本調,後不知犯何調,俟再查明。"《六十種曲》本《白兔記》第九齣《保禳》亦題【五更轉犯】,連用四支,此爲第三曲,然無第八句之疊句。《正始》已作批評。此從《寒山曲譜》《定律》《大成》《簡譜》。

【月上海棠】

【仙吕入雙調過曲】君子儒,文章學業馳名譽,但一心憂道豈爲憂貧居。十年捱淡飯黄齏,終身享鼎食重裀。先賢語,果謂書中,自有金玉。　《拜月亭》,《舊譜》卷十頁 223,《沈譜》卷二十頁 650

《新譜》卷二十三、《定律》卷九亦以此爲例曲。《大成》卷二以此爲【又一體】,入【仙吕過曲】。

【六么令】

1.【仙吕入雙調過曲】皇恩若念臣,我也不圖,禄及吾身,只愁恩不到雙親。空孤負,這孤墳,(合)料天也會憐憫,料天也會憐憫。

《琵琶記》,《沈譜》卷二十頁 681,《定律》卷九頁 513

2.【仙吕過曲】心慌步緊,料想皇恩,已到寒門,披袍秉笏更垂紳。冠和帔,一番新,(合前)　《琵琶記》,《大成》卷三頁 521

第一曲,《新譜》卷二十三亦以此爲例曲。第二曲,《大成》引爲【又一體】,尾批:此曲第二句由七乙句改"作八字兩截句,小有異耳"。後二句與第一曲同,故改題(合前)而省減原文。《元本琵琶記校注》第四十二齣《牛相出京宣旨》存録此兩曲。

【元卜算】

【仙吕入雙調過曲】文龍拜别登岐,爹媽休得過慮。孝順公婆老,成名天下知,焉敢頓忘伊。

《劉文龍》,《沈譜》卷二十頁 715,《定律》卷九頁 522

《大成》卷三署"散曲",誤。

【木蘭花】

【南吕調慢詞】悶挑燈把琴自理,試彈弦弄曲,一操求凰。前緣分福得會面,天教配偶,美女才郎。

舊傳奇《司馬相如》,《沈譜》卷十三頁 444,《新譜》卷十三頁 1 下半葉

《沈譜》《新譜》原作【木蘭花】之【前腔换頭】,錢南揚《宋元戲文輯佚》頁 45 改題【前腔】,尾注云:"此曲開頭與上曲(始調)並無不同,原題【换頭】,誤。今正。"是。此題全名。

【不漏水車子】

【中吕過曲】告壯士休怒嗔,不嫌我草寨貧。拜壯士爲山中頭領,掌管嘍囉五百名。且自沉吟,漫自評論,畫影圖形,捕捉甚緊,不如隱遁在此埋名徑。(合)多蒙便應承,小的每悉遵鈞令。

《拜月亭》,《寒山曲譜》頁 431,《定律》卷六頁 108

格式:6 乙$_{\triangle}$,6 乙$_{\triangle}$。7 乙$_{\triangle}$,7$_{\triangle}$。4,4,4$_{\triangle}$,4$_{\triangle}$,7$_{\triangle}$。5$_{\triangle}$,7 乙$_{\triangle}$。

11 句

此調較【中吕過曲·水車歌】不同。《大成》卷十一尾批:"各譜所收【不漏水車子】,只此一曲,用韻甚雜,填詞家但取其式可也。"《六十

種曲》本《幽閨記》第九齣《緑林寄迹》存録此曲，與此僅句字出入。

此可補戲文一調。

【月轉紅上馬】

【仙吕過曲】【月兒高】五更時候，抱石江邊守。遠觀江水溜，照見上蒼星和斗。【五更轉】荆釵拔下牢拴扣，遺下鞋兒，萬古芳名留後。【紅葉兒】休，三魂赴水流，【上馬踼】七魄隨波走。也只爲志節投江，萬古清名不朽。

《荆釵》，《定律》卷四頁 617

格式：$4_{\triangle}$，$5_{\triangle}$。$5_{\triangle}$，$5_{\triangle}$。$7_{\triangle}$，4，$4_{\triangle}$。$1_{\triangle}$，$5_{\triangle}$，$5_{\triangle}$。4，$5_{\triangle}$。　12 句

集曲。前用【月兒高】首四句，次用【五更轉】第三至第五句，次用【紅葉兒】末兩句，後用【上馬踼】末三句。

《定律》題此曲爲【换頭】，未録始調。《原本王狀元荆釵記》第二十八存録此曲，題【月(原作"弓")落五更】，與此大同小異，然未分題析調。考《沈譜》卷一、《新譜》卷一有【二犯月兒高】：首六句用【月兒高】，次三句用【五更轉】，次二句用【紅葉兒】，末二句復用【月兒高】，與此第四句後增"4，$5_{\triangle}$"二句，減省第十句五字句，句格差擬相近。諸譜未見此調著録。

此可補戲文一調。

【引宮花】

【越調過曲】【引軍旗】聽拜稟令弟不仁，贖毒藥害你身。兄弟見了痛傷情，哥哥自宜思忖。(合)舍弟是讀書人至誠，無此事不須憂悶。【賞宮花】思之禍福生死皆由命，果然半點不由人。

《殺狗》，《定律》卷十三頁 337，《大成》卷二十四頁 2204

格式：7 $乙_{\triangle}$，$5_{\triangle}$。7，$7_{\triangle}$。$7_{\triangle}$，$6_{\triangle}$。7，$7_{\triangle}$。　8 句

集曲。前用【引軍旗】全調六句，與正格相較，僅第四、第六二句

互易；後用【賞宫花】末二句。

《大成》題此爲【引軍旗】之【又一體】，隻曲，末二句爲(合頭)，句字、正襯與此僅略有變化。《六十種曲》本《殺狗記》第六齣《喬人行譖》存録此曲，亦題【引軍旗】。南曲諸譜亦未見此調著録。此調僅此一見，或是《定律》後創之體，以與【引軍旗】區别。姑且依例存録。

此可補戲文一調。

【月轉盼花期】

【仙吕過曲】【月兒高】獨上層樓去，聽他甚行止。仔細聽來後，却是巡更輩。喝號提鈴，聲音振屋宇，【五更轉】教奴聽得心憔悴。【滿院榴花】落在長行隊，難禁這勞役。【誤佳期】吁，臘雪滿天飛，(合)凍死街頭，那有人來憐你。　　　　《白兔記》，《大成》卷四頁626

格式：$5_{\triangle}$，$5_{\triangle}$。5，$5_{\triangle}$。4，$5_{\triangle}$，$7_{\triangle}$。$5_{\triangle}$，$5_{\triangle}$。$1_{\triangle}$，$5_{\triangle}$，4，$5_{\triangle}$。13句

集曲，前用【月兒高】首六句，次用【五更轉】第四句，再次用【滿院榴花】第五、第六兩句，後用【誤佳期】末四句。

問題是【滿院榴花】爲後出之曲，《定律》卷九、《簡譜》卷九均入【商調過曲】。查《六十種曲》本《白兔記》第十七齣《巡更》存録此曲，題【月兒高】；成化本《白兔記》以此曲與【前腔】合爲一曲，用減句格，亦題【月兒高】。校之《正始》，此與【月兒高】不同，與【二犯月兒高】僅第八、第九兩句均作四字，餘同，參見【誤佳期】。如是，則第八、九句仍屬【五更轉】，第十、十一句入【紅葉兒】，末二句屬【月兒高】本調，則不必别創一調。晚明清初曲家解讀舊文，多據己意，分章析調，以求妥帖，故多创集曲，另立新名。此亦爲一例。姑從之存録。

此可補戲文一調。

五　筆

【生查子】

【南吕引子】遵依娘命我，獨守園兒内。才見火雲飛，又見金風起。

《王祥》,《舊譜》卷四頁 126

【生姜牙】

【南吕過曲】從他往帝京，兩月餘。一心指望登科舉，回鄉故。忍下的，輕辜負，相門重贅多嬌女。不思量，撇下荆釵婦。棄舊連新小書生，虧心折盡平生福。

《荆釵》,《舊譜》卷四頁 130

此與《正始》所引諸格後截不同:《殺狗記》格末作三字三句，《趙氏孤兒》格末句改作七字，此則作七字二句，當是變格。

【玉交枝】

1.【仙吕入雙調過曲】從執箕帚，受禁持逆來順受。竭力事母親怎敢落後，這奶婆何苦要搬鬭？挑唆的母親百事有。無辜把奴斯僝僽，致令得增人易醜。

《王祥》,《舊譜》卷十頁 229

2.【仙吕過曲】雙親衰倦，你扶持看他老年。饑時勸他加餐飯，寒時頻與衣穿。做媳婦事舅姑不待你言，你做孩兒離父母何日返？(合)又未知何日再圓，又未知何日再圓。

《琵琶記》,《大成》卷三頁 518

《大成》引第二曲題【玉嬌枝】，列【又一體】，尾批：此曲“末句，仍用疊句法，俱不失體”。

【石榴花】

1.【中吕過曲】朔風凛凛身在旅館有誰親，不如回鄉故守清貧。問天何故困儒人，奈衣單食缺，有口難陳。想先賢也曾受苦辛，料儒冠豈誤英俊。男兒漢氣冲霄志凌雲，只憂道不憂貧。

《冤家債主》，《舊譜》卷三頁106，《沈譜》卷八頁275

2.【中吕過曲】破窑關上舉目又誰親，回頭只有影隨身。仰觀踈踈剌剌半天星，颼律律冷風旋，刮起灰塵。將他誤人書問幾聲，直恁的誤得索性。守着你賣不得吃不得，那些兒一字值千金。

《殺狗記》，《寒山曲譜》頁410

3.【前腔换頭】非因小侄怒生嗔，那得閑衣閑飯養閑人。又不會鋤田車水與耕耘，夫妻兩口常貪困。因此寫休書退了親，叫個收生婆落了他身孕。(合)劉郎若得爲官後，直待黄河水澄清。

《白兔記》，《寒山曲譜》頁411，《定律》卷六頁37

第一曲，《沈譜》尾批：“此【石榴花】本調也，《殺狗記》及《白兔記》俱有之。今人却以《荆釵記》‘覷着你花容月貌’，及時曲‘折梅逢使’‘佳期約定’皆作【石榴花】，不知彼三曲皆【榴花泣】也。”是。《新譜》卷八承之，尾批又有：“《殺狗記》此調末二句云：‘守着你賣不得吃不得，那些一字直千金。’妙甚。《白兔記》後二句云：‘劉郎發迹爲官後，大家榮耀李莊門。’‘劉郎’句與此調略有不同。並載以備參考。”《定律》卷六引第一曲爲正格，又以第三曲爲【前腔换頭】例曲，《大成》卷十則引作【又一體】。《寒山曲譜》以第二曲爲始調，列第一曲爲【其二】，尾批：“【其三】【其四】同。”如此則爲同格；第三曲作【又一體】，尾批：“‘劉郎’句比前不同。”較之，前爲三字三節九字句，此爲七字句。第一曲當從《舊譜》《沈譜》《新譜》《定律》等題署，屬《冤家債主》；《六十種曲》本《殺狗記》第三十一齣《夫妻叩窑》僅存録第二曲，末二句與

《新譜》所引全同;《六十種曲》本《白兔記》第十齣《逼書》連用【石榴花】四支,第三曲爲第二首【前腔】,與此句字略有變化,《新譜》尾批所引爲第一曲末二句。

【玉芙蓉】

1.【正宫過曲】家私雖足富,心性忒愚魯。向書齋剛學得者也之乎。無才休想學干禄,有才的便能身挂緑。(合)時不遇,且珍藏韞匵。際會風雲,那時求價待沽諸。

《荆釵記》,《大成》卷三十一頁 2716

2.【正宫過曲】金爐香篆消,寶鏡塵埋了,數歸期一夕又還一朝。薄衾小簟殘鐘曉,暮雨梨花魂暗消。我的相思病,多應是命所招,算人心不比往來潮。

《李玉梅》,《群音類選》清腔類頁 2054,《南音三籟》散曲上卷頁 121

第二曲,《群音類選》題《閨怨》,《吴歈萃雅》元集、《珊珊集》卷一、《怡春錦》、《南音三籟》均題《怨别》。全套六曲:【普天樂】【雁過聲】【小桃紅】【傾杯序】【玉芙蓉】【尚輕圓煞】,各曲選曲名、曲序稍有不同。《萃雅》《珊珊集》署高東嘉,《群音類選》《南音三籟》署無名氏;《南音三籟》尾批:"此套世俗所共賞,然只是常詞,無破綻耳,無大警處。《萃雅》刻以高東嘉,非也。應亦只是梁少白、鄭虚舟一流人筆。"但《正始》引前三曲入"元傳奇《李玉梅》",則此曲與【傾杯序】【尚輕圓煞】亦當如是。諸本句字稍異,此從《群音類選》。

【白練序】

1.【正宫過曲】十年立學,今喜成名志氣豪。也只願封妻,報母劬勞。誰知那相府,逼勒成親苦見招。(合)不從後,將咱改調,此心懊惱。

2.【前腔换頭】吾兄免自焦,休得見小。論吉人終須,造物相保。

你休辭路途遥，見説潮陽景致好。(合)焚香告，一心靠着，蒼天便了。

《荆釵》，《定律》卷二頁302

《定律》正格首句三字，尾批："此曲首句三字、四字、十字、十一字俱可。"以此二曲俱題【前腔】。第一曲首句作四字句，同《正始》之正格；第二曲首句增字作五字句，第二句由七字句减作四字句，餘同，實【前腔换頭】。《大成》卷三十一題注："一名【素帶兒】。"引第二曲爲【又一體】。

【本宫賺】

【中吕過曲】韓信當時，漂母哀憐賜與食。時運至，拜將封侯多富貴。一雙筯，拿不住放不得；一口飯，吞不進吐不出。嫂賜食，一似吕太后的筵席。　《殺狗》，《定律》卷六頁128，《寒山曲譜》頁409

《定律》、《大成》卷十一均引此爲例曲，與《正始》所引《拜月亭》"且與人留人"，變化極大，或爲二曲。《寒山曲譜》題【鼓板賺】，與《正始》【中吕調近詞・鼓板賺】《劉文龍》"奴在深閨"亦有較大差異。

【古皂羅袍】

【仙吕過曲】宅上事如麻，都要去解。那得工夫前來，出於無奈。非不用心，非不挂懷，(合)望東人凡百事可憐擔帶。

《殺狗記》，《大成》卷二頁344

《大成》列此爲【又一體】，較《正始》正格、變格均不同。尾批："【古皂羅袍】三闋，各具一體，惟《卧冰記》《殺狗記》有之，餘未之見。因各譜俱載，姑存之。"

【甘州歌】

1.【仙吕過曲】【八聲甘州】風光正暮春，便縱然勞役，何必愁悶。綠陰紅雨，征袍上染惹芳塵。雲梯月殿圖貴顯，水宿風飡莫厭貧。【排歌】乘桃花，躍錦鱗，一聲雷動過龍門。榮歸去，綠綬新，休教妻嫂笑蘇秦。　《伯皆》，《舊譜》卷一頁82

2.【前腔換頭】【八聲甘州】芳春景最奇，正可人不暖，不寒天氣。千紅萬紫，開遍滿目芳菲。香車寶馬逐隊隨，不見往來遊人渾似蟻。【排歌】争如我，折桂枝，十年身到鳳凰池。身榮貴，回故裏，人人都道狀元歸。　《荊釵》，《定律》卷四頁599

3.【前腔換頭】【八聲甘州】攜筇傍水邊，歎人生番覆，一似波瀾。不貪不愛，只守着暗中流年。齏鹽歲月一兩餐，茅舍疏籬三四間。【排歌】田園少，心地寬，從來不會皺眉端。居顏巷，人到罕，閉門終日枕書眠。　《陶學士》，《群音類選》清腔類頁2023—2024，《南音三籟》散曲上卷頁85—86

第一曲，《舊譜》原題【甘州歌過】，與《正始》所引【甘州歌】《蔡伯喈》體【前腔第四換頭】同格。"過"字實爲【換頭】格標記。第二曲，《定律》題【甘州歌】之【前腔換頭】，句格與第一曲同。第三曲，《群音類選》題《閑情》，《吴歈萃雅》元集、《南音三籟》均題《恬退》。全套五曲：【甘州歌】【前腔換頭】【解酲歌】【前腔】【尾聲】，各曲選曲名稍有不同。《正始》引此第一曲首句和第三曲入"元傳奇《陶學士》"，則此曲與【解酲歌前腔】【尾聲】亦當如是。《群音類選》《三徑閑題》署王思軒，《萃雅》《南音三籟》署王陽明，均非。諸本句字稍異，此從《群音類選》。

【古輪臺】

1.【中吕過曲】峭寒生，鴛鴦瓦冷玉壺冰。闌干露濕人猶憑，貪看玉鏡。況萬里清冥，皓綵十分端正。三五良宵，此時獨勝。把清光都付與酒杯傾，從教酩酊。拚夜深沉醉還醒，酒闌綺席，漏催銀箭，香消金鼎，斗轉與參横。銀河耿，轆轤聲已斷金井。

2.【前腔換頭】閑評，月有圓缺與陰晴，人世有離合悲歡，從來不定。深院閑庭，處處有清光相映。也有得意人人，兩情暢詠。也有獨守長門伴孤另，君恩不幸。有廣寒仙子娉婷，孤眠長夜，如何捱得，更闌寂静，此事果無憑。但願人長永，小樓玩月共同登。

《琵琶記》，《沈譜》卷八頁 283，《寒山曲譜》頁 421

《新譜》卷八以此兩曲爲例曲。《定律》卷六録第二曲爲【前腔換頭】例曲。《大成》卷十引此二曲，均題【又一體】，尾批：第一曲爲正體，第二曲"首句變作二字，中間句法不同，惟後段無異"，則《大成》已多不辨【前腔換頭】與始調之關係，而作【又一體】視之矣。

【古針綫箱】

【南吕過曲】世上爲人，兄弟不親誰是親。不思共乳同胞義，又不念手足之恩。我如今和伊到城，説幾句勸我東人。（合前）

《殺狗記》，《寒山曲譜》頁 370，《大成》卷三頁 482

《寒山曲譜》列此爲【其二】，較其始調《殺狗記》"勸解不聽"，省減末三句，餘同。《大成》以此爲例曲，末有合頭三句："若得勸回心，取回兄弟，永遠和順。"與始調同。

【石竹子】

【南吕過曲】時遇寒食近清明，辦虔誠特來拜墳。一杯美酒澆奠，使人不覺淚零。紙錢高挂在墳頭，表孫華孝情；酒肴羅列在墳前，望陰魂受領。　《殺狗記》，《舊譜》卷四頁 133，《沈譜》卷十二頁 378

此調,《正始》題注:"俗名【石竹花】,誤。此調僅見元傳奇《拜月亭》有之,但其韻雜字訛,且不可句讀,難以爲式,故不便録。"此調最早見於《舊譜》,與【石竹花】各列一曲。《沈譜》卷十二、《新譜》卷十二題【石竹花】,《沈譜》題注:"《舊譜》作【石竹子】,非也。"眉批:"《舊譜》又有【石竹花】,與此句法皆同,但此調多'酒肴'二句。然此二句與'紙錢'二句句法相似,恐是重疊句法耳。"然又均無【石竹子】。《定律》卷八題此爲【石竹花】之【又一體】,尾批:"此曲之'紙錢高挂''酒肴羅列'二句,雖是重句,但板式與前曲(即《梅嶺》"掃地焚香會撞鐘")不同。張譜爲【紅衫兒】,似亦有理,但别譜俱爲【石竹花】,《殺狗》坊本亦題【石竹花】,姑從儒卿。然此曲甚不足法,惟備一體耳。"《寒山曲譜》引此曲入【紅衫兒】之【又一體】,句字多異,尾批:"《舊譜》爲【石竹花】,今改正。"俞爲民《殺狗記校注》第二十三齣《王老諫主》亦題【石竹花】。

此調自《沈譜》後已併入【石竹花】,此從《舊譜》《正始》,姑存舊名。《寒山曲譜》題【紅衫兒】,僅此一見,不從。

【四犯黄鶯兒】

【商調過曲】流水也似馬和車,頃刻間路途賒,他在窮途困旅應難舍。囊篋又竭,藥食又缺,他那裏悶懨懨難捱如年夜。寶鏡分破,玉簪跌折,甚日重圓再接。　　《拜月亭》,《沈譜》卷十七頁589

《沈譜》尾批:"此調,前六句分明皆【黄鶯兒】也,後面止有三句,却云'四犯',殊不可曉,姑仍舊名。"《新譜》卷十八承之,眉批:"近來諸説紛紛,總未的確。"較之《正始》【四犯黄鶯兒】《拜月亭》格,實以【四邊静】第五、第六兩句换用【黄鶯兒】之第七、第八兩句,故名【四犯黄鶯兒】。

【玉抱肚】

1.【仙吕入雙調過曲】騎鞍壓馬，甫能勾已得到家。大娘子爲何吃打？看男女面皮饒他。倘若説起淚如麻，且把娘子權放下。

《王祥》，《舊譜》卷十頁 229

2.【仙吕入雙調過曲】千般生受，教奴家如何措手。終不然把他骸骨，没棺槨送在荒丘。（合）相看到此不由人淚珠流，不是冤家不聚頭。　《琵琶記》，《沈譜》卷二十頁 710，《新譜》卷二十三頁 19 下半葉

【玉梅花】

【南吕過曲】妾只怨着程嬰，怨程嬰背主忘恩。害孤兒愛惜親生，身不思舊日同盟。（合）知是如今，未卜生和死難明。

《孤兒記》，《大成》卷五十頁 3956

《大成》以《正始》"元傳奇《趙氏孤兒》"例曲"終日悶守陰陵"爲正格，題此爲【又一體】，（合頭）文字亦同《正始》，則此當爲《趙氏孤兒》之曲，故存録之。句讀、正襯略有不同，此存原貌，可資對讀。

【玉漏遲序】

【黄鐘過曲】轟雷戰鼓，喊殺聲散亡，人盡奔逐。那時無他，可憐救我在危途。知何處作婢爲奴，知何處遭驅被擄。（合）今幸得，在畫堂深處。　《拜月亭》，《定律》卷一頁 182，《大成》卷七十一頁 6046

《定律》《大成》均以《拜月亭》"得寵念辱"爲正格，此題【前腔换頭】或【又一體】，首作三個四字句，餘同。《大成》句字、句讀與此略異。

【黄鐘引子】有【玉漏遲】，故《沈譜》卷十四、《新譜》卷十四與《定

律》、《大成》均題此爲【黄鐘過曲・玉漏遲序】，而【舊譜】卷五、【寒山堂譜】卷五等仍題此爲【玉漏遲】。如方便區分【引子】與【過曲】，當以題【玉漏遲序】爲是。

此可補元南曲一調名。

【四國朝序】

【雙調過曲】我聽伊説起園中事，唬得人戰戰兢兢懼。機關暗設没個知，緣何恍惚回家裏。（合）問伊藥酒事如何，從頭説與咱詳細。

《卧冰》，《定律》卷九頁 549

此與《正始》【越調近詞・四國朝】同。既爲【過曲】，無"序"亦可。南曲諸譜未見此題。

六　筆

【西地錦】

1.【黄鐘引子】只道兒夫何意，如今就裏方知。萬里家山，要同歸去，未審爹意何如。　《琵琶記》，《大成》卷六十九頁 5916

2.【黄鐘引子】幸得一人有慶，萬民咸賴康寧。蠻夷拱手來歸順，幸國泰民清。　《殺狗記》，《大成》卷六十九頁 5917

《大成》引此二曲均入【又一體】。

【江兒水】

1.【仙吕入雙調過曲】嫂嫂寬腸肚，休要淚垂。吾今跟趕家兄去，急急登程休停住，遲遲又恐成差誤。跨馬加鞭前去，念手足恩深，豈辭奔波途路。

《王祥》，《舊譜》卷十頁 228

2.【仙吕過曲】一紙書親附，指望同臨任所。何人套寫書中句，改調潮陽應知去，迎頭先做河伯婦。指望百年完聚，半載夫妻，也算做春風一度。

《荆釵記》，《大成》卷一頁 337

3.【仙吕過曲】聽説罷衷腸事，只爲伊，却原來不從招贅生奸計。懊恨娘行忒薄義，凌逼得你好没存濟。母子虔誠遥祭，(合)望鑒微忱，早賜靈魂來至。

《荆釵記》，《大成》卷閏頁 6831

第二曲，《大成》題注："一名【岷江緑】。"以此爲【又一體】，較正格，第二句增一字作六字句。第三曲，《大成》入【仙吕入雙角】南北合套，較正格略有變化。

【朱奴兒】

1.【正宫過曲】春名園奇葩異卉，夏冰館浮瓜沉李。秋玩蟾光折桂枝，逢冬景賞雪觀梅。知他是，愁唤做甚末的，總不解愁滋味。

《拜月亭》，《舊譜》卷二頁 89

2.【正宫過曲】常言道人無遠慮，必有個近憂來至。是我三人共結義，只愁他半路裹抛棄。説得是，作一個道理，早尋個長久計。

《殺狗》，《舊譜》卷二頁 102

3.【正宫過曲】是則是公文限緊，承尊命怎敢不允。管取十朝與半旬，到宅上備説元因。還歷盡，山郭水村，指日到東甌郡。

《荆釵記》，《沈譜》卷四頁 195

第一曲，《大成》卷三十一引此爲【又一體】，句字略異。第二曲，

《舊譜》題【醜奴兒】,《沈譜》卷四【正宫過曲・醜奴兒】引元傳奇《唐伯亨》二曲爲例曲,尾批:"《舊譜》所收,乃【朱奴兒】,非【醜奴兒】本調,故收此以正之。"是,《六十種曲》本《殺狗記》第六齣《喬人行譖》即題【朱奴兒】,故改題置此。第三曲,《沈譜》眉批:"此曲句句本色,又不借韻,此《荆釵》所以不可及也。或將末句'郡'字下增一'城'字,可恨。"《新譜》卷四、《簡譜》卷五存録第三曲,《簡譜》尾批:"此曲平仄多有未諧。"並作具體分析:"首二句亦對。"

【江頭送别】

【越調過曲】軟兀剌,軟兀剌,險些兒蹅倒。行不上,行不上,悶懷多少。付能得争挫的車兒定,平白地暗閃我一交。

《王祥出外》,《雍熙樂府》卷十六頁 399 下欄

此調,參見【越調過曲・綉停針】考辨。

【好孩兒】

【中吕過曲】恨不得掘地討天,見樹邊人生端然。土地公公塑在花園,許金錢指去鞭。歹人那裹見,那裹見。

《拜月亭》,《舊譜》卷三頁 108

此調,《正始》正格末兩句用七字疊句,此則僅五字疊末三字,略有變化。

【好姐姐】

【仙吕過曲】指望,終身奉養,誰知道中途骫髒。存亡未審,使奴愁斷腸。(合)心悽愴,願得親姑早會無災障,再願骨肉團圓樂最長。

《荆釵記》,《大成》卷一頁 345

《大成》引此爲【又一體】，較《正始》正格，首句六字破作“$2_{\triangle}$，$4_{\triangle}$”二句，第三句七字破作“4，5 乙$_{\triangle}$”二句。

【划鍬兒】

【正宫過曲】乘槎浮海非吾願，算來人被利名牽。登舟過福建，須要防危慮險。（合）明早動船，開揚播遷，願一陣好風，吉去善轉。

《荆釵》，《定律》卷二頁 341

【丞相賢】

【越調過曲】彎弓馳騎射雙雕，武勇超群膽氣高，紫袍金帶非同小。我如今，見隨朝，兵部尚書官養老。

《拜月亭》，《舊譜》卷六頁 176，《沈譜》卷十五頁 524

格式：$7_{\triangle}$，$7_{\triangle}$，$7_{\triangle}$。3，$3_{\triangle}$，$7_{\triangle}$。　6 句

《沈譜》眉批：“今人將此曲唱作【引子】，謬甚。”《新譜》卷十六承之。《定律》卷十三、《大成》卷二十五俱減省第四句，《定律》尾批：“此曲一名【破金歌】。但今之通行者，俱以此爲【引子】。”《大成》尾批：“諸譜注爲【破金歌】，較句讀板式，皆與【丞相賢】同，不必另爲一調。”較之《正始》【仙吕入雙調過曲・破金歌】《拜月亭》“青包巾上野花兒插”，【丞相賢】第三句後增三字一句，餘均同，故諸譜多視为一調二名，然不同宫調。此從早期曲譜，存其舊名。

此可補戲文一調名。

【有結果煞】

【雙調過曲】山青水緑還依舊，歎人生青春難又，惟有快樂是良謀。

《琵琶》，《定律》卷九頁 562，《大成》卷三頁 574

格式：7△，7 乙△，7△。　　3句

《簡譜》卷八引此爲例曲，以"是"字爲襯字，尾批："本調與正工各套，大半不用【尾聲】，小工各套則用之，皆按此格填詞也。末句六字，與各宮調【尾】異。"

七　筆

【豆葉黄】

【雙調過曲】你緣何無故，調撥我恩主。趕兄弟在破窑内落泊，歷盡艱苦。搬老婆舌頭敗風俗，你兩個甚豪富。（合）真乃是天教一樣苦。　　《殺狗》，《定律》卷九頁 509，《大成》卷三頁 515

《定律》、《大成》、《簡譜》卷八均列此爲【又一體】，《定律》尾批："此曲全然不似【豆葉黄】。因舊譜俱載，故收於後。"《大成》尾批：此曲"句讀，與前二曲（正體）體格迥異。"

【尾聲】

1.【中吕過曲】顯文明，開盛治，共説孝男並義女，玉燭調和，聖主垂衣。　　《琵琶記》，《沈譜》卷八頁 306，《新譜》卷八頁 24 上半葉

2.【中吕過曲】得歸來，非容易，再縮同心共一處，管取夫妻不暫離。　　《陳叔文》，《沈譜》卷八頁 307

3.【南吕過曲】因緣到此非容易，錦香亭上賦新詩，契合皆因手帕兒。　　《孟月梅》，《沈譜》附録【不知宫調過曲】頁 90

4.【黄鐘過曲】樓臺粉砌迷鴛瓦，聽撒撒更敲窗打，美酒羊羔勝

飲茶。　《李寶》,《盛世新聲》酉集頁531,《雍熙樂府》卷十五頁379

5.【商調過曲】年年此夜同歡慶,相會處今宵節令,金井梧飄玉露零。　《樂昌公主》,《盛世新聲》酉集頁552,《雍熙樂府》卷十六頁398中欄

6.【黄鐘過曲】酒剩花殘下金谷,月白風清歸去促,可惜明朝又初六。　元傳奇《無雙傳》,《明珠記》第三齣《酬節》

7.【南吕過曲】醺醺共入紗厨臥,簟紋如水勝冰壺,人間快活到大福。　《樂昌公主》,《盛世新聲》酉集頁553,《雍熙樂府》卷十六頁401下欄

8.【雙調過曲】園中作别應不久,等一月兩旬時候,弦斷再整重修。　《王祥守丹柰》,《盛世新聲》酉集頁530,《雍熙樂府》卷十六頁397中欄

9.【越調過曲】只愁頃刻强賊到,唬的我魂飛九霄,將一個行孝的王祥輕輕的斷送了。　《王祥出外》,《雍熙樂府》卷十六頁399下欄

10.【仙吕入雙調過曲】得團圓歡樂罷,和諧繾綣享榮華,何處垂楊堪繫馬。　《東墻記》,《雍熙樂府》卷九頁

11.【仙吕過曲】歎目前,機關漢,聲色香味任他瞞,長嘯一聲天地寬。　《陶學士》,《群音類選》清腔類頁2025,《南音三籟》散曲上卷頁87

12.【仙吕過曲】昏昏默默歸何處,哽哽咽咽常念你,願你直上嫦娥宫殿裏。　《荆釵記》,《大成》卷閏頁6836

第一、第二兩曲均緊綴於【永團圓】後,都未分列。《琵琶記》之"玉"字,原漶漫,據錢南揚《元本琵琶記校注》補。第三曲緊綴於【三十腔】後,《沈譜》入《附録》【不知宫調過曲】,《正始》以【三十腔】入【南吕過曲】,從之。第四曲,參見【黄鐘過曲·喜梧桐】《李寶》考辨。第五曲,參見【商調過曲·刮鼓令】《樂昌公主》考辨。第六曲,參見【黄鐘過曲·畫眉序】《無雙傳》考辨。第七曲,參見【南吕過曲·賀新郎】《樂昌公主》考辨。第八曲,參見【雙調過曲·醉公子】《王祥守丹柰》考辨。第九曲,參見【越調過曲·綉停針】《王祥出外》考辨。第十曲,

參見【仙吕入雙調過曲・風入松】《東墻記》考辨,《全元戲曲》卷十二頁 547 尾注:"《雍熙樂府》卷九,與前曲同録。然所録四曲惟此二曲同韻,當亦係《東墻記》曲,兹録以備考。"從之。第十一曲,參見【仙宫過曲・甘州歌前腔换頭】《陶學士》考辨。第十二曲,《大成》入【仙吕入雙角】南北合套。

【吴小四】

【商調過曲】肚又饑,眼又昏。家私没半分,子哭兒啼不可聞。(合)聞知相公來濟民,請些官糧去救貧。

《琵琶記》,《大成》卷五十七頁 4645

【沉醉東風】

【雙調過曲】向招颭黄旗影裏,選文星武宿爲魁。天香惹荷衣,遊街三日,男兒漢此時得意。(合)車馬往來馳,市井人民窺,都看狀元,接鞭盛禮。　《拜月亭》,《定律》卷九頁 497,《大成》卷三頁 537

【步步嬌】

1.【仙吕過曲】渡水登山多勞苦,來到荒村塢。遥觀一老夫,試問他家,住在何所。(合)趲步向前行,原來一所荒墳墓。

《琵琶記》,《大成》卷一頁 331

2.【仙吕過曲】將往事今朝重提起,越惱得肝腸碎。清明祭掃時,省却愁煩,且自酬醴。(合)須主得聖賢書,道吾不與祭如不祭。

《荆釵記》,《大成》卷閏頁 6829

3.【仙吕入雙調過曲】因爲黄鶯飛將去,飛在名園内。忙步過墻去,傍柳穿花,是處尋覓。原(原作"元")來飛在柳梢頭,要取渾無計。

4.【前腔】春窗(原作"囱")懨懨如癡醉,懶去捻針指。獨自離綉幃，步到園中，消遣情緒。只恐破鶯聲，驚散人憔悴。

《林招得》，《風月錦囊·全家錦囊續編》卷十八頁553

第一曲，《大成》題注：“一名【潘妃曲】。”以此爲【又一體】，與《正始》正格僅末句爲七字，餘同。第二曲，《大成》入【仙吕入雙角】南北合套。用《正始》《暗想當時》體。後二曲，用《正始》【步步嬌】《唐伯亨》體。黄仕忠《拾遺》據明人唱本《林招得孝義歌》，認爲：唱本與戲文角色人物不同；唱本情節與關漢卿《緋衣夢》雜劇相同，“顯見相承，故二劇應同出一源”。孫崇濤、黄仕忠《箋校》：“此戲《南詞叙録·宋元舊篇》著録，作《林招得三負心》。按，林招得無負心事，‘三負心’三字當衍。全本已佚。錢南揚《宋元戲文輯佚》曾輯得佚曲三支。而錦本所録，均爲前所未見之佚文，彌足珍貴。”《全元戲曲》卷十二據《風月錦囊》，改《南詞叙録》之《林招得三負心》爲《林招得黄鶯記》，“今從《全家錦囊續編》卷十八補輯得《四春園相逢》一齣”。錢南揚《宋元戲文百一録》最早提出《林招得孝義歌》無負心事，故“三負心”三字當是衍文。《輯佚》沿襲了這一觀點。陸侃如、馮沅君先生《南戲拾遺》則認爲：“故事是會演變的，如《蔡二郎趙貞女》事，即是一例，故不易斷定南戲中有無負心事。”是。審慎言之，僅以此套曲文及明人唱本《林招得孝義歌》未涉及負心事，便以爲《南詞叙録》著録爲誤題，仍爲推論。又據《正始》【仙吕入雙調過曲·犯衮】尾批，《林招得》尚有【犯衮】一曲，則《林招得》當時仍有殘存之曲。此資料可貴，依從其説，存録備考。

【迎仙客】

【中吕調近詞】論婚嫁，笑呵呵，男有室，女有家。看明年生下小哇哇。便請姑婆，吃碗禿禿茶。

《荆釵記》，《沈譜》卷十頁339，《寒山曲譜》頁428

《沈譜》眉批：“‘呵’字唱作‘哈’字，平聲。”《新譜》卷九承之。《寒山曲譜》、《定律》卷六、《大成》卷十一均引此爲正格。《正始》頁 1133 亦録此曲，署“明改本《王十朋》”，然爲今存《荆釵記》各本所無。趙景深《考略》頁 22 認爲：“果如《九宫正始》所説，則古本《王十朋》固不同今‘六十種曲’的《荆釵記》，也還有改本《荆釵記》和汲古閣的歧異。”則此曲當爲古本與汲古閣本過渡階段改本《荆釵記》中曲。姑從《沈譜》，存録備考。

【皂羅袍】

1.【仙吕過曲】對景遊人堪愛，喜今朝重會，共賞開懷。母親不見淚盈腮，多蒙你個秀才相躭待。雙雙廝共，兩情意諧；今生相聚，前生命該。合伊少欠風流債。　《王瑞蘭》，《雍熙樂府》卷十六頁 398

2.【仙吕過曲】這幾日神魂飄蕩，爲釵分鏡破，淚珠汪汪。我妻攝去在何方，時乖運蹇遭魔障。（合）小橋曲澗，野梅正芳；竹籬茅舍，村醪又香。尋思那人行不上。

3.【前腔】聽啓休得惆悵，這夫妻拆散，豈比尋常。三年只願早還鄉，重經庾嶺來尋訪。（合前）

4.【前腔】暗想嬌姿模樣，看施朱勻粉，巧樣梳粧。幾回攜手入蘭房，何時再得同歡賞？（合前）

5.【前腔】且喜南熏相望，榮登新任，暫免悲傷。炷香日夜告穹（原作“空”）蒼，夫妻同樂鴛鴦帳。（合前）

《陳巡檢思妻》，《風月(全家)錦囊》續編頁 185—186，
《雍熙樂府》卷十五頁 387

《雍熙樂府》【山坡羊】套存録第一曲，然此套首曲【山坡羊】、次曲【水紅花】均見於《正始》，署“元傳奇《拜月亭》”，故此末一曲應當屬之。此曲不見諸譜。趙景深《考略》頁 41 將此套與《六十種曲》本《幽閨記》比較，第十九齣《偷兒擋路》用前二曲，“後一支（即此曲）却是被删略了”。《風月錦囊》存録第二至第五曲；《雍熙》題《悲思》，均未署作者。《全元戲曲》卷十二頁 485《出處説明》：“今補輯【皂羅袍】四支。”孫崇濤、黄仕忠《箋校》認爲此套“當爲元南戲《陳巡檢梅嶺失妻》

之佚曲”,從之。句字從《雍熙》,《風月錦囊》稍有變化,依戲文曲格移録。

【尾犯序】

【中吕過曲】儒衣才换青,快着歸鞭,早辦回程。怕十里紅樓,休重娶娉婷。叮嚀,不念我芙蓉帳冷,也思親桑榆暮景。頻囑咐,知他記否空自語惺惺。《琵琶記》,《寒山曲譜》頁415,《大成》卷十頁1241

《寒山曲譜》以此爲【其三】,與始調《琵琶記》“無限别離情”同,尾批:“【其四】與此同。或云:【其四】當用第二體,方見參差,更妙。”《大成》引此爲【又一體】。

【步蟾宫】

【南吕引子】胸中豪氣冲牛斗,更筆下龍蛇飛走。管英雄隨我步瀛洲,一舉高攀龍首。

《荆釵記》,《沈譜》卷十二頁360,《大成》卷四十八頁3737

《沈譜》題注:“與詩餘同,但無【换頭】。”《新譜》卷八承之。《大成》題注:“一名【折丹桂】。”然較詞調【步蟾宫】,此末句减省一字;較《正始》《拜月亭》格,句格亦略有差異。趙景深《考略》頁27以此曲爲證:“《王狀元荆釵記》應該是較早的本子。沈璟《南九宫譜》卷十二收有【步蟾宫】曲一支,此曲除《王狀元》本第十七齣獨有以外,他本均無,也是很好的例證。”是。

【孝南枝】

【雙調過曲】【孝順歌】陽臺夢,楚岫雲,燈燃絳蠟月滿輪。香靄洞房新,花發武陵春。良宵可人,同坐同行,日親日近。【鎖南枝】你有萬種風流，我有十分俊。心上人，掌上珍。親上親，煞和順。

《錦香亭》，《沈譜》卷二十頁 636，《定律》卷九頁 641

《沈譜》題注："即【孝南歌】。"《新譜》卷二十二、《大成》卷六十四承之。錢南揚《輯佚》頁 83 尾注："《沈譜》《新譜》《定律》俱從'心上人'起作犯【鎖南枝】，今從《大成》，正和上面【孝南枝】（《正始》《孟月梅》）'同心帶'一曲從'恨不結髮'句起合。"據改。《簡譜》卷八承《定律》。

【孝順兒】

【雙調過曲】【孝順歌】糠和米，本是兩倚依，誰人簸揚做兩處飛？一賤與一貴，好似奴家共夫婿，終無見期。【江兒水】米在他方没尋處，怎地把糠救得人饑餒。好似兒夫出去，怎地教奴，供給得公婆甘旨。

《琵琶記》，《沈譜》卷二十頁 637，《定律》卷九頁 642

《沈譜》尾批："向因坊本刻作【孝順歌】，人皆㖞其腔以凑之，殊覺苦澀。今見近刻本改作【孝順兒】，乃暢然矣。"眉批："第一句若不用韻更妙。'誰'字舊作'被'字，今查正。'賤'字改平聲乃叶。"《新譜》卷二十二承之，《大成》卷六十四引此爲【又一體】。《簡譜》卷八引此爲例曲，然題【孝江水】，別立新名，僅此一見，大可不必。

【杜韋娘】

1.【仙吕調慢詞】終朝没情緒，眉黛儘斂愁如織。怕楚館秦樓迷戀在，尚未有歸來消息。憶當初鳳帳鸞幃，漫得三宵，怎道輕離拆。一番思淚眼，但揾透鮫綃數尺。

《劉文龍》，《沈譜》卷二頁 164，《新譜》卷二頁 2 上半葉

2.【仙吕引子】朔風寒凛冽，雲布野卷飛雪。看萬木千林都凍折，小窗前梅花再綴。冰梢數點幽潔，淡月黄昏，暗地香清絶。早先

把陽和漏泄，又葭管灰飛地穴。

《荊釵》，《定律》卷三頁 462，《大成》卷一頁 296

第一曲與《正始》正格同。第二曲，《大成》與《定律》句字略有變化，此從《定律》。

【泛蘭舟】

【雙調慢詞】鎮日花前酒畔，狂蕩煞迷戀。春闈赴選音傳，恩愛惹離怨。天付因緣，一對少年，争忍輕散，心事待訴君言。

《王魁》，《沈譜》卷二十一頁 724，《定律》卷九頁 472

格式：$6_{\triangle}$，$5_{\triangle}$。$6_{\triangle}$，$5_{\triangle}$。$4_{\triangle}$，$4_{\triangle}$，$4_{\triangle}$，$6_{\triangle}$。　8 句

《沈譜》題注："查無此曲，止得《百二十家戲曲全錦》内，有一引子，名曰【蘭舟近】，而《舊譜》元無【蘭舟近】，疑即【泛蘭舟】也，故録之。"《新譜》卷二十四承之。查《舊譜·十三調南曲音節譜》有【雙調慢詞·泛蘭舟】，《正始》亦有【雙調慢詞·泛蘭舟】，然均有目無辭。《大成》卷六十三引此爲例曲，入【雙調過曲】，題注："一名【蘭舟近】。"尾批："《舊譜》載在【雙調慢詞】，《曲譜大成》《南詞定律》皆收入【雙調】作【引】，今歸正曲。"未言何據。

此可補戲文一調。

【芍藥挂雁燈】

【中吕過曲】【紅芍藥】伊和我何處分形，【剔銀燈】聽驚鳴孤鴻遠汀。【雁過聲】只見江聲擺斷寒蘆影，恰正是月落潮來天地青。

《荊釵》，《寒山曲譜》頁 460，《定律》卷六頁 145

格式：7 乙$_{\triangle}$，7 乙$_{\triangle}$。$7_{\triangle}$，$7_{\triangle}$。　4 句

集曲。前用【紅芍藥】首句，次用【剔銀燈】第二句，後用【雁過聲】

末二句。

《寒山曲譜》、《定律》、《大成》卷十二均以此爲例曲。《大成》題【紅雁過】，題注："舊名【芍藥挂雁燈】。"以首二句入【紅芍藥】。趙景深《考略》頁 23 據《定律》著録此曲，僅作隻曲，認爲此"當然也是各種《荆釵記》的現存逸文了"。

此可補戲文一調。

八　筆

【油核桃】

1.【仙吕過曲】眼前一嶺崎嶇，怎不教人傷悲。未卜今宵投宿處，趕程途也，問人家莫待遲。

2.【前腔】嶺頭新月呈輝，望梅臨水横枝。未知何日到南雄地，得安身也，管取夫妻齊賀喜。

《陳巡檢》，《舊譜》卷一頁 72，《沈譜》卷一頁 116

《沈譜》、《新譜》卷一、《寒山堂譜》卷一、《定律》卷四俱存録第一曲。錢南揚《輯佚》頁 180 尾注："【油核桃】兩支，《舊譜》原合作一支。案句法，實爲兩曲，故《沈譜》《新譜》《寒山堂譜》《定律》所引，俱至'問人家莫待遲'句止。蓋戲文原本，疊用數曲，往往牽連而下，不分注【前腔】，《永樂大典戲文三種》即是如此，蔣氏遂誤把兩曲作一曲。今正。"考察《舊譜》，兩曲之間實用"○"相隔，已爲二曲，只是未注明【前腔】而已。

【金蓮子】

1.【南吕過曲】辦登程，渡水登山莫暫停。天憐念，名利早成。(合)駕照此日再歡慶。

2.【前腔换頭】叮嚀囑咐三四聲，野草閑花莫要等。將恩愛，翻成作畫餅。(合)只恐别時容易瘦伶仃。

《白兔記》，《大成》卷四十九頁 3817

3.【前腔换頭】休憂此生鸞鏡缺，常言道救人須救徹。聽覆取，休得要哽咽。(合)等待三年孝滿，别贅豪家。

《荆釵記》，《大成》卷四十九頁 3818

《大成》引此三曲均入【又一體】，尾批："【金蓮子】，凡三字起句者，俱係正格；七字起句者，俗呼【换頭】也。"較之《正始》及諸譜，此總結頗爲精彩，後兩曲據改。

【刮鼓令】

1.【南吕過曲】當初待起程，到臨期成畫餅。若説起投江一事，恐唬得恩官心戰驚。路途上少曾經，當不得許多，高山峻嶺。(合)餐風宿水怕勞形，因此上留住在家庭。　《荆釵記》，《大成》卷五十頁 3904

2.【商調過曲】七夕遇令節，女宿牛星歡會也。相慶處人間天上，况此情怎盡説。今夜共歡悦，相别又堪月又缺。重逢相見將這綵樓結，只聽得鵶鵲噪叫喳喳。

《樂昌公主》，《盛世新聲》酉集頁 552，《雍熙樂府》卷十六頁 398 中欄

第一曲，《大成》引爲【又一體】。第二曲，《盛世》《雍熙》無題，均録全套四曲：【二郎神】【刮鼓令】【黄鶯兒】【尾聲】。《正始》引【二郎神】【黄鶯兒】二曲入"元傳奇《樂昌公主》"，則此曲與【尾聲】亦當如是。又：【刮鼓令】，《正始》屬【南吕過曲】，此仍屬【商調】套數。

【花兒】

【越調過曲】尋思懊惱，這般樣做作教你一報還一報。只見烏鴉喜鵲同枝噪，(合)吉凶□全然尚未保。

《白兔》，《定律》卷十三頁 299，《大成》卷二十四頁 2207

《定律》以《梅嶺》"牡丹正開"爲正格，末句爲七乙句；此爲【前腔】，末句原缺第三字。《大成》引此爲【又一體】，末句第三字作"事"。

【金錢花】

1.【南吕過曲】自小承值書房，書房。快活其實難當，難當。只管打扇與燒香，荷亭畔好乘涼，(合)吃飽飯上眠牀。

《琵琶》，《定律》卷八頁 323

2.【南吕過曲】翰林史筆如椽，如椽。倒流三峽詞源，詞源。撰成離合與悲歡，(合)千百載，永流傳；千百載，永流傳。

《拜月亭》，《大成》卷五十頁 3908

第一曲，《定律》以此爲【前腔】，尾批："此曲與【風檢才】字句、板式，重與不重皆同，當即爲一曲二名方是。姑從其舊，所以分體，其實係一也。"《簡譜》卷七引爲例曲，尾批："又名【風檢才】。"參見【風檢才】。第二曲，《大成》入【又一體】，尾批："惟末句作疊句代實文，是爲【又一體】。"

【泣顔回】

【中吕過曲】從早離門兒，與兩個喬人排會。終朝宴樂，他却撇你先回。若非小叔，險些兒凍死在雪兒裏。背歸來再出人世，不知他倒在何處。

《殺狗》，《舊譜》卷三頁 105

【夜行船】

【雙調引子】一幅鸞箋飛報喜，垂白母想已先知。日漸過期，人何不至，心下又添憂憶。

《荆釵》，《舊譜》卷九頁 206，《沈譜》卷二十頁 621

《沈譜》題注："與詩餘不同小異。"尾批："或改名【日停舟】，可惡。"《新譜》卷二十二承之。《簡譜》卷八引此爲例曲，尾批："此調有改作【日停舟】者，大謬。"

【金瓏璁】

【雙調引子】長空雲黯黯，觸處交加，飄柳絮舞梨花。腹中遭凍餓，是我干謁豪家，空歎息謾嗟呀。　《殺狗》，《舊譜》卷九頁 205

【念佛子】

【中吕過曲】打駡人，生怒嗔，今日緣何戰兢。跪咱每請兄起來休還禮，男兒膝下有黄金。反把兄爲弟弟爲兄，休失尊卑名分。(合)莫壞家法，敗亂人倫。《殺狗記》，《寒山曲譜》頁 423，《定律》卷六頁 94

《寒山曲譜》《定律》《大成》卷十一均列此爲【又一體】，較正格頗有差異。

【念奴嬌序】

【大石調過曲】愁聽，吹笛關山，敲砧門巷，月中都是斷腸聲。人去遠，幾見明月虧盈。惟應，邊塞征人，深閨思婦，怪他偏向別離明。

(合)惟願取,年年此夜,人月雙清。

《琵琶》,《定律》卷五頁 649,《大成》卷四十三頁 3524

《定律》題此爲【前腔其四】,實當爲【前腔第四换頭】。《大成》題【又一體】。較之正格,與【前腔其三换頭】同,參見《訂律》所引《寒山堂譜》卷三尾批。

【尚輕圓煞】

【正宫過曲】凄涼運,莫再交,但願得冤家會早,莫待秋霜染鬢毛。

《李玉梅》,《群音類選》清腔類頁 2055,《南音三籟》散曲上卷頁 121

此曲出處,參見【正宫過曲・玉芙蓉】《李玉梅》考辨。文字從《群音類選》。

【青歌兒】

【仙吕過曲】只因我女嬌媚,富家郎要結姻契。姑娘在此作良媒,(合)尋思道理,强如嫁着窮鬼。

《荆釵》,《定律》卷四頁 521,《大成》卷二頁 381

《定律》《大成》列此爲【青歌兒】之【又一體】,較正格僅首句減一字,餘同。

【兩休休】

【中吕過曲】安人的共我機謀,園中送去藥酒。推車子欲害王祥,他不死命合存留。情由,他若身亡家私有,都是我乳廕孩兒掌管收。怕一朝死了安人,王祥報我的冤仇。

《卧冰記》,《舊譜》卷三頁 108,《沈譜》卷八頁 289

《舊譜》失題。《新譜》卷八眉批:"馮附【换頭】,首多平平二字一句,全曲俱同。"《寒山曲譜》、《定律》卷六、《大成》卷十一、《簡譜》卷六引此爲例曲。《簡譜》尾批:"此調以此二曲(另一曲爲《桃花》【换頭】"天天")爲正格,文字極古樸,雖無贈板,而句法自整齊也。末句實止四字(爲"報我冤仇"),諸譜皆作六字,……不通矣。如余分析,方處處合符。"

【青衲襖】

【南吕過曲】我將你岸投鈎空挂腸,我爲你採花蜂空自忙。酒店前旗兒每日家空懸望,撇得我孤雁兒不成行。害這般潑伎倆,我唤做不氣長。朝念想,夕念想,揾淚眼,空教我淚滴濕了絞綃。痕界破了殘粧,算來有千行和萬行。　　《浣紗女》,《雍熙樂府》卷十五頁 388

《雍熙》以此曲入《南曲小令》,題【南吕過曲・紅衲襖】,列第六首。《正始》以第五首題【青衲襖】,署"元傳奇《浣紗女》",《全元戲曲》卷十二頁 458 以此曲列《正始》之後,尾注:"其第二曲與之同韻,當同爲本戲曲文,故附録於後,備考。"黄仕忠《拾遺》認爲"獨第六曲與第五曲同韻而内容相連,當亦屬《浣紗女》之曲",從之,故改題曲牌,补題劇名。

【東甌令】

1.【南吕過曲】兒媳婦,哭啼啼,昨夜三更出綉幃。今早起來没尋處,教我没把臂。一重愁番做兩重悲,使我淚偷垂。

《荆釵記》,《寒山曲譜》頁 360

2.【南吕過曲】休嗟怨,免攧屑,分定恩情中道絶。夫妻本是同林鳥,限到各分别。(合)生同衾枕死同穴,誰肯早抛撇?

《荆釵記》,《大成》卷四十九頁 3820

3.【南吕過曲】心如醉,淚交流,去遠家尊絶信久。途中母子生離别，這苦如何受？（合）一重秋翻作兩重愁，是我命合休。
《拜月亭》，《大成》卷四十九頁 3821

第一曲較《正始》正格，僅將第五、第七兩句各增二字作五字句，餘同。後二曲，《大成》引此均入【又一體】，尾批："句法雖有參差，皆不出其規範。"

【宜春令】

1.【南吕過曲】相鄰並相倚依，往常間有事來報知。試期逼矣，何不早辦行裝前途去。子須念親老孤單，親須要孩兒榮貴。趁此，青春不去，更待何日。　《伯皆》，《舊譜》卷四頁 137，《大成》卷四十九頁 3827

2.【南吕過曲】思東命遣僕上覆，近聞得官人赴都。解元出落，人去家空必定添悽楚。意欲把西首房屋，待相邀安人居住。故此，特令男女，到宅傳語。

3.【前腔】同科舉欲赴都，免不得抛妻棄母。千思百慮，母老妻嬌誰爲主？既岳翁惜寡憐孤，這分明連枝惜樹。且自，隨機應變，慎勿推阻。　《荆釵記》，《寒山曲譜》頁 350

4.【南吕過曲】時光短雪鬢催，守清貧不圖甚的。有兒聰慧，但得他爲官吾心足矣。天子詔招取賢良，秀才每都求科試。（合）你快赴春闈，急急整着行李。

5.【南吕過曲】娘年老八十餘，眼兒昏又聾着兩耳。又没個七男八婿，只有一個孩兒要他供甘旨。方才得六十日夫妻，强逼他争名奪利。（合）細思之，怎不教老娘嘔氣。　《琵琶記》，《大成》卷四十九頁 3828

《寒山曲譜》引第二、第三兩曲爲正格，第二曲尾批："此調起句，六字一句，不可同【啄木兒】一様用三字聯，如《四節記》之'花將笑，柳欲眠'，句法誤矣，作者不可不知。"此再次提示：首句六字不可破作三字兩句。《大成》引第一、第四、第五三曲，均入【又一體】，尾批：第五曲第五句，"增作上三下五句"；餘則多爲末二句之變異：四字二句可併作六乙一句或七乙一句。

【夜行船序】

1.【仙吕入雙調過曲前腔换頭】堪題,緑柳陰中,見鞦韆高挂,綵繩飛起。是誰家,仕女雙蹴(原作“蹙”)嬉戲。相宜,奇花映粉腮,輕風颺綉衣。動情的,正是遊人墻外,笑語墻裏。

2.【又】聽起,春色三分,怕一分塵土,二分流水。向花前,共樂莫負良時。歌妓,低低唱小詞,雙雙舞柘枝。可人意,間竹桃花,相映小橋流水。　《玩江樓》,《舊譜》卷十頁220,《盛世新聲》酉集頁524

《舊譜》録前一曲,未署出處,題【仙吕入雙調過曲・鬬蝦蟆】,但與【鬬黑麻】【鬬虼麻】【鬬蛤蟆】均不同:既不同宫調,也不同格律,定誤。此兩曲,《盛世新聲》、《詞林摘豔》卷二、《雍熙樂府》卷十六、《詞林逸響》月卷、《群音類選》清腔卷五、《吴歈萃雅》利集、《南音三籟》戲曲卷下等均入【仙吕入雙調過曲・夜行船序】“花底黄鸝”套,題【鬬寶蟾】或【黑蟆序】,與此僅句字小異。《詞林摘豔》《南音三籟》均題《玩江樓》戲文《遊春》。錢南揚《輯佚》頁102尾注:“與【越調・鬬寶蟾】大異。考它的句格,與【夜行船序换頭】同。所不同者,僅第八、九、十四字三句,變成五字兩句而已。應改作【前腔换頭】。”《全元戲曲》卷十二尾注:“與【越調・鬬寶蟾】大異。《詞林逸響》月卷引作【黑麻序】,即曲譜之【蝦蟆吟】,句格正合,當從。”校之,從《輯佚》,故改題。《正始》以此套之首二曲【夜行船序】【前腔换頭】及末曲【好收因煞】入“元傳奇”《玩江樓》,則中間四曲(此二曲與【錦衣香】【漿水令】)亦當視作《玩江樓》之曲。《群音類選》題戴善甫作,注云:“近偷入《梁山伯》及《玩江樓記》,亦入弦索。”《全元戲曲》卷十二《祝英臺》以所輯《風月錦囊・全家錦囊》卷十六《祝英臺記・芸窗叙别》爲附録,實即此套。此從《正始》入《玩江樓》,故不重録。

【金娥神曲】

【仙吕入雙調過曲】黯淡，天昏欲暮，呵纖手勒馬前途。回思舊日，馬上不記扶。誰識這旅邸，有許多勞苦。

《唐伯亨》，《舊譜》卷十頁231，《沈譜》卷二十頁694

《新譜》卷二十三承此。《大成》卷三引此入【仙吕過曲】，署"散曲"，誤。

【金落索】

【商調過曲】【金梧桐】春來麗日長，漸覺和風蕩。猶記臨行，爛漫花開放。倏忽柳絮飛，【東甌令】過炎光，金井梧飄即漸涼。相將半載分離去，【針綫箱】却怎生音信全無紙半張。【解三酲】傷情處(原作"相别去")，【懶畫眉】則聽得嘹嘹嚦嚦雁兒過南厢。【寄生子】聽一聲聲凄凄涼涼，恓恓惶惶，哎，天天也，愁鎖在眉尖上。

《詐妮子》，《舊譜》卷七頁189，196；《沈譜》卷十七頁574

《舊譜》一曲兩載，文字相同，頁196題注："【金梧桐】，【東甌令】，【針綫箱】，【解三酲】，【懶畫眉】，【寄生草】。"《沈譜》題【金絡索】，【寄生草】改題【寄生子】，眉批："【寄生子】或作【寄生草】，非也，南曲無【寄生草】。"《新譜》卷十八承之，尾批："馮以'相將半載'一句，連下句作【針綫箱】，以'伤情處'二句，改作【索兒序】，謂原注，三字句作【解三酲】，七字句作【懶畫眉】。及查與《牧羊記》【索兒序】後二句正協，且曲名有'索'字，無疑也。予不輒改，仍其原式。"則馮夢龍《墨憨斋譜》又有所變化。《大成》卷五十八引此爲【金絡索】之【又一體】，題注："舊名【金鎖挂梧桐】。"犯調與此同，僅句字略異，署"散曲"，誤。此與《正始》【南吕過曲・金絡索】正格《蔡伯喈》體同，則此與【金絡索】實同調異名。細較之，《正始》僅【解三酲】三字句改題【金蓮子】，末三句亦作【寄生子】,據以改題。《盛世新聲》酉集、《雍熙樂府》卷十六、《詞林摘豔》乙集俱録此曲,與此僅句字略異。

此可補戲文一調名。

【供養江水】

【雙調過曲】【五供養】伊休謙讓,你安心盡職黄堂。到邊三月外,有信到君傍。恨吾無子女,賴你續吾世芳。【江兒水】我夫婦好悽惶,最苦是非親父娘。　《荆釵》,《定律》卷九頁 586

格式:$4_{\triangle}$,7 $乙_{\triangle}$。5,$5_{\triangle}$。4,$6_{\triangle}$。$4_{\triangle}$,7 $乙_{\triangle}$。　8 句

集曲。前用【五供養】首六句,後用【江兒水】末二句。

此曲又見於《簡譜》卷八,句格、句字與此略異。他譜未見著録。趙景深《考略》頁 23 著録此曲,僅作隻曲,認爲"當然也是各種《荆釵記》的現存逸文了"。

此可補戲文一調。

九　筆

【胡搗練】

1.【雙調引子】傷風化,壞綱常,萱親逼嫁富家郎。若把我清名虧污了,不如一命赴長江。

《荆釵記》,《舊譜》卷九頁 205,《沈譜》卷二十頁 618

2.【仙吕引子】江水遠,恨悠悠,教人羞恥向誰求?枉自腹藏千古事,一江清水向東流。　《殺狗記》,《大成》卷一頁 311

第一曲,《沈譜》題注:“【搗練子】【胡搗練】俱與【搗白練】不同。”尾批:“此曲與《琵琶記》之‘辭别去’,俱刻作【胡搗練】,然俱與詩餘不差一字,恐二曲總是一調。但當名曰【搗練子】,或誤刻爲【胡搗練】耳。”其【搗練子】引馮延巳詞“深院静”爲正格,與此同。《新譜》卷二十二承之。《正始》列《蔡伯喈》“辭别去”爲【雙調引子·搗練子】正格,亦與此同。《大成》以第二曲爲正格,以《琵琶記》“嗟薄命”爲【又一體】,尾批:“【胡搗練】,首闋爲正體,第二闋少第四七字一句,體格少異。”要之,此曲實爲【搗練子】。此姑存舊題。

【紅衫兒】

【南吕過曲】自那日投江隨潮去,痛苦傷悲。忽聞人報導身亡,轉教人痛悲。若不遇公相相留,怎能够夫妻重會。(合)效啣環結草,當報恩義。

《荆釵記》,《大成》卷五十頁 3933

【紅綉鞋】

【中吕過曲】旦夕祝告蒼天,周全。願他獨佔魁選,榮顯。母親封贈受皇宣。門楣顯,姓名傳。得魚後,怎亡筌?

《荆釵記》,《寒山曲譜》頁 433,《大成》卷五十頁 3907

《寒山曲譜》《大成》均列此爲【又一體】,較正格,第二、第四句用另文而非疊文,餘同。《大成》題【金錢花】,句字與此略有不同。此從《寒山曲譜》。

【風入松】

1.【雙調引子】深沉庭院度年華,詩禮傳家。日長高把珠簾挂,愛清幽樂事桑麻。雅意觀書覽史,嬌容掩月羞花。

《卧冰記》,《舊譜》卷九頁 205,《沈譜》卷二十頁 618

2.【仙吕入雙調過曲】記前日席上泛流霞，正遇着個宿世冤家。自從見了心牽挂，心兒裏撇他不下。夢兒裏常常地見他，説不盡半星兒話。

《東墻記》，《舊譜》卷十頁 226

3.【前腔】一從他别後遇災荒，更無人倚賴。虧他媳婦相看待，把衣服和釵梳都解。魆地裏把糟糠自捱，公婆的倒疑猜。

4.【前腔】他如今直往帝都來，彈着琵琶做乞丐。叫他不應魂何在，空教我珠淚盈腮。這三不孝逆天罪大，空設醮枉修齋。

5.【前腔】他元來也只是無奈，恁地好似鬼使神差。這是三不從把他厮禁害，三不孝亦非其罪。只是他爹娘的福薄運乖，人生裏都是命安排。

《琵琶記》，《沈譜》卷二十頁 690

第一曲，《沈譜》題【風入松慢】，題注："與詩餘同。"第二曲，又見《詞林摘豔》卷一《南小令》元趙天錫小令《憶舊》四曲之三，與此僅句字稍有出入。《全元戲曲》卷十二頁 546—547《東墻記》【風入松】尾注："此曲又見《雍熙樂府》卷九【青衲襖】'幾時得煩惱絶'套，爲其第三曲；又，《雍熙樂府》卷十六【番馬舞西風】'百媚千嬌'套亦收此曲。"黄仕忠《拾遺》亦以爲《東墻記》劇曲，均是。後三曲，《沈譜》以《琵琶記》"不須提起蔡伯喈"爲【風入松】始調，以此皆作【前腔】。

【亭前柳】

【越調過曲】衰鬢已星星，弱體顫兢兢。况兼寒凛凛，那更冷清清。此行怎去登山嶺，且過新正，待春暖共登程。

《荆釵記》，《舊譜》卷六頁 174，《沈譜》卷十五頁 517

此曲，《舊譜》、《沈譜》、《定律》卷十三俱作例曲，《新譜》卷十六、《簡譜》卷十承之。與《張協狀元》有所不同，但承繼軌迹顯明。《簡譜》合末二句作一句，尾批："首四句須對，不必用環調。末句七字，上三下四，勿多襯字。"

【香遍滿】

【南吕過曲】你萬千愁苦，堆積悶懷成氣蠱。可知道吃了吞還吐，怕添親怨憶，暗將珠淚墮。原來你不吃粥，也只爲我糟糠婦。

《琵琶記》，《寒山曲譜》頁 353，《大成》卷五十頁 3883

【香柳娘】

1.【南吕過曲】聽娘行恁説，不知有何緣故。百般勸解，越添嗔怒。歎奴與丈夫，前世有何折福，今生受凌辱。望慈悲念奴，恕奴，休生嫉妒。　　《王祥》，《舊譜》卷四頁 132

2.【南吕過曲】你兒夫曾付託，兒夫曾付託，我怎生違背？你無錢使用，我須當貸。你將頭髮剪下，將頭髮剪下，又跌倒在長街，都緣我之罪。（合）歎一家破敗，歎一家破敗，否極何時泰來？各出珠淚。

《琵琶記》，《大成》卷五十頁 3871

此二曲最大的區别在是否用疊句。第二曲用三個疊句，故爲十三句。倒數第二句增字作六字句，又有所變化。《正始》【香柳娘】題注："此調疊句，非古調之格體，乃今人之變法。但宜從時可也。"比較《張協狀元》《小孫屠》，俱不用疊句，不疊者確實更接近"古調之格體"。

【紅衲襖】

1.【南吕過曲】古人君所以賢，古人臣所可言。聖主汲汲思爲善，爲善還當何者先？子輩燈窗已有年，所得經書學問淵。悉心爲我敷陳也，毋視庸常泛泛言。　　《荆釵記》，《大成》卷五十頁 3965

2.【南吕過曲】吃的是煮猩唇燒豹胎，穿的是紫羅襴繫的是白玉帶。五花頭踏馬前擺，三檐傘兒頭上蓋。你本是草廬中一秀才，今做了漢朝中棟梁材。有甚不足只管鎖了眉頭也，唧唧噥噥不放懷。

3.【南吕過曲】穿的是紫羅襴倒拘束得不自在，穿的是皂朝靴怎敢胡去踹？吃幾口慌張張要辦事的忙茶飯，手擎着戰兢兢怕犯法的愁酒杯。到不如嚴子陵登釣臺，怎做得揚子雲閣上災？只管待漏隨朝，可不誤了秋月春花也，干碌碌頭又白。　　《琵琶記》，《大成》卷五十頁3966

【紅芍藥】

1.【中吕過曲】驀聽得甚人敲門，莫不是巡夜的軍兵？默默仔細聽來是婦女聲音，汝是何方興妖鬼精？是良人因甚夜扣門？莫不是見景也生情，請伊家早早回程，休得要惱亂我書生。

《殺狗》，《舊譜》卷三頁117

2.【南吕過曲】切齒恨奸臣，將咱改别調。却將王士宏改除授饒，咱授海濱勤勞。空教，空教那廝謀陷我，天憐念豈落圈套。（合）但願和夫妻母子來此永團圓，一家裏榮耀。

《荆釵》，《定律》卷八頁310，《大成》卷五十頁3936

《舊譜》以第一曲爲例曲。《定律》以第二曲爲【前腔】，即第二格。

【降黄龍】

1.【黄鐘過曲】須知，非是奴癡迷，已嫁從夫，怎違公議？爹猶念女，怎教他爹娘，不念孩兒。休提，縱把奴擔閣，比擔閣他媳婦何如？（合）那些個，夫唱婦隨，嫁雞逐雞飛。

《琵琶記》，《大成》卷七十頁6023

2.【黄鐘過曲】生長深閨，偶因來此，玩春遊戲。見垂楊之下，遺此鞋兒，心生疑慮。伊家是甚人，緣何到這裏？你莫胡爲，報與爹娘知道，定不肯恕伊情罪。

3.【前腔换頭】聽啓：非敢虚語，念卑人原是，富豪之子。因爲黄鶯綫斷，偶因飛入，四春園内。娘行恕罪，念卑人倘若無因，焉敢擅入，粉墻深處？

4.【前腔换頭】重啓：覷此鞋兒，是奴親手，做成針指。休相瞞昧，這緣（原作“歸”）何落在，伊家跟裏？當時，是我妻家，將來回聘禮。怎説是，娘行做（原作“佐”）成針指？

5.【前腔换頭】聽啓：未審伊家妻子，姓甚名誰？幼小之時，已曾婚黄氏，閏香爲妻，因爲家筵消乏，未成姻契。借問，君家莫不是林招得？閏香女奴家便是。這奇逢，想是天教，今日與君相會。

6.【前腔】初出香閨，未審娘行在何處？蓮步輕移，海棠芍（原作“爲”）藥畫欄西。你是誰人，敢與娘行，在此遊戲？小梅香休多語，這是舊姻契，指腹佳婿。

7.【前腔换頭】聞君，已曾寫休書，這段姻緣，怎生匹配？奴意裏教他，遣過媒人，説過聘禮。奈卑人家寒，把甚么爲財禮？勸君休憂慮，今夜三更，收拾金珠贈君去，約定在此處。

8.【前腔换頭】深感伊，深謝伊，殷勤意，真情美。身兒墮，在塵泥，將人提起。常言道，百歲鎮相隨，卑人怎敢徘徊意？

9.【前腔换頭】但須是，終身靠你，你須辦，有終始。若得姻緣成就再姻契，天爲匹配，地諧連理（原作“裏”），終須再得重相會。

10.【前腔换頭】告官人休負後期，告娘行且歸綉幃。只恐在側（原作“則”）有人知，不如與娘行且作歸計。（合）初相會，情正美，如何捨得分離去？心只願，天憐取，終須再得重相會。

《林招得》，《風月錦囊·全家錦囊續編》卷十八頁553—555

第一曲爲【换頭】格。後九曲出處，參見【仙吕入雙調過曲·步步嬌】《林招得》考辨。

孫崇濤、黄仕忠《風月錦囊》、黄仕忠《拾遺》僅列第二曲爲【降黄龍】，以下均分行排列而未署牌名；《全元戲曲》卷十二以第三曲至第五曲題【前腔换頭】，以後均以“□”表示，尾注：“以下五曲，未詳爲何曲，今作空格表示。又《正始》册八【犯衮】下注云：‘此類不止於【犯衮】，猶有【犯朝】【犯歡】【犯聲】等調，皆必間用於【風入松】套内……或用一【犯衮】，一【犯歡】，元傳奇《林招得》是也。’案：《正始》所説，似與此五曲有關。”《正始》所説，與《林招得》【仙吕入雙調過曲・犯歡】“喜春來”有關，與此五曲無關:【犯衮】等爲【仙吕入雙調過曲】，與此宫調不同;【犯衮】【犯歡】等調“皆必間用於【風入松】套内”，不可能與【降黄龍】聯套;既便爲復套折，二曲中間也必以【風入松】相間别。《正始》《寒山堂譜》連用【降黄龍】至多四支，此則連用九支，爲僅見之特例。細校格律，此九支均爲變格，且與兩譜所列變體均不同，特别是第四、第六兩曲用增句格，第二、第七、第八三曲用減句格，故只能籠統補題【前腔换頭】，不得依譜作第二、第三、第四等【换頭】。第十曲(合)下用【仙吕過曲・三疊排歌】末六句，故極可能爲集曲，存録備考。

【香羅帶】

【南吕過曲】娘行免淚零，聽我説因。俺爹爹管軍兼管民，軍中挨問姓劉人也。教他取你，免伊悶縈。多則一月少半旬，異日説冤恨報取。薄倖人苦也，天天，甚得母子團圓説事因。

《白兔記》，《寒山曲譜》頁 367

【秋夜月】

1.【南吕過曲】莫歎嗟，這總是前生業。雖然你一時鏡剖鸞影缺。慢慢的秦樓别訪吹簫客。(合)你待要做人要做絶，救人要救徹。

《荆釵》，《定律》卷八頁 274，《大成》卷四十九頁 3813

2.【南吕過曲】在途路，歷盡多苦辛。把公婆魂魄來超度，焚香禮拜祈回護。(合)願相逢，我丈夫。

《琵琶記》，《大成》卷四十九頁 3812

3.【南吕過曲】吾表文，奏上朝廷去。我王必降天恩露，加官進禄封賢婦。(合)因禍致福，因禍致福。

《殺狗記》，《大成》卷四十九頁 3813

第一曲,《定律》列爲【前腔】,即第二格。《大成》引此三曲,題注:“一名【賞秋月】。”以第二曲爲正格,另二曲均列爲【又一體】。尾批:此三曲“格式相同,惟末二句各異,然皆係正體”。較《正始》正格《王十朋》“家豪富”,與此《殺狗記》體同。

【紅林檎】

【雙調過曲】回首,芰荷數里,薰風送。清香透,誰氏女,輕移蓮步,緩泛蘭舟? 和菱歌樂以忘憂,不管我人離眉皺。(合)剛殢酒,拚飲五盞三杯,和哄離愁。

《王祥》,《風月錦囊·全家錦囊》卷十五頁 532

此曲原題《王祥·夫(原作“交”)妻相別》【紅林檎】之【前腔】,尾三句(合)當爲(合前)。《正始》題始調爲“元傳奇《王祥》”,則此曲亦當是元代戲文。

【南枝映水清】

【雙調過曲】【鎖南枝】一回價,暗處忖,非親怎知却是親。你東咱西,荒荒地路途人亂奔。【五馬江兒水】自一别半載,杳然無聞。【鎖南枝】放不落,心上人。撇不下,心上人。

《拜月亭》,《大成》卷六十四頁 5319

【品令】

【雙調過曲】三年爲兒,夫妻異床。行行止止,何曾離却兒傍。深思痛想,忍令兒長往,留别計休常撇漾。(合)傳言問,莫惜雁杳魚沉,山遥路長。

《荆釵》,《定律》卷九頁 507,《大成》卷三頁 543

《定律》《大成》均列此爲【又一體】。趙景深《考略》頁 23 著録此曲，認爲“當然也是各種《荆釵記》的現存逸文了”。

【柳梢青】

1.【雙調過曲】你丈夫出去，我那會得知。我是街坊上賣耍曲的，若還要我説與你知，(合)須與我一飽齋，我一人方才説與端的。

《琵琶》，《定律》卷九頁 559

2.【小石調過曲】我丈夫出路已多年，聞説尊師已曾見。若還見時，賜奴一言，(合)免使奴意懸懸。二位尊師，廣行方便。

《琵琶記》，《大成》卷三十七頁 3309

《定律》以第一曲、《大成》以第二曲均入【又一體】。第二曲較第一曲，僅將第三句、末句破作四字二句，餘同。與《正始》【仙吕入雙調過曲】兩體均不同。《大成》題注：“與【雙調】正曲同。”

【柳摇金】

【雙調過曲】【桂枝香】嚴冬天氣，彤雲布密。【四塊金】瑞雪滿空飛，【淘金令】只見上下同一色，千山失翠微。【銷金帳】畫閣紅爐深處，歡宴飲瓊巵。【柳梢青】我和你滿拚沉醉，共樂銷金帳裹。(合)朝歡暮樂，效學于飛。效學于飛，和你永諧連理。

《白兔記》，《大成》卷六十三頁 5170

《大成》引此列【又一體】，(合頭)與《正始》《白兔記》第一曲同，僅增第十二句。然第六至第九四句與《正始》所引二曲第六至第九四句均略有變化，且《正始》作集曲，故此當是【前腔第二换頭】，並據以補題犯調。

【柳葉兒】

【不知宫調過曲】奴本是儒家之派，怎肯把名節催透，不管人家聲名壞。我肯把綱常敗？恁你縱做，九棘(原作"裹")三槐，莫不是你玷辱舉國賢才。

《魯秋胡戲妻》，《風月錦囊》卷一頁62，《堯天樂》卷二下層頁165

此曲出處，參見【黄鐘調近詞・賞宫花序】《魯秋胡戲妻》考辨。文字從《風月錦囊》。

此曲，《風月錦囊》置【節節高】後，未題宫調、牌名。《全元戲曲》卷十二缺題分列，尾注："此曲牌錦本未標，未詳。"孫崇濤、黄仕忠《校箋》即作【節節高】第二曲末尾部分。《堯天樂》題【柳葉兒】。考之，與《正始》【柳葉兒】《趙氏孤兒》體僅第五句失韻，餘同；與北曲【仙吕・柳葉兒】增句格亦近似。據《北曲新譜》，【柳葉兒】增句格僅一見；且此齣用南套，不當僅插入一支北曲。故仍作南曲，單列一支，宫調、牌名俱從《堯樂天》補。

【風檢才】

1.【南吕過曲】任滿回程舉鞭，相隨直到遠山。爲除賊寇保民安，惟只願，信音傳。再來時，做大官，做大官。

《陳巡檢》，《舊譜》卷四頁134，《沈譜》卷十二頁379

2.【南吕過曲】舉子讀書大賢，錦綉文章可觀，象簡羅袍任伊穿。(合)宫花插，帽檐偏；頭名是，王狀元。

《荆釵記》，《大成》卷五十頁3908

格式：$6_{\triangle}$，$6_{\triangle}$。$7_{\triangle}$，$3_{\triangle}$，$3_{\triangle}$。3，$3_{\triangle}$，$3_{\triangle}$。　　8句

第一曲，《新譜》卷十二、《定律》卷八同《沈譜》，較《舊譜》末尾均少一疊句。《沈譜》題注："與【中吕・風蟬兒】相同，或其名偶異耳。"

較之,實與《正始》所録【風蟬兒】大不同。第二曲,《大成》引爲【又一體】,尾批:此調正格"句法板式,與【金錢花】毫無異處。第二、三闋首二句下,皆不作疊。"此較《張協》及《正始》【金錢花】正格,首二句各後少二字叶韻一句,與第二格《鸞凰同聘》體同,且均將末六乙兩句破作三字四句,故後世多相混淆。

此可補戲文一調。

【風入松犯】

【仙吕入雙調過曲】後園中將毒酒害我王祥,若不是小叔叔争飲(原作"飯")才罷。蒼山路上賊生發,推車子賊人拿下。若不是小叔叔替死,賊因孝順放他還家。○你道他使計,我道無此話,敢雙點指保着他。你道王祥詐,王覽的妻賢達夫温雅。那裹有一般樹,開着兩般花。

《卧冰》,《舊譜》卷十頁 232

格式:3、3、4,3、3、4$_{\triangle}$。7$_{\triangle}$,7 乙$_{\triangle}$。7 乙,7 乙$_{\triangle}$。/5,5$_{\triangle}$,7 乙$_{\triangle}$。5$_{\triangle}$,5$_{\triangle}$,3$_{\triangle}$。6 乙,5$_{\triangle}$。　14 句

此曲僅此一見,别無可校。"你道他"以下與【風入松】通常所聯之【犯衮】【犯歡】【犯聲】俱不同,故不详所犯何調;且"○"之後曲與前絶不相同,亦不詳爲全調抑或當分章析調。考《沈譜》卷二十【風入松】題注:"《舊譜》又收【風入松犯】,即此曲全套也。"較之,與其所録《琵琶記》"不須提起蔡伯喈"之【風入松】【前腔】二曲,僅句字正襯有所差異,或當分作二曲;不過若此,則"犯"字又無落實。姑從録備考,並存舊名。

此可補戲文一調。

【風馬兒引】

【南吕引子】雪體冰肌任嬌容,兼六藝盡皆通。弦斷鸞膠何日續,

不如桃李，猶得嫁東風。

舊曲《司馬相如》，《新譜》卷十二上頁 7 上半葉

格式：$7_{\triangle}$，6 $乙_{\triangle}$。7，4，$5_{\triangle}$。 5 句

《新譜》題注："馮補。"則此曲是依從了馮夢龍《墨憨齋譜》的意見而補入；"舊曲，非《琴心記》"。則此或爲宋元舊曲。但僅見於此，又與【商調引子·風馬兒】規章句格全同，且南曲諸譜均無此調，故此"引"字或是區别於【商調引子·風馬兒】的標記。

此可補戲文一調。

【俊孩兒】

【南吕過曲】一個兒花樣腮，一個兒錦樣才，何期一見便和諧。一個把指上裁，一個把心裏猜，雙飛私走去天涯。生擦擦音信全乖，撚指有十餘載。 《司馬相如》，《寒山曲譜》頁 373，《定律》卷八頁 339

格式：6 $乙_{\triangle}$，6 $乙_{\triangle}$，$7_{\triangle}$。6 $乙_{\triangle}$，6 $乙_{\triangle}$，$7_{\triangle}$。7 $乙_{\triangle}$，$6_{\triangle}$。 8 句

《定律》署《緑綺》。考《定律》將《正始》所録《司馬相如》【蓬萊仙】【三臺令】諸曲俱題《緑綺》，此從《寒山曲譜》。《大成》卷二十五引此曲入【越調過曲】，題《鳳求凰》。《寒山曲譜》【寄生子】尾注："予偶遊雲間，寓寄僧舍，偶得散曲一册，皆蠹損不全。内有一套，題是《司馬相如傳》，有【香遍滿】【誤佳期】等曲。内有【俊孩兒】一詞，句法古樸。細玩末後二句，酷似【金絡索】，末後幾句，疑【俊孩兒】，即【寄生子】也。録出以俟知識辨之。"較之【寄生子】，此【俊孩兒】全然不同，當爲兩曲；既云"散套"中曲，即非元傳奇《司馬相如》佚曲。因錢南揚《輯佚》頁 47、《全元戲曲》卷十二均録此曲，且歸於《司馬相如》，姑仍其舊，存之備考。

此可補戲文一調。

【恤刑兒】

【中吕過曲】你十三，我十三，三個十三三十九，(合)賽過東京白牡丹。　《拜月亭》,《定律》卷六頁 99,《大成》卷十一頁 1327

格式:$3_{\triangle}$,$3_{\triangle}$,7,$7_{\triangle}$。　4句

《定律》引此爲例曲。《六十種曲》本《幽閨記》第六齣《圖形追捕》存有此曲，與此同。然諸譜未見此調著録。

此可補戲文一調。

【相思引】

【小石調引子】柳拂征衣露未央，可憐年邁往他鄉。漫自殷勤設奠，血淚灑長江。　《荆釵記》,《大成》卷三十六頁 3251

格式:$7_{\triangle}$,$7_{\triangle}$。4,$5_{\triangle}$。　4句

《大成》列此爲【又一體】，題注:"一名【琴挑相思引】。"尾批:此曲"係半闋。《荆釵記》刊本誤名【風馬兒】，今依《曲譜大成》改正"。

萬樹《詞律》無此調。《全宋詞》存録此調，有七字起句、三字起句各二首，其七字起句之上闋與此同。今存宋代吉州窑白釉彩繪瓷枕有周邦彦【相思引】詞"薄薄紗厨望似空"一首，其上闋七字三句，與此不同，而《全宋詞》題【浣溪沙】，楊棟初"據《片玉集》本斷爲【浣溪沙】";潘明院《南京博物館藏宋代吉州白釉彩繪瓷枕宋周邦彦詞考略》公佈瓷枕圖片後，楊棟兄據其上下片第三句第三、第四二字疊用，斷爲"4,$5_{\triangle}$"二句，"這樣就與【相思引】詞的格律相合了"①。是。當然，這首據【浣溪沙】改造而後得到的【相思引】，作者不再是周邦彦，而是民間無名氏了，是在周詞基礎上改調而歌的新作品。《六十種

① 楊棟《元曲起源考古研究》,中國社會科學出版社，2014 年，第 85—86 頁。

曲》本《荆釵記》第三十齣《祭江》此曲題【風馬兒】，誤。

此可補戲文一調。

十　筆

【粉蝶兒】

1.【中吕引子】一片胸襟，清如五湖秋水，喜聲名上達丹墀。感皇恩，蒙聖寵，遷擢福地。秉忠直，肅清海閩奸弊。

《荆釵記》，《舊譜》卷三頁103，《沈譜》卷八頁265

2.【中吕引子】山寨鳴金，……①　《拜月亭》，《沈譜》卷八頁265

《沈譜》第二曲題注："與《拜月亭》'山寨鳴金'同，皆非北曲也。"《新譜》卷八、《定律》卷六、《簡譜》卷六均引第一曲爲例曲，與此同。《簡譜》尾批："此爲南詞引，與北詞不同。"

【祝英臺】

1.【越調過曲】草芊芊，花荏苒，輕暖豔陽天。才子豔質，簇擁名園，嬉戲笑蹴鞦韆。排筵，好向花柳亭前，尋芳消遣。(合)我和你，雙雙遊賞歡宴。

---

① 《重訂拜月亭記》第二十二齣《興福釋隆》録【正宫·粉蝶兒】一曲，其辭云："山寨鳴鑼，白鶴半天展翅，見擒獲過客夫妻。離天羅，入地網，逃生無計。到麾下盡實抵對。"《六十種曲》本《幽閨記》第二十齣《虎頭遇舊》與此僅末句作"到麾下善惡區處"，餘同。與此較之，當是【中吕引子】，題【正宫】，誤；首句與《沈譜》所引略有差異，減省第七句三字句。

2.【前腔換頭】俄然，筍成竿，荷展蓋，高柳噪新蟬。池畔避暑，撒發披襟，歡笑同樂蓮船。迷戀，好向流水亭前，納涼消遣。（合前）

《殺狗記》，《大成》卷二十四頁 2143

第二曲原題【又一體】，末二句與第一曲同，故據譜改作（合前）。

【神仗兒】

1.【黄鐘過曲】元宵好景，點放花燈，雙雙慢行，牡丹琉璃裘燈。弓鞋燈慍慍點着，果然三寸。頭上好個木香棚，良夜好，賽蓬瀛。

2.【前腔換頭】燈點頭上甚光景，做得事直恁般蠢。敢恁無知，恥我門庭。弄許多寒酸自相輕，怎不交，人笑聲。

戲文《下江南》，《詞林摘豔》乙集頁 171，《雍熙樂府》卷一頁 135

此曲出處，參見【黄鐘過曲・畫眉序】《下江南》考辨。【前腔換頭】原作【么篇】，依譜改題。《大成》卷七十引第二曲爲【又一體】，疊用末二句。

【哭歧婆】

【高大石調過曲】洛陽富貴，花如錦綺。紅樓數里，無非嬌媚。春風得意馬蹄疾，天街賞遍方歸去。

《琵琶記》，《大成》卷四十三頁 3538

【桂枝香】

【仙吕過曲】拈針穿綫，機織紬絹。這的是婦女工夫，有甚高識遠見。輒敢大膽，敢大膽，出言相勸。不識機變惹人嫌。大丈夫，男兒漢，不聽婦女言。

《殺狗》，《舊譜》卷一頁 71

《舊譜》題注:“異名【月中花】。”

【剔銀燈引】

【中吕引子】忒過分爹行所爲,但執性不顧人議背。飛鳥便求諧比翼,隔墻花强扳做連理。婚姻,還是怎的,待説來女孩兒家怎提。

《蔡伯皆》,《舊譜》卷三頁116,《定律》卷六頁61

《舊譜》引此爲例曲。《沈譜》卷八有【中吕引子·剔銀燈引】,引柳永詞“何事春工用意”爲例曲,題注:“此係詩餘,亦可唱。”尾批:“《舊譜》載《琵琶記》一曲,全似【過曲】,使人難辨,今特録此調。”此與其題署同,然名同實異,與《正始》【中吕引子·剔銀燈】亦不同;反與【中吕過曲·剔銀燈】《拜月亭》《王煥》二格相近,《定律》、《大成》卷十以此爲例曲,即題【中吕過曲·剔銀燈】。牌名標“引”,是與【過曲】相區别,然兩調實多混淆。

此可補《訂律》一調名。

【哭相思】

【南吕引子】人死家空情黯黯,奈氣色都消減。自間别心中常凄慘,今見了越傷感。

《荆釵記》,《舊譜》卷四頁126,《沈譜》卷十二頁359

《新譜》卷十二與此同,《大成》卷四十八與此句字略有變化。此曲唱調名,與《張協狀元》【酷相思】同。由【酷相思】到【哭相思】,可見演進。趙景深《考略》頁22認爲:1. “《王狀元》本第四十八齣有類此曲句”;2. 第二曲“是各種《荆釵記》的現存逸文”。查《原本王狀元荆釵記》第四十八齣【哭相思】二支,第一曲辭云:“每痛憶伊作幽冥鬼,不想道重相會。捨死忘生音信稀,訴不盡心中苦。今日重逢,深感錢安撫。”第二曲辭云:“自别心中長慘凄,今見了越添愁慽。恨别當年妾理虧，雙親何事恁尪羸。因思女死形容減，爲意妻乖氣力衰。”與均此曲不同，但第二曲首二句與此末二句相似。

此可補《訂律》一調名。

【海棠春】

【雙調引子】奴家貌美多聰慧，共娘行每日遊戲，晝永捻針指。忽聽的娘行呼喚，不知道有何言語。　　《殺狗》，《舊譜》卷九頁 205

格式：7△，7 乙△，5△。7 乙，7 乙△。　　5 句

此調僅此一見。《沈譜》卷二十引秦觀同名詞調之上闋四句爲例曲，與此不同。《正始》則將四句剖爲二調，前二句作【海棠春前】，以明傳奇《趙氏孤兒》“與人謀事須終始”爲例曲，後二句作【海棠春後】，以明傳奇《明珠記》“不及海棠春”爲例曲，然無用全調者。

此可補《訂律》一調。

【恁麻郎】

1.【南吕過曲】我告你局騙人財禮，我告你威逼他投水。怎誤我白羅帕見喜，閃得他黄泉路做鬼。（合）息怒威，寧耐取，休想我輕輕放著你。　　《荆釵》，《定律》卷八頁 255，《大成》卷四十九頁 3787

2.【南吕過曲】這事情天知地知，這見識心黑又意黑。怎辨别他虚你實，也難明他非你是。不放你，不放你，自古饒人不是癡。

《荆釵記》，《大成》卷四十九頁 3787

《定律》以此爲【前腔】，與始調《江流》“這賊漢全無些道理”同格。《大成》引第一曲爲正格，引第二曲爲【又一體】，尾批：“首闋爲正體，次闋第六句將疊句當實句，結尾與正格異。”此曲與【麻郎】【賀新郎衮】同格，是一調多名。

【豹子令】

【越調過曲】點起番家百萬兵，百萬兵；紛紛快馬似騰雲，似騰雲。叵耐大金無道理，與他交戰定輸贏。（合）安排器械便登程，殺教片甲不留存。

《拜月亭》，《定律》卷十三頁 301

此曲末句"不"字原缺，據《六十種曲》本《幽閨記》第三齣《虎狼擾亂》補。《正始》【越調過曲·鮑子令】題注："今人或曰【豹子令】，又或【包子令】，皆非是。"較之，此僅第一句後增三字一句，餘均同，當是【鮑子令】之變格。

十一筆

【麻婆子】

【中吕過曲】太守我自爲婚主，花紅有也無？吏典你去爲媒妁，喜筵不用鋪。佳人才子兩歡娱，百年偕老成夫婦。待等異日春雷動，看取化龍魚。

《何推官》，《寒山曲譜》頁 439，《定律》卷六頁 65

《寒山曲譜》以此爲正格。《定律》尾批："此曲以首句二字之重字用實字者。"《大成》卷十尾批意同。與《正始》正格同。

【探春令】

【仙吕引子】人生最苦是别離，論貞潔無比。仗鸞箋，一紙傳消

息,怎不見回音至。　《荆釵記》,《舊譜》卷一頁 65,《沈譜》卷一頁 97

《新譜》卷一引此爲例曲,與此同。

【梁州令】

【正宫引子】庾嶺山中顯聖靈,有無限威聲。樂煙霞泉石鎮山林,一方人欽仰,名傳播,盡皆驚。

《陳巡檢》,《舊譜》卷二頁 87,《沈譜》卷四頁 184

《新譜》卷四引屠隆《曇花記》"春光不改"爲例曲,眉批:"原曲第四句用五字,欠叶,以此曲易之。"尾批:"馮引舊曲,末三句每句用三字,正同。"

【梧桐樹】

1.【商調過曲】醃臢小賤奴,怎不思量取。我是你東人,你是咱奴婢,輒敢對主出言語? 自恨我家神做不得主,致使今朝外鬼相調戲,兀的不是勢敗奴欺主。　《殺狗記》,《舊譜》卷七頁 193,《沈譜》卷十七頁 576

2.【商調過曲】官人聽我言,世事只如此。只重衣衫,那重人賢慧,如今只重錢和勢。你恁貧寒識甚高低,一領布衫比不得咱每的,(合)何須共你争閑氣。　《殺狗記》,《大成》卷五十七頁 4650

第一曲,《舊譜》與《沈譜》、《定律》卷十文辭差異較大,《沈譜》眉批:"《舊譜》句字俱不同,今據古本改正。"此從《沈譜》、《定律》。《新譜》卷十八、俞爲民《殺狗記校注》第二十二齣《孫榮奠墓》與此同。《大成》引第二曲爲正格,以末句爲(合頭);引第一曲爲【又一體】。尾批:諸曲"句法稍有參差,皆不出規範"。

【惜奴嬌】

1.【仙吕入雙調過曲】安享榮華，豈不念父母之積趲家私。千層水面，虎口裹換出珍珠。如今，每日攻書錯留心，懶經求不營運。待怎生，自今日，不許上，我的門庭。　　《殺狗》，《舊譜》卷十頁222

2.【仙吕入雙調過曲】家道貧窮，守荆釵布裙，謹身節用。今爲姻眷，惟恐玷辱門風。空空，愧没房奩來陪奉，望高堂垂憐寵。（合）喜氣濃，悄似仙郎仙女，會合仙宫。

3.【前腔换頭】欣逢，夫婿寬洪，可留心遵守，四德三從。勤攻詩賦，休得效學飄蓬。重重，運蹇時乖長如夢，謝良媒開愚懵。（合前）

《荆釵記》，《沈譜》卷二十頁673

《新譜》卷二十三引第二、第三兩曲爲例曲，《定律》卷九引第二曲爲例曲，與此僅句字略有變化。然據曲譜，此三曲當爲【惜奴嬌序】：【惜奴嬌序】爲過曲，【惜奴嬌】爲引子。

【啄木兒】

1.【黄鐘過曲】何須慮，不用焦，人世上離多歡會少。大丈夫當萬里封侯，肯守着故園空老。畢竟事君事親一般道，人生怎全忠和孝，不見母死王陵歸漢朝。

《琵琶記》，《沈譜》卷十四頁468，《新譜》卷十四頁14下半葉

2.【黄鐘過曲】雪兒下，共醉迷，拐玉環先自歸。刁唆兄弟告哥哥，直恁背恩忘義。你一時才得温和氣，不記得窑中冷落無人理，（合）撥盡寒爐一夜灰。　　《殺狗記》，《大成》卷七十頁5960

【啄木鸝】

1.【黄鐘過曲】【啄木兒】聽言語，教我悽愴，多料想他每非是假。

他那裏既有妻房，取將來怕不相和。但得他似你能揎把，我情願侍他居他下。【黃鶯兒】只愁他，程途上辛苦，教人望巴巴。

《琵琶記》，《寒山曲譜》頁 505

2.【黃鐘過曲】【啄木兒】錯中錯，訛上訛，只管在鬼門前空占卦。若要識蔡伯喈妻房，奴家便是無差。你果然是他非謊詐，你原來爲我吃折挫，【黃鶯兒】爲我受波查，教伊怨我，教我怨爹爹。

《琵琶記》，《大成》卷七十二頁 6143

【梁州序】

1.【南吕過曲】他有雕鞍金鐙，重裀列鼎，肯娶我裙布荆釵。況又房奩不整，反被那人相輕。雖是你房奩不整，他見你恭容，自然相欽敬。嚴父將奴先已許書生，君子一言怎變更。（合）實不敢，奉尊命。

《荆釵記》，《寒山曲譜》頁 349，《大成》卷四十九頁 3776

2.【南吕過曲】轉念取同乳同胞，忍教他一身無靠。破窑中寂寞，怨恨難消。他每日沿街哀告，告人求食，受苦傷懷抱。你每日常快樂，醉陶陶，不道孫榮志量高。（合）贖毒藥，害吾曹。

《殺狗記》，《大成》卷四十九頁 3778

第一曲，《寒山曲譜》引爲【前腔第二换頭】，《大成》引爲【又一體】。《原本王狀元荆釵記》第九齣、《六十種曲》本《荆釵記》第九齣《綉房》均存録【梁州序】四支，此即其【前腔第二换頭】。另三曲已爲《正始》收録。第二曲，《大成》引爲【又一體】。

【章臺柳】

【越調過曲】情既緊，言又窘。我斟量非奸即是盜賊，逃身潛地奔。無故入人家有甚事因，休得要逞花唇。稍虚詞，告有司推訊。

《拜月亭》，《舊譜》卷六頁 171，《定律》卷十三頁 283

【晝錦堂】

1.【雙調過曲】夏日炎炎，執手話別，空餘枕簟清幽。爍石流金，酷暑惱人時候。清晝，好向荷亭排宴飲，暗思昔日碧筒酒。（合）分鴛偶，今夜奴在孤幃，君向草廬獨守。

2.【前腔換頭】欣有，照眼葵榴，萱草弄金，閑階細草新抽。君往園中，須要小心看守。擔憂，倘有遺失甘受打，只愁娘意難分剖。（合前）　　《卧冰記》，《舊譜》卷九頁208，《沈譜》卷二十頁628

文字從《沈譜》，《新譜》卷二十二同。《舊譜》僅録第一曲，與此略有不同。《寒山曲譜》第二曲尾批："若用【三】【四】，皆用此體。"則此調可連用四曲。《定律》卷九、《大成》卷三、《簡譜》卷八存録二曲，與此同。《風月錦囊・全家錦囊》卷十五《王祥・夫妻相別》亦録此二曲，句字略異。《簡譜》尾批："此爲【晝錦堂】正調，《琵琶》'簾幕風柔'一曲是集曲也。'好向（原作"問"）'、'暗思'兩句，一用仄仄平平平仄仄，一用平平仄仄平平仄，勿倒誤。"《琵琶記》"簾幕風柔"一曲爲【錦堂月】正格，集曲，以【晝錦堂】犯【月上海棠】，與此不同。

【連枝賺】

【黄鐘過曲】去程已緊，李三公多憐憫，些少盤纏相贈恁。這恩德，山様高來海様深，生死難忘叔丈恩。你與我，回言多拜禀，異日身榮報大恩。謹依臺命。　　《白兔》，《寒山曲譜》頁469，《定律》卷一頁201

《寒山曲譜》尾批："此【賺】用於本宫，亦可轉入【南吕】【商調】。【其二】同前。"《定律》、《大成》卷七十一句字與此稍有不同。

【梁州小序】

【南吕過曲】【梁州序】薔薇簾箔，荷花池館，一點風來香滿。香奩日永，香銷寶篆沉煙。謾有枕欹寒玉，扇動齊紈，怎遂得黄香願。猛然心地熱，透香汗。我欲南窗一醉眠，【賀新郎】金縷唱，碧筒勸，向冰山雪檻開華宴，清世界，幾人見。

《伯皆》，《舊譜》卷四頁129，《大成》卷五十一頁4010

此實【梁州新郎】，《大成》即題【梁州新郎】之【又一體】：前用【梁州序】首十一句，後用【賀新郎】末五句爲(合頭)。且此(合頭)五句與《正始》此調正格、【第三换頭】兩曲全同，當屬同組聯章。所謂【梁州小序】，僅見《舊譜》，故當是【梁州新郎】别稱，但"小"字並無着落。此姑存舊名。

此可補戲文一調名。

【寄生草】

【南吕過曲】風性情還仍在，烈心性終不改。那些個賢賢易色將心戒，娥眉半額須(原本漫漶)愛，怎奈千金敝(原作"備")箒人難買。恁你金章(原作"彰")紫綬貴人家，難動銅肝鐵膽裙釵輩。臭口胡亂開(原作"間")，色膽如天大，惱得我鐵石心腸欲碎。誰教你笑語(原作"話")遊桑陌上來，我不比繫紅裙柳陌花街，那須(原本漫漶)偕手接眉挨。我本是寒梅雪裏開，遊蜂怎敢來？更羞殺没瞅(原作"秋")没睬(原作"採")，把我這緑桑園錯認楚陽臺。賢哉賢哉，多因我書生不才。

《魯秋胡戲妻》，《風月錦囊》卷一頁62，《堯天樂》卷二下層頁165

此曲出處，參見【黄鐘調近詞・賞宫花序】《魯秋胡戲妻》考辨。末"賢哉"二句，《全元戲曲》卷十二另列一曲，然缺題，尾注："此曲牌錦本未標,未詳。所録生唱曲似未全。”原版此頁字多漶漫,此從《風月錦囊箋校》。

北曲有【仙吕・寄生草】,白朴有名篇《飲》,則金元交替時期已有此曲;《中原音韻》“作詞十法”已論之,則元代使用較爲廣泛。今存金元磁窑彩枕上有【寄生草】一首:“再不想榮華貴,將相才。入山林倒大無災害,將君王舞蹈(原作“道”)揚塵拜。取下這紗幔頭,放下這象牙笏,脱下這紫羅袍,納了條黄金帶。”此與北曲常格大不同,楊棟兄認爲“應是金元之際的元曲早期作品”①。何以同時期之二曲不同格,白樸所用之曲源出何處,可再討論。戲文無此調,《沈譜》已明言:“南曲無【寄生草】。”《正始》有散曲【南吕過曲・寄生子】,二十二句,與此大異。《堯天樂》破爲三曲:前七句作北曲【仙吕・寄生草】,以下作【仙吕・賺煞】,末二句爲【仙吕・青哥兒】末二句,如此則爲北曲集曲。然較《北曲新譜》,大有差異,且與此所題【南吕過曲】又相矛盾。此姑存其曲,仍其舊名,俟後詳考。

此可補戲文一調。

【梧坡羊】

【商調過曲】【金梧桐】姑姑你試聽,日夜裏成孤另。尋個良媒,嫁個多聰俊。虚度青春,白髮來侵鬢。【山坡羊】如何,如何不改嫁人?

《白兔》,《定律》卷十頁146,《大成》卷五十八頁4793

《定律》《大成》均以此爲例曲。《定律》尾批:“此曲坊本爲【攬群羊】,甚無取意。”《沈譜》附録【不知宫調過曲】、《新譜》卷二十五《雜調》、《正始》俱題【攬群羊】。《六十種曲》本《白兔記》第十六齣《强逼》有【攬群羊】三曲,《正始》引第一曲,入【南吕調近詞】,首六句入【芙蓉花】,與此同格;此即爲第二曲【前腔】,《沈譜》《新譜》均録此曲,題注:“疑是【金梧桐帶山坡羊】。”【商調過曲・金梧桐】即【南吕調近詞・擊

① 楊棟《元曲起源考古研究》,中國社會科學出版社,2014年,第25頁。

梧桐】,與【南吕調近詞・芙蓉花】首六句同。兩調均摘句,故非帶過曲。

此可補戲文一調名。

【荷葉魚兒】

【小石調引子】春雨新收,喜見山明水秀。萬花深處有鳴鳩,軟紅泥踏青時候。試躡青鞋,慢拖斑竹,去尋良友。静把詩書閑究,竹扉上是誰頻扣?　《荆釵記》,《大成》卷三十六頁 3248

格式:4△,6△。7△,7乙△。4,4,4△。6△,7乙△。　9句

《大成》引此爲例曲。南曲諸譜未見著録。

此可補戲文一調。

【清江引】

1.【雙調過曲】長安富貴真罕有,食味皆山獸。熊掌紫駝峰,四座馨香透,(合)奉與試官來下酒。

《琵琶記》,《大成》卷六十三頁 5258

2.【雙調過曲】求名未遂,羞歸鄉里,淹滯在京都地。拜覆我爹娘,休把兒牽繫,(合)指日間,到家庭重賀喜。

《荆釵記》,《大成》卷六十三頁 5259

格式:7△,5△。5,5△,7△。　5句

《大成》引此二曲均入【又一體】,題注:"與【仙吕宫】正曲同。"尾批:此調"惟末句,或九字,或七字,皆係正格。第四闋(即此第二曲)首句作八字兩截句,格式漸變。……舊譜收在【仙吕入雙調】,今此調已削去,則此曲【仙吕宫】及【雙調】俱可,不妨兩存之。"第二曲較第一曲,首句破成四字二句,第四句後增三字一句。卷六十六【雙角隻曲・清江引】,即北曲【雙調・清江引】,與此同,尾批:"【清江引】與南

詞句法無異。”

詞調有【清江曲】，七字八句，雙片，與此不同。北曲有【雙調・清江引】，與此同。《京腔譜》卷十四《通用調》題注：“本調曲腔與前諸律俱不相似，是以另成一調，而可以通融取用。”末引《浣紗記》爲例曲，與此同。《簡譜》卷八附録《北曲借作南詞用者二支》承《定律》卷九，以《連環記》“海棠花下華筵啟”和《西厢記》“呆打孩店房中没話説”爲此調例曲，與此句格同，尾批：“此二支本是北曲，後人去一凡二聲，當作南詞唱，於是相沿成習。大抵獨用者居多，……又在南北合套内，借作收煞，……皆視排場而定用法。”鄭騫《北曲新譜》卷十二【清江引】尾批：“南曲並無此章，其【仙吕入雙調】之【江兒水】則與此章句法不同。《大成》云云，蓋因此章可作南曲唱也。”則此曲乃採引北曲而入南曲者。俞爲民《殺狗記校注》第二十五出《月真買狗》則在南套中直接標署【北清江引】。“四大南戲”至少已有兩種使用【清江引】，則此調在元代已入戲文。

此可補戲文一調。

十 二 筆

【菊花新】

【中吕引子】封書遠寄到親闈，又見關河朔雁飛。梧葉滿庭除，争似我悶懷堆積。　　《琵琶記》，《大成》卷九頁 1189

《大成》以此爲【又一體】，用詞之半闋，是此調正格。

【喜遷鶯】

【正宮引子】紗窗清曉，睡覺起傷心，有恨無言。浪眼星睛，愁眉難展，還又度日如年。他那裏相思無限，我這裏煩惱無邊。是怎生，夢魂中欲見，無由得見。　《拜月亭》，《舊譜》卷二頁 88，《沈譜》卷四頁 187

《沈譜》、《新譜》卷四題署下注："今無此曲，可恨。"《南音三籟》戲曲下卷【越調・小桃紅】《拜月亭・團圓》套眉批："此套時本所無。曾見前輩云：'《拜月亭》自"拜月"之後，皆非施君美原本。'今稽舊譜所留，止此套並二【引子】耳，然並此套後【尾聲】亦缺矣，可勝歎哉！"套末尾批："余曾於白下，會江右龍仲，出所得沈伯英抄《拜月亭》，不全舊本，皆錯訛零落，至不能讀。大約後數折與時本絶異。猶可讀者，惟"遞絲鞭"一折及此套耳。爾時惜不録之，幸此套爲譜中所收，故得復表出之。其曲中應答情節，蓋因遞鞭時二人皆受，而《團圓》折，王反怒蔣之違盟受鞭，故復有如許宛委。惜無白填之，不可施之演場耳。末折生波，所謂'至尾回頭一掉'也。元戲皆然，不可不曉。"所附二支【引子】，第一支即此曲。較之，第四句作"淚眼空懸"，較此曉暢。趙景深《考略》頁 35 認爲："大約元代戲文《拜月亭》逸文最完全的要算是'誤接絲鞭'那一套"，此爲首曲。《重訂拜月亭記》第四十齣《姊妹聞信》存録此曲，"誤接絲鞭"爲第三十九齣《官媒送鞭》之情節，後四十二齣《夫妻相會》又有相關劇情，但有所緩和，並無馮氏所言曲折複雜。

【紫蘇丸】

【仙吕引子】煙花隊裏曾經歷，那門庭煞知端的。近日來可笑女孩兒，心如飛絮難尋覓。

《王煥》，《舊譜》卷一頁 67，《沈譜》卷一頁 99，《定律》卷三頁 468

《新譜》卷一引此爲例曲，與此同。

【越恁好】

【中吕過曲】與君同氣，與君同氣，一個父娘生。難忘這些恩和義，手足親休得再講。倘或事生發，你莫胡招認，兄弟替着哥哥認。

《殺狗記》，《寒山曲譜》頁 436

《寒山曲譜》列此爲正格，與《正始》所列諸體均不同。

【喬合笙】

【中吕過曲】那一日江道，那一日江道，得夢蹊蹺。神人對我曾説道，佳人果然聲怨高，投水江心早。幸梢公救撈，問真情取覆言詞了。留爲義女，同臨任所福州道。（合）怎知今日，母子團圓，再得同歡好。腰金衣紫還鄉，大家同歡笑，百歲永諧老。

《荆釵》，《定律》卷六頁 79，《寒山曲譜》頁 434

《定律》列此爲正格，尾批："此曲一名【合笙】，與【越調】之【合笙】不同。坊本誤刻爲【馱環著】，謬矣。"然又列《正始》《薛芳卿》、《樂昌公主》之【合笙】爲【又一體】，細校之，與此僅增第二、第三兩句，餘則全同，故此調與【合笙】實爲一調二名。《寒山曲譜》、《大成》卷十均以此爲【合笙】之【又一體】，可爲一證。《簡譜》卷六引此爲例曲，尾批："此調《大成》《定律》各列四體，而長短不同，蓋中可刪節也。……今人以爲【馱環著】之別體，誤矣。"此與【喬合笙】《小孫屠》體不同，與《定律》【馱環著】《白兔》體不同。南曲以此與【合笙】混淆久矣，原因即在二調宫調相同，名稱與體式均相近似；與【馱環著】則絶不相同。此仍原稱，以存其舊。

【疏影】

【黄鐘引子】韶光荏苒，歎桑榆暮年，貧困相兼。半載憂愁，一家艱苦，知他甚日回甜。衣單食缺心無慊，爲親老常懷凄慘。秀才温雅，安人賢慧，小姐貞堅。

《荆釵記》，《舊譜》卷五頁153，《沈譜》卷十四頁450

《沈譜》題注："與詩餘微有不同。"眉批："用韻甚嚴，妙甚，妙甚。"《新譜》卷十四承之，與《舊譜》句字略異。

【畫眉序】

1.【黄鐘過曲】金巵泛蒲緑，撫景停巵感心曲。歎千年湘水，此日沉玉。名未泯角黍空傳，人去遠招魂誰續。（合）大家酩酊酬佳節，莫負太平風俗。

2.【前腔】新篁展修緑，玳瑁筵開畫欄曲。看座排冰島，簫傳蓮玉。見滿眼虎艾争鮮，正西苑龍舟相續。（合前）

3.【前腔】修眉遠山緑，粉汗流香浸眉曲。自持觴勸酒，皓腕露玉。願白頭長享天年，結綵綫不須人續。（合前）

4.【前腔】輕盈舞裙緑，獨抱琵琶慶新曲。漸髻偏金鳳，釵横紫玉。掠紈扇乳燕飛來，亂急管新蟬相續。（合前）

元傳奇《無雙傳》，《明珠記》第三齣《酬節》

5.【黄鐘過曲】元宵景堪題，畫堂深沉勝瑶池。奏笙歌一派，韻美聲齊。畫燭映兩行神仙，蘭麝靄一簇珠履。（合）翡翠簾捲香風細，人在水晶宫裏。

6.【前腔】月華照庭幮[1]，萬頃芙蕖綻秋水。夜迢迢一任，畫角頻

---

① 幮，《摘豔》作"㡢"，同"躇"，当誤，或作形近之"幮"。《雍熙》作"除"，《全元戲曲》作"幬"。

吹(原作"次")。沉醉蒸古鼎龍涎,歡宴會玉簪珠履。(合前)

戲文《下江南》,《詞林摘豔》乙集頁170—171,《雍熙樂府》卷一頁135

《正始》【黄鐘過曲·滴滴金】第六格引元傳奇《無雙傳》"上林筍膾甘如肉"爲例曲,尾批:"按:此《明珠記》。元時先有失名氏《王仙客》本,後又有平原白壽之《無雙傳》。今此'金卮泛蒲緑'套,即其詞也。今被陸天池竊用於《明珠記》耳。"錢南揚《輯録》頁181《無雙傳》題注:"案:'金卮泛蒲緑'套,見《六十種曲》本《明珠記》第三齣《酬節》,兹據以録入,俾得物歸原主。"即此第一至第四曲。《全元戲曲》卷十二承之。全套十支,《正始》頁69引其第七曲【滴滴金】入"元傳奇《無雙傳》",故可從之。此四曲均以緑、曲、玉、續、俗等入聲字爲韻,亦頗新奇。後二曲,《詞林摘豔》題"《下江南》戲文《賞元宵》",《雍熙》題《燈詞》,均不署作者。未見著録。全套九曲:【畫眉序】【么篇】【神仗兒】【么篇】【鬧樊樓】【滴滴金】【鬬雙雞】【雙聲疊韻】【餘音】。莊一拂《古典戲曲存目彙考》卷二以此套入"宋元闕名作品",《全元戲曲》卷十二《下江南》題解:"此戲當即宋太祖下江南故事。"黄仕忠《拾遺》認爲應屬宋元舊篇,故存録備考。【么篇】依律改題【前腔】。文字從《摘豔》,《雍熙》略有變化。

【絳都春序】

【黄鐘過曲】平生戀色,有忠臣伍奢,直諫獲罪。伊見,伍尚入朝齊殺取。子胥奔走吴國裏,借兵馬投入楚地。(合)兩軍交戰,鳴鼙金鼓,震動天地。

《殺狗記》,《大成》卷六十九頁5946

《大成》引此入【又一體】。

【黄龍衮】

【黄鐘過曲】燃起道德香,燃起道德香,超三界爐煙細。巍閣巍樓,登殿通情旨。弟子家住,沙陀村裏。(合)同家眷男女,到來瞻禮。

《白兔記》,《大成》卷七十頁 6029

【黄薔薇】

【正宫過曲】尋思賢聖書,行孝蒼天佑(原作"有")。順慈顔此意此情堅酬,清貧寂寞甘心守。料妻賢夫義恩深厚,兄友弟兩下怎休?一門裏全忠全孝共綢繆。

《王祥》,《風月錦囊·全家錦囊》卷十五頁 375

此曲原題《王祥·夫(原作"交")妻相别》【薔薇花】之【前腔】,《正始》題其始調爲"元傳奇《王祥》【黄薔薇】",則此曲亦當是元代戲文,且據以改題。

【番鼓兒】

1.【仙吕過曲】爲塞北,爲塞北,興兵遷邊鄙。但州城關津險隘,勢怎當敵,待欲遷都回避。不許稽遲,上京去緝探事實。(合)火速火速便馳驛,等回音星飛電急。

2.【前腔】兀剌赤,兀剌赤,門外等多時。縱轡加鞭,心急馬遲,伴宿女孩兒,羊酒要關支。管取完備,休得誤了軍期。(合)火速火速便馳驛,等回音星飛電急。

《拜月亭》,《定律》卷四頁 531,《大成》卷三頁 484

《定律》以第一曲爲正格,較《正始》正格,第九句疊用"火速"二字,餘同。以第二曲爲【前腔】,與第一曲第四句破作四字二句,第五句增一字作五字句,第六、第八句減一字,餘同。《大成》僅録第一曲,爲【又一體】,與此句字略有差異。《重訂拜月亭記》第十出《奉命和番》、《六十種曲》本《幽閨記》第十出《奉使臨番》均以第一曲爲【番鼓兒】首支,第九句不疊;第二曲爲第四支,末二句用(合前);不用第二句疊句。

【賀新郎】

【南吕過曲前腔】乳燕雙雙，語雕梁對人如訴，採蓮舟棹在入西湖。奪標處，浪滚雪花上下舞，看兩兩龍舟競渡。插艾虎，懸硃符，繫百索帶綰同心縷。百歲裹，鎮歡娱。

《樂昌公主》，《盛世新聲》酉集頁 553，《雍熙樂府》卷十六頁 401 下欄

《盛世》無題，《雍熙》題《午節》，均録全套四曲：【賀新郎】【么】【節節高】【尾聲】，此爲【賀新郎】之【么篇】，即【前腔】。《正始》以【賀新郎】始曲、【節節高】爲“元傳奇”《樂昌公主》曲，則此與【尾聲】亦當如是。

【集賢賓】

1.【商調過曲】怨我官人近日心性偏，與兄弟結冤。每日與非親同宴賞，把骨肉頓成抛閃。不聽我言，怕久後日疏日遠。常挂念，怕一宅分做了兩院。　　《殺狗》，《舊譜》卷七頁 190

2.【商調過曲】途中見時雖厮守，猶覺滿面嬌羞。直待媒妁之言成配偶，病懨懨無計相留。怎敢與龍争虎鬬，分别後知他安否？（合）恩德厚，有何顔再配鸞儔。　　《拜月亭》，《大成》卷五十七頁 4588

【集鶯花】

【商調過曲】【集賢賓】閑花野草列畫屏，映潑黛山青。【黄鶯兒】負薪樵父回山徑，愁懷轉增。旅情倍增，子規聲裹添歸興。【賞宫花】路上有花并有酒，一程分作兩程行。

《鄭孔目》，《沈譜》卷十七頁 585，《新譜》卷二十頁 1 下半葉

《新譜》引此入【商黄調過曲】。《大成》卷五十八引此爲例曲，然署“散曲”，誤。《正始》【商調過曲・集鶯花】引《鄭孔目》“官差遠遠家鳳寧”爲例曲，末二句與此同，則此曲當作【前腔】。錢南揚《輯佚》頁237尾注：“【賞宫花】‘路上’兩句係合頭。”《全元戲曲》卷十二承之，是。

【雁過南樓】

【越調過曲】我待不管他，我待不保他。後面有人，一似扯住了咱，莫不是孫榮有些牽挂。(合)回頭看他，回頭覷他，不由人兩淚如麻。

《殺狗》，《定律》卷十三頁286

《定律》以此爲【雁過南樓】之【又一體】，尾批：“此曲板式尤同，字句皆差，故依【舊譜】爲【又一體】。”較之正格，首二句俱減字爲四字句，餘則相同。

【賀聖朝】

【雙調引子】幾年執掌朝綱，四時燮理陰陽。輔一人有慶壽無疆，兆民賴安康。　　《荆釵記》，《舊譜》卷九頁207，《沈譜》卷二十頁625

《新譜》卷二十二、《定律》卷九《大成》卷六十二均引此爲例曲。《新譜》題注：“與詩餘不同。”

【普賢歌】

【雙調過曲】先蒙除授任潮陽，僉判十朋也姓王。丞相倚豪强，將他調海邦，(合)只爲不從花燭洞房。　　《荆釵》，《定律》卷九頁558

【朝元令】

1.【仙吕入雙調過曲】星星在天，早起離京苑。昏星粲然，好向程途趲。水宿風餐，豈辭遥遠。要盡奔喪通典，血淚漫漫，天寒地坼行步難。回首望長安，西風夕照邊。（合）洛陽漸遠，何處是舊家庭院，舊家庭院。

2.【前腔第二换頭】【五馬江兒水】凛凛風吹雪片，【朝天歌】彤雲四望連，行路古來難，相看淚眼，血痕衣袖斑。【朝元令本調】請自停哀消遣，幸夫婦團圓，把淒涼往事空自歎。曲澗小橋邊，梅花照眼鮮。（合前）

3.【前腔第三换頭】念我深閨嬌眷，麻衣代錦鮮。崎嶇不慣，萬水千山。素羅鞋不耐穿，誰與我承看，老親衰暮年。有日得重相見，淚珠空暗彈。何處叫哀猿，饑烏落野田。（合前）

4.【前腔第四换頭】好向程途趲，漁翁罷釣還。聽山寺晚鐘傳，路逐溪流轉。前村起暮煙，遥望酒旗懸，且問竹籬茅舍邊。舉棹更揚鞭，皆因名利牽。（合前）

《琵琶記》，《沈譜》卷二十頁 658，《新譜》卷二十三上頁 12 下半葉

5.【前腔其三】危巔絶嶺，飛流直下傾。歎微名奔競，身似浮萍。鷓鴣啼不忍聽，野花開又馨，消遣羈旅情。到處草茵題詠，眼前無限景。牧笛隴頭鳴，漁舟江上横。（合）潮陽海城，到得後那時歡慶，那時歡慶。

《荆釵》，《定律》卷九頁 537

《沈譜》第一曲題注：“或作【朝元歌】，非也。”第四曲尾批：“此一套，古本《琵琶記》無之，恐非高則誠所作，故予考正《琵琶記》，不敢收入。然音律與《荆釵記》相合，而更覺和協，亦非淺學所能撰也。第一闋乃【朝元令】本調，【第二换頭】依舊譜注明，但第三、第四【换頭】各比【第二换頭】不同，必自有説，今不敢妄爲解也。”《新譜》尾批：“據馮稿及《三籟》，俱逐段分注。因詞隱不爲妄解，予仍舊式。”凌濛初《南音三籟》戲曲下卷對此套已分調解析，詳加標注，可以參考。《定律》

卷九以第三曲第一句首二字爲襯字，餘與此同。列第四曲爲【前腔其四】，當是【前腔第四换頭】；引第五曲爲【前腔其三】，當是【前腔第三换頭】，與此同。《大成》卷六十三引此前四曲爲例曲，尾批："《琵琶記》四闋，時本失載，《嘯餘譜》及《南音三籟》皆收作《琵琶記》曲，即沈璟亦賞其與《荆釵記》相合，而音律更覺和諧。其考正《琵琶記》不復收入者，或疑非高則誠筆耳。但此每間【朝元令】祖調，行路最宜。前説具載《嘯餘譜》《南音三籟》按語内，今仍存舊名。前人既已叙清原委，閲者勿得以時本之不載，而謂其無所據也。"是。《簡譜》卷八引前二曲爲例曲，均題【雙調過曲】，均作隻曲，尾批："此調以四支爲一套，若照【第二换頭】格，連成三、四兩曲，最爲簡便。若欲分清第三、第四兩【换頭】，則不得不依據《琵琶》套式矣。鄙意《琵琶》雖爲古曲，而三支【换頭】各各不同，古本必不如是。沈寧菴謂恐非高則誠作，此言甚是。余故謂依散曲，則不必分三、四【换頭】，依《琵琶》式則全依高氏可也。"

【朝元歌】

1.【仙吕入雙調過曲】騰騰曉行，露濕衣襟冷。徐徐晚行，月照遥天暝。止爲功名，遠離鄉井。度水登山驀嶺，帶月披星，車塵馬足不暫停。晴嵐障人影，西風吹鬢星。潮陽海城到得後，那時歡慶。

《荆釵》，《舊譜》卷十頁214

2.【仙吕入雙調過曲】【江兒水】幾處幽林曲徑，松杉列翠屏。回首亂雲凝禪關，掩映遠鐘三四聲。【朝天歌】欽奉綸音，遊宦宿郵亭。遠離京城盼鄉關，把往事空思省。【朝元令】水程又山程，長亭復短亭。潮陽海城到得後，那時歡慶。　《荆釵》，《舊譜》卷十頁228

第一曲，與上引《琵琶記》之【朝元令】"星星在天"格，僅減省第十二句四字，餘同。第二曲，《舊譜》題【朝元令過】，題注："【江兒水】起，中入【朝天歌】，後入本調。"問題一是【江兒水】在調牌名中無着落，二是【朝天歌】雖然《正始》【仙吕入雙調過曲・四犯江兒水】《羅惜惜》引五字二句，但全調却始見於《沈譜》。《大成》卷六十三引第二曲，題【雙調過曲・朝元令】之【又一體】，爲隻曲，尾批："【朝元令】，《荆釵》《琵琶》皆以四闋爲一套。《舊譜》以首闋及第三、四闋爲正曲，獨以第二曲作集曲。豈有一套之中，間以一集曲之理？"當是，則首二字當斷爲一句，第三、第四兩句當作："回首亂雲凝，禪關掩映，遠鐘三四聲。"第七、第八兩句當作："遠離京城，盼鄉關把往事空思省。"末兩句當作："潮陽海城，到得後那時歡慶。"如此爲隻曲之【前腔換頭】，韻脚皆出矣。

查《六十種曲》本《荆釵記》第三十三齣《赴任》有【朝元歌】四支，此即爲第一、第二兩曲，第二曲亦作隻曲，而非集曲。《正始》【仙吕入雙調過曲・朝元令】引《王十朋》二支爲例曲，題注："或作【朝元歌】，非。"尾批："此調按(古)本《王十朋》，僅此二闋。後至改本《荆釵記》增爲四曲，且第一、第二之章句然皆相似，但詞文與此絶不同。況第三、第四之調體，每又各不同，然亦不必收耳。"綜合比較《正始》《沈譜》《大成》等譜的意見，可見此調當名【朝元令】，至《琵琶記》《荆釵記》，已多變化，且增新名。此既四曲聯章，姑存舊名，存録備考。

【絮蝦蟆】

【仙吕入雙調過曲】摧挫，這艱共險，愁和悶，要躲怎躲。到今日，當有平地風波。驚惡，焰騰騰心上火，是誰人道與我。是如何，愛富嫌貧，岳丈倚强凌弱。　　《拜月亭》，《舊譜》卷十頁 223

格式：$2_{\triangle}$，3，3，$4_{\triangle}$。3，$6_{\triangle}$。2，6 $乙_{\triangle}$，6 $乙_{\triangle}$。$3_{\triangle}$，4，$6_{\triangle}$。　12 句

北曲有【南吕・草池春】，一名【絮蝦蟆】，與此不同。《正始》頁 831 元傳奇失名集曲【越調過曲・絮英臺】末用【絮蛤蝦】尾六句，與此同。戲文中未見【絮蛤蝦】隻曲，諸譜亦未見著録，則此與【絮蛤蝦】或即一調二名。此又與《正始》【仙吕入雙調過曲・蝦蟆吟】之【換頭】《蔡伯喈》"聽涴"體大同小異。《全元戲曲》卷九頁 517 據《沈譜》卷二十【仙吕入雙調過曲・黑蟆序】改題此曲，然《沈譜》所引【黑蟆序】二

體,皆入《正始》之【蝦蟆吟】,則此與【蝦蟆吟】或亦當爲一調。姑仍分列,以存舊名。《重訂拜月亭記》第三十一齣《興福尋隆》有【題真序】二曲,此爲始調。然【題真序】之名僅見於此,南曲諸譜未見著録,故不從,仍其舊名。

此可補戲文一調。

【喜梧桐】

【黄鐘過曲】冬景佳,堪圖畫。我則見遍滿長空,瑞雪紛紛下,好向暖閣紅爐泛流霞。一色瓊瑶,萬樹林梢挂,踏雪沽酒添高價。

《李寶》,《盛世新聲》酉集頁 531,《雍熙樂府》卷十五頁 379 上欄

格式:$3_{\triangle}$,$3_{\triangle}$。7 乙,$5_{\triangle}$,4、$5_{\triangle}$。4,$5_{\triangle}$,$7_{\triangle}$。　8 句

《盛世》《雍熙》《詞林摘豔》乙集俱以此入【念奴嬌】"大江逝水"套。《雍熙》入北【大石】。《北詞廣正譜》卷七【燈月交輝】注:"此元傳奇《李寶》南詞也,誤謬至此。"則此當爲《李寶》佚曲。《大成》卷五十七引此曲,然題【繫梧桐】之【又一體】,署《詞林摘豔》,誤。錢南揚《輯佚》頁 92、《全元戲曲》卷十二頁 462 已有考辨,從之。

此可補戲文一調。

十　三　筆

【獅子序】

1.【黄鐘過曲】他媳婦雖有之,念奴家須是他孩兒的妻。那曾有做媳婦的,不侍奉親闈。若論着做媳婦道理,須當奉飲食問寒暄,相

扶持蘋蘩中饋。正是養兒待老,積穀防饑。

《琵琶記》,《舊譜》卷五頁 162,《沈譜》卷十四頁 479

2.【黄鐘過曲】感意,如今托與此身,須與花爲主。特見憐,收回這綵球,别選英豪佳婿。一言既出駟馬難追,似落花有意隨流水。(合)常言道,好事不在忙裏。

3.【黄鐘過曲】感得,娘子見憐,又豈敢堅辭佳意。深謝得君,今遂我懷,奴又怎生抛棄。恐公相怪責寒儒,那時節休教退悔。(合)寬心管取,管不致連累。　　《綵樓記》,《大成》卷七十一頁 6055

第一曲,《沈譜》眉批:"或作'次妻',非也。牛氏在其父前,豈可就認次妻耶? 今依古本,用'的'字。後人不知'的'字是上聲,故妄謂難唱而改之耳。"又有尾批:"《綵樓》《白兔》二記,俱有此調,與此各不同,恐有訛謬耳。"《新譜》卷十四承之。《寒山曲譜》入【又一體】。《大成》卷七十一以此爲例曲,即云"次妻",仍依坊本。《大成》復引後二曲爲【又一體】,前"卑人告""聽啓"二曲《正始》既題作"元傳奇《吕蒙正》",此二曲與其同韻聯章,亦當屬此戲文。尾批:"二字起句者,舊名【换頭】也。"《正始》以此調當入【南吕調】,不當屬【黄鐘宫】;題【紅獅兒】,非【獅子序】。其辨説可以參考。

【解三酲】

【仙吕過曲】爲當初被人謊詐,把家書暗地套寫。致吾兒一命喪在黄泉下,受多少苦波查。今日幸得佳婿來迎也,又愁着逆旅淹留人事賒。(合)空嗟呀,自歎薄命,難苦怨他。

《荆釵記》,《大成》卷三頁 478

《大成》引此爲【又一體】,尾批:"第四句作六字折腰句,惟此與正格少異。若以格論,當以此曲爲准。"

【傾杯序】

【正宮過曲】思着掩翠屏，冷絳綃，寂寞向誰行告？捱幾個黄昏，幾番明月，幾度青燈，有誰知道？把歸期暗數，寶釵劃損，畫闌雕巧，不由人罵他薄倖絮叨叨。

《李玉梅》，《群音類選》清腔類頁 2054，《南音三籟》散曲上卷頁 121

此曲出處，參見【正宮過曲・玉芙蓉】《李玉梅》考辨。文字從《群音類選》。

【解醒歌】

【仙吕過曲】【解三醒】歎浮生總成虚幻，又何須苦自熬煎。今朝快樂今朝宴，明日事且休管。無心老翁一任蓬鬆兩鬢斑，直吃到緑酒床頭磁甕干。【排歌】妻隨唱，子戲斑，弟酬兄勸共團圓。興和廢，長共短，梅花窗外冷眼看。《陶學士》，《群音類選》清腔類頁 2024—2025，《南音三籟》散曲上卷頁 86—87

此曲出處，參見【仙宫過曲・甘州歌前腔换頭】《陶學士》考辨。此曲爲【前腔】，文字從《群音類選》。

【園林杵歌】

【越調過曲】歎王祥，因甚敢自專，勾引我孩兒離鄉遠。因兄遭難忙向前，勸娘休把哥哥怨。大的媳婦將兒遣，教娘望得眼兒穿。奶娘何故不思善，枉將姆姆埋怨。親娘幸安然，不必意懸懸。數兩金，百匹絹，乞收管，來朝賽願。(合)答謝天，合家賀喜排筵宴。母子重相見，辦炷明香禱告天。

《卧冰》，《定律》卷十三頁 290，《大成》卷二十四頁 2189

《定律》《大成》均列此爲【又一體】，與始調和《正始》正格不同，可備一格。

【道和】

1.【羽調過曲】吾年老，雪滿顛，無子承家業，晨昏每憂煎。且喜東床中選，雀屏中目，一雙白璧種藍田。(合)百歲夫妻今滿美。

《拜月亭》，《定律》卷十二頁 201，《大成》卷七十八頁 6543

2.【羽調過曲】荷相憐，護老萱，得遂留殘喘，不使陷深淵。今日再團圓，想晨昏朝暮，疾屙痛癢，憂愁風雨慰寒暄。(合)重生父母感恩遍，欲豎穹碑把德鐫。

《拜月亭》，《定律》卷十二頁 202，《大成》卷七十七頁 6501

格式：3，$3_{\triangle}$，5，$5_{\triangle}$。$6_{\triangle}$，4，$7_{\triangle}$。$7_{\triangle}$。　8 句

《定律》、《大成》、《簡譜》卷十均引第一曲爲正格。然《大成》題【道和排歌】，此下仍有六句(合頭)："山中相，地上仙，人間諸事不縈牽。罏邊醉，甕底眠，從今不惜杖頭錢。"爲集曲：前七句用【道和】首七句，後七句用【排歌】末七句。然【排歌】入集曲，例用末六句或三句，如此用七句者罕見。《簡譜》尾批："此爲【道和】正格。諸譜所録，皆合【排歌】者也。"亦與《正始》所録【越調過曲・道和】不同。《定律》以第二曲爲【又一體】，較此增第六、第九兩句，餘同。《沈譜》卷一以第二曲署《黄孝子》，題【道和排歌】；《大成》則署《節孝記》，題【三疊排歌】，均在此全曲後仍有六句："三生幸，逢大賢，銘心鏤膽敢輕捐。(合)今回首，衣謾牽，舉杯那忍着歸鞭。"正犯【排歌】。《黄孝子》《重訂拜月亭記》均未見此調。

此可補戲文【羽調過曲・道和】一調。

【園林好】

1.【雙調過曲】兒今去爹媽休得要意懸，兒今去經年便還。但願

得雙親康健,(合)終有日拜堂前,終有日拜堂前。

《琵琶》,《定律》卷九頁 498,《大成》卷二頁 390

2.【雙調過曲】免愁煩回辭了奠儀,只待拜馮夷多加些護持。早早向波心中脱離,(合)惟願取免沉溺,惟願取免沉溺。

《荆釵記》,《大成》卷閏頁 6834

【鼓板賺】

【中吕過曲】遍身泥水,滿頭巾似銀鋪砌。撇下得,賽關張兄弟曾説與。哥哥酒醒自支持,一聲喝起先驚懼。兀的是婦人家,那怕男兒,去留無計。　《殺狗記》,《寒山曲譜》頁 409

《寒山曲譜》以"韓信當時"爲例曲,以此爲【其二】,較《正始》【中吕調近詞·鼓板賺】《劉文龍》"奴在深閨"格,僅省減第四句三字一句,餘同。然第四句首一"賽"字據律屬上則文理不通,屬下則於格扭拗。此又文辭與格律矛盾之一例。

【搗白練】

1.【南吕調近詞】鳳侶分,難重整,對良宵冷落怎禁。况這般庭院,這般秋暮,甚般情興。

《風流合三十》,《沈譜》卷十三頁 447,《定律》卷八頁 329

2.【南吕調近詞】夜悠悠,房寂寂,怕銀漏迢迢暗滴。恨枕閑一半,衾閑一幅,卧閑一壁。

《墻頭馬上》,《沈譜》卷十三頁 447,《新譜》卷十三頁 2 下半葉

《沈譜》第一曲題注:"《舊譜》注云:'即【搗練子】。'非也。"尾批:"或疑犯【白練序】,亦非也。"列第二曲爲【又一體】,題注:"用入聲韻。"《新譜》承之,眉批:"詞意甚佳。"《寒山曲譜》引第一曲爲【其二】,入【南吕過曲】,署"散曲",误。尾批:"用第三曲,即第一曲體同。"所

謂"第一曲"指【教子記】"待説來",則此調可連用三曲。《大成》卷五十引第一曲爲正格,亦入【南吕過曲】,題注:"一名【搗練子】。"署《风流合》。

【意不盡】

【中吕過曲】今宵添上繁華夢,明早遥聽清漏鐘。皇恩謝了,豹尾鵷班陪侍從。　　《琵琶》,《定律》卷六頁 128,《大成》卷十一頁 1355

格式:$7_{\triangle}$,$7_{\triangle}$。4,$7_{\triangle}$。　　4 句

《定律》列此爲【中吕】尾曲,《大成》引爲【又一體】。《簡譜》卷六承《定律》,尾批:"【中吕】尾格有二。(一)爲十三板,多作四字一句者,名【意不盡】。(一)即普通格也。凡開場用一二小劇,末後作大套者,則用【意不盡】間之。今人不知此法,乃用【隔尾】,不知【隔尾】爲【南吕】北詞名,如何可入南詞? 此大憒憒也。"《元本琵琶記校注》第九齣《新進士宴杏園》引此曲,與此同。

此可補戲文一調。

【感亭秋】

【仙吕過曲】香醪待飲何處覓,牧童處問端的。遥望前村疏籬側,招颭酒旗林梢刺。(合)家鄉遠心漫憶,回首雲煙隔。

《拜月亭》,《大成》卷三頁 567

此調即【撼亭秋】,姑存其舊名。

十　四　筆

【漁家傲】

1.【中吕過曲】莫不是明月蘆花没處尋，莫不是舊日王魁遞萬金。莫非忘了奴半載同衾枕，莫非是不曾來之任。欲言不語，知他是怎，那裏是全抛一片心。　《荆釵記》，《沈譜》卷八頁 296，《寒山曲譜》頁 453

2.【中吕過曲】心相愛方此綢繆，如何便回庭院？扳留你扯住羅裙，連三步到你跟前。……　《詐妮子》，《新譜》卷八頁 19 下半葉

3.【中吕過曲】萬種相思只爲一紙書，從别後絶斷歡娱，除非夢兒内呵。見他好與將情訴，但説着不比當初。香消玉碎，愁多病多，覺來時枕上衾邊淚似珠。　《拜月亭》，《寒山曲譜》頁 412

第一曲，《沈譜》眉批有考辨，認爲此調"大抵《荆釵記》爲其正格也"。《寒山曲譜》題【漁家傲犯】，作集曲，以末三句入【雁過聲】，尾批："【其二】不録。《沈譜》改末二句作正調，非也。"《定律》卷六題【漁家雁】，章調與《寒山曲譜》同，然以第五、第六兩句併作七字一句。第二曲，《新譜》【漁燈雁】尾批："馮注云：'前二句與【漁家傲】本調不甚肖，查《詐妮子》，有【漁家燈】曲云云，確是此調，又有此格。'今存備考。"則此曲來源於馮夢龍《墨憨齋譜》。第三曲，《寒山曲譜》以"天不念去國愁人"爲例曲，引此列【其二】，尾批："與《荆釵》'咱言語'一曲，大同小異。""天不念去國愁人"爲《正始》【漁家傲】正格《拜月亭》首句。

【滴溜子】

【黄鐘過曲】你難道是侯門風味不俗,又誰知閭閻幾多不足?日晏未炊饘粥。可惜尊前《白苧歌》,總是蒼生哭。但願君心,化作光明蠟燭。　元傳奇《無雙傳》,《明珠記》第三齣《酬節》

此曲參見【黄鐘過曲·畫眉序】《無雙傳》考辨。句格與《正始》所列【黄鐘過曲·鬬雙雞】相近,略有變化。

【滴滴金】

【黄鐘過曲】通宵懶把銀燭點,影交光摇華筵。涓涓月色如秋水,更澄澄明月圓。明月正圓,似冰輪碾出一洞天。洞天一境,移來世間。　戲文《下江南》,《詞林摘豔》乙集頁172,《雍熙樂府》卷一頁135

此曲出處,參見【黄鐘過曲·畫眉序】《下江南》考辨。

【齊天樂】

【正宫引子】鳳凰池上歸環佩,衮袖御香猶在。棨戟門前,平沙堤上,何事車填馬隘。星霜鬢改,怕玉鉉無功,赤舄非才。回首庭前,凄凉丹桂好傷懷。

《琵琶記》,《沈譜》卷四頁185,《新譜》卷四頁2上半葉

《定律》卷二引此爲例曲,與此同。

【榴花泣】

【中吕過曲】【石榴花】覷着花容月貌勝仙娃,忍將身命掩黄沙。幸

教公相救伊家，似撥雲見日，枯樹開花。【泣顔回】貞潔可誇，恁輕生就死令人訝。你萱堂怎不詳察，却不顧有傷風化。

《荆釵記》，《舊譜》卷三頁 106，《沈譜》卷八頁 276

《舊譜》題【泣榴花】。《沈譜》卷八【中吕過曲・石榴花】尾批："今人却以《荆釵記》'覷着你花容月貌'，及時曲'折梅逢使''佳期約定'，皆作【石榴花】，不知彼三曲皆【榴花泣】也。"《新譜》卷四、《寒山曲譜》均引此爲正格，《定律》卷六列此爲【又一體】。

【稱人心】

【南吕引子】雞窗數載，篤志好學不厭，奎光現我當貴顯。奉萱親，竭孝義，求名心倦。他日裏調和梅鹽，我試把經綸高展。

《王祥》，《舊譜》卷四頁 125

【僥僥令】

1.【雙調過曲】夫妻好厮守，父母願長久。坐對兩山排闥閲青來，好看將一水護田疇緑繞流。　《伯皆》，《舊譜》卷九頁 208

2.【雙調過曲】這話分明説與伊，須記得看書時。懊恨娘行忒薄義，(合)抛閃得兩分離在中路裏。　《荆釵記》，《大成》卷閏頁 6833

第一曲，爲《正始》【僥僥令】《琵琶記》"春花明綵袖"之【前腔】。第二曲，《大成》入【仙吕入雙角】南北合套。

【漁燈雁】

【中吕過曲】【漁家傲】驀忽把往事思量，教人意慘情傷。嘗記得竊玉偷香，番成禍殃。【剔銀燈】幸喜今日青霄上，我怎肯别配紅粧。是你薄情,不肯守孀,【雁過聲】負盟辜誓言相誑,今又在綵樓上擇婿郎。

《韓壽》,《新譜》卷八頁 19 下半葉,《寒山曲譜》頁 457

格式:7 乙△,6△。7 乙△,4△。7△,7 乙△。4,4△,7△,7△。 10 句

集曲。前用【漁家傲】首四句,次用【剔銀燈】第三至第六句,後用【雁過聲】末二句。

《新譜》題注:"馮補。犯【正宫】。"尾批:"馮注云:'前二句與【漁家傲】本調不甚肖,查《詐妮子》,有【漁家燈】曲云云。確是此調,又有此格。'今存備考。"則此調來源於馮夢龍《墨憨齋譜》。《寒山曲譜》【漁燈雁】題注:"又名【兩漁聽雁】。"以前二句入【兩休休】,次三句入【漁家傲】,次三句入【山漁燈】,末二句入【雁過聲】。《定律》卷六即題【兩漁聽雁】,但犯調則用《新譜》格,甚不可解。《大成》卷十二引此曲,題注:"舊名【兩漁聽雁】。"較此僅句字正襯略異。然署"散曲",誤。此調僅見此一例。

此可補戲文一調。

【緑襴衫】

【正宫過曲】寒冰怎熬,渾身上下顫篤速麻木了。冰厚三尺怎能消,王祥爲母來行孝。

《王祥》,《寒山堂譜》卷二頁 682 上半葉,《定律》卷二頁 331

格式:4△,4、6 乙△。7△,7△。 4 句

《舊譜》卷二、《沈譜》卷四、《新譜》卷四、《正始》均以《王祥》"兄因甚"爲例曲,與此不同。《沈譜》題注:"'衫',舊作'踢',今改正。"《新譜》承之。《舊譜》《正始》俱題【緑襴踢】,《正始》題注"'踢',《沈譜》作'衫'."卷目題注:"'踢'字,時譜作'衫',非。"錢南揚《輯佚》據《寒山堂譜》則認爲:"【緑襴踢】,即【緑襴衫】。"其實兩調句格完全不同。《寒山堂譜》《定律》均存録【正宫過曲・緑襴衫】三支,都以此爲正格,《大成》卷三十一以此爲【又一體】。《寒山堂譜》尾批:"【其二】同此。"

未録。《寒山堂譜》【其三】、《定律》【前腔换頭】、《大成》正格即用《舊譜》卷二、《正始》所題【緑襴踢】"兄因甚"曲，省減末尾"論孝情，果無比"二句。《寒山堂譜》【其四】云："請起來，兄弟今朝，情願替着你年少。世事那曾曉，聽響聲好似虎聲喇，奴奴就把繩穿了。"《定律》又一支【前腔换頭】爲《卧冰》之"聽説與"曲，與《正始》【前腔】同，則《舊譜》《正始》之【緑襴踢】與《寒山堂譜》《定律》之【緑襴衫】有同有不同，可見【緑襴踢】【緑襴衫】從明中葉就較爲混亂了。《簡譜》卷五以此爲例曲，以"兄因甚"爲【前腔换頭】，尾批："此調諸譜皆收【换頭】一體，獨不及首曲，惟《定律》有之，因録入焉。所異者，前曲止四句，後曲多至七句，前後相差太遠，且上下疊絶不相類，疑非一曲，然不敢斷定也。《卧冰》尚有一曲，亦爲【换頭】體，與此正同，而《孤兒記》二曲，亦用【换頭】，則較《卧冰》又多一句，而結句更異，殊不可解。"故此二曲實爲兩調，不當混淆。此姑存舊名。

此可補戲文一調。

【馱環著】

【中吕過曲】因孩兒出路，因孩兒出路，打獵沙陀。偶見林中，白兔蹺蹊。若非他引見母，怎能够夫妻相會。(合)前生裹，今日奇，從此團圓，永效于飛。　《白兔》,《定律》卷六頁 79,《大成》卷十頁 1285

格式：5 乙$_{\triangle}$，5 乙$_{\triangle}$，4$_{\triangle}$。4，4$_{\triangle}$。6 乙$_{\triangle}$，7 乙$_{\triangle}$。3$_{\triangle}$，3$_{\triangle}$，4，4$_{\triangle}$。
11 句

《定律》《大成》均以此爲【又一體】，與正格《千金》"擺鸞旗擁道"，首五句、末四句同，中腹不同。《沈譜》卷八題注："'馱'，今作'大'，非也。"戲文另有【大環著】，與此實不相同。《簡譜》卷六引《定律》之【换頭】《浣紗》格爲例曲，尾批："此亦嗩吶同場曲，大約用在軍旅行役時，詞藻須堂皇冠冕，從無一人獨唱者也。《八義》《金印》《白兔》各有此曲，皆較此少數語。同是變體，皆不可從。惟《千金》'擺鸞輿'一曲，格式無謬，可依據也。"此所言演唱，當是明以後情形；所言格式，則亦與【大環著】相區别。

此可補戲文一調。

【鳳凰閣序】

【中吕過曲】安人轉意，念兒勞頓，遣（原作“遣”）香醪特來與君。今日深感母厚情，使伊來，不知道有何原因。（合）喜喜欣欣，把一杯美酒來斟。　　《卧冰》，《定律》卷六頁105

格式：4，4$_{\triangle}$，7乙$_{\triangle}$。7$_{\triangle}$，3，6$_{\triangle}$。4$_{\triangle}$，7乙$_{\triangle}$。　　8句

據《沈譜》卷十七【鳳凰閣】尾批，此與《正始》所録【商調引子・鳳凰閣】當有【引子】和【過曲】之别。惟此調不見《正始》《舊譜》《沈譜》等南曲曲譜，且【鳳凰閣】與此又有宫調之别。《寒山曲譜》、《大成》卷十一存録此曲，與此僅句字出入。

此可補戲文一調。

十　五　筆

【賞宫花序】

【黄鐘調近詞】風日晴和近午天，碧草青青含淡煙，蠶事緊（原本漫漶）獨自到桑園。歎我薄倖兒夫去得遠，羞（原作“差”）貼翠花鈿。這的是桑樹青青南陌邊，桃李芳菲開滿園，花柳開鮮妍（原作“研”）。春光可羡，隨步暖風前。　《魯秋胡戲妻》，《風月錦囊》甲編卷一頁60—61，《堯天樂》卷二下層頁158—159

《堯天樂》題《烈女傳·魯秋胡桑園戲妻》。《全元戲曲》卷十二頁587—588《出處説明》據《錯立身》【那吒令】"這一本傳奇,是《秋胡戲妻》",故從《風月錦囊》收録。黄仕忠《拾遺》認爲此折"可知屬宋元舊篇"。孫崇濤、黄仕忠《箋校》:此"出自《秋胡戲妻》戲文"。從之。原題【賞宫花】,未署宫調,與《正始》【黄鐘調近詞·賞宫花序】式2句數同,句格相近。《堯天樂》自第六句"這的是"作【前腔】,與《正始》【黄鐘過曲·賞宫花】六句體句數、句格均不同。姑改題入【黄鐘調近詞·賞宫花序】,或爲變格。文字從《風月錦囊》。

【醉太平】

【正宫過曲】張家李家,都來唤我。我每須勝别媒婆,家家要我。

《伯皆》,《舊譜》卷二頁95,《大成》卷三十一頁2749

此曲截用【醉太平】《張協狀元》格前四句,《正始》已有辨正。《大成》以此爲【又一體】,末句作"有動使偌多",與此不同。尾批:此曲"係古本《琵琶記》曲,止用半闋,時本却無。今備録入,不失其舊"。《元本琵琶記校注》第十一齣《牛相奉旨招婿》末句作"有動使惹多",注云:"【醉太平】原有八句,這裏僅開頭四句,作者不知何故把後四句省去。"是。

【醉落魄】

【仙吕引子】鶯聲巧逐東風軟,緑楊庭院。杏花零落清香散,手撚花枝,寂寞倚闌干。　《錦香亭》,《舊譜》卷一頁66,《沈譜》卷一頁97

《新譜》卷一引此爲例曲,題注:"與詞餘全不同。"

【駐馬聽】

1.【中吕過曲】一様孩兒,兩様看承,因個甚的。伯伯守柰,姆姆緝麻,又教你去汲水。奴家不敢講論是和非,大家飛上梧桐樹,自有傍人笑着你。常言惡事,傳揚千里。

《王祥》①,《舊譜》卷三頁114,《風月錦囊·全家錦囊》卷十五頁376

2.【中吕過曲】你説是談非,只顧其一,不顧其二。不敬堂前活佛,枉入深山,頂禮阿彌。爲人(原作"八")行孝最便宜,養男育女必學取。天印那差池,不信但看檐前雨。

3.【前腔】不道不知,藥石之言,當記取。是奴今宵情願,替你輯麻,嫂嫂先睡。何恁苦執迷,細思之語説得是。母親知時,霎(原作"雲")時平地風波起。

4.【前腔】孝當竭力,順母顔情,合恁地。嬸嬸不忘恩義,念我殷勤,特來相替。只愁媽媽探得知,反成不是添奴罪。痛被禁持,伊家好意,反成惡意。

《王祥》,《風月錦囊·全家錦囊》卷十五頁376—377

5.【中吕過曲】書寄鄉關,説起教人心酸痛。傳示俺八旬爹媽,道與我兩月妻房,隔涉萬水千山。啼痕緘處翠綃斑,夢魂飛繞銀屏遠。(合)報導平安,想一家賀喜,只説他日再相見。

《琵琶記》,《沈譜》卷八頁277,《定律》卷六頁83

6.【中吕過曲】巧語花言,更不顧男女婚姻當令選。此子才堪棟梁,貌比潘璵,學有淵源。我孩兒非比孟光賢,那書生果遂梁鴻願。(合)萬事由天,一朝契合,做百年姻眷。

7.【其二】四遠名傳,那個不識孫汝權。他的貌如潘岳,富比石崇,德並顔淵。輕裘肥馬錦雕鞍,重茵列鼎珍羞饌。(合前)

《荆釵記》,《寒山曲譜》頁415

---

① 《舊譜》失題,據《風月錦囊》、錢南揚《宋元戲文輯佚》補。

第一至第四曲見《王祥・二婦輯麻》。較之《正始》【中吕過曲・駐馬聽】常格，頗爲特殊，可别爲一格。第一曲第二句破作四字兩句，用《拜月亭》體；第二曲第六、第八句均用減字格，第三曲末句七字破作四字二句，與正格、始調有所變化。第五曲與《正始》所列《王十朋》"一㓰胡言"格同，僅末句減一字。《新譜》卷八以楊慎散曲"嗚櫓沙頭"爲正格，眉批："原載'書寄鄉關'一曲云，用韻甚雜，不足法，録此詞以易之。"《寒山曲譜》引第六曲爲正格，尾批："三、四、五句作扇面對，六、七句是一聯。"引第七曲題【其二】，實即【前腔】。引第五曲爲【又一體】，尾批："【其二】字句同。"《簡譜》卷六尾批："此爲單用小曲"；第二、三兩句"必須用扇面對"，第六、七兩句"亦以對爲是"；"末句有作八字兩語者，如《荆釵記》'一朝契合'云云，《尋親記》'早尋見一日'云云，是爲别體。"所謂"單用小曲"，據《昆曲曲牌及套數範例集》(南套)，實是使用一至四支，"常自套成折或與别套連用構成復套折"，《荆釵記》《琵琶記》皆是如此。

【漿水令】

1.【仙吕入雙調過曲】正相同尋芳未已，奈紅輪已覺墜西。海棠枝上子規啼，聲聲是他，唤的春歸。花陰下，人似蟻，花藤轎兒雕鞍騎。相隨趁，相隨趁，風流隊裏。拚沉醉，拚沉醉，醉扶歸。

《玩江樓》，《盛世新聲》酉集頁525，《雍熙樂府》卷十六頁405上欄

2.【雙調過曲】過深山林鳥囀音，步平沙滚滚泥塵。退番兵依然罷征，且回去免教吃驚。頗學烏龜頸縮伸，今朝可喜，且息蹄輪。民樂業，官已寧，金國帝主休憂悶。(合)寬可恕，趕去程，傳示諸軍。通關隘，來貢禮，免些戰争。

《拜月亭》，《定律》卷九頁486，《大成》卷三頁498

第一曲爲【仙吕入雙調過曲・夜行船序】"花底黄鸝"套第六曲，參見【仙吕入雙調過曲・夜行船】《玩江樓》考辨。第二曲，《定律》《大成》均引爲【又一體】，《大成》尾批："第二曲多七字二句(即此"頗學"

三句),疊句皆用實句。”

【駐雲飛】

1.【中吕過曲】人有常言,家不和時被鄰里欺。母親好没巴臂,枉被人彈指。嗏,人面逐高低,豈不知理,合當相輪替(原作“智”)。(合前)叔伯母和時忒義氣,恩(原作“息”)愛兩邊生真個美。

2.【前腔】譙(原作“樵”)鼓初敲,漸覺金(原作“全”)風動綉幃。夜(原作“只”)色穿牖紙,露氣生衣袂。嗏,連宵孤悽淚偷垂,多謝伊家,伴着奴爲侶。(合前)

3.【前腔】玉指纖纖,苧緝麻極整齊。四壁蟲聲碎,多少淒凉(原作“原”)意。嗏,忽聽得雁聲悲,二更時玉漏遲遲,泠泠(原作“令令”)清清底。(合前)《王祥》,《風月錦囊·全家錦囊》卷十五頁377—378

此是《王祥·二婦緝麻》【駐雲飛】之【前腔】三支。《正始》引録始調爲“元傳奇《王祥》”,此三曲與其同韻同内容,則亦當是元代戲文。較始調,第一曲第六句後减四字一句,第二曲合第五、第六兩句作七字一句,第三曲合第六、第七兩個四字句作七字一句,均有所變化。(合前)亦據始調補。

【撲燈蛾】

1.【中吕過曲】看伊乾乾净净,那堪年紀後生。堪賽願好祭神,明日壞你一命也。略息怒嗔,念李德隨着東人。我情願一身替死,望將軍,怎生饒過我東人。

《王祥》,《舊譜》卷三頁117

2.【中吕過曲】依舊珠圍翠簇,依舊雕鞍綉轂。列侍妾丫鬟使女,送金杯聽歌觀舞也。因災致福,愛惜奴似親生兒女。休思故里,對良辰,媚景宴樂且歡娱。

《拜月亭》,《寒山曲譜》頁427,《定律》卷六頁90

第一曲,《舊譜》題【撲燈蛾過】,題注:“六字句起。”與《正始》所引《風流合三十》【中吕過曲·撲燈蛾】格同。則“過”字爲變格標記。第二曲,《寒山曲譜》列【其二】,《定律》列【前腔换頭】例曲,《正始》【撲燈蛾】無【换頭】,故當以《寒山曲譜》爲是。

【賞宫花】

1.【黄鐘過曲】他終朝慘凄,我如何忍見之。若論爲夫婦,須是共歡娱。他數載不通魚雁信,枉了十年身在鳳凰池。

《琵琶記》,《沈譜》卷十四頁482,《新譜》卷十四頁22下半葉

2.【黄鐘過曲】槐花正黄,赴科場舉子忙。太學拉朋友,一齊整行裝。(合)五百英雄都在此,不知誰是狀元郎。

《琵琶記》,《大成》卷七十頁6009

3.【黄鐘過曲】潮陽海邦,坐黄堂名譽彰。省臺飛薦剡,看文章。(合)擢任三山爲太守,叩頭萬歲謝吾皇。

《荆釵記》,《大成》卷七十頁6010

《大成》引第二、第三兩曲爲【又一體】,尾批:各體第四句或三字,或五字,“惟此異,餘悉同”。

【鬧樊樓】

【黄鐘過曲】畫堂深沉,綉簾半捲。麝蘭噴寶篆,羅綺香風軟。喧闐樂奏,奏聲清雅韻遠。

戲文《下江南》,《詞林摘豔》乙集頁171,《雍熙樂府》卷一頁135

此曲出處,參見【黄鐘過曲·畫眉序】《下江南》考辨。然此與《正始》所録【鬧樊樓】諸體均不同。《大成》卷七十引此曲,題【雙鬬雞】之【又一體】,尾批:“《雍熙樂府》誤作【鬧樊樓】,今改正。”然與前引【雙鬬雞】之【又一體】“今日欣逢”亦不同。姑仍原題,存録備考。

【醉中歸】

【中吕引子】子規聲裏……

《玩江樓》,《沈譜》目録頁 49,《新譜》卷二十六頁 1 下半葉

《沈譜》目録、《新譜》卷二十六【喜無窮煞】均有題注:"'子規聲裏'尾文是也。"錢南揚《宋元戲文輯佚》頁 98《玩江樓》注:"此四字平仄,正和《陳叔文》戲文【醉中歸】的'月華如晝'合,姑補題此曲牌。"然據曲譜表述慣例,"子規聲裏"多爲過曲首牌第一句,實難判斷此即爲引子首句;【中吕引子・醉中歸】《殺狗記》格首句又作"晚來雲布密",亦難判斷此四字即屬此調。此姑從《輯佚》存録,俟後再考。

【劉潑帽】

1.【南吕過曲】念吾至此求科舉,不及第羞還鄉閭。修書欲報娘和父,浼承局,只怕你相推阻。

《荆釵記》,《舊譜》卷四頁 152,《沈譜》卷十二頁 413

2.【南吕過曲】念妾得蒙提挈,只指望同諧歡悦。誰知道全家病滅,(合)不由人,撲簌簌淚珠流血。

《荆釵記》,《大成》卷四十九頁 3825

第一曲,《舊譜》第四句三字,《沈譜》易作"煩你捎書"四字。《新譜》卷十二承之,眉批:"吾意'念吾''吾'字,亦句中用韻。《琵琶》三曲皆然。'煩你捎書'句,或作三字亦可。馮云:'"書"字必韻。'"據譜,其實可韻可不韻。《寒山曲譜》以此爲例曲。查《元本琵琶記校注》第十齣《五娘勸解公婆争吵》存録【劉潑帽】三支,然以末二句入合頭,故第三句皆韻。《大成》引此二曲均爲【又一體】,惟末二句有所差異。

【節節高】

1.【南吕過曲】頃(原作"傾")刻間停驂(原作"慘")偃蓋,早來到桑園之外。繞遍危墻,轉過了花陰(原作"陎"),入進柴扉(原作"菲")門内。桑陌林中,垂楊(原作"队")影裏,把佳(原作"家")人參拜。覰他豔質,睹了他花顔,惱亂情懷。呀,我和他五百年前結下風流冤債。走遍了多少柳陌花街,那曾見這般樣俊俏龐兒,惹人心愛。你坐(原作"做")到九里山前不下來,俺撞入桃洞天臺。只見朱顔嚴貌,秋波横盼,笑綻了羅綉鞋。怎當他嗔眉皺臉,不肯把頭擡(原作"臺"),只將桑葉來採。

2.【前腔】僻桑園没一個人來,我有一錠黄金權作媒。霎時間兩情雲雨相歡會,何恁苦癡呆?只愛柳葉眉兒分八才(原本漫漶),杏臉上桃腮。莫道書生性氣歪,登玉殿步金階。邂逅相(原本漫漶)逢將伊拜,直恁的千推萬阻,沉眉皺臉,不肯轉身來。我有錠馬蹄金權爲伐彩,更解下腰間八寶鑲(原作"厢")金帶。討幾(原作"已")個丫鬟(原作"了環")使唤,到不受些清閑自在。打幾(原作"已")對龍鳳花釵,到不受滿頭兒光彩。歡一會,有何害?他那意兒不回,我這(原作"信")裏悶怎開?却教人心裏成灰,空目斷雲雨無情,只落得淚滿香腮。

《魯秋胡戲妻》,《風月錦囊》卷一頁 61—62,
《堯天樂》卷二下層頁 161—165

此曲出處,參見【黄鐘調近詞・賞宫花序】《魯秋胡戲妻》考辨。與《正始》【南吕過曲・節節高】《蔡伯喈》體和《樂昌公主》體完全不同。《堯天樂》改題此兩曲爲北曲六支:第一曲始作【節節高】,第十二句"走遍了"作【元和令】,第二曲始作【上馬嬌】,第五句"只愛柳葉眉兒"作【勝葫蘆】,第七句"休道書生"作【么篇】,第十三句"我有一錠"作【後庭花】,與此不同;較之《北曲新譜》,亦大異。姑仍作南曲,依其舊名而存其曲,俟後詳考。

【慶青春】

【商調引子】冷清清，悶懷慽慽傷情，好夢難成。明月穿窗，偏照奴獨守孤另。　《白兔》，《定律》卷十頁 31，《大成》卷五十六頁 4544

格式：$3_{\triangle}$，$6_{\triangle}$，$4_{\triangle}$。4，7 乙$_{\triangle}$。　5 句

《定律》《大成》以此爲例曲。用【慶春澤】詞調上闋首五句，與南曲諸譜所録之【商調引子・慶青春】【商調引子・高陽臺】均不同。

可補戲文【商調引子・慶青春】一體。

【醉娘子】

【越調過曲】死重生，怎敢忘伊大恩？既爲兄休謙遜，休道是百拜受不穩。受兄弟千拜何勞頓，（合）誰肯把我負屈銜冤問？

《拜月亭》，《大成》卷二十四頁 2180

《大成》引此爲【又一體】。

【醉公子】

1.【雙調過曲】回首，看瞬息烏飛兔走。喜爹媽雙全，謝天相祐。不謬，更清淡安閑，樂事如今誰更有？（合）相慶處，但酌酒高歌，共祝眉壽。　《琵琶記》，《沈譜》卷二十頁 630，《寒山曲譜》頁 464

2.【雙調過曲】聽剖，爲母親我功名懶求。他日裏名字，穩覆金甌。休憂，錦衣學取，斑衣呈舞袖。得志後，管取向，新築沙堤，步入龍樓。

3.【么】園中看守，子成熟早回。歸家未能怨，鳳友鸞儔。天佑，願得不合，風僝雨僽。分鸞偶，今夜向，草蘆中孤幃，和你兩情獨守。

《王祥守丹柰》，《盛世新聲》酉集頁 530，
《雍熙樂府》卷十六頁 397 中欄

第一曲,《新譜》卷二十二題【醉公子换頭】,題注:"原作本調,今定作【换頭】。"是。《寒山曲譜》題【其二】,《大成》卷三入【仙吕過曲】,題【又一體】,實同《定律》卷九所題【前腔换頭】,與此句字略有變化。第二曲,《舊譜》卷九、《盛世新聲》均題【醉翁子】,爲【醉公子】之俗稱。第二、第三兩曲,將原調第七句七字破作"4△。3△"兩句,且三字句屬下,已是變格。據《正始》【醉公子】元傳奇《楊寔》"煙花門户"之題注:"此係始調,人所罕知,所知者皆【换頭】也。"則第三曲四字起句格實爲始調,第一、第二兩曲二字起,爲【前腔换頭】。《雍熙》録此全套六支,其中【紅林檎】録於《正始》,題"元傳奇《王祥》";【晝錦堂】二支録於《舊譜》和《沈譜》,題《王祥》。《盛世新聲》、《詞林摘豔》卷二存録全套五支(少【紅林檎】),《盛世新聲》無題,《詞林摘豔》題《王祥戲文》,故此二支與【尾聲】亦當可入戲文《王祥》。錢南揚《輯佚》、《全元戲曲》卷十二均已收録,此亦從之。

【銷金帳】

1.【雙調過曲】聽奴訴語,奴是良人婦。爲兒夫相擔誤,他一向赴選及第,未歸鄉故。饑荒喪了,喪了親的舅姑。苦我造墳墓,今爲尋夫來到此。(合)丈夫未知,未知他在何處所。

《琵琶》,《定律》卷九頁 552,《大成》卷六十三頁 5220

2.【雙調過曲】五更又催,野外疏鐘急。算通宵幾歎息,一似這般煩惱,這般孤悽。一身苟活,苟活志得甚的。俺這裏愁煩,那壁厢長籲氣。(合)聽得怎生,怎生獨自個睡。

《拜月亭》,《大成》卷六十三頁 5219

3.【雙調過曲】凡人養子,最是十月懷胎。更三年勞役抱負,休言他受濕推乾,萬千勞苦。真個千般愛惜,萬般回護。兒有些不安,父母驚惶無措。(合)直待可了,可了歡欣似初。

4.【雙調過曲】兒行幾步,父母歡欣相顧。漸得言能走路,指望飲食羹湯,自朝及暮。懸懸望他,望他不知幾度。爲擇良師,只怕孩兒愚魯。(合)略得他長俊,可便歡欣賞賜。

5.【雙調過曲】兒還念父母,及早歸鄉土。看慈烏亦能返哺,莫學我的兒夫,把雙親擔誤。常言養子,養子方知父母。算那忤逆男兒,和孝順爹娘之子。(合)若無報應,果是乾坤有私。

《琵琶記》,《大成》卷六十三頁 5221

《大成》引此五曲,均入【又一體】。尾批:第二曲與正格"同格",另四曲"雖有小異,皆不失爲正體"。

【餘音】

1.【大石調過曲】孝切心堅天知道,冲寒拂冷走一遭,願買得魚兒真個好。　《臥冰記》,《舊譜》卷八頁 201,《沈譜》卷六頁 254,《新譜》卷六頁 4 上半葉

2.【黄鐘過曲】來朝廣設華筵宴,午夜風光疾如箭,準備踏青賽上元。

戲文《下江南》,《詞林摘豔》乙集頁 173,《雍熙樂府》卷一頁 135

第二曲,參見【黄鐘過曲・畫眉序】《下江南》考辨。此二曲均七字三句,與【南吕過曲・餘音】同格,故不另列體格。

【餘文】

1.【中吕過曲】聲哀訴,促織鳴,俺這裏歡娛未聽,却笑他幾處寒衣織未成。　《琵琶記》,《沈譜》卷八頁 284,《新譜》卷八頁 12 上半葉

2.【仙吕過曲】今宵約定花深處,前把金珠早分付,休教誤却我佳期。　《林招得》,《風月錦囊・全家錦囊續編》卷十八頁 555

第一曲,《沈譜》眉批:"此【尾聲】起句平平仄,平仄平,比他處亦不同。"第二曲,參見【仙吕入雙調過曲・步步嬌】《林招得》考辨。此曲後原尚有二句:"感伊相贈我金珠,約定今宵半夜時。"黄仕忠《拾

遺》作下場詩，孫崇濤、黄仕忠《箋校》：“‘感伊’二句，疑爲下場詩竄入【餘文】。”當是。較之，與《錯立身》第十三齣【尾聲】、《沈譜》卷一《江流》【仙吕過曲・尾聲】大同小異。吴梅《霜崖曲話》卷一：“煞曲曰【尾聲】，或曰【餘文】，或曰【意不盡】，或曰【十二時】（以凡【尾聲】皆十二板，故名），其實一也。”

此可補戲文一調名。

【蓮花賺】

【雙調過曲】説甚堪悲，我是西（原作“東”）京豪富兒。因貿易，别親離室到京畿。時遭顛沛，忽逢强賊，擄取上山去，險些一命喪泉世。再三哀告，方脱得虎穴龍潭，來到這裏。

《張文桂》，《寒山曲譜》頁 463

格式：$4_{\triangle}$，$7_{\triangle}$。$3_{\triangle}$，$7_{\triangle}$。$4_{\triangle}$，$4_{\triangle}$，5，$7_{\triangle}$。4，7乙，$4_{\triangle}$。　11句

《寒山曲譜》尾批：“【其二】同此。”可知有二曲。此調句格與【南吕過曲・本宫賺】僅第五句增一字，餘均同。張文桂是元傳奇《薛雲卿鬼做媒》中的男主人公，則《張文桂》或簡稱《文桂》，當與《薛雲卿》《鬼做媒》一劇四名，故錢南揚《輯佚》頁 247、《全元戲曲》卷十二頁 559 均歸之。

此可補戲文一調。

【醉羅歌】

【仙吕過曲】【醉扶歸】那日那日離都下，流落流落在天涯。畫影圖形遍挨查，到處都張挂。【皂羅袍】草爲茵褥，橋爲住家；山花當飯，溪水當茶。那些個一刻千金價。【排歌】兵戈擾，道路賒，幾番回首望京華。

《拜月亭》，《定律》卷四頁 583

格式：$7_{\triangle}$，$7_{\triangle}$。7，$5_{\triangle}$。4，$4_{\triangle}$；4，$4_{\triangle}$。$7_{\triangle}$。3，$3_{\triangle}$，$7_{\triangle}$。　12句

集曲。前用【醉扶歸】首四句,次用【皂羅袍】末五句,後用【三疊排歌】末三句。

《定律》、《大成》卷四均以此爲正格。《大成》題注:"舊名【全醉半羅袍】。"與此僅將第九句亦入【排歌】,餘同。《沈譜》卷一、《新譜》卷一均以陳大聲散曲爲例曲,與此同格。

此可補戲文一調。

十　六　筆

【糖多令】

【仙吕引子】昨夜正三更,俄然一陣風,把妻攝去杳無蹤。多是山間妖怪物,須求卜問陰空。　　《梅嶺》,《舊譜》卷一頁 67

【錦衣香】

【仙吕入雙調過曲】芳草池,魚遊戲。翠柳堤,人遊戲。只見仕女遊人,幕天席地。高挑一架鬧竿兒,深深步入,杏塢桃溪。對良辰美景,想蓬萊也只如是。休把閑愁記,且拚沉醉。光陰迅速,人生能幾。

《玩江樓》,《盛世新聲》酉集頁 524,《雍熙樂府》卷十六頁 405 上欄

此曲參見【仙吕入雙調過曲・夜行船序换頭】《玩江樓》考辨。

【憶多嬌】

1.【越調過曲】子嗣慳,衰老年。何忍將奴離膝前,莫惹閑非來

挂牽。(合)休得愁煩,休得愁煩,他是讀書大賢。

《荆釵記》,《沈譜》卷十五頁 532

2.【越調過曲】他魂渺漠,我没倚着。程途萬里教我懷夜壑,此去孤墳望公公看着。(合)舉目蕭索,舉目蕭索,滿眼盈盈淚落。

《琵琶記》,《沈譜》卷十五頁 533,《定律》卷十三頁 270

第二曲,《沈譜》題注:"用入聲韻。"《新譜》卷十六、《大成》卷二十四承之。《簡譜》卷十尾批:"用入韻作此曲,始自《琵琶》,於是作者多有依此者,亦如【高陽臺】格也。'舉目'句古體多不疊,惟學《琵琶》者皆用疊句,遂成通行格矣。"

【鮑老催】

1.【黄鐘過曲】意深愛篤,文章富貴珠萬斛,天教豔質爲眷屬。似蝶戀花,鳳棲梧,鸞停竹。男兒有書須勤讀,書中自有黄金屋,也自有千鍾粟。　《琵琶記》,《舊譜》卷五頁 159,《沈譜》卷十四頁 466

2.【黄鐘過曲】告辭去急,姑留待等寧静歸,龍潭虎穴難住地。金百兩,望領納,爲盤費。懊恨人生東又西,難逢最苦别離易,歎此别何時會?遲速早晚干戈息,(合)共約行朝訪蹤迹。

《拜月亭》,《大成》卷七十頁 5975

3.【黄鐘過曲】繁華輦轂,人人齊唱升平曲,家家多泛菖蒲粟。休眉皺,且放懷,消清福。人生百歲歡未足,休把愁心惱弦管,頻開笑口傾醽醁。

4.【黄鐘過曲】香風亂撲,顛狂粉拍穿金粟,高低玉剪飛華屋。把琦筵,近鳴泉,臨喬木。生綃扇兒休揮觸,清風自有凉亭竹,風來也鬢簌簌。　元傳奇《無雙傳》,《明珠記》第三齣《酬節》

第一曲,《沈譜》題注:"又有一體在【中吕調】。"據《正始》考辨,此僅截用【鮑老催】本調(合頭)前九句。《新譜》卷十四、《簡譜》卷六亦列爲例曲,與此同。第二曲,《大成》題【又一體】,尾批:"多結末兩句,時尚通行。將末二句改作【尾聲】,非。今照刻本改正。"既是按照明刻本改,或已非元時舊格,姑存以備考。後二曲,參見【黄鐘過曲・畫眉序】《無雙傳》考辨。其句格與上曲同,亦非【鮑老催】全調。

【燈月交輝】

【黄鐘過曲】春日景和,見觸處萬花開也難摸。紅遍郊坰鬬綺羅,對良辰爭似我。粉墻外促起鞦韆,同宴賞花間則個。(合)虧心底,料青天不是布幕。

《王焕》,《沈譜》卷十四頁484,《新譜》卷十四頁23下半葉

《定律》卷一引此爲例曲。與《正始》【黄鐘過曲・燈月交輝】《磨勒盗紅綃》"彤芝蓋底"格同,但已均爲隻曲。

【錦庭芳】

【正宫過曲】【錦纏道】向名園,對韶華風光儼然,花柳競爭妍。折一枝,嬌滴滴海棠新鮮。可人處花如奴少年,【滿庭芳】咱這裏爲情人,戀芳塵虚度了青春。早早從人願,告天天可憐見,早交我成就了好姻緣。

《陳巡檢》,《舊譜》卷二頁94,《沈譜》卷四頁204

集曲。前用【錦纏道】首六句,後用【滿庭芳】末五句。

《舊譜》題注:"亦入【中吕宫】①,又入【中吕調】。【錦纏道】頭,【滿庭芳】尾。"《沈譜》第九至第十一句作:"戀芳塵虚度了紅顔。早早從人心願,但願得蒼天方便。"句字、句格較此已有變化。《新譜》卷四承之。《寒山曲譜》題【錦纏序】,題注:"舊名【錦庭芳】,改正。"以前八句入【錦纏道】,"早早"二句入【刷子序】,末句復入【錦纏道】。較《正始》《賽金蓮》格,此當是流傳中發生的變異,仍當從《舊譜》《沈譜》。

---

①　原作:"亦入【中宫】",漏一字,據下文補。

《大成》卷三十二引此曲入【又一體】,然署"散曲",誤。

【鮑子令】

【越調過曲】春賞名園花似綺,景最奇,十里荷花棹輕移,兩相宜。畫堂日日排佳會,莫交辜負好良時。辜負好良時,教傍人傳説綵樓記。　《吕蒙正》,《舊譜》卷六頁174,《寒山曲譜》頁424

此與《正始》《王十朋》格首句後增三字一句,餘同。《寒山曲譜》引此列【中吕過曲·大和佛】之【又一體】,署《綵樓記》,尾批:"原譜題用【鮑子令】,非也。"此從《舊譜》。李九我批評《破窑記》第二十九齣《團圓封贈》題作【包子令】。

【憶虎序】

【越調過曲】【下山虎】我當初嫁你,也是明媒正娶。又不是暗裏偷情,强來隨你。相隨百步,尚有徘徊之意,【憶多嬌】暫息雷霆罷虎威。(合)免告官司,免告官司,和你團圓到底。

《荊釵記》,《大成》卷二十六頁2307

《大成》列此爲【又一體】。

【錦堂月】

【雙調過曲】【晝錦堂】華髮班班,韶光荏苒,雙親幸喜平安。慶此良辰,人人對景歡顔。【月上海棠】畫堂中寶篆香銷,玉盞内流霞光泛。(合)齊祝贊,願福如東海,壽比南山。　《荊釵》,《定律》卷九頁565

【憑欄人】

【越調引子】六經慚負管窺人，可信燈氈恁有緣。士子作章編，爭望登高選。　　《荆釵記》，《大成》卷二十三頁 2120

格式：$7_{\triangle}$，$7_{\triangle}$。$5_{\triangle}$，$5_{\triangle}$。　　4 句

諸宫調有【道宫・憑欄人】，與此不同。北曲有【越調・憑欄人】，句格與此同。此當源出諸宫調，傳入北曲和戲文。此調南曲諸譜均未載入，僅見於此，則後已失傳。《六十種曲》本《荆釵記》第四齣《堂試》題此曲爲【轉山子】，誤。

此可補《訂律》一調。

十　七　筆

【臨江仙】

1.【南吕引子】李德不須淚暗傾，回家報説原因。今朝和你兩離分，相逢不下馬，各自奔前程。　　《王祥》，《舊譜》卷四頁 127

2.【南吕引子】渡水登山須子細，朝行更聽雞啼。成名先寄好音回，藍袍初挂體，及早辦歸期。

《荆釵記》，《沈譜》卷十二頁 351，《定律》卷八頁 238

第二曲，《沈譜》題注："與詩餘相似。"尾批："【换頭】字句，與此自同。"《新譜》卷十二、《大成》卷四十八承之。然考察《張協狀元》《小孫屠》《蔡伯喈》及《王祥》等，【臨江仙】例無【换頭】，故《沈譜》所説，

待考。

【賺】

【正宫過曲】芳徑(原作"景")徘(原作"排")徊,驀見此鞋兒,心中暗生疑慮。回首看時,見一人藏在柳蔭深處。俯身聽得,佳人語驚羞恥,特(原作"技")離樹枝整春衣。向跟前伏罪,再三施禮。

《林招得》,《風月錦囊·全家錦囊續編》卷十八頁553

此曲出處,參見【仙吕入雙調過曲·步步嬌】《林招得》考辨。

原第六句起爲【入賺】,《沈譜》卷十六【越調近詞·入賺】題注:"名【竹馬兒賺】。"又尾批:"凡【賺】皆曰【入賺】,非但此曲也。今從時尚也。"然《正始》有【竹馬兒賺】而無【入賺】。考此曲格,與《張協狀元》第十四齣【賺】二支相近,僅減省第九句後七字或四字一句,實用【賺】曲後半之省句格,並非用【入賺】之本格。故依譜合二曲併作一曲,删【入賺】調名。《簡譜》卷五【正宫過曲·賺】尾批:"各調賺曲,大體相同,平仄句法,或有小異而已。"

【薔薇花引】

【正宫引子】嚴威正加,滿空中如鹽撒下。長安多少,賣酒人家,料應此際增高價。

《殺狗》,《新譜》卷四頁4下半葉,《定律》卷二頁265

格式:$4_{\triangle}$,7 乙$_{\triangle}$。4,$4_{\triangle}$,$7_{\triangle}$。　　5句

《新譜》、《定律》、《大成》卷三十以此爲例曲。《新譜》卷四【滿堂春】題注:"以下三曲,馮補。"則此曲是根據馮夢龍《墨憨齋譜》增補的。

此可補戲文一調。

十　八　筆

【繞池遊】

【商調引子】風滄水卧，甚日裏安妥，問蒼天怎生結果。他濃粧淡抹，看丰姿堪描堪畫，是甚人叫來問他。

《伯喈》，《舊譜》卷七頁 184，《沈譜》卷十五頁 554

《新譜》卷十八以沈璟《埋劍記》"白雲滿舍"爲例曲，眉批："原載《琵琶記》曲云，恨其韻雜，易以先生傳奇。然此曲平仄與《琵琶記》一字不差，故妙。"

【鎖南枝】

1.【雙調過曲】星月朗，傍四更，窗前犬吠雞又鳴。哥嫂太無情，罰奴磨麥到天明。(合)想劉郎去，可不辜負少年人。磨房中冷清清，風兒吹得冷冰冰。

《白兔記》，《寒山曲譜》頁 466，《大成》卷六十三頁 5230

2.【雙調過曲】休發怒，免性焦，一言望乞聽奴告。這聘禮荆釵，休恁看得小。(合)非是金，非是寶，將來聘奴家，一似孟德耀。

《荆釵記》，《大成》卷六十三頁 5229

3.【雙調過曲】我身襤褸，没半文，饑寒兩字難過存。又没個所在安身，又没個人憐憫。(合)争似我，捹此身，喪江中，免勞困。

《殺狗記》，《大成》卷六十一頁 5230

4.【雙調過曲】將身赴井泉，思量左右難。我丈夫當年分散，叮嚀

囑咐爹娘，教我與他相看管。(合)我死却，他形影單，夫婿與公婆，可不兩埋怨。　　《琵琶記》，《大成》卷六十一頁5231

第一曲，《寒山曲譜》列爲【又一體】，尾批："'磨麥到天明'一句，可用平平仄平仄。第二個'冰'字，必换仄韻方叶。此體【其二】【其三】或六曲，皆用此體。"《定律》卷九列爲【前腔】，較正格僅第四句減二字作五字，餘同。兩譜文字略有不同，此從《定律》。《大成》引此四曲，均爲【又一體】，尾批則以前三曲爲正體。第一曲句字與此略有不同。

【雙勸酒】

1.【仙吕入雙調過曲】衣衫剥盡，吃人僝僽。急離我門，不得落後。覆水從來難收，人面果然難求。　　《殺狗》，《舊譜》卷十頁224

2.【高大石調過曲】你抛棄手足，疏遠骨肉。非親不親，全不省悟。一朝馬轉刀横，只恐悔不當初。

《殺狗記》，《大成》卷四十三頁3535

【綉帶兒】

1.【南吕過曲】吾朋友如龍卿有幾，兼之子傳賢齊。他兩個義比雲霄，與咱契似壎篪。思之，人情末世奸似鬼，怕只怕面從心背。(合)他心事你哥哥盡知，欲待要與他結交做兄弟。

2.【南吕過曲】忠規，非直諒多聞善輩，何必異姓結義。今日一語輕交，他時駟馬難追。休疑，此心獨斷無後悔，少不得學他些伶俐。(合)小家子心低志低，難道是推不開嫡親兄弟。

《殺狗記》，《大成》卷四十九頁3832

【綉停針】

【越調過曲】極目荒郊，地慘天昏雲縹緲。足律律起陣狂風，膽喪魂消。撲簌簌雨又落，明晃晃電光高。濕浸浸渾身上，猶如水澆，滑漉漉滿地似油澆。　　《王祥出外》，《雍熙樂府》卷十六頁 399 下欄

此曲爲變格：第四句用四字，同《正始》《薛雲卿》"告郎聽啓"格；末三句較《正始》正格《殺狗記》"先自悲傷"格有所變異。

《雍熙》此套五曲，《南詞定律》《九宫大成》已將其首牌【小桃紅】(原誤作【山桃紅】)、次牌【山虎兒】(原誤作【鬬寶蟾】)均入戲文《卧冰》，則以下三曲(此曲與【江頭送别】【尾聲】)當可作如是觀，且錢南揚《輯佚》、《全元戲曲》卷十二均已收録，姑存以備考。

【雙聲子】

1.【黄鐘過曲】郎多福，郎多福，着紫綬黄金束。娘萬福，娘萬福，看花誥紋犀軸。兩意篤，兩意篤；豈反覆，豈反覆。似文鸞綵鳳，兩兩相逐。　　《琵琶記》，《舊譜》卷五頁 159，《沈譜》卷十四頁 467

2.【黄鐘過曲】弄潮罷，弄潮罷，何處蘭舟逐？採菱歸，採菱歸，兩岸芙蓉緑。日已暮，日已暮；歡未足，歡未足。看明月扶醉，夜凉新浴。　　元傳奇《無雙傳》，《明珠記》第三齣《酬節》

3.【黄鐘過曲】多風範，多風範，座列神仙眷。開玳筵，開玳筵，午夜難留戀。擁翠鬟，擁翠鬟；拚沉醉，拚沉醉。任銅壺漏轉，畫角聲傳(原作"得")。　　戲文《下江南》，《詞林摘豔》乙集頁 172—173，《雍熙樂府》卷一頁 135

第一曲，《新譜》卷十四承《沈譜》。《大成》卷七十第八、第十句不用疊句。第二曲，參見【黄鐘過曲・畫眉序】《無雙傳》考辨。第三曲，參見【黄鐘過曲・畫眉序】《下江南》考辨。原題【雙聲疊韻】，實與《正

始》【雙聲子】正格《趙氏孤兒》體同;《正始》【雙聲疊韻】題注:"雙聲處疊韻不疊文,【雙聲子】疊句疊文矣。"故據譜改題。

【綉衣郎】

1.【南吕過曲】自力學十載書幃,黄卷青燈不暫離。春闈催試,鏖戰文場男兒志。跳龍門擬着羅衣,步蟾宫必扳丹桂。願從今,奮鵬程萬里。　　《荆釵記》,《舊譜》卷四頁137,《沈譜》卷十二頁394

2.【南吕過曲】黄河尚有澄清日,豈可人無得運時?皇都得意,那時好個風流婿。我寒儒顯赫門楣,太岳翁傳揚名譽。(合)願從今,奮鵬程萬里;願從今,奮鵬程萬里。

《荆釵記》,《大成》卷四十九頁3845

第一曲,《新譜》卷十二承《沈譜》。第二曲,《大成》入【又一體】。較《正始》《王十朋》【綉衣郎】"半生在陋巷幽棲"格,僅末二句疊句之用否,餘同。《原本王狀元荆釵記》第十四齣有【綉衣郎】四支,用此爲第二、第四【前腔】,末尾不用疊句,同第一曲;《六十種曲》本《荆釵記》第十四齣《迎請》同上,然(合)均用疊句,同第二曲;與第一曲後半截句字略有變化。

【雙鼓兒】

【高大石調過曲】【雙勸酒】軍情緊急,國家責委,不敢違滯。常言道養兵千日,【番鼓兒】今朝用人之際。火速火速便馳驛,等回音星飛電急。　　《拜月亭》,《大成》卷四十四頁3582

格式:$4_{\triangle}$,$4_{\triangle}$,$4_{\triangle}$。$4_{\triangle}$,$6_{\triangle}$。$7_{\triangle}$,7乙$_{\triangle}$。　　7句

集曲。前用【雙勸酒】首四句,後用【番鼓兒】末三句。

据【番鼓兒】曲律,《正始》"火速"句均不疊,《定律》《大成》均用疊句,故疊句體當後出。此調僅見於此。《重訂拜月亭記》第十折《奉命和番》、《六十種曲》本《幽閨記》第十出《奉使臨番》均題【雙勸酒】,爲

隻曲;《幽閨記》末二句作(合前),第六句不疊;《拜月亭記》僅用前五句,漏失(合前)標署。

此可補戲文一調。

十　九　筆

【懶畫眉】

【南吕過曲】花開花謝悶如醒,日遠日近冷似冰,眼前光景總凄清。暗水流花徑,庭院黄昏門半扃。

《琵琶記》,《舊譜》卷四頁 144,《大成》卷五十頁 3888

《大成》署此曲爲"散曲",豈其不識《琵琶記》曲乎? 可知當輯自明代曲選。又其尾批:"【懶畫眉】其體有二:起句首四字,有用仄仄平平者,係古體;有用平平仄仄者,係近體。第四句或作五字句,或作七字句,皆異處也。"然《張協狀元》"早辰臨鸞此情傷"即作七字起句,則此評並不可信。

【羅帳裏坐】

1.【越調過曲】佯呆着,盡教他惟我展。教文武兩全,將相雙權。不依從事,抗敕違宣。少年夫婦兩團圓,拜月亭前謝天。

《拜月亭》,《舊譜》卷六頁 171

2.【越調過曲】你艱辛萬千,是我擔伊誤伊。身衣口食,怎生區處。終不然又教你,守着靈幃。已知死别在須臾,更與甚么生人做主。

《琵琶記》,《沈譜》卷十五頁 507,《定律》卷十三頁 282

3.【雙調過曲】公公嚴命，非奴敢違。只怕再如伯喈，却不誤奴一世？我一馬一鞍，誓無他志。（合）可憐家破與人離，怎不教人淚垂。

《琵琶記》，《大成》卷六十三頁 5228

第一曲，趙景深《考略》頁 37 認爲，此曲爲元代戲文《拜月亭》逸文最完整的《誤接絲鞭》套中之曲，除《舊譜》著録外，"此外他處未見。由末句可證爲此套殘文無疑"，是。第二曲，《沈譜》眉批："古本作'與甚么'，近作'有甚么'，非也。"《新譜》卷十六承之。《簡譜》卷十尾批："前六句皆四言，……末二句七字，一上四下三，一上三下四。"《大成》卷六十三引第二曲爲正格，第三曲爲【又一體】，均入【雙調過曲】，題注："與【越調】正曲同。"

【羅鼓令】

【南吕過曲】【刮鼓令】如今我試猜，多應他犯着獨嗑病來。背地裏自買些鮭菜，我吃飯他緣何不在。這意兒真是歹，他和你甚相愛不應反面直恁乖。我千辛萬苦却有甚情懷，（合）却不道我臉兒黄瘦骨如柴。【皂羅袍】思量到此，珠淚滿腮。看看做鬼，溝渠裏埋。縱然不死也難捱，【刮鼓令】教人只恨蔡伯喈。

《琵琶》，《定律》卷八頁 404，《大成》卷五十一頁 4088

集曲。前用【刮鼓令】全調八句，次用【皂羅袍】末五句，最後再用【刮鼓令】末句。與《正始》例曲《琵琶記》"我終朝的受餒"標署犯調不同。

《定律》《大成》均以此爲例曲，正與《新譜》卷十二【羅鼓令】尾批所引馮夢龍《墨憨齋譜》同，爲《正始》所批評。《大成》題注："'鼓'，一作'古'。"以"却不道"句屬【皂羅袍】，"縱然"句屬【刮鼓令】，餘僅正襯、句字略有變化。

【羅江怨】

【南吕過曲】【香羅帶】懨懨病漸濃，誰來和哄？春思夏感秋又冬，滿懷心事訴與天公也。【一江風】天有何私，不把我恩情送？【怨别離】恩多也是空，情多也是空，都做了南柯夢。

《林招得》，《舊譜》卷四頁 150，《沈譜》卷十二頁 404

格式：$5_{\triangle}$，$4_{\triangle}$。$7_{\triangle}$，4、$5_{\triangle}$。4，6 乙$_{\triangle}$。$5_{\triangle}$，$5_{\triangle}$，6 乙$_{\triangle}$。　　9 句

《舊譜》題注："【香羅帶】，【一江風】，【怨别離】。"《沈譜》題注："一名【羅帶風】。"以末三句亦屬【一江風】，尾批："《舊譜》謂末三句是【怨别離】，但【怨别離】本調無可考，而此三句，與【一江風】後三句，分毫不差。只以【一江風】唱之爲是。"然如此則"怨"字無着落。《新譜》卷十二眉批："馮（夢龍）云：【怨别離】蓋【一江風】之别名也。"這樣就回避了譜無"怨"字的問題。《寒山曲譜》題注："一名【楚江情】。"析調同《沈譜》，尾批："'恩多'一句，重唱亦可。"《大成》卷五十一同《舊譜》，題注："一名【羅帶風】。"五譜俱題"散曲"，又見於《詞林摘豔》甲集無名氏小令《閨情·四夢八空》四首之一，錯誤當源出於此。《新譜》題注："徐稿作《林招得》傳奇。"錢南揚《輯佚》頁 88 注："所謂'徐稿'，就是和紐少雅同編《九宫正始》的徐慶卿的稿件。當時徐有意編譜，收集了一批元朝的材料（見《正始》紐氏《自序》）。後來馮夢龍編《墨憨齋譜》，曾向徐氏借得一些材料，馮氏死後，這些材料歸了沈自晉（見《新譜·凡例續紀》）。這些材料久借不還，徐氏死後，紐氏繼續編譜，也没有見過。所以現在《新譜》中凡提到徐稿，或馮稿——也即出於徐稿——的古曲，頗有爲《正始》所没有的；而其可信的程度，不下於《正始》本書。且此曲與下曲【犯歡】辭意連貫，必屬同套，則此曲也爲《林招得》戲文中之曲，毫無疑義。"是。《附録一》有【怨别離】，此末三句與其同格。

此可補戲文一調。

二十筆及以上

【鬬黑麻】

【越調過曲】奴深謝公公，便辱許諾。從來的深恩，怎敢忘却。只怕途路遠，體怯弱。病染孤身，力倦衰脚。（合）孤墳寂寞，路途滋味惡。兩處堪悲，兩處堪悲，萬愁怎摸。

《琵琶記》，《沈譜》卷十五頁534，《定律》卷十三頁272

《沈譜》題注："《舊譜》作【山麻客】，謬甚矣。"列此爲【又一體】，題注："用入聲韻。"《新譜》卷十六承之。《定律》亦入【又一體】。較《正始》《王十朋》【鬬黑麻】"自古婚姻"格，僅第三句增一字，第十一句增一疊句，餘同。《簡譜》卷十尾批："此亦用入韻，作者依此可也。《教子》一曲，全用平韻。作時用平，則四曲皆平，用入則四曲皆入，勿歧出。疊句亦可省，惟用者居多。"

【蠻牌令】

【越調過曲】得遇豔陽時，粧點在鬢雲垂。一從春去了，寂寞在疏籬。空長得冰肌素肌，何時到金屋鴛幃。雕欄畔，曲檻西，漫嗟繁杏，空傲荼蘼。

《進梅諫》，《沈譜》卷十五頁500，《新譜》卷十六頁4下半葉

《簡譜》卷十引此爲例曲，尾批："前四句五字，中二句七字，後四句兩三兩四，此調定格如斯。後人以首四句增多襯字，别名曰【四般

宜】,真無理取鬧矣,因删之。”是。

【纏枝花】

1.【南吕過曲】殺人罪犯難輕恕,實事難抵對。害人一命還一命,有錢難買罪。逞胡言生奸計,天理不容你。(合)算來誰是誰不是,到官司明白處。　《殺狗》,《定律》卷八頁 260,《寒山曲譜》頁 362

2.【南吕過曲】上告公公見憐,再告婆婆聽言。這恩德銘心鏤肝,若是收留在宅上,大凡事自當向前。(合)記得買臣未遇挑薪賣,後來發迹何難。　《白兔記》,《大成》卷四十九頁 3795

《定律》《寒山曲譜》列第一曲爲【又一體】,《定律》尾批:“此曲與前曲(《白兔》“休得把他相輕賤”)板式俱同,惟第四句少二字,末句與第一句‘告壯士’同,可以不必爲【又一體】。”《大成》引第二曲爲【又一體】,尾批:“較前體絶然不同。《曲譜大成》易作【賀新郎衮】,今照《白兔記》刊本改正。”與《正始》第五格所引元傳奇《劉智遠》體(合頭)同。《六十種曲》本《白兔記》第五齣《留莊》【纏枝花】之【第三前腔】與此同。

【鬭雙雞】

【黄鐘過曲】我今夜忻逢,正當上元;點花燈在頭上,使人笑喧。我燈,粧得奇妙,不須用蠟燭只紙撚,似移下一天,星球萬點。

戲文《下江南》,《詞林摘豔》乙集頁 172,《雍熙樂府》卷一頁 135

此曲參見【黄鐘過曲・畫眉序】《下江南》考辨。《大成》卷七十引此入【又一體】,句格與此有所變化。署“《雍熙樂府》”,則源於曲選。此曲句格與《正始》【滴溜子】第五格《許盼盼》體同。【鬭雙雞】爲【滴溜子】之别名,此仍舊稱。

【鏵鍬兒】

【越調過曲】伊家富豪，那更青春年少。看你紫袍挂體，金帶垂腰。應須有封號，金花紫誥。必俊俏，須媚嬌。若還他醜貌，怎不相休去了。　《琵琶記》，《沈譜》卷十五頁514，《新譜》卷十六頁12上半葉

【臘梅花】

【仙吕過曲】奴奴體兒多嬌娜，月裏嫦娥，賽奴不過。市人都道我，(合)道我相像緊那羅。

《荆釵》，《定律》卷四頁514，《大成》卷三頁467

《定律》原題【蠟梅花】，據《正始》改。《原本王狀元荆釵記》第四齣、《六十種曲》本《荆釵記》第三齣《慶誕》均題【臘梅花】。《定律》《大成》均引此爲【又一體】。《大成》尾批："第二句增一字作八字句，三句減一字作五字句，合頭少四字一句，體格有異。"

【戀芳春】

1.【南吕引子】寶篆香消，綉窗日永，又還節近清明。暗裏思年更月换，老逼椿庭。昏曉强能定省，遇寒暑宜加温凊。清和景，惟願雙親，齊膺福壽康寧。

《荆釵記》，《舊譜》卷四頁123，《沈譜》卷十二頁350

2.【南吕引子】寶馬驕嘶，香車畢集，燈光如晝通明。仿佛天台劉阮，仙子相迎。夙世姻緣已定，昔離别今成歡慶。相隨，美滿夫妻，强如鸞鳳和鳴。　《拜月亭》，《大成》卷四十八頁3722

第一曲，《沈譜》題注："與詩餘同，但無【换頭】。"《新譜》卷十二、《定律》卷八、《大成》卷四十八承之。與《正始》《琵琶記》"滿目秋光"

格同,惟未分正襯。第二曲,《大成》引爲【又一體】,尾批:較始調《荆釵記》"寶篆香消",第八句"作二字,小有異耳,餘句悉同"。

【鶯啼序】

1.【商調過曲】道消道長空歎嗟,畫堂中且安享驕奢。看紛紛緑擁紅遮,羅綺香散沉麝。醉寒屏開元此日,曾遠貢喧傳朝野。(合)芳宴設,沉醉後管弦聲咽。　　《荆釵》,《定律》卷十頁47

2.【商調過曲】光陰迅速如電掣,斷送了多少豪傑。遇良辰自宜調燮,且把閑悶拋撇。進履襪歡看婦儀,炷寶鼎對天答謝。(合)芳宴設,沉醉後管弦聲咽。　　《荆釵記》,《大成》卷五十七頁4592

《定律》以第一曲爲【前腔换頭】例曲,較正格第二句增二字作七乙句,餘同。《大成》引第二曲爲【又一體】。此與第一曲同格、同(合頭),當爲同組聯章。《原本王狀元荆釵記》第四十二出、《六十種曲》本《荆釵記》第四十四出《續姻》均以第二曲爲第一支,以第一曲爲第二支,與前【集賢賓】二支共用此(合)末二句。

【囀林鶯】

【商調過曲】愁人見説愁轉多,使我珠淚如麻。我丈夫亦久別雙親下,要辭官被我爹蹉跎。他妻雖有么,怕不似您看承爹媽。在天涯,漫取去,知他路上如何。

《琵琶記》,《沈譜》卷十七頁592,《新譜》卷十八頁28上半葉

《沈譜》眉批:"'在天涯'以下,元非犯【黄鶯兒】,不可强扭其腔以合之也。"《新譜》尾批:"馮將前段作【集賢賓】,末二句作【二郎神】,以原名【囀林鶯】爲無謂,而改名【集賢郎】。予謂此是古傳奇舊曲名,何必輒改?况【囀林鶯】原自渾成一曲,亦不必更爲剖析。今仍舊。"《簡譜》卷九題此曲【集賢貓】,集曲:前六句入【集賢賓】,末三句入【貓兒

墜】,尾批:“此曲舊譜皆標題【囀林鶯】,列入正曲。余以腔格全似【集賢賓】,句式亦同,惟末三句有異,而與【貓兒墜】恰合,遂易今名,即將【囀林鶯】一格删去。”此調《正始》即作隻曲,《沈譜》《新譜》所言是。錢南揚《元本琵琶記校注》第三十四齣《五娘牛小姐見面》、《六十種曲》本《琵琶記》第三十五齣《兩賢相遘》均以此曲題【囀林鶯】之【前腔】,亦作隻曲。

【灞陵橋】

【雙調過曲】馬兒行較疾,疾上碾車兒,直恁的簪簪地。正是心急步行遲,晚相催,天冷彤雲密。嗏,(合)迭得到,孟津驛且安息。

《拜月亭》,《大成》卷六十三頁 5200

《大成》引此爲【又一體】。《重訂拜月亭記》第二十九齣《驛中相會》存【灞陵橋】三曲,以此爲第二曲,句字與此有所變化。《正始》已引第一、第三兩曲。

【蠻牌嵌寶蟾】

【越調過曲】【蠻牌令】車馬逞疏狂,無個有情郎。家緣雖足備,不幸落平康。送舊與迎新怎當,空教奴消減容光。【鬭寶蟾】在這星前月下,深深拜告,早早還鄉。

《劉盼盼》,《舊譜》卷六頁 181,《沈譜》卷十五頁 532

格式:$5_{\triangle}$,$5_{\triangle}$。5,$5_{\triangle}$。7 乙$_{\triangle}$,7 乙$_{\triangle}$。4,4,$4_{\triangle}$。　　9 句

集曲:前用【蠻牌令】首六句,第四句當作三字句;後用【鬭寶蟾】末三句。

《舊譜》題注:“【蠻牌令】頭,【鬭寶蟾】尾。”《沈譜》、《新譜》卷十六亦引此爲例曲,與此同。【鬭寶蟾】,《正始》引《黄孝子》“行行巴蜀近”爲例曲,末三句作:“$7_{\triangle}$。$2_{\triangle}$,$6_{\triangle}$。”與此不同。《舊譜》《沈譜》《新譜》俱引散

曲“蕩起商飆”套“折取向膽瓶安排了”爲例曲，末三句均四字，與此同。

此可補戲文一調。

【鶯鶯兒】

【商調過曲】【鶯啼序】馮夷特地助威，掃雲散天霽。向雲衢推出銀蟾，萬里光瑩如洗。姑射與嫦娥鬭美，問梅道那些個爲最。【黄鶯兒】雪晴時，梅梢上淡月，三白總相宜。

《白兔記》，《大成》卷五十八頁 4725

《大成》引此爲【又一體】。此與《正始》頁 738《劉智遠》【鶯啼御林】“隨車縞帶逐亂飛”同格，且與其末三句【簇御林】同文，當爲同組聯章。僅是因爲對於所犯之調的認識差異，末三句有入【黄鶯兒】與【簇御林】之别，故此與【鶯啼御林】實同調異名。姑仍舊名，存録備考。《六十種曲》本《白兔記》第三齣《報社》則題此曲爲【鶯啼序】，列《正始》所引之曲的【前腔】，作隻曲，誤。

附録三

存疑宋元戲文輯録

説　明

1.《正始》有混雜標署爲"元傳奇"與"明傳奇"者十種:《宣和遺事》《耿文遠》《高漢卿》《西厢記》《張翠蓮》《梅竹姻緣》《陳光蕊》《趙氏孤兒》《蝴蝶夢》《蘇武》;有標署"明傳奇"者二種:《劉孝女金釵記》《綉鞋記》。另有《正始》標署"明傳奇"而《寒山堂譜》標署"元傳奇"者八種:《子母冤家》《崔君瑞》《江流》《牧羊記》《湅蘇秦》《元永和》《教子記》《黄孝子》。這些劇目,或見於徐渭《南詞叙録》著録,或見於陸侃如、馮沅君《南戲拾遺》、錢南揚《宋元戲文輯佚》(以下簡稱《輯佚》)、趙景深《宋元戲文考略》(以下簡稱《考略》)、王季思《全元戲曲》、孫崇濤、黄仕忠《風月錦囊校箋》、黄仕忠《宋元戲文拾遺》(以下簡稱《拾遺》)等論著論文之考辨,故其曲牌,均輯録於此。

2. 王季思《全元戲曲》、孫崇濤、黄仕忠《風月錦囊校箋》、黄仕忠《拾遺》新增《劉錫沉香太子》之《劉錫(昔)投店》一齣,考辨可信。又《大明天下春》卷八存《劉錫(昔)路会神女》一齣,亦叙劉昔投店,與華嶽三聖母結好事,李平《流落歐洲的三種晚明戲曲散齣選集的發現》已作考辨,亦可信從,輯録於此。

3.《正始》有失名傳奇曲牌三支,均未標注"元""明";又較之陸侃如馮沅君《南戲拾遺》、錢南揚《輯佚》,王季思《全元戲曲》、黄仕忠《拾遺》删除《紅綉鞋》《磨刀勸婦》二種,並作考辨。此從《南戲拾遺》《輯佚》,存録備考。

4. 總彙以上三類情形，此編共得曲牌 208 個，其中始見曲牌 63 個、曲體 70 個；得曲 337 支，其中殘曲 19 支，拾補 9 支。

5. 以上劇目之曲牌，出於《正始》者，仍依其舊：署“元傳奇”者，入正編；署“明傳奇”和雖署“元傳奇”但可考爲明傳奇者，輯録於此。出於《寒山堂譜》“元傳奇”者，可考爲元傳奇者，入正編；可考爲明傳奇者，輯録於此。出此以外者，以《舊譜》《沈譜》《新譜》《寒山堂譜》《寒山曲譜》《定律》《大成》等南曲曲譜爲主，以曲選間爲補充，均輯録於此。惟《寒山堂譜・譜選古今傳奇散曲集總目》之《元永和》，入《元傳奇》類，然題注爲明初傳奇，著録矛盾，自破體例，故此僅録標署爲“元傳奇”者，不録見諸他譜者。

6.《全元戲曲》全收《三元記》《魚籃記》二劇，輯佚部分又録《風月錦囊》之《三國志大全》。細察之，《馮京三元記》于《南詞叙録》之《宋元舊篇》和《本朝》兩見之，《正始》則均署“明傳奇”；《觀音魚籃記》之入選是因爲錢南揚《戲文概論》謂其可能“出宋元人手”，《正始》及南曲諸譜均未見其曲，無可較考，故均不録。而《三國志大全》，《風月錦囊校箋》解題：“此戲未見著録。卷首目録題《三國志桃園記》，故疑其與《桃園記》戲文源流有關”；“當以《桃園記》爲主體，並採録其它三國戲文和雜劇彙編而成，故名之曰‘大全’。”查其【耍孩兒】套見於《桃園記》①，【混江龍】套見於《古城記》第十一齣《秉燭》，【點絳唇】套《雍熙樂府》卷五亦題《千里獨行》，【新水令】套則源自關漢卿《單刀會》第四折，故以“大全”爲“彙編”，當是。又此末三出爲《孔明自歎》《羽赴刀會》與《魯肅送關王》，其間當還有許多關目，而在明清曲選、曲譜中，如《樂府萬象新》《大明天下春》《樂府菁華》《群音類選》《樂府紅珊》《珊珊集》《大明春》《時調青昆》《徽池雅調》《納書楹曲譜續編》等，均存録有題署《三國志》或《三國記》的散齣，其中又有未見於《桃園記》《古城記》《草蘆記》者，是否與此相關，待考。莊一拂《古典戲曲存目彙考》以《桃園記》《古城記》均

① 《群音類選・官腔類》卷十二存録《桃園記》四齣，其【耍孩兒】套、《獨行千里》套，與此大同小異。

入“明初戲文”，引祁彪佳《遠山堂曲品·具品·桃園》：“《三國傳》中曲，首《桃園》，《古城》次之，《草廬》又次之。雖出自俗吻，猶能窺音律一二。”當可信從。且此劇多采北套：“考本劇之北曲套數，多據雜劇移録之。”①故或言其“彙編”《桃園》《古城》《草廬》等元明之際三國戲劇而具有“大全”的意義，差拟近之。《全元戲曲》卷十二以《三國志大全》“當爲《古城記》《桃園記》之祖本”，或先後倒易；又其旨求全，本文求嚴，故亦不録。

7.《正始》有題署“明傳奇《西厢記》”十三曲，《定律》《大成》有題署《西厢》《西厢記》二十六曲，實出李日華、崔時佩《南調西厢記》；《舊譜》有題署《江流記》一曲，實出《金印記》；《新譜》有題署《紅梨花》二曲，實出《紅梨記》；《寒山堂譜》《定律》《大成》有題署《卧冰》六曲，實出《十孝記》；《九宫譜定》有題署《孟姜女》一曲，實爲散曲；《大成》有題署《王魁》一曲，實出《焚香記》。對此，《南戲拾遺》《考略》《輯佚》已作考定，《全元戲曲》承之，並有所補充，均確爲明代傳奇和散曲，當可信從，此亦不録。

8. 凡已見諸正編和《附録二》之曲，不重複輯録。

9. 曲牌以筆劃排列，按正編和諸譜先後爲序，注明出處，以便檢察。

10. 正編和《附録一》《附録二》已作考辨的曲牌，不再詳析格式，或根據需要僅作簡要説明，以省篇幅。

11. 未見於正編和《附録二》或同名異調者，則列其格式，簡要説明。

---

① 《風月錦囊校箋·精選續編賽全家錦·三國志大全二卷》一四尾評，中華書局，2000年，第595頁。

一　筆

【一撮棹】

【正宮過曲】回家裏,團圓笑聲溢;同翠萱,連鞍付馬高知。莫戀他鄉好,須知望京畿。重會面,宜開筵席。

《江流·留戀祖席》,《雍熙樂府》卷十六頁 397 上欄

此爲【一撮棹】省句格:較正格第四句後減省“$3_{\triangle}$,$5_{\triangle}$;3,$5_{\triangle}$”四句,餘同。第四句文意艱澀,錢南揚《輯佚》頁 172 注:“此句當有誤字。”此曲出處,參見【正宮過曲·陽關三疊】《江流》考辨。

【一盆花】

【仙吕過曲】仗你一封達聽,望天庭金闕,旺(原作“枉”)氣騰騰。月冷權棲蓼花汀,天寒暫宿無人境。翅兒又輕,眼兒又明,把音書達上,更莫留停。　元傳奇《牧羊記》,《寒山堂譜》卷一頁 656 下半葉,

明傳奇《蘇武》,《正始》頁 364

《寒山堂譜》列此爲【一盆花】之【又一體】,與正格僅合第五、第六兩個四字句作七字一句,餘同。尾批:“‘月冷’二句是一聯,‘翅兒’二句亦是一聯。”《正始》引此入第二格,題注:“第五、六句倂爲七字一句。”“枉氣”作“旺氣”。《正始》【四時花】尾批引此“翅兒”兩句,頁 1331 復引此二句。《寒山曲譜》、《定律》卷四句字與此同。《大成》卷二以此爲【又一體】。

【一封歌】

【仙吕過曲】【一封書】黄家子已去，向天涯尋老母。家零替怎訴，把居家皆施與。去路茫茫何日返，去路茫茫何日返，塵世勞勞歲月徂。細思之，我差誤，須把孩兒别改圖。【排歌】婚姻事，須記取，早知今日悔當初。　　《黄孝子》，《沈譜》卷一頁143

格式：5乙$_{\triangle}$，6乙$_{\triangle}$。5乙$_{\triangle}$，6乙$_{\triangle}$。7，7，7$_{\triangle}$。3，3$_{\triangle}$，7$_{\triangle}$。3，3$_{\triangle}$，7$_{\triangle}$。　　13句

集曲：前用【一封書】全，後用【排歌】末三句。

《沈譜》以此爲例曲。《新譜》卷一承之。《寒山曲譜》引此題【封羅歌】，題注："【和聲】，【一封書】。十二句，六十二字。""羅"字無照應。《大成》卷四引此署《節孝記》，省減第六句疊句，第十句屬下【排歌】。此較之【一封書】正格九句，第五句後增一疊句；此全調若除此疊句，與《正始》【四换頭】第一段同。

《訂律》無此調。

【一秤金】

1.【仙吕過曲】雞鳴初起，入厨調理。兒夫曾付託蘋蘩，侍奉高堂甘旨。勸娘親放懷，勸娘親放懷，略略嘗滋味，這粥湯尤更美。香甜軟白，似雪飄匙起。加餐飯是便宜，勸娘親休得怨别離。

2.【二段】願夫君及早便回歸，歎（原作"難"）光陰如逝水，親骨肉在天涯。倚遍門閭信音稀，芳草連天，把王孫路迷。塵土生羅綺，裙帶寬肢體。愁見園林燕子歸，羞睹梟雛，傍母頻棲。歎人生是怎的，傷懷抱淚珠垂。

3.【三段】聽啓，休得吁氣，算悲歡離合，古今如斯（原作"厮"）。傷悲，歎孤身老矣，風中燭難存濟。膝下無人戲斑衣，孤幃裏冷凄凄。雲雨情慳又早兩東西。把金錢暗卜無歸意。

4.【四段】惜分飛，怕見燕鶯期。不如歸去，愁聽子規啼，要相逢知幾時。邊事未期，揚鞭伏節，何時跨馬回鄉里。倚危樓凝望，雲山萬疊人千里，這相思甚時已。

元傳奇《牧羊記》，《寒山堂譜》卷一頁 663 上半葉，
《牧羊記》，《正始》頁 356

《寒山堂譜》以此爲例曲，尾批："此確是犯調，正曲必無此冗長。但歷代曲譜皆未能分析清楚，衆説分歧。予以爲此調自成一套，音調美聽，與北曲之【九轉貨郎兒】相同。用者但准此曲平仄作之，不必問其所犯何調也。故予但依其音韻，分爲四段。"《正始》以此爲例曲，未署時代，題注："一百一十三板。"尾批："此調必是十六調合成者，故名【一秤金】也。但前五句分明是【桂枝香】，以後俱未知何調，令人皆以訛傳訛，唱之點板亦皆不同，難信也。"第一曲"加餐飯"前原空一格，未標注脱缺或平仄。

《沈譜》附録、《新譜》卷二十五均存録此曲，入【不知宫調過曲】，與《正始》同，《沈譜》尾批亦同《正始》，則《正始》尾批當是承續《沈譜》。三譜皆作一曲，並不分段，與此僅句字略有出入。《寒山曲譜》、《定律》卷四、《大成》卷四、《簡譜》卷六均入【仙吕過曲】，並詳注犯調，雖都合十六調而成，但犯調則大異，詳見下表。

序號	曲句	寒山堂譜	寒山曲譜	定律	大成	簡譜
		一段	一段			
1	雞鳴		桂枝香	桂枝香	桂枝香	桂枝香
2	略略		月兒高、銷金帳	月兒高	月兒高	月兒高
3	香甜軟		五更轉、金鳳釵	五更轉		五更轉
	加餐飯			排歌	排歌	排歌
4	勸娘親		滴滴金			
		二段	二段			
	願夫君			傍粧臺	傍粧臺	傍粧臺

續表

序號	曲句	寒山堂譜	寒山曲譜	定律	大成	簡譜
5	歎光陰		三疊、四塊玉	道和		
6	倚遍		金鳳釵、待香金童	金鳳釵	金鳳釵	金鳳釵
7	塵土		永團圓、金梧桐	耍鮑老	洞仙歌	洞仙歌
8	愁見		四季花、破金歌	四季花	四季花	四季花
9	歎人生		園林好、金錢花	園林好	松下樂	園林好
		三段	三段			
10	聽啓		皂羅袍、金殿喜重重	皂羅袍	下小樓	皂羅袍
	算悲歡				一盆花	
11	傷悲		惜黄花、金娥神曲	惜黄花	惜黄花	惜黄花
	膝下			一封書	一封書	一封書
12	雲雨		金菊花		西河柳	
	把金錢			喜還京		喜還京
		四段				
13	惜分飛		金蓮子			
	不如				一機錦	
14	要相逢		柳摇金			
	邊事			漁家傲	漁家傲	漁家傲
15	何時		縷縷金			
	雲山			賣花聲	鮑老催	鮑老催
16	這相思		金蓮花			

此曲集十六曲調,《沈譜》所謂“故名【一秤金】也”。然《寒山曲譜》共題二十五個曲牌,重複九題。仔細考察,“略略”二句爲【月兒高】第三、第四句,亦合【銷金帳】第三、第四兩句;“塵土”二句爲【永團圓】第十、第十一句,亦合【金梧桐】第五、第六兩句。揣度其意,則當以爲此數句可合兩題,又實不能確考所犯何調,故題兩個曲牌,暗寓“或者”之意。然所題犯調,並不全都確切,如“傷悲”五句爲【惜黄花】

第五至第九句，與【金娥神曲】第一至第五句並不相同；"聽啓"四句與【皂羅袍】【金殿喜重重】均不同。勉强分章析調，難免拼凑之譏。"惜分飛"失題【四段】。《寒山堂譜》所言，甚有道理，可從之。《簡譜》尾批："此曲犯調，至爲糅雜，不過欲凑滿十六牌，以實【一秤金】之名而已。《納書楹》竟作正曲，亦殊未安。余斟酌《定律》《大成》二書，取其可從者注之，較爲妥適。但通體止有十五調，不符十六之數，余不敢勉强付會也。"

《訂律》無此調。

二　筆

【十五郎】

【仙吕過曲】汴梁城自古王畿，榮華地多富居。滿樓臺千枝燈火，颺金錢灑路裏。幸離亂變得升平，天寒時孟春風味。布彤雲，不敢撒瓊瑰，瑞靄鼇山堆錦綺。　　明傳奇《耿文遠》，《正始》頁 334

《正始》列此爲第二格，題注："首、末句不同。"較正格，第二、第四兩個六乙句分别應作七乙句和七字句式。《定律》卷四引此作【前腔换頭】。

【八聲甘州】

1.【仙吕過曲】中郎久任官，在金階日日，趨侍天顔。恩深難報，長懷義膽忠肝。今朝豈辭途路難，直待要掃净胡塵百姓安。指日，鞭敲奏凱歌旋。　　元傳奇《牧羊記》，《寒山堂譜》卷一頁 651 上半葉

2.【仙吕過曲】何必恁過憂，論爲財主，須用計謀。當今時世，使不得良善温柔。今朝有酒今朝醉，明日愁來明日愁。（合）勸伊，且開懷暢飲歌謳。　《教子》,《定律》卷四頁 494

《寒山堂譜》列第一曲爲【又一體】之【其三】,《寒山曲譜》與此同。與《正始》第二格《孟月梅》"春深離故家"僅末句減一字，餘同。《定律》以第二曲爲【前腔换頭】正格。

【二郎賺】

【商調近詞】高義惟仁，乳哺看承得到今。蒙尊嫂，提攜撫抱誰似您。爲尋親，又贈盤纏規且箴，音問長詢見素忱。到此猶成美，大恩未報，厚顔堪磣，更休攧窨。　明傳奇《黄孝子》,《正始》頁 1185

《正始》【南吕調近詞・婆羅門賺】尾批："此'高義惟仁'一曲，實係【商調】之【二郎賺】，與【南吕】之【婆羅】【薄媚】何干?"《沈譜》卷二、《新譜》卷二均以此曲入【仙吕調近詞・薄媚賺】;《沈譜》又入【南吕調近詞・賺】，題注："名【婆羅門賺】，又名【薄眉賺】。"《新譜》卷十三【南吕調近詞・賺】題注："原本復載【仙吕】'高義惟仁'一曲，亦通可作【不是路】，不必重録。"《大成》卷三、《簡譜》卷七均引此曲，《大成》題【仙吕過曲・薄媚賺】,《簡譜》題【南吕過曲・賺】，署《節孝記》。與此均僅疊末一句，餘同。《簡譜》尾批："此爲【南吕宫・賺】。《鮫綃記》'簾幕低垂'一支，即是此格，與各宫【賺】略同。"此正《正始》所批評者。

【入破】

1.【仙吕過曲】衣錦還鄉裹，誰人不歡喜。我娘親緣何，翻成一段愁緒。欲問還疑，未審孩兒有何罪，望娘恕責，罰從娘命，兒不敢違。你争知，吃盡萬千狼狽。不因你，我也喪溝渠，肯受他人禁持?

料想我爹行，必受何人冤屈。我是個不孝兒，長大成人，兀自不知娘的就裏。

元詞《教子記》，《寒山曲譜》頁 606

2.【仙吕過曲】凍雲凝朔風緊，誰肯相存問？轉傷悲孤村静，教人霍索添愁悶。寒雪紛紛，六出飛花如粉，似碎瓊，想兒夫何處，不歸來，教奴望恁。思當日，暖閣對酒歡慶。今共昔，總體論，時乖運蹇是奴命。踏雪來尋，密密飛飛撲面。似碎瓊，只見野徑人稀，飛禽斷影。

元詞《綵樓記》，《寒山曲譜》頁 608

《寒山曲譜》列此兩曲爲【又一體】，較《正始》正格，多有變化。第一曲省減第十二句五字，餘則大同小異。第二曲亦省減第十二句五字，"似碎瓊"兩見，前一個不合律，當爲衍文。"處""人稀"，依律均應屬下，此據文意屬上。《大成》卷二十五引此兩曲，題【越調過曲】，句字、句格與此有所不同。第二曲"踏雪"以下五句原爲【破第二】之首，實誤。此曲缺五句，【破第二】則多五句，故據曲譜改移。

《寒山曲譜》所引此套大曲六支，總作一曲，雖亦標注段落，然並未分章析調而專論，此依曲譜而分調討論。第二曲尾批："三體（即《琵琶記》"議郎臣蔡邕啓"並此兩套）皆係元詞，故並存之。"《寒山堂譜》引《教子記》《綵樓記》諸曲亦均署"元傳奇"，故存録兩套之曲，以備查考。

【二啼鶯】

1.【商調過曲】【二郎神】遭貧困，受饑寒有誰來管取？被你兒夫厮禁持，【鶯啼序】千般苦萬般推拒。【黄鶯兒】何不看我，花容傷毁？【二郎神】這顯迹如何瞞你？細思之，却原來張員外家這般賢妻。

2.【前腔换頭】【二郎神】非是，我從來敬你，從來羡你。苦諫我兒夫不肯依，【鶯啼序】他歸來説你和他完聚。【黄鶯兒】真僞未知，特來探取，【二郎神】今見你花容傷毁。細思之，方通道周秀才家這般賢妻。

明傳奇《尋親記》，《正始》頁 749

格式:3,7 乙$_{\triangle}$。7$_{\triangle}$,7 乙$_{\triangle}$。4,4$_{\triangle}$,7 乙$_{\triangle}$。3$_{\triangle}$,3、6$_{\triangle}$。　9 句

集曲。始調前用【二郎神】首三句,次用【鶯啼序】第六句,再用【黄鶯兒】第四、第五兩句,後用【二郎神】末三句。【换頭】前用【二郎神换頭】首四句,餘與上同。

《正始》列此二曲爲例曲。尾批對《沈譜》修改曲格,並改題【二鶯兒】,提出了批評。

《沈譜》卷十七、《新譜》卷十八均引録第二曲,題【二鶯兒】,以【鶯啼序】一句亦屬【黄鶯兒】,此正《正始》所批評者。《定律》卷十、《大成》卷五十八、《簡譜》卷九均引此二曲,以第一曲爲例曲,章調與此同,然《大成》題【二鶯兒】;均題第二曲爲【二郎抱公子】,以【鶯啼序】一句仍屬【黄鶯兒】,正與《沈譜》【二鶯兒】同。只是《大成》以【黄鶯兒】題别名【金衣公子】,然又均未録始調。《六十種曲》本《尋親記》第二十二齣《誑妻》存録【二鶯兒】二支,正此二曲。

《訂律》無此調。

【二仙插芙蓉】

【南吕調近詞】【芙蓉花】塵蒙鏡裏鸞,雲阻天邊雁。舉目秦關,萬里雲山遠。人在天涯,悄一似風箏斷。【十三調雙調水仙子】倚定門兒眼望穿,雁飛不到處人被利名牽。他那裏吉凶難見,【黄鐘宫水仙子】枉教人卜盡金錢不見還。一心在名利間,【芙蓉花】最苦行色匆匆,不受奴裙釵勸。

明傳奇《凍蘇秦》,《正始》頁 1175

格式:5$_{\triangle}$,5$_{\triangle}$。4,5$_{\triangle}$。4,5$_{\triangle}$。7$_{\triangle}$,7$_{\triangle}$。7 乙$_{\triangle}$,7$_{\triangle}$。5$_{\triangle}$,4,5$_{\triangle}$。

13 句

集曲:前用【南吕調近詞・芙蓉花】首六句,次用【雙調近詞・水仙子】首三句,再用【黄鐘過曲・水仙子】第三、四兩句,後用【芙蓉花】末二句。

《正始》列此爲例曲,題注:"一名【映水芙蓉】。俗名【水仙子半插玉芙蓉】,【玉芙蓉】無謂。"尾批:"此調曰【二仙插芙蓉】,乃古本原題。

今《蔣譜》不惟不知【芙蓉花】，且又不識【雙調】亦有【水仙子】，故誤題作【梧桐半插芙蓉花】，遺却【水仙子】一調耳。”

《舊譜》卷七存録此曲，正題【梧桐半插芙蓉花】，未分章析調，亦未分正襯，句字與此略有差異。《簡譜》卷九引此爲例曲，署《金印》，句式、犯調均與此不同："塵蒙"七句入【梧桐樹】，"雁飛"句入【水紅花】，"他那裏"三句入【惜黄花】，末三句入【寄生子】，改題【商調過曲・桐花結子】。

《訂律》無此調。

三　筆

【千秋歲】

1.【中吕過曲】俊多嬌，只顧貪歡笑，却不道冷地有個人瞧。緑柳陰中，緑柳陰中，藏羞，暗折花枝來到。低低道，奴容貌；比花貌，争多少。却被無情惱，道花枝，勝如奴貌妖嬈。

明傳奇《張翠蓮》，《正始》頁 442

2.【中吕過曲】杏花梢，間着梨花雪，一點點梅豆青小。流水橋邊，流水橋邊，只聽得，賣花聲聲頻叫。鞦韆外，行人道；粉墻内，佳人笑。笑道春光好，把花籃旋簇，食櫑高桃。

《子母冤家》，《舊譜》卷三頁 119，《沈譜》卷八頁 320

《正始》列第一曲爲第二格，題注："第二句减爲五字，第六句減作二字，十一句減爲三字。"第二曲，《沈譜》題注："與詩餘不同。"與《舊譜》《寒山曲譜》均題"散曲"。據《正始》【般涉調近詞・尚如縷煞】尾批及《盛世新聲》酉集、《詞林摘豔》卷二、《大成》卷十六，當是戲文《子母冤家》【中吕過曲・好事近】"東野翠煙消"套之過曲。據從改之。

【川鮑老】

1.【不知宫調過曲】平生莫作虧心事,世上應無切齒人。君無子孫,休得陰騭損,人夫婦怎教兩分?夫妻廝守,誰無百夜恩?須思忖,畢竟是人心相似,休折害子孫。　　明傳奇《尋親記》,《正始》頁 1369

2.【高大石調過曲】區區一個招不得,十二金釵是甚人?若論富翁,誰不貪紅粉,他容貌見着喜欣。若得他來,還你尊卑分。(合)都休論,若得他生男育女,倒添個兒孫。

《尋親記》,《大成》卷四十三頁 3549

《正始》列第一曲爲第二格,題注:"第二及第五句變作七字,減去第六四字二句。"《沈譜》附録、《新譜》卷二十五、《定律》卷十二均存録第一曲,《沈譜》《新譜》入【不知宫調過曲】,《定律》入【羽調過曲】。《大成》引此二曲,題【高大石過曲】,第一曲與此句字略有差異。

【女冠子】

1.【南吕過曲】拜告拜告聽咨啓,望憐念把奴留住。我孩兒自小知禮義,終不成把娘抛棄。必然有日,遣人來至。黄河尚有澄清日,豈可人無得運時。時來,不敢有忘恩義。

明傳奇《陳光蕊》,《正始》頁 679,《舊譜》卷四頁 132

2.【南吕引子】冤家今日開芳宴,這苦事,怎生言。畫堂中只管頻呼唤,不知道我心中怨。

《江流》,《舊譜》卷四頁 124,《沈譜》卷十二頁 351

3.【南吕過曲】我妻借錢將文約去,又誰知中他謀計。虚填二十錠胡來覓,反説道不要利。君子愛財,取之有理。只怕人惡人怕天不怕,人善人欺天不欺。(合)到今,教人怎生區處?

《教子》,《定律》卷八頁 283,《大成》卷五十頁 3918

第一曲,《正始》【南吕過曲·女冠子】“我相公只慮多嬌女”尾批僅存録首句,《舊譜》存録全調,題【古女冠子】,與《正始》正格同。第二曲,《舊譜》、《大成》卷四十八均題【南吕引子·小女冠子】,《大成》題注:“與本宫正曲不同,【黄鐘宫·引】亦不同。”《沈譜》題注:“與【黄鐘】不同,舊作【小女冠子】。”尾批:“【换頭】字句,與此皆同。”然【南吕引子·小女冠子】未見使用【换頭】者。此題從《沈譜》。第三曲,《定律》列爲第二格,《大成》題【又一體】。

【川撥棹】

【仙吕入雙調過曲】王下到根前,一聲聲聽我言。趁著暮雪江天,趁著暮雪江天,把這厮帶鎖披枷返故園。

明傳奇《崔君瑞》,《正始》頁 968

《正始》引爲第六格,題注:“首句變五字,第三、四即上《妻子失》體,第五《明珠》體,且又直削去末二句。”

【山花子】

【中吕過曲换頭】姑年壽高,福禄壽三星照,見祥雲五色籠罩。願朱顔壽比長生不老,壽天齊正同歡笑。(合)壽香騰壽燭影摇,玉杯壽酒增壽高,金盤壽果長壽桃。願福如東海,惟願壽比山高。

《牧羊》,《定律》卷六頁 68

《定律》列此爲【前腔换頭】第二格。

【大齋郎】

【仙吕過曲】井中蛙,井中蛙,山城無事早休衙。行處莫教高喝道，恐驚林外野人家，休得要擺頭踏。

元傳奇《江天暮雪》，《寒山堂譜》卷一頁 659 上半葉

《定律》卷四、《大成》卷三引此爲【又一體】，《大成》尾批："第二句以疊句代實字，末多六字一句。"

【三句兒煞】

【中吕過曲】長生壽域弘開了，壽燭爍煌徹夜燒，願歲歲年年增壽考。

《牧羊》，《定律》卷六頁 129

【小桃紅】

【越調過曲】朔風凛凛，大雪洋洋，我死有誰來傍也。遥瞻漢明皇，人在五雲鄉，玉體坐明堂。争知我守堅剛，在窖中央，絶餱糧，遭磨障也。甚日位復中郎將，輔佐明皇鎮朝綱？

明傳奇《蘇武》，《正始》頁 810

《正始》列此爲第三格，題注："末二句不同。"眉批："《沈譜》曰：'甚日'一句似【下山虎】，想作詞者之誤也。此句仄仄平平平仄仄，未必。"《沈譜》卷十四亦列此曲爲第三格，題《牧羊記》，眉批正《正始》所討論者。《新譜》卷十六承《沈譜》。《定律》卷十三、《大成》卷二十四均引此爲【又一體】，與此句字略異。

【下山虎】

1.【越調過曲】把氈衫嚼細，纖刺如芒。入口難吞咽，怎充餓腸？哽住喉嚨，氣咽怎當？强把舌頭剛剛嗻。泉路渺茫，誰把我衷情達漢皇？試把雪兒嗻，懷抱慨忼，便覺精神力氣强。

明傳奇《蘇武》，《正始》頁 813

2.【越調過曲】從他去後，水遠山遥。注目空凝望，魚沉雁杳。指望萬里鵬程上雲霄，豈料他每没下梢。妾身遭困苦，只爲半紙功名將奴擔誤了。待讓了冤家去，别尋富豪，一馬一鞍，共同到老。

3.【前腔第二】他似飛花浪蕩，水上飄流。未審他安存處，吉凶難保。他那裏舉目無親，靠着誰曹？豈料他每忘歸道，怎捱得一夕又一朝？又恐怕成名後，把奴撇調，怎把糟糠之妻辜負了？

4.【前腔第三】妾身吃盡，萬苦千愁。猛可的尋思起，寸心自焦。因他受餓擔饑怎生熬，怎知道他反面無情將奴絹子當了。把奴相救取，險些兒一旦無常萬事休。不念同胞共乳，倚靠富豪，縱你富貴似浮雲何足道。

5.【前腔第四】喳喳檐外，鵲雜訊頻。莫不是喜事相傳將到，與奴報導？教我喜上眉尖，悶懷自消，莫是丈夫他鄉傳音耗。倘令衣錦歸來，洗却今朝一面羞。瓦薄磚何厚？比糞土野草，只怕駟馬難追，悔時不早。

明傳奇《凍蘇秦》，《正始》頁 814

《正始》列第一曲爲第二格，題注："第八句減爲四字，第九句增爲七字。"列第二曲爲第五格，題注："首二句《拜月亭》體，末句《王十朋》體，腹中《殺狗》格。"尾批："此四曲據《凍蘇秦》體。原本四曲統爲一闋刊之，以致章長句亂，使人無從揣摩，故皆删之勿用。余今按本調體，仍分爲四曲，不惟理明章規，且堪爲四格。"第三曲題注："此格與《拜月亭》同體，止減去第九六字一句。"第四曲題注："此格首句《拜月亭》格，餘皆《殺狗記》格。"第五曲題注："此格全調《蘇武》體，止末句用《王十朋》句法。"

【大河蟹】

【仙吕過曲】大膽粗心鬼神驚，殺害幾平人。不是當初生巧計，如何，得到洪州做官人。

《江流》，《舊譜》卷一頁 85

《正始》【仙吕過曲・勝葫蘆】題注："又名【大河蟹】。"引《殺狗記》

“却遣吴忠殺他人”爲正格，與此同。《定律》卷四《仙吕目録》【勝葫蘆】題注：“一名【大河蟹】。”則此與【勝葫蘆】同調異名。趙景深《考略》頁75：“《江流記》删去此曲。”

此可補《訂律》一調名。

【三囑咐】

【仙吕過曲】念奴世閥盱江貫，無男子産丫鬟。孩提許嫁黄郎爲東坦，伊家忽值兵戈難。他娘被虜，他父命殘，人離家破遭塗炭。

元傳奇《黄孝子》，《寒山堂譜》卷一頁658上半葉，
明傳奇，《正始》頁1113

格式：7△，6乙△。4、5△，7△。4，4△，7△。　7句

《寒山堂譜》列此爲例曲，尾批：“此曲與【喜遷鶯】大同小異。”《寒山曲譜》與此同。《沈譜》卷二、《新譜》卷二、《定律》卷四亦録此曲，與此同。《正始》《沈譜》《新譜》入【仙吕調近詞】，《沈譜》題注：“‘囑’，或作‘祝’，非也。”趙景深《考略》頁64以爲此曲是“投江遇救，曾女對樂善叙述”。《黄孝子》第十七齣《投江》存録此曲。

《訂律》僅存【仙吕調近詞】殘曲，無此全調。

【山漁挂榴燈】

【中吕過曲】【山花子】二十八年在江湖上，水涉陸馳途路飄蕩。【漁家傲】親遭擄難覓行藏，徒然涕滂。【剔銀燈】幾時得遂兒終養，酬烏鳥寸草輝光。如今，知他在那厢，【石榴花】乳哺劬勞空思報，役夢斷魂無計償。【山花子】提將起不由人不慘傷，念冬温夏凉，誰候端詳？

元傳奇《黄孝子》，《寒山堂譜》卷二頁675下半葉，
明傳奇，《正始》頁470

格式：7△，7△。7乙△，4△。7△，7乙△。2，4△，7，7△。7△。7△，5

乙$_{\triangle}$，4$_{\triangle}$。　14句

集曲：前用【山花子】首二句，次用【漁家傲】第四、五兩句，次用【剔銀燈】《小孫屠》格第三至六句，再用【石榴花】《劉智遠》格第五、六兩句，後用【山花子】末三句。

《正始》以此爲例曲，尾批："此調始末，皆【山花子】中犯【漁家傲】及【剔銀燈】又【石榴花】，皆【中吕宫】之調。時譜何以置於【正宫】，且又題作【山漁燈】，而遺却【石榴花】耶？"《正始》頁164【正宫過曲・天燈魚雁對芙蓉】尾批引此首句前四字："今此本調之【天燈魚雁對芙蓉】乃古本之原題也，時譜何至不審，誤作【山漁燈犯】，而别列於舊傳奇《黄孝子》之'二十八年'之次，何不思'二十八年'一曲，首末皆【山花子】中犯【漁家傲】及【剔銀燈】，故有是題。……【山漁燈】即犯調矣，何又復加一'犯'字乎。"《寒山堂譜》、《沈譜》卷四、《新譜》卷四、《寒山曲譜》、《大成》卷三十一均引此題【正宫過曲・山漁燈】，爲隻曲，並未分章析調，與此正襯略有不同。《寒山堂譜》尾批："第十及第十一句是一聯。"《新譜》眉批："馮云：首句變二字二句爲七字一句，古曲每有之。"《黄孝子》第二十二齣《詳夢》存録此曲，題【天燈照芙蓉】，所犯章調與此不同。

《訂律》無此調。

【三軍旗】

【小石調過曲】凱歌早唱，金鐙鞭敲響。旗幟高張，甲兵耀日光。馬似龍强，人如虎壯，風雲一揮威武揚。（合）領賞休遲，争功莫讓，回朝管取平四方。　《江流》，《定律》卷七頁190

格式：4$_{\triangle}$，5$_{\triangle}$。4$_{\triangle}$，5$_{\triangle}$。4$_{\triangle}$，4$_{\triangle}$，7$_{\triangle}$。4，4$_{\triangle}$，7$_{\triangle}$。　10句

《定律》以此爲例曲。《簡譜》卷八亦引此爲例曲，較此減省第六句，餘同。尾批："此調亦無他曲可校，《月令承應》即據此作也。"

《訂律》無此調。

【大勝樂】

【南吕過曲】好教人無計施爲，只得裂衣帛權當紙。待將草莖輕磨鋸，只得刺血寫因依。看我淚珠滴下相和血，那些個血淚相和色更非。(合)若得這書至也，不枉了這場疼痛，這般心機。

《牧羊》，《定律》卷八頁 258

此與《正始》【南吕過曲・大聖樂】正格《蔡伯喈》同，實同調異名。《沈譜》卷十二即題【大勝樂】，題注："'勝'，或作'聖'。"《大成》卷四十九亦題【大勝樂】，則題【大勝樂】亦久矣。

此可補《訂律》一調名。

四　筆

【五更轉】

1.【南吕過曲】一更裹，一更裹，月老星説道。姻緣事，姻緣事，奴寧可聽些兒法度。只得向前行，向前行，叫先生開着門兒。未知他，未知他，心下肯否何如。

《沉香》，《風月錦囊・全家錦囊》卷十九頁 386

2.【南吕過曲】二更裹，二更裹，待把門兒敲。只等待，二三更，冤家只爲你聰明，奴心下要。

《沉香》，《風月錦囊・全家錦囊》卷十九頁 387

此二曲出處，參見【南吕過曲・紅衲襖】《沉香》説明。

第一曲，前六句較之《正始》【五更轉】，第二句改用疊文，將第四句七字一句破作三字二句，亦用疊文，如此極似【黃鐘過曲・滴溜子】矣；後六句則極似【仙吕過曲・三疊排歌】，僅第八、第十一句不當用疊文。然戲文中【五更轉】【滴溜子】均無與【三疊排歌】合成之集曲。姑仍其舊名，俟後詳考。第二曲原失題，綴於【臨江仙】曲末，承第一曲，或僅截用【五更轉】之前五句，又將第五句七字破作四字二句。然戲文中【五更轉】無此截用、攤破之例。然此乃詠唱本調之二曲，甚至較《張協狀元》都更切題。姑補題牌名，俟後詳考。

【水仙子】

1.【雙調近詞】一家和氣靄春風，日月光回玉燭中。綺筵上齊把歡聲動，解千愁琥珀濃，便開懷佳興無窮。（合）一子受官極品，全家食禄萬鍾，不日裏有丹詔褒封。

2.【前腔】桑榆晚景夕陽紅，富貴今朝得喜逢。座上客須教常滿，樽中酒莫放空，拚沉醉日日春風。（合前）

明傳奇《凍蘇秦》，《正始》頁 1235

格式：$7_{\triangle}$，$7_{\triangle}$。$7_{\triangle}$，6 $乙_{\triangle}$，7 乙。6 乙，6 $乙_{\triangle}$，7 $乙_{\triangle}$。　　8 句

《正始》以此爲例曲。第一曲題注：“與【黃鐘宫・水仙子】不同。”尾批：“第二曲與此同，不録。”第二曲題注：“第三句唯七字句節不同。【二仙插芙蓉】犯此。”尾批：“第四曲與此同，不録。”則此調可連用四支。《正始》頁 1176【二仙插芙蓉】尾批引第二曲首三句。

唐・崔令欽《教坊記・曲名》有【水仙子】，《全唐五代詞》存詞五首，雙片，八句，與此同。《全宋詞》有【水仙子】兩首，與此異。北曲有【雙調・水仙子】，与此末三句作“3，$3_{\triangle}$，$4_{\triangle}$”，有所变化。然《小孙屠》所引则与此仅第六、第七两句均作七字句，餘同。《定律》卷十、《簡譜》卷九引第一曲爲例曲，題【般涉調過曲】。《定律》尾批：“此曲亦與北【水仙子】同，惟備一體耳。然與【黃鐘】之【水仙子】不同。”《簡譜》尾批：“此與【雙調・松下樂】同，皆自北【水仙子】改唱耳。”戲文無【雙

調・松下樂】。

此調出唐曲，入北曲，戲文採録之，有所變化，明初復歸唐曲體式。《定律》《簡譜》所論，當是崑化北腔情形。

《訂律》無此【雙調近詞・水仙子】。

【太和佛】

【中吕過曲】美意難逢奴怎言，心怏然。夫妻再見意無偏，琴瑟調依然。聞知吾妹蒙援惠，錦衣金釵，路費盤纏。特請仙妹答謝酌香泉，雕檻外梅雪争妍。笙歌鼎沸，金猊噴龍涎。

明傳奇《崔君瑞》，《正始》頁 464

《正始》列此爲第三格，題注："第六變作八字二句，第九（原作"五"）句變四字，末句五字。"頁 466【中吕過曲・舞霓裳】第二格引此末二句，題注："此比上《蔡伯喈》體，止争末二句句法。""全章皆同不録，止備末二句云云。"如此，誠如《全元戲曲》卷十二頁 516 尾注所言："此曲（原誤作'由'）究爲【太和佛】抑【舞霓裳】，必有一誤。"此實爲【太和佛】因變格而近於【舞霓裳】，仍當從《正始》。

【五羊裘】

【商調過曲】【山坡羊】我嚴親廉平無害，聖明君應須特待，憑着奴登聞上書，舍微軀要把爹擔代。你道弱體材，況愁伊惹禍胎。縱然死孝也得香名在，羞殺那兒郎，没分没擺。【五更轉】爹與娘，休慮奴，往天涯外。你一時意氣也要心中揣，只怕襪小鞋弓，怎捱塵沙陸海。

元傳奇《十孝記》，《正始》頁 720

格式：7 乙$_{\triangle}$，7 乙$_{\triangle}$，7 乙$_{\triangle}$，6 乙$_{\triangle}$。3$_{\triangle}$，5$_{\triangle}$。7$_{\triangle}$，4，4$_{\triangle}$。3，3，3$_{\triangle}$。7$_{\triangle}$，4，4$_{\triangle}$。 15 句

《正始》題注："又名【山羊轉五更】。"集曲。前用【山坡羊】首九

句，後用【五更轉】尾六句。此題名之“五”字，仍是因犯【五更轉】，非以五曲犯【山坡羊】也。

南曲即題【山羊轉五更】，《沈譜》卷十七、《新譜》卷十八、《欽定曲譜》卷十一、《定律》卷十、《大成》卷五十八均以此爲例曲，署《十孝記》，較此以第八、第九句屬【五更轉】。《新譜》題注：“犯【南吕】。此演緹縈救父。”查徐朔方輯校《沈璟集》戲曲輯佚《十孝記・緹縈救父》，此曲亦輯自《南詞新譜》。趙景深《考略》頁92—94認爲此曲是沈璟《十孝記・緹縈》中曲：“據《九宫正始》，於【五羊裘】(原即【山羊轉五更】)曲下誤注‘《十孝記》元傳奇’，今有【山羊轉五更】曲文全同《欽定曲譜》，可證其非”，“《九宫正始》誤題‘元傳奇’的【五羊裘】，也不是十分可靠的。”是。《正始》另題《十孝記》六曲，均署爲“明傳奇”；《新譜》卷首《古今入譜詞曲傳劇總目》有《十孝記》，題注：“詞隱先生作。”《正始》較爲嚴謹，此處題署顯然錯了。錢南揚《輯佚》未録於正文，亦不見於尾注《卧冰》與《十孝》的辨正。此姑依文例，存録備查。

此調出明曲，名【山羊轉五更】；《正始》誤入戲文，且變易其名。

【五馬江兒水】

【仙吕入雙調過曲】一鼓胡城崩陷，三軍撼動山。看鞭敲金鐙，奏凱回還，教人怎不心喜歡。恨奸臣衛律，到此羞慚，怎同伊歸漢關？勸伊家休惱，説甚遮攔。萬死無非一死，命有終恨，千言萬語都是閑。你全不思舊日，罪犯多端，只恐臨刑，悔之已晚。

明傳奇《蘇武》，《正始》頁982

《正始》引《琵琶亭》“漸覺玉容憔悴”爲例曲，尾批：“今試從《蘇武》原本備於此，不惟知與《琵琶亭》同體，且辨時譜之誤。”頁886引此第四至第七句。《沈譜》卷二十題《牧羊記》，爲集曲，句字略有不同，尾批：“【四朝元】前五句、【江頭金桂】前五句、【二犯江兒水】前五句、【淘金令】後七句，俱用此調。則此調極是古曲也。《舊譜》不收，並其名而遺之，今查補。”《新譜》卷二十三承之。然而【二犯江兒水】

已爲犯調,豈可入此再犯乎?《定律》卷八引此爲正格,但删"恨奸臣"三句,句字亦有差異。《正始》此調可入【五馬渡江南】【四犯江兒水】【江頭金桂】等集曲,故本調當是隻曲,不爲犯調。

【太平賺】

【大石調近詞】風景堪酬,山水畫圖粧就。不飲空歸,桃花笑我還愁。休掩逗,不妨藉草,把金杯泛放開眉皺。一觴一詠,又何須弦管歌謳。另般清溜。　《紅綉鞋》,《新譜》卷七頁 2 上半葉,《定律》卷五頁 657

《新譜》《定律》均以此爲例曲。《新譜》題注:"中吕宫【賺】與此調同。"眉批:"從徐稿録存古調。"錢南揚《輯佚》頁 265 認爲《正始》所題"明傳奇"《綉鞋記》或是誤題:"所謂'徐稿',就是和紐少雅同編《正始》的徐慶卿的稿件。……故此曲必是元人舊曲無疑,惟題作《紅綉鞋》,和《正始》題名(《綉鞋記》)稍異,不知是否同屬上本戲文?姑附於此。"《全元戲曲》卷十二已删此曲。參見【正宫・梁州令】《綉鞋記》考辨。此姑從《輯佚》,存録備考。

【中衮第四】

【仙吕過曲】奴記朱樓,奴記朱樓,雙親忿,逐出難投奔。奴記綵樓,奴記綵樓,漾綉球,曾勸娘,苦不聽。因見着他,因見着他,多才俊,稱我心。誰道今朝,貧窮難禁。　《綵樓記》,《寒山曲譜》頁 608

原題【中衮五段】,《大成》卷二十五引此曲亦題【中衮五】,較《正始》,即【中衮第四】,故據從改。前三句段首句均用疊句,餘同。《寒山曲譜》【仙吕過曲・入破】《教子記》尾批:"比前套(《琵琶記》"議郎臣蔡邕啓"套)少【中衮】一段。"

【五團花】

【高平調近詞】【賞宮花】心中慘淒，不由人不珠淚垂。【臘梅花】尋思使我無依倚，【一盆花】我便孤身匹配。父親和妹妹，【石榴花】幾時得見你？除非是再生重會日，【芙蓉花】此事非容易。

明傳奇《劉孝女》，《正始》頁 1328

集曲。前用【賞宮花】首二句，次用【臘梅花】第二句，次用【一盆花】第五、六兩句，次用【石榴花】第五、六兩句，最後用【芙蓉花】末句。

《正始》列此曲爲正格，以元傳奇《王祥》"追逐恩主"爲【又一體】，故格律及所犯之曲與此不同。《舊譜》卷七、《沈譜》卷十七、《定律》卷十、《大成》卷五十七、《簡譜》卷九俱入【商調過曲】，爲隻曲。《沈譜》眉批："'不由人'至'妹妹'，極似【黄鶯兒】，恐是犯五調者，故名【五團花】也。今不可考矣。"其認爲"犯五調者，故名【五團花】"，或是，《正始》亦按此思路分章析調；但又扯入【黄鶯兒】則恐誤：【黄鶯兒】在牌名上無照應，終與【五團花】有礙，不若《正始》如此妥帖。更大可能是短小篇章，即爲隻曲；《正始》或望題生意，析犯五調，不免繁瑣零碎。

【天香滿羅袖】

【仙吕過曲】【皂羅袍】身處深深庭宇，鎮綺羅珠翠，簇擁香軀。【桂枝香】悶來時閑剪菖蒲，消遣處學調鸚鵡。任烹鮮煮肥，任烹鮮煮肥，瓊漿緑醑，【皂羅袍】春園鬬草，凉亭避暑。清秋玩月，嚴冬擁爐，一年好景怎肯空孤負。　　　《黄孝子》，《沈譜》卷一頁 139

格式：6△，5 乙，4△。7 乙△，7 乙△。5 乙，5 乙，4△，4，4△。4，4△，7△。　　13 句

集曲。用【桂枝香】第三至第七句，易替【皂羅袍】之第四、第五七字兩句。較之正格，【皂羅袍】第二句增一字，【桂枝香】前四句均增

一字。

《沈譜》、《簡譜》卷六以此爲例曲。《新譜》卷一、《大成》卷四亦引此曲，《新譜》題【羅袍滿桂香】，眉批："原名【天香滿羅袖】。"《大成》題【皂羅香】，題注："舊名【天香滿羅袖】。"署《節孝記》，與此同。

《訂律》無此調。

【月下佳期】

【仙吕過曲】【月兒高】暮秋寂寂，此景多蕭索。寒雁聲嘹嚦，漢水連天色。滿目愁煩，教我向誰訴？【誤佳期】功名二字，貪求不得。懊恨穹蒼，將咱譴責。嗏，流落在他邦，壯士無顔，篋又空竭。

明傳奇《凍蘇秦》，《正始》頁 318

格式：$4_{\triangle}$，$5_{\triangle}$。$5_{\triangle}$，$5_{\triangle}$。4，$5_{\triangle}$。4，$4_{\triangle}$。4，$4_{\triangle}$。1，5，4，$4_{\triangle}$。

14 句

集曲。前用【月兒高】首六句，後用【誤佳期】末八句。

《正始》引此爲例曲。然南曲諸譜多不載此調。《重校金印記》第二十四齣《長途嘆息》題作【月兒高】。

《訂律》無此調。

【太平賺犯】

1.【般涉調近詞】堪賞堪描，間竹桃花映小橋。翩翩粉蝶雙飛繞，見遊蜂往來鬧。

2.【前腔】翠圍珠繞，寶馬香車特囉唣。王孫仕女同歡笑，攜歌妓飲瓊瑶。

明傳奇《子母冤家》，《正始》頁 1301

格式：$4_{\triangle}$，$7_{\triangle}$。$7_{\triangle}$，6 乙$_{\triangle}$。　4 句

《正始》列此爲例曲，尾批："此調，按元譜、元詞，不拘散套、傳奇，皆題【太平賺犯】。然今據其章句，直似【中吕調・太平令】也。且《蔣

譜》及《黄孝子》傳奇直題作【太平賺】,若然,與十三調【大石賺】異體同名也。俟再查。”細考此調,與【中吕調近詞・太平令】元傳奇《拜月亭》“曲徑迢遥”同格,與【大石調近詞・太平賺】完全不同;所言“犯”者,不知謂何。

《訂律》無此調名。

五　筆

【四邊静】

1.【正宮過曲】當初貧賤受人欺,吃盡惡滋味。多感大叔恩,銜環怎報你。今日裹,衣錦歸。白叟與黄童,都道蔭鄉里。

元傳奇《蘇秦傳》,《寒山堂譜》卷二頁 681 下半葉,

明傳奇《凍蘇秦》,《正始》頁 140

2.【正宮過曲】牛馬枉穿儒衣服,殺人太心毒。休得覷人情,依條好拘束。殺人罪惡已招伏。除非待天恩,方得離牢獄。

明傳奇《尋親記》,《正始》頁 141

3.【(正宮)過曲】……數載不通,音信又稀,……①

明傳奇《凍蘇秦》,《正始》頁 735

第一曲,《寒山堂譜》列此爲【四邊静】之【又一體】,題注:“八句,

① 《古本戲曲叢刊》本《重校金印記》第三十六齣《差人傳書》存録【中央鬧】二支,其始調辭云:“洛陽城外,大叔家裹,煩你相傳示。此去到吾家,算來有三千里。(合)數載相違,音信又稀。特寄一封書,平安報消息。”【中央鬧】,即【四邊静】之别稱。

三十八字。”尾批：“今人但知前體（《蔡伯喈》“你去陳留”），不知此體之更有法也。”較之正格，第五、第六兩句均減字作三字句。《正始》引此爲第三格，題注：“第五、六句皆變爲三字。”據趙景深《考略》頁108，此曲載《金印合縱記》第三十二齣，《重校金印記》第四十齣【中央鬧】則將此分屬兩曲。此姑依例，存録備考。《正始》列第二曲爲第四格，題注：“第五、六句三字併爲七字一句。”第三曲，《正始》【四犯黄鶯兒】尾批：今之學者病【四邊静】二句第二字皆仄聲，“有成化間《凍蘇秦》此調此二句曰云云。”

【失名】

1.【失宫調過曲】古大學，孔氏迂，書新民，德至善，三綱事。齊家治國平天下，正心誠意，致知格物。八條目曾子述古，繼儒業復傳子思。　　《沉香》，《風月錦囊·全家錦囊》卷十九頁386—387

2.【失宫調過曲】燈花清皎潔，今宵和你歇。好事隨人意，蓮（原作“連”）步轉輕移。　《沉香》，《風月錦囊·全家錦囊》卷十九頁388

此二曲出處，參見【南吕過曲·紅衲襖】《沉香》之説明。

第一曲，原緊接【臨江仙】四曲之後，且未標署其他曲牌，故《全元戲曲》卷十二頁567即以【□□□】標注，黄仕忠《拾遺》則仍列爲【臨江仙】之一曲，孫崇濤、黄仕忠【箋校】亦然，並有尾注：“以下生、旦所唱之曲，與【臨江仙】格多不合，疑底本曲牌有所訛脱。”是。然此下一曲也未標署曲牌，當用【五更轉】之減句格，則此亦非【臨江仙】明矣。第二曲，夾雜於長篇説白之中，與前之第一曲、後之【風入松】均不同，且無調牌，故亦列此，姑存其曲，俟後詳考。

【古輪臺】

1.【中吕過曲】夜深沉，鴛鴦帳冷翡衾清。前生已注今生定，也曾把鵲橋架起銀河整，牛郎織女歡慶。帶結同心，酒斟合卮，豈不聞許亶負飛瓊，陽臺夢成，藍橋路近。莫沉吟巫山雲散，楚岫煙清。桃源花盛，祆廟火將焚。燈幌影，洞天深處會雲英。

2.【前腔换頭】歡欣，雙雙攜手入銷金。脱下羅衫露瓊肌，玉膚温潤。解下湘裙，氤氳麝蘭香噴。任從我顛鸞倒鳳頻無定，看他雲濃雨密全無靳，魚水和順。貼酥胸春情美意，柳腰款擺花枝，輕拆露滴牡丹心。情已盡，東方猶恐爍陽明。

《神女塵緣》，《大明天下春》卷八頁 612

此二曲出處，見【仙吕入雙調過曲·窣地錦襠】《神女塵緣》考辨。較之《正始》正格，已有變化：合第四、第五兩個四字句作七字一句，第十、第十一兩句互易，句段亦多淆亂。

【吒精令】

1.【越調過曲】拜别親娘，他只愁我跋涉途路長。誰知我未死身先喪，又值凍餒凄凉。

2.【前腔换頭】怎能够回鄉到你行，戲斑衣笑捧霞觴。我妻甘旨應無恙，何日得供奉萱堂，怎禁得兩淚汪汪。

明傳奇《蘇武》，《正始》頁 840

《正始》以此爲正格，第一曲題注："或無'吒'字。"第二曲題注："雖曰【换頭】，據句法，其第一、第二句互易，止多末一句。"《定律》卷十三引第一曲爲第二格，與此僅正襯略異。《大成》卷二十五引此第一曲，題【又一體】。《簡譜》卷十引第一曲爲例曲，署《牧羊》，尾批："此曲第二句亦有作六字者，《殺狗》云：'咱每和你商議'是也，亦可從。"《殺狗》"咱每和你商議"曲，《正始》列【吒精令】第二格。

【玉抱肚】

1.【仙吕入雙調過曲】姓劉名昔，貫梧州珠湖境裏。業儒門數載燈窗,求科試前往京畿。天臺雨暗渡春溪,步入平林路欲迷。

2.【前腔】題詩雖戲,結良緣神明咫尺。憶巫山雨暮雲朝,應須有燕約鶯期。瑶章錦字兔毫揮,紅葉傳情可作媒。

《神女塵緣》,《大明天下春》卷八頁 607

此二曲出處,見【仙吕入雙調過曲·窣地錦襠】《神女塵緣》考辨。

【出破】

【仙吕過曲】你若去尋親,只在鄂州,界裏尋端的。目今便作行計,又添我别淚垂。　《教子記》,《寒山曲譜》頁 607

原題【出破六段】。《大成》卷二十五引此曲,題【越調過曲·出破】,句字與此有所變化。較《正始》,即【出破】,故據譜改。較《正始》正格,第三句後減省"3,4△,3△"三句,第四句減一字,餘同。《寒山曲譜》【仙吕過曲·出破】《綵樓記》尾批:"此調比前兩體(《琵琶記》'議郎臣蔡邕啓'套和《教子記》'衣錦還鄉裏'套),少【出破】一段。"

【本調賺】

1.【羽調近詞】事體已逼,文書緊了在朝夕。爲築河堤,官司差你做夫役。好難測,瘦怯怯書生没氣力,身只單丁口欠食。把别人選擇,可憐見將咱,一名改易。

2.【前腔换頭】好不識,官司立下文籍,點足花名都上册。到官司,伊頑不去我受責。淚空滴,萬苦千辛遍經歷,夫婦分離誰痛惜?這堤怎塞?料做鬼在黄河岸側,漫空憂鬱。

明傳奇《尋親記》,《正始》頁 1268

《正始》列第一曲爲第二格,題注:"第二句減爲五字。"誤。實是將第九句減爲五字。列第二曲爲【换頭】第二格,題注:"第二句變爲六字,第九句仍七字。"《定律》卷十二、《簡譜》卷十引此二曲,入【羽調過曲】,署《教子》,《簡譜》題【賺】,均以第二曲首句增字爲"你好不識",移作第一曲末句,並重疊一句;第二曲末句亦重疊一句,餘僅句字略異。《簡譜》尾批:"本調賺名【梧桐賺】,與各宫調【賺】同。惟《教子》中有【换頭】一體,則各調所無,顧亦首二句異耳。附下:【换頭】'官司立下云云',以下皆同。"《大成》卷五十引此第一曲,題【南吕過曲・本宫賺】,句格同《定律》,與此正襯亦有變化。《六十種曲》本《尋親記》第四齣《遣役》存此二曲,題【不是路】,句字略有變化。

【玉女步瑞雲】

【黄鐘引子】【傳言玉女】萬種幽情,欲訴向誰評論?【瑞雲濃】羞睹那孤表瘦影。

《黄孝子》,《沈譜》卷十四頁 453,《新譜》卷十四頁 3 下半葉

格式:4△,6△。7 乙△。 3 句

集曲。前用【傳言玉女】首二句,後用【瑞雲濃】末句。

《定律》卷一引此爲例曲,與此同格,然句字略有變化。

《訂律》無此調。

【四時花】

【仙吕過曲】【錦添花】你若娶秦樓女,楚館人,我也甘心不論。若他果少錢財,從君折准。評論,【勝如花】你這裏虚飀飀填寫契文,他那裏實丕丕擔着顫驚。直待要喜孜孜意欲做親,怎忍見眼睜睜夫妻兩分?【一盆花】爲富不仁,你心腸忒狠。【惜黄花】只怕金谷園,變成荆榛。

明傳奇《尋親記》,《正始》頁 370

格式:3,3△,6△。6,4△。2△,4△,4△。7 乙△,7 乙△。4△,4△。5,4△。 14 句

集曲。前用【錦添花】首六句，次用【勝如花】第九至第十二句，又次用【一盆花】第五、第六兩句，後用【惜黄花】末二句。

《正始》列此爲第三格，題注："此調與第一格（明散套"無意理雲鬟"之【四時花】"愁殺悶人天"）犯名互倒，且以【勝如花】代易【間花袍】。"其亦集曲：前用【惜黄花】首句，次用【間花袍】第二、三兩句，又用【錦添花】第六至九句，再用【一盆花】第七、八兩句，後用【錦添花】末五句。末尾批："此曲今人皆爲其本調，殊不知即上'愁殺悶人天'同類也，但此第二段更易【勝如花】。"頁 367 始調尾批引此首句："此調用四時花名合成一調，故總名題曰【四時花】。今俗名【四季花】，亦可。……況元人先有全調【四時花】套，亦即此四調，亦於每調後復用【錦添花】一段爲束尾，今之'愁殺悶人天'一曲，即於此四調摘句合成者，故其束尾仍復一段【錦添花】耳。……且又有明傳奇《尋親記》之云云，亦然。但【羽調】原與【仙吕】出入。"則《四時花》原是四調一套之總名，此爲單曲；原屬【羽調】，此屬【仙吕】，較正格又以【勝如花】代易【間花袍】。此較《四季望鄉》亦同中有異：《四季望鄉》亦一套四曲：【望吾鄉】【粧台望鄉】【解梧望鄉】【掉角望鄉】，首用【望吾鄉】本調，後用犯【望吾鄉】之三曲；然《四季望鄉》僅爲總名，未獨立成曲；後三支集曲的方式與《四時花》套後三曲用全調再綴以【錦添花】束尾的構成方式亦不同。

《沈譜》卷三、《新譜》卷三、《定律》卷十二、《大成》卷七十七、《簡譜》卷十均以此爲例曲，《沈譜》《新譜》入【羽調近詞】，《定律》《大成》《簡譜》入【羽調過曲】，然皆作隻曲，並未分章析調，句字略有差異。

《訂律》無此非總名之單支集曲。

【四園春】

【中吕引子】料峭東風開小桃，催花一陣雨如膏。東君昨夜到西郊，萬紫千紅堪畫描。不妨同歡笑，沉醉樂陶陶。

明傳奇《子母冤家》，《正始》頁 384

《正始》列此爲例曲，尾批："此調之章規句律，直與【中吕調・沁園春】無二。不識元譜，何以題作【四園春】，置屬【中吕宫】，致蔣、沈二譜亦皆然之。後至丘瓊山先生之《五倫全備》，此調亦承其名，且又減去第四句，益非也。"《正始》批評激烈，但仍題【四園春】，從之。《舊譜》卷三、《沈譜》卷八、《新譜》卷八、《定律》卷六俱題"散曲"，這是上了明人曲選《盛世新聲》酉集、《詞林摘豔》卷二、《雍熙樂府》卷七的當，錢南揚《輯佚》頁 6 已有詳細考辨，是。此與《正始》所引【中吕調慢詞・沁園春】同格，爲一調二名；與【中吕引子・思園春】不同。

《訂律》無此調名。

【玉枝供】

【仙吕入雙調過曲】【玉交枝】詞因非詐，論虚詞怎敢到府衙。都是奴痛苦傷情話，使不得利齒伶牙。【五供養】東海殺孝婦，旱三年天無雨下。却便是蒲丞相，錯問賊波查，我曹伯明屈死在天涯。

明傳奇《尋親記》，《正始》頁 940

格式：4$_{\triangle}$，7 乙$_{\triangle}$。7$_{\triangle}$，6$_{\triangle}$。4，7 乙$_{\triangle}$。5，3$_{\triangle}$，5$_{\triangle}$。　　9 句

集曲。前用【玉交枝】首四句，後用【五供養】末五句。

《正始》列此爲例曲。《新譜》卷二十三引王厚之散套"一勾纖軟"爲例曲，與此同格。《定律》卷九、《簡譜》卷八均承《新譜》卷二十三之【又一體】，以《一捧雪》"杯休斟淺"爲例曲，以第五、六兩句屬【玉嬌枝】，較此有所變化。《六十種曲》本《尋親記》第十三齣《發配》題此【玉胞肚】，句字與此有所變化。

《訂律》無此調。

六　　筆

【有餘情煞】

【越調過曲】若論夫妻皆前定，都壓盡人間英俊，喜同心帶綰成。

明傳奇《崔君瑞》，《正始》頁 852

《正始》引《蔡伯喈》"幾年分别無音耗"爲例曲，尾批："今再備明傳奇《崔君瑞》一尾，少證【有餘情煞】之句律無謬。"此曲尾批："此格無襯字，有規矩，可爲式。"

【回回舞】

【雙調過曲】教場裏打鼓摸黃旗，好人好馬出征西。（合）好馬撇不下槽頭料，好男兒撇不下脚頭妻。

《牧羊記》，《大成》卷六十三頁 5263

格式：7△，7△。7，7△。　　4 句

《大成》引此爲【又一體】，尾批："【回回舞】三闋，句法不同，各成一體。"與《正始》所録【不知宫調過曲・回回舞】《拜月亭》體不同。

《訂律》無此【雙調過曲・回回舞】一調。

【好事近】

1.【中吕過曲】東野翠煙消，喜遇芳天晴曉。惜花心性，春來起得偏早。教人探取,問東君肯與春多少。見丫鬟笑語回言,道昨夜海棠開了。

2.【前腔換頭】今朝,特地到西郊,端的是萬紫千紅争巧。花情酒債,一生被他縈擾。雕鞍駿馬,會王孫貴戚把金尊倒。有時節沉醉花前,把金丸墜落飛鳥。

《子母冤家》,《舊譜》卷三頁 119,《沈譜》卷八頁 273

《舊譜》、《大成》卷十六僅録第一曲,題【好事近】。《沈譜》、《新譜》卷八、《寒山曲譜》全録二曲,題【泣顏回】。《沈譜》尾批:"'東野翠煙消'一曲,舊題曰【好事近】,實則【泣顏回】也。今既正之矣,詳查舊板戲曲,皆以【泣顏回】爲【好事近】。"則一調二名也。《正始》頁 441【中吕過曲·泣刷天燈】尾批:"元人凡遇承應之詞,如用【泣顏回】調者,必易名爲【好事近】,蓋諱其名耳,然實無【好事近】本調也。"則此易名始於元代。《舊譜》《沈譜》《新譜》均題"散曲",《大成》入南北合套。據《正始》【般涉調近詞·尚如縷煞】尾批,當出戲文《子母冤家》,錢南揚《輯佚》頁 6 已有詳細考辨。

《訂律》無此調名。

【朱奴帶錦纏】

【正宫過曲】【朱奴兒】明日裏輕舟便拿,今日裏把包裹先打。化紙焚香點炬蠟,神明事敢違時霎?【錦纏道】酌水獻時花,把三牲福禮,銀杯酒泛霞。願得皇天祐,好風送吹上京華。

《黄孝子》,《沈譜》卷四頁 197

格式:7 乙$_\triangle$,7 乙$_\triangle$。7$_\triangle$,7 乙$_\triangle$。5$_\triangle$,4,5$_\triangle$。5,7$_\triangle$。　　9 句

集曲。前用【朱奴兒】首四句,後用【錦纏道】末五句。較《正始》【錦纏道】正格,僅末句增一字。

《沈譜》以此爲例曲。《新譜》卷四、《寒山曲譜》、《大成》卷三十二均與此同。《定律》卷二、《簡譜》卷五引《金雀記》"喜心齊人情洶洶"

爲例曲，與此同格。

《訂律》無此調。

【回回曲】

1.【雙調過曲】天上的娑婆，甚么人栽？九曲的黄河，甚么人開？甚么人，把住三關口？（合）甚么人，和和北番的來？

2.【前腔】天上的娑婆，李太白栽；九曲的黄河，老龍王開。楊六郎，把住三關口，（合）王昭君，和和北番的來。

3.【雙調過曲】芳草也么萋，大家遊戲歸。跨上雕鞍，又聽鶯啼。馬如飛，馬如飛，且自行樂在沙場裏。

《牧羊記》，《大成》卷六十三頁5263

格式：4，4△。4，4△。3，5△。3，6△。　8句

《大成》以第一曲爲例曲，後二曲爲【又一體】。尾批："首曲、次曲，格式相同。第三曲較前二曲句法迥異，爲變體也。"《蘇武牧羊記》第三齣《過堤》引此三曲。此調當出番曲，他譜未見著録。

《訂律》無此調。

七　筆

【忒忒令】

1.【仙吕入雙調過曲】只得告天天可憐，望天天與人做方便。怎把我英雄來困，倒不如楚屈原。他抱忠魂，葬魚腹，也落得個話傳。

明傳奇《蘇武》，《正始》頁960

2.【雙調過曲換頭】這詩集是我親手做來，不審他緣何收在？觀着他龐兒，好似我妻厮類，試將他言語猜，（合）他豐範，似開封府，這因由怎解？　　　《教子》，《定律》卷九頁 496

《正始》以第一曲爲第四格，題注："第三、四亦併作七字一句，節讀不同。"《定律》以第二曲爲【前腔换頭】例曲。

【尾聲】

1.【仙吕過曲】願行人，重相會，似長江深漾鐵球兒，永遠團圓直到底。　　　《牧羊記》，《正始》頁 357，《沈譜》附録頁 75

2.【仙吕過曲】緑楊影裏新月挂，孤村酒館兩三家，借宿今宵一覺呵。　　　《江流》，《舊譜》卷一頁 76，《沈譜》卷一頁 142

3.【黄鐘過曲】夫妻誰想成吴越？薄倖兒郎心似鐵，把受過凄凉番成做話説。　　　《江天暮雪・走雪》，《吴歈萃雅》貞卷頁 744，《詞林逸響》月卷頁 711

4.【仙吕入雙調過曲】攬衣推枕俳徊起，難舍風流得意人，不想中途結下夙世姻。　　　《神女塵緣》，《天下大明春》卷八頁 613

第一曲，《正始》、《沈譜》均綴【一秤金】後，未注時代。《沈譜》、《新譜》卷二十五均入【不知宫調過曲】。參見【仙吕過曲・一秤金】《牧羊記》考辨。第二曲，"名韁利鎖"是其【引子】，"崎嶇去路賒"是其【過曲】。《新譜》未録，卷一【一封書】眉批："原有【拗芝麻】一曲調長韻雜，且腔板□查，從馮删。"第三曲，"是則是路途間别"是其【過曲】，參見【黄鐘過曲・滴溜子】《江天暮雪》考辨。第四曲，參見【仙吕入雙調過曲・窣地錦襠】《神女塵緣》考辨。

【孝順歌】

【雙調過曲】陳光蕊，是父親，冤屈尚然難寫盡。撇你在江心，知

他死和生，都緣你命。若是長大成人，洪州尋問取。你娘親我，從頭説與緣因（原作"姻"）。　《江流》，《舊譜》卷九頁 209

【吴小四】

1.【南吕調近詞・前腔换頭】夫人聽啓，節使那日，不曾説有正妻，因此尚書招他做女婿。（合）誰知短命三不歸，漾了甜桃尋苦李。

明傳奇《崔君瑞》，《正始》頁 1164

2.【前腔换頭】從頭聽得，教人痛悲，撲簌簌淚珠垂，别後如何音信稀？（合前）《江天雪》，《定律》卷十頁 70，《大成》卷五十七頁 4647

《正始》僅録第一曲，題【前腔换頭】，題注："其始調與上《殺狗》格同，不録。"《定律》《大成》均録第二曲，入【商調過曲】，然題【又一體】。錢南揚《輯佚》頁 131 以二曲聯綴，尾批："此曲實是【吴小四换頭】，《定律》作【又一體】，誤。"是。然《輯佚》題【前腔】，亦誤：所謂【前腔】【换頭】都是相對於始調而言，並非簡單地對上一曲而言。當從其所論，爲【换頭】。《定律》《大成》末兩句均作："誰知道短命三不歸，漾了甜桃覓苦李。"實爲（合頭），僅句字略異，故依律增補標署。

【步步嬌】

【仙吕入雙調過曲】……主母知何向。……①

明傳奇《黄孝子》，《正始》頁 955

《正始》【步步嬌】尾批："此調之第四、五句句法，然必四字是其古體，斷不可以下句增爲五字，比今《黄孝子》云云，……不可不戒。"

---

① 《古本戲曲叢刊》本《黄孝子尋親記》第五折《聞戮》有此曲，其辭云："死裏逃生多勞攘，説起神魂喪。家邦一旦亡，保幼主身安，主母知何向？天降這災殃，淚珠滴滿衣襟上。"

【皂羅袍】

1.【仙吕過曲】謾説道漸漸紅輪西下，盼不到野店人家。聽林梢數點噪昏鴉，覷江天暮雪堪描畫。雪花飄墜，寒風亂刮；衣襟濕透，綉鞋更滑。不覺濕透凌波襪。

2.【前腔】非是我懶行要坐，奈鞋弓襪小步難挪。千山萬水受奔波，風吹雪打如何過？饑餐渴飲，受他折磨；曉行暮止，無如奈何。到如今脚心都踏破。

《江天暮雪記·走雪》，《群音類選》續卷一《諸腔類》頁 2471

兩曲用《正始》第三格《殺狗記》體。

【尾犯序】

【中吕過曲】一景好孤恓，垂楊渡口，衰草秋水。劍化萍津，枉自刻舟求覓。思之，他那裏悲風恨月，俺這裏愁雲怨雨。傷情處，一般煩惱兩心知。　明傳奇《陳光蕊》，《正始》頁 424，《舊譜》卷三頁 111

《正始》元傳奇《蔡伯喈》【中吕過曲·尾犯序】尾批引此末句。《舊譜》存録全調，與《正始》正格同。

【孝順兒】

【雙調過曲】【孝順歌】家鄉遠，途路裏，孤身萬山吾命危。楊朱枉含悲，阮籍謾垂淚，思量此際。舉步難前，欲行無計，勉强撐持，陷入泥塗裏。【江兒水】緬想萱親何處，若得相逢，不枉了驅馳狼狽。

《黄孝子》，《沈譜》卷二十頁 637

《沈譜》始調尾批："向因坊本刻作【孝順歌】，人皆捩其腔以湊之，殊覺苦澀。今見近刻本改作【孝順兒】，乃覺暢然矣。"較《正始》正格，第七、第八兩个七字句破作四字四句，以第七句至第十一句屬【孝順歌】。《新譜》卷二十二、《大成》卷六十四均引録此曲。《大成》題【孝南兒】，題注："舊名【孝順兒】。""勉强"二句入【鎖南枝】，餘與此同。

【阮郎歸】

【南吕過曲】孩兒去求科舉，到如今，尚兀自無個消息。遣娘懸望，倚定柴門無蹤迹。只怕你戀酒貪花，頓忘了親幃甘旨。閃得我冷清清，悶懨懨，撲撲簌簌淚雙垂，何日挂錦衣歸。

明傳奇《陳光蕊》，《正始》頁 668

格式：6$_{\triangle}$，3，7 乙$_{\triangle}$。4，7$_{\triangle}$。7 乙，7 乙$_{\triangle}$。6 乙，3，7$_{\triangle}$，6 乙$_{\triangle}$。11 句

《正始》以此爲例曲，題注："肇歸宗皆不識，且孫皆白髪，羅拜嗟世，故曰【阮郎歸】矣。【换頭】餘二字，平仄不拘。"《正始》頁 640【南吕過曲・三十腔】尾批、頁 654【南吕過曲・瑣窗郎】尾批均引此調末二句。

唐・崔令欽《教坊記・曲名》有【阮郎迷】。《全唐五代詞》有【阮郎歸】一首，雙片九句，與此不同。《詞律》卷四有【阮郎歸】，同唐詞，與此不同。《舊譜》卷四、《沈譜》卷十二、《新譜》卷十二、《寒山曲譜》、《定律》卷八、《大成》卷五十、《簡譜》卷七均以此爲例曲。《沈譜》題注："與詩餘不同。"眉批："'遣娘懸望'以下四句，似【宜春令】及【綉衣郎】句法。"《新譜》眉注："馮亦作【武陵花】，非也。"《寒山曲譜》尾批："或云：'前二句犯【啄木兒】，'遣娘'四句犯【宜春令】，末三句犯【賀新郎】。'不敢擅便，以伺知音。"僅爲"或云"，不足爲據，仍以隻曲爲是。《簡譜》尾批："此與詩餘無涉，名偶同耳。'閃得我'句，實須一氣貫下，雖分兩讀，須令語氣一綫方合。"趙景深《考略》頁 72 亦引此曲，句字與此略有出入。

《訂律》無此調。

【赤馬兒】

1.【仙吕過曲】數剪孤檠，照見幽欄獨凴。聽得幾聲離群雁，呀呀飛過沙汀。山寺送來，幾聲金磬(原作"罄")。人煙寂静，(合)我這時幾覺清冷。

2.【其三】攜(原作"絜")琴再整，流水泠泠。見高山絶頂，個中名利羽毛輕，個中名利羽毛輕。智者何勞弦上聲，(合前)

元傳奇《元永和》，《寒山堂譜》卷一頁 660 下半葉

格式：$4_{\triangle}$，$4_{\triangle}$。7，$6_{\triangle}$。4，$4_{\triangle}$。$4_{\triangle}$，$7_{\triangle}$。　8句

《寒山堂譜》列第一曲爲正格，題注："連重八句。"列第二曲爲【其三】，尾批："其【四格】同。《新譜》所載【畫眉兒】、新【慶時明近】，其音雖詳，然此格盛行，不必別生疑竇。(合)時尚，與舊譜不同。"不可解者，是其題注："連重八句。"第一曲八句而並無重句，第二曲實爲七句體。

《沈譜》録此兩曲，入附録【不知宮調過曲】，題"散曲"，題注："疑亦誤。"第二曲作【前腔】，題注："稍有不同。"與此末句作"那時許多清泠"，並疊一句，餘同。《新譜》卷十一承之，入【道宮調近詞】，尾批："又徐稿，自首句至'人煙寂静'，作【雙赤子】一曲；將'那時許多清泠'，亦單句，至'弦上聲'，作【畫眉兒】第一曲；'個中名利羽毛輕'，亦隻單句；又將'那時許多清泠'單句，接下云：'無凴寫贈，月滿空庭，梧飄金井。布衾藤枕泠如，教奴獨坐寒窗眠未曾'作【畫眉兒】第二曲。又用'那時許多清泠'一句，接下云云作第三曲，相連【拗芝麻】一曲成套。已上徐稿大異，今姑從俗，仍舊而並存徐説。"《新譜》此説參見《正始》【道宮調近詞・應時明近】【雙赤子】【畫眉兒】【拗芝麻】之例曲與考辨。《寒山曲譜》亦題"散曲"，句字、格式、尾批俱同《寒山堂譜》。則此曲至晚明已經較爲混亂難辨矣。

《訂律》無此調。

八　筆

【刮鼓令】

1.【南吕過曲】蒙驅使宋清,既知恩當報恩。今夜持刀潛去,管教他一命傾。若取那佳人,先請宋清吃幾瓶。恐隔墻有耳且低聲,那窗外豈無人?　明傳奇《黄孝子》,《正始》頁 571

2.【南吕過曲】就是吾恩主念你,念你是同鄉一故知。見雪下饑寒狼狽,送酒食和帽衣。只説道禮輕微,他若受了中吾意美。只怕夜静水寒魚不餌,(合)棹空歸枉自費心機。　《牧羊》,《定律》卷八頁 293

3.【南吕過曲】蒙恩命指揮,便行程怎敢違。到那裏隨機應變,把言詞説他知。若是肯依隨,大王與他作主維。(合)只怕水寒魚不餌,棹空歸枉自費心機。　《牧羊記》,《大成》卷五十頁 3905

《正始》列第一曲爲第五格,題注:"第三句變六字,第五句變五字。"頁 1000 引此第五句。《大成》卷五十存録此曲,題【又一體】。《定律》以《琵琶》"從别後到京"爲正格,以第二曲爲第二格。《大成》以第三曲爲【又一體】。《蘇武牧羊記》第十二齣《逼食》有【刮鼓令】二支,即以第二曲爲始調,第三曲作【前腔】,以末二句爲合頭。

【金雞叫】

【仙吕引子】忍凍擔饑餒,鎮日間淚流如雨。恨我孩兒陳光蕊,撇下親娘,自去享榮貴。

明傳奇《陳光蕊》,《正始》頁 266,《舊譜》卷一 66

《正始》列此爲例曲，與《小孫屠》格同。《舊譜》、《沈譜》卷一、《新譜》卷一與此同。《定律》卷四將首二句破作“$6_{\triangle}$，4，$4_{\triangle}$”三句，較此有所變化。

【念佛子】

1.【中吕過曲】潑賤人，忒執拗(原作“綴”)，口欠食身上無衣。我憐伊貌美做夫妻，你無知把面皮剖破。看滿身鮮血淋漓，自傷殘貌美空費我心機。

2.【前腔第二换頭】畜類，奸謀輩，爲富不仁不義。論他弓莫挽，他馬莫騎。我自思家貧貌美，陷我夫身喪溝渠，有何顔中伊毒計。

3.【前腔第三换頭】貧窮輩，太無知，買柴如束桂。有朝飡没夜食，你守節成何濟。我守節貞潔如水，不比你畜類之輩，肯重諧犬羊爲婿。

4.【前腔第四换頭】太不是，太不是，不肯重婚配。毁壞花容，竟作區處。更言癡，更言癡，少甚么人家女，誓不將身來輕棄。請出去，請出去，論疾風暴雨，不入寡婦門兒。明傳奇《尋親記》，《正始》頁414

《正始》列第一曲爲始調第二格，題注：“此比《拜月亭》始調，只争第五句。但下三曲大異。”列第二曲爲【前腔第二换頭】第四格，第三曲爲【前腔第三换頭】第五格，第四曲爲【前腔第四换頭】第六格。《定律》卷六、《大成》卷十一均引録第一曲，《定律》署《教子》，《大成》題【又一體】，句字與此略有差異。

【刮地風】

【黄鐘過曲】刮地狂風身凛冽，怎禁受路跋涉。荒郊曠野天將暝，襪小鞋弓難走迭。拳聯手共脚，滴羞跌屑。痛傷情，歎人生，最苦是離别。行行袖稍兒不住遮，好撲頭撲面風雪。

明傳奇《崔君瑞》，《正始》頁108

《正始》列此爲【刮地風】第二格，題注："末句增爲六字。"尾批："此末句仄煞。"《定律》卷一、《大成》卷七十均以《拜月亭》"看他舉止"爲正格，以此爲【又一體】，題《江天雪》，僅句字出入。《簡譜》卷五引此爲例曲，尾批："諸譜皆收《拜月亭》'舉上與孩兒'一曲，余以襯字太多，因取此曲，實與《拜月》無異也。"此曲即以"刮地狂風"爲曲辭，是唱本調。

【尚輕圓煞】

【大石調過曲】寬懷抱莫怨憶，三載風光迅息，怎肯萍梗蹤迹。

明傳奇《陳光蕊》，《正始》頁 254

《正始》列此爲第三格，題注："末句減爲六字，'五馬行春'是其過曲。""行春"，《舊譜》卷八、《沈譜》卷六作"行程"。參見【正宫過曲・陽關三疊】《江流》考辨。趙景深《考略》頁 73 亦引此曲，題【尾聲】，句字與此略有出入。

【青歌兒】

1.【仙吕過曲】周娘子儀容絶妙，見了他皮風發燥。張千昨日去索錢，緣何更無消耗。　明傳奇《尋親記》，《正始》頁 287

2.【仙吕過曲】蘇子卿做作堪笑，激得我心中焦燥。如今拘禁在囚牢，落在俺每圈套。

元傳奇《牧羊記》，《寒山堂譜》卷一頁 659 下半葉，《定律》卷四頁 521

《正始》列第一曲爲第二格，題注："減第四四字一句，末句變爲六字。"《新譜》卷一引此曲爲【又一體】，題注："馮補。"眉批："比前曲(【青歌兒】正格《殺狗記》"三杯酒")，第三句不用韻，少'伊來害我'(第四句)一句。"《六十種曲》本《尋親記》第七齣《傷生》存録此調二支，題【青香兒】，第一曲與此句字與此略異。第二曲，《寒山堂譜》、

《寒山曲譜》、《定律》、《大成》卷二均列此爲【青歌兒】之【又一體】，與第一曲同格。

【花犯撲燈蛾】

【中吕過曲】【撲燈蛾】前程萬里遥，須是趁年少。早伸擎天手，青雲有路終須到。時乖運蹇，淺水怎遭蝦笑。時來運到，一躍龍門變化早。【花犯】願此行名利就，稍寸進便回報。望兄長和尊嫂，【撲燈蛾】看承二親年老。時乖運蹇，寶劍光射斗牛。時來運到，奮迅風雷上碧霄。　　明傳奇《凍蘇秦》，《正始》頁405

《正始》題注："一名【海棠枝上撲燈蛾】，一名【鮑老撲燈蛾】，又名【麥裏蛾】。"尾批："此調，按元譜原題一調四名，今蔣、沈亦然，但不應置於十三調【雙調】内，今特查正移歸"；題中"海棠""鮑老""麥裏"，不解何謂，即【撲燈蛾】句法亦不相似，【花犯】當犯【纏枝花】；"余今細查新舊諸譜，皆未見有此調，因悟其必犯句也。今按律推之"。則此調久已罕見。《寒山曲譜》、《大成》卷十【中吕過曲・撲燈蛾】均引此前八句爲【又一體】，獨立成曲；《寒山曲譜》又引後八句爲【前腔】。雖然如此二曲末四句極近似，却是將集曲一支改爲隻曲二支。此仍從《正始》。

【金絡索】

【南吕過曲】【擊梧桐】言之真可憐，兒不識親爹面。我約略儀容，説與親兒看。他身材小更短，【東甌令】瘦容顔，白面微鬚一雙清秀眼。寬衣博帶儒生扮，【懶畫眉】只怕流落他鄉不似前。【金蓮子】堪憐念，【針綫箱】孩兒不識，使母難言。　　明傳奇《尋親記》，《正始》頁602

《正始》題注："正又名【金索挂梧桐】。"列此爲第三格，題注："此格共只五調，且以【針綫箱】爲束尾。今《沈譜》題作【金甌綫解酲】，不必。”《沈譜》卷十七、《新譜》卷十八均以此題【商調過曲·金甌綫解酲】，《大成》卷五十八則題【金甌針綫解】，題注：“舊名【金甌綫解酲】。”均以“只怕”句入【針綫箱】，“堪憐”三句入【解三酲】，與此不同。

【宜春令】

1.【南吕過曲】兒今去，讀聖書，步花街穿柳衢。人煙聚處，市井闤闠。書生輩，學堂中俱是富室之兒，猛聽得讀書聲沸。我只得，引領孩兒，步入街除。

2.【南吕過曲】爹容貌，兒一般，得相逢在途路間。若還認得，怎生拆散？只愁他寄迹深院，何由得尋方覓便？倘得見，如何説得，許多根源？

明傳奇《尋親記》，《正始》頁 663

《正始》列第一曲爲第二格，題注：“第三句變爲六字二截。”尾批：“此調乃《尋親記》二十四折之詞。”列第二曲爲第三格，題注：“第五句减爲四字，三曲皆然。然此係第二十九折之詞。”《寒山曲譜》存此第一曲，入【又一體】，尾批：“舊本‘市井闤闠’下，無‘書生輩’三字，今從俗。‘穿柳衢’，‘著’字後人添。”《六十種曲》本《尋親記》第二十四齣《就教》有此第一曲，無“著”字而有“書生輩”三字；第二十九齣《報捷》亦“三曲皆然”。

【花心動序】

【仙吕入雙調過曲】一個書生，不分貧守分，要應科詔。貧似范丹，志邁班超，枉自取人譏誚。休笑（原空二格），登金步玉男兒志，須向堂前稟告。上青霄，且趁雙親未老。

明傳奇《凍蘇秦》，《正始》頁 1015

《正始》列此爲例曲，眉批：“‘譏誚’下原脱二字。”尾批：“按此調他處皆作【引子】，比如元傳奇《蔡伯喈》之‘幽閣深沉’，又元傳奇《王十朋》之'適遣匆匆'，皆爲【引子】。但《王十朋》此引，按古本原文止有上截六句，後至改本《荆釵記》續補後截之四句，然皆不用腹中之二字之句，且於末煞下外添'會合仙宫'四字。據今《凍蘇秦》本而作【過曲】，但於第六句下亦減去二字之句。然今《金印記》直削去前六句，止於'登金'句起，至末煞下亦添'鳳儔年少'四字，與改本《荆釵記》同體。但不當改題爲【菊花新】。即以【菊花新】本調律之，仍不合體，致此調【引子】【過曲】兩非也。"《大成》卷三引此曲，題【仙吕過曲】，署《金印記》，句字與此有所變化。《重校金印記》第十齣《别親赴試》以此破爲二曲，前六句題【花心動】，減去第七句二字之句，後四句題【前腔】，末煞下添"鳳儔年少"，正《正始》所批評者，但未改題【菊花新】。

【芙蓉花】

【南吕調近詞】一株樹開兩樣花，人面有高和下。懊恨當初，錯把親兒(原作"花貓")打。教三叔勸取孩兒，似鬼門前空占卦。休恨我年老爹娘，一筆都勾罷。　　明傳奇《凍蘇秦》，《正始》頁 1174

《正始》列此爲第二格，題注："此格北調體。首二句及第六句皆變作六字，第五句變爲五字。"頁 1328 引末句，頁 1330 引此第二至第四句，"懊恨"前空一格。查鄭騫《北曲新譜》【正宫・芙蓉花】，首爲二個六乙句，下作"$4_{\triangle}$，$5_{\triangle}$"三聯，與此相近。然北曲極少使用此調。《大成》卷十八引録此曲，入【大石調過曲】，署《金印記》，與此襯字均作實字。

【金鳳釵】

【羽調近詞】……蘭房，懨懨倦起春晝長，呢喃燕子語畫梁，不由人不斷腸。……(合)珠淚兒鎮垂兩行，花箋更不來半張。鐵打心腸，王魁模樣。坐裹行裹，多多少少恓惶。

明傳奇《(梅)竹姻緣》，《正始》頁 366

《正始》【仙吕過曲·四時花】尾批:"第三【錦添花】,合於明傳奇《竹姻緣》之云云。"此題當漏一"梅"字。《正始》頁 1262【羽調近詞·金鳳釵】題注:"又名【錦添花】。"尾批用此第六至第九句,又云:"下調《梅竹姻緣》套,亦共四闋,然其第一曲亦與上格《芙蓉仙》始調同體,今不録。"另三曲題署"元傳奇",則此爲【過曲】始調無疑。錢南揚《輯佚》注:"此四曲原分述春、夏、秋、冬四季,此曲中有'春晝長'語;次曲《正始》又明注'第二曲',則此曲必爲第一曲'春'無疑。"既後三曲題署"元傳奇",則此曲亦當屬之,故此或是誤署"明傳奇"。此姑乃舊題,依例存録。

【拗芝麻】

【道宫調近詞】西山日漸沉,此際端不可。暑氣炎,宜趲步,早去尋安下。樵叟閉柴門,牧童歸草舍。古寺鐘敲數聲,野水無人渡。

明傳奇《陳光蕊》,《正始》頁 1286,《舊譜》卷一頁 75

《正始》列此爲第四格,題注:"第八句六字,即'花間酒一壺'體。""花間酒一壺"爲元散套《勞生擾擾》【拗芝麻】首句。《沈譜》卷一同,然入【仙吕】。

【尚如縷煞】

【般涉調近詞】從今酩酊眠芳草,高把銀燭花下燒。韶光易老,休把春光辜負了。

明傳奇《子母冤家》,《正始》頁 1302,《盛世新聲》酉集頁 522

格式:$7_{\triangle}$,$7_{\triangle}$。$4_{\triangle}$,$7_{\triangle}$。　　4 句

《正始》列此爲例曲,題注:"'料峭東風'是其【引子】,'東野翠煙消'是其【過曲】。"《盛世新聲》酉集、《詞林摘豔》卷二、《大成》卷十六等録其全套。《正始》頁 1312【小石調近詞·雙煞】引元傳奇《吕蒙正》

集曲"來朝同往入丹墀"爲例曲,其所集第二曲即【尚如縷煞】,與此同格。《沈譜》目録《尾聲格調》、《新譜》卷二十六亦以此爲例曲,《沈譜》題注:"【中吕】有二樣,此係低一格【尾】,'料峭東風'尾文是也。【般涉】同。"《大成》題【仙吕過曲·意不盡】,與此同。

《訂律》無此調,《附録一》僅存用此末二句之殘曲。

【金蓮帶東甌】

【南吕過曲】【金蓮子】婚姻及時需揣度,這場事務非小可。良媒證,一心託付,【東甌令】豈容仍前執滯更差訛,身後事如何?

《黄孝子》,《沈譜》卷十二頁 401

格式:$7_{\triangle}$,$7_{\triangle}$。3,$4_{\triangle}$,$7_{\triangle}$,$5_{\triangle}$。　6 句

集曲:前用【金蓮子】《張協狀元》【同前换頭】體首四句,後用【東甌令】《鸞凰同聘》體末二句。

《沈譜》、《新譜》卷十二、《寒山曲譜》俱以此爲例曲。

《訂律》無此調。

【花郎兒】

【正宫過曲】【福馬郎】萬里長空收暮雲,海島冰輪駕,碾碧天。【水紅花】故人千里共嬋娟,阻關山。【紅衫兒】争奈皓月團圓,人又未圓。嫦娥在月裏孤眠,受淒涼萬千。【北紅衫兒】是處排佳宴,咱獨守深閨院。鎮日裏,悶煎煎,甚日重相見?自埋怨,枉教奴,卜盡金錢未還。

明傳奇《凍蘇秦》,《正始》頁 145

格式:$7_{\triangle}$,5,$3_{\triangle}$。$7_{\triangle}$,$3_{\triangle}$。$6_{\triangle}$,$4_{\triangle}$。$6_{\triangle}$,$4_{\triangle}$。$5_{\triangle}$,$5_{\triangle}$。3,$3_{\triangle}$,$5_{\triangle}$。$3_{\triangle}$,3,$6_{\triangle}$。　17 句

集曲。始用【福馬郎】前三句,次用【水紅花】第四、五兩句,再用【紅衫兒】第六至第九句,末八句用北曲【紅衫兒】全部。

《正始》列此爲例曲，題注："俗謂【二犯朝天子】，謬。"眉批："'雲'《沈譜》作'煙'，韻雖叶，非原文。'争奈'《沈譜》作'雖然'，文理未嘗不可，但亦非原文。""凄凉萬千"後尾批："此調按《凍蘇秦》原本每曲之下半截尚有北調【紅衫兒】一闋，古人所謂南北合調者也。向被改本《金印記》直削去之，致今人皆不識其全調。今附補於下，以備好學者識之。"《重校金印記》第二十九齣《焚香保夫》録此全曲，正題【二犯朝天子】。又《簡譜》卷七【朝天子】尾批："舊譜以爲南曲無【朝天子】之名，非也。《金印記》'萬里長空收暮雲'一曲，雖係犯調，顧首五句標明【朝天子】，與此曲句法同，是南曲明明有【朝天子】矣。但北入【中吕】，南入【南吕】，句法絶不相類而已。"查諸譜之所謂【朝天子】及【二犯朝天子】，僅見於此，除此即無，故可言南曲無【朝天子】。此從《正始》。

《訂律》無此調。

【泣秦娥】

1.【正宫過曲】記十年勤苦在螢窗雪案裏，正桃花春浪，一躍化龍魚。感天恩相眷，娶得一個如花似玉嬌顔女。得蒙刺史新除，腰金衣紫，擁朱旛畫戟榮鄉裏。想成人也是詩書，想誤人也是詩書。

明傳奇《陳光蕊》，《正始》頁 202，《定律》卷二頁 334

2.【正宫過曲】此身若不去科舉，都去淺耕深種，村落修已。養北堂萱草，啜菽飲水須盡禮。向階下戲舞斑衣，只爲名韁利鎖，閃得他孤館無依倚。只恨海闊天高，我難寄鯉魚一紙。

元傳奇《元永和》，《寒山堂譜》卷二頁 679 下半葉，《定律》卷二頁 333

格式：$7_{\triangle}$，4，$4_{\triangle}$。5 乙，$7_{\triangle}$。7 $乙_{\triangle}$，4，$7_{\triangle}$。6，$6_{\triangle}$。　10 句

《正始》第一曲題注："此調與【中吕調·宫娥泣】，後半皆似【泣顔回】句法。"《舊譜》卷二、《沈譜》卷四、《新譜》卷四、《寒山堂譜》、《寒山曲譜》、《定律》、《大成》卷三十一均以第二曲爲例曲，《舊譜》失署，《沈譜》《新譜》俱署"無名氏"。《沈譜》眉批："用韻甚雜。"《新譜》題注：

“犯【中吕】，當名【秦娥泣】。”眉批：“‘泣’字犯【泣顔回】無疑，但‘秦娥’正調無考耳。”《寒山堂譜》第二曲題注：“十句，五十七字。”尾批：“此調，《新譜》注犯【泣顔回】。後半曲疑是，前半曲將何着落？豈有【泣秦娥】只此半曲？即然，曲之相似者多，若【高陽臺】之前半與【晝錦堂】前半同，【黄鶯兒】後半曲與【簇御林】後半同。何必更疑？予故如此點板，稍以别之。”《寒山曲譜》署无名氏，尾批同《寒山堂譜》。《定律》《大成》署“散曲”，《定律》尾批：“此曲，《沈譜》云：‘末四句似犯【泣顔回】。’板式不同，可以不必。”《定律》又以第一曲爲【前腔】，《大成》作【又一體】。《簡譜》卷五引第一曲爲例曲，尾批：“此曲末四句，或云犯【泣顔回】，欲凑合【泣秦娥】之‘泣’字，作爲犯曲，然則前六句所云‘秦娥’，又何指也？余意不如作正曲爲是。首句應平平仄仄平平仄，此則不合。”當視此爲隻曲，不必作集曲觀。

《訂律》無此調。

【金梧歌】

【商調過曲】【梧葉兒】傷秋暮，赴瓜期，一似張翰憶蓴鱸。【六么歌】羈情盼，利名拘。【淘金令】舉頭縹緲，白雲無數。轉眼阻隔，家鄉何所？

明傳奇《崔君瑞》，《正始》頁 711

格式：$3_{\triangle}$，3，$5_{\triangle}$。3，$3_{\triangle}$。4，$4_{\triangle}$。4，$4_{\triangle}$。　9句

集曲。前用【梧葉兒】首三句，次用【六么令】第五、六兩句，後用【淘金令】末三句，末句增一字破作八字二句。

《正始》列此爲例曲，題注：“【六么歌】即【六么令】别名。”《定律》卷十、《大成》卷五十八均引此爲例曲，署《江天雪》，題【梧葉入江水】，以首五句入【梧葉兒】，末四句用【五馬江兒水】，句字與此有所差異。

《訂律》無此調。

【供玉枝】

【仙吕入雙調過曲】【五供養】兒今大魁，懊恨你爹身，流落天涯。只愁你娘做他人婦，爹做死屍骸。【玉交枝】誰想守節婦教子成大才，背生兒尋父臨邊界。【五供養】提起當年事，淚盈腮，骨肉相逢，喜中變哀。

明傳奇《尋親記》，《正始》頁 947

格式：4，4，$4_{\triangle}$。5，$5_{\triangle}$。$7_{\triangle}$，$7_{\triangle}$。5，$3_{\triangle}$，4，$4_{\triangle}$。　11 句

集曲。用《正始》【五供養】《蔡伯喈》體，僅以第六、第七兩句易以【玉交枝】第五、第六兩句。

《正始》列此爲例曲。《沈譜》卷二十、《新譜》卷二十三均題此曲入【二犯五供養】，署《周孝子》，章句犯調與此有所變化：末二句入【月上海棠】。《沈譜》眉批："此記與《琵琶記》皆古曲，觀此【五供養】與【月上海棠】合調，益信'貧窮老漢'末句亦犯【月上海棠】矣。""貧窮老漢"，見《元本琵琶記校注》第五齣《伯喈夫妻分别》，原題【五供養】，當是【供養海棠】之誤。《定律》卷九、《簡譜》卷八以此爲例曲，題【五枝供海棠】，亦以末二句入【月上海棠】。《六十種曲》本《尋親記》第三十二齣《相逢》引此題【五供養】。

《訂律》無此調。

【東風令】

【仙吕入雙調過曲】【忒忒令】誰想被官司妄拿？竟不審事情真假。若論知見，並没一個。【沉醉東風】他終日受波查，况兼饑餓，被逼勒只得把虚詞來供寫。他威臨勢加，受不過萬千拷打。怎敢不低頭，在他檐下。

明傳奇《尋親記》，《正始》頁 961

格式：7 乙$_{\triangle}$，7 乙$_{\triangle}$。4，4。6 乙$_{\triangle}$，4，7 乙$_{\triangle}$。$4_{\triangle}$，$4_{\triangle}$。4，$4_{\triangle}$。

11 句

集曲。前用【忒忒令】《蔡伯喈》體首四句，後用【沉醉東風】《蔡伯喈》體末七句。

《正始》以此爲例曲。《定律》卷九、《大成》卷四均存録此曲，《定律》題【令布東風换頭】，然又未録始調；《大成》即題【仙吕過曲·令布東風】。《六十種曲》本《尋親記》第十三齣《發配》亦存此曲，題【沉醉東風】，句字與此有所變化。

《訂律》無此調。

【花嚴海會】

1.【不知宫調過曲】軒轅黄帝，道德尊仙，鼎湖龍去幾千年。湖水朵紅蓮，仙家好洞天，也么咳。　明傳奇《蘇武》，《正始》頁1360

2.【雙調過曲】朝游北海暮蒼溟，曾見黄河幾度清。(合)道者若來相問訊，橋邊黄石是我名。　《牧羊》，《定律》卷九頁560

3.【雙調過曲】青牛老子，道法無邊，筆端曾著五千言。(合)元元又元元，又元元，函關紫氣連。《牧羊記》，《大成》卷六十三頁5254

格式：4，$4_{\triangle}$，$7_{\triangle}$。$5_{\triangle}$，$5_{\triangle}$，$3_{\triangle}$。　6句

第一曲，《正始》、《定律》卷九均引爲例曲，《大成》卷六十三入【又一體】，與《定律》均署《牧羊記》，第五句疊用"朵紅蓮"一句，删減末之三字句。第二曲，《定律》入【又一體】，《大成》則引爲正格，署《香囊記》，與此僅首句同，後三句作："袖裏龍蛇膽氣粗。(合)三醉岳陽人不識，朗吟飛過洞庭湖。"《大成》引第三曲亦入【又一體】。

《訂律》無此調。

【長污歌】

【大石調引子】多想那佳人，今朝一定爲姻契。

《教子》，《定律》卷五頁644，《大成》卷十七頁1836

格式：5，$7_{\triangle}$。　2句

諸譜未見此調著録。

《訂律》無此調。

【金雲令】

【雙調過曲】【金字令】懨懨瘦損，那值春光盡。羅衣寬褪，早是神勞頓。能消得幾個黄昏，目斷行雲。【駐雲飛】人遠天涯近，嗏，則索自温存。但出閨門，【金字令】影兒般不離身。從見了那個人，兜底便可親。（合）詠月新詩，詠月新詩，依着前韻。

《西廂》，《定律》卷九頁637，《大成》卷六十四頁5290

格式：$4_{\triangle}$，$5_{\triangle}$。4，$5_{\triangle}$。$4_{\triangle}$，$4_{\triangle}$。$5_{\triangle}$，嗏，$5_{\triangle}$。$4_{\triangle}$，6 乙$_{\triangle}$。$5_{\triangle}$，$5_{\triangle}$。4,4,$4_{\triangle}$。　16句

集曲。前用【金字令】首六句，次用【駐雲飛】第四至第七句，後用【金字令】末六句。

《定律》《大成》均以此爲例曲。《大成》"影兒"三句入【四塊金】，末三句入【柳摇金】，餘同。其他諸譜未見此調之著録。錢南揚《輯佚》、《全元戲曲》卷十二均失收此曲，亦可補之。

《訂律》無此調。

【花叢道和】

【羽調過曲】【四時花】千般慮，萬種愁，都在停針時候。我兒夫去也不回，離懷怎不擔憂？未審何由，【道和】將姑婦厮禁囚，這寃家幾時休。【勝如花】織作坊未曾罷手，針刺字又來纏頭。淚血交流，【四季花】擺不去千生萬受。咱空受苦，怎知他下落存亡回否。

《牧羊》，《定律》卷十二頁211，《大成》卷七十八頁6542

格式：3，$3_{\triangle}$，$6_{\triangle}$。7 乙，$6_{\triangle}$。$2_{\triangle}$，$5_{\triangle}$，$5_{\triangle}$。7 乙$_{\triangle}$，7 乙$_{\triangle}$。$4_{\triangle}$，$4_{\triangle}$。

4,6△。　　14句

集曲。前用【四時花】首六句,次用【道和】第三、四兩句,再用【勝如花】第七至九句,後用【四季花】末三句。

《簡譜》卷十引此爲例曲,犯調與此同。尾批:"此以【四時花】爲主,而別犯他曲者也。止有此體。末二句按【四季花】格,應作環調,此在犯調中略可通融也。"

問題是集曲依照慣例不可再犯他曲。而在此四曲中,戲文【四時花】爲集曲組曲,《正始》頁 367【四時花】尾批:"此調用四時花名合成一調,故總題曰【四時花】。今俗名【四季花】,亦可。"則【四季花】乃【四時花】之別名。《正始》列【四時花】爲單支集曲,例曲已是"明傳奇《尋親記》";且不見【四季花】獨立單曲之例。【四時花】【四季花】作爲隻曲,均始見於《沈譜》,都使用明曲之例。如此,則此曲定爲明代新創曲調。如果此調爲元代曲調只有一種可能,即據《正始》頁 367【羽調過曲·錦添花】題注:"此四曲總題,即全套【四時花】,又名【金鳳釵】。"這樣,此曲所犯之【四時花】【四季花】,當爲隻曲【金鳳釵】之別稱。驗之,首六句與末三句均與【金鳳釵】正格相同。此雖然强爲一解,畢竟又與原曲題署章調不合。姑仍舊名,以存原貌。

《訂律》無此調。

九　筆

【紅衫兒】

1.【南吕過曲】正值凄凉□時運,少年受盡摧殘。奈眼前一時貧苦。猛思起蘇老尚書,有人情往還。不免去叩謁尊顏,借盤纏便還。

明傳奇《崔君瑞》,《正始》頁 674

2.【南吕過曲换頭】休怪人欺侮自恨家無主，因你父他鄉娘獨自。你便打死我的孩兒，有誰來救取？且寧耐到義館攻書，休得要懶癡。(合)若得你一舉成名，那時誰不來敬你？

《教子》，《定律》卷八頁 301，《大成》卷五十頁 3932

《正始》以第一曲爲第二格，題注："第三、四併爲七字一句。今之改本《荆釵記》亦然。"眉批："'時'字上原脱一字，俟續。"第二曲爲【换頭】格。《大成》引第二、第三兩曲作【又一體】，與此句字略有差異。

【紅綉鞋】

1.【中吕過曲】壽爐寶篆香消，香消；壽桃簇擁堪描，堪描。斟壽酒壽杯高，歌壽曲奏仙韶，齊祝願壽山高。

明傳奇《蘇武》，《正始》頁 392

2.【中吕過曲】聽一派鳳管鸞簫，見一簇翠圍珠繞。捧玉樽酒頻倒。歌金縷舞六么，任明月上花稍，月上花稍。

《子母冤家》，《舊譜》卷三頁 120，《盛世新聲》酉集頁 522

第一曲，《正始》以此爲例曲，題注："此調與【南吕宫・金錢花】别在第五句六字七字。"《定律》卷六引此曲，句字與此頗多變化。第二曲，《舊譜》失署出處。《寒山曲譜》題【中吕過曲・紅綉鞋】之【又一體】，署"散曲"，第一、第二句下各增重疊末二字一句，無末句四字。此較【紅綉鞋】正格，首二句後各減省一個二字疊句，末尾又增一個四字疊句，故錢南揚《輯佚》頁 6 注："'鳳管鸞簫'句下應疊'鸞簫'兩字一句；下句'珠繞'兩字同。"據《盛世》《摘豔》等曲選，當是戲文《子母冤家》"東野翠煙消"套中之過曲。《輯佚》所補者正與《大成》卷十六同，僅減省末句。

【風入松】

1.【仙吕入雙調過曲】和伊攜手到庭幃，天生一對夫妻。雙雙共入蘭房裏，青春一對相宜。(合)願銅壺莫嫌漏催(原作"陋摧")，百歲裏效于飛。

2.【前腔】天交百合夫妻，好一似牛郎織女來相會。同歲同月又同時，何須把紅葉題詩。(合前)

《沉香》，《風月錦囊·全家錦囊》卷十九頁 388—389

此二曲參見【南吕過曲·紅衲襖】《沉香》説明。

第一曲與《正始》正格僅第二句增一字，第四句減一字，餘同，故仍其舊題。第二曲原失題，《全元戲曲》卷十二頁 569 補【前腔】，是。

【柰子花】

【南吕過曲】保正身役難當，差科日夜常忙。修築瓠子多勞攘，那由咱半點説謊。(合)差遲，只落得取着吃棒。

《尋親記》，《大成》卷四十九頁 3803

《大成》以此爲【又一體】，尾批："首二句應七字句，此減一字，皆作六字句；第三句係八字句，減作七字句。乃變體也。"較之《正始》正格《王十朋》體，是。

【亭前柳】

【越調過曲】北海牧羊群，待羝羊乳放回程。充饑皆草木，相親是猩猩。告天，告天天不應。好傷情，怎禁得兩淚盈盈。

明傳奇《蘇武》，《正始》頁 835

《正始》以此爲例曲。《定律》卷十三引此爲第二格，與此句字、正襯有所不同。《大成》卷二十四爲【又一體】，與此略異。

【香柳娘】

1.【南吕過曲】秀才且聽説，秀才且聽説，權到小茅舍，胡亂歇休淚撇。再戰再北，再戰再北，若得運來時，發迹有功烈。漫傷心哽咽，漫傷心哽咽，莫怨身遭困厄，還有泰來時節。

明傳奇《凍蘇秦》，《正始》頁551

2.【南吕過曲】你一身扭械，你一身扭械，開眼覷着你頭怎擡，掤扒弔打如何捱？我無錢計囑，我無錢計囑，要見你怎生來，饑寒共守七八載。今日你做囚徒，我不得同受狼狽。歎一家破敗，歎一家破敗，骨肉何時再諧，傷心垂淚。

3.【前腔】看他們説拜，看他們説拜，夫妻兩口真可哀，便是鐵心腸見了愁無奈。略寬伊半晌，略寬伊半晌，把繩索權放開，若還果有啣冤債，何不到官司去申訴來。謝監牢憫哉，謝監牢憫哉，骨肉一朝通泰，感恩難載(原作"再")。

明傳奇《尋親記》，《正始》頁552

4.【南吕過曲】我孩兒守羊，我孩兒守羊，食氈仗節有誰見？知多應餓死做沙場鬼。且寬心忍耐，且寬心忍耐，造物自度時，我一身共你相依倚。你若向陰司，我也難留在陽世。歎冤家聚會，歎冤家聚會，何時散離，各出珠淚。

《牧羊記》，《寒山曲譜》頁364，《大成》卷五十頁3874

5.【南吕過曲】我尋思道理，左難右難真可悲，到不如我死免得相牽繫。我尫羸病體，我孩兒又遭禍危，孤身旦夕難存濟。畢竟我委做絶祀孤魂，你也做無家計奴婢。(合)歎冤家聚會，何時散離，各出珠淚。

《牧羊記》，《大成》卷五十頁3875

《正始》列第一曲爲第三格，題注："第四句變爲六字二截，五、六疊句皆□("減")作四字。"列第二曲爲第四格，題注："第八句下增八字二句。"列第三曲爲【前腔】第五格，題注："第七句下增七字一句。"

第四曲,《寒山曲譜》以《琵琶記》"看青絲細髮"爲正格,尾批:"古無重句,今從俗。"列此爲【又一體】,尾批:"此體,他本所無。《牧羊》係元曲,存之。"故存録之。《定律》以第四曲爲【又一體】,以第二曲爲【又一體】之【前腔】。《大成》卷五十引後兩曲,均入【又一體】。《六十種曲》本《尋親記》第十二齣《省夫》存録【香柳娘】五支,第二曲爲首支,第三曲爲第四支,均以末四句入(合頭)。

【紅衲襖】

1.【南吕過曲】没由來教我淚如血,十上萬言書被丞相攔住。不肯奏上黄金闕,囊篋裹罄無些。妻不下機,嫂不爲炊,父母不共説。激得我惡氣填胸,不如早喪黄泉去也。

2.【南吕過曲】漫嗟呀休恁説,那丞相好奸邪。賺了英雄輩,三千里程途跋涉。你兄嫂忒驕奢,您父母直恁見淺生冷熱。你一貌堂堂,怎做匹夫,爲謀計拙?　　明傳奇《凍蘇秦》,《正始》頁548

3.【南吕過曲】小娘子聽我言,家住揚州高田縣。小人姓劉名喚昔,要往東京求應舉。怎知日晚天下雨,暫此借一宿,明日便離去,伏望娘行憐念取。

4.【前腔】念奴家村店居,我夫兒也是君子儒。一去求官往帝都,幾回空把歸期數。如今去六七載,書信並全無,睹物傷情也,交奴家淚滴如珠。　　《沉香》,《風月錦囊·全家錦囊》卷十九頁385

《正始》列第一曲爲第五格,題注:"此格比上四格大不同。"列第二曲爲第六格,題注:"除却首二句及五、六句,餘者皆不同。"後二曲,《全元戲曲》卷十二頁565認爲《風月錦囊》卷十九所録《劉錫(原作"昔")投店》一齣,題《沉香》,當即宋元舊篇《劉錫沉香太子》。黄仕忠《拾遺》亦以此即爲《南詞叙録·宋元舊篇》著録之《劉錫沉香太子》,"此戲僅錦本收録《劉錫(昔)投店》一齣"。孫崇濤、黄仕忠《箋校》:"《沉香》,《南詞叙録·宋元舊篇》著録之《劉錫沉香太子》一種,當即其祖本,但佚没已久。……錦本所摘《劉昔投店》一段,實爲早期《沉香》戲文僅存文字。按錦本稱劉昔爲揚州府人；揚州，元稱'路'，明稱'府'，故錦本當已是經過明人改訂的本子。"後者所言，更加圓通妥帖，從之，故録於此。此與《正始》【紅衲襖】第四格《蔡伯喈》體十分接近，較《正始》【南吕過曲・青衲襖】《拜月亭》體則第七句後少四字一句，故從原題。第四曲原失題，據譜補之。

【紅芍藥】

1.【南吕過曲】負屈啣冤，蒼天也知道。閃得我撲撲簌簌淚痕交，尋思痛定噎倒。算來此事難恕饒，拔刀出斷不入鞘。你如今真個待殺小兒曹，只得把冤屈事赴聲高。　明傳奇《陳光蕊》，《正始》頁 681

2.【南吕過曲】只恨我時乖，作事不應口。不成就，秀才每所行忒煞謬，范丹怎想望封侯。伊往常胡自逞，今日裏出場弄醜。不度己，不自料，不知羞，枉笑破人口。

3.【前腔換頭】少甚么富室豪門，功名分不能得勾。清茶淡飯不自守，取得這場落後。也常怕府門低小，也常怕折殺爹娘年老。吃欺凌，吃薄賤，吃僝僽，要追悔無由。　明傳奇《凍蘇秦》，《正始》頁 682

此曲，《正始》題注："與【中吕調・紅芍藥】不同。"列第一曲爲第二格，題注："末句變爲六字二截。"尾批："此調末句，必五字爲正體，六字者敗格也。今時譜從坊本，以此末句改作'拚得個人怨也聲高'，雖五字，非古本原文也。"然《正始》頁 1342【高平調過曲・十二紅】尾批："【南吕・紅芍藥】與【中吕・紅芍藥】不同。今本曲而合元傳奇《陳光蕊》此調末三句云：'你如今待殺小兒曹，只得把冤屈事赴高聲。'"《正始》以此曲"元""明"雜題，定有一誤。《舊譜》卷四題注："此曲與【中吕・紅芍藥】不同。"末句作"只得把冤屈事負聲高"；《沈譜》卷十二、《新譜》卷十二、《大成》卷五十末句均作"拚得個人怨也聲高"，均《正始》所批評者。可見在流傳過程中，此曲的變異較大。《舊譜》、《沈譜》、《新譜》、《寒山曲譜》頁 360、《定律》卷八均以此爲正格，《沈譜》尾批："《荆釵記》亦有此調，但第三句云：'却將王士宏改除授饒'，則當點板在‘王’字、‘除’字、‘改’字上，而‘饒’字下又有一截板，與此微有不同。未知孰是，今依舊譜存此。”《新譜》眉批對此已作詳細説明。《寒山曲譜》署《荆釵記》，《定律》署《梅嶺》，《大成》署《江流記》，此從《正始》《沈譜》。趙景深《考略》、錢南揚《輯佚》、《全元戲曲》卷十二亦屬《江流》。《考略》尾批："末句《江流記》是‘只拚得個人怨也聲高’，較好。”此乃明之時譜、坊本改文，《正始》已有考辨。《正始》列第二曲爲第四格，題注："按古本原題實【紅芍藥】，但與上三格大不同，況與【中吕宫】益不同。今《金印記》改作【掉角兒】，然其面目尚存，豈可以古調蔑如矣乎？"尾批："末處雖似【皂角兒】句法，然非其煞句。凡犯調，絶無以腹作煞之理也。"是。第三曲題注："第五句變爲七字。"查《重校金印記》第三十八齣存録【掉角兒】四支，較此不同。

【風淘沙】

【正宫過曲】骨肉團圓知甚日，冷清清怎將息。蝴蝶夢中難尋覓，阻隔關山心似戚。奔波在路中，把少年虚擲。負春花，誤秋月，成頭白。人生最苦是名利，後算來後何意。

《江流記·留戀祖席》，《雍熙樂府》卷十六頁 397 上欄

錢南揚《輯佚》頁 172 注末句云："此句下一‘後’字疑誤。"參見【正宫過曲·陽關三疊】《江流》考辨。趙景深《考略》頁 73 引此曲，無"中"字，二"後"字均作"漫"字，餘同。

【香羅帶】

【南吕過曲】深蒙尊意憐，恩似海山。想奴宵春暮牧誰顧盼，今朝幸得遇慈顔也。收留佛院，遭驅虜受千羞萬慚。奴家命蹇，也不須怨天。教奴離鄉背井受熬煎，總使奴今日裹還鄉，怎能夠地府兒夫與奴重相見。

明傳奇《黄孝子》，《正始》頁 558

《正始》列此爲第七格，題注："第八句變七字，其下又增四字一句。"

【紅獅兒】

【中吕調近詞】【紅衫兒换頭】評論，被儒冠誤身，一言間分訴不盡原因。休悵望堂堂大丈夫，須當奮力終身。【獅子序】没奈何時間且受貧，終須際會風雲。羞殺我不遇蘇秦，早學取登壇韓信。有誰學漂母，哀取王孫。

明傳奇《崔君瑞》，《正始》頁1138

《正始》列此調爲【换頭】第二格，題注："第二句句節不同。此格【獅子序】從第四句起。"較正格《吕蒙正》【前腔换頭】"聽啓"，第二句五字句改作五乙句，第三、第四兩個四字句併作一個七乙句，增第六、第七兩句，餘同。

【柳絮飛】

【小石調過曲】疾忙修築河堤，河堤。管取目下完備，完備。並力同心去修理，要救百姓民居。萬事免災危，一縣始平治。

《尋親記》，《大成》卷三十七頁3307

【柳梢青】

1.【仙吕入雙調過曲】今日試展開旛，看來煞富貴。正新除政事廉能，黎民總喜。今日在畫堂深處，賤累得蒙望周庇。（合）廣設華筵，暢飲高歌，大拚沉醉。

2.【前腔第三】簇簇草舍疏籬，人家半掩扉。江邊旅艇漁舟，聚於沙尾。羈情悄悄，奔往前途，要趕孩兒，稱咱心意。（合前）

明傳奇《陳光蕊》，《正始》頁1009

《正始》列第一曲爲第三格，題注："第五六、七八皆併爲七字一句，末句減四字。"列第二曲爲【前腔】第四格，題注："此格除却首末二句，餘皆《羅惜惜》體。此套共四曲，第二與第一同，第四與第三同。"據《正始》頁1010【仙吕入雙調過曲・柳摇金】尾批，集曲【柳摇金】犯此體。《舊譜》卷十、《沈譜》卷二十、《定律》卷九、《簡譜》卷八録此第一曲，《定律》入【雙調過曲】。《簡譜》尾批："此與詩餘絶不相同，聯套内亦不多見，蓋快板曲也。首句應叶。'黎民'句可加三襯字，與上句對。'廣設''暢飲'二句不叶。"較之《正始》及此第一曲，首句不必叶。《新譜》卷二十三【月上海棠】眉批："原【柳梢青】一曲，無板，且調不甚叶，删。"《大成》卷六十三引此二曲爲例曲，與此僅句字略異，亦題【雙調過曲】，題注："與【小石調】正曲同，與【中吕宫・引】不同。"

【風檢才】

【南吕過曲】帶領一簇騎兵，騎兵。把守邊關寨營，寨營。緊要關津牢把定，往來有，暫留停。驗文書，即放行。

《牧羊記》，《定律》卷八頁322，《大成》卷五十頁3908

《定律》以《梅嶺》"任滿回程舉鞭"爲正格，尾批："此曲，首句、二句如下曲有重二字者，末句或重或不重皆可。"以此爲第二曲，尾批："此曲首句、二句，如上曲不重亦可。"《大成》引此曲爲正格，題注："'檢'，一作'簡'。"以"驗"字爲"檢"字。

【香歸羅袖】

【仙吕過曲】【桂枝香】金爐香冷，銀釭燈燼。離人怕到黄昏，又早黄昏光景。怨孤眠鳳幃，愁欹鴛枕，【皂羅袍】我欲圖一覺，捱他寒更。陽臺争奈夢難成，【袖天香】今有相思令，心歸門裏，放秋上心。問道思量甚，我便只思量着那個人。

《江流記》，《舊譜》卷一頁83，《沈譜》卷一頁147

格式:4,4$_{\triangle}$。6,6$_{\triangle}$。4,4$_{\triangle}$,4,4$_{\triangle}$。7$_{\triangle}$,5$_{\triangle}$。4,4$_{\triangle}$。5$_{\triangle}$,5$_{\triangle}$。

14句

集曲。前用【桂枝香】首六句,次用【皂羅袍】第二至四句,後當用【袖天香】末五句。

《舊譜》題注:"【桂枝香】頭,【皂羅袍】中,【袖天香】尾。"《沈譜》、《新譜》卷一與此同。《定律》卷四、《寒山曲譜》與此均僅增疊第五句,犯調標署則大異:前用【桂枝香】首七句,次用【香羅帶】第五、第六兩句,次用【醉扶歸】末二句,再次用【皂羅袍】第五、第六兩句,後用【桂枝香】末二句。《定律》題【香歸雙羅袖】,《寒山曲譜》題【醉歸羅袍香】。

此曲主要有兩個問題。1.【袖天香】問題。《沈譜》眉批:"此調,據舊譜載之。但【袖天香】本調無從查考,且中段三句亦不似【皂羅袍】,闕疑可也。"《定律》《寒山》標署雖覺繁瑣,但却解決了【袖天香】於戲文及南曲諸譜無考的難題。2. 此曲歸屬問題。《舊譜》《沈譜》《新譜》《寒山》《定律》俱題《江流》。《盛世新聲》酉集、《雍熙樂府》卷十六、《詞林摘豔》乙集均有【金落索】"春來麗日長"套,《雍熙》題名《愁悶》,《摘豔》題《題情》,首曲【金落索】,《舊譜》卷七、《沈譜》卷十七、《新譜》卷十八俱歸爲《詐妮子》,而此【香歸羅袖】爲第二曲。錢南揚《輯佚》頁275故改此曲歸《詐妮子》:"案:《江流記》殷氏思夫,她當時知道丈夫已死,應用死别口氣,而此曲説的却是生離,與殷氏口氣不合。故從選本歸入《詐妮子》。内務府寫本《江流記》襲用舊曲,竟將此曲入第十四齣,答殷氏唱,這是上了曲譜誤題的一個大當。"《全元戲曲》卷十二頁484尾注:"《舊譜》《新譜》等五種曲譜皆題作《江流》,而各譜大多直接擷自原劇,至少曾加審核,應非誤題。雖内容略與本戲情節牴牾,但我們畢竟不知原劇全貌,故不可輕易否定諸譜之説。"黄仕忠《拾遺》也認爲:"判此曲歸於《詐妮子》,實證據不足。因爲《舊譜》《沈譜》《新譜》《寒山譜》《定律》《大成》等同引此曲而均題作《江流記》,諸譜所録曲文,雖間有因襲,大多仍依戲本重新考索過,故不當有訛。倒是曲集完全有可能是從兩劇中摘取隻曲而雜湊一起。"此觀點更爲平實、允當,故仍依原題。

《訂律》無此調。

【香風俏臉兒】

【南吕過曲】【香羅帶】冤家主意偏，不容勸諫。花枝樣好兒成逼遣，進無門路退無緣也。只得拚一命，喪黄泉，如今隨波逐浪魂魄遠。【刮地風】指望你終身養老，誰想半路輕捐。思量起，俏臉兒，【黄鶯兒】怎不教人可憐。　　明傳奇《黄孝子》，《正始》頁 562

格式：$5_{\triangle}$，$4_{\triangle}$。$7_{\triangle}$，$7_{\triangle}$也。3，$3_{\triangle}$，$7_{\triangle}$。4，$4_{\triangle}$。3，3，$6_{\triangle}$。　12 句

集曲。前用【香羅帶】首至八句，然以第七、第八兩個四字句併作七字一句；次用【刮地風】第五至八句，後用【黄鶯兒】末句。曲中即有“俏臉兒”三字，爲唱本調。

《正始》以此爲例曲。尾批：“【刮地風】用《拜月亭》格，【黄鶯兒】用《王十朋》格。”《沈譜》卷十二、《新譜》卷十二均引此爲例曲，然題【二犯香羅帶】，題注：“一名【香風俏臉兒】。”眉批：“查《舊譜》，亦不明注犯何調，今不敢妄擬。”《舊譜》卷四題【香風俏臉兒】，題注：“即【二犯香羅帶】。”以散曲“桃花已亂零”爲例曲，均未分章析調。《新譜》眉批：“馮亦未詳。”《寒山曲譜》、《定律》卷八亦題【二犯香羅帶】，然《定律》“指望”二句爲【孤飛雁】第五、第六兩句，“思量起”三句爲【望吾鄉】合至末句，章調與此有所不同。《寒山曲譜》删去“只得拼一命”三句和【刮地風】牌名，“俏臉兒”二句併作一句，“思量起”二句入【銷金帳】，尾批：“名爲‘二犯’，實是‘一犯’，誤將‘終身養老’二句，作一牌名耳。不知【香羅帶】有此體者。”查【香羅帶】《劉智遠》體、《張資》體，均將始調第五、第六兩個三字句增字作四字二句。

《訂律》無此調。

十　筆

【浪淘沙】

【越調引子】烏兔走如飛，寒暑相催。浮生能有幾閑時？緑鬢朱顏應不再，悟今是昨非。

《江流》，《舊譜》卷六頁 167，《沈譜》卷十五頁 493

【剔銀燈】

【中吕過曲】《易》乃是陰陽之制度，《書》乃是聖人之正事。《毛詩》聖人之情性(原作“往”)，《春秋》聖人之喜怒。《禮記》，聖人之次序，五經中各有出處。《沉香》，《風月錦囊·全家錦囊》卷十九頁 385—386

此曲參見【南吕過曲·紅衲襖】《沉香》説明。與《正始》【剔銀燈】《拜月亭》體同，典型的以文爲曲。

【祝英臺】

【越調過曲】楚漢英雄今何在，……

明傳奇《羅囊記》，《正始》頁 823

《正始》以【祝英臺】《蔡伯喈》“把幾分”爲正格，尾批：“【祝英臺】首句三字一聯，是其定式。而今之本曲而用散套體，……甚至《羅囊記》誤認爲七字句法，遂有云云之文句，可笑。”原未題時代，然《正始》

頁 1032【漿水令】引"明傳奇《羅囊記》"为例曲，故此記實明傳奇，故補題。參見【仙吕入雙調過曲・惜奴嬌序】《高漢卿》考辨。錢南揚《輯佚》失收此殘曲。

【神仗兒】

【黄鐘過曲】孀居數載，别無親的，只有我兒。教子一經成器，便有黄金白玉，滿堂堆積。争如母恁賢慧。《江流》，《舊譜》卷五頁 158

較之【神仗兒】正格，此調首、末二句均不用疊句。

【馬鞍兒】

【羽調近詞】曉鶯隔葉嬌聲囀，時聞得間啼鵑。掠波燕子如雙剪，入雕梁朱簾半捲。還過重重村落，又行來攘攘區廛，消停飽玩頻留戀。非同向日，倉皇袒跣。陽和老，寒氣淺，鶯花如錦絮如綿。（合前）　　《黄孝子》，《沈譜》卷三頁 176，《大成》卷七十八頁 6556

《沈譜》列此爲正格，題注："'兒'，一作'子'。"（合前）用前曲【羽調近詞・慶時豐】之（合頭）三句："揚征袖，行步展，傍花隨柳過前川。"《新譜》卷三承之，改題【馬鞍兒犯】，題注："原作【馬鞍兒】，今增定。"以"陽和老"以下六句入【排歌】。《定律》卷十二、《簡譜》卷十引此爲例曲，題【羽調過曲・馬鞍歌】，署《節孝》，以前九句爲【馬鞍兒】全，後六句入【排歌】。《大成》題【羽調過曲・馬兒三囑歌】，署《節孝記》，爲集曲：前用【馬鞍兒】首七句，次用【三囑咐】第三句，八字截作四字二句，後用【排歌】末六句。尾批："此曲原名【馬鞍兒】，與正曲内【馬鞍兒】中段句法不同，况結尾處集【排歌】末六句。蔣、沈二譜收作【羽調】正曲，《南詞定律》更名【馬鞍歌】，入在集調，其説近是，但用【馬鞍兒】全闋，又蹈一頭二尾之弊。今以【三囑咐】第三句，换出【馬鞍兒】之尾，改名【馬兒三囑咐】，始爲妥協。"然已失舊貌矣。較之《正始》【羽調近詞・馬鞍兒】正格《樂昌公主》體，此前九句同，後六句則入【排歌】；《新譜》《定律》《大成》《簡譜》均改其名，是。此姑仍原名。

《訂律》此曲無犯調體。

【倒拖船】

【雙調過曲】把守邊關二十年，二十年。不知他覓了幾文錢，幾文錢。如今年老全無用，酒醉終朝打夥眠，腰跎背曲苦難言。（合）如今拚却殘生命，殺却南蠻萬萬千。　《牧羊》，《定律》卷九頁 555

《定律》以此爲【又一體】，尾批："此曲即如【黄鐘宮・小引】之類，乃作家隨口念者，多少皆可，無甚關與宮譜也。"

【破第二】

1.【仙吕過曲】爲築河堤無錢使，去求告張敏借錢歸。誰知虚填了，空頭文契，又把他人殺死。誣告你爹，做殺人重罪。

2.【前腔】他計囑官司，把你爹屈打認罪。後來又逼我成婚，只因你在娘身已。無可推辭，只得把花容割破，方得兩分離。只這臉上刀痕，是你傷心痛處。　《教子記》，《寒山曲譜》頁 606

3.【仙吕過曲】蕭條破窑，多想是身不穩。是誰扣門，聲聲早以回應。試開門，想是兒夫，歸來恁緊。原來是院子梅香，前來問訊。

《綵樓記》，《寒山曲譜》頁 608

原均題【破二段】，較《正始》，即【破第二】，故據譜改。第一曲合併前四句作七字二句。第二曲原緊綴第一曲，考之曲譜，實合【破第二】原調，故據律破立一曲，題名【前腔】。然【破第二】聯用兩支，僅見於此。第三曲第五句省減一字，餘同。《大成》卷二十五引此三曲，題【越調過曲】。合第一、第二曲爲一支，與此僅句字略有不同；第三曲以【入破】"凍雲癡"曲末之"踏雪來尋"五句爲此首五句，當是錯簡。

【倒接鮑老催】

【黄鐘過曲】【合頭】勸君放懷，不必嗟怨時運乖。常言否極當泰來，枯木逢春花再開。浪飲酒，高歌唱，休憔悴。人生怎逃百年外，無常到來空番悔，請放却腰間帶。【换頭】紅日正升，皓月又返。明裏去，暗裏來，把朱顔改。勸君了却冤家債，新愁舊恨都寧耐，順造物安排在。

明傳奇《蘇武》，《正始》頁65

格式：4△，7△。7△，7△。3，3，3△。7△，7△，6乙△。4，4△。3，3，3△。7△，7△，6乙△。　18句

《正始》題注："(合頭)在前，【换頭】在後，故名。"列此爲第二格，題注："(合頭)第三句下增七字一句，【换頭】首二句皆減爲四字。"《新譜》卷十四有此調，以舊散套《凝雲集》"寶杯滿勸"爲例曲，即《正始》之正格，題注："馮補，云：'倒接二字未詳。'"則據馮氏《墨憨齋譜》補，已不詳曲名何義；其眉批引此【换頭】首二句，然實已不知此曲如何結構。《寒山堂曲譜》卷五引【换頭】起後半截，署"元傳奇《牧羊記》"，題【鮑老催】，題注："八句，三十一字。"尾批："此格不若《拜月亭》爲正，知音者自識。"《大成》卷七十引此(合頭)部分，題【鮑老催】之【又一體】；引【换頭】部分，題【要鮑老】之【又一體】，均署《牧羊記》。《蘇武牧羊記》第十八齣《望鄉》引此破爲二支，題【鮑老催】，句字與此變化較大。要之：此曲以【鮑老催】(合頭)十句爲上截，復增一【前腔换頭】爲下截，合此兩段而成此一曲，故名"倒接"；時譜、時作已多不識此調。

《訂律》無此調。

【破鶯陣】

【正宫引子】【喜遷鶯】塵鏡羞鸞，寶釵分鳳，困花愁柳。拍塞悶懷，先自是多憂多病，那更遭着深秋。【破陣子】寒雁來時書難就，縱書就教

他何處投。【喜遷鶯】凝眸處，對斜陽衰草，離恨悠悠。

明傳奇《蝴蝶夢》，《正始》頁 129

格式：4，4，$4_{\triangle}$。4，4，$6_{\triangle}$。$7_{\triangle}$，$7_{\triangle}$。3，5 乙，$4_{\triangle}$。　11 句

集曲。用【喜遷鶯】首六句和末三句，中間穿插採用【破陣子】第三、四兩句。

《正始》題注："第二句減爲四字。"始調爲五字。《定律》卷二引此爲例曲，與此同。

《訂律》無此調。

【桃花山】

【越調過曲】【小桃紅】和你同甘共苦，受盡饑寒，誰想到遭磨難也。此去程途，有誰見憐？何況涉山川。披枷鎖，捱風霜，這苦我也無由見也。我這裏孤單伊怎管，【下山虎】一旦恩情斷，再合甚年？只指望結來生未了緣。

明傳奇《尋親記》，《正始》頁 812

格式：4，$4_{\triangle}$，6 $乙_{\triangle}$ 也。4，$4_{\triangle}$，$5_{\triangle}$。3，$3_{\triangle}$，$3_{\triangle}$ 也。$7_{\triangle}$，$5_{\triangle}$，$4_{\triangle}$。$7_{\triangle}$。　13 句

集曲。前用【小桃紅】首十句，後用【下山虎】末三句。

《正始》列此爲正格，題注："【小桃紅】涉《蘇武》《拜月亭》《明珠記》三格。"據此當首三句用《蘇武》格，次三句用《拜月亭》格，後五句用《明珠記》格。然以三格新成一格，似乎拚湊；且《明珠》晚出，不當为前作範本。故不必如此繁雜，可只與正格《拜月亭》相比較：第一句破七字句而成四字二句，減省第九句三字而为襯字，第十句增一字，餘同。《定律》卷十三引此爲【又一體】，《簡譜》卷十引此題【桃紅虎】，與此僅句字略異。《六十種曲》本《尋親記》第十三齣《發配》題此【小桃紅】，句字與此有所變化。

《訂律》無此調。

【海棠春前】

【雙調引子】與人謀事須終始，不終始非爲男子。

明傳奇《趙氏孤兒》，《正始》頁 877

格式：$7_{\triangle}$，7 乙$_{\triangle}$。　　2 句

《正始》另有【雙調引子・海棠春後】，題注："此體獨用者多。"尾批："合(原作"换")此前、後全詞與詩餘同，但惜不同於一處。比如秦少游之詩餘云：'流鶯窗外啼聲巧，睡未足把人驚覺。翠被曉寒輕，寶篆沉煙裊。'……時譜僅收此始調，【换頭】移。"如此，【海棠春前】用同名詞調上闋之首二句，【海棠春後】用同名詞調上闋之後二句。僅見《舊譜》卷九【雙調引子・海棠春】《殺狗記》"奴家貌美多聰慧"一例用全調。

《訂律》無此調。

【索兒序】

【商調過曲】金刀割股，提起心先軟。我身體髮膚，傷毀應難免。婆婆伏枕病難痊，辜負三年乳哺天。寧甘受死要救姑殘喘，終不然惜着一片皮膚把姑命懸？休執戀，把肉來割下救姑痊。

《牧羊記》，《新譜》卷十八頁 17 上半葉，《大成》卷五十七頁 4668

格式：4，$5_{\triangle}$。$4_{\triangle}$，$5_{\triangle}$。$7_{\triangle}$，$7_{\triangle}$。$7_{\triangle}$，$7_{\triangle}$。$3_{\triangle}$，$7_{\triangle}$。　　10 句

《新譜》以此爲例曲，題注："據馮補。"眉批："馮云：《牧羊》古曲，其題【索兒序】，必有所本。詞隱疑即【金絡索】別格，後二段各一句無收拾，故不取。不知'婆婆伏枕'四句，何嘗與【金絡索】同耶？"詞隱所言，參見《沈譜》【商調過曲・金甌綫解酲】尾批；《新譜》尾批："此即墨憨所收【索兒序】也。"當得於《墨憨齋譜》，且以爲犯【金落索】，解釋牌名中"索"字來源問題。《定律》卷十、《大成》均引此爲例曲，與此同。

《訂律》無此調。

十　一　筆

【望遠行】

【仙吕引子】名韁利鎖，歷盡程途悽楚。翠減紅銷，何日此身安妥。過了疊疊山崖，又見迢迢野渡，回首望長安日下。

明傳奇《陳光蕊》，《正始》頁 268

《正始》列此爲第二格，題注："前四句與上格大不同。"《舊譜》卷一、《沈譜》卷一均引此爲例曲，《沈譜》題注："與詩餘全不同。"《新譜》卷一引沈璟《珠串記》"三冬二酉"爲例曲，眉批："原曲韻雜不足法，録先生傳奇易之。"

【梁州令】

【正宫調慢詞】雨漆雲膠情意密，記那日分離。這情懷惟有老天知，俺這一個心腸，都做了，淚珠兒。　明傳奇《綉鞋記》，《正始》頁 1067

《正始》列此爲例曲，題注："與九宫【正宫・梁州令】，止争第四句句法。"《正始》引《劉智遠》"孩兒一貌本天然"爲【正宫引子・梁州令】例曲，第四句作三字，餘與此同。趙景深《考略》頁 118："按散曲【刷子序】詠戲名有'綉鞋兒范四郎成契姻'句，疑指此《綉鞋記》，可能還是宋元戲文。如是的話，則此劇男角應爲范四郎。又《南詞新譜》卷七録有《紅綉鞋傳》，不知也是此《綉鞋記》否？有曲【太平賺】。"錢南揚《輯佚》頁 265 亦録此二曲，並有較此更加詳細一些的説明。《全元戲曲》卷十二以此劇屬明傳奇，故已删此二曲。此姑從《考略》《輯佚》，存録備考。

【惜奴嬌序】

1.【仙吕入雙調過曲】陶徑非遥，看黄舒鶯羽，白吐鵝毛。不敲羯鼓，今早滿籬開了。香飄，好似當初，棉絲步障一般鮮巧。（合）色更嬌，偏把九月重陽的酒巵相照。

2.【前腔换頭】妖嬈，一個楊奴，到吾家砌下，鬬色争嬌。臨風不語，應是他有情含笑。堪描，無異唐宫，昨夜晚粧殘了。（合前）

明傳奇《高漢卿》，《正始》頁 1019

3.【仙吕入雙調過曲】寒檠光炯，搜聖經道藴功在，鑿壁囊螢。温故知新，自然的精玅入神。五經，天下雍穆，萬古昇平，問蒼天何故困豪英。（合）惟願取，朱衣頭點，雁塔名題。

4.【前腔换頭】香閨，更闌夜静，頓使情思精神，恍惚不定。龍鳳香團，又非熊膽和丸助勤。堪稱，你是孤兒，我是寡女，一般情况兩心知。（合前）

5.【前腔换頭】可欽，到有萬種妖嬈，千般丰韻，惹起我心猿意馬兩難禁。好似嬌滴滴一朵海棠花，玲瓏剔透千金價，可惜他流落在野店孤村。何幸，他做個落花有意，我做個流水無情，則待要賢賢易色戒吾心。（合前）

6.【前腔换頭】試聽，他清朗書聲，咿唔難近，不日裏風雲會上鵬程。待學取那斷機羊子妻箴。虧心，又何須紅葉題詩，不必藍田種玉，成就了幽期密約百年盟。（合前）

《神女塵緣》，《大明天下春》卷八頁 608

《正始》以《王十朋》“只爲家道貧窮”爲例曲，第七句七字，第八句作六乙句。列第一曲爲第三格，題注：“第七句減爲四字，第八句雖六字，句節不同。”第二曲題注：“第八、九句同前。”第三曲較《正始》正格《王十朋》體，第二句增三字，第七、八兩句爲破一個七字句而來，餘同。

《正始》有署《高漢卿》三曲，此兩曲題“明傳奇”，【仙吕過曲・勝葫蘆】却題“元傳奇”。錢南揚《輯佚》頁 126 尾批：“這兩曲同屬一套，劉公唱，賞菊之辭。惟《正始》都注‘明傳奇’，不知是否即《羅囊記》中曲，可惜没有《群音類選》來對照一下。”對此，趙景深《考略》頁 10 已有考定：“此劇即是《南詞敘録》列入本（明）朝的《高漢卿羅囊記》，似非元人劇本。鄭振鐸《中國文學史》第四册記邱濬《羅囊記》條云：‘胡文焕《群音類選》存《相贈羅囊》《春遊錫山》《劉公賞菊》《羅囊重會》四齣，叙的是以一個羅囊爲姻緣的綫串之戀愛劇。’《南音三籟》卷上有《羅囊記》‘春遊’，當即《春遊錫山》。今《南戲拾遺》所録的【惜奴嬌序】及【换頭】，應是《劉公賞菊》裏的。”錢先生《戲文概論》頁 112 也已改正，列入“明初戲文”；《全元戲曲》卷十二《輯佚説明》、黄仕忠《拾遺》均已有考辨，是。此依例存録。

後四曲出處，參見【仙吕入雙調過曲・窣地錦襠】《神女塵緣》考辨。原題【本序】，據曲譜改題。所謂“本序”，《沈譜》卷六【念奴嬌序】眉批：“引子是【念奴嬌】，而此曲即【念奴嬌序】，故曰本序，非别名本序也。”參見正編【念奴嬌序】説明。此前爲【窣地錦襠】【玉抱肚】各二支，後即接此四曲，故題【本序】，此據譜改。第四曲（合前）後有“惟願”二字，第五、六兩曲後有“惟願取”三字，當均爲提示（合前）之簡語，故可删去。

【梧葉兒】

1.【商調過曲】恨只恨咱每悔氣，今日裏撞着伊。忍餓更擔饑，又不得一文錢鈔，受了多少虧。這苦難提，血淚交流滿肚皮。

明傳奇《蘇武》，《正始》頁 709

2.【商調過曲】你犯著殺人罪，配邊隅，今日裏怨著誰？又不是路上有花併有酒，一步做兩步移。（合）打你愚癡，那識人憐伊念伊。

《教子》，《定律》卷十頁 58，《大成》卷五十七頁 4667

《正始》列第一曲爲第五格，題注："首二句及第四句皆變，第三句《綵樓》體，五句《陳巡檢》體，第六句《王十朋》體，末句亦《陳巡檢》體。下格（【葉紅兒】）犯此。"頁932引此末二句。《定律》《大成》均引第二曲爲【又一體】，《定律》尾批："此曲以下三曲，板式俱同。或首句或三、四、五句中有多一二字者，並録以備查考。惟此曲於四句多一掣板，乃今時作者之陋規也，然通行已久，姑存之。"《大成》題注："一名【知秋令】。"尾批：諸曲"句法互有異同，亦復各成一體。填詞家審其所當，選用可也。"較爲通達。

【惜奴嬌】

【雙調引子】老子凄涼，歎門楣猶不在，病懨懨愁腸似海。事到頭來，且宜寬解。無奈，怎捱得形衰氣敗。

明傳奇《陳光蕊》，《正始》頁864

《正始》以《殺狗記》"堪限冤家"爲例曲，第五句作五乙句。列此爲第二格，題注："第五句減爲四字。"《舊譜》卷九、《沈譜》卷二十、《新譜》卷二十二均以此爲例曲。

【啄木鸝】

【黄鐘過曲】【啄木兒】蒙尊賜，豈敢辭，院君的釵兒是員外的。既割面回避惡名，死也難受你的東西。我兒幼小望你相憐濟，此恩勝似錢和米。【黄鶯兒】淚空滴有誰人不可憐，要相逢又被嫌疑。

明傳奇《尋親記》，《正始》頁83

《正始》列此曲爲第二格，題注："此【黄鶯兒】，《王十朋》體。"《六十種曲》本《尋親記》第二十二齣《誑妻》引此題【啄木兒】，作隻曲。

【情未斷煞】

【仙吕過曲】……一醉能消愁萬縷。

明傳奇《崔君瑞》,《正始》頁 373

《正始》引《蔡伯喈》"向人家忙投奔"爲例曲,尾批:"此末句平煞。明傳奇《崔君瑞》仄煞云云。"《新譜》卷三《【仙吕】【羽調】總論》【甘州歌】尾批:"徐稿《崔君瑞》尾曲末句云云,用仄煞,然必用上去乃妙。"

【梁州序】

【南吕過曲】謀心毒害,出言奸狡,怎不令人焦躁(原作"燥")。教伊禁口,猶兀自絮絮叨叨。他去開旛展戟,你肯依隨,也有個金花誥。仗此黑心一點,逞(原作"呈")英豪。十載青燈幾番惱,却難道,筆如刀。

《江流》,《舊譜》卷四頁 128

據趙景深《考略》頁 76,《江流記》未收此曲。錢南揚《輯佚》頁 168 已採録。

【望歌兒】

1.【越調過曲换頭】雖然,你若要重婚嫁,我也難將你管。與我難道他成人,説與他終身怨。我只怕他叫别人做爹爹,那時節忘了周維翰。

明傳奇《尋親記》,《正始》頁 786

2.【黄鐘過曲】艱難,我欲待隨伊去,又被官府牽。欲待拚死相隨,奈己身又將分娩。縱有孩兒,永不識父親之面。(合)生不能勾相看,和你同飽暖。死不能勾魂魄,和你相留戀。

《周孝子》,《沈譜》卷十五頁 528

《正始》以第一曲爲【换頭】第三格，題注："其第一曲與《蔡伯喈》【换頭】同，不録。今此格減第二七字一句，且第四、六句法互倒。"第二曲，《沈譜》以此爲【又一體】。《新譜》卷十六引此曲，題注："定作【换頭】。"正襯、板點與此有較大變化，眉批："此曲亦從馮改定腔板。如(始調)《琵琶記》【换頭】，並存備證。"《定律》卷十三引此入【越調過曲】，列【前腔换頭】例曲，正襯、句式與此有所不同。《六十種曲》本《尋親記》第十三齣《發配》存此二曲，以第一曲爲第二曲之【前腔】，實當均作始調之【前腔换頭】。

【連枝賺】

1.【黄鐘調近詞】玉骨冰肌，綵鳳虬龍共追隨。都撑四，其實不枉成連理。對良夕，誰更惜流霞泛金卮，唱徹樽前金縷衣。龍樓鳳閣，況占盡人間富貴，可人偎依。

2.【前腔换頭】怕更闌便與傳宣旨，詔諭銅壺漏聲遲。專停待(原作"侍")，朱唇歌盡昭陽意。那堪值，薄暮樓臺杏花飛，正是宜閑宜醉時。放着紅粧侍兒，怎便使玉山自頽，喜而無寐。

明傳奇《宣和遺事》，《正始》頁 1061

《正始》以此二曲爲正格，而以"元傳奇《司馬相如》"爲第二格，是以變爲正。

【惜花賺】

1.【仙吕調近詞】掩恥包羞，自慚迍邅不啷嚁。到家庭，進前幾步還退後。便低頭，父母跟前忙頓首，哥哥嫂嫂間别久。黑貂裘，破損襤褸，一似喪家之狗。

2.【前腔】聽兒分剖，我一心指望功名就。誰知昨上萬言書，被奸相擋住不肯奏。枉逗留，咸陽旅邸歲月久，金盡回來空素手。教人訕旨嗟吁，囊篋盡皆精無有，這般生受。

明傳奇《凍蘇秦》，《正始》頁 1120

《正始》列此爲第三格，題注："第九句減爲四字。"尾批："今《金印記》於'襤褸'下增'還如舊'三字，而合時格。"第二曲題注："第八句增爲四字，第九句仍七字，此與《吕蒙正》始調同體。"

【婆羅門賺】

【南吕調近詞】去程已趲，把行李都迭辦。望陽關，臨歧執手去意懶。淚偷彈，流入酥胸透膽寒。君去後，但只願早寄平安，休教人目斷南來雁。數歸期，金釵準備刻畫闌。恨不得上青山，化一塊頑石望你還，莫學王魁負義漢。我若忘情，須瞞不過青天湛湛。兩情牽絆。

明傳奇《崔君瑞》，《正始》頁 1188

《正始》列此爲第五格，題注："比《孟月梅》體，腹中增'君去後'至'金釵準備'五句，餘皆無異。"較正格《孟月梅》體，實增"君去後"至"化一塊頑石望你還"七句。

【衮第三】

1.【仙吕過曲】聽説痛言，聽説痛言，使兒心碎。二十載，娘受苦，兒未聞，逆天罪。恨張敏不仁，恨張敏不仁，把我爹行謀計，這奸賊。誓不同天，難容在世。　《教子記》，《寒山曲譜》頁 607

2.【仙吕過曲】娘聽告言，娘聽告言，相别後，容顔多消盡。深感謝伊，深感謝伊，冒冷來，雪滿頭，濕透鞋兒潤。聊表芹忱，聊表芹忱，玉粒專明贈，望笑留收領。我自先回你，復着舊徑。

《綵樓記》，《寒山曲譜》頁 608

原均題【衮三段】，較《正始》即【衮第三】，故據譜改。第一曲第

一、三兩句段首句用疊句，減第二句三字，第三、第四、第七句均用減字格。《大成》卷二十五引此兩曲，題【越調過曲】。第二曲前三句段首句用疊句，第十二、第十三兩句由“$6_{\triangle}$，$3_{\triangle}$”變爲五字二句。

【清江引】

1.【雙調過曲】嚴父在府，謝你周全不小，粉骨碎身恩難報。不因漁父引，怎得見波濤。(合)尋親見了骨肉團圓歡笑。

2.【雙調過曲】令尊在此留詩稿，離寒家不久休焦燥。你棄官尋父親，憐伊受劬勞。(合前)　　《尋親記》，《大成》卷六十三頁 5259

《大成》引此二曲均入【又一體】，尾批：“此調僅見，不可爲法。”與此句格略有不同，但變化軌迹可尋。

【梧蓼弄金風】

【商調過曲】【梧葉兒】衢州府，離家鄉，途路走忙忙。【水紅花】忽向丹霞樓過，笑殺孟知祥，當年瓜棗拜天皇，也囉。【柳摇金】(合)却憶相如詞賦，子美文章。緑暗紅稀，不覺客懷增壯。

《黄孝子》，《沈譜》卷十七頁 570

格式：3，$3_{\triangle}$，$5_{\triangle}$。6，$5_{\triangle}$，$7_{\triangle}$，也囉。4，$4_{\triangle}$。4，$4_{\triangle}$。　　11 句

集曲。前用【梧葉兒】首三句，次用【商調過曲・水紅花】末四句，後用【柳摇金】末四句。

《沈譜》以此爲例曲，眉批：“‘緑暗紅稀’一句，或即將‘子美文章’一句重疊唱，亦可。”《新譜》卷十八承之，題注：“犯【仙吕入雙調】。”眉批：“馮改此句(“子美文章”)作‘詞賦文章’，亦妙。”尾批：“馮云：末句本該六字，今將‘不覺’二襯字改作正書。”《定律》卷十引録此曲，然題【梧蓼摇金風】，與此章調同，句字略異。《簡譜》卷九題【梧葉花柳】，與此僅疊用“緑暗紅稀”一句，餘同。尾批：“此調舊名【梧蓼摇金風】，

與所犯各牌不合，爲易此名。”

《訂律》無此調。

【梁州錦序】

【南吕過曲】【梁州序】將無作有，心不如口，閃得我有國難投。從來剔透，不似這場落後。【刷子序】堪笑，我似癡貓空守，他却戀楚館秦樓自窨約。【錦纏道】這的是惺惺上，下場頭落的機搆。

明傳奇《蝴蝶夢》，《正始》頁 625

格式：4$_{\triangle}$，4$_{\triangle}$，6$_{\triangle}$。4$_{\triangle}$，6$_{\triangle}$。2，6$_{\triangle}$，7乙$_{\triangle}$。5，7乙$_{\triangle}$。　10句

集曲。前用【梁州序】首五句，次用【刷子序】第五至七句，後用【錦纏道】末二句。

《定律》卷八、《簡譜》卷七亦以此曲爲例曲。《簡譜》尾批：“此支用【錦纏道】是仄韻格，惟末句應七字上四下三。”此説可酌：“下場頭”是一詞，“的機搆”不成語，故此亦作七乙句。趙景深《考略》頁 119：“【梁州錦序】一曲像元人口氣，至遲也應是明初人所作的戲劇。”《全元戲曲》卷十二頁 582 據《大成》卷五十一，將末二字作“機彀”。

《訂律》無此調。

【清商七犯】

【商調過曲】【簇御林】兒生蹇，逢患難，甫三齡，把姻事攀。【鶯啼序】驀忽地四海干戈，不隄防一旦離亂。【高陽臺】心酸，親姑被擄遭逼趕，兩歲兒既長悲潸。【貓兒墜】居室，舍作僧堂，尋覓慈顔，【二郎神】不見母誓不回還。【集賢賓】爲父逼要我改調更弦，奴心愧赧，論貞女肯二天顔汗。【梧葉兒】淚斑斑，甘願與魚龍作餐。

明傳奇《黄孝子》，《正始》頁 728

格式：3$_{\triangle}$，3$_{\triangle}$，3，3$_{\triangle}$。7乙，7乙$_{\triangle}$。2$_{\triangle}$，7$_{\triangle}$，7乙$_{\triangle}$。2，4，4$_{\triangle}$，7

乙$_{\triangle}$。7 乙$_{\triangle}$,4,7 乙$_{\triangle}$。3$_{\triangle}$,7 乙$_{\triangle}$。　18 句

集曲。前用【簇御林】首四句,次用【鶯啼序】第五、六兩句,次用【高陽臺】第六至八句,次用【琥珀貓兒墜】末三句,次用【二郎神】第七句,次用【集賢賓】第四至六句,後用【梧葉兒】末二句。

《正始》以此爲例曲。《沈譜》附録、《新譜》卷二十五均存録此曲,入【不知宫調過曲】,然作隻曲,未分章析調。《沈譜》題注:"似屬【商調】。"《定律》卷十、《簡譜》卷九均引此爲例曲,署《節孝》,犯調亦有所不同:"不見"二句入【啄木兒】,"奴心"二句入【集賢賓】,"淚斑斑"句入【黄鶯兒】,末句入【鶯啼序】,然此則所集八曲,與"七犯"不合。

《訂律》無此調。

【覓花郎】

【南吕過曲】【柰子花】因他去減我風流,寄書來又添些憔瘦。歸期約定,九月重九,不覺得過了小春時候。【賀新郎】說來的話兒不應口,書在手,淚盈眸。

《西廂》,《定律》卷八頁 365,《大成》卷五十一頁 4019

格式:7 乙$_{\triangle}$,7 乙$_{\triangle}$。4,4$_{\triangle}$,7 乙$_{\triangle}$。7$_{\triangle}$,3$_{\triangle}$,3$_{\triangle}$。　8 句

集曲。前用【柰子花】首五句,後用【賀新郎】末三句。

《定律》《大成》均以此爲例曲。南曲他譜未見此調著録。

《訂律》無此調。

【貨郎兒】

【南吕過曲】長官每休得佯聾作啞,衆軍人不識高下。依吾勸各自散伙,休得要指鹿做馬。(合)你做馬,你做馬,執着鞭我便跨。你便跨,你便跨,好似狂風吹片瓦。《牧羊記》,《大成》卷四十九頁 3789

《大成》以此爲【又一體】,尾批:此調與正格"惟第七句及末句拈

異,餘句皆同。”《正始》頁534【賀新郎衮】題注:“即【麻郎兒】,又名【貨郎兒】。”引明傳奇《蘇武》爲第二格,與此僅第七句作七乙句,餘均同。則此與【麻郎】【麻郎兒】【賀新郎衮】實同調異名,姑存舊名以備考。

十 二 筆

【普天樂】

1.【正宫過曲】念卑人正值凄凉運,囊篋消疏盡。不辭遠路風塵,特來叩謁尊親。望見憐乞賜憐憫,略施點水之恩。扶危救急,效啣環結草,犬馬酬君。　明傳奇《崔君瑞》,《正始》頁162

2.【正宫過曲】蓼灘頭,蘋溪凹,波似縠山如畫。……

舊傳奇《黄孝子》,《正始》頁164

3.【正宫過曲】供狀人名張敏,年五十圖家慶。自不合强佔民房,高擡米價。又不合逼取婦人婚聘,私置水牢將人禁。是此供招,并無一字錯認。　元傳奇《教子記》,《寒山堂譜》卷二頁765下半葉

《正始》列第一曲爲第三格,題注:“第二句減作五字,第三、第六句皆變爲六字,又減去第七七字一句,第八減爲四字。”第二曲,《正始》【普天樂】第五格引《李玉梅》“四時歡”爲例曲,尾批:“起處作二聯句開,舊傳奇《黄孝子》之云云等句法門。”《寒山堂譜》列第三曲爲【又一體】,題注:“八句,四十四字。”尾批:“此曲恐有誤,姑附於此。”《寒山曲譜》與此同。與常格不同。

【黄鶯兒】

【商調過曲】……只望榮顯門閭。①

明傳奇《凍蘇秦》,《正始》頁 731

《正始》【黄鶯兒】尾批:此調束尾,於宋人詩餘原有奇、偶兩體,"後至元人,亦相祖之,施於此調,延於今時,亦多有效之者。比成化間有《凍蘇秦》此調末句云云。今之《金印記》削去'榮'字,仍作《蔡伯喈》體也"。查《重校金印記》第八齣存録【黄鶯兒】二支,與此不同。

【紫蘇丸】

【仙吕引子】九天降下徵賢詔,驛官催上長安道。畫堂中賀喜齊歡笑,綉幃中有人傳報。　　明傳奇《崔君瑞》,《正始》頁 273

《正始》列此爲第二格,題注:"第二句與末句,句節不同,且全調用去韻。"

【疏影】

1. 【黄鐘過曲】惟思馬援,習遺經教子勤讀,題柱相如當路過。一朝顯達登雲路,衣錦還鄉大大夫。(合)是吾,都只爲文章,把妻擔誤。

2. 【前腔换頭】蘇秦,懸頭刺股,後來相居六國,閉户袁安攻書

---

① 《風月錦囊·全家錦囊》卷三《蘇秦》五《托賣釵梳》存録【黄鶯兒】二支,其始調辭云:"婆婆聽分付,我官人要去京都,少些盤費難區處。釵梳付與,婆婆前去賣取,子細商量莫耽誤。(合)他忒狂圖,把(原作"杷")賣了,只望顯門閭。"末句作五字句,正《正始》所批評者。

賦。他每都志在還鄉故，偏我淹留在帝都。（合前）

元傳奇《還魂記》,《寒山堂譜》卷五頁 701 下半葉，
明傳奇《高文舉》,《正始》頁 93

格式:4,7 乙$_{\triangle}$,7$_{\triangle}$。7$_{\triangle}$,7$_{\triangle}$。2,5 乙,4$_{\triangle}$。　8句

《寒山堂譜》《正始》均以此爲正格,《寒山堂譜》題注:"七句,四十三字。"第二曲原題【其二】,據《正始》《沈譜》附録【不知宫調過曲】、《新譜》卷十四改。較此首二句破作"2,4$_{\triangle}$,6$_{\triangle}$"三句,餘同。據《寒山堂譜·譜選古今傳奇散曲集總目》,有《高文舉兩世還魂記》,故兩譜所録,實乃同劇。

此可補《訂律》一調。

【畫眉序】

1.【黄鐘過曲】我憐伊，免在他鄉做冤鬼。把繩索枷杻，盡皆脱去。逢大赦方可回歸，免教我一身連累。(合)悄如禽鳥脱籠去，飛到九霄雲裹。　元傳奇《教子記》,《寒山堂譜》卷五頁 699 下半葉

2.【黄鐘過曲】同上望鄉臺，翠幕高張玳筵開。幸相逢知己，共倒金罍。臺下列珠覆瑶簪，座間擁嬌娥粉黛。(合)這杯滿飲休辭醉，何妨暫解愁眉，

3.【其二】鰥生愧不才，歷盡艱辛受狼狽。對樽前歡笑，自覺含哀。念聖主閭閻懷憂，痛慈母倚門凝待。(合前)

元傳奇《牧羊記》,《寒山堂譜》卷五頁 699 下半葉

《寒山堂譜》《寒山曲譜》均列第一曲爲正格之【其二】,與始調同，與《正始》正格同;列第二曲爲【又一體】,較始調首句五字起句，餘皆同;列第三曲爲【其二】,題注:"字句同前。"尾批:"三字、五字起句，大意皆同。第五、第六是一聯。若用第三、第四曲，其曲體與此格相同。"則此調可聯用四曲。《定律》卷一引第三曲，與此同，尾批:"此曲首句亦有六字起者。"

【雁過聲】

1.【正宫過曲】思之這一籌，朝夕爲此擔身受，我身衣口食尚且不能彀。許多錢終不便干休，他來索錢教我如何措手。也不會思前算後，過了一日又添上一日利，早難道明日愁來明日愁。

2.【其二】何必恁過憂，也不將伊來僝僽，兩錠銀我自旋補凑。他道利錢并不收，終不然將虚言相誘。那其間只得告求，正是路當險處難回避，事到頭來不自由。

元傳奇《教子記》，《寒山堂譜》卷二頁 670 下半葉，
明傳奇《尋親記》，《正始》頁 173

3.【正宫過曲】花陰夜静禮碧空，正瑶天霧斂冰輪湧，只見風掃殘紅香階擁。好傷情，這堆積處似我眉峰，望東墻密意難通。(合)何日得魚水同，只索向夢兒中暫爾相和哄，你做了鏡内情郎，我做了畫兒裏愛寵。

《西廂》，《定律》卷二頁 291

《寒山堂譜》列第一曲爲【又一體】，題注："八句，五十字。"尾批："'思前算後'，歷查原本，只是四字，《松陵譜》添一'并'字以凑之。予謂《教子記》乃是元譜，恐未必差訛。寧别立一體，决不可贅字失古也。"第二曲題注："字句同前。"故即【前腔】。《正始》以第一曲爲第三格，題注："首句五字借【正宫調·雁過聲】《趙氏孤兒》始調體。"尾批對坊本修改第七句作七字句提出了批評。第二曲題注："首句亦《孤兒》體，第二、三句乃【正宫調】《現團圞》【换頭】體，四至終九宫【正宫】《唐伯亨》【换頭】體。"《沈譜》卷四、《新譜》卷四、《寒山曲譜》、《定律》卷二均列第一曲爲【又一體】，與此句字略異。《沈譜》首句眉批："此五字句也。"《定律》題第二曲爲【前腔换頭】，尾批："此曲與前曲俱同，惟五字起句。"《大成》卷三十一則引此二曲，均入【又一體】。第三曲，《定律》以"赤帝當權耀太虚"爲正格，與《正始》正格同，以此爲【前腔】，即同格，僅將末句七字句破作四字二句，第二、第三、第八句均增一字，餘均同。尾批："此曲末句雖異，襯字雖多，然板式皆同，不必另

爲一體。”

【番鼓兒】

【中吕調近詞】頓忘了千言萬語，頓忘了海誓山盟。頓忘爲你招魂，頓忘爲你成病。奏朱弦，排綺席，再得同歡慶。樂昌昔日重完鏡，那時節才道你有前程。

傳奇失名，《正始》頁 1135

格式：7 乙，7 乙$_{\triangle}$。6$_{\triangle}$，6$_{\triangle}$。3，3，5$_{\triangle}$。7$_{\triangle}$，7$_{\triangle}$。　　9 句

《正始》題注：“與【仙吕宫・番鼓兒】不同。比上【雙鸂鶒】止爭第四句五字、六字。”

此調僅見於此。既失劇名，又不言“元”“明”。陸侃如、馮沅君《南戲拾遺》卷上存録之，錢南揚《輯佚》、《全元戲曲》卷十二均不録。此姑從《南戲拾遺》，存録備考。

此可補《訂律》一調。

【喜還京】

1.【仙吕調近詞】黄郎漸長年弱冠，一心要覓慈顔。舍宅爲寺，斷葷素餐，誓不見親終不還。家道皆零替，郎行何日還？爲爹行逼嫁奴羞赧。

2.【前腔】……恩官仁惠，宜人量寬……①

明傳奇《黄孝子》，《正始》頁 1114

《正始》列第一曲爲例曲，題注：“與【仙吕宫・喜還京】不同。”尾

① 《古本戲曲叢刊》本《黄孝子尋親記》第十七折《投江》存録【皂羅袍】二支，其【前腔】辭云：“聽他言語堪羨，親兒女何忍竟自離間。你挑描刺綉可曾慣？且同我女隨茶飯。恩官仁惠，宜人量寬。女娘柔軟，小姐世罕，悄如兩朵奇花綻。”此與《正始》以爲【喜還京】之次曲已經不同。

批："'舍宅'二句，據《沈譜》襯'葷'字，不必，次曲此二句云云可證。"《正始》頁 178、頁 1116 均引此"舍宅"兩句。《沈譜》卷二、《新譜》卷二、《寒山堂譜》卷一、《寒山曲譜》、《大成》卷三均録此第一曲。《沈譜》題注："疑即【還京樂】，與九宫譜不同。"正襯與此略有變化。《寒山堂譜》尾批："此曲與【三囑咐】大同小異，與前體（【喜還京】正格元傳奇《東墻記》"去到書闈"）不同，殊可怪也。"《大成》題【三囑咐】，署《節孝記》，列【又一體】，尾批："其《節孝記》曲，蔣、沈二譜誤作【喜還京】，今爲改正。"據《正始》考辨，《大成》誤，仍當作【喜還京】。《簡譜》卷六引第一曲爲【喜還京】之【又一體】，尾批："此支較前曲大異，舊譜分列兩處，余爲合之，實即【三囑咐】也。"以增列【喜還京】之【又一體】而合併掉【三囑咐】一調。

【勝葫蘆】

【仙吕過曲】翻翻去也，冒雪衝冰，……

舊傳奇《蘇武》，《正始》頁 297

《正始》【勝葫蘆】尾批："此調除却第四句，每句有分作八字二句者。第一七字一句變爲八字二句者，有舊傳奇《蘇武》云云。"

【傍粧臺】

【仙吕過曲】宜人恩德浩如天，已分今生欲報更無緣。既大厦相遮庇，又六事每週全。常早晚厮陪伴，尋活計相扶援。光陰换，歲月遷，等閑緑鬢變華巔。

元傳奇《黄孝子》，《沈譜》卷一頁 130，
《寒山堂譜》卷一頁 651 下半葉

《沈譜》以此爲【换頭】格例曲，眉批："或將【傍粧臺】本調除去末後三句，以【望吾鄉】後三句足之，亦可。今不録。"《寒山堂譜》以此爲【其二】，《寒山曲譜》與此同。《新譜》卷一、《定律》卷四引此均題【傍

粧臺換頭】。《大成》卷一題注:"一名【臨鏡序】。"引此爲【又一體】,署《節孝記》,與此句字略異。尾批:"【傍粧臺】第一曲,首句三字,係正體。第二曲(即此曲)首句换七字句,係變體。"實用【前腔换頭】格。

【賀新郎衮】

1.【南吕過曲】這賊漢全無些道理,殺害我一家使婢。若把我男兒害取,我情願先投下水。休恁的,只爲你,只爲你龐兒俊美。

2.【前腔】這賊漢謀心恁地,把我妻輒欲騙取。只慮你懷胎在體,更兼我娘行老矣。休怨憶,莫怨誰,禍到臨頭怎避。

明傳奇《陳光蕊》,《正始》頁 534,《舊譜》卷四頁 136

3.【南吕過曲】這厮每輒敢膽大,軍情事把來當耍。逃遁的依律問罪,躲懶的如法吊打。你莫吊打,莫吊打,吊打時只得去躲。你去躲,你去躲,去躲時割了你的耳朵。　明傳奇《蘇武》,《正始》頁 534

4.【南吕過曲】這痛苦教人怎熬,惟有皇天可表。这兔兒委的拿了,甘受你繃扒吊拷。(合)擒住牢,扯住牢,怎得個人来救好。

《八義》,《定律》卷八頁 252

第一曲,《正始》、《定律》卷八列爲正格,《正始》題注:"即【麻郎兒】,又名曰【貨郎兒】。"《定律》題【恁麻郎】。《舊譜》、《沈譜》卷十二、《新譜》卷十二俱以二曲併作一支,《大成》卷四十九仍分作二曲,均題【又一體】。《大成》尾批:此調"與【恁麻郎】,惟以板式分别爲二曲,此《南詞定律》之見誠是。但不當將【貨郎兒】亦爲牽合,蓋【貨郎兒】前半段雖與【賀新郎衮】相似,其如後半段之不同乎?又與【恁麻郎】仿佛,後半段則不同"。趙景深《考略》頁 75 題第二曲爲【衮】,尾注:"此曲《江流記》略而不載。"第三曲,《正始》以此爲第二格,題注:"末句外有增三句,二曲皆然。"《沈譜》附録、《新譜》卷二十五均存録此曲,入【不知宫調過曲・貨郎兒】。《沈譜》題注:"疑與前曲(【不知宫調過曲・恁麻郎】)同一調,或傳刻誤耳。"《定律》卷八以此入【南吕過曲・貨郎兒】。《蘇武牧羊記》第六齣《過關》用【貨郎兒】三支,與第三曲僅首增三字一句,餘均同。《定律》以第四曲爲正格,題【賀新郎滚】,與第一曲同格。尾批:"此曲若依字句,與《江流》之【恁麻郎】一曲毫無所異,至於板式則大相差别,故列爲又一曲。譚譜有注云'此段《殺狗》《江流》《白兔》俱有,張以舊板点定有誤,特為查正,余增入以備一體'之語。若作【恁麻郎】,則不可改移板式,但通行已久,【恁麻郎】亦别有板式,故依譚譜。從俗点板,以'這痛苦教人怎熬'與'上告公公'二曲爲【贺新郎滚】,以'這厮每輒敢膽大',因其多句,爲【貨郎兒】,以'這賊漢全無些道理'與'我告你局騙人財禮'爲【恁麻郎】。如此庶不至一曲數名,而體數亦少也。"此皆晚明清初認識,就戲文而言,確爲一調數名,不必强分。

【集賢賓】

【商調過曲】奴聞院君賢慧也,將言苦諫多時。只爲花容恁遭際,今割破從此分離。難提怎語,怨只怨我兒夫做鬼,苦只苦我孩兒無倚。傷心處,提起舊恨新愁多少淚滴。　明傳奇《尋親記》《正始》頁745

《正始》列此爲第二格,題注:"第二句增爲六字,儘多,但不宜於第六句上增七字一句。"然此正增一句矣。

【勝如花】

【羽調近詞】負心的,天下有,不是這樣辜恩禽獸。漾了舊日恩情,戀新婚配偶,指望與他白頭相守。做了風中絮水上漚,無根萍不浪舟。崔君瑞憐新棄舊,鄭月娘出乖露醜,好教人難禁難受。怕什么嚴寒時候,三人同往蘇州。

明傳奇《崔君瑞》,《正始》頁1265,《定律》卷十二頁191

《正始》列此爲第二格,題注:"第四句變爲六字,第五減爲五字,第六、七變爲六字二截,末句減爲六字。"較正格《王十朋》體,第六句仍七乙，第七、第八兩句變成六字二截。《定律》、《大成》卷七十七、《簡譜》卷十俱署《江天雪》，題【羽調過曲】，列【又一體】，較此第十句下增"恨在心頭"一句，句字亦有差異。

【畫眉兒】

【道宫調近詞】動人萬般悽楚，離情怎躲。偶睹前村，水繞人家，畫橋風颭酒旗斜。好買三杯，消遣煩倦。

明傳奇《陳光蕊》，《正始》頁 1285，《舊譜》卷一頁 75

《正始》列此爲第五曲，題注："末句八字，《張文舉》體。"元傳奇《張文舉》【畫眉兒】"雁兒雁兒來也"爲此調第二格。《正始》【道宫調】目録【畫眉兒】題注："此調，今皆連上【雙赤子】統作【赤馬兒】，益謬。"《舊譜》、《沈譜》卷一、《盛世新聲》酉集、《雍熙樂府》卷十六【聚八仙】《投宿》俱以《正始》此曲與前二曲【應時明近】【雙赤子】和後之【拗芝麻】四曲合爲一曲，題【拗芝麻】。《舊譜》從"偶睹"作【么篇】，《沈譜》等則連貫而下，加【尾聲】而成一套。此從《正始》。趙景深《考略》頁74："錢南揚先生説：'此套《雍熙樂府》原題《投宿》，當是光蕊一行在旅途中唱。而《盛世新聲》題作《江流上路》，恐誤。'我以爲《江流上路》應從《江流和尚陳光蕊・上路》折來解釋，並不是江流尋母在路途中的意思。《盛世新聲》的原注並没有錯誤。"其實，《盛世新聲》無題，《江流上路》題名見《詞林摘豔》卷二。錢南揚《輯佚》頁 167 已作修訂。

【陽關三疊】

1.【正宫過曲】五馬行程擁畫戟，正是男兒方表詩書力，且匆匆南北爲行客。去開旛，治黎民，但守着寬平清白。看棠陰滿道側，有黄童皓叟歌德政，名聲指日達上國(原作"帝畿")。

2.【前腔換頭】生居宦門，千金嬌女，豈知一旦分南北。正無聊歎息，聞聽翠微啼著蜀魄（原作“魂”）。又此時添成怨憶，悶殺人只怕傷春，回首暗將珠淚滴。

《江流》，《舊譜》卷二頁 92，《雍熙樂府》卷十六頁 397 上欄

格式：7△，7△，7△。3，3△，7 乙△。5，7△，7△。　　9 句

第一曲，《舊譜》題注：“與【雁過聲】稍同。”《沈譜》卷四題注：“與【雁過聲】相似，恐是一曲二名。”句格與【正宮過曲・雁過聲】《唐伯亨》“赤帝當權耀太虛”同，然此用入聲韻。《寒山堂譜》卷二【正宮過曲・雁過聲】題注：“一名【陽關三疊】。”則此當是其别稱。第二曲原作【么】，與【雁過聲】《唐伯亨》之【第二换頭】“日長困人”，僅第八句句節不同，因改之。‘蜀魄’，原作“蜀魂”，失韻，據錢南揚《輯佚》頁 172、趙景深《考略》頁 73 改。《雍熙樂府》録此二曲，與【風淘沙】【一撮棹】【尚輕圓煞】五曲爲一套。《正始》頁 254 録【尚輕圓煞】，署“明傳奇《陳光蕊》”，題注：“末句減爲六字，‘五馬行春’是其過曲。”則此五曲當屬《江流》。

據《中國音樂詞典》，此最早爲唐代歌曲，根據王維《送元二之安西》詩並有所發展，因重複“西出陽關無故人”三次，故名。唐宋以來有多種唱法，現存琴譜共三十多個版本，分六種類型。《樂府詩集》卷八十《渭城曲》仍用原詩，題注述其唐代歌唱簡況。《全宋詞》存【古陽關】【陽關三疊】各一首，與此不同。北曲有此調，據燕南芝菴《唱論》“陝西唱【陽關三疊】”，時在西北地方傳唱廣泛，然其詞格與詞調不同，與此不同。《簡譜》卷一【驀山溪】尾批：“舊譜【催拍子】後，尚有【陽關三疊】一曲，即據王維‘渭城’一詩爲之增句成者也。余以北詞中用者甚少，且止宜琴調，不合弦索，因爲删去。”《北曲新譜》卷六以爲“宜琴調不合弦索”之説“至精”。《定律》卷二《殺狗記》“昨宵際晚時”並【前腔换頭】爲例曲，正是《寒山堂譜》卷二【雁過聲】正格二曲，然僅各截取前半，與此不同。

此調出唐曲，入琴譜，據王維詩歌奏唱；分途進入北曲與戲文，各不相同，北曲仍據王維詩演繹，戲文則泛詠離别；南曲承於戲文，多用【雁過聲】之名，此名漸隱，其格變異。

《訂律》無此【正宫過曲・陽關三疊】調名。

【黄龍捧燈月】

【黄鐘過曲】【降黄龍】孤苦伶仃，逢厄運方當，四海龍兢。兵戈擾攘，母子分離，各自逃生。【燈月交輝】被羈囚萬里難憑，遭擄掠一身誰拯？今忽遇，降隆恩如同再生。　　《黄孝子》，《沈譜》卷十四頁 477

格式：$4_{\triangle}$，4，$4_{\triangle}$。4，4，$4_{\triangle}$。7 乙$_{\triangle}$，7 乙$_{\triangle}$。3，7 乙$_{\triangle}$。　　10 句

集曲。前用【降黄龍】首六句，後用【燈月交輝】末四句。

《沈譜》、《新譜》卷十四、《定律》卷一、《寒山曲譜》、《大成》卷七十二、《簡譜》卷五均以此爲例曲。《大成》《簡譜》署《節孝記》。

《訂律》無此調。

【絳玉序】

【黄鐘過曲】【絳都春序】尊姑去遠，知他是甚日，能歸鄉曲。懊恨兒夫，萬里親顔何處睹。【玉翼蟬】漸年衰無嗣續，【畫眉序】因伊個捨死忘生，因伊個擔辛吃苦。謝天果得從人願，今日在故園完聚。

明傳奇《黄孝子》，《正始》頁 92

格式：4，5 乙，$4_{\triangle}$。$4_{\triangle}$，$7_{\triangle}$，6 乙$_{\triangle}$。7 乙，7 乙$_{\triangle}$。7，$6_{\triangle}$。　　10 句

集曲，前用【絳都春序】首五句，次用【玉翼蟬】第三句，後用【畫眉序】末四句。

《正始》以此爲例曲。《沈譜》卷十四、《新譜》卷十四、《寒山曲譜》、《定律》卷一、《簡譜》卷五亦引此爲例曲，均題【玉絳畫眉序】，惟《簡譜》題【玉絳畫眉】；前半與此不同：以"尊姑"四句入【玉漏遲序】，"萬里"二句入【絳都春序】，下半同。《沈譜》《新譜》均署《拜月亭》，《沈譜》眉批："'遠'字、'生'字、'願'字，俱不必用韻。"《新譜》題【漏春眉】，眉批："原名【玉絳畫眉序】。"《寒山曲譜》《定律》《簡譜》俱署《黄

孝子》。《寒山曲譜》【絳都春序】作【絳都春】，尾批："【换頭】不録。"則此調可連續使用。《大成》卷七十二引此題【漏遲柳眉序】，題注："舊名【玉絳畫眉序】。"署《節孝記》，較此以"萬里"二句入【三春柳】，餘僅句讀略異。《簡譜》尾批："此調極諧，……【玉漏遲序】犯曲，僅見此調。《大成譜》以'萬里親顔'兩句爲【三春柳】，因改此調爲【漏遲柳眉序】，太穿鑿矣。"趙景深《考略》在《王瑞蘭拜月亭》《黄孝子尋親記》兩篇中對此均有詳細分析，認爲此曲當從《正始》，亦似《黄孝子》末齣《團圓》中曲詞；"影印本所題'元闕名撰'字樣基本上還是可取的"。《全元戲曲》卷十二《黄孝子》第二十六齣《團圓》未録此曲，尾批：此曲"據曲意爲團圓之際所唱，但無法確定在此齣中位置，僅附於全齣之後云云"。

《訂律》無此調。

【御林木】

【商調過曲】【簇御林】秦樓上，賣酒牌，【啄木兒】邂逅相逢梁棟材。飲一杯且自銷憂，何必兩行金釵？風雲遇時君莫駭，一朝奮發終須在。【簇御林】禹門開，蛟龍得雨，池沼豈沉埋？

明傳奇《黄孝子》，《正始》頁 727

格式：3，$3_{\triangle}$，$7_{\triangle}$。7乙，$6_{\triangle}$。$7_{\triangle}$，$7_{\triangle}$。$3_{\triangle}$，4，$5_{\triangle}$。　10句

集曲：用【簇御林】首二句和末三句，中間穿插使用【啄木兒】第三至第七句。

《正始》列此爲例曲。《沈譜》卷十七録此曲，題【攤破簇御林】，章句犯調與此同。《黄孝子》第九折《脱騙》存録此曲，亦題【攤破簇御林】，然作隻曲。

《訂律》無此調。

【黑蠊令】

1.【越調過曲】君疑我將身變遷，不因這個遺腹子，目今就死在你面前。只怕我，捱不過饑寒。不久身亡，不能彀教子報冤。（合）夫妻淚漣，心事萬千。最苦是催促登程，我也説不盡言。

2.【前腔换頭】不須煩惱痛埋冤，只這一個遺腹子，須索保全。無倚靠，只望你心堅。若得子孝共妻賢，就死也瞑目九泉。（合前）

明傳奇《尋親記》，《正始》頁 795

格式：$7_{\triangle}$，5，5 乙$_{\triangle}$。3，5 乙$_{\triangle}$。4，$4_{\triangle}$。$4_{\triangle}$，$4_{\triangle}$。4，$4_{\triangle}$。　11 句

《正始》列此爲例曲。《定律》卷十三引第一曲爲【又一體】之第二格，題【鬭黑蠊】；《六十種曲》本《尋親記》第十三齣《發配》存此二曲，題【黑麻令】，與此均不同。

《訂律》無此調。

十　三　筆

【獅子序】

1.【黄鐘過曲】家貧窘難度時，況娘親力薄勢卑，只愁旦夕間喪在溝渠。非是娘，不護你，争奈我家不如，力不如，勢不如，與他争不得閑氣。正是人情有冷暖，果然人面逐高低。

元傳奇《教子記》，《寒山堂譜》卷五頁 701 上半葉，
《沈譜》卷十四頁 480

2.【南吕過曲换頭】他頑劣娘怎知，況終朝他是飽食暖衣，不似我

守着這幾甕黄虀。他怪我做楊修捷對，又道我學班馬，勤讀書，他自琢磨不就，反生嫉忌。(合)他罵我是窮酸寒賤，管封侯萬里索甚毛錐。

《教子》，《定律》卷八頁 305

第一曲，《寒山堂譜》《寒山曲譜》均以此爲【又一體】，與正格《孟月梅》"深深百拜告神祇"和【又一體】《劉智遠》"伊説話太無情"均不同，尾批："此體與前二體又絶不同，不知何故。或云：'此體前三句是【宜春令】，中六句是【皂角兒序】，末二句是【月上海棠】。'亦近是。"《沈譜》、《新譜》卷十四亦列【又一體】，題《尋親記》，句字與此稍有差異。《沈譜》眉批："今人多改此曲以從《琵琶記》之腔，非也。未必《琵琶》皆是，而此曲獨非。"《新譜》眉批："馮删，予存舊。"此與《張協狀元》第二十齣【獅子序】大同小異，僅句字略有差異，故可爲【獅子序】之【又一體】，不必另爲集曲。第二曲，《定律》列爲【前腔换頭】第二格。《大成》卷七十一引此二曲，均入【又一體】，署《尋親記》，句字變化較大。

【歇拍】

1.【仙吕過曲】拚棄了官，拚棄了官，縱殺他只准復仇罪。寧做重囚(原作"囚重")，寧在重囚，不殺他，被人笑，好羞恥。休得差池，休得差池，爹陷他鄉裏，不去尋。親在此，閑争甚的。

《教子記》，《寒山曲譜》頁 607

2.【仙吕過曲】離愁滿腹，離愁滿腹，怎言得盡。從那日别，從那日别，常思你，無由見，淚盈盈。空憶惜你，空憶惜你，思當日同歡會，鎮日親。今日淒凉，教人悶縈。　　《綵樓記》，《寒山曲譜》頁 608

原均題【歇拍四段】，較《正始》，即【歇拍】，故據譜改。較其正格，第一曲第十一句、第十三句各減一字。此二曲前三句段首句均用疊句。《大成》卷二十五引此兩曲，題【越調過曲】，句字、句格與此有所不同。

【窣地錦襠】

1.【仙吕入雙調過曲】狂風吹絮倦征衣，渡水登山客路遲。雲捲雨歇日沉西，古木陰陰中杜宇啼。

2.【前腔】摽（原作“標”）梅何處問星期，月老傳言事可疑。赤繩繫足婚姻籍，此際須教與唱隨。

《神女塵緣》，《大明天下春》卷八頁606

此與《張協狀元》《蔡伯喈》同格。

李平《流落歐洲的三種晚明戲劇散出選集的發現》是《海外孤本晚明戲劇選集三種》的序言，認爲《大明天下春》“可以視爲萬曆前期的產物。”理由是：“首先，在《大明天下春》的殘集裏，一部分作品仍然沿用南戲的傳統習慣，以劇中主人公的名字命名，這種做法不同於一般的選集。……當然，《大明天下春》裏，更多數量的戲曲，是按傳奇體例命名的，……這種混雜使用的情況，與嘉靖三十二年詹氏進賢堂重刊本《新刊耀目冠場擢奇風月錦囊》相類，但版式却全然不同，因而可以視爲嘉靖至萬曆中期戲曲選集的過渡表現”；“其次，《大明天下春》所收俗曲，每爲萬曆中期選集所不載，而部分却與嘉靖重刊《風月錦囊》契合”；“再次，《大明天下春》雖然也收滚調散出，但所收的數量很少，而且，和萬曆中期的選集中同一劇碼散出對照，顯然在滚調發展的形式上，不如後者成熟、完美。”據卷七所收【弋陽童聲歌】十四首，則“斷定這部選集的編輯，也同樣有極大的可能本自江西戲劇家之手”。此出“很有可能是南戲‘雜調’（弋腔）在民間舞臺演唱的殘部”。論證細緻，當可信從。原題《劉錫（原作“昔”）路會神女》，圖題《神女塵緣》，叙劉錫投店求宿、男女結好，事件與《風月錦囊》卷十九《劉錫投店》同。但二劇人物除生角均作“劉昔”，其餘細節則完全不同：彼生“家住揚州高田縣”，此生“貫梧州珠湖境裏”；彼旦爲已婚女子：“兒夫也是君子儒。”此旦爲“華岳三娘”；彼旦因孤苦而投懷送抱：“一去求官往帝都，幾回空把歸期數。如今去六七載，書信並全無。

睹物傷情也，交奴家淚滴如珠。”此則“因劉秀才題詩相戲，欲遣雷雨擊之，忽見太白星官阻住，道奴和他有夙世之緣。如今我化作凡間女，今夜與他成就了此夙緣”。由此，曲牌與曲辭也全不同。比較而言，此之劇情設計更爲合理，後世大抵依此敷演劉錫與三聖母之結合，故戲曲史上影響也更大。參見近人杜穎陶《董永沉香合集》。

【解三酲】

【仙吕過曲】……寒威徹骨堅如鐵，……

明傳奇《凍蘇秦》，《正始》頁 339

《正始》【甘州八犯】尾批：“第二【解三酲】合明傳奇《凍蘇秦》云云。”此爲第三句。

【解連環】

【仙吕過曲】慣熟焦棰，把燈柴旋來旋去，風和尚笑得眉□。士女竹馬皃使軍器，十人齋郎甚臉嘴。　明傳奇《耿文遠》，《正始》頁 372

格式：$4_{\triangle}$，7 乙$_{\triangle}$，7 乙$_{\triangle}$。$7_{\triangle}$，$7_{\triangle}$。　5 句

《正始》列此爲例曲，題注：“此格比【南吕宫・解連環】於第三句下減三字一句，又末句句節不同。”眉批：“‘眉’字下脱一字。”錢南揚《輯佚》頁 124 尾注：此字“疑是‘低’字。”南曲諸譜未見此調著録。《舊譜》卷一【仙吕過曲】亦存目無辭。

《訂律》無此一調。

【搗白練】

1.【南吕調近詞】我待説將來，又道相逼，也非干過分取索。若有錢來買放，何必怨嗟，何必疑惑。

2.【前腔第二】受饑寒，甘岑寂，要錢時那取貫百。又没釵梳解當，誰行告求，誰跟底尋覓？

3.【前腔第四】形單影隻，淒凉已極。誰知道遭着官差，把夫妻散拆。　　明傳奇《尋親記》，《正始》頁1165

4.【南吕過曲】聽他言，不明白，没錢時須當借易。目下文書緊急，(合)官司限期，莫誤時刻。　　《尋親記》，《大成》卷五十頁3952

《正始》列第一曲爲第二格，題注："首二句變爲四字，末句變爲八字二句。"列第二曲爲第三格，題注："首二句《孟月梅》體，末二句本曲始調體。第三曲亦然。"列第三曲爲第四格。題注："首二句即本曲始調體，但減去末煞八字二句。"第一曲，《寒山曲譜》以爲正格，《定律》卷八則列【又一體】，均題《教子》。第三曲，《寒山曲譜》《定律》均引爲【前腔换頭】。《定律》尾批："此曲與前曲，坊本内録爲一曲。"句字略異。《六十種曲》本《尋親記》第四齣《遣役》以此三曲合成一曲，大異。《大成》引此四曲均爲【又一體】，尾批：諸體"句法雖有參差，皆不出規範"。然第四曲與前三曲句格、句字變化較大。

【煞】

1.【仙吕過曲】若去報仇，若去報仇，必落囚牢裹。兒遭罪，娘思憶，爹不歸。一家裹，都荒廢。不審爹行，不審爹行，行災禍如何脱離，目今流落何方，還是甚處，神祠裹。感夢相憐，放他脱離。

《教子記》，《寒山曲譜》頁607

2.【仙吕過曲】他貧窘，娘行怎不忖。想癡迷，苦戀他，則甚急。作計早抽身，别求姻。一馬一鞍，一馬一鞍，决不教他孤另，負誓盟。空恁心癡，徒勞勸恁。　　《綵樓記》，《寒山曲譜》頁609

第一曲題【衮尾五段】，第二曲題【衮尾六段】，較《正始》，即【煞】，故據譜改。較其正格，第一曲首句、第九句用疊句，增第十二、第十三兩句，餘同；第二曲首句減一字，第八句疊用一句，餘同。《大成》卷二十五引此兩曲，第一曲題【越調過曲·中衮五】，第二曲題【衮尾】，句字、句格與此有所不同。

【癡冤家】

【南呂過曲】猛可裏聽得炒鬧，老漢大膽來到。只見相公吁氣心下焦，夫人在那廂煩惱。無倚靠，如何是好，難説盡這般圈套。

明傳奇《陳光蕊》，《正始》頁 683

格式：7 乙△，6△。7△，7 乙△。3△，4△，7 乙△。 7 句

《正始》引此爲例曲。《舊譜》卷四、《沈譜》卷十二、《新譜》卷十二、《寒山曲譜》、《定律》卷八、《大成》卷五十均以此爲例曲，"炒鬧"，俱作"鬧炒"。《沈譜》眉批："'鬧炒''大膽''是好'，俱去上聲；'老漢''倚靠'，俱上去聲，俱妙。"

《訂律》無此調。

【愛媚花】

【商調過曲】焚香告神祇，表奴心恭敬。夫主住蘇州，離鄉背井，半載絶無蹤影。吉凶事難憑，未審死和生，難解我心頭悶。（合）望賜説端的，果要通靈顯聖。

《江天雪》，《定律》卷十頁 72，《大成》卷十八頁 1876

格式：5，5△。5，4△，6△。5△，5，5△。5，4△。 10 句

《定律》《大成》均以此爲例曲。《大成》入【大石調過曲】。

《訂律》無此調。

十　四　筆

【綿打絮】

【越調近詞】草芳風暖正春深，只見漢寢秦陵，跨驪山蒼翠森。過華山陰，雷首將臨。又見巨靈仙掌，太白豪吟。我這裏東望長安，千仞山遥日晌金。

《尋母記》,《正始》頁 1214

《正始》引此首句，題注："俗作【綿搭絮】，非。"尾批："時譜曰：'此本調也，今人只知《南西厢記》及《浣紗記》新體，遂謂此體難唱，謬矣。'按新體……據此言但知有《尋母記》之云云一調，而不知元詞此調首句下截五字者類多，但其上二字皆襯字，原非實文耳，如除去此二襯字，仍爲七言一句也，今即題上格可知矣。"《張協狀元》、《沈譜》卷十六、《新譜》卷十七、《簡譜》卷十亦題【綿搭絮】，《沈譜》《新譜》的尾批，即《正始》所批評的"時譜"之論。

【滴溜子】

1.【黄鐘過曲】聽别院，聽别院，漏聲漸杳。香風靄，香風靄，楚雲縹緲。告天，天還知道，願逢冰上人，月下老。早教我一雙雙，團圓到老。

《西厢記》,《舊譜》卷五頁 157,

《大成》卷七十頁 5983

2.【黄鐘過曲】風雪裏，風雪裏，怎禁路滑；行不上，行不上，地生體怯。此身，行不由徑，家貧未是貧，腸寸結。你從來不出閨門，那曾受這般磨折。

3.【前腔】撲簌簌，撲簌簌，兩行淚血；崔君瑞，崔君瑞，把奴棄撇。這苦處，何處分説，教奴受此寒，心慘切。命蹇遭逢，江天暮雪。

4.【前腔】夫人聽，夫人聽，小人稟説；休憂慮，休憂慮，且把悶撇。遠望，姑蘇近也，如何在此間，閑掉舌。且向前村，尋個店歇。

《江天暮雪·走雪》，《吴歈萃雅》貞卷頁 744，《詞林逸響》月卷頁 710

第一曲，《舊譜》題【雙聲疊韻】，題注："又名【鬬雙雞】。"《沈譜》卷十四、《新譜》卷十四均引爲正格，題注："又名【雙聲疊韻】，又名【鬬雙雞】。"《大成》引此入【又一體】，署"古《西厢》"。後三曲，《萃雅》《逸響》《南音三籟》戲曲卷下均入【黄鐘過曲·漁父第一】"是則是路途間别"套，《逸響》《南音三籟》題《崔君瑞·走雪》，《南音三籟》入【越調】。《正始》、《寒山堂譜》卷五、《定律》卷十、《大成》等分别以此套之首曲【漁父第一】或第二曲【刮地風】入《崔君瑞》，則此後四曲（此【滴溜子】三支與【尾聲】）亦當作《崔君瑞》之曲。《萃雅》《南音三籟》未録第三曲。錢南揚《輯佚》頁 135 注云："《吴歈萃雅》年代雖比《詞林逸響》早，然既不注明出處；且【滴溜子】首曲'怎禁路滑'下，即接次曲'崔君瑞崔君瑞'；並删去第三曲；所以現在據《詞林逸響》録入。惟【滴溜子】第三支口氣有些不合，《萃雅》删去，也許倒是對的。"姑仍存録。

【齊天樂】

【正宫引子】榮膺丹詔瓜期逼，只得暫離京國。泛水殘英，隨風飛絮，添我離情堆積。三年任滿，便回鄉裏，淚珠偷滴。疊疊《陽關》，好教高唱助行色。　《江流》，《舊譜》卷二頁 87，《沈譜》卷四頁 185

《沈譜》題注："與詩餘同，但少【换頭】。"列此爲【又一體】，較正格僅第七句減一字。《新譜》卷四引《琵琶記》"鳳凰池上歸環佩"爲例曲，眉批："原本又一曲只第八句仄平平仄，句法稍異，餘俱同，不録。"

【滚綉球】

【中吕過曲】鬧花深處，滴溜溜酒旆招。牡丹亭左側，桑侣伴，鬬百草。翠巍巍柳條，翠巍巍柳條，見忒楞楞曉鶯兒，飛過樹梢。撲簌簌亂紅，舞翩翻粉蝶兒，飛過畫橋。一年景，四季中，唯有春光好。向花前暢飲，月下歡笑。　明傳奇《張翠蓮》，《正始》頁 446，《舊譜》卷三頁 120

《正始》列此爲第二格，題注：“第三句變五字，末句句節不同。”《沈譜》卷八、《新譜》卷八、《大成》卷十六均以此曲入“東野翠煙消”套，題【越恁好】之【又一體】。《沈譜》題注：“又名【走山畫眉】。”眉批：“自‘翠巍巍’以下，比前二曲絶不同。”尾批：“此調創建於此曲，後人又衍爲‘乍晴還乍雨’一曲。後《江東白苧》及《玉合記》皆用此體，而今人漸不知有前二曲之古調矣。然此調畢竟無來歷，又恐犯别調，難以查明，終不可用也。”《新譜》眉批：“馮更此曲名【滚綉球】。”《寒山曲譜》列此曲爲【中吕過曲・越恁好】之【又一體】，題注：“一名【走山畫眉】。”並以“乍晴還乍雨”爲【其二】，即【前腔换頭】。《定律》卷六《目録》【越恁好】題注：“一名【滚綉球】，一名【走山畫眉】。”錢南揚《輯佚》頁 6、頁 157 已作辨正，故仍從《正始》。

【舞霓裳】

【中吕過曲】青鹿啣芝呈瑞草，齊祝願壽山高。龜鶴呈祥戲庭沼，齊祝願壽彌高。畫堂壽日多喧鬧，惟願壽紀鞏固壽堅牢。享壽綿抽，樂壽滔滔，展壽席人人歡笑。(合)休忘了，齊慶壽筵中壽詞妙。

《牧羊記》，《寒山曲譜》頁 425，《定律》卷六頁 72

《寒山曲譜》以此爲【又一體】，尾批：“今人不唱‘休忘了’三字也，非。此詞前四句，比【大和佛】大同小異，後曲皆同。今人又云【舞霓裳】，又名【大和佛】，恐一詞兩名。”《定律》、《蘇武牧羊記》第二齣《慶壽》均題【大和佛】。

【瑣窗寒】

1.【南吕過曲】……沙鍋打破怎瞞人，……

2.【前腔】……把忠言却作耳邊風，……①

明傳奇《涷蘇秦》，《正始》頁 651

《正始》【南吕過曲・瑣窗寒】《王十朋》"想人生嫁女婚男"尾批："此調此句（第八句）八字者雖不謬，然七字者居多。……又成化間《涷蘇秦》此句云云。但此句爲今《金印記》妄添'休支'二字於上，而合《香囊記》法，竟不思'把忠言'云云之次曲耳。然今只宜以七字、八字者分爲二格可也，斷不可仿《香囊記》之九字二句，且於第二字上用韻，益謬矣。"《南戲拾遺》失收第二曲，《全元戲曲》本《蘇秦金印記》未録此二曲，可補。

【鳳凰閣】

【中吕過曲】家鄉何處，回首重重煙水迷。鴛幃幾度夢空歸，他那裹應疑我是鬼。（合）音書難寄，淚頻滴煙嵐瘴雨。

《教子》，《定律》卷六頁 105，《大成》卷十一頁 1340

---

① 《風月錦囊・全家錦囊》卷三《蘇秦》八《當釵説話》存録【鎖寒窗】二支，其辭云："你爲甚不帶釵兒，怎的衣衫穿舊的？娘行首飾，賣與兀誰？奴家懶梳粧藏在家裹。這言語忒煞相欺，砂鍋打破怎瞞人，這是王婆賣與奴兒。【前腔】好一似掩耳偷鈴，我不恨王婆不恨伊。家私一似，笊籬撈水，枕邊言你合諫他。你做隨風倒舵是如何，把忠言却做耳邊風，只落得外人談耻。"牌名因音同形近而誤。

【僥僥令】

【雙調過曲】……花林外酒旗斜唤客沽。①

明傳奇《凍蘇秦》,《正始》頁 897

《正始》以元傳奇《劉智遠》"喜姑姑添小口"爲第四格例曲,尾批:"此末句句法,明傳奇《凍蘇秦》亦然云云。"

【漁父第一】

【黄鐘過曲】是則是路途間别,黯彤雲布密四野。荒徑人蹤滅,古林中聽得老猿哽咽。馮夷怒把銀河瀉,幻出冰花千萬結。紛紛片片飄瓊屑,舞向梅梢不見也。滚柳綿,剪梨花,亂飄僧舍。疏林外只見耍蛾兒飄粉蝶,盼行人,恍若在水晶宫闕。千山嶺鳥飛斷絶,漫騰騰馬蹄翻銀蹀。趷辣辣車兒兀自輾粉轍,獨釣寒江捕魚者,向圖畫堪寫。

元傳奇《江天暮雪》,《寒山堂譜》卷五頁 702 上半葉,《定律》卷十頁 67

《寒山堂譜》以此爲例曲,題注:"二十句,一百二十四字。"尾批:"此調别傳所無,不知【其二】之格。"《定律》引此曲入【商調過曲】,《大成》卷十八引此曲入【大石調過曲】,署《江天雪》,尾批:"【漁父第一】有二闋,其一《孟月梅》曲,一即此闋。舊譜皆收入【商調】,但二曲腔調有别,此闋應歸於【大石調】,《孟月梅》曲仍隸【商調】,庶各得其宜。"《正始》則以此調入【商調近詞】,引失名氏《詞林説統》"憶昔邂逅

---

① 《古本戲曲叢刊》本《重校金印記》第十一齣《琴劍西遊》存録【彩旗兒】二支,其始調辭云:"已經山外山,又過渡傍渡。只見近水人家知幾簇,園林外酒旗斜唤客沽,酒旗斜唤客沽。"較《劉智遠》體增末一疊句。《正始》頁 895【僥僥令】題注:"又名【綵旗兒】。"

招提寺”爲正格，又以《孟月梅》“是則是路途間好”爲第二格，以《張資》“是則是路途間苦”爲第三格。《沈譜》卷十八亦引《孟月梅》爲例曲，故《寒山堂譜》“别傳所無”、《大成》“有二闋”之説，不能成立。俗謂：“説有易，説無難。”敢不謹慎！此調，《正始》《定律》歸【商調】，《寒山》入【黄鐘】，《大成》屬之【大石調】，但又不説明理由。此曲與《正始》《孟月梅》格僅將第四句七字破作“5,$4_{\triangle}$”二句，餘均同，當從《正始》。又：明代曲選，如《吴歈萃雅》《群音類選》《詞林逸響》等等，多存録此曲，可以參照。

【滿園春】

1.【南吕引子】仗節驅羊十九年，重重雪鬢已盈顛。異國飄蓬，故園桃李，甚時相見。　　明傳奇《蘇武》，《正始》頁 522

2.【商調過曲】鞍馬在門迎，急請離京城，征袍使節隨風勁。陽關唱，陽關唱，别酒當行，休只管戀家庭。(合)生離别未明，死離别未明。母子夫妻，母子夫妻，緣慳分淺，甚日再圖歡慶。

3.【前腔换頭】一心去奉朝命，那些個死和生，胡笳奏出胡人語。一言難盡，一言難盡，兩國和平，但只恐事難憑。(合前)

明傳奇《蘇武》，《正始》頁 755

格式 1：$7_{\triangle}$,$7_{\triangle}$。4,4,$4_{\triangle}$。　　5 句

2：$5_{\triangle}$,$5_{\triangle}$,$7_{\triangle}$。3,3,$4_{\triangle}$,6 乙$_{\triangle}$。5 乙$_{\triangle}$,5 乙$_{\triangle}$。4,4,4,$6_{\triangle}$。　　13 句

第一曲用式 1，爲【南吕引子】；後二曲用式 2，爲【商調過曲】。

《正始》列第一曲爲式 1 例曲，題注：“時譜誤以《王魁傳奇》之【上林春】調誣作【滿園春】。”尾批引《王魁》之【上林春】詳作比較。

《正始》列後二曲爲式 2 例曲。第二曲題注：“與【南吕宫・滿園春】不同。又名【鵲踏枝】，又名【雪獅子】，又名【遍地錦】。”尾批：“‘生離别’二句當用贈板於‘未’字上，如用在‘别’字上而曰‘别未明’，豈成文理乎？凡曲中此病最多，學者不可不審。”第三曲題注：“第四句

變爲四字。"《定律》卷十引第二曲列【前腔】，前曲尾批："此曲與【南吕】之【滿園春】不同。"《大成》卷五十七亦引第二曲爲【又一體】，署《牧羊記》，題注："一名【雪獅子】，一名【鵲踏枝】。與【南吕宮】正曲不同。"

《訂律》無此二調。《附録一》有【南吕過曲·滿園春】，亦無此二調。

【滿堂春】

1.【正宮調慢詞】母恩君命，此身難保名行。正好娱親供温凊，奉朝命安邊境。

2.【前腔换頭】骨肉團圓歡慶，好事也難成。死別生離皆前定，恨日薄西山景。　　明傳奇《蘇武》，《正始》頁 1067

格式：$4_{\triangle}$，$6_{\triangle}$。$7_{\triangle}$，6 乙$_{\triangle}$。　　4 句

《正始》以此爲例曲，題注："與詩餘【洛陽春】不同。"《新譜》卷四、《定律》卷二、《大成》卷三十均引此入【正宮引子】，題《牧羊記》。《新譜》眉批曰："查此曲，當入慢詞。"《定律》《大成》合作一曲，無【前腔换頭】，句字與此有所變化。

《訂律》無此調。

【漢東山】

【不知宮調過曲】笑你幾個潑狼才，至此怎逃（原作"回"）避？押回俺寨中，請功賞也么歌，大家齊把得勝鼓兒擂。叫拍（原作"打"）手唱來，歌一回，舞一回，唱一回。　　明傳奇《蘇武》，《正始》頁 1361

格式：$5_{\triangle}$，$5_{\triangle}$。5，5，$7_{\triangle}$。5 乙$_{\triangle}$，$3_{\triangle}$，$3_{\triangle}$，$3_{\triangle}$。　　9 句

《正始》列此爲例曲，題注："或作【撼動山】，非。"《定律》卷八引此爲正格，即題【雙調過曲·撼動山】，句字、正襯與此有所變化。《沈

譜》附録、《新譜》卷二十五引《雙忠記》"自家名號活閻羅"爲例曲，較此襯字皆作實字，合末三句作七字一句。

《訂律》無此調。

十　五　筆

【醉太平】

1.【正宫過曲】……一杯餞行。①

舊傳奇《牧羊記》，《正始》頁 201

2.【正宫過曲】何須歎息，算先賢古聖，也經災厄。簞瓢陋巷，顏回未有憂色。思昔，絶糧陳蔡自弦歌，那夫子幾曾悲戚？讀書學道，他時自然，榮貴赫奕。

3.【前腔换頭】雖則，家徒四壁，論安貧樂道，吾豈不識。奈衡門挂席，朝餐更不謀夕。悽惻，幾番空甑暗生塵，這光景怎生捱得？五車書箱，目前怎救，貧窘相逼。　《尋親記》，《沈譜》卷四頁 221

第一曲，《正始》【醉太平】第三格引《張協》"明日恁的"爲例曲，尾批："此末句仄煞，舊傳奇《牧羊記》平煞云云。"陸侃如、馮沅君先生《南戲拾遺》卷下歸入《蘇武》：《正始》共録《蘇武》三十曲，除【南吕過曲・新秋月】署"元傳奇"，其餘均署"明傳奇"；僅此曲"題作《牧羊記》，似一劇二名。除此曲外，均題作《蘇武》。"其實【一盆花】【一秤

① 《全元戲曲》本《蘇武牧羊記》第五齣《餞行》存録此曲，其辭云："同僚官子卿，今日往邊城。安排酒饌在長亭，聽驪歌數聲。急煎煎不怕程途永，痛煞煞歸計無憑准。安排蔬酒表衷情，奉一杯餞行。"

金】【滿堂春】等也題作《牧羊記》,然確乎一劇二名。第二、第三兩曲,《沈譜》引以爲正格,題注:“或作【昇平樂】,殊可厭。”眉批:“此用入聲韻。”尾批:“此曲本調,皆用四字起。《琵琶》及散曲‘惆悵,藏鵶未穩’,皆用其【换頭】耳,不可泥也。”《新譜》卷四、《定律》卷二承之。《新譜》題注:“又入【南吕】。”《大成》卷三十一題注:“一名【昇平樂】。”引第一曲爲【又一體】。

【駐馬聽】

1.【中吕過曲】一縷沉煙,百拜處虔誠禱告天。一願吾王長壽,雨順風調,國泰民安。二願邊疆無事熄狼煙,三願孩兒早早回庭院。天天望相憐,夫妻母子同樂太平年。　　明傳奇《蘇武》,《正始》頁480

2.【中吕過曲换頭】寫怨揮毫,又不是逢人作解嘲。似孔明吟梁甫,趙岐危迍,屈子作離騷。二十年離恨在懷抱,筆端兒寫不盡凄涼調。(合)情況最難熬,早尋見一日,免得一日煎熬。

《教子》,《定律》卷六頁84,《大成》卷九頁1236

《正始》以第一曲爲第三格,題注:“第八句變爲五字。”《沈譜》卷八、《新譜》卷八、《寒山曲譜》均以此爲【又一體】,題《牧羊記》,與此句字略異。《定律》卷六引爲正格,句字與此略異。第二曲,《定律》以此爲【换頭】格例曲,《大成》列【又一體】。

【賣花聲】

【越調引子】上苑繁華,……　　明傳奇《崔君瑞》,《正始》頁852

《正始》【越調過曲·有餘情煞】尾批:“‘上苑繁華’是其引子。”《南戲拾遺》卷下題【賣花聲】。錢南揚《輯佚》頁135尾注:《正始》“並未注明‘上苑繁華’是什么曲牌。查引子首句爲仄仄平平的很多,無法確定它的牌名,現在姑從《南戲拾遺》作【賣花聲】。惟《正始》引《裴少俊》【賣花聲】首句爲平仄平平，又與此稍異。"《正始》頁 766 引《裴少俊》【越調引子・賣花聲】首句爲"碧玉堂深"，實作仄仄平平，與此同。故此亦從之。

【漿水令】

【仙吕入雙調過曲】忒楞楞孟嘉烏帽，碧澄澄白衣送醪。老懷拚却醉今宵，何妨明月，轉過花梢。逍遥快樂，人間即好。蓬萊島，蓬萊島，今宵醉了。蓬萊島，蓬萊島，醉到明朝。

明傳奇《羅囊記》，《正始》頁 1032

《正始》列此爲第六格，題注："減第六、七之六字二截，第八句變爲八字二句。"

此曲出處，參見【仙吕入雙調過曲・惜奴嬌序】《高漢卿》考辨。可補《輯佚》之缺。

【駐雲飛】

1.【中吕過曲】交誼情真，滿捧一杯特獻芹。持此無鋒刃，破彼堅剛陣。嗏，曾聞古蘇秦，他謀略冠三軍。口調三寸鋼鍬，腰佩六國黄金印。(合)君去須當效此人，只恐終日思君不見君。

《牧羊記》，《寒山曲譜》頁 417，《定律》卷六頁 84

2.【中吕過曲】且謾傷嗟，誰想江天遇暮雪。心下無歡悦，這苦向誰説？嗏，疾忙快行些，早向前村，尋個旅店宿。多應是小脚兒難行踏破雪。

3.【前腔】這苦難熬，小小金蓮怯路遥。舉目山光暗，瑞雪紛紛降。嗏，怎挨得盼來朝？只愁凍倒途中，這苦憑誰告？最苦是難禁這一遭。

4.【前腔】謾自傷悲，自古道出路何須思故鄉。姑蘇城相向，雪徑難行上。嗏，猿聞也斷腸，若見夫君，脱難如反掌。那時節細切羊羔飲玉漿。

5.【前腔】聽訴叮嚀,還離蘇州城三兩程。風大人難近,路滑人難行。嗏,天地與湖冰,非是王卞,苦要把你相催並。管甚么天寒連夜行。

《江天暮雪記·走雪》,《群音類選》續卷一《諸腔類》頁 2471—2472

《寒山曲譜》以第一曲爲【又一體】,題注:"字句全同,但末二句變耳。"即較《錯立身》,僅變末之疊句爲實句。《定律》以此爲正格。第二至第五曲,同牌四曲四韻;且較《正始》正格,均於第六句下減四字協韻一句,與《正始》變格亦俱不同。《全元戲曲》卷十二最早輯得此四曲,姑且從之,存録備考。

【撲燈蛾】

【中吕過曲】……樂人戲都呈遍,醺醺醉也。……

《磨刀勸婦》,《正始》頁 402

《正始》列此爲【撲燈蛾】第九格,題注:"此與上格同章句,止爭第四句六字二截,第五句'也'字煞。僅録此二句爲證云云。"錢南揚《輯佚》頁 277 題解:"此戲不見著録。《正始》引不注年代,疑也是宋元舊篇,姑附於末。《正始》原題《磨刀諫父》,案:諫父何至於用刀,必'勸婦'之誤,今正。"趙景深《考略》頁 120:此曲"未標出是傳奇或是散曲。今從題目看,與《托妻寄子》相似,當是傳奇名無疑。《續録鬼簿》'諸公失載名氏'雜劇有名《磨刀勸婦》,也許'諫父'乃'勸婦'之訛。"當是。《全元戲曲》卷十二《輯佚説明》:"《磨刀勸父》,《正始》作'明傳奇',錢輯本僅據沈譜'集古傳奇名'有此目附録於後,實證據不足,當删之。"黄仕忠《拾遺》承之,以爲"當歸於明初戲文"。此論可從,然所據材料可辨之:一是《正始》並未有"明傳奇"之標注;二是《沈譜》卷四有【刷子序】之【又一體】,題"集古傳奇名",同卷【黄鐘賺】題"集六十二家戲文名",此二曲均未涉此劇,因此談不上錢先生《輯佚》持以爲據。姑從《輯佚》《考略》,存以備查。

【賞宫花】

1.【黄鐘過曲】年紀老成,從來極小心。整頓房潔凈,絶埃塵。門外大書天下館,家中安歇四方人。　　《江流》,《舊譜》卷五頁162

2.【黄鐘過曲】難忘大恩,又難忘切齒人。難教題怨語,不覺淚沾巾。惟有感恩並積恨,萬年千載不生塵。

元傳奇《教子記》,《寒山堂譜》卷五頁609下半葉

《舊譜》以第一曲爲例曲。《寒山堂譜》列第二曲爲正格,題注:"六句,三十四字。"《寒山曲譜》與此同。

【醉扶歸】

【仙吕過曲】望得望得肝腸斷,哭得哭得淚珠乾。你去爲官已開旛,怎不把你親娘管。常言子孝母心寬,也不壞了我秋波眼。

元傳奇《江流》,《寒山堂譜》卷一頁655下半葉

《寒山堂譜》列此爲正格,尾批:"'望得''哭得'二'得'字入聲,妙。若用上聲,便不叶矣。"《舊譜》卷一引此爲例曲,《沈譜》卷一列此爲【又一體】。《沈譜》眉批:"第一、第二句,用重疊字,此變體也。首句用二'得'字,第二句用二'哭得'字,皆入聲可作平聲,故妙。若用上聲、去聲,即不可兩用矣。"《新譜》卷一承之。《大成》卷二以此爲【又一體】,尾批:"首二句用疊字格,最爲古雅,效法者亦多,故收入。"趙景深《考略》頁77引此曲,句字與此小異。尾注:"《江流記》十三齣收此曲。末句作'不到淚滴盡秋波眼'。"

【劉袞】

1.【南吕過曲】乘驛騎,乘驛騎,鎮日在途路裏。今日裏,到此處,

一心要見胡方主，才得停住。且向塞門，逕投入去。

明傳奇《蘇武》，《正始》頁 533

2.【南吕過曲】咱每是，咱每是，南漢使蘇武。爲兩國相争，人民荼苦。奉使往邊庭，奏聞區處。結好和親，把干戈停住。

《牧羊記》，《沈譜》卷十二頁 416

3.【南吕過曲】黄河决，黄河决，千里怒濤生。百里民居，漂没已盡。風波稍平息，災禍猶可憫。(合)築了瓠子堤，風波始平定。

《教子》，《定律》卷八頁 342，《大成》卷五十頁 3961

《正始》列第一曲爲第四格，題注："第四、五變作九字三句。"較之，實由正格四字二句變此之爲十一字三句。《沈譜》、《新譜》卷十二、《寒山曲譜》、《定律》卷八俱列第二曲爲例曲，《沈譜》眉批："今人不甚明此調，每改作【雙聲子】，或作【番鼓兒】，或作【耍孩兒】，皆非也。"《蘇武牧羊記》第六齣《過關》存録此調四支，其第一、第三支即此第一、第二曲。《定律》《寒山曲譜》《大成》均引第三曲爲【又一體】。

【劉潑帽】

【南吕過曲】我每夜來蒙吩咐，教我去典賣釵梳。走盡千家萬户，無人貨，仔細思量尋别個。　明傳奇《凍蘇秦》，《正始》頁 584

《正始》以此爲第二格，題注："第三句變爲六字。"

【節節高】

【南吕過曲】……何須買遍，杏花村店。……

明傳奇《羅囊記》，《正始》頁 609

《正始》列此爲第三格，題注："第八句變爲八字二句。"尾批："此格全調皆同，不録，止録第八句云云。"

此曲出處,參見【仙吕入雙調過曲・惜奴嬌序】《高漢卿》考辨。可補《輯佚》之缺。

【銷金帳】

【雙調過曲】經長緯緊,機杼咿嗚韻。聽雞聲添愁悶,思憶我的孩兒,又没投奔。不如運轉,織得回文綉錦。我待學孟氏芳卿,引刀得孩兒教訓。(合)怎教我爲官母妻,到做了織作賤人。

《牧羊》,《定律》卷九頁 553,《大成》卷六十三頁 5223

《定律》以此爲第三格,尾批:"此曲但多襯字,板式皆同,不必别爲另體。"《大成》引此爲第六【又一體】,與此僅句字略異。尾批:"【銷金帳】,首次闋同格,以下五闋雖有小異,皆不失爲正體。"此與《正始》頁 1006 正格《拜月亭》同。

【慶時豐】

【羽調近詞】【慶時豐全】日遲雲淡東風軟,泥融沙暖物華鮮。墻裏紅粧戲秋千,盈盈笑語揮羅扇。【排歌】行程處,景正妍,桃花如火柳如煙。(合)揚征袖,行步展,傍花隨柳過前川。

《黄孝子》,《沈譜》卷三頁 175,《大成》卷七十八頁 6553

《沈譜》以此爲例曲,題注:"又名【慶時登】。"眉批:"此二曲後尚有【大河蟹】【樂安神】,俱帶【排歌】,今不録。不知二曲本調,元只四句及八句,而尾各帶【排歌】乎? 抑非本調全文也。再考。"《新譜》卷三承之,題注補:"馮稿改名【醉歸歌】。"尾批:"馮云:'二段乃【排歌】,而前四句正與【醉扶歸】相叶。豈因醉歌皆豐年樂事,遂美其名曰【慶時豐】耶?'如從馮改名,則腔板皆不同,予今仍舊。"《定律》卷十二、《簡譜》卷十引此爲例曲,題【羽調過曲・慶豐歌】,署《節孝》,集曲,章調與此同。《大成》題【羽調過曲・慶豐安樂歌】,題注:"舊名【慶豐歌】。”署《節孝記》,爲集曲:前用【慶時豐】首三句,次用【安樂神】第四句,後用【排歌】末六句。較《正始》正格《樂昌公主》體,七言四句,則此前四句爲【慶時豐】全調,不當再涉【醉扶歸】,亦不應扯入【安樂神】;此曲爲集曲,後六句犯【排歌】,《定律》《簡譜》所注犯調是。改題【慶豐歌】,名實相符,也可與【慶時豐】相區别。此據補犯調,姑仍原題。

《訂律》無此【羽調近詞・慶時豐】集曲一體。

【醉羅袍】

【仙吕過曲】【醉扶歸】晝閣晝閣上燈挑盡,翠被翠被半擁夢難成。暗想當年成眷姻,玉貌多風韻。【皂羅袍】塵蒙鸞鏡,也只爲恁;寒生鴛枕,也只爲恁。離愁萬鍾千般恨。

《江流》,《舊譜》卷一頁 83,《沈譜》卷一頁 122

格式:$7_{\triangle}$,$7_{\triangle}$。7,$5_{\triangle}$。4,$4_{\triangle}$;4,$4_{\triangle}$。$7_{\triangle}$。　　9 句

集曲。前用【醉扶歸】變格首四句,第四句减字作五字句;後用【皂羅袍】末五句。

《舊譜》題注:“【醉扶歸】頭,【皂羅袍】中,【袖天香】尾。”然正文未署所集之曲,僅在“風韻”下以“○”隔斷,則【袖天香】无着落。《沈譜》題注:“又名【醉翻袍】。”眉批:“此曲雜用真文、庚青、尋侵三韻。”《寒山曲譜》題注:“一名【醉翻兒】。”犯調與“兒”字無涉,當誤。文字較《舊譜》均有較大變動,更爲規範。《新譜》卷一承之。《沈譜》、《新譜》卷一、《寒山曲譜》均與【袖天香】無涉,且【袖天香】於譜無考,此從《沈譜》。《定律》卷四引《廣寒香》“獸爐小篆餘煙嫋”爲例曲,與此同。

《舊譜》《沈譜》《新譜》《寒山曲譜》俱題《江流》。錢南揚《輯佚》頁 274 改屬《詐妮子》:“【醉羅袍】和【香歸羅袖】,宫調、音韻並同,意義也相連貫,必爲同套無疑。曲譜題《江流》,蓋誤。現在既把【香歸羅袖】歸入《詐妮子》,遂把【醉羅袍】一併歸入,想不致有十分大錯罷?”問題是把【香歸羅袖】歸入《詐妮子》,一個重要原因是由於其與【金落

索】同套：不能將一套之曲歸於不同戲文。如上考訂，由【金落索】而推論【香歸羅袖】歸屬，已不可靠；又由【香歸羅袖】推論【醉羅袍】之歸屬，僅以“宫調、音韻並同，意義也相連貫”，就認定“必爲同套無疑”，但此曲不見於《盛世》《雍熙》《摘豔》等曲選，十分勉强，甚至牵强。《全元戲曲》卷十二頁 484 尾注認爲如此推論“不妥，今仍歸於《江流》”。黄仕忠《拾遺》也認爲：“錢先生又因《江流記》【醉羅袍】‘畫閣畫閣上’（黄文第四字作“圖”，誤）曲與【香歸羅袖】曲同調同韻，而一併歸入《詐妮子》，則更不妥當。”是，仍從原題。

《訂律》無此調。

【駐馬兒】

【仙吕過曲】馬兒驕，蹀躞雙蹄，前跳後跳。一鞭不怕路途遥，遠去探故人音耗。　　　明傳奇《蘇武》，《正始》頁 287

格式：3△，4，4△。7△，7 乙△。　　　5 句

《正始》引此爲例曲。《寒山曲譜》、《定律》卷六、《大成》卷十一均引此入【中吕過曲】，句字與此略有變化。《寒山曲譜》首句用疊句。

《訂律》無此調。

十　六　筆

【錦纏道】

【仙吕入雙調過曲】……兵食足，本固則邦寧。

明傳奇《金印記》，《正始》頁 182

《正始》【正宫過曲・錦纏道】第六格引此为例曲，題注："末句變爲上三下五之八字，【錦上添花】犯此。"正文批注："此調全章與《王十朋》始調同體，不録，止備末句爲式云云。"《正始》頁926【錦上添花】尾批："【錦纏道】合明傳奇《凍蘇秦》末句：'本固則邦寧'。"《全元戲曲》卷十二《蘇秦金印記》及《附録》失收此殘曲。

【憶多嬌】

【越調過曲】朔風凛冽，腰肢瘦怯。凛凛眼前途路賒，杻手行枷遭縲絏。感歎傷嗟，怎禁受江天暮雪。

明傳奇《崔君瑞》，《正始》頁789，《定律》卷十三頁271

《正始》列此爲第二格，題注："首二句變四字，儘有。"《定律》列此爲【又一體】，尾批："此曲惟首句、二句係四字，少有分别，然唱法、板式俱與'且開鏡奩'之曲同。"而"你且開鏡奩"爲《荆釵記》【憶多嬌】首句，《正始》《定律》均列爲正格。

【鮑老催】

1.【黄鐘過曲】憶昔銜冤並負屈，豈想到重歡會。奸雄空（原作"岂"）使牢籠計，瞞不過鬼神知。那時若没龍神救，怎能够有今日？若還不遇遷安的，也葬在魚腹裏。（合）看來罕希，恰似柳毅親遞書，猶如豫章逢故知。把芙蓉帳，孔雀屏，重拂拭。菱花再合月再輝，鸞膠再續弦重理，論分緣非容易。

元傳奇《江流記》，《寒山堂譜》卷五頁705下半葉；

明傳奇《陳光蕊》，《正始》頁63

2.【黄鐘過曲】紅日又升，皓月又返。明裏去，暗裏來，把朱顔改。勸君了却冤家債，新愁舊恨都寧耐，甚造物安排在。

元傳奇《牧羊記》，《寒山堂譜》卷五頁707下半葉第一曲,《寒山堂譜》列此爲【耍鮑老】第三種【又一體】,題注:“十七句,九十九字。”爲此調篇幅最長者。《正始》題此曲作【鮑老催】,且於頁60元散套《薄日乍烘晴》【黄鐘過曲・耍鮑老】尾批批評“今蔣、沈二譜又於【中吕宫】收明傳奇《江流記》之‘憶昔銜冤’一曲,亦誣爲【耍鮑老】,豈不知‘憶昔銜冤’乃【黄鐘宫】之【鮑老催】全調,何得妄置於【中吕宫】,而又誣爲【耍鮑老】耶?”此曲在明清諸譜中題署較爲混亂。《舊譜》卷三題【中吕過曲・永團圓】,題注:“與【鮑老催】同。”《沈譜》卷八題【中吕過曲・耍鮑老】,題注:“一名【鮑老兒】。舊注‘即【永團圓】。’查不同。”尾批:“此調起處,雖與前《琵琶記》一曲相似,但‘看來罕希’以下,全用【鮑老催】,正與《拜月亭》内‘朝廷當時警捕急’至‘酒待人無惡意’一曲相同,皆犯【鮑老催】,正當名曰【耍鮑老】也。但《舊譜》於《目録》内注云:‘看來罕希’以下,是【鮑老催换頭】;而於此調下又注云:與【鮑老催】同。及後所録‘朝廷當時’一曲,又少三句,且題【鮑老兒】,而注云:‘同前。’自相矛盾,致誤後學。今爲正之曰:《琵琶記》一調,直題云【永團圓】;此調及《拜月亭》一曲,皆當名曰【耍鮑老】;而【黄鐘】譜内‘夫人小玉都睡了’一曲,正與時曲‘寒侵綉幄嚴威冽’相同,又皆似《琵琶》【永團圓】一曲,當以【永團圓犯】名之可也。”《新譜》卷十四題【黄鐘過曲・團圓到老】;《定律》卷六題【中吕過曲・團圓同到老】,集曲:【永團圓】首至四,【耍鮑老】五至末,“看來”至末爲【鮑老催】全。諸譜題署凡五牌名,紛紜複雜,莫衷一是。此從《正始》。第二曲,《寒山堂譜》列此爲【鮑老催】之【又一體】,題注:“連重八句,三十一字。”實爲三十八字。尾批:“此格不若《拜月亭》爲正,知音者自識。”《寒山曲譜》與此同。較之【鮑老催】正格,僅截用(合頭)末九句,又以一個四字句替换第二、第三兩個七字句,餘同。

【燕歸梁】

【羽調近詞】十載闈扉信未通,今日裹謝恩隆。若蒙哀念賜寬容,當結草報無窮。　　傳奇失名,《正始》頁1152

格式：$7_{\triangle}$，6 乙$_{\triangle}$。$7_{\triangle}$，6 乙$_{\triangle}$。　4 句

《正始》題注："此即九宫【商調·風馬兒】。今兩存之，便於查勘。但與十三調【越調】之【風馬兒】不同，又與九宫【正宫】之【燕歸梁】不同。"列此爲第二格，題注："减去第四之四字一句。此係詩餘體，但此格直與【南吕宫·哭相思】無別。"

《舊譜》卷二、《沈譜》卷四均引此曲，題【正宫引子·燕歸梁】。《舊譜》署《江流》，僅"圜扉"作"囹圄"，餘同，當是一曲。《沈譜》署無名氏，題注："與詩餘同，但少【换頭】。"句字與此全同。《新譜》卷四則改易柳永詞"輕躡羅鞵掩絳綃"爲例曲，眉批："此詞，係先詞隱《詞林辨體》所載，與原曲體同。因並載【换頭】，故録之。"然將第二、四兩個六乙句皆破作三字二句，以與詞格相合。錢南揚《宋元南戲百一録》以此入《江流記》，陸侃如、馮沅君《南戲拾遺》卷上存録之，入附録《失名》。趙景深《考略》頁 78 認爲："《正始》題作'失名氏傳奇'。又，《欽定曲譜》卷六收此，全同《九宫正始》，題作《拜月亭》。故以爲《江流記》殘曲，恐誤。"然此曲既失劇名，又不言"元""明"，錢南揚《輯佚》、《全元戲曲》卷十二均不録。《輯佚》頁 279 尾批："【燕歸梁】，其他譜引俱入【正宫】。《沈譜》卷四注'無名氏'；《九宫譜定》卷二題《幽閨》，《欽定曲譜》仍之，題《拜月亭》。案：《幽闺》《拜月》俱无此曲，且语气也和《拜月》不類，恐出《谱定》妄題。"衆説多歧，莫衷一是，姑仍舊題，存録備考。

此曲出詞調，戲文承之，傳入南曲，轉爲【正宫引子】。

《訂律》無此【羽調近詞·燕歸梁】一調。

【憶鶯兒】

【越調過曲】【憶多嬌】聽訴言，望伊相保全。姑姑老也難久延，望乞慈悲行方便。【黄鶯兒】若得苟活，怎敢忘伊大恩，奴家雖死終無怨。望哀憐，歎一家破敗，何日再得團圓？　明傳奇《蘇武》，《正始》頁 792

格式：$3_{\triangle}$，$3_{\triangle}$。$7_{\triangle}$，$7_{\triangle}$。4，4，$7_{\triangle}$。$3_{\triangle}$，4，$6_{\triangle}$。　10 句

集曲。前用【憶多嬌】首四句，後用【黄鶯兒】末六句。

《正始》列此爲第二格，題注："【黄鶯兒】，《王十朋》體。四字二句不用韻者儘有，《尋親記》【二啼鶯】亦然。"《正始》頁750【二啼鶯】尾批引此第五至第七句："【黄鶯兒】之四字句儘有用仄韻者，亦有不用韻者。比如明傳奇《蘇武》之【憶鶯兒】乃先天韻，及此二句曰云云，只此可知矣。今《沈譜》鄙其不協，置之不收，止收其【换頭】，且以其第五句【鶯啼序】並襯作【黄鶯兒】，總題爲【二鶯兒】，誤之甚矣。"

《訂律》無此調。

【曉行序】

【仙吕入雙調過曲】繼晷焚膏，受十年勤苦，指望一朝榮耀。寒儒輩，命合陋巷簞瓢。一剗狂圖，欲把萬丈，龍門高跳。須料，那蒼天豈肯，久困英豪。　　明傳奇《凍蘇秦》，《正始》頁1015

格式：4，$4_{\triangle}$，$4_{\triangle}$。3，$6_{\triangle}$。4，$4_{\triangle}$，$4_{\triangle}$。$2_{\triangle}$，$4_{\triangle}$，$4_{\triangle}$。　　11句

《正始》以此爲例曲，題注："即【夜行船序】别名。"尾批："此調《蔣譜》亦曰【曉行序】，而置列於【引子】内，且又誤認爲《陳光蕊》之詞。今細查乃知是《凍蘇秦》【過曲】，其原題仍【夜行船序】，而置列於【過曲】内。然【夜行船序】即曉行之義也，皆可。但此曲今《金印記》借用之。"《舊譜》卷十引此即題《江流》。較之《正始》【夜行船序】正格，此僅減省第五句後二字一句，餘均同。《重校金印記》第十齣《别親赴試》"借用"此曲，均《正始》所批評者。

《訂律》無此調名。

【撻破歌】

【道宫引子】周家罪案招成了，且待身亡分曉。

《教子》，《定律》卷三頁419

格式：7△，6△。　　2句

此調僅見於此，未見他譜著録。《尋親記》第十一齣《遣奴》存有此曲，句字略有變化。

《訂律》無此調。

十七筆

【臨江仙】

1.【南吕引子】茶是深山龍牙草，男人采來女人煎。莫道茶不好，到口便香甜。

2.【前腔】一杯清茶提在手，眉來眼去幾時休。蜘蛛結網無閑暇，一場好事在心頭。

3.【前腔】壁上畫龍龍成對，深山百鳥也成雙。十八花嬌女，引去少年郎。

4.【前腔】石上栽蓮空發藕，竹竿透尾也無心。成人不自在，自在不成人。　《沉香》，《風月錦囊·全家錦囊》卷十九頁386

此曲出處，參見【南吕過曲·紅衲襖】《沉香》説明。

此曲問題有二。1. 關於聯章。此四曲爲旦、生連續對唱，然分四韻。此或與戲文孤牌自套但不同韻之例相仿，如《張協狀元》第四十一齣【一封書】二曲、《錯立身》第十二齣【駐雲飛】四曲。但【一封書】【駐雲飛】均爲【過曲】，而考《張協狀元》《小孫屠》和《正始》，【臨江仙】爲【引子】，均用作單支，絶無使用【前腔】者，此明顯是以【引子】用作【過曲】。2. 關於曲體、曲律。較之《正始》【南吕引子·臨江仙】，四曲均第二句增一字作七字句，缺減第三句。較之《全唐五代詞》和凝"海棠香老春江晚"上闋，惟第三曲第二句增一字作七字句，然首句不當韻而韻，第三句當韻又不韻。另三曲較秦觀"千里瀟湘接藍浦"上闋，僅減省第二句。但戲文雖有截取【引子】數句而用者，如《張協狀元》第二十齣【臨江仙】即僅用後三句，但罕見破壞句段而用之者。姑存其曲，俟後詳考。後三曲原失題，據譜補之。

【縷縷金】

1.【中吕過曲】家鄉遠，路途貧，多行十數里，不覺已黄昏。鼓角聲悲咽，斷柴門。此間投一宿奔前程，途中寂寞暗消魂，寂寞暗消魂。

明傳奇《尋親記》，《正始》頁 396

2.【中吕過曲】心悒怏，好艱辛，孤村聞犬吠，風雪夜歸人。此間一宿店，投奔且安身。思親回首望孤雲，(合)何日得歡慶，何日得歡慶。

《教子》，《定律》卷六頁 45

《正始》列第一曲爲第三格，題注："第六句減爲三字。"《定律》以第二曲爲第二格。《寒山曲譜》、《大成》卷十均以第二曲爲【又一體】，疊用"回首望孤雲"一句，删去末二句，與此不同。《大成》署《尋親記》。《尋親記》第三十二齣《相逢》存此二曲，與此第一曲破第七句作"5，3△"二句，第二曲疊用第七句末五字，删末二句，均不分正襯。《定律》《大成》題署不同，實爲同劇。

【簇御林】

【商調過曲】聽言語，真可悲，果是知書本分儒。……①

明傳奇《尋親記》，《正始》頁 727

① 《古本戲曲叢刊》本《周羽教子尋親記》第十八齣存録【簇御林】二曲，其始調辭云："聽言語，真可悲，果是知書本分儒。可憐流落無依倚，不如寄迹吾家裏。(合)好傷悲，相逢到此，不由得淚如珠。"

《正始》列此爲第三格，題注："第三變爲七字一句。"尾批："下皆同，不録。此三句直似【啄木兒】句法。"

【簇杖】

1.【南吕調近詞】恓惶苦萬千，指望爲姻眷，誰知他把奴拋閃。(合)負心的是張協李勉，到底還須瞞不過天。天，一時一霎喪黄泉。便做個鬼靈魂，少不得陰司地府也要重相見。

2.【前腔】寃家主意偏，苦不聽奴勸。奴有黄金釵送與你做盤纏，表奴心願。(合前)　　明傳奇《崔君瑞》，《正始》頁 1183

格式：$5_{\triangle}$，$5_{\triangle}$，7 乙$_{\triangle}$。7 乙$_{\triangle}$，7 乙$_{\triangle}$。$1_{\triangle}$，$7_{\triangle}$。5，$7_{\triangle}$。　　9 句

《正始》列第一曲爲正格，題注："或作【錦簇杖】，誤。"列第二曲爲【前腔】第二格，題注："第三句下增四字一句。"《定律》卷八、《大成》卷十八都僅引第一曲，爲正格，題【簇仗】；《大成》署《江天雪》，以末四句入(合)。"杖""仗"，音同形近而誤。《南戲拾遺》卷下將此二曲入《凍蘇秦》，當改。

《訂律》無此調。

【應時明近】

【道宫調近詞】崎嶇去路賒，見疊疊幾簇人煙風景佳。遣人停住馬，扁舟一葉，丹青圖畫，一抹翠雲挂。

明傳奇《陳光蕊》，《正始》頁 1285；元传奇《江流》，《寒山堂谱》卷一頁 651 下半葉

格式：$5_{\triangle}$，$7_{\triangle}$。$5_{\triangle}$，4，$4_{\triangle}$，$5_{\triangle}$。　　6 句

《正始》列此曲爲第二格，題注："首末皆五字，'無語淚闌干'同體。""無語淚闌干"爲明散套《芳菲過眼》【應時明近】首句。《正始》【道宫調】目録【應時明近】題注："此調，今皆認爲【鵝鴨滿渡船】，大

謬。"頁 1284【道宫調近詞・拗芝麻】尾批:"今蔣、沈二譜皆於【仙吕宫】誤收明傳奇《陳光蕊》一曲,亦即此數調也,但不去分題剖調,統作一【拗芝麻】,誤之甚矣。今特按調分題,一一疏明於下,不惟便於後學,且又爲'釣漁舟'諸調一證。""釣漁舟"爲明散套《天長地久》【應時明近】首句前三字,列此調第三格。《舊譜》卷一、《沈譜》卷一、《寒山堂譜》卷一俱引此曲爲例曲,題【仙吕過曲・拗芝麻】。《舊譜》《沈譜》之引曲,據《正始》分析,是合【應時明近】【雙赤子】【畫眉兒】【拗芝麻】四曲成一曲,而不再分體析調;尾綴【尾聲】。《寒山堂譜》之曲,是以《沈譜》之【應時明近】【雙赤子】加【畫眉兒】首二句爲始調,以【畫眉兒】後四句加【拗芝麻】爲【其二】,故名雖同而格全異。《新譜》卷一【河傳序】眉批:"原有【拗芝麻】一曲,調長韻雜,且腔板難查,從馮刪。"細考之,所謂【拗芝麻】,在《盛世新聲》酉集、《詞林摘豔》乙集、《雍熙樂府》卷十六等均入【仙吕・聚八仙】"巴到西厢"南套,然前一曲"巴到西厢"爲元傳奇《西厢記》曲,此曲《詞林摘豔》題《江流上路》,則此又是後世曲選擇取不同戲曲作品之曲强扭爲一套之例。此從《正始》。

《訂律》無此調。

十 八 筆

【鵝鴨滿渡船】

1.【仙吕過曲】只見釣魚船隨浪滾,釣魚船隨浪滾,只見傍水人家户半扃。時見天漸暝,時見天漸暝。只見邊城戍鼓暮猿啼,教人越添愁悶。

2.【仙吕過曲】蘆花岸蓼花汀,蘆花岸蓼花汀,能解閑行有幾人。

只見浪鷗眠未穩，浪鷗眠未穩。只見水雲深處，澄波數點，兀的不是野岸漁燈。

元傳奇《元永和》，《寒山堂譜》卷一頁 660 下半葉，《寒山曲譜》頁 601

《寒山堂譜》以《趙氏孤兒》“駙馬和公主”爲【鵝鴨滿渡船】之正格，列此二曲爲【又一體】，較正格爲減句格。其《譜選古今傳奇散曲集總目》有《元永和鬼妻傳》，注云：“龍猶子云：‘洪武間一教諭作。’惜未詢其姓字。”則其雖署“元傳奇”，或當爲明代作品。趙景深《考略》頁 114：“此劇《九宫正始》録有殘曲，《南詞定律》亦有。《宋元戲文百一録》錢先生疑此亦爲元南戲，今可信爲洪武間作品，相差不遠。《九宫正始》題‘明傳奇’，亦是。”《寒山曲譜》亦以此二曲爲【又一體】，《大成》卷二亦以第二曲爲【又一體】，均署“散曲”，未注時代。《定律》卷三、《簡譜》卷七均有【道宫過曲・鵝鴨滿渡船】，俱引《長生殿》“只見五雲中宫闕影”爲例曲，合此二曲爲一調，僅句格略有不同。尾批都嚴肅批評“以第八句以下爲【前腔】，分爲二曲”的錯誤。《簡譜》尾批：“此曲又名【應時明近】，與【小石】之【鵝鴨滿渡船】不同。舊譜中有以‘花陰下’（下片首句）起，爲此調【换頭】，分作兩曲者，則‘兀的不是，上有紅燈’（下片末句）句，當作上三下四句方合。但‘欄杆畔’（上片末句）上並無點板，而‘兀的不是’句，明明有板，是此曲只有一疊無二疊也，故不分段焉。且【鵝鴨滿渡船】之名，除【小石調】一體外，尚有【拗芝麻】一曲，亦蒙此稱，以至學者無從探討。即《長生殿》《曇花現》《永團圓》等坊本，亦皆含糊命名，遂成南曲中聚訟之地，余因一一爲之辨析云。”由此可見此曲從元明之際到清初的演進和變化軌迹。細考之，此二曲實即《正始》頁 1287【應時明近】，題注：“俗作【鵝鴨滿渡船】，謬。”題署“明散套《天長地久》”。第二句不用疊句，句字、句格亦略有不同。“天長地久”爲明人王九思【仙吕・八聲甘州】《閨情》南套首句，見《群音類選・清腔類》卷一、《吴歈萃雅》亨卷、《珊珊集》卷二、《南音三籟》散曲卷上等。《群音類選》《珊珊集》題此二曲作【降黄龍犯】【前腔】，《吴歈萃雅》《南音三籟》併二曲爲一曲，題【鵝鴨滿渡船】，題注：“或刻【黄龍滚】，誤甚。”此姑存舊名，存録備考。

【綉停針】

1. 【越調過曲】員外傳語,休得錯寫弄璋詩。令男女特來賀喜,賀你掌上明珠。喜今朝彌月之時,聊借此微表芹意。將來薄禮肉和米,望娘子休怪物禮微,幸笑留勿罪休推。

明傳奇《尋親記》,《正始》頁 822

2. 【越調過曲】五魂飛,哭哭啼啼,鐵心腸不似你。都撇在九霄雲兒裏,閃得我没邊際。妾身何娘子,向陰司告你這負心的,自有傍州例。　　《江天雪》,《定律》卷十三頁 294,《大成》卷二十四頁 2185

第一曲,《正始》列此爲第六格,題注:"第三句雖七字,節文不同;第四句減爲六字。"第二曲,《定律》《大成》均列此曲爲【又一體】,較正格首增三字一句,第五句後減省七乙兩句,餘大同小異。

【雙鸂鶒】

1. 【正宫過曲】聽伊説著怒起,丁靈王直恁無理。既愛我,教伊送酒食,將咱來羞恥。好乳酪,和捲餅,盡皆撒地。衣和帽一齊都扯碎。

明傳奇《蘇武》,《正始》頁 214

2. 【正宫過曲】我如今心歡意喜,這人命周羽殺之。屍在他門首,要他招一定無疑。你火速,辦狀詞,到官司伸理,係干人命難逃避。經官驗,死人屍,勘周羽故殺是實。　　明傳奇《尋親記》,《正始》頁 216

3. 【正宫過曲】看伊家儒弱瘦臉,怎説出無理之言。既來飲酒,怎推得囊裏無錢? 枉被人打數拳,到底難免。

4. 【前腔第二换頭】非干是我相輕賤,聽哀告望相憐念。我是他鄉,流落此間。驀然見,他兩個,抵死相牽。要請歸誰知他先自分散。

5. 【前腔第三换頭】聽詐言,未必然,休得要喬斯埋冤,到官司廳上明台判。你若□,要到官,拚一命先上黄泉。

明傳奇《尋親記》十八折,《正始》頁217①

6.【中吕調近詞】日日共開樽命友,向牡丹花下傳杯。須是廣設羅綺,滿堂列珠翠。奏管弦,列鼓樂,拚却今宵醉。似神仙降赴瑶池會,教人盡誇一對兒。　傳奇失名,《正始》頁1134

7.【正宫過曲】你不知那奸細,要迫我降順胡兒。恁回去,上覆你大王請恕罪。寧死做,首陽山,齊夷之鬼,决不圖賜號封王享富貴。

元傳奇《牧羊記》,《寒山堂譜》卷二頁676下半葉

格式:7乙$_{\triangle}$,7乙$_{\triangle}$。6$_{\triangle}$,5$_{\triangle}$。3,3,5$_{\triangle}$。7$_{\triangle}$,7$_{\triangle}$。　9句

此爲第六曲【中吕調近詞】詞格。另六曲均屬【正宫過曲】,詞格已前揭。

《正始》列第一曲爲【正宫過曲】第二格,題注:"與《王質》第一曲同,但彼於末句下外增三句。"尾批:"第二曲與上同,不録。【前腔第三换頭】與《蔡伯喈》【第三换頭】同,不録。【前腔第四换頭】與《蔡伯喈》【第四换頭】同,不録。"則此調原連用四支。列第二曲爲第四格,題注:"與《王魁》第一曲同。"列第三曲爲第五格,題注:"與《王仙客》第一曲同,但此減末一句。"第四曲題注:"與《千金》始調同,但此於第三句上少三字。"第五曲題注:"與《王魁》【第三换頭】之下截六句同。"眉批:"'若'字下脱一字,俟續。"尾批:"已上諸調,雖各不一,然皆元詞格體,並非誣妄,但今識者甚少。"《寒山堂譜》以第七曲爲【又一體】,尾批:"《舊譜》正收一曲,不知此牌名四曲句法,各不同,使後人生吞活扯,幾不成曲。試看《牧羊記》,方知《琵琶》四曲非無本也,《千金記》疑是而實非,作者辨之。"《寒山曲譜》與此同。此與《正始》【正宫・雙瀏鶒】第二格《王仙客》"憶昔玳瑁筵前",僅首句句節不同,第三句減一字,第四句增一字,餘同。

《正始》列第六曲爲【中吕調近詞・雙瀏鶒】,題注:"與【正宫・雙瀏鶒】不同,與下【番鼓兒】止争第四句句法。"此調既失劇名,又失時

① 原作"《尋親記》十八折明傳奇",此依例改,以求曉暢。

代。陸侃如、馮沅君《南戲拾遺》卷上已存録，錢南揚《輯佚》、《全元戲曲》卷十二均不録。此姑依例，存録備考。

《定律》卷二引第一曲爲正格，題《牧羊》，句字與此較大變化。列第二曲爲【又一體】之【换頭】，與此同。《蘇武牧羊記》第十四齣《送食》存第一曲等四支，其第四支即此第七曲。《六十種曲》本《尋親記》第九齣《唆訟》存第二曲等二支，第十八齣《騙局》存此三曲，後二支題【前腔】。則"明傳奇"與"十八折明傳奇"之曲均爲《六十種曲》本所承，第五曲第五、六兩句併作"你若要到官"一句。

《訂律》無此【中吕調近詞・雙鸂鶒】一調。

【轉山子】

【南吕引子】夢叶麒麟應佳兆，又添我無聊。才離了十月懷擔，又恐惹一場煩惱。戰兢兢度日，算吉凶未保。

明傳奇《陳光蕊》，《正始》頁521，《舊譜》卷四頁126

"十月懷擔"，不可解；《沈譜》卷十二、《新譜》卷十二、《定律》卷八、《大成》卷四十八均作"十月懷胎"，是。

【雙赤子】

【道宫調近詞】遠霧罩汀沙，見白鷗數行飛，見人來也，驚起入蘆花。小舟釣艇，收綸入浦，弄笛相和。

明傳奇《陳光蕊》，《正始》頁1285，《舊譜》卷一頁75

《正始》列此爲第四格，題注："此即'勘破塵勞'體，但第二、三句互倒。""勘破塵勞"爲第二格元散套《勞生擾擾》【雙赤子】首句。《正始》【道宫調】目録【雙赤子】題注："此調，今人皆謂【赤馬兒】，亦謬。"《舊譜》、《新譜》卷一均併入【拗芝麻】中。《簡譜》卷七【雙赤子】尾批："此調句法，與【赤馬兒】大異，不知何以相混。"此調混亂已久，《正始》

頁 1279【道宫調近詞·雙赤子】尾批已作詳細考辨,故所謂“不知何以相混”之説,其實是可以大致梳理的。【沈譜】卷一、趙景深《考略》頁 73 同,與此句字略異。

【繞地風】

【商調引子】榮華富貴,都總是前生前世,不由人較計。風雲際會,正遭遇化龍之日。免被傍人,把儒冠笑恥。

明傳奇《凍蘇秦》,《正始》頁 701

格式:4$_{\triangle}$,7 乙$_{\triangle}$,5 乙$_{\triangle}$。4$_{\triangle}$,7 乙$_{\triangle}$。4,4$_{\triangle}$。　7 句

《正始》列此爲例曲。南曲諸譜未見此調著録。

《訂律》無此調。

十　九　筆

【懶畫眉】

【南吕過曲】職掌中郎荷明君,旦夕趨蹌金馬門。太平無可報洪恩,自覺才愚鈍,(合)惟有義膽忠肝奉到尊。

《牧羊》,《定律》卷八頁 297

《定律》以此爲正格。

【羅江怨】

【南吕過曲】【香羅帶】風清月正圓，行到海邊。嬌啼細語誰見憐，羞花容貌更鮮妍也。【一江風】奈我時乖，此身多命蹇。簫台鸞鳳仙，巫山雲雨慳，【怨别離】甚日得從人願？　明傳奇《蘇武》，《正始》頁 563

《正始》列此爲正格。《定律》卷八、《大成》卷五十一均題《牧羊》，與此同。

二十筆及以上

【蠻牌令】

【越調過曲】平日軟心腸，見了他好悽惶。忍饑並受冷，終日在街傍。我如今不免去救他，可憐見他年老離鄉。强打醮，勝燒香，婆婆頻來，此處何妨。　《江流》，《舊譜》卷六頁 180

【纏枝花】

【南吕過曲】告壯士聽拜啓，念我是儒生輩。要財寶都拿去，望周全歸人世。好笑你無道理，敢把我如兒童戲。若要我周全你，只饒你個血流體。　明傳奇《陳光蕊》，《正始》頁 535，《舊譜》卷四頁 136

《正始》、《舊譜》、《寒山曲譜》、《定律》卷八均列此爲正格。《正始》題注："此曲前後兩段相對。"頁 405 引此第四至六句。《沈譜》卷

十二、《新譜》卷十二、《大成》卷四十九均以此爲【又一體】，《沈譜》眉批："以下二曲（指本曲與【賀新郎衮】）雖甚拙，然自是不可及。"

【鏵鍬兒】

1.【越調過曲】受盡了千磨百滅，一點丹心似鐵。欲待勸哥哥降順，有口難説。思量恁忠潔，好似嚴霜皎月。我自怨嗟，徒意切。（合）羞慚滿面，悄地偷彈淚血。

2.【前腔換頭】爲人臣子，當爲君親守節。我若見利忘恩，肯與盜賊無别？你教我順腥膻，寧甘殞絶。我意已竭，和你從此别。（合）若是貪圖榮貴，那肯餐氈齧雪。

《牧羊》，《定律》卷十三頁 292，《大成》卷二十四頁 2192

《定律》以第一曲爲第二格，以第二曲爲【前腔換頭】例曲。《大成》僅録第二曲，題【又一體】，尾批："【鏵鍬兒】二闋，格式相同，惟第四句一作七字句，一作五字句，除此異，餘悉同。"

【鐵騎兒】

【仙吕過曲】報軍期，報軍期，兩脚不停住，快走如飛。受了多少戰兢兢，潛地裏逃走回歸。　明傳奇《蘇武》，《正始》頁 284

《正始》列此爲第三格，題注："第三句下皆變。"《定律》卷四以末句作合頭。

【鶯啼序】

【商調過曲】捻來象管批繭紙，你與我除去濃墨。把玉纖指咬破皮開，蘸着鮮血來書。做不得挖目斷臂，也只爲結髮恩義。孝名虧，爲人保不得髮膚與身體。　《江流》，《舊譜》卷七頁 190

【灞陵橋】

【仙吕入雙調過曲】七個月在親懷抱間，早没了親爹，却教娘受孤單。有誰與孩兒做主，只得告取蒼天。我親的只有孩兒在眼前，念你是周家骨血，異日繼祖宗香煙。嗏，願你容易長，容易養，休忘了，四不知京娘怨。　　明傳奇《尋親記》，《正始》頁916

《正始》列此爲第三格，題注："此格於第六之七字句下大變。"《定律》卷四、《大成》卷六十三均引此爲【又一體】，句字與此有所變化。《定律》尾批："此曲與上三體各相矛盾，竟不知誰爲正體，大意即同【念佛子】【梧葉兒】之類，體數最繁。此皆作者以爲小曲，無甚關係，況又不入套數，故各以臆見，隨筆粧出，殊不知後之作家，難與彙齊也。"查《六十種曲》本《尋親記》第十九齣《得胤》，用【商調引子·憶秦娥】-【仙吕入雙調過曲·灞陵橋】-【字字雙】-【越調過曲·綉停針】2-【商調過曲·山坡羊】2成套，然【灞陵橋】僅與【憶秦娥】同韻，則確爲單曲使用，《定律》所言當是。

【疊字錦】

1.【仙吕入雙調過曲】負心的也么嗏，把奴做，逃奴起解。好似熱地上蜒蚰掙了我，鬼門關難干罷。

2.【前腔】慢慢行程也么嗏，趲程途，半□寧耐。這套錦衣親做下，送與姐姐遮寒冷，若有事大家寧耐。　明傳奇《崔君瑞》，《正始》頁918

3.【仙吕過曲】兀的不是負心的也么猜，没前程，到底天不蓋。早難道心平過得海，我娘行還不盡悽惶債，嗏，把濕肉拌著乾柴。

《江天雪》，《定律》卷四頁547

《正始》列第一曲爲第四格，題注："此係減(句)格，與上三格甚不同。"列第二曲爲第五格，題注："比上始調又不同。"眉批："'半'字下脱一平聲字。”第三曲,《定律》、《大成》卷三均題【仙吕過曲】,列爲【疊字錦】之【又一體】。錢南揚《輯佚》頁 132 列此爲三曲之首曲,尾批:“在同一套中同一曲牌,句格應該差不多。現在此曲首句,比《正始》二曲多‘兀的不是’四字,明是《定律》《大成》根據《卧冰》的‘兀的不是痛殺人也么嗏’,《殺狗》的‘兀的不是誤了人也么嗏’句法加進去的。”是。《全元戲曲》卷十二頁 514 亦依第三曲、第一曲、第二曲排列。

【鶯啼春色中】

【商調過曲】【鶯啼序】一言激得人怒起,不由我生嗔。你是遭驅掠被擄奴胎,怎與我勳胄相親?假撇清粧聾作啞,虚禮數賣喬生分。(合)【絳都春】自今爲始,暮春朝牧,敢違分寸?

《黄孝子》,《沈譜》卷十七頁 587

格式:$7_{\triangle}$,$5_{\triangle}$。7乙,$6_{\triangle}$。7乙$_{\triangle}$,7乙$_{\triangle}$。$4_{\triangle}$,$4_{\triangle}$,$4_{\triangle}$。　9句

集曲。前用【商調過曲・鶯啼序】首六句,后用【黄鐘過曲・絳都春序】末三句。

《沈譜》、《簡譜》卷九以此爲例曲。《新譜》卷二十引此曲入【商黄調過曲】,與此同。卷首題注:“按十三調中有【商黄調】,乃【商調】【黄鐘】二調合成。方諸樂府中特標之,予兹另列,以備其一體。及查《墨憨齋稿》亦然,因參訂其曲之合調者録入。然必先商而後黄,乃不犯前高後低之病。”眉批:“先詞隱所著《古今詞林辨體》,予近得其遺稿,原備載【商黄調】之説,但未及編於譜。今補録爲當。”其反復申言,以證【商黄調】之確立。《舊譜・十三調南曲音節譜》即有【商黄調】,存名無曲,題注:“此系合犯,乃【商調】【黄鐘】各半隻或一隻合成者皆是也。但不許【黄鐘】居【商調】之前,由無前高後低之理。古人無此式也。”則【商黄調】皆集曲,且非古調,驗之《新譜》卷二十,確是如此。

《訂律》無此調。

【鬬寶蟾】

【越調過曲】行行巴蜀近，見少室希夷，似漢寢猶存。過却潼關隴豫，慈幃尚未能審。擲窨，想何時得扇黄香枕，豈憚衝寒冒雨津。華陰，不覺遠水遥岑。　　明傳奇《黄孝子》,《正始》頁 837

格式:$5_{\triangle}$,5,$5_{\triangle}$。6,$6_{\triangle}$。$2_{\triangle}$,$7_{\triangle\triangle}$,$7_{\triangle}$。$2_{\triangle}$,$6_{\triangle}$。　10 句

《正始》以此爲例曲，尾批:“據此‘何時’四句，直似【八聲甘州】，但此【鬬寶蟾】一調按元譜，然亦有目無詞。及遍查古今傳奇與古今散套，皆未嘗有之，僅見於《黄孝子》有此一詞，他處别無一曲可證，實爲可疑。今試備於此，俟博學訂教。”並詳考此與【黑蠊序】【山麻稭】之區别。《定律》卷十三引録此曲，與此僅正襯、句節略異。《九宫大成》卷二十五、《簡譜》卷十均引《月令承應》“天高碧無際”爲例曲，與此句格略有變化。

《訂律》無此調。

【驟雨打新荷】

【小石調近詞】推窗看撒玉葩，彤雲滿空歧路賒。冷逼重裘，只見亂紛紛蝶翅斜。子猷舟怎駕，浩然驢怎踏。端的壓折枯槎，凍損梅花，漸覺晚來密愈洒。　　明傳奇《黄孝子》,《正始》頁 1309

格式:6 乙$_{\triangle}$,$7_{\triangle}$。4,6 乙$_{\triangle}$。$5_{\triangle}$,$5_{\triangle}$。$4_{\triangle}$,$4_{\triangle}$,$7_{\triangle}$。　9 句

《正始》列此爲例曲，題注:“《蔣譜》爲即【荷葉鋪水面】，非。”《沈譜》卷十九、《新譜》卷二十一、《定律》卷七、《大成》卷六十三均引録此曲，《沈譜》題注:“即【荷葉鋪水面】。”《大成》署《節孝記》。《舊譜·十三調南曲音節譜》【小石調】存此調牌，題注:“即【荷葉鋪水面】。”然存目無辭。較《正始》【小石調近詞·荷葉鋪水面】正格《吕蒙正》體，僅第五、第六兩句各增一字作五字句，餘俱同。仍從《正始》，别作一曲。

此調爲元好問所創北曲。《輟耕録》卷九《萬柳堂》:“【小聖樂】乃【小石調】曲,元遺山先生好問所制,而名姬多歌之,俗以爲【驟雨打新荷】者是也。”其曲今存,入北曲【雙調】。清人徐本立《詞律拾遺》卷三方以其曲入詞,名【小聖樂】。《全宋詞》《全金元詞》既無【驟雨打新荷】,亦無【小聖樂】。宋大曲有【道調宫・大聖樂】,存目無辭。詞調有【大聖樂】,雖然署名康與之、陸游的作品尚難確定,但據宋末劉辰翁【大聖樂】“芳草如雲”序,稱所題康與之【大聖樂】詞爲“古詞”,又稱“此曲少有作者,流爲善歌”,可見傳唱廣泛。諸宫調有【道宫・大聖樂】,與詞調不同,與南、北曲【驟雨打新荷】均不同。宋雜劇有【大聖樂】三本,王國維《宋元戲曲史》五入“用大曲者”類。北曲【驟雨打新荷】與詞調【大聖樂】不同,但轉换之迹依稀可辨。故此調出宋大曲,入詞調、諸宫調;元好問或承詞調【大聖樂】改創北曲【驟雨打新荷】;戲文與其不同,但轉换之迹可尋,當是轉换承於北曲,後傳入南曲。

《訂律》無此調。

主要參考書目

一、戲文三種

錢南揚《永樂大典戲文三種校注》(簡稱"校注"),中華書局 1979 年

"永樂大典戲文三種"(簡稱"戲文三種"),臺北"中央圖書館"藏明《永樂大典》卷一萬三千九百九十一鈔本

"永樂大典戲文三種",《古本戲曲叢刊初集》景印北京圖書館藏迻録永樂大典本

二、曲譜詞譜

蔣孝《舊編南九宫譜》(簡稱《蔣譜》或《舊譜》),王秋桂主編《善本戲曲叢書》第三輯第二十六册,臺灣學生書局 1984 年景印明嘉靖乙酉(1549)三徑草堂刻本

沈璟《增定南九宫曲譜》(簡稱《沈譜》),王秋桂主編《善本戲曲叢書》第三輯第二十七—第二十八册,臺灣學生書局 1984 年景印明末永新龍驤刻本

張彝宣《寒山堂新定九宫十三攝南曲譜》(簡稱《寒山堂譜》),《續修四庫全書》集部曲類第 1750 册,上海古籍出版社 1996 年景印中國藝術研究院音樂研究所藏鈔本

張彝宣《寒山曲譜》,《續修四庫全書》集部曲類第 1750 册,上海古籍出版社 1996 年景印北京大學圖書館藏鈔本

徐于室輯,紐少雅訂《彙纂元譜南曲九宫正始》(簡稱《正始》),王秋桂主編《善本戲曲叢書》第三輯第三十一册—第三十四册,臺灣學生書局 1984 年景印清順治辛卯(1651)精鈔本

沈自晉《南詞新譜》(簡稱《新譜》),中國書店 1985 年景印清順治乙未(1655)序刻本

王正祥《新訂十二律京腔譜》,王秋桂主編《善本戲曲叢書》第三輯第三十五—第三十六册,臺灣學生書局 1984 年景印清康熙甲子(1684)停雲室原刊本

呂士雄等《新編南詞定律》(簡稱《定律》),《續修四庫全書》集部曲類第 1751 册—第 1753 册,上海古籍出版社 1996 年景印清康熙(1662—1722)间刻本

王奕清等《欽定曲譜》,岳麓書社 2000 年據清康熙(1662—1722)末内府朱墨套印刊本排印並易名《康熙曲譜》

周祥玨、鄒金生等《九宫大成南北詞宫譜》(簡稱《大成》),王秋桂主編《善本戲曲叢書》第六輯第八十七册—第一百零四册,臺灣學生書局 1988 年景印清乾隆(1736—1795)内府刻本

吳梅《南北詞簡譜》(簡稱《簡譜》),《吳梅全集・南北詞簡譜卷》,河北教育出版社,2002 年

吳梅《長生殿傳奇校律》,《吳梅全集・理論卷・中》,河北教育出版 2002 年

萬樹《詞律》,上海古籍出版社 2009 年景印清光緒二年(1876)刻本

李玉《北詞廣正譜》(簡稱《廣正》),清康熙(1662—1722)青蓮書屋刻本

鄭騫《北曲新譜》,臺灣藝文印書館,1973 年

鄭騫《北曲套式彙録詳解》,臺灣藝文印書館,1973 年

葉慶炳《諸宫調訂律》,臺灣輔仁大學《人文學報》1974 年第 3 期、1975 年第 4 期、1976 年第 5 期抽印本

徐沁君《元曲鑒賞辭典・北曲曲牌》,上海辭書出版社,1990 年

王守泰《昆曲曲牌及套數範例集》(南套),上海文藝出版社,1994 年

王守泰《昆曲曲牌及套數範例集》(北套),學林出版社,1997 年

徐沁君《中國曲學大辭典・曲牌》,浙江教育出版社,1997 年

劉崇德《新訂九宫大成南北詞宫譜校譯》,天津古籍出版社,1998 年

劉崇德《中國古代曲譜大全》,遼海出版社,2009 年

吕薇芬《北曲文字譜举要》,社會科學文獻出版社,2012 年

趙義山《元曲鉴賞辞典・元散曲常用曲牌簡譜》,商務印書館國際有限公司,2012 年

三、總集别集

郭茂倩《樂府詩集》,中華書局,1991 年

彭定求等《全唐詩》,中華書局,1990 年

陳尚君《全唐詩補編》,中華書局,1992 年

任半塘《敦煌歌辭總編》,上海古籍出版社,1987 年

曾昭岷等《全唐五代詞》,中華書局,1999 年

唐圭璋《全宋詞》,中華書局,1988 年

孔凡禮《全宋詞補輯》,中華書局,1981 年

劉永濟《宋代歌舞劇曲録要》,古典文學出版社,1957 年

唐圭璋《全金元詞》,中華書局,2000 年

董解元《古本董解元西厢記》,上海古籍出版社 1984 年景印明嘉靖隆慶間(1522—1572)海陽適適子重梓本

陸侃如、馮沅君《南戲拾遺》,《陸侃如馮沅君合集》第肆卷,安徽教育出版社,2011 年

錢南揚《宋元南戲百一録》,古典文學出版社,1956 年

錢南揚《宋元戲文輯佚》(簡稱《輯佚》),古典文學出版社,1956 年

趙景深《元明南戲考略》(簡稱《考略》),作家出版社,1958 年

隋樹森《全元散曲》,中華書局,1981 年

臧懋循《元曲選》,中華書局,1977 年

隋樹森《元曲選外編》,中華書局,1980 年

王季思《全元戲曲》第九卷—第十二卷,人民文學出版社,1999 年

徐沁君《新校元刊雜劇三十種》,中華書局,1980 年
錢南揚《元本琵琶記校注》,上海古籍出版社,1980 年
劉念兹《宣德寫本金釵記校注》,廣東人民出版社,1985 年
俞爲民《明·成化本〈劉知遠還鄉白兔記〉校注》,浙江省藝術研究所《藝術研究》第三輯(總第十二輯),1986 年
俞爲民《殺狗記校注》,上海古籍出版社,1992 年
無名氏《原本王狀元荆釵記》,《古本戲曲叢刊初集》景印鄭振鐸藏影鈔明刊本
無名氏《重訂拜月亭記》,《古本戲曲叢刊初集》景印長樂鄭氏藏明世德堂刊本
無名氏《趙氏孤兒記》,《古本戲曲叢刊初集》景印綉谷唐氏世德堂刊本
無名氏《李九我批評破窑記》,《古本戲曲叢刊初集》景印長樂鄭氏藏明刊本
無名氏《岳飛破虜東窗記》,《古本戲曲叢刊初集》景印北京大學圖書館藏明富春堂刊本
無名氏《黄孝子尋親記》,《古本戲曲叢刊初集》景印長樂鄭氏藏鈔本
無名氏《周羽教子尋親記》,《古本戲曲叢刊初集》景印北京大學圖書館藏明富春堂刊本
無名氏《蘇武牧羊記》,《古本戲曲叢刊初集》景印大興傅氏藏舊鈔本
無名氏《重校金印記》,《古本戲曲叢刊初集》景印長樂鄭氏藏明刊本
徐朔方《沈璟集》,上海古籍出版社,1991 年
徐朔方、楊笑梅校注《牡丹亭》,人民文學出版社,1978 年
錢南揚校點《湯顯祖戲曲集》,上海古籍出版社,1978 年
毛晉《六十種曲》,中華書局 1982 年據文學古籍刊行社,1958 年版重印本
謝伯陽《全明散曲》,齊魯書社,1993 年

淩景埏、謝伯陽《全清散曲》,齊魯書社,1985 年

四、元明曲選

楊朝英《樂府新編陽春白雪》,浙江古籍出版社 1998 年《歷代散曲彙纂》景印清嘉慶十四年(1809)影鈔精校元刻十卷本

楊朝英《朝野新聲太平樂府》,浙江古籍出版社 1998 年《歷代散曲彙纂》景印《四部叢刊》所影元刻細字本

無名氏《樂府新聲》,浙江古籍出版社 1998 年《歷代散曲彙纂》景印《四部叢刊》三編本

無名氏《樂府群玉》,浙江古籍出版社 1998 年《歷代散曲彙纂》景印《散曲叢刊》本

無名氏編、盧前校《樂府群珠》,商務印書館 1955 年

臧賢《盛世新聲》,文學古籍刊行社 1955 年景印明正德十二年(1517)刻本

張禄《詞林摘豔》,文學古籍刊行社 1955 年景印明嘉靖乙酉(1525)刻本

郭勳《雍熙樂府》,浙江古籍出版社 1998 年《歷代散曲彙纂》景印《四部叢刊續編》本

徐文昭《新刊耀目冠場擢奇風月錦囊正雜兩科全集》,王秋桂主編《善本戲曲叢書》第四輯第三十七册,臺灣學生書局 1987 年景印明嘉靖癸丑(1553)書林詹氏進賢堂重刊本

孫崇濤、黄仕忠《風月錦囊箋校》,中華書局,2000 年

陳與聞《新鎸古今大雅南宫詞紀》,浙江古籍出版社 1998 年《歷代散曲彙纂》景印明萬曆(1573—1619)陳氏繼志齋刻本

陳與聞《新鎸古今大雅北宫詞紀》,浙江古籍出版社 1998 年《歷代散曲彙纂》景印明萬曆(1573—1619)陳氏繼志齋刻本

陳與聞編、趙景深校訂《南北宫詞紀》,中華書局,1959 年

張叔楚、張旭初《白雪齋選訂樂府吴騷合編》,浙江古籍出版社 1998 年《歷代散曲彙纂》景印《四部叢刊續編》本

無名氏《精刻彙編新聲雅雜樂府大明天下春》,[俄]李福清,[中]

李平編《海外孤本晚明戲劇選集三種》，上海古籍出版社 1993 年景印奧地利維也納國家圖書館藏萬曆(1573—1619)前期刻本

黄文華《新鍥精選古今樂府滚調新詞玉樹英》，[俄]李福清，[中]李平編《海外孤本晚明戲劇選集三種》，上海古籍出版社 1993 年景印丹麦哥本哈根皇家圖書館藏萬曆己亥(1599)刻本

阮祥宇《梨園會選古今傳奇滚調新詞樂府萬象新》，[俄]李福清，[中]李平編《海外孤本晚明戲劇選集三種》，上海古籍出版社 1993 年景印丹麦哥本哈根皇家圖書館藏萬曆(1573—1619)刻本

劉君錫《新鐫梨園摘錦樂府菁華》，王秋桂主編《善本戲曲叢書》第一輯第一册，臺灣學生書局 1984 年景印明萬曆庚子(1600)書林三槐堂刻本

吉州景居士《鼎刻時興滚調歌令玉穀新簧》，王秋桂主編《善本戲曲叢書》第一輯第二册，臺灣學生書局 1984 年景印明萬曆(1573—1619)書林劉次泉刻本

襲正我《新刊徽板合像滚調樂府官腔摘錦奇音》，王秋桂主編《善本戲曲叢書》第一輯第三册，臺灣學生書局 1984 年景印明萬曆三十九年(1611)書林敦睦堂張三懷刻本

黄文華《新刻京板青陽時調詞林一枝》，王秋桂主編《善本戲曲叢書》第一輯第四册，臺灣學生書局 1984 年景印明萬曆三十五年(1607)前後書林葉志元刻本

黄文華《鼎鐫昆池新調樂府八能奏錦》，王秋桂主編《善本戲曲叢書》第一輯第五册，臺灣學生書局 1984 年景印明萬曆三十五年(1607)前後書林愛日堂蔡正河刻本

王稺登《吴騷集》，臺灣“國圖”藏明萬曆四十二年(1614)刻本複印本

程萬里《鼎鐫徽池雅調南北官腔樂府板點曲響大明春》，王秋桂主編《善本戲曲叢書》第一輯第六册，臺灣學生書局 1984 年景印明萬曆(1573—1619)書林金魁刻本

熊稔寰《新鋟天下時尚南北徽池雅調》，王秋桂主編《善本戲曲叢書》第一輯第七册，臺灣學生書局 1984 年景印明萬曆(1573—1619)

書林燕石居主人刻本

殷啓聖《新鋟天下時尚南北新調堯天樂》，王秋桂主編《善本戲曲叢書》第一輯第八册，臺灣學生書局 1984 年景印明萬曆（1573—1619）書林熊稔寰刻本

紀振倫《新刊分類出像陶真選粹樂府紅珊》，王秋桂主編《善本戲曲叢書》第二輯第十、第十一册，臺灣學生書局 1984 年景印明萬曆壬寅（1602）唐振吾刻本

周之標《吴歈萃雅》，王秋桂主編《善本戲曲叢書》第二輯第十二、第十三册，臺灣學生書局 1984 年景印明萬曆丙辰（1616）長洲周氏刻本

周之標《新刻出像點板增訂樂府珊珊集》，王秋桂主編《善本戲曲叢書》第二輯第十四册，臺灣學生書局 1984 年景印明末刻本

淩虚子《月露音》，王秋桂主編《善本戲曲叢書》第二輯第十五、第十六册，臺灣學生書局 1984 年景印明萬曆（1573—1619）刻本

許宇《詞林逸響》，王秋桂主編《善本戲曲叢書》第二輯第十七、第十八册，臺灣學生書局 1984 年景印明天啓三年（1623）萃錦堂刻本

沖和居士《新鐫出像點板怡春錦曲》，王秋桂主編《善本戲曲叢書》第二輯第十九、第二十册，臺灣學生書局 1984 年景印明崇禎（1628—1644）刻本

無名氏《新鐫樂府清音歌林拾翠》，王秋桂主編《善本戲曲叢書》第二輯第二十二—第二十五册，臺灣學生書局 1984 年景印清奎壁齋、寶聖樓、鄭元美等書林覆刻本

洞庭簫主人《新刻點板樂府南音》，王秋桂主編《善本戲曲叢書》第四輯第四十五册，臺灣學生書局 1987 年景印明萬曆（1573—1619）刻本

無名氏《賽徵歌集》，王秋桂主編《善本戲曲叢書》第四輯第四十六、四十七册，臺灣學生書局 1987 年景印明萬曆（1573—1619）刻巾箱本

張栩《綵筆情辭》，王秋桂主編《善本戲曲叢書》第五輯第七十五、七十六册，臺灣學生書局 1987 年景印明天啓（1621—1627）刻本

胡文焕《群音類選》，中華書局 1980 年景印明萬曆（1573—1619）

文會堂《格致叢書》刻本

凌濛初《南音三籟》，上海古籍書店 1963 年景印上海圖書館藏明末原刊本配補北京圖書館藏康熙增訂本

馮夢龍《太霞新奏》，海峽文藝出版社 1986 年《馮夢龍叢書》第二集景印明崇禎(1628—1644)刻本

五、其他材料

劉昫等《舊唐書・音樂志》，中華書局，1975 年

脱脱等《宋史・樂志》，中華書局，1977 年

孟棨《本事詩》，上海古籍出版社《本事詩續本事詩本事詞》，上海古籍出版社，1991 年

任半塘《教坊記箋訂》，中華書局，2012 年

段安節《樂府雜録》，中國戲曲研究院《中國古典戲曲論著集成》(一)，中國戲劇出版社，1982 年

王灼《碧雞漫志》，中國戲曲研究院《中國古典戲曲論著集成》(一)，中國戲劇出版社，1982 年

陳鐵民、侯忠義《岑参集校注》，上海古籍出版社，2004 年

蘇鶚《蘇氏演義》，《蘇氏演義》(外三種)，中華書局，2012 年

高承《事物紀原》，文淵閣《四庫全書》第 920 册，上海古籍出版社，1987 年

吴曾《能改齋漫録录》，《宋元筆記叢書》，上海古籍出版社，1984 年

孟元老《東京夢華録》，《東京夢華録》等五種合編本，中國商業出版社，1982 年

無名氏《都城紀勝》，《東京夢華録》等五種合編本，中國商業出版社，1982 年

吴自牧《夢粱録》，《東京夢華録》等五種合編本，中國商業出版社，1982 年

周密《武林舊事》，《東京夢華録》等五種合編本，中國商業出版社，1982 年

陳元靚《纂圖增新群書類要事林廣記》,元至元六年(1340)刻本
胡道静《夢溪筆談校證》,上海人民出版社,2011 年
燕南芝菴《唱论》,中國戲曲研究院《中國古典戲曲論著集成》(一),中國戲劇出版社,1982 年
周德清《中原音韻》,中國戲曲研究院《中國古典戲曲論著集成》(一),中國戲劇出版社,1982 年
王鋼《録鬼簿三種校訂》,中州古籍出版社,1991 年
陶宗儀《南村輟耕録》,中華書局,1997 年
陶宗儀《説郛》,《説郛三種》,上海古籍出版社 1989 年景印明刻本
姚品文點校箋評,洛地審訂《太和正音譜箋評》,中華書局,2010 年
《永樂大典目録》,中華書局,2012 年
李復波、熊澄宇《南詞叙録注釋》,中國戲劇出版社,1989 年
何良俊《曲論》,中國戲曲研究院《中國古典戲曲論著集成》(四),中國戲劇出版社,1982 年
陳多、葉長海《曲律注釋》,上海古籍出版社,2012 年
郎瑛《七修類稿》,中華書局,1959 年
沈德府《萬曆野獲編》,中華書局,1997 年
沈寵綏《弦索辨訛》,中國戲曲研究院《中國古典戲曲論著集成》(四),中國戲劇出版社,1982 年
沈寵綏《度曲須知》,中國戲曲研究院《中國古典戲曲論著集成》(四),中國戲劇出版社,1982 年
徐珂《清稗類鈔》,中華書局,1986 年
汪灝等《廣群芳譜》,上海書店 1985 年據商務印書館 1935 年《國學基本叢書》本景印
沈乘麐《重斠韻學驪珠》,光緒十八年(1892)秋華堂顧文善齋刻本
《筆記小説大觀》,江蘇廣陵古籍刻印社,1983 年
王國維著,中國戲劇出版社編《王國維戲曲論文集》,中國戲劇出版社,1984 年
吴梅《霜崖曲話》,《吴梅全集・理論卷・下》,河北教育出版,2002 年
青木正兒《中國近世戲曲史》,作家出版社,1958 年

袁世碩編《馮沅君古代文學論文集》，山東人民出版社，1980 年
胡忌《宋金雜劇考》，古典文學出版社，1957 年
胡忌《宋金雜劇考》(修訂本)，中華書局，2008 年
胡忌《菊花新曲破——胡忌學術論文集》，中華書局，2008 年
錢南揚《戲文概論》，上海古籍出版社，1981 年
錢南揚《漢上宧文存》，中華書局，2009 年
王守泰《昆曲格律》，江蘇人民出版社，1982 年
中國藝術研究院音樂研究所《中國音樂詞典》編輯部《中國音樂詞典》，人民音樂出版社，1985 年
李昌集《中國古代散曲史》，華東師範大學出版社，1991 年
李昌集《中國古代曲學史》，華東師範大學出版社，1997 年
周維培《曲譜研究》，江蘇古籍出版社，1997 年
曾永義《从腔調説到昆劇》，臺北"国家出版社"，2002 年
魯國堯《魯國堯語言學論文集》，江蘇教育出版社，2003 年
俞爲民《曲體研究》，中華書局，2005 年
施德玉《板腔體與曲牌體》，臺北"国家出版社"，2010 年
俞爲民《中國古代曲體文学格律研究》，中華書局，2012 年
楊棟《元曲起源考古研究》，中國社會科學出版社，2014 年
黄仕忠《宋元戲文拾遺》，《中山大學學報》1994 年第 1 期
陳多《宋雜劇考略》，《藝術百家》1997 年第 2 期
楊棟《冀南出土磁窑器物上的金元詞曲》，《文藝研究》2004 年第 1 期
楊棟《【山坡羊】曲調源流述考》，《文學遺産》2010 年第 2 期
曾永義《論説"建構曲牌格律之要素"》，《第四届兩岸韻文學學術研討會論文集——創作與格律》，臺湾世新大学，2012 年
張正學《試論宋元南戲的韻係、韻部與用韻》，《戲劇藝術》2014 年第 4 期
張曉蘭《合生新考》，《東南大學學報》2014 年第 6 期
錢毅《宋代江浙詩韻研究》，揚州大學 2008 年中國古代文學專業博士學位論文

曲牌拼音索引

説　　明

1. 本索引收録正編與附録單列條目的全部曲牌,按照拼音字母次序排列。

2. 曲牌後數字爲頁碼。

3. 一個曲牌在正編與附録中重復出現,則在頁碼中用間隔符號“/”斷開。

C

D

E

F

G

H

J

K

L

M

N

P

Q

R

S

T

W

X

Y

Z

後記

猶如晦暗迷濛中對晨曦的期盼，我曾多次激動地想象爲此書寫後記時的情形，但現在真的動筆反顯平静。激動是因爲二十多年來經歷了很多難忘之事，平静則是因爲需要直面自己的全部工作以及功過得失。

這個課題最初萌生於攻讀博士學位時徐沁君先生的《曲律學》和王世華先生的《音韻學》課程。我以王《西厢》中一折的曲牌與聯套問題、《張協狀元》的押韻問題提交了課程論文，得到了兩位先生的肯定與鼓勵。當時就想：既然《張協狀元》用韻與《中原音韻》不合，反與《韻學驪珠》相近，如果將“戲文三種”的曲牌系統梳理一下，情况會怎樣呢？

1996年夏博士畢業，我爲楊棟兄餞行。兄弟二人，酒酣耳熱，意氣風發，議論縱横，相約由博士論文上溯南北曲起源，各領一端。這次交流確定了這個研究方向，並孜孜於兹二十餘年。

真正實施起來，研究難度之大、涉及問題之多，是當時遠没有想到的。由“戲文三種”到《九宫正始》，又旁及《舊譜》《沈譜》《新譜》，後發現《寒山堂譜》和《寒山譜》中也有“元傳奇”“元詞”，再进一步擴展到《欽定曲譜》《南詞定律》《九宫大成》《南北詞簡譜》，雪球越滚越大，問題也越來越多，而所謂“訂律”，是需要考辨與認證的。徐沁君先生創立了曲牌流變考察的方法，我在工作中就必須盡可能考察所有文獻，審慎分析既有的全部觀點與意見，考鏡源流，上掛下聯，期望獲得更爲公允、平正的認識。我曾在2002年申請獲批了國家社科基金項目和江蘇省哲學社會科學研究重點項目，2011年又申請了教育部後期資助重點項目，慚愧的是今天才算真正作了一個交待。我曾以“雙肩挑”、教學科研多綫並進自嘲爲解，但與那些工作好、貢獻大、學問深的師友相比，這個理由站不住脚，還是自己用功不深、趕時不切！楊棟兄的《元曲起源考古研究》已出版多年，我可謂起個大早趕了個晚集，自歎不及！但自己一直没有懈怠，一直努力工作，這是聊以自慰的。我會進一步做好後續研究工作，以期圓滿收關。

感謝袁師世碩、徐師沁君兩位先生。我 1983 年隨袁先生進修中國小説史，是先生引導我進入了古典文學研究之門。此書完稿後，先生以九旬高齡，不僅賜序，而且通審全稿，提出了許多具體修改意見，令人動容。師恩浩蕩，我將銘記！我於 1991 年由鹽城師專調入揚州師院，擔任徐先生學術助手，進入了古代戲曲研究領域。1996 年博士畢業，我去先生家，先生教導："已經是博士了，今後要好好讀書。"又補充説："古人都是在考中進士後才好好讀書的。"我當時説：不行啊，我還要上職稱呢，先生長歎一聲："上了教授，好好讀書。"先生仙逝已近 20 年，言猶在耳，崇敬感佩，能不"好好讀書"！

我以此課題的相關内容，參加了 20 多次學術研討會，發表了 30 餘篇論文，得到了諸多師友的鼓勵與批評。我與亡友陸林、解玉峰多次就相關問題進行過深入討論，承蒙垂青，我在前年曾將電子版全文發給玉峰兄，請其指教。曾永義、羅麗蓉、施德玉、王小盾、楊棟、周絢隆、竺青、石雷、趙義山、杜桂萍、劉楨等師友，對我的相關議題或文章發表，都提出了很好的意見，並給予了認真、積極的幫助。

此書出版先後五年，歷經波折，今年終於獲得了國家出版基金資助。在此過程中，葉長海、俞爲民兩位师友始終大力支持，並撰寫了過譽的推薦意見，令我十分感激！孫璐、高克勤、姜小青、孫書磊、劉楨、劉水雲諸兄，有相識相熟的老友，也有未曾謀面的新知都給予了熱情支持和鼓勵。每思及此，心中湧動暖流。責任編辑樊昕兄爲此書的項目申報與最終出版，花費了大量心血，提出了許多寶貴意見，亦致謝忱！

我的夫人萬平一直是我的堅强後盾，困頓時鼓勵，得意時棒喝，奉之"畏友"，猶有未及，因爲她還长年默默地做好後勤保障工作。最後還要感謝揚州大學敬文圖書館尹一雋、吴庭宏等老師，他們在文獻資料方面爲我提供了許多便利與幫助。

曲牌訂律及曲譜編撰，是傳統曲律學研究的重要内容。但自吴梅先生 1931 年《南北詞簡譜》之後，到 1994 年王守泰先生主編《昆曲曲牌及範例集》（南套）出版，南曲曲牌的整理研究仍較冷僻。我雖然確立了很高的學術目標，但自知學有不逮，識未精深，要達到和實現繼興"絶學"這個目標，肯定還存在許多不足。二校清樣時，經再次比勘，發現附録三《南曲定律》《九宫大成》所署《西厢記》的曲子，有 26 支與《古本戲曲叢刊》初集本和《六十種曲》本《南調西厢記》相同或相近，定爲明曲，當予删之。當時嚇出一身冷汗：這些曲子多年經手，反復體詠，竟然還會出這樣低級的錯誤。這也説明了此課題的難度，如果僅僅滿足於就事論事，而非認真細緻，詳加對比考索，極易出錯。目前工作已經基本告一段落，是否就完善、完美了，私下自揣，也很難保證，只能説盡力而已。乞同仁、方家，不吝指教，我這裏先施禮謝過了！

2020 年 4 月 30 日於瘦西湖畔